LE TRÔNE DU PAON

SUJIT SARAF

LE TRÔNE DU PAON

roman

Traduit de l'anglais (Inde)
par
FRANÇOISE ADELSTAIN

BERNARD GRASSET
PARIS

L'édition originale de cet ouvrage a été publiée par Hodder & Stoughton, en 2007,
sous le titre :

THE PEACOCK THRONE

ISBN 978-2-246-72461-2

À Bajrang Lal et Triveni Devi

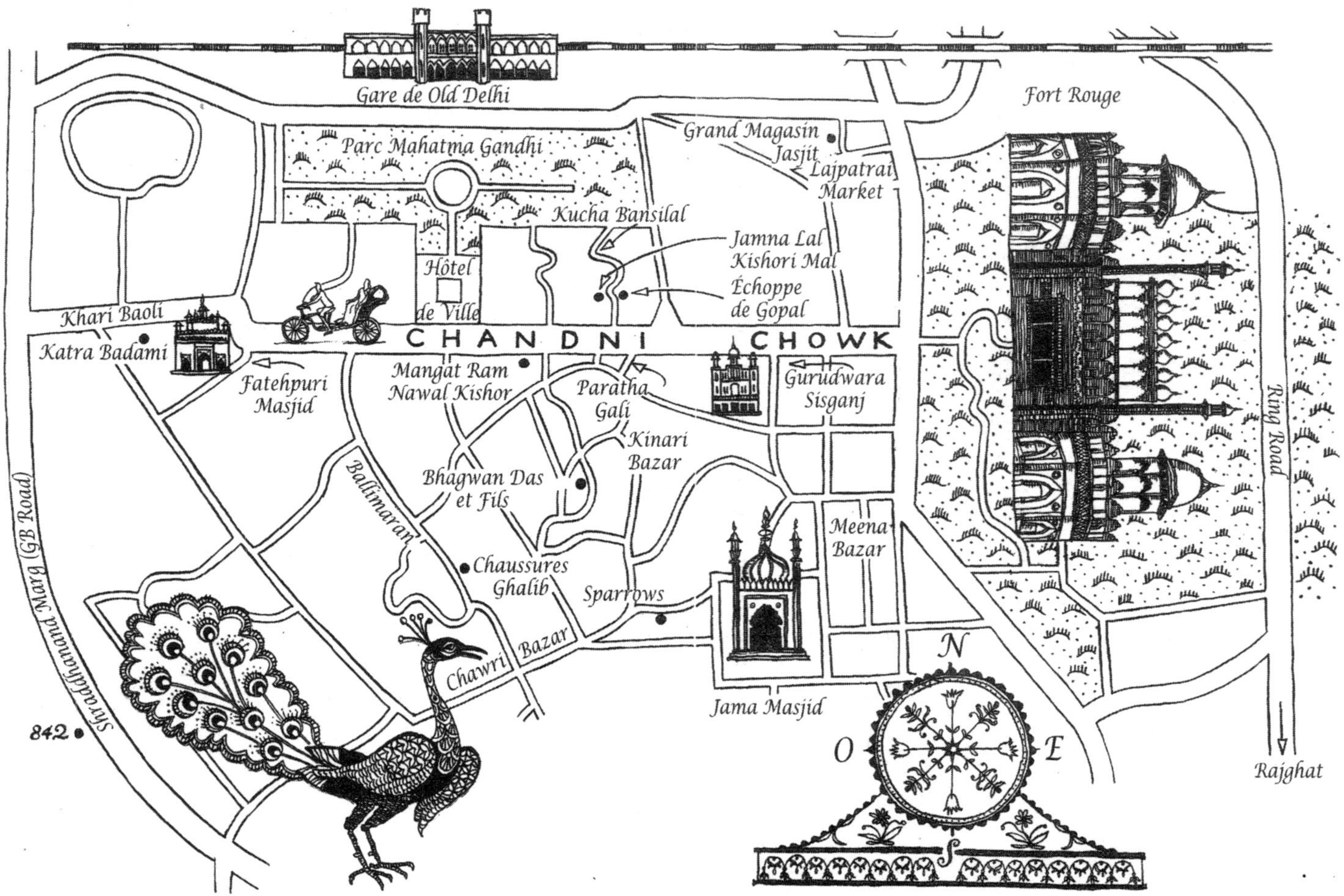
Gare de Old Delhi
Fort Rouge
Parc Mahatma Gandhi
Grand Magasin
Jasjit
Lajpatrai
Market
Kucha Bansilal
Jamna Lal
Kishori Mal
Échoppe
de Gopal
Hôtel
de Ville
Khari Baoli
Katra Badami
CHANDNI CHOWK
Fatehpuri
Masjid
Mangat Ram
Nawal Kishor
Paratha
Gali
Gurudwara
Sisganj
Kinari
Bazar
Bhagwan Das
et Fils
Ballimaran
Chaussures
Ghalib
Sparrows
Meena
Bazar
Chawri Bazar
Jama Masjid
Ring Road
Rajghat
Shraddhanand Marg (GB Road)
842
N
O
E
S

Note préliminaire

Tous les sigles et abréviations sont expliqués dans le glossaire en fin de volume.

Les notes de bas de page sont de la traductrice.

1984

1

Gopal Pandey se réveille avec un tic dans l'œil gauche et un juron sur la langue, présage d'une mauvaise journée. Huit heures passées au cadran lumineux de sa vieille montre. Il se redresse lentement, s'adosse aux sacs de curcuma, se rallonge en soupirant. L'obscurité règne à l'abri des sacs, mais il sait que le soleil est déjà haut dans le ciel.

« Debout et attrape le voleur, Gopal Bhai ! » braille Hameed.

Gopal ferme les deux yeux et rêve. Il est assis jambes croisées dans son échoppe et les clients s'étirent en une file ininterrompue d'un bout à l'autre de Chandni Chowk, attendant timidement leur tour, tasse à la main et pièces de monnaie tintant dans la poche de leur kurta. « Il y a beaucoup d'échoppes dans Chandni Chowk, disent-ils, mais nous voulons le chai de Gopal Pandey. »

« Attrape le voleur, Gopal Bhai ! Il vient de filer avec un sac. »

Gopal ouvre l'œil qui tressaute.

« Encore un sac ! Sethji va te virer aujourd'hui. »

Gopal s'assoit, si brusquement que le sang déserte son cerveau. Hameed est là, accroupi à côté des sacs, ses yeux étincellent même dans le noir.

« C'est un mauvais jour, soupire Gopal.

— Ils le sont tous, dit Hameed, sentencieux.

— Où est le voleur ? »

Sans répondre, Hameed glousse et disparaît par l'échelle. Gopal rampe vers l'extrémité de la pièce en longeant le mur, d'une bouche d'aération à l'autre. Il y a trois mois, Seth Sushil Jain a fait accrocher devant chacune d'elles une pièce de tissu. Des rideaux, ont-ils dit tous, rendront le kholi plus confortable. Dans le même temps, on y transportait des coffres en fer, d'où s'échappe l'odeur caractéristique de l'assa-fœtida. Gopal déteste ces coffres. Empilés contre les bouches d'aération, ils lui confisquent la lumière, et il se cogne à leurs coins tranchants. Mais quelle idée de mettre dans la même pièce du curcuma et de l'assa-fœtida, qui se détruisent l'un l'autre, le seth a-t-il l'intention d'abîmer tout son stock ? Gopal atteint l'extrémité du kholi, où d'une ouverture rectangulaire dans le sol émerge le haut de l'échelle. Il descend, aveuglé par la soudaine lumière qui ruisselle à travers les grillages du troisième étage. Arrivé au bas de l'échelle, il chausse ses chappals, arrange son dhoti autour de la taille, se caresse les dents de la langue, s'éclaircit la gorge, met ses lunettes et prend l'escalier. Au rez-de-chaussée, il se heurte de nouveau à Hameed. « Il n'y a pas de voleur », grommelle-t-il.

Hameed rit et grimpe l'escalier en portant un sac, qu'il frotte au passage contre Gopal, le couvrant d'une légère couche de curcuma. Gopal sort et sent le regard de Seth Sushil Jain fixé sur lui. Il est déjà en retard. Il ne veut pas se laisser entraîner dans une discussion sur les voleurs, les cambriolages et le nombre d'heures qu'il a consacrées au sommeil au lieu de monter la garde. Il tire nerveusement sur son dhoti, passe devant le seth en mimant l'homme pressé.

Sushil Jain possède tout Katra Badami, une ancienne résidence noble dont le troisième et dernier étage a été transformé en entrepôt à épices. Le deuxième étage abrite les bureaux du commerce de gros, et le rez-de-chaussée plus d'une trentaine d'échoppes qui elles-mêmes se divisent en compartiments empilés les uns au-dessus des autres. Sushil Jain se tient dans un de ces box, sa propre échoppe n'étant qu'une simple façade, camouflant les revenus munificents qu'il tire de la location des autres box. Dans le passage qui longe le katra – avant de déboucher sur le marché surpeuplé de Khari Baoli – s'entassent les sacs de sucre de canne et de palme, de sakoti, biznor, modi, douralla, simbhauli, etc. Gopal se faufile, évitant les carrioles chargées de sacs de cannelle et les hommes qui éternuent, émerge dans Khari Baoli, prend son vélo cadenassé au poteau du poste de police.

Il s'éloigne, emprunte une ruelle qui passe derrière le vieux bureau de poste où, il y a de cela plusieurs années, la Municipalité avait installé des cabinets d'aisances. A présent on y entasse du blé qui pourrit et des graines de lin infestées de rats, mais la pompe à eau fonctionne toujours. Gopal prend le bidon accroché à son vélo, le remplit à la pompe, remonte son dhoti, gagne en douce le terrain herbu derrière les murs des toilettes, s'accroupit et chie. Puis il repédale en direction de Katra Badami, où il se déshabille et se lave à un robinet du rez-de-chaussée.

C'est un mercredi matin tiède. Khari Baoli s'étire bruyamment sous le soleil d'octobre, large artère canalisée en voie étroite par les monticules d'amandes et de figues d'Afghanistan, les noix et les noix de cajou d'Amérique, les munacca et les chirgozey du Cachemire. Surpris, Gopal remarque que la plupart des boutiques, derrière leurs montagnes d'urad, moong, gram, et autres denrées, semblent fermées, persiennes mises. Les hommes traînent autour, assis sur des remorques et des rickshaws, au lieu de transporter les sacs de poivre. Un peu plus loin, à l'endroit où Khari Baoli vire à droite pour déboucher sur Chandni Chowk, Gopal découvre la cause de cette torpeur. Trois jeeps de la police pilent sec devant une boutique aux persiennes à demi baissées. Dans la semi-obscurité, derrière un essaim de mouches et des fûts d'huile d'arachide, Gopal discerne un homme, qui se lève brusquement, bondit dehors, se glisse à travers le cordon policier, galope vers une ruelle, deux agents sur ses talons. Les autres restent plantés dans la rue, où d'autres volets s'abaissent à la hâte. L'air vibre d'un murmure frénétique.

« MSD ! MSD ! MSD... »

Le magistrat du sous-district [1], campé au centre de Khari Baoli, se tapant la main droite de son bâton, contemple un marché aux échoppes closes. Il est venu prélever des échantillons d'huile afin de détecter une éventuelle toxicité. C'est sa troisième visite à Khari Baoli. Ses deux premières sont restées sans effet, les marchands

1. Il détient des pouvoirs exécutifs et de magistrature à l'échelon d'une sous-division administrative.

ayant eu vent de son arrivée et ayant fermé boutique aussitôt. Cette fois-ci il a misé sur la ruse, pourtant ses agents ne sont pas assez rapides pour coincer qui que ce soit.

Gopal descend de vélo et observe les policiers. A l'extrémité de la rue, un petit groupe de boutiquiers s'est peu à peu rassemblé en cortège. Les esprits s'échauffent au fur et à mesure que le nombre de manifestants augmente. D'abord profil bas, ils s'enhardissent et font quelques pas en direction du MSD. Quelqu'un se risque à accuser le magistrat de harceler les marchands. Qui peut faire confiance aux laboratoires de la police ? Qui peut se porter garant de l'honnêteté de ces tests ? Et même s'ils sont honnêtes, ce n'est pas la faute des commerçants si les fûts d'huile sont contaminés. Les commerçants ne sont pas producteurs, ils ne font qu'acheter l'huile et la vendre. C'est à la frontière Delhi-Haryana que les choses se passent, il faudrait inspecter les camions. En réalité, le MSD a imaginé cette mise en scène à seule fin d'augmenter ses revenus. Pourquoi devraient-ils supporter ça en silence ?

La foule croît en nombre et en audace. Quelqu'un crie une insulte. Un autre la répète. Ils avancent sur le MSD, qu'entourent des policiers déconcertés.

« MSD, *haay haay* ! MSD, *haay haay* ! »

Gopal enfourche son vélo et traverse la foule, actionnant son timbre pour éviter de heurter quelqu'un, heureux de ne pas posséder une boutique. Il espère pourtant s'asseoir un jour derrière des montagnes de piments, d'amandes, de noix et de figues, et des sacs de blé, d'atta, maida, suji... Il entre dans Chandni Chowk derrière la mosquée Fatehpuri, puis fait un détour par Dudhiya Gali pour acheter du lait. La ruelle est si étroite qu'il doit descendre de vélo et le pousser. Il ne fait pas confiance à ses talents de cycliste pour manœuvrer entre les obstacles que constituent les cuves métalliques de lait caillé et de paneer. Chaque fois qu'il en effleure une de sa roue, le lait tremblote. Comme les bourrelets d'une grosse femme, pense-t-il, mais il chasse cette vilaine idée. Arrivé chez le laitier, il appuie son vélo à un fût et détache ses bidons, sous le regard impatient de Banwari Lal, à qui appartient l'échoppe, et de Ram Bibek, propriétaire du fauteuil de barbier installé à l'extérieur.

« Tu es en retard, dit Banwari Lal.

— C'est un mauvais jour, réplique mécaniquement Gopal.

— Ils le sont tous... »

Banwari est en train de laver ses cuves à la pompe devant son échoppe, avant de les remplir de lait frais. Des miettes de caillé collent aux parois, attirant un nuage de mouches qui disparaissent chaque fois que l'écume d'eau les atteint. Sur un signe de Banwari, Gopal remplit ses bidons et les raccroche à son vélo. Puis il s'assoit dans le fauteuil et se fait raser.

« Votre barbe grisonne, grommelle Ram Bibek.

— Je n'ai même pas quarante ans, rétorque Gopal.

— L'homme n'est pas vaincu par l'âge mais par les soucis du monde. Combien d'enfants avez-vous, Gopal Bhai ? »

Gopal prend un air mélancolique. « Un seul. Un fils. Et vous ? »

Ram Bibek émet un son, quelque chose entre le cri strident et le sifflement. « Sept, et tous bien établis. »

Gopal se tait. Banwari a fini de laver ses cuves, remplacé à la pompe par trois enfants qui s'aspergent à grand tapage. Le visage renversé entre les mains de Ram Bibek, Gopal louche pour observer les enfants – deux filles et un garçon. Les filles sont nues, le garçon porte un pantalon qui recouvre des fesses osseuses. Les filles ont entre cinq et six ans, il en paraît dix, ce qui fait de lui le maître de la bande. Il réglemente l'accès à la pompe, décide qui actionne le bras et qui bénéficie des instants merveilleux sous le filet d'eau. Le garçon est maigre – la peau, presque noire, tendue sur les côtes. Ses cheveux, une tignasse d'or terne. Il actionne bizarrement la pompe. Se servant de sa main gauche pour abaisser le bras – appuyant de tout son poids pour vaincre la valve rebelle – puis de la même main pour pousser les filles sous le jet. Gopal essaie de voir ce qu'il fait de la droite, et découvre un moignon à la place, cicatrisé depuis longtemps.

L'intérêt de Gopal amuse Ram Bibek. « Un Bangladeshi ! » ricane-t-il.

Gopal acquiesce. Le gamin est certainement musulman, pas un hindou, originaire du Bihar, de l'Uttar Pradesh ou du Bangladesh, pourtant il ressemble terriblement à son propre fils, bien que Mukesh ait seize ans, la peau plus claire et deux mains. Mais Mukesh se comporte avec la même liberté, exerce la même autorité tranquille sur les autres enfants. Tout cela constitue de mauvais présages – la descente de police et du MSD, la populace dans Khari Baoli, et maintenant l'apparition d'un gamin musulman manchot qui lui rappelle Mukesh... Sans compter son œil gauche qui tressaute toujours. « C'est un mauvais jour », répète-t-il.

Ram Bibek ne répond pas. Il a fini de raser Gopal et se passe la lame sur l'avant-bras pour en chasser la mousse. Quelques gouttes rebondissent dans les cuves de lait.

« Faites attention, dit Gopal. Banwari ne vous laissera plus utiliser sa pompe si vous salissez son lait.

— Mieux vaut un lait avec de la mousse qu'avec de l'eau. »

Gopal rit.

« Pas de fiktari aujourd'hui », dit Ram Bibek.

Gopal hausse les épaules. De toute façon, il n'aime pas la sensation de brûlure que produit l'alun. Le gamin manchot, tout dégoulinant, court après les filles, riant et jurant dans une langue que Gopal ne reconnaît pas. Du bengali, pense-t-il, mais pas le bengali qu'il a entendu dans son enfance à Sasaria, bourgade proche du Bengale. Ram Bibek propose de lui nettoyer les oreilles, ce qu'il refuse : il préfère le faire faire par de jeunes garçons, qui ont des petites mains délicates. Il accroche les bidons de lait à des anneaux métalliques derrière la selle de son vélo et repart vers Chandni Chowk.

Il est neuf heures. La descente du MSD dans Khari Baoli n'inquiète pas Chandni Chowk. Les boutiques ouvrent : on ôte les persiennes; on ouvre à grand bruit les fenêtres des étages supérieurs.

Loin à l'intérieur du quartier, à mi-chemin entre la mosquée Fatehpuri et le Fort Rouge, un grand figuier ploie sous le poids de pancartes et de bannières. « Nous acceptons l'argent déchiré. » « Ne suivez pas le troupeau. » « Massage complet du corps. » La plus grande pancarte, accrochée à la branche la plus épaisse, annonce : « Jamna Lal Kishori Mal – saris et corsages ». L'arbre s'étale au-dessus d'un temple de Hanuman, dont les portes en accordéon poussées par le pujari s'ouvrent en grinçant au moment où passe Gopal. Quelqu'un crie : « Il faut huiler les portes, panditji. »

Le panditji ne tient pas compte de l'avertissement et continue. Sur un dernier grincement, les portes sont grandes ouvertes.

Gopal tourne dans Kucha Bansilal, la venelle qui jouxte le temple, s'arrête à côté d'une boîte de dérivation électrique fixée au mur à une hauteur de six pieds et qui déborde sur la ruelle. En face, une boutique, avec sur la vitrine une enseigne identique à la pancarte du figuier : Jamna Lal Kishori Mal – saris et corsages. Juste sous la boîte coule le caniveau, recouvert de trois planches qui constituent le socle d'un coffre en bois de sept pieds de large et quatre pieds de haut, ce qui laisse un espace de deux pieds entre le distributeur et lui.

Gopal déverrouille le coffre, soulève le couvercle et l'arrime à la boîte. La paroi avant du coffre s'abat, créant le compartiment qui constitue le stand. Il en sort une échelle, l'appuie au mur, hisse son vélo, qu'il suspend à des crochets dans la boîte, dont la Municipalité a depuis longtemps oublié l'existence. Elle fournit un plafond au stand : par grande chaleur, comme aujourd'hui, elle arrête les rayons du soleil; quand il pleut, on peut la transformer en auvent en la prolongeant par une bâche posée sur des bâtons. Une ampoule électrique y est suspendue, permettant de voir la nuit. Parfois la boîte s'ouvre brusquement, révélant un fouillis de câbles et d'interrupteurs.

Gopal dépose ses bidons de lait dans le coffre, à côté des pots de sucre, de thé et de cardamome, enlève ses chappals, se glisse à l'intérieur et commence à pomper le pétrole de son réchaud pour le thé des premiers clients.

En face, Chotu, le garçon qui ouvre la boutique tous les matins, n'en finit pas d'épousseter l'enseigne. Jamna Lal Kishori Mal se prolonge sur la venelle par une dalle de ciment où les clients peuvent se déchausser, ce qui laisse un espace de quatre pieds environ entre l'échoppe et le stand de Gopal. Peu de monde y passe, car à partir de là, Kucha Bansilal n'est plus bordée que de grossistes qui reçoivent rarement leurs clients à l'intérieur. La ruelle débouche finalement sur le parc municipal qui entoure la gare de Old Delhi.

Chotu finit de dépoussiérer l'enseigne et entreprend de balayer le matelas posé sur le sol de la boutique. A l'extrémité dudit matelas, à côté d'une alcôve aménagée au milieu des casiers de bois qui garnissent le mur, est assis Seth Sohan Lal, le propriétaire, les mains jointes, les yeux à demi fermés, les lèvres bougeant au rythme des mots de sa prière matinale. Chotu tourne autour de lui, donnant de grands coups de son balai de bambou dont les tigelles parfois piquent Sohan Lal à travers son dhoti.

« Fais attention, Chotu », lui dit gentiment le seth.

Il ne veut pas se montrer grossier si tôt le matin, surtout dans l'état d'esprit où il se trouve actuellement. Il vient de laisser tomber trois gouttes d'anis dans une bouteille d'essence de citronnelle, lotion qu'il s'est passée sur les mains, le cou et derrière les oreilles. Elle dégage une douce odeur qui persistera toute la journée. Il reprend sa prière, le regard fixé sur les figurines dans l'alcôve. Lakshmi, en argent poli, porte un corsage brodé de fils d'or. Sa jupe de brocart d'or envahit l'alcôve. Vishnu, à côté d'elle, vêtu d'un simple dhoti jaune, expose un poitrail nu en cuivre étincelant. Chacun arbore une auréole de soie filigranée. Sohan Lal aurait préféré des figurines en plaqué or, mais il n'a pas confiance en Chotu. Même les dieux ont besoin de protection. Il arrange avec soin les plis de la jupe de Lakshmi, et enlève les fleurs fanées de la veille. Il dispose autour des statuettes les guirlandes fraîches qu'il a apportées dans un cornet de papier, puis trempe l'annulaire dans une timbale de cuivre, asperge Lakshmi de gangaajal, enduit d'une nouvelle couche de vermillon la raie de ses cheveux, répand sur elle des pétales de fleurs. Il agite une clochette d'argent et psalmodie le dernier aarti d'une voix sans timbre.

En l'entendant, Gopal incline la tête avec respect. Le seth est un homme remarquable, un homme influent, parvenu à la position qu'il occupe à la suite de trente ans d'efforts. Il s'est acquis les faveurs de Lakshmi, sans aucun doute, à en juger par les bagues sur ses doigts boudinés, la douceur de son kurta de soie et le flot de clients qui fréquentent sa boutique immaculée. C'est un homme bon, un homme rangé, avec une famille... Une sorte de sifflement interrompt la rêverie de Gopal. Le thé a débordé. Il enlève rapidement la casserole du réchaud, sauve ce qu'il peut, nettoie les éclaboussures sur le polyéthylène qui recouvre le sol de son stand. C'est un mauvais jour... Espérons que le seth n'a pas vu l'accident, sinon il le réprimandera. Il n'aime pas la maladresse.

Sohan Lal termine son aarti, répand quelques gouttes supplémentaires de gangaajal sur les figurines, secoue sa main pour la faire sécher, essuie ses doigts tachés de vermillon à un mouchoir de soie. D'un tiroir garni de *Sunmica* il retire un petit flacon dont il ôte le bouchon de bois. L'index posé sur le goulot, il renverse le flacon, le maintient une seconde dans cette position, le redresse, enlève le doigt, pince ses lobes d'oreille – le droit puis le gauche – entre le pouce et l'index. Puis il se passe de l'attar molshri sous le menton, sur les poignets et la gorge, rebouche le flacon et le range dans le tiroir. La douce odeur du parfum lui chatouille les narines, se mélangeant à celle de l'anis et de la citronnelle. Il ferme les yeux, jouissant de cette senteur, inédite dans ces proportions. Quand les effluves de l'attar commencent à se dissiper, il ouvre les yeux, soupire et se prépare à recevoir les clients.

Gopal renifle, mécontent. Le seth est un snob, un m'as-tu-vu. Avant de parvenir jusqu'à Gopal, l'odeur de l'attar se charge de celle de l'égout. Cette âcreté persistera toute la journée, formant un désagréable amalgame avec la cardamome et les clous de girofle qu'il met dans son thé. Gopal est pauvre, il ne peut se payer de l'attar, pourtant quand Lakshmi abaissera sur lui son regard bienveillant...

Il se passe quelque chose à l'entrée de la ruelle. Un homme fonce vers lui, très agité. C'est Ibrahim Mian, qui hurle son nom, bras à la dérive, barbe tremblante, dents jaunes protubérantes dans une bouche perpétuellement ouverte.

« Gopal Bhai ! »

Gopal le regarde avec consternation. Il sait qu'il doit lui offrir du thé, mais ne pas faire payer la première tasse de la journée est de mauvais augure.

« Tout est fini ! halète Ibrahim. Ferme ton stand ! Ils l'ont tuée. »

Gopal est fâché. Le seth déteste l'agitation incongrue dans le kucha.

« Il va y avoir des ennuis. Ils ont tué la salope. Même un Premier ministre doit payer pour ses péchés. »

En face, Sohan Lal reste bouche bée, la main en suspens, qu'il s'apprêtait à porter à son nez pour une nouvelle bouffée d'attar. « Qui vous l'a dit? » souffle-t-il.

Ibrahim le regarde d'un air soupçonneux, puis se remet à parler à Gopal, sans plus s'occuper du seth mais sachant qu'il l'écoute. « Tout le monde le sait. C'est dans tout le marché.

— En êtes-vous sûr? demande Sohan Lal froidement.

— C'est à la télévision. Il y a plein de monde devant le All India Institute. C'est là qu'ils l'ont transportée. La garce... Ferme ton stand, Gopal Bhai. Filons d'ici! »

Gopal ne bouge pas. « Pourquoi?

— Je viens de te le dire, s'énerve Ibrahim. Il va y avoir des ennuis, des tueries...

— Pourquoi voudrait-on me tuer? »

En face, Solan Lal insiste, choisissant ses mots avec soin. « Comment est-elle morte?

— On lui a tiré dessus dans sa résidence. Seize balles. Ses propres gardes. Deux sikhs. Déjà qu'on peut pas faire confiance à un sardar, alors quand ils sont deux! »

Sohan Lal serre ses mains l'une contre l'autre, ferme les yeux une seconde, puis attrape le téléphone et compose frénétiquement un numéro.

« Ils ont déjà tout fermé, chuchote Ibrahim. Toutes les boutiques de Ballimaran, Chawri Bazar, Khari Baoli, Nai Sarak...

— Et ta boutique de chaussures?

— Sharief Mirza y est toujours, grogne Ibrahim méprisant. Je lui ai dit : "Même les chiens ont quitté Ballimaran. Qui viendra acheter tes chaussures? — Je suis le propriétaire, qu'il m'a répondu, pas un employé. Mon grand-père n'a pas bougé d'ici pendant toute la Partition. Ce n'est pas une Indira Gandhi qui me fera fermer."

— Le pauvre homme.

— C'est ce que je lui ai dit! "Vu que je ne suis pas le propriétaire, lui ai-je dit, je dois sauver ma vie avant la boutique!" Et j'ai quitté Ballimaran.

— Mais le reste de Chandni Chowk...

— Tout le monde rentre chez soi! Prends ton vélo et pars! »

Tremblant, Gopal commence à ranger le réchaud et les pots. Ibrahim remarque la casserole dans laquelle il reste encore un peu de thé. « Une tasse de chai d'abord? » suggère-t-il.

Gopal cherche dans la boîte de dérivation, en sort un verre. Ibrahim fait la grimace, exposant ses dents jaunes. Quand il parle, c'est d'un ton menaçant autant qu'implorant. « Je pourrais peut-être boire dans une tasse aujourd'hui? Maintenant il n'y a plus de différence entre un hindou et un musulman. On est tous ligués contre les sardars. »

Gopal secoue la tête, remplit le verre d'Ibrahim et le lui tend. Il ne peut donner une tasse à un musulman et risquer de perdre son boulot – Sohan Lal le surveille. Ibrahim accepte le verre de mauvaise grâce et boit à petites gorgées. « Pourquoi voudrait-on me faire du mal? répète Gopal. Je ne suis pas un homme politique. »

Ibrahim réfléchit à la question. « Ton fils en est un », dit-il avec aigreur.

Gopal ne répond pas. L'accusation le blesse. Ibrahim vide son verre, le range à sa place, dans la boîte, veut s'en aller. « Je ne paierai pas aujourd'hui », dit-il.

Déclaration inutile, puisque Ibrahim ne paie jamais. Ce qui n'empêche pas Gopal de demander « Pourquoi ? » comme d'habitude.

Ibrahim hausse les épaules. Sous-entendant que la réponse est évidente. Gopal se lève, enfile ses chappals, abaisse le couvercle et verrouille son coffre. Ibrahim se glisse à ses côtés, couvrant de son odeur coriace la senteur de l'attar molshri.

« Je suis content qu'ils l'aient tuée, dit-il méchamment. C'était une putain qui a châtré nos hommes et fait violer nos femmes. Il fallait que *quelqu'un* la tue...

— Je ne suis pas un homme politique, Ibrahim Mian. J'espère qu'elle n'a pas eu trop mal.

— Tu ne comprends pas, Gopal Bhai, parce que tu n'es pas musulman.

— Mais ce sont des sardars qui l'ont tuée !

— Ça ne fait pas de différence. Musulmans, sardars, hindous, tout le monde la haïssait. Mais les sardars vont avoir des problèmes.

— C'est un mauvais jour, soupire Gopal.

— Ce n'est pas prudent de marcher dans Chandni Chowk », dit Ibrahim.

Gopal tremble, pensant à son fils Mukesh.

2

Les deux filles ont disparu dans Dudhiya Gali, gloussant et se bagarrant, laissant des empreintes de pieds mouillés sur l'asphalte sec. Gauhar leur crie après, puis quitte la pompe et retourne sans se presser vers Chandni Chowk. Il se fiche pas mal des filles. Il lui faut trouver Ma et Baba, qu'il n'a pas vus depuis trois jours. Il tâche de coiffer sa tignasse dégoulinante avec les doigts de sa main gauche. Son long short trempé lui colle aux jambes. Des gouttes d'eau lui dégoulinent sur les épaules et la poitrine, mais le soleil les sèche très vite. La main dans une poche mouillée, le moignon fourré dans l'autre, il observe le paysage de Chandni Chowk. De chaque côté, plus les immeubles sont hauts, plus ils semblent s'incliner vers la rue. Le quartier est beaucoup plus calme que les trois derniers jours. On devrait voir des voitures, des rickshaws, des thelas et beaucoup plus de monde. On devrait entendre des clochettes, des sifflets, des klaxons et le grondement ininterrompu de la circulation. Pourtant la moitié des boutiques sont déjà fermées. Droit devant, à travers un écheveau de fils électriques qui s'entrecroisent au-dessus de la rue, la forme confuse du Fort Rouge se dresse sur l'horizon. C'est derrière le fort qu'il a vu Ma et Baba pour la dernière fois, il y a trois jours.

Il s'y dirige sans beaucoup d'espoir. Il sait déjà que ses parents ne se trouvent plus là. Il n'aime pas cette ville où son estomac n'est jamais plein et son baba jamais là. Ils n'auraient jamais dû quitter Binodpur. Peut-être que ses amis le cherchent toujours pour jouer à la kabaddi, peut-être aussi lui ont-ils trouvé un remplaçant, alors Shahid a un nouveau coéquipier. Ce minable avec ses deux mains ! Il va retourner là-bas et le battre comme plâtre… Ils avaient quitté Binodpur par une nuit noire, et avaient marché pendant des heures dans la forêt. Baba le tenait par la main, le tirait à travers les fourrés et les taillis – Baba, Ma et lui, plus Bhola Dada, qui marchait devant pour leur montrer le chemin. Bhola Dada était arrivé à Binodpur quelques jours avant, beau parleur, enjôleur, riant, traînant à ne rien faire. Il semblait connaître tout le monde. Avec ses cheveux bien huilés, sa moustache soyeuse et ses bajoues, lui seul au village avait l'air content. Et maintenant ils traversaient la forêt avec lui, marchant vite comme si quelqu'un les poursuivait. Baba a ralenti en approchant du poste de police sur le bord d'une rivière. Bhola Dada s'est moqué de sa timidité. « Des fusils du Bangladesh ! » a-t-il dit d'un ton méprisant.

Ils ont passé le poste de contrôle sans problème, ont descendu une berge très raide jusqu'à la rivière, où un bateau est apparu, sortant du noir comme par miracle. Ils ont grimpé dedans, poussés par Bhola Dada, qui les a fait s'allonger sur des planches en bois. Le bateau s'est écarté sans bruit, a glissé sur la surface calme et noire. Pendant un moment Gauhar a distingué vaguement le rivage, et puis il n'y a plus eu que de l'eau. Seuls le passeur et Bhola Dada savaient où ils se trouvaient. Dans ce noir d'encre, il continuait de voir les yeux étincelants de Bhola Dada, et ensuite ses dents blanches, parce qu'il s'était retourné pour lui parler. « C'est la rivière Ichchamati, a dit Bhola Dada. Elle exauce tous les vœux. »

Gauhar a atteint l'extrémité est de Chandni Chowk, que domine le grand fort. Les rickshaws et les vélos attendent au feu rouge à l'endroit où Chandni Chowk débouche sur une grande étendue herbeuse, bordée à l'est par les murailles du Fort Rouge. Une jeep de la police passe à toute allure, sirène hurlante, des agents en kaki assis à l'arrière, avec leur fusil. Le feu devient vert, les rickshaws se précipitent, en klaxonnant sans arrêt. Gauhar se laisse porter par le flot vers le fort. Son ventre grouille, mais ici ce n'est pas Binodpur, où il y a partout des champs pour s'accroupir. Ni même la colonie derrière la muraille du fort – la muraille est très longue, difficile d'en faire le tour – où il peut se faufiler vers un égout en plein air. Ici, c'est une grande ville ouverte, où des milliers d'yeux l'observent depuis les voitures, les scooters et les bus, avec des postes de police à tous les coins. Pourtant les tiraillements dans son ventre ne vont pas disparaître. Il atteint le bord d'un fossé asséché, derrière lequel s'étire le mur en grès rouge du fort. Il dégringole la pente jusqu'à ce qu'on ne puisse plus le voir, découvre une rangée d'arroseuses crachotantes. Il s'accroupit et chie.

Alors qu'il commence à se laver, il entend crier au-dessus de lui, derrière le parapet du fossé. Il lève la tête. Trois policiers, bâton à la main, dévalent la pente en criant : *Pakaro! Pakaro!* Il remonte son short – les fesses encore mouillées –, regrimpe et détale.

Le bateau s'était immobilisé dans une baie sombre sur la rive opposée de l'Ichchamati. Bhola Dada a sauté avec une énergie étonnante, ce qui a secoué violemment le bateau et a failli faire tomber Ma dans l'eau. Ils ont sauté à leur tour, l'eau leur arrivait aux genoux et ils gardaient l'équilibre en se tenant l'un à l'autre, et ils ont pataugé vers le rivage, contraints au silence par Bhola Dada, devenu très nerveux. Le chef du groupe c'était maintenant le passeur, qui marchait avec précaution dans la rivière traîtresse et se dirigeait vers un bosquet d'arbres penchés sur l'eau. Soudain ils ont entendu un coup de feu, provenant de quelque part sur la rive au-dessus d'eux.

« PDF ! PDF ! » a hurlé le passeur. Il a couru vers les arbres et a disparu dans la nuit, sous le regard consterné de Bhola Dada, tandis que la lueur d'une torche balayait soudain l'eau et se fixait sur eux.

« PDF ? a demandé Baba.

— Police des Frontières, a répondu Bhola Dada d'un ton fâché. Indienne. »

Baba a poussé un cri de désespoir, et Ma s'est mise à pleurer. Bhola Dada les a grondés, puis s'est avancé vers la lueur de la torche, créant des remous qui tourbillonnaient autour de leur taille. Ils frissonnaient, immobiles, pourtant la nuit était chaude. Bhola Dada parlait avec les hommes qui tenaient la torche, visibles maintenant dans leur uniforme kaki de la police indienne. La conversation semblait difficile et s'échauffer de plus en plus. Puis la torche s'est éteinte, et Bhola Dada a appelé Baba. Tirant Ma d'une main et Gauhar de l'autre, Baba s'est avancé vers le rivage, les sacs de vêtements et de nourriture en bandoulière. C'est Gauhar qui a grimpé en dernier, hissé sur la berge par un Bhola Dada impatient.

Le lendemain matin ils se sont aventurés en ville pour acheter du riz. Gauhar n'avait jamais vu un marché si animé. Avec des étals qui vendaient des bracelets, des perles, des colliers, des pots, des casseroles, des couvertures, du riz, des oignons... D'immenses tas de pommes de terre, des monticules de riz et de viandes.

Emerveillé, il suivait Baba, dont le lungi vert battait les mollets, accroché au sari de sa mère, qui lui collait au corps, encore humide de la nuit précédente.

« Est-ce qu'on est à Dacca ? a-t-il demandé à Ma.

— Ne dis plus jamais Dacca ! » lui a-t-elle ordonné méchamment.

Gauhar n'a pas compris cette violence. Il s'était toujours imaginé qu'ils iraient un jour à Dacca. Shahid y était allé, et la ville lui avait plu, comparée à Binodpur ou même à tout le district de Jessore. « Existe-t-il une autre ville aussi grande ? » s'était-il exclamé.

« Nous sommes à Bongaon, a dit Baba fièrement. Maintenant tu habites Bongaon. »

Les policiers lui courent toujours après – il entend leurs « *Pakaro ! Pakaro !* ». Il bondit dans l'herbe, traverse la rue – sans se soucier du flot des véhicules, qui s'écartent pour l'éviter –, fonce dans une ruelle proche du dispensaire pour oiseaux, espérant déboucher sur un terrain où il pourra s'accroupir de nouveau. Mais la ruelle donne dans une autre, qui donne dans une autre, si bien qu'il se retrouve perdu dans Chandni Chowk. Il a semé les policiers, mais il ne veut pas s'arrêter. Il ne ralentit que lorsque, hors d'haleine, il ne peut plus respirer. Il ne sait pas lire ce qui est écrit sur les enseignes au-dessus des boutiques. Les lettres sont différentes des *alif, be, te* arabes, qu'il a apprises à Binodpur. Il s'assoit sur une plate-forme de ciment devant une boutique. Delhi est une grande ville, beaucoup plus grande que Binodpur, et même que Bongaon. Il ne comprend rien à ce dédale, rien aux gens qui l'habitent, il voudrait revenir à Binodpur, dormir sur sa couche à côté de Ma et de Baba... Il bouge, mal à l'aise sur la plate-forme, conscient qu'elle appartient à la boutique. A l'intérieur un homme, coiffé d'un grand turban, est assis jambes croisées, s'éventant avec un mouchoir. Peut-il lui demander à manger ? Ou va-t-on le chasser s'il attire l'attention sur lui ?

Il s'allonge, se roule en boule et s'endort, les images de Ma, Baba, de riz, de poisson, de Bhola Dada, de jalebis et du voyage en bus de Bongaon à Calcutta défilant dans sa tête. Il est réveillé par une pierre, qui rebondit sur la plate-forme. Il se redresse, effrayé, et joint les mains en un geste de supplication. Il a appris ce geste récemment, l'ayant vu faire à son père dans le bus qui les conduisait à Calcutta, il y a une semaine. Son père dans son lungi vert, se tenant les mains jointes devant un policier qui grondait : « Bangladeshi, Bangladeshi... » Alors il joint les mains et ferme les yeux. « *Maaro ! Maaro !* » braille quelqu'un. Gauhar ouvre les yeux, se demandant qui veut le tuer. Une volée de pierres frappe l'enseigne métallique et atterrit à ses pieds, quelques-unes rebondissant à l'intérieur de la boutique. Gauhar saute à bas de la plate-forme au moment où l'homme au turban sort affronter les assaillants. Quelqu'un hurle : « Indira Gandhi *amar rahe !* »

L'homme au turban lève les mains pour les apaiser, puis les injurie, mais effrayé par la fureur de la foule, entreprend de baisser son volet de fer, ce qui lui vaut un nouveau jet de pierres. Les cris reprennent de plus belle : « *Maaro !* Sardar ! Sardar ! »

Bon, se dit Gauhar soulagé, c'est le gros au turban qu'ils veulent tuer, pas moi.

« Pakistan *murdabad !* Khalistan *murdabad !* »

Un homme brandit un bâton, un autre un trident, une arme que Gauhar a vue pour la première fois à Calcutta. Il va y avoir de la bagarre. Gauhar ramasse une pierre et se fond dans la foule.

Le sardar a fini de baisser son volet, mais pour mettre le cadenas il doit sortir de la boutique. Il évalue la foule – que son retrait a partiellement calmée – et, prudemment, fait un pas en avant. Gauhar lève le bras, vise bien et lance la pierre de toutes ses forces. Elle frappe le sardar juste sous le turban, du sang coule sur la tempe. Le silence s'abat sur la foule, qui retient son souffle. Le sardar les regarde, choqué, affolé, la populace semble reculer. Trois hommes en kurta blanc grimpent sur la plate-forme et se placent en bouclier autour de lui, intimant aux gens de se disperser.

« *Maaro !* » hurle à nouveau quelqu'un.

Tandis que le sardar verrouille à la hâte son volet, les hommes en kurta s'en prennent au vociférateur et défient le lanceur de pierre de se montrer. La foule respire, chacun regardant chacun afin de repérer le lanceur de pierre. Les hommes en kurta blanc entraînent le sardar et l'escortent jusqu'au coin de la ruelle. La foule commence à se disperser. Gauhar s'éloigne tranquillement, les mains dans les poches, tourne dans Paratha Gali, son cœur bat à se rompre.

Ils sont restés quelques jours à Bongaon, puis ont pris un bus pour Calcutta, à quatre-vingts kilomètres de là. Il ne voulait pas partir. Qu'est-ce qui cloche avec Bongaon? a-t-il demandé à Baba. « Nous devons aller à Calcutta et ensuite à l'ouest », a dit Baba, comme si l'ouest était une ville où tout le monde devait se rendre. Avant d'atteindre Calcutta, des policiers les ont fait descendre du bus. Il n'avait jamais eu si peur. Son père se tenait devant les policiers, les mains jointes, son lungi vert claquant au vent. Mais Bhola Dada semblait connaître tout le monde, et bientôt ils se sont retrouvés dans le train pour Delhi. Personne à bord ne parlait bengali, et Baba portait un doigt à ses lèvres chaque fois que Gauhar ouvrait la bouche. « Tu viens de Murshidabad, lui a-t-il chuchoté. N'oublie jamais que tu viens de Murshidabad. » Quand le train, après avoir franchi de grands ponts, est arrivé à Delhi, Bhola Dada avait disparu.

A la gare de Delhi, ils se sont frayé un chemin à travers la foule, Baba tenant Ma d'une main et Gauhar de l'autre, et ont marché dans des rues aux immeubles si hauts que Gauhar avait mal au cou à force de regarder en l'air. Puis ils ont contourné un grand mur rouge et sont arrivés dans un village où Baba connaissait quelqu'un. C'était un village bizarre, avec des tentes beaucoup plus petites que les maisons de Binodpur, faites de tôles, de bâches et de bidons. Ils ont passé leur première nuit dans l'une de ces tentes, dormant par à-coups pendant que Baba parlait avec l'homme qui habitait là. Le lendemain matin, Gauhar a demandé le nom de cette ville. « Colonie Naresh », a dit Baba.

L'odeur de ghee imprègne tout Paratha Gali. Gauhar passe devant d'innombrables étals sur lesquels s'empilent parathas, pommes de terre et piments à côté de chaudrons d'huile bouillante. Par douzaines les galettes cuisent sur de grandes plaques en fonte, retournées toutes les deux ou trois secondes jusqu'à ce qu'elles soient bien craquantes et dorées. Il a vu des parathas à Binodpur et Bongaon, petites et fines, pas des grosses farcies comme celles-ci. Et il n'a jamais vu tous ces pickles, ces assortiments de bananes, tamarins, pastèques, citrouilles, menthe... Existe-t-il des choses qu'ils ne transforment pas en pickles dans cette ville? Il n'a rien mangé depuis la veille, quand Baba lui a acheté un aloo puri sur Chandni Chowk, juste avant de disparaître dans la foule. Combien coûtent ces parathas ? Est-ce qu'ils lui en donneraient un s'il proposait de travailler en échange ? Il pourrait peut-être surveiller la plaque, la laver quand elle est froide, la poser sur le réchaud. Des enseignes en bois pendent devant chaque boutique, dans des langues qu'il ne comprend pas, mais il finit par en découvrir une en ourdou – « Restaurant Arya. Apportez la preuve que nos parathas ne sont pas faits avec du pur ghee indien et gagnez cent roupies de récompense ! »

Il lit en trébuchant sur les mots, mais le texte allume un feu dans son ventre. Affaibli par la faim, il ne peut détacher les yeux des chutneys et des pickles entassés sous l'enseigne. L'homme derrière la plaque le regarde de travers. Gauhar montre du doigt la pile de parathas sur le côté. « Douze roupies », dit l'homme, méfiant. Gauhar ne bronche pas. « Ou vingt-cinq », reprend l'homme, une lueur de mépris dans les yeux, en indiquant un gros paratha solitaire fourré à déborder. L'embarras de Gauhar le fait ricaner, mais il reprend son sérieux. « Ça, c'est sept roupies, dit-il en montrant une mince galette. C'est un paratha methi, fourré de pois chiches et de graines de fenugrec. Juste sept roupies ! »

La description, non plus que le prix, ne signifient rien pour Gauhar. Il fouille dans sa poche gauche, en sort trois pièces. Sa mère les lui a données quand ils sont descendus du train en gare de Delhi, il y a trois jours. Lentement, il tend la main gauche.

« Qu'est-ce que c'est que ça ? s'exclame l'homme derrière sa plaque. C'est quoi ces pièces ? »

Sans broncher, Gauhar tend sa paume ouverte. L'homme prend les pièces, les examine, puis les lui jette à la figure. « Bangladesh ! » grogne-t-il.

Gauhar reste figé sur place. Les parathas sur la plaque sont fourrés d'aloo, de daal, de sucre, de mattar paneer... Il tend la main pour les toucher, les sentir un peu mieux, les saisir, les presser, les rouler. Les crêpes sont moelleuses et chaudes, quand on appuie dessus elles dégagent l'odeur de ghee. Et brusquement le voilà qui détale, un paratha methi chaud dans la main, sans savoir où il va, fuyant les étals, les appels frénétiques, le garçon qui s'est précipité sur lui, les gens qui se retournent amusés, et les cris de *« Pakaro ! Pakaro ! »*, suivis de « *Chor ! Chor ! Bangladeshi.* »

Durant ces trois derniers jours, Gauhar a rencontré chaque

habitant de Colonie Naresh, qui s'étend le long des murs d'un grand fort musulman d'où un jour un empereur a régné sur tout l'Hindoustan, a raconté Baba. Les meilleures tentes sont celles qui jouxtent le mur, parce qu'elles ont au moins un côté protégé de la pluie et du vent. Mais il n'y a plus de place à cet endroit, les tentes sont occupées depuis des années. Les nombreux gamins de la colonie viennent de villes et de districts dont Gauhar a entendu parler – Satkhira, Jessore, Khendiah, Meherpur, Rajshahi, Nababganj et Joypurghat, Dinajpur Sud – mais ils chuchotent ces noms, et seulement quand on les en prie. Tout haut, ils disent qu'ils viennent de Nadia, Murshidabad, Malda ou Cooch Behar. Gauhar les aime bien. Il a couru avec eux autour du fort, ramassant des chiffons qu'il a échangés contre de l'argent, qu'il a ensuite donné à Baba. « Nous aurons bientôt notre propre tente, a dit Baba hier, et aussi une carte d'alimentation, et il paraît que Naresh Babu viendra nous voir.

— Qui est Naresh Babu? a demandé Gauhar.

— Le roi de Colonie Naresh », a expliqué Baba.

Ce matin, il s'est réveillé tôt et a remarqué que Baba et Ma n'étaient pas là. Le soleil, visible de l'endroit où il reposait, illuminait de rouge le mur est du fort. La tente, toute trouée, était brillamment éclairée, le matelas sur lequel avaient dormi Baba et Ma était vide. Il a attendu leur retour jusqu'à ce que le soleil ait grimpé dans le ciel et plongé dans l'ombre le mur du fort, devenu d'un brun terne. Il a erré dans la colonie, regardé sous les bâches, cherché parmi les pots et les casseroles, interrogé ses nouveaux amis. Certains riaient, d'autres secouaient la tête, montraient vaguement du doigt ici et là, ça ne semblait réellement intéresser personne. Il est sorti de la colonie, a déambulé dans Chandni Chowk, se dirigeant vers la mosquée Fatehpuri, puis il a tourné dans une ruelle avec des cuves de lait caillé au milieu du chemin. C'était très drôle de voir le lait bouger quand il heurtait une cuve. C'est là qu'il avait rencontré les deux filles avec qui il s'était lavé à la pompe... Maintenant, il doit continuer à courir, parce que derrière lui on crie toujours : « *Pakaro! Pakaro!* »

Il écrase la moitié de paratha qu'il se fourre dans la bouche, mâchant avec avidité, esquive des poteaux et se faufile sous des bancs, émerge dans Chandni Chowk et se perd dans la foule, goûtant les saveurs de la crêpe. Un brouillard est tombé sur Chandni Chowk, produit par les milliers de voitures et de scooters qui semblent fuir quelque chose. La rue se vide. Il y a plein de jeeps de police, qui font hurler leur sirène. Il se demande si c'est après lui qu'ils courent pour lui confisquer son paratha. Il retourne vers le Fort Rouge, en longeant les murs, si seulement ils étaient restés à Binodpur ou en tout cas à Bongaon. Ce Delhi, ce Chandni Chowk, ils ont avalé Baba et Ma, qui le tenaient toujours par la main pour qu'il ne se perde pas. La boule de farine qu'il est en train de mâcher glisse dans son gosier, le fait tousser, il a les larmes aux yeux.

3

Pourquoi a-t-il fallu qu'elle meure aujourd'hui ? se demande Chitra, exaspérée.

D'accord, plein de gens la haïssaient et voulaient sa mort. Oui, elle a blessé la « psyché sikhe » – comme le répètent follement les journaux –, elle a fait entrer son armée à l'intérieur du Temple d'Or, outragé la population sikhe tout entière... mais pourquoi faut-il qu'elle meure le jour même où une aube nouvelle se lève pour Chitra ? Aujourd'hui représente un début, la naissance d'un espoir, le commencement de nombreuses vies heureuses, non la fin d'une existence mouvementée et inutile. Pourtant elle est morte, allongée le corps criblé de balles dans une salle du All India Institute of Medical Sciences. A cet instant même, peut-être, ils enlèvent son corps pour l'exposer en grand apparat, afin que la foule en deuil défile devant et que les caméras de télévision zooment dessus, tandis qu'elle, Chitra, attend dans un couloir nu de prononcer les quelques phrases d'inauguration des Moineaux, son école pour enfants indigents. L'aboutissement de trois ans passés à frapper aux portes et à supplier, pendant lesquels elle s'est aliéné ses amis et a provoqué la colère de la Municipalité de Delhi. « Nous ne donnerons jamais notre accord à la fondation d'un établissement de charité pour les Bangladeshis », ont dit les dirigeants de la Municipalité. « Nous ne vous donnerons ni terre ni argent que vous transformeriez en banques de votes. D'ailleurs pour qui vous prenez-vous ? Occupez-vous une position quelconque au gouvernement ? Avez-vous été mandatée dans cette histoire par un conseiller municipal, un membre du Parlement ou un ministre ? »

Chitra sourit sans humour. Voici Les Moineaux, foyer de treize enfants misérables. Il n'y a eu ni conseiller, ni parlementaire, ni ministre. Seulement Suleman Mian, le jeune homme mince et énergique, qui l'attendait dans la pièce d'à côté. Elle ne sait pas grand-chose de lui sinon qu'il est « du coin », comme il ne cesse de le lui rappeler, élevé à l'endroit où se dresse maintenant l'immeuble des Moineaux et aimé de « son peuple », terme qu'il applique à quiconque vit ou travaille dans le lacis de ruelles autour de la mosquée Jama. Quelle que soit la réalité de ces affirmations, il lui a procuré un bâtiment et suffisamment d'argent pour tenter son expérience. Et donc la voilà – telle qu'elle se reflète dans les vitres d'un buffet en bois – prête à commencer.

Elle examine ce reflet. Elle a vingt-sept ans, mais s'est toujours estimée mûre pour son âge. A la fac, elle refusait par principe les concours de beauté et les affrontements pour les élections, tout comme elle refuse maintenant de dissimuler des fils gris dans sa chevelure. Elle est grande, lourdement charpentée, mais mince. Depuis trois ans, elle s'est fabriqué, presque inconsciemment, une image admise par l'élite culturelle de Delhi – cheveux noirs flottant librement, gros bindi rouge, sari tissé main avec des motifs tribaux et chappals kolhapuri, combinant le bon goût et la modestie, les diplômes d'une université à la mode et les manières sans façon d'un travailleur social.

Le portrait que lui renvoient les vitres ne lui déplaît pas. Une femme mûre, une femme réfléchie. Elle lève le bras pour intimer le silence aux enfants – ce qu'elle prévoit de faire une fois dans la salle – et répète à voix basse son discours d'ouverture. *Ceci est un nouveau début pour vous, mes enfants, mais la fin d'une époque pour notre pays. Une grande tragédie s'est abattue sur nous...* Comment dit-on « tragédie » en hindi ? Aurait-elle dû mettre par écrit tout son discours ? Elle ne parle pas couramment l'hindi. Elle n'avait guère l'occasion de le pratiquer à l'université, sauf pour des plaisanteries, des bouts de phrase, des insultes et les échanges restreints avec les serveurs de thé. Elle l'a révisé en traitant avec les fonctionnaires gouvernementaux, mais l'hindi officiel est une langue bâtarde, un pidgin confiné à quelques phrases tournant autour de l'argent. Comment le conformer à ce discours inaugural, son premier contact formel avec les enfants qui va façonner sa vie ?

Elle se reprend immédiatement : c'est elle qui va façonner la vie des enfants. Elle n'aura pas le temps de penser à sa propre personne puisqu'elle va consacrer son existence à treize garçons et filles laissés pour compte par la société, et bien d'autres par la suite. Elle entre d'un pas résolu dans la pièce.

Suleman reste assis. Les enfants applaudissent. Elle lève le bras et ils se taisent avec une surprenante docilité. Immobile, elle regarde autour d'elle un peu perdue : elle n'a jamais vu la salle remplie d'enfants. On les a conduits ici il y a quelques jours, ils ont dormi dans la cour, joué dans les ruelles alentour, cavalé sur les marches de la mosquée Jama en se faisant guides pour touristes américains, mais c'est la première fois qu'elle les voit réunis – assis jambes croisées sur des nattes de coco, cahier et crayon à la main. La salle – la pièce miteuse qu'elle a balayée et décorée de photos de Gandhi et Nehru, de slogans inspirés et de lettres de l'alphabet hindi – semble toute neuve, objet d'émerveillement, lieu d'apprentissage.

Elle regarde les enfants et joint les mains. Ils répondent en criant : « Hello » et « Bonjour ». Elle sourit. « J'ai de mauvaises nouvelles à vous annoncer. » Ils rient et applaudissent. Ils viennent de manger, des galettes et des pickles achetés à l'étal derrière la mosquée Jama, ils semblent rassurés et à l'aise. Ils donnent l'impression de s'être déjà organisés en équipes. Trois entourent Mussabir, l'aîné des garçons avec ses douze ans. Chitra l'a trouvé qui ramassait des chiffons dans Daryaganj, et l'a incité à venir aux Moineaux en lui promettant à manger. C'est un gamin dégingandé, qui ignore où sont ses parents et qu'elle soupçonne – qu'elle sait en réalité – être originaire du Bangladesh. Plus de la moitié d'entre eux ont la même histoire : amenés du Bangladesh par des parents désespérés et abandonnés dès que possible. Mussabir n'a aucun souvenir de sa famille. Il farfouille dans les égouts de

Chandni Chowk depuis quatre ans, vole de la nourriture, se bat pour une place de trottoir, très à l'aise dans son empire. Elle le retient difficilement depuis six jours. Se servant de son appât habituel : la nourriture. Il a dormi ici – ne disant jamais ce qu'il fait durant la journée – et s'est constitué une cour de gamins, qui l'observent maintenant attentivement pour savoir comment se comporter. Mussabir, lui, montrant une indifférence royale, regarde les neuf enfants qui n'ont pas encore découvert sa suprématie et demeurent jambes croisées sur la natte. Il se vautre, bien entendu. Les jambes allongées, le cahier oublié à côté de lui.

Sur le bord extérieur de la natte se tiennent deux fillettes que Chitra a trouvées mendiant devant un étal, il y a trois ans. Jolly et Sheila – sûrement de faux noms, qu'elles ont empruntés à un film – lui ont donné l'idée de créer Les Moineaux. Chitra les avait conduites dans un asile de nuit qui ne les a pas acceptées parce qu'il ne recevait que des hommes. Elle leur avait acheté une robe à chacune. Elle les voyait toutes les deux ou trois semaines dans Chandni Chowk à l'occasion de ses visites à l'Hôtel de Ville. Elles se tenaient à la grille, vêtues de la robe, et elle leur donnait de l'argent, puis elle se rendait à son rendez-vous avec d'obscurs fonctionnaires, prête de nouveau à marchander pour obtenir un bâtiment où créer un asile et une école. Maintenant les fillettes, âgées de huit ans, toujours en robe, la fixent yeux écarquillés, sans tenir compte de Mussabir.

Les enfants devinent son indécision et se remettent à bavarder. Mussabir la regarde avec mépris, ses acolytes gloussent.

« Un malheur est arrivé à notre pays », dit-elle. Elle espère qu'ils vont se calmer et se comporter avec la dignité que mérite cet instant. Mais ils se remettent à rire. « Notre Premier ministre a été tuée. » Les mots hindis sortent brutalement, sans l'émotion mesurée à laquelle elle s'était entraînée. Elle soupire. L'hindi est une langue fruste – une langue de la rue – sans sensibilité ni raffinement.

Le rire des enfants se transforme en un murmure confus. Les acolytes de Mussabir le regardent. Sheila et Jolly ricanent sottement. Chitra envisage la possibilité qu'ils ne sachent pas qui est, ou ce qu'est un Premier ministre. Elle pleure sur elle-même. Que fait-elle ici, avec son diplôme d'une des universités les plus prestigieuses de Delhi ? Pourquoi se trouve-t-elle au milieu d'orphelins à demi nus, mendiants et Bangladeshis ? Quel gène autodestructeur l'a poussée à mener ce genre de vie ? Mais ce n'est pas le moment de douter. Obstinée, elle poursuit. « J'avais espéré pouvoir vous faire une leçon aujourd'hui, parce que c'est notre jour d'ouverture. Au lieu de quoi nous allons chanter une prière – une prière pour notre Premier ministre. »

Les enfants l'acclament. Embarrassée, elle jette un coup d'œil sur sa droite, là où Suleman est assis, imperturbable, sur une chaise de fer. Il regarde droit devant lui, semble ne pas avoir remarqué les acclamations. Horrifiée, elle porte un doigt à ses lèvres. Un tel tapage en un tel jour ! Mais elle doit les faire chanter. Elle commence doucement : « Allah *tero naam,* Ishwar *tero naam...* » Ton nom est Allah, ton nom est Ishwar. Elle n'a pas l'habitude de chanter, sa voix tremble. Suleman fronce les sourcils. Elle n'a jamais su comment se comporter avec lui. Doit-elle le traiter en ami, qui a mis tout son dynamisme à son service, pour trouver l'argent, le bâtiment, et faire fonctionner Les Moineaux ? Il accorde ses bontés d'autorité. Il répand ses faveurs non parce que la tâche en vaut la peine mais parce qu'il est en position de les offrir. Ses yeux perçants, ses pupilles en pointe d'épingle la mettent mal à l'aise. Il semble en permanence impatient, comme si le travail en train de s'accomplir gênait tous ceux qui doivent suivre. Elle s'arrête de chanter : les enfants ne l'ont pas suivie.

« Laissez tomber », dit Suleman. Il lui décoche un sourire sans humour, qui lui fait peur. « Ce sont des enfants, dit-il. Ils n'ont pas entendu parler d'Indira Gandhi. »

Mais un murmure parcourt les rangs. Ils connaissent ce nom. Certains rient, d'autre applaudissent, un slogan fuse du dernier rang. « Indira Gandhi *randii hai !* »

Les enfants croulent de rire. Chitra est paniquée. Que diraient les dirigeants de la Municipalité ? Nous vous donnons de l'argent et vous apprenez aux enfants à traiter de putain le Premier ministre ! Elle se dirige vers le responsable du blasphème. Etalé, jambes écartées, Mussabir Hussein la regarde d'un air amical. Impuissante, Chitra a l'impression d'être elle aussi un enfant. Que devrait-elle faire ? Le gifler, lui taper sur les doigts avec une règle en bois, l'attraper par l'oreille et le mettre au coin... Mais pas le premier jour. Elle avait escompté avoir affaire à des enfants bien élevés qui comprendraient l'importance du moment. Comment aurait-elle su qu'elle allait devoir s'occuper de la discipline ? Et qu'Indira Gandhi choisirait justement ce matin pour se faire assassiner?

Elle se tourne, presque malgré elle, vers Suleman. Son kurta blanc lui va à la perfection. Le pyjama, blanc lui aussi, sans un pli, serre étroitement les jambes, l'une posée négligemment sur l'autre. Il parle, et sa fine moustache frétille : « Les enfants disent ce genre de choses, madame. Après tout, c'était une vieille femme. »

Chitra secoue la tête, et se rapproche de lui. Elle pardonnera à Mussabir, et aussi à Suleman. Elle s'était d'abord adressée à Naresh Agrawal, député de Chandni Chowk au Parlement. Il s'était montré courtois, mais ne lui avait fait que de vagues promesses. Suleman, à sa façon distante et sèche, l'a secourue. Elle doit à sa gentillesse, à son ambition ou à Dieu sait quoi, de se trouver aujourd'hui au milieu de ces enfants et de pouvoir leur imaginer un avenir.

Elle s'assoit à côté de Suleman et lui demande s'il veut prononcer quelques mots. Il refuse. Ce n'est pas le genre à plastronner, se dit-elle. A vingt-huit ans, il a l'aplomb d'un vieil homme. Bon, que doit-elle faire maintenant? Elle ne peut leur donner un cours, elle ne peut les obliger à chanter. Elle ne peut rien dire qui rendrait justice à l'instant présent, parce qu'elle doit le dire en hindi. Si seulement elle avait pu faire un petit discours en anglais. Quelles images émouvantes elle aurait trouvées ! Quelles paroles enthousiasmantes ! Qu'a dit Nehru à la mort de Gandhi ? « La lumière a déserté notre vie... » La langue anglaise coule si plaisamment dans la bouche.

Elle se gourmande. Tout ceci n'est que vanité, romantisme, folie littéraire. Voici sa famille – Mussabir, Jolly, Sheila, Raju, Anju, Manpreet, Robert, Babloo, Suraj, Sonu, Afroz, Anil et Muhammad Akram. Ses treize enfants, à demi nus, illettrés, qui attendent la délivrance. Les mots ne sauraient les délivrer du malheur.

« Nous allons observer un instant de silence », dit-elle.

Elle regarde Suleman pour voir s'il l'approuve. Il abaisse les paupières. Mussabir est calme, fatigué peut-être de sa propre rébellion, il ferme les yeux. Ses acolytes l'imitent. Sheila et Jolly demeurent assises, modestement. Les autres enfants se taisent, en accord avec le calme régnant. L'instant s'étire. Elle jette un nouveau coup d'œil à Suleman et se demande s'il ne s'est pas endormi.

Le juron de Mussabir déchire le silence : « *Saalaa !* » Une bagarre a éclaté de son côté. Derrière lui, la porte ouverte donne sur la ruelle où se tient un garçon, plus petit que Mussabir, maigre, foncé de peau, la tignasse sale. Il tient quelque chose dans la main gauche – une galette peut-être – et Mussabir essaie de le lui arracher. Les enfants hurlent pour l'encourager. Mussabir rit, mais il halète. Son adversaire lève sa main droite – un moignon – et l'abat sur ses épaules. Mussabir recule sous l'effet de la douleur, brandissant un bout de sa proie, et l'enfourne dans sa bouche. Exclamations. Le jeune garçon se dépêche de dévorer le reste de ce qu'il tient, baisse la tête et fonce droit dans le ventre de Mussabir.

Chitra a du mal à les séparer. Mussabir est furieux, le gamin plein d'effroi. Il se réfugie derrière elle, pleurant, se frottant le visage de son moignon. Mussabir s'écarte, boudeur. Les enfants entourent le nouveau venu. Chitra l'observe attentivement. Son short est trempé, il semble étonnamment propre. Le moignon témoigne à l'évidence d'une vieille blessure guérie depuis longtemps. « Tu peux partir, lui dit-elle. Personne ne te fera de mal. »

Le garçon ne bouge pas. Il lève sur elle de grands yeux. Brusquement elle le voit comme un autre Mussabir – plus jeune, moins aguerri.

« Le budget est prévu pour treize », crie Suleman.

Que suppose-t-il ? Elle passe la main sur les cheveux hirsutes du gamin. « Comment t'appelles-tu ? »

Il ne bronche pas, comme s'il ne comprenait pas l'hindi. Puis il joint les mains et répond d'une manière réfléchie qu'il a dû apprendre de ses parents. « Gauhar Muhammad.

— Où est ton père ? »

Pas de réponse. De l'autre côté de la salle, Suleman se redresse sur sa chaise. « Comment as-tu dit que tu t'appelles ?

— Gauhar Muhammad.

— D'où viens-tu ?

— Murshidabad », dit-il après un instant d'hésitation.

Suleman sourit. « Gardez-le ici, madame. Quatorze bouches ne coûtent pas plus que treize. »

Chitra sait, sans avoir besoin de le demander, que le garçon, musulman, vient juste d'arriver à Delhi. Il a un accent bizarre. Son hindi ressemble au bengali des enfants bangladeshis.

« Tu peux rester ici », lui dit Suleman, qui se penche pour l'examiner de près. Chitra se demande si ses yeux sont pleins de gentillesse ou de curiosité. « Allah donne, toujours ! » chuchote Suleman, assez fort.

Chitra s'étonne de cette soudaine piété. Mussabir, près de la porte, pousse un grognement. Il n'aime pas le garçon. Bien que jeune et faible – comment ça se bat un dégénéré manchot ? – il est trop grand pour s'incorporer facilement à son équipe. Ce gosse est une aberration, une recrue inopportune, un centre de pouvoir potentiel. Mussabir fixe sur Chitra un regard furieux, essayant de la forcer à changer d'avis. Il sait que Suleman, envers qui il se sent impuissant, est à l'origine de cette décision. Et que, d'une certaine façon, c'est la faute de cette putain qui vient de mourir. Il hurle : « Indira Gandhi *randii hai !* »

4

Une foule de prostituées massées sur le balcon du troisième étage, au kotha 842, regardent à travers les grilles, accroupies entre les jupons et les jupes qui sèchent dessus. L'hilarité plisse leurs joues maquillées de rouge, elles rient bouche grande ouverte d'où dégouline le jus de bétel qui tombe en bas sur la chaussée. Devant le poste de police, de l'autre côté de la rue, se tient le commissaire – le CP –, bâton à la main. Sous le balcon, la bai attend, les poings sur les hanches, mais n'ordonne pas à son pahalvan d'interrompre la bagarre entre Gita et Ramvilas, que celle-ci vient de frapper de toutes ses forces. La déesse Durga personnifiée, peu importe à Gita que tous les pahalvans, les bais, les chiens et les chats de GB Road lui intiment de cesser, la supplient d'arrêter de battre ce salaud avant que mort s'ensuive. Qu'ils essaient de lui faire lâcher prise, qu'ils la menacent de coups de bâton et de famine, qu'ils la ligotent et la jettent dans un donjon, elle ne le laissera pas filer avant qu'il l'ait payée. Quinze roupies, c'était le prix convenu. Après qu'elle en aura donné deux au babu, cinq à la bai, deux au pahalvan, une au propriétaire et une au commissaire de police, il lui en restera quatre. Quatre roupies pour quatre heures ! Comment accepter de se faire escroquer ? Ce type n'est pas le genre de client qui prend ce qu'il veut, paie et s'en va. Lui, ce qu'il aime, c'est passer toute la matinée au bordel, couché et se faisant servir du thé comme si elle était sa femme. Les matins, affirme-t-il – après de si longues nuits –, c'est pour le travail. Elle va le déchiqueter, dépecer ses os maigrichons et mettre la peau à sécher sur les grilles avec les corsages et les saris. De sa chappal en caoutchouc, elle lui tape sur le crâne, encore et encore, en dévidant un torrent d'injures. Il a détourné le visage, et maintenant il se couvre la tête de ses bras. Quel petit crâne, aussi petit que celui d'un enfant ! Et ces bras délicats ! Comment ce mollasson peut-il l'intimider ? Comment a-t-elle pu avoir la faiblesse de se laisser violer ?

Ramvilas se plie en deux, couvrant son visage, sa tête, les épaules de ses mains, essayant de prévoir où le prochain coup va s'abattre. Il sait qu'il a commis une erreur tactique en se précipitant dans la rue alors qu'elle avançait sur lui. Une putain de bordel se transforme en harpie quand elle sort. A l'intérieur, il aurait pu la saisir par les cheveux et la pousser sur le lit, ou du moins filer dans les couloirs pour se protéger. Ici, sous le regard des putains de GB Road et des boutiquiers, il ne peut même pas se tenir debout. Son visage le brûle des écorchures qu'elle lui a faites avec ses ongles. Quelles griffes ! Et peintes du vernis qu'il lui a offert ! « Il faut laisser une courtisane à la place qui est la sienne, dit Vatsyayan du *Kama Sutra*, et ne pas la flatter indûment avec des cadeaux... » Comment lui a-t-elle fauché ses chappals ? Il doit absolument lui échapper. Atteindre seulement l'extrémité de GB Road. Elle n'osera pas le suivre plus loin. Il lève un genou, plante un pied nu dans le sol. Se servant de cette jambe comme d'un levier, il se redresse. Tchac ! Une chappal atterrit sur son épaule gauche, qui ploie sous le choc. Il se retrouve par terre, étalé à plat ventre.

Les filles au troisième étage se tordent de rire et applaudissent bruyamment. La bai prend un air courroucé. Il y a trop de filles derrière les grilles. Trop de décolletés, de dents rouges, de lèvres pendantes. Et une foule commence à sc former dans la rue. Les rickshaws s'arrêtent, les vélos s'immobilisent, les marchands grondent derrière leurs comptoirs. Elle devine que le CP calcule le moment exact où il interviendra pour faire cesser la bagarre. La nuit, GB Road appartient aux prostituées et aux bais, mais le jour c'est un marché. Le CP a l'ordre strict du préfet de police adjoint de ne pas laisser la nuit empiéter sur la journée. Les gens viennent ici acheter des pompes à main, des carreaux de salle d'eau, des cuvettes de WC style occidental et des lavabos. Ils marchent, prennent des rickshaws ou roulent en scooters, emportent moteurs et pompes sans lever les yeux vers les grilles. Et s'ils le faisaient, ils verraient un jupon ou un sari, mais rarement une femme. La bai autorise ses filles à se pencher au balcon, par groupes de trois, pour regarder la rue, mais selon un strict code vestimentaire. Elles ont soif de soleil et, vêtues correctement, ont l'air plutôt innocent. Mais de là à courir dans la rue et faire une scène à midi ? Le CP viendra sûrement ce soir, une fois le marché fermé et GB Road rendue à sa vocation primitive, pour réclamer de l'argent. Elle n'aura pas d'autre choix que de payer. Elle ne veut pas de brouille avec la police.

La bai fait un signe au pahalvan, costaud d'une trentaine d'années, dont le père était déjà videur au bordel. Il remonte son lungi et le noue autour de ses genoux en préparation du sale boulot qui l'attend. Puis il avance, attrape Gita par les bras et l'arrache à sa proie. Elle se débat, pousse des hurlements, mais il la tire vers le kotha, pas après pas. La tournure des événements l'amuse. Il est de son devoir de défendre Gulmohar – le nom professionnel de Gita – contre ses prédateurs, non de défendre les prédateurs contre elle. Quoique cet homme – toujours étalé sur le sol – semble un improbable carnivore. Il porte un kurta-pyjama de coton blanc comme un politicien et, au lieu de sandales correctes, des chappals de caoutchouc qui, pour l'instant, reposent dans les mains de Gita. Il doit avoir trente ans, mais il perd déjà ses cheveux et sera bientôt chauve. Pas un gramme de chair sur les os – un bonhomme fluet qui donne l'impression d'avoir appris à s'attirer les bonnes grâces des puissants pour s'accommoder d'un monde brutal. Au lieu de la saisir par les cheveux, comme ferait n'importe quel homme, il est tombé à quatre pattes et s'est laissé frapper par Gulmohar, protestant tout juste quand il avait trop mal. A un moment, il a même souri, comme si ça l'amusait de se faire tabasser en public par une putain de dix-sept ans. Au lieu de lui rendre ses coups, il lui débitait des propos lénifiants, d'une voix si faible que seul le pahalvan, à proximité, pouvait les entendre – « Vas-y doucement, ma Fatehpuri Bégum, ma Jahanara, ma Roshanara, ma Mumtaz Mahal... »

« Bas les pattes ! », braille Gita en mauvais hindi.

Le pahalvan rit et la pousse dans la cage d'escalier proche de l'Agrawal Pump House. Il la tient jusqu'à ce que la bai la saisisse et la tire derrière elle.

« Je le tuerai ! » dit Gita.

Son accent fait de nouveau rire le pahalvan. Ces Népalaises ! Yeux en amande, peau veloutée, bras ronds, visage ovale, caractère fougueux, mais incapables d'apprendre un hindi correct. Heureusement qu'on ne vient pas au kotha pour l'entendre parler.

Ayant remis Gita en sécurité à Parvati, la bai redescend en trombe. Elle ne peut laisser l'homme partir ainsi. Elle débouche dans GB Road, où la foule commence à se disperser. De chaque côté de la rue, les filles déçues abandonnent les grilles et regagnent leurs chambres.

Ramvilas se relève, protégeant son visage de coups qui ne pleuvent plus. Il est amoureux de Gulmohar, pense la bai avec satisfaction, sinon il n'aurait pas toléré cette violence. Un homme si délicat, si faible de caractère peut-être, et si entiché de la fille. Que les clients tombent amoureux de ses filles, elle n'y voit pas d'inconvénient, à condition que cela ne gêne pas les affaires, que l'homme ne veuille pas passer toute la matinée au kotha en espérant que sa bien-aimée va être aux petits soins pour lui. Une fille a besoin de repos après une nuit de travail. Elle ne peut jouer l'épouse, l'amante, la courtisane et l'esclave plus de dix heures d'affilée. Sans compter que Gulmohar n'a même pas dix-sept ans. Et n'a connu jusqu'à présent qu'une dizaine d'hommes à peine. Mais celui-ci est assez stupide pour croire qu'il lui a pris sa virginité. C'est vrai qu'avec ce genre de filles, on se trompe facilement. Elles restent aussi fraîches que des vierges pendant plusieurs nuits. Mais elles durent mal, contrairement aux femmes vigoureuses de la génération de la bai, qui pouvaient encore passer pour de la chair tendre après trente ans. En ce temps-là, les femmes, comme des bougies, se consumaient lentement jusqu'au crépuscule de la quarantaine. Maintenant les filles sont comme des pétards : elles étincellent quelques instants – les deux premières années, si tout va bien – puis s'éteignent, ne pouvant plus servir qu'à prix cassé, ce qui laisse peu de bénéfice à la bai ou au propriétaire. Celle-ci, elle ne l'a pas surchargée ces dernières semaines, la réservant surtout à ce client particulier. Il ne faut pas que Gulmohar s'use trop vite. Avec de la chance, elle offrira trente ans de peau souple, de poitrine ferme, de hanches vigoureuses et de ventre plat, à condition qu'elle ne tombe pas enceinte.

La bai soupire. Passons. Ça fait du bien à Gita de frapper ses clients de temps en temps. Les gouttes de venin prolongeront sa fraîcheur, et plongeront ce pauvre diable qui les boira avec reconnaissance dans une transe masochiste. Maintenant elle doit s'occuper de lui. Se montrer pleine de sollicitude, proposer de l'aider, s'assurer qu'il reviendra au kotha et à Gulmohar. Elle lui offre son bras grassouillet, sur lequel il s'appuie avec soulagement pour se remettre debout. Dérouté, il reste sans bouger, puis s'essuie le front avec un mouchoir.

« Elle n'est pas dressée », dit-elle pour le consoler.

Ramvilas hoche la tête, aplatit ses cheveux huilés. Son principal souci, c'est le CP, toujours planté au bout de la rue. La foule s'est dispersée. Rickshaws et vélos virevoltent autour d'eux. Personne ne s'arrête pour regarder, mais le CP ne les quitte pas des yeux.

« Elle saura de quel bois je me chauffe ce soir », promet la bai.

Ramvilas lève une main molle – celle qui reposait sur le bras de la bai – pour protester. « C'est inutile, dit-il. Je reviendrai cette nuit et réglerai la chose moi-même. »

La bai le gratifie d'un sourire béat. Heureux client, généreux client, bienveillant client. Un homme merveilleux, soigné, rasé de près, consommateur inoffensif de beauté, pas un de ces géants obèses qui écraserait la pauvre Gulmohar sous son poids. En vérité, si elle avait eu quelques années de moins, elle l'aurait gardé pour elle. Mais les joues du pauvre homme saignent, griffées par Gulmohar. La bai fait signe au pahalvan, qui se précipite à l'intérieur du kotha et revient avec du coton et une bouteille de Dettol. « Restez tranquille, je vais m'occuper de vous », dit-elle.

Du balcon du premier étage, derrière la grille, Gita observe la scène. Parvati, à ses côtés, la retient et l'admoneste : « Tu dois apprendre à te dominer, Gulmohar. »

Gita grogne. Elle n'aime pas Parvati, elle n'aime pas qu'on l'appelle Gulmohar. « C'est le nom d'une fleur, lui a dit la bai. Les gens vont tomber en pâmoison sur toi pour humer ta senteur. » Combien de fois lui a-t-on servi cette histoire de fleur ! Un jour, elle avait dix ans, son oncle Jangbahadur est venu à Sindhupalchowk rencontrer son père. Il lui a jeté un coup d'œil et a dit à son père : « Quelle belle fleur tu as dans ton jardin ! » Son père a ri. Tout le monde riait des plaisanteries de Jangbahadur parce qu'il venait de Katmandou.

A seize ans, elle est allée vivre chez Jangbahadur et sa deuxième femme. Elle ne voulait pas, mais son père a dit que c'était mieux pour elle. Qu'il n'y avait pas d'avenir au village pour une jeune fille. Qui l'épouserait ? A Katmandou, une fille pouvait gagner sa vie. Elle pourrait trouver un jeune homme pour prendre soin d'elle, raison pour laquelle les filles de Dhading, Nuwakot et Sindhupalchowk affluaient en ville. Celles qui avaient des oncles et des tantes à Katmandou s'estimaient fortunées, car elles avaient un foyer et des parents affectueux pour les aider à démarrer. Affectueux, Jangbahadur l'était vraiment devenu. Il l'avait serrée contre lui à son arrivée, et ne manquait jamais l'occasion de la bécoter sur la joue. Quelques jours après, il lui avait trouvé une place de serveuse. « Le premier pas vers un avenir qui éblouira ton père », lui dit-il.

Le travail au restaurant était dur. Levée à cinq heures du matin, elle n'arrêtait pas jusqu'à dix heures du soir, allumant les fourneaux, pompant l'eau, épluchant les légumes. A l'heure des repas, elle servait les clients. C'était le meilleur moment de la journée, parce qu'on l'autorisait à porter le vêtement neuf que lui avait acheté Jangbahadur. Elle servait avec un sourire chaleureux et faisait valser ses cheveux bruns quand elle se penchait sur les clients pour poser leur assiette ou leur verre. Un jour, un jeune homme lui laissa trois roupies sur la table. Elle crut qu'il s'était trompé, mais il revint le lendemain disant que ce pourboire était délibéré. « Tu es jolie, lui dit-il, et je connais bien ton oncle Jangbahadur. » Elle en fut contente.

Elle raconta l'incident à Jangbahadur. « Je connais ce garçon, confirma-t-il. Il importe des vêtements, il réussit très bien, il est très riche. Il fera un merveilleux mari pour celle qu'il épousera. »

Bikram revint au restaurant presque chaque jour, laissant des pourboires de plus en plus importants. Il était plutôt bel homme – la trentaine, bien en chair, propre et joyeux. Sa rondeur était signe de prospérité, pas de négligence. Elle commença de se pomponner dans la cuisine, arrangeant ses cheveux, se parfumant, consciente de son apparence lorsqu'elle approchait de sa table, sachant qu'il ne venait que pour la voir. Les jours où il ne venait pas, elle se désintéressait de son travail. « Je suis allé à Delhi, disait-il après une longue absence, pour acheter des salvaar-kameez et des saris. » Il s'y rendait souvent, revendait les vêtements aux boutiquiers de Katmandou. « Delhi est une grande ville, un monde merveilleux de forts, de jardins, de monuments, de rues, de voitures et de gratte-ciel. » Quand il lui proposa de l'accompagner, elle n'hésita pas, mais demanda sa permission à Jangbahadur. Elle n'était pas une effrontée et ne serait pas partie sans la bénédiction de son oncle. « Tu as dix-sept ans et tu peux prendre tes décisions toute seule, lui dit Jangbahadur, mais je ne veux pas répondre de toi devant ta mère. » Il approcha son visage du sien, si près qu'elle put voir les sillons noirs dans ses gencives et sentir son haleine sur ses joues. « Tu briseras de nombreux cœurs avec tes yeux en amande », dit-il. Puis ses lèvres s'ouvrirent et il lui bava sur le visage. Elle passa la nuit suivante à mettre ses vêtements dans une valise. Elle n'était pas sûre d'avoir obtenu sa permission, mais elle était certaine du danger qu'il représentait. Elle allait partir avec Bikram, plus jeune, plus chaleureux et beaucoup plus désirable. Elle deviendrait son associée dans son affaire d'importation. Dans une grande ville comme Delhi, une femme pouvait devenir ce qu'elle souhaitait être – esthéticienne, vendeuse, serveuse dans un hôtel cinq étoiles, pour des hommes blancs venus de pays étrangers.

Elle retrouva Bikram tôt le matin à un arrêt d'autobus. « Partons et marions-nous », dit-elle.

Il rit. De l'index et du pouce, il traça une ligne imaginaire de poudre vermillon sur la raie de ses cheveux. « Maintenant nous sommes mariés », dit-il. Elle rit à son tour, et il l'attira contre lui.

Cela lui plut. Il était gentil, empressé et généreux. Ils traversèrent en bus la frontière indienne, puis prirent un train pour Delhi. Dans la capitale ils ne voyagèrent qu'en bus – jamais en taxi – parce que Bikram voulait économiser de l'argent pour acheter les saris qu'il rapporterait au pays. Mais ça lui était égal. Il lui montrait de si belles choses ! India Gate, le Parlement, le Fort Rouge... Ils passèrent trois jours à se promener dans Kinari Bazar et Khari Baoli, montant et descendant Chandni Chowk, à manger des jalebis, des dahi bhallas et des parathas succulents... mais sans jamais acheter les saris et les salvaar-kameez annoncés. Ils marchèrent des heures, cherchant les meilleurs, marchandant dans une dizaine de boutiques, mais n'achetant jamais. « Les prix sont trop élevés, dit Bikram.

— Si tu n'achètes pas de saris pour tes affaires, tu peux m'en offrir un. »

Il accepta, de mauvaise grâce. « D'accord, dit-il, je vais t'acheter un sari de crêpe. »

Le seth propriétaire de la boutique sourit avec dédain. « Nous ne vendons pas de saris de crêpe, dit-il, parce que c'est commun. Ici vous êtes chez Jamna Lal Kishori Mal. » Chez lui on ne trouvait que de l'organdi, de la mousseline française et du nylon.

Ils sortirent, Bikram indifférent au mépris, elle furieuse. Cette nuit-là, il la viola pour la première fois. Même s'il lui prenait la main pour l'aider à descendre des bus, il avait pris soin de ne pas l'effleurer au cours de leurs deux premières nuits passées à Delhi, dans une chambre au cinquième étage sur Chandni Chowk. Elle s'était habituée à l'intimité naturelle et détendue que créait le fait de partager la même chambre, les mêmes toilettes, le même compartiment de train. La troisième nuit, alors que leur discussion à propos du sari de crêpe avait dégénéré en une violente querelle, il l'attira à lui calmement, délibérément. Elle n'avait jamais connu cela. Au début, elle fut agréablement surprise, puis bouleversée. Personne dans l'immeuble, où dormaient au moins une centaine de personnes dans des alcôves comme la leur, ne répondit à ses appels à l'aide, comme s'ils couchaient dans une boîte suspendue dans l'espace. Les deux nuits suivantes, il la viola de nouveau.

Le matin du sixième jour, il la réveilla avant l'aube et l'emmena dans un marché pour pompes à eau et carrelages de salles de bains. « Il n'y a pas de boutiques de saris ici, dit-elle, et d'ailleurs tout est fermé.

— Nous ne sommes pas venus acheter, répliqua-t-il sibyllin, mais vendre. » Il la tenait par la main, et elle suivait sans rechigner. Qu'il se soit emparé de sa personne ne lui paraissait plus être un crime. C'est ce qu'exige un mari, lui avait-il expliqué, et la douleur se transformerait vite en plaisir. Ils parcoururent le marché, main dans la main, passant devant les boutiques fermées et les mendiants endormis. Le jour ne se lèverait que dans une heure. A côté de Agrawal Pump House – rideau de fer baissé et enseigne électronique flashant en hindi – il entra dans un immeuble et lui fit monter un escalier sombre qui aboutissait à un palier donnant sur une salle d'attente meublée de couchettes, un rideau tiré devant chacune. Des gamins jouaient aux billes sur le sol en linoléum ; des filles jouaient au Ludo. Aux murs pendaient des portraits de Gandhi, Nehru, Guru Nanak et Sai Baba. Elle demanda à Bikram où ils se trouvaient.

« Foyer de jeunes filles », dit-il.

Elle ne comprenait pas pourquoi tous ces gens étaient déjà levés, ni à quoi servaient les couchettes et les rideaux. Une grosse femme entra, suivie de six à sept filles. Agée d'une quarantaine d'années, estima Gita, elle lui rappelait sa mère, mais avec plus d'assurance, de confiance en soi. La femme la toisa d'un regard sévère, claqua la langue, échangea des regards rapides avec les filles.

« Voici Shanti Bai », dit Bikram.

Gita fit namaste.

La bai chuchota à l'oreille de Bikram – Gita trouva choquante cette familiarité – et gloussa. On apporta du thé sur un plateau de fer. La bai, Bikram et Gita eurent droit à un verre. Bikram demanda pourquoi les filles ne buvaient pas de thé. « Roza », dit la bai.

Quand il eut fini son verre, Bikram dit à Gita qu'il comptait se rendre à Ludhiyana et à Jalandhar pour acheter du fil à tisser. « Ils en font du bon là-bas. Reste ici jusqu'à mon retour. La bai prendra soin de toi. »

Elle ne voulait pas qu'il s'en aille, elle s'accrocha à lui, laissant couler ses larmes.

« Tu te conduis comme un enfant, la réprimanda Bikram. J'ai

pleinement confiance en la bai, et je serai de retour dans quelques jours.

— Je ne la connais pas, protesta Gita. Et c'est quoi "roza" ?

— Le jeûne musulman. Ça ne te concerne pas. La bai te donnera à manger si tu as faim. Les filles mangeront très tôt le matin.

— Est-ce qu'elles attendent toutes le retour de leur mari? »

Bikram éclata de rire. Elle recula apeurée, ne comprenant plus rien. La deuxième fois qu'il l'avait prise, il l'avait appelée sa fleur, sa rose, sa champa, sa rajnigandha... Il l'avait serrée contre lui, lui chuchotant ces mots à l'oreille. Elle avait sûrement acquis des droits sur lui? Devait-elle s'accrocher et refuser de le laisser partir? Elle enlaça son corps grassouillet de ses bras minces, puis recula, embarrassée. Elle ne voulait pas que la bai et les filles la voient dans cette position.

« Juste quelques jours, dit Bikram en partant. Puis nous retournerons à Katmandou. »

Parvenu à la porte, il écarta le rideau, se retourna pour la regarder et descendit l'escalier. Un regard de regret, peut-être, mais elle n'en était pas sûre. Ce fut la dernière image qu'elle garda de lui.

Des filles l'entraînèrent à l'intérieur, aux petits soins pour elle. Elles étaient quatre, toutes d'une vingtaine d'années, estima Gita. Vêtues d'un salvaar-kameez blanc avec un long dupatta qu'elles serraient étroitement autour d'elles. Cette pudeur inquiéta Gita. Elle s'en voulut de porter un corsage si échancré. Des enfants – une douzaine au moins – les suivaient de pièce en pièce, jusqu'à celle où elles finirent par s'asseoir, sur un tapis par terre, les murs tapissés d'affiches d'Amitabh Bachchan, de Dharmendra et autres vedettes de cinéma qu'elle ne reconnut pas.

La voyant regarder les portraits, les filles s'esclaffèrent. « Il n'y a ni Gandhi ni Sai Baba dans cette pièce. » Puis elles se présentèrent : Manju, Nasreen, Lilly, Parvati... Gita s'inquiéta des enfants. Vivaient-ils aussi dans le foyer? A qui étaient-ils?

« Nous formons une famille, dit Parvati.

— Les trois plus grands sont mes fils, dit Manju.

— Les deux petites filles sont à moi, dit Nasreen.

— Je croyais que la plus petite était à moi, brailla Parvati.

— Non, elle est à moi. Elle a mes yeux.

— Ils m'appellent tous Mère », hurla Lilly.

Et elles s'écroulèrent de rire. Gita les imita, ainsi que les enfants. Puis elle les remercia de leur gentillesse. « Je vais rester quelques jours avec vous, dit-elle. Jusqu'à ce que mon mari revienne de Ludhiyana.

— C'est ici ton sasuraal, la maison de ton mari, glousse Nasreen.

— Tous tes sasuraals sont ici, ajouta Manju, parce que tous tes maris vivent ici ! »

Gita rit, ne comprenant pas ce qu'elles voulaient dire. « Qui est-elle ? demanda-t-elle en montrant du doigt la bai qui se trouvait dans la pièce contiguë.

— Maman ? C'est ta belle-mère ! » beugla Parvati.

Sur quoi elles explosèrent à nouveau de rire. Soudain Nasreen leva la main et tout le monde se tut. L'appel distant d'un mollah, diffusé par haut-parleurs, se répandit sur tout GB Road, pénétra dans la pièce. « J'entends le azan ! »

Lilly apporta un plat de samosas et elles s'assirent en cercle pour manger. Les enfants dévoraient.

« Nous ne sommes pas toutes musulmanes, expliqua Manju, mais nous aimons manger en même temps que Nasreen. Dans quelques jours, le mois de Ramzan se terminera et nous devrons passer toutes les nuits à mourir de faim !

– Ne te retiens pas, dit Nasreen. Tu dois manger pour travailler. »

Gita mordit dans un samosa.

« Tu as une peau si douce, si laiteuse », dit Nasreen.

Le repas terminé, les filles allèrent dormir et la bai emmena Gita à l'étage supérieur.

« C'est ma chambre, dit-elle. Tu dormiras ici pour le moment. »

Gita passa deux semaines d'angoisse dans le kotha, à voir les filles dormir toute la matinée, se réveiller l'après-midi, jouer au Ludo, laver leur linge, cuisiner, rigoler, se quereller et chanter. Elle s'occupa des enfants pendant que les filles cuisinaient. La nuit, la bai l'enfermait à clef dans la chambre. « Nous voulons que tu sois en sécurité », disait-elle. Chaque matin, Gita lui demandait des nouvelles de Bikram. La bai la prenait dans ses bras, la caressait, lui tressait les cheveux et ne disait rien, mastiquant sans répit les restes de son paan.

« Tu dois mieux prendre soin de toi, Gulmohar, lui reprochait-elle. Tu vas perdre tes attraits.

— Je m'appelle Gita Tamang !

— Mais Gulmohar est beaucoup plus joli », décréta la bai. Puis elle prit son visage entre ses mains, comme l'avait fait Jangbahadur à Katmandou. « Tu as de beaux yeux en amande. Une peau si claire, des bras si ronds, des cheveux si noirs ! »

Une semaine plus tard, Gita vit pour la première fois Ramvilas dans sa chambre, penché au-dessus du lit. Que devait-elle faire de lui ? Il était mince et semblait intimidé. Elle se bagarra toute la nuit, le mordit, le gifla. Elle ne céda que parce qu'elle était épuisée et voulait dormir. Il l'enlaça, l'appela sa Mumtaz Mahal, puis vida un flacon odorant sur son corps nu. « C'est de l'attar chameli, ma Gulmohar, avec quelques gouttes d'attar bela. Je viens de répandre deux cents roupies sur toi !

— Tu dois être très riche, s'exclama-t-elle, les yeux écarquillés.

— Je suis l'empereur de Delhi », déclara-t-il. En partant, il laissa cinq roupies. Aussitôt après, la bai entra et s'empara du billet. Elle huma l'air. « C'est quoi cette odeur ?

— Quelque chose qu'il a apporté dans un flacon. »

La bai rit et de nouveau prit le visage de Gita dans ses mains. « Il t'aime beaucoup. Tu lui donneras énormément de joie. »

Et elle lui a effectivement donné beaucoup de joie, songe Gita avec amertume, comme elle en avait donné à Bikram. Sa cousine Gauri, revenue à Sindhupalchowk deux mois après son mariage, lui avait dit que les maris sont imprévisibles : parfois ils vous battent, parfois ils vous serrent dans leurs bras, parfois ils ne vous parlent pas pendant des jours. « Tu es ma rose, disait Bikram, ma champa, ma rajnigandha... » Ah, elle lui aurait pardonné la douleur infligée pendant cette nuit à Chandni Chowk ! Un mari a le droit de faire de telles choses. Elle aurait tout accepté – les coups, les mots méchants, les bouderies, les accès de colère. Ne le savait-il pas ? Avait-elle été trop exigeante ? Elle n'aurait jamais dû demander un sari en crêpe georgette. Si seulement il pouvait la reprendre...

Il y a trois jours, elle a supplié la bai de la renvoyer dans le district de Sindhupalchowk. La bai a détourné la tête sans répondre. Gita a couru en pleurant vers Parvati, qui l'a embrassée en disant : « Le kotha doit devenir la maison d'une putain.

— Ne m'appelle pas putain », a sangloté Gita.

Mais il n'y a pas d'autre mot pour la chose, songe-t-elle, misérable, en regardant la bai soigner Ramvilas dans la rue. Une putain mariée à un nouveau Bikram – ce chacal-là en bas. Ça fait quarante nuits qu'il vient, à chaque fois il apporte un nouveau flacon d'attar, un nouveau cadeau, une nouvelle babiole, dont la bai s'empare toujours. Récemment, il a commencé de passer aussi les matinées avec elle. D'accord, elle le laissera se repaître, mais elle le fera payer. Seulement il refuse de dépasser les douze roupies bien qu'il ait accepté d'en donner quinze. Une telle chicanerie alors qu'il en dépense des centaines en attar ! Elle ne veut ni attar ni babiole. Elle veut de l'argent, et là, il est incroyablement radin.

Sa colère la reprend, tandis qu'en bas Ramvilas pleurniche comme un enfant quand la bai applique du Dettol sur sa peau à vif. Elle aurait dû frapper plus fort et lui écorcher le visage. Elle aurait dû le faire saigner encore plus !

« Tu l'as griffé méchamment », se lamente Parvati.

Furieuse, Gita s'appuie contre la grille de fer. Elle ne laissera pas Ramvilas se proclamer victime à la face du monde. « Quinze ! » hurle-t-elle.

Le CP, qui s'était désintéressé de la situation, lève les yeux d'un air désapprobateur, et Ramvilas recule, effrayé par la violence de son apostrophe.

« Je ne veux pas de problème, dit le CP d'un ton sentencieux.

— Tu avais accepté quinze ! » braille Gita de plus belle.

La bai fait signe à Parvati de bâillonner Gita. Parvati lui passe le bras autour du cou et lui couvre la bouche d'une main. La bai secoue la tête. « Proclamer ses tarifs en plein marché ! » Elle soupire. Une fille avec du caractère, c'est un atout, mais si elle en a trop elle peut ruiner un kotha. Elle s'est montrée gentille avec Gita, elle l'a laissée tranquille pendant trois semaines entières après sa livraison par Bikram – la précipitation, elle le sait, peut causer des complications. Bikram affirmait que la fille était vierge, mais à d'autres ! Elle a soutenu la chose, évidemment, à l'intention de

Ramvilas, sachant qu'il était trop godiche pour connaître la différence.

Ramvilas lâche un long « Aaaaaaille ! », peut-être pour susciter la pitié du CP.

La bai ne peut s'empêcher néanmoins de trouver la situation amusante. « Avez-vous réellement promis quinze roupies à Gulmohar ? » demande-t-elle gentiment.

Ramvilas hoche la tête. Malgré elle, la bai sourit. Comme elle a souri quand il est venu pour la première fois il y a quarante jours. Recommandé par quelqu'un qu'elle connaissait. Elle lui avait énuméré les qualités du kotha, espérant faire monter les tarifs. « C'est un établissement de première classe. Les chambres ont des toilettes et des lits, tous nos clients sont des étudiants et des commerçants. Pas de chauffeurs de camion – ils apportent des maladies. Aucune de mes filles ne reçoit plus de cinq hommes par nuit. »

Ramvilas avait pris l'air au courant. Elle comprit que ces nuances lui échappaient complètement. « Dans un établissement de deuxième classe, une fille peut se faire jusqu'à dix hommes par nuit. »

Ramvilas avait haussé les sourcils et manifesté son soulagement de savoir qu'il s'agissait d'un kotha de première classe. Après l'avoir étudié longuement, elle l'autorisa à passer une nuit avec Gulmohar. C'était un petit homme inoffensif, aux épaules étroites, aux traits délicats et à la parole mesurée. Elle le savait marié et employé d'un magasin. Il ne se montrerait pas trop dur avec une fille de dix-sept ans, ne serait-ce que par souci de sa réputation. D'une certaine façon, c'était l'homme idéal pour la première passe d'une fille comme Gulmohar. Elle lui affirma que Gita avait vingt-trois ans, ce qu'elle dit à quiconque lui pose la question. Et pourtant, malgré toutes ces précautions, la situation lui avait échappé.

« Pas d'ennuis », répète le CP, insensible aux cris de douleur de Ramvilas, mais résolu à tirer quelque revenu de la chose.

« Il lui a promis quinze roupies, dit la bai. Comment pourrait-on vivre avec moins que ça ? » Elle voit s'activer la cervelle du CP, qui calcule sa part des quinze roupies.

Soudain il prend un ton autoritaire. « Donnez-lui quinze », ordonne-t-il à Ramvilas.

Sur le balcon, Gita se débat pour échapper à la prise de Parvati. « Reste tranquille ! » gronde Parvati.

« Je ne veux pas d'ennuis, redit le CP. La situation est tendue dans Chandni Chowk. On a assassiné Indira Gandhi dans sa maison de Safdarjung Road. »

Ramvilas se redresse brusquement. « Vous avez bien dit qu'on a tué Indira ? »

Le CP ne daigne pas confirmer. D'un geste du pouce et de l'index il lui signifie qu'il est temps de payer. Ramvilas sort une blague de velours rouge de la poche de son kurta, en extrait deux coupures – de dix et de cinq – qu'il tend humblement à la bai. Elle les lui arrache et les fourre dans son corsage. Les yeux concupiscents du CP suivent le trajet des billets jusqu'à leur résidence finale, où ils se terrent lascivement.

« Qui est cette putain d'Indira ? » braille Gita, qui a réussi à échapper à la main de Parvati. Elle se fiche de la réponse. Elle n'a jamais entendu parler de cette femme et n'a pas l'intention de découvrir qui elle est. Les quinze roupies l'ont amadouée. « Va te faire foutre ! poursuit-elle. Et qu'Indira aille se faire foutre ! » Elle jette à Ramvilas un dernier regard de mépris, écarte d'une tape le bras de Parvati, se retourne et, l'allure royale, réintègre le kotha, laissant Parvati sur le balcon.

« Apprenez à cette pute à se conduire correctement, marmonne le CP à l'adresse de la bai. Une telle méchante langue à vingt-trois ans ! »

La bai fait un geste d'impuissance. Ramvilas, le visage ensanglanté mais l'air exubérant, époussette son kurta, l'étire, lisse les plis du pyjama, glisse les pieds dans ses chappals, interroge de nouveau le CP. « Ça s'est passé quand ?

— Où étiez-vous toute la matinée, babu ? le rembarre le CP. Il y a quatre heures.

— Est-ce qu'ils l'ont tuée ?

— Comment le saurais-je ? Elle est à All India Institute. »

Ramvilas sort son mouchoir taché de sang et se tapote les écorchures douloureuses sous l'effet du Dettol. Il se passe les doigts dans les cheveux, arrange le col de son kurta. Sa main droite produit la blague de velours rouge, d'où il extrait un billet de cinq roupies. « Donnez cela à Gulmohar », dit-il à la bai.

La bai resplendit. La raclée qu'il a reçue a finalement bénéficié à la fille. Il ne la menacera plus jamais, il ne reviendra plus sur sa parole, et il la paiera toujours bien. Elle lui parle d'une voix mielleuse : « Vous êtes très généreux, Ramvilas Babu. Vous devez beaucoup aimer Gulmohar. »

Ramvilas sort une nouvelle coupure de cinq roupies et la lui tend. « Gardez cela pour vous. »

Le CP se lèche les lèvres.

« Et voici pour vous, lui dit Ramvilas. Achetez-vous une boîte de gulabjamun. »

Le CP accepte l'argent des deux mains et salue. Ramvilas range la blague dans la poche de son kurta et s'en va d'un pas triomphal, guère plus humilié qu'avant, laissant derrière lui une bai flattée et un CP désarmé.

5

Assis dans sa boutique près de l'alcôve de Lakshmi, Sohan Lal est inquiet. Chaque fois que des clameurs s'élèvent dans Chandni Chowk, il tremble et jette des regards apeurés aux portes fermées. Faites en bois, avec un loquet à l'intérieur, elles ne résisteraient pas à un assaut soutenu, surtout si les assaillants apportent des barres de fer et des haches. Il les a fermées aussitôt après avoir appris la nouvelle par le musulman. Il n'a pas confiance en cet homme, bien qu'il le voie souvent en compagnie de Gopal. Gopal lui-même est inoffensif – qui se sentirait menacé par un chaivala chauve ? Mais un musulman aux dents jaunes, c'est très différent... Il a demandé à Chotu de s'installer sous le grand figuier à l'endroit où Kucha Bansilal rejoint Chandni Chowk et de guetter les moindres signes de troubles. En espérant que Chotu l'alertera avant que ça commence. C'est un garçon malin, intelligent, qui sait repérer très vite les clients potentiels et les attirer vers Jamna Lal Kishori Mal. Cette rapidité, toutefois, est le résultat des commissions que touche Chotu – presque quatre pour cent sur certaines ventes. Fera-t-il preuve de la même alacrité quand il s'agira de donner l'alerte ? Le garçon peut se montrer distrait et insouciant. Peut-être aurait-il fallu lui offrir quelque chose en échange de sa surveillance, puisqu'il ne touchera pas de commissions aujourd'hui. Qui viendrait acheter des saris en de tels moments ?

L'espace de quelques instants, Sohan Lal caresse l'idée de fermer boutique et de rentrer chez lui. Il peut se glisser inaperçu par l'autre extrémité de la ruelle, et Chotu demanderait au chauffeur de conduire la voiture à la gare, ce qui lui permettrait d'éviter complètement Chandni Chowk. Mais un coup d'œil autour de lui le ramène à la réalité. Il y a trois jours, il a fait nettoyer la boutique et ranger les saris de coton et de mousseline. Invendables en novembre et décembre. A présent ce sont les saris de soie qui ornent les murs, en préparation de Divali et des mois d'hiver – soie de Bénarès, de Mysore et de Kanjeevaram, soie synthétique, toutes filigranées d'or et d'argent. Un stock d'une valeur de cinq lakhs. Quel homme rentrerait chez lui et abandonnerait un stock d'une telle valeur alors que les émeutiers sont tapis derrière les portes ?

La senteur de l'attar molshri le submerge à nouveau, écœurante à force de concentration. Il n'aurait pas dû gâcher l'anis et la citronnelle – de bonnes essences – aux seules fin de s'en verser quelques gouttes sur les poignets. Il ne devrait d'ailleurs pas être là, assis seul sur son matelas, tandis que voleurs et voyous traînent dans tout Chandni Chowk. C'est chez lui qu'il devrait être, à boire du thé et regarder les informations à la télévision. Mais comment un homme peut-il savoir ? De tels événements devraient se produire tôt le matin, avant que les gens ne commencent leur journée, de façon à pouvoir modifier leur emploi du temps. Toutefois il y a matière à consolation : pour lui, une journée d'affaires perdue, mais pour la nation, une ère d'oppression qui s'achève. Qu'est-ce qu'un jour dans la vie d'un homme ? Il récupérera dix fois sa perte quand les gens accourront fêter sa mort. C'était un fléau pour la nation, une énorme charge sur ses épaules, une chaîne autour de ses chevilles. De gros ennuis se préparent pour les sikhs meurtriers, les sikhs collaborateurs et les simples spectateurs. Pour les autres, c'est une délivrance. Et pour le PPI, peut-être au bout du compte une plaisante victoire. Parfois, un homme doit sacrifier une journée d'affaires pour le bien de son parti.

Sohan Lal attrape le téléphone et appelle chez lui. Ramesh répond. Très excité.

« Oui, bien sûr que je sais ! » dit Sohan Lal avec aigreur.

La nouvelle de l'assassinat s'est répandue rapidement. Les gens ont su avant même que la télévision ne l'annonce, mais Ramesh ne peut se contenir. Il raconte en long et en large ce qui s'est dit. « Tout a été enregistré ! Ils ont filmé toute la scène ! Comment ils ont pointé leur fusil sur elle, comment ils ont ouvert le feu... »

Sohal Lal grommelle.

« Quel acte honteux, dit Ramesh. Quels horribles gens ! »

Sohal Lal se tait. Le garçon a vingt ans, c'est un néophyte en politique. Il régurgite tout ce qu'il entend à la télévision. Il s'imagine acteur dans un spectacle éternel, sortant les bonnes répliques et suivant les indications justes.

« Je suis heureux de m'être réveillé en retard, poursuit Ramesh, sinon je me serais trouvé dans la boutique quand ça s'est passé. »

Sohan Lal se désole. Son fils ne se rend donc pas compte que, tandis qu'il remercie la Providence, son père se trouve dans sa boutique ? Ne devrait-il pas s'inquiéter pour la sécurité de son père ? Le garçon est insensible, comme tous les garçons de vingt ans. Mais est-il aussi dénué de tact ?

« Tu devrais rentrer à la maison, babuji. »

Voilà qui console Sohan Lal. La jeunesse n'est pas totalement sans vergogne. Mon destin veut que je quitte mon lit tous les matins pour aller à Chandni Chowk. C'est mon lot de me lever à six heures, de me laver, grignoter quelques amandes, boire une tasse de thé et affronter le monde, comme je l'ai fait pour la première fois il y a trente ans. « Je ne peux pas tout laisser comme ça », dit-il.

Puis il attend les protestations. Ramesh devrait s'affoler, proposer de foncer sur son scooter pour venir le chercher.

« C'est vrai, dit un Ramesh mortifié. Il y a le stock dans la boutique, j'avais oublié. »

Double faute, pense Sohan Lal. Précipitation en affaires et manquement au devoir envers son père. Mais telle est la nouvelle génération, créée par Nehru et Indira. Telle est l'Inde nouvelle. Un homme de quarante-neuf ans contraint de surveiller son bien, protégé par un vaurien de racoleur, un chaivala sans colonne vertébrale et un musulman aux dents jaunes, pendant que son fils de vingt ans sirote tranquillement son thé à la maison.

« Allume ta télé, babuji ! le supplie Ramesh. Ils sont en train de montrer la foule devant le All India Institute. Du direct !

— Dis à ta mère que je serai en retard, dit Sohan Lal sèchement.

— Ils annoncent qu'il pourrait y avoir des troubles dans Chandni Chowk. Sois prudent ! »

Sohan Lal raccroche le cœur lourd. Son fils parle de violences comme s'il discutait de la valeur de l'or sur les marchés financiers.

A l'extrémité du gaddi de Sohan Lal, là où le matelas bute contre les casiers de bois, Ramesh a installé un petit téléviseur, afin de pouvoir regarder les matchs de cricket. Sohan Lal l'allume. Un grand concours de peuple s'est rassemblé devant le All India Institute of Medical Sciences, tenu en respect par des policiers. Des fourgons de la police antiémeutes circulent à toute allure. Des voitures blanches, des Ambassador, transportant des VIP suscitent les acclamations de la foule, qui se presse, se pousse, se tire. Le présentateur répète, encore et encore, qu'elle se trouve dans un état critique mais qu'elle survivra, mais Sohan Lal sait que c'est la fin. Quand un grand arbre tombe, on ne peut plus le redresser. La foule semble le savoir elle aussi. « Indira était notre mère, hurle quelqu'un, et nous la vengerons. » De qui ? se demande Sohan Lal. Des deux gardes du corps sikhs qui l'ont tuée ? L'un est déjà mort, l'autre agonise, abattu par les membres de la sécurité. Des sikhs qui la haïssaient ? Mais comment les repérer ? Commencerez-vous par le président, sikh lui-même, son ancien cireur de chaussures qu'elle a élevé à la position qu'il occupe actuellement ? « Le président se trouve quelque part au Moyen-Orient – à Muscat, peut-être –, il est sur le chemin du retour », annonce le présentateur.

« Indira Gandhi *amar rahe !* », braille la foule.

« Khalistan *murdabad !* » proclame un individu proche du micro.

On montre et remontre la séquence du corps arrivant à l'Institut. Tandis que le véhicule pénètre à l'intérieur, un groupe d'hommes au premier plan hurle : « *Kachchhaa karaa aur kirpaan, bhej denge* Pakistan ! »

Sohan Lal tremble. Renvoyez tous les sardars au Pakistan... Il se félicite de ne pas en être un. Les sardars sont trop bruyants, trop grands, trop physiques, trop agressifs. Ils rient trop, pleurent souvent, se réjouissent violemment et portent le deuil en sanglotant. Pour lui, le confort réside dans l'invisibilité, l'anonymat et l'absence de relief, la sagesse dans la modération dont faisaient preuve ses ancêtres. La vie doit être un mélange de joie, de chagrin, de succès et d'échecs, dans des proportions correctes, il convient de se méfier de tout excès – succès éblouissants ou échecs abyssaux. La richesse doit s'accumuler lentement et régulièrement, non en l'espace d'une nuit selon des procédés prétendument géniaux. L'oiseau qui arrive à tire-d'aile repart tout aussi vite. Sohan Lal est fier de son comportement qui, en trente ans, lui a permis de s'élever peu à peu. Certes, son kurta est en soie et il use du meilleur attar, mais il porte toujours des sandales de caoutchouc et un dhoti de coton. Sa maison est modeste, contrairement à ces nouveaux bungalows criards que convoite son fils, et son magasin sans prétention, même si les liasses de billets de cent roupies s'entassent dans le coffre-fort.

A la pensée de ces liasses, son cœur s'affole. Pourquoi a-t-il gardé ici tant d'argent ? Garder de la marchandise est une chose – une boutique de saris doit exposer des saris – mais sept lakhs en liquide dans un simple coffre en acier ! Il est idiot de ne pas avoir envoyé Ramesh à la banque hier. Son contentement de soi fait place à l'irritation contre Ramesh. Pourquoi le garçon est-il parti si tôt hier ? N'aurait-il pas dû songer à ce dépôt quotidien à la banque ? Comment pourra-t-il un jour reprendre l'affaire s'il affiche tant de désinvolture envers l'argent ?

L'odeur du molshri le harcèle. Il faut ouvrir la porte pour laisser entrer de l'air. Mais le moyen de le faire avec tous ces animaux qui braillent dans Chandni Chowk ? Et où est Chotu, cet ingrat, qu'il a envoyé aux nouvelles ?

Il ferme les yeux et se ressaisit. Ne pas paniquer. Peut-être peut-il emporter l'argent chez lui. Mais Chotu s'en apercevra, ou son chauffeur. Ou les domestiques à la maison. Il a beaucoup moins d'intimité chez lui qu'au magasin. Mais la banque est sûrement fermée à cause d'Indira.

La télévision continue de radoter. « Grand chaos sur les marchés financiers », dit le présentateur.

Sohan Lal gémit. Combien de coups un homme peut-il supporter en un seul jour? La roupie ne tiendra pas dans une telle tempête. Elle n'a jamais été forte, maintenant elle va plonger – elle ne vaudra plus rien. Un bref accès de terreur le submerge, il en oublie sa détermination à rester calme. Lentement une idée prend corps, dans ses grandes lignes d'abord, puis en détail. De temps en temps, il expédie clandestinement quelques lakhs à l'étranger, chez son neveu. Une astuce que lui a suggérée Sardar Kartar Singh, ami, associé et membre du comité du PPI. Kartar Singh lui-même a organisé le premier transfert. « Le dollar est beaucoup plus stable, a-t-il dit. Il montera toujours face à la roupie. » Une déclaration prémonitoire puisque Indira avait dévalué la roupie peu après. Sohan Lal s'était appuyé aux coussins sur sa gaddi et avait ri tout seul quand la nouvelle avait déferlé sur le marché. Ces dernières années, il a multiplié les affaires avec Kartar Singh, transférant beaucoup de lakhs à son neveu à New York, et observant, très content de soi, la roupie se dévaluer face au dollar. Et le voilà, maintenant, avec près de sept lakhs dans son coffre, dans l'impossibilité de les déposer à la banque et attendant l'effondrement imminent de la roupie. Il jette un regard révérencieux à Lakshmi dans son alcôve et joint les mains. Lakshmi sait ce qu'il convient de faire pour ses dévots, et elle ne se repose jamais!

Du cordon enroulé serré autour de sa taille, il retire la clef en bronze, ouvre le coffre aussi silencieusement que possible – plusieurs coups sont nécessaires pour faire céder la porte mal huilée –, observe les colonnes de billets entassés à l'intérieur. Il sort les liasses une à une, les dispose en tas bien rangés sur la gaddi. Il y a soixante-trois liasses de coupures de cent roupies, chacune retenue par un caoutchouc, comptée et recomptée, les cent billets alignés parfaitement, les visages tournés du même côté. Il est fier de son habileté à manier l'argent, à secouer une liasse en désordre jusqu'à ce que chaque coupure soit en place, obéissant au commandement irrésistible de mains ayant caressé tant de richesse. Soixante-trois paquets : six lakhs et trente mille roupies.

Il soulève un coin du matelas, retire cinq ceintures en tissu avec des boucles en métal. De longs tubes cousus par sa femme Rukmini, il y a des années de cela, lorsqu'il apparut qu'il était dangereux pour ses employés de traverser Chandni Chowk en allant porter l'argent à la banque. Maintenant encore, il sait que des gens se postent dans la rue et attendent les livraisons qui ont lieu à la même heure chaque jour. Il est facile d'approcher du transporteur, de sortir discrètement un couteau, de lui arracher son sac et de filer. Mais beaucoup plus difficile d'opérer si l'argent se trouve dans une ceinture nouée autour du corps. C'est ainsi que procède Sohan Lal depuis cinq ans. Et c'est la tâche quotidienne de Ramesh, l'une des choses que Sohan Lal ne confie plus à son personnel.

Les ceintures sont étroites, conçues pour que l'argent ne puisse pas s'échapper. Sohan Lal les saisit une par une, y insère laborieusement les paquets, dix dans chaque. Ce qui laisse treize liasses sur le matelas que, faute d'autres ceintures, il remet dans le coffre. Puis, toujours assis jambes croisées, il passe son kurta de soie par-dessus sa tête et le pose sur la gaddi, bien étalé de façon qu'il ne se froisse pas. Il noue les cinq ceintures autour de lui, de haut en bas, du torse à la taille. Il a du mal avec la dernière, dont la boucle passe au-dessus du nombril, et qu'il est contraint, dépité, d'attacher au dernier trou – celui des gros. Elle creuse un sillon dans sa chair, lui rappelant le pneu qui ne cesse de s'épaissir. Il réenfile le kurta par la tête. Les liasses forment comme une armure. Tandis qu'il lutte pour faire descendre le kurta sur son torse, un bruit en provenance du kucha le terrorise. Il s'arrête à mi-chemin, les mains agrippant l'extrémité du kurta, le corps raide saisi d'un tremblement à l'intérieur de son manteau d'argent. A travers le tissu transparent, il voit qu'une porte latérale est ouverte. Il a oublié de la fermer à clef! Dans le rectangle de lumière, dans l'encadrement, se tient Chotu, qui l'observe avec curiosité.

« Il ne se passe pas grand-chose dans Chandni Chowk, dit Chotu, juste des activistes du Congrès qui jettent des pierres et crient des slogans.

— Sors d'ici, voleur! », hurle Sohan Lal.

Chotu recule, désarçonné, mais ne s'en va pas. Planté sur la dalle de ciment qui sert de seuil à la boutique, il regarde Sohan Lal avec stupeur, les yeux rivés sur le kurta indiscipliné.

Sohan Lal se demande ce que le garçon a vu exactement. « Il fait chaud », dit-il faiblement, espérant expliquer ainsi sa tenue.

Chotu se penche, serviable, et met en marche le ventilateur

de plafond. Soudain Sohan Lal prend clairement conscience du coffre ouvert, treize paquets exposés dans leur nudité embarrassante sur l'étagère, et de la boucle de ceinture qui lui gaine le ventre comme un serpent. « Je t'ai demandé de rester dans la rue, grommelle-t-il.

— C'est dangereux.

— Tu viens de me dire qu'il ne se passe rien.

— Ils ont lapidé le portrait d'Agrawalji. »

Malgré son inconfort actuel, Sohan Lal ne peut s'empêcher de sourire. On ne lapide pas souvent à Chandni Chowk le portrait de Naresh Agrawal, membre du Parlement. Néanmoins, il faut que le garçon sorte d'ici. Il faut lui trouver quelque chose à faire. « Tu ne risques rien, dit-il d'un ton rassurant. Tu n'es pas un sardar. Va trouver Lala Surajmal et demande-lui si nous pouvons nous rencontrer ce soir à six heures. Dis-le aussi à Jugal Kishor. Qu'ils viennent à Kucha Bansilal à six heures, et qu'ils amènent Ramvilas. Et ferme la porte derrière toi. »

Chotu hésite, puis sort, le rectangle de lumière disparaît. Sohan Lal tire brutalement sur son kurta, qui finit par descendre, recouvrant les pneus de billets. Quelques petites ondulations dans les coutures lui paraissent négligeables. Dieu sait ce qu'a vu ce voleur sournois. Le garçon est un espion patenté : il se tenait peut-être derrière la porte à observer par une fente.

Difficilement, Sohan Lal se redresse. Les ceintures ont raidi son torse, l'empêchant de se plier. La première remonte jusqu'à la clavicule. La dernière tombe, et glisse presque par-dessus le dhoti jusqu'aux jambes. Il se rend compte que la position assise a fait ressortir son ventre, si bien qu'il peut resserrer d'un cran les deux dernières ceintures. Il saisit son calot et sa canne, s'apprête à quitter les lieux, mais soudain est pris d'indécision. Est-ce un jour pour aller trouver Kartar Singh ? Après tout c'est un sardar, et tout le monde sait qu'ils vont avoir des ennuis après le meurtre d'Indira. Inutile d'essayer de lui téléphoner. Il est bien trop prudent pour décrocher à un moment pareil. Et si la roupie tient le choc ? N'aura-t-il pas l'air d'un imbécile qui a paniqué inutilement ? Mais elle glisse inexorablement depuis plusieurs années et l'argent sera plus en sécurité à New York, hors d'atteinte des inspecteurs du fisc. Il va se rendre chez Kartar Singh.

On frappe à sa porte.

C'est Yamaraj lui-même, le Seigneur de la Mort qui vient m'arracher à ce monde, pense Sohan Lal horrifié. C'est Chotu, brandissant une barre de fer, suivi de ses voyous d'amis ! C'est ainsi que je vais finir ma vie ! Ici que Ramesh trouvera mon corps, et se reprochera de n'être pas venu à mon secours ! « Partez ! crie Sohan Lal. Je suis en plein milieu de ma puja !

— Sethji – c'est la voix timide du chaivala – voulez-vous du thé ? »

Sohan Lal en est à la fois soulagé et irrité. Pourquoi le chaivala colporte-t-il son thé par un jour comme celui-ci ? Il devrait fermer son étal et rentrer chez lui, comme tout le monde dans Chandni Chowk. Et renvoyer ce musulman aux dents jaunes qui s'accroche à lui comme la peste.

« Comment peux-tu faire du thé en un moment pareil ? »

Gopal entend la colère dans la voix du seth. Les gens vont-ils arrêter de boire du thé parce qu'Indira Gandhi est morte ?

« Va-t'en, dit Sohan Lal. Range ton étal et rentre chez toi. Il va y avoir des troubles dans Chandni Chowk. »

Il s'attend aux protestations du chaivala, mais l'homme semble avoir cédé. L'idiot, le squatteur de caniveau en chemise à carreaux et dhoti de coton, le plouc qui a visé trop haut, le gros imbécile chauve aux lunettes brouillassées... Sohan Lal se tâte, palpe le bourrelet sur son propre ventre. Il doit mieux surveiller son régime – les liasses l'étouffent. Avant de partir, il se dirige vers l'alcôve et, pour la troisième fois de la matinée, lisse la jupe filigranée d'or de Lakshmi. De l'annulaire il récolte une goutte de l'eau du Gange sur les pieds de la déesse, la répand sur sa propre tête où elle se désintègre en une centaine de minuscules gouttelettes, enfonce son calot avant que les gouttelettes dégoulinent. Ainsi pourra-t-il parcourir les rues dangereuses de Chandni Chowk, protégé par les eaux de la déesse Ganga, sanctifiées à ses pieds. Il quitte la gaddi et enfile des chaussures de rexine noire.

La télévision montre des images de jeunes gens munis de bâtons, dansant autour d'un sanctuaire, un temple pour Indira, hâtivement érigé devant le All India Institute. Les hommes se tournent d'un air menaçant vers la caméra, hurlent des injures, avertissent tous les sardars – « Indira est notre mère et nous la vengerons. »

Mieux vaut laisser le poste allumé, pense Sohan Lal, les gens croiront qu'il y a quelqu'un dans la boutique. Il ôte la chaîne métallique qui bloque la porte principale, sort, ferme la porte, remet la clef dans la poche de son kurta, marche rapidement vers le croisement de Kucha Bansilal et Chandni Chowk, ignore le ricanement du musulman aux dents jaunes accroupi aux côtés du chaivala.

Ibrahim plisse le nez et fait la grimace. En surgissant de sa boutique, Sohan Lal lui a expédié dans les narines une bouffée d'attar molshri. « Il transporte l'odeur du péché », chuchote-t-il.

Gopal remplit le verre d'Ibrahim du thé préparé pour Sohan Lal, se rappelle en soupirant qu'il peut maintenant en faire ce qu'il veut.

« Le seth a grossi, remarque Ibrahim. Vois comme il marche, il est si raide qu'il a l'air d'être coincé dans un tube. »

Gopal est au désespoir. Il a compté les verres descendus par Ibrahim Mian. Quatre en une heure, sans espoir de paiement. Le seth est parti pour la journée. Plus de clients, juste des voyous et des filous. Et parmi eux, peut-être, Mukesh. Que fait-il ? Il brise les fenêtres ? Déterre les poteaux téléphoniques ? Met le feu aux maisons ? Ah, un homme ne devrait jamais être gratifié d'un fils.

Son quatrième verre rend Ibrahim d'humeur volubile. « Indira était une kafir, dit-il. Personne ne la pleurera. Mais il faut que j'aille au bureau.

— Tu n'as pas de bureau, Ibrahim Mian.

— Au bureau, répète Ibrahim. Ils me diront quoi faire. »

Gopal ne comprend pas. Ses pensées convergent sur le quatrième verre. « Vas-tu me payer ? »

Ibrahim s'efforce à l'indulgence. « Ne comprends-tu pas ce qu'elle a fait à ce pays, Gopal Bhai ? Tu te rappelles quand son fils a arrêté les musulmans et leur a fait couper les couilles durant l'état d'urgence ?

— C'était en soixante-quinze.

— Nous n'avons pas oublié ! » crache Ibrahim. Il secoue la tête et regarde dans le vide, débordé par la tâche de devoir récapituler tous les méfaits d'Indira.

Gopal lui passe le bras autour des épaules. « Je sais que vous avez souffert », dit-il. Un instant, il se demande jusqu'à quel point Ibrahim a souffert. Puis ses pensées se reportent sur son fils.

Ibrahim se lève et s'étire. « Il y a beaucoup de souffrances dans ce monde, Gopal Bhai. Toi aussi tu souffres, mais tu ne le sais pas. As-tu vu le seth se dandiner, as-tu vu ses bourrelets de graisse se trémousser sur son corps ? Pourquoi crois-tu qu'il grossit ? Il s'engraisse de ta chair, Gopal Bhai, il s'engraisse de ton sang. »

6

Sohan Lal émerge de Kucha Bansilal, hors d'haleine. Il n'a pas l'habitude de marcher si vite. Il tourne à gauche dans Chandni Chowk, s'éloigne du figuier et du temple d'Hanuman. Un fourgon de police est garé sous l'arbre, mais il n'y a aucun signe de troubles. Les agents restent là, apathiques, bâton à la main. Chandni Chowk est désert, la plupart des boutiques ont mis leurs volets. La boutique de Kartar Singh se trouve dans Lajpatrai Market à l'extrémité est de Chandni Chowk, près du Fort Rouge. Sohan Lal commence à apercevoir un rassemblement en approchant de Gurudwara Sisganj. Cette foule l'inquiète. Il traverse la rue. Une fois passé Gurudwara Sisganj, pense-t-il, il pourra continuer tranquillement jusqu'à Lajpatrai Market. « Le gurudwara est un espace sacré, disent les sardars. C'est le temple de notre guru, donc la police ne peut pas le violer. » Il a entendu dire qu'il y a une armée de sikhs à l'intérieur, une armée khalsa, portant épées et kirpaans, bien que Kartar Singh jure que c'est faux.

La foule peu nombreuse, guère plus de cinquante personnes, est rassemblée près des marches de marbre blanc qui conduisent au gurudwara. En haut des marches, devant la grande porte, quelques sardars montent la garde, kirpaan cérémoniel à la main. Ils semblent discuter avec la foule, mais on ne voit aucun signe de violence. Des sikhs lavent les marches, une douzaine est en train de se déchausser dans le vestibule à droite du bâtiment. La discussion entre les sardars et la foule s'échauffe, quelqu'un dans la rue se met à hurler : « Indira était notre mère et nous la vengerons ! »

Sohan Lal s'arrête. En homme prudent, il ne cède pas aux impulsions. La hardiesse, pour lui, est synonyme de témérité. Jusqu'à maintenant, il semble s'agir plus d'une dispute que d'autre chose, mais on ne sait jamais jusqu'où cela peut aller. Il retourne sur ses pas en direction de Kucha Bansilal. Il va suivre un plus long chemin à travers les ruelles qui contournent le gurudwara et le mèneront directement dans Lajpatrai Market. Il dépasse Kucha Bansilal, continue vers l'ouest. Le fourgon est toujours sous le figuier, mais les policiers ont disparu. « Jamna Lal Kishori Mal – saris et corsages », annonce l'enseigne. Il incline la tête et ferme les yeux en passant devant le temple d'Hanuman, note avec consternation que le pujari a fermé le portail. Pourquoi Dieu craindrait-il la violence des hommes ?

Il emprunte une ruelle et se sent plus en sécurité. Il vient rarement par ici désormais mais garde de bons souvenirs de ces venelles. « Ne va pas à Delhi, lui avaient dit ses oncles. C'est un repaire de vices, une ruche de voleurs, prostituées, cambrioleurs et souteneurs. Qu'est-ce qu'un garçon simple comme toi irait fabriquer parmi ces gens ? Nous possédons une bonne affaire, une affaire solide, vieille de trois générations. Tu peux passer ta vie assis sur la gaddi, mâcher du paan, servir tes clients et voir grossir ta richesse. La vie ne se mène pas à coups de succès et d'échecs. Elle se déroule lentement, graduellement, avec modération, en restant du côté de Dieu et de l'homme... »

Sohan Lal ne voulut pas rester à Bikaner. Ses oncles trouvaient que c'était une grande ville, eux qui venaient de Nawalgarh. Mais Sohan Lal était allé à Delhi. Il avait vu Chandni Chowk, marché dans ses ruelles, erré autour de Lajpatrai Market et Khari Baoli. Il avait vu les réfugiés punjabis – arrivés par milliers après la Partition – prospérer dans leurs petites boutiques et échoppes. Pour ses oncles, il était important qu'il reste à Bikaner. Ils voulaient conserver dans l'entreprise la part du capital investi par son père, qui venait de mourir.

Deux mois plus tard, Sohan Lal, âgé de dix-huit ans, se retrouvait dans Chandni Chowk, travaillant pour Seth Ghanshyam Das, un oncle éloigné, avec le petit matelas d'argent qu'il avait retiré de Bikaner, et la promesse de Ghanshyam Das de lui accorder un prêt au bout de cinq ans, afin de fonder sa propre affaire. Il parcourut Khari Baoli, Chawri Bazar, Nai Sarak et Lajpatrai Market, observa les boutiques et les échoppes, tentant de décider à quoi devrait ressembler son propre magasin. Il était déterminé à ne pas faire commerce de vêtements, et avait décrété qu'il ne vendrait pas de sucreries. Chandni Chowk offrait un nombre infini de possibilités – jouets, cosmétiques, articles de cuisine, albums de photos, or, argent, coton, bijouterie, textile, fruits, graines, épices, chaussures, rexine, cuir, quincaillerie, pompes à eau, lavabos, papier, carton, pipes, vélos, lunettes, cerfs-volants, pièces de feu d'artifice, ventilateurs, anneaux de mariage, climatiseurs, presses d'imprimerie... Il avait vu des gens gagner de l'argent en vendant des plumes de paon, des appareils acoustiques et des horoscopes. C'était le marché de l'Inde tout entière, l'endroit où le pays se rassemblait pour acheter et vendre. Il y avait sûrement une place pour lui dans le schéma d'ensemble ?

Au bout de quatre ans, ses oncles lui trouvèrent une promise à Bikaner. Il était rentré sans enthousiasme, conscient qu'un homme de vingt-deux ans doit fonder une famille, malheureux cependant que le mariage dût précéder le prêt. Aussitôt après la cérémonie, il avait regagné Delhi et demandé audience à Ghanshyam Das. Le prêt lui fut accordé, de très mauvaise grâce, au taux de dix-huit pour cent – ruineux pour une affaire et criminel pour un parent – et il écrivit sa première lettre à Rukmini, adressée à son neveu qui lui en fit la lecture. « J'ai ma propre affaire maintenant, et je te ferai bientôt venir à Delhi. »

Il avait eu du mal à tenir sa promesse. Les loyers avaient déjà commencé d'augmenter dans Chandni Chowk. Il passait la majeure partie de son temps dans la boutique, dormant sur un matelas, prenant ses repas dans une cuisine communautaire où il trouvait de la bonne nourriture marwari. Dans une ville comme Delhi il ne faisait pas confiance aux restaurants végétariens : bien que ne servant ni poulet ni mouton, ils trouvaient normal de cuire des omelettes et de couper oignons et ail sous l'œil des clients.

Les six premières années de son mariage, il ne se rendit que rarement à Bikaner. Et dans ce cas, il passait peu de temps avec Rukmini parce qu'il restait enfermé avec ses oncles, qui s'enquéraient fiévreusement de ses perspectives, peut-être avec l'espoir qu'il reconnaîtrait sa défaite et leur reviendrait. Quant à Rukmini, il exigeait qu'elle demeure chez sa mère – un homme qui a des dettes ne doit pas sentir peser sur ses épaules le poids d'une maisonnée.

Dès qu'il eut remboursé sa dernière roupie à Seth Ghanshyam Das, il fit venir Rukmini. Et c'est dans leur appartement en location, qu'elle gardait d'une propreté parfaite – grâce à l'enseignement de sa belle-mère –, que naquit leur premier fils, sept années pleines après leur mariage. Le 27 mai 1964 à trois heures de l'après-midi. Le soleil écrasait Chandni Chowk, le ventilateur au plafond ronronnait inutilement. Il se revoit, à l'extérieur de la chambre, attendant avec anxiété le premier cri d'un nouveau-né qui lui indiquerait que tout allait bien.

Soudain, Pratap Munshi, son comptable de l'époque, était arrivé en courant, tremblant d'excitation. « Jawahar Lal Nehru est mort.

— Et moi j'attends une naissance, avait répliqué froidement Sohan Lal. Pourquoi m'apportes-tu la nouvelle d'une mort?

— Parce que l'esprit de Nehruji renaîtra dans l'enfant », avait dit Pratap Munshi. A peine prononçait-il ces derniers mots que Sohan Lal entendit les trilles du bébé.

Il frappa impatiemment à la porte, sachant qu'il est inconvenant de se montrer impulsif. Le visage de sa mère, quand elle lui ouvrit, lui indiqua tout ce qu'il avait besoin de savoir. C'était un garçon. Il regarda les hommes – oncles, cousins – assis avec lui dans la pièce, et perçut l'envie dans leurs yeux. Il sut alors que Lakshmi accorde ses bénédictions aux hommes industrieux et non endettés, alors qu'elle assomme de sa terrible colère les indolents couverts de dettes.

Il découvrit néanmoins que Lakshmi était plus imprévisible qu'il ne le croyait. Dans les trois années suivantes, Rukmini donna naissance à deux filles. Désespéré, il la conduisit à l'hôpital où la doctoresse fit en sorte qu'elle n'ait plus d'enfants. Deux filles, c'était une malchance, trois auraient constitué une charge trop lourde. C'est aussi à cette époque qu'il commença d'assister aux réunions du Parti du Congrès où l'on parlait souvent de planning familial. « Deux ou trois enfants et pas plus », disait le slogan. Il acquiesça avec joie, et l'on en resta là : un garçon et deux filles. Il aurait préféré l'inverse. Les deux garçons auraient pris la direction de l'affaire et il aurait marié la fille en grande pompe, joyau du cœur de son père, sœur chérie de deux frères... Mais Lakshmi s'est montrée correcte. Il connaît des gens qui ont eu trois, quatre, cinq filles et pas un seul garçon pour les remettre à flot après qu'ils ont tout dépensé pour le mariage de leurs filles. Sa gestion économe de la question lui valut l'appréciation du comité du Parti, dont il s'éloigna pourtant peu après en direction du Jan Sangh, qui avait toujours exprimé de la suspicion à l'égard du planning familial. Il se demande maintenant s'il n'a pas montré trop d'enthousiasme pour toute cette histoire de régulation. Indira Gandhi avait beau jeu de pousser à la roue : elle avait déjà deux fils. Etait-il juste de l'imposer à tout le pays ? Il aurait peut-être pu avoir un fils comme quatrième enfant. Rien que d'y penser lui cause une douleur fulgurante, mais il se reprend et se fait des reproches. Voyons, le voici qui, enrobé de billets de banque, libre de toute dette, père d'un grand garçon, prêt à marier ses filles quand le temps en sera venu, se dispose à transformer ses roupies en dollars. Quelles raisons aurait-il de se plaindre ?

Il y a maintenant trente et un ans qu'il a quitté Bikaner, et il s'est réconcilié avec l'idée de vendre des saris et des corsages comme l'avaient fait son père à Bikaner et son grand-père à Nawalgarh. Ses oncles avaient peut-être raison : un homme n'a besoin de rien d'autre que d'avoir sa propre boutique, avec la gaddi sur laquelle il peut s'allonger, les coudes posés sur des coussins, mâcher du paan et servir ses clients. En vérité, il est beaucoup plus riche que ses oncles. Il y a longtemps qu'il a arrêté de vendre des saris en crêpe quelconque et il va bientôt bannir le coton et la mousseline. Jamna Lal Kishori Mal, soie de Bénarès et de Kanjeevaram uniquement... Mais une boutique de saris ne peut vous procurer des milliards, comme ses oncles ne manqueraient pas de le souligner, s'ils vivaient encore. Sur un point, il a tenu compte de leurs conseils. Il prend bien soin de regarder où il met les pieds.

Les ceintures de tissu ont remonté le long du torse. La plus haute dépasse de l'encolure de son kurta, et la boucle de la plus basse lui pince le ventre. Pas de quoi m'inquiéter, se console-t-il. Je suis enrobé de pneus, mais ils peuvent passer pour les plis d'un kurta. De toute façon, les ruelles sont désertes. Pour peu qu'un homme garde la tête froide, la mort d'un Premier ministre peut lui rapporter de l'argent. Elle est sûrement morte, bien que All India Radio ne l'ait pas annoncé. Même les hommes qui stationnent devant Gurudwara Sisganj semblent le croire. Indira était notre mère et nous la vengerons... Indira *était*, elle n'*est* plus. Indira, la putain de l'état d'urgence, le monstre de l'opération Etoile bleue, le fléau de la nation, la malédiction de notre démocratie... Nous la vengerons. Il faut des fils pour être vengé, soupire Sohan Lal.

Son chemin le mène au dispensaire des oiseaux, où il croise de nouveau Chandni Chowk, Sohan Lal traverse et entre dans Lajpatrai Market. La plupart des échoppes sont fermées, mais certaines n'ont qu'à demi baissé leur rideau de fer, l'appât du gain le disputant à la peur. D'autres, grandes ouvertes, ont installé sans vergogne un poste de télévision sur le comptoir pour attirer le client. Tous les écrans montrent les scènes qui se déroulent devant le All India Institute of Medical Sciences, où ils ont transporté le corps – bien que le Doordarshan ne reconnaisse toujours pas qu'elle est morte.

Kartar Singh n'a pas pris la peine de baisser son rideau. Grand Magasin Jasjit indique l'enseigne électrique, avec un sous-titre emprunté à une publicité pour ventilateur proclamant la grandeur de l'Inde – « Meraa Bharat Mahaan ». La boutique occupe l'un des box d'un ancien haveli – jadis la demeure d'un courtisan du Fort Rouge transformée en locaux commerciaux. Sur le comptoir trônent une dizaine de ventilateurs portatifs, de couleurs et de tailles différentes. Quatre jeunes gens se tiennent devant, le dos tourné à la ruelle, les yeux fixés sur le mur où des étagères en verre exposent ceintures de cuir, albums de photos, piles électriques, porte-monnaie et mixers électriques. Sohal Lal s'étonne. Pourquoi y a-t-il des clients chez Kartar Singh alors que le marché est vide ? Que pas le moindre poste de télévision ne peut attirer des spectateurs ? Et si c'était des activistes du Congrès venus susciter des troubles ? Ou des espions de la police ? Sohan Lal approche prudemment, conscient du bruissement des billets sous son kurta. Il ne doit absolument pas se frotter à ces hommes. Il repère un espace entre eux, s'y faufile, se poste devant le comptoir où il attend que Bishan – l'employé de Kartar Singh – le remarque. Il sent les ceintures s'enfoncer dans sa chair. Ses voisins doivent sentir eux aussi la pression des liasses, mais il n'en a cure. Il sera bientôt délivré de son fardeau.

Bishan se retourne, une ceinture de cuir à la main, hors d'haleine de tant vanter sa marchandise, et l'aperçoit. « Quel ventilateur vous intéresserait, sethji ? »

Bishan a une vingtaine d'années, il est à peu près du même âge que Ramesh. C'est un Jat – beaucoup plus grand que Ramesh – avec l'assurance tranquille que Sohan Lal aimerait trouver chez son fils. Bishan travaille pour Kartar Singh depuis son enfance, il s'y connaît en appareillage électrique. Il sait démonter les montres digitales, les appareils stéréo, les ventilateurs, mixers et moteurs. Il peut changer des résistances, remplacer des fusibles et équilibrer des platines. Il récupère des pièces de gadgets électroniques démodés, que Kartar Singh fait passer pour neuves et insère dans des gadgets ayant besoin de réparations. Bishan connaît aussi l'autre activité de Kartar Singh, il lui sert de filtre et de sélectionneur, familier avec les clients réguliers, dédaigneux avec les nouveaux.

Ce garçon n'a rien d'exceptionnel, se dit Sohan Lal. Son aplomb, il le tient de son sang jat, produit de l'évolution chez un homme dont les ancêtres labouraient les champs. Mettez un Jat derrière un comptoir et il en impose. Placez-le derrière un livre et il ne fait pas le poids avec un bania comme Ramesh, né pour prospérer grâce à son esprit et son ingéniosité, non par sa stature. S'étant ainsi consolé, Sohan Lal répond : « Le blanc à six pales.

— Bajaj ne fait plus de ventilateurs à six pales, rétorque Bishan. Mais je vais demander à Kartar Singhji. »

Bishan téléphone à Kartar Singh et lui dit que Seth Sohan Lal cherche un ventilateur blanc à six pales.

« Kartar Singhji dit que vous pouvez revenir demain, il en commandera pour vous. »

Les jeunes gens s'impatientent. Bishan leur tend la ceinture de cuir. Ils se la passent de main en main. Commentent son manque de souplesse. « C'est du cuir véritable, dit Bishan, du cuir brut, non affiné parce que ça coûte cher. » Les garçons se regardent incrédules. Ils ont l'habitude des imitations en rexine, souples et brillantes.

Sohan Lal sort et se faufile dans une venelle proche du haveli.

A l'extrémité du bâtiment il pousse une porte, entre dans un couloir non éclairé. Il avance prudemment, frappe à une autre porte. Kartar Singh ouvre immédiatement. « *Sat sri akaal*, Kartar Singhji », dit Sohan Lal.

Kartar feint d'ignorer le *Sat sri akaal* – les salutations religieuses en public le mettent mal à l'aise –, prend les mains de Sohan Lal et les recouvre des siennes. Puis il lui donne une petite tape familière dans le dos, qui renvoie l'écho du crissement des billets. Il rit, mais bien que sa barbe tremble et que sa poitrine se soulève d'hilarité, Solan Lal perçoit sa nervosité.

La pièce, sans fenêtre, est située directement derrière le magasin. La porte principale – par laquelle est entré Sohan Lal – ouvre sur le couloir qui mène au dos du bâtiment. Une deuxième porte donne dans la boutique, où la dissimulent des étagères chargées de Bournvita. Un matelas recouvert d'un drap blanc occupe la quasi-totalité du sol de linoléum, arrivant jusqu'au mur le long duquel s'alignent une dizaine de téléphones. Des fils en émergent, qui s'enchevêtrent, se regroupent en faisceau, puis se séparent pour disparaître à divers endroits du mur.

Kartar Singh, de haute taille et paraissant plus que ses quarante ans, s'assoit jambes croisées sur son matelas, attendant que Sohal Lal soulève son kurta et déboucle les cinq ceintures, en commençant par celle du bas. « Le moment est mal choisi, sethji », dit Kartar Singh.

Sohan Lal ne répond pas. Il respire lourdement, débarrassé de ses ceintures, maintenant en tas à ses pieds. Il ôte ses chappals et s'assoit lui aussi sur le matelas avec un profond soupir. « J'ai fait tout ce chemin, dit-il. Vous ne pouvez pas me renvoyer. »

Kartar Singh hoche la tête. Jamais il ne renverra un client. « Y a-t-il des problèmes dans Chandni Chowk? » demande-t-il avec angoisse.

Sohan Lal proteste d'un geste impatient. « Ils crient des slogans devant Sisganj. Je ne crois pas que ça ira plus loin.

— Et que crient-ils? »

Sohan Lal hésite. Il se rend compte que Kartar Singh est prêt à craquer et ne tient pas à gâcher l'affaire qui les occupe.

« Indira était notre mère et nous la vengerons. »

Kartar Singh baisse la tête.

« Les gens disent beaucoup de choses sous l'effet de la passion, s'empresse d'ajouter Sohan Lal. Ce sont des activistes du Congrès payés pour ça. Nous savons vous et moi que personne ne versera une larme sur la putain. J'ai demandé une réunion du comité pour ce soir six heures. Lala Surajmal et Jugal Kishor y assisteront. Vous aussi peut-être. Nous devons discuter. Il se peut qu'il y ait des élections. »

Kartar Singh ne semble pas convaincu. « C'étaient ses propres gardes, n'est-ce pas ? dit-il soudain.

— Oui, mais ça n'a plus d'importance maintenant. Je crois que l'un a été tué sur-le-champ par la police. L'autre est toujours vivant. Ils le tortureront jusqu'à ce qu'il avoue tout. J'ai entendu dire que la BBC a filmé toute la scène, il existe une cassette. Elle s'apprêtait à répondre à une interview quand les gardes ont tiré. Les caméras de la BBC tournaient déjà.

— On ne nous montrera jamais cette cassette, soupire Kartar Singh. Nous ne saurons jamais ce qui s'est passé. »

Sohan Lal est fâché. Quel besoin d'ergoter sur Indira alors que son argent s'étale au grand jour ? Pourquoi ne pas faire semblant de la croire vivante jusqu'à ce qu'ils aient réglé leur affaire ? Quand on annoncera officiellement sa mort, Kartar Singh pourra fermer boutique et porter le deuil. « Elle n'est pas encore morte, dit-il d'un ton apaisant. Elle repose toujours au All India Institute. Ils vont essayer de la sauver par tous les moyens.

— Elle est morte. La BBC l'a annoncé.

— Mais pas All India Radio.

— Les gens disent qu'il va y avoir des troubles. Et moi je leur dis : "Quand n'y a-t-il pas eu de troubles à Delhi ?" Quand on tue des hindous au Punjab, il y a des troubles à Delhi. Quand une bombe explose au Bihar, il y a des troubles à Delhi. Il y a toujours quelqu'un à Delhi qui essaie de tuer des sikhs ! Où est la nouveauté ? Les sikhs savent vivre avec les ennuis.

— C'est vrai, acquiesce Sohan Lal.

— Combien y a-t-il en tout ? »

Ah, se dit Sohan Lal, nous y voilà enfin. « Cinq lakhs.

— Pour qui ?

— Ranjan, toujours le même.

— New York ? »

Sohan Lal fait signe que oui. « Vous n'avez pas l'habitude d'expédier tant d'argent en une seule transaction, remarque Kartar Singh.

— Les circonstances sont inhabituelles. »

Kartar Singh prend chaque ceinture tour à tour, l'examine, glisse la main à l'intérieur des tubes mais n'en retire pas les liasses.

« Quel taux? demande Sohan Lal.

— Sept pour cent.

— C'est du vol! »

Kartar Singh lève les mains vers le ciel. « Les temps sont difficiles pour tout le monde, sethji. Ce commerce n'est plus ce qu'il était. Le gouvernement ne veut pas qu'on transfère l'argent par le havala, parce que ses banques perdent leur commission. Tous les taux ont monté. Les concessionnaires veulent deux pour mille. Les CP ont augmenté leurs tarifs, les policiers eux-mêmes tirent plus d'argent du havala que nous.

— Bon, d'accord », dit Sohan Lal. Il se fiche un peu de l'augmentation des taux et ne s'attend pas que Kartar Singh les diminue à son intention. Il a protesté comme doit le faire tout acheteur. Kartar Singh additionne les chiffres sur sa calculatrice.

« Vous devriez vous procurer une de ces nouvelles machines, dit Sohan Lal. Ça s'appelle un ordinateur. Ça vous fait des additions en un éclair. Spécialement pour vous, qui devez convertir quotidiennement les roupies en dollars.

— J'ai de moins en moins d'additions à faire. Les gens commencent à éviter le havala. Trop d'ingérence policière. » Il arrête sa calculatrice. « Commission de change plus deux cents pour le CP et cinquante pour Bishan. Ça fait trois cent soixante-dix plus cinquante.

— Bishan touche une commission? s'exclame Sohan Lal horrifié.

— Je dois contenter tout le monde. »

Sohan Lal compatit.

« Livraison demain, poursuit Kartar Singh. New York. Quatre lakhs, quatre-vingt-seize mille deux cent cinquante, au taux d'achat du dollar. Celui de demain.

— Le code?

— Opération Etoile bleue.

— Bon, va pour Etoile bleue, glousse nerveusement Sohan Lal.

— Donc, nous sommes d'accord. Livraison demain en dollars à New York. »

Sohan Lal se lève avec difficulté, en s'appuyant sur ses mains. Il sort du matelas, reste pieds nus sur le linoléum, bute contre ses ceintures. Il ne veut pas s'éloigner de son argent : soudain cela lui paraît dangereux. « Je devrais peut-être rapporter l'argent demain, quand la situation sera redevenue normale. »

Cette hésitation surprend Kartar Singh. « Je ne vous ai jamais fait défaut, sethji.

— Il y a quatre jeunes gens au comptoir.

— Et alors? C'est une boutique, ici.

— Le marché est fermé, insiste Sohan Lal. Personne n'achète quoi que ce soit.

— Pourquoi devrais-je chasser des clients? »

Mais Sohan Lal ne peut se défaire de sa prémonition. « Bishan, dit-il. Vous avez confiance en lui?

— Bien entendu! Je l'ai élevé. Il avait dix ans la première fois que je l'ai mis derrière le comptoir. Je le considère comme un fils. Rentrez chez vous regarder la télévision, sethji. »

Kartar Singh entreprend de ranger les ceintures dans un coffre d'acier contre le mur.

« Vous ne comptez pas? demande Sohan Lal.

— Inutile de compter votre argent », rétorque Kartar Singh obséquieux.

Sohan Lal glisse les pieds dans ses chappals, se dirige vers la porte blanche, puis s'arrête. « C'était toujours du cinq pour mille, maugrée-t-il.

— Je vous compte le taux du mois dernier, parce que nous nous connaissons depuis longtemps. Il varie toutes les heures, je n'arrive pas à suivre. Cet ordinateur dont vous parlez pourrait peut-être calculer les taux heure par heure, moi je ne peux le faire qu'une fois par jour. Ce que je perds, vous le gagnez, sethji.

— Quand vous en aurez un, vous me ferez payer davantage », conclut tristement Sohan Lal.

Kartar Singh se lève en riant et ouvre la porte. Sohan Lal suit le couloir obscur, trouve l'autre porte et sort. Il regrette d'être venu. Le pressentiment d'un désastre imminent remplace l'habituel contentement de soi que lui procure sa prévoyance. « Ce n'est que de la superstition », s'admoneste-t-il. Il passe devant le magasin, où les jeunes gens sont toujours là, en train de comparer les ceintures de cuir. Est-il réellement si difficile de choisir une ceinture ?

Lajpatrai Market est presque totalement fermé. Plus de postes de télévision, de volets à moitié baissés, plus de vélos ni de rickshaws. C'est le silence de la mort, songe Sohan Lal. Si seulement ça pouvait durer jusqu'à demain, jusqu'à ce que son argent soit livré à Ranjan. Ensuite ils pourront incendier tout Delhi ou la démolir entièrement en mémoire d'Indira. Elle a fait couler tant de sang de son vivant. Il est dans l'ordre des choses qu'il en coule davantage maintenant qu'elle est morte.

7

Sohan Lal à peine parti, Kartar Singh rouvre son coffre et sort l'argent pour le compter. Il examine les ceintures avec admiration. Impeccablement cousues, elles enserrent les billets sans les abîmer. Une solution si parfaite qu'il décide de ne pas extraire les coupures. Il les apportera telles quelles à Chawri Bazar demain – où il place l'argent du havala, qu'il fait travailler en accordant des prêts à intérêt élevé – et laissera aux employés le soin de les compter.

Il appelle le central téléphonique et demande la communication avec New York. On l'avise que cela prendra une heure. Il décide d'attendre, et interpelle Bishan par l'interphone.

« Apporte-moi une tasse de thé. »

Les images qu'il a vues à la télévision il y a quelques heures lui reviennent en tête, et il frissonne. Les hommes entourant le fourgon qui la transportait à l'Institut hurlaient des injures qu'il ne comprend que trop. Pourquoi la police les laissait-elle proférer de tels slogans ? Et pourquoi Doordarshan ne cessait-elle de les montrer en train de réclamer le sang des sikhs ? La chaîne TV, après tout, appartient au Congrès, le parti du Premier ministre assassiné. L'Inde est décidément un pays dur, inhumain. Si seulement les parents qu'il a au Canada étaient de la famille proche, plutôt que de lointains cousins. Ni frères, ni neveux comme en possèdent tant de commerçants de Lajpatrai Market. Plus lié avec eux, il aurait vendu son appartement de Trilokpuri et émigré au Canada, emmenant Sukhbir et leur fils Jasjit avec lui. Il serait débarrassé de cette ville sanguinaire, de sa population grossière, de sa cruauté intolérable.

On frappe un grand coup à la porte blanche. Il sursaute, mais ce n'est que Bishan apportant le thé. « C'est chaud, attention !

— Frappe doucement la prochaine fois, le réprimande Kartar Singh. Tu m'as fait peur. »

Bishan pouffe.

« Qu'est-ce qui se passe sur le marché ?

— Il est fermé.

— Alors boucle le magasin et rentre chez toi. Il ne viendra plus personne aujourd'hui.

— Nous avons de nombreux clients. »

Kartar Singh se renfrogne. Il avait négligé le fait quand Sohan Lal l'avait mentionné, à présent il s'inquiète. Pourquoi tant de clients chez lui alors qu'il n'y en a nulle part ailleurs ?

« Renvoie-les, dit-il. Mets les volets et rentre chez toi.

— Qu'avez-vous à craindre ? » s'étonne Bishan.

Kartar Singh lui fait signe de sortir, verrouille la porte derrière lui, s'assoit pour attendre l'appel de New York. Les paroles apaisantes de Bishan, qu'il retourne dans sa tête, prennent un tour de plus en plus menaçant. « Qu'avez-vous à craindre ? » Quelque chose dans le ton, une lueur dans l'œil...

Deux voix s'élèvent derrière le mur. L'une marchande le prix d'une ceinture de cuir, l'autre, celle de Bishan, en vante les vertus. Quel imbécile ! Kartar Singh appuie de nouveau sur le bouton de l'interphone, longuement, jusqu'à ce que Bishan réponde. « Prends l'argent et donne-lui la ceinture ! aboie-t-il.

— C'est trop tôt », dit Bishan, et il raccroche.

Kartar Singh en reste médusé. *Trop tôt* pourquoi ? A présent il entend quatre voix, et il perçoit une certaine familiarité dans le ton de Bishan. Il avale une grande gorgée de thé, vide son verre, se tamponne le visage avec son mouchoir, honteux de ses soupçons. Voyons, Bishan est comme un fils.

Les voix se renforcent, un rire fuse. On ne dirait pas des clients. Et pourquoi Bishan rit-il avec eux?

Soudain un grand bruit, quelque chose est tombé par terre. Kartar Singh se recroqueville, horrifié. Le vacarme s'amplifie. Les ventilateurs portatifs chutent du comptoir, un par un. Comment glisseraient-ils d'eux-mêmes? Le comptoir est large, ils reposent sur une base solide.

« Khalistan *murdabad!* » hurle quelqu'un.

Kartar Singh ne respire plus. Les bruits fracassants se succèdent. Ils balaient tout du comptoir : flacons, mixers, rasoirs. Bishan s'est probablement enfui. Le lâche! Mais ce n'est encore qu'un jeune garçon. Ils le tueront s'il intervient. Les yeux de Kartar Singh se remplissent de larmes. C'est un test, *Sachche Padshah!* Il ne bougera pas. Il remettra sa vie entre les mains du Vrai Roi. Les salauds vont détruire tout ce qui s'offre à leur vue puis, triomphants, passeront à la boutique suivante. De toute façon, l'essentiel de son revenu ne lui vient pas du magasin. Le stock entier vaut à peine un lakh. Qu'ils le prennent. Il recommencera sa vie, cette fois parmi des êtres humains, non des chiens assoiffés de sang.

« Indira est notre mère et nous la vengerons! »

Kartar Singh ferme les yeux. Il survivra! Au milieu du fracas et des hurlements, un autre bruit se fait entendre – faible, puis insistant, pour finir reconnaissable entre tous. Quelqu'un s'attaque aux étagères de verre qui dissimulent la porte rouge donnant sur la remise. Bidons de Bournvita et Horlicks s'écrasent par terre. Bishan! Seul Bishan peut leur avoir indiqué cette porte. Derrière les étagères, un faux mur bascule grâce à un clap secret. Il entend le déclic. La porte rouge s'offre à leur vue, et ils commencent à taper dessus.

Le téléphone sonne. Peut-être l'homme du central prêt à lui passer New York. Kartar Singh jure. C'est la bourse de Sohan Lal ou sa propre vie! La porte cède sous les coups. Bientôt elle va sortir de ses gonds. Bishan, bâtard ingrat! Ne jamais faire confiance à un Jat!

« Indira Gandhi *amar rahe!* vocifèrent les assaillants. Khalistan *murdabad!*

— Donnez-nous le sardar! glousse l'un d'entre eux.

— Prenez-le – c'est la voix de Bishan –, moi je prends l'argent. »

Kartar Singh verrouille le coffre-fort, fourre les ceintures de Sohan Lal dans un sac, court à l'autre porte. Il se glisse dehors juste au moment où la porte rouge vole en éclats sous les coups d'une hache et où ils font irruption dans la pièce. « Ne le laissez pas s'enfuir! »

Kartar Singh fonce dans le couloir, émerge à l'air libre, les entend jeter dans la rue ses tabourets, comptoirs et chaises.

Grand et fort, il n'a pas l'habitude des exercices physiques. Bien vite il est hors d'haleine et doit ralentir. Sortira-t-il vivant de Chandni Chowk? Puis il pense à son fils, et refuse de céder au fatalisme. Bien sûr qu'il s'en sortira. Surtout ne pas quitter les venelles, moins dangereuses que Chandni Chowk. Et arriver à joindre Sukhbir et Jasjit. A cette heure-ci Sukhbir est à la maison, peut-être sur le point de commencer ses gutkas, le Japji Sahib. « Un souffle du Japji Sahib protège du danger, dit-elle, même si on n'en connaît pas tous les versets. » Ces versets, il doit les exhumer maintenant des recoins de son esprit... Quant à Jasjit, il est au cinéma, le Vishaal, à moins que le film soit déjà fini et qu'il soit en train de boire du thé quelque part dans Chandni Chowk, inconscient du danger. Kartar Singh va essayer de trouver une boutique ouverte – qui paraisse amicale – et demander à se servir du téléphone. Il ordonnera à Sukhbir de n'ouvrir à personne et de s'enfermer dans la chambre, tandis qu'il partira à la recherche de Jasjit dans les alentours du Vishaal, et quand il l'aura trouvé, ils rentreront ensemble à Trilokpuri. Ils prendront un rickshaw à moteur, conduit peut-être par un sardar. Ils feront leurs valises et fermeront l'appartement. Il partira avec Sukhbir pour quelques jours, Jasjit pourra habiter chez des amis en qui il a confiance, ou venir lui aussi. Ils iront à Simla ou à Kanpur. Ils se débrouilleront.

8

Il y a un monde fou dans Chandni Chowk. Chacun semble attendre qu'il se passe quelque chose. Les jeeps de la police, gyrophare allumé, sillonnent les rues. Les gens s'entassent sur les toits, guettant des signes de violence. Il y a eu quelques incidents isolés. Quelqu'un a jeté des pierres sur la boutique d'un sardar dans Ballimaran, mais a pris la fuite avant que la situation s'envenime. Un rickshaw a embouti des gens dans Nai Sarak, mais il semble que c'était un accident. « Il ne s'agit pas d'un incident communautaire », déclare le commissaire de police adjoint devant une caméra de télévision. Quatre jeunes gens, des « éléments incontrôlés » selon le CPA, ont attaqué un magasin appartenant à un sardar et se sont enfuis en emportant des ceintures de cuir. Une foule en colère s'est rassemblée à l'extérieur de Fatehpuri Masjid autour d'un homme qui invoque avec passion la fureur de notre Mère Inde. « Nous menons une enquête, dit le CPA, et tous les fauteurs de troubles seront arrêtés. » Ce qui se passe devant Fatehpuri Masjid ne l'inquiète pas parce que ce n'est pas un « désordre communautaire ». La foule tangue et roule, puis se répand à travers Chandni Chowk d'une façon désordonnée.

L'épicentre de ce tremblement de terre, s'il devait se produire, se situe à Gurudwara Sisganj, vers quoi tous les regards convergent. Sur les toits alentour, les spectateurs s'agglutinent, tandis que dans la rue, les gens amassés laissent un vaste espace libre devant l'entrée du temple, craignant d'en être trop proches mais désireux de ne rien manquer. Ramvilas se tient en lisière du rassemblement, dissimulé à l'intérieur d'un stand obturé par des planches, par les interstices desquels il peut confortablement scruter la foule. Il y repère des visages familiers – des gens qu'il courtise depuis des années parce qu'ils sont utiles : ils peuvent vous fournir une émeute en deux heures, un incendie en trente minutes, une agression à coups de couteau le lendemain. Ils constituent les instruments de son boulot d'organisateur, groupe informe n'appartenant à aucune organisation, ne se connaissant pas entre eux et n'ayant de rapports qu'avec lui. Les instructions qu'il leur a données sont vagues, car il n'a lui-même reçu aucun ordre précis de Lala Surajmal. Il sait d'instinct que fomenter des troubles serait utile, mais ignore si le PPI tirerait avantage d'un véritable pogrome contre les sardars. Le Parti du Peuple Indien, né de la mutation d'un comité de commerçants en un rassemblement attirant une classe moyenne qui s'est toujours méfiée du Congrès, n'a pas encore gagné la confiance des sikhs. Au mieux, les troubles éventuels pourraient servir à ternir l'image du Congrès. Il faut sûrement attribuer à l'imprécision de ses ordres l'irrésolution des agitateurs. A moins qu'aujourd'hui ils ne soient au service du Congrès – ils se louent aux deux partis à fréquence égale.

Un homme, un sardar, surgit d'une ruelle derrière Gurudwara Sisganj et se dirige vers le temple. A cette distance, Ramvilas ne le voit pas distinctement. Un gros sardar, probablement, à la façon dont il marche. Il semble épuisé, et porte ce qui ressemble à un sac. Il voit la foule et recule instinctivement. La plupart des gens le remarquent en même temps, comme s'ils ne possédaient qu'une paire d'yeux commandés par un esprit infatigable. Un millier de visages se tournent vers lui. Un court instant le silence règne dans la rue – la foule évalue sa proie, le sardar reste muet de saisissement. Puis il court, mais au lieu de retourner sur ses pas et de se perdre dans les ruelles, il commet la faute de foncer droit sur la populace, peut-être talonné par l'urgence.

La foule est médusée. Elle recule un peu, comme un troupeau de vaches prêtes à se débander sous la charge du taureau. Qu'est-ce qui donne au sardar un tel courage? Peut-être ce qu'il transporte dans son sac et qui semble si lourd? Une bombe? Un bidon de kérosène? Puis la situation se précise d'elle-même. Ce n'est qu'un sardar, un gros sardar – un homme seul face à la multitude, la peur inscrite sur son front. « Tuez le salaud de Khalistani! hurle quelqu'un. Khalistan *murdabad!* Indira Gandhi *amar rahe!* » La foule avance sur lui, les yeux fixés sur le turban détesté qui oscille au gré de la course de son propriétaire.

Aujourd'hui le sang va couler, pense Ramvilas. Il sent la nervosité ambiante. Il quitte le stand par l'arrière et s'éloigne de la scène. Les carnages ne l'intéressent pas. Seuls les gens vulgaires se repaissent du spectacle de la violence.

Le sardar atteint Gurudwara Sisganj, la foule est sur le point de l'encercler lorsqu'une compagnie de sikhs surgit du temple, resplendissants dans leur salvaar bleu et jaune et leur ceinture de soie, armés du kirpaan qu'ils brandissent haut au-dessus de la tête. La populace cède. Le sardar est à portée de main – une proie si tendre ! – mais entouré maintenant d'un océan éblouissant de bleu et de jaune. Ces gens, à l'exception des hommes de Ramvilas semés ici et là, sont pour la plupart des employés, des conducteurs de rickshaw, des comptables et des commerçants. Ils n'ont jamais livré de bataille de rue. Immobiles à quelques pas des sikhs, ils hurlent des injures, l'obstination le disputant à la peur. Ils sont beaucoup plus nombreux que les soldats sikhs, mais ne portent ni kirpaan ni uniforme resplendissant, et leur colère a du mal à se focaliser. « Khalistan *murdabad !* crient-ils. Indira était notre mère et nous la vengerons... »

Perplexe, le sardar se tient entre les deux armées. La solution intelligente consiste à foncer au milieu des jupes sikhes et à s'y faire absorber, mais il n'a plus le contrôle de sa raison, comme poussé par le destin à sa propre destruction. Les sikhs en grande tenue lui paraissent plus menaçants que les petits employés en kurta, chemise, pantalon et pyjama. Finalement, il traverse la populace et ressort indemne de l'autre côté. Un rugissement s'élève quand la foule comprend que le sardar est séparé de son armée. Son courage retrouvé, elle se rue à sa poursuite, tandis qu'il bondit et disparaît dans Kucha Bansilal.

« Attrapez-le ! Le salopard nous a échappé ! »

Kartar Singh ralentit, sanglotant sur son sort. Dieu témoignera qu'il a essayé de traverser la meute de loups assoiffés de sang mais n'a pu arriver jusqu'au cinéma Vishaal. Dieu protégera Jasjit. Lui-même n'est qu'un être humain. Ses jambes commencent à le trahir. C'est la fin – c'est ainsi que tout finit ! Jasjit survivra – s'ils l'épargnent – mais que deviendra Sukhbir ? En ce moment même elle est peut-être en train de réciter une gutka. Cette ruelle mène-t-elle quelque part ? Et si c'était une impasse ? Ils vont l'acculer comme un rat ! Il pourrait peut-être se réfugier chez un habitant de la ruelle. Il doit y avoir des gens dans les étages supérieurs.

Il lève les yeux, scrute les fenêtres fermées, les rideaux tirés. Le kucha est mort. Ses commerçants sont rentrés chez eux, et le cœur de ses résidents – s'ils existent – est sans pitié. Il repère une enseigne, la plus grande de la ruelle : « Jamna Lal Kishori Mal – saris et corsages », n'en croit pas sa chance. Il n'est encore jamais venu dans la boutique de Sohan Lal, mais aucune erreur n'est possible, il a entendu ce nom d'innombrables fois aux réunions de comité. *Sachche Padshah !* Parmi les centaines de venelles de Chandni Chowk, vous m'avez conduit vers celle où je trouverai de l'aide !

Il tape aux portes closes. Il entend la télévision à l'intérieur, scandant le même slogan menaçant qu'à l'extérieur de le kucha. « Khalistan *murdabad !* Khalistan *murdabad !* » Pourquoi Sohan Lal ne lui ouvre-t-il pas ? Ne l'entend-il pas crier ?

Il regarde autour de lui, désespéré. Voit une boîte de dérivation électrique sur le mur d'en face. Peut-être peut-il grimper dessus et s'y tapir. Il y a de la place pour une personne, mais la boîte est à au moins six pieds au-dessus du sol. Son corps n'a pas la force de faire un tel saut. Sous la boîte, et rattaché à elle, il remarque un grand coffre en bois au couvercle levé, qui contient des casseroles, des verres, des tasses, un réchaud, des flacons de sucre et de cardamome. Un stand de thé. Peut-il se faire passer pour un chaivala ? Pensée stupide ! Qui prendrait un gros sardar pour un chaivala ? Et tous ces milliers d'yeux qui l'ont vu ? Il jette le sac dans le coffre, se disant qu'il va le cacher là. Les cris à l'extérieur du kucha se renforcent. Il enjambe le coffre, un pied puis l'autre, et s'accroupit, le sac à ses côtés. Il ne peut tenir, le coffre est trop petit. Il reste ainsi quelques secondes, tassé sur lui-même, le turban émergeant au-dessus. La foule arrive. Peut-être auront-ils pitié de lui en le voyant dans cette situation ? Mais ce ne sont pas des êtres humains.

Au prix d'un grand effort, il se tasse encore plus, détache le couvercle de la boîte de dérivation et le laisse retomber sur sa tête. Le turban absorbe en partie le choc. Le voici enroulé en position fœtale, spécimen biologique en suspension à l'intérieur de murs qui le compressent de toute part, le visage sur les genoux, les hanches frottant douloureusement contre les parois de bois, qui pourraient se fendre à n'importe quel instant.

La foule déferle, le manque de quelques secondes. « Il est ici quelque part ! crie quelqu'un. Il a dû entrer dans un immeuble ! Cherchez bien ! Ratissez les égouts ! Il se cache dans la gadoue comme un rat ! »

Il les écoute se parler ainsi un bon moment. Le coffre semble s'ajuster à sa masse, à moins que son corps ne découvre des espaces inexplorés et se coule dedans. Il réussit à inspirer plusieurs fois à fond et à nouer ses bras autour de ses genoux. Tant qu'il demeure silencieux et ne bouge pas, il est probablement en sécurité. Vissé aux planches sur lesquelles il repose, le coffre ne va pas se renverser. Le sac, écrasé à côté de lui, laisse voir les ceintures enroulées comme des serpents.

Les bruits s'éloignent, mais il a trop peur pour soulever le couvercle. Il va rester ainsi, une vingtaine de minutes encore, puis il glissera un œil au-dehors.

Il fait presque nuit quand Gopal revient de Kucha Mahajani, désespéré. Il a passé deux heures à chercher Mukesh. Il s'est d'abord rendu à la boutique de Seth Jhunjhunwala, qu'il a trouvée fermée. Il est resté un long moment devant, espérant que les portes s'ouvriraient, révélant la présence de son fils, en train de peser l'argent. Espoir stupide puisque, il y a quatre mois de cela, le seth a renvoyé Mukesh à la suite d'un vol de diamants, dont Mukesh se proclame innocent. Il continue d'aller à la boutique plaider sa cause auprès du seth, et Gopal espérait l'y trouver. Au bout d'une heure d'attente, Gopal s'est rendu à la fonderie de Seth Jhunjhunwala, se disant que Mukesh traînait par là, à regarder travailler les fondeurs, à donner un coup de main pour l'électrolyse et le coulage. Deux heures de vaines recherches l'ont convaincu qu'il ne faut pas chercher Mukesh sur le marché des lingots. Il y a cent autres endroits dans Chandni Chowk où il pourrait se trouver, tant de katras et de kuchas, tant de ruelles, d'immeubles et de havelis. Gopal a donc décidé de retourner à Kucha Bansilal.

Et là, surprise ! il constate que son coffre est fermé. Il l'avait laissé ouvert – personne ne vole un chaivala. Il soulève le couvercle, et le premier objet qui attire son regard – dans la semi-obscurité du crépuscule – est un turban bleu, qui jaillit comme un ressort de fermoir. Apeuré, Gopal se recroqueville. « Ganga *Maiya !*

— Ne me tuez pas ! », supplie le sardar.

Gopal regarde mieux. Le sardar ne semble pas le menacer. De fait, il est dans une bizarre position, calé dans le coffre, les bras passés autour des jambes, incapable de bouger. Les yeux injectés de sang comme ceux d'un animal traqué. « Qui êtes-vous, sardarji ?

— Laissez-moi rester jusqu'à la nuit, ou ils me tueront ! »

Gopal ne sait pas quoi faire. Le sardar lui achètera peut-être une tasse de thé. Enfin un client, en cette horrible journée. « Je pourrais vous servir une tasse de thé. Avez-vous de quoi payer ? »

Kartar Singh ne répond pas.

« Pourquoi êtes-vous là ? On traque les sardars dans tout Chandni Chowk. Vous devriez être chez vous, à regarder la télévision.

— J'essayais d'aller au Vishaal, le cinéma. »

Gopal est abasourdi : comment peut-on regarder un film en un jour pareil ?

Kartar Singh devine sa méprise. « Je cherche mon fils, ajoute-t-il doucement. Il est au Vishaal.

— Ah ! gémit Gopal, moi aussi je cherche mon fils. »

Ils gardent le silence, unis dans la même angoisse. « Qu'est-ce qui vous gêne près des genoux ? demande Gopal, conscient de l'inconfort du sardar dans sa boîte.

— Un jhola, dit Kartar Singh de mauvaise grâce.

— Donnez-le-moi, vous aurez plus de place. »

Le sardar refuse.

« Vous pouvez me faire confiance, sardarji, dit Gopal, offensé. Je ne suis pas un voleur. »

Kartar Singh s'agite dans son coffre, repoussant le sac vers le bas. « Il contient des vêtements. Les sous-vêtements de ma femme. Culottes, soutien-gorge. »

Abattu, Gopal s'accroupit à côté de son coffre, décide de laisser le sardar tranquille. Jusqu'à ce qu'il puisse partir sans danger. Mais comment saura-t-il que ce moment est arrivé ? Des bruits diffus proviennent encore de Chandni Chowk. Quand il a émergé de Kucha Mahajani, on lui a parlé d'une émeute devant Gurudwara Sisganj, où un sardar, soutenu par deux douzaines de sikhs, a chargé une armée d'hindous. Il ne fait aucun doute que c'est le gurudwara qui a dépêché le sardar afin de susciter des troubles. L'émeute s'est éteinte d'elle-même. Bilan : trois blessés.

On entend des bruits de pas dans le kucha – quelqu'un se dirige vers eux dans le noir. Il a une torche. « Vite ! chuchote Gopal. Entrez dans le coffre !

— Mais j'y suis déjà, proteste Kartar Singh.

— Votre tête, sardarji ! Votre turban ! »

Gopal appuie sur le turban de toutes ses forces, rabat le couvercle, grimpe sur le coffre et s'accroupit, juste au moment où, clic-clac de bottes, apparaît un agent de police. En marchant, il frappe de son bâton les plates-formes de ciment sur sa gauche. Gopal ne se tient pas de joie. « C'est un policier, murmure-t-il. Il va vous ramener chez vous sain et sauf. »

A l'intérieur du coffre, Kartar Singh fait un violent effort pour soulever le couvercle, et flanque Gopal par terre. Il ne veut surtout pas que la police le découvre. On raconte trop d'histoires à ce sujet. « Ne lui dites rien ! s'écrie-t-il. Ne lui dites rien ! »

Le policier se trouve maintenant à la hauteur de Gopal. Il s'arrête, observe, tapote le coffre. « Qu'est-ce que c'est ?

— Un stand, sarkaar, dit Gopal, les mains jointes. Un stand de thé. »

Plusieurs options s'offrent à Inderlal Jha. Son statut de policier-chef lui confère le pouvoir d'accorder ou non des permis de vente aux commerçants. Un stand de thé est un trop menu fretin. Mais toutes les boutiques étant fermées, il ne lui reste que ça à se mettre sous la dent. « As-tu un permis ? » demande-t-il.

Gopal hoche la tête. Il ne sait pas ce qu'est un permis.

Résultat de ses années passées à scruter les visages, Inderlal Jha sait que Gopal ment. Il lui en a coûté cinquante mille roupies pour se faire transférer à Chandni Chowk, où les gens achètent et vendent quotidiennement des produits d'une valeur de cent crores. Mais de tous les marchés qui auraient pu tomber sous son autorité, il a fallu que lui échoient Kucha Bansilal et les venelles alentour. Quelques échoppes de saris, des stands de paan et de thé, un maître masseur, un vendeur de potions de virilité et un nettoyeur d'oreilles. Seuls les marchands de saris peuvent lui rapporter un peu. Les autres – comme ce chaivala chauve – ne sont guère plus que des mendiants. Regardez-le ! Une chemise où manquent des boutons, un dhoti déchiré, des verres de lunettes si rayés qu'on lui voit à peine les yeux. A quoi sert de demander à un tel individu de montrer son permis ? On n'obtient pas de jus d'un citron sec. Il va le laisser tranquille et continuer à chercher le sardar responsable de l'émeute. Soudain, il se demande pourquoi le chaivala traîne dans le kucha, puisque son stand est fermé.

« Qu'est-ce que tu fabriques ici ?

— J'attends, sarkaar. »

Inderlal hausse les sourcils. Il ne s'abaissera pas à poser la question évidente.

« J'attends mon fils, sarkaar. Puis je rentrerai chez moi. »

Ma foi… Un homme sans intérêt, un négoce minable. Kucha Bansilal regorge de ses semblables. On raconte que, sur le marché des lingots de Kucha Mahajani, les affaires dépassent quotidiennement les dix crores, et cinquante sur le marché des épices de Khari Baoli d'où le poivre et la cardamome s'expédient dans le monde entier. Quelle que soit la commission du CP, il doit rester de quoi gratifier convenablement un policier-chef et ses sous-fifres. Même les balayeurs du poste de police gagnent probablement cent roupies par mois à Khari Baoli ! Dans GB Road, où chaque prostituée ne verse pas plus de trois roupies par client au poste de police, on compte au moins quatre-vingts bordels : à quarante filles par établissement et sept clients par fille chaque nuit, ça fait près de soixante-dix mille roupies. Et puis il y a les bais, les pahalvans, les recruteurs… une chaîne infinie de donneurs. Un terrain fertile pour un travailleur acharné comme lui, parce que l'argent ne se partage qu'entre six personnes – le CP, les CP surnuméraires et les policiers-chefs. Plus une douzaine d'agents de classe IV, qu'on peut acheter pour dix roupies par tête. Comment se fait-on nommer à GB Road, quand on n'est qu'un pauvre Jat de Bahadurgarh ? Il ne connaît personne au ministère. Il ne possède ni les relations ni les cent mille roupies nécessaires. Ses uniques sources de revenus proviennent des scooters garés en stationnement interdit et des étals qui débordent sur le domaine public. Plus les innombrables mendiants chauves comme le chaivala. « Depuis combien de temps es-tu là ? demande-t-il irrité.

— Trois heures, ment Gopal.

— As-tu vu ce salopard de sardar Satwant Singh ? »

Comprimé dans son coffre, couvert de bleus, Kartar Singh enrage de s'entendre appeler Satwant Singh. Eh bien soit, je suis

Beant Singh, je suis Satwant Singh ! Je suis celui qui a tué cette putain ! Je ne tenais peut-être pas l'arme mais je voulais sa mort, et je ne verserai pas une larme sur son corps. Tu vivras éternellement, Beant Singh, bien qu'ils t'aient criblé de balles. Et toi, Satwant, nous ne t'oublierons jamais, même après qu'on t'aura pendu.

« Je n'ai vu personne, sarkaar », dit Gopal.

Je te revaudrai cela un jour ! pense Kartar Singh, le cœur débordant de gratitude.

« Il s'est enfui par ici, insiste le policier. Je l'ai vu de mes propres yeux, il y a moins d'une heure. Comment peux-tu l'avoir manqué ? »

Kartar Singh perçoit la peur de Gopal, et il perd courage. Le chaivala a bon cœur, mais il est lâche. Il ne tiendra pas. Alors est-ce la fin ? Que lui fera le policier lorsque, soulevant le couvercle et braquant sa torche, il le découvrira enroulé sur lui-même comme un chien tremblant ? Est-ce que toutes les prières de Sukhbir n'auront servi à rien ? Que dirait-elle en cet instant ? Réciterait-elle le Japji Sahib ? *Ek Omkar, Satnaam, Karta Purakh, Nirbho, Nir Vair, Akaal Murat Ajuni...* Il ne sait pas le reste. Il n'est pas pratiquant. *Sachche Padshah !* Je suis un ignorant, un ingrat, aveugle aux merveilles de la création. Mais si j'en réchappe aujourd'hui...

« Quel genre d'homme ? Voulez-vous dire un sardarji ? demande Gopal.

— Oui, oui !

— Je l'ai vu. »

Kartar Singh ne respire plus, il entend les lourds battements de son cœur.

« Il est passé il y a une heure. Un gros homme avec un jhola. Il courait comme un fou, le turban dénoué, un turban bleu.

— Où est-il allé ? Dis-moi ! Dis-moi !

— Par là, en direction de la gare. Il avait trop peur pour s'arrêter. »

Les yeux d'Inderlal Jha luisent dans l'ombre. Il est encore temps d'attraper le sardar. L'homme n'a pas pu aller loin, certainement pas jusqu'à l'extrémité de la ruelle, où la foule l'aurait immédiatement attaqué. Il se cache quelque part, peut-être à l'intérieur d'une échoppe. Inderlal Jha va attraper l'enfant de putain. Combien d'occasions de ce genre s'offrent-elles à un policier-chef de Kucha Bansilal? Il va arrêter le sardar et gagner une médaille. Une décoration, voire, un jour, la médaille du président. Alors, il se procurera d'une façon ou d'une autre le lakh nécessaire à sa nomination au poste de GB Road en tant que CP surnuméraire. Mais d'abord il faut arrêter le sardar, le meurtrier qui a suscité l'émeute, l'assassin d'Indira Gandhi. Non qu'il se soucie du sort d'Indira. Elle avait les cheveux courts, coupés comme ceux d'un homme – une femme à la moralité très douteuse.

Il avance d'un pas nonchalant, le bruit de ses bottes résonnant dans le kucha, tapant de son bâton les volets clos, comme si le son allait révéler la présence du sardar à l'intérieur.

Kartar Singh entend s'éloigner les pas et pousse un profond soupir. Le chaivala est plus ingénieux qu'il ne le supposait.

« Vous vivrez mille ans! chuchote-t-il.

— Quelqu'un vient, souffle Gopal. Restez tranquille! »

Kartar Singh maudit son sort. Il ne survivra pas encore bien longtemps ainsi confiné dans ce coffre.

« C'est Seth Sohan Lal, dit Gopal tout heureux. Je vais lui raconter et il vous abritera dans sa boutique. »

Kartar Singh sursaute. Et s'il révélait lui-même sa présence à Sohan Lal? Le seth n'aurait pas d'autre choix que de l'aider. N'a-t-il pas parlé d'une réunion du comité à six heures? Eh bien, me voici! Un peu en avance, échevelé, secoué, mais l'esprit toujours en bon état.

Le doute pourtant le reprend. Sohan Lal remarquera le jhola, et récupérera son argent. Ce qui serait peut-être bon pour tous les deux, rumine Kartar Singh. De toute façon, il n'a pas parlé à son contact à New York. Il n'y a pas eu de transaction. Mais cet argent, c'est en quelque sorte sa propriété. Il est resté presque deux heures le jhola pressé contre les jambes. Il a partagé le coffre avec lui, l'a entendu crisser. Il a risqué sa vie pour cet argent! Il mérite sa commission. Or Sohan Lal ne donnera pas de commission sans transaction. Eh bien, transaction il y aura. Avec un jour de retard, mais effective, et il touchera sa commission.

« Ne dites rien au seth, ordonne-t-il à Gopal.

— Pourquoi pas? Sethji vous aidera.

— Je n'ai confiance qu'en vous. Laissez-moi rester jusqu'à ce qu'il fasse complètement nuit, puis je m'en irai. »

La présence du chaivala assis sur sa boîte réconforte Sohan Lal. Le kucha n'est pas totalement désert. Sans compter qu'un peu de thé réjouira les esprits pendant la réunion du comité. Il fait un signe de tête à Gopal, se demandant vaguement pourquoi il a fermé son stand s'il a l'intention de rester – et déverrouille ses portes.

Kurtar Singh écoute, le souffle court, le bruit des verrous que l'on tire, le volume du son de la télévision qui augmente, et dont le bavardage lui parvient avec une bouffée de parfum. Puis les portes se referment, la télévision se tait.

« Je n'oublierai pas cet instant! » murmure Kartar Singh avec émotion.

Gopal ne dit rien. Il ne pense qu'à Mukesh. Peut-être devrait-il retourner dans son kholi de Khari Baoli où son fils l'attend. Pensée ridicule! Ça fait des mois que Mukesh n'est pas venu au kholi, en réalité il ne l'a vu que deux fois depuis le jour où Seth Jhunjhunwala l'a renvoyé. En tout état de cause, pour aller à Khari Baoli il faut emprunter la plus grande partie de Chandni Chowk, passer devant Fatehpuri Masjid, ce qui n'est jamais sans danger. Peut-être pas pour un musulman comme Ibrahim, mais pour lui, si. Et que va-t-il faire de son sardar, trop gros pour son coffre? En cet instant même, pressé contre les flacons de sucre, les verres et les seaux de lait, il répand tout, thé et lait, sur le sol.

« Vous pouvez sortir maintenant, dit-il. Il n'y a plus personne. »

Pas de réponse.

« Vous m'entendez? Vous pouvez sortir! (Est-ce que l'homme s'est endormi?) Sortez, sardarji! »

Une faible voix lui intime : « S'il vous plaît, ne criez pas. Le seth va vous entendre.

— Je rentre chez moi.

— Pouvez-vous faire un trou dans le bois? J'ai besoin d'air... »

Je l'ai aidé, et maintenant il veut détruire mon stand, pense Gopal.

« Votre fils vous reviendra », dit Kartar Singh, la voix mielleuse.

Gopar secoue la tête, refusant de croire aux paroles du sardar. Un voleur ne revient jamais. Et même s'il revient, l'étiquette lui colle à la peau – le mot « voleur » imprimé sur son âme. La seule consolation, c'est que Seth Jhunjhunwala est un homme gentil, facile à attendrir, contrairement à ses fils. Ils ont réclamé le sang de Mukesh même après qu'il leur avait rendu le diamant volé. Ne se rendaient-ils pas compte que le garçon avait simplement surestimé ses capacités, que c'est un imbécile plutôt qu'un criminel ? Tout le monde vole un petit quelque chose sur le marché des lingots – des rognures d'argent, une vieille pièce, une figurine valant cinquante roupies. Pourquoi a-t-il pris un diamant ? Un imprudent, un insouciant... Mukesh avait vu Seth Jhunjhunwala scruter le diamant à la loupe avant de lui tendre la bague à ressertir. Le pauvre garçon ! Il ne savait pas que les diamants ont des impuretés – même le Kohinoor n'est pas parfait – qui font de chaque pierre un objet unique. Alors quand Mukesh a rendu la bague – après en avoir réduit le diamètre, comme il faut – le seth a regardé avec sa loupe et su instantanément que le diamant avait été changé. « Je ne vois pas les traces à trois heures et à sept heures ! » a-t-il tonné. Il savait déjà que le garçon volait des rognures d'or sur les bagues à réparer, qu'il rognait les lingots d'argent qu'il rapportait de la fonderie à la boutique. Le seth savait aussi qu'on siphonnait de la poudre d'argent pendant les opérations de titrage dans ses laboratoires, et qu'on décapait ses cuves dans la raffinerie après chaque électrolyse. Ces pertes, il pouvait les assumer. Mais cet imbécile avait volé un diamant entier ! En se rappelant la fureur de Seth Jhunjhunwala, Gopal frissonne. Il avait dû supplier – Mukesh pour qu'il rende le diamant, le seth pour qu'il n'appelle pas la police. Il se rappelle la date également, parce que c'est le lendemain qu'Indira Gandhi avait fait envahir le Temple d'Or par son armée. « Ton fils est un voleur, lui avait dit le seth, mais ce n'est pas un terroriste comme Bhindranwale, ou un meurtrier comme Indira. Je le laisse partir, mais je ne veux plus jamais le revoir. »

Gopal noue ses bras autour de ses jambes et pose le front sur ses genoux, dans une position semblable à celle de Kartar Singh dans le coffre, au-dessous de lui. La journée devait être mauvaise, c'était prévu – chaleur torride, affaires médiocres, accidents de scooters –, mais pas abominable. Pourquoi a-t-il fallu qu'Indira Gandhi meure ?

9

Mukesh est soulagé de trouver Kucha Mahajani fermé. Après avoir appris la nouvelle, les marchands sont rentrés chez eux. Il arrive à la boutique et regarde l'enseigne, repeinte depuis son renvoi – « Jhunjhunwala et Fils, Joaillierie et Négoce de Lingots ». Il frappe doucement aux volets de bois. Pas de réponse. Rassuré, il dépose son sac, en retire un levier et s'accroupit à côté des trois dalles de ciment qui relient la boutique à la ruelle. Il insère le levier entre les deux dernières dalles, les disjoint puis soulève la seconde. De la fosse boueuse, en dessous, il extrait une boîte métallique et l'ouvre.

Tout y est – morceaux d'or volés à l'occasion de la réparation de bagues, enveloppés dans du papier journal, copeaux de lingots d'argent, poussière d'argent provenant du laboratoire de titrage, et sept mille roupies. Il déplie le papier journal. « Opération Etoile bleue, dernière édition, 6 juin 1984. » Sous le titre en capitales – « Indira ordonne à l'armée d'envahir le Temple d'Or » – reposent une douzaine de pièces d'or. Il couve des yeux son trésor, injurie en silence Seth Jhunjhunwala. C'est tout ce qu'il a accumulé en trois ans de service. Il avait douze ans quand son père l'a placé ici, persuadé que l'employé d'un négociant en or et en argent ne peut que connaître la prospérité. Certes, il a appris le métier. Il sait se servir d'une balance électronique, établir la pureté d'un lingot d'argent à la dixième décimale près rien qu'en le regardant ; il pourrait lui-même faire le titrage, à force d'avoir assisté à l'opération ; il était là quand ils procédaient à l'électrolyse. Et au bout du compte, voilà à quoi se monte son magot. Désormais, plus personne ne lui donnera du travail dans Kucha Mahajani. Il s'en fiche. Il s'en sortira, d'une façon ou d'une autre – et sans l'aide de son père avec son stupide stand de thé. Un homme ingénieux trouve toujours un employeur. Il est content d'avoir substitué un diamant à l'autre. Quel espoir avait-il, avec de la poussière d'argent et des particules d'or, de jamais accumuler quelque chose de valable ? La véritable fortune, c'est les diamants qui la procurent, ni l'or ni l'argent.

Mukesh compte mille roupies, roule les billets et les met dans sa poche. Mille devraient suffire pour aujourd'hui. C'est un investissement. Il espère que Rajan Nahal lui en versera trois fois plus quand le travail sera terminé.

Un bruit le dérange. On marche dans la ruelle. Il replie rapidement le journal, le fourre dans la boîte, qu'il enterre, et rabaisse la dalle de ciment. Il n'a pas le temps de ramasser son levier, parce que l'homme est maintenant à portée de vue. Mukesh se faufile dans la venelle entre la boutique de Seth Jhunjhunwala et sa voisine, jurant intérieurement. C'est son père. Est-ce qu'il est à sa recherche ? Avec un peu de chance, il ne remarquera pas la dalle disjointe ni le levier posé dessus.

Gopal reste planté un long moment devant l'échoppe, tandis que Mukesh attend, impatient, pleurant le temps perdu. Il a un travail important à faire. Il doit rejoindre Rajan Nahal avant la nuit, et il n'a pas encore sorti les barres de fer de l'entrepôt proche de Chawri Bazar. Il lui faudra une heure pour les charger sur un rickshaw et les transporter, mais il ne peut pas quitter Kucha Mahajani sans bien remettre la dalle en place. C'est son destin que de toujours trouver son père sur son chemin. Ses amis le traitent de Bihari, de Bengali ou de Bhaiya. « Tu vis peut-être à Delhi, mais tu n'es pas un véritable Dillivala, lui disent-ils. Tu n'as qu'à regarder ton père ! » Il proteste, mais il sait qu'il est né à Sasaria, même si son père l'a amené à Delhi quand il avait six ans. Il n'a jamais connu sa mère : elle est morte en accouchant, lui a raconté son père une nuit dans le kholi. Et le kholi, il l'a quitté à l'âge de douze ans, dès qu'il a disposé d'un peu d'argent à lui – grâce à son emploi chez Seth Jhunjhunwala. Depuis il a vécu dans des asiles de nuit, des kuchas, des bidons, des égouts et sur les trottoirs. Il y a plein d'endroits possibles à Chandni Chowk quand on sait y faire.

Chandni Chowk c'est un dortoir, un champ de bataille, une maison, un pot à merde, une pissotière. Il s'y sent bien, loin des espaces restreints du kholi et du stand de thé. Et il aime ses nouveaux amis. Ils roulent des mécaniques, parlent d'événements capitaux. Ils ne perdent pas leur temps au service de seths pleins de graisse.

Mukesh entend enfin son père s'éloigner. Il sort de sa venelle, remet la dalle en place, fourre le levier dans son sac et s'en va. Il reste maintenant six mille roupies dans sa banque. Pas terrible, mais il espère la réapprovisionner demain.

A condition que Rajan Nahal tienne parole. Pour le moment, il doit lui faire confiance et courir à Chawri Bazar se procurer les barres de fer indispensables. Sans elles, a dit Rajan Nahal, on ne peut fendre un crâne, parce que même l'homme le plus courageux n'a pas le cœur de brandir une hache.

10

« Il faut vous endurcir, Sohan Lal, sinon comment survivrez-vous au tremblement de terre qui s'annonce ? »

Lala Surajmal, président du comité du PPI de Chandni Chowk, est confortablement assis sur la gaddi dans la boutique de Sohan Lal. Le dos appuyé au meuble de bois sous l'alcôve de Lakshmi, sa tête semble toucher le pied d'argent de la déesse. Il repose lourdement son bras droit sur deux coussins, et il étend sa jambe gauche, créant ainsi une distance entre lui et ses deux auditeurs, Sohan Lal et Jugal Kishor. Le dhoti remonté sur la jambe laisse voir des veines variqueuses qui serpentent de ses cuisses aux mollets. Il parle depuis dix minutes, analysant la situation politique dans Chandni Chowk depuis l'assassinat. Ni Sohan Lal ni Jugal Kishor ne l'ont interrompu par déférence pour sa position éminente au comité. Sa boutique, Bhagwan Das et Fils, est le plus ancien commerce de parfums de Chandni Chowk, peut-être du pays, précédant la Mutinerie de 1857, le Raj britannique et, aux dires de certains, le Fort Rouge lui-même. Il est communément admis – et abondamment vanté sur la plaque clouée sur les panneaux d'acajou de la boutique – que Bhagwan Das et Fils a été fondé au début du XVIIe siècle à Lahore par un ancêtre de Lala Surajmal. Cent ans plus tard, après le sac de Delhi par Nadir Shah, Lala Govind Narayan a transféré le commerce à Chandni Chowk, où le prix des terrains avait chuté brusquement. L'affaire a prospéré au rythme de l'efflorescence de Chandni Chowk, servant la cour du Moghol, le Résident britannique et l'empereur moghol Bahadur Shah Zafar lui-même, qui se faisait livrer au Fort Rouge ses flacons d'attar chameli. Depuis, la boutique a été témoin des événements capitaux qui se sont déroulés dans Chandni Chowk. La cécité infligée à l'empereur moghol Shah Alam par les tribus afghanes rohillas, la pendaison des fils de Bahadur Shah Zafar par les Britanniques après la Mutinerie, et la bombe jetée contre Lord Hardinge. Les discours enflammés de Nehru et les songeries de Gandhi. Lala Surajmal lui-même a vu les massacres de 1947, quand des bandes d'hindous et de musulmans erraient nuit et jour dans Chandni Chowk. Sa boutique a été en partie incendiée, notamment la plupart des panneaux de chêne verni remontant à son arrière-arrière-grand-père, et il a failli brûler vif.

Telle est l'histoire racontée sur la plaque. Il se chuchote une seconde version, selon laquelle la distillerie de parfums n'a jamais connu Lahore. Quand la bégum Jahanara, la fille de Shah Jahan, a fait construire une galerie marchande devant le Fort Rouge, elle a offert une des premières boutiques à son parfumeur favori, Lala Jamuna Prasad, autre ancêtre de Surajmal. Dans une troisième version, jamais racontée en présence de Surajmal, la boutique n'a pas plus de cinquante ans d'existence, et fut construite sur l'emplacement d'un entrepôt par le père de Surajmal, pauvre petit employé arrivé du Rajasthan. Quelle que soit la vérité, la mention « De Lahore » figure orgueilleusement sur l'enseigne. Premiers ministres et vedettes de cinéma sont au nombre de la clientèle. Lala Surajmal règne, icône consciente de sa gloire, familier de la moitié de la *gentry* de Chandni Chowk, et jouit d'une immense autorité au comité du PPI. A cinquante-neuf ans, il impose le respect, même au Parti du Congrès. Il blâme régulièrement les conseillers municipaux, à l'oreille des membres du Parlement, voire de ministres subalternes. Il ne s'est jamais présenté à une élection, mais peu de gens comprennent mieux que lui comment tirer les ficelles à Chandni Chowk.

Une soudaine explosion freine la harangue de Surajmal. Sohan Lal consulte sa montre. Il est plus de six heures, et les gens continuent d'affluer et de faire exploser des bombes ! Il ferme les yeux, joint les mains et murmure les premiers versets du Hanuman Chaalisa : « *Jai* Hanuman *gyaan gun saagar*... »

« Ce n'est qu'un pneu de rickshaw, ricane Lala Surajmal méprisant. Quand il éclate, on dirait une bombe.

— Comment le savez-vous, Lalaji ?

— J'ai une longue vie derrière moi, Sohan Lal. »

Jugal Kishor détourne les yeux pour ne pas avoir à exprimer accord ou désaccord, mais Surajmal ne cherche pas confirmation. « Vous avez le cœur faible, décrète-t-il. Mangez des groseilles chaque matin aussitôt après le réveil. Enrobez-les d'une fine couche d'argent et avalez le tout sans mâcher. Cela diminuera vos palpitations. »

Il a presque soixante ans, pense Sohan Lal, et il me donne des conseils pour mon cœur. Il sera mort bien avant que j'aie besoin de suivre sa prescription.

« Elles disparaîtront en un seul jour, prédit Surajmal. Vous êtes ici, à Kucha Bansilal, et vous tremblez en entendant éclater un pneu ! Que feriez-vous si vous deviez rester dans votre magasin pendant six jours sans eau ni nourriture ? »

Sohan Lal hoche la tête, espérant éviter le sujet rabâché des épreuves supportées par Surajmal durant les émeutes de 1947. Il le soupçonne, nonobstant sa forfanterie, d'avoir aussi peur qu'eux tous, plus d'ailleurs pour leur boutique que pour leur sécurité personnelle. Il entame avec Jugal Kishor une conversation moins risquée. « Nous devrions préparer une annonce nécrologique de la part du comité du PPI. Cela fera mauvais effet si nous ne présentons pas nos condoléances.

— Ne vous préoccupez pas de cela, le coupe Lala Surajmal. Sa mort n'est pas encore officielle.

— La BBC l'a annoncée.

— Mais pas All India Radio. Elle n'est pas morte tant qu'ils ne l'annoncent pas.

— Seize balles ! », proteste Sohan Lal.

Surajmal arbore un air entendu. Il parle doucement, détenteur supposé d'un grand secret. « Vous ne connaissez pas Indira. Elle est déjà revenue, alors que nous la croyions partie. » Il se tait un instant, comme médusé par l'extraordinaire force d'Indira. Les deux autres attendent poliment.

« Ses propres gardes ! s'exclame Jugal Kishor. On ne peut faire confiance à personne...

— Ils ont abattu immédiatement l'un des assassins, chuchote Surajmal. Savez-vous pourquoi ? »

Sohan Lal fait signe que oui, il n'en sait rien mais il ne tient pas à entendre Surajmal énoncer sa théorie de la conspiration. « C'est l'heure des sucreries, dit-il, mais nous devons rester discrets. Vous pouvez nous en faire apporter quelques paquets, Jugal Kishorji. »

Jugal Kishor Agrawal possède Mangat Ram Nawal Kishor, le plus grand magasin de sucreries de Chandni Chowk. On s'y vante, comme chez Surajmal, d'avoir servi les empereurs moghols, mais la confiserie n'a pas la même ancienneté et ne jouit pas du même prestige. Jugal Kishor a deux ans de moins que Sohan Lal, cultive soigneusement ses amitiés et jouit d'une plus grande autorité dans la hiérarchie du PPI de Delhi.

« Les sucreries peuvent attendre, grommelle Surajmal. Cette réunion a pour objet de discuter du tremblement de terre qui s'annonce, juste à temps pour les élections.

— Ce tremblement de terre a déjà commencé ! dit Sohan Lal d'une voix frémissante.

— Ne dramatisez pas, Sohan Lal, le réprimande Surajmal d'un ton glacial. J'ai demandé à Ramvilas de venir me faire un rapport sur tout ce qui se passe dans Chandni Chowk.

— Pourquoi n'est-il pas encore là ?

— Il est en retard.

— Il doit être bloqué par la foule, dit Jugal Kishor, d'un ton apaisant. Attendons. Peut-être pourrions-nous avoir du thé, Sohan Lalji. J'ai aperçu votre chaivala. »

Sohan Lal estime la requête inappropriée. Peut-on décemment introduire un chaivala dans la boutique alors que des tueurs parcourent les rues ?

Surajmal est tombé dans une rêverie, qui exclut les deux autres.

Jugal Kishor se tire nerveusement l'oreille et tente une plaisanterie. « Rama Raj fut l'âge du lait. Krishna Raj l'âge du ghee. British Raj l'âge de la bière. Indira Raj est l'âge du thé. Soufflez dessus et buvez-le !

— Indira Raj se terminera dans quelques heures », dit sèchement Sohan Lal. Il est clair que Jugal Kishor ne s'arrêtera pas de parler de thé tant qu'on ne lui en servira pas. Sohan Lal tend la main, déverrouille la porte et l'entrouvre. Kucha Bansilal est plongé dans le noir. Les bruits de Chandni Chowk s'éteignent, peut-être parce que la police a vidé la rue. Par l'entrebâillement Sohan Lal ordonne : « Nanak Chand ! Chai ! », puis referme la porte à clef.

Gopal, accroupi sur sa boîte, répond d'un signe de tête.

« Maintenant je vais mourir, pleurniche Kartar Singh à l'intérieur. Vous allez ouvrir votre stand et tout le monde me verra.

— Dormez tranquille, sardarji, soupire Gopal. Vous avez entendu, il m'a appelé Nanak Chand.

— Ce n'est pas votre nom ?

— C'est un code. Nanak, na, na, signifie non, ne fais pas de thé. Le seth dit ça quand il a des clients mesquins à qui il ne veut pas payer du thé. »

Malgré sa situation, Kartar Singh ne peut réprimer un ricanement pervers. Des clients mesquins, c'est bien ce que sont Surajmal et Jugal Kishor. Opportunistes, satisfaits d'eux-mêmes, escrocs qui ne veulent pas l'accepter au conseil municipal de Chandni Chowk, alors qu'il verse tant d'argent au comité du parti. Il ne peut se permettre, comme ils le font, de parcourir tout le quartier en offrant des conseils gratuits, se mêlant des affaires de tout un chacun et montant les commerçants les uns contre les autres. Un jour, quand Jasjit assumera la direction de la boutique, il deviendra lui aussi un colporteur de ragots. Mais où est Jasjit ?

« Combien d'enfants avez-vous, sardarji ? demande Gopal.

— Un seul, murmure Kartar Singh. Celui que je cherche en ce moment. J'espère qu'il ne lui est rien arrivé.

— Un seul fils ! s'émerveille Gopal. Et vous avez un si grand magasin.

— Qui vous a dit que j'ai un magasin?

— Je le vois à vos vêtements. Et je vois aussi que vous avez une grande maison. »

Kartar Singh ne répond pas, il pense à son appartement de Trilopkuri – un rez-de-chaussée, deux pièces, une salle de bains, une cuisine et une véranda de poche juste derrière la porte d'entrée.

« Combien de pièces avez-vous? » interroge Gopal.

Kartar Singh marmonne quelque chose.

« Combien ça vous a coûté de la faire construire? »

Un grondement impatient sort du coffre.

« Votre femme a dû vous apporter une grosse dot. »

De sa caisse de bois, Kartar Singh lance une contre-attaque. « Et vous-même, combien de fils avez-vous?

— Je vous l'ai déjà dit! Mukesh! Il a quinze ans. Et le vôtre?

— Dix-huit.

— Quel âge a votre femme?

— Elle n'est plus aussi jeune qu'avant.

— Sushila aurait trente-cinq ans, dit Gopal. Elle est morte il y a quinze ans.

— De quoi est-elle morte?

— Je suis retourné à Sasaria quand mon père m'a télégraphié que j'avais un fils. Lui était vivant, mais elle était morte.

— Une femme donne sa vie pour son fils.

— Je ne la connaissais pas bien, dit Gopal. Après mon mariage, mon père m'a renvoyé à Delhi, et Sushila est restée auprès de ma mère. Qu'est-ce que j'aurais fait d'elle dans un petit kholi? Je retournais à Sasaria chaque année. Quatre ans après le mariage, elle a donné naissance à Mukesh. J'avais un fils, mais plus de femme. Mon père m'a renvoyé à Delhi et ma mère s'est occupée de Mukesh. Je l'ai amené ici après la mort de mon père. J'ai dit à ma mère : « Il a six ans, donc il peut vivre avec moi dans le kholi. » Mukesh n'est jamais retourné à Sasaria, donc ce n'est plus un Bihari, c'est un Dillivala.

— Et vous?

— Je ne sais pas. Un Bihari, un Bhaiya, un Dillivala – que mes clients pensent ce qu'ils veulent, pourvu qu'ils boivent mon thé.

— Trop de gens sont venus s'installer à Delhi, grommelle Kartar Singh. Ils ne sont pas d'ici. C'est une ville de salopards!

— Parlez moins fort, Satwant Singhji ! s'exclame Gopal.

— Je ne m'appelle pas ainsi », le corrige sèchement Kartar Singh.

Gopal s'embrouille. Il a nettement entendu l'agent de police appeler le sardar par ce nom.

Sans tenir compte de l'avertissement, Kartar Singh poursuit, d'une voix de plus en plus forte : « Tous ces types du Congrès. Des salauds ! Qui sont-ils pour me traquer ainsi ? Mon père était général de brigade dans la guerre de soixante et onze. Il se tenait derrière le général Arora quand les Pakistanais se sont rendus. Mon grand-père était membre du Congrès au Punjab. Il a assisté à la convention près du fleuve Ravi, quand Nehru a déclaré que le Congrès voulait l'indépendance complète du pays, non pas un statut de dominion. Qui sont ces salauds qui me qualifient de traître et de Khalistani ? Ont-ils une guerre à leur actif, comme mon père ?

— Quelle guerre ?

— Celle de soixante et onze, répète Kartar Singh.

— La guerre, c'est terrible », dit Gopal à tout hasard. Il ne sait pas très bien de quoi parle le sardar. Lui-même n'a jamais quitté son stand. Une guerre, une victoire, une capitulation, ça ne lui rappelle rien. « Vous êtes quelqu'un de bien, dit-il, conciliant. Mais baissez la voix ! Quelqu'un vient d'entrer dans le kucha. Juste un petit homme. Vous n'avez rien à craindre. »

A l'intérieur du Jamna Lal Kishori Mal, Sohan Lal sursaute en entendant frapper à la porte.

« Restez calme, Sohan Lal ! l'admoneste Lala Surajmal. C'est probablement le chaivala. »

Sohan Lal sait que ce n'est pas le chaivala. « Qui est là ? crie-t-il.

— Ramvilas ! »

Sohan Lal se penche et tire le verrou. Ramvilas entre.

« Fermez la porte derrière vous. »

Ramvilas obéit, reste le dos à la porte. Les trois autres l'examinent. Il est hagard, les traits tirés. Son kurta-pyjama, bien que toujours propre, est froissé, mais peu leur importe, des sujets beaucoup plus graves les occupent.

« Pourquoi es-tu en retard? veut savoir Lala Surajmal.

— J'ai été bloqué par l'émeute, Lalaji.

— Je t'avais demandé de venir à six heures.

— Mais vous m'avez aussi demandé de recueillir des informations. »

Evitant de le regarder, Surajmal lui indique qu'il peut s'asseoir. Ramvilas l'énerve toujours, sans qu'il comprenne pourquoi. C'est un bon employé, efficace et adroit, il a appris rapidement à identifier plus de cinquante attars et essences, à fixer un prix et confectionner un emballage, à faire passer des produits synthétiques pour des essences naturelles. C'est un garçon vif et fiable. On peut compter sur lui pour surveiller le personnel. A bien des égards, Surajmal préfère confier Bhagwan Das et Fils aux bons soins de Ramvilas plutôt qu'à Vimal, son fils aîné, ou aux trois autres garçons. Ses quatre fils – tous adultes et plus ou moins ratés – déçoivent beaucoup Surajmal, qui espère néanmoins qu'ils prendront un jour la direction de l'affaire. Entre-temps, Ramvilas se révèle inestimable à l'extérieur de la boutique également, où il joue les hommes à tout faire du comité du PPI de Chandni Chowk – chargé des comptes rendus, médiateur, perturbateur, agitateur de foules, organisateur de fêtes avec tout ce que cela nécessite : tentes, fours, chaudrons, etc. Personne ne l'aime beaucoup, mais tout le monde le trouve utile.

« Bien, dit Surajmal. Qu'as-tu découvert?

— All India Radio l'a déclarée morte.

— Ça, je le savais déjà. » Il n'a pas entendu l'annonce de la radio mais son instinct lui dicte de maintenir Ramvilas sur la défensive. « Je ne t'ai pas envoyé écouter la radio. Dis-moi ce qui se passe dans Chandni Chowk.

— Il y a eu une émeute devant Gurudwara Sisganj. Un sardar a attaqué la foule avec un jhola. Quelques personnes ont été blessées, mais personne n'est mort. L'armée khalsa a lancé un raid, ils sont sortis du temple avec des épées, des kirpaans, même des fusils, mais elle a été repoussée par la police. Quelques autres boutiques de sardars ont été attaquées. On a incendié un immeuble à Ballimaran.

— Y a-t-il des violences dans Lajpatrai Market? demande Sohan Lal en retenant son souffle.

— Je ne suis pas allé si loin. Pour le moment, il n'y a de vraies violences nulle part. »

Sohan Lal est soulagé. Il a transmis le code opération Etoile bleue à Ranjan à New York juste avant l'arrivée de Lala Surajmal. Ranjan bougonnait au téléphone. « Y a-t-il eu un tremblement de terre que tu doives me sortir du lit si tôt le matin?

— C'est plus qu'un tremblement de terre. C'est Pralay – la fin du monde ! » Ranjan ne connaissait pas la nouvelle de la mort d'Indira. Sohan Lal lui dit que l'argent lui parviendrait dans les douze heures. Ceci fait, que le Parti du Congrès détruise la boutique de Kartar Singh, qu'ils incendient tout Chandni Chowk si ça leur chante...

« Qu'est-ce que tu as sur la figure ? » demande Surajmal à Ramvilas.

Timidement, Ramvilas touche les griffures de ses joues. Elles le brûlent toujours sous l'effet du Dettol de la bai. Il explique d'une voix mélancolique, celle d'un soldat blessé pour sa cause : « C'est difficile de recueillir des renseignements quand il y a des bagarres. Mais vous me l'aviez demandé, Lalaji, et je n'ai pas fléchi.

— On ne t'avait pas demandé de risquer ta vie, proteste Surajmal embarrassé.

— Le comité d'abord », rétorque Ramvilas.

Douché, Surajmal prend une mine compatissante. Jugal Kishor glousse. Sohan Lal contemple les rouges cicatrices de la guerre. Ramvilas se cale sur le matelas, martyr de la cause, son prestige rehaussé.

« Passe de la pâte de neem sur les blessures pour les désinfecter, dit Surajmal avec sollicitude.

— Que la guerre se termine d'abord, répond Ramvilas. Ensuite on prendra soin des blessés.

— Est-ce que tes hommes jouent un rôle dans cette guerre ? »

Ramvilas gratifie son employeur d'un sourire mystérieux. Cette allusion à « ses » hommes, dont il ne révèle jamais l'identité, lui plaît, encore qu'il ne sache pas bien où ils se trouvent en ce moment. « Ils vont là où je leur dis d'aller. »

Surajmal hoche la tête, il ne tient pas à en savoir beaucoup sur ces gens.

Ramvilas pousse son avantage. « Mes hommes ont augmenté leurs tarifs. Les affaires deviennent difficiles – il y a trop de compétition. Même le Congrès les a sollicités. »

De mauvais gré, Surajmal fait signe à Jugal Kishor – le trésorier du comité – d'accepter la requête. « As-tu autre chose à nous rapporter ? Sinon, nous pouvons passer à un autre sujet.

— Oui, une chose, dit Ramvilas nonchalamment. Gyani Zail Singh est revenu à tire-d'aile de Muscat en apprenant la nouvelle. Il vient de nommer Rajiv Premier ministre.

— Et c'est maintenant que tu me racontes ça ! s'exclame Surajmal. Rajiv est Premier ministre, et tu perds dix minutes à nous parler d'un sardar avec un jhola !

— Je voulais vous le dire tout de suite, mais vous m'avez questionné sur Chandni Chowk.

— Ça va, ça va. » Sarajmal lui fait signe de se taire.

Ils gardent tous le silence un moment, accablés par la nouvelle. Sohan Lal ne peut contenir son indignation. « Cet enfant de putain de sardar ! maugrée-t-il à propos de Zail Singh. Elle en a fait le président du pays alors qu'il aurait dû être son chaivala. Maintenant qu'elle est morte, il se range derrière son fils ! »

L'obscénité de l'injure met les seths en émoi. Il est courant d'entendre dénigrer Gyani Zail Singh, mais seulement au titre de bouffon. Surajmal tance Sohan Lal : « Il la rembourse de sa bonté, c'est tout.

— Ce n'est pas un pays, c'est un royaume, grogne Jugal Kishor.

— Qu'est-ce que Rajiv connaît à la fonction de Premier ministre ? Ce garçon avec sa tête de poupon ! Juste revenu d'Angleterre. Maman lui a donné le Parti du Congrès, et maintenant le portier de Maman lui donne l'Inde ! »

Enhardi par ces propos, Ramvilas y va de sa propre tirade. « Est-ce que le garçon sait quoi dire au Parlement ? De quoi discutera-t-il pendant les sommets avec les grands dirigeants du monde ? Eclatera-t-il en sanglots quand ils feront pression sur lui ? Jusqu'à hier il tétait encore sa mère. »

Choqué par une telle vulgarité, Surajmal l'interrompt : « Le moment n'est pas aux discours. Rajiv va certainement dissoudre le Lok Sabha. Il y aura bientôt des élections générales.

— A Chandni Chowk Naresh Babu gagnera de nouveau », dit Jugal Kishor.

Cette présomption irrite Surajmal. Naresh Agrawal n'en est

encore qu'à son premier mandat au Parlement. Pourquoi le PPI adopterait-il une attitude défaitiste ? « Chandni Chowk n'est pas le fief de Naresh Agrawal, s'énerve-t-il. Qui est Naresh Agrawal ? Un marchand d'épices installé ici depuis quinze ans, c'est tout.

— Qui peut le battre maintenant? insiste Jugal Kishor. Par compassion pour Indira, personne ne votera contre le Congrès.

— Les musulmans et les castes répertoriées ont toujours soutenu le Congrès, renchérit Sohan Lal. Maintenant, même les négociants seront pour Naresh Babu, ainsi que les Bangladeshis qu'il a fait venir ici.

— Il y a trois nouveaux bidonvilles derrière le Fort Rouge. Savez-vous comment on appelle ce quartier? La Colonie Naresh ! Tous des Bangladeshis illégaux, tous ses électeurs !

— Vous ne parlez pas comme des membres du PPI, s'indigne Surajmal. Pourquoi siégez-vous au comité ? Afin de faire cadeau de Chandni Chowk à Naresh Agrawal ?

— Nous sommes simplement réalistes, Lalaji, dit Sohan Lal.

— Les sikhs voteront pour le PPI. Ils ne peuvent plus soutenir le Congrès, rétorque Surajmal.

— Quel intérêt? Ils sont trop peu nombreux à Chandni Chowk.

— J'ai téléphoné à Harilalji cet après-midi, dit Jugal Kishor. Lui aussi pense qu'il va y avoir des élections. Il va faire une déclaration la semaine prochaine, demandant à tous les partis politiques de s'unir contre le Congrès. C'est moi qui lui ai suggéré d'attendre une semaine. Maintenant, ça paraîtrait déplacé. »

Lala Surajmal n'est pas content. Harilal Gupta est le conseiller municipal PPI de Chandni Chowk, et candidat potentiel contre Naresh Agrawal. En discutant directement du sujet avec lui, Jugal Kishor – membre subalterne du comité – commet une faute de protocole. « Je parlerai à Harilal Gupta, dit Surajmal, sèchement. Il est trop tôt pour discuter candidatures et élections. As-tu remis à jour les listes d'électeurs ? » La question s'adresse à Ramvilas.

« Nous pouvons commencer la semaine prochaine. Mais je sais déjà ce que les listes montreront. Il y a trop de musulmans à Chandni Chowk, tous issus du Bangladesh, tous avec des cartes d'alimentation valides. Le pourcentage d'hindous a chuté ces quatre dernières années.

— Cela n'a pas d'importance tant que nous stabilisons les votes hindous et sikhs.

— Naresh Babu a été porté par la vague Indira, il y a quatre ans, remarque Sohan Lal. Qui dit qu'il n'y aura pas une vague Rajiv similaire ?

— Rien à craindre. Le garçon n'a pas d'expérience.

— Il est bel homme. Sous certains angles, il a l'air d'un Blanc.

— C'est tout le problème avec ces chaivalas, dit Surajmal. Ils préféreraient voter pour un Anglais que pour un Indien.

— Mais nous avons les sardars, intervient Jugal Kishor. J'espère qu'il y aura suffisamment d'incendies et de pillages demain pour qu'aucun sikh ne vote plus jamais pour le Congrès.

— Nous devrions avoir un candidat sikh, suggère Ramvilas. Qu'est-ce que Harilalji a fait pour Chandni Chowk ? »

Surajmal le toise. Les autres seths détournent les yeux. Ramvilas n'est pas censé émettre une opinion. Sa fonction officielle consiste à écrire des comptes rendus – ensuite corrigés en vue de la prochaine réunion – et répondre aux questions qu'on lui pose. N'étant ni un commerçant ni membre d'aucun conseil de parti, il ne peut appartenir au comité.

« Ce sont-là des sujets importants », dit froidement Surajmal. Puis, s'adressant aux deux autres, il continue : « Les hindous ne voteront pas pour un sikh. Le candidat doit être un hindou bania. A Chandni Chowk, personne ne peut gagner sans les suffrages des commerçants. »

Sohan Lal maudit en silence son destin. Il est bania, tout comme Surajmal et Jugal Kishor, mais il ne fait pas de doute que Surajmal a décidé de voter pour Harilal. On ignore la nature de l'accord passé entre ces deux-là, mais le pacte tient depuis des années. Il y aura un vote du comité, bien entendu, mais c'est de la poudre aux yeux. Surajmal est le membre le plus éminent du comité, et le candidat du PPI – pour l'un des postes à la Municipalité de Delhi ou pour un siège au Parlement national – est toujours celui qu'il désigne, de préférence quelqu'un ayant un long passé dans Chandni Chowk. Lui-même n'a jamais prétendu à une fonction officielle, mais ses antécédents – comme le souligne la plaque dans le magasin – en font un « homme d'influence » sans égal. Harilal Gupta descend d'une ancienne famille de papetiers de

Chawri Bazar. A sa mort – qui n'a rien d'improbable étant donné son embonpoint – le regard bienveillant de Surajmal se posera probablement sur Jugal Kishor, dont la boutique revendique « deux siècles de friandises ». Ce n'est que lorsque Jugal Kishor aura quitté les plaisirs de ce monde – incident peu probable dans l'immédiat étant donné qu'il est plus jeune que Sohan Lal – que viendra le tour du propriétaire de Jamna Lal Kishori Mal. Sohan Lal regrette amèrement de ne pas être plus âgé, ou que son père n'ait pas décidé de fermer boutique à Bikaner et de venir s'installer à Delhi avant la Partition, quand les terrains ne coûtaient rien. Se faire traiter de nouveau venu alors qu'on habite Delhi depuis plus de trente ans ! Elever vainement des objections puis s'incliner devant un homme comme Surajmal, qui laisse sa boutique aux soins d'un employé parce que ses fils sont trop paresseux !

« Un candidat bania, c'est ce qu'il nous faut, opine Jugal Kishor. Nous ne devons pas tomber dans le piège du comité central, où l'on parle de candidats musulmans juste pour obtenir le vote musulman.

— Même le PPI parle maintenant de candidats musulmans, soupire Sohan Lal. Le Parti du Peuple Indien est pourtant fait pour le peuple indien ! Où iront les hindous quand le PPI se transformera en Parti du Congrès ? »

Et moi où irai-je, se demande Ramvilas, si ces banias s'emparent du comité du PPI ? La seule différence entre ces vieux porcs et moi c'est que je suis jeune et que mon père ne possède pas de capital.

Il se sait ingénieux et industrieux. Et même, d'une certaine façon, indispensable au comité. Pourtant il n'a pas le droit de vote. Il va devoir tenir jusqu'à ce qu'ils comprennent ce qu'il représente pour eux. Travailler pour Bhagwan Das et Fils ne l'embête pas. Surajmal est un raseur, mais il passe la majeure partie de son temps à faire de la politique, et lui laisse la responsabilité de la boutique. Les quatre fils sont inconsistants. Parfois l'un ou l'autre s'installe jambes croisées sur la gaddi – juste à côté de la caisse – avec un air de propriétaire, et se prétend affairé. En général, ils vaquent ailleurs. Surajmal ne dissimule pas le dégoût qu'ils lui inspirent, héritiers indignes de leur lignage. Ramvilas occupe donc une position confortable. Il peut jouer les patrons avec les autres employés, et s'offrir un flacon d'attar quand ça lui chante. Dieu sait s'il en a besoin de ces flacons pour rendre heureuse Gulmohar. Elle a adoré le mélange de bela et de chameli, il va continuer à inventer de nouvelles fragrances – mélanges de jasmin, kewra, khus, hina, monsoon, shamama, champa, harshringar, kadamba, chandan, mahua, motia. Et un jour, en l'absence de Surajmal, il offrira à Gulmohar le plus précieux de tous ces parfums, le ruh gulaab.

« Où est passé le thé, Sohan Lalji? », demande Jugal Kishor.

Tchut-tchut fait Sohan Lal, apparemment vaincu par la paresse du chaivala. « Nanak Chand! hurle-t-il. Chai! Chai!

— Ce bonhomme est malade dans sa tête, dit Ramvilas. Je l'ai vu parler tout seul quand j'ai longé le kucha. »

Gopal entend l'appel et enrage. S'il apporte trois tasses de thé – en porcelaine réservées aux bons clients – le seth n'osera pas les refuser, en dépit du « Nanak Chand ». Mais pour cela, il faut qu'il ouvre le stand.

« S'il vous plaît, partez maintenant, sadarji », supplie-t-il.

Silence dans le coffre. Gopal s'inquiète. Est-ce que le sardar se serait étouffé avec sa propre barbe? Se retrouve-t-il coincé avec un sardar mort? « Réveillez-vous, sardarji, il est temps de partir!

— D'accord! Tirez-moi de là et brûlez-moi vif!

— Je suis un pauvre homme. Je ne peux pas garder mon échoppe fermée toute la journée. »

Pas de réponse. Puis : « Y a-t-il des toilettes par ici? »

Gopal est horrifié. « Maintenant vous allez pisser et chier dans mon fourneau! Il y a des toilettes derrière la boutique du sethji. Voulez-vous que je lui demande? Il est bon. Il vous aidera.

— Non! »

Gopal secoue la tête, résigné. Le sardar semble vouloir rester dans sa boîte jusqu'à sa mort.

« Je vais peut-être partir », dit Kartar Singh.

Gopal entreprend impatiemment d'ouvrir le loquet.

« Attendez! Pouvez-vous faire quelque chose pour moi?

— Tout ce que vous voulez! Simplement partez.

— Je veux que vous alliez à Trilokpuri. Chez moi. Ma femme s'appelle Sukhbir Kaur. Dites-lui que je suis sain et sauf.

— Comment aller où que ce soit, sardarji? C'est trop dangereux.

— Mais vous n'êtes pas un sardar. Qui vous fera du mal?

— Je ne suis qu'un pauvre homme.

— Vous êtes mon frère! s'exclame Kartar Singh avec émotion. Je sens que je peux tout vous demander parce que vous avez un fils vous aussi. »

A cela, Gopal n'a rien à rétorquer.

« Dites à ma femme que Jasjit était au cinéma Vishaal il y a quatre heures de cela. Qu'elle téléphone à Harmeet Bhai d'aller le chercher.

— Qui est Jasjit?

— Mon fils! Dites à ma femme de verrouiller toutes les portes et les fenêtres et de n'ouvrir à personne. Dites-lui que la boutique a été pillée. Je me rends à Faridabad chez mon frère. Je reviendrai dans deux jours, quand les choses se seront tassées. D'ici là, qu'elle ne quitte pas la maison.

— D'accord, j'irai, dit Gopal.

— Je ne l'oublierai jamais, Gopal Bhai! Troisième secteur, appartement quarante-quatre, rez-de-chaussée. Vous pouvez prendre le 365 si les bus roulent encore. Descendez au troisième secteur et tournez à gauche après le premier pâté de maisons. Ou prenez un rickshaw motorisé, ma femme paiera la course.

— Et si elle ne paie pas? Vous n'avez pas d'argent sur vous? »

Kartar Singh pense au jhola écrasé sous son poids. « Elle vous paiera, soyez-en sûr.

— D'accord. Et vous partirez quand je ne serai plus là?

— Oui, affirme Kartar Singh. Indiquez-moi comment me rendre à la gare sans passer par Chandni Chowk. Où aboutit ce kucha?

— Il donne sur un parc. Vous pouvez apercevoir la gare d'ici. Il fait nuit, donc personne ne vous embêtera. Mais à l'intérieur de la gare...

— Je ferai pour le mieux.

— Soyez prudent en sortant de la boîte, et refermez-la derrière vous. Vous êtes trop gros! Le coffre est fait pour un pauvre comme moi.

— Vous n'êtes pas un pauvre homme! s'exclame Kartar Singh, débordant de gratitude. Vous avez la richesse de la bonté!

— Je m'en vais maintenant, Satwant Singhji. »

Cette fois-ci, Kartar Singh ne proteste pas contre l'appellation. Quelle différence y a-t-il entre ceux qui ont appuyé sur la détente et les millions d'hommes qui ont mentalement assassiné Indira ? Qui ne trouverait tant soit peu justifié qu'on ait l'ait criblée de balles ce matin ?

« J'espère que vous serez à Faridabad quand je reviendrai », dit Gopal.

Cinq minutes après le départ de Gopal, Sohan Lal ouvre sa porte précautionneusement et scrute l'obscurité. « On ne peut pas faire confiance à ce chaivala, dit-il avec satisfaction. Il est rentré chez lui. Je crois que nous devrons nous passer de thé.

— Dans ces conditions, je vais rentrer moi aussi, dit Jugal Kishor, l'air déconfit. Nous n'avons plus rien à discuter. Ce pays est maintenant celui de Rajiv.

— Si seulement Sanjay Gandhi était vivant ! soupire Sohan Lal. Si Indira ne l'avait pas fait tuer, ce serait lui notre Premier ministre. Et il savait comment traiter les mollahs ! Il les a chassés de Turkman Gate. »

Surajmal s'adresse à Ramvilas. « Kartar Singh n'est pas venu à la réunion. Ne l'avais-tu pas prévenu ?

— J'ai cherché à le joindre au téléphone trois fois cet après-midi. Ça ne sonnait pas.

— Ce doit être la ligne. Pourquoi n'es-tu pas allé dans sa boutique ?

— Ce n'était pas le moment de parcourir Chandni Chowk ! », proteste Ramvilas.

Surajmal accepte à contrecœur l'explication, affronte le regard impénétrable de Ramvilas. Il doit se méfier de son principal employé. De nombreux flacons d'attar sortent des réserves à moitié vides. Quelqu'un pompe dedans. Le mois dernier il manquait un flacon de chameli. Souvent les bouteilles de parfum se cassent ou se fêlent, mais pas au rythme observé le mois dernier. Que peut bien faire Ramvilas d'une telle quantité d'attar ? Tout le monde respire une bouffée ou deux – c'est compréhensible : comment résister à de telles senteurs ? Les connaisseurs – comme Sohan Lal – peuvent consommer deux flacons par mois. Mais la passion de Ramvilas a quelque chose de malsain. Sa femme aurait-elle subitement découvert les fragrances de l'Empire moghol? L'homme tient un couteau entre ses mains, se dit Surajmal. Je ne dois jamais lui tourner le dos.

L'évocation de Kartar Singh suscite chez Sohan Lal un subit mal de tête. Que le sardar ne réponde pas au téléphone, sauf s'il attend un appel, n'a rien d'anormal. Dans le négoce havala, il faut être prudent. Ramvilas prétend qu'il n'a pas obtenu la communication. Si ça se trouve, il ne s'est même pas donné la peine d'appeler, et il ment. Oui, c'est l'explication la plus probable. Ramvilas affirme qu'il ne s'est pas passé grand-chose au Lajpatrai Market. Une sorte d'émeute devant Sisganj, mais personne n'a été tué. Et Ramvilas doit savoir puisque ses hommes sont mêlés à tout cela.

« Allumez la télévision, dit Ramvilas. Ils transmettent peut-être la cérémonie du serment de Rajiv.

— Non! tonne Surajmal. Je ne supporte pas l'idée de voir ce garçon devenir Premier ministre. A choisir, je préférerais jurer allégeance à la Reine d'Angleterre.

— D'ailleurs, qu'y a-t-il à voir? ricane Jugal Kishor. La chienne est morte et son chiot est roi.

— Surveillez vos paroles, Jugal Kishor! Vous êtes membre du comité. »

Mortifié, Jugal Kishor se lève et chausse ses chappals. « Il fait nuit, dit-il. Je veux rentrer avant que cela devienne trop dangereux.

— Il y a le couvre-feu dans Chandni Chowk, remarque Ramvilas.

— Nous passerons par les ruelles », dit Surajmal.

II

Kartar Singh se tient depuis quatre heures dans cette position anormale. Accroupi pour chier jusqu'à la fin des temps, s'apitoie-t-il. L'air à l'intérieur du coffre est putride, son corps douloureux.

Pas de place pour soulager la pression sur son arrière-train ou sur son dos. Il a l'impression de grossir d'heure en heure. Il ne sent plus le bas de ses jambes. Il a fait partir le chaivala pour deux raisons – informer Sukhbir de son sort, et empêcher le bonhomme de voir le jhola. *Sachche Padshah!* Sauvez Jasjit! Maintenant, lui a juste le temps de se rendre à la gare s'il veut prendre le dernier train pour Faridabad. Tout ce qu'il lui faut, c'est un train qui l'emmène loin de Delhi. Après, n'importe quel bus fera l'affaire. Il doit sortir de ce coffre, mais une étrange inertie le retient. Je vais mourir ici, se dit-il. Le chaivala trouvera mon corps à son retour de Trilokpuri... Kartar Singh s'endort.

Il se réveille en sursaut au bruit d'une porte qu'on ouvre brusquement. Il entend les voix de Sohan Lal, Surajmal et Jugal Kishor. Ils sortent de leur réunion. Il va soulever le couvercle dès qu'il sera sûr qu'ils se sont éloignés suffisamment. On ne le remarquera pas dans le noir. Il ne peut consulter sa montre, mais il est certain de n'avoir pas dormi plus d'un quart d'heure.

Il attend que le silence règne dans le kucha, de son turban il soulève le couvercle, qui s'ouvre avec un craquement rappelant celui d'un couvercle de cercueil. Me voici, songe-t-il, comme un énorme sac de cassonade dans son coffre en bois, n'importe quel salopard peut venir en manger.

Ses bras sont immobilisés le long du corps. Il n'a rien d'un athlète. Impossible de se soulever simplement en raidissant les jambes, coincées sous lui. Il réussit à lever un bras et, s'appuyant du coude sur le bord du coffre, hisse le reste du torse. A présent, il est à genoux. Il s'interrompt, le temps de reprendre son souffle, se dresse, et son turban heurte la boîte de dérivation. Il se penche de biais, s'extrait du coffre et s'examine. Sa chemise est déchirée et ses bras couverts de bleus à l'endroit où ils ont raclé le coffre. Il se reproche cet apitoiement sur soi. Qu'est-ce qu'une égratignure alors qu'il a eu la vie sauve? Il reviendra de Faridabad récompenser le chaivala. Ah! il a oublié de lui demander son nom. Peu importe : il sait où se trouve le stand. Et si le bonhomme allait raconter l'incident à Sohan Lal? Il le récompensera doublement, pour lui avoir sauvé la vie et pour garder bouche close.

Il tire le jhola du fond du coffre. Les cinq ceintures de tissu sont écrasées, mais n'ont pas perdu leur contenu. Que doit-il en faire ? C'est dangereux d'emporter l'argent avec lui dans le train. Peut-être aurait-il dû le rendre à Sohan Lal quand l'occasion s'est présentée. Mais cet argent n'est plus celui de Sohan Lal. Il a risqué sa vie pour lui, il a droit à sa commission. Non, il ne le lui rendra pas. Il va le cacher quelque part et reviendra le chercher.

Le kucha est désert. Une ampoule nue pend du grand figuier à l'endroit où la venelle débouche sur Chandni Chowk, projetant de longues ombres mais peu de lumière. Kartar Singh examine le stand du chaivala. Une bâche bleue le surmonte, enroulée n'importe comment, soutenue par quatre bouts de bois rattachés en porte-à-faux à la boîte de dérivation. Le vélo du chaivala est posé sur la boîte, arrimé par des crochets. Kartar Singh ferme le coffre, s'accroupit dessus et ouvre la boîte. Elle contient un assortiment de commutateurs et de fusibles, et dessert peut-être tout le kucha. Sur une longrine du bas, un verre contenant un peu de thé. Que ne donnerait-il pas pour une tasse de thé ? Mais il doit d'abord se débarrasser du jhola. Les commutateurs s'alignent en rangées, entre lesquelles il insère l'une des ceintures. Elle s'ajuste parfaitement, on dirait un capitonnage d'isolation. N'est-ce pas dangereux de laisser traîner ses mains au milieu de ces commutateurs ? Les ceintures sont en tissu et l'argent en papier – les uns et les autres secs et isolants – mais il doit faire attention aux boucles en métal : le revêtement de céramique des commutateurs est cassé par endroits, le métal pourrait causer un court-circuit et un incendie. Toute la boîte brûlée !

Il insère quatre ceintures et contemple son œuvre. On ne les distingue absolument pas des revêtements de céramique, mais il n'y a pas de place pour la cinquième. Il s'assure que les paquets n'empêchent pas la porte de se fermer. Il est toujours en train de se demander quoi faire de la cinquième lorsqu'une ombre s'étend sur le kucha. Il se retourne. Un agent de police se tient à un mètre de lui.

« Ainsi vous voilà, Satwant Singh ! dit Inderlal Jha. Je vous cherche dans tout Chandni Chowk. »

Kartar Singh recule et s'effondre sur le sol, les mains jointes. Il a les larmes aux yeux. Dans le noir, il voit briller les dents blanches du policier. Qui sourit.

« Je suis un homme raisonnable, sardarji, dit Inderlal, mais vous avez commis un crime.

— Je n'ai rien fait, sarkaar!

— Vous avez tué ma mère, salaud! »

Kartar Singh ne répond pas. Il lève ses mains jointes et baisse la tête, si bien que son turban se presse contre les genoux du policier. En s'humiliant ainsi il adoucira peut-être le cœur de cet homme. Que peut-il faire d'autre?

« Qu'avez-vous au doigt? demande Inderlal.

— Mon anneau de mariage, sarkaar. Or vingt-deux carats. » Il essaie de l'enlever. Depuis tant d'années qu'il le porte, il a beaucoup grossi, son doigt a enflé, bloquant l'anneau sur place. Il se lèche frénétiquement le doigt, et tire d'un coup sec, s'écorchant la jointure. « Prenez-le! Et prenez ma montre! Et cette améthyste à mon auriculaire! »

Inderlal glisse les objets dans sa poche, montre le jhola du doigt. « Qu'est-ce qu'il y a à l'intérieur?

— Les sous-vêtements de ma femme, sarkaar! Culottes, soutien-gorge... »

Inderlal rit. « *Ma* femme aussi a besoin de soutien-gorge. » Du bout de son bâton, il envoie valser le jhola. « Et ça, c'est quoi? Une ceinture? »

Kartar Singh regarde le policier palper la ceinture pour deviner ce qu'elle contient, comme un charmeur de serpent presse le corps de son cobra royal. Ses yeux se sont habitués à l'obscurité, aussi voit-il changer l'expression du visage de son vis-à-vis qui vient de comprendre de quoi il s'agit.

« Vous êtes un homme riche, Satwant Singh! Pourquoi ne me l'avez-vous pas dit, enfoiré? »

Inderlal plonge la main dans la ceinture, en retire une liasse. Ses yeux brillent dans le noir. « C'est du vrai ou du faux?

— Du vrai », souffle Kartar Singh.

Inderlal comprend soudain qu'il doit se dépêcher, qu'il n'a pas le temps de sortir toutes les liasses, parce que d'autres policiers traînent dans les alentours. « Combien? dit-il d'un ton menaçant.

— Un lakh. »

L'excitation lui coupe le souffle. « J'ai vu ton visage, enculé de mes deux. S'il y a moins d'un lakh, ou si les billets sont faux, tu auras de mes nouvelles. »

Inderlal jette un rapide regard derrière lui pour s'assurer qu'il n'y a personne, puis se penche et murmure : « Vous êtes un brave homme, Satwant Singh. Je renonce à la médaille qu'on m'aurait donnée pour votre capture. Pas un mot à qui que ce soit. Le CP va me renvoyer pour vous avoir laissé partir, mais je suis prêt à faire ce sacrifice. »

Les larmes de Kartar Singh coulent librement.

« Indira était une putain, dit Inderlal. Vous avez sauvé la nation en l'assassinant. Maintenant, partez vite. »

Le cœur battant la chamade, Kartar Singh se relève et s'éloigne, aussi rapidement que possible sans cependant donner l'impression qu'il fuit, s'attendant à ce que le policier le rappelle à tout instant. Peut-être est-il vraiment Satwant Singh. Il faut bien qu'il soit un assassin s'il doit en subir les conséquences. Ils ont probablement entièrement détruit son magasin, tout emporté, déchiré son matelas dans la réserve et ouvert le coffre... Mais le coffre est difficile à ouvrir, et il n'y a pas grand-chose dedans. Les salopards, et dire que Bishan était avec eux!

La ruelle aboutit à un passage de six pieds de large au mieux. Il s'accroupit sur le côté et urine. Je ne vaux guère plus qu'un mendiant ou un chien, pense-t-il amèrement.

Le passage débouche sur un parc, au-delà duquel il aperçoit le bâtiment victorien en brique rouge. J'en ai assez de cette ville, assez de ce pays. Ce qui lui arrive est un signe, si Dieu devait lui en accorder un, qu'il doit partir. Ce pays n'est pas le sien, et il n'appartient pas à ce pays. Il va téléphoner à ses cousins au Canada, peut-être même dès son arrivée à Faridabad, et préparer son départ. Il a suffisamment mis d'argent de côté, de quoi tenir plusieurs années.

« Aujourd'hui est mon dernier jour de souffrance », se promet-il.

Derrière le parc court une rue très fréquentée, qu'il s'empresse de traverser, souhaitant pouvoir faire disparaître sa tête – avec son turban effrontément saillant – dans son encolure. Il fonce à travers le parking, évitant les contacts oculaires, trouvant du réconfort dans la puanteur des mendiants, la merde, la pisse, les chiens, les chevaux, les bouses de vache, les coolies et les bagages trempés. Mais ensuite, il passe sous les arches gigantesques et entre dans la gare, éclairée par un millier de tubes fluorescents. Ici, chacun le regarde. Il se met dans une queue qui serpente jusqu'au guichet, conscient qu'elle est pleine de sardars. Une débauche de turbans, barbes, bracelets, corps gras et hirsutes, comme si toute la population sikhe de Delhi s'y était donné rendez-vous. A côté, au milieu d'échafaudages de valises faites à la hâte, des centaines de femmes et d'enfants attendent que les hommes aient acheté les billets. Les enfants – ceux qui sont trop âgés pour pleurnicher dans les bras de leur mère – jouent à la marelle dans le hall, le terrain délimité par des colis. L'affluence rassure Kartar Singh. Nous sommes trop nombreux, se dit-il, pour courir un réel danger. Le premier qui approche, nous l'écorchons vif. Qu'est-ce que dit le Khalsa ? Un seul d'entre nous vaut plus d'un lakh d'autres... De même que Guru Gobind Singh a combattu les armées mogholes il y a trois cents ans, de même nous combattrons cette armée d'animaux, ce putain de pays plein de gens assoiffés de sang !

Pourtant son turban le gêne. Il aurait dû en mettre un de couleur terne, un gris innocent, pas ce bleu criard qui le dénonce. Mais à quoi bon ? Il ne peut le dissimuler, quelle que soit sa couleur. Si seulement il pouvait se couvrir la tête d'un sac ou d'une boîte, il pourrait passer pour un gros bania. Venez voir le bania avec sa boîte en guise de tête ! Il coupera ses cheveux dès qu'il sera à Faridabad.

Quelques policiers déambulent dans la gare. Les chiens ! Ils vont se partager le butin que l'autre lui a volé. Ils vont et viennent comme si tout allait bien. Un jour habituel avec son nombre habituel de sardars achetant des billets. Mais une tempête silencieuse fait rage. Pourquoi tous ces regards fixés sur la queue ? Ces gens savent-ils quelque chose que les sardars ignorent ? Je suis le dernier singe en date arrivé dans un zoo, se dit-il. *Sachche Padshah !* Faites-moi sortir de cette ville infâme.

La queue n'avance pas. Les hommes du premier rang sont en pleine discussion avec le vendeur de billets. Kartar Singh n'y tient plus. Il fonce au guichet, écarte les hommes. « Faridabad », dit-il.

L'employé ajuste ses lunettes et le regarde froidement. Il a eu affaire à des milliers de resquilleurs dans sa longue carrière. « Train numéro onze », dit-il.

Kartar Singh est déconcerté. « Il n'y a pas de train numéro onze. »

L'autre le fixe d'un œil patient, fatigué, tolérant. « Numéro onze, sardarji. » De l'index et du majeur, il exécute une danse sur le comptoir, signifiant que le train ce sont les jambes de Kartar Singh, qui doivent le conduire à Faridabad.

Kartar Singh est furieux. Il se penche en avant jusqu'à ce que son visage heurte les barreaux de fer derrière lesquels trône l'employé. « Je veux aller à Faridabad », hurle-t-il.

Un murmure de désapprobation s'élève de la queue. « Nous essayons tous d'aller quelque part, dit quelqu'un. Pourquoi n'attendez-vous pas votre tour ? Vous faites perdre du temps à tout le monde. »

Kartar Singh est consterné. Ses frères de misère prennent le parti de cette belette ! Très bien, il sautera dans le premier train en partance et se débrouillera ensuite pour rejoindre Faridabad. « Un ticket de quai, demande-t-il.

— Deux roupies. »

Kartar Singh prend conscience alors que ses poches sont vides. Honteux, il quitte le guichet – sous les rires des autres sardars – et monte quatre à quatre les marches qui conduisent au quai, réalisant l'incongruité de l'achat d'un billet alors qu'il fuit pour sauver sa vie. Que craignent donc les autres ? D'être pris à voyager sans billet ? Peux-être ne savent-ils pas la gravité de la situation. On ne leur a pas dévalisé la boutique. Ils s'en vont par mesure de précaution, presque comme s'ils emmenaient leur famille en vacances. Sur quoi, Kartar Singh s'arrête. Aurait-il dû essayer d'emmener Sukhbir et Jasjit avec lui ? Non, il a eu raison de les laisser. Espérons que le chaivala leur apportera son message. Ils seront plus en sécurité à Trilokpuri – dans l'appartement fermé à clef – qu'à Faridabad. Les choses se calmeront dans quelques jours. Alors il fera ses préparatifs pour quitter cette ville et ce pays.

Il débouche sur un quai au moment où un train commence à s'ébranler. Bondé au point d'exploser, des bras et des jambes pendant à l'extérieur de chaque fenêtre. Kartar Singh se dégonfle. La situation est-elle si catastrophique qu'il doive s'entasser avec ces animaux ? Peut-être vaut-il mieux attendre le train suivant ? Mais il jette un regard autour de lui, sur le quai où des dizaines de sardars se bousculent pour monter à bord du train qui prend de la vitesse. Il bondit sur le marchepied d'un wagon, se retrouve immédiatement pressé contre une muraille de chair, qui l'empêche d'entrer dans le wagon. Le train a maintenant dépassé le quai, si bien que le marchepied se retrouve à cinq pieds au-dessus du sol – trop haut pour qu'il puisse sauter. D'une main il s'accroche à une barre de fer. De l'autre il repousse la masse humaine qui semble prête à déborder et à le projeter par terre.

Il se cale dans une petite niche creusée dans la muraille de chair, libère une main et la passe sur son corps. Elle bute sur les bourrelets de sa poitrine haletante, descend doucement le long du torse, se pose sur le ventre qui tremblote au rythme des mouvements du train. Il a mal partout d'être resté accroupi pendant quatre heures dans le coffre, ses vêtements sont froissés, son turban de travers, sa barbe emmêlée – le filet qui sert à la maintenir en ordre a glissé – et ses bras écorchés, mais il est heureux. Il ne fait qu'un avec la masse puante entassée comme du poisson en conserve. Il est exposé aux étoiles du ciel, aux vents de l'été et au chant du soir. Il est sain et sauf. Le train cliquette joyeusement sur les rails, l'éloignant de plus en plus des chiens meurtriers de Chandni Chowk. Il ne sait pas vers quelle destination, et peu lui importe.

12

Le bus est bondé, bruyant. Gopal, assis côté couloir, s'efforce d'éviter les regards. Il a peur qu'on puisse lire ce qu'il a en tête. Les gens sauraient alors qu'il est complice, qu'il accomplit une mission pour un sardar. Pour le moment, ils semblent se désintéresser de lui, tassés dans le couloir et se bousculant pour avoir un peu d'air. Le chauffeur n'arrête pas de leur crier d'avancer, comme si l'avant du bus recelait un espace infini.

Gopal planifie le reste du voyage. Dans vingt minutes il sortira une jambe et se glissera entre les deux hommes debout à côté de son siège. L'un d'eux porte une épaisse ceinture de cuir, dont la boucle en métal lui écrase le visage. Gopal lève les yeux et, atterré, constate que l'homme le fixe d'un air haineux. Voilà ils savent ! Ils comprennent qu'il a un sardar caché dans son stand. Ah, il quittera le bus au prochain arrêt, et que le sardar meure brûlé vif pour lui faire courir un tel danger.

L'homme à la ceinture tape le dos du siège qui précède celui de Gopal, montrant un écriteau fraîchement calligraphié. « Réservé aux dames », dit-il.

Gopal se lève précipitamment, se demandant de quel siège il s'agit – celui qui porte l'écriteau, ou celui qu'il occupe ? Mais ce n'est pas le moment d'en discuter. Il plonge dans la masse et se propulse vers l'avant, désireux avant tout d'échapper au regard de l'homme à la ceinture, dont la femme s'installera probablement sur le siège en question.

Le bus s'arrête. Quelqu'un descend, Gopal trouve miraculeusement une place assise près de la porte. Il la partage avec une grosse boule de chair tassée contre la fenêtre. Un bania, se dit Gopal, presque certainement de Chandni Chowk. Il l'interroge sur Trilokpuri. Est-ce que le Secteur Trois se trouve loin de l'arrêt du bus ?

« Trilokpuri ! » répète le gros homme d'un ton pénétré. Il prononce le nom avec plaisir, il le mâche, le déguste comme s'il s'agissait du nom d'une station de montagne réputée. Darjeeling ! Simla ! Ootacamund !

« Secteur Trois, insiste Gopal.

— Trilokpuri va brûler ! » proclame le gros homme. L'effort qu'il doit faire pour ouvrir la bouche produit des ondulations successives le long de la trachée, de la poitrine et du ventre.

« Mais c'est là que je vais ! », proteste Gopal.

L'homme lui jette un regard paresseux. « Enfoirés ! Khalistanis ! », dit-il.

Gopal recule, puis comprend que l'injure vise les sardars.

« Ils distribuaient des friandises dans Trilokpuri pour fêter sa mort ! ajoute l'homme.

— Il y a eu des émeutes dans Chandni Chowk.

— Chandni Chowk ! J'ai entendu dire qu'un sardar transportait une bombe dans un jhola et qu'il l'a lancée sur la foule. Elle n'a pas explosé, et il a réussi à s'enfuir après avoir poignardé un agent de police.

— Portait-il un turban bleu ? interroge Gopal, le cœur battant.

— Peu importe la couleur du turban ! jappe l'homme. Ce sont tous des Pakistanais ! Ils ont tout un arsenal enterré sous Gurudwara Sisganj. On devrait les sortir de là un à un et leur trancher la tête. Ils ont expédié du Punjab un train entier d'hindous. Tous morts ! »

Gopal en a le souffle coupé. Quand ce train est-il arrivé ? Son voisin se penche encore plus près et murmure : « Je ne veux pas créer de panique, mais écoutez mon conseil, ne buvez pas l'eau d'un robinet municipal. Les sardars ont fait quelque chose au circuit d'alimentation. Faites-la goûter par un sardar d'abord. »

Gopal regarde autour de lui horrifié. Personne n'a prêté attention à la déclaration du gros homme.

« On devrait tous les liquider ! » Ses fanons tremblent violemment. Et avant que le tremblement s'arrête, il le relance de plus belle avec un nouveau torrent de menaces. « Qu'on les expulse de leurs maisons et de leurs boutiques et qu'on les renvoie au Pakistan ! Qu'on en brûle quelques-uns pour l'exemple. Vous auriez dû les voir courir dans Chandni Chowk, les lâches !

— Où étiez-vous dans Chandni Chowk ?

— Dans Paratha Gali, où un sardar obligeait son domestique – un gamin manchot – à jeter des pierres sur la foule. Le garçon essayait de faucher des galettes, mais quelqu'un l'a vu et il s'est enfui avec un paratha. Il y avait des types du genre ONG qui essayaient de calmer tout le monde. Ils ont aidé le sardar à partir et ont fermé la boutique. Mais qui peut arrêter une telle populace ? En moins de deux heures, elle a fracassé la porte et vidé la boutique. » Le récit du pillage l'a calmé. « J'ai pris un poste de télé. Petit, mais en couleurs.

— Avez-vous entendu parler de troubles à Khari Baoli ?

— Personne ne veut de sacs de cardamome. »

Gopal se tasse sur sa portion de siège, remonte son dhoti sur ses genoux, pose les mains dessus. Quelles horribles histoires. Pourvu que Mukesh ne soit pas à Chandni Chowk. N'importe quoi peut vous arriver avec ces émeutiers. Une pierre vous frappe, une brique vous assomme en tombant d'un mur, une planche enflammée met le feu à vos vêtements. Si seulement il savait où se trouve Mukesh !

« Trilokpuri ! annonce le gros homme. Secteur Trois, c'est le prochain arrêt. »

Gopal se précipite vers la porte. En sortant du bus, il regarde derrière lui et voit l'homme à la ceinture de cuir installé sur le siège réservé aux femmes.

Trilokpuri est calme. Une jeep de la police circule dans la rue, annonçant la mise en application d'un couvre-feu dans une demi-heure. « Aucune raison d'avoir peur. Que les sikhs restent chez eux et ne paniquent pas. » Un fourgon suit la jeep et s'arrête, non loin de l'endroit où Gopal est descendu du bus. Un homme en sort, vêtu d'un kurta-pyjama, mains collées l'une contre l'autre, le geste éternel du politicien. Une foule se rassemble autour de lui, hurlant des slogans, il tend les bras pour la contrôler. « Rajan Nahal *zindabad !* » crient les hommes. Longue vie à Rajan Nahal.

« Nous devons rester calmes », les abjure-t-il.

Gopal les dépasse rapidement et tourne à gauche dans une allée de maisons de trois étages. L'endroit est désert, à l'exception d'un homme qui arrive de l'autre bout. Interrogé, il indique le numéro quarante-quatre. Gopal se demande pourquoi il tient un paquet de bâtonnets et un jerrycan à la main.

Le numéro quarante-quatre est un logis au rez-de-chaussée, protégé par une grille de fer, non verrouillée. La grille grince. Il y a une petite étendue de gazon, et un scooter garé à côté de la porte. Gopal frappe. Pas de réponse. Se rappelant que dans un bâtiment si moderne il doit y avoir une sonnette électrique, il cherche le bouton. Ne le trouve pas. Il frappe de nouveau. Une voix d'homme se fait entendre, tourmentée, hésitante. « Qui est là ? »

Gopal n'a pas préparé de réponse. Il s'attendait à être reçu par la femme du sardar. « Gopal Pandey. »

Silence.

« Je ne vous connais pas.

— C'est sardar Satwant Singhji qui m'envoie. »

La clef tourne dans la serrure, la porte s'entrouvre à peine, il n'y a personne derrière. Gopal fait un pas en avant. Il reçoit un grand coup sur la tête, qui le précipite à terre.

« Ne me tuez pas ! » hurle-t-il. Il ferme les yeux et se raidit dans l'attente d'un nouveau coup. Il entend la porte se refermer derrière lui, maudit le sardar au turban bleu qui l'a envoyé se faire lyncher.

« Qui êtes-vous ? »

Gopal ouvre les yeux timidement. Un jeune homme – un autre sardar – se tient devant lui, batte de cricket à la main, un garçon musclé, le genre qu'il associe aux soldats ou aux gardes devant les banques.

« Dites-moi qui vous a envoyé, ordonne la brute.

— Je viens voir Sukhbir Kaur, plaide Gopal. C'est son mari qui m'envoie.

— Où est-il ?

— En route pour Faridabad. Je viens vous dire ça.

— Pourquoi devrais-je vous croire ?

— Il m'a dit de venir ici. Il m'a donné l'adresse !

— Dites-moi comment il était habillé.

— Un turban bleu et une chemise à carreaux.

— A-t-il donné le nom de son fils ?

— Jasjit.

— Avez-vous été suivi ? »

Gopal secoue la tête. Jasjit écarte le rideau, jette un œil par la fenêtre – protégée par des barreaux de fer –, pose la batte de cricket contre le mur.

« Il a l'air d'un brave homme, dit une femme, sortant d'une pièce adjacente.

— Soit, admet Jasjit. Qu'a-t-il dit ?

— Il est allé à Faridabad chez son frère. Il vous téléphonera de là-bas.

— Laisse-le se relever, dit Sukhbir. Il a pris des risques pour nous. »

Gopal se relève difficilement, cœur palpitant, jambes tremblantes, le dhoti tirebouchonné autour des cuisses, lunettes de travers, chemise bâillant à l'endroit où deux boutons ont sauté quand il est tombé. Il se demande si c'est le bon moment de parler de ses frais d'autobus.

« Asseyez-vous », lui dit gentiment Sukhbir, en lui montrant un canapé. Gopal s'y installe avec un soupir. La véranda est si petite que le canapé touche les deux murs opposés. Elle dessert deux pièces. Une troisième porte mène à la cuisine.

Jasjit continue de jeter sur Gopal un regard suspicieux : il vient de vivre une dure journée. Il s'était rendu au Vishaal pour la séance de fin de matinée, où les billets coûtent moins cher, mais ils ont interrompu le film à mi-course – avant même l'entracte. Le public a poussé des hurlements. Dehors, il a découvert la cause de l'interruption. Sur le moment, il a pensé que la direction du cinéma avait dramatisé. Pourquoi devrait-on arrêter de voir un film parce que le Premier ministre a été assassiné ? Il a exigé un remboursement, on lui a dit que c'était impossible : interruption pour des « raisons de sécurité », échappant à la responsabilité du cinéma. Il a songé à se rendre au magasin dans Lajpatrai Market, mais il déteste rester assis derrière le comptoir, alors il a pris un rickshaw motorisé pour rentrer chez lui. Il se rend compte maintenant, en entendant parler à la radio des émeutes dans Chandni Chowk, que cela lui a peut-être sauvé la vie.

Depuis quatre bonnes heures, sa mère et lui attendent avec angoisse des nouvelles de Kartar Singh. La ligne téléphonique de la boutique est coupée. Des voitures de police sillonnent Trilokpuri, demandant aux sikhs de rester chez eux. Quelques hommes se sont présentés à la maison, se disant envoyés par Rajan Nahal – leader local du Parti du Congrès – pour rassurer les sikhs sur leur sécurité. Mais Jasjit a entendu parler d'un cambriolage dans le Secteur Deux. La victime était un sikh. Battu jusqu'à perdre conscience, et tout cela pour lui voler sa montre ! Jasjit tourne et retourne dans sa tête la maxime qu'il emploie à tout bout de champ – un militant du Khalsa vaut plus de cent mille hommes ; un seul sikh peut affronter un lakh d'ennemis ! Peut-être aurait-il dû aller chercher son père à Lajpatrai Market ? Mais comment prévoir qu'il y aurait une émeute ? Et maintenant cet imbécile chauve, qui halète sur le canapé, affirme que Kartar Singh est parti pour Faridabad.

« Où avez-vous rencontré mon père ?

— Il va bien. Il a été attaqué devant Gurudwara Sisganj et il a couru jusqu'à Kucha Bansilal. Je vais tout vous raconter mais...

— Laisse-le boire un peu d'eau », interrompt Sukhbir. Elle va dans la cuisine, en revient avec une timbale en fer. Gopal hésite, ses pires craintes se réalisent. *Faites-la goûter d'abord par un sardar*, a dit le gros homme dans le bus. « Je n'ai pas soif.

— Voulez-vous de la limonade ? Du thé ? »

Il fait signe que non. Demande à Sukhbir, qui semble une gentille personne, s'il peut se rendre aux toilettes.

Sukhbir est gênée. « *Haay rabbaa!* », dit-elle. « Pourquoi me le demander à moi? »

Jasjit indique la pièce à gauche. Gopal y entre, la salle d'eau est à l'extrémité. La porte refermée, il constate que c'est une cuvette style occidental. Comment peut-on pisser dans ce genre de bol? Il remonte son dhoti soigneusement et tente de s'accroupir sur le siège.

Jasjit, qui a escorté Gopal jusqu'aux toilettes, revient dans la véranda, se laisse tomber sur le canapé, et attend.

On frappe à la porte d'entrée. Jasjit bondit, attrape la batte de cricket.

« Du calme, Jassi! le conjure Sukhbir. Ce sont probablement les hommes de Rajan Nahal, qui viennent voir si tout va bien.

« Silence! dit Jasjit. Ils ne savent pas que nous sommes à la maison.

— Ouvrez la porte, Jasjit Singh! Nous savons que vous êtes là! Nous avons vu quelqu'un entrer chez vous. »

Jasjit reconnaît la voix. « Prabhu Lal? »

S'ensuit une brève accalmie, comme si Prabhu Lal n'était pas sûr de sa propre identité. Puis les coups reprennent, et la voix : « Je leur ai dit de m'amener avec eux, sachant que vous me feriez confiance. Ouvrez la porte. J'ai un message de Kartar Singhji. »

Soudain Jasjit pressent un grave danger. Pourquoi son père leur dépêcherait-il deux messagers? Il regarde Sukhbir, qui jette un coup d'œil affolé vers la salle d'eau. « Et je lui ai proposé du thé! », dit-elle outrée.

La batte de cricket à la main, Jasjit se dirige sur la pointe des pieds vers la salle d'eau. Il va assommer le maudit chauve. Mais les coups à la porte deviennent frénétiques.

« Une minute, hurle Jasjit. Il faut d'abord que je m'occupe de quelqu'un. »

Dehors, des cris s'élèvent. « *Kachchhaa karaa aur kirpaan, bhej denge* Pakistan! »

Jasjit s'arrête net, brusquement il comprend la situation. Il se tourne vers sa mère. « Cours, lui dit-il calmement. Va dans la salle d'eau.

— Mais l'homme y est!

— Il est inoffensif.

— Je ne veux pas te laisser seul ! »

La porte cède. Par l'ouverture plusieurs hommes s'engouffrent, portant barres de fer, couteaux, bâtons, haches et jerrycans. Jasjit fait tournoyer la batte, touchant des crânes qu'il entend craquer. Il fonce dans le tas, déboule à l'extérieur où d'autres hommes, groupés près du scooter, le bloquent. Il leur balance la batte à la tête, court vers le petit jardin derrière la maison, où une échelle s'appuie à un mur. Il y grimpe, enjambe le mur et, au moment de sauter de l'autre côté, s'arrête, se demandant si la porte de la salle d'eau où s'est réfugiée sa mère va tenir. Ses poursuivants hurlent : « Indira Gandhi *amar rahe !* »

Une hache vole à travers le jardin et vient se planter dans son dos, qu'elle fend jusqu'au cœur. Il demeure immobile un instant, en équilibre sur le haut du mur, les pieds entaillés par les échardes de verre destinées aux voleurs, se retourne pour voir le visage terrifiant de Prabhu Lal, et tombe de l'autre côté.

Entendant des bruits à l'extérieur de la salle d'eau, Gopal descend de la cuvette. Il a oublié de fermer la porte à clef. Il est en train de rajuster son dhoti quand la femme du sardar entre en trombe. Elle pousse le loquet, manque de s'étrangler à sa vue, puis se précipite vers la fenêtre, à travers laquelle elle passe une jambe. « Aidez-moi à sortir ! » supplie-t-elle.

« Indira Gandhi *amar Rahe !* » crie-t-on derrière la porte.

Une seule voix, qui semble familière à Gopal. D'une main tremblante, il tire le loquet, Ibrahim le bouscule et se plante devant lui – dents jaunes, cheveux hirsutes, barbe flamboyante, yeux injectés de sang, barre de fer à la main.

« Ibrahim Mian ! s'exclame Gopal. Tu as l'air d'un cadavre !

— Où est le sardar ?

— Il n'est pas ici. »

Ibrahim pousse un soupir de soulagement et lâche sa barre. Sukhbir, qui essaie de se glisser par la fenêtre, glapit. Ibrahim lui jette un regard indifférent. « Je viens de Ballimaran, dit-il à Gopal, pour voir s'il ne t'est rien arrivé. »

Gopal ne comprend pas. « Qui t'a dit que j'étais ici ? »

Ibrahim ne répond pas. Il ferme la porte et pousse le loquet.

« Qui sont ces gens? demande Gopal.

— Des assassins! Je les ai envoyés à la poursuite du jeune sardar afin qu'ils te laissent tranquille.

— Mais qui t'as dit que j'étais ici?

— Quelle importance? (Ibrahim a l'air fâché.) Je t'ai sauvé, c'est tout ce que tu dois te rappeler. Qu'ils fassent ce qu'ils veulent à ce sardar! Il a tué Indira, notre mère.

— Tu disais que c'était une putain.

— Elle était vivante à l'époque. Maintenant elle est morte. Comment dire du mal des morts? »

Coincée dans la fenêtre, Sukhbir pousse des cris perçants.

« Du calme! dit Ibrahim. Ou on vous tue! »

Des voix à l'extérieur. Ibrahim ouvre la porte et clame que la salle d'eau est vide. « Nous avons vu une sardarni! protestent les voix.

— Elle a dû filer pendant que vous couriez après le garçon », dit Ibrahim.

Gopal se ratatine dans un coin. Ce sont mes propres péchés qui viennent me dévorer, se dit-il. Je veux me dissoudre comme une bouffée de poudre dans l'air, une pincée de sucre dans une tasse de thé.

« Maintenant je dois partir, dit Ibrahim, fixant Gopal droit dans les yeux. Aller protéger les gens de ces assasins. »

Il est parti. Gopal se demande ce qu'il va faire de la sardani, coincée dans la fenêtre comme une grosse vache. La pousser ou la tirer? Pourquoi ses pieds ne s'agitent-ils plus? Est-elle morte? Il s'accroupit sur la cuvette et écoute le silence.

13

Cela fait plus d'une heure que Kartar Singh se tient sur le marchepied, espérant que le train va enfin accélérer. Depuis la sortie de la gare, le convoi avance d'une manière fantasque. Toutes les cinq minutes la locomotive lâche un coup de sifflet réconfortant, le train se tend, secoue son ventre rouillé, rampe, puis s'immobilise en crissant. A chaque arrêt, les membres des gens se relâchent et les wagons vomissent leur chargement humain. Kartar Singh est obligé de sauter avec les autres, pour se ruer de nouveau à bord quand le coup de sifflet retentit. Il n'a pourtant jamais réussi à progresser plus loin que le marchepied. Seuls les plus agiles ou les plus agressifs accèdent à l'intérieur.

Dans la nuit noire, le train traverse le pont Yamuna, brinquebalant au-dessus des eaux sombres. Enfin ils se retrouvent en pleine nature, avec des lumières à l'horizon pour témoigner de la présence de villages, et Kartar Singh respire librement. Il a le temps d'analyser sa situation. Ils sont à plus de dix kilomètres de Delhi. La muraille de chair menace à chaque instant de l'expulser, ses pieds lui font mal. Il n'a pas l'habitude de rester debout pendant des heures. Il essaie de s'affaisser sur place, une fesse en surplomb, mais le train tangue dangereusement. Devrait-il sauter, maintenant qu'il a réussi à quitter la ville, mais comment trouver son chemin au milieu de nulle part ? D'ailleurs le train accélère, il devra attendre la prochaine gare, collé à la masse, exposé au vent, yeux fermés, en s'efforçant de ne pas lâcher la barre à laquelle il s'agrippe.

« Venez à l'intérieur, sardarji ! C'est la mort qui vous guette ! »

Kartar Singh sursaute, il comprend horrifié qu'il s'était endormi. Les mots qui l'ont réveillé sont les premières paroles aimables qu'il ait entendues depuis des heures. Il scrute l'intérieur du compartiment, qui baigne dans une lumière jaune funèbre dispensée par les faibles ampoules vissées au plafond, et remarque un turban noir. Ses yeux se remplissent de larmes. D'un signe de tête, il signifie au sardar qu'il ne peut pas se faufiler à travers la masse.

« Donnez-moi votre main. »

Kartar Singh s'agrippe encore plus fort à la barre et tend l'autre main. On la lui saisit, on le tire. Chœur de protestations, mais les corps s'écartent, pour se refermer aussitôt, et le voilà à l'intérieur du compartiment, face au sardar qui l'a sauvé. Un homme d'une bonne quarantaine d'années, à la barbe soignée, aux favoris bien taillés, au turban immaculé. L'aspect de Kartar Singh semble l'amuser. « Vous avez l'air d'un mendiant », dit-il.

Et vous, pense Kartar Singh, l'air de celui qui n'a jamais été dévalisé.

Le sardar lui apprend qu'il est capitaine dans l'armée, tout juste arrivé à Delhi.

« Vous êtes le premier sikh que je vois dans ce train », s'exclame Kartar Singh, débordant de gratitude.

Il suit le regard du capitaine et réalise que le compartiment est plein de sikhs. Ce qu'il n'avait pu voir depuis le marchepied.

« Tous des soldats en civil, dit le capitaine. Il va y avoir des troubles à Delhi. Nous partons pour quelques jours. J'arrivais juste de Siachen. Je ne savais pas où j'allais me fourrer.

— Mais pourquoi avoir quitté vos uniformes ? Vous auriez pu maîtriser la foule ! »

Le capitaine ne répond pas. « Avons-nous déjà traversé la Yamuna ? demande-t-il.

— Oui. Savez-vous où va ce train ? »

Le capitaine fait signe que non. Malgré les apparences, il semble tendu. « Avez-vous l'impression qu'on ralentit ?

— On s'arrête et on repart, on l'a déjà fait si souvent », veut le rassurer Kartar Singh.

Mais il sait que, effectivement, le train ralentit. Pourquoi cette décélaration, intervenant une demi-heure après la dernière, au-delà du pont Yamuna ? Il se convainc que ce n'est qu'un simple arrêt – un feu rouge, un encombrement sur la voie, le signal d'urgence tiré sans raison.

Grincement de freins, le train s'immobilise. Comme un seul corps, la foule tangue. Le silence s'installe. Chacun tente de déchiffrer les bruits de la nuit. Kartar Singh se demande si le chaivala a pu atteindre Trilokpuri et voir Sukhbir. De l'obscurité monte le cri qu'il a entendu toute la journée.

Indira Gandhi *amar rahe!*
Neele peelee rahane nahii denaa
sat sri akaal kahane nahii denaa.

Indira vivra éternellement, certes, pense Kartar Singh, une fois qu'ils auront éliminé les sikhs de la surface du globe. Le cœur en paix, il s'adresse au capitaine. « *Sat sri akaal*, sahib capitaine. La vérité est éternelle. Ainsi nous disons-nous adieu. »

Une lueur d'effroi brille dans les yeux du capitaine. Ses lèvres tremblent et son épaule – pressée contre le bras de Kartar Singh – se raidit de rage. La panique s'empare des sikhs dans le compartiment. Chacun veut sortir, mais il n'y a nulle part où aller. Ils sont cloîtrés là-dedans, peut-être encerclés par les ennemis. Dehors, le cri de haine se répète. Une ondulation parcourt la foule, quand un groupe de sikhs fonce au travers et saute sur le ballast. Dans l'obscurité, la violence explose à coups de barres de fer, de bâtons et de bouteilles. Les sikhs comprennent qu'ils ont fait une erreur et reculent. Certains remontent dans le train.

« Fermez les portières ! hurle quelqu'un.

— Laissez-les ouvertes, espèces d'enculés ! Nous ne voulons pas mourir avec vous ! »

Les hindous se précipitent pour sortir, se battant avec les sardars qui veulent rester le plus loin possible des issues.

« Si vous sortez, vous serez massacrés, les prévient le capitaine.

— De toute façon, ils vont entrer, dit Kartar Singh.

— Venez avec moi. » Le capitaine le prend par le bras, et les deux hommes se frayent un chemin à travers les corps – hindous et sikhs – jusqu'à l'extrémité du wagon, où ils s'enferment dans les toilettes.

Dehors les assaillants portent des torches. A travers la vitre dépolie des toilettes Kartar Singh voit des ombres brandissant des lances et des haches. Il entend les cris des sardars traînés hors du train, leurs appels à l'aide, il entend pleuvoir les pierres sur le wagon, qui par miracle épargnent sa fenêtre. Il imagine même entendre le bruit des lames trouant les chairs.

Le capitaine s'accroupit sur la cuvette, fixe sur Kartar Singh un regard sinistre. « Voilà comment ils me remercient. Moi qui reviens juste de Siachen où j'ai défendu leur pays de merde.

— Nous aurions dû sauter du train juste après le pont Yamuna.

— Etes-vous allé à Siachen, sur le glacier ? Il fait un froid terrible. Vous laissez votre main à l'air quelques minutes et elle gèle. Alors vous savez ce qu'ils font ? Ils la coupent.

— Ne parlez pas si fort, sahib capitaine ! Ils vont peut-être passer à l'autre wagon.

— Pourquoi devrais-je baisser la voix ? hurle le capitaine. J'étais à Siachen ! » Soudain il sursaute, son corps se crispe, il se tait.

« Sahib capitaine ? » Kartar Singh se penche plus près. Accroupi au-dessus du trou des toilettes qui donne sur la voie, le capitaine est transpercé, empalé sur une tige de fer qui a traversé l'anus, les intestins, jusqu'au cœur. Directement sous lui, allongé sur le dos, un homme ricane.

« Va chier au Siachen, enculé de sardar ! »

Kartar Singh recule en hurlant, s'enlace de ses bras. *Sachche Padshah !* Il s'appuie au mur, essayant d'éviter le sang qui jaillit de la poitrine du capitaine, finit par se rendre compte que le mur est chaud. Un tapis de fumée coulisse dans les toilettes. Il défait son turban, en arrache les épingles, le déroule et le place devant la fente sous la porte, mais la fumée trouve d'autres voies de pénétration. Le wagon brûle. Il entrouvre la porte d'un centimètre, aspire un peu d'air extérieur. « Toilettes ! Toilettes ! » hurle la foule.

Il referme précipitamment la porte, sur laquelle s'abat une dégelée de pierres. Sous les coups, elle se recroqueville, se courbe, va céder. La chaleur devient insupportable, la fumée suffocante. Kartar Singh extrait de sa chevelure le petit kirpaan qu'il transporte toujours. Un kirpaan de cérémonie, presque un jouet, mais pointu et solide.

La porte cède. Kartar Singh se jette sur les assaillants, tailladant aussi fort qu'il le peut avec son kirpaan. Sa frénésie, sa haute stature affolent les silhouettes sans visage – petits hommes en gilets et lungis – et les fait se disperser. Il charge et fonce, malgré la fumée, la chaleur et l'odeur de chair brûlée. Projeté contre la barre de fer, il perd l'équilibre et plonge, cinq pieds au-dessous. A l'atterrissage, il se brise la jambe gauche, se relève néanmoins et se met à courir. Il perd de nouveau l'équilibre sur le ballast, dérape et dévale le talus. Tombe tête la première dans la tranchée pleine d'eau de pluie, au bas de la pente. Malgré la douleur dans sa jambe et la peur dans son cœur, il vit un étrange instant de paix. Il les entend approcher derrière lui, mais soudain ça lui est égal. Jasjit est sûrement en sécurité, dans l'un ou l'autre monde. Le chaivala ne s'est peut-être même pas rendu à Trilokpuri. Sukhbir dévide ses prières, ignorant qu'il ne reviendra jamais plus. Il se sent désincarné, l'impression qu'il plane au-dessus de lui-même, observant une tragédie où quelqu'un joue son propre rôle.

Mukesh se lance à la poursuite du sardar, bien décidé à ne pas laisser celui-là s'échapper. Sa joue le cuit à l'endroit où l'homme l'a coupé avec son poignard. Le salopard ! Il aurait dû brûler dans les toilettes. « Cent roupies par cadavre, a dit Rajan Nahal, en plus du forfait pour la journée. » Mais personne ne lui avait dit que les sardars porteraient des poignards. Pour des gens comme ça, il faut des fusils, pas des bâtons ou des bidons de pétrole.

Il surplombe le sardar, en partie immergé dans l'eau de la tranchée. Gros et prospère ! Il s'accroupit et le retourne pour voir ses bras et ses mains. Pas de montre, pas de bague ni d'anneau de mariage, pas même une petite pierre précieuse. Qu'est-ce que c'est que ce sardar ? Pas de portefeuille, pas une seule roupie sur lui ! Un homme dont le gros ventre déborde de façon obscène sur le côté ! Peut-être une poche secrète dans ses sous-vêtements ? Une bourse cousue dans sa chemise ? Rien. Mukesh se relève dégoûté, donne un coup de pied dans le corps. Un poulet plumé. Un mendiant. Il peut réclamer ses cent roupies à Rajan Nahal, mais peut-être ferait-il mieux de regagner le train pour se dégoter une meilleure proie, comme font les autres. Une chaîne en or vaut mieux que dix mendiants. Celui au cul harponné dans les toilettes rapporterait peut-être plus gros... La journée a été rude. Les types à la télévision psalmodiant autour du corps d'Indira. *Khoon kaa badlaa khoon !* Sang contre sang, sang contre sang... Ils semblaient le dévisager depuis l'écran, comme s'ils s'adressaient directement à lui, lui disaient quoi faire. Il sait ce qu'ils lui demanderaient de faire maintenant. Le salopard doit être puni. Couché sans vergogne, à demi nu, sans un penny, si tendre et juteux, même dans le noir. Regardez comme il dort, après avoir tué Indira !

Mukesh retourne le sardar sur le ventre. Il ne veut pas voir le visage quand il cramera. Il verse du pétrole sur le corps, gratte une allumette et la lance. Elle ricoche contre les grosses fesses, grésille, produit un peu de fumée et glisse dans l'eau. Mukesh verse davantage de pétrole et balance d'autres allumettes, la peau refuse de prendre feu. Elle est trempée.

« Le salaud résiste ! » Il rit.

Il pense à cette étrange substance chimique blanche que tenait Rajan Nahal. Ça s'enflamme tout seul. Mais lui n'a rien d'autre que du pétrole et des allumettes. Quelqu'un lui apporte une tige de fer. « Empale-le ! Comme ce bâtard du Siachen !

— Il est déjà mort, dit Mukesh en riant.

— Plante-le dessus quand même ! »

Une vibration se propage de la droite, où un deuxième train vient d'être arrêté. Avec un grand cri, les hommes chargent dans cette direction.

« L'Inde c'est Indira, Indira c'est l'Inde ! »

1990

I

Gauhar a appris qu'en relâchant ses muscles il trouve la chose moins désagréable. Cet homme est son quatrième client en quatre jours, le plus âgé aussi. Il halète en le labourant, son désir luttant contre l'épuisement. Le temps qu'il ait fini, se dit Gauhar, il sera mort, et j'aurai une bite morte dans le cul. Une petite bite, peut-être, étant donné l'effet que ça me fait. A moins que tous ces vieux finissent par m'élargir.

C'est la fin de la matinée. Le soleil pénètre en stries de lumière par la lucarne du cagibi où Gauhar se tient avec l'homme. La niche se situe dans un haveli à l'abandon, logée sous l'escalier principal qui s'élève de la cour en une large et gracieuse courbe, mais dont plus personne ne grimpe les marches depuis longtemps. Il se fond dans la grisaille qui l'entoure, bien que la rampe en fer forgé exhibe encore tous ses motifs floraux. La demeure de deux cents ans d'âge appartient au gouvernement indien, qui a fait poser une plaque de cuivre neuve à l'extérieur signalant qu'il s'agit d'un site du patrimoine national, comme la vingtaine d'autres bâtiments semblables autour de Jama Masjid. Le cagibi lui-même, fabriqué en contreplaqué et peint en vert vif, n'appartient pas au gouvernement. Il a pour propriétaire le paanvala dont l'étal jouxte le haveli et qui l'a fait construire dix mois auparavant. Pour le privilège de posséder une parcelle du haveli, le paanvala verse cent roupies par mois au CP du quartier de la mosquée, et loue le cagibi deux roupies de l'heure. La plupart des clients n'ont besoin que d'un quart d'heure, aussi peut-il quadrupler ses gains horaires, au point que la niche lui rapporte plus que son étal.

Gauhar se tient le visage face à la lucarne, main gauche agrippant les barreaux de fer, tandis que le vieil homme ahane, apparemment au rythme de la chanson que diffuse la radio du paanvala. La douce voix de Pushpa Rani flotte dans le haveli :

Tu es la mélodie que chante mon cœur
Tu es le rythme des battements de mon cœur
Tu es le souffle que je respire en ce jour
Tu es ma vie jusqu'à mon dernier jour...

La lumière qui éclabousse la cahute révèle la scène qui se déroule derrière Jama Masjid – un combat de pigeons. On a rogné les ailes des oiseaux de façon à les empêcher de voler, aiguisé leur bec et leurs griffes. Leurs propriétaires – portant achkan, shervani et calotte – surveillent la lutte, guettent les signes de faiblesse de leurs élèves. Chacun dispose d'un homme à lui dans la foule, chargé de faire respecter les convenances, de maintenir les spectateurs à distance et de collecter les paris. Quand personne ne veut risquer d'argent, chaque factotum déclenche une série d'acclamations pour le pigeon de son maître. Les deux oiseaux – l'un blanc, l'autre à tête gris moucheté – battent furieusement des ailes, essaient de se sauter dessus, insoucieux des cris et des enchères.

Quatre semaines auparavant, Mussabir Hussein a réveillé Gauhar au milieu de la nuit et l'a entraîné hors du refuge des Moineaux. « Baisse ton pantalon », a-t-il dit. Gauhar a refusé. « C'est Chitra Didi qui m'a demandé de faire ça ! », a dit Mussabir en riant. D'abord, Gauhar n'a pas voulu le croire. Mais Mussabir Ustad est le plus âgé des garçons du foyer et le secrétaire de la Baal Bank, où ils déposent tous l'argent qu'ils gagnent à Chandni Chowk. Presque l'adjoint de Didi. C'est aussi le plus fort, on sait qu'il tabasse les garçons qui cherchent à perturber ses affaires. Même ceux qui ne font pas partie de son gang l'appellent « Ustad ».

« Pourquoi Didi ne me l'a-t-elle pas dit elle-même ? a demandé Gauhar.

— Parce qu'elle est timide ! » s'est esclaffé Mussabir.

Puis, avant que Gauhar ait pu ajouter quoi que ce soit, son pénis s'est retrouvé serré dans les mains osseuses de Mussabir.

« Quelle petite bite tu as ! a dit Mussabir.

— Lâche-moi ! a protesté Gauhar, mais son pénis avait commencé à durcir.

— Ça te plaît ?

— Oui, mais je veux le tenir moi-même.

— Tu le feras, tu le feras ! Mais la première fois, c'est moi. Il faut que je t'apprenne. »

Mussabir a resserré les doigts autour du pénis de Gauhar et fait bouger la peau d'avant en arrière.

« Pourquoi Didi t'a-t-elle demandé de me faire ça ?

— Pour que tu te le fasses à toi-même et pas aux autres. »

Deux semaines après lui avoir enseigné la masturbation, Mussabir a demandé à Gauhar un rapport sur les progrès accomplis. Gauhar n'a pu contenir son enthousiasme. « Pourquoi le faire tout seul ? a demandé Mussabir. Si tu le fais devant un client, il te paiera. » Gauhar a donc autorisé trois hommes à le regarder faire. Pour deux roupies supplémentaires, il les a autorisés à toucher son pénis. Pour cinq de plus il a regardé des films en leur compagnie – des films sales où des héroïnes à la peau blanche veloutée et aux cheveux jaunes suçaient de gros pénis roses. Les films lui plaisaient. Il n'aimait pas les hommes qui le caressaient tout en regardant, mais ils payaient cinq roupies chacun, et le film était gratuit. Puis, il y a une semaine, Mussabir lui a demandé s'il aimerait se faire baiser par ces hommes.

Le client qui laboure Gauhar donne des signes de faiblesse. Pourquoi veut-il aller jusqu'à l'épuisement, se demande Gauhar, quand il pourrait se retirer maintenant et payer moitié prix ? « Les plus vieux sont les pires, l'a prévenu Mussabir. Ils ne lâchent pas avant d'avoir éjaculé, mais ils ont de petites bites et une éjaculation faible. » Gauhar tourne la tête, constate que l'homme est en proie à un orgasme qui va peut-être le tuer. Il se convulse violemment, puis s'effondre sur le sol. Dehors, les spectateurs du combat de pigeons explosent en une orgie d'applaudissements.

Debout, dominant l'homme qui s'est redressé à quatre pattes, Gauhar remonte son short, fourre son moignon dans sa poche, et tend la main gauche. Aboule. L'homme le regarde d'un air innocent – vidé, blême, bien évidemment le plus faible des deux –, fait signe qu'il a besoin de reprendre son souffle. Gauhar attend impatiemment. L'homme s'en rend compte, dénoue un coin de son dhoti, sort avec précaution deux billets de dix roupies chacun et les montre à Gauhar. « Cinquante », dit-il.

Une lueur scintille dans les yeux de Gauhar. Chitra Didi lui a appris à lire, à écrire et à compter. « Ça fait vingt, espèce de salopard ! »

L'homme est déconcerté. Il supposait le garçon illettré. Il range rapidement les deux billets dans sa cachette, en retire une coupure de cinquante roupies.

« On avait dit soixante-dix, dit Gauhar.

— J'ai dit soixante-dix si tu étais serré. »

Gauhar a seize ans, il est maigre mais agile. « Tu as le pouvoir sur eux, lui a appris Mussabir. Ils vont marchander – avant et après – mais deux choses les affaiblissent, d'abord le désir, ensuite l'orgasme. » Et celui-là, qui est si vieux, doit sûrement être malade.

« Donne-moi soixante-dix, enculeur de mes deux ! »

Dans le clair-obscur, Gauhar voit la peur dans les yeux du vieux et décide de pousser son avantage. Il pose la main gauche sur l'épaule de l'homme et la pince violemment. Un chœur d'exhortations s'élève à l'extérieur. Le pigeon gris a étripé le blanc, dont le sang voltige en gouttelettes chaque fois qu'il bat des ailes. La foule hurle au gris de l'achever. Le vainqueur se tient sur une patte, la tête penchée, les yeux clignotant rapidement, jetant des regards saccadés de droite à gauche. Il s'apprête à fondre sur sa proie pour le coup final.

« D'accord », dit l'homme, le sourire blême.

Détournant la tête, il tend la coupure de cinquante roupies, ressort les deux billets froissés de dix, se lève aussi rapidement que le lui permet son épuisement, arrange son dhoti. « Je ne reviendrai jamais », dit-il d'un ton boudeur, en disparaissant dans les couloirs du haveli.

« Va te faire foutre, enculé ! »

Gauhar dénoue un mouchoir qui entoure son bras droit et en extrait un billet de deux roupies. Puis il enroule en cylindre la coupure de cinquante et l'un des billets de dix, s'aidant de sa main gauche et du mur, l'enferme dans son mouchoir, qu'il renoue sur son bras. Il ferme la cahute à clef, quitte le haveli, remet la clef et un billet de deux roupies au paanvala. Tenant son billet de dix roupies, il se dirige vers le lieu du combat de pigeons. Le combat terminé, la foule s'est dispersée. Le pigeon blanc est mort, le plumage souillé de sang. Mussabir Ustad est en train de compter l'argent récolté et sourit. Gauhar lui tend les dix roupies. Mussabir lui jette un regard soupçonneux.

« Le vieux salopard ! dit Gauhar. Il m'a donné que cinquante. »

D'un geste vif, Mussabir arrache le mouchoir du bras de Gauhar et dévoile le mensonge. Gauhar tente vaguement de se défendre, mais Mussabir a deux ans de plus que lui. Il récupère dix roupies, replie le mouchoir et le balance à la figure de Gauhar. « Didi ne t'a pas appris l'honnêteté ? »

Gauhar n'ose pas défier Mussabir Ustad, mais il trouve la commission de vingt roupies injustifiée. « Ne m'amène plus d'hommes », dit-il.

Méprisant, Mussabir éclate de rire. « Qu'est-ce que tu feras ? Porteur de chai ? Vendeur de pommes ? Ramasseur de papier, de chiffons ? Conducteur de rickshaw ?

— Didi pense qu'il n'y a rien de mal à ça.

— Didi n'a jamais vu ta main ?

— Je peux conduire un rickshaw d'une seule main. Je me suis entraîné.

— Tu pédaleras toute la journée avec un gros seth étalé derrière toi, regardant ton cul suspendu au-dessus de la selle. Et au bout de dix courses – Fort Rouge-Fatehpuri, Fatehpuri-Fort Rouge – tu auras quinze roupies en poche. Pourquoi ne pas te laisser enculer par un vieux pendant cinq minutes ?

— Parce que ça fait mal !

— Le rickshaw aussi, ça fait mal. Tes jambes deviendront maigrichonnes, tes bras douloureux, tes fesses racornies, tes mains – ton unique main – calleuses. Dans ton boulot actuel, tu as seulement mal au cul.

— Il y a trop de marchandages sur le tarif.

— Le tarif augmentera, et la durée de l'enculage diminuera. Les vieux deviennent de plus en plus vieux. C'est de plus en plus dur pour eux de bander cinq minutes. »

Gauhar ne réplique pas. Il a découvert un truc qu'il ne révélera pas à Mussabir. Fixe tes yeux sur Jama Masjid. Observe le minaret sud et essaie d'oublier ce qu'on en est en train de te faire, bientôt tu ne seras plus là. Tu sentiras une légère douleur dans le bas du ventre chaque fois que l'homme poussera, mais ce sera dans un autre corps, un autre espace, un autre temps… « A partir de demain, je ne te donnerai plus de commission », lance-t-il.

Mussabir l'empoigne, lui enserre le cou dans le creux de son bras et le force à se courber jusqu'à ce que sa tête soit à la hauteur de ses hanches. « Tu veux escroquer ton ustad, sale voleur ?

— Non, non ! »

Mussabir le relâche. « Je t'ai toujours bien aimé, dit-il. Didi veut que je prenne d'autres garçons sous mon aile, mais je t'ai choisi. Je t'ai vu voler des cahiers et des crayons mais je ne le lui dirai pas. »

Gauhar ne s'y attendait pas. Il ne pensait pas que Mussabir savait. Il est dompté.

« Est-ce que Didi a demandé de mes nouvelles ? » l'interroge Mussabir.

Gauhar fait signe que non. Mussabir semble déçu.

« Elle n'a pas remarqué que j'ai quitté les Moineaux depuis une semaine ? Que je ne viens plus en classe ? Que je ne dors plus là ? »

Gauhar n'en sait rien.

« Qui dirige la Baal Bank ? demande Mussabir.

— Elle m'a nommé secrétaire », avoue timidement Gauhar.

Mussabir n'en croit pas ses oreilles. Depuis la création de la Baal Bank par Didi, il en a toujours été le secrétaire, le maître absolu. Laxiste quand les enfants déposent de l'argent, tatillon quand ils veulent le retirer. « Pourquoi tu en as besoin ? Pour manger, pour t'habiller comme Didi l'exige, ou pour autre chose ? Pour un film ? Pour de la ganja ou une autre drogue ? » Il aime son rôle de tyran. Il sait aussi que Didi ne remarquera pas si l'argent ne rapporte que douze pour cent au lieu des quinze pour cent qu'elle lui a demandé d'obtenir. Aucun des enfants – même ceux comme Gauhar qui savent compter – ne fait la différence entre douze et quinze pour cent.

« Tu n'as qu'une main, proteste-t-il. Comment peux-tu être secrétaire ?

— Didi affirme qu'il faut un cerveau pour diriger la Baal Bank, pas des mains. »

Furieux, Mussabir constate que le garçon a grandi. Aujourd'hui il dirige la banque, demain toute la bande des Moineaux lui fera allégeance. Mussabir a besoin de Gauhar parce que ses propres affaires périclitent. A dix-huit ans, il est trop grand, trop maigre, trop musclé. Les clients veulent de la chair plus fraîche, plus jeune. « Tu n'es pas souple ni tendre, disent-ils, tu es malade... » Enculeurs ! Mais le gamin commence à rechigner sur sa commission. « C'est mon cul, a-t-il dit la veille. Pourquoi devrais-tu avoir l'argent ? » Voilà pourquoi Mussabir s'est investi dans les combats de pigeons, où le seul défi consiste à convaincre les propriétaires de lui confier la collecte des paris. Ces gens-là recherchent des garçons sachant user de coercition et de persuasion, et Mussabir est passé maître dans les deux. Il vante les mérites de son pigeon, jure sur Allah que la victoire est assurée d'avance, manie pression et regards pour intimider le public. A la fin du combat, il glisse une liasse de billets dans sa poche et donne le reste au propriétaire de l'oiseau. Toutefois, aucun travail n'est garanti dans Chandni Chowk. Le mois dernier quelques femmes de la ville, vêtues d'un pantalon comme les hommes, sont venues en Ambassador assister à un combat. Elles ont pris de photos, la foule a posé gaiement. Mussabir a réussi à se faire photographier, tenant le volatile et lui tordant le cou afin qu'il regarde l'appareil. Le lendemain la police a interrompu un combat en disant qu'il y allait avoir un règlement ; maintenant un policier surveille chaque match, et peut l'interrompre à sa guise. « Les dames ont été horrifiées par la cruauté envers les pigeons », affirme la police. Qu'est-ce qu'elles savent de la cruauté ? Est-ce que les pigeons leur ont écrit pour se plaindre ?

Mussabir se dit qu'il doit se montrer plus aimable avec Gauhar, sinon, pour gagner sa vie, il ne lui restera plus qu'à remplacer dans les queues les gens qui viennent pour régler leurs factures de téléphone, ou se faire guide des touristes blancs dans Jama Masjid. « Tu seras un bon secrétaire, dit-il. Tu es devenu le favori de Didi. Mais rappelle-toi, il n'y a que deux boulots dignes dans Chandni Chowk – collecter les paris des combats de pigeons et se faire baiser par des vieux.

— D'accord. Maintenant je m'en vais. »

Mussabir agrippe Gauhar et l'attire plus près, lui donne une claque sur les fesses et laisse traîner sa main. « Rien ne presse ? »

Gauhar recule. Ces derniers jours, il a senti monter le désir de Mussabir. Mais il ne s'agit pas d'un vieil homme anonyme vidant ses entrailles dans le noir. Mussabir a un visage, un nom, une voix. Et Mussabir ne paiera pas. « Didi m'attend. Suleman Mian vient aux Moineaux aujourd'hui.

— Ah ! Il va parler de la commission Mandal.

— Qu'est-ce que c'est ? »

Mussabir rit. « A l'avenir, chaque fois que tu baiseras trois hommes, tu devras baiser un OBC [1] ! Vingt-sept pour cent de toutes les baises leur sont réservés !

— Qui a dit ça ?

— V.P. Singh ! C'est le Premier ministre, donc tu dois faire ce qu'il dit.

— Et c'est quoi un OBC ?

— Un type d'une autre caste répertoriée. Tu en es un toi aussi.

— Mais nous sommes musulmans. Un musulman peut être un OBC ?

— N'importe qui, n'importe où, dit Mussabir en attirant de nouveau Gauhar contre lui. Tu dois me donner mon quota. »

Gauhar lui fait lâcher prise. Pendant des années, Mussabir a été un ami, un guide et un professeur, fournissant un contrepoids aux instructions neutres de Chitra Didi – lavez-vous les cheveux, coupez-vous les ongles, portez des vêtements propres, lavez-vous de la main gauche après avoir chié et mangez de la main droite... Deux tuteurs, chacun disant le contraire de l'autre. « Lave ton cul de la main droite et mange de la gauche, dit Mussabir. Tâche de reconnaître celui qui a une grosse bite avant de traiter avec lui. Méprise le pingre parce que tu sais que le désir le rend faible. Parle respectueusement à Didi parce que tu ne dois pas mordre la main qui te nourris... » Maintenant, il en a assez de la prétention de Mussabir. « Je m'en vais », gronde-t-il.

D'un saut il se met hors d'atteinte et s'éloigne. Ses cheveux châtains, sales et longs jusqu'aux épaules, lui balaient les yeux. A

1. *Other Backward Caste*. Cf. Glossaire.

seize ans, les bras et la poitrine sont encore maigres, mais il a une façon de fourrer son moignon dans sa poche droite qui ne laisse pas deviner son infirmité.

« Dis à Didi que je peux revenir si elle a besoin de moi », lui crie Mussabir.

2

Il est plus de huit heures du matin, mais le kholi ne reçoit que peu de lumière du jour depuis que Seth Sushil Jain a fait ériger une cloison en bois il y a six ans. La cloison empêche aussi l'air de circuler, si bien qu'il règne une forte odeur de curcuma. Il fait chaud. Normalement, il pleut en août, mais cette année Delhi souffre de sécheresse. Accroupi dans l'obscurité, Gopal insère un fil de fer dans la serrure qui ferme la cloison. Derrière, sous des conserves d'assa-fœtida, il a enfoui des cantines de fer. Une fois la serrure crochetée, il ira les déterrer et en retirer son argent.

Il s'arrête, fatigué, et réfléchit à ce qui s'est passé durant la nuit. Pendant trois mois, il a tenté de crocheter la serrure discrètement afin de ne pas attirer l'attention du gardien. Il a demandé à Ibrahim, sans préciser pourquoi, comment on fait pour ouvrir une serrure sans clef, et n'a reçu que des réponses imprécises. La nuit dernière, il a pris une cuiller en fer, aux bords aiguisés, et à force de va-et-vient a fini par creuser une rainure superficielle. Un incendie s'est allumé dans son cœur. Là-bas, à moins de trois pieds de distance, se trouvaient les ceintures en tissu, bourrées d'innombrables liasses de billets de cent roupies. Avec le temps, il réussirait à fendre la serrure en deux... Il s'est remis à limer avec une énergie décuplée, se reprochant toutes ces années de prudence, quand le bruit du bâton du gardien, tout en bas de Katra Badami, l'a interrompu. Il a attendu de voir l'homme apparaître au sommet de l'échelle, en vain. Il a jeté la cuiller – tremblant quand elle a rebondi sur le sol –, et est allé se coucher, le cœur plein de terreur.

La cuiller repose sur le sol, là où il l'a jetée. Il n'ose pas recommencer à s'en servir. Si seulement la serrure s'ouvrait d'un seul coup… Il entend un bruit, fait un bond en arrière, cache le fil de fer dans son dos, bénissant l'obscurité.

« C'est là que tu es! dit Hameed, qui a grimpé à l'échelle. Sethji veut savoir qui est entré la nuit dernière.

— Tu m'as fait peur.

— Penses-tu ! Le gardien dit qu'il a entendu scier pendant la nuit. Il croit que des gens ont essayé de pénétrer dans le katra. As-tu vu quelqu'un? »

Gopal hésite.

« Peut-être que tu dormais comme un sourd!

— Je n'ai pas dormi de la nuit, proteste Gopal. Je n'ai vu personne. Le gardien invente des voleurs pour justifier son boulot.

— Sethji envisage de changer toutes les serrures et de les remplacer par des plus grosses.

— C'est inutile, il n'y a pas de voleurs. »

Hameed redescend l'échelle en rigolant. Découragé, Gopal s'allonge sur un sac de curcuma. Quel imbécile il a été de mettre son argent dans ces cantines. Il aurait dû deviner que le seth avait une idée derrière la tête quand il a suspendu les rideaux aux bouches d'aération.

Gopal ne cherche plus à savoir qui a laissé l'argent dans la boîte de dérivation. Il est à peu près sûr que les ceintures en tissu ont toujours été là. A une époque, il devait avoir quinze ans, il voyait de la bourre autour des commutateurs, mais il ne s'est jamais posé de question. C'est peut-être son père qui a caché les ceintures à cet endroit, et il ne doit pas leur découverte à un heureux coup du sort. Il le doit au fait d'avoir pris la défense du sardar. On trouve plein d'exemples, dans le *Ramayana* et le *Mahabharata*, et peut-être dans la Bible – la Bible n'est-elle pas le *Ramayana* des chrétiens? – d'hommes bons devenus riches malgré eux. Il s'est sacrifié en acceptant de cacher le sardar et d'aller à Trilokpuri, et on ne lui a même pas remboursé le prix du ticket de bus. Comment aurait-il pu le réclamer à la femme du sardar, coincée dans la fenêtre? « Ne m'abandonnez pas », a-t-elle supplié, quand il s'est enfui en courant. Il tremblait comme une feuille secouée par le vent. Ibrahim et les autres avaient filé vers une autre maison, les seuls bruits dans l'appartement étaient les hurlements de la sardarni. « Je vais chercher la police », a-t-il crié.

Il a couru jusqu'à l'arrêt du bus, sauté dans le premier qui passait, et a dû changer plusieurs fois parce qu'il allait dans la mauvaise direction. A chaque ticket acheté, il ressentait le poids de son sacrifice.

Il a retrouvé son stand tard dans la nuit, tout Chandni Chowk dormait et des trottoirs montaient les ronflements des mendiants. Le sardar était parti, grâce à Dieu, il n'avait volé ni le réchaud, ni la cardamome, ni le lait. Les seuls dégâts étaient les bouteilles en plastique et les boîtes de sucre écrasées par le sardar malgré lui. Gopal décida de laver le verre d'Ibrahim, ouvrit la boîte de dérivation et vit le rembourrage autour des commutateurs. Intrigué, il tira dessus, entendit le crissement merveilleux des billets ! Il tordit la ceinture, une liasse en sortit, qu'il examina le mieux possible dans le noir, caressa, tapota, sentit, pressa contre sa joue... Oui, c'était bien de l'argent ! Il arracha tout le rembourrage, fit courir ses doigts sur les billets, comptant, additionnant, jusqu'à ce que ça le dépasse. Au moins deux lakhs, trois lakhs, quatre, dix, vingt... Il tenait vingt lakhs dans ses mains !

C'est alors qu'il se demanda pour la première fois comment l'argent était arrivé là. Une pensée inopportune, une distraction frivole, qu'il écarta bien vite. Il partit en trottinant, les ceintures de tissu à l'épaule comme des cartouchières, enjambant les mendiants sur les trottoirs, prenant soin de ne pas les déranger, souffle coupé par l'excitation. Sans réfléchir, jusqu'à ce qu'il ait grimpé l'échelle du kholi et jeté les ceintures par terre, à côté des sacs de curcuma. Où les cacher ? Sushil Jain pioche dans les stocks tous les trois ou quatre jours, avant que le curcuma ne fonde et ne ronge les sacs en plastique. Hameed en apporte et en déménage chaque jour. On garde le curcuma d'importation dans des cuves en plastique, où il se conserve beaucoup plus longtemps, et c'est à l'intérieur d'une de ces cuves que l'argent passa sa première nuit. Le lendemain matin, Gopal découvrit les ceintures toutes tachées, il les sortit de leur cachette. La nuit suivante, il parcourut les trois étages de Katra Badami à la recherche d'épices où enfouir son trésor. Il lui fallait des épices pouvant conserver leurs effluves indéfiniment, donc qu'on ne vendrait probablement pas avant plusieurs mois. Il passa en revue les poivres, cumin, bâtonnets de cannelle et noix de muscade. Envisagea les dates séchées, noix de bétel, clous de girofle, raisins secs... Comment être sûr cependant que Hameed n'y toucherait pas ?

Il décida d'explorer les cantines de fer que Sushil Jain avait installées dans le kholi ces derniers mois, sous les boîtes d'assafœtida. Il ouvrit les trois cantines, découvrit des piles de classeurs recouverts de bougran rouge, leurs pages jaunes barbouillées de svastikas vermillon. Les livres de comptes du seth. Pourquoi les avait-il transférés dans ces cantines ? Quoi qu'il en soit, Hameed ne les ouvrirait certainement pas, Gopal déposa donc les quatre ceintures au fond de deux cantines.

Cette nuit-là, il dormit paisiblement. Il était un homme riche, grâce aux sacrifices qu'il avait consentis pour sauver le sardarji. Les histoires qu'on racontait étaient donc vraies après tout – que Lakshmi hantait Chandni Chowk, gratifiant d'argent ses dévots. Il la remercia du fond du cœur, l'assura de sa dévotion éternelle.

Cinq jours après cette terrible matinée où Indira avait été assassinée, le sardarji réapparut dans Kucha Bansilal. Il arriva juste comme Seth Sohan Lal finissait sa première puja et que Gopal préparait son premier pot de thé. L'air hagard et épuisé. Il boitait, portait un plâtre à la jambe gauche, jetait des regards apeurés derrière lui, comme s'il craignait d'être suivi. Des contusions sur tout le visage, l'œil droit à demi fermé, les lèvres fendues, à peine reconnaissable. Mais c'était bien le sardarji.

Gopal fut horrifié. Est-ce que le sardarji s'était fait ça à l'intérieur de son coffre ? Il n'aurait certainement pas dû refermer le couvercle ! La boîte était assez grande pour un pauvre homme comme lui, mais le sardarji, avec sa stature, avait dû souffrir le martyre !

« Namaste, Gopal Bhai, dit le sardarji. Je reviens de Faridabad. »

Gopal en fut profondément troublé. Le sardarji lui disant namaste ! Il loucha derrière ses lunettes, et fit semblant de ne pas le reconnaître. Il lui tendit en tremblant un verre de thé – un client, rien de plus.

« Vous êtes un homme bon, Gopal Bhai », dit le sardarji.

Gopal capitula. « Je suis allé porter votre message. J'ai essayé de repousser ces hommes, mais je n'ai pas de forces. Votre femme...

— Elle est saine et sauve. Mais ils ont eu mon fils. »

Bouleversé, Gopal se couvrit la bouche de ses deux mains.

« Vous avez fait votre possible, dit le sardarji. Il faut que je vous demande quelque chose. Qui était cet homme ? »

Gopal le regarda sans comprendre.

« L'homme dans la salle de bains », dit le sardarji.

Gopal sursauta, revoyant les dents jaunes, la barbe flamboyante, la barre de fer brandie en l'air.

« Ma femme avait le visage tourné vers le jardin, dit le sardarji. Elle a vu la hache pénétrer dans le corps de son fils. »

Gopal frissonna, faillit donner le nom. *Je suis venu de Ballimaran m'assurer qu'il ne t'était rien arrivé*, avait dit Ibrahim. « Je voyais mal. Mes lunettes étaient tombées par terre. » Il versa du lait dans la casserole, ajouta de l'eau – trois fois plus d'eau que de lait, par mesure d'économie – et mit le tout à bouillir pour le prochain pot de thé.

Le sardarji sembla retrouver son aplomb. « Vous avez un beau stand, Gopal Bhai. »

Gopal versa une poignée de sucre dans la casserole.

« C'est bien d'avoir une boîte de dérivation juste au-dessus de sa tête, continua le sardarji. Vous ne craignez pas les coupures de courant. Combien de fois ouvrez-vous la boîte ? »

Gopal se sentit défaillir. D'une façon ou d'une autre, le sardarji était au courant pour l'argent ! C'était peut-être même le sien. « Ce n'est pas ma boîte. Elle appartient à la Municipalité.

— La Municipalité, ce sont tous des voleurs », assena le sardarji.

Il l'examinait, la suspicion filtrant à travers la paupière tombante, et Gopal se demanda s'il devait lui parler des ceintures en tissu. Mais si l'argent n'était pas à lui ? « En revenant de Trilokpuri je suis rentré directement à mon kholi, bégaya-t-il. Il était tard, et il y avait le couvre-feu dans Chandni Chowk. Alors je suis descendu du bus à ISBT et j'ai pris un rickshaw jusqu'à Khari Baoli. Et je ne suis pas revenu à mon stand pendant deux jours à cause des émeutes. »

Cette longue explication sembla décevoir le sardarji. « Avez-vous regardé à l'intérieur de la boîte de dérivation? » demanda-t-il brusquement.

Gopal s'apprêta alors à tout révéler. Il ne pouvait pas fixer droit dans les yeux – même si l'un des deux était à moitié fermé – un homme endeuillé, et lui mentir.

« Il y avait un verre de thé dans la boîte, dit le sardarji. J'en avais bu un peu et j'ai pensé que vous voudriez que je vous le paie. »

Gopal se traita d'imbécile. Le sardarji ne parlait que de thé. Il ignorait tout de l'argent. « Je l'avais laissé pour vous. Gratuitement à cause de tous vos ennuis.

— Ah! Donc je ne vous dois rien. Ça me tracassait depuis cinq jours. »

Gopal n'en avait pas moins gros sur le cœur : il n'était toujours pas question de lui rembourser les tickets d'autobus. « J'ai pris un rickshaw motorisé pour aller à Trilokpuri », dit-il timidement.

Le sardarji sortit un billet de vingt roupies de sa poche et le lui tendit. « Auriez-vous pris un avion, Gopal Bhai, que je vous aurais remboursé avec joie. »

Gopal saisit le billet. C'était imprudent de jouer les timides, alors que l'autre pouvait changer d'avis en un instant.

Le sardarji se pencha encore plus près. « J'ai vécu une journée très douloureuse, Gopal Bhai. Vous ne devez en parler à personne, spécialement pas à Sohan Lalji. C'est un de mes bons amis. Il pourrait vous croire responsable de mes malheurs et démolir votre stand.

— Ça restera entre vous et moi, sardarji », jura Gopal avec ferveur.

Tandis que Kartar Singh s'éloignait en boitant, Gopal remercia Lakshmi, certain que l'argent n'appartenait pas au sardarji. Sinon, il l'aurait interrogé à ce sujet, non?

Gopal passa les semaines suivantes entre espoir et incrédulité, s'attendant à ce quelqu'un vienne réclamer l'argent. L'idée de le remettre à la police lui traversa l'esprit, mais s'ils allaient l'accuser de vol? Et comment leur faire confiance, croire qu'ils le rendraient au vrai propriétaire? Mieux valait le laisser où il était, enfoui sous les conserves d'assa-fœtida. Puis, les semaines ayant passé, il fut convaincu que l'argent était un don de Lakshmi, et que ce serait un péché de le refuser.

Sur quoi se posa la question de savoir comment le dépenser. Il ne pouvait brusquement acheter des vêtements neufs, des réchauds, des flacons de sucre, des verres pour le thé. Un dhoti ne coûte presque rien, une chemise à carreaux, on se la fait faire pour dix-huit roupies, on trouve un réchaud pour cinquante roupies. Comment un homme peut-il dépenser quatre lakhs en une seule vie ? Chaque matin il traversait Khari Baoli, s'imaginant étendu derrière des monticules de pistaches, amandes, abricots, figues, raisins secs et noix. Voici Gopal Pandey, propriétaire de Gopal Pandey et Fils, la meilleure boutique de fruits secs de Khari Baoli ! Une boutique d'angle, peut-être, au coin de Khari Baoli et de Fatehpuri Masjid, ou dans Katra Peran, Katra Ishwar Bhava, voire Katra Badami. Imaginez la figure que ferait Sushil Jain s'il le voyait se présenter un beau matin, lavé, avec une chemise à carreaux propre et un dhoti fraîchement repassé ! « Tu as dormi cette nuit? le réprimanderait Sushil Jain.

— Oui, parce que j'ai une boutique à ouvrir ce matin. »

Puis il s'assoirait jambes croisées sur la gaddi pour prendre le thé avec Sushil Jain – comme font tous les seths – et discuter la montée des prix. « Il y a une pénurie d'arrivage d'Afghanistan, dirait-il, aussi les amandes sont à trois cent quatre-vingts roupies, et les figues à trois cent soixante. » Et Sushil Jain pleurerait la disparition des anciens temps quand les seths de Khari Baoli distribuaient les amandes quasiment pour rien et que les mendiants s'en goinfraient.

Il y a cependant trop de concurrence sur le marché des fruits secs, aussi Gopal changea d'idée. Il s'imagina plutôt trônant derrière des montagnes de sucre et de cassonade, les vendant comme des petits pains, et perdant le compte de l'argent empilé dans sa caisse. Mais le sucre et la cassonade sont difficiles à entreposer, et il ne commettrait sûrement pas l'erreur de se lancer dans le commerce du curcuma ou du poivre – trop de problèmes avec les insectes. Les légumes secs rapportent plus et ne craignent rien des insectes. Oui, décidément, il vendrait des légumes secs. Ah ! Se tenir assis jambes croisées à côté de sa balance, à écouter les commentaires sur les matchs de cricket, regarder passer les charrettes à bras et les rickshaws dans Khari Baoli, remplir des sacs de plastique de grains de moong, urad, masoor, rajma, chitra, lobia... Il n'abandonnerait pas le stand de chai. Il mettrait quelqu'un à sa place et prendrait une commission. Lui resterait-il assez d'argent pour se payer des vaches et des buffles? Cela revient moins cher de produire son propre lait, et ça apprendrait à Banwari à couper le sien avec de l'eau! Il pourrait peut-être installer ses vaches derrière le vieux bureau de poste de Khari Baoli où il va chier tous les jours. Bien entendu, il ne chierait plus là. Il se paierait des cabinets flambant neufs, avec du carrelage, des lumières, des miroirs et des robinets en inox. Il les ferait construire derrière son box, uniquement pour lui. Les clients devraient se débrouiller tout seuls. Son commis – il aurait un commis l'équivalent de Chotu – aurait pour instructions strictes de ne pas se montrer indulgent avec les petits clients.

« Pouvons-nous utiliser vos toilettes? demanderaient les clients.

— Nanak Chand, conduis babuji à la salle de bains! ordonnerait-il.

— Je ne trouve pas les clefs », répondrait le garçon. Un gentil garçon, plus jeune que Chotu – à qui on pourrait confier les clefs de toilettes reluisantes.

Encore quelques jours, et le nom de Gopal Pandey et Fils se révéla inadéquat. Comment appeler ainsi une boutique où le fils n'est jamais derrière la caisse? De plus, c'est une appellation ignominieuse pour un brahmane. A-t-on jamais entendu parler d'un brahmane s'enrichissant dans le commerce? Les enseignes des grandes échoppes de Khari Baoli portent toutes des noms de vénérables banias, morts il y a cent ans. Abandonnant Gopal Pandey et Fils, il se chercha en esprit des noms d'ancêtres, indicateurs d'une lignée bania impeccable – Balmukund Murarilal, Kanshiram Kanjilal, Baburam Moolchand, Nathumal Chunnilal – et opta pour Kanjilal Moolchand. Assis à côté des cantines dans le kholi, il imagina tous ces oncles, grands-oncles, arrière-grands-pères, qui avaient fondé leur commerce pour servir les Britanniques et le lui avaient légué.

Le nom s'étant ainsi imposé, Gopal ne vit plus d'obstacle à son entreprise. Il sonda Ibrahim sur les possibilités d'achat d'une échoppe dans Khari Baoli.

« Tu as gagné à la loterie, Gopal Bhai? se moqua Ibrahim.

— J'ai économisé pendant des années, rétorqua Gopal.

— Les prix sont libres dans Khari Baoli. Combien as-tu?

— Deux lakhs, dit Gopal avec désinvolture. Peux-être trois – ou quatre. Vingt. » Il espérait, par cette imprécision, cacher la valeur de son trésor, qu'il ne connaissait d'ailleurs pas. Il y avait quatre liasses, chacune probablement d'un lakh, mais il n'en était pas sûr.

Ibrahim continuait de le regarder d'un air incrédule. « Je vais te trouver un marchand, dit-il. Il enregistrera la boutique à ton nom sans te demander d'où vient l'argent.

— Mais c'est mon argent! protesta Gopal, piqué au vif.

— Oui, oui, bien entendu! » Ibrahim arrangea un rendez-vous avec Khandelwal Seth dans Ballimaran. Ils grimpèrent des quantités de marches, pénétrèrent dans un petit bureau divisé en deux par un comptoir à la tablette en formica, derrière lequel siégeait Khandelwal Seth. Au-dessus de son épaule gauche, une alcôve abritait Lakshmi et Ganesh. Au mur derrière lui pendait un portrait d'ancêtre – peut-être son père – avec sa guirlande dont le bas effleurait le crâne chauve du seth. Un ventilateur accroché au mur de droite soufflait en direction du seth, enfoncé dans un fauteuil de cuir enrobant son corps. Il recula jusqu'à ce que le fauteuil heurte le mur, puis fit signe à Gopal de prendre l'une des deux chaises face au comptoir. Ibrahim voulut occuper l'autre, mais un claquement de langue l'arrêta net.

Sans quitter Gopal des yeux, le seth tendit la main pour diriger le souffle du ventilateur encore plus directement sur lui, ce qui fit trembler les boutons en diamant de son kurta. Il garda le silence quelques instants, savourant l'air frais, puis demanda, laconiquement :

« Taille?

— Un petit khokha, sethji. Une très petite échoppe.

— Rez-de-chaussée? Etage?

— Rez-de-chaussée.

— Un angle? »

Gopal haussa les épaules.

« Mauvaise période », dit le seth.

Gopal regarda Ibrahim. Mauvaise période pour acheter ou

pour vendre ? De l'endroit où il se tenait, le dos à la porte, Ibrahim l'encouragea à continuer de parler. « Combien ça coûtera, sethji ? »

Le coin gauche de la bouche de Khandelwal Seth s'abaissa, signe du mécontentement que causait la question. Gopal se sentait perdu. Etait-ce si naïf de demander le prix ? Le seth ruminait, les yeux fermés. En guise de réponse, il appuya sur une touche du ventilateur, qui se mit à osciller de droite à gauche, d'un mouvement périodique. Toutes les quinze secondes, la chemise de Gopal voltigeait gaiement, pour l'enfermer dans un bain de sueur durant les quinze secondes suivantes.

« Cinq cents », dit Khandelwal Seth.

Gopal regarda Ibrahim du coin de l'œil, n'osant pas demander : cinq cents quoi ? Crores ? Lakhs ? Mille ? Est-ce qu'une échoppe dans Khari Baoli pouvait valoir cinq cents crores ? « C'est trop ! » protesta-t-il faiblement, ne sachant pas à quoi se rapportait ce trop.

Khandelwal Seth se cabra sous l'offense. « Cinq cents roupies ! C'est le meilleur tarif que j'aie jamais proposé. C'est parce que vous avez une bonne introduction, sans quoi je ne l'offrirais jamais pour ce prix-là. »

Gopal était complètement largué. Une échoppe, toute une échoppe, d'angle peut-être, pour cinq cents roupies seulement ?

« Un an de loyer payé d'avance, dit Khandelwal Seth. Six mille roupies. »

Loyer ? Il y a malentendu. « Je veux acheter la boutique, sethji, pas la louer », corrigea Gopal.

Khandelwal Seth soupira, se pencha, expliqua d'une voix résignée : « Quelle différence y a-t-il entre louer et acheter ? Vous pouvez vendre ce que vous voulez – épices, ventilateurs mobiles, motocyclettes, aéroplanes. C'est à vous.

— Mais l'enregistrement ?

— L'enregistrement, c'est un bout de papier. Personne ne vous demandera de vider les lieux. »

Gopal réfléchissait, séduit par la perspective de louer une échoppe pour seulement cinq cents roupies par mois. A quoi bon en acheter une ? Qui savait combien de boutiques de Khari Baoli appartenaient réellement à leurs propriétaires ? Quatre lakhs suffiraient peut-être pour une vie entière de loyer ! Il eut une pensée émue pour les billets enroulés tranquillement au fond des cantines, sa décision était prise. « Quand puis-je voir la boutique, sethji ?

— Dès que vous aurez payé le pagari. »

Gopal se tourna vers Ibrahim, qui sourit : « Pagari, le dépôt de garantie.

— D'accord, dit Gopal. Pour combien de mois ?

— Douze lakhs », répondit Khandelwal Seth, juste au moment où le ventilateur faisait danser ses boutons de diamant.

Gopal se sentit dupé. Pourquoi Ibrahim l'avait-il amené chez cet escroc de seth ? Pourquoi ne l'avait-il pas prévenu avant de lui faire grimper trois étages ? « Je n'ai pas douze lakhs.

— Donc vous ne pouvez pas louer un box dans Khari Baoli », conclut Khandelwal Seth.

Gopal se tut. Le seth semblait fâché, mais il reprit : « Dites-moi combien vous avez, et je vous suggérerai quelque chose. »

Ibrahim tendit le cou, visiblement excité. « Demandez au chaivala en bas de nous monter du thé », lui ordonna Khandelwal Seth.

Gopal poussa un soupir de soulagement. Le seth était un homme sage. Il comprenait.

« Pas de sucre ! cria le seth à Ibrahim. Puis, s'adressant à Gopal : Le pagari est moins cher dans les quartiers musulmans.

— Je ne peux pas dépenser de l'argent pour un pagari !

— Pour ne pas payer de pagari, il faut que la transaction soit enregistrée.

— Eh bien, je veux une transaction enregistrée.

— Ce n'est possible qu'avec de l'argent propre, dit froidement le seth.

— Mais j'ai de l'argent propre ! dit Gopal, se demandant ce que cela signifiait.

— Pouvez-vous me montrer un reçu ? »

Gopal perdit contenance.

« D'où provient-il ? insista le seth. Un cadeau ? La vente d'un bien personnel ? Profit commercial ? Donation ? Montrez-moi le reçu. »

Gopal s'avoua vaincu. Le ventilateur vacilla vers lui, mais le souffle d'air ne lui procura aucune joie.

Le seth se pencha vers lui, l'air compatissant. « Nous pouvons chercher quelque chose dans Dariba, Sadar Bazar, Paharganj ou Daryaganj », proposa-t-il.

Gopal secoua la tête. Il fallait que ce soit Khari Baoli. Il fallait que ce soit « Kanjilal Moolchand, Vendeur de Figues et d'Abricots afghans ».

« Vous pouvez louer un double plafond, proposa encore Khandelwal Seth. Fait de contreplaqué solide. Cinq pieds d'espace en hauteur au-dessus d'un entrepôt. A quatre pattes, ce sera confortable. Les clients de petite taille peuvent marcher. L'entrepôt contient du poivre long. Pas de fuites, pas d'insectes. Vous pourrez entrer chez vous sans passer par l'entrepôt, parce que je mettrai une échelle devant la porte. Une solide échelle en fer, que je ne vous ferai pas payer. »

Gopal se tut.

« Un coffre ? suggéra le seth. Sept pieds sur trois, de quoi contenir un réchaud et une personne.

— J'ai déjà un coffre.

— Oui, mais celui-là sera dans Khari Baoli. Bonnes affaires.

— Je peux dépenser trois lakhs, quatre au maximum, chuchota Gopal.

— Un box dans Katra Peran, troisième niveau. Quinze pieds sur douze.

— Donnant sur la rue ?

— Non, derrière.

— D'accord, soupira Gopal

— Apportez le pagari demain. Quatre lakhs. »

Gopal hocha faiblement la tête, conscient d'avoir considérablement amoindri sa fortune.

« Le chaivala est rentré chez lui », annonça Ibrahim, hors d'haleine d'avoir grimpé en courant les trois étages.

Gopal se leva et sortit du bureau, la tête basse. Ibrahim le suivit. « As-tu trouvé quelque chose ?

— Le loyer n'est que de cent cinquante ! », leur cria Khandelwal Seth.

Cette nuit-là, en rentrant dans son kholi, Gopal découvrit que Seth Sushil Jain avait dissimulé les boîtes de conserve d'assa-fœtida et les cantines derrière une cloison en contreplaqué, percée d'une porte de trois pieds sur deux, cadenassée.

« Tu t'es moqué de moi, Gopal Bhai », l'accusa un Ibrahim furieux quand, le lendemain, Gopal l'informa qu'il ne pouvait verser le pagari à Khandelwal Seth.

« J'aurai bientôt l'argent ! » protesta-t-il.

La mâchoire pendante, image même de la victime d'une injustice, Ibrahim gémit : « Je t'ai demandé plusieurs fois combien d'argent tu avais, et tu es resté bouche cousue. Tu aurais pu me dire que tu n'avais rien, ça m'aurait évité toute cette gêne. Maintenant personne ne croira en ma parole. Aucun seth n'acceptera que je lui amène des clients. »

Pendant plusieurs mois, Gopal se tortura la cervelle pour trouver un moyen de récupérer son trésor. Il pouvait essayer de briser le cadenas avec un marteau, mais comment expliquer ce prétendu cambriolage à Sushil Jain ? Il finit par comprendre que Lakshmi ne voulait pas qu'il dépense l'argent dans l'immédiat. C'était un patrimoine pour Mukesh, qu'il fallait garder soigneusement jusqu'à ce que son fils soit en âge de l'utiliser. Ce que Lakshmi avait donné si généreusement, elle pouvait le reprendre aussi vite. L'argent se volatiliserait instantanément s'il ouvrait les cantines. Comment savoir si les quatre lakhs ne diminuaient pas chaque fois qu'il y pensait ? Il les chassa donc de son esprit.

Or, voici trois mois, sous le grand figuier devant l'entrée de Kucha Bansilal, il a vu un serrurier montrer la façon d'ouvrir une serrure à l'aide d'un fil de fer, et il a su que c'était un signe de Lakshmi. Pourquoi aurait-elle placé le serrurier à cet endroit si elle n'estimait pas que le moment était venu ? Il cassa donc le manche de fer d'une passoire à thé, le détordit et se mit à la tâche. Mais le serrurier avait menti : le cadenas ne céda pas. Une fois, il crut entendre un déclic, réussit à incliner le fil de fer comme il était censé le faire, sans résultat, alors la nuit dernière il a attaqué avec la cuiller... Trois mois de préparatifs soigneux anéantis en une nuit. La rainure sur la cloison saute aux yeux. Hameed saura que la serrure a été crochetée – pour peu qu'il l'examine – et Sushil Jain exigera une explication. Et qui dit que les cantines ne sont pas cadenassées de la même manière, à présent ? A supposer qu'il se serve de nouveau de la cuiller, combien de semaines lui faudra-t-il pour venir à bout de deux autres barres de fer ? Le voici donc allongé dans son kholi, riche mais aussi pauvre qu'il y a six ans, à la merci de Hameed qui rôde soupçonneux au-dessous de lui, et maintenant le pagari pour un box dans Katra Peran se monte sûrement à huit lakhs.

Il est presque neuf heures du matin. Il va être en retard à son stand... Mais ça peut attendre ! Sohan Lal lui donne deux roupies par tasse de thé, tandis que derrière cette cloison ses liasses d'argent dorment enroulées comme des serpents sous des registres rouges... Il regarde la cuiller tombée par terre, se redresse résolument. Plus question de reculer, de tergiverser. Il parlera au gardien cette nuit, lui proposera peut-être une association. Ou bien à Hameed, qui parfois ouvre la cloison pour entreposer d'autres boîtes d'assa-fœtida, et lui offrira dix mille roupies en échange de son silence. Voire mettra Ibrahim dans la confidence. La serrure, si solide soit-elle, cédera sous les coups d'un marteau. Il n'aura pas à expliquer le cambriolage à Sushil Jain, parce que, une fois l'argent en sa possession, il quittera le kholi pour ne jamais y revenir. Cet argent, il lui est dû, considérant qu'il a respecté sa promesse au sardarji de n'en parler à personne. Demain, il partira d'ici en homme riche.

Il rampe à quatre pattes jusqu'à l'échelle et descend. L'éclat soudain de la lumière du jour l'éblouit. Il enfile ses chappals, arrange son dhoti autour de sa taille, se caresse les dents de la langue, s'éclaircit la gorge. D'un renfoncement au-dessus des sacs de cannelle il sort ses lunettes et les met, secouant la tête à droite, à gauche pour les ajuster afin de trouver les endroits où les verres ne sont pas rayés. Il arrive tout en bas, passe devant le box de Sushil Jain, remerciant le ciel que le seth ne soit pas derrière sa caisse, longe en courant le corridor avec ses sacs de cassonade, de simbhauli et d'agota, passe devant des hommes qui éternuent et des charrettes qui crissent, débouche dans Khari Baoli, défait le cadenas de sa bicyclette attachée au poteau du poste de police, tourne dans la ruelle derrière le vieux bureau de poste. Quand Rajiv Gandhi était Premier ministre, il a fait nettoyer les toilettes et remplacer le plâtre par des carreaux de céramique bleus et blancs. Les sacs qu'on y entreposait ont atterri dans le bâtiment depuis longtemps à l'abandon, qui s'est rempli de montagnes de légumes secs et de curcuma. C'est Sulabh Shauchaalay qui a inauguré les toilettes. Le conseiller municipal de Chandni Chowk a coupé un ruban et autorisé un rikshavala à uriner en premier. Pour l'occasion on a recouvert le bâtiment de contreplaqué vert. Pendant quelques mois, Gopal s'est accroupi mal à l'aise sur de la céramique brillante, observant l'image de sa nudité qu'elle lui renvoyait, s'émerveillant du pouvoir de Rajiv Gandhi. Mais, peu à peu, le bureau de poste a débordé dans la ruelle, au fur et à mesure que disparaissaient les planches de contreplaqué. C'est maintenant une décharge pour les sacs hors d'usage, les légumes secs pourris et le curcuma plein d'insectes. Et depuis que Rajiv n'est plus Premier ministre, le plâtre reprend possession de son territoire.

Gopal remplit un bidon à la pompe, remonte son dhoti, gagne prudemment l'arrière du bâtiment, s'accroupit et chie. Puis il refait le tour, repart pour Katra Badami se laver, essayant de ne pas regarder les échoppes au passage. Il n'y aura peut-être jamais de Kanjilal Moolchand. Les prix du terrain ont grimpé depuis six ans. Qui sait ce qu'on peut acheter avec quatre lakhs aujourd'hui ? Il va parler de l'argent à Mukesh la prochaine fois qu'il le verra, s'il le revoit un jour.

Il finit de se laver à la pompe et pédale jusqu'à Dudhiya Gali. Au croisement de Khari Baoli et Chandni Chowk, devant Fatehpuri Masjid, une très grande bannière flotte dangereusement audessus de la rue. Des jeunes gens, massés dessous, tapent sur un tambour et scandent en cadence : « Commission Mandal, *murdabad !* V.P. Singh, *murdabad !* Mort à V.P. ! »

Il emprunte Chandni Chowk puis tourne à gauche dans Dudhia Gali, descend de vélo et navigue entre des cuves de lait caillé et de paneer. Une bonne affaire, pense-t-il envieux, observant les liquides clapoter chaque fois qu'une de ses roues heurte les cuves. Un jour Banwari léguera à son fils une boutique florissante... Au bout de Dudhiya Gali, il pose son vélo contre un fût.

« Vous êtes en retard, dit Banwari Lal.

— C'est un mauvais jour, réplique Gopal mécaniquement.

— Tous les jours sont mauvais... »

Pensant à cette serrure entêtée qui ne veut pas céder, Gopal en convient. Il regarde le commis de Banwari laver de grosses cuves à la pompe, entouré d'un nuage de mouches. Banwari ouvre son réfrigérateur, en sort trois packs de lait en plastique qu'il plaque sur le comptoir, où ils s'immobilisent après force tremblements. Gopal les touche pour s'assurer qu'ils sont froids, puis se penche pour les sentir. « Passés, gronde-t-il. Ça fait combien de jours qu'ils sont là ?

— Vous ne pouvez pas sentir à travers le plastique ! rétorque Banwari. Le lait tiendra toute la journée. »

Gopal fourre les packs dans un panier posé sur la roue arrière de son vélo, puis s'installe dans le fauteuil de Ram Bibek à côté de la pompe. Ram Bibek lui passe une main rugueuse sur son crâne dégarni et lui demande en plaisantant s'il veut une coupe au rasoir.

« Je n'ai que quarante-quatre ans ! », dit Gopal.

Ram Bibek lui redresse le menton et le lui savonne.

« Ce n'est pas l'âge mais la famille qui use un homme. Combien d'enfants avez-vous, Gopal Bhai ?

— Je n'ai pas de boutique à transmettre à mon fils, alors quelle importance ? répond Gopal d'un ton lugubre.

— J'ai douze petits-enfants. Restez tranquille, sinon je vais vous couper.

— Il y a une manifestation dans Khari Baoli. Des garçons hurlent des slogans. C'est quoi la commission Mandal ?

— Vous êtes un brahmane, Gopal Bhai, s'esclaffe Ram Bibek. Pour trois rasages que je vous fais, j'en dois un gratuit à Banwari. Trois castes payantes, une OBC gratuite ! » Dans son excitation, Ram Bibek entaille la peau. Gopal crie. « On dirait un bébé ! le réprimande le barbier. Vous ne pouvez pas rester tranquille. »

Une idée se forme dans la tête de Gopal, dangereusement exposée aux mains de Ram Bibek. « Est-ce que votre rasoir peut couper de l'acier ?

— Il peut couper du diamant ! se vante le barbier.

— Puis-je vous l'emprunter ?

— Qu'est-ce que vous voulez faire ? se moque Ram Bibek. Tuer un seth ?

— J'ai perdu la clef d'un cadenas dans mon stand.

— Il vous faut un marteau, pas un rasoir. »

Va pour un marteau, se dit Gopal. Demain, l'argent sera entre mes mains... Soudain, le cœur lui manque. Il se rappelle que Hameed a entreposé plein de boîtes de conserve ces derniers jours. Comment fera-t-il pour les bouger s'il réussit à briser le cadenas ?

« Vos oreilles sont sales, dit Ram Bibek.

— D'accord, nettoyez-les. »

Ram Bibek commence par amollir la cire de l'oreille gauche à l'aide d'une aiguille. Avant le marteau, réfléchit Gopal, il faut que Hameed emporte des boîtes ou que je m'arrange avec deux hommes, qui réclameront leur part... Bah ! il a attendu six ans, il peut bien attendre quelques jours de plus.

Ram Bibek extrait un bouchon de cire avec une pince. « Maintenant quand le Premier ministre fera une allocution du haut du Fort Rouge, vous n'aurez pas besoin de haut-parleur pour l'entendre. »

Gopal tâte l'estafilade sur sa mâchoire.

« Je n'ai pas de fitkari aujourd'hui, dit Ram Bibek. Banwari vous donnera de la glace. »

Il jette un regard de défi à Banwari qui, de la tête, fait signe qu'il n'a pas l'intention de leur rendre service.

« Et peut-être même une glace à manger ! », s'esclaffe Ram Bibek.

Banwari, l'air renfrogné, se dirige vers le fond de son échoppe. Gopal et Ram Bibek voient son visage resplendir quand il ouvre son réfrigérateur. A la lueur jaune, des vapeurs s'en échappent. *Aaah*, s'exclament en chœur Gopal et Ram Bibek.

3

Des posters de Gandhi, Nehru et Sardar Patel tapissent le mur, ainsi qu'une carte de Mère Inde, brandissant une lampe, lumière de la connaissance sur fond d'obscurité. Une affiche présente en anglais et en hindi la liste des vertus, honnêteté, intégrité, amour du travail et simplicité, sur une autre s'alignent des noms de fruits et de légumes, d'oiseaux et de quadrupèdes, suivis d'une description du fils idéal, qui se réveille tôt, prie, lit, mange bien, travaille dur et obéit à ses parents. « Le dur labeur porte des fruits », dit une plaque en hindi. « L'Union c'est la Force, la Cupidité c'est la Faiblesse. Ne cédez pas à la flatterie. Nous sommes les chefs de demain ! »

En attendant Suleman, Chitra observe les enfants. Cette salle de classe accueille normalement les plus jeunes, âgés de moins de cinq ans, mais elle a demandé à tout le monde de s'y rassembler. Ils sont vingt-six, du plus petit de deux ans qui n'a pas encore de nom à Gauhar, seize ans, l'aîné, maintenant que Mussabir est parti. Il est assis au premier rang, jambes croisées, l'air distant. Ces trois dernières semaines, il a changé. Il évite de regarder Chitra dans les yeux, s'écarte quand elle s'approche, rentre tard le soir, en se glissant furtivement dans le bâtiment. Assises elles aussi au premier rang, Sheila et Jolly, quatorze ans, pouffent de rire. La mauvaise nutrition entraîne un retard de leur puberté – peut-être aussi ne peuvent-elles réclamer leur part de daal et de galettes, face à des garçons plus forts qu'elles. Bientôt, Chitra devra les envoyer à Naari Niketan où, selon la lettre qu'elle a reçue du ministère de l'Assistance sociale, « dans un environnement sûr et amical, les jeunes femmes défavorisées peuvent se préparer à intégrer la société ». Elle les y enverra dès qu'elles seront « devenues femmes », dit la lettre, parce que le gouvernement croit qu'à Naari Niketan leur honneur sera mieux garanti. Chitra sait que c'est faux, mais elle doit obéir.

Derrière Gauhar, en petits groupes constitués selon la hiérarchie en vigueur aux Moineaux, se tiennent Amin, Robert, Babloo, Suraj, Raju, Sonu, Afroz, Salim, Akram, Hafiz, Shaukat et Nadir, chacun étant le noyau autour duquel gravitent les plus jeunes. Au fond de la salle, il y a la petite Népalaise amenée par sa mère la nuit dernière, et, à l'avant, derrière le bureau en bois installé récemment, Shalini, une sorte de maîtresse d'école, en sari impeccablement repassé. Elle est en troisième année d'université. Il y a trois mois, elle a proposé son aide, Chitra l'a acceptée avec reconnaissance.

La salle est la plus grande des trois qu'abrite le bâtiment de brique rouge, près de Jama Masjid. Un immeuble délabré, mais beaucoup plus spacieux que celui d'une pièce où l'établissement Les Moineaux a vu le jour six ans auparavant. Il comprend une cour centrale où les enfants tiennent une réunion hebdomadaire, style Parlement, que Chitra appelle « Baal Sabha », et un vestibule suffisamment grand pour contenir deux almirahs de fer, où l'on range les comptes de la Baal Bank. Chitra, redevable de ce bâtiment, comme du précédent, au caprice intéressé de Suleman Mian, sait qu'il est illégal : il empiète sur un terrain gouvernemental et se prolonge par un amas de constructions bâchées, elles aussi illégales. Les gens qui vivent là bénéficient eux aussi des faveurs de Suleman, accordées avec froideur cependant. Après son engagement initial, il a pris ses distances avec l'institution. Sa dernière visite remonte à plusieurs années, il laisse à ses hommes le soin de traiter avec Chitra.

Annoncée par une sirène de police, l'arrivée de Suleman déclenche un ouragan d'excitation dans le passage. Chitra sort accueillir l'Ambassador qui se gare devant la porte principale. Un gyrophare signale l'importance du personnage, ainsi que les deux hommes qui jaillissent du siège avant pour lui ouvrir la portière. Suleman, cependant, plus rapide qu'eux, s'extraie d'un mouvement souple, s'immobilise devant l'immeuble, qu'il observe de ses yeux opaques. Vingt bonnes secondes s'écoulent avant qu'il ne remarque Chitra, la main tendue vers lui, un sourire plaqué sur le visage.

« *Aadaab !* », dit-il froidement, en se dérobant.

Il se fait un devoir de la saluer à la manière musulmane, pourtant ses mains se joignent pour un namaste hindou.

Trois hommes l'escortent à l'intérieur : deux en kurta-pyjama, et un factotum en lungi sale, qui grimace un sourire en montrant des dents jaunes. A leur entrée dans la salle, le factotum se précipite vers la table de Chitra, en retire la chaise qu'il se met à essuyer frénétiquement. Suleman n'en a cure. Debout, il examine la classe. Les enfants le dévisagent avec curiosité, leurs clameurs font place à une sourde animosité.

« Je les ai répartis en trois groupes, dit Chitra, les plus de dix ans, ceux qui ont entre six et dix, les moins de cinq ans. Bien entendu, ils sont tous là maintenant. »

D'un hochement de tête, Suleman signifie qu'il a entendu.

« Ils dorment également dans cette salle, poursuit Chitra, ils s'arrangent. Quand ils ne sont pas en classe, je les encourage à trouver du travail dans Chandni Chowk – dans des restaurants, des échoppes à thé. Ils peuvent rapporter leurs gains et les déposer dans la Baal Bank, et je leur verse un intérêt. Cela les détourne du vol et encourage un esprit de responsabilité... »

Elle comprend, à l'attitude de Suleman, qu'il n'écoute pas. Elle devrait lui demander de prononcer un discours, mais elle ne sait jamais comment se comporter avec lui. Il n'occupe aucune position à la Municipalité. D'où tire-t-il les moyens d'avoir ce gyrophare, des hommes de main, la voiture elle-même ? De quoi vit-il ? Pour l'instant, il reste là, l'air absent, mâchonnant – elle vient juste de le remarquer – un reste de paan. Elle étudie le profil cireux – celui d'une créature du système qu'elle cherche à démolir, mais indispensable pour fournir local, argent et protection contre la police. Elle se sent coupable, se rappelant une phrase qu'elle a lue quelque part, sur le fait de courir avec le lièvre tout en chassant avec les chiens. Qu'est-ce que ce philistin, grossier démagogue, connaît de la vision grandiose qu'elle s'efforce de transformer en réalité ? De ce rêve d'un monde libéral où chaque enfant aurait sa chance ? En admettant qu'elle réussisse à le lui faire comprendre, cela lui vaudrait-il le respect de cet homme ? Pourquoi Chitra Ghosh, diplômée de la plus prestigieuse université de Delhi, jeune femme intelligente au discours clair et précis, jouissant d'une fortune convenable, lectrice de Shakespeare et de Marlowe, opposée aux concours de beauté, manifestant contre la discrimination sexuelle dans les bus et ailleurs, pourquoi doit-elle flatter un parvenu, escroc et mâcheur de paan ?

Cette réflexion la déprime. Elle cherche frénétiquement une justification. « Pour faire un grand bien, fais un petit mal », dit Bassanio à Portia. Elle tâchera d'invoquer une plus haute autorité morale que Shakespeare après le départ de Suleman, pour le moment il faut qu'elle persévère, sans se soucier de son inattention.

« Les plus grands apprennent l'anglais, les mathématiques, le dessin et l'hygiène de base. J'ai demandé à une jeune fille de mon université de leur enseigner le tricot et la broderie. Et je les convie à regarder travailler la cuisinière, avec l'espoir qu'ils l'aideront. La nourriture est simple – daal, galettes et riz, deux fois par jour, midi et soir. »

Soudain Suleman lui adresse la parole. « Ils ne mangent rien le matin ? »

Cette marque d'intérêt la surprend, mais lui fait plaisir. « Ce n'est pas prévu dans le budget », dit-elle.

Suleman se laisse tomber sur la chaise derrière lui. Passe la langue sur ses dents où restent collés des fragments de noix de bétel. Il sait qu'il doit prononcer un discours. C'est assommant mais nécessaire. Les enfants doivent comprendre qui est leur bienfaiteur. La plupart sont encore trop jeunes pour servir à quelque chose, mais ils grandiront. Certains sont néanmoins capables de coller des affiches et de crier des slogans. Dans deux semaines, il aura besoin de main-d'œuvre pour sa manifestation, les jeunes coûtent moins cher et obéissent mieux que les vieux.

Il se tourne vers Ibrahim, au garde-à-vous derrière sa chaise, tend une main dans laquelle Ibrahim dépose un mouchoir. Il s'essuie le pourtour de la bouche, rend le mouchoir. « Vous leur apprenez l'anglais, dites-vous ? »

Chitra perçoit son animosité, se dépêche de répondre. « Oui, mais je leur apprends aussi notre culture. Les Rajputs, les Marathas et les Moghols.

— Les Moghols, approuve Suleman.

— Ils jouent au cricket et au football. Et ils s'exercent à pratiquer la démocratie parlementaire. »

Suleman lui jette un regard amusé.

Nerveuse, elle continue : « Ils ont constitué un Baal Sabha. Ils élisent leurs représentants et débatent de leurs problèmes comme au Parlement – le président doit leur donner la permission de parler. Cela les forme au commandement. »

Suleman laisse échapper un gloussement, qui s'amplifie en éclat de rire chez Ibrahim. Chitra s'interrompt, offensée. Suleman lève la main, Ibrahim se tait. « Croyez-vous que ces enfants deviendront parlementaires ?

— Ils le pourraient. Ils rédigent leur propre journal. Ils ont leur propre syndicat. »

Suleman se redresse. « Comment peuvent-ils avoir leur syndicat ? Ce sont des enfants.

— Mais ils travaillent !

— Le travail des enfants n'existe pas en Inde », débite mécaniquement Suleman.

Ce jargon officiel exaspère Chitra. Où se croit-il ? Aux Nations Unies ?

Suleman se penche et demande à voix basse : « Y a-t-il beaucoup de garçons du Bangladesh ici ? »

Elle fait signe que oui.

« C'est inutile de leur apprendre à tenir des débats, dit-il. Je ne suis jamais allé à l'école, et je n'en ai pas eu besoin. Vous devez les préparer à la vie.

— Ce n'est pas facile, rétorque Chitra sur le même ton. La police les traite en criminels, les commerçants les grugent. Tout ce que je peux faire c'est essayer de les sauver de la drogue, de l'exploitation sexuelle...

— Ils sont trop jeunes pour tout ça.

— Vous ne les connaissez pas. Ils s'infligent les uns aux autres ce que les adultes leur font subir. Les garçons les plus âgés violentent les filles. »

Suleman la fixe d'un œil froid. « Je ne savais pas que vous acceptiez des criminels dans votre école.

— Ce ne sont pas des criminels. J'essaie de leur donner des cours d'enseignement sexuel.

— Et comment vous y prenez-vous ? » L'air sarcastique de Suleman se propage, amplifié, sur le visage d'Ibrahim.

Chitra hésite. Elle sent le regard des enfants braqué sur elle. « Je demande aux aînés de faire... des démonstrations. »

Suleman, brusquement, se révèle très attentif. Chitra comprend qu'elle doit être plus explicite.

« Je demande aux plus âgés d'apprendre aux jeunes à se masturber », chuchote-t-elle.

Suleman en reste sans voix. Ibrahim s'absorbe dans la contemplation des affiches de fleurs et de fruits. Suleman se lève, observe cette assemblée transformée en un cloaque de débauche. Des enfants innocents, engagés à commettre des actes innommables ! Il se laisse rarement troubler dans ses rapports avec les gens – et il rencontre beaucoup de monde chaque jour – mais, là, il n'est pas sûr de dominer sa réaction. A la fois horrifié et impressionné, il se sent irrésistiblement attiré par ces enfants. Il s'avance au milieu d'eux, qui s'écartent pour le laisser passer. Au fond, le dos au mur, est assise une petite Népalaise, qui ne doit pas avoir plus de cinq ans. Il la soulève dans ses bras. Elle piaille, puis se tait, fascinée par sa moustache en trait de crayon. Il voudrait sourire, mais n'y arrive pas. « Comment s'appelle-t-elle ? demande-t-il à Chitra.

— Kiran », répond la petite fille, qui le fixe d'un air indéchiffrable. Il la serre tout contre lui, caresse les douces épaules brun clair.

« C'est une nouvelle, dit Chitra. Sa mère l'a amenée la nuit dernière, disant qu'elle la mettrait dans un orphelinat si nous ne l'acceptions pas. »

Claquement de langue désapprobateur de Suleman.

« La mère travaille à GB Road, explique Chitra calmement.

— La prostitution est illégale, martèle Suleman. Comment s'appelle la mère ?

— Je n'en sais rien.

— Vous auriez dû le lui demander. »

Kiran se met à pleurer. Quelque chose dans l'attitude de Suleman trouble Chitra. C'est un homme énergique, et la façon dont il tient la petite sur son avant-bras poilu...

Chitra lui prend l'enfant. « Elle est nouvelle, dit-elle. Elle n'a pas l'habitude des étrangers. »

Suleman retraverse la salle, suivi d'Ibrahim.

Chitra continue de parler, espérant voir la réunion se terminer sur une note plus joyeuse. « Nous venons de loin, vous savez. Nous avons commencé avec un garçon et deux filles.

— Où est ce garçon ?

— Mussabir ? Ça fait des semaines que je ne l'ai pas vu.

— Nous aimerions le rencontrer, grimace Ibrahim.

— Je le lui dirai, s'il revient. »

Suleman se prépare à partir. « Ne leur ferez-vous pas un discours ? demande-t-elle.

— Ils sont trop jeunes. Une autre fois peut-être.

— Naresh Agrawalji, lui, a parlé aux enfants. »

Ibrahim affiche un air outragé.

« Qui l'a invité ? questionne Suleman.

— Il s'est invité tout seul. Je ne pouvais pas le renvoyer.

— Ouais ! crache Suleman. C'est le député de Chandni Chowk, mais qu'est-ce qu'il a fait pour Chandni Chowk en dix ans ? »

Chitra hausse les épaules. Ce sujet ne l'intéresse pas. Suleman se rassoit, abattu. C'est un faible, remarque Chitra, facilement terrassé par sa propre vanité. Comme un ballon, qui gonfle jusqu'à ce qu'on le perce.

« Du moins, nous avons le gouvernement de P.V. Singh, dit-elle pour l'apaiser. Qui d'autre oserait appliquer les directives de la commission Mandal? »

Pour toute réponse, Suleman hausse les sourcils.

« Mais oui, regardez ces enfants. Ça va leur ouvrir des portes.

— Ces enfants ne sont pas OBC, dit-il sèchement. La plupart sont des musulmans bangladeshis. »

Elle hésite. Elle n'a jamais bien assimilé la complexité incroyable des politiques de « justice sociale ». Bon, il y a les castes répertoriées et les tribus répertoriées, auxquelles le gouvernement réserve des boulots et des places d'université, afin de compenser, a-t-elle appris, trois millénaires d'oppression. Elle avait vaguement conscience que certaines filles, à la fac, qui semblaient différentes des autres, devaient leur présence en ce lieu au « contingent CR, TR ». Maintenant, il apparaît qu'une autre couche d'êtres humains – cinquante-deux pour cent de la population au moins – se situe légèrement au-dessus des CR et TR dans la chaîne de l'oppression, mais très en dessous des « castes avancées ». Ces OBC, dit la commission Mandal, doivent aussi recevoir des compensations. Personne n'a prêté beaucoup d'attention à ce rapport, publié en 1980, jusqu'à ce que le gouvernement actuel, gauchistes, communistes et « partis laïques », ait décidé de dépoussiérer ses pages. Soudain les OBC ont obtenu leur propre « contingent », et des millions de jeunes gens, garçons et filles, condamnés par leur statut de « caste avancée », se retrouvent sans perspective d'emploi. Chitra n'a pas d'opinion arrêtée en la matière, mais elle veut faire oublier à Suleman sa méchante humeur. « Un jour le gouvernement appliquera le système des contingents et des quotas aux musulmans, dit-elle.

— Qu'est-ce qui vous le fait croire? jappe-t-il.

— Mais... Je pensais que vous souteniez cette politique. N'avez-vous pas appelé à une manifestation pro-Mandal dans deux semaines? »

Il la regarde d'un air dédaigneux, et lui répond d'une voix étonnamment calme. « Vous imaginez-vous que la commission Mandal va procurer du boulot à ces enfants, même s'il y a quelques OBC parmi eux? Où croyez-vous qu'ils iront en partant d'ici?

— Travailler dans des restaurants et des commerces, dit-elle.

— Ce garçon, Mussabir. Savez-vous où il est? »

Chitra ne sait quoi dire.

« Croyez-vous qu'il travaille dans un restaurant? »

Elle s'adresse aux enfants, qui observent un silence tendu depuis une vingtaine de minutes. « Savez-vous où se trouve Mussabir? »

Un ricanement parcourt les rangs. Tout le monde a quelque chose à dire à propos de Mussabir. On l'a vu à Ballimaran, à Chawri Bazar, on l'a vu voler à un étal de sucre de canne.

« Je l'ai vu ce matin », dit Gauhar.

Il parle plus fort que les autres, aussi Chitra l'entend-elle.

« Sur les marches de Jama Masjid, assure Gauhar, mentant avec aplomb. Il attend les femmes blanches en short qui essaient d'entrer dans la mosquée, et il leur loue des lungis pour couvrir leurs jambes. Vingt roupies par lungi. »

Les enfants croulent de rire. Gauhar savoure son triomphe, imaginant l'air furieux de Mussabir quand cette histoire lui reviendra aux oreilles. Louer des lungis à des femmes étrangères!

« Qui est ce garçon? demande Suleman intrigué.

— Gauhar Muhammad, dit Chitra. C'est lui l'aîné, maintenant. Depuis le départ de Mussabir, je l'ai nommé secrétaire de la Baal Bank. Vous avez déjà dû le voir, il est arrivé ici presque en même temps que Mussabir.

— Approche », dit Suleman.

Gauhar obtempère, méfiant.

« Quel âge as-tu?

— Seize ans. »

Suleman l'examine. Le garçon est petit et maigrichon pour son âge.

« Il gagne cinq roupies par jour dans une échoppe à thé, ajoute Chitra. Et il les dépose à la Baal Bank, ce qui lui fait des intérêts. »

Gauhar regarde ses pieds. Il a inventé l'échoppe à thé. Sinon, comment expliquer à Chitra d'où provient l'argent?

« Gauhar pourrait peut-être me conduire à Mussabir, dit Suleman.

— Pourquoi voulez-vous le voir?

— Pour lui donner du boulot. » Suleman remarque le moignon de Gauhar, caresse la tignasse brune. « Et à toi aussi. Un bon boulot. »

Il se lève, prêt à partir.

« Merci d'être venu, dit Chitra. Je sais qu'il y a de la tension en ville avec les manifestations étudiantes contre le rapport Mandal.

— Ces garçons riches, de hautes castes ! ricane Suleman. Qui démolissent les bâtiments gouvernementaux. »

Chitra regrette d'avoir encore évoqué cette histoire. « C'est un mouvement sans ampleur, dit-elle.

— Un mouvement de riches contre les pauvres », assène Suleman.

L'Ambassador rugit, le gyrophare tourne, les portes claquent, il est parti.

Les enfants se débandent. Après une heure de quasi-immobilité, ils s'échappent en braillant. « N'oubliez pas de rapporter l'argent ! », leur crie Chitra. Ils vont aller ramasser des chiffons et des bouteilles, faire des courses pour des gens, servir de guides au Fort Rouge. Certains mendieront, d'autres voleront, malgré ses avertissements et ses interdictions. Ils reviendront le soir, attirés par le daal, les galettes et le riz, et elle les persuadera de déposer leurs gains à la banque. Elle refuse fermement de distribuer des repas gratuits, espérant ainsi leur inculquer le sens de la responsabilité. Elle n'a pas fondé un asile, se répète-t-elle sans cesse, car ces asiles ne sont qu'une autre forme d'emprisonnement. Elle a fondé un nid qui les abrite jusqu'à ce qu'ils puissent voler de leurs propres ailes, d'où le nom de Moineaux qu'elle lui a attribué... Mais à quoi bon cet idéalisme – si on peut l'appeler ainsi – s'il sert de béquille à l'ambition d'un homme comme Suleman ? Elle a trente-trois ans. L'âge où, selon les lois de son monde, une femme doit se ranger ou laisser tomber. Prise par ce qu'elle nomme son travail, elle n'a pas le temps de cultiver l'amitié.

Gauhar observe Didi, plongée dans ses pensées. Il sait que Suleman Mian lui fait cet effet. Mais lui il s'en fiche. Il faut qu'il aille trouver Mussabir et lui dire que des gens le cherchent. Mais il faut d'abord qu'il se débarrasse de l'homme aux dents jaunes, qui s'approche de lui. Il connaît le genre – grands yeux décolorés, manières mielleuses, toucher léger, dans l'espoir d'obtenir un rabais. L'homme le regarde de haut en bas. « Quel âge as-tu, fils ? »

Je suis toujours un fils avant d'être un trou du cul, se dit Gauhar.

« Quatorze ans.

— Mais tu viens de dire que tu en avais seize.

— Pourquoi demandez-vous, alors? »

Gauhar présente son profil. Il y a deux jours, un client s'en est entiché. Il avait prétendu avoir quatorze ans.

« Veux-tu manger quelque chose? »

Gauhar hoche vigoureusement la tête. Aucun de ses clients ne s'est montré si généreux. Il autorise Dents Jaunes à le conduire par la main – il a enfoncé son moignon dans sa poche – jusqu'à un stand derrière Jama Masjid, où il lui achète un bol de nahari. Gauhar n'a jamais goûté quelque chose de si bon.

« Il y a trente-six épices là-dedans, dit Dents Jaunes. Ça met quinze heures à cuire. »

Gauhar dévore le mouton savoureux, désossé, sauce les résidus de moelle dorée. Le bouillon dessine un cercle autour de sa bouche. Trois roupies, se dit-il. Il fera trois roupies de rabais à Dents Jaunes.

« Conduis-moi à Mussabir », dit l'homme.

Pourquoi Mussabir Ustad devrait-il toucher une commission sur ce client?

Gauhar emmène Dents Jaunes à côté, chez le paanvala, qui lui refile la clef. Il pénètre dans le haveli, ouvre la porte du cagibi vert sous l'escalier, pousse l'homme dedans. Il tire sur son kurta, abaisse son pantalon et affiche un sourire professionnel.

« Soixante-dix. »

Bouche bée, l'homme contemple le pénis de Gauhar.

« Soixante-sept! s'écrie Gauhar. Trois de moins pour ton mouton de merde! »

Dents Jaunes semble toujours figé sous le choc. Gauhar pousse un soupir d'impatience. Il faut encore payer deux roupies à ce connard de paanvala.

« Soixante! » s'exclame-t-il, en homme raisonnable qui ne demande qu'à s'entendre.

Dents Jaunes recule. Gauhar se demande s'il devrait attaquer.

La fenêtre à gauche éclaire un peu le visage stupéfait. L'homme paraît maigre, sale, inoffensif. Certainement plus petit que Mussabir Ustad. Il n'y a certainement pas plus de cent roupies dans la bourse qu'il a sortie pour payer le nahari. D'un mouvement rapide, Gauhar saisit l'homme par l'entrejambe et l'attire vers lui. « Ça te plaît ? Cinquante-cinq ! »

Dents Jaunes piaille de douleur et se précipite dehors, heurtant la porte verte, trébuchant sur les marches qui mènent à l'extérieur du haveli. Il tombe à plat ventre dans la rue, trop assommé pour se relever. Gauhar jure, remonte son pantalon et ferme la cahute. En sortant, il jette la clef au paanvala en promettant de le payer plus tard.

« Qu'est-ce que tu veux ? demande-t-il à l'homme étalé par terre.

— Conduis-moi à Mussabir.

— Je ne sais pas où il est.

— Suleman Mian m'a dit de te donner du boulot.

— J'emmerde Suleman Mian !

— Ne parle pas comme ça ! Il sera bientôt le député de Chandni Chowk.

— Est-ce qu'il paiera soixante-dix roupies ? »

Dents Jaunes se remet sur ses pieds, époussette son kurta. « Pas pour ce genre de boulot ! Qui t'a appris ça ?

— Suleman Mian ! s'esclaffe Gauhar. Qui d'autre a les moyens de me payer soixante-dix roupies ?

— Viens avec moi. »

Gauhar réfléchit. Il a essayé beaucoup de boulots : cirer des chaussures, crocheter des chiffons et des poches, tirer des charrettes à bras. Aucun n'a payé aussi bien que celui-ci. Et Mussabir Ustad lui a affirmé que, au-dessus, il n'y a que collecteur de paris aux combats de pigeons. Dents Jaunes ne peut rien lui offrir de plus rémunérateur que ce qu'il a déjà. Il affiche donc l'air nonchalant que Mussabir lui a dit de prendre quand il veut faire monter son tarif.

« Où tu m'emmènes ? demande-t-il.

— A Kusha Bansilal. »

Gauhar le regarde. L'homme semble inoffensif. Une bonne poussée, et il est hors de combat. Il fait peut-être le maquereau pour quelqu'un d'autre. « D'accord. Mais il ne se passera rien tant qu'on aura pas fixé le prix. »

4

Sachin Tendulkar frappe un coup droit. Quatre guichets annonce l'arbitre, et la foule applaudit. Planté devant son téléviseur, Kartar Singh hoche la tête. L'Inde ne devrait jamais jouer en Angleterre, se dit-il. Les Anglais ne comprennent plus le cricket – qu'ils soient joueurs ou spectateurs. On leur offre un beau coup droit, et ils applaudissent poliment, toujours aussi bien élevés, comme s'ils assistaient à une conférence sur les tribus de l'Orissa donnée par l'une de ces grandes femmes célibataires qui travaillent avec les ONG. Un coup droit, un garçon plein de talent, et ils ne crient pas, ils ne hurlent pas ! Une race édentée ! Mais peut-être sentent-ils la défaite imminente. Allons-nous vers une victoire indienne qui rétablirait l'équilibre ? Ah, le cricket n'est plus ce qu'il était. C'est devenu un jeu domestiqué, une attraction sans surprise.

Une voiturette pénètre sur le terrain pour la pause boissons, à l'écran apparaît une publicité pour Godrej. Kartar Singh grogne, baisse le volume du son, pose sur sa tête le casque avec microphone qui se balance devant lui. La pièce est sombre, éclairée seulement par le scintillement de l'écran. Le téléphone sonne.

« Cinq trois, dit le combiné.

— Cinq trois, cinq trois... », psalmodie Kartar Singh dans son microphone. Il est connecté à vingt-six lignes téléphoniques qui transmettent le message à vingt-six personnes, qui le transmettent à d'autres dibbas et bookmakers. En quelques secondes, les dernières cotes du match de cricket Inde-Angleterre sont connues de trois cents books dans tout le nord de l'Inde. Kartar Singh repose soigneusement le combiné sur son support – après avoir entendu le déclic de déconnection – et enlève son casque. Il se tourne vers sa gauche et étudie un tableau sur un écran d'ordinateur. En lettres vertes s'aligne la totalité des cotes qu'il a transmises, l'heure de transmission et le volume probable des paris. Il ajoute les derniers renseignements obtenus, tapant lentement, une touche à la fois. Le clavier est trop petit pour ses doigts. Cette machine est une merveille. Elle additionne toutes les informations transmises, si bien qu'il sait à la roupie près le montant de la commission qu'il devrait toucher à la fin du match. Le garçon qui a installé l'appareil lui a montré une combinaison de touches qui fera disparaître le tableau instantanément, si quelqu'un entre dans la pièce. Bien sûr, il n'y a pas grand-chose à dissimuler, parce qu'il n'est qu'un dibba, pas un book. Il transmet simplement les cotes, ne prend pas les paris, et il touche une commission sur chaque transmission, calculée sur le volume des paris – 0,10 pour cent, c'est très peu, mais multiplié par le montant des paris et le nombre des estimations... Il doit être le dibba qui réussit le mieux de tout Delhi.

Il fait chaud. La pièce, dans les tréfonds de l'immeuble, n'a pas de fenêtre. Sa main qui tenait le combiné est moite de transpiration. Il déboutonne le haut de sa chemise, ouvre une bouteille de Thums Up, la presse contre sa joue, goûte la fraîcheur apaisante du verre contre la peau. En Angleterre, la pause boissons est terminée. Il augmente le son. Le téléphone sonne à nouveau, cette fois c'est Ramvilas.

« J'ai parlé au garçon, dit Ramvilas. Voulez-vous le rencontrer ?

— Où en est le score ? »

Kartar Singh est fâché. Ramvilas sait, ou devrait savoir, qu'il ne faut pas déranger un dibba qui travaille, parce que les cotes changent toutes les dix minutes et que sa commission dépend de la rapidité de la transmission.

« Vous pouvez obtenir la cote sur le marché, dit-il sans autre précision.

— Les books ne donnent pas les cotes exactes.

— Je peux vous en indiquer un bon. J'ai un ordinateur qui classe tous les books en fonction de leur fiabilité.

— Ah ! ricane Ramvilas. Le legs de Rajiv Gandhi au cricket. Un ordinateur !

— Vous devriez demander à Lala Surajmal de s'en procurer un. (Kartar Singh saute sur l'occasion de changer de sujet.)

— Ouais. Faire passer l'Inde au XXIe siècle et tout le reste...

— Je verrai le garçon pendant l'interruption du déjeuner.

— Je le conduis à la boutique ?

— Non, pas ici. Amenez-le à Gurudwara Sisganj dans une heure. »

Kartar Singh raccroche et reporte son attention sur le jeu, sa bonne humeur gâchée par Ramvilas. Un petit bonhomme, qui parie petit sans comprendre vraiment le jeu. Il ne risque jamais de grosses sommes, même avec l'argent qu'il vole à Lala Surajmal – un homme mesquin, sur tous les plans, attitudes, opinions, ambitions. On ne devrait pas accepter des gens comme lui au comité. Certes il est utile – pour ameuter des foules, réunir un public, organiser des manifestations, rédiger des affiches et des slogans – mais c'est lui qui lui avait présenté Bishan. « Prenez-le, avait dit Ramvilas. Il n'a que dix ans, mais il a perdu ses parents. » Et voilà, il a gardé le garçon, l'a nourri, élevé, lui a appris le travail – et maintenant où se trouve-t-il ? Sûrement avec ses amis, à se vanter des ceintures de cuir, sacs et mixers qu'il a volés à son maître. Le salopard !

Kartar Singh a pris bien soin de ne pas répéter la même erreur avec Salim. Le garçon venait d'une école dirigée par une ONG près de Jama Masjid. « Ça s'appelle Les Moineaux », a dit Salim. Les choses étant ce qu'elles sont, Kartar Singh n'a pris aucun risque. Il a demandé des renseignements à la femme qui dirige l'école, un jour il a suivi le garçon pour vérifier son histoire, et il a installé une caméra au-dessus du comptoir – à l'insu de Salim – qui lui montre tout ce qui se passe dans la boutique, même quand il se tient dans son antre. Il a mis Salim au courant de l'existence de cette pièce, bien sûr, et de la porte blanche. Mais Salim ne sait rien de plus. Acheter et vendre des sacs, des ceintures, des ventilateurs électriques, des batteries de casseroles, des tasses et des assiettes, des mixers, des boissons non alcoolisées – voilà ce qu'il sait. Et il croit que c'est la boutique qui a permis à Kartar Singh de s'acheter une voiture, une Maruti, et le mobilier neuf de son appartement de Trilokpuri.

Kartar Singh met en marche la caméra en circuit fermé : Salim est assis sagement derrière le comptoir. Il appuie sur le bouton de l'interphone : « Apporte-moi un autre Thums Up. Et une montre Rolex. »

Il voit Salim bondir et ouvrir le réfrigérateur, arrête la caméra et reporte son attention sur le match. Tendulkar est *out*, on s'achemine vers un match nul. Le téléphone sonne. « La cote est cinq quatre », dit la voix.

« Cinq quatre, cinq quatre », répète Kartar Singh dans son microphone. Il n'aime pas cette équipe – Azharuddin, Shastri, Tendulkar et Kapil. Ils sont incapables de gagner des test matchs. A la rigueur, ils gagnent un jour, mais ils ne tiennent pas sur cinq jours. Tous les paris se portent sur une victoire ou une perte, un match nul ne fait plaisir à personne. Avec cinq quatre, on est à un point de la cote prédisant le match nul. Une semaine avant le début du test match, on lui a communiqué une cote de quatre contre un en faveur de l'Inde, parce que personne ne voulait parier sur Graham Gooch. Une équipe anglaise avec un capitaine dont le nom commence par un G ne peut jamais gagner au mois d'août. Mais une équipe avec un capitaine dont le nom commence par un A – ce qui est le cas de l'équipe indienne – ne peut gagner que des matchs pairs, et celui-ci est le troisième. Tout ceci a beaucoup perturbé les cotations. Pendant une semaine, elles n'ont cessé de varier, maintenant avec cinq contre quatre on atteint le stade final d'incertitude.

Il suit la partie avec attention. La chute d'un guichet supplémentaire portera presque certainement la cote à cinq cinq. Il se demande s'il ne devrait pas miser une petite somme sur cette hypothèse. Il connaît la plupart des books de Chandni Chowk, ils ne refuseront pas son pari, même modeste. Il saisit le combiné et commence à faire un numéro, mais une prudence naturelle l'arrête. Et si l'on se retrouvait à cinq trois? Dibba il est, dibba il restera. C'est un bon boulot tant qu'on ne succombe pas à la tentation de devenir un parieur. Un parieur, outre qu'il mise son propre capital, doit révéler son identité au book. Pour sa part, Kartar Singh ne connaît aucune des vingt-six personnes avec lesquelles il est connecté. Personne ne remontera jamais jusqu'à lui. Que la police harcèle les parieurs et les books, et laisse les dibbas tranquilles!

Salim entre par la porte blanche, portant le Thums Up.

« Et la Rolex? »

Le garçon sort un morceau de carton de sa poche, sur lequel

est collé un étui en plastique transparent, qui contient une montre. Kartar Singh l'examine – imitation or dont le brillant s'effacera très vite, aiguilles se mouvant sur un cadran blanchâtre portant l'inscription « Rolex ». Le marché des montres de marques est lucratif. Dans de nombreuses boutiques de Lajpatrai Market, la pièce arrière sert d'atelier, où l'on fabrique en série des montres de label étranger, Kartar Singh en a plein ses étagères.

Après le départ de Salim, il déchire l'étui de plastique et met la montre à son poignet gauche. Il regarde le match encore pendant une heure, jusqu'à la pause-déjeuner des joueurs, éteint le téléviseur, vérifie la charge de la batterie de l'ordinateur – pour être sûr qu'il n'arrivera rien en cas de coupure de courant – et quitte la pièce. Il fait le tour de l'immeuble, entre dans le magasin, dit à Salim qu'il s'absente une heure, et s'éloigne dans Lajpatrai Market.

Il boitille, une façon de marcher qu'il a mise au point pour diminuer la douleur dans le genou gauche. Rappel permanent de l'hôpital de Faridabad et du chirurgien orthopédiste inexpérimenté qui l'a opéré il y a six ans. Du coup, il marche moins qu'il ne le devrait, avec pour conséquence un ajout supplémentaire de graisse autour du torse.

On le salue quand il passe. Sa qualité de conseiller municipal de Chandni Chowk ne lui confère que des pouvoir exécutifs limités, mais il maintient de bonnes relations avec les commerçants de Lajpatrai Market. Il les a aidés à agrandir leurs échoppes, à installer des urinoirs et à reconstruire les boutiques ravagées il y a six ans. La sienne en conserve encore des citratrices. L'enseigne a brûlé en partie – une couche de suie recouvre « Grand magasin Jasjit, Meraa Bharat Mahaan » –, mais il a décidé de laisser les choses en l'état : il tient à ce que le nom demeure dissimulé. Il a découvert aussi que cela lui permet d'exercer une sorte d'ascendant sur tous les visiteurs – clients, membres du comité du parti et conseillers municipaux, tous adoptent une attitude humble en entrant chez lui.

Il a laissé son scooter garé dans un petit parking à voitures, au-delà du marché, pour l'aménagement duquel il a dû obtenir le soutien de Naresh Agrawal, membre du Parlement. Un député est tout-puissant, surtout celui qui représente Chandni Chowk depuis dix ans. Les gens ont trouvé cette alliance bizarre – un conseiller PPI s'associant à un député du Congrès – mais il n'est pas homme à mépriser les compromis. Parce que ses jambes ne peuvent le porter loin, il a réussi, malgré toutes les protestations, à faire implanter le parking au beau milieu des boutiques et des étals. « Où voulez-vous qu'un homme comme moi gare son scooter ? a-t-il demandé. Faudrait-il que je fasse tout le trajet à pied depuis le Fort Rouge, au risque de perdre complètement ma jambe ? » Unis pour défendre leur droit d'empiéter sur le domaine public, les boutiquiers ont cédé. Certes le patronage d'un conseiller municipal ne vaut pas celui de Naresh Agrawal, mais Kartar Singh est affligé d'une claudication et d'une enseigne carbonisée – des blessures que même un membre du Parlement convoiterait.

La douleur, quand il marche, ne le quitte jamais. S'il n'était pas tombé du train, il s'en serait peut-être sorti avec des égratignures – à moins qu'ils ne l'aient empalé comme le capitaine. Il se rappelle son réveil dans le noir, au milieu d'un monceau de cadavres. Rien ne bougeait, rien ne respirait. Il s'était d'abord cru mort, tout juste arrivé dans un paradis curieusement plein de sardars. Il n'avait pas mal. Ses membres étalés sur le sol, immobilisés, semblaient appartenir à un autre corps que le sien. Peu à peu il s'était rendu compte qu'il était entouré de macchabées nageant dans une horrible substance chimique, dégageant une odeur fétide, dans une pièce sans fenêtre. Se trouvait-il dans ce qu'on appelle une morgue ? Puis il avait entendu une porte s'ouvrir. Un rai de lumière avait pénétré, une ombre tombait sur le tas. Il savait qu'il devait faire quelque chose. Ses membres ne répondaient pas. Rassemblant toutes ses forces, il avait réussi à se mettre en position assise, déclenchant une avalanche de cadavres et le hurlement d'une infirmière, qui s'était enfuie de la pièce.

« Bougez le moins possible », lui dit le chirurgien de Faridabad qui plâtrait sa jambe. L'infirmière avait refusé de s'approcher, à demi folle de terreur d'avoir vu un sardar inondé de formol se dresser au milieu des morts. Le chirurgien était moins impressionnable, mais il avait mal réduit la fracture, le laissant avec une claudication et cette douleur au genou qui ne disparaîtrait jamais.

Il était retourné à Delhi deux jours plus tard, pour trouver Sukhbir plongée dans ses gutkas. A l'hôpital il avait supplié le personnel de lui indiquer un téléphone en état de marche, et quand il avait finalement pu joindre Sukhbir, elle lui avait dit que tout allait bien.

Effectivement, à première vue, tout semblait normal dans l'appartement. Assise sur une natte de coco, elle lisait ses prières. « Tu as l'air déjà mort », s'était-elle exclamée, moitié horrifiée, moitié plaisantant. Il s'était regardé pour la première fois dans un miroir – vêtements en lambeaux, mèches de cheveux imprégnées de sang coagulé, zébrures sombres sur la poitrine à l'endroit où les barres de fer avaient déchiré la peau. « Je renais à une deuxième vie, dit-il.

— Le guru t'a sauvé, murmura-t-elle.

— Ils ont pillé la boutique, lui apprit-il.

— Ça n'a pas d'importance. Nous en construirons une nouvelle. » C'est alors, alors seulement, qu'elle lui avait parlé de Jasjit.

« Pourquoi ne me l'as-tu pas dit au téléphone ? demanda-t-il en pleurant.

— Je voulais d'abord que tu reviennes. » Il l'avait écoutée lui raconter l'histoire, à la fin, il n'avait plus de larmes, l'immensité de son chagrin les avait taries.

Il avait alors été en proie à une sorte de folie. A voir Sukhbir, si propre et calme, assise à dire ses gutkas comme si rien ne s'était passé. Lui reprochait-elle de s'être enfui à Faridabad ? Devait-il la prendre dans ses bras et la supplier de lui pardonner ? Se marteler la poitrine, déchirer ses vêtements, laisser ses cheveux dénoués l'étrangler ? En finir avec tout ?

« Je vais à Chandni Chowk, déclara-t-il.

— Tu as la jambe plâtrée !

— Je pencherai le scooter vers la droite.

— Comment peux-tu sortir en ce moment ?

— Comment puis-je rester ?

— Tu n'es pas en état d'aller où que ce soit ! protesta-t-elle. C'est dangereux.

— Que peut-on me faire de plus, maintenant ?

— Il est minuit !

— Ainsi je serai invisible. »

Il traversa des rues désertes, laissant l'air frais s'engouffrer dans ses cheveux. Il était plus décidé que jamais à téléphoner à sa famille au Canada. Ravalant son orgueil, il leur demanderait de répondre de lui, cela coûterait ce que cela coûterait. Rien ne le retenait dans ce pays inhumain. Tout ce dont il avait besoin, c'était d'argent disponible, et il savait où le trouver.

Chandni Chowk était paisible et silencieux, à l'exception des ronflements des mendiants. Le bruit de son scooter déchira la nuit. Il conduisait assis de guingois, la jambe plâtrée étendue, la pédale de frein étant heureusement à droite. Il fila ainsi jusqu'à Kucha Bansilal, s'arrêta net devant le stand du chaivala. Installé sur le coffre de bois, les mains tremblantes, il ouvrit la boîte de dérivation – et sut, avant même que ses yeux ne s'accoutument à l'obscurité, que l'argent avait disparu.

Tard dans la matinée du lendemain, il se rendit à sa boutique. De la façade et du comptoir, il ne restait que des débris calcinés. Un mur s'était effondré, entraînant dans sa chute celle de la boutique adjacente. Les assaillants avaient tout pillé, sauf les boîtes de Bournvita et de Horlicks, qui roulèrent sur le sol quand il les poussa du pied. La porte rouge, déchiquetée, ne tenait plus que par un gond. Dans la pièce arrière, le linoléum était propre, mais le matelas sentait l'urine et les draps gisaient en tas dans un coin. On avait arraché toutes les lignes téléphoniques, des graffitis à la craie barbouillaient les murs. Khalistan *murdabad !* Indira Gandhi *zindabad !*

Le tube fluorescent avait explosé, mais une ampoule pendait toujours du plafond, projetant une lueur ocre. Au milieu de la pièce, assis en équilibre sur un tabouret, la main posée sur sa canne, un pied fermement planté dans le matelas souillé, se tenait Sohan Lal.

« Dieu vous a sauvé, Kartar Singh. J'ai su il y a deux jours que vous étiez sain et sauf. »

Il est assis là depuis deux jours ! pensa Kartar Singh terrifié. Comment avait-il pu traverser en pensée les murs de la morgue de l'hôpital de Faridabad et vérifier le pouls d'un sardar agonisant ?

« Je dois me faire vieux, dit Sohan Lal. J'ai donné le mauvais code à Ranjan à New York. N'était-ce pas "opération Etoile bleue" ? »

Kartar Singh s'appuya lourdement sur sa jambe, plâtrée du pied à la cuisse, et soupira, indiquant d'un signe de tête qu'il n'avait pas effectué la transaction. Il vit le visage de Sohal Lal s'effondrer, puis reprendre des couleurs cependant que ses yeux se fixaient sur le coffre d'acier, martelé, cabossé mais intact. Le seth souleva sa masse du tabouret, foula le matelas sans enlever ses chaussures, donna deux coups de canne affectueux au coffre. Le son se répercuta dans le cœur brisé de Kartar Singh.

« Godrej ! sourit Sohan Lal. On peut toujours leur faire confiance. Même le jour où on assassine Indira. »

Kartar Singh tomba à ses pieds et se mit à pleurer. Il ne savait pas très bien ce qui lui faisait le plus de peine en cet instant – l'image de Sukhbir Kaur coincée dans la fenêtre de sa salle de bains, celle de Jasjit, le corps transpercé par une hache, la trahison de Bishan, le pillage de sa boutique, le plâtre de sa jambe, les cabossages de son coffre, le capitaine empalé au-dessus d'un trou à merde, ou la perte de l'argent de Sohan Lal. Il pleurait pour Sukhbir, Jasjit, Sohan Lal, Indira, les gardes qui l'avaient tuée, les sikhs tués à leur tour... Il pleurait comme un enfant.

Sohan Lal recula, horrifié. « Levez-vous, Kartar Singhji ! Vous n'êtes plus vous-même ! Vous avez vécu une abominable expérience. Je reviendrai plus tard. »

Kartar Singh ne bougeait pas, il restait accroupi sur sa jambe droite, la gauche, dans son carcan de plâtre, allongée sur le côté. Un instant, il se demanda s'il devait parler à Sohan Lal de la boîte de dérivation et accuser le chaivala. Il y renonça. Il devait d'abord mener son enquête. L'argent était peut-être en sécurité quelque part.

« Comment s'appelle le chaivala qui a son stand devant votre boutique ? sanglota-t-il.

— Gopal Pandey. Pourquoi ?

— C'est un brave homme. »

Sohan Lal avait l'air fâché. « Vous perdez la tête, Kartar Singh. Rentrez chez vous et reposez-vous. Vous me donnerez l'argent demain. »

Sur un dernier regard possessif au coffre, le seth sortit par la porte blanche, comme il le faisait toujours, feignant de ne pas remarquer le trou béant qui remplaçait la porte rouge, et qui le mènerait directement dans la rue, à travers la boutique. La solidité d'un coffre Godrej m'a ruiné, se dit Kartar Singh. Si les assaillants avaient réussi à casser le coffre – il ne contenait guère plus de cinq mille roupies – il aurait pu prétendre qu'ils avaient volé l'argent.

Deux jours plus tard, il trouva la force de se rendre à Kucha Bansilal. Il y alla tard dans la matinée, espérant que Sohan Lal serait occupé à accomplir sa puja. Le chaivala sembla troublé de le voir, lui permettant d'espérer qu'il détenait l'argent. Il lui offrit du thé, parut suffoqué par le récit de la mort de Jasjit – un brave homme après tout. Il jura qu'il avait porté le message à Sukhbir. Ce qui émut aux larmes Kartar Singh – à quoi cela avait-il servi au pauvre Jasjit ? Kartar Singh se demanda comment aborder le sujet de l'argent, et posa des questions sur la boîte de dérivation. Le chaivala mentionna la Municipalité, là-dessus Kartar Singh le quitta : l'homme lui cachait quelque chose, il en était certain. Salopard sans vergogne ! Rabâcher son histoire de ticket de bus alors qu'une vie était en jeu ! Espérons qu'avec les vingt roupies qu'il lui donnait, l'imbécile n'irait pas parler de cette soirée à Sohan Lal.

Pendant des mois, Kartar Singh observa le chaivala, guettant des signes de dépenses excessives, mais non, il ne vit ni habits neufs, ni scooter rutilant, ni aménagements du stand. Il passa des heures à essayer de faire entendre raison à Sohan Lal – que la colère de Lakshmi et de Vishnu s'abatte sur sa tête s'il ne disait pas la vérité. Mais le seth, qui continuait d'astiquer et d'habiller ses figurines, n'accordait aucun crédit à un serment fait sur leur tête. Il entrouvrait la porte et criait : « Nanak Chand ! Chai ! », puis retombait dans son silence morose, attendant un thé qui semblait ne jamais arriver. Finalement, afin de rétablir leurs relations et de sauver son affaire, Kartar Singh offrit cinquante mille roupies à titre de compensation. « De ma poche, sethji ! C'est une petite somme, insuffisante pour vous faire oublier votre perte, mais c'est mon cadeau.

— Je ne veux pas de vos cadeaux, répliqua froidement Sohan Lal, et votre bonne volonté ne m'intéresse pas. Je veux mon argent, autant que vous désirez ma confiance. »

Cette confiance avait disparu comme l'argent. Sohan Lal ne lui pardonna jamais, et n'accepta jamais sa version : il s'agissait d'un vol commis par Bishan et ses complices. Et comme Sohan Lal ne pratiqua pas la discrétion, tous les seths de Chandni Chowk connurent bientôt l'histoire de ses cinq lakhs. Le récit à vous fendre le cœur de Sohan Lal téléphonant à son neveu à New York, du neveu allant dans une épicerie et chuchotant « opération Etoile bleue », pour se voir refuser l'argent et jeter dehors parce qu'il affirmait posséder le bon code. L'autre moitié de l'histoire – la mise à sac du magasin du sardar –, était passée sous silence. Il ne s'agissait pour eux que d'une simple anicroche, enrageait Kartar Singh, qu'on ne pouvait mesurer à l'aune de sa propre perfidie. Le principal atout d'un intermédiaire du havala, son capital, c'est la confiance, le trafic cessa donc dès que les calomnies de Sohan Lal eurent fait le tour de Chandni Chowk. Néanmoins quelques commerçants d'autres marchés, Naya Bazar et Paharganj par exemple, s'adressent encore à Kartar Singh pour faire parvenir de petites sommes dans les pays du Golfe. De l'un de ces pays, un jour, un fils a envoyé de l'argent pour que son père puisse se faire opérer du cœur à Bombay, et Kartar Singh s'est occupé du transfert. Ou bien, quelqu'un envoie de l'argent de poche à son fils qui étudie à Londres. Ou encore, de l'argent durement gagné à Dubaï parvient en Inde au taux de change réel, soit une fois et demi plus que le taux officiel. Mais ce sont des petites sommes provenant de menu fretin. Les gros commerçants qui planquent leur argent à l'étranger ne s'adressent plus à lui. Terminées les transactions avec l'Amérique et les dollars qui vont avec.

Kartar Singh juge cet ostracisme particulièrement injuste. C'est sa vic qui était en jeu ! On ne devrait pas le tenir responsable des actes de Dieu et du Parti du Congrès !

Sohan Lal continue de le saluer quand ils se retrouvent aux réunions du PPI – impossible de s'éviter dans ces cas-là – mais toute chaleur a disparu. Eh bien, Kartar Singh s'est habitué à l'hostilité et à l'indifférence. Il ne doute pas qu'elles sont dues en partie à la jalousie, du fait que, après les émeutes de quatre-vingt-quatre, le comité du PPI a soutenu sa candidature – pas celle de Sohan Lal ni même celle de Jugal Kishor Agrawal – aux élections municipales de Chandni Chowk.

Il est presque six heures du soir, le moment où la lumière du soleil déclinant coexiste avec celle des nouveaux lampadaires. Kartar Singh enfourche son scooter et quitte Lajpatrai Market, l'esprit toujours occupé par le match de cricket. Il a appris à s'appuyer sur ses orteils quand il se sert de la jambe gauche, soulageant ainsi le talon par lequel la douleur gagnerait le genou. Il arrive à Gurudwara Sisganj, gare le scooter sur le trottoir, se fraie un chemin au milieu de la multitude qui se bat pour laver les marches de marbre. Il tombe à genoux – doucement, à cause de la jambe gauche – et trempe les doigts dans le filet d'eau qui gargouille le long des marches. Puis il prend de l'eau dans ses mains en coupe et en asperge la roue avant du scooter, en sardar dévot quémandant la bénédiction de Guru Tegh Bahadur sur son engin. Il continue, en veillant à ne pas salir la selle, jusqu'à ce qu'il entende la voix de Ramvilas.

« Attention, sardarji ! On vous sent très excité. Le match se déroule bien ? »

Kartar Singh ne relève pas la raillerie et examine le garçon qui se tient derrière Ramvilas – jeune, très jeune, vingt ans à peine, grand mais maigre et efféminé, la chemise déboutonnée révélant une poitrine quasi imberbe. Une chemise d'un jaune vif compensé par la couleur terreuse du pantalon, trop large pour lui. C'est hideux, mais ça doit être la mode. La chemise lui a probablement été donnée par Ramvilas ou un autre bienfaiteur. Le garçon détonne au milieu de cette foule, bousculé par tous ces sardars en train de laver frénétiquement les marches.

Ramvilas, lui, ne bouge pas, dans son kurta-pyjama d'un blanc immaculé et impeccablement repassé. « Je vous l'ai amené », dit-il, passant le bras autour des épaules du garçon, qui remue mal à l'aise.

Le regard de Kartar Singh s'égare sur les pieds. « Il porte des chaussures ! »

Le garçon interroge des yeux Ramvilas, qui le rassure d'une pression sur la maigre épaule. « Tout va bien. Personne ne va te chasser.

— On ne peut pas porter des chaussures sur les marches de Sisganj ! proteste Kartar Singh.

— Nous ne sommes pas ici pour discuter du Khalsa », dit Ramvilas.

Kartar Singh secoue la tête. Quelques personnes se sont retournées et les observent. Il continue d'asperger son scooter, et un peu son visage. « Comment t'appelles-tu ?

— Mukesh, répond Ramvilas.

— Mukesh Pandey », rectifie le garçon.

C'est un nom rassurant – brahmane, donc opposé naturellement à la commission Mandal. Mais c'est un adolescent – le visage d'un enfant, le premier soupçon de moustache, la voix rauque qui commence à s'affermir, une pomme d'Adam hésitante, la poitrine osseuse, les joues creuses, des bras maigres que ne gonflent pas encore les biceps, les yeux effrayés d'un gosse sans mère.

« Il travaillait pour Seth Jhunjhunwala, chuchote Ramvilas.

— Est-ce que Jhunjhunwala est au courant? demande Kartar Singh.

— Le seth l'a renvoyé il y a des années.

— Un voleur!

— Qui d'autre voulez-vous que je trouve pour ce boulot?

— D'accord.

— Je me suis renseigné, susurre Ramvilas. C'est l'un des meilleurs éléments de Rajan Nahal. »

Kartar Singh frissonne. Il a toujours pensé que Rajan Nahal avait un rapport avec les hommes qui ont envahi sa boutique en quatre-vingt-quatre. Mais ce gosse, il ne devait pas avoir plus de quinze ans à l'époque. Qui sait le secret que cachent ces yeux énigmatiques? « Quand un grand arbre tombe, la terre tremble », a dit Rajiv Gandhi après la mort d'Indira. Est-ce que ce garçon, qui se tient maintenant innocemment au milieu des sardars lavant les marches de Gurudwara Sisganj, était au nombre de ceux qui ont fait trembler la terre pour Rajiv?

« Nous ne pouvons employer quelqu'un qui travaille pour Rajan Nahal », dit Kartar Singh.

Ramvilas sourit et se penche, afin que le garçon n'entende pas. « Il n'a pas d'idées précises en matière politique.

— Où est ton père? » interroge Kartar Singh.

Le garçon regarde dans le vide, ce qui peut signifier qu'il ne le dira pas, ou que son père est mort, ou qu'il ne sait pas qui est son père.

« Tu habites Chandni Chowk? »

Le garçon hoche la tête.

« Tu vas à l'école? Au lycée?

— Non.

— Où sont tes frères et sœurs?

— Personne », répond-il. Comprenne qui pourra.

Quel fruit délicieux, songe Kartar Singh, dont la cueillette ne fera pleurer aucun arbre! L'exécutant idéal pour une tâche si délicate qu'ils ne l'ont évoquée qu'indirectement en réunion du comité. Le PPI n'en parlerait jamais de façon explicite, et personne, sauf Ramvilas, ne s'y salirait les mains. Mais il faut donner au garçon une idée du contexte, de sorte qu'il ne faiblisse pas le moment venu.

« Notre pays traverse une phase difficile, dit Kartar Singh d'un ton sentencieux. Tu sais ce que V.P. Singh essaye de faire. Il détruira notre société juste pour demeurer Premier ministre. Un jour, tous les postes au gouvernement seront réservés aux castes répertoriées, aux tribus répertoriées, etc. Je n'ai rien contre! Je dis : donnez-leur du travail, donnez-leur la sécurité, donnez-leur toutes leurs chances, mais fondées sur le mérite. N'y a-t-il pas des garçons de hautes castes pauvres et méritants? Toi par exemple! Ne mérites-tu pas d'entrer dans une bonne université? N'as-tu pas droit à un travail et à te réaliser pleinement? Mais non, dit V.P. Singh. Mukesh doit dormir sur les trottoirs de Chandni Chowk parce qu'il est brahmane! »

Le garçon hoche la tête à tout hasard. Kartar Singh l'attire plus près. « Aimerais-tu être opéré par un docteur OBC qui a obtenu son diplôme à cause des quotas de la commission Mandal? Ou prendre un avion piloté par un garçon d'une caste répertoriée? »

Le visage de Mukesh s'illumine, redevient celui d'un enfant.

« Je ne suis jamais monté en avion! »

Kartar Singh regrette aussitôt ces paroles imprudentes. « Les avions sont dangereux, marmonne-t-il. Pensons avant tout à la défaite de P.V. Singh. Mais il est Premier ministre, donc nous devons consentir des sacrifices. »

Ramvilas s'agenouille et pose la tête sur les marches de marbre, les yeux fermés en signe de dévotion. Puis il se place à la gauche de Kartar Singh, et répète son geste. « Il est inutile de lui faire un cours », dit-il en indiquant le garçon.

Kartar Singh passe un bras autour des épaules décharnées de Mukesh. « Ramvilasji te dira ce que tu dois faire. La manifestation est pour dans deux semaines.

— Dix mille, dit Mukesh.

— Ce n'est pas un boulot, c'est une mission », s'offusque Kartar Singh.

Mukesh se demande s'il n'a pas poussé le bouchon trop loin. « Réclame une grosse somme, lui avait dit Ramvilas. Si tu réclames cinq roupies, tu en auras trois. Plus tu demanderas, plus les gens te prendront pour quelqu'un d'important. » Sans compter que le sardarji a l'air prospère. Il s'appuie bizarrement sur sa jambe gauche, et sa chemise – au col ouvert – laisse voir d'horribles zébrures sur sa poitrine poilue. Mais aucun homme si rebondi ne peut être pauvre. Les sardars ne sont jamais pauvres, d'ailleurs il n'aime pas beaucoup les sardars. « Ce sont des traîtres », dit Rajan Nahal. Il ne sait plus combien il en a tabassé en quatre-vingt-quatre. Celui-ci est peut-être un brave homme, puisqu'il paraît qu'il veut payer, mais tous les sardars se ressemblent sous leurs turbans. « Dix mille », répète-t-il. Il cherche l'appui de Ramvilas, mais Ramvilas évite son regard.

« Je ne te demande pas de faire cela pour moi, déclare Kartar Singh, mais pour ton pays. »

Mukesh ne bronche pas.

« Fais-le pour l'Inde ! supplie Kartar Singh.

— Sept mille, consent Mukesh.

— Cinq. »

Une nouvelle fois, Mukesh tente de capter le regard de Ramvilas, qui se dérobe. « D'accord, dit-il.

— On chantera tes louanges ! s'exclame Kartar Singh.

— Donc, c'est réglé, dit Ramvilas.

— Attends ! » Kartar Singh ôte sa montre et la glisse au poignet de Mukesh. Le bracelet de métal est trop grand, la montre pend. Mukesh la regarde, les yeux écarquillés. « Tu es comme un fils pour moi, dit Kartar Singh. Ceci n'est pas un paiement, c'est un cadeau.

— Bon, tu peux partir, maintenant, dit Ramvilas. La manifestation est dans deux semaines. Je viendrai te chercher. »

Mukesh va pour s'éloigner, soudain Kartar Singh éprouve de la compassion pour ce garçon, avec sa chemise jaune enfoncée dans le pantalon couleur gadoue. Il l'attire contre lui et l'étreint, choqué par sa maigreur, qui lui rappelle celle de Jasjit. Son fils avait son âge la dernière fois qu'il l'a vu, il y a six ans. « Je vais au cinéma », avait-il dit. Timide, maigrichon, à la charnière entre l'adolescence et l'homme fait.

Mukesh se libère.

« Sardarji t'a donné une montre, dit Ramvilas avec un clin d'œil. Quand je viendrai te chercher, je te donnerai de bien meilleurs cadeaux !

— Ne dépensez pas d'argent pour lui, le prévient Kartar Singh. Le comité ne peut se le permettre. Ça ne doit pas figurer dans le budget.

— Il y a d'autres cadeaux que de l'argent. Néanmoins, donnez-moi les cinq mille que vous lui devez.

— Pourquoi maintenant ? Vous en avez besoin dans deux semaines.

— Il doit les toucher d'avance.

— Je ne transporte pas une telle somme sur moi.

— Votre scooter a été sanctifié, sardarji. Emmenez-moi dans votre boutique, et vous me donnerez l'argent. »

Ils retournent à Lajpatrai Market, Ramvilas en croupe, et empruntent le couloir derrière la boutique, de façon à éviter Salim. Ramvilas enlève ses chappals avec soin, s'installe sur le matelas, frotte ses plantes de pied l'une contre l'autre, puis croise les jambes. Dans son kurta-pyjama immaculé, il semble une extension naturelle du matelas blanc. Une telle propreté cache une saleté équivalente, songe Kartar Singh méprisant.

« Il fait chaud, dit Ramvilas. Un Thums Up ?

— Je n'aime pas que Salim entre dans cette pièce, prétexte Kartar Singh.

— Bon. Réglons la question de l'argent.

— Ce garçon ne m'inspire pas confiance, dit Kartar Singh, espérant retarder l'instant fatidique.

— Je sais ce que je fais ! », rétorque Ramvilas.

Kartar Singh soupire, rampe sur le matelas en direction du coffre, l'ouvre, en retire une liasse de billets de cinquante roupies, la plaque sur le matelas. Le coffre geint à l'ouverture et à la fermeture. Ce qui semble amuser Ramvilas. « Godrej ! Dure toute une vie ! Mais on dirait que vous lui avez tapé dessus à coups de batte de cricket, sardarji ! »

Kartar Singh ne répond pas. Il montre l'argent, se demandant pourquoi Ramvilas ne le ramasse pas. « Ça fait cinq mille, insiste-t-il.

— Pour le garçon », dit Ramvilas.

Kartar Singh tente de feindre l'incompréhension, mais il sait ce que veut dire Ramvilas, et que Ramvilas sait qu'il sait. Il soupire de nouveau, rouvre le coffre, en retire mille roupies.

« Mille ? s'étonne Ramvilas. Dix pour cent seulement de ce que touche le gamin ?

— Le garçon a du courage, dit froidement Kartar Singh.

— Sohan Lalji a dit deux mille.

— Pour deux garçons ! Vous n'en avez amené qu'un. »

Le visage lisse de Ramvilas se décompose en un sourire grimaçant. « Qu'est-ce que l'argent, sardarji ? De la poussière sur les mains. Vous en avez, vous n'en avez plus, elle part avec l'eau du bain. »

La diversion philosophique fait tiquer Kartar Singh. Le comité a eu tort d'investir Ramvilas d'une telle autorité. On ne peut avoir confiance en un homme qui ressemble tant à un voleur, à un escroc... Il retire du coffre mille autres roupies en billets de cent, qu'il dépose sur le matelas. Ramvilas empoche l'argent. Kartar Singh se demande combien, sur les cinq mille roupies, iront réellement dans la poche du garçon. « Bon, vous pouvez dire à Sohan Lalji que tout est réglé. »

Maintenant, il veut que Ramvilas s'en aille parce que la pause-déjeuner doit être terminée en Angleterre. Les cotes changent souvent après une telle interruption, il doit donc se trouver à son poste, prêt à transmettre.

Mais Ramvilas ne fait pas mine de vouloir partir. « Avez-vous des petits miroirs ici ? » demande-t-il.

Kartar Singh est fâché, il déteste piocher dans son stock.

« Le nouveau modèle ! insiste Ramvilas, bizarrement excité. Celui qui pivote sur pied.

— Pour votre femme ? »

Ramvilas hoche la tête.

« Vous pouvez en choisir un dans la boutique. Salim vous aidera.

— Je vous revaudrai cela. C'est mieux que si vous me donniez mille autres roupies. J'ai besoin également d'un magnétoscope. Combien ça coûte ?

— Ça dépend du modèle.

— Pouvez-vous m'en procurer un d'occasion?

— Dans une semaine.

— D'accord, je vous le rappellerai. »

Ramvilas se lève, enfile ses chappals, lisse les plis de son kurta. « Vous pouvez regarder votre match maintenant, dit-il. Avec P.V. Singh comme Premier ministre, il va aussi y avoir des quotas réservés aux parieurs des castes répertoriées! »

Kartar Singh ne relève pas la plaisanterie. « Allez-vous informer Sohan Lalji que tout est réglé ?

— Plus tard. Je dois d'abord retourner chez Bhagwan Das. Lala Surajmal m'a demandé d'empaqueter des flacons d'attar pour Sohan Lalji.

— Pourquoi les empaqueter?

— Pour le gendre de Sohan Lalji.

— Il paraît que le mariage va être luxueux.

— Sohan Lalji est riche, ricane Ramvilas. Il peut se le permettre.

— Je dois le voir aujourd'hui. Je lui dirai que j'ai retenu le garçon. Au fait, que voulez-vous offrir à ce gamin?

— Quelque chose dont il se souviendra ! » Il lisse à nouveau son kurta, ouvre la porte blanche et s'en va.

Kartar Singh se replante devant son écran de télévision. Le téléphone sonne. La cote est à cinq cinq. Il transmet mécaniquement, ravalant sa déconvenue. S'il avait parié... La prochaine fois, il écoutera son instinct.

5

Sur toute la longueur de la façade, une gigantesque enseigne électronique annonce : « Mangat Ram Nawal Kishor. Friandises, deux siècles de succès ». Personne n'a pris la peine de vérifier, songe Sohan Lal avec amertume en entrant dans la boutique. Le sol est surélevé. Une corniche court le long du mur jusqu'à une arcade abritant des casiers vitrés où s'exposent les friandises dont Jugal Kishor est si fier. Il y a six parfums de halva, huit barfis différents à la noix de cajou, une douzaine de variétés de gulabjamun, des rangées de bols de rasmalai crémeux, à la surface desquels flotte une pincée de safran. Sohan Lal traverse la boutique, ignorant les saluts des employés, passe une porte qui donne sur l'arrière-cour, où trois chaudrons bouillonnent sur des fourneaux à charbon. Une dizaine d'hommes courent tout autour, répondant aux ordres d'un halvai qui, accroupi sur un banc, surveille un chaudron où le sucre se caramélise, conférant une couleur rouge foncé au contenu. Assis plus loin, à l'ombre d'un auvent de chaume, Jugal Kishor, une tasse de thé à la main, gouverne.

« Ceux-ci sont prêts », dit-il en accueillant Sohan Lal.

Il montre une pyramide de kachauris étalés sur un tapis de journaux afin d'éponger l'excès de gras. Il s'en dégage un arôme de ghee frais, qui fait saliver Sohan Lal. « Sont-ils comme vous le voulez ? demande-t-il.

— Un peu trop salés. Mais ça ira. C'est un mariage, après tout. Mieux vaut ça que d'entendre les gens dire que Sohan Lal a chipoté sur le sel. »

Sohan Lal a envie d'en goûter. Il fait un pas en direction de la pyramide, mais s'arrête en croisant le regard de Jugal Kishor. En voilà une affaire ! Qu'y a-t-il de mal à ce que le père de la mariée prenne plaisir au mariage de sa fille ?

« Votre diabète, sethji », dit Jugal Kishor.

Sohan Lal soupire et se laisse tomber sur le banc à côté de lui. Trois jours quasiment sans dormir le laissent épuisé. Il y a tant à faire pour un mariage, même si vous confiez l'ensemble à des entrepreneurs, de la nourriture à la décoration des tentes en passant par la musique – un orchestre de cuivres. Il aurait préféré ne pas tant dépenser, mais il a les mains liées par la règle tacite qui veut qu'on se sépare de la deuxième fille avec autant de faste que de la première. Et comme il a exagéré pour la première... A l'époque, il lui avait semblé que c'était ce qui convenait. Vimla entrait dans une famille riche d'une lignée plus brillante que la sienne. Il n'avait pas voulu paraître pingre, ni qu'elle risque de subir les sarcasmes de sa belle-famille. Il avait fait construire une réplique du Taj Mahal pour la cérémonie : tout le monde s'était extasié sur la conformité de la tente, en tissu et bambous, au monstrueux modèle de marbre. Pour sa part, il n'avait jamais aimé les mausolées musulmans. La plupart des invités déclarèrent la copie supérieure à l'original. Qu'est-ce que l'argent, s'était-il dit, sinon de la poussière sur les mains ? L'argent va et vient selon son bon vouloir, et le sage s'en sert quand il le peut. Il se tenait devant le Taj, et il avait gentiment écarté Vimla de sa mère de façon que le mari puisse la conduire vers sa Maruti. Elle sanglotait sans pouvoir s'arrêter, en quoi il voyait la confirmation qu'il avait dûment accompli son devoir. Il l'avait donnée avec un trousseau que même Lala Surajmal aurait envié, et c'est le cœur content qu'il était retourné à sa boutique le lendemain regagner ce qu'il avait perdu.

Cela s'est passé il y a quatre ans, et il a su alors qu'il avait trouvé un bon parti pour Vimla. Une certitude confortée par la naissance d'un petit-fils peu après. L'enfant n'a que trois ans, mais il sait déjà réciter l'alphabet anglais. Et Vimla vient d'annoncer qu'elle est de nouveau enceinte. Sohan Lal ne doute pas que ce sera encore un garçon.

Shakuntala c'est une autre histoire. Vimla a le teint clair. De la « blancheur du lait », disait-il lorsqu'il la présentait aux pères de prétendants potentiels. Shakuntala tient de sa mère. « Couleur de froment », la définit-il, mais il a perçu une divergence d'appréciation dans le regard des garçons qui la voyaient pour la première fois. Il a mis deux ans à lui trouver un mari, dans une famille qui ne nage pas dans la prospérité. Elle possède une boutique dans Chawri Bazar, mais il a découvert grâce à Lala Surajmal qu'ils sont quatre frères à se la partager, dont le beau-père de Shakuntala, ce qui laissera un quart à chacun le jour où se produira l'inévitable rupture. Toutefois, il ne sert à rien de se tracasser pour Shakuntala. Elle aura ce que la Providence lui réserve. Pour le mariage, c'est le cœur serré qu'il a vu augmenter les dépenses. Il fallait compenser la couleur de la peau par des bijoux, et lui donner les meilleurs saris de son stock. Il sait pourtant, tout comme la belle-famille, que la plus belle soie de Bénarès ne peut raviver un teint sans éclat. Il compensera le désagrément avec générosité, et Lakshmi l'inondera de ses faveurs pour avoir accompli son devoir. Il n'est pas aussi riche qu'un Birla, mais il peut se permettre de marier sa fille dignement.

Un bruit de grésillement s'élève du chaudron quand le halvai y jette de l'eau. Sohal Lal remarque que ses mains sont maculées de boue.

« Votre homme est dégoûtant ! », dit-il à Jugal Kishor. Que cela semble ne pas trop gêner.

« Il sait ce qu'il fait.

— Mais il a les mains sales. »

Jugal Kishor soupire, en homme sage qui doit traiter avec un enfant. « C'est du sondhi mitti, l'argile la plus pure. Quelques gouttes confèrent une fragrance unique au bhujia. »

Sohan Lal est mortifié. Magnanime, Jugal Kishor lui passe un bras autour des épaules et rit doucement. « Vous êtes un expert en saris, sethji. Donnez à Shakuntala la plus belle soie de Kanjeevaram, et laissez-moi m'occuper des bhujias et des kachauris ! »

Sohan Lal se force à sourire et s'évente avec son calot. Il n'a pas confiance en ce gros halvai, il lui semble que ces hommes ne travaillent pas assez vite. Il doute que tout soit prêt pour demain soir, et les sept cents invités qu'il attend. Mais il sait que Jugal Kishor défendra son employé. « On ne presse pas plus un halvai qu'on ne presse le soleil », dira-t-il avec l'autorité du maître de Mangat Ram Nawal Kishor. Et Sohan Lal aura l'air d'un imbécile, alors que Jugal Kishor lui applique des tarifs préférentiels. Moyennant quoi il devra manifester sa gratitude quand et comment il plaira au confiseur.

Le halvai fume sans arrêt. Sohan Lal voit un brin de cendre tomber dans la préparation. Il jette un regard horrifié à Jugal Kishor – qui fixe un point dans la même direction – et ne remarque pas la moindre ride sur son front. « Vous allez avoir un menu grandiose, je vous le promets, dit Jugal Kishor. Aloo tikki, ragaraa chaat, gol gappas, paapari chaat. Et puis de la glace au falooda, du jus de mangue, des lassis parfumés aux amandes...

— Et les samosas ? »

Jugal Kishor prend un air consterné. « C'est le mariage de votre fille, pas une réunion de comité ! Je n'irais certainement pas imaginer des samosas quand je peux vous fournir des kachauris de roi ! »

Un brouhaha dans la boutique annonce l'entrée de Lala Surajmal. Il pénètre dans l'arrière-cour d'un pas majestueux, précédé d'un domestique, suivi d'un autre avec une chaise, s'appuyant lourdement sur sa canne, mais semblant faire de cette dépendance une coquetterie.

« Restez assis ! », ordonne-t-il à Jugal Kishor qui a bondi sur ses pieds.

On pose la chaise à une distance respectable des fourneaux, Surajmal s'installe dessus, laissant tomber la canne à côté de lui.

« Chai ? », demande Jugal Kishor.

Surajmal hoche vaguement la tête.

« Chai ! aboie Jugal Kishor à ses employés. Pas de sucre pour Lalaji.

— Pour moi non plus, dit Sohan Lal.

— Est-ce que vous avez tout en main, Sohan Lal ? », demande Surajmal.

La question énerve Sohan Lal, d'autant qu'il ne sait pas si elle concerne le mariage ou quelque affaire du comité.

« Cette manifestation pro-Mandal m'inquiète, rêvasse tout haut Surajmal. Qui est ce musulman ?

— Suleman, dit Jugal Kishor. Il habite derrière Jama Masjid.

— Que savons-nous de lui ?

— Il s'occupe d'œuvres sociales depuis quelques années, a de l'influence dans Chandni Chowk, et dit qu'il veut contrer les anti-Mandal. Il affirme que ces manifestants sont soutenus par les hautes castes, et que ce sont les pauvres qui soutiennent Mandal.

— Evidemment, grommelle Sarajmal. Est-ce que vous n'en feriez pas autant si on vous offrait gratuitement des jalebis ?

— Suleman a des partisans chez les musulmans et les OBC, dit Jugal Kishor.

— Il s'occupe d'œuvres sociales ?

— Notamment d'une école pour enfants du Bangladesh.

— C'est quoi cette histoire ? Pourquoi notre parti n'a-t-il pas envisagé la chose ? »

Jugal Kishor hausse les épaules en signe d'ignorance.

« Que savez-vous d'autre sur lui ?

— Petite taille, mince. Visage à l'expression passionnée.

— Je me fiche de son physique ! Je n'ai pas l'intention de lui faire épouser ma fille ! Savez-vous quel parti il soutient ? Le Congrès ? Les communistes ? Janata Dal ? Indépendant ?

— Ses principes le portent du côté du Janata Dal et des communistes, dit faiblement Jugal Kishor.

— Ses principes n'intéressent personne. Savez-vous quel parti il soutient ? »

Au grand soulagement de Sohan Lal, et sans qu'il s'en explique la raison, c'est au tour de Jugal Kishor de ployer sous le fardeau de l'ignorance.

Le thé arrive, dans des verres posés sur un plateau en plastique. Sarajmal fait la tête. « Apportez-moi un bol en métal ! exige-t-il.

— Comment as-tu pu servir le thé de Lalaji dans un verre ? », s'exclame horrifié Jugal Kishor à l'adresse de son domestique.

L'homme repart en courant réparer son erreur.

« Quand doit avoir lieu la manifestation ? demande Surajmal.

— Dans deux semaines.

— Qu'est-ce que prévoit de faire le comité du PPI ?

— Kartar Singh s'en est occupé, répond Sohan Lal. J'ai rendez-vous avec lui dans une heure.

— Pourquoi Kartar Singh n'est-il pas ici ?

— Il est conseiller, explique Jugal Kishor d'un ton suffisant, en échangeant un regard avec Sohan Lal.

— Harilalji aussi ! tonne Surajmal. Et depuis plus longtemps que Kartar Singh. Pourtant il serait venu sans discuter si je l'avais convoqué. »

Kartar Singh n'a pas davantage été convoqué, se dit Sohan Lal. Ce n'est d'ailleurs pas une séance du comité. Elle ne l'est devenue que par l'insistance de Surajmal à vouloir discuter politique au lieu de les laisser récapituler les préparatifs du mariage.

« Cette histoire Mandal va se transformer en tremblement de terre, déclare Surajmal. Même Naresh Agrawal est nerveux. Ça fait dix ans qu'il est député et il ne sait toujours pas quel parti prendre. S'il se déclare opposé, il s'aliène les OBC, et s'il est pour, les banias de Chandni Chowk le laisseront tomber. Et il ne sera pas soutenu par son parti – le Congrès lui-même est dans le flou.

— Ce n'est pas non plus facile pour nous, remarque Jugal Kishor, avec un courage qui ne lui ressemble pas. Quelle est la position du PPI en la matière ? »

Surajmal s'adresse délibérément à Sohan Lal. « Vous avez l'air vieux et fatigué. Qu'est-ce qu'un mariage ? Un mariage, ça se fait tout seul. »

Sohan Lal réussit à produire un sourire d'autodérision. « Le père de la mariée ne dort pas, Lalaji. Ma migraine m'a repris.

— Migraine ! Avalez trois gouttes de marjolaine et une pincée de sucre roux et votre migraine s'envolera comme un oiseau.

— Je le ferai.

— Ça chasse aussi les gueules de bois, ajoute Surajmal, visiblement ravi. Mais personne ne peut vous soupçonner de ce genre d'affliction. »

Jugal Kishor rit consciencieusement, Sohan Lal juge la plaisanterie de mauvais goût. En cinquante-cinq ans d'existence, il n'a jamais touché à l'alcool. A sa connaissance, personne de sa famille n'a humé une bouffée de cette substance méprisable. Une telle plaisanterie à un jour du mariage de sa fille !

« Vous devriez vous ménager à votre âge, poursuit Surajmal, d'un ton plein de sollicitude. (Dire qu'il a dix ans de plus que moi, pense Sohan Lal.) Ordonnez à Ramesh de s'occuper de ça, la tente, le halvai, tout. C'est le mariage de sa sœur. C'est à lui de courir, pas à vous. »

Sohan Lal répond d'un hochement de tête. Ramesh n'a pas le clinquant et le brio de certains jeunes gens, mais, ces derniers temps, il a pris conscience de ses responsabilités. Chaque jour le trouve à neuf heures du matin assis jambes croisées sur la gaddi, comme il est naturel pour un bon homme d'affaires. Il quitte Kucha Bansilal tard le soir, et seulement après que Rukmini l'implore – par deux coups de téléphone – de rentrer dîner. « Comment peux-tu garder ton magasin ouvert pendant tous ces préparatifs ? », a demandé Rukmini. Comme si on pouvait dépenser de l'argent sans en gagner ! Néanmoins, il fermera pour deux jours à partir de demain.

Sohan Lal reporte son attention sur Surajmal, lancé dans un discours que Jugal Kishor écoute avec concentration. « Tout ce dont ce pays avait besoin c'était d'un joli garçon qui passe bien à la télévision. En cinq ans, Rajiv a signé des dizaines d'accords, acheté des milliers de canons Bofor, et nous a fait pénétrer dans le XXIe siècle avant l'heure.

— Regardez ce que ce XXIe siècle nous apporte ! renchérit Jugal Kishor. Nous sommes gouvernés par de faux rajas et des roturiers de basse caste. Tuer Rajiv a été une erreur. Nous aurions dû enfermer toute la famille Gandhi dans un musée et les y garder soigneusement. »

C'est facile de prétendre qu'un mariage se fait tout seul quand on est père de quatre garçons, pense Sohan Lal. Surajmal a vu ramper devant lui les pères des futures épouses, lui-même n'a jamais rampé devant personne. Il n'a jamais senti peser sur ses épaules le fardeau d'une fille encore célibataire.

« Avez-vous apporté mes attars, Lalalji? », demande-t-il.

Surajmal s'arrête net de discourir, l'air fâché. « Les attars? Ah oui, j'ai demandé au garçon de les apporter. (Son domestique, qui se tient derrière sa chaise, tend un paquet.) Ramvilas a passé toute la nuit à vous les emballer. »

Sohan Lal s'efforce d'afficher un air de profonde gratitude. Il examine le paquet, au bel emballage de plastique transparent, portant le nom de Bhagwan Das et Fils. Il enrobe une boîte en carton contenant, visibles par une ouverture, huit petits flacons rangés sur deux rangs, chacun avec son étiquette. Les quatre premiers sont des parfums naturels – jasmin, kadamba, mahua et motia –, les autres sont des essences, de citronnelle, de patchouli, de basilic et d'anis. Sohan Lal les a commandées pour son gendre.

« Votre fille a de la chance, Sohan Lal », remarque Surajmal.

Ils gardent le silence pendant quelques minutes. Sohan Lal continue de rêvasser à la cérémonie, jusqu'à ce que Chotu fasse irruption dans la cour, portant la boîte-repas envoyée par Rukmini. « Biviji a dit que vous devez manger avant que ça refroidisse », dit-il.

Sohan Lal lui fait ouvrir la gamelle, en détaille le contenu d'un air apathique : daal, deux rotis, une poignée de riz et de légumes baignant dans une vague sauce – incolore parce que sans curcuma, et fade parce que non salée. Etre entouré de montagnes de kachauris et de bhujias, et manger cela ! On lui interdit tout – le lait, le ghee, les jalebis, le sucre, le sel, les épices... Rukmini suit à la lettre les prescriptions du médecin. Elle a fait de la durée de vie de son mari sa principale entreprise. En voulant assurer ma longévité, songe-t-il tristement, j'ai perdu ma joie de vivre.

Mais il se secoue. Il n'y a pas de place pour des pensées vagabondes dans un monde bien organisé. Un homme doté d'une fille doit la marier, un homme affligé d'un diabète doit se soigner. Il décide de se rendre à Kinari Bazar, régler ce qu'il doit, rencontrer Kartar Singh, puis avaler son repas. Il se lève, tend le paquet d'attars à Chotu. « Viens avec moi à Kinari Bazar, lui dit-il. Apporte le tiffin avec toi.

— Je m'occupe de tout ici, le rassure Jugal Kishor.

— N'oubliez pas la marjolaine et le sucre roux, lui crie Surajmal.

— Va me chercher un rickshaw », dit-il à Chotu.

Ils prennent la direction de Kinari Bazar, Chotu trottinant à côté du rickshaw, portant le tiffin et le paquet d'attars. Le rickshaw se faufile au milieu des encombrements de Chandni Chowk, il avance si lentement que Chotu doit s'arrêter et attendre qu'il le rattrape. Ils passent devant les boutiques exposant tout ce dont une jeune fille a besoin pour son mariage, et tout ce qu'elle peut désirer offrir à son fiancé – ghagharas, shervanis, ceintures brodées, chaussures à doublure argentée, turbans de soie surmontés de plumes et de faux diamants, guirlandes de fleurs, ampoules électriques, chasse-mouches blanc laiteux et ombrelles à paillettes...

Kinari Bazar a beaucoup changé depuis que Sohan Lal s'y est aventuré la première fois, du temps de sa jeunesse, en se demandant quel commerce lui convenait. Même les boutiques les plus anciennes se sont modernisées, leurs façades de brique et de plâtre remplacées par des vitrines, laissant voir les mannequins en jupes à crinoline qui leur descendent aux chevilles. Quelles belles mariées elles feraient, si elles étaient vivantes ! Mais elles ont le teint clair, presque blanc. Leur peau de glaise ne contient pas de pigmentations. En apprenant que Shakuntala porterait une ghaghara jaune pour la cérémonie, ou une rose pour contrebalancer son teint foncé, décision de sa mère, Sohan Lal est resté sans voix. Depuis la naissance de ses filles, il les a imaginées dans leurs atours de jeune mariée, et ils étaient rouge sang. Comment une jeune mariée porterait-elle autre chose que du rouge ? Il a eu le dessus, si bien que Shakuntala revêtira une ghaghara cramoisie filigranée d'or. Hélas, elle ressemblera à une fleur fanée, et non à la rayonnante Vimla dont le rouge de sa ghaghara faisait ressortir la couleur laiteuse de la peau, confirmant la description qu'il en avait donnée à ses beaux-parents.

Il ordonne au rickshaw de s'arrêter devant Baburam Harichand et pénètre dans la boutique, reconnaissant envers Rukmini qui a déjà tout acheté, lui évitant d'avoir à choisir parmi cette avalanche de dentelles, glands et paillettes. C'est le domaine des femmes, se dit-il gaiement. Le sien, c'est celui des factures.

Le seth lui présente son compte : le montant total des achats effectués par Rukmini ces dernières semaines s'élève à cinq lakhs, quatre-vingt-neuf mille neuf cents roupies. Sous le choc, il renie toutes les tendres pensées qui l'occupaient jusqu'à cette minute. Est-ce que sa femme a perdu tout sens des proportions ?

Le seth observe Sohan Lal et propose de lui servir du thé. Sohan Lal refuse. Une boisson froide, peut-être ? « Non. » Il griffonne un mot disant que l'argent pourra être retiré à sa boutique, dans Kucha Bansilal, en fin d'après-midi, tend le bout de papier, le reprend, le tourne et le retourne, s'apitoyant sur lui-même et pleurant l'argent perdu par les caprices d'une femme fantasque. Certes, il s'est préparé toute sa vie à ce mariage. Il a su, dès qu'il a tenu le bébé à la peau sombre dans ses bras – encore une fille ! – il y a vingt-trois ans de cela, qu'il lui coûterait de l'argent. Mais cinq lakhs, quatre-vingt-neuf mille roupies rien qu'à Kinari Bazar !

Le seth remarque l'air effondré de Sohan Lal. « Une fille, c'est Lakshmi, dit-il. Plus vous lui donnez, plus elle vous rendra. »

Sohan Lal lui répond par un pâle sourire, et soudain se sent coupable. Frugal pour lui-même, économe chez lui, il n'en est pas moins un homme riche. Si son propre père ne lui ouvre pas son cœur, qui se montrera généreux envers la pauvre Shakuntala ? Elle mérite le même traitement que Vimla. Elles sont sœurs, nées du même père, et demain soir, Shakuntala s'en ira pour toujours. Il peut se féliciter de lui avoir trouvé une belle-famille convenable au nom sans tache, mais il ne connaît guère son gendre, à qui il n'a parlé qu'une fois. Dans ces conditions, pourra-t-il serrer sa fille dans ses bras sans rougir quand elle sanglotera après la cérémonie ? Pourra-t-il lui dire en toute honnêteté qu'il sera toujours là en cas de besoin ?

Il déchire la reconnaissance de dette. Pointe du doigt le mur de gauche de la boutique décoré de guirlandes faites de billets de banque. Il en offrira une à son gendre de façon à pouvoir regarder sa fille en face et pleurer avec elle. « Sont-ils vrais ? » demande-t-il. Le seth hoche vigoureusement la tête, quelque peu offensé que Sohan Lal puisse en douter.

« Billets de dix roupies, vingt roupies, cinquante roupies, cent roupies.

— Donnez-moi celle aux cent roupies. Cent billets de cent roupies plus une – il se livre à un rapide calcul mental – comme ça votre facture se montera à six lakhs. Un chiffre rond. »

Le seth prend une mine sévère. Sohan Lal devrait réfléchir, lui aussi est un homme d'affaires. « Ça porte malheur, dit-il.

— Bon d'accord. Comptez-moi une roupie de plus pour la confection de la guirlande. »

Le seth emballe la guirlande dans un sac en papier, et Sohan Lal rédige une nouvelle reconnaissance de dette pour six lakhs et une roupie. Il sort de la boutique à pas majestueux, en homme ayant passé et réussi un examen. Chotu va pour saisir le sac, Sohan Lal le rembarre. « Je le porterai moi-même. » Puis il réfléchit, se demande si la guirlande ne serait pas plus en sécurité entre les mains de Chotu. Qui songerait à arracher un sac en papier à un domestique ? Il le lui tend, mais l'avertit : « Il contient de l'argent. Je vérifierai plus tard.

— Votre tiffin, sethji ? Biviji a dit que vous devez manger avant que ça refroidisse.

— Emporte-le à Kucha Bansilal ! »

Chotu disparaît. Le paquet d'attars à la main, Sohan Lal se dirige vers le rickshaw qui l'attendait. Il pose les attars sur le siège, se hisse avec effort, ajuste son calot sur sa tête, demande au rickshawala de le conduire au temple de Shiva. Mais avant que le véhicule ait pu démarrer, un homme se précipite pour lui toucher les pieds. « Sethji ! »

Consterné, Sohan Lal recule les jambes et regarde son agresseur – barbe sale, pyjama sale, kurta fripé sur des épaules squelettiques, sourire grimaçant qui découvre des dents jaunes. C'est le musulman qu'il a vu dans le stand du chaivala.

« Allez-vous-en ! lui crie-t-il. Vous me suiviez ?

— Je vous suivrai aussi loin que vous le voudrez, dit l'homme, les mains jointes.

— Comment saviez-vous où me trouver? »

L'homme ne répond pas. La lèvre inférieure pend encore un peu plus en signe de culpabilité.

« Que voulez-vous?

— Je vous ai amené un serviteur, sethji. »

Sohan Lal remarque alors l'adolescent qui se tient derrière le musulman – à peine plus petit que l'homme, le teint foncé, très foncé, fort probablement du Bihar ou de l'Uttar Pradesh, peut-être un Bangladeshi. Ils sont des milliers comme lui dans Chandni Chowk, sortant des égouts comme des rats. Tous des voleurs. C'est la faute de Naresh Agrawal! Cela fait des années qu'il introduit illégalement des Bangladeshis à Delhi.

« Je n'ai pas besoin de serviteur.

— Il travaillera pour rien. »

Quelle audace! Comment cet homme ose-t-il l'accoster avec une telle familiarité? Que ferait-il de ce garçon? Maigre, pas lavé, une tignasse brune. Quatorze ans? Quinze ans peut-être? Difficile à dire avec ces enfants qui meurent de faim. Même à vingt ans, ils ressemblent à des gnomes. Et sa main droite? Amputée pour cause de vol, sans aucun doute.

« Je pensais que sethji avait besoin d'une petite main, dit l'homme.

— Fichez-moi le camp! »

Le rickshaw démarre, l'homme et le gamin s'écartent. Le garçon brandit son moignon et hurle de toutes ses forces : « Suleman Mian *zindabad!* »

Sohan Lal sursaute. Il a une peur viscérale des troubles, des cris, de la violence. Toutes choses qui gênent le commerce. Qui perturbent l'équilibre sacré de la vie. Il regarde autour de lui affolé. Est-ce que la manifestation aurait commencé avec deux semaines d'avance? Y a-t-il une émeute dans Kinari Bazar? Mais le garçon semble seul, noyé au milieu du vacarme des klaxons. Où a-t-il entendu parler de Suleman? « Que savez-vous de Suleman? a demandé Surajmal. Savez-vous quel parti il soutient? » Et Jugal Kishor ne savait rien.

« Arrête », dit-il au rickshawala.

L'homme aux dents jaunes accourt.

« Qui est ce garçon? demande Sohan Lal.

— Un pauvre gosse, s'excuse l'homme.

— D'où connaît-il le nom de Suleman ?

— Il a entendu quelqu'un le crier dans la rue. Comment l'aurait-il appris autrement ? »

Sohan Lal examine le gamin. Un an ou deux de moins que Chotu. Or chaque matin, Chotu balaye la boutique, puis sort dans Chandni Chowk attirer les clients. Si ceux qu'il amène achètent quelque chose, Chotu touche une petite commission. Ce garçon pourrait peut-être faire la même chose, pour rien. Et quoi qu'en dise le musulman, il connaît certainement Suleman. « Comment t'appelles-tu ? lui demande-t-il.

— Gauhar Muhammad, dit l'homme.

— Laissez-le répondre !

— Gauhar, dit le garçon.

— Où habites-tu ? »

Gauhar regarde l'homme, qui grimace. « Il vit dans une école dirigée par une madame près de Jama Masjid. »

Un Bangladeshi. L'engager n'est pas une bonne idée. Il espionnera, comme Chotu, observera tout, écoutera aux portes, et informera les voleurs potentiels du moment où l'argent est transporté à la banque.

« Qui sont ses parents ?

— Suleman Mian », réplique le gamin.

Sohan Lal trouve ça drôle. Si vous gardez le serpent près de vous dans un panier profond, il ne vous mordra pas. Il va garder le garçon. Il ne le laissera pas entrer dans la boutique, donc il n'aura pas l'occasion de voler quoi que ce soit. « Sait-il lire et écrire ?

— En anglais ! dit l'homme. La madame de l'école le lui a appris.

— Sais-tu compter ?

— Oui !

— Laissez-le répondre ! »

Gauhar fait signe que oui.

« D'accord, dit Sohan Lal. Qu'il se tienne dans Chandni Chowk et ramène des clients dans le kucha.

— Commission ? » interroge l'homme.

Sohan Lal réfléchit. Chotu touche entre trois et cinq pour cent, selon le client et la saison, mais Chotu a de l'expérience.

« Deux pour cent, dit-il. Mon commis Chotu lui apprendra comment faire.

— C'est Allah qui vous envoie. » L'homme veut lui toucher les pieds.

Sohan Lal se recule de nouveau. « Et où dormira-t-il ?

— A l'école. »

Non, il n'en est pas question. Le garçon doit être à disposition jour et nuit. Chotu dort derrière les portes du temple de Hanuman. « Qu'il se trouve un endroit où dormir dans le kucha, dit-il.

— Peut-être dans la boutique ? demande l'homme.

— Non !

— Je lui trouverai un endroit. Il sera à votre disposition jour et nuit. Puis-je vous l'amener demain ?

— Non, dans trois jours. Et qu'il se lave avant.

— Il ressemblera à Dev Anand, quand je vous l'amènerai ! » L'homme s'éloigne – à reculons, de façon à continuer de présenter à Sohan Lal son visage reconnaissant – suivi du garçon, l'air boudeur et indifférent. Sohan Lal ordonne au rickshawala de le conduire au temple de Shiva, pour son rendez-vous avec Kartar Singh.

Le temple de Shiva dans Kinari Bazar n'est qu'un lingam grossièrement façonné – un phallus de stéatite – érigé à l'ombre d'un banyan, au croisement de deux allées. Sous l'arbre, l'Association des Commerçants de Kinari Bazar a fait installer un banc. C'est l'ensemble – l'arbre, le banc et le lingam – qui constitue le temple. Sohan Lal se fait déposer à l'ombre du banyan et s'assoit sur le banc pour y attendre Kartar Singh.

Ils ont choisi Kinari Bazar parce que c'est l'un des rares endroits de Chandni Chowk où Kartar Singh, désormais conseiller municipal, peut espérer demeurer anonyme. Dix ans plus jeune que moi, pense Sohan Lal avec amertume, et pourtant conseiller ! Or c'est *son* argent, pas celui de Kartar Singh, qu'on a volé en quatre-vingt-quatre. C'est lui qui veillait sur le coffre quand Kartar Singh est revenu à Delhi – dans un état épouvantable, certes, mais vivant et entier. Sohan Lal espérait une marque de gratitude pour avoir gardé la boutique. Et, bien entendu, il espérait qu'il lui rende son argent.

Au lieu de quoi, voyez le numéro auquel le sardar s'était livré ! Imaginez un homme, un adulte, spécialement avec une jambe plâtrée fixée tout de guingois, accroupi par terre et pleurant comme un enfant ! Et pleurant sur quoi ? Les émeutes, ça arrive. Les pillages aussi. Les désastres, de par leur nature même, se produisent sans prévenir. L'homme sage doit s'y préparer. Le malchanceux ne se laisse pas abattre et repart de l'avant. Le chanceux échappe à tout. Seuls les faibles manifestent une émotion si vulgaire.

Sohan Lal juge les hommes à leur force morale, non à la passion qui les anime. Il admire l'équilibre et l'équanimité. Il admet les calculateurs, déteste les impulsifs. Si Kartar Singh, ayant empoché l'argent, avait imaginé un grand spectacle dramatique pour dissimuler sa culpabilité, il y aurait matière à admiration. Mais, à l'évidence, il ne feignait pas son désespoir. Et cela, c'est inexcusable. En tout cas, Sohan Lal ne fera plus jamais confiance au havala, et il a pris soin de mettre tout le monde au courant de la trahison de Kartar Singh. L'incompétence mérite sa juste récompense.

Kartar Singh arrive en retard, sur son scooter. Il se gare derrière le banc, en fait le tour en boitillant et s'assoit à côté du seth. Sohan Lal remarque que le boitillement est plus prononcé que la dernière fois qu'ils se sont vus. Il doit le graduer en fonction de la situation. Si cela se trouve, il ne boite pas du tout quand personne ne le regarde.

« Tout est réglé, dit Kartar Singh. Ramvilas m'a présenté un garçon.

— Lui avez-vous parlé ?

— Oui. Il a une vingtaine d'années, pas de famille, il travaillait dans Kucha Mahajani. Le seth l'a fichu à la porte pour cause de vol. Depuis, il est employé par Rajan Nahal, selon les besoins. »

Sohal Lal hausse les sourcils.

« D'après Ramvilas, ça n'a pas d'importance, explique Kartar Singh. Il ne s'intéresse pas à la politique.

— Alors pourquoi a-t-il accepté ?

— Cinq mille roupies. Et Ramvilas lui fera un cadeau.

— Qui va le préparer à ce qu'on attend de lui ?

— Ramvilas s'en charge.

— Qui d'autre est au courant en dehors de nous trois ?

— Personne. Je suppose que vous le direz à Lalalji et à Jugal Kishor.

— Oui.

— Et Harilalji?

— Harilalji ne se mêle pas de ces choses-là », dit sèchement Sohan Lal.

Ils se taisent. A moi de me salir les mains, songe Sohan Lal, pendant que Harilal Gupta délibère avec le conseil de sujets importants. Et tout le bénéfice ira à sa carrière.

Kartar Singh se lève maladroitement. « Il faut que je parte maintenant, sethji. Les gens me connaissent. »

Sohan Lal remarque avec quel plaisir le sardar a dit ces mots : « Les gens me connaissent. » C'est merveilleux ce qu'une émeute peut faire ! Personne ne peut refuser un siège au conseil à un sardar qui présente sa candidature avec un bras en écharpe et une jambe plâtrée. Si le chaivala avait eu un peu d'ambition, il aurait cambriolé ma boutique en quatre-vingt-quatre et aujourd'hui je serais premier conseiller.

« Je vous verrai demain au mariage, dit Kartar Singh.

— Oui.

— Et demain, je danserai ! Shakuntala est comme une fille pour moi. »

Comment le boiteux fera-t-il pour danser? se demande Sohan Lal.

D'un coup de pied, Kartar Singh démarre son scooter.

« Comment s'appelle le garçon? lui crie Sohan Lal.

— Mukesh, je crois. Mukesh Pandey. » Et il s'éloigne en pétaradant.

Sohan Lal en reste la bouche ouverte. Mukesh Pandey ! Le fils du chaivala ! Ça fait des années qu'il ne l'a pas vu au stand, mais il se le rappelle jouant dans le kucha – enfant de six ans privé de mère – et il a entendu le chaivala parler de lui. Certes il doit y avoir des centaines de garçon de ce nom-là. N'empêche !

Sohan Lal reste assis un long moment sous le banyan, pensant à Shakuntala, au mariage, aux six lakhs dépensés et au garçon nommé Mukesh Pandey, jusqu'à ce qu'il se rende compte qu'il doit retourner à Kucha Bansilal et aider Ramesh à fermer la boutique. Ils ferment tôt ce soir. Une longue nuit sans sommeil les attend. Les soucis du père de la mariée !

Il décide de humer une bouffée de jasmin. Cela le calmera. Il cherche les rabats sur l'emballage de plastique. « Ramvilas a passé toute la nuit à vous les emballer », a dit Surajmal. Et certes, c'est superbe. Pas une ride à la surface, comme si c'était fait à la machine. Il trouve les rabats, les relève délicatement du bout des ongles. L'idée le traverse qu'un père ne doit pas goûter ce qu'il destine à son gendre. Que pensera le garçon quand il verra que son paquet a été ouvert ? Mais c'est son unique vice ! Il prodigue à son gendre ce qu'il se refuse à lui-même, tout en sachant que le garçon n'y connaît rien en attars. A titre de compensation, il donnera à Shakuntala un autre sari de pure soie de Kanjeevaram. Qu'il n'oublie pas de le sortir du stock dès son retour à Kucha Bansilal.

Il déchire l'emballage et ouvre le paquet avec l'avidité d'un enfant recevant son premier cadeau. Le flacon de jasmin scintille au soleil de cette fin d'après-midi. De ses mains tremblantes il ôte le bouchon, porte le flacon à son nez. Il fronce les sourcils, respire encore et jure tout bas. L'attar est synthétique.

6

Le soir, les clients désertent Kucha Bansilal. La plupart des échoppes sont fermées. Gopal voit Ramesh Babu à l'intérieur de Jamna Lal Kishori Mal – il fait ses comptes en l'absence de sethji occupé par les préparatifs du mariage. Ce sera un grand mariage, à ce qu'on raconte. Plus de sept cents invités. Gopal a demandé à Sohan Lal s'il pourrait installer un stand de thé, mais le seth a dit non : pour de telles occasions, il engage un traiteur, qui fournit les boissons froides, le café espresso et du thé de masala avec des machines en acier, des fours électriques et une armée de serveurs en uniforme.

Gopal boit sa dernière tasse de thé. Il va fermer le stand, retourner au kholi et continuer de limer la serrure. Puis, un jour, il enlèvera les boîtes d'assa-fœtida. Et, s'il découvre que les cantines sont cadenassées, il limera aussi ces serrures. Ça lui prendra des années, au bout desquelles il sera vieux.

Il lève les yeux et voit arriver Ibrahim, sa silhouette se découpant sur fond d'ampoules électriques. La nuit tombe. Ibrahim n'est pas seul – un garçon l'accompagne. Gopal secoue la tête, mécontent. Il ne veut plus faire de thé, il a rangé le verre d'Ibrahim.

Ibrahim s'assoit à côté de lui. Le garçon se plante de l'autre côté de la ruelle, le dos à la façade en verre de Jamna Lal Kishori Mal, sa tête cachant les mains jointes d'un mannequin blanc.

« Je t'ai amené un commis, dit Ibrahim.

— Je n'en ai pas besoin.

— Pourtant ton stand s'agrandit. »

Gopal étend les bras, qui touchent les jarres les plus éloignées à droite et à gauche. « Il n'y a pas de place pour lui.

— C'est un pauvre gamin. Il pourrait peut-être dormir dans ton stand la nuit.

— Et qui le nourrira ?

— Il gagne de l'argent, dit Ibrahim. Il travaille pour sethji.

— Comment se fait-il que je ne l'aie jamais vu ?

— Il vient juste de commencer. »

Gopal jette au garçon un regard soupçonneux. Quatorze ans, quinze peut-être, en tout cas pas plus de seize – maigre, Mukesh lui ressemblait il y a cinq ou six ans. Mais avec des cheveux plus propres, bien sûr, pas cette tignasse sale qui recouvre sa tête effrontée. Et il est beaucoup plus foncé que Mukesh. « Où est son père ? »

Ibrahim pointe le doigt vers le ciel.

« Sa mère ? »

Le doigt d'Ibrahim se dresse toujours.

« Donc tu ne sais rien de sa famille, bougonne Gopal.

— Un pauvre gosse n'a pas de famille. »

Gopal accuse le coup. Il s'est montré trop dur. A cet instant même, quelque part dans Chandni Chowk, Mukesh est probablement en train de chercher un abri, en prétendant que son père est mort. « Où l'as-tu trouvé ?

— Dans une école dirigée par une madame.

— Où est cette école ? »

Ibrahim rit et lui donne une claque sur le dos. « Tu te prends pour un détective, Gopal Bhai ! Suleman Mian possède une école près de Jama Masjid. C'est là que le gosse étudie.

— Comment s'appelle-t-il ?

— Gauhar. » Du regard, Ibrahim intime au garçon de se taire. Suleman Mian s'est montré très mécontent en apprenant ce qui se passait avec Mussabir. « A quoi ça sert de nourrir et de loger ces garçons s'ils filent dès qu'il leur pousse des ailes ? Surveille bien celui-ci, que je puisse l'envoyer chercher quand j'en ai besoin. Ne le laisse pas avec cette madame ! Elle va lui remplir la tête d'idioties, lui raconter des bêtises à propos de Nehru et Gandhi, il sera inutilisable par le parti. »

« Il est musulman ? », demande Gopal.

Gauhar se penche un peu afin d'entendre la conversation.

« Ne viens pas si près ! se fâche Ibrahim. Reste à l'extérieur du kucha. »

Gauhar recule à une prudente distance.

« Musulman, chuchote Ibrahim. Comme moi.

— Un Bangladeshi ! s'exclame Gopal.

— Et alors, qu'est-ce que ça peut faire d'où il vient ? C'est un pauvre gosse, comme ton fils.

— Et s'il me vole pendant la nuit ?

— Pourquoi le ferait-il ? Au contraire, il va garder ton stand, comme ça personne ne te volera. »

Gopal réfléchit. Il a conclu exactement le même accord avec Seth Sushil Jain, et les sacs d'épices disparaissent avec régularité – comment pourrait-il surveiller trois étages ? Peut-être ce garçon pourra-t-il l'aider à confondre le voleur ? Peut-être sait-il crocheter une serrure ? Ensuite ils déménageront ensemble les boîtes et ouvriront les cantines... Mais il réclamera sa part. Peut-on faire confiance à un musulman ? Et que dirait Sushil Jain, qui menace déjà de le mettre à la porte, s'il voyait le gamin sortir tous les matins de Katra Badami ? « Un musulman doit travailler chez un musulman, dit-il. Pourquoi pas dans ta boutique de chaussures ?

— Sharief Mirza ne voudra pas. Je ne suis pas un seth comme toi, qui peut se permettre d'engager son propre commis. »

La flatterie touche la cible, Gopal s'adoucit. « D'accord. Je peux peut-être le laisser dormir ici quelques nuits. »

Ibrahim pousse son avantage. « Regarde-le ! Il est petit, et pas plus gros qu'un bâton ! Il tiendra très bien dans ton stand. »

Sûrement mieux qu'un gros sardar, pense Gopal. Le gamin

pourrait effectivement se recroqueviller près du réchaud, les bras enroulés autour de son corps. « Qu'est-il arrivé à sa main ? »

Ibrahim soupire, pointe à nouveau le doigt vers le ciel.

« Comment peut-il travailler avec une seule main ?

— Une seule suffit pour pousser les clients vers Jamna Lal Kishori Mal », glousse Ibrahim.

Instinctivement, Gauhar couvre son moignon de sa main gauche. Gopal ploie sous la culpabilité. « Il dormira ici. Je lui donnerai une couverture.

— Il disparaîtra dès que tu arriveras le matin, assure Ibrahim, et ne reviendra pas le soir tant que tu ne seras pas prêt à rentrer chez toi. Je savais que tu ne le jetterais pas dehors, tu es trop bon. »

Profitons-en, se dit Gopal. « Peux-tu me trouver deux hommes pour une nuit ?

— Pour quoi faire ? »

Gopal réfléchit. Même s'il casse le cadenas avec un bon marteau, il lui faudra quelqu'un pour déménager les boîtes. Un homme placé comme guetteur à l'entrée de Katra Badami, un autre pour tenir Hameed à l'écart, au cas où il se réveillerait. « Trois hommes. Forts. Qu'ils apportent des marteaux et des couteaux. »

Ibrahim s'esclaffe. « Tu veux dévaliser une maison ?

— Non, ce n'est pas du vol.

— Qu'est-ce qui te fait penser que je peux te fournir ces hommes ?

— Tu connais des gens.

— Pas ce genre-là.

— Ton Suleman Mian...

— Suleman Mian est un chef ! aboie Ibrahim. Un jour il sera le député de Chandni Chowk.

— Mais je t'ai vu en compagnie d'hommes de ce genre. »

Ibrahim grogne, furieux que Gopal ne veuille oublier un malheureux incident. « Je te l'ai déjà dit cent fois. Je venais m'assurer qu'il ne t'était rien arrivé.

— Je t'ai vu, Ibrahim Mian ! Tu avais une barre de fer à la main ! Et la sardani était coincée dans la fenêtre, tapant du pied comme une vache.

— Parle plus bas, le gamin écoute.

— Tu m'as dit qu'on peut lui faire confiance. »

Ibrahim se lève, l'air profondément blessé. « Je t'amène un bon garçon pour t'aider à oublier la disparition de ton fils, et tu m'attaques comme si j'étais un criminel.

— D'accord, le garçon dormira ici. Assieds-toi, Ibrahim Mian, je vais te faire du thé. » Il ouvre la boîte de dérivation, pose le verre d'Ibrahim devant lui, actionne la pompe du réchaud.

« Reviens dans une heure », dit Ibrahim à Gauhar qui s'est approché en douce.

Le garçon disparaît.

« Tu as fait une bonne action aujourd'hui, dit Ibrahim à Gopal. Une bonne action est toujours récompensée. »

Gopal allume son réchaud et met l'eau à bouillir pour le thé d'Ibrahim. Trois hommes forts, se répète-t-il, pour un quart d'heure au plus. Il faudra qu'il demande à quelqu'un d'autre.

7

Ramvilas longe furtivement le bas-côté de la rue, évitant de croiser le regard des autres. Trop de gens le connaissent désormais, étant donné sa position au comité. Le flot de rickshaws le protège en partie, ainsi que les cargaisons – éviers, pompes, cuvettes de WC – qui encombrent illégalement la chaussée. Il traverse en courant un carrefour, jhola à l'épaule, yeux baissés, trébuche sur une plaque en métal boulonnée dans l'asphalte, portant l'ancien nom que personne ne connaît ou n'utilise – Garston Bastion Road. Il préfère venir de jour, quand le marché déborde d'activité. Si vous veillez à ne pas attirer l'attention sur vous, rien ne vous distingue des milliers de vos semblables. Ces acheteurs de carreaux de salle de bains venus des Etats environnants, voire d'aussi loin que le Bengale ou le Bihar, portant leurs vêtements dans leur sac, cherchant les bonnes affaires pour des pompes qu'ils vendront à des prix records une fois rentrés chez eux. La nuit, cependant, GB Road est beaucoup plus sinistre, car tous les visiteurs ont le même but, que vont satisfaire les racoleurs, souteneurs, bais et pahalvans.

Il passe devant les Pompes Agrawal, emprunte l'escalier adjacent. Sur le palier il aperçoit Parvati, en simple salvaar-kameez, qui lui présente son profil dans l'espoir qu'il la remarquera. Ce qu'il remarque c'est qu'elle vieillit, et qu'elle est enceinte d'au moins six mois. Elle réprouve le patronage qu'il accorde à Gita, lui a exprimé son hostilité à plusieurs occasions. Il a envisagé de partager ses largesses entre les deux, mais Parvati n'offre pas la peau lisse et pâle de Gita. Elle a beau affirmer qu'elle a vingt et un ans, elle est plus proche de vingt-huit. On l'imagine mal détournant les clients de Gita.

Il grimpe deux étages, et fait irruption dans la chambre de Gita. Elle est simplement meublée, un lit à colonnes, une coiffeuse, une cuvette, sur la coiffeuse des préservatifs et des huiles de massage. Ni chaises ni table. Il s'émerveille une fois de plus du côté fonctionnel de l'ensemble, qu'il a lui-même en grande partie conçu – rien de plus que ce qui est absolument nécessaire. A son entrée, Gita ne bouge pas, continuant d'étudier son image dans le miroir de la coiffeuse. Ramvilas prend un air de circonstance, feignant l'inquiétude. « Je sais que tu es malheureuse, Gulmohar. »

Il s'avance et se place derrière elle, s'observant dans le miroir, répond à la question qu'elle ne lui a pas posée : « J'ai été occupé.

— Qu'y avait-il de si important ?

— Un mariage.

— De qui ?

— La fille d'un seth.

— Elle est jolie ?

— Moins que toi.

— Mais elle a sûrement un beau mari.

— Riche et mou, trop faible pour s'opposer à son père, qui a arrangé le mariage.

— Mais un homme bon. »

Ramvilas hausse les épaules. « Tous les hommes sont bons, jusqu'à ce qu'ils se révèlent ignobles. »

Le miroir lui renvoie une image qui ne lui déplaît pas. Il a trente-six ans. Avec l'âge il n'a pas perdu ses cheveux qu'il a toujours eus trop fins – presque clairsemés – et qui demeurent soyeux, noirs et brillants. Ils ne peuvent rivaliser avec ceux de Gita, bien entendu, mais on ne le leur demande pas. Il est mince, de constitution. Quoi qu'il mange, il ne deviendra jamais gros. Aucune trace de ventre rebondi, pas de chair superflue sur le haut des bras, pas de ces détestables fanons sous le menton qui rappellent ceux des vaches. Il attribue à sa minceur sa vigueur au lit, il est fier de son air juvénile. Gamin efflanqué, il perdait souvent dans les bagarres. Homme fait, dans un monde où les combats se gagnent par l'intelligence, il espère battre tout le monde. Mais ce qui couronne le tout, les joyaux de son visage, ce sont ses yeux – vifs, noirs, toujours concupiscents. Cette lueur de concupiscence, combinée à un léger affaissement de la lèvre inférieure, lui donne une mine rusée, l'air d'un homme qui cache toujours une carte sous sa manche. Une apparence qu'il chérit. Elle lui a valu son entrée, aux côtés de riches seths, au comité du PPI. Combien d'hommes dans Chandni Chowk, qui ne sont ni des commerçants ni apparentés à d'autres membres, peuvent se vanter d'avoir accompli une telle percée à l'intérieur du comité du PPI ou du Congrès ? Certes, il n'est pas encore membre du comité, mais qu'ils essaient de tenir une réunion sans lui !

Son kurta et son pyjama sont d'un blanc immaculé. Pas vraiment l'air, se dit-il en continuant de se regarder dans le miroir, d'un homme du genre à fréquenter GB Road. Gita a de la chance qu'il soit si présentable, étant donné que, de toute façon, elle ne peut que l'accepter. Quant à elle, les six années écoulées n'ont pas entamé sa séduction. On remarque un léger affaissement des épaules et l'esquisse d'un double menton quand elle penche la tête en avant, mais la peau est toujours aussi lisse, pâle, sans défaut. « Ça a été un grand mariage ? demande-t-elle, repoussant les mains qu'il veut poser sur elle.

— Aussi grand que celui de Noor Jahan ! J'ai dansé pendant des heures. Voilà pourquoi je suis fatigué, ma bégum Roshanara. »

Elle bondit, piquée au vif par le mot « bégum ».

« Tu ne viens plus me voir, et tu m'appelles "bégum" ! »

Ramvilas soupire. Il sait que ces reproches et cette prétendue tristesse sont le fruit de la nécessité. Elle tire une grande partie de son prestige dans le khota de son patronage. Elle est une des rares filles du kotha 842 à disposer de sa propre chambre. Construite spécialement pour elle – résultat de promesses qu'il a faites à la bai, si exagérées qu'il ne peut les tenir – au sommet de l'immeuble, à côté du réservoir d'eau. Dominant GB Road et donnant sur une terrasse où elle peut voir les pigeons roucouler en picorant du millet.

« Je dois éviter de nombreux regards en venant te voir, dit-il amoureusement.

— Alors pourquoi ne viens-tu pas la nuit comme les autres ? Il y a eu une époque où ça t'était égal. »

Il fut une époque, se dit Ramvilas, où sa femme ne lui reprochait pas de passer toute la nuit à Delhi. Mais plus ses filles grandissent, plus elle devient possessive. Un homme avec deux filles – à marier un jour – ne peut passer toute la nuit en dehors de chez lui. Il lui faut rentrer tous les soirs à Bahadurgarh et assumer l'ennui de sa responsabilité. Les plaisirs, s'il a les moyens de s'en payer, il doit les réserver à la lumière du jour. « Je ne suis pas un client comme les autres ! lui dit-il. Je ne suis pas un client du tout, ajoute-t-il. Je suis un admirateur. »

Elle ricane et se réfugie à une extrémité du lit. « Parvati en a six par nuit, même maintenant qu'elle est enceinte.

— Mais toi tu es fragile. Tu ne peux en avoir qu'un. »

En réalité, il se fiche pas mal qu'elle ait d'autres clients. Quand il n'est pas en sa compagnie, elle n'existe pas. Mais il a demandé à la bai de lui épargner une trop lourde tâche. Il ne veut pas qu'elle s'épuise.

« La bai accorde à Parvati tout ce qu'elle réclame, proteste-t-elle. Bientôt, elle aura sa propre chambre.

— Tu l'emporteras sur Parvati, ma bégum Jahanara. Parce que tu m'as moi !

— Est-ce qu'elle a reçu beaucoup de bijoux ?

— Qui ?

— La fille du seth.

— Sethji est riche. » Il regrette instantanément ses mots. Il croit entendre les pensées qui se bousculent dans la tête de Gita, toutes à son désavantage, tandis qu'elle joue avec son collier, étincelant mais faux, le cadeau qu'il lui a fait le mois dernier.

« Combien valaient tous ces bijoux ? insiste-t-elle.

— Je n'en ai pas idée.

— Qu'est-ce qu'il a donné à son gendre?

— Une guirlande de billets de banque. Faux!

— Est-ce qu'elle est partie dans une Maruti?

— Une Maruti Esteem.

— Qu'est-ce que sethji lui a remis quand elle est montée en voiture?

— Une boîte contenant les attars les plus subtils. »

Vaincue, elle détourne la tête. De son jhola, il sort un paquet, le lui montre. Elle le lui arrache des mains, son visage s'illumine. « C'est ce que sethji a offert à sa fille?

— C'est mieux, infiniment mieux. Voici les meilleurs attars de Bhagwan Das et Fils, ma Mumtaz Mahal! Du jasmin, du kadamba, du mahua et du motia.

— Et les quatre autres?

— Des essences – citronnelle, patchouli, basilic et anis.

— Quel est le plus cher?

— Tu sentiras bon avec n'importe lequel », dit-il en riant.

Elle est contente, mais un doute l'assombrit. « Tu es sûr que ce sont les attars que sethji a donnés à sa fille?

— Je n'ai jamais été plus franc avec toi. »

Elle tourne et retourne les flacons, les débouche, les respire, pousse des cris de ravissement. Assis sur le lit, il l'observe. Sa gaieté s'évanouit, elle le rejoint, soudain désespérée. « Quel âge a la fille de sethji?

— Vingt-trois ans, comme toi. »

Gita broie du noir. Ramvilas regrette d'avoir parlé de ce mariage. « Qu'est-ce qui va m'arriver quand j'aurai trente ans? murmure-t-elle.

— Tu n'auras jamais trente ans. (Il la prend dans ses bras.) Tu as vingt-trois ans et tu les auras pendant les prochaines vingt-trois années.

— Et après, est-ce que j'en aurai brutalement quarante-six? »

Ramvilas s'écarte d'elle et se lève. Ce cadeau ne lui rapporte aucun avantage.

« Je peux probablement monter une affaire à moi, dit-elle. Tu pourrais me donner de l'argent. On dirige la boutique ensemble. Et je n'aurai plus jamais à m'inquiéter de mon âge. »

Il est exaspéré. Il vient d'offrir pour mille roupies d'attars à une prostituée. Doit-il en plus lui donner des conseils de carrière?

« Mais bien sûr ! Tu vis dans Chandni Chowk, le marché du monde ! On peut tout y faire ! Voudrais-tu vendre des pièces d'or ? Des lingots d'argent ? Des diamants ? Vêtements, chaussures, radios et montres ? Coton, fruits, épices, cuir, pompes à eau, tuyaux, vélos, lunettes, cerfs-volants, pétards, ventilateurs, plumes de paon ? Ou pondre des horoscopes à l'ordinateur !

— Je suis une pauvre fille. »

Ramvilas se décide à tenter une diversion, même déplaisante, pour adoucir son humeur.

« Fais venir Kiran, je veux jouer avec elle. »

Elle lui jette un regard soupçonneux.

« Tu n'as jamais joué avec elle jusqu'à maintenant.

— Je sens que je change, lui assure-t-il.

— Kiran n'est pas là. »

Sur le moment il ne comprend pas. Il pense que Kiran est en train de jouer quelque part dans le kotha, ce qui le réjouit plutôt. « Bon, je lui apporterai demain une voiture qui parle. C'est toi que je suis venu voir, ma Gulmohar.

— Je l'ai envoyée ailleurs, dit Gita.

— Où ça ?

— Chez une madame. »

Ramvilas la dévisage, interdit. Il soupçonne, même s'il persiste à chasser cette idée de sa tête, que Kiran est sa fille. La présence de l'enfant le trouble, mais il n'a pas pu aborder le sujet avec Gita. Il se réjouit donc que la question se soit résolue d'elle-même, mais pourquoi Gita a-t-elle envoyé sa fille dans un autre bordel?

« Madame ?

— Pas ce genre de madame ! rétorque Gita, fâchée. Une madame qui dirige une école.

— Ah ! Une ONG quelconque.

— C'est quoi, une ONG ?

— Une affaire qui ne rapporte jamais de bénéfices.

— Pourquoi voudrait-on monter une affaire pareille ?

— Parce que tu peux obtenir les bénéfices des autres. » Une idée germe dans sa tête, ce qui le fait sourire. « Une ONG, ma bégum Jahanara, voilà ce qu'il te faut, une affaire digne d'une fille d'empereur au mains délicates.

— Je veux une boutique », insiste-t-elle.

Il la regarde, assise sur le lit, une enfant de vingt-trois ans. Quelle merveilleuse expérience ce serait, quelles histoires intéressantes en sortiraient ! « Parvati n'a pas d'ONG, dit-il.

— Et qu'est-ce que je vendrais ?

— Une ONG ne vend rien. Elle achète seulement, gratis. Elle écrit des lettres. Elle publie des brochures.

— Et qu'est-ce que j'écrirai dans ces brochures ? »

Ramvilas écarte les bras. « Tu vis dans un bordel, ma bégum Jahanara. Tu peux sûrement trouver un sujet ?

— Je n'aime pas la bai. Ou le pahalvan.

— Alors détruis-les. L'ONG, c'est pour toi, pour les filles du kotha.

— Sauf Parvati ?

— Sauf Parvati. »

Gita réfléchit.

C'est le moment le plus créatif de ma vie, se dit Ramvilas.

« Je l'appellerai Dukhiya Naari Uddhaar Sabha, déclare-t-elle.

— Les grands journaux du monde ne parleront pas de ton ONG, ma Gulmohar, si le nom est imprononçable ! Il faut lui donner un nom anglais qui puisse faire un sigle hindi, ou un nom hindi qui puisse se transfromer en un sigle anglais, ou...

— Choisis-le toi-même !

— Association des Travailleuses Indépendantes. Organisation Nationale des Femmes.

— Et alors ? Qu'est-ce que je dois faire maintenant ?

— Apprendre à mieux parler l'hindi, ma Mumtaz Mahal.

— Chez moi, on parlait le népalais, proteste-t-elle.

— Chez toi, ma Gulmohar, c'est là où se trouve ton ONG. Et pour ton ONG, tu devras beaucoup parler. C'est trop tard pour l'anglais, donc l'hindi fera l'affaire.

— Qui va m'apprendre du bon hindi ?

— Demande à tes clients, dit-il en riant. Tu auras une équipe, un bureau, des employés, de la publicité. Par-dessus tout, tu défendras ta propre cause. Une prostituée défendant les droits des prostituées. Le droit aux préservatifs gratuits. Aux contrôles médicaux. Le droit de refuser des clients ne mettant pas de préservatifs. Le droit à l'éducation de vos enfants. Tu seras la plus belle de toutes ! Ton visage te vaudra ce que ni les rassemblements ni les protestations ne te rapporteraient. Tu iras seule trouver le député, sans délégation, de façon qu'il puisse apprécier ton point de vue !

— Pourquoi faut-il que j'aille chez le député ? »

Il rit et se dirige vers la porte, glissant sur la vague de son imagination, enflammé par sa propre éloquence, ébloui par son propre éclat. Elle sera sa motte d'argile – une motte si douce ! – qu'il façonnera à son gré. Elle a peut-être la capacité de le distraire différemment.

« La bai a des ennuis avec la police », dit-elle, couchée sur le lit.

Ce qui l'arrête net. Il ne peut laisser la police se mêler des affaires du kotha 842. « C'est elle qui te l'a dit ? »

Gita hoche la tête.

« Le sous-inspecteur est un OBC, soupire-t-il. Ça rend la situation plus difficile.

— C'est quoi un OBC ?

— Il y a un grand rassemblement en leur faveur la semaine prochaine. Ils exigent qu'une prostituée sur quatre soit une OBC.

— Mais c'est quoi une OBC ?

— Tu n'en es pas une, mais Parvati si. Cela signifie que Parvati aura bientôt des clients qui lui seront réservés, donc tu dois protester contre ce rassemblement. »

Gita se tait.

« Mais tu n'as pas à t'inquiéter, la rassure-t-il. Je t'appartiens, à toi seule, même si la commission Mandal emprisonne le monde entier au bénéfice exclusif des OBC. »

Il va pour partir, mais elle l'arrête de nouveau. « Tu as oublié le magnétoscope.

— Je fais de mon mieux, s'énerve-t-il.

— Et le miroir ?

— Ah ! le miroir ! Je t'ai acheté le miroir de Noor Jahan. Il pivote sur un pied ! Tu peux le poser sur une table et le tourner dans tous les sens. Où qu'il s'immobilise, il montrera toujours le plus beau visage de Delhi. »

Elle roucoule. « Pourquoi ne l'as-tu pas apporté ?

— C'est un commis qui te l'apportera. Un gentil garçon en chemise jaune, qui a beaucoup entendu parler de ta beauté.

— Quand viendra-t-il ?

— Je te l'enverrai dimanche. Dimanche soir, et donne-lui ce qu'il demande parce que lundi matin il fera bouger la terre.

— Tous les jours sont pareils dans GB Road, dit-elle. Qu'est-ce qui se passera lundi ? »

Il descend rapidement l'escalier et trouve la bai endormie dans la salle d'attente. Il la secoue pour la réveiller. Elle pousse un gémissement en le reconnaissant.

« Est-ce que Gulmohar s'est montrée grossière avec vous ?

— Gulmohar est une fleur épanouie. Parlez-moi du sous-inspecteur.

— Il a augmenté son tarif, soupire-t-elle. Sept roupies par client.

— Vous avez dû faire quelque chose qui l'a contrarié.

— Non. Il dit que les prix ont augmenté partout. Je ne peux pas discuter avec lui, et mes pahalvans ne veulent pas avoir des histoires avec la police. »

Ramvilas se demande s'il devrait lui proposer son aide.

« Il faudra que Gulmohar augmente ses tarifs », dit la bai nonchalamment.

La menace fâche Ramvilas. Ce n'est pas juste de le traiter comme n'importe quel client. Mais d'abord, répondre à la question qu'il lit dans les yeux de la bai. « Le sous-inspecteur est un OBC. Vous savez comment sont les choses de nos jours, avec cette commission Mandal. On ne peut pas lutter contre un OBC

— Peut-être que Gulmohar en est une aussi, rétorque la bai. Il faudra qu'elle fasse payer en conséquence. »

Ramvilas quitte la pièce, descend au rez-de-chaussée, attend sur le pas de la porte en raison d'un flot particulièrement dense de rickshaws qui encombrent la rue, sort et s'éloigne rapidement du kotha. Il se rend au poste de police du bout de GB Road.

Le poste est désert, mais il repère sans peine le sous-inspecteur, Inderlal Jha, assis dans une pièce du fond, qui boit son thé tout en s'éventant avec un morceau de carton et gribouillant dans un registre marqué : « Dépôt de plaintes, août 1990. » « Le chauki est fermé pour le déjeuner, dit-il.

— Je ne suis pas venu déposer une plainte.

— C'est l'heure du déjeuner, répète Inderlal.

— Je suis membre du comité du PPI de Chandni Chowk. Je

suis envoyé par Harilal Gupta et Kartar Singh, tous deux conseillers. »

Inderlal se redresse prudemment. Les noms ne lui disent rien, il ne voit pas très bien l'intérêt qu'aurait le comité du PPI à s'adresser à lui, mais mieux vaut ne pas montrer son ignorance.

« Harilalji a décidé de défendre la cause des femmes, dit Ramvilas.

— Est-ce que vous me prenez pour une femme ? s'offusque Inderlal.

— Il a appris que la police de GB Road fait des affaires avec les kothas. »

Inderlal affiche l'indifférence. Avant de répondre, il faut soutirer quelques informations supplémentaires. « Revenez quand le CP sera là.

— Et quand sera-t-il là ?

— Il est parti faire ses rondes. Essayez de nouveau dans la soirée. »

Ramvilas scrute le visage impénétrable – regard de fouine, joues à chair flasque, et, trait dominant, une moustache épaisse soigneusement taillée. L'homme a peut-être un ou deux ans de moins que lui, mais il est beaucoup moins bien conservé. Sa méchanceté se lit dans ses yeux, mais il ne le sait pas. « Bon, dit Ramvilas. Je discuterai avec lui de l'augmentation des tarifs. »

Il se lève. Inderlal se rue pour l'arrêter. « Quels tarifs ? Vous pouvez en discuter avec moi !

— Mais le commissaire ?

— Il fait ses rondes, répète Inderlal. Dieu sait quand il reviendra.

— Harilalji est allé discuter avec les kothas. Au kotha 842, on lui a dit que les tarifs sont passés à sept roupies.

— Oui, c'est le nouveau tarif. »

Ramvilas hausse les sourcils.

« Tout est plus cher de nos jours, se défend Inderlal. Ça fait six ans que je suis à GB Road. Pendant ce temps, le prix des pompes à eau a doublé. Les carreaux de salle de bains coûtent trois fois plus cher, alors comment voulez-vous que les kothas s'en sortent ?

— Harilalji est mécontent du harcèlement de ces femmes. Il en discutera avec le CP. »

Inderlal réfléchit aux possibilités qui s'offrent à lui. Sa position dans la police le satisfait, sans compter que le commissaire l'a inscrit sur le tableau des décorations pour avoir sauvé des sardars durant les émeutes de quatre-vingt-quatre. « Dites à votre Harilalji de discuter de cela avec le commissaire lui-même. C'est un un bon ami à moi.

— Mais Harilalji n'a pas l'intention de se mêler du travail de la police. Il estime juste une petite réévalution. Même un sous-inspecteur doit manger. Que diriez-vous de cinq un quart?

— Six.

— Cinq et demi », tranche Ramvilas.

Résigné, Inderlal accepte.

« Inutile d'ennuyer votre chef avec de tels détails, dit Ramvilas. Peut-être pouvez-vous l'informer que le tarif est fixé à cinq.

— Dieu sait quand il reviendra. » Il réclame deux tasses de thé mais Ramvilas se lève.

« C'est votre heure de déjeuner, dit-il. On ne doit pas déranger la police. »

8

Le grand figuier à l'entrée de Kucha Bansilal jouxte le temple de Hanuman, le tronc est si gros qu'il a fallu ouvrir une brèche dans le mur. Du coup, l'arbre a été sauvé, alors qu'on envisageait de l'abattre pour installer à sa place un étal de jalebis. Il y a vingt-cinq ans, en creusant pour réparer une ligne électrique, des techniciens de la Compagnie d'Electricité de Delhi ont déterré une petite figurine en bronze d'Hanuman, que l'Archaeological Survey of India a datée de plus de cinq cents ans. Elle représente Hanuman en jeune garçon fixant le soleil – raccordé à la figurine par un beau fil de cuivre – et prêt à bondir pour l'avaler. La découverte suscita une grande effervescence chez les archéologues, qui se trouvèrent pour une fois d'accord avec les politiciens locaux du Jan Sangh. Les archéologues l'emportèrent sur la CED et creusèrent autour du site, les politiciens l'emportèrent sur le conseil municipal et firent ériger un temple de fortune. Plus tard, l'Archaeological Survey trouva à la figurine un parfum certain de modernisme, se dit que le fil de cuivre n'avait pu rester intact pendant des centaines d'années, détecta sur le pied d'Hanuman l'estampille d'une fonderie de Ghaziabad. Les membres du Jan Sangh refusèrent un tel révisionnisme, selon eux motivé par des raisons politiques, et le temple demeura, passant d'une structure de bois à un kiosque en béton, ce qu'il est toujours, avec une statue de Hanuman en pierre rouge. Non pas une réplique de la figurine disgraciée – image du dieu d'ailleurs très inhabituelle – mais une représentation de Hanuman dans sa pose canonique de fidèle serviteur de Rama, un genou à terre, mains jointes, yeux fermés en signe de dévotion béate, queue flamboyant derrière la tête. Le pujari vit près de la statue, accroupi dans le seul espace disponible entre la statue et le mur. Il la baigne tous les matins, dépose des tournesols à ses pieds, peint un tilak vermillon sur son front, et empoche les pièces jetées par les passants.

Debout sous le figuier, appuyé au mur du temple, Gauhar scrute tous les visages et psalmodie son texte : « Soie de Mysore, soie de Bénarès, soie de Kanjeevaram ! Mousseline française, mousseline indienne, organdi ! Corsages de soie, corsages rubiya ! »

« Repère les gros bonshommes suivis de leur femme, lui a dit Chotu. Guette les femmes qui vont par deux et qui bavardent, le sac à main pendant à l'épaule gauche. Repère les enfants accrochés d'une main au sari de leur mère, et tenant un cornet de glace dans l'autre. Repère les hommes portant des chaînes d'or et les femmes des bijoux. Ne perds pas ton temps avec un homme mince qui marche à longues enjambées – même quand il a une petite bedaine. Il se rend au travail, et ne cherche pas à acheter quoi que ce soit. N'amène pas chez le seth des hommes sales au kurta tout fripé, ni des filles au teint foncé, mal nourries, qui n'ont jamais effleuré du doigt un sari de soie. »

Gauhar regarde, de plus en plus mal à l'aise sous le soleil de l'après-midi. Il tente de se réfugier sous l'arbre, qui n'a presque pas de feuilles, mais les pancartes et les bannières accrochées à ses branches procurent de l'ombre. Sauf qu'il est situé en retrait de la rue, et que si Gauhar reste dessous, il voit mal les passants. Il retourne au soleil. Il touchera un pour cent de chaque vente dont il sera à l'origine, a dit le seth. Ça semble dérisoire comparé aux cinquante-cinq roupies qu'il gagne sur chaque client amené par Ustad Mussabir, même après qu'il lui a versé sa commission et qu'il a payé le paanvala. Il ne sait pas quoi conclure de tous ces visages qui défilent devant lui. Il peut dire d'un seul coup d'œil si un type est un enculeur : il le remarque à ses yeux, à son allure, au mouvement du bras, à sa respiration. Mais comment Chotu peut-il savoir que tel type est un client potentiel de Jamna Lal Kishori Mal ? Que c'est la femme assise dans un rickshaw ou celle qui regarde à travers les vitres d'une Ambassador ?

Un couple qui s'approche retient son attention. L'homme incline la tête en passant devant le temple. Il a l'air froid et méchant, mais la femme est grosse et porte un collier. L'homme marche d'un bon pas, mais elle lambine, regardant les enseignes. Il lui passe le bras autour des épaules pour la faire accélérer. Gauhar cherche s'il y a des enfants autour d'eux, n'en remarque pas. Il s'avance vers eux.

« Soie de Mysore, soie de Bénarès, soie de Kanjeevaram ! Mousseline française, mousseline indienne, organdi ! Corsage en soie, corsage rubiya ! Jamna Lal Kishori Mal ! »

Il fixe la femme, craignant de croiser le regard de l'homme, du geste il indique le kucha. Elle hésite. Gauhar avance encore pour lui barrer le passage. Horrifiée, elle montre du doigt le moignon – qu'il a levé pour l'empêcher de passer – et recule. « Ecarte-toi, hurle l'homme, espèce d'enculé de manchot ! »

Gauhar décampe sans demander son reste, court vers le temple. La femme serre son sari le plus étroitement possible autour de ses épaules, de façon à ne pas exposer un centimètre de chair plantureuse, et s'éloigne. Son mari la suit, l'air protecteur, et, dès qu'il se sent hors d'atteinte, se retourne pour toiser Gauhar.

Qu'ils aillent tous se faire foutre, se dit Gauhar.

Il agrippe le grillage métallique du temple, sous l'œil menaçant du pujari. Gauhar les déteste tous – le pujari, le seth, le chaiva-la et Dents Jaunes qui l'a amené ici. « Qu'il se lave d'abord », avait ordonné le seth. Il pissera sur la boutique du seth ! Il pissera sur les saris et les corsages, et ensuite il pissera sur le seth lui-même, comme ça ils seront tous aussi sales. « Vous aviez dit deux pour cent à Dents Jaunes, a-t-il protesté le premier jour.

— C'était avant que j'aie vu ton moignon, a dit le gros seth. Un manchot travaille moitié moins qu'un garçon à deux mains ! » Très bien, il travaillera pour un pour cent, parce que les saris se vendent cher. Le seth ne sait pas qu'il sait faire des additions, des soustractions, des multiplications et des divisions. S'il essaie de le doubler, il recevra un coup de pied au cul.

Dix jours ont passé, et il n'a pas trouvé de clients. Pas un seul gros kurta ne s'est laissé attirer dans Kucha Bansilal. Pendant ce temps, il aurait pu se faire dix hommes dans le cagibi vert. Très bien, il va rester encore quelques jours, puis retournera chez Didi. Il déteste ramper devant de grosses femmes, il n'aime pas dormir dans une boîte. « Est-il musulman ? a demandé le chaivala à Dents Jaunes. Est-il bangladeshi ?

— Il est pauvre, comme toi et moi », a répondu Dents Jaunes.

Ah, qu'il aimerait leur foutre une beigne, tous tant qu'ils sont, hindous et musulmans, Indiens et Bangladeshis ! Il s'est fait avoir par Dents Jaunes. Deux cents roupies par jour, lui avait-il promis. Il aurait dû s'en douter en le voyant – trois poils de barbe, sourire grimaçant, pyjama sale. Et il rampe devant le gros seth. Ne sait-il pas qu'il suffirait d'un coup pour flanquer le gros par terre ? Et cette façon qu'il a de glousser quand il mendie une tasse de thé au chaivala ! Il pourrait, en tendant le bras, se la faire lui-même, ou emporter toute l'échoppe. Avec ses verres de lunettes rayés et voilés, le chaivala est peut-être à demi aveugle et le remarquera à peine. Et même s'il le remarquait, comment il se défendrait ? Dents Jaunes n'est pas un homme. Se laisser mépriser comme un chien par un seth et un chaivala !

Gauhar se demande s'il devrait aborder directement Suleman Mian – avec sa moustache en trait de crayon, ses joues brillantes, ses cheveux huilés, il a l'air méchant de quelqu'un qui sait s'y prendre. Suleman Mian lui trouvera un bon boulot qui lui rapportera plus que de se faire enculer. C'est un homme qui connaît du monde, encore plus que Ustad Mussabir, bien que Mussabir soit imbattable dans la collecte des paris aux combats de pigeons.

« Fiche le camp d'ici ! », dit le pujari.

Gauhar se rend compte qu'il est trop près du mur du temple. « Il fait chaud au soleil. Je veux rester à l'ombre du temple.

— Comment t'appelles-tu ? s'enquiert le pujari, soupçonneux.

— Gauhar Muhammad.

— Ah ! Fiche le camp ! »

Gauhar lâche le grillage et saute. Le métal brûlant a imprimé une tache noire sur sa paume.

« Va te faire foutre, panditji ! »

Il se dirige vers le kucha suivant, s'arrête sous la voûte de l'entrée, placardée d'affiches. Les piliers qui la soutiennent sont rectangulaires, creusés chacun d'une alcôve. Gauhar se love dans une alcôve et s'endort.

Des heures plus tard, il est réveillé par les hurlements d'une sirène. C'est le soir. Une fourgonnette passe devant le kucha et s'arrête dans un crissement de pneus près du figuier. La police, se dit Gauhar. Il ne voit pas très bien pourquoi ils seraient à sa recherche, mais il saute de son alcôve et s'apprête à filer. Puis il lit les initiales sur le fourgon – CED, Compagnie d'Electricité de Delhi. Trois hommes en uniforme en sortent et posent une échelle contre l'arbre. L'un d'entre eux y grimpe. Ce qui les intéresse ce sont les branches décorées de dizaines de fils électriques, qui se faufilent à travers l'arbre, dégringolent et se raccordent à la ligne desservant Kucha Bansilal.

Gauhar s'approche de la camionnette. L'homme sur l'échelle tient dans ses mains gantées une paire de gigantesques pinces et coupe les fils, un à un. La plus grande enseigne, Jamna Lal Kishori Mal, disparaît dans le noir, dès le premier coup. Le coup suivant plonge le temple dans la nuit, y compris les ampoules rouges qui entourent l'effigie de Hanuman. Le pujari sort en trombe et abreuve d'injures les hommes de la CED, qui ne lui prêtent aucune attention. « Athées. Musulmans ! braille-t-il. Comment pouvez-vous laisser Hanuman dans le noir? »

Chitra suit les garçons tout du long, de Chawri Bazar à Fatehpuri Masjid. Ils tournent dans Chandni Chowk et se dirigent en procession vers le Fort Rouge. Ils ne sont pas plus d'une douzaine, brandissant des bannières et criant des slogans en faveur de la commission Mandal. Ils forment une sorte d'avant-garde du grand rassemblement du lendemain. Elle équilibre la caméra sur son épaule et s'efforce de bien cadrer les visages. Dommage qu'ils n'aient pas commencé plus tôt, parce qu'il fera bientôt nuit.

« Commission Mandal *zindabad !* »

Elle perçoit le goût de l'aventure chez les garçons, et trouve follement réjouissant d'avoir quitté le bâtiment en brique rouge derrière Jama Masjid. Cela lui rappelle les manifestations à la fac. « Notre université est la plus prestigieuse des universités féminines de Delhi, disait la directrice, nous ne devons donc pas ternir sa réputation par de la politique et des manifestations. » Le terme même d'« université féminine » lui semblait antédiluvien, sous-entendant qu'une certaine forme de savoir était réservée aux femmes – sciences ménagères, histoire, anglais, sociologie – tandis que les hommes étudiaient les disciplines nobles : économie, finance, ingénieurie et mathématiques. « Nous enseignons aussi les mathématiques dans notre université, protestait la directrice.

— Mais combien de femmes sont-elles encouragées à les étudier ? », avait demandé Chitra. Et que sont les sciences ménagères sinon un euphémisme pour cuisine, nettoyage, couture et tricot ?

« Il ne faut pas rabaisser l'économie domestique, disait la directrice.

— Nous la rabaissons en la reléguant exclusivement dans les "universités féminines". Pourquoi une université masculine, que l'on appelle d'ailleurs simplement "université", ne l'enseignerait-elle pas à ses étudiants ? »

La directrice accepta finalement de soumettre sa suggestion – supprimer l'adjectif « féminine » – au conseil d'administration. Mais Chitra savait qu'un simple changement de nom ne suffirait pas, non plus que l'introduction de cours peu appropriés à des femmes au foyer. Comment une femme saurait-elle formuler ses revendications en matière d'égalité ? Chitra protesta contre les concours de beauté, réclama l'admission d'enseignants mâles dans la nouvelle fac déféminisée, des dortoirs semblables à cause des hommes, sans être jamais certaine qu'il s'agissait de causes féministes. « Nous luttons contre le sida et la prostitution, lui disaient de solennelles féministes. Nous ne pouvons prêter notre nom à vos obsessions frivoles ! » Les causes qu'elle défendait n'étaient pas des causes de femmes. D'ailleurs dans un monde de parfaite égalité, que signifiait l'expression « cause des femmes » ?

En fondant Les Moineaux, elle a cru se lancer dans une glorieuse carrière de travailleur social. Après six ans d'exercice, elle doute que le « service social » soit une carrière. C'est un violon d'Ingres pour quelques-uns et une vocation pour d'autres, une obsession ou une compulsion pour les croyants, jamais une carrière. Elle a eu la chance de trouver Shalini, qui lui a amené deux autres filles de sa fac, désireuses de « voir le monde réel ». A elles trois, elles peuvent diriger le foyer, pour peu qu'elle intervienne de temps en temps. Elle sait que les filles y voient une activité temporaire, qu'elles s'autorisent jusqu'à leur mariage ou jusqu'à ce qu'elles s'engagent dans leur propre carrière, elle leur est néanmoins reconnaissante d'être là.

Quant aux garçons qu'elle est en train de filmer, elle n'en pense pas grand-chose. Comprennent-ils ce qu'ils font en défendant cette commission Mandal? Elle les interviewera après le défilé, sur fond de Fort Rouge. Elle s'obligera à croire que leur protestation n'a rien d'une mascarade – même si tout protestataire se méprend peu ou prou sur la réalité et l'utilité de son mouvement. Cette rue, après tout, est le lieu des protestations. Les garçons viennent de passer devant une plaque rappelant une manifestation vieille de quatre-vingts ans. « C'est ici qu'on a lancé une bombe sur Lord Hardinge, quand il a pénétré dans Chandni Chowk pour marquer le transfert à Delhi de la capitale indienne. » Et ce figuier, se dit Chitra, est peut-être celui auquel le capitaine Hodson a pendu les fils de Bahadur Shah Zafar après les avoir fusillés. L'arbre porte une barbe de câbles électriques, qui pendent comme des racines.

L'idée la fait sourire. Tous les deux ou trois ans, la CED lance un raid contre les voleurs d'électricité et cisaille les connections illégales, qui sont rapidement rétablies. L'arbre a pour feuillage des enseignes en bois, invisibles dans ce début de crépuscule. Une forme sombre émerge. Un instant, elle s'imagine que l'homme va l'attaquer, mais il dit : « Soie de Mysore, soie de Bénarès, soie de Kanjeevaram ! Mousseline française, mousseline indienne, organdi...

— Gauhar ! »

Gauhar interrompt sa mélopée, l'air gêné.

« Ça fait dix jours que je ne t'ai pas vu, dit-elle. Tu as manqué Baal Sabha, et la Baal Bank est restée fermée pendant tout ce temps ! »

Il se dandine, mal à l'aise. Dans sa nouvelle vie, il a presque oublié les règles et les méthodes du foyer, qui à présent lui semblent bizarres. « Je travaille, dit-il.

— Où cela ? »

Il montre l'arbre du doigt. Et la plus grande enseigne, impossible à ne pas remarquer même sous cette lumière déclinante : « Jamna Lal Kishori Mal ».

Chitra est bouleversée. Ce garçon qui a franchi sa porte il y a six ans, sale, en haillons, torse nu, serrant un paratha dans une main, agitant un moignon en guise d'autre. Qui, pendant six ans, a manqué les cours, transgressé les règles, s'est battu avec les autres garçons et s'est frotté à Mussabir. Le voici, employé dans une boutique de saris, gagnant sa vie grâce au savoir-faire qu'elle lui a enseigné. Sachant lire et écrire, attirant les clients, la personnification de la réussite de son entreprise, l'affiche qu'elle conservera toujours en mémoire. « Je veux parler à ton seth, dit-elle transportée. Conduis-moi à sa boutique. »

L'idée ne plaît pas à Gauhar. Il n'est pas sûr que le seth appréciera son association avec Didi. « Je viens juste de commencer !

— Bon, je reviendrai.

— Qu'est-ce que vous avez sur l'épaule ?

— Une caméra, pour faire un film.

— Où est le héros ?

— Il n'y en a pas », dit-elle en riant.

Elle regarde autour d'elle et constate que le cortège des manifestants est loin devant. Une idée lui vient. Pourquoi filmer ce mouvement égocentrique, cet épisode de la farce pro- et anti-Mandal, alors qu'elle a sous les yeux une histoire émouvante ?

« De quoi ça parle votre film ? insiste Gauhar.

— De toi. »

Gauhar saute de joie.

« Et de Mussabir. »

Il trouve cela beaucoup moins amusant.

« Sais-tu où est Mussabir ? », demande-t-elle.

Au combat de pigeons ou en train de se faire enculer, pense Gauhar. Mais s'il cafte et que Mussabir le découvre... Il se tait.

« Il va faire nuit, reprend Chitra. Je reviendrai ici demain matin à onze heures. Trouve Mussabir et amène-le. Dis-lui qu'il sera dans un film. Vous serez tous les deux des stars de cinéma, comme Amitabh Bachchan ! Et dis à ton seth que je veux lui parler. Dis-lui qu'il sera aussi dans le film.

— Pourquoi lui ? grommelle Gauhar.

— Tu auras le plus grand rôle », affirme-t-elle, en se retournant pour s'en aller.

« Didi. »

Elle s'arrête.

« J'ai faim.

— Tu n'as rien gagné ce matin ? » Gauhar ne répond pas. Elle soupire, lui tend dix roupies, est choquée par la rapacité avec laquelle il s'empare du billet. Bon, ce n'est qu'un gamin, un pauvre gosse. Il faut plus que quelques jours de travail pour qu'il ne se croie plus en état de privation permanent. « N'oublie pas de chercher Mussabir », dit-elle, puis elle court pour rattraper le cortège qui a presque atteint le Fort Rouge.

« Je vais me laver demain matin, lui crie Gauhar. Pouvez-vous m'apporter un peigne ? »

Il contemple son billet de dix roupies. Que Mussabir Ustad aille se faire foutre. Il ne perdra pas son temps à le chercher, uniquement pour partager le film avec lui. Il parcourt Chandni Chowk, entre dans une ruelle derrière Jama Masjid et dépense trois roupies pour un nahari. L'estomac plein du bouillon soporifique, il songe à se faire un client, mais y renonce. Didi lui donnera quelque chose demain, alors pourquoi s'embêter avec un vieil enculeur ?

Il se dirige vers Les Moineaux. Par la fenêtre, il voit les garçons et les filles allongés sur leurs nattes, endormis. Didi exige que tout le monde dorme à neuf heures. « Tu ne dois pas retourner à l'école, l'a prévenu Dents Jaunes il y a dix jours.

— Pourquoi je dormirais dans une boîte quand j'ai une chambre ?

— Suleman Mian veut que tu restes dans Kucha Bansilal, pour qu'il puisse te faire appeler quand il a besoin de toi. »

Qui est ce putain de Suleman Mian ? se demande Gauhar. Et pourquoi il aurait besoin de moi ? Il décide de retourner à Kucha Bansilal. Il n'a pas peur de Dents Jaunes. Ni de Suleman Mian, mais peut-être que ce type pourra lui trouver un meilleur boulot. Il va retourner dans la boîte du chaivala. Il a percé quelque trous dedans, sans le dire au chaivala, comme ça il respire mieux. Dans un ou deux jours il y mettra un matelas, et ce sera aussi confortable qu'une chambre.

Demain matin il deviendra une star de cinéma, et que Mussabir aille se faire foutre, lui et ses pigeons.

9

Chemise jaune plaquée contre la poitrine par la brise nocturne, Mukesh débouche dans GB Road et poursuit sa route entre les arceaux d'ampoules qui illuminent d'ocre les enseignes. Craignant d'être suivi, il se retourne fréquemment, dépasse à la hâte tous ceux qu'il croise, serre contre lui le paquet que Ramvilas lui a remis. En lui recommandant d'éviter les souteneurs, les pahalvans et les racoleurs. Là-haut, aux étages supérieurs, à sa droite et à sa gauche, les putains gloussent derrière les grillages. De chaque côté de la rue des hommes en kurta et lungi l'observent attentivement. Il presse le pas jusqu'à se trouver devant une enseigne clignotante électronique annonçant « Entreprise des Pompes Agrawal ». Ramvilasji lui a dit de faire attention, de ne pas se tromper de kotha, aussi lit-il trois fois le texte de l'enseigne. Rassuré, il fonce dans l'escalier sombre menant au kotha 842.

Il traverse le palier comme un voleur, entre sur la pointe des pieds dans une salle d'attente, s'assoit avec circonspection sur un divan. « Quelqu'un viendra te chercher », a dit Ramvilasji.

Des couchettes s'alignent le long des murs, fermées de rideaux qui volettent bizarrement. Il étudie le dessin du linoléum puis regarde les portraits de Nehru, Gandhi, Guru Nanak et Sai Baba accrochés au mur. L'angoisse le saisit. A-t-il fait irruption dans un temple ? Une salle de réunions religieuses ? Ne devrait-il pas filer avant d'être découvert et jeté dehors ? Soudain la pièce explose de rires et les rideaux tremblent. Il aperçoit des bouts de chair – cuisse, sein, jambe, croupe. Hoquetant, il court à la porte, où il entre en collision avec une femme d'un certain âge. « Ah, vous devez être Mukesh », dit la bai d'une voix enamourée.

Elle rajuste son sari, l'examine soigneusement, tenant son visage entre ses mains. Le choc a produit chez Mukesh l'effet d'une brûlure : il n'a jamais touché auparavant de chair féminine si tendre. Honteux, il chasse cette pensée – la femme a au moins quarante ans !

Elle le prend par la main, lui fait monter deux étages et frappe à une porte. La porte s'ouvre, devant lui se tient une Népalaise, la plus belle femme qu'il ait jamais vue.

Un délice de femme, ronde, dodue, plus petite que lui, mais si pleine d'assurance qu'elle le regarde droit dans les yeux. Une peau pâle, laiteuse, sans défaut, les joues aussi douces que celles d'une héroïne de film. Des lèvres qui rappellent une grenade débordant de jus. Un corsage dont la couleur chair se confond avec celle de sa peau, des cheveux longs et raides, le sari ajusté sous la taille, dévoilant un nombril très creux.

Elle sourit, laissant pendre sa lèvre inférieure. Quand elle les ferme, ses yeux étirés deviennent des fentes. Il remarque les dents tachées de paan, ce qui l'ennuie un peu. Puis elle parle : « Viens. »

Elle l'attire dans la chambre. La bai sort, il ne sait pas quand, la porte se referme derrière lui. La femme lui pose une main sur l'épaule et rit doucement. Elle lui arrive à la poitrine. Elle l'immobilise à côté du lit, grimpe sur la couche et l'embrasse sur le front. Il baigne dans les arômes de jasmin et de mahua. Le corsage de tissu fin – presque transparent – est décolleté si bas qu'il voit les bretelles du soutien-gorge, le gonflement des mamelons et des tétons. Ah, la douceur de cette peau ! Une mangue, une pomme, une orange juteuse juste bonne à peler !

Soudain conscient de son manquement aux convenances, il s'énerve et déchire maladroitement le papier entourant le paquet. Les mains tremblantes, il en sort un miroir pivotant qu'il lui présente de sorte qu'elle y voie son reflet.

Elle lui emprisonne la main et l'attire tout près d'elle. Ils restent immobiles, le miroir entre eux deux. Il regarde encore ses dents tachées de paan, s'imagine suçant sa peau d'où suinte du sang. Affolé, il recule d'un pas. Le miroir glisse de leurs mains jointes et s'écrase sur le sol.

Elle pousse un cri de consternation et saute en arrière afin d'éviter les échardes de verre qui jaillissent du sol. Lui ne bouge pas, désespéré.

Elle observe les débris, puis le regarde et éclate de rire. Il rit aussi. Elle l'attire à elle, lui pose la tête sur sa poitrine, l'oblige à enfouir son nez entre ses seins. Là est la tendresse, là est le confort, la douceur de la peau et l'arôme sauvage de jasmin et de mahua.

10

« Ralentis, dit Sohan Lal à son fils. Je n'ai pas ton âge. »

Il sort un mouchoir de soie de son kurta et s'essuie le front. Il est tôt en ce matin de septembre. Il n'y a pas un nuage dans le ciel, et le soleil brûle autant que s'il tapait sur des dunes de sable dans le désert. Ces ONG avec leurs histoires d'environnement n'ont peut-être pas tort, pense-t-il. Septembre, et pas une goutte de pluie. Que va-t-il arriver à cette pauvre terre ? Mais qui croirait à son dessèchement en voyant les pelouses si vertes à sa droite ? Regardez ces kilomètres de prairies le long de la Yamuna, tombes luxuriantes dans un pays pauvre, conservées par les vivants dans un état immaculé afin d'honorer les morts – Rajghat, Shanti Van, Shakti Sthal, Vijay Chowk. Un hommage que se rend à lui-même le Parti du Congrès aux dépens d'hommes d'affaires comme lui, Sohan Lal. Combien cela coûte-t-il de maintenir cette nécropole bourdonnante de vie ? Est-ce que Gandhi, ce frugal bania, se sentirait à l'aise dans la splendeur de Rajghat ?

Ils ont eu tort d'autoriser le chauffeur à les déposer si loin de Chandni Chowk, de ne pas exiger qu'il les conduise jusqu'au Fort Rouge. « Il ya beaucoup de circulation près du Fort, a dit le chauffeur, à cause du rassemblement. Ils ont bloqué le croisement, et on risque de se retrouver coincés derrière un barrage de police. » Sohan Lal a donc accepté de marcher, de longer Ring Road, pensant qu'un peu d'exercice lui ferait du bien, qu'il pourrait dire en rentrant à Rikmini qu'il a suivi les conseils du médecin. Maintenant il le regrette. Il se traîne péniblement et maugrée contre tout ce gaspillage dont les symboles sont enterrés sous les collines sylvestres à sa droite.

De telles pensées ne semblent pas effleurer Ramesh. Ils dépassent l'avenue encaissée qui mène à Rajghat.

« Shaku a téléphoné la nuit dernière, dit-il.

— Personne ne m'a prévenu, grommelle Sohan Lal.

— Tu dormais. Elle va bien. Elle dit que tout le monde a aimé les pièces à l'effigie de la reine Victoria. »

Sohan Lal plante sa canne devant lui et avance avec obstination. Il se rappelle le plissement de front du beau-père de Shakuntala lorsqu'il avait découvert les pièces au mariage. « Ce sont des petites guinées », avait-il observé. Sohan Lal en a eu des palpitations. Comment le bonhomme savait-il que Vimla en avait reçu de plus grosses ?

« Elles datent de 1939, a dit Sohan Lal d'un ton guilleret. Elles ne se font plus aujourd'hui. »

Le front s'était détendu. Le beau-père avait également semblé content de l'organisation du mariage. Les gens appréciaient les bhujias et les kachauris de Jugal Kishor, moins cependant que Sohan Lal ne l'avait espéré. Tout compte fait, Mangat Ram Nawal Kishor lui avait coûté plus cher que prévu. Avec un peu plus d'attention, il aurait pu s'épargner des dépenses inutiles, mais le mariage avait été une réussite. Ces dix derniers jours, Shakuntala a téléphoné quotidiennement – ce qui n'est pas un bon signe – sans pourtant donner des nouvelles inquiétantes. Elle va bientôt s'adapter et appeler moins fréquemment. D'ici à l'année prochaine elle accouchera d'un fils et Sohan Lal n'aura plus à se faire de soucis pour elle.

« C'est très aimable de la part de Nareshji d'être venu, dit Ramesh.

— Ce n'était pas Nareshji, jappe Sohan Lal. C'était l'un de ses neveux. »

Quelle impudence de la part de Naresh Agrawal d'avoir accepté l'invitation et délégué son neveu à sa place ! Sohan Lal voulait un membre du Parlement au mariage, pas son laquais. Et il faut voir avec quelle avidité le neveu a englouti les kachauris, comme un mendiant affamé ! Harilal Gupta avait couvert le jeune homme de compliments, façon indirecte de rendre hommage à Naresh Agrawal. Tout le monde sait que Harilal veut devenir député, et que, pour gagner à Chandni Chowk, il doit battre Agrawal. A quoi ça rime de se placer dans le sillage de l'éléphant qu'il faut éliminer? Mais Harilal est sans vergogne. On était gêné pour lui à le voir se dandiner au son des cuivres. Il a beaucoup grossi ces deux dernières années, il ressemble à un rhinocéros ivre, ou à un buffle qu'on est en train de capturer. Son corps se convulsait si violemment que le chef de clique avait cessé de jouer de la clarinette pour le regarder. Le spectacle le plus pathétique, cependant, a été celui de Kartar Singh qui, voulant s'attirer les bonnes grâces du comité, s'est efforcé de danser sur une seule jambe, la bonne. Y a-t-il meilleur moyen de rappeler les émeutes de quatre-vingt-quatre?

« Ils ne devraient pas manifester un lundi, dit Ramesh. C'est mauvais pour la vente des saris.

— Oui », soupire Sohan Lal.

L'autorité avec laquelle Ramesh assume la direction de la boutique depuis ces quinze derniers jours l'impressionne beaucoup. Au fond, c'est peut-être une bonne chose d'avoir quitté la voiture si loin de leur destination. Ils ont ainsi, Ramesh et lui, l'occasion de se parler, mieux que dans la boutique où seul le commerce les occupe. A vingt-six ans, le garçon est prêt à s'établir, prêt pour le mariage. Il faut lui trouver un bon parti, digne d'un seth. Sohan Lal, lui, s'est marié à vingt-deux ans, un âge tardif pour l'époque. Il avait espéré trouver une jeune fille d'une bonne famille marwari de Delhi, la meilleure façon de s'établir dans la capitale, mais pourquoi un riche seth de Delhi aurait-il choisi pour sa fille un employé avec pour seul capital une promesse de prêt de Seth Ghanshyan Das? Voilà pourquoi c'est à Bikaner que ses oncles lui avaient dégoté ce qui passait pour un très bon parti. La jeune fille avait seize ans et ses études se limitaient à la connaissance de la *Bhagavad Gita*, qu'elle pouvait réciter par cœur. On présenta le jeune homme comme l'associé d'un négociant de Delhi – un demi-mensonge. Il y a de cela trente-trois ans, et qui se plaindrait de Rukmini? Un peu trop petite – d'où la taille de Ramesh – mais frugale, bonne cuisinière, du moins tant qu'ils n'ont pas eu de domestiques, et n'élevant jamais la voix. Des qualités très appréciables chez une épouse. Il a vu des hommes perdre leur tranquillité d'esprit du fait de la méchante langue de leur femme. C'est probablement grâce à Rukmini qu'il ne souffre pas d'hypertension, et elle n'est pas responsable de ses migraines.

Maintenant que ses deux filles sont mariées, il doit sans tarder se mettre en quête d'une belle-fille. Il va en parler à Lala Surajmal, qui a réussi l'exploit de marier quatre fils, dans de bonnes conditions. On pourrait certainement trouver un parti convenable à Bikaner, mais qui expliquera à la jeune fille le mode de vie de Delhi ? Ramesh n'est pas particulièrement futé, mais il mérite mieux qu'une gourde de village. C'est un bon fils, avec le sens des responsabilités, il a obtenu son brevet commercial. Un garçon sans vices – ne touche pas à l'alcool, ne fume pas, parle aux aînés avec respect ; un garçon modéré, industrieux et tolérant, dans l'ordre, qui joint les mains en passant devant le temple de Hanuman, même s'il n'affiche pas une religiosité tapageuse ; un garçon qui assiste aux mariages et aux cérémonies religieuses, jette des pièces d'une roupie dans les troncs et joint sa voix – avec dévotion mais sans ferveur fanatique – à celle des chanteurs dans un temple.

Ils ont parcouru une grande distance. Ramesh semble vouloir faire une pause près de Shantivan, il regarde les vertes pelouses et opte pour un détour par le terrain. Bien que fatigué, Sohan Lal accepte. La boutique peut attendre.

« Les fleurs sont belles », dit Ramesh.

Sohan Lal acquiesce, même s'il désapprouve un intérêt si frivole. Il montre du doigt l'océan de roses – rouges, roses, blanches et jaunes – et les massifs de gulmohars et de jacarandas. « Ce n'est pas la saison des fleurs, dit-il, pourtant les jardiniers savent les faire éclore à Shantivan.

— Leur arôme est meilleur que celui des attars que tu as donnés à Shaku », remarque Ramesh.

Sohan Lal grimace de douleur. Il va exiger de Surajmal une réparation de cette insulte. Il fallait le voir, dans son shervani bordé d'argent, bénir Shakuntala et le marié, et vanter les qualités de ses attars !

« Ils étaient quand même bons, dit Ramesh d'un ton apaisant, j'en ai senti un. »

Sohan Lal ne répond pas. C'est l'un de ses regrets que Ramesh ne manifeste aucun intérêt pour les raffinements olfactifs. La puanteur des égouts de Chandni Chowk a émoussé son odorat.

« C'est de la frivolité tout cela, dit Ramesh. Pourquoi gaspiller de l'argent à acheter des attars alors qu'on trouve des flacons de parfum pour deux roupies dès qu'on sort de Kucha Bansilal? »

Sohan Lal se sent humilié. Son fils sous-entend probablement qu'il a jeté l'argent par les fenêtres pour ce mariage. Soudain le remords l'assaille. A-t-il fait de Ramesh un mulet timoré? Les jeunes filles de Delhi veulent des prétendants qui en jettent, et les pères commencent à tenir compte de leurs exigences. Ils recherchent des garçons pleins d'ambition, diplômés d'université, à la mode et parlant anglais à la vitesse de leur langue maternelle. Si Ramesh était plus grand, ou fanfaronnait, il constituerait un bien meilleur parti. Il ne suffit plus d'être un homme pieux, de bonne famille et possédant sa propre affaire. Il faut savoir manger avec décontraction dans un hôtel cinq étoiles et réprimander le garçon en anglais parce que votre Thums Up n'est pas assez froid! Sohan Lal continue pourtant de croire qu'il a eu raison d'obliger Ramesh à s'asseoir sur la gaddi avec lui dès qu'il a eu seize ans. Cela signifiait qu'il passerait moins de temps à l'université, mais qu'est-ce qui retient un jeune homme à l'université quand les cours sont finis? Drogue, alcool et femmes faciles! Alors que ses devoirs, il peut très bien les faire assis sur la gaddi. Pourquoi perdre son temps à la bibliothèque de la fac où il tombera sur des jeunes gens irresponsables, dont les pères n'ont pas de commerce à leur léguer, et qui traînent sur le campus à recruter des garçons impressionnables comme Ramesh pour leurs vils projets? Un jour, quand lui-même n'aura plus la force de s'occuper de la boutique, Ramesh en prendra la direction, et la transition s'opérera en douceur parce qu'il aura déjà de l'expérience. Et tant mieux si l'université n'a pas laissé de trace sur lui. Il n'a pas besoin d'une de ces filles qui veulent pour mari un diplômé d'études supérieures. Elles constituent des épouses imprévisibles, et des brus qui apportent plus d'ennuis que de réconfort dans un foyer. Son fils est peut-être un philistin, mais c'est un garçon d'esprit mûr, d'habitudes censées qui lui seront plus utiles dans la vie que tous ces raffinements auxquels prétendent les coqs citadins.

Ainsi rassuré, Sohan Lal, tapant le sol de sa canne, se promène au milieu des plates-bandes, surveillant Ramesh du coin de l'œil. Le garçon s'écarte pour laisser passer trois joggers. Puis il avance jusqu'au mémorial de marbre de Nehru, joint les mains et incline la tête. Grande naïveté politique, s'attriste Sohan Lal. Quand je ne serai plus là, saura-t-il manipuler les inspecteurs des impôts? Sera-t-il capable de virer un commis comme Chotu, coupable de vol? « Tu ne devrais pas t'incliner, dit-il à Ramesh. Ce n'était qu'un homme.

— Son esprit vit en moi. »

Sohan Lal sourit sèchement. A la minute où naissait Ramesh, la nouvelle de la mort de Nehru s'est répandue dans Delhi et tout le monde a dit que l'esprit de Jawarlal revivait en lui. Quelle malchance de se faire refiler l'esprit d'un homme si faible! Un homme attiré par les femmes blanches et qui s'aplatissait devant les hommes blancs, une femmelette qui prônait un pacifisme impraticable et autodestructeur, rendant l'Inde ridicule aux yeux du monde, qui cherchait à s'assurer une place dans l'Histoire tout en ruinant l'avenir de son pays. Avec quelle bassesse il avait encouragé les musulmans, embrassé les tribus naga et mizo! L'Inde n'était plus qu'un festival culturel, un zoo, un cirque qu'on observait avec stupeur.

« Un jour, le PPI réparera le mal que Nehru a fait », dit Sohan Lal. Il exprime un vœu, non une certitude. Et il sait que cela ne signifie rien pour Ramesh, que ces sujets n'intéressent pas. « Allons-y maintenant, nous ne pouvons nous éterniser à Shantivan. »

Ils retournent vers Ring Road, marchant en silence. Essoufflé, Sohan Lal ralentit, laisse Ramesh prendre de l'avance. Il ne souhaite pas continuer cette conversation. Père et fils doivent peut-être demeurer chacun dans sa sphère. Moins il en apprendra sur les croyances de son fils, moins il s'inquiétera de leur naïveté.

Ils traversent Ring Road et prennent la rue qui aboutit derrière le Fort Rouge, qui longe la muraille, passe devant la porte de Lahore et débouche dans Chandni Chowk. Ils se heurtent à un poste de contrôle, avec une jeep et trois policiers. « On n'entre pas dans Chandni Chowk ce matin, dit l'un des trois.

— Et comment je vais à ma boutique? demande Sohan Lal.

— Contournez par la gare.

— Mais la manifestation ne commence que dans deux heures! », proteste Sohan Lal.

Le policier hausse les épaules. Ils font demi-tour.

« Prenons un rickshaw, dit Sohan Lal. Je n'ai pas la force de marcher jusqu'à la gare. »

Le rickshaw se faufile dans Ring Road, tourne à gauche et arrive à la gare. Sohan Lal lui ordonne de traverser le parking – au milieu des mendiants endormis – et de prendre une ruelle, qui se révèle trop étroite. Ils sont donc obligés de terminer à pied. Après de multiples circonvolutions, la ruelle les mènera à Kucha Bansilal.

« Pas question d'entrer dans le kucha par cette issue, dit Sohan Lal. Ça porte malheur d'arriver chez soi par-derrière.

— Très bien, dit Ramesh. Nous allons prendre un autre kucha qui nous mènera dans Chandni Chowk, et nous entrerons dans Kucha Bansilal par-devant. »

Gopal arrive à son stand où l'attend Ibrahim. Il descend de vélo, détache les boîtes de lait qu'il a achetées à Banwari, hisse son engin sur la boîte de dérivation. Il soulève le couvercle de son coffre, donne deux coups de pied dans les parois, réveillant Gauhar, qui ouvre les yeux et les referme aussitôt sous la morsure du soleil. Il est cerné par les bocaux de cardamome, de sucre et de thé.

« C'est bien, constate Ibrahim. Il a juste la taille qu'il faut.

— Je ne peux pas fermer mon stand à clef la nuit, proteste Gopal.

— Le garçon le protégera au prix de sa vie », affirme Ibrahim.

Gopal balance un nouveau coup de pied, et Gauhar s'extirpe de sa boîte.

« File ! dit Ibrahim. Tu n'as rien à faire ici. »

Gauhar montre les portes fermées de Jamna Lal Kishori Mal. « Sethji n'est pas encore arrivé.

— Et alors, tu iras chier quand il sera là ? Tu ne te laves donc jamais ? »

Gauhar recule.

« Il t'a causé des ennuis ? demande Ibrahim à Gopal.

— Pas encore. » Il attache le couvercle à la boîte de dérivation, s'introduit dans le coffre, range ses affaires. « Il y a un trou dans la paroi ! constate-t-il.

— Un rat », suggère Ibrahim.

Gopal doute que les rats mangent le bois, mais dans cette incertitude n'ose pas discuter. Il allume le réchaud, voudrait bien ne pas devoir servir sa première tasse de thé de la journée à Ibrahim. C'est de mauvais augure de commencer avec un musulman, surtout s'il ne paye pas. « Il est trop tôt, dit-il. Je n'aurai pas de clients avant l'arrivée de sethji. »

Ibrahim lui sourit de toutes ses dents jaune-noir. « Je te paierai ton thé aujourd'hui, Gopal Bhai. »

Attendri, Gopal pompe avec vigueur et allume son réchaud.

« Vingt-cinq roupies, lâche Ibrahim, mine de rien.

— Vingt-cinq roupies pour une tasse de thé ? s'émerveille Gopal.

— C'est ce que te donnera Suleman Mian. Et tu pourras manger sans payer. De l'aloo puri.

— Suleman Mian a ouvert un restaurant gratis ? s'esclaffe Gopal.

— Oui, pour les pauvres. Il a appelé à une grande manifestation aujourd'hui, près du Fort Rouge. Elle commencera dans une heure. Tous les manifestants recevront vingt-cinq roupies et de l'aloo puri.

— Toutes ces salades politiques ne me plaisent pas.

— Et où trouveras-tu vingt-cinq roupies, comme ça ? »

Gopal ignore la remarque. « Procure-moi un marteau, Ibrahim Mian. Un marteau et trois hommes forts en qui tu aies confiance.

— J'en ai marre d'entendre parler de ton trésor caché ! Moi, je t'offre vingt-cinq roupies pour défiler jusqu'au Fort Rouge.

— Bon. Ça commence quand ?

— Je te l'ai dit, dans une heure. Maintenant fais-nous du thé. » Il sort son verre de la boîte de dérivation, le rince avec de l'eau, le pose à côté du réchaud. « Noue soigneusement ton dhoti avant de partir. Il va y avoir beaucoup de monde. Et laisse tes lunettes dans le stand. De toute façon, tu ne vois pas grand-chose avec. Tu pourrais les perdre quand ils vont charger avec les lathis.

— Une charge aux lathis ! »

Ibrahim trouve écœurante cette façon d'afficher sa panique. « Faut-il que je t'explique en détail ? Quand tu jettes des pierres sur des policiers ils te frappent à coups de canne et de bâton.

— Mais je suis un pauvre homme. Si je reçois un coup sur la tête...

— Arrête de pleurnicher ! C'est une manifestation, pas un pèlerinage de Divali. On proteste contre les anti-Mandal. De quel droit ces richards veulent-ils nous refuser nos quotas ? Nous réclamons justice pour toutes les OBC, tous les musulmans ! Pourquoi devrions-nous nettoyer la merde des hautes castes ?

— Les banghis nettoient la merde. Tu m'as dit qu'ils sont une caste répertoriée. Mais toi tu es musulman.

— Musulmans, OBC, castes répertoriées, tribus répertoriées, quelle différence ?

— Mais je suis brahmane !

— Tu es un pauvre homme, tranche Ibrahim. Comme un banghi. »

Ils boivent leur thé, Gopal dans une tasse, Ibrahim dans son verre.

« Je n'ai jamais reçu de coups de bâton, geint Gopal.

— Tu as dit que tu viendrais ! J'ai déjà bu ton thé. Comment veux-tu que je te paie si tu ne viens pas ? »

Gopal soupire, résigné.

« Quelques coups ne font pas de mal, dit Ibrahim. Un docteur te dirait qu'ils renforcent les os. Et les gaz lacrymogènes sont bons pour les yeux.

— C'est quoi un gaz lacrymogène ?

— Ces manifestations c'est comme Muharram. Les gens se frappent la poitrine et pleurent.

— Et pourquoi ils pleurent ?

— Tu vois une raison de te réjouir, Gopal Bhai ? Tu ne vois pas ces gosses de riches courir dans tout Delhi, caillasser les bus et hurler des slogans ? Et tu ne veux pas que ton fils devienne employé du gouvernement, tout comme ces richards ?

— Je veux que mon fils m'aide dans mon commerce.

— Et fasse du thé ?

— Oui.

— Tu n'aurais pas dû naître brahmane, Gopal Bhai ! Tu devrais être musulman ou OBC. Voilà notre parti.

— Tu disais toujours que votre parti c'est le Congrès.

— Le Congrès n'est pas bon pour les musulmans. En quarante ans, m'a appris Suleman Mian, tout ce qu'il nous a donné c'est des présidents musulmans. Nous ne voulons pas devenir présidents, nous voulons être employés et garçons de courses. Viens à la manifestation et Suleman Mian te dira tout. Un jour, il sera le député de Chandni Chowk. Alors tu pourras fermer ton stand et devenir riche. Même toi, un brahmane. »

Sohan Lal et Ramesh passent devant le temple de Hanuman, joignent les mains et inclinent la tête. Chotu les aperçoit, sort du temple – il y sert d'assistant au pujari tous les matins en échange d'un endroit où dormir –, prend les clefs que lui tend Sohal Lal, court ouvrir et nettoyer la boutique. Sohan Lal jette son regard habituel au grand figuier, constate avec amertume que l'enseigne est de travers, barrée de fils qui pendent. « La CED a refait des siennes, dit-il d'un ton sinistre.

— Je vais demander à Chotu de reconnecter les fils », rétorque Ramesh.

Ils entrent dans le kucha. Sohan Lal évite le regard du chaivala. Il avait vaguement espéré que le stand serait fermé aujourd'hui, ce qui lui éviterait le remords de taire ce qu'il sait. La vue du musulman aux dents jaunes installé l'air suffisant aux côtés du chaivala l'irrite encore plus. Il se débarrasse de ses chaussures sur la dalle de ciment et marche sur le matelas, que Chotu est en train de balayer.

Sohan Lal ouvre l'alcôve où trône Lakshmi, lui asperge les pieds de quelques gouttes d'eau, lui imprime une tache vermillon sur le front. Rukmini a empaqueté du halva dans un sac en plastique, destiné au temple de Hanuman. Il dénoue le sac et le pose aux pieds de Lakshmi. Puis il joint les mains et psalmodie. Du coin des yeux, il surveille le musulman qui parle au chaivala, et sa voix faiblit.

Il n'est pas homme à camper inflexiblement sur ses positions, au nom des principes. Il comprend, avec la sagesse de ses cinquante-cinq ans, qu'il convient de se concilier les inspecteurs des impôts – TVA ou impôt sur le revenu –, et qu'on n'est pas obligé de tout leur déclarer. Il faut vivre et prospérer en dépit des aléas, et quelques transgressions ne doivent pas vous faire perdre foi en votre honnêteté et votre humanité. Il lui est arrivé de vendre un corsage rubiya avec un sari en soie, de dire à des clientes que la soie ne se repasse pas, de vendre de la mousseline bordeaux à des peaux très foncées – « c'est très beau sur vous » – et couleur pastel aux peaux les plus claires. Il a même affirmé aux très dodues qu'elles paraîtraient plus minces en organdi. Si parfois il magouille en sous-main les élections dans les zones musulmanes de Chandni Chowk, c'est uniquement pour que les meilleurs siègent au conseil municipal. S'il a répandu des rumeurs sur la santé de Harilal Gupta, c'est parce que l'épaississement incessant de la taille de Harilal semble justifier cette inquiétude. Lakshmi admet un certain laxisme, quand le contournement de certaines règles peut faire avancer une juste cause. Voilà pourquoi, alors qu'il se perd dans la contemplation de l'effigie de la déesse, il n'a de pensée que pour le chaivala et se demande s'il devrait lui révéler ce qui attend son fils.

Sohan Lal termine sa prière, ouvre les yeux. En face, le musulman sourit, et le chaivala semble s'amuser. Ah, l'idiot ne mérite pas mieux que ce qu'il a ! Voyez-le, avec son crâne dégarni et les poils qui lui sortent des narines. Avec sa ridicule chemise à carreaux, son dhoti crasseux et ses verres de lunettes rayés, son ventre protubérant qui le fait paraître beaucoup plus vieux qu'il ne l'est – d'ailleurs, quel âge a-t-il ? Quarante-trois ans ? Quarante-quatre ? Un homme inutile, qui ne bougera jamais d'un centimètre de l'endroit où son père l'a laissé. On ne peut l'imaginer travaillant jour et nuit pour augmenter le peu que la vie lui a donné, ce que Sohan Lal aurait fait à sa place. Non, le chaivala n'est pas un entrepreneur. Ni un marwari, qui naît avec le sens du commerce et de l'argent dans le sang. Il vient du Bihar ou de l'Uttar Pradesh, un de ces Etats qui ne produisent pas des hommes dynamiques. Qui n'ont aucune utilité, ni pour les dieux, ni pour l'humanité, ni pour la société.

Sohan Lal prélève un petit morceau de halva, le façonne en une boulette qu'il engloutit en se le reprochant. Sucre et ghee. Rukmini serait horrifiée, mais ce sont les restes de Lakshmi. Un peu de halva ne peut certainement pas aggraver le diabète, surtout lorsqu'il s'agit de la nourriture de Lakshmi.

Il ouvre le cabinet aux attars, fermé à clef, et sélectionne deux flacons, khus et kewra – deux arômes légers qui se mélangent bien. Une goutte de chaque sur le dos de la main, étalée doucement, revigore son odorat. Il rebouche les flacons, les range, referme à clef le cabinet. Le chaivala délaisse ses devoirs de père. Qu'espérer d'un garçon de plus de seize ans qui ne travaille pas avec son père ?

Et si la négligence du père mène le fils à la catastrophe, qui blâmer d'autre que le père ? Que peut-on y faire ? Jeûner jusqu'à ce que mort s'ensuive, comme Gandhi ? A quoi servirait que lui, Sohan Lal, compromette sa position au sein du comité afin de remplir un devoir imaginaire envers un chaivala ? Gandhi savait que le « jeûne » est un acte spectaculaire, et que les Britanniques y mettraient fin en cédant à ses exigences, que l'un de ses laquais – Nehru ou Rajagopalachari ou Azad – inventerait quelque chose qui lui permettrait d'interrompre son jeûne sans perdre la face. Mais pour le reste d'entre nous, le jeûne mortel signifie la mort. Nous devons nous garder des extrêmes et suivre le chemin de la vie. Une pincée de malhonnêteté nous enseigne la valeur de l'honnêteté. Nous ne sommes que des humains, ce que Lakshmi comprend sûrement.

Il envisage d'offrir du halva à Ramesh, puis y renonce. Assis paresseusement jambes croisées, Ramesh attend le premier client. Les manifestations, c'est mauvais pour les affaires. Il serait d'ailleurs temps que le Bangladeshi amène des clients, en dix jours il n'en a pas déniché un seul.

Sohan Lal se retourne vers Lakshmi. Le visage d'argent, fondu dans un moule très élaboré, présente fossettes, narines, yeux, sourcils et même le plissement du front. A bien regarder les sourcils, ce qu'il n'avait encore jamais fait, la déesse semble mécontente. Sourcils très arqués, plissement du front très prononcé. Il hèle le chaivala, de l'autre côté de la venelle. « Quel âge a votre fils, Gopal Bhai ? »

« Le seth te parle ! » chuchote Ibrahim.

Gopal est troublé. Le seth ne s'est encore jamais adressé à lui en l'appelant « Gopal Bhai ». « Vingt et un ans, dit-il.

— Le seth te regarde directement ! souffle Ibrahim. Il se demande quand tu vas mourir, pour qu'il puisse prendre la planche sur laquelle tu t'assois. Il s'essuie le front avec un mouchoir de soie ! As-tu déjà touché un mouchoir de soie ?

— C'est un homme bon, dit Gopal.

— Il s'inquiète de ton fils, ricane Ibrahim. Il veut peut-être l'engager comme associé.

— Ça fait deux mois que je n'ai pas vu Mukesh.

— Si seulement tu m'avais écouté quand il était jeune. »

Sohan Lal sent la sueur couler sur son front. Ce n'est pas moi qui ai organisé la chose, se dit-il. Je ne suis qu'un témoin, un innocent spectateur. Qui sait combien de garçons il y a dans Chandni Chowk portant le nom de Mukesh Pandey ? Et ils ne sont pas tous fils du chaivala ! « Votre fils, demande-t-il, a-t-il jamais travaillé dans le Kucha Mahajani ?

— Oui, il y a six ans.

— Pourquoi est-il parti ?

— Il n'était pas coupable ! C'est pas lui qui avait mis un faux diamant à la place du vrai ! »

Le cœur de Sohan Lal bat à grands coups, il a la bouche sèche. Le doute n'est plus permis. Est-ce que celui qui regarde se noyer un enfant est moins coupable que celui qui l'a poussé dans l'eau ? Il n'ose pas se tourner vers Lakshmi. Elle pardonne beaucoup, mais le plissement de son front laisse supposer que sa tolérance a des limites. « Vous devriez mieux surveiller votre fils, crie-t-il.

— Vous connaissez les jeunes, sethji !

— Où est-il aujourd'hui ? »

Gopal se creuse la tête pour trouver une réponse. « Ne lui dis rien, chuchote à nouveau Ibrahim. Dieu sait pour quelle raison le seth te pose la question.

— Mais je n'en sais vraiment rien, chuchote à son tour Gopal.

— A-t-il dormi dans votre kholi la nuit dernière ? », demande Sohan Lal.

Gopal fait signe que non.

« Un père ne devrait jamais perdre de vue un fils célibataire. Regardez Ramesh ! Je ne le laisse jamais sortir sans qu'il me dise où il va. »

Gopal est flatté. Le seth compare Mukesh à son propre fils !

« Je suivrai vos conseils, sethji. »

Sohan Lal tourne soigneusement les mots dans sa bouche avant de parler. « Cette manifestation près du Fort Rouge. C'est mauvais pour les garçons de participer à des manifestations.

— Ne l'écoute pas, murmure Ibrahim. C'est un seth riche, un suceur de sang. Il veut juste que la manifestation échoue ! »

Gopal plonge le nez dans sa tasse.

« Suleman Mian va devenir député, dit Ibrahim. Alors tu pourras t'acheter une grande boutique de thé. Je vais aller à la recherche de ton fils. Nous en ferons le seth de ta boutique. Tout ira bien quand Suleman Mian sera député. »

Sohan Lal s'essuie le front. C'est maintenant au chaivala de saisir l'allusion. Personne ne peut aider un imbécile. Il se passe tant de choses dans ce monde qui font trembler les honnêtes gens. A cet instant même, on viole une femme en Amérique. On dévalise un brave homme à New York. Comme il ne connaît pas le nom de cet homme, cela ne le dérange pas. C'est uniquement à cause de sa maudite mémoire qu'il connaît le nom du garçon. Quelqu'un de moins doué que lui n'aurait pas fait le rapprochement avec le chaivala et se serait endormi en toute innocence. Quoi qu'il en soit, il n'a pas recruté ce garçon. Il n'est qu'un homme pieux, veillant à ne pas outrepasser les limites de la bienséance.

« Tu vas défiler en criant, dit Ibrahim. Et tu recevras vingt-cinq roupies. »

۱۲

Les gens s'activent dans Chandni Chowk comme tous les matins, mais la plupart des boutiques sont fermées. Des rangées de barrières métalliques érigées par la police s'étirent de Fatehpuri Masjid jusqu'au Fort Rouge, entre les trottoirs et la chaussée, elle-même compartimentée en sections. Les spectateurs s'entassent sur les trottoirs, sur la chaussée ne roulent que les jeeps de la police. Inderlal Jha surveille sa portion de rue avec le contentement d'un propriétaire. On lui a alloué pour l'occasion une Maruti et douze agents. La jeep est dotée d'un gyrophare qu'il peut actionner à volonté, et d'un haut-parleur dont il entend se servir quand le cortège passera. Assis sur le siège passager avant, un pied reposant sur le marchepied, il semble prêt à jaillir à tout moment. C'est bien, cette manifestation. Elle lui procure l'occasion d'organiser la sécurité, ce qui est beaucoup plus intéressant que de rester assis derrière son bureau à inscrire les plaintes, dont la plupart se révèlent d'ailleurs sans fondement. Tous ces préparatifs, et l'idée qu'il va y avoir de la violence, redoublent son plaisir.

Mukesh traverse en titubant Chawri Bazar et débouche dans Chandni Chowk près de Fatehpuri Masjid. Il a mal à la tête, les yeux le piquent. Il se sent faible, ses muscles sont mous, chaque pas demande un effort. Il ne sait pas quand cette léthargie s'est abattue sur lui, mais elle a encore augmenté depuis qu'il a vidé le contenu de cette timbale de laiton. « Bois tout, a-t-elle dit. C'est l'élixir d'amour. » Debout derrière lui, pressant ses seins contre son dos, elle lui porta la timbale aux lèvres. « Il va faire chaud et ça te rafraîchira. » La boisson avait le goût du thandayi qu'il a bu à Holi – lait, noix, amandes, safran et le puissant arôme du haschich. Quand il eut tout bu, elle le fit se retourner, l'enlaça et lui donna un long baiser. « Maintenant tu peux partir. » Elle l'a escorté jusqu'au bas de l'escalier. A la porte, elle lui a touché la joue. « Souviens-toi de moi », a-t-elle dit. Et il a plongé dans l'essaim de rickshaws de GB Road.

Chandni Chowk est plus calme que GB Road. Des barrières métalliques bordent les trottoirs, sur lesquels il ne veut pas marcher. Il y a trop de monde. Il fend la foule, se glisse à travers une barrière, une avalanche de policiers lui tombe dessus. Ils le saisissent par les bras, s'exclament et rient de ses vaines tentatives de garder les yeux ouverts. Un inspecteur sort d'une Maruti s'avance vers lui et le saisit par la mâchoire.

Inderlal fouille Mukesh. Encore un de ces ivrognes aux poches vides. Pas de revolver, pas de couteau, pas d'argent. Les yeux d'Inderlal tombent sur la Rolex qui pendouille au poignet maigrichon. « Tes poignets sont trop minces pour cette montre », dit-il.

Mukesh secoue la tête. Inderlal renonce à enlever la montre. Tous ses agents le regardent. Mais il pourrait mettre le garçon sous les verrous en attendant un moment plus opportun. Il examine le poignet de plus près et remarque sur le cadran de la montre une profonde égratignure, zigzaguant entre dix et quatre heures. Le butin ne vaut peut-être pas le mal qu'il risque de coûter. Une curieuse odeur flotte autour du garçon, pas désagréable, évoquant les fleurs et la délicatesse féminine, ou une perversion inconvenante pour un homme.

« Laissez-le partir », dit-il à ses agents.

Ils le poussent sur le trottoir et remettent en place la barrière métallique. Mukesh les injurie en silence, lisse sa chemise jaune et s'éloigne d'un pas chancelant. La veille, avant de l'envoyer chez Gulmohar, Ramvilasji lui a donné deux mille roupies. « On avait dit cinq mille, a protesté Mukesh.

— Tu auras le reste demain. »

Sur le moment, Mukesh s'est demandé s'il n'allait pas lui flanquer un bon coup dans les tibias et se tirer. Rajan Nahal, lui, payait toujours d'avance. « C'était pas ce qui était prévu, a-t-il encore protesté.

— Qu'est-ce que l'argent ? a dit Ramvilasji en lui passant un bras autour des épaules. Et un jour de plus à attendre ? Tu peux être dévalisé cette nuit. Ne vaut-il pas mieux avoir moins d'argent en poche quand tu seras dévalisé ? Rajan Nahal te donne de l'argent, moi je te donnerai quelque chose de mieux. »

Alors, Ramvilasji lui a remis le paquet avec le miroir et l'a expédié chez Gulmohar. En cours de route, il s'est arrêté dans Kucha Mahajani, a soulevé la dalle de ciment devant la boutique de Seth Jhunjhunwala et rangé les deux mille roupies avec le reste. Huit mille roupies en tout, a-t-il compté.

Mukesh poursuit son chemin, toujours aussi hébété, enveloppé d'un nuage de jasmin et de mahua. Les gens roulent et tanguent autour de lui, les rickshaws flottent dans l'air, une jeep vole à une vitesse stupéfiante, en klaxonnant. Il lève les yeux vers le soleil, qui brille derrière le Fort Rouge, dont se découpent les piliers et les coupoles. On a érigé trois arches le long de Chandni Chowk sous lesquelles passera la procession pour se rendre sur le lieu du rassemblement, le terrain du Fort Rouge. Des bannières pendent, où l'on peut lire : « Commission Mandal *zindabad !* V.P. Singh *zindabad !* » D'autres enjambent la rue, accrochés de chaque côté à des fenêtres où se massent des milliers de visages. Des drapeaux verts flottent sans bruit, formant une voûte transparente sous laquelle rampent les jeeps de la police, moteurs crachant. Les trottoirs sont envahis d'étals de jus de fruits, de cordonniers, de vendeurs de bhujias, de pastèques et de chappals.

« Dirige-toi vers le Fort Rouge et il te repérera, lui a dit Ramvilasji la veille au soir.

— Qu'est-ce qu'il faudra que je fasse ?

— Il te le dira.

— Comment me reconnaîtra-t-il ?

— Aussi facilement que si tu étais son frère, s'est esclaffé Ramvilasji.

— Et moi, comment je le reconnaîtrai ?

— A quoi bon ? » Puis, sentant peut-être qu'il valait mieux lui répondre autrement, Ramvilasji lui a décrit l'homme : « Il est petit et mince, sa lèvre supérieure est fendue au milieu, ce qui montre ses dents. Cherche un homme avec un bec-de-lièvre aux dents du haut écartées et tachées de paan. »

Mukesh n'arrive pas à stabiliser son regard. Chaque lèvre lui semble fendue, chaque bouche découvre des dents, chaque visage est celui d'un lapin. Il n'aurait pas dû accepter de boire le thandayi. Mais elle se tenait si près, ses seins se pressaient si tendrement contre son dos !

Il réussit à reporter son esprit embrumé sur la nuit qu'il a passée au kotha 842, il frissonne de peur et de ravissement. Il se rappelle très bien la chambre – le lit à colonnes, la coiffeuse, le tabouret, le tapis de coco, des enfants qui entrent et qui sortent. Il se rappelle des bruits dans le couloir, des querelles, des cris, des gloussements et des disputes. A un moment de la nuit, il a été réveillé par un bruit de casse – peut-être une tasse tombée par terre. Mais, surtout, il se rappelle la tendresse de son corps, ses seins et ses fesses, ses hanches accueillantes. Il ne voyait pas grand-chose dans le noir, mais il se sentait comme enveloppé dans une pelote de chair. Il garde d'elle une image frangmentée, celle des parties de son corps dont il a usé – les seins qu'il a sucés, les flancs qu'il a léchés, le ventre dodu dans lequel il a enfoui son visage. Il voulait déchirer son sari et la violenter, mais elle le repoussait avec un aplomb incroyable. Finalement, elle a saisi son pénis frémissant et l'a introduit dans un espace gélatineux. Il s'attendait à une jouissance sans pareil, l'anticipation l'a perdu. Elle le regardait en souriant, c'était visible même dans le noir. « Il faut que tu bouges d'avant en arrière », lui a-t-elle dit. Ensuite elle a sorti le pénis flasque, l'a caressé jusqu'à ce qu'il redevienne dur – il en gargouillait de plaisir – et l'a réintroduit. Fin de l'érection. Elle a grogné d'impatience et l'a éjecté. « Nous essaierons une autre fois », a-t-elle dit.

Il était furieux. Il s'est relevé sur un coude et lui a craché à la figure. « C'est à moi que tu dis non, espèce de pute ? Tu oses me refuser ? »

Elle l'a frappé si fort qu'il est retombé sur le lit. Alors il a attaqué, essayant de mordre, de balancer des coups de pied. Elle a sauté du lit et a couru vers la porte. Contrit – il ne voulait pas de scène avec ces femmes, sans compter que Ramvilasji ne serait peut-être pas content –, il l'a appelée. « Reviens. Je serai gentil avec toi. »

Elle a regrimpé dans le lit, et à la vue de ses seins ballottants il a été repris d'une érection. Elle l'a introduit en elle, l'a forcé à bouger, il s'est effondré immédiatement. Elle l'a enlacé, a étouffé son visage entre ses seins, l'a bercé. Il caressait les seins, qui lui procuraient beaucoup plus de plaisir que le vagin gélatineux. Il lui était reconnaissant de ne pas essayer de l'y faire entrer de nouveau.

A son réveil, il a découvert une bande d'enfants autour du lit. Gulmohar est arrivée peu après, elle l'a conduit deux étages au-dessous dans une salle de bains. Elle a déversé sur lui des baquets d'eau, sous le regard d'une dizaine de femmes, qui gloussaient. Elles entraient et sortaient de la pièce – à demi nues –, bavardant, se querellant, riant. Un instant, un bref instant, ce matin-là, il a envisagé de tout laisser tomber et de dire non à Ramvilasji. Pourquoi ne pas vivre ici avec cette femme tendre et pulpeuse aux seins succulents ? Ils joueraient au lit chaque nuit et se réveilleraient avant l'aube pour prendre un bain ensemble. Et les autres filles pourraient se joindre à eux quand elles voudraient. Sur quoi il a vu d'autres hommes dans le couloir. Brusquement conscient de sa situation, il a été content que Gulmohar le ramène dans sa chambre. Elle l'a dépouillé du vieux sari dans lequel elle l'avait enveloppé pour le conduire à la salle d'eau, lui a remis sa chemise jaune et son pantalon marron. Elle lui a apporté des parathas fourrés de gobhi. « Ils viennent de chez Paratha Gali, a-t-elle dit. Tu peux remercier Ramvilas. »

Il les a dévorés. « Je reviendrai te voir ce soir, a-t-il promis.

— Tu devras payer. »

Ça, c'était embêtant. N'avait-elle pas été émue par les tendres caresses de la nuit ? Par le lien particulier qui existait entre eux ?

« Je veux rencontrer tes parents », a-t-il dit.

Elle a ri, et ses yeux sont devenus des fentes. « Mes parents sont morts.

— Où sont tes frères, tes sœurs ?

— Je n'en ai pas.

— Donc personne ne peut t'ordonner de ne pas me recevoir !

— Personne.

— Je reviendrai ce soir, a-t-il répété, et je t'apporterai un lingot d'argent. »

Son visage s'est illuminé et elle l'a embrassé sur le front. Puis elle lui a apporté le verre de thandayi, s'est tenue derrière lui, pressant les seins contre son dos.

Plus il s'en approche, plus le Fort Rouge ressemble à un insecte géant, prêt à le piquer avec ses minarets. La foule forme un mur qu'il longe d'un pas incertain, bousculant les gens, se retenant à la barrière métallique. « Ne regarde pas les gens en face, lui a toujours dit Rajan Nahal. Considère-les comme des masses de chair qui t'attaqueront si tu n'attaques pas le premier. Garde les yeux dans le vague et tape sans hésiter. Taille, brûle et transperce avant que ces créatures se jettent sur toi ! » Il faut pourtant scruter tous ces visages pour découvrir l'homme au bec-de-lièvre.

Le corps qui flotte à sa rencontre est certainement celui d'une femme. Que fait-elle ici, dans ce domaine d'hommes ? Une grande femme en sari voletant, portant une grosse boîte électronique sur l'épaule. On dirait une caméra, un œil gigantesque, la plus grande caméra qu'il ait jamais vue. Que veut-elle de lui ? Lui donnera-t-elle ses seins ? Même à travers la brume qui lui voile les yeux, il se rend compte qu'elle est moins féminine, moins délicate, moins attirante que Gulmohar. Elle a certes de longs cheveux dénoués, mais il n'aime pas le gros bindi rouge qui lui mange le tiers du front. Gulmohar avait un petit bindi posé sur son doux front, et la peau beaucoup plus claire. Cette femme est trop grande, trop masculine. Même la façon qu'elle a de tenir la caméra sur ses épaules – musclées et pas rondes comme celles de Gulmohar – est repoussante. Mais elle ne l'intéresse pas. Lui il cherche un homme à la lèvre fendue. Il consulte sa Rolex. Onze heures passées ! Ou cinq heures et demie du matin ? A-t-il mis sa montre à l'envers ? « Je ne veux pas de vous, madame ! », chuchote-t-il. Il se prépare à l'assaut imminent, mais elle ne s'arrête pas et le frôle de sa caméra en passant.

Une femme dans Chandni Chowk ! Une femme avec des seins, avec tout ce que Gulmohar lui a offert. Il faut qu'il trouve l'homme. Il doit retourner chez Gulmohar ce soir et enfouir à nouveau son visage dans ses seins. C'est tout ce qu'il désire.

« Soie de Mysore, soie de Bénarès, soie de Kanjeevaram ! Mousseline française, mousseline indienne, organdi ! Corsage en soie, corsage rubiya ! Jamna Lal Kishori Mal ! »

Mukesh sursaute, recule d'un pas, mais ce n'est qu'un gosse famélique, petit, à la peau sombre, qui gesticule avec une drôle de main. Mukesh regarde attentivement la bouche. La peau de la lèvre supérieure est si sèche qu'elle va peler bientôt. Rien à voir avec l'homme qu'il cherche. Juste un gamin – mais aussi importun qu'un mendiant, qui bloque l'étroit trottoir, défiant Mukesh de le dépasser.

« Soie de Mysore. Soie de Bénarès, soie de Kanjeevaram ! Saris ! Saris ! »

Mukesh a brusquement la certitude que c'est exactement ce qu'il faut à Gulmohar. « Oui, je vais lui acheter un sari ! Un beau sari de soie », pense-t-il. De la couleur de sa peau laiteuse, avec un corsage assorti. Un petit bindi couleur crème sur le front, entre ses yeux de biche. Un corsage aux manches courtes, très courtes, pour exposer la rondeur de ses bras. Et très décolleté dans le dos.

Le garçon agrippe Mukesh par un coin de sa chemise et tire fort. Mukesh le toise et remarque le moignon. « Fiche-moi la paix ! Je n'ai pas d'argent. Je reviendrai demain. »

Le gamin lâche la chemise, mais ne bouge pas. Huit saris, pense Mukesh, valant chacun mille roupies. Il lui demandera ce qu'elle veut avant de les acheter. Pourquoi ne pas la conduire à la boutique pour qu'elle choisisse elle-même ? A moins qu'il n'achète cinq saris et des bijoux d'argent pour aller avec ? Il n'aurait pas dû parler de « lingot d'argent ». Sa boîte ne contient que des éclats tombés des lingots. Ce qu'il lui faut, ce sont des bracelets, des boucles d'oreilles, un collier d'argent. Peut-on acheter de l'or avec huit mille roupies ? Dans ce cas, avec les trois mille roupies que Ramvilasji lui donnera ce soir, il pourra acheter trois saris.

Le garçon le tire de nouveau par sa chemise. « Vous venez dans le kucha ou non ?

— Tire-toi, putain de ta sœur ! », braille Mukesh.

Il fait lâcher prise au gamin et s'éloigne, évitant de justesse une charrette transportant des climatiseurs. Il se retourne rapidement pour scruter l'homme qui la pousse, mais il ne voit que son dos. Ça ne pouvait pas être lui. « Il te reconnaîtra aussi sûrement que si tu étais son frère », a dit Ramvilasji. Mukesh poursuit son chemin.

L'air abattu, Gauhar ne bouge pas. Même s'il semblait pauvre, l'homme à la chemise jaune embaumait une odeur de riche. Un homme qui peut se payer du parfum doit avoir de l'argent en poche. Il faut essayer un autre enculé. Gauhar ne sait pas quels mots employer pour les attirer dans le kucha. Chotu amène trois clients par jour. Le seth s'impatiente. Qu'il aille se faire foutre ! Comment espérer que les gens vont acheter des saris quand une manifestation est sur le point de commencer ? Il en a marre d'agripper les chemises, les dhotis, les saris et les kurtas et de se faire virer, insulter, chasser comme un chien. Il n'aime pas non plus dormir dans la boîte du chaivala. La nuit, les cochons fourragent dans les tas d'ordures et passent leur groin par les trous d'air qu'il a creusés. Ils le lèchent toute la nuit avant de décider qu'il n'est pas assez goûteux. Mussabir Ustad avait raison. C'est beaucoup plus facile de se faire enculer pour soixante-dix roupies que d'entraîner de gros kurtas dans Kucha Bansilal.

Aujourd'hui sera son dernier jour. Il attendra que Didi vienne le filmer. Après seulement, il lui dira qu'il veut retourner au foyer. Elle pourraît ne pas faire de lui le héros de son film si elle découvre qu'il ne veut plus travailler dans le kucha. Il se dirige vers le figuier, s'assoit, l'aperçoit qui s'approche avec la caméra sur l'épaule. Elle est beaucoup plus grande que les hommes tout autour.

« Gauhar ! Regarde par ici ! »

Il fait mine de ne pas entendre.

« Gauhar ! »

Le doigt pointé sur la caméra, elle lui indique de regarder dans cette direction, puis elle arrête l'appareil et le pose sur le sol. Elle place une autre boîte électronique sur la chaussée, d'où elle tire un fil avec un bulbe mousseux qu'elle lui fixe au col de chemise. « C'est un microphone, dit-elle. Ça enregistre ce que tu dis.

— Salut ! Salut ! crie-t-il gaiement.

— As-tu amené Mussabir ?

— Je ne l'ai pas trouvé.

— Tant pis, je vais te filmer tout seul pour le moment. »

Elle se colle tout contre lui de façon à pouvoir parler dans le micro. « Voici Gauhar Muhammad, dit-elle. Il a débarqué au foyer Les Moineaux il y a six ans, avec un paratha dans la main. Il a appris chez nous à lire et à écrire, et remplacé Mussabir Hussein comme secrétaire de la Baal Bank. Il y a deux semaines il a trouvé un emploi chez un marchand de saris de Kucha Bansilal. Nous allons maintenant en apprendre davantage sur Gauhar. » Elle recule, reprend la caméra et la braque sur lui. On dirait une arme. « Dis quelque chose ! »

Gauhar se tait – qu'est-ce qu'on doit dire à une caméra ? –, l'objectif lui fait de l'œil, vivant, omniscient, inamical.

« Dis quelque chose, Gauhar ! »

Il fixe l'objectif, yeux écarquillés, et les mots s'échappent de sa tête. « Mousseline française, mousseline indienne, organdi ! Corsages de soie, corsages rubiya !

— Non, non, l'interrompt Chitra en riant. Parle-nous de toi – de la Baal Bank. »

Il se dandine d'un pied sur l'autre, muet, souhaitant ne plus avoir cette caméra braquée sur lui.

Peut-être, se dit-elle, que de voir ce qu'elle a déjà enregistré le rassurera. « Je vais te montrer à quoi tu ressembles. »

Elle approche la caméra, rembobine et projette des images sur un petit écran. Stupéfait, Gauhar voit son propre visage et s'entend réciter : « Mousseline française, mousseline indienne... » Il est dans un film – une vedette ! Il rit, se redresse, recule, il est prêt à jouer.

« Bien, dit Chitra, maintenant raconte-nous ce que tu fais.

— Je m'appelle Gauhar Muhammad. J'habite dans l'école et Didi s'occupe de moi.

— Parle-nous du travail que tu as trouvé.

— Je travaille pour un seth dans Kucha Bansilal.

— Que fais-tu pour le seth ? »

Gauhar pense à son image sur le petit écran. Il lui semble que le côté gauche de son visage est mieux. Il faut qu'il fourre son moignon dans la poche, et qu'il bombe la poitrine. Peut-être qu'il devrait retenir son souffle. Mais alors il ne pourra pas parler ! En tout cas, il doit bander les muscles des bras.

« Gauhar, tu fais des grimaces !

— Je dirige la boutique de sethji. Je m'en occupe quand il n'est pas là. »

Chitra arrête de filmer. « C'est vrai ? », lui demande-t-elle, l'air incrédule.

Il ne répond pas. Elle remet l'appareil en marche. « Est-ce que tu aimes ton travail, Gauhar ?

— Oui.

— Pourquoi souris-tu comme ça ? »

Elle repose la caméra. Le garçon ne ressemble plus à celui qu'elle a abrité au foyer. D'abord, il a une chemise propre, ce qui n'était jamais le cas. Il est tantôt embarrassé, tantôt suffisant, jamais sérieux. Au montage, il faudra qu'elle élimine ses mensonges. Ce n'est pas la mascotte idéale. Un documentaire sur les enfants indigents n'a pas de sens si les enfants n'ont pas l'air indigent. Elle espère pouvoir projeter son film dans les grands festivals mondiaux – Cannes, Toronto, Fort Lauderdale, Sundance... Elle dispose, grâce aux Moineaux, d'un merveilleux matériau, mais comment faire avec un garçon qui prend des poses ridicules et rit sans vergogne ?

« Ceci n'est pas un film, lui dit-elle. C'est ta vie. Chante une chanson ! » Elle reprend la caméra.

Gauhar lève le menton, regarde bien l'objectif et entonne : « *Saare jahaan se achachhaa, hindosataan hamaaraa hamaaraa...* »

Son chant est englouti par les cris de la manifestation.

« Commission Mandal *zindabad !*

« Des places pour les castes répertoriées !

« V.P. Singh *zindabad !* »

Le cortège fonce dans Chandni Chowk, en direction du Fort Rouge où Suleman s'adressera à la foule. Des policiers en colonne longent les deux trottoirs, séparés du cortège par les barrières métalliques. Soudain c'est la débandade, la police vide les trottoirs, pousse les spectateurs dans les kuchas et les katras. Aux fenêtres, tout en haut des immeubles, des visages médusés regardent passer le flot. Par moments, on dirait que la police défile avec les manifestants.

Gopal court derrière Ibrahim, craignant de se perdre dans la foule. Il a replié son dhoti, l'a serré étroitement autour de la taille, juste au-dessous de la saillie de son estomac, et boutonné sa chemise par-dessus. Suivant les conseils d'Ibrahim, il ne porte pas ses lunettes, il avance dans le brouillard. D'une main il s'accroche au kurta d'Ibrahim, dans l'autre il tient une casserole. Un cri s'élève quelque part à l'avant : « Commission Mandal ! »

Des milliers de mains se dressent vers le ciel, armées de bâtons, de couteaux, de lances, de béquilles, de haches et de lathis. Au signal, Gopal brandit sa casserole et hurle avec les autres : « *Zindabad !* » Puis, à l'adresse d'Ibrahim : « J'ai besoin d'un bâton. »

Ibrahim, qui tient une lance, ne comprend pas à cause du bruit. Il se retourne, hoche la tête pour le rassurer, poursuit sa marche. Gopal se sent gêné avec sa casserole, alors que tout le monde autour de lui est mieux équipé. Il n'a jamais vu une telle foule dans Chandni Chowk, ni tant de banderoles, d'affiches, de policiers et de barricades. Il se colle à Ibrahim et lui chuchote à l'oreille : « Ce sont tous des partisans de Suleman Mian?

— Non, des villageois ! De l'Haryana et de l'Uttar Pradesh. Ils n'ont encore jamais vu une ville. Ni des feux de circulation. »

« V.P. Singh ! braille quelqu'un.

— *Zindabad !* répond la foule.

— Ce policier, là, vient droit sur moi ! s'affole Gopal.

— Tu es dans une manifestation, Gopal Bhai. Aucun policier n'osera te toucher.

— On n'a pas besoin de crier. On peut juste articuler les mots. Personne ne le remarquera.

— Si. Il y a un surveillant par groupe de vingt-cinq, qui écoute si on crie assez fort. Tu n'auras pas droit à la prochaine manif si tu ne cries pas assez. Et pas d'aloo puri si tu chuchotes ! »

Gopal avance, malheureux. Ils sont près du temple d'Hanuman. Il pourrait peut-être plonger dans la foule et aller se cacher dans Kucha Bansilal? Tant pis pour les vingt-cinq roupies, pour lesquelles il risque de mourir piétiné.

« Ne rêve pas de t'échapper, dit Ibrahim. Le surveillant de Suleman Mian nous regarde. »

Sous le figuier, qu'ils sont en train de dépasser, Gopal croit deviner un visage familier – celui d'un garçon très foncé à la crinière sale. « Ibrahim Mian ! Là, sous l'arbre, est-ce que c'est le gamin bangladeshi ?

— Oui, c'est le tien. Il essaie d'attirer les clients. A la prochaine manif, je l'amènerai à ta place. Tu es trop faible.

— Il y a quelqu'un d'autre avec lui.

— Oui », réplique sèchement Ibrahim.

C'est la madame qui dirige l'école de Suleman Mian. Ibrahim se dit qu'il va falloir punir le gamin. Après tout ce que Suleman Mian a fait pour lui, et après le nahari que lui-même lui a offert, comment ose-t-il désobéir aux ordres de ne plus parler à la madame ? Elle semble tourner un film sur lui. Mais la voilà qui balaie la foule de sa caméra ! Ibrahim se radoucit, affiche une expression résolue et donne un bon coup sur le dos de Gopal. « Regarde devant toi, Gopal Bhai. Redresse-toi et marche fièrement. Tu vas être une vedette de cinéma ! »

Les visages défilent devant l'œilleton de la caméra, flous et sans couleur. Des taches indistinctes, un anonymat qui fait paraître la foule encore plus puissante. Malgré ses réserves concernant la manifestation et la commission Mandal, Chitra suffoque d'excitation. Ces visages sont ceux de mes ennemis. Si elle était encore à la fac, elle irait avec les autres étudiants caillasser les autobus pour protester contre la commission Mandal, en admettant que les filles aient le droit d'empiéter sur le domaine masculin de la violence. C'est contre elle que ces gens – venus de leurs villages et de leurs villes à des centaines de kilomètres de distance – manifesteraient, l'injuriant, crachant leur venin contre les privilégiés de sa sorte. Qu'est-ce d'autre, cette commission Mandal, sinon une ruse pour les maintenir dans la misère ? Qui parmi eux – castes répertoriées, OBC et autres présumés bénéficiaires – en tirera un réel avantage ? Et d'ailleurs, qui s'en soucie ? Gauhar trouvera-t-il un meilleur boulot? Ou Mussabir, Jolly, Sheila? Ou la petite Népalaise, Kiran, amenée il y a quelques jours par la prostituée?

Malgré le flou, elle croit reconnaître le visage tout en bas du cadre de la caméra, avec ce sourire grimaçant, la barbe râpée et les grandes dents. Elle l'a rencontré dans une circonstance désagréable, l'une de ces soirées, séminaires et autres réunions, où elle doit manifester une révérence humiliante envers la classe politique.

De plus en plus surexcité, Gauhar regarde passer le cortège. Il est certain que Mussabir Ustad se trouve quelque part dans cette foule. Tout le monde a entendu parler des vingt-cinq roupies et de l'aloo puri. Vingt-cinq c'est moins que soixante-dix, mais ça t'évite de te faire enculer par un vieux à la queue pourrie. Tout ce qu'on te demande c'est de crier des slogans et d'applaudir quand Suleman Mian fera son grand discours. D'accord, l'aloo puri ça n'a pas le parfum du nahari, mais c'est appétissant quand c'est gratuit. Il aurait peut-être dû aller défiler au lieu d'attendre Didi. Il s'est laissé séduire par sa caméra, mais maintenant elle la braque sur la foule. Et même elle se met à suivre le cortège. Que devient le film dont il devait être la vedette? « Didi! », hurle-t-il indigné.

Elle continue de marcher, s'attirant les regards désapprobateurs des policiers, l'œil vissé à l'oculaire, s'éloignant inexorablement en direction du Fort Rouge et de l'estrade érigée pour Suleman Mian.

Dans un kucha, Mukesh se tient face à l'homme-lapin. Un tout petit bonhomme, la taille d'un adolescent, teint foncé, vêtements délavés, les yeux presque fermés sous l'effet de milliers de rides. Mukesh ne remarque rien de tout cela, uniquement fasciné par les dents déchaussées, crocs monstrueux tachés de paan, que découvrent les lèvres à la façon d'un rideau de scène. Comme promis, l'homme l'a trouvé et, le tenant à bout de bras, l'examine, le renifle. Plisse le front. Il se demande ce que je sens, pense Mukesh. Ce qui lui rappelle Gulmohar, et il ferme les yeux. Quand il les ouvre, il voit l'homme-lapin qui lui sourit, si petit qu'il doit hausser le cou pour lui parler.

Il le fouille, s'attardant avec un plaisir particulier sur le pantalon. Mukesh tressaille, et l'homme rit. Puis il montre du doigt les profondeurs du kucha vers lesquelles il se dirige rapidement. Mukesh titube derrière lui, dans un tourbillon de hachisch. De derrière un comptoir l'homme sort un jerrican. « Tu as besoin d'une douche ! » dit-il, une étrange lueur dans le regard. Il grimpe sur le comptoir, immobilise Mukesh, lui déverse le contenu du bidon sur la tête. Une odeur très puissante submerge la fragrance de jasmin et de mahua. « Te voilà propre, dit l'homme-lapin. Maintenant écoute-moi attentivement. »

Assis sous une tente, sur le terrain du Fort Rouge, Suleman contient son impatience en buvant une bouteille de Thums Up. Une immense estrade jouxte la tente. Derrière, les douves asséchées qui protègent le Fort Rouge de l'envahisseur. Devant, toute l'étendue de Chandni Chowk, jusqu'à Fatehpuri Masjid. A peine visible cependant à travers la multitude de fils électriques, perches et bannières. Une fois sur l'estrade, Suleman aura une vue imprenable. Il observe néanmoins, par l'ouverture de la tente, que le cortège a encore quelques centaines de mètres à parcourir. Il vide sa bouteille de Thums Up, sort de son abri – une dizaine d'hommes le couvent des yeux.

« Ils avancent trop lentement, grommelle-t-il.

— Un peu de patience », dit quelqu'un.

Suleman soupire. Il n'aime pas ces gens, communistes et gauchistes qui ont apporté leur soutien à la manifestation. Il contourne la tente, pour échapper à leur regard, et examine le vaste terrain qui s'étend devant lui. Les communistes ont payé les barrières de bambous qui vont compartimenter la foule de façon à éviter une débandade. Ils ont aussi payé les haut-parleurs accrochés à des poteaux, et les guirlandes de fleurs qui se balancent au cou des leaders politiques. Enfin ils ont payé l'estrade elle-même, parée de tournesols et pouvant accueillir une vingtaine d'hommes. D'entre ces flots de tournesols, il s'adressera à son armée. Il faudra toutefois attendre plus d'une heure, que les compartiments se remplissent et qu'il puisse grimper sur l'estrade dans une tempête d'applaudissements.

Il aperçoit, à l'extrémité du champ, là où la muraille du Fort Rouge tourne à angle droit, des centaines d'autobus, garés n'importe comment, qui ont transporté ses supporters depuis leurs lointains villages de l'Haryana et de l'Uttar Pradesh. Ça a coûté un million deux cent mille roupies. Des véhicules confortables, avec des coussins, pour des gens qui n'ont jamais connu de siège plus doux que les claies de bambou d'un char à bœuf. Vingt-cinq roupies et un aloo puri par bouche, à qui on a appris à crier *Zindabad* au commandement. Ils brandissent leur lance au signal, aboient, puis tombent dans la contemplation ébahie de Chandni Chowk. Une armée médiocre, mais comment, sans elle, devenir général?

Ces champs, se dit-il, sont inondés du sang des musulmans. C'est de ce terrain que les officiers britanniques ont regardé mourir les musulmans attachés aux bouches du canon. Ils buvaient leur cognac, donnaient l'ordre de tirer en renversant leur verre, le canon tirait, le musulman atterrissait quelque part dans Chandni Chowk. Les gens évoquent Mangal Pandey à propos de la Mutinerie de 1857, mais tout le monde sait que les mutins étaient des musulmans. Les vrais patriotes, c'étaient eux, et les Britanniques ne le leur ont jamais pardonné. Ils ont tout rasé autour du Fort Rouge, créant un vaste terrain vierge entre le Fort et Chandni Chowk, là où existaient auparavant des boutiques musulmanes. Face à ce vide, les Britanniques se sont sentis plus en sécurité, confortés dans leur rôle de dirigeants, séparés des dirigés, et ce sont les musulmans qui ont payé le prix de ce renforcement du pouvoir impérial. Ce n'est pas une coïncidence si, en partant, les Britanniques ont remis le pays entre les mains des hindous.

Suleman regarde les remparts du Fort Rouge, d'où, il y a moins d'un mois, le Premier ministre a fait son discours du Jour de l'Indépendance. Un hindou, dont les propos enflammés et les visions grandioses reposent sur le sacrifice des musulmans.

Suleman redescend sur terre. Il n'est pas Premier ministre, ne le sera peut-être jamais, donc les remparts lui sont interdits. Il doit compter sur ces communistes – de vieux bourrus, perdus dans les livres – pour lui construire des estrades.

Un chien policier, tenu en laisse par son maître, trotte autour de la tente, la truffe à ras du sol. Il renifle Suleman, qui l'envoie valser d'un coup de pied. Le maître jette un regard hargneux au musulman, puis conduit le chien vers les compartiments de bambous. Les communistes n'ont pas payé pour ce chien, se dit Suleman, donc je peux lui flanquer des coups de pied.

Il retourne à son poste d'observation, de l'autre côté de la tente. Le cortège ne semble pas avoir progressé d'un centimètre. « Pourquoi ne bougent-ils plus ? demande-t-il.

— Il y a quelqu'un qui fait un discours.

— Non, une parodie de discours, corrige un autre type.

— Ce n'est pas le moment de jouer la comédie ! s'exclame Suleman.

— Ce ne sont pas nos hommes. Ce sont des étudiants. »

Suleman grince des dents et rentre dans sa tente.

Gopal tremble chaque fois que la foule rugit. Ils sont encore à plus de cinq cents mètres du Fort Rouge et les villageois deviennent agressifs. Ils jettent des pierres sur des boutiques. L'un d'entre eux a brisé une vitrine, la police a chargé et attrapé des gens. Quelques types, portant des badges verts à la poitrine, discutent avec les lanceurs de pierres, qui réclament leurs vingt-cinq roupies. « Nous avons faim ! disent-ils. Il est midi et le soleil tape. Nous voulons notre aloo puri. Nous ne ferons pas un pas de plus sans nos vingt-cinq roupies ! »

Néanmoins le cortège avance, poussé par les uns, tiré par d'autres, Gopal frissonne en voyant le dôme de Gurudwara Sisganj se rapprocher sur sa droite. Cela lui rappelle les affreux souvenirs de quatre-vingt-quatre. Il s'accroche frénétiquement au kurta d'Ibrahim. « Est-ce qu'ils vont attaquer les sardars ? Partons avant. »

Ibrahim lui montre les hommes au badge vert. « Les sardars n'ont rien à craindre. Ces types surveillent tout. Nous continuons d'avancer jusqu'au Fort Rouge.

— Mais on n'avance pas.

— Il y a quelques problèmes à l'avant. Ils vont les régler. »

A cent mètres devant la procession, des policiers casqués lui barrent la route. Chacun portant matraque et bouclier de rotin.

« Pourquoi sont-ils harnachés comme ça ? demande Gopal.

— Police antiémeutes, chuchote Ibrahim. Ne bouge pas, reste derrière les autres.

— Mais nous n'avons pas jeté de pierres !

— Ils ne nous aiment pas. Ils sont tous des hautes castes. »

Cortège immobile, les meneurs évaluent la situation. La police forme un mur de boucliers. Poussant un cri de défi, quelques hommes foncent, les premiers rangs chargent, pilent devant les boucliers. La rue est entièrement obstruée.

« Ibrahim Mian, ne me pousse pas ! crie Gopal.

— La police nous refoule.

— Tu as dit que la manifestation avait reçu l'autorisation.

— C'est vrai. Mais les étudiants anti-Mandal qui nous barrent la route ne l'ont pas.

— Pourquoi sont-ils là ?

— Ils font une parodie, un spectacle », répond Ibrahim, furieux.

Au-delà des forces de l'ordre, sur une place formée par l'intersection de Chandni Chowk et d'une autre rue, des milliers d'étudiants sont accroupis en rond, sur six ou sept rangs de profondeur, laissant une clairière au centre, devenue une scène. On y joue un spectacle de rue, avec une étudiante en jean chantant une chanson obscène sur V.P. Singh, et trois garçons censés représenter les bénéficiaires de la commission Mandal. Ils tentent de lui déchirer ses vêtements, elle réussit à leur échapper, les spectateurs hurlent de joie. En tee-shirt, jean et baskets, les étudiants applaudissent et sifflent, levant des bannières où l'on peut lire : « J'ai honte d'avoir voté pour V.P. » « V.P. est un chien ! Enculé de V.P. ! Mandal est un scandale ! Mandal *ko maaro sandal !* »

Impossible de traverser le carrefour sans bousculer les étudiants. Portant guitares, harmoniums, tambours, cymbales et caméras, ils braillent à l'unisson, s'empiffrent de cacahouètes, de pommes chips et de pois chiches grillés.

Inderlal maudit le chef qui l'a transféré dans la police anti-émeutes. Il s'était vu dirigeant la circulation, fouillant les gens, donnant ses ordres par haut-parleur, assis dans sa Maruti Gipsy. Le voilà devenu une simple brique dans une muraille humaine, coiffé d'un casque d'une minceur pitoyable, sans gilet pare-balles, valdinguant entre deux foules ennemies ! Doit-il affronter les étudiants ou les villageois ? Les deux rassemblements sont très différents. Les étudiants sont d'humeur joyeuse, ils se gavent de friandises que leur vendent des marchands ambulants. Ils rient et applaudissent. L'autre foule est beaucoup plus menaçante. Balayeurs, fermiers, bhangis, ils ne sont pas de Delhi. Dans quelques minutes, le barrage va céder et les deux flots vont se mélanger en un tourbillon sanglant. C'est aux villageois qu'il doit faire face, parce que ce sont les plus dangereux.

« C'est *notre* manifestation ! dit Ibrahim à Gopal. On devrait leur foncer dedans. »

Gopal est cerné de corps, poussé par-derrière, mais Ibrahim, au dos duquel il s'appuie, ne bouge pas parce que lui-même est pris en sandwich entre Gopal et les hommes devant lui. Il fait très chaud, Gopal est plus petit que ceux qui l'entourent. Tous ces hommes lui semblent des murs, qui se rapprochent peu à peu au-dessus de lui. Bientôt leurs têtes vont se rencontrer dans le ciel, et il se retrouvera enterré. Rassemblant toutes ses forces, il se dresse sur la pointe des pieds et pose le menton sur l'épaule d'Ibrahim. A présent il voit les étudiants.

La parodie est finie. Avant qu'une autre ne commence, un jeune homme s'avance en titubant vers la clairière, au centre. Une montre flotte à son poignet. Ses vêtements, apparemment trempés, dessinent les contours de son squelette. Sa chemise jaune disparaît dans un pantalon couleur fange. Le col ouvert révèle une poitrine maigrichonne où quelques poils tentent de pousser. Le pantalon mouillé pendouille autour de ses jambes osseuses. Un grondement traverse la foule. Qui est-ce ? Un étudiant de l'université Dinanath, répond-on. L'information est bientôt sur toutes les lèvres. « Dinanath, c'est pour les babus ! », dit un autre. On rit. « Qu'est-ce qu'un bhaiya fabrique ici ? Retourne dans ton trou !

— Une université pour les commis !

— Taisez-vous ! Aujourd'hui, nous sommes unis contre V.P. »

Une acclamation salue le jeune homme de Dinanath, qui atteint le centre du cercle et s'immobilise.

« Sortez-le de là ! Il pue ! »

L'odeur puissante du kérosène submerge Gopal, qui discerne mal les traits de l'étudiant de Dinanath. Dans sa demi-cécité, la chemise jaune le trouble. « Qui est cet homme ? » demande-t-il.

Visage de marbre, Ibrahim fixe l'apparition. Le menton de Gopal s'enfonce douloureusement dans son épaule, sa main qui tient la lance est glissante de sueur. Il cligne des yeux, mais l'image ne disparaît pas. « Juste un garçon, murmure-t-il. Un des leurs... »

Le jeune homme ne bronche toujours pas. Le silence tombe sur la foule. Une mascotte invraisemblable pour leur croisade. Trop mal habillé. Trop foncé. Trop maigre. Trop pauvre... Ils le vireraient bien, mais le sérieux qui se lit sur son visage les fait réfléchir. Il semble préparer un discours, une exhibition, une danse. Puis il se secoue, sort de sa stupeur, prend une boîte d'allumettes dans la poche de sa chemise, allume une allumette à hauteur de son visage et la laisse tomber sur sa jambe tendue. Son pantalon s'enflamme.

« Qui est cet homme ? répète Gopal. Il brûle ! » Il regarde attentivement la chemise jaune, s'efforce de focaliser sur le visage. Il connaît ce corps qui se convulse de douleur. A l'instant où Gopal reconnaît Mukesh, Ibrahim se retourne et l'empêche de bouger.

« Lâche-moi, Ibrahim Mian ! Ne vois-tu pas qu'il brûle ?

— Il n'y a rien à faire », marmonne Ibrahim, si bas que Gopal ne l'entend pas. Mais il le tient fermement. Quelques hommes forment un cercle rapproché pour empêcher Gopal de sauter dans l'arène.

« Sauvez-le ! Sauvez-le ! », hurle-t-il, mais les mots meurent dans sa gorge. Il lutte pour échapper aux mains qui l'immobilisent, voulant croire qu'un homme va s'approcher de son fils, éteindre les flammes qui l'engloutissent et le prendre dans ses bras. Tout cela va s'arrêter. C'est une plaisanterie, un jeu, un stratagème pour amuser la foule. Son fils est un farceur. Les pierres jetées sur les bus, les rickshaws volés juste pour le plaisir, l'argent qui disparaît pendant la nuit, le diamant remplacé par un faux, et maintenant les flammes qui lèchent son corps convulsé.

A cinq cents mètres de là, sa bouteille de Thums Up vidée depuis longtemps, Suleman observe avec impatience cette foule qui bientôt va l'écouter. Une masse de gens, qui pourtant n'avance pas.

Pas de faux mouvement, pas d'erreur ! se répète Chitra, les yeux collés à sa caméra. Son objectif lui révèle une boule de feu, entourée d'une foule stupéfaite. Des milliers d'yeux regardent la boule tournoyer, un seul fixe l'image pour l'éternité. Pardonne-moi, dit Chitra à sa conscience. Pardonne-moi ce voyeurisme accidentel. Les flammes de Pralay dansent devant mes yeux, et mes doigts, rivés à l'appareil, laissent la bande enregistrer, enregistrer...

Mukesh pense aux huit mille roupies, aux rognures d'argent et aux pièces d'or enterrées sous la dalle de Kucha Mahajani. Avec les trois mille qu'il recevra ce soir, il achètera dix saris pour Gulmohar. Il se demande combien peut valoir la poussière d'argent, s'il pourrait la faire fondre en une statuette. Une figurine de Gulmohar !

Juste avant que son cerveau cesse de fonctionner, il s'étonne que l'homme-lapin n'ait pas sauté sur lui avec une couverture pour étouffer les flammes, comme il l'avait promis.

1992

La pluie glisse lentement sur la silhouette en bois découpé du Premier ministre qui surplombe GB Road. Hauteur de trois étages, sourire de carton-pâte, lèvres roses au ras des grilles de fer derrière lesquelles vont et viennent les prostituées dans leur plus beau sari. Imberbe du menton à son crâne chauve, le personnage joint les mains en un geste affable. Un châle gris drape ses épaules, sous lequel des centaines de clous le fixent à un poteau électrique en bois. De ce poteau, une enfilade de fanions s'étire à travers la rue jusqu'aux piliers et crochets des devantures de boutiques d'en face. Des auvents décoratifs prolongent l'entrée des échoppes vendant cuvettes de WC et lavabos, et un grand panneau, au croisement de GB Road et du prolongement de Chandni Chowk, annonce : « FRETS, Formation, Réinsertion, Education des Travailleuses sexuelles, accueille tous ses invités pour la Journée des Femmes ». On remercie aussi le comité PPI de Chandni Chowk de son patronage. Au-dessus du texte figurent les portraits de Harilal Gupta et Kartar Singh, chacun avec la mention « Conseiller PPI de Chandni Chowk », et, dans un cartouche, celui de Lala Surajmal, « Président du comité PPI de Chandni Chowk ».

Une estrade occupe la largeur de la rue, interdisant le passage des véhicules pour la journée. Décorée de guirlandes, tendue de bannières qui proclament en anglais et en hindi : « FRETS veut l'égalité des droits pour les Travailleuses sexuelles ! Légalisez les Travailleuses sexuelles de GB Road ! » Prévoyant, Ramvilas a fait tendre un dais qui évitera aux personnalités de se faire tremper pendant leurs discours. Debout sur le podium, les poings sur les hanches, Gita donne ses dernières instructions pour l'installation des micros et des haut-parleurs. Enervée, elle regarde les balcons de chaque côté de la rue, avec leur chargement de prostituées en sari jaune vif, anneaux de nez coquins et corsage de soie profondément décolleté, scintillant de paillettes. Des quatre-vingts bordels de GB Road, sept seulement ont accepté de déclarer cette journée chômée. Dans les autres, les bais ont résisté à toutes les pressions. Leurs pensionnaires s'attendent à une journée chargée, tandis que celles à qui on a accordé des vacances piétinent dans la rue, renfrognées, furieuses à la pensée de toutes ces passes manquées, frissonnant dans l'air frais apporté par la pluie du mois d'août. Quelques-unes cependant ont volontairement débrayé, sans l'approbation de leur bai. Les deux groupes – les travailleuses et les oisives – ont décidé de porter leurs plus beaux vêtements, si bien que Gita ne saurait dire qui, sur les balcons, attire les clients et qui se contente de regarder la fête.

Les fauteuils sur l'estrade sont occupés par les membres du comité du PPI, mais le plus éminent, réservé à Harilal Gupta – premier conseiller de Chandni Chowk – demeure vide. Gita se dirige vers le fond où Ramvilas se vautre sur sa chaise. « Quand va arriver Harilalji? Tous les autres sont déjà là. »

Ramvilas hausse les épaules en signe d'ignorance.

« On ne peut pas commencer sans lui », dit-elle.

Du doigt Ramvilas montre l'espace devant la scène, où s'agglutinent une centaine de prostituées, trempées jusqu'aux os malgré une floraison de parapluies de toutes les couleurs. « Je lui téléphonerai quand tu auras un public suffisant.

— Elles ne veulent pas sortir dans la pluie! proteste Gita.

— J'ai promis cinq cents putes à Harilalji. »

Gita se tourne vers Nasreen et Manju, chacune à une extrémité de l'estrade, vêtues de saris neufs, et portant le badge « FRETS ».

« Est-ce que Parvati peut nous aider?

— Elle travaille aujourd'hui », dit Nasreen.

Elle va se faire plein de fric, pense Gita avec amertume. « Je n'aime pas ces histoires politiques », avait-elle dit, quand on l'avait sollicitée.

« Ce n'est pas de la politique, c'est pour soutenir tes sœurs ! avait rétorqué Gita.

— J'ai un fils à élever.

— Ça ne te prendra que quelques heures.

— Je préfère faire mon devoir », a conclu Parvati.

Planté sur le devant du podium, Ramvilas se livre à un rapide calcul de tête. En incluant les filles sur les balcons, elles ne sont pas plus de quatre cents à attendre Harilalji. Nombre bien médiocre au regard des trois mille prostituées, au moins, qui remplissent les quatre-vingts kothas de GB Road, mais Harilal Gupta l'ignore. « Je vais téléphoner à Harilalji », dit-il.

Gita pousse un soupir de soulagement, puis se réfugie au fond du podium. Elle a l'habitude de parler avec les clients, les bais, les pahalvans et les souteneurs, chacun manifestant un désir précis qu'elle peut satisfaire. Mais que peut-elle offrir à ces commerçants et politiciens assis sur leur chaise ? Que doit-elle leur dire, compte tenu de sa faible connaissance de l'hindi ?

Les sommités en question occupent trois rangs, avec, au centre du premier rang, le siège réservé à Harilal Gupta. Son voisin immédiat est Lala Surajmal, vêtu d'un kurta de soie et d'un dhoti aux plis impeccables. Il y a un an, âgé de soixante-six ans, il a été victime d'une attaque qui l'a laissé avec le côté droit du corps paralysé et l'a contraint à limiter ses activités au sein du comité PPI de Chandni Chowk. Lentement, cependant, bras et jambe ont retrouvé une certaine vigueur. La seule concession qu'il fait à son infirmité est la canne toute neuve, à pommeau d'ivoire, qu'il manie avec une autorité désinvolte, feignant de ne pas remarquer que sa jambe droite est à la traîne. Il a perfectionné l'art de marcher en s'appuyant sur un pied, c'est à peine si l'on remarque sa claudication.

Kartar Singh, conseiller municipal le plus récent de Chandni Chowk, est assis à la gauche de Surajmal. Il a pour autre voisin Jugal Kishor Agrawal qui, penché par-dessus lui, converse avec Surajmal. Au second rang se tient Sohan Lal, tête courbée, lunettes bas sur le nez, le calot plié entre les mains, qui reposent sur ses genoux. Il voit l'arrière du crâne de Surajmal, sans calot et sans cheveux, la chair molle et marbrée derrière des oreilles. Sohan Lal se dit que ce déclin physique le guette, il espère néanmoins vieillir avec plus de dignité. Il sent le froid passer à travers son mince pull-over, et se demande ce qu'il fabrique ici. Les dirigeants du PPI de Chandni Chowk n'ont rien à gagner à frayer avec des femmes de ce genre, qu'il n'a jamais vues de si près. Il n'ose pas lever les yeux de peur de croiser leur regard. Quelle expression doit-il afficher si le visage peint d'une prostituée s'offre à sa vue ? D'ailleurs elles sont si nombreuses qu'elles en paraissent normales, la foule habituelle de Chandni Chowk en sari de couleur vive et rouge à lèvres vulgaire ! Et comme s'il ne suffisait pas qu'elles soient à moitié nues, la pluie a plaqué le sari sur leur corps, révélant leurs formes scandaleuses. Il frissonne. Il s'efforce de regarder ailleurs, mais il y en a partout. Il lève les yeux au ciel, découvre horrifié des prostituées agglutinées sur les balcons, aplaties contre les grillages, un jaillissement, un débordement de chairs à travers les barreaux. Il se hâte de baisser les yeux, tâche de chasser ces images de son esprit, se reproche d'avoir regardé si longtemps.

Kartar Singh et Surajmal parlent des élections, prévues pour l'année prochaine, qui pour la première fois doteront Delhi d'une assemblée législative propre. Relégué au deuxième rang, Sohan Lal en écume de colère. Kartar Singh, de dix ans son cadet, n'est qu'à deux places de Harilal parce qu'ils sont tous les deux conseillers municipaux. La préséance de Surajmal n'a jamais été remise en question : il est président du comité du PPI, et une centaine d'attaques cérébrales n'y changeraient rien. A supposer que Surajmal abdique, Jugal Kishor, son principal acolyte, ferait de son mieux pour empêcher Sohan Lal d'accéder à la présidence.

Sohan Lal entend un bruit à sa gauche, c'est Ramvilas qui s'assoit à côté de lui. Il se recule involontairement.

« Vous avez l'air préoccupé, sethji », dit Ramvilas.

Le ton joyeux offusque Sohan Lal. Doit-il maintenant discuter avec le commis de Surajmal ? Quelle idée absurde d'ériger une effigie géante du Premier ministre à l'occasion d'une fête du PPI, comme s'il s'agissait d'une réalisation du Congrès ? Mais après tout, c'est peut-être aussi bien. Ramvilas a commis une imprudence en attirant le comité du PPI dans cette mascarade de prostituées. « Nous aurons ainsi le vote des femmes », a-t-il dit. Mais qui se soucie du vote de quelques centaines de prostituées, dont le soutien risque plutôt de nous aliéner les gens de bonnes familles.

Que la pluie vienne gâcher la fête, ça n'est que justice. Les prostituées n'ont pas droit au soleil, sinon à quoi bon l'honnêté et la droiture ?

« Vous n'aviez pas à installer cette effigie du Premier ministre.

— Ce n'est pas moi, dit Ramvilas. C'est Naresh Agrawal, en prévision du Quinze-Août. »

Si longtemps à l'avance, pour être sûr que tout le monde la verra, du Naresh Agrawal tout craché ! « Qu'est-ce qu'on attend pour commencer ? demande Sohan Lal, toujours furieux.

— Je viens de téléphoner à Harilalji. Dès qu'il sera là, Gita Didi l'accueillera sur l'estrade et nous commencerons.

— Qui est Gita Didi ?

Ramvilas semble étonné. « C'est la présidente de FRETS, l'ONG qui organise cette fête. »

Ramvilas montre quelqu'un du geste, et pour la première fois Sohan Lal remarque la femme qui se tient au bord du podium, jetant un regard anxieux sur la foule. Une Népalaise, presque certainement une prostituée. Très jeune, potelée, vingt-cinq ans tout au plus, mais l'air mûre. Il y a quelque chose de masculin chez une femme à la démarche si assurée en présence des hommes, tête découverte, corsage à manches courtes et – c'est quoi, cela ? Des sandales à la mode ! Elle est séduisante, mais asexuée, en ce sens qu'elle ne se soucie pas de son sexe. Ne s'enroule pas étroitement dans son sari comme les femmes respectables, si bien qu'il s'ouvre quand elle marche, révélant les contours de son ventre. Laissant apercevoir une poitrine généreuse, débordant d'un corsage couleur chair. Sohan Lal en suffoque. Comment une telle femme ose-t-elle se faire appeler « Didi » ? Qui la prendrait pour sa sœur ? Le fait que Ramvilas la connaisse est en soi scandaleux. Bientôt, ils vont tous compter au nombre de ses relations ! L'image de ce corps trempé de pluie lui traverse brièvement l'esprit, pour sa plus grande honte et colère. Ramvilas va transformer les membres du comité en débauchés.

Ramvilas se lève et va vers elle. Sohan Lal remarque la familiarité avec laquelle ils se parlent, sa colère se mue en regret nostalgique.

Le klaxon d'une voiture interrompt sa méditation. L'Ambassador de Harilalji tente de passer au milieu des prostituées. Elle s'approche le plus près possible de l'estrade et s'arrête. Ramvilas court ouvrir la portière, parapluie à la main. Harilalji émerge sous un tonnerre d'applaudissements, monte les six marches, en compagnie de Ramvilas qui l'escorte, parapluie ouvert, jusqu'à son siège sous le dais de toile. Tout le monde sur le podium se lève. Même Surajmal, qui s'extrait malaisément de sa chaise et s'appuie sur sa canne. Ramvilas tend une guirlande à chacun, Harilalji se laisse ceindre d'innombrables guirlandes, joignant à chaque fois les mains en un namaste communautaire. Les sommités se rassoient après qu'on a calé – non sans quelques tiraillements de-ci de-là – Harilalji dans son fauteuil.

Harilal Gupta est un homme relativement jeune, à peine plus de cinquante ans, héritier d'une grande famille de papetiers de Chandni Chowk. Richesse, ascendance et flair politique conjugués l'ont aidé à conquérir son poste de conseiller municipal. Il porte khadi kurta et pyjama avec l'aisance de qui est né dedans, se coiffe avec naturel du calot de Gandhi, on le croirait membre du Parti du Congrès, ce qu'il était effectivement jusqu'à l'instauration de l'Etat d'urgence en 1975. Aux élections suivantes, il a adhéré au Janata, puis à sa branche la plus agressive, le PPI. Sous le règne de Rajiv Gandhi, le Congrès a renoncé au calot du Mahatma jugé démodé, mais Harilal en tire un sentiment d'ancienneté. Car depuis qu'il fait de la politique – soit toute sa vie d'adulte – il s'est toujours posé en vieux leader, même lorsqu'il n'était que président de l'Association des commerçants de Chawri Bazar. Il s'est retrouvé du côté des vainqueurs dans la plupart des batailles politiques, même si cela signifiait changer de camp à chaque bataille. Ces retournements, qu'on appellerait opportunisme chez d'autres, n'ont jamais sapé son énergie, sa confiance en soi ou sa réputation. Il marche, s'assoit, regarde, écoute et parle lentement mais avec détermination, en homme qui a eu la chance de ne pas connaître l'adversité, et suffisamment futé pour l'éviter si elle croisait son chemin. Il limite son discours aux sujets qu'il comprend, et s'il lui arrive de dériver, personne ne le fait remarquer. Les nuances ne sont pas son fort, il n'a jamais ressenti la nécessité d'atténuer une opinion. Il feint l'ignorance quand on lui parle de certaines personnes et fait mine de comprendre quand il s'agit d'idées. A supposer qu'on mentionne Jawaharlal Nehru, il demandera : « Qui cela ? », avant de secouer la tête d'un air las. C'est avec la même tranquille assurance qu'il s'est physiquement épanoui durant ces années d'ascension politique. Maintenant, il déborde de son fauteuil. Il se penche pour toucher la main paralysée de Surajmal, et chasse d'une chiquenaude les quelques gouttes d'eau qui ont taché son gilet khadi malgré l'escorte attentive de Ramvilas.

Ramvilas, justement, fait signe à Gita, qui s'avance vers le côté gauche du podium et tapote le micro. Instantanément, les putains se taisent. Elles semblent toutes savoir qui elle est, constate Ramvilas avec satisfaction, ne serait-ce que parce qu'elle passe dans les khotas leur distribuer des préservatifs. Deux hommes abaissent le micro à sa hauteur. Elle sort une feuille de papier de l'intérieur de son corsage, la déplie et commence à lire en un hindi hésitant. « Mes sœurs ! »

Les filles applaudissent.

« Nous appartenons à la plus grande famille de l'Inde. Nous sommes trois mille à GB Road, quatre mille à Calcutta, cinq mille à Madras, six mille à Bombay, des centaines de mille dans d'innombrables villes et villages. Pourtant cette famille n'a ni foyer, ni docteurs, ni sécurité, ni protection. »

Applaudissements nourris.

Ramvilas se rengorge : il a réussi à introduire une pute chez les négociants de Chandni Chowk. Ce qui l'énerve en revanche c'est cet accent népalais dont elle n'a pas réussi à se débarrasser – charmant au lit, vulgaire en public. Il est fier de son discours, plein de chiffres et de faits, débordant d'émotion, rédigé en un hindi fleuri. Or le voilà bégayé, et même par instants transformé en phrases népalaises.

« On parle beaucoup ces temps-ci de libéralisation », lit Gita.

Ramvilas glousse. Cela, c'est une pique envers le Premier ministre, qui vise à blesser Naresh Agrawal, lequel a décidé de ne pas assister à la fête, peut-être parce qu'elle est organisée par le PPI, et que la place d'honneur revient à Harilal Gupta, simple conseiller municipal, alors que lui, Agrawal, est membre du Parlement.

Gita continue. « Par libéralisation, notre Premier ministre veut-il signifier qu'il sera plus facile d'introduire de pauvres gamines népalaises en Inde sans payer de droits de douane ? »

Les filles rient, les membres du comité PPI semblent s'amuser.

« Plus de cent mille Népalaises ont été vendues en Inde comme travailleuses sexuelles. Il y a des hommes qui passent le Népal au peigne fin à la recherche de filles. Quand les Arabes sont arrivés à Bombay, il y a trente ans, avec des milliers de roupies dans les poches, ils ont exigé des Népalaises au teint clair à la place des Indiennes noiraudes. Les hommes, qu'ils soient arabes ou indiens, continuent d'exiger des Népalaises. »

Acclamations : un quart de l'audience est népalaise. Les autres filles ont l'air rêveur.

Harilal Gupta s'agite avec difficulté dans son fauteuil et jette à Ramvilas un regard furieux. « Qu'est-ce que c'est que ce discours? Il y a des journalistes ici. Ils vont écrire que Harilal Gupta encourage la prostitution! »

Ramvilas se dirige vers Gita, lui arrache le texte des mains, retourne la page, le lui rend.

« Notre travail n'a rien de honteux! lit Gita. Aujourd'hui, c'est la "Journée des femmes", disent-ils, donc ils doivent inclure les travailleuses sexuelles, et les enfants obligées de le devenir. C'est notre droit, non pas un privilège, que de nous voir reconnus honneur et dignité, et le même statut que des secrétaires ou des employées. »

Les filles applaudissent poliment, troublées par le soudain changement de ton. Des regards hostiles convergent sur les Népalaises.

« Nous avons besoin de docteurs et de dispensaires. Nous avons besoin de préservatifs pour nous protéger du sida! »

Sohan Lal est choqué. Il ignorait que le discours serait si explicite. Parler de préservatifs en public! Devant lui, la tête de Harilal Gupta penche vers l'avant. Surajmal également semble dormir. Jugal Kishor fixe des yeux écarquillés sur la Népalaise, et Ramvilas, au bord de l'estrade, affiche un sourire mystérieux. Sohan Lal se demande s'il ne devrait pas se lever et partir. Il y a des journalistes dans l'assistance. Imaginons qu'ils publient le discours avec une photo où on le voit sur l'estrade. Que dira-t-il à Ramesh? Il n'aurait jamais dû se laisser entraîner dans cette histoire par Ramvilas.

« Le gouvernement clame qu'il distribue des préservatifs,

mais l'homme qui les distribue réclame une commission de deux roupies par boîte. Comment nos sœurs peuvent-elles s'en offrir? Nous avons besoin de nos propres organisations, comme FRETS, pour les distribuer. Nous avons besoin de docteurs qui nous examinent sans ricaner ou nous insulter. Nous avons besoin de dispensaires, pas *près* de GB Road, mais *dans* GB. FRETS a besoin d'un bureau. Et pour tout cela, il nous faut des fonds – non pas l'argent provenant des maigres gains de nos sœurs, mais de l'argent fourni par le gouvernement! Je veux remercier ici le comité PPI de Chandni Chowk, qui nous a donné dix mille roupies. »

Sohan Lan, dont la tête s'est affaissée sur la poitrine un peu plus à chaque énoncé du mot « préservatif », jette un regard désespéré à Ramvilas : les journalistes vont bien entendu mentionner cette donation. Surajmal a-t-il perdu la tête?

« Maintenant je prie Shri Babulal de lire le message que nous adresse Shri Naresh Agrawal, député de Chandni Chowk au Parlement. »

L'homme assis dans le fauteuil de Naresh Agrawal se lève. Ramvilas lui approche le micro.

Sohal Lal voit Gita plier la feuille de son discours et l'enfouir dans son corsage. C'est normal, se console-t-il. C'est là que Rukmini range tout – clefs, épingles, pinces à cheveux, bijoux – mais le faire devant des centaines d'yeux!

Babulal est un homme grand et sec, portant khadi et calot de Gandhi et, sur son plastron, un insigne du Parti du Congrès. Il lit le message de Naresh Agrawal d'une voix neutre, sans passion ni modulations, qu'il s'agisse d'exhortations ou de constats prosaïques.

« Dans cinq jours l'Inde fêtera son indépendance. Le Premier ministre, du haut du Fort Rouge, annoncera le programme du gouvernement en faveur des femmes. Il a déjà déclaré le 10 août, c'est-à-dire aujourd'hui, Journée des Femmes, célébrée désormais chaque année. Le Parti du Congrès a toujours honoré les femmes, fidèle en cela à la tradition séculaire indienne. »

Ulcéré, Sohan Lal chuchote à Ramvilas : « Mais ceci n'est pas une fête du Congrès! »

Ramvilas ne répond pas. Babulal continue : « L'Inde, mes

sœurs, est le seul pays où une femme hérite de la fonction d'un homme à la mort de celui-ci. Quand meurt un grand dirigeant, nous demandons à sa femme ou à sa fille de prendre sa place. N'avons-nous pas fait Indira Gandhi Premier ministre après la disparition de Nehruji ? Et n'avons-nous pas demandé à Soniaji de prendre la direction du parti après que Rajiv Gandhi a été arraché à notre affection ? »

Les filles applaudissent.

« Naresh Agrawalji s'intéresse passionnément aux problèmes des femmes. A ce titre, il a remis un chèque de cinquante mille roupies à FRETS, provenant de son fonds pour le développement local. »

Gita pousse un cri de joie. Nasreen et Manju étouffent le leur, incrédules. Les putains exhalent un soupir collectif. « Vous ne m'aviez pas prévenu, dit à Ramvilas un Surajmal furieux. A présent que valent nos dix mille roupies ? »

Au milieu de l'excitation générale, Babulal salue de la tête Harilal Gupta et se rassoit. Gita s'empare à nouveau du micro. « Maintenant je laisse le soin à Lala Surajmal de présenter notre principal invité, Shri Harilalji Gupta, conseiller municipal de Chandni Chowk. »

Surajmal essaie de se lever, la tâche se révèle trop dure. Obligeamment Harilalji le prend sous le bras et l'aide à s'approcher du micro. Beau tableau, se dit Sohan Lal – le leader enlaçant le frêle grand-père dans une étreinte virile. La signification du geste échappe aux filles. Tapant dans leurs mains, elles scandent en hindi : « Nous voulons du respect, nous voulons de la dignité, nous voulons de l'honneur... »

Si notre époque s'appelle Kaliyug, pense encore Sohal Lal horrifié, c'est qu'il n'y a pas de doute, c'est bien l'Age Noir. Si l'on accorde respect et dignité aux putains, faudra-t-il diviniser les femmes au foyer ?

Harilalji incline poliment la tête de côté, signe de paternelle indulgence envers des enfants turbulents. Il les a entendues, semble-t-il leur dire, et leur accordera ce qu'elles réclament le moment venu.

Surajmal, en équilibre sur sa bonne jambe, aidé de sa canne au pommeau d'ivoire, lève une main droite impatiente pour faire taire la foule. Depuis le début de sa carrière politique il n'a jamais occupé une fonction élective. Son expérience se limite à des membres du comité et à des employés, ceux-là serviles, ceux-ci dociles, il ne sait pas manier une foule.

Après une minute de vociférations, les putains tombent dans un silence ennuyé. Surajmal s'empare du micro, qui pousse un couinement, Surajamal recule affolé, les techniciens responsables du système audio s'affairent, le micro cesse de couiner. Surajmal s'éclaircit la voix. « Mes frères et mes sœurs », dit-il dans son meilleur hindi.

Gloussements dans la foule. « Il n'y a pas de frères ici ! hurle une putain.

— Mes sœurs. »

Les filles s'esclaffent. « Nous ne sommes pas vos sœurs ! crie une autre du haut d'un balcon. Nous sommes vos maîtresses ! »

Surajmal perd contenance. Surmontant le tumulte, il présente Harilalji, premier conseiller de Chandni Chowk, et regagne sa place, à lourds coups de canne sur le plancher.

De nouvelles incantations accueillent Harilal. Il regarde avec bienveillance ses administrées, le micro se montre coopératif, conscient de la position supérieure de celui qui le tient.

« Mes sœurs ! (Les filles ne bronchent pas, apparemment intimidées.) Il n'y a pas eu d'élections municipales dans notre ville depuis 1983. Delhi est la capitale de notre démocratie, pourtant la population de Delhi a été privée de représentants. Pendant des années le PPI s'est battu pour obtenir un statut d'Etat. En janvier, le Parlement l'a finalement accordé à Delhi ! »

La voix de Harilal est montée crescendo, les filles applaudissent poliment.

Un demi-statut, rectifie Sohan Lal en silence, tout en se demandant en quoi le sujet concerne la cérémonie présente.

« Nous aurons des élections à notre assemblée d'Etat l'année prochaine. L'année prochaine, mes sœurs, tous vos problèmes seront résolus par votre propre Membre de l'Assemblée Législative. »

Et ceux de Harilal par la même occasion, pense Sohan Lal. Il sera probablement le candidat PPI de Chandni Chowk, et si le parti gagne l'élection, il pourrait devenir ministre.

Les putains s'agitent.

Ramvilas regrette de ne pas avoir écrit aussi le discours de Harilal. Il s'approche, lui chuchote qu'il devrait parler de la Journée de la Femme. « Qu'est-ce que vous voulez que je dise à des prostituées ? » rétorque Harilal à voix basse. Puis reprenant le micro : « Quand j'étais enfant, mes maîtres m'ont appris que dans ce grand pays appelé Inde chaque homme est aussi courageux que Rama et chaque femme aussi pure que Sita. Chacune d'entre vous, mes sœurs, est aussi pure que Sita Maiya. Ne vous laissez pas faire par les hommes qui insultent votre condition. Vous avez mon soutien, ma sympathie et mon pardon. Je dis à la Femme Indienne : "Laissez-les plutôt vous tuer que souiller votre honneur." »

Du silence, un gloussement s'élève, suivi d'un éclat de rire général.

Y voyant un signe d'approbation, Harilal Gupta s'accroche à son sujet. « Il y a quarante ans, l'image de Rama Lalla est apparue dans notre temple d'Ayodhya. C'était un miracle, mes sœurs ! Pourquoi attendons-nous toujours de récupérer notre temple ? Pourquoi les musulmans revendiquent-ils l'édifice, qu'ils appellent Babri Masjid comme s'il s'agissait réellement d'une mosquée, alors que Rama Lalla lui-même a choisi d'y pénétrer ? Nous reconstruirons notre temple, mes sœurs, nous le reconstruirons sur cette petite portion de terre ! »

Harilal Gupta s'arrête, interloqué. Les putains commencent à se disperser. « Pourquoi partent-elles ? demande-t-il à Ramvilas.

— A cause de la pluie. »

Mensonge évident : la pluie s'est arrêtée. Harilalji a déjà affronté des foules indifférentes, il sait qu'il ne doit pas céder. Il se redresse et hurle dans le micro : « Nous construirons un temple sur l'emplacement même, mes sœurs ! *Kasam Raam kii khaate hain mandir vahii banaayenge !* »

Gita applaudit à tout rompre. Son enthousiasme gagne les filles, qui cessent de s'égailler et applaudissent à leur tour. Elle fait signe à Nasreen et à Manju, chacune dans un coin opposé de l'estrade, en signe de gratitude toutes les trois viennent offrir un médaillon à Harilal Gupta. Les photographes se précipitent pour immortaliser l'instant. Harilalji reste pétrifié, le médaillon dans les mains, sourire figé pour l'éternité, jusqu'à ce que les appareils aient fini de cliqueter. Puis il retourne s'asseoir, l'air content de l'homme qui a accompli sa mission. Surajmal lui accorde un signe de tête distant, Jugal Kishor l'accueille avec enthousiasme.

Harilalji se penche vers Babulal. « Pourquoi Nareshji n'est-il pas venu ?

— Il ne veut pas qu'on le prenne en photo avec des putes. »

Harilalji comprend brusquement qu'il a commis une erreur. Il foudroie du regard Manju et Nasreen, qui parlent aux journalistes, et la foule des prostituées, qui de nouveau se disperse.

Sur un signe de Ramvilas, Gita se réapproprie le micro, et ressort son texte. « Nous allons maintenant nous diriger vers le kotha 842, le quartier général de FRETS, puis nous défilerons dans Chandni Chowk pour attirer l'attention sur le sida. »

Harilal s'en prend maintenant à Ramvilas. « Vous n'aviez pas dit qu'il y aurait une visite au kotha !

— Je l'ignorais.

— C'est quoi ce sida ?

— Une nouvelle maladie venue d'Amérique.

— Je ne défilerai pas dans Chandni Chowk avec des prostituées !

— Je vais vous faire raccompagner, l'assure Ramvilas.

— Dites à cette dame népalaise que je dois me rendre à une importante réunion du conseil.

— Elle comprendra.

— Croyez-vous que la population de Chandni Chowk va regarder ces dames défiler ?

— Il sera difficile de ne pas le faire.

— Pourquoi le PPI n'a-t-il jamais organisé un défilé semblable ? »

Ramvilas avoue qu'il n'en sait rien.

« Nous n'arrêtons pas de protester contre tout et rien, poursuit Harilal. Pourquoi le comité n'a-t-il jamais organisé une grande manifestation en l'honneur du patrimoine de Chandni Chowk ? Ça plairait aux commerçants. Ça ferait bien dans les journaux.

— Je le note pour la prochaine réunion du comité.

— Nous avons un invité surprise aujourd'hui ! » annonce Gita.

Les filles se retournent.

« Une de nos sœurs, mais qui a mis sa beauté au service des bonnes causes. »

Tous les regards convergent vers un petit paravent dressé au fond du podium. De derrière apparaît, en long sari fluide, une jeune femme mince et souple. Elle sourit et salue de la main les prostituées. « L'ancienne Miss Inde, Miss Amita Sharma ! » clame Gita.

Acclamations. Harilal Gupta renvoie l'homme qui s'approche de lui avec un parapluie. Miss Amita Sharma glisse sur le parquet, dans un balancement de hanches, un tourbillon de jambes, de sourires, de battements de cils, de boucles, de talons et de bracelets, et s'immobilise les mains jointes en un namaste, révélant des ongles d'une longueur impossible. Elle porte un corsage sans manches, et son sari, drapé sur une épaule, laisse l'autre dénudée. Un soupir collectif s'échappe de la foule multicolore des prostituées en sari jaune et rouge. Elles s'exclament et leur admiration se propage jusqu'à la scène. « Mince ! Douce ! Pendants d'oreilles ! Collier ! Talons ! Aaaah ! »

Gita annonce que Miss Amita Sharma marchera en tête du cortège qui défilera dans Chandni Chowk pour alerter les gens sur le sida. Les filles se mettent en rang.

Sohan Lal retourne vers sa boutique seul et désespéré.

Harilalji fait quelques pas en compagnie de Miss Amita Sharma avant de disparaître discrètement dans son Ambassador, accompagné de Jugal Kishor.

Ramvilas suit le cortège à pied. Tout comme Gita et une dizaine de filles, volontaires de FRETS.

2

Chitra mitraille avec son appareil photo, capturant le maximum de la scène qui se déroule sous ses yeux. Et d'où sortira un portrait émouvant du chaivala, parfaite illustration de son article à paraître dans le numéro de septembre de *India Now*. Avec la légende : « Le père, deux ans plus tard. »

« Vous devez être riche, madame, dit Gopal. Pour prendre tant de photos ? »

Elle rit, mais se le reproche immédiatement. Le chaivala s'affole si facilement. Il semble si craintif, si vulnérable, ce qui explique peut-être pourquoi il a refusé de lui parler jusqu'à ce qu'elle propose de le payer. « Votre vie compte beaucoup pour le pays », dit-elle.

Un instant de culpabilité. N'est-ce pas du voyeurisme honteux ? Mais la photo est harmonieuse. Le chaivala se tient à côté du Mukesh Minar, dans Chandni Chowk, sur fond de Fort Rouge. Trop loin pour qu'elle le voie, le Premier ministre, du haut des remparts et derrière un écran pare-balles, prononce son discours du Jour de l'Indépendance. La foule – têtes noires dans un océan de kurtas, pyjamas et dhotis blancs – se presse depuis Gurudwara Sisjang jusqu'au Fort Rouge, on devine les politiciens groupés sur une estrade à côté du fort.

« Posez les mains sur l'affiche, dit-elle à Gopal.

— C'est la première fois que je viens, répond-il, l'air égaré.

— C'est à la mémoire de votre fils ! »

Elle recule, demande au chaivala de s'appuyer au poteau électrique, contre les guirlandes qui pendent tout autour, lui répète de poser la main sur l'affiche représentant Mukesh. Il y a deux ans, quand les étudiants de Dinanath ont transformé ce poteau en un mémorial baptisé Mukesh Minar, ils déposaient des fleurs fraîches à ses pieds tous les matins. Ils gribouillaient leur nom en lettres de sang, collaient des affiches vitupérant V.P. Singh et Mandal, couvertes de slogans : « L'immolation de Mukesh Pandey c'est la crémation de l'Inde ! » « C'est ici le bûcher de la jeunesse indienne ! » « N'oubliez jamais Mukesh Pandey ! » Depuis lors, la commission Mandal a perdu de sa vigueur – notamment parce que V.P. Singh n'est plus Premier ministre – et les étudiants ont repris les cours. Les affiches insultant V.P. Singh ont été déchirées. On a placardé des portraits de Mukesh – photos de presse – doté d'une moustache. De temps à autre, des passants enroulent des guirlandes autour du minar, qu'ils prennent pour un temple de Hanuman en cours de construction.

Chitra n'est pas sûre que l'histoire intéresse encore. Il y a deux ans, *India Now* a envoyé des journalistes interviewer le chaivala. Ils en revinrent avec son nom, son âge, l'affirmation qu'il connaissait très peu son fils, et le mentionnèrent à peine dans leurs articles. Qui avait remarqué le père au milieu des flammes qui consumaient le fils ? Pourquoi elle, Chitra, auteur de la seule photo connue de cet horrible événement, n'avait-elle pas prêté attention au chaivala ? Elle se rappelle, bien sûr, son célèbre article, commençant par l'affirmation – quel flair d'avoir rejeté toute hyperbole ! – « Mukesh Pandey, étudiant de l'université Dinanath, s'est immolé par le feu à Chandni Chowk pour protester contre la décision du gouvernement de V.P. Singh d'appliquer les conclusions du rapport Mandal. Sa mort a déclenché une vague d'immolations à travers tout le pays... » Elle avait raconté l'événement en détail, sans jamais tomber dans le mélodrame ou le panégyrique. Cependant, au fur et à mesure que les manifestations anti-Mandal prenaient de l'ampleur, elle avait adopté un style plus fleuri. « Combien faudra-t-il de jeunes gens réduits en cendres pour que V.P. Singh comprenne qu'il est un meurtrier ? » « Un jour viendra où V.P. Singh se retrouvera dans une salle d'opération, où le chirurgien tenant le scalpel sera un garçon ayant passé ses examens grâce aux quotas de la commission Mandal. » Je ne sais pas vous opérer, dira le garçon, mais je suis né dans une caste répertoriée et cela devrait suffire, non ? « V.P. Singh montera-t-il dans des avions pilotés par des bénéficiaires de la commission Mandal ? V.P. Singh est un thakur, pas membre d'une caste répertoriée. Pourquoi est-il Premier ministre ? »

Ses derniers articles n'ont pas rehaussé son prestige, se dit-elle, mais elle ne faisait que répondre aux passions du moment. C'est une gageure que de raconter une révolution en cours. Elle n'a pas réussi à trouver trace de résultats d'examen d'entrée à Dinanath du garçon à la chemise jaune. Il s'agissait probablement d'une erreur typographique, une confusion de noms. Il venait probablement des universités de Deenbandhu ou de Ramlal. Qu'importaient ces détails ? Un garçon s'était immolé au nom d'une idée. N'était-ce pas assez révolutionnaire ? Elle-même avait démissionné de la présidence de son syndicat étudiant pour protester contre les concours de beauté. Une fonction qui ne rapportait ni richesse ni pouvoir, aussi son acte d'abnégation passa-t-il à la trappe. Le sacrifice de ce garçon était tellement plus noble ! Pourquoi n'aurait-elle pas usé de termes poétiques pour le raconter ? Elle avait intelligemment déterré la célèbre phrase : « Quand vous retournerez au pays, dites-leur que pour le salut du présent j'ai sacrifié mon avenir... » Une légère modification du texte et du contexte, mais la plupart des gens n'avaient jamais lu ou entendu citer l'original.

Sur quoi le courage paya. D'autres journalistes, bien sûr, avaient écrit des articles sentencieux sur le sujet, mais elle seule avait employé le ton juste et pris cette photo inoubliable... Qui aurait cru qu'elle se lancerait dans cette profession? Elle s'était imaginée en réformatrice obstinée œuvrant à un changement lent et inévitable, mais on a fait d'elle une autre femme. Dans les cercles de presse on l'appelle la Femme Mandal, la Femme de l'Auto-Immolation, qui a introduit la contestation anti-Mandal dans les milieux bourgeois, dont les articles ont déclenché – puis raconté – une avalanche nationale d'immolations, la femme responsable de la chute du gouvernement de V.P. Singh deux mois après les manifestations. D'innombrables magazines ont publié la célèbre photographie sur deux pleines pages. Elle l'avait extraite de son film vidéo – un jeune homme transformé en une boule de feu, chemise jaune au vent, main gauche brandie en signe d'insupportable douleur, la montre flottant autour d'un poignet maigrelet, le visage tordu exprimant une émotion indescriptible, quelque chose entre la terreur et la surprise. Et une foule de spectateurs médusés, étudiants et policiers, tenant en respect une masse de villageois, parmi eux un homme à demi chauve et frénétique.

Elle va ressusciter une semblable émotion. Découvrir dans le chaivala le père que les journalistes de *India Now* n'ont pas su voir. « Parlez-moi de votre femme », dit-elle.

Gopal ne veut pas parler à cette madame, mais elle lui a donné cinquante roupies. Il regrette d'avoir accepté l'argent, qu'il a dépensé en parathas. Maintenant il regarde deux roues dentées tourner à l'intérieur du magnétophone, exigeant qu'il leur donne du grain à moudre. « Elle est morte », dit-il.

Chitra accuse le coup. « Comment s'appelait-elle?

— Sushila.

— Quand vous êtes-vous mariés?

— J'avais dix-neuf ans.

— Et elle? »

Gopal a oublié. « Mon père m'a ramené à Sasaria pour le mariage.

— Au Bihar ? »

Gopal fait signe que oui. « Je n'avais pas d'endroit pour elle à Chandni Chowk alors je l'ai laissée à Sasaria avec ma mère quand je suis retourné à Delhi.

— Quand Mukesh est-il né ?

— Quatre ans après le mariage – le jour où elle est morte. »

Chitra renonce à l'interroger davantage sur Sushila. Il est clair qu'il ne sait pas grand-chose. Tout ce qu'il pourra dire sera le produit de son imagination. Auquel cas, elle préfère s'en remettre à son propre imaginaire. « Parlez-moi de votre père.

— Manohar Lal Pandey. Originaire de Sasaria.

— Quand est-il parti pour Delhi ?

— En quarante-sept. »

Gopal n'en est pas certain, mais 1947 est la seule date qui lui vienne à l'esprit quand il évoque le passé.

Voilà qui s'ajuste parfaitement au tableau qu'a conçu Chitra. Manohar Lal Pandey, brahmane, quitte sa lointaine Sasaria pour faire fortune dans la grande métropole. Il laisse derrière lui une femme et un fils d'un an nommé Gopal. Son train entre en gare de Delhi – Old Delhi – après un voyage de quarante-huit heures. Il se retrouve sur le quai au douzième coup de minuit. A quelques kilomètres de là, Mountbatten regarde descendre l'Union Jack et flotter le drapeau tricolore, sur fond de ciel noir. Manohar Lal Pandey, homme jeune de trente-deux ans, déambule dans les grandes rues de Chandni Chowk pendant que le nouvel empereur de l'Inde a rendez-vous avec son destin. Le tableau est achevé, la coïncidence saisissante, la dramatisation parfaite !

« Quand votre père vous a-t-il fait venir à Delhi ?

— Quand j'ai eu sept ans. Nous avons habité dans le kholi de Seth Sushil Jain dans Khari Baoli, où il entassait les sacs de curcuma. »

Gopal ne garde pas des souvenirs très clairs de son enfance, mais il se revoit très bien, vers ses dix ans, livrer des verres de thé dans Kucha Bansilal et rapporter l'argent à son père. Ils ne se parlaient pas beaucoup. Chaque soir, après que son père avait fermé le stand à clef et lavé les verres rangés à l'intérieur de la boîte de dérivation, ils rentraient au kholi de Khari Baoli. Seth Sushil Jain travaillait tard en ce temps-là, restant à vérifier ses comptes, donner des coups de téléphone en buvant du thé. Il surveillait leur retour et faisait balayer la boutique par Gopal.

« Quel âge avait Mukesh quand vous l'avez pris avec vous?

— Six ans.

— Pourquoi ne l'avez-vous pas laissé avec sa grand-mère à Sasaria ?

— Mon père est mort quand Mukesh avait cinq ans. J'ai vécu seul dans le kholi pendant un an. Puis Seth Sushil Jain a dit que je pouvais faire venir Mukesh.

— De quoi est mort votre père ?

— De vieillesse.

— Mais il n'avait même pas soixante ans ! Il doit y avoir une autre raison. Crise cardiaque ? Accident ? »

Gopal secoue la tête. Il ne se rappelle pas. Chitra regarde tourner son magnétophone. La mort de Manohar Lal Pandey a dû être plus dramatique que cela. Un chaivala peut-il se coucher un soir et ne pas se réveiller le lendemain ? Il doit avoir une raison de ne pas vouloir affronter le jour suivant. Pauvreté ? Solitude ? Quelque chose qui illustre l'histoire, qui la complète. Qui pourrait même avoir un rapport avec l'immolation survenue seize ans plus tard. Il faut approfondir la question.

« Donc vous avez amené Mukesh dans votre kholi, reprend-elle. Est-ce qu'il vous aidait au stand?

— Oui, il livrait le thé aux seths.

— L'avez-vous envoyé à l'école ?

— Il y avait une école d'Etat près de Chawri Bazar. Il y est allé pendant quelques années, jusqu'à ce qu'elle ferme.

— Ensuite ? »

Gopal hausse les épaules.

Ainsi c'est la vérité, se dit-elle. Mukesh n'a jamais été étudiant à Dinanath ni dans aucune autre université. Qui lui a collé cette étiquette ? Dinanath est l'une des universités les plus minables de Delhi. Celle où vont les fils de villageois récemment immigrés, sales et baragouinant l'anglais. Le garçon maigre à la chemise jaune leur ressemblait peut-être. En temps ordinaire, les étudiants de Delhi University ne se mélangeraient pas à ce type de garçon, genre commis, mais ce jour-là ne fut pas un jour ordinaire. « Vous a-t-il dit quelque chose ce matin-là ? Un indice quelconque ?

— Il ne vivait plus dans le kholi. A treize ans, il est parti dormir ailleurs. Je ne le voyais que quand il venait au stand, tous les deux ou trois mois. »

Et dire que moi je l'ai vu, songe-t-elle. Elle n'a montré à personne les images tournées quelques minutes avant l'immolation. Au milieu des spectateurs, des vélos et des charrettes, Mukesh s'avance, longeant les barrières métalliques, dans sa chemise jaune et son pantalon couleur de vase. Il consulte fréquemment sa montre. Il remarque la caméra et la fixe de ses yeux écarquillés et désespérés. Il traîne les pieds, ballotté par la foule, cherchant quelque chose ou quelqu'un. Il dépasse la caméra, il semble retenir son souffle. « Savez-vous s'il était membre d'un parti politique quelconque ? »

Gopal fait signe que non.

« Saviez-vous qu'il était opposé à la commission Mandal?

— Il était pro-Mandal ! » dit un homme, surgi brusquement à côté du chaivala.

C'est le factotum barbu de Suleman, tout dépenaillé. Il porte un kurta d'une saleté révoltante. Le jaune de ses dents a contaminé la peau, les narines et même les yeux. La lèvre inférieure pend, révélant encore plus les gencives noircies par la présence constante du tabac, et des trous au lieu de dents. Que vient faire ce type ici?

« Il était pro-Mandal, insiste Ibrahim. C'était un saint. Les seths du PPI lui ont tourné la tête.

— Et *vous*, que pensiez-vous de la commission Mandal? demande-t-elle à Gopal.

— Gopal Bhai a toujours été pro-Mandal », répond Ibrahim.

De quel droit cet homme s'immisce-t-il dans l'interview?

« Gopal Bhai est mon frère, dit Ibrahim, comme si elle avait formulé sa question à voix haute. J'étais avec lui quand ils ont incendié son fils.

— Incendié ?

— Oui, j'ai vu des hommes du PPI le faire brûler avec un briquet. »

Qu'est-ce que c'est que ces histoires ! L'ami de Gopal Bhai affirme que l'immolation n'était qu'un lynchage. Mais elle était là, elle a vu ce qui s'est passé, comme des milliers d'autres. Elle a voyagé aux quatre coins du monde pour le raconter à des auditoires stupéfiés. D'ailleurs, qui s'en soucie encore ? V.P. Singh a perdu le pouvoir il y a deux ans, Mandal n'est plus qu'un mot dans le vocabulaire politique.

« Ils ont assassiné le fils de Gopal Bhai, hurle Ibrahim. Et ils ont tué cinq cents musulmans ! Et maintenant ils veulent détruire Babri Masjid à Ayodhya ! Rien n'arrêtera le PPI ! »

Chitra soupire. Il n'y a pas d'histoire. On connaît l'intrigue, et le protagoniste est bien trop terne pour enflammer l'imagination de quiconque. Il n'est pas à la hauteur de la réputation que lui a léguée son fils. Elle avait espéré un idéologue, un dragon crachant le feu, un père vengeur. Elle n'écrira peut-être jamais : « Le père. Deux ans après. » Elle aimerait écrire sur d'autres sujets, mais elle est la Femme Mandal, la Femme de l'Immolation. Les grands journaux du monde ne publieront ses articles que s'ils portent sur ce sujet.

Elle arrête le magnétophone. Elle reviendra peut-être, après le départ de l'homme de Suleman. Pour le moment, elle doit aller aux Moineaux assister à la Fête de l'Indépendance organisée par Shalini. Suleman y sera, au titre de principal bienfaiteur. Cela fait près d'un an qu'elle n'a pas mis les pieds là-bas, échappant à ce devoir assommant.

Au Fort Rouge, le Premier ministre continue son discours. La voix lui parvient par intermittence, mâchouillée par des centaines de haut-parleurs. Elle se retourne avant de partir. Le chaivala et son compagnon sont accroupis de part et d'autre de Mukesh Minar. On n'imagine pas deux personnes plus dissemblables. L'un rond, chauve et lent, l'autre maigre et plein d'énergie. Le visage affaissé de l'un exprime toute la douleur de l'existence, celui de l'autre une haine vibrante pour tous les êtres vivants. Le regard de l'un se cache derrière des lunettes maculées, les yeux de l'autre brûlent d'une fièvre sauvage. Pourtant ils sont assis comme des frères, leurs mains appuyées au poteau.

« Vous devriez écouter le discours du Premier ministre, dit-elle à Gopal.

— Pourquoi le ferait-il ? rétorque Ibrahim. Le PM est un hindou. Il veut démolir Babri Masjid.

— Je reviendrai peut-être plus tard, dit-elle.

— Prenez-nous tous les deux en photo », lui crie Ibrahim.

A peine Chitra a-t-elle tourné les talons qu'Ibrahim s'en prend à Gopal. « Tu es un imbécile, Gopal Bhai ! Pourquoi lui as-tu parlé ?

— Elle m'a juste posé des questions sur mon père.

— Ne lui dis rien.

— Où est le mal ?

— C'est ce que font les journalistes ! Ils enquêtent sur les meurtres, les vols, et après ils te font chanter.

— Mon père n'a assassiné personne.

— Qu'est-ce que tu en sais ? Et comment sais-tu qu'ils n'ont pas tué ton fils ? Tu ne vois même pas clair ! »

Gopal se tait. Il ne se rappelle plus bien ce qui s'est passé. Pendant des jours après le drame, il est resté tapi dans Khari Baoli, trop effrayé pour oser sortir. Allongé dans une perpétuelle obscurité, les yeux fixés sur la cloison érigée par Seth Sushil Jain, sur une montagne de sacs qui ne cessait de grandir, au point qu'il pouvait toucher le plafond de ses mains. Hameed vint en retirer quelques-uns et, épouvanté, crut voir un fantôme. Trois serviteurs grimpèrent à l'échelle et rampèrent sur le sol, armés de bâtons et de balais afin de chasser le méchant esprit. Quand ils le découvrirent, il dormait dans une mare de pisse et de merde. Menacé d'éviction immédiate, Gopal les aida à transporter les sacs, puis nettoya le kholi. Sa pisse avait gâché trois sacs de curcuma. « Tu me dois neuf cents roupies, dit le seth.

— Où je vais les trouver ? » s'écria-t-il. Il songea à parler au seth de l'argent caché dans les ceintures derrière la cloison. Mais le seth aurait tout pris, prétendant que l'argent lui appartenait. Il tituba jusqu'à Kucha Bansilal et rouvrit son stand après quatre jours d'interruption.

« Où étiez-vous passé ? » lui demanda gentiment Sohan Lal.

Gopal fit du thé et apporta la première tasse au seth. « Puis-je vous emprunter neuf cents roupies ?

— Pourquoi as-tu besoin de neuf cents roupies ?

— Pour payer à Seth Sushil Jain des sacs de curcuma que j'ai abîmés.

— J'en parlerai à Sushil Jain », promit Sohan Lalji.

Ce soir-là, alors qu'il rentrait au kholi, un petit homme l'obligea à s'arrêter près de Fatehpuri Masjid. Sa lèvre supérieure fendue en deux lui donnait l'air d'un lapin. « Etes-vous Gopal

Pandey ? » lui demanda-t-il, et il sortit de sa poche une montre carbonisée. « On a trouvé ça sur votre fils. Gardez-la. »

Il avait reculé, effrayé. Il ne savait pas que Mukesh possédait une montre. Achetée peut-être avec l'argent volé à Seth Jhunjhunwala. Et même si la montre avait appartenu à Mukesh, pourquoi devrait-il la garder ? Le cadran noirci, les aiguilles cassées n'indiquaient plus rien.

« Je l'ai trouvée sur le corps », dit l'homme.

Gopal s'était demandé s'il riait, ou si sa bouche se tordait en permanence en un méchant sourire. Comment avait-il pu s'approcher si près du corps de Mukesh, avec cette nuée de policiers tout autour ? Ils l'avaient même empêché lui, Gopal, de le toucher, alors comment ce type à face de lièvre avait-il pu dévaliser son fils ? Qu'avait-il pris d'autre ?

L'homme lui tendit une enveloppe ouverte. « Deux mille roupies, dit-il.

— Où était cet argent ? Dans la poche de Mukesh ? Pourquoi n'a-t-il pas brûlé lui aussi ?

— Il n'était pas sur le corps. C'est pour vous.

— De la part de qui ?

— Votre fils était un bon garçon. Il a sacrifié sa vie. »

Gopal a pédalé comme un fou jusqu'à Katra Badami. Les jours suivants, il s'est attendu à ce que Sushil Jain lui réclame l'argent, mais Sohan Lal avait dû le payer, car il n'en a plus jamais été question. Qui aurait cru que Sohan Lal était si bon ? Peut-être comprenait-il ce que signifie la mort d'un fils ? Quand il fut évident que Sushil Jain ne réclamerait pas ses neuf cents roupies, Gopal s'acheta une montre avec l'argent que l'homme-lapin lui avait donné. Et il n'essaya plus jamais de forcer la serrure dans le kholi. Certain qu'il y avait un rapport entre ses tentatives et la mort de son fils dans les flammes. Lakshmi ne voulait peut-être pas qu'il possède cet argent. Seuls les riches seths tombent un jour sur des lakhs de roupies. Le pauvre homme doit se contenter de deux mille… D'ailleurs à quoi lui servirait d'en avoir plus maintenant que son fils est mort ?

Un tonnerre d'applaudissements interrompt le discours du Premier ministre. Gopal se lève, le Mukesh Minar lui servant d'appui.

« Je retourne à Kucha Bansilal, dit-il.

— Qui va venir boire du thé aujourd'hui ? ricane Ibrahim. Toutes les boutiques sont fermées.

— Quelqu'un a collé des affiches sur mon stand. Il faut que je les enlève. »

Ils font le trajet ensemble.

« Où est le garçon, le Bangladeshi ? s'enquiert Ibrahim.

— Il travaille, dit Gopal avec orgueil. Il gagne plein d'argent.

— Et combien te donne-t-il ?

— Peu importe. Un fils ne doit rien à son père.

— Un fils ?

— Ça fait deux ans qu'il dort dans ma boîte. On me l'a peut-être envoyé pour remplacer Mukesh.

— Mais il est musulman.

— Il travaille dur.

— Tu ne peux pas lui faire confiance ! Il peut disparaître à n'importe quel moment.

— Je le vois plus souvent que je voyais Mukesh. Aide-moi à arracher cette affiche.

— N'y touche pas, conseille Ibrahim. Tous les Indiens laïcs soutiennent cette grève de la faim de Suleman Mian à Rajghat.

— Je me fiche de la politique !

— Ce sont les hautes castes qui ont assassiné ton fils. Ils ont peut-être aussi assassiné ton père. Si ça n'est pas de la politique, c'est quoi alors ? »

Gopal ne trouve pas de réponse.

« La politique, c'est comme un match de cricket, dit Ibrahim. A force de regarder, tu joues, que la balle soit dans les mains de Kapil Dev ou dans les tiennes. »

Gopal soupire et ouvre son stand.

3

« Nous défendons les principes de la laïcité, dit le Premier ministre. En ce qui concerne Ayodhya, nous attendrons une décision de justice. »

Chitra se dirige à pas vifs vers le Fort Rouge. Elle voit s'agiter la tête du Premier ministre. Dans Kucha Bansilal, elle constate que le grand figuier est en train de mourir, ployant sous les enseignes et les panneaux publicitaires. A côté du temple d'Hanuman, assis jambes croisées sur une natte, le pujari se nettoie les dents avec une tige de babool. Un fouillis jonche la natte : savon, ustensiles de cuivre, lanterne, deux coussins et un drap. Le pujari a déménagé sa chambre à l'extérieur. Des planches de bois l'entourent sur trois côtés, formant une clôture. Le temple, dont il manque un pan de mur, donne sur cette cour. Un bâche d'environ trois mètres carrés sert de plafond, une figurine d'Hanuman enfant se dresse dans un coin. Chitra a entendu parler de la statue. Un sujet de querelles entre des archéologues qui voulaient examiner le symbole gravé sous le pied gauche, celui d'une fonderie de Ghaziabad, et des membres du comité PPI de Chandni Chowk, outrés que des mains athées tâtent et tapotent le pied gauche de Hanuman soi-même. Il se pourrait que la querelle ait été réglée car Hanuman semble à jamais fixé à son piédestal, le symbole, quelle que soit son origine, a disparu. Une plaque, au bas du piédestal, raconte l'exhumation de la figurine, vingt-sept ans auparavant, et les réjouissances auxquelles elle a donné lieu. Le pujari s'approche de Chitra par-derrière, attendant qu'elle ait fini de lire. Il lui offre du prasaad. Elle refuse. « Un jour nous construirons un mur en brique autour de Hanuman, dit-il. Il n'est pas convenable qu'un serviteur de Rama vive en plein air, entouré de planches de bois, avec une simple bâche au-dessus de sa tête. Une fois le mur construit, et la cour couverte d'un vrai plafond, cet Hanuman aura le même statut que le Hanuman rouge à l'intérieur du temple. »

Chitra ne réagit pas et sort de la cour. Un homme barbu rôde autour du pujari. Il est grand, maigre, foncé de peau. Elle l'examine, son regard descend le long des bras jusqu'aux poignets, c'est Gauhar. Elle ne l'a pas revu depuis ce terrible jour, il y a deux ans. Il semble en bonne forme, sûr de soi, et sa barbe, bien que peu fournie, lui confère un air adulte.

« Didi ! s'écrie-t-il.

— Tu as grandi, dit-elle, plutôt fâchée de cette rencontre.

— Ils ne me reconnaîtraient pas, se rengorge-t-il.

— Qui ça ?

— Ceux qui regardent mon film ! »

Troublée, elle détourne la tête. Le film, elle l'a relégué quelque part au fond de son esprit, jamais monté, englouti dans la tempête qui l'a propulsée sur les ailes du succès depuis deux ans. Mais Gauhar est son enfant, après tout. Elle n'a pas le droit de se débarrasser de lui.

« Je continue à filmer, dit-elle, y croyant à moitié. Je vais revenir et je prendrai d'autres images de toi. »

Elle s'éloigne avant qu'il ait pu répondre, traverse Bhai Mati Das Chowk, dépasse la fontaine asséchée et Gurudwara Sisganj, suit un kucha qui débouche sur les ruelles derrière Jama Masjid. La voix ronronnante du Premier ministre se perd dans le vacarme des rickshaws et des vélos. Elle s'arrête à côté d'une échoppe de paan – déserte – et se regarde dans le grand miroir installé dans la rue. De longs cheveux, dont elle est fière. Un vaste front dégagé, qui attire l'attention par le grand bidi rouge qui l'orne en son centre. Les yeux, les lèvres, le nez et le menton semblent disposés autour du bidi, en parfaite symétrie. Une forte carrure, de larges épaules, trop masculine pour certains. Un corsage à manches longues, le sari s'enroule harmonieusement autour du corps. Elle ne se rappelle plus quand elle a commencé de porter ces saris tissés main à motif tribal. Elle a tant voyagé avec, accordé tant d'interviews ainsi vêtue, qu'ils sont devenus son uniforme de journaliste. D'autant qu'ils font bel effet. Elle a trente-cinq ans, un âge qu'aucune société ne qualifie de jeune. Dans la société indienne, certains la diraient irrécupérable. Peut-être aussi à cause de sa haute taille et de sa carrure. A l'université, elle a entendu un garçon dire qu'elle manquait totalement de « délicatesse féminine ». Visait-il son corps ou ses idées ? Mais que voit-elle là ? Du blanc ! Indubitablement. Une mèche offensante dans la masse noire ! Elle se détourne du miroir et reprend sa marche. Certaines femmes sont mariées avec le temps, soupire-t-elle.

Elle découvre avec surprise que la ruelle où se trouvent Les Moineaux est interdite en permanence à la circulation, et sert maintenant de salle de classe. Une passerelle enjambe l'égout à l'extérieur du bâtiment de brique rouge, des travaux sont en cours pour remplacer la bâche qui sert de toit par un plafond en ciment. Il y a aussi une cuisine en plein air, délimitée par deux murs en brique, et un étage. Comment Shalini s'y est-elle prise pour obtenir le permis de construire cet étage, si tant est que ce permis existe. Elle remarque, garée à l'extérieur du périmètre interdit, l'Ambassador de Suleman.

Elle le voit dès qu'elle pénètre dans l'immeuble par une porte de verre. Il porte un kurta-pyjama blanc et un calot à la Gandhi. Il l'accueille par un namaste démonstratif, l'intensité de ce regard perçant la frappe, comme toujours. Son visage plus rempli témoigne d'un léger vieillissement. Mais la moustache est toujours aussi mince et effilée.

« Madame est en retard aujourd'hui, dit Suleman d'une voix mielleuse.

— J'interviewais quelqu'un.

— Ah ! La célèbre journaliste ! Que d'histoires vous avez à raconter ! »

Une admiration qui la gêne, parce qu'elle la sait peu sincère, et aussi parce qu'il se trompe. Certes bien connue dans le milieu journalistique, elle n'est pas une star de cinéma, du cricket ou un politicien au visage familier de tous. Sa célébrité est d'une autre nature, une notoriété discrète, un rôle dans l'Histoire apprécié des seuls étudiants en histoire. C'est le maximum auquel une femme comme elle puisse espérer parvenir ; elle doit supporter le fardeau de son éducation, les restrictions de sa caste et le carcan de son éducation – tout en respectant les limites d'un comportement humain décent, ce qui ne semble pas être le cas des gens de la tribu de Suleman. Pour parvenir à une réelle célébrité, il lui faudrait plus de simplicité d'esprit et de la chance.

« Sur quoi écrivez-vous en ce moment ? »

Sachant qu'il feint l'intérêt, elle ne répond pas et change de sujet. « Le Premier ministre est toujours en plein discours. N'étiez-vous pas invité au Fort Rouge ?

— Je n'y serais pas allé, même si ç'avait été le cas. Le PM ne dira pas ce que je veux entendre. »

Elle l'interroge du regard.

« Il faudrait renverser le gouvernement de l'Uttar Pradesh. Tout le monde sait que la mosquée Babri est en danger. Je veux entendre le PM proclamer : "Protégez la masjid ou vous serez criblés de balles, comme il y a deux ans."

— Je l'ai entendu dire qu'il attendait la décision des tribunaux.

— Les musulmans veulent qu'on leur rende leur mosquée, s'énerve Suleman. Aucun tribunal n'a d'autorité sur eux.

— Le PM a affirmé qu'il défendait la laïcité.

— C'est un hindou. » Suleman la transperce du regard.

Il se retourne pour accueillir Shalini, qui entre à ce moment-là. Elle est suivie d'une longue file d'enfants, sagement en rang, qui s'installent sur des nattes de coco. Un espace vide devant eux sert de scène.

Souriant de toutes ses dents, Suleman s'approche de Shalini. Séduisante, note Chitra, dans son sari bleu clair, qui dévoile une bonne portion de ventre. Quand elle sourit, son visage n'est plus que fossettes, dont on se moquait à la fac, mais qui à présent ajoutent à son charme. Chitra perçoit l'attrait que Shalini exerce sur Suleman. Qui se fige pourtant quand elle lui tend la main. Suleman éprouve les passions des hommes ordinaires, mais il a une façon bien à lui d'accueillir les gens, selon qu'il s'agit d'hommes, de femmes, d'électeurs potentiels ou d'animaux. Il ne condescend pas à serrer la main d'une femme, geste qui profane l'image qu'il se fait de lui-même. Shalini s'arrête, puis se fige en un namaste cérémonieux. Il hoche la tête, en signe de pardon, prenant bien soin de laisser au moins quatre pieds de distance entre elle et lui.

« Cela fait plus d'un an que vous n'êtes pas venu », dit-elle d'une voix enjôleuse. Puis elle se tourne vers les enfants et leur demande de saluer Suleman Mian.

« Bonjour, Suleman Mian ! », chantonnent en chœur les enfants.

Chittra sait qu'il n'apprécie pas ces salutations à l'anglaise. Il s'assoit sur la chaise que lui présente Shalini.

Alors seulement, Shalini remarque la présence de Chitra. « Soyez la bienvenue, Miss Ghosh. »

Miss Ghosh – formulation distanciée, révérencieuse, un rappel insultant à son état de vieille fille. L'étudiante inexpérimentée, malhabile, s'est transformée en une femme pleine d'assurance. En la choisissant pour diriger Les Moineaux, Chitra misait sur son caractère passionné, sa sincérité et son honnêteté, non sur l'aplomb et l'habileté. On a fait de ces enfants des chiens domestiqués incapables de survivre dans la sauvagerie de la rue, où ils devront inévitablement tâcher de se débrouiller un jour. Qu'arrivera-t-il si Shalini se remet en question? Passera-t-elle le flambeau de la foi aveugle à quelqu'un d'autre, ou fermera-t-elle l'établissement, renvoyant ainsi les enfants dans Chandni Chowk?

Idée perturbante que Chitra décide d'écarter. A vingt-quatre ans, il reste à Shalini de nombreuses années de travail social à accomplir avant que les premières graines du doute ne germent. Des années, se dit-elle, mélancolique. Shalini lui tend la main. Chitra la serre, et s'assoit à côté de Suleman.

« J'ai pensé que nous pourrions éviter les discours, chuchote Shalini, aussi j'ai écrit une satire à l'intention des enfants.

— C'est quoi une satire? interroge Suleman.

— Une pièce de théâtre. »

Suleman ne semble guère apprécier.

« Ce n'est pas seulement une pièce, s'empresse d'ajouter Shalini. C'est un commentaire social. »

Chitra se demande quels commentaires de ce genre peut avoir imaginé Shalini, auxquels souscrirait Suleman. La jeune fille vient d'un milieu aisé de Delhi, ses parents lui ont fait découvrir le monde à travers les vitres arrière d'une voiture... exactement comme moi, se dit soudain Chitra mortifiée. Elle soupire et se prépare à l'heure qui va suivre. Les acteurs les plus heureux de cette grande farce – satire de l'établissement Les Moineaux et non de ce que son existence même signifie réellement – sont les enfants, parce qu'ils ne comprennent pas.

Shalini fait aligner ses acteurs. Les enfants se dandinent, jetant des regards furtifs à Suleman, qui affiche un maintien élégant, jambes croisées, la gauche sur la droite, babouche de cuir frappant la plante du pied qui s'agite en rythme. Les mains sur les genoux, visage calme, il observe les enfants avec un réel intérêt. Sous la moustache en trait de crayon, les lèvres sont rouges de paan et arquées en un demi-sourire permanent.

« N'ayez pas peur de Suleman Mian, dit Shalini aux enfants. Il vous donnera du chocolat. »

Inconscient de l'effet qu'il produit sur les enfants, Suleman continue d'exprimer une approbation bienveillante. A l'évidence Shalini, qui à présent fait assoir une petite Népalaise dans un seau en plastique, n'a pas conscience de la menace que constitue Suleman. L'enfant, sept ans environ, agrippe les rebords du seau et appelle à l'aide. « Qui va me sortir de cet égout? », hurle-t-elle.

Un gamin, habillé en mendiant, s'immobilise. Cheveux longs et sales, fausse moustache mal fixée au-dessus de sa lèvre supérieure, visage barbouillé de cendre sacrée. « Tu souffres maintenant, récite le sadhu, mais tu toucheras des dividendes dans ta prochaine vie. »

Suleman rit. Chitra remarque que les deux enfants se tiennent plus près d'elle que de lui. Suleman garde les yeux fixés droit devant lui, alors que l'action se déroule principalement à sa droite.

« Pourquoi pas dans cette vie? » demande la fillette.

Le sadhu extrait un paquet de cendre sacrée des plis de sa tunique safran et le lui tend. « Enduis ton front de vibhuti, dit-il.

— Vous pourriez peut-être l'étaler.

— Je ne veux pas te toucher. Comment savoir si tu es brahmane? »

Il lui jette le paquet et s'éloigne à toute allure, sous les rires des enfants et un signe de tête approbateur de Suleman, qui observe avec intérêt la petite fille.

« Népalaise? demande-t-il à Chitra.

— Oui. Certains viennent du Bangladesh, d'autres du Népal.

— Jolie petite », dit-il.

La remarque est innocente, mais Chitra frissonne. Elle lui paraît émaner de bas-fonds innommables. L'enfant est effectivement jolie : la peau brune et douce, les yeux clairs. Dans quelques années, ce sera une très belle femme.

« Comment s'appelle-t-elle? demande Suleman à Shalini.

— Kiran. Elle n'a que sept ans, mais voyez avec quel aplomb elle s'exprime. »

Le nouveau sauveur de Kiran, après la désertion du sadhu, est un politicien en kurta-pyjama blanc, calot trop grand pour sa petite tête. La ressemblance avec Suleman, ne serait-ce que par le vêtement, est indéniable. Lequel Suleman, note Chitra, regarde dans le vide.

« Aidez-moi! », hurle Kiran.

Le politicien s'arrête et l'examine. « Elle a l'air d'une hindoue, dit-il à l'intention des spectateurs. Puis s'adressant à la fillette : Je vais te sortir de ton égout, ensuite toi et moi nous construirons un grand temple de Rama à Ayodhya.

— Mais il y a une masjid à Ayodhya, dit Kiran.

— Babri Masjid? Ce n'est qu'une bâtisse. Nous la démolirons. »

Quelle idée poursuit Shalini, s'interroge Chitra. Peut-être a-t-elle une meilleure vision de son avenir que Chitra ne le croyait? A-t-elle su dès le début que son installation aux Moineaux ne serait que la première étape d'un long voyage?

« Pourquoi démolirez-vous Babri Masjid? demande Kiran.

— Parce que Bahur a démoli un temple pour construire la masjid.

— Et vous détruirez aussi Qutab Minar?

— Oui, il représente la honte de la défaite.

— Et le Taj Mahal?

— Oui, c'est le monument d'un tyran cruel élevé à lui-même.

— Vous détruirez Jama Masjid? Fatehpuri Masjid? Fort Rouge? Fort Agra?

— Oui, tous les masjids, tous les monuments et toutes les tours construits par les musulmans. »

La raillerie illumine le visage innocent de Kiran. « Qu'est-ce que je ferai des ruines? demande-t-elle.

— Toi et moi construirons de grands temples avec.

— Mais je ne vais jamais au temple! proteste-t-elle.

— Pourtant tu as l'air d'une hindoue.

— Je ne suis pas hindoue.

— Es-tu musulmane? s'exclame-t-il horrifié.

— Je ne vais pas à la masjid.

— Alors, es-tu sardarni?

— Je ne vais pas au gurudwara.

— Chrétienne?

— Non.

— Parsie?

— Non.

— Bouddhiste? Jaïn? Quoi?

— Je suis indienne! », déclame Kiran.

Les enfants éclatent en hurlements frénétiques.

Le politicien reste bouche bée, humilié. Il ajuste son calot, il vient de comprendre. « Oui, nous sommes tous indiens », conclut-il, l'air sombre. Il aide Kiran à sortir du seau.

Shalini les acclame, les enfants applaudissent.

Suleman se penche vers Chitra. « La fillette dans le seau devrait être une musulmane, pas une hindoue népalaise. »

Jugement artistique ou argument politique ? se demande Chitra.

« Seuls les musulmans comprennent ces choses, explique Suleman.

— Allons, allons », dit Chitra, qui, ne voulant pas trop le heurter, lui sourit vaguement, ce qu'il peut prendre pour : « Quelle suggestion idiote » ou « Vous avez absolument raison ».

Il opte pour la deuxième solution. « Je vais me présenter aux élections législatives l'année prochaine », lui confie-t-il.

Pourquoi lui dit-il cela ?

« Vous pourriez écrire un article à ce sujet. »

Voilà qui répond à sa question.

« Les magazines étrangers aiment les portraits d'hommes politiques, poursuit-il. Ils veulent savoir d'où ils sortent. Qui est Suleman Mian ? Un homme du peuple, un fils de Chandni Chowk, l'enfant de Jama Masjid ? Vous pourriez être la journaliste qui découvre cet homme. »

Il parle de lui à la troisième personne. En même temps, Chitra ne peut que se féliciter d'être le filtre par lequel il croit devoir passer pour accéder aux magazines étrangers. Tant d'articles, d'interviews, de photographies, les noms magiques de CNN, *Time*, *Newsweek*, ont renforcé l'appétit d'un animal tapi derrière Jama Masjid ! Elle ne jouit plus du même crédit qu'autrefois auprès de ces magazines, mais il ne le sait pas.

« Où allez-vous vous présenter ? »

Il fait un grand geste, qui englobe tout ce qui l'entoure : Chitra, Shalini, les enfants, la petite foule qui s'est formée à l'extérieur du bâtiment et l'ensemble des êtres humains et des animaux qui vivent autour de la mosquée. « Ici ! dit-il. La circonscription de Matia Mahal.

— Vous n'avez jamais été candidat à la moindre élection.

— Je travaille dans ce quartier depuis huit ans. Y a-t-il une seule personne dans toutes ces ruelles qui ne me connaisse pas ? Soixante-dix pour cent des habitants de Matia Mahal sont musulmans. »

Elle sait qu'il a raison. Il se conduit d'ailleurs, sans occuper aucune fonction officielle, en représentant du peuple. Le gyrophare de sa voiture – qui ne lui appartient sûrement pas – symbolise son pouvoir, tout comme la protection dont bénéficient Les Moineaux, situés sur un terrain acquis illégalement, ou sa capacité à faire obtenir des pensions, à fournir du travail à ses pupilles, obtenir des banques des prêts non remboursables pour ses favoris.

« Quel parti va vous accorder son investiture ? »

Il montre de nouveau sa circonscription. « Ces gens sont à moi. Quel besoin ont-ils d'un parti ? Je serai un candidat indépendant. »

Politiquement, c'est intelligent, se dit-elle. Pas de hiérarchie d'un parti pour lui barrer la route.

« Et maintenant nous allons chanter l'hymne national », déclare Shalini.

Le sadhu, le politicien et Kiran se tiennent côte à côte, resplendissants de gloire. Ils entonnent, suivis des autres enfants :

« Jana gana mana adhinaayaka... »

Chitra et Suleman se mettent au garde-à-vous. Elle remarque la réticence avec laquelle Suleman articule les paroles.

4

« Tous les musulmans qui veulent rejoindre le courant national sont les bienvenus, dit Lala Surajmal au journaliste. Les gens prétendent que l'Hindutva est contre les musulmans, mais l'Hindutva n'est pas une religion, c'est un mode de vie, une philosophie nationaliste. Que les musulmans demeurent musulmans. C'est leur fardeau. Nous ne voulons pas qu'ils se convertissent à l'hindouisme – en ceci nous sommes plus tolérants qu'eux –, nous ne voulons pas qu'ils renoncent à Allah. Nous leur demandons simplement : "Ne pouvez-vous vous fondre dans la culture de notre pays ? Ne pouvez-vous soutenir l'équipe indienne de cricket dans les matchs qui opposent l'Inde et le Pakistan?" »

Le journaliste griffonne à toute allure. Surajmal tire un mouchoir de la poche de son kurta pour s'essuyer la bouche, d'où coule un filet de bave. Debout à l'entrée est de Fatehpuri Masjid, appuyé sur sa canne, entouré de deux serviteurs et de Ramvilas, il harangue autant le journaliste que Sohan Lal et Jugal Kishor. Sans compter Muhammad Salauddin Qureshi, jeune homme en achkan immaculé qui se tient timidement à l'écart.

« Lalaji a l'air très malade, souffle Jugal Kishor à Ramvilas.

— Une autre attaque. Mais il ne veut pas l'admettre. »

Pourquoi ce vieil emmerdeur insiste-t-il pour faire un discours? se dit Sohan Lal. Il s'agit d'une promenade, pas d'une manifestation.

Surajmal tend le mouchoir trempé à un serviteur et continue.

« Nous devons l'idée de cette Marche du Patrimoine à notre bien-aimé leader, Shri Harilalji Gupta. Nous commencerons ici, à Fatehpuri Masjid, et parcourrons tous les lieux de Chandni Chowk qui représentent notre patrimoine culturel, pour finir à l'Hôtel de Ville. Le PPI respecte profondément les monuments historiques, même lorsqu'ils nous rappellent les atrocités des musulmans et des Britanniques. »

Le journaliste, minuscule bonhomme d'une soixantaine d'années, appareil photo à l'épaule, hausse un sourcil chauve : voilà qui présage de la bonne copie. « Babri Masjid n'appartient donc pas à notre patrimoine culturel? »

Surajmal tente de se tourner vers lui, n'y parvient pas, commence à s'effondrer. Les serviteurs le redressent et l'étayent. Il a du mal à respirer. Des regards furieux fusillent le journaliste pour son impudence. Surajmal pointe l'index sur lui, la lèvre inférieure tremblante d'émotion. « C'est une bâtisse vide, pas une mosquée. On n'y prie plus depuis des dizaines d'années. Nous n'avons rien contre les mosquées – comme celle devant laquelle nous nous trouvons – à condition qu'on ne les ait pas construites sur des temples hindous. Nous avons proposé de la déplacer à nos frais. De la mettre où les musulmans le voudront. N'importe quel endroit en Inde – et pour les musulmans tous les endroits se valent – alors pourquoi insistent-ils pour rester à l'endroit exact où est né notre Rama Lalla? »

Ramvilas se penche pour chutoter à l'oreille de Surajmal :

« Harilalji a recommandé de ne parler ni d'Ayodhya ni de Babri Masjid pendant cette marche.

— Et pourquoi ? Rama Lalla lui-même est entré dans Ayodhya et l'a revendiqué pour temple. »

Jugal Kishor hausse les épaules. Sohan Lal lui tourne le dos. Surajmal s'éclaircit la gorge, fait signe au journaliste de se rapprocher. « Le Congrès prétend que le PPI est antimusulman. Demandez à ces pseudo-laïques combien ils ont de musulmans dans leurs comités.

— Et combien le PPI en a-t-il ? » ose demander le journaliste.

Surajmal montre triomphalement Qureshi, ouvre la bouche, rien n'en sort. Ramvilas comprend que Lalaji a oublié le nom du musulman. Qureshi ne sait pas où se mettre.

« Lalaji n'est pas bien, dit Jugal Kishor.

— Qureshiji est membre du comité PPI de Chandni Chowk », déclare Ramvilas.

Les serviteurs de Sohan Lal, Jugal Kishor et ceux de Surajmal applaudissent. Le journaliste – d'une énergie à toute épreuve – aussitôt interroge Qureshi. « Pensez-vous qu'il faudrait transférer Babri Masjid ailleurs ? »

Qureshi passe un doigt dans l'encolure de son achkan, qui épouse étroitement sa maigre silhouette, déplorant par ce geste la chaleur, déjà forte. Il parle d'une voix hésitante, et si bas que le journaliste doit se pencher pour l'entendre. « Nous sommes partisans du consensus, non des décisions judiciaires, parce que ce sujet échappe à la compétence des tribunaux. »

Surajmal approuve d'un hochement de tête et poursuit son discours : « Harilalji a annoncé la création d'un Conseil du Patrimoine, qui se réunira dans un mois pour élaborer un plan de sauvetage des bâtiments historiques de Chandni Chowk.

— Espérez-vous attirer beaucoup de monde pour cette Marche du Patrimoine ? »

Pour l'instant, ils sont onze, en tout et pour tout, y compris les domestiques, le journaliste et un autre musulman amené par Qureshi.

« Où est Harilalji ? tonne Sohan Lal. Cette marche, c'est son idée.

— Harilalji ne peut pas assister à toutes les manifestations, rétorque Surajmal.

— Mais pour les prostituées comme cette Gita Didi, il trouve le temps, chuchote Sohan Lal à Jugal Kishor.

— Nous devrions commencer maintenant, suggère Ramvilas. Les gens nous rejoindront en chemin.

— Nous allons d'abord visiter Fatehpuri Masjid, dit Surajmal au journaliste. De là, nous porterons un message de paix et d'harmonie dans tout Chandni Chowk, même dans les quartiers musulmans de Matia Mahal. » Il appelle Qureshi, qui a pour tâche de signaler les monuments musulmans en cours de route. Toutefois, plutôt ignorant en la matière car originaire de Lucknow, Qureshi a convié un universitaire du Cachemire, spécialiste de l'architecture moghole et prémoghole. Sheikh Noor Muhammad est un homme fragile aux traits fins, vêtu d'un achkan somptueux sous lequel il étouffe par cette chaleur oppressante du mois d'août. Minarets, mausolées, mosquées – il en parle avec délectation. Il apprécie les monuments de Delhi autant qu'il méprise les commerçants de Chandni Chowk, et n'a accepté ce rôle de guide que parce que Qureshi lui a fait miroiter un poste officiel. Maintenant, sur un signe de Qureshi, il se redresse, penche légèrement la tête et déclame d'une voix haut perchée.

« Fatehpuri Masjid fut construite en l'an 1650 à la demande de la bégum Fatehpuri, ce qui peut expliquer son charme féminin et son allure de cloître. »

Sohan Lal se demande où est le charme de ces murs rouges décrépits. Il déteste ce sentimentalisme bête.

« La porte est de la mosquée donne sur le Fort Rouge, poursuit Noor Muhammad. Khari Baoli se trouve au nord et Katra Baryan au sud. Remarquez les lotus de chaque côté de la porte. »

Des lotus ! Sohan Lal frémit d'horreur. Cette mosquée aurait-elle été construite sur les ruines d'un temple hindou comme celle d'Ayodhya ? Si c'est le cas, pourquoi cette mascarade de patrimoine inventée par le PPI alors qu'il faudrait y aller à coups de marteau ? Peut-être Harilal Gupta est-il toujours attaché à son ancien parti et veut-il obtenir de chaleureux articles dans les journaux anglais. Sinon pourquoi le PPI se comporterait-il avec les musulmans comme le Congrès ?

« Nous allons maintenant pénétrer dans l'enclos de la mosquée. » Noor Muhammad interroge du regard Qureshi. Faut-il vraiment faire entrer les seths ?

« Nous sommes lundi, lui souffle Qureshi. Il n'y a jamais foule. »

Noor Muhammad conduit donc son auditoire hostile dans l'enclos. Sous le porche, des échoppes vendent des montres. Un escalier étroit conduit à des dispensaires, annoncés par des pancartes en bois sous la grande arche.

Qureshi et Noor Muhammad enlèvent leurs chaussures, suivis de Jugal Kishor. Ses deux serviteurs ont emmené Surajmal loin à l'intérieur de l'enclos, ses chaussures sont entre les mains de Ramvilas. Sohan Lal se penche avec difficulté pour ôter les siennes, constate l'absence de casier où les déposer.

« Avez-vous téléphoné à Kartar Singh ? demande Surajmal à Ramvilas.

— Kartar Singhji joue au cricket. Depuis trois heures du matin. Angleterre contre Pakistan, à Sydney. » Ramvilas a misé une petite somme, par l'intermédiaire de Kartar Singh.

« Ce n'est même pas un match indien ! » s'indigne Surajmal.

« On s'est battu dans l'enclos pendant les émeutes de 1857, raconte Noor Muhammad. Les Britanniques l'ont vendue ensuite à Lala Channa Mal pour dix-neuf mille roupies. Vingt-cinq ans plus tard le gouvernement a voulu la racheter et a proposé cent vingt mille roupies, mais Lala Channa Mal a refusé. »

Noor Muhammad regarde son auditoire pour voir si quelqu'un a noté l'ironie de la chose – un bania hindou essayant de tirer bénéfice d'une mosquée ! Mais Surajmal est plongé dans une béatitude moribonde, Sohan Lal est planté devant une enseigne et Jugal Kishor observe une dizaine d'hommes assis sur des dalles de pierre autour de la citerne. La compagnie de ces seths déplaît fort à Noor Muhammad. Ces commerçants grossiers, incultes, dont les filles dansent sur des musiques de vulgaires films hindis, dont les femmes bêlent des bhajans d'une voix sans timbre, qui n'ont aucune conception de l'art, de l'architecture ou de l'esthétique. Il ne doute pas un instant qu'à l'origine l'Inde a été gouvernée par des Cachemiris. La preuve : même dans ce chaudron d'hindous, les Premiers ministres viennent du Cachemire ! Ils se prétendent hindous, mais depuis quand a-t-on vu un hindou avec de si beaux traits, un nez si fin et une peau si brillante ? Personne n'a-t-il regardé de près les traits aquilins de Nehru, Indira et Rajiv ? Ils se disent brahmanes du Cachemire, or ils sont tout simplement des Cachemiris. Quel dommage que Qureshi ne soit pas membre du Congrès, sa vraie famille.

« Voilà comment se lavent les musulmans », dit Jugal Kishor à Sohan Lal en montrant la citerne.

Rassemblés à l'intérieur de la mosquée, des fidèles écoutent un prêcheur dont des haut-parleurs, à l'extérieur, répercutent la voix en un bredouillement inintelligible.

« Ne pourrions-nous ranger nos chaussures quelque part ? » demande Sohan Lal.

Qureshi hausse les épaules. Une telle indifférence irrite Sohan Lal. C'est bon pour un musulman de se trimbaler les chaussures à la main, mais un seth a sa dignité !

Noor Muhammad reprend son exposé. « Le dôme fait d'un mortier de chaux est recouvert de plâtre qui, de loin, évoque le marbre. Jadis le réservoir d'eau dans la cour était alimenté directement par la Yamuna. La grande mosquée se dresse sur une plateforme de trois pieds et demi de hauteur, et la chaire est de marbre pur... »

« Un peu d'eau ! » halète Surajmal.

Qureshi court à la citerne, prend de l'eau dans ses mains, revient au galop vers Surajmal, qui s'est presque évanoui dans les bras de ses serviteurs.

« Cette eau est sale ! » tonne Sohal Lal.

Qureshi recule, mortifié. Ramvilas sort de son jhola une bouteille de Bisleri, dont il asperge le visage de Surajmal, qui retrouve sa respiration et ferme les yeux de soulagement. Sohan Lal contemple une pancarte en bois fixée au mur, derrière lequel s'étire une longue galerie à ciel ouvert. Une dizaine d'enfants, calotte sur la tête, assis sur des nattes de coco, récitent l'alphabet en se balançant à chaque syllabe, surveillés par un mollah.

Alif se Israfeel, Be se Jibraeel, Te se Izraeel, Se se Mikaeel...

« La madrasa Ali Arabia Fatehpuri, dit Noor Muhammad, centre d'éducation islamique fondé il y a plus d'un siècle, sous le règne du vice-roi, Lord Northbrook. Son fonctionnement n'a guère changé.

— C'est bien le problème, chuchote Sohan Lal à Jugal Kishor. Qui sait quel poison vomit le mollah ?

— Allons, le tance Jugal Kishor. Halilaji a affirmé que le PPI n'accusera plus les musulmans sans preuve. »

Noor Muhammad dirige sa petite troupe vers la sortie. Les

serviteurs soulèvent les jambes de Surajmal, l'une après l'autre, lui mettent ses chaussures et l'entraînent dehors, à la suite de Noor Muhammad. Soulagé, Sohan Lal jette ses chaussures par terre, et les enfile. Le groupe émerge de la mosquée par la porte de l'Est et tourne à droite, s'éloignant de Khari Baoli. Le regard de Surajmal tombe sur un chaudron de jalebis devant un étal. Il semble hypnotisé. « C'est mauvais pour votre diabète, Lalaji, remarque Sohan Lal.

— C'est ce que vos docteurs anglais vous racontent, enrage Surajmal. Ils ne connaissent rien à la naturopathie. Avons-nous toujours de l'essence de citronnelle dans la boutique ? » La question s'adresse à Ramvilas, qui fait signe que oui.

« Humez régulièrement de l'essence de citron, dit Surajmal. Ramvilas vous en donnera un flacon. » Il s'efforce de paraître gai et plein d'entrain. « Quelques gouttes d'essence de citron guérissent le diabète, l'asthme, les furoncles et les varices. » Sur quoi, il commande des jalebis pour tout le monde.

Sohan Lal refuse. « Vous pouvez continuer votre visite guidée », dit-il à Noor Muhammad.

La bouche pleine, savourant le goût exquis du jalebi, Noor Muhammad explique. « A notre gauche, pas très loin, vous avez Dariba Kalan, où Nadir Shah a fait massacrer quatre-vingt-dix mille personnes.

— Quatre-vingt-dix mille hindous, corrige Sohan Lal.

— Le Persan ! » jette Surajmal.

Noor Mahammad, qui croque un délicieux jalebi, hoche la tête.

Surajmal fait signe au journaliste d'approcher et lui intime de prendre des notes. « Racontez-nous ce qu'il a volé à l'Inde », dit-il à Noor Mahammad, du ton d'un enfant curieux.

Le guide mord de nouveau dans son jalebi – comment peut-il être plus grand que sa main ? Les seths ne sont peut-être pas si méprisables, après tout. « Nadir Shah est reparti avec cent millions de livres sterling, un millier d'éléphants, sept mille chevaux, dix mille chameaux, quelque cent trente écrivains, deux cents maçons, trois cents tailleurs de pierre, deux cents charpentiers...

— Nous n'avons pas besoin de toute cette énumération ! » s'exclame Qureshi, indigné.

Surajmal, dégoulinant de jus de jalebi, lève la main. « Laissez-le parler ! C'est de l'histoire. »

Mais Noor Muhammad garde le silence, conscient d'avoir fâché Qureshi, son bienfaiteur. Ayant terminé de manger, ils se lavent les mains, et entreprennent la Marche du Patrimoine. Dès les premiers pas, Surajmal trébuche. Qureshi accourt, Surajmal se rétablit tout seul, s'appuie sur sa canne et rugit : « Je suis encore vivant. Attendez que je sois mort ! »

Après cette manifestation de bravoure, il se rend compte qu'il ne pourra pas continuer à marcher. Articulations douloureuses, jambe droite toujours paralysée, pitoyable, il a honte pourtant de réclamer un rickshaw. Du coin de l'œil, Ramvilas l'observe, savourant un instant l'humiliation de son maître, puis fait signe aux serviteurs qui filent et reviennent en poussant un fauteuil roulant. Surajmal se laisse tomber dedans, sa défaite est complète.

Ce n'est qu'une question de temps, pense Sohan Lal, avant qu'une seconde attaque n'ait définitivement raison de Lala Surajmal. « La main gauche écrit toujours, s'obstine-t-il à dire, la jambe gauche fonctionne toujours. Dieu m'aurait pris les deux s'il avait voulu que j'arrête ! Il vous enlève quand vous n'avez plus la volonté de vivre. » Cette volonté, il l'a toujours, à en juger par sa goinfrerie... Toutefois, quand il parle, ses mots semblent venir de très loin. Il n'arrive pas à se concentrer. Chaque phrase a un caractère définitif, comme si ce devait être la dernière. Sait-il que ses quatre fils se disputent déjà les morceaux de sa carcasse?

Quel manque de dignité de s'accrocher ainsi. Lui-même, Sohan Lal, dès qu'il a découvert son hypertension et son taux de cholestérol, s'est aussitôt mis à l'Atenolol. Un homme doit faire son possible pour mener une vie constructive.

Le cortège s'ébranle, Surajmal en tête dans son fauteuil roulant, poussé par un serviteur, l'autre ouvrant la route. Trois autres commerçants les ont rejoints, portant des pancartes. Ils progressent en droite ligne dans Chandni Chowk, obligeant les véhicules à s'arrêter, en direction du Fort Rouge, tache sombre dans le lointain. Sohan Lal bouscule tout le monde et parvient à la hauteur du fauteuil roulant. « Je m'occuperai de Lalaji », dit-il aux serviteurs.

Il frappe d'un petit coup amical le dos du fauteuil, pour faire comprendre à Surajmal qu'il a changé de conducteur. « Vous n'êtes plus si jeune vous-même, Sohan Lal », grogne Surajmal, qui se sent beaucoup mieux.

Sohan Lal pousse plus fort, il veut prendre de l'avance sur les autres. Et décide d'attaquer sans préambule. « Il faut que je vous parle des élections de l'année prochaine.

— Où est l'urgence ? La Commission électorale n'a pas encore fixé de date.

— Je voudrais me présenter cette fois-ci.

— Vous ? Vous un député ? »

Sohan Lal est en colère. Après trente ans de bons et loyaux services, qu'y a-t-il d'étonnant à ce qu'il veuille lui-même un poste ? Devra-t-il toujours aider à élire les autres ? Des quatre circonscriptions du quartier, celle de Chandni Chowk ira évidemment à Harilal Gupta, et Paharganj au neveu de Surajmal. Pourquoi Sohan Lal n'aurait-il pas l'investiture du PPI pour Ballimaran ? « Je veux me présenter à Ballimaran, dit-il.

— Kartar Singh a déjà manifesté son intérêt.

— Pourquoi ne m'a-t-on pas consulté ?

— Kartar Singh est conseiller municipal, je ne peux pas refuser sa demande.

— Donnez-lui Matia Mahal.

— Vous êtes trop impatient ! L'élection n'aura lieu que dans un an. Nous ne prendrons aucune décision définitive avant que la Commission ait fixé la date.

— Vous pouvez très bien convoquer une réunion demain et prendre cette décision, insiste Sohan Lal.

— Vous n'avez pas besoin de gagner une élection pour jouer un rôle politique, soupire Surajmal. Regardez-moi ! J'ai fabriqué une douzaine de conseillers. Qu'est-ce qu'un membre de l'assemblée locale ou même un député au Parlement ? Un serviteur du peuple. Ces places sont bonnes pour des serviteurs, pas pour des hommes d'affaires établis comme vous. C'est vous qui faites les rois. Vous tirez les ficelles en coulisse, ils dansent suivant vos désirs. Ce sont des marionnettes ! »

Ah, être une marionnette durant mes dernières années ! songe Sohan Lal. C'est bon pour Surajmal de parler ainsi. Il jouit d'une influence sans égale. L'ensemble du comité s'en remet à lui. Il peut obtenir l'investiture de son neveu pour Paharganj, et peut-être lui assurer la victoire. Quand Harilalji deviendra ministre du gouvernement local de Delhi, me laissera-t-on même entrer dans son bureau ?

« Appelez Ramvilas et Jugal Kishor », ordonne Surajmal.

Sohan Lal obéit à contrecœur. Surajmal se retourne dans son fauteuil et lui saisit les mains. « Je me fais vieux. Après moi, le comité aura besoin d'un nouveau président. »

Sohan Lal essaie de déchiffrer l'expression de ce visage tout ridé, qui devient opaque à l'arrivée des autres. Ramvilas s'empare du fauteuil roulant.

« Poussez plus vite », dit Surajmal.

Sohan Lal et Jugal Kishor forcent le pas pour rester à hauteur du fauteuil. Qureshi et Noor Muhammad suivent, en silence, parce que les seuls monuments de cette partie de Chandni Chowk sont des boutiques de vêtements, de chaussures et de montres.

Surajmal fait signe à Ramvilas de se pencher.

« J'ai trouvé douze garçons, dit le commis.

— Il en faut cent pour un camp d'entraînement, rétorque sèchement Surajmal.

— Nous devons nous dépêcher, dit Jugal Kishor. Il ne reste que deux mois avant le départ des garçons pour Ayodhya.

— Qui va les payer ? demande Ramvilas.

— Occupez-vous de ce qui vous regarde », aboie Surajmal.

Ramvilas halète et se bat avec le fauteuil. Sa minceur, dont il est si fier, fait bel effet dans un miroir, mais n'est pas appropriée à des tâches de ce genre. Bien que ratatiné, Surajmal pèse lourd.

« Le comité compte quatorze membres, dit-il nonchalamment.

— Et alors ? demande Sohan Lal.

— On pourrait les envoyer au camp d'entraînement.

— Tenez votre langue, lui enjoint Surajmal. Nous fournirons l'argent. Nous fournirons les repas, les gens pour diriger le camp, l'endroit où l'installer. Vous ne nous voyez tout de même pas en train de courir dans tous les sens un bâton à la main ? Vous nous prenez pour des voyous ? »

Sohan Lal s'indigne de la mansuétude de Surajmal. Comment peut-il tolérer qu'un commis tienne de tels propos ?

Or Surajmal continue du même ton lénifiant : « Engagez plus

de garçons. Nous augmenterons les tarifs. Faites tout ce qui est possible, Babri Masjid ne peut rester où elle se trouve. Avez-vous vu ce qu'ils nous ont fait à Ayodhya il y a deux ans? J'ai regardé la vidéo. Les vagues du Saryu charriaient le sang hindou. C'est l'ère Kaliyug. Un hindou verse le sang hindou sur une terre hindoue à seule fin de récupérer un temple accaparé par les musulmans. Quelle sorte de démocratie est-ce là? »

Le ton de plus en plus passionné de Surajmal inquiète Qureshi et Muhammad. Exclus de la discussion, ils n'osent pas intervenir. Ils sentent pourtant qu'on les invite à se manifester.

« Le PPI apportera la véritable démocratie à notre pays, Lalaji », dit Qureshi.

Sohan Lal lui jette un regard glacial. Une très mauvaise idée de s'adjoindre ces musulmans, même si nous voulons élargir notre base.

Ramvilas confie à un serviteur les rênes du fauteuil roulant, et s'éloigne afin de trouver un vendeur de paan. Sur le stand, une radio diffuse un commentaire en direct du match de cricket de Sydney. L'Angleterre accumule des quatre et des six, le Pakistan s'achemine vers la défaite. Il rit intérieurement. Selon des rumeurs – qu'il ne tient pas de Kartar Singh directement, mais de quelqu'un qui a entendu Kartar Singh en parler – le match est truqué, les Pakistanais vont gagner à la dernière minute. C'est donc le moment de miser sur la victoire pakistanaise – la cote sera bonne.

Il se précipite chez Mangat Ram Nawal Kishor, où le personnel le connaît et le laissera se servir du téléphone. « Je viens de la part de Jugal Kishorji, dit-il. Préparez-moi une caisse de barfis pour la Marche du Patrimoine. »

Puis il saisit le combiné sur le comptoir en verre, le tire par le fil jusqu'à un coin et appelle Kartar Singh.

Kartar Singh trône derrière une rangée de téléphones qui sonnent constamment. Deux comptables et trois garçons de courses sont assis jambes croisées sur le matelas blanc. Le premier comptable répond aux appels, indique les derniers cours et inscrit les paris dans des carnets reliés de tissu rouge. Dès qu'un pari est enregistré, l'un des garçons va chercher l'argent du parieur. Au retour, il tend l'argent au second comptable, qui vérifie et note le montant face au nom du parieur. Kartar Singh est adossé à une montagne de coussins, une bouteille de Thums Up à la main, jambes étalées. Un microphone relié à une ligne de téléphone se met en marche chaque fois que le dibba annonce la dernière cote concernant la victoire anglaise.

« Quatre contre un pour l'Angleterre ! crache le micro.

« Quatre contre un pour l'Angleterre », répète le comptable dans le combiné. Il écrit un chiffre sur un bout de papier, qu'il remet à un garçon, qui file immédiatement. Un autre téléphone sonne. Le comptable écoute, puis dit à voix haute : « Banwari Lal ? »

Kartar Singh a beau faire, ce nom ne lui rappelle rien. Le boulot de bookmaker peut se révéler dangereux si on n'y prend garde. Coups montés de la police, parieurs en cheville avec des truands, fraudeurs... Pas question d'accepter un pari de quelqu'un qu'on ne connaît pas.

« Sardar Singh n'est pas là », dit le comptable à celui qui appelle. La personne insiste. « Quel pari ? » demande le comptable, et il raccroche.

Soudain l'écran du téléviseur explose. C'est un *boundary*[1]. L'Angleterre semble devoir terminer la série sur un score de quatre contre un pour le Pakistan. On entend la voix du dibba : « Dix-sept quatre pour l'Angleterre.

— Dix-sept quatre », répète Kartar Singh.

Cinq combinés sonnent simultanément. Le comptable répond, deux à la fois. Ce sont de vieux parieurs, dont il ne vérifie pas l'identité. Kartar Singh le regarde noter frénétiquement sur son carnet. Quand l'Angleterre aura dépassé deux cents, l'issue du match deviendra trop prévisible, il cessera de prendre des paris. Kartar Singh demande au second comptable d'assister son collègue, et lui prend son carnet. Il fait l'addition : ils ont récolté plus de dix mille roupies en trois heures. Un rapide calcul de ses trois pour cent de commission lui fournit un résultat très satisfaisant. De cette somme il devra céder un vingtième au dibba, installé quelque part au Punjab. Et la moitié des gains du dibba disparaîtra dans les circuits anonymes qui lui font parvenir l'argent. C'est le prix de

1. Envoi de la balle jusqu'à la limite du terrain.

l'anonymat. Un dibba, songe Kartar Singh avec satisfaction, ne risque rien, mais ne gagne pas grand-chose.

« Ramvilas Sharma ? » répète le comptable.

Kartar Singh fait signe d'accepter.

« Dix-sept quatre pour l'Angleterre », chuchote le comptable dans le combiné.

Il écoute la réponse, puis tend l'appareil à Kartar Singh, qui le prend en grommelant. Le commis a l'habitude de lui faire perdre son temps.

« *Sat sri akaa!* dit Ramvilas, d'une voix enjouée. A combien est-on ?

— On vient de vous le dire, rétorque Kartar Singh. Dix-sept quatre en faveur de l'Angleterre.

— Notez-moi pour cinq cents.

— Je n'accepte rien en dessous de mille. » Kartar Singh savoure le silence, imagine Ramvilas se débattant entre l'appât du gain et la prudence.

« Mettez mille. En faveur du Pakistan.

— Mais la cote est de quatre dix-sept !

— Je sais.

— Vous êtes mon ami. Je me dois de vous avertir. Le Pakistan va perdre à coup sûr. »

Ramvilas rit. « Choisir entre le Pakistan et l'Angleterre, le frère et le maître ! Je hais mon frère et j'adore le maître, mais je ne peux pas mélanger l'argent et l'amour.

— Mille sur le Pakistan, annonce Kartar Singh. Ramvilas Sharma. »

Le comptable prend note, regarde autour de lui, aucun des trois garçons de courses n'est là.

« Je n'ai pas de commissionnaire sous la main, dit Kartar Singh. Il faut que vous attendiez.

— Envoyez-moi Salim, suggère Ramvilas. Je suis chez Nawal Kishor.

— Salim travaille au magasin.

— Comment vont les affaires ?

— Timidement. »

Kartar Singh sait pourquoi Ramvilas lui a posé la question. Le déclin de Lajpatrai Market fait plaisir à d'aucuns. Les bénéfices ne cessent de chuter, en raison de la concurrence des marchandises chinoises moins chères. Qui peut gagner de l'argent en vendant des ampoules électriques dans ces conditions ? Il peut s'offrir Salim, les deux comptables et les trois garçons de courses – officiellement employés par le magasin – uniquement parce qu'ils consacrent la majeure partie de leur temps aux paris. La boutique n'est plus qu'une façade. Désormais un homme ne peut gagner sa vie dans Chandni Chowk que si sa famille y possède un commerce depuis des générations. Le système du havala est mort, tué par les banques étrangères où de jolies filles en sari empesé vous accueillent et transfèrent votre argent sous l'œil de la police. Elles vous donnent même un reçu, et pratiquent des taux moins élevés que ceux de la plupart des intermédiaires du havala, qui ont perdu leur réputation de fiabilité. Il y a dix ans encore, on pouvait confier plusieurs lakhs à un négociant en étant sûr que la somme serait remise au destinataire le lendemain, n'importe où dans le monde. Maintenant, dans cette ville de voleurs et de politiciens, plus personne ne fait confiance à personne. Un jour, quand il aura économisé suffisamment d'argent, Kartar Singh fermera tout – boutique et officine de bookmaker – et emmènera Sukhbir au Canada, où ils vieilliront en paix...

La voix du dibba grésille de nouveau à l'oreille de Kartar Singh. La cote est maintenant de neuf contre deux en faveur de l'Angleterre. Il décide de ne pas fournir l'information à Ramvilas. Il l'a prévenu avant, il ne lui doit plus rien.

« Ne dites pas à Lalaji que j'ai misé sur le Pakistan, glousse Ramvilas. Il me flanquerait dehors ! »

Kartar Singh coupe court à ces bavardages inutiles. « Bonne chance », chuchote-t-il dans le combiné. Puis, à l'adresse du comptable. « Envoyez Salim chez Mangat Ram Nawal Kishor. »

Kartar Singh sait que Ramvilas a perdu, puisqu'il est à l'origine des rumeurs à partir desquelles Ramvilas a parié sur le Pakistan. Il y a deux jours, il a placé deux cents roupies sur le Pakistan, quand la cote était à quatre contre deux en faveur de l'Angleterre, sachant que ses comptables vendront l'information aux parieurs, ce qui déclenchera la rumeur. Ils partent du principe que si Kartar Singh, le roi des books, a secrètement misé sur le Pakistan, c'est que l'issue du match est déjà fixée. Les parieurs ont donc lourdement misé contre la cote. Plus basse sera la cote en faveur d'une victoire pakistanaise – actuellement deux contre neuf – plus importants seront les gains quand le Pakistan gagnera. Or le Pakistan va perdre, avec une très grande marge, et Kartar Singh touchera une somme beaucoup plus conséquente que ses deux cents roupies sacrifiées sciemment, grâce aux paris perdus des gens comme Ramvilas.

C'est une affaire juteuse, tant que les matchs seront truqués. A condition, bien entendu, de connaître à l'avance le scénario. Une sombre pensée lui traverse l'esprit. Et si son contact lui avait menti et que la victoire aille effectivement au Pakistan? Toutefois, ce ne serait pas si grave. Un book ne perd jamais d'argent : les paris gagnants rapportent moins, et c'est tout. Il a eu la sagesse de ne pas engager plus que les deux cents roupies destinées à lancer les rumeurs. On a beau connaître le scénario, il arrive que les choses dérapent. Dire qu'il y a des gens pour parier sur des matchs honnêtes, dont Dieu seul connaît le scénario!

« Cinq un pour l'Angleterre, dit le dibba.

— Cinq un pour l'Angleterre », répète Kartar Singh. Il observe le visage de ses comptables qui digèrent la nouvelle cote. Ils boivent leurs tasses de thé, l'air impassible. Leur cœur bat à se rompre, pense méchamment Kartar Singh. Ils vont devoir affronter, à leur sortie d'ici, les parieurs qui ont agi selon leurs informations. A moins qu'ils n'en détiennent d'autres que lui? Se pourrait-il que le Pakistan opère un stupéfiant rétablissement? Mais la cote en faveur de l'Angleterre est désormais prohibitive. Même le plus imaginatif des scénarios doit respecter la logique de l'intrigue.

« Nous devrions arrêter de prendre des paris, dit-il, sauf si la somme est particulièrement élevée. »

Il lui semble voir un spasme fugitif convulser le visage de ses comptables.

La Marche du Patrimoine, ayant acompli le tiers de son parcours, se trouve maintenant au-delà de Bhai Mati Das Chowk. Surajmal s'est endormi dans son fauteuil roulant. Qureshi traîne loin derrière, il a compris qu'on se sert de lui comme gage de la « laïcité » du défilé. Noor Muhammad avance vaillamment en tête, essayant de trouver le maximum possible de références historiques. Le reporter suit machinalement, déçu par la mesquinerie de l'entreprise.

« Nous passons maintenant devant Gurudwara Sisganj », annonce Noor Muhammad, sans autre commentaire. On l'a engagé pour parler des monuments moghols, il ne connaît rien aux temples sikhs. Surajmal se réveille en sursaut et se met à tousser. « Kartar Singh ne devait-il pas nous parler de Gurudwara Sisganj ? demande Sohan Lal.

— Il regarde son match de cricket, dit Surajmal d'un ton aigre.

— Un conseiller municipal devrait savoir où est son devoir, grogne Sohan Lal.

— Nous ferions mieux de continuer, suggère Jugal Kishor. Nous pouvons nous reposer dans ma boutique. » Il voit Ramvilas approcher, une boîte de barfis à la main, un barfi dans la bouche.

« Où étiez-vous ? l'interpelle Surajmal.

— Chez Mangat Ram Nawal Kishor. » Ramvilas tend la boîte de barfis. Qureshi et Noor Muhammad se jettent dessus et en prennent un. Les deux négociants de Kucha Sugandh en prennent deux chacun. Surajmal en prélève un petit, Sohan Lal aucun. Jugal Kishor refuse avec colère, sachant que Ramvilas ne les aura pas payés.

« Ces barfis sont incomparables, Ramvilas ! » s'extasie Surajmal.

Jugal Kishor grince des dents. Ils viennent de *sa* boutique, fabriqués avec *son* argent. « Je ne vends que ce qu'il y a de meilleur.

— J'ai parlé à Harilalji, dit Surajmal, changeant brusquement de sujet. Il aimerait mettre l'accent sur les problèmes féminins. Qu'a évoqués cette dame népalaise... à la fête de Swami Shraddhanand Marg. »

Ramvilas rigole intérieurement. C'est typique de Surajmal de donner à cette rue son nom officiel, aseptisé, quand tout le monde à Delhi l'appelle GB Road. Et de parler de Gita comme d'une dame !

« Nous devons créer un réseau chez les dames, poursuit Surajmal.

— Harilalji a fait un bon discours à cette fête, confirme, mielleux, Jugal Kishor.

— Il faut que le comité donne plus de dix mille roupies, dit Ramvilas. Qu'est-ce qu'on peut faire avec dix mille roupies ?

— Pour quelle raison ? s'étonne Surajmal. Elles n'ont qu'à demander de l'argent à leurs maris ! »

Rires étouffés. Jugal Kishor empoigne le fauteuil roulant et le pousse résolument vers Mangat Ram Nawal Kishor. Le reporter se rapproche du fauteuil, pièce centrale du défilé. Du coup, Kishor se lance dans un récit enthousiaste. « Nous passons maintenant devant Mangat Ram Nawal Kishor, friandises réputées, deux siècles de succès ! Il y a cent ans, les nawabs venaient dans ma boutique en palanquins et bogheis, rien à voir avec ces voitures et ces scooters qui polluent. Pas besoin de permis pour conduire ces bogheis ! Mon arrière-arrière-grand-père servait d'abord les nawabs puis les éléphants, qui le saluaient de leur trompe peinte. En ce temps-là, les boîtes de friandises occidentales n'existaient pas. Toutes les sucreries étaient en pur ghee. »

Le reporter note avec célérité.

« Les maisons étaient propres et les rues larges, continue Jugal Kishor. Maintenant les trottoirs sont pleins de marchands ambulants, d'étals, d'immigrés bangladeshis. Et il y a la pollution ! Nous devons préserver ces bâtiments. Vous pourriez peut-être prendre celui-ci en photo ? ajoute-t-il à l'adresse du reporter.

— J'ai besoin d'un bâtiment historique en arrière-plan.

— Mais c'est un bâtiment historique ! » proteste Jugal Kishor.

Surajmal s'impatiente. « Tournons ici, dans ce kucha.

« Kusha Sugandh ? s'indigne Jugal Kishor. Ce n'était pas prévu. Le kucha ne mène ni à l'église baptiste ni au temple Gaurishankar.

— C'est un kucha historique. »

Maintenant, c'est au tour de Surajmal de faire l'article pour Bhagwan Das et Fils, pense Sohan Lal. Dans ces conditions, pourquoi ne pas aller dans Kucha Bansilal ? Je pourrais prétendre que les nawabs et les empereurs achetaient mes saris pour leurs épouses ?

De mauvais gré, Jugal Kishor pousse le fauteuil roulant dans le kucha. L'engin rebondit durement sur les pierres et les planches. La petite troupe se presse dans l'étroite venelle et s'égaille dans la semi-obscurité.

« Comment allons-nous sortir de là ? fulmine Sohan Lal. Ça ne débouche nulle part.

— Nous ferons demi-tour pour aller à l'église baptiste, dit calmement Surajmal. Rien ne presse. Appelez le garçon, celui du journal. »

Le reporter ne réagit pas, pensant qu'il ne peut s'agir de lui, vu son âge, mais les serviteurs le poussent vers le fauteuil, qui dévale la ruelle en cahotant, ce qui l'oblige à trotter pour rester à sa hauteur.

« Ecrivez quelque chose sur Kucha Sugandh, ordonne Surajmal.

— Quel est le but de cette manifestation ? demande le journaliste.

— Je vous l'ai déjà dit ! C'est la Marche du Patrimoine. »

Le reporter n'insiste pas.

« Et aussi en faveur de l'harmonie communautaire », ajoute Surajmal en anglais. Puis il reprend en hindi. « Mes ouvriers parfumeurs sont musulmans. Ceux qui cultivent mes fleurs, qui les ébouillantent, qui les distillent, ils sont tous musulmans. C'est une reine musulmane, Noor Jahan, qui a découvert l'essence de rose. L'art de la parfumerie est musulman, mais ce sont les hindous qui mettent les essences en bouteille et les vendent à d'autres hindous. N'est-ce pas, Qureshi Sahib ? »

En s'entendant ainsi mentionner, Qureshi sursaute. Lui et Noor Muhammad ont devancé le cortège. « Oui, oui, Lalaji ! » répond-il.

Brusquement, Jugal Kishor immobilise le fauteuil. Le kucha est devenu trop étroit. « Ce serait dangereux d'aller plus loin, dit-il.

— Nous devons pousser jusque chez Bhagwan Das et Fils, insiste Surajmal.

— Nous n'avons pas le temps, Lalaji. »

Surajmal quête un soutien autour de lui. En vain. Les commerçants de Kucha Sugandh ont déserté quand le cortège est passé devant leurs propres boutiques. Sohan Lal affiche une indifférence hostile. « Bon, bon, allons à l'église baptiste », soupire Surajmal.

Les serviteurs manœuvrent le fauteuil non sans mal, et le ramènent dans Chandni Chowk. Jugal Kishor reste à la traîne. Sohan

Lal marche à côté de Surajmal. « Le Conseil du Patrimoine, qui va en faire partie ?

— Vous pouvez y entrer, si vous voulez, ça m'est égal. Mon but est de préserver le patrimoine de Chandni Chowk. »

Sohan Lal s'éloigne, humilié. Il aurait mieux valu qu'il me rejette, pense-t-il.

« Devons-nous vraiment aller à l'église baptiste ? demande Jugal Kishor. Nous avons déjà vu une mosquée et un gurudwara. Donc rendu hommage aux musulmans et aux sikhs. Il n'y a pas de chrétiens dans Chandni Chowk. »

Sohan Lal montre du doigt Qureshi et Noor Muhammad. « Que ces deux-là aillent voir le temple Gaurishankar. Nous sommes bien allés à leur mosquée. Le reporter peut les accompagner.

— Je n'abandonnerai pas à mi-parcours », déclare Surajmal. Il ordonne aux serviteurs qui poussent le fauteuil d'accélérer. Qureshi et Noor Muhammad pressent le pas pour le suivre. Sohan Lal laisse tomber et se dirige vers Kucha Bansilal.

Ramvilas s'écarte en douce, entre dans une cabine téléphonique et appelle Kartar Singh, qui lui apprend que l'Angleterre a gagné le match. Ramvilas jure tant et plus. Il a perdu mille trois cents roupies – trois cents placées il y a deux jours, un millier qu'il vient juste de miser.

Sohan Lal arrive chez lui, de très méchante humeur, Ramesh l'y attend. « On a apporté ton tiffin, dit-il.

— La marche a été plus lente que je ne l'imaginais. »

Chotu étale des journaux sur la gaddi, ouvre le panier-repas, en étale le contenu en demi-cercle : daal, haricots, roti, poivron vert mariné, tomate et concombre. Le daal à peine salé et le roti, craquant, bien sec, sans une trace de ghee – régime prescrit par les médecins, mais préparé avec amour par Sushma. « Ne fais pas travailler tout de suite ta belle-fille ! » a dit Rukmini après le mariage de Ramesh. Sohan Lal n'y tenait pas tant que cela, mais Sushma n'est pas une belle-fille ordinaire. Six mois qu'elle est entrée dans la famille, et elle a déjà pris en main le gouvernement de la maison. Elle fait la cuisine, dirige les domestiques, lui étale son kurta sur le lit tous les matins, veille à ce que chaque pièce soit balayée et récurée deux fois par jour. Par les soirées chaudes – si nombreuses ces temps-ci, avec les fréquentes coupures de courant – elle ne cesse de l'éventer pendant qu'il dîne, Rukmini installée sur sa natte dans une immobilité arthritique.

Sohan Lal picore, savourant le parfait équilibre du goût et des qualités nutritives, et se félicite. Il doit avoir fait une bonne action – dans cette vie ou dans les précédentes – pour mériter une telle belle-fille, encore que l'indolence de Ramesh au travail l'inquiète. Ce n'est pas sain pour un homme de passer trop de temps dans les bras de sa femme, mais laissons-le goûter aux félicités du mariage jusqu'à ce qu'il engendre un fils ! A vingt-huit ans, Ramesh ne dispose que de quelques années avant de connaître les maux de la maturité. Et Sushma ne tardera pas à perdre cette douceur du visage qui séduit tant son mari. Elle a déjà vingt-cinq ans, ce qui est vieux pour une jeune mariée. En deux ans de mariage, Rukmini, qui n'avait que dix-huit ans, s'était composé une allure de matrone guindée. Rassurant, à défaut d'être séduisant. Après la naissance de Ramesh, elle avait montré dans la direction de la maison confiance en soi, esprit d'économie, absence totale d'improvisation. Alourdie par l'âge, et deux autres enfants, deux filles, elle s'est laissée aller, physiquement et mentalement. L'année dernière, il a passé des nuits entières éveillé à côté d'elle lorsqu'elle avait ces problèmes d'utérus qui ont failli faire échouer les projets de mariage de Ramesh. « C'est normal pour une femme de son âge », a dit le docteur, bien qu'elle n'eût que cinquante ans. Depuis l'ablation de la chose, elle a pris des habitudes fâcheuses, sans compter une légère moustache et une voix rauque. Elle consacre un temps considérable à mettre Sushma en difficulté, qui, heureusement, sait se dominer. C'est à Sushma et non à Rukmini qu'on doit la paix dans la maison.

La douceur harmonieuse de son visage a valu à Sushma de nombreux compliments le jour du mariage, et une faible dot. Comment exiger une fortune pour une fille ressemblant à Lakshmi ? Il ne fallait plus songer à récupérer ce qu'avait coûté le mariage de Shakuntala. Mais que Lakshmi soit remerciée de ses dons. Un homme chargé de deux filles et d'un seul fils ne peut espérer davantage.

Mélancolique, il envie Surajmal et ses quatre fils – tous mariés – puis se rappelle avec satisfaction qu'ils sont irresponsables et incompétents. L'avenir s'annonce intéressant, avec du fratricide dans l'air à la mort du père. Les deux fils de Jugal Kishor parlent déjà du partage de Mangat Ram Nawal Kishor. De tels soucis sont épargnés à un père doté d'un seul fils, à qui il remettra les clefs lorsque viendra le jour de partir pour la paix de Hardwar et de Hrishikesh. Ce sont les voies de Lakshmi. Elle donne et elle prend.

Shakuntala a mis au monde une fille l'année dernière. A la peau foncée, comme prévu. Mélange parfait de Shakuntala – gros nez – et du mari – petits yeux. Bon, une petite-fille, c'est toujours adorable, quelle que soit son apparence. Le prochain enfant sera peut-être un garçon. Celui de Vimla sait dire des phrases entières en anglais et la fille rampe à quatre pattes à une telle allure qu'on a toujours peur d'un accident. Merveilleux enfants, aussi clairs que leur mère, peut-être même un plus. Ils doivent tenir leur teint de leur grand-père, à moins qu'ils ne soient allés chercher très loin en arrière les plus beaux de leurs ancêtres. Les lignées divergent : l'une s'éclaircit, l'autre s'assombrit, mais il n'a pas à se plaindre de ses petits-enfants : deux filles et un garçon. Tolérable.

Il jette un regard reconnaissant vers l'alcôve qui abrite Lakshmi, et, stupéfait, découvre un téléviseur installé dessous. « Tu pourrais regarder ton match de cricket à la maison », bougonne-t-il. Ecroulé contre les rayonnages en bois, Ramesh somnole. Il se ranime. « C'est un ordinateur. »

Sohan Lal se sent dupé. D'innombrables fois il a dit à Ramesh qu'ils attendraient de voir si ces machines valent autant que les autres. On raconte partout – il redoute à demi que ce ne soit vrai – qu'un ordinateur peut tout faire automatiquement et beaucoup mieux qu'un être humain. Additions, soustractions, multiplications à une vitesse inimaginable, même pour un seth depuis d'innombrables années dans les affaires. L'ordinateur allume les lumières, et les éteint, règle le volume du son d'une radio, diagnostique des maladies, joue au cricket, conduit des voitures et pilote des avions. Que va-t-on inventer d'autre ?

« Chaque soir je vais entrer les ventes de la journée et il tiendra l'inventaire à jour, dit Ramesh.

— Ça fait trente ans que je le fais, sans avoir besoin de rien d'autre que mon cerveau. » Sohan Lal est fier de ses talents en arithmétique. Il est capable de vendre trois saris à six cent trente-cinq roupies pièce, offrant quinze pour cent de remise sur le premier, et dix pour cent sur le second, plus deux pièces de tissu rubiya à soixante-cinq roupies chacune, et de faire rapidement le total. Un bon commerçant a tous les chiffres en tête. Il connaît son stock de saris et de corsages à la pièce près, combien il en a vendu l'année précédente, le mois précédent, combien il en vendra le lendemain, et combien en commander... Il y a quelque chose d'inconvenant à confier cette tâche à une sorte de télévision munie d'un cerveau.

« Combien ça coûte ?

— Je te le dirai demain quand le vendeur viendra le faire fonctionner. »

Sohan Lal finit de manger, fait signe à Chotu d'enlever le tiffin, pose la tête sur un coussin et s'endort. A la nuit tombée, Ramesh le réveille. « Nous fermons tôt ce soir, dit-il. Sushma a demandé que nous soyons rentrés pour sept heures.

— Dis au chauffeur d'amener la voiture. » En soupirant, Sohan Lal sort dans le kucha pendant que Chotu ferme la boutique. Le garçon appuie sur un interrupteur, l'obscurité descend sur les mannequins d'argile dans la vitrine. Il pose les volets.

« Qui a fait ça ? » s'indigne Sohan Lal. Les volets sont couverts d'affiches – la même, répétée cent fois. Un grand dharna au Rajghat le 2 octobre. Organisé par Suleman, dirigeant politique dans Chandni Chowk, patronné par le Comité de Défense de Babri Masjid. « Venez implorer le Père de la Nation de protéger les droits des musulmans ! Venez combattre le fondamentalisme hindou ! Nous ne laisserons pas les fils d'Hitler diriger l'Inde ! »

« Je ne peux pas empêcher les gens de coller des affiches la nuit », dit Chotu.

Sohan Lal cherche une cible à sa colère, n'en trouve pas. « Arrache-les », ordonne-t-il.

5

« Soie de Mysore, soie de Bénarès, soie de Kanjeevaram ! Mousseline française, mousseline indienne, organdis ! Corsage de soie, corsage rubiya ! » Gauhar regarde approcher le rickshaw, qui ralentit en passant devant Kucha Bansilal, l'occupant semblant chercher une boutique. « Jamna Lal Kishori Mal ! », hurle Gauhar.

L'homme secoue la tête, le rickshaw continue. « Enculé », constate Gauhar, sans plus. Il a déjà réalisé trois ventes aujourd'hui, à deux pour cent, sept pour cent et dix pour cent – soit un total de trois cent soixante roupies. Ce qu'il gagnera dans l'après-midi lui permettra de satisfaire son dernier caprice – un lecteur de cassettes.

Il s'installe sur la natte jouxtant le temple de Hanuman, après avoir repoussé les oreillers et les ustensiles qui appartiennent au pujari. Il fait frais, grâce à l'ombre procurée par la bâche. De l'intérieur du temple, le pujari surveille Gauhar. « Les affaires sont bonnes aujourd'hui », dit-il.

Gauhar sort de sa poche un billet de dix roupies et le tend au pujari, qui l'agrippe. Puis il attrape un oreiller, s'allonge et observe paresseusement la rue. Deux hommes s'avancent, main dans la main, chemise sale par-dessus le pantalon flottant, large ceinture en cuir à gigantesque boucle de métal. Trop maigres, trop pauvres pour acheter. Un homme passe dans un rickshaw, jetant alentour des regards courroucés. Un homme d'affaires, pas un acheteur. Un groupe de mendiants – l'homme, la femme et un enfant braillard – s'approche du temple. Gauhar les chasse. Un grand type genre ours boit du jus d'orange à un étal, paie en petite monnaie, puis file hors d'atteinte. D'autres encore – une grosse femme, qui achète des sandales de caoutchouc, un sardarji sur un scooter, un grand sac attaché au siège arrière, une nuée de tricycles qui foncent en klaxonnant, trois nonnes chrétiennes en longue robe blanche, pas besoin de sari, un vieil homme accompagné d'une jeune femme, qui marche lentement. Sa femme ou sa fille ?

Gauhar se lève, et commence : « Soie de mysore, soie de Bénarès, soie de Kanjeevaram ! Mousseline française...

— Georgette ? » demande la fille.

Gauhar soupire. Solan Lal n'aime pas ce type de clients, il prétend la plupart du temps qu'il ne vend pas de crêpe georgette, sauf si l'acheteur prend autre chose avec. Le vieil homme a l'air trop loqueteux pour ça. « Pas de georgette », dit-il sèchement.

L'homme veut s'éloigner, Gauhar l'arrête et lui montre une enseigne de l'autre côté de la rue. « Arora Emporium ». L'homme traverse avec la jeune femme. « N'oubliez pas de dire que c'est Gauhar qui vous envoie ! » Gauhar a un arrangement avec Arora Emporium, qui lui file quelques roupies en échange des clients qu'il détourne de chez Jamna Lal Kishori Mal.

Le soleil baisse, les rayons sont à l'oblique, si bien que la bâche ne protège guère. La montre de Gauhar indique quatre heures. Il louche sur le pot de terre dans le temple et demande à boire un peu d'eau. Le pujari grogne. « Rase d'abord ta barbe ! »

Gauhar rit et s'en va. La barbe est un souvenir de la madrasa Ali Arabia Fatehpuri, où l'a emmené Ibrahim Mian il y a deux ans. « Je n'ai pas de vêtements pour aller à la madrasa », avait dit Gauhar. En réponse, Ibrahim Mian lui avait apporté un kurta-pyjama propre et offert une calotte brodée or et blanc. Son moignon lui valut une célébrité instantanée : il raconta aux élèves de la madrasa qu'il devait son amputation à l'explosion d'une bombe pendant une émeute. Ensuite il leur enseigna tout ce que lui avait appris Mussabir Ustad. Pendant quelques jours, il continua de fréquenter l'école de Shalini Didi, pour apprendre à lire et à écrire en anglais, à chier dans le Sulabh Shauchalay, entendre Didi parler d'hygiène personnelle et de droits civiques, et l'exhorter à devenir commis ou rickshawala. Il était toujours le secrétaire de la Baal Bank, mais Shalini Didi devint une source de distraction, de mécontentement, et surtout se révéla incompatible avec la vie dans la madrasa. Il lâcha l'école qui s'effaça de son esprit.

La routine dans la madrasa lui parut vite trop rigoureuse. Ils se levaient à quatre heures du matin et étudiaient le Coran jusqu'à la première prière de six heures et demie. Ensuite, deux heures d'études avant le petit déjeuner, re-études jusqu'à midi, nouvelle prière, déjeuner, petite sieste jusqu'à deux heures. Etudes jusqu'à quatre heures, prière, mathématiques, prière, études jusqu'à huit heures et demie du soir, prière, repas fait d'oignons et de rotis, coucher à neuf heures. « Tu vivras et dormiras avec les autres », avait dit Ibrahim Mian, mais Gauhar ne vécut jamais dans la madrasa ni n'en suivit fidèlement le rituel. Il retournait presque chaque soir dans la boîte du chaivala, qu'il avait rendue confortable avec sa couverture et les trous d'aération. Incapable de mémoriser le Coran, il entendit avec stupeur le mollah lui dire, après une séance où il n'avait pas réussi à lire l'alphabet, qu'on allait pouvoir faire de lui un mollah. « Ça fait quatorze mois que je suis là, dit Gauhar. Combien de temps ça prendra encore?

— Douze ans, dit le mollah.

— Mais je serai vieux!

— Ou alors tu apprends le Coran en trois ans et tu deviens martyr. »

La nuit même, Gauhar décida de ne plus jamais retourner à la madrasa. Ils étaient des centaines là-dedans, chacun susceptible de le remplacer. Il continua de porter le calot or et blanc, mais Sohan Lal lui ordonna un jour de l'enlever. Il obéit. Il a vaguement honte de sa moustache – maigrichonne – et de sa barbe, aussi peu fournie, mais c'est une question d'honneur.

L'après-midi est gris et morose. Trois femmes déambulent dans Chandni Chowk, en sari de soie qui gode sur leurs bourrelets. Gauhar sort de sa léthargie et pique un sprint dans leur direction. Il dissimule son moignon dans sa poche, les salue de la main, use de son ton le plus charmeur : « Namaste, madame ! Sari de Bénarès, madame ? De Kanjeevaram ? Organdi ? »

Il entre dans Kucha Bansilal, les femmes se dandinent à sa suite, il ralentit l'allure pour ne pas les perdre : de si grosses femmes ! « Encore quelques pas, madame ! Un tout petit peu plus loin ! »

Le cortège arrive, à une allure d'escargot, devant la vitrine de Jamna Lal Kishori Mal. Elles s'arrêtent pour admirer les mannequins d'argile drapés de parfaits saris. Gauhar monte la garde, prêt à leur barrer la route si elles changent d'avis. Finalement, elles ôtent leurs chappals et foulent le matelas. Sohan Lalji les accueille avec un grand sourire.

« Mangal Dasji, namaste », dit Gauhar. Le seth perd son sourire, et fait la tête. Putain d'avare, jure Gauhar. Il ne se laissera pas dépouiller de sa commission « Mangal » de douze et demi pour cent.

« Il est déjà cinq heures de l'après-midi ! » proteste Sohan Lalji.

Gauhar enrage. Cinq pour cent est une commission injuste pour ce type de vente. Ces femmes ne sont pas des clientes habituelles. La douceur de leur peau, leur abondance de chair, leurs saris de soie, tout indique la cliente « sérieuse », qui a de l'argent et veut le dépenser. Ce sont des mères et des tantes en quête de cadeaux de mariage, pas des épouses que leur mari autorise à s'acheter un sari de mousseline.

« Mangal Dasji ! » insiste Gauhar.

Il va partir, et que le seth aille se faire foutre. S'il ne veut pas payer la commission, il n'a qu'à prétendre que son stock est épuisé, ou citer des prix exorbitants !

« Namaste ! » dit le seth, qui recolle un sourire sur ses traits.

« Namaste, Mangal Dasji », répètent les femmes, s'imaginant que tel est son nom.

Gauhar s'éclipse, mais se plante devant la vitrine et surveille les femmes. Il redoute que Sohan Lal ne conclue une vente en douce, fasse livrer les saris à domicile, pour lui affirmer ensuite qu'il n'a rien vendu.

Après plusieurs tentatives infructueuses, les femmes finissent par choir sur le matelas, bracelets tintinnabulants. La séance va être longue, se dit Gauhar. Les grosses femmes, quand elles sont en groupe, marchandent terriblement, mais elles finissent toujours par acheter, et Sohan Lal le sait. « Nanak Chand ! Chai ! » crie le seth au chaivala.

Gopal s'affaire dans son stand. Gauhal s'approche et dit qu'il voudrait bien du thé lui aussi. « Pas pour les musulmans, dit Gopal.

— Vous gardez un verre pour Ibrahim Mian. Vous pouvez l'utiliser pour moi. »

Il retraverse la venelle, reprend son observation derrière la vitre. Un commis virevolte dans la boutique, sortant des paquets des cabinets encastrés dans le mur, les lançant au seth, qui les ouvre pour les femmes, qui tournent et retournent les saris dans leurs mains grasses, pointant les défauts et les altérations. Mauvais organdi, trop de polyester, et celui-là, ça n'a jamais été de la soie de Bénarès.

« Nous voulons de la mousseline, pas de la soie, dit l'une.

— Mousseline ? Nous la vendons en avril. Qui voudrait porter de la mousseline en hiver ?

— C'est pour l'été.

— Mais vous avez dit que le mariage doit avoir lieu en janvier.

— La soie, ça glisse trop. La jeune fille ne sait pas marcher avec. Elle va glisser et tomber.

— Il faut qu'elle apprenne, déclare Sohan Lal. Il faut apprendre aux jeunes filles à porter des saris de soie. Vous-même le portez si bien ! »

La femme gargouille de plaisir.

« Nous avons des saris en soie très épaisse, reprend le seth. Il ne faut jamais les laver. Nettoyage à sec uniquement ! Et repassage obligatoire. Nous ne vendons pas de soie artificielle.

— La fille est trop mince, dit la femme.

— La soie lui donnera du volume. Pour des réunions décontractées, elle peut porter de l'organdi. Convenablement empesé, il la fera paraître plus ronde. »

Les femmes chuchotent entre elles.

« A-t-elle le teint aussi clair que vous ? demande le seth. Dans ce cas, le bordeaux lui ira très bien. Soie bordeaux de Kanjeevaram ! »

Aucune de ces vaches n'a le teint clair, constate Gauhar.

Sohan Lal tend la main, vide un mur entier de tous les saris qu'il contient, ouvre les paquets, les jette à la suite sur le matelas, un sari recouvrant l'autre.

« Le thé, sethji ? » réclame une femme.

Le seth soupire. « Gopal Bhai ! Chai ! »

« Safran ! Avez-vous des saris couleur safran ? »

Un bref instant, le seth semble déconcerté. Est-ce que ces femmes seraient des militantes du PPI ? se demande Gauhar. Qui porte des saris couleur safran sinon des femmes qui font de la politique ? L'idée le fait glousser de rire.

« Le safran ira très bien sur une peau claire », dit Sohan Lal.

Le commis ouvre des paquets, la nuance du safran ne satisfait pas les femmes. La chaivala apporte le thé dans les quatre tasses de porcelaine réservées aux bons clients, retourne à son stand, suivi de Gauhar, qui lui dit : « Sortez le verre de la boîte de dérivation. » Gopal refuse.

Les femmes n'en finissent pas de siroter leur thé. Gauhar déchiffre la lueur dans leurs yeux. Elles sont sur le point de prendre une décision.

« Cette couleur, ce n'est pas du safran, dit l'une.

— C'est orange ! proteste le seth. Quelle différence entre les deux ? Une infime nuance, seuls les experts la remarquent. »

Gauhar sait qu'il suffirait d'un petit coup de pouce pour que la cupidité de ces femmes l'emporte sur leur avarice. Qu'attend le seth pour offrir une remise ?

« Aujourd'hui c'est le 1er septembre, soupire Sohan Lal. Nous faisons une remise de cinq pour cent sur tous nos articles. »

La douleur que trahit sa voix réjouit Gauhar. Ces cinq pour cent ajoutés à sa propre commission de douze et demi réduisent considérablement la marge bénéficiaire du seth. Et même si les cinq pour cent viennent en déduction de sa commission, Gauhar a prévu le coup, d'où le taux de douze et demi pour cent qu'il a exigé.

La femme du milieu semble faiblir. Elle extrait deux saris du monticule dressé devant elle. « Combien pour ces deux-là ? »

Ramesh Babu, qui observait la scène d'un air soucieux, ouvre l'alcôve où sethji range ses dieux et met en marche une machine genre télévision pour additionner les chiffres. Gauhar remarque qu'il a grossi depuis qu'il est marié.

Soudain Sohan Lal apostrophe Gauhar : « Qui t'a demandé de faire le pied de grue ? Va attendre à l'extérieur du kucha. »

Gauhar retourne dans Chandni Chowk. La nuit tombe. Ramesh Babu vient d'allumer l'enseigne Jamna Lal Kishori Mal, ce qui illumine tout le figuier. La vieille pancarte de bois a disparu il y a quelques mois, remplacée par une enseigne électronique. Beaucoup plus lourde que la précédente, elle ne peut pas pendre à une branche. On l'a posée sur une fourche du tronc et attachée à l'arbre par des fils de fer. Un autre fil en émerge, serpente le long des branches, vole par-dessus le kucha, et rejoint la ligne électrique. Quand les ingénieurs de la CED ont débarqué pour leur opération annuelle de cisaillement, Gauhar les a envoyés chez Sohan Lalji. Ils ont semblé satisfaits de cette entrevue puisqu'ils ont coupé tous les fils excepté celui qui menait à l'enseigne au néon.

Gauhar estime qu'il a assez travaillé pour la journée. Il va aller manger de l'aloo puri dans Kucha Sugandh. C'est fatigant de chercher à repérer les clients dans le noir. Le soir appartient aux mendiants, pas aux riches clients.

Un vieux mendiant, frêle et en haillons, approche, la main tendue. « Tire-toi de là, enculé de mes deux ! » hurle Gauhar. Le mendiant hoquette. Gauhar se penche pour le voir de plus près, et sursaute, médusé. C'est Mussabir Ustad.

« Je t'ai cherché partout », dit Mussabir.

C'est un fantôme, pense Gauhar. Pas Ustad ! Si petit, si faible, si pitoyable. Ils ne sont pas vus depuis deux ans.

« Tu es si grand, dit Mussabir. Et depuis quand as-tu une barbe ? »

Gauhar ne répond pas. L'homme qui titube devant lui est déjà mort. La jaunisse a envahi tout son corps, y compris les yeux.

« Mussabir ! dit-il, incapable d'ajouter "Ustad". Qu'est-ce qu'il s'est passé ?

— C'est l'homme jaune.

— Tu as recommencé à te faire enculer ? »

Mussabir hoche la tête.

« Par Ibrahim Mian ?

— Non, pas lui. Un autre homme, beaucoup plus jaune, avec des yeux et la peau jaunes. Il n'arrêtait pas de vomir même en baisant. A chaque coup de bite, il dégueulait. Il y en avait plein le cagibi.

— T'aurais pas dû te le faire.

— Il offrait cent roupies. Depuis, je vomis tout le temps, et parfois j'ai si mal à l'estomac que je peux pas tenir debout.

— Je croyais que tu avais arrêté de prendre des clients. Et les combats de pigeons ?

— Terminé. Interdits par le gouvernement parce que des gens de la ville ont dit que c'était cruel. Saloperies d'ONG. Qu'est-ce qu'ils en savent ? Est-ce qu'ils parlent aux pigeons ?

— On ne peut pas faire confiance aux gens de la ville.

— Chitra Didi était avec eux. Elle brandissait des pancartes derrière Jama Masjid. Alors la police est venue et a interrompu le tournoi. Qu'est-ce que je pouvais faire ? Il y a toujours des combats, mais à l'intérieur des havelis. Il n'y a que les riches qui y vont, et ils misent gros. Mussabir Ustad ne sert plus à rien. »

Gauhar est saisi de compassion.

« Je ne pardonnerai jamais à Didi ! jure Mussabir. Je suis allé à l'école et j'ai balancé des pierres.

— Chitra Didi ne s'en occupe plus. C'est une autre didi qui dirige l'école – beaucoup plus jolie ! »

Mussabir s'en fiche.

« Chitra Didi a changé, dit Gauhar. Elle est venue me trouver il y a deux ans pour tourner un film. J'ai voulu te prévenir. Mais elle a refusé. Elle disait que je serais le seul héros du film.

— Sale pétasse ! hurle Mussabir.

— Elle mentait, le rassure Gauhar. Il n'y a pas eu de film. J'ai regardé toutes les affiches de cinéma de Chandni Chowk pendant un an. Je croyais que je me verrais. Je portais une chemise propre pour le tournage, mais je n'ai rien vu. Et maintenant, le film est trop ancien, même si elle l'a fait. Qui le regarderait ?

— Je ne peux plus attraper de vieux, maintenant.

— Et si j'essayais de te trouver un autre boulot ?

— J'ai payé les factures – téléphone, électricité. Deux roupies à chaque fois. »

Gauhar est atterré. Mussabir est donc descendu si bas : faire la queue à la place des gens pour payer leurs factures !

« Mais les gens s'écartent de moi aux comptoirs. Ils disent que je pue, et ils n'osent pas me regarder. Hier j'ai vomi dans le bureau de la CED, et ils m'ont foutu dehors. »

Gauhar détourne la tête, embarrassé. Quand il le regarde de nouveau, Mussabir sourit. Avec l'insolence de l'ustad qu'il était jadis, qui savait tout. « Qu'est-ce qu'il y a de drôle ?

— J'avais raison. Il n'y a que deux façons de gagner du fric dans ce monde, les combats de pigeons, et se faire enculer ! »

Ils rient tous les deux. Mussabir Ustad, roi de Chandni Chowk, devenu un petit singe marron-jaune aux yeux qui pleurent et au nez qui coule, la chemise déchirée, le pantalon informe, des mouches qui tournent autour de sa tête comme les vautours autour d'une charogne. Gauhar a le sentiment d'être un homme face à un enfant. « Je vais m'occuper de toi, je serai ton ustad ! » déclare-t-il avec grandiloquence.

Mussabir se tait.

« Fini l'enculage », décrète Gauhar.

Mussabir rit et se frotte contre la chemise propre de Gauhar. Gauhar recule. Le seth sera furieux s'il le surprend en compagnie de ce cadavre.

« As-tu jamais vu des photos de femmes ? demande-t-il. C'est bien mieux que les vieux tout ridés. Blanches comme le lait, complètement nues, douces, elles te sucent la queue, et elles se font mettre !

— J'ai vu des photos. Mais elles ne me paieront pas pour...

— Mais non, s'esclaffe Gauhar. Les femmes ne paient pas. C'est *toi* qui dois payer !

— Et où je trouverais l'argent ?

— C'est beaucoup plus drôle avec les femmes. Je t'emmènerai à GB Road.

— L'argent, où je le trouve ?

— Il pleut du ciel, Mussabir Ustad. Il pousse comme les fruits sur les arbres.

— Où ça ? (Mussabir a le regard égaré.) Où est cet arbre ?

— Juste là. » Gauhar indique l'enseigne au néon au-dessus de leur tête.

« Je vois ce truc depuis que j'ai quitté Gurudwara Sisjang.

— C'est ma boutique. Quand j'amène des clients au seth, il me paie. Quand j'empêche des clients d'aller chez lui, l'autre seth, celui d'Arora Emporium, me paie. Et c'est la même chose dans l'autre sens. Dans tous les cas je touche une commission.

— Et tu ne risques pas de te faire avoir ?

— Ils n'osent pas. Je connais le prix de tous les articles.

— Tu es intelligent, dit Mussabir, admiratif.

— Parfois, j'oublie pour quel seth je travaille, rigole Gauhar. Je me perds entre les clients que j'arrête et ceux que j'emmène dans le kucha.

— Je veux faire ça ! s'écrie Mussabir. Apprends-moi, sois mon ustad !

— Il faudra beaucoup t'entraîner.

— Tout ce que tu voudras !

— Viens demain. Je te donnerai cinq cents affiches. Tu les colleras dans tout Chandni Chowk. Cinq roupies par centaine.

— Donne-m'en mille, deux mille !

— Il ne m'en reste que cinq cents. Je demanderai à Ibrahim Mian d'en apporter d'autres. Mais ne triche pas ! Ibrahim Mian comptera les affiches que tu auras collées dans le kucha. Il ne paiera qu'après.

— Pourquoi tu ne fais pas le boulot toi-même ?

— J'en ai déjà collé des milliers. Dans Kucha Bansilal et tous les autres kuchas jusqu'à Fatehpuri Masjid. » Gauhar toise Mussabir et l'achève par une ultime insulte : « Ça ne paie pas assez bien pour moi. »

Mussabir rugit, puis se reprend. « Cinq roupies par centaine ?

— C'est ce que me paie Ibrahim Mian. Je t'en donnerai trois.

— Va coller tes putains d'affiches tout seul ! Pourquoi tu garderais deux roupies ?

— Parce que je suis l'ustad. »

Mussabir encaisse.

« Je te ferai aussi participer aux dharnas et aux manifs, propose Gauhar. Trente-cinq roupies plus la nourriture.

— D'accord. Passe-moi les affiches.

— Pas maintenant. Tu ne peux pas m'attendre ici. Le pujari va te voir, sale et jaune comme tu es. Et si mon seth te remarque, il me flanquera dehors. Reviens demain matin tôt. »

Gauhar, d'un signe de tête, lui signifie de partir, mais Mussabir s'incruste. Il tend la main, dans laquelle Gauhar dépose deux billets de dix roupies.

Mussabir respire fort, se rapproche un peu plus, Gauhar recule, épouvanté par l'odeur. « Non, non pas maintenant ! Je travaille, je gagne de l'argent. »

Mussabir grimace, ses yeux brillent dans le noir.

« Je t'ai dit que je t'emmènerai chez les femmes », insiste Gauhar.

Mussabir ne bouge toujours pas. Gauhar soupire. « Cette nuit. Où dors-tu ?

— Là où je me fais mettre.

— Le cagibi vert ? »

Mussabir hoche la tête.

« Va-t'en, maintenant. »

Mussabir s'éloigne péniblement, et Gauhar s'assoit sous l'arbre, savourant le bonheur d'être un ustad.

6

Suleman sort de son Ambassador, rajuste son achkan, traverse d'un pas vif les jardins de l'Hôtel de Ville. Il passe devant la statue de Swami Shraddhanand – notant avec satisfaction qu'elle est couverte de chiures d'oiseau –, salue le garde en faction, pénètre dans le bâtiment victorien aux vastes couloirs, entre dans la grande salle du conseil. Des conduites d'air astucieusement disposées fournissent une climatisation naturelle, mais diffusent également toutes les senteurs de Chandni Chowk, mélange de gaz d'échappement et d'odeur de merde. Une odeur qui contraste fortement avec le mobilier, majestueux bureaux d'acajou posés sur un tapis rouge sang, rangés en demi-cercle autour du fauteuil à dorures affecté aux intervenants.

Suleman s'arrête sur le pas de la porte et observe l'assistance. A en juger par les crânes chauves et les calots, ce sont tous des seths et des dirigeants locaux. Il repère deux musulmans, assis au dernier rang, donc sans importance. Une vraie déception. Tout le monde savait que le PPI installerait des seths au Conseil du Patrimoine, mais Suleman avait espéré que le Congrès et le Parti communiste enverraient des contingents de musulmans plus importants. Les membres du PPI occupent la quasi-totalité du deuxième rang, le premier reste vide.

Suleman sort un cornet de papier de sa poche, enfourne un paan et entre. Il passe devant les seths, s'installe au premier rang, conscient de tous ces regards posés sur lui. On lui tape sur l'épaule, il se retourne : un visage fâché – celui d'un gros seth aux lourdes mâchoires, un air rusé de chat avec des yeux de fouine. Suleman hausse les sourcils.

« C'est une réunion du Conseil du Patrimoine, dit le seth. Seuls les membres du conseil peuvent y assister. »

Suleman mâchonne son paan. « Je suis le représentant du Parti communiste, lâche-t-il. J'ai le droit de vote. » Il continue de fixer le seth, le défiant de vérifier cette affirmation.

« Le premier rang est réservé aux membres du conseil municipal, insiste le seth. Harilalji Gupta ne va pas tarder, et Kartar Singhji viendra le plus vite possible. »

Suleman regarde ostensiblement autour de lui. « Je ne vois aucun membre du conseil municipal. Où sont-ils? »

Murmures au dernier rang.

« Peut-être sont-ils en retard, ajoute-t-il. Nous devrions commencer sans eux. »

Le seth semble déconfit. Suleman pousse son avantage. Dans un éclair de ses dents tachées de paan, il demande : « Quel parti représentez-vous, sethji?

— Le PPI, souffle le seth. Je suis Sohan Lal Agrawal ! »

Le nom ne dit rien à Suleman, qui marque son indifférence en regardant ailleurs. « Nous devrions commencer, répète-t-il.

— Nous devons attendre Lala Surajmal, objecte Sohan Lal. C'est lui le président du Conseil du Patrimoine. »

Mais Suleman perçoit la lassitude des autres seths, qui en ont marre d'attendre. « Commençons la lecture des textes, Lala Surajmal sera là quand nous passerons au vote. »

Accord général. Un homme règle le micro devant le fauteuil réservé aux intervenants. Une femme en salvaar-kameez s'en approche, dépose une liasse de papiers, et s'apprête à prendre la parole. « Qui est-ce ? demande Suleman au seth assis derrière lui.

— Une chercheuse, répond Sohan Lal. L'Archaeological Survey of India.

— Ah ! » dit Suleman.

La femme met ses lunettes et lit : « C'est à Shri Harilalji Gupta, conseiller municipal de Chandni Chowk, que nous devons l'idée de ce Conseil du Patrimoine, dont le but est de préserver l'héritage de Chandni Chowk. Pour commencer, nous tenons à le remercier d'avoir pris la direction de cette entreprise. »

Tonnerre d'applaudissements.

« Où est Harilal Gupta ? » s'enquiert Suleman.

Brusque silence, que Suleman savoure à son juste prix. Il invite la femme à continuer. Ce qu'elle fait d'une voix de plus en plus intense.

« Si nous nous lançons dans cette opération, nous ne saurons où jeter les yeux parce qu'un immeuble sur deux de Chandni Chowk a une histoire. »

Oui, une histoire musulmane, se dit Suleman. Le patrimoine de Chandni Chowk est un cadeau des musulmans. La rue elle-même date du règne de Bégum Jahanara, mais le Conseil du Patrimoine est plein de seths hindous. Avec seulement trois musulmans, dont deux sont des toutous édentés, au service d'on ne sait qui.

« Prenons notre propre bâtiment, dit la femme. Actuellement siège du Service archéologique de l'administration de Delhi, il abritait, il y a trois cent cinquante ans, la bibliothèque de Dara Shikoh. Dara fonda sa bibliothèque à Agra, d'où il voyait le jour se lever sur la Yamuna. Quand Shah Jahan transféra sa capitale d'Agra à Delhi, Dara le suivit, avec des dizaines de chariots transportant ses livres. Et même à Delhi, il voulut rester proche de la Yamuna, qui coulait près de la porte du Cachemire. La bibliothèque contenait des ouvrages d'une valeur inestimable venant de Turquie, de Grèce, d'Egypte et d'Iran. Dara était un mystique. Fréquentant des saints soufis, des védantistes, des jésuites et des ascètes jains. Il fit traduire les Upanishads en persan... »

Suleman fixe l'oratrice d'un regard haineux. Elle fait de Dara Shikoh un érudit ! Dara était un hérétique, contrairement à son frère dévot. Un musulman doit-il renier sa foi pour que les hindous parlent de sa culture ? Mais cette femme n'est ni hindoue ni musulmane. Elle appartient à une catégorie non identifiable qui lui permet de disséquer les passés hindou et musulman avec la même désinvolture. Des femmes comme elle ne trouvent pas de mari. Elle a au moins son âge – trente-six ans. Elle est maigre – un corps sans chair n'est pas une femme – et dissimule ses traits, si tant est qu'ils vaillent la peine qu'on les remarque, derrière d'énormes lunettes. Et par-dessus le marché, un teint irrémédiablement foncé. Les femmes de ce genre se tournent vers les livres par désespoir, ou passent des années à déterrer des poteries afin de pouvoir les nettoyer et les photographier. Rien d'étonnant à ce qu'elle tienne des discours sur Dara Shikoh !

Sentant le regard de Suleman fixé sur elle, l'oratrice se trouble et farfouille dans ses papiers.

« Pourquoi faut-il que ces conférences culturelles concernent toujours les musulmans ? chuchote le seth derrière Suleman. Les hindous n'ont donc aucun héritage ? »

L'archéologue l'entend, s'énerve et demande : « Devrais-je passer au temple Gaurishankar ?

— Finissons-en avec la bibliothèque de Dara Shikoh », lui intime Suleman.

Elle reprend donc : « Après la mort de Shah Jahan, Dara, vaincu par Aurangzeb, s'enfuit dans le Sindh où il fut trahi par son hôte balouche, Malik Jiwan. Aurangzeb le fit décapiter et exposa sa tête à la Khooni Darvaza. Aurangzeb fit aussi détruire la majorité des livres, qu'il tenait pour hérétiques. Pendant la mutinerie de 1857, le Résident britannique et ses soldats s'installèrent dans la bibliothèque, il se peut que quelques volumes soient partis pour l'Angleterre.

— Nous les récupérerons » ! déclare Sohan Lal d'une voix passionnée.

Ce soudain enthousiasme semble décontenancer la conférencière. « La plupart sont perdus, dit-elle.

— Votons une résolution pour exiger le retour des livres de Dara Shikoh, s'exclame Sohan Lal

— Nous ne pouvons rien faire tant que Lala Surajmal n'est pas arrivé », dit quelqu'un.

Suleman enfourne un autre paan et réfléchit à l'étape suivante.

« En attendant, parlez-nous du temple Gaurishankar, ordonne Sohan Lal.

— Non, dit Suleman. Parlez-nous de Fatehpuri Masjid.

— Mais nous l'avons visitée pendant la Marche du Patrimoine, proteste Sohan Lal.

— Alors le Fort Rouge. Ou Jama Masjid.

— Ils sont déjà protégés. Nous sommes ici pour discuter des lieux en danger.

— Très bien, dit Suleman. Donc passons à Babri Masjid. »

Sohan Lal le fusille du regard.

« Elle appartient à notre patrimoine, se défend Suleman.

— Elle n'est pas dans Chandni Chowk, ni même dans Delhi.

— Mais puisque nous ne pouvons rien décider en l'absence de Lala Surajmal, pourquoi ne pas nous cultiver? »

Murmure d'approbation, Suleman sait que le seth va céder.

« Deux minutes », dit Sohan Lal.

Surprise de l'attention qu'on lui porte, la conférencière s'exprime avec prudence. « La construction de Babri Masjid à Ayodhya date de 1528 environ. Elle comporte trois dômes de brique cuite, soutenus par quatorze piliers de pierre schisteuse. Sur les piliers sont sculptées des figures de dieux et déesses hindous, une vishkanya...

— Ah ! s'exclame triomphalement Sohan Lal.

— Deux plaques à l'entrée indiquent que Mir Baqi, gouverneur moghol, fit construire la mosquée sur l'ordre de Babur... »

Une brusque animation à la porte de la salle signale l'arrivée de Lala Surajmal. Il entre à pas lourds, sa canne battant la mesure sur le tapis. Un serviteur marche derrière lui, prêt à voler à son aide. Les négociants se lèvent pour l'accueillir. Y compris Sohan Lal, note Suleman.

« Vous semblez avoir chaud, Lalaji, dit Sohan Lal. Vous ne devriez pas marcher. »

Des gouttes de sueur dévalent le front du vieil homme. Il passe le doigt dans l'encolure de son kurta, à l'endroit où le tissu irrite le cou. « Autrefois il faisait frais en septembre, dit-il, fâché. Maintenant nous avons besoin de ventilateurs jusqu'à la fin novembre. »

L'assistance s'empresse d'approuver. Sohan Lal s'avance pour le guider jusqu'à son siège au premier rang. Surajmal l'écarte d'un coup de canne, manque de perdre l'équilibre et se rattrape en plantant son bâton dans le sol. « J'ai fait tout le trajet à pied, de Kucha Sugandh à l'Hôtel de Ville. » Un regard impératif somme le domestique de confirmer. Il incline la tête.

« Aromathérapie ! proclame Surajmal. L'attar gill provient de la meilleure argile. Il a le parfum des premières averses de la mousson. Incomparable pour les saignements de nez et la pression sanguine ! Je me fais l'effet d'un jeune homme ! » Il boitille vers le premier rang et se plante devant Suleman.

Tout le monde retient son souffle. Suleman, ravi, mâchonne son paan de plus belle. Surajmal le toise, incrédule, puis se laisse tomber sur le siège à côté de lui, chassant brutalement le serviteur qui se précipite pour l'aider.

Suleman interpelle la conférencière. « Aucun texte n'existe prouvant que Mir Baqi a détruit un temple hindou pour construire la masjid, n'est-ce pas ?

— De quoi s'agit-il ? De quoi parle cette femme ? éructe Surajmal.

— De Babri Masjid, à Ayodhya, l'informe poliment Suleman.

— Ce n'est pas une masjid ! Ce n'est qu'une bâtisse !

— Quoi que ce soit, c'est ce qu'elle décrit.

— Les bâtiments des autres villes ne nous intéressent pas », dit Surajmal en se tournant vers le fond de la salle.

D'où remonte un murmure d'assentiment. « Ne parlons que des immeubles de Chandni Chowk », lance quelqu'un.

La femme derrière son micro pince les lèvres.

« Vingt minutes d'interruption », annonce Surajmal.

L'archéologue comprend que sa conférence est terminée. Elle rassemble ses papiers et s'en va. Sohan Lal vient s'asseoir à côté de Surajmal et lui murmure à l'oreille : « Avez-vous réfléchi à la question ?

— Quelle question ?

— Les élections à l'assemblée...

— Je vous ai déjà dit que c'est trop tôt », le tance Surajmal.

Sohan Lal semble fasciné par les bourrelets de chair marbrée sur le cou de Surajmal. Il croise le regard de Suleman, se replie sur lui-même et attend la fin de l'entracte.

Les vingt minutes écoulées, Surajmal dépêche au micro l'un des commerçants du dernier rang pour parler en son nom. « Shri Harilal Gupta a proposé de constituer un fonds de roulement de cent crores, dit l'homme. Il servira à la préservation de bâtiments tels que la bibliothèque Dara Shikoh.

— Le budget du Conseil du Patrimoine le permet-il ? demande Sohan Lal.

— Pas encore, dit Surajmal, mais Harilalji sollicitera le conseil municipal. »

Suleman glousse. C'est typique de ces gens de voter de grosses dépenses avec de l'argent qui n'existe pas. « Pourquoi faut-il cent crores pour préserver une bibliothèque ? questionne-t-il.

— Pour d'autres bâtiments aussi, dit Surajmal.

— Lesquels ?

— Nous publierons une liste. »

Le bourdonnement général semble indiquer qu'on juge la suggestion acceptable.

« La proposition suivante nous est faite par Babulalji, le représentant du Congrès. »

Babulal se lève et lit. « Shri Naresh Agrawal, membre du Parlement pour la circonscription de Chandni Chowk, m'a désigné pour le représenter au Conseil du Patrimoine. Nareshji propose que Bhai Mati Das Chowk, d'où Indira s'est adressée à la foule en 1975, quelques jours avant son arrestation illégale, soit rebaptisé Indira Gandhi Chowk. Qu'on le déclare site patrimonial et qu'on attribue des fonds à l'érection d'une statue d'Indira.

— Nous étudierons la question lors de notre prochaine réunion, dit Surajmal.

— Pourquoi pas maintenant ? s'insurge Babulal.

— Ça ne figure pas à l'ordre du jour.

— Question suivante : la Fête du Patrimoine, poursuit l'homme qui tient le micro. Harilalji propose d'instituer une fête annuelle pour soutenir la culture spécifique de Chandni Chowk. On pourrait tout naturellement l'appeler Fête du Clair de Lune.

— Notre budget le permet-il ? demande Sohan Lal.

— Nous trouverons l'argent une fois la motion adoptée », dit Surajmal.

Motion adoptée par acclamation.

« Passons maintenant à l'exemption de l'impôt foncier, reprend l'homme au micro. Shri Harilal Gupta suggère que tous les immeubles de plus de cent ans d'âge soient exemptés d'impôt foncier. Les propriétaires utilisant l'argent économisé pour l'entretien de leurs biens.

— Tous les bâtiments anciens ne sont pas des biens patrimoniaux, proteste Suleman.

— Et vous en connaissez combien ? interroge Surajmal d'un ton méprisant. Prenez Mangat Ral Nawal Kishor. La boutique date de plus de deux cents ans et les murs de cent cinquante ans. »

Il ne mentionne pas Bhagwan Das et Fils, pense Suleman, parce que la boutique est située dans le haveli d'un nawab encore plus vieux. La plupart des immeubles de Kucha Sugandh ont cent cinquante ans. Fixer l'ancienneté à cent ans, c'est très futé. « Il faut porter la limite à au moins deux cents ans, dit-il.

— Votons », dit Surajmal.

Suleman comprend que les seths ont déjà tranché, ce que montrera leur vote. Il bondit : « Nous n'avons pas le quorum ! clame-t-il.

— Asseyez-vous ! ordonne Surajmal. Nous ne sommes pas dans un meeting politique. »

Suleman le regarde droit dans ses yeux de vieillard de soixante-sept ans. « Harilal Gupta n'est pas là. Naresh Agrawal non plus. Avec plus d'un absent, il ne peut y avoir de quorum.

— Ils n'ont pas le temps d'assister à toutes les réunions, dit Surajmal. Les règles du quorum ne s'appliquent pas à eux. »

L'homme au micro appelle au vote, ce qui déclenche un formidable désordre, parce que la plupart des membres du Conseil du Patrimoine ne disposent pas du droit de vote... Babulal et Surajmal votent oui. Deux négociants en font autant, mais les deux musulmans votent non, ainsi que Suleman. Surajmal se tourne vers Sohan Lal avec un large sourire.

« Il ne reste plus que vous, Sohan Lal.

— La limite de cent ans me semble trop basse. »

Stupéfait, Suleman se tortille sur sa chaise. Surajmal s'essuie le front de son mouchoir de soie. « Je ne suis pas sûr de comprendre, Sohan Lal, dit-il d'une voix menaçante.

— La limite de cent ans me semble trop basse, répète Sohan Lal.

— Nous pouvons la faire passer à cent vingt-cinq. » Surajmal ne cherche pas à dissimuler sa fureur.

Ainsi, il a lâché Mangat Ram Nawal Kishor, en conclut Suleman. Décidément ce Sohan Lal a de l'étoffe.

« Nous devrions fixer la limite à quarante années », dit Sohan Lal.

Surajmal en tremble de rage. « Tous les immeubles de Chandni Chowk ont quarante ans d'âge ! Croyez-vous que le conseil municipal acceptera d'exempter tout le quartier de la taxe foncière ?

— Dans ce cas, nous devrions opter pour trois cents ans.

— Une idée pour le moins fâcheuse, constate froidement Surajmal.

— La motion est rejetée, annonce l'homme au micro.

— Pas rejetée, annulée, dit Surajmal. Nous y reviendrons lors de notre prochaine assemblée en présence de Harilalji Gupta.

— L'annulation équivaut à un rejet selon le règlement, dit Suleman.

— C'est une annulation ! » vocifère Surajmal.

Son visage est couvert de taches. La sueur dégouline sur ses joues flasques. Il brandit sa canne en direction du micro, la repose sur le sol et tente de se lever. La langue comme collée au palais, il postillonne, bredouille et grogne.

« Lalaji est malade ! » s'écrie Sohan Lal.

Les seths se ruent vers le premier rang, sans plus de souci du protocole. Surajmal s'effondre sur le tapis, à demi conscient, langue pendante, essayant encore de proférer des imprécations. Le serviteur lui soutient la tête.

« Lalaji ! Lalaji ! » hurle Sohan Lal.

Indifférent, immobile, Suleman observe les seths secouer, gifler Surajmal, leur regard plongeant dans les yeux du mourant.

7

« Un homme qui a quatre fils ne peut trouver la paix après sa mort, dit Ramvilas à Gita. Il doit supporter l'indignité d'une autre naissance, parce que les derniers rites ne sont pas accomplis convenablement. Le fils aîné doit procéder à la crémation, mais c'est au plus jeune d'intervenir en cas de mort, de maladie ou d'incapacité de l'aîné. Alors qu'est-ce qui reste aux deux du milieu ? Comment montrer leur amour filial ? Ah, tu aurais dû voir leurs simagrées ! Ils se battaient à qui laverait le corps, qui poserait des perles sur ses pupilles – il n'y en a que deux pour quatre fils –, qui porterait le corps le plus longtemps dans son trajet vers les rives de la Yamuna. A tour de rôle ils récitaient le Gayatri. L'un a allumé le bûcher, un second a tourné autour, un troisième a versé du ghee dans la bouche de son père, le quatrième a écrasé le crâne, et ils sont repartis mécontents. Pendant les douze jours suivants, chacun tour à tour a fait les pujas. Tu imagines le pugilat le treizième jour! C'est le plus jeune qui a gagné, c'est donc lui qui a le plus grand nombre de jours à son actif.

— Et qu'est-ce que ça lui rapporte?

— Rien! C'est le pandit qui a raflé la mise. Il a tout reçu multiplié par quatre – quatre anneaux d'or, quatre ventilateurs électriques, quatre lits, quatre ensembles d'oreiller et de drap assortis, et quatre vaches, chacune avec un veau.

— L'heureux homme!

— L'heureux Lala Surajmal. Quatre fils pour murmurer quatre séries d'instructions à l'oreille de quatre vaches. Transporte mon père sain et sauf sur l'autre rive de la Vaitarani! Ramène-le dans trois jours! Demande-lui s'il m'a légué l'affaire! Dis-lui de partager équitablement Bhagwan Das et Fils avant de traverser la rivière et de se rendre à la cour de Yamaraj! »

Gita rit.

« Je me demande laquelle des quatre vaches lui a fait traverser la rivière, glousse Ramvilas.

— Tu ne devrais pas parler comme ça d'un mort!

— Mais je suis brahmane moi aussi. (Il soupire.) J'aurais dû être pandit plutôt qu'employé de commerce.

— Et maintenant, qu'est-ce qui va se passer?

— Tu ne connais pas l'histoire du singe et des chats? Deux chats qui se disputent un morceau de pain demandent au singe de le partager équitablement entre eux. Le singe le coupe en deux et dit : "Il y a un morceau plus grand que l'autre!" Il en prend une bouchée pour rétablir l'égalité, mais du coup l'autre semble plus grand. Alors il mord dedans, et ainsi de suite... jusqu'à ce qu'il ne reste plus rien à partager. Les fils de Lala Surajmal sont quatre chats.

— Et qui est le singe?

— Sa tête repose entre tes douces cuisses, ma Gulmohar! »

Gita rit doucement. « Est-ce que les fils sont retournés à la boutique depuis la mort de Lalaji?

— Elle a été fermée pendant deux semaines. Maintenant que

Lala Surajmal est en sécurité de l'autre côté de la Vaitarani, les gens convenables peuvent retourner à leurs affaires. Bhagwan Das et Fils va rouvrir aujourd'hui, dirigée de main de maître par Ramvilas Sharma. »

Gita le repousse et se dirige vers la coiffeuse. Appuyé sur son coude, il l'observe. Il a toujours aimé ses rondeurs qui, même à dix-sept ans, faisaient d'elle une femme. Maintenant, elle est simplement charnue, tendance grosse. Ses yeux étirés s'enfoncent dans un visage plein, et se ferment quand elle rit. Un coussinet rembourre le menton, les épaules sont grasses, les seins avantageux, genre matrone. Elle n'a que vingt-cinq ans, mais elle paraît beaucoup plus mûre, usée, sans chic. Elle parle un hindi toujours aussi pauvre, mais elle a acquis une aisance d'expression, les mots coulent facilement, même si la grammaire est incorrecte et la prononciation gauche. Elle a gagné parallèlement une confiance en soi, fort peu séduisante.

Gita s'étudie dans le miroir, puis s'approche de la télévision, cherche une vidéo-cassette, la trouve et l'introduit dans le magnétoscope. « Qu'est-ce que tu as apporté aujourd'hui ? demande-t-elle.

— *Mother India.* »

Elle retourne vers le lit, chargée de coussins supplémentaires, elle les empile contre lui et s'allonge dessus. Une familiarité qui plaît à Ramvilas. « De quoi ça parle ? ronronne-t-elle.

— C'est le plus grand film des années cinquante.

— J'étais pas née. Pourquoi tu n'apportes pas des films plus récents ?

— C'était l'époque où on faisait de bons films, dit-il fâché. (Pour qui se prend-elle, cette idiote ?) Tous ceux qui regardaient *Mother India* sortaient de la salle en pleurant.

— Moi j'aime mieux les films gais. (Cependant elle garde les yeux rivés à l'écran.) L'héroïne a l'air népalaise.

— Pourtant elle parle un bon hindi. Tu pourrais prendre exemple sur elle.

— J'en sais assez pour diriger FRETS.

— Ah, FRETS », dit-il d'un ton hautain.

L'héroïne, Nargis, s'est mise à chanter.

Ainsi est notre monde, alors il nous faut vivre,
Même si la vie est un poison, nous devons le boire
Une femme est une femme, qui sait garder sa modestie,
Elle n'a qu'une seule religion : son honneur
Celle qui vit avec dignité meurt avec dignité.

Les yeux de Gita sont embués. La chanson terminée, Ramvilas va éteindre le magnétoscope. « Je n'aurais pas dû te donner cet appareil. Tu perds beaucoup trop de temps à regarder des films.

— Je ne peux pas aller au cinéma comme toi ! La bai n'aime pas que je quitte le kotha.

— Je croyais qu'elle n'avait plus d'autorité sur toi.

— Je vis toujours dans son kotha. Tant qu'il est à elle, je dois lui obéir.

— Qui le lui faucherait ?

— Parvati va au Bangladesh le mois prochain. Pour chercher d'autres filles.

— La bai l'accepte ?

— La bai pense que c'est bon – plus il y a de filles, plus elle gagne d'argent. Elle ne sait pas que les filles seront fidèles à Parvati, pas à elle. Un jour, Parvati deviendra une bai. »

Ramvilas la prend dans ses bras. « Un jour tu en seras une aussi, et tu pourras jeter Parvati dehors. »

Gita le repousse et se lève. « Je ne veux pas être une bai.

— Eh bien, tu peux devenir inspectrice de kothas ! Toutes les Parvati te baiseront les pieds pour obtenir les papiers en règle.

— Elle a raison, s'échauffe Gita, cette femme népalaise.

— Qui, Nargis ?

— "Une femme n'a qu'une seule religion, son honneur." »

Elle se tient devant le grand bureau dans un coin, couvert de paperasses concernant FRETS – affiches, fanions, placards publicitaires.

Ramvilas l'observe, consterné. Cette nouvelle façon de raisonner lui déplaît souverainement. « Il y a plus d'honneur dans un kotha que dans tous les kuchas de Chandni Chowk », déclare-t-il, sentencieux. Il se regarde dans le miroir : durant un instant, il croit presque ce qu'il vient de dire. La main droite soulignant le propos, la tête penchée, le kurta retroussé au-dessus de la hanche gauche. Je ferais un bon député, se dit-il. « Tu as plus de retenue que les femmes et les filles de seths, continue-t-il.

— Je crois que tu as oublié que je suis une putain ! »

Agacé, Ramvilas se tait. Il s'est levé tôt ce matin pour attraper le premier bus au départ de Bahadurgarh. Il doit se préparer à la réouverture du magasin. Malgré ses fanfaronnades, il ne sait pas s'il sera capable de dominer les quatre frères, de tirer parti de leur guerre intestine. Il avait espéré une matinée calme, un interlude idyllique avant que la journée ne débute vraiment. Ils auraient pu rester au lit, nus, des heures de plaisir, tout en regardant *Mother India*.

« Tu pourrais me donner un climatiseur, dit-elle. Pas pour moi, pour FRETS.

— Je t'ai déjà donné un ventilateur. Pourquoi ne le fais-tu pas marcher ?

— Ça ne sert que si la chaleur est sèche. Passé le mois d'août, c'est inutile.

— Mais personne n'a besoin d'un climatiseur en octobre. Moi je me sens très bien.

— Parce qu'il n'est que huit heures du matin. Attends midi. Ici au troisième étage, j'ai le soleil sur trois côtés.

— Déménage le bureau de FRETS au rez-de-chaussée.

— Je le ferai dès que la bai me donnera l'autorisation. J'ai demandé la salle d'attente, elle a dit que je peux m'y installer quand il n'y a pas de clients. Il me faut de l'argent pour une nouvelle table.

— FRETS a reçu dix mille roupies du comité du PPI ! Naresh Agrawal a donné cinquante mille ! Qu'est-ce que tu as fait de tout cet argent ? »

Elle attrape une pile de papiers, brochures et affiches, et les lui fourre sous le nez. « Et ça, c'est quoi ? »

Il saute du lit, court au bureau, encombré de textes sur le sida, littérature sur le trafic des femmes, publicité pour les dispensaires soignant les MST. A côté, sur le sol, des piles de cartons pleins de boîtes de préservatifs. « Tout ça ne vaut pas soixante mille roupies, dit-il.

— Regarde autour de toi. »

Soudain il remarque le nouveau mobilier – tables, chaises et lampes, portemanteau à côté de la coiffeuse, un tapis, des robinets neufs au lavabo, rideaux neufs, sauf à la fenêtre où est installé le ventilateur inutile. Des photos de Gandhi, Nehru, Mère Teresa et Swami Shraddanand, dans des cadres dorés, ornent les murs. Trop obnubilé par Gita, il n'avait rien vu. Où a-t-elle pris ces goûts de luxe ?

« Tu acceptes trop de clients, dit-il.

— Je les refuse tous ! Tu es le seul que je reçois dans ma chambre.

— Et la bai ne dit rien?

— Qu'elle aille se faire foutre ! Est-ce qu'elle veut que le kotha 842 continue à travailler ou qu'on l'oblige à fermer? »

Le charme d'une femme est directement proportionnel à son aplomb, songe Ramvilas. Il la serre contre lui : « Tu n'as pas l'air heureuse aujourd'hui.

— Va-t'en.

— Quoi ? L'empereur doit-il quitter son harem si tôt? »

Elle ne répond pas. « Il fut un temps où tu aimais mon rôle d'empereur, dit-il.

— Tu es trop vieux pour courir les putes. »

Il en reste bouche bée. Pendant longtemps il s'est considéré comme son amant, son admirateur, une sorte d'époux clandestin. Et c'était sincère, il en est sûr. Sinon comment, lui, un homme marié, pourrait-il n'être qu'un simple client? « Je t'aime depuis des années !

— Tu n'as pas aimé assez », dit-elle d'un ton radouci.

Brusquement il s'apitoie sur lui-même. « Ne me renvoie pas, ma Gulmohar ! Je te procurerai un climatiseur.

— Tu n'es qu'un radin. »

La rage le prend. Foin de l'amant délaissé, quelle ingratitude ! « Que deviendrais-tu si je disais à la bai que tu ne m'intéresses plus? » Il se plante derrière elle et l'encercle de ses bras. Elle cède sans résister. Il rit, de nouveau fou de désir, l'entraîne lentement vers le lit. Elle est lourde. Il halète en essayant de la hisser sur le lit. Elle lui flanque un bon coup dans l'estomac, il tombe plié en deux. Elle s'approche du magnétoscope, qu'elle remet en marche. Il se relève en flageolant, s'efforçant de conserver sa dignité.

« Emporte ton attar », dit-elle.

Il ramasse le paquet sur le lit, se dirige vers la porte. Nargis chante de nouveau toute sa douleur. « Ne pleure pas, mon cœur, le Maître est avec toi ! A celui qui se bat, rien n'est difficile ! » « Je n'oublierai pas ce que tu viens de faire », dit-il, menaçant, sur le pas de la porte.

Il lisse les plis de son kurta, passe la main dans ses cheveux pour les aplatir et descend les marches quatre à quatre.

Sur le palier du premier étage, il se heurte à Parvati, appuyée à la rampe. « Ramvilas Babu ! » lui crie-t-elle.

Il s'arrête, gêné. Elle sait.

« Vous partez tôt aujourd'hui. »

Il la regarde avec attention – peau sombre, petite comme Gita, le nez retroussé, grassouillette, mais ces rondeurs ne sont pas excitantes. Contrairement à Gita, qui s'enroule dans son sari en exposant une partie de son ventre, Parvati porte un banal salvaar-kameez. Peut-être n'attend-elle pas de clients à huit heures du matin. Puis il remarque son maquillage. Elle a choisi un fond de teint clair, ce qui, comparé à la couleur du cou et des bras, donne un aspect étrange à son visage.

« Gita Didi a fait vœu d'abstinence, dit gaiement Parvati. Du moins pendant une semaine. Demain c'est Gandhi Jayanti. Il ne convient pas qu'une femme se fasse plaisir le jour anniversaire du Père de la Nation. »

Ramvilas détourne la tête. Il ne veut pas qu'elle remarque sa honte.

« Elle est devenue une réformatrice sociale, comme Gandhiji, continue Parvati.

— Ça signifie quoi pour toi?

— Je suis toujours une travailleuse ordinaire, mes clients c'est les étudiants et les chauffeurs de camion. Je n'ai pas d'ONG. »

Il est horrifié, mais ne se résout pas à tourner les talons. En parlant, elle roule ses lèvres charnues. Sa bouche propre lui rappelle les dents de Gita tachées de paan. Elle a au moins trente ans – cinq ans de plus que Gita – mais une femme peut demeurer séduisante bien plus longtemps. Après tout, il en a trente-huit ! Elle n'est pas aussi jolie que Gita, mais c'est une femme compétente, qui s'affirme calmement.

« Vous devriez être parti, le provoque-t-elle. Il fait grand jour.

— Je venais te voir, dit-il soudain.

— Ça fait huit ans que vous venez, et c'est la première fois que ça vous prend.

— J'ai mis du temps à acquérir de la sagesse. »

Elle glousse et s'éloigne. Il la suit, elle l'attire inexorablement vers la salle d'attente, l'invite à y entrer. Il reste interdit à la vue du sol de linoléum, des couchettes avec leur rideau. « Tu n'as pas ta propre chambre ?

— La bai m'en promet une depuis trois ans. »

Il s'assoit prudemment sur le divan, face au portrait de Sai Baba sur le mur.

« Vous pourriez peut-être lui en parler ? dit-elle. Pourquoi pas cette pièce ?

— Ce sera bientôt le bureau de FRETS.

— La bai est d'accord ? »

Ramvilas fait signe que oui.

« Eh bien, qu'elle se la garde ! Je m'occuperai des deux, Gulmohar et la bai ! » lance Parvati. Son menton tremble de colère. Ramvilas trouve ça séduisant.

« Est-ce que vous pouvez me prêter quinze mille roupies ?

— Pour quoi faire ? demande-t-il stupéfait.

— Je vais au Bangladesh le mois prochain. Il y a huit ans que je ne suis pas rentrée chez moi. Il y a tant de filles là-bas... Imaginez leur envie quand elles me verront vêtue de beaux saris !

— Et où vas-tu les trouver ?

— C'est pour ça que j'ai besoin de l'argent. Prenez-le comme un investissement. Trente roupies par mois pendant dix ans pour chaque fille que je ramènerai.

— Je peux essayer de te procurer des saris à la place de l'argent.

— Comment sauriez-vous quoi acheter ?

— J'ai offert de nombreux cadeaux à de nombreuses femmes, dit-il, vexé.

— Uniquement de la soie, insiste-t-elle. Bénarès et Kanjeevaram, quatre de chaque. Et deux saris de nylon. Il paraît que c'est toujours la mode là-bas.

— Ce n'est pas facile de faire traverser la frontière à ces filles. Il y a des lois. Le gouvernement envisage de renvoyer les Bangladeshis chez eux.

— Mais je leur fais rien traverser du tout, lance-t-elle, triomphante. J'ai cinq hommes qui vont les épouser. Cinq femmes arriveront à Delhi, venant de Chittagong en compagnie de leur mari.

— Et combien paieras-tu les hommes? »

Elle élude la question. « J'ai déjà les papiers de divorce. La bai a intérêt à faire attention. Si je ne suis pas contente, j'emmène mes filles dans un autre kotha. Savez-vous combien elles pourraient me rapporter? »

Il ne veut pas savoir. Elle montre le paquet qu'il tient à la main. « C'est quoi?

— C'est pour toi », dit-il soulagé. Il déchire le paquet, en sort un flacon d'attar. Sa vue lui remonte le moral.

« On dirait de l'eau, dit-elle, méprisante.

— C'est du ruh gulaab! déclare-t-il, grandiloquent. Le plus cher attar du monde, découvert par Noor Jahan. Sais-tu qui était Noor Jahan?

— Comment je le saurais? »

Incapable de se retenir, il se penche sur elle, écarte les cheveux qui balaient son visage et l'embrasse avec passion. « Noor Jahan était l'impératrice de l'Inde, la plus belle femme du monde. A son époque, s'empresse-t-il d'ajouter. Maintenant c'est toi. »

Elle lui jette un regard bizarre. Ce compliment lui déplairait-il?

« C'était la femme de Jahangir, explique-t-il. Un matin, elle découvrit une pellicule huileuse à la surface de son bain d'eau de rose. Elle la fit distiller, et obtint le ruh gulaab, l'attar le plus pur, le plus sublime de tous! » Il élève le flacon à la lumière. Le liquide est merveilleusement clair, mais Parvati semble se désintéresser complètement de cette histoire. « Cent kilos de roses produisent seulement deux grammes d'attar, poursuit-il. Une demi-cuiller à thé coûte neuf mille roupies. »

Parvati en a le souffle coupé. « Comment as-tu trouvé tant d'argent?

— Pour toi, ma Noor Jahan, l'attar se pare d'ailes et vole jusqu'à ma main. »

Parvati pousse un cri de ravissement, puis tord la bouche comme elle l'a vu faire aux héroïnes de films furieuses contre leur amant. « Ainsi je ne vaux pas plus de neuf mille roupies?

— Ah ! Ta valeur est sans prix, ma Noor Jahan ! Neuf mille roupies, c'est pour voir la joie dans tes yeux. »

Elle lui arrache le flacon. Dans ses mains grassouillettes, pense Ramvilas avec indulgence, même un flacon inoffensif ressemble à un pénis. Il l'embrasse de nouveau passionnément. Elle le repousse.

« Tu auras beaucoup d'attars, lui promet-il. Et des bracelets, des boucles d'oreilles, des colliers...

— De l'argent ? »

Il prend l'air blessé. « L'attar vaut neuf mille roupies !

— Je ne peux pas payer la bai avec de l'attar. Et le pahalvan, le propriétaire du kotha et l'inspecteur de police ?

— Inderlal Jha ?

— Oui. Il a été nommé commissaire surnuméraire, alors il a encore augmenté ses tarifs.

— Je te paierai en nature. Je n'ai pas d'argent sur moi maintenant. »

Il l'attire de nouveau contre lui, l'embrasse sur le cou et la poitrine.

« Tu vas casser le flacon ! » s'écrie-t-elle.

Elle dépose l'objet dans une alcôve, se lève du divan et guide Ramvilas vers la couchette du bas. Il hésite. Elle tire les rideaux pour lui montrer qu'ils sont seuls. « Personne ne viendra à cette heure, dit-elle. La plupart des hommes s'en vont à six heures du matin, pour que leur femme ne s'aperçoive de rien. »

Il grimpe sur la couchette. Elle se jette sur lui et ferme le rideau. Sa violence le surprend agréablement. Il lui déchire sa blouse et lui plante ses dents dans la poitrine. Elle pousse un cri de douleur :

« Maman ! »

Parvati s'arrache à son étreinte, ouvre le rideau. Un enfant se tient à côté de la couchette, de la frayeur dans les yeux. Il lève une menotte – enrobée d'un préservatif – pour toucher sa mère.

« Bittu ! s'exclame Parvati ! Sors d'ici ! »

Il ne bouge pas, hésitant entre la sécurité du corps de sa mère et la peur que lui inspire l'étranger.

Parvati remarque le préservatif. « Qui t'a donné ça ? »

Bittu la regarde, l'air perdu. Parvati se couvre la poitrine de son sari, descend de la couchette, et le prend dans ses bras. Bittu se met à pleurer quand elle lui enlève le préservatif et le jette.

Ramvilas s'assoit, pousse un soupir agacé. « Quel âge a-t-il ?

— Deux ans. On fêtera son anniversaire le mois prochain. »

Bittu continue de pleurer, Parvati ne semble pas pressée de le renvoyer. « Tu ne devrais pas garder un enfant dans le kotha, dit Ramvilas.

— Qu'est-ce que je peux faire d'autre ? Le jeter ?

— Il y a des foyers d'Etat.

— Ils battent les gosses. Ils les laissent mourir de faim. Bittu restera ici. C'est un garçon, la bai ne pourra pas en faire une pute.

— Il deviendra pahalvan ou maquereau, selon qu'il sera fort ou faible.

— Pahalvan ou maquereau, ça m'est égal, du moment qu'il reste avec moi. »

Elle hisse l'enfant sur la couchette, débouche le flacon de ruh gulaab, dépose une goutte sur le bout du nez de Bittu.

« Non ! proteste Ramvilas. Ne le gâche pas !

— C'est à moi. Je peux en faire ce que je veux.

— Cette goutte vaut cinq cents roupies. »

L'arôme de l'attar pénètre dans les narines de Bittu, qui éternue, vaporisant sur le linoléum l'équivalent de deux cents roupies, se lamente Ramvilas. Parvati embrasse l'enfant, le repose par terre. Bittu semble étourdi, il a cessé de pleurer.

« Va voir tante Gulmohar », ordonne Parvati.

Elle pointe le doigt vers le haut – la chambre de Gita au troisième étage –, étire ses tempes pour imiter la forme des yeux de la Népalaise. « Tante Gulmohar », répète-t-elle.

Bittu sort, toujours étourdi par les effluves de l'attar.

« Tu viens de gâcher cinq cents roupies, grommelle Ramvilas.

— Gita reconnaîtra l'arôme et saura où je me le suis procuré, fanfaronne Parvati. Pour moi, ça vaut mille roupies ! » Elle rit et l'enlace. « Viens, je vais te montrer ce que Gulmohar ne sait pas faire ! »

Une demi-heure plus tard, il s'extrait en titubant de la couchette, stupéfait et ravi d'avoir découvert ce qu'une femme peut faire. La beauté ici n'est pas en compte, non plus que la douceur ou la clarté de la peau. Parvati ne possède rien de tout cela. Seulement le désir de donner du plaisir. Il a oublié, dans les fades étreintes de sa femme et les faveurs indolentes de Gita, les bonheurs qu'on peut éprouver au lit.

Parvati s'ébroue. « N'oublie pas les saris. Huit de soie – quatre de chaque sorte – et deux en nylon.

— Mais je ne veux pas partir tout de suite, proteste-t-il.

— Je dois aller au dispensaire. Le dispensaire du sida. Ouvert par FRETS avec ton argent. (Elle sort un petit bout de papier tout froissé de son soutien-gorge.) Mon certificat de non-contaminée. Il est sur le point d'expirer. »

Ramvilas brusquement semble affolé. Parvati rit. « Ne t'inquiète pas ! Le docteur est agréé par le gouvernement ! »

C'est justement ce qui me fait peur, pense-t-il. Il sort de la pièce et dévale l'escalier, jambes flageolantes.

Parvati drape soigneusement son sari et se dirige vers l'extrémité du kotha où les volontaires de FRETS ont placardé une affiche : « Dispensaire des Maladies Sexuellement Transmissibles – Prévention, Détection, Traitement. Gratuit, sous le patronage de FRETS, Fonds pour la Réinsertion et l'Education des Travailleuses sexuelles. » Manju et Nasreen se tiennent à la porte, portant le bagde de FRETS. Trois prostituées attendent d'être examinées par le médecin. Après leur départ, Parvati veut entrer dans le cabinet, mais Manju l'arrête. « Il faut payer, a dit Gita Didi. »

Parvati montre l'affiche, et le mot « gratuit ».

« C'est vrai, dit Nasreen. On ne paie que le tarif du docteur. »

Parvati soupire, sort un billet de vingt roupies, qu'empoche avidement Manju. « Et maintenant, je peux entrer?

— Le docteur t'a déjà examinée, dit Nasreen en lui fourrant un bout de papier dans la main.

— Te voilà garantie sans sida, s'esclaffe Manju.

— Est-ce que Gulmohar est au courant de ces pratiques? »

Manju hausse les épaules, en signe d'ignorance.

« Combien vous payez le docteur? demande Parvati.

— Il n'accepte pas de liquide ! rigolent-elles.

— Affaire juteuse, admire Parvati.

— Il n'y a eu que sept visites depuis ce matin, dit Nasreen. Mauvaise journée !

— Je croyais que FRETS avait placardé des centaines d'affiches.

— On en a mis cinq cents dans tout GB Road. Mais quelqu'un en a collé d'autres par-dessus. Des milliers !

— Pour un autre dispensaire ?

— Pour une grève de la faim à Rajghat demain. Au sujet de Babri Masjid. »

Son nouveau certificat de non-contaminée en poche, Parvati regagne la salle d'attente.

8

Chitra demande à son cameraman de faire un panoramique sur les affiches qui, bizarrement, sont toutes en anglais. Personne, dans cette foule – villageois, conducteurs de rickshaws, porteurs, boutiquiers de Chandni Chowk –, ne pourra les lire.

« Comité de Défense de Babri Masjid. »

« Grève de la Faim illimitée à Rajghat, dans Gandhi Jayanti. »

« Halte au Fondamentalisme hindou ! »

« Protégez les droits des musulmans ! »

« Protégez notre Patrimoine Culturel ! »

« Halte au terrorisme PPI à Ayodhya ! »

« Babri Masjid ne bougera pas ! »

Elle est contente de disposer d'un cameraman, payé par la chaîne de télévision – elle peut interviewer les gens sans porter ce truc si lourd à l'épaule. « Assez pour les affiches ! dit-elle. Prenez les visages. »

La civilité de la foule l'étonne. Peut-être la consigne a-t-elle été donnée de ne rien faire qui provoquerait des reportages désobligeants. Ils ont étalé des draps blancs sur l'herbe, à distance respectueuse du mémorial Gandhi sur son socle de granit, et sont assis dessus, jambes croisées, entourés de pots de fleurs d'où émergent des écriteaux. Façon d'obéir au Mahatma : ils n'abîment pas l'herbe. L'ambiance est détendue, presque festive. Rien de cette colère, de cette passion qu'elle associerait à une grève de la faim illimitée, qui peut signifier la mort pour certains. Les hommes bavardent, échangent des plaisanteries. Certains chantent « Rama Dhun » – le chant favori de Gandhi –, s'accompagnant à l'harmonium et au tabla.

Il n'a pas beaucoup plu cette année, mais les pelouses de Rajghat forment un tapis luxuriant grâce au système d'arrosage. Elles descendent en pente douce depuis l'entrée du terrain. De l'endroit où sont assis les grévistes de la faim, on a l'impression que des vagues vertes moutonnent jusqu'au portail d'entrée, gardé par des policiers qui repoussent les badauds.

C'est le début de l'après-midi. Les chanteurs entonnent maintenant des airs pieux tirés de films. La foule chante avec eux, certains tapent dans leurs mains. Fasciné, le cameraman s'attarde sur l'harmonium et le tabla.

« Arrêtez de filmer les chanteurs, dit-elle. Tâchez de trouver des visages sérieux. »

Le comportement de ces grévistes l'irrite. Une telle histoire, digne de la une ! Deux cents militants du Comité de Défense de Babri Masjid décidés à se laisser mourir de faim si le PPI ne renonce pas réclamer la destruction de Babri Masjid à Ayodhya. Assis aux pieds du suprême gréviste de la faim, ils autorisent les caméras à filmer leur descente vers la mort. Quel merveilleux article en perspective ! Quelles images inoubliables ! C'est peut-être sa meilleure chance d'échapper à sa réputation de Femme Mandal. Or, regardez-les, dans leurs dhotis, kurtas-pyjamas et calots flambant neufs, qui échangent des plaisanteries, oublieux de la gravité du moment, dévalorisant cette histoire destinée à faire date.

« Je commence à avoir faim, dit Gopal à Ibrahim.

— Le dharna, c'est pas pour les femmelettes, rétorque Ibrahim.

— Mais ça fait déjà une heure qu'on est assis là !

— J'ai dit trois heures pour trente-cinq roupies.

— On pourra rentrer chez nous dans trois heures?

— Attends, tu verras. » Ibrahim ne précise pas ce qu'ils sont censés attendre. Bien qu'on soit en octobre, le soleil pèse sur les têtes.

Gauhar, accroupi derrière Ibrahim, s'ennuie. Ce matin, il a peigné et huilé sa barbe, s'est lavé la figure. A mis un kurta-pyjama propre, posé sur ses cheveux le calot brodé or et blanc qu'Ibrahim lui a offert le jour où il l'a conduit à la madrasa. Il y a deux heures, il a bu plein d'eau à la pompe de Dudhiya Gali, et maintenant sa vessie menace d'éclater. S'il ne pisse pas très vite, il va inonder le drap blanc étalé sur l'herbe pas Ibrahim Mian. Il s'en veut d'avoir accepté de venir. Une chose est de coller des affiches pour un dharna – il s'est fait trois cents roupies, récupérées sur Mussabir –, une autre d'y participer. Mussabir insistait pour venir, il a refusé. Sa puanteur ferait fuir tout le monde. De plus, il ne veut pas qu'Ibrahim Mian rencontre Mussabir, parce qu'il l'enrôlerait pour des manifs, et lui, Gauhar, ne percevrait plus ses commissions. « Colle d'autres affiches, a-t-il dit à Mussabir.

— Lesquelles, maintenant que c'est le jour du dharna ?

— Eh bien, va te faire enculer ! »

Ce qu'il est peut-être en train de faire, espère Gauhar. Mais qui irait enculer un garçon jaune et puant qui vomit à chaque assaut ? De toute façon, la moitié de ses clients sont ici. Gauhar en reconnaît plusieurs. Ça fait deux ans qu'il ne fréquente plus le cagibi vert, et il ne les voyait que dans une semi-obscurité, mais comment oublier le visage d'un homme qui vous a peloté ? Putains d'efféminés, qui pouvaient à peine le pénétrer ! Ils sont là, qui vont rester assis sur les draps pendant trois heures, pour gagner trente-cinq roupies. Gauhar saute d'un pied sur l'autre, poussé par l'envie de pisser. Il bute dans Ibrahim.

« Reste tranquille, lui intime Ibrahim.

— Va te faire foutre ! maugrée Gauhar.

— Ne parle comme ça devant le Mahatma !

— Qui c'est ce connard de Mahatma ? »

Ibrahim lui montre les affiches de Gandhi.

« Pourquoi il est nu ? demande Gauhar.

— Il porte un dhoti.

— Devant quoi il est assis ? Une machine à coudre ?

— Un rouet.

— Il ressemble à Gopal Bhai, s'esclaffe Gauhar.

— J'ai quarante-six ans, il en avait au moins soixante-dix, proteste Gopal.

— Dans deux ans, tu seras aussi chauve que lui.

— C'est le Père de la Nation, s'indigne Gopal.

— Qu'est-ce qu'il a dû baiser pour avoir tant d'enfants! »

Horrifié, Gopal lui ferme la bouche de sa main.

« Oui, dit sérieusement Ibrahim. Il a beaucoup baisé. Et il a baisé tout le monde. »

Gauhar se réfugie dans le silence. Il pense aux saris qu'il ne vend pas. Chaque minute passée ici lui fait perdre sa commission. Il regarde autour de lui et aperçoit Chitra avec le cameraman. Elle tourne un nouveau film! Cette fois-ci, il ne se fera pas avoir! Heureusement, il porte un kurta et un calot, et pas la chemise qu'elle veut qu'il mette. Si elle le remarque, il tournera la tête. Mais le cameraman a déjà braqué sa caméra ailleurs. Peut-être que Chitra s'intéresse vraiment à ce Mahatma nu, enterré sous l'estrade de pierre. Qu'elle aille se faire foutre! Il doit absolument pisser...

« J'ai faim », dit Gopal.

Ibrahim lui jette un regard noir, puis ouvre un sac de toile qu'il porte à la taille, contenant un mélange de pois broyés et d'oignons émincés. Il en verse une poignée dans les mains de Gopal. Gopal engouffre la mixture, s'en barbouille la figure, et mâche bruyamment. « Baisse la tête, ordonne Ibrahim.

— C'est très mauvais.

— On est à Rajghat, dit Ibrahim. Il faut manger de la nourriture simple comme a fait Gandhiji.

— Pourquoi est-ce que tout le monde me regarde?

— On fait une grève de la faim! Je t'avais dit de bien manger ce matin. Et si cette madame de la télévision te voit la bouche pleine? »

Gopal s'arrête de mâcher, cache les mains dans les plis de son dhoti. « Est-ce que j'irai en prison?

— Je ne le dirai à personne.

— Combien de temps on va encore rester ici?

— Jusqu'à ce qu'on meure! »

Gopal sursaute. De la purée de pois déborde de sa bouche. Il avale. « Je ne veux pas mourir, hurle-t-il.

— Ne crie pas!

— Mais je ne veux pas mourir!

— Gopal Bhai, grince Ibrahim, la madame de la télévision te regarde. »

Chitra, qui parcourt la foule des yeux, découvre Gopal, qui gesticule comme un fou. Une mousse lui dégouline de la bouche. Le chaivala a donc décidé de s'enrôler pour une cause. Mais pourquoi une grève de la faim pour défendre une mosquée qu'il n'a jamais vue ? Il n'est même pas musulman ! *Voilà* une merveilleuse histoire – un hindou qui se laisse mourir de faim pour sauver une mosquée vieille de quatre siècles !

« Laisse-moi partir, supplie Gopal.

— Ne t'inquiète pas. Suleman Mian arrêtera ce dharna avant que les choses se gâtent.

— Qu'est-ce qu'il vient faire là-dedans ?

— Suleman est le président du Comité de Défense de Babri Masjid ! »

Gopal cherche autour de lui. « Où est-il ?

— Regarde à ta gauche, Gopal Bhai », dit pompeusement Ibrahim.

« Regardez à gauche », ordonne Chitra au cameraman.

Elle ne veut pas manquer l'entrée de Suleman au milieu d'un cortège bigarré de gens criant des slogans, de caméras de télévision et de micros. Le cameraman de Chitra recule pour capter l'ensemble – les preneurs de son se bousculent pour brandir leur perche au centre du cercle où avance Suleman, en kurta-pyjama blanc immaculé, le calot à la Gandhi planté crânement sur la tête. Il lève haut ses mains croisées, saluant amis, admirateurs et sous-fifres, progressant en direction de l'homme à qui il a emprunté sa gestuelle. Le léger sourire qui joue sur ses lèvres n'adoucit pas la détermination du regard perçant. La moustache filiforme suit l'étirement des lèvres, qui révèlent des dents blanches non tachées de paan. Un bourdonnement parcourt la foule des grévistes, le cortège se met à scander :

« Suleman Mian *zindabad !* »

« Comité de Défense de Babri Masjid *zindabad !* »

La mêlée ne semble pas impressionner Suleman, qui s'avance les pieds nus – il a enlevé ses chaussures à l'extérieur – jusqu'au socle de pierre, tombe à genoux, se courbe pour toucher le sol du front. Le cameraman de Chitra filme la scène.

« C'est Suleman Mian ! s'exclame Gauhar.

— Il marche si vite l'estomac vide, s'émerveille Gopal.

— C'est Suleman Mian ! », répète Gauhar en secouant Ibrahim. Il n'obtient en retour qu'un regard froid.

Suleman se relève, se tourne face à la foule, des deux mains lui intime le silence, d'un signe de tête indique le socle de pierre. Sous-entendu : respectons *sa* présence. Puis il s'adresse aux caméras, d'une voix passionnée mais retenue.

« Je suis venu ici en mendiant. Aujourd'hui nous fêtons Gandhi Jayanti ! Le Père de ma Nation a cent vingt-trois ans. Je viens réclamer mes droits – mon droit d'être musulman, mon droit de croire qu'il n'y a d'autre Dieu qu'Allah, mon droit de protéger et d'entretenir mes masjids, comme les hindous ont le droit de protéger leurs temples, les sikhs leurs gurudwaras et les chrétiens leurs églises. Je viens ici mendier, et deux cents mendiants m'accompagnent !

— Pourquoi nous traite-t-il de mendiants ? » demande Gopal.

Ibrahim, l'air courroucé, porte un doigt à ses lèvres. Suleman indique du geste le socle de granit.

« Deux cents hommes vont se laisser mourir de faim devant *ses* yeux. Ils ne mangeront ni ne boiront jusqu'à ce qu'on empêche d'agir les fondamentalistes du PPI, jusqu'à ce que la Cour suprême ordonne de rendre Babri Masjid aux musulmans. »

Chitra regarde la scène, le souffle coupé. Son cameraman pourrait-il avoir un plan de Suleman et du chaivala ? Le prince et le laquais !

Suleman termine son discours. Il retraverse la pelouse, les cris de *Zindabad* fusent à nouveau, la cour suit, les cameramen se bousculent, le cortège atteint le portail et disparaît. Les grévistes retombent sur leurs draps de lit. L'arrivée de Suleman les a galvanisés, à présent ils se sentent abandonnés, dépréciés. De tous les journalistes, il ne reste que Chitra avec son cameraman.

Gauhar, toujours aussi excité, s'écrie : « Pourquoi on reste assis sans bouger comme des eunuques ? Faisons des discours comme Suleman.

— La ferme, dit Ibrahim.

— Il faut que je pisse. Est-ce que je peux pisser dans l'herbe ?

— Non, pas à Rajghat.

— Pourquoi Suleman Mian est-il parti si tôt ? demande Gopal.

— Il y a d'autres grévistes de la faim qui l'attendent, marmonne Ibrahim.

— A son âge, dit Gopal, moi aussi je pouvais être affamé et tenir des discours.

— Il n'est pas affamé, rétorque Ibrahim, agacé.

— Mais la grève ?

— C'est pour nous. Les gens comme Suleman Mian ne peuvent pas faire une grève de la faim. » Devant l'air perdu de Gopal, il explique : « Si tout le monde meurt, qui parlera de notre sacrifice ? Qui tiendra tête aux seths ? »

Gopal encaisse, espère qu'il va pouvoir tenir pendant les trois heures, mais il a si faim...

« Arrêtez ! » L'injonction d'Ibrahim s'adresse à un groupe, à l'autre bout du drap, qui se bagarre violemment. Quelqu'un de l'entourage de Suleman a laissé sur l'herbe un cornet en papier plein de cacahouètes. Certains s'en sont aussitôt emparés, ceux qui n'ont rien les ont attaqués. Dans la mêlée, les cacahouètes voltigent et retombent sur le drap comme des gouttes de pluie. Les hommes se jettent à quatre pattes pour les ramasser. Gauhar les observe. De mieux en mieux, se dit-il. Nous sommes des chiens ! Si on attrapait les seths du PPI, on les écorcherait et on vendrait leur peau ! Pourquoi ne pas brûler toutes les putains de boutiques de Chandni Chowk et pisser dessus ? *Il faut qu'il pisse !* Il peut pisser sur ces chiens, dans leurs yeux, dans leur bouche, et se faire payer cette faveur soixante-dix roupies ! De toute façon, qu'est-ce qu'il fait ici, assis devant cette pierre noire. Qui est ce type chauve avec son sourire édenté, sur toutes les affiches ? Est-ce qu'il est si grand qu'il a besoin de s'étaler sur toute la longueur d'une estrade de pierre, alors que lui, Gauhar, dort dans une boîte ? Et pourquoi lui faut-il tout un champ pour chier et pisser ? Un homme peut chier toute sa vie sur un mètre carré d'herbe, à condition de recouvrir sa merde à chaque fois comme un chat... Il faut qu'il pisse *immédiatement.*

La bagarre des cacahouètes se transforme en guerre. Les injures fusent, ponctuées du craquement des projectiles sous les dents. Gauhar se précipite vers le socle et s'immobilise devant. Quelle belle pierre, si douce ! Avec des lettres de fer gravées sur le côté ! Le hindi que Didi lui a appris s'est effacé de sa tête, remplacé par l'alphabet arabe appris à la madrasa, mais il peut encore lire les lettres : « *Hey* Rama ! » Pierre noire, lettres brillantes : il passe la main dessus.

Chitra ordonne à son cameraman de filmer la guerre des cacahouètes. Elle déteste devoir se repaître d'un scandale en guise de reportage sur un moment historique crucial. Mais que voit-elle ? Un jeune homme, avec un calot blanc et or, se tient devant le mémorial, il le touche ! Ce qui est strictement interdit. De son unique main... Gauhar ! Si la police le repère, il risque de se faire arrêter. N'est-ce pas poignant ? La rencontre entre un garçon du Bangladesh et le Père de la Nation ? Mais que fait-il ? Il ouvre sa braguette, il urine sur le mémorial !

« Arrêtez cet homme ! » hurle-t-elle.

Gauhar pisse, tranquillement. Il pisse heureux, soulagé. Que ce Mahatma aille se faire foutre, lui et son herbe. Il regarde le merveilleux jet jaune frapper les lettres d'acier et couler le long de la paroi de la pierre douce, et former une mare en bas !

Un cri s'élève du groupe en train de se taper dessus. Brusquement la guerre s'arrête, tout le monde fixe les yeux écarquillés l'homme qui pisse. Une horde de policiers dévale le terrain au pas de charge, hurlant des injures. Gauhar referme sa braguette et détale.

« Attrapez l'enfoiré ! Ne le laissez pas s'échapper ! »

Deux cents hommes affamés fondent sur Gauhar, mais il les disperse rien qu'en fonçant sur eux. Il percute la muraille de policiers, la traverse, s'arrête un instant pour ramasser son calot qui est tombé par terre, atteint le portail que plus personne ne garde. Il est dehors. Le policier-chef barrit dans un walkie-talkie, ordonnant à ses hommes de pourchasser ce manchot avec son calot blanc et or.

« Enfoiré ! braille un gréviste.

— Qui est cet homme ?

— C'est un gamin, pas un homme !

— Un enfoiré de manchot ! Coupez-lui la queue et attachez-la à son moignon !

— Quel imbécile ! gronde Ibrahim. Suleman Mian va dire que c'est ma faute.

— Gauhar ! geint Gopal. Mon garçon, mon fils, ça ne peut pas être lui !

— Je t'ai déjà dit que ce n'est pas ton fils. »

Une foule se rassemble autour de Gopal. « Il connaît le garçon », dit quelqu'un. Son fils ? Son neveu ? Qui est ce putain de chauve ? Il n'a pas l'air d'un musulman.

« C'est un innocent chaivala, je me porte garant de lui, dit Ibrahim.

— Pouvez-vous garantir qu'il est musulman ? demande quelqu'un.

— Enlevons-lui son dhoti, et regardons sa queue !

— Cette ordure a amené le manchot avec lui, il a gâché notre grève de la faim ! »

Le policier-chef demande à Gopal s'il connaît Gauhar. Gopal hoche tristement la tête, cherche le soutien d'Ibrahim, Ibrahim a disparu. Le policier passe les menottes à Gopal.

Un petit cortège s'ébranle et quitte le terrain, très différent de la bande enthousiaste qui entourait Suleman. Dans ce groupe triste figurent un policier gradé qui fait du zèle, et ses hommes, un Gopal apeuré, Chitra et son cameraman. Que fabriquait Gauhar ici ? se demande-t-elle, et comment le chaivala s'est-il retrouvé embringué dans cette histoire, quels rapports y a-t-il entre lui et Gauhar ? Peut-être est-elle responsable : elle n'aurait pas dû laisser Gauhar s'échapper du foyer, même après que Shalini en a pris la direction. Il est de son devoir de faire quelque chose !

On enroule les draps, les grévistes se dispersent. Ibrahim rapporte les affiches au quartier général de Suleman Mian derrière Jama Masjid.

Gopal se tient à croupetons, il frissonne. La cellule sent la merde et la pisse. A la lumière qui tombe par le puits d'aération, il devine que le jour vient de se lever. Sous une couverture râpée, il a dormi par à-coups, se tournant et se retournant sur le sol froid. Ils lui ont donné deux rotis et un bol de daal à son arrivée au poste, tard dans l'après-midi, mais plus rien depuis.

Gauhar est allongé à côté de lui, enfoui sous sa propre couverture, ronflant. Gopal le secoue pour le réveiller.

Gauhar repousse la couverture – il porte toujours le calot brodé – et jure. « C'est pas l'heure d'ouvrir ton stand.

— Tu n'es pas dans mon stand. »

Gauhar se met sur son séant, regarde autour de lui. « Je me demandais pourquoi j'avais tant de place.

— Tu n'aurais pas dû pisser là-bas », gémit Gopal.

Gauhar pense à autre chose. « Cet enfoiré de policier court vite, mais je suis plus rapide. J'avais rattrapé le bus sur Ring Road, il m'aurait conduit à Mehrauli où je serais resté un bout de temps, mais il m'a saisi par la main gauche.

— C'est le Père de la Nation, poursuit Gopal.

— J'aurais pu m'agripper à la poignée par la main droite, si j'en avais une. »

Gopal lui tourne le dos. En ce moment, il devrait être dans le kholi prêt à partir pour Dudhiya Gali. Et dans une heure, il serait en train de boire sa première tasse de thé dans Kucha Bansilal. Avoir des fils, décidément, n'est pas une partie de plaisir.

Sa vessie lui pèse. Avant de lui donner la couverture, la veille, un policier l'a escorté aux latrines, de l'autre côté de la cour. Depuis personne n'est venu. Gopal attend, de plus en plus mal à l'aise, Gauhar se rendort. Au bout d'une heure, Gopal n'y tient plus, il secoue le garçon. « Tu ne veux pas appeler quelqu'un ? Il faut que je pisse. »

Gauhar rigole : « Pisse n'importe où.

— Je ne suis pas un animal ! »

Gauhar se lève, se plante dans un coin et pisse. Gopal regarde couler le jet doré, et se détourne avec colère. Gauhar se drape de nouveau dans sa couverture. « J'ai faim, dit-il. Réveille-moi quand ils apporteront quelque chose. »

Gopal rampe jusqu'au coin et s'accroupit. Au pied du mur, un monticule de sable s'affaisse, imbibé d'urine. La puanteur n'est pas pire que celle qui règne derrière le vieux bureau de poste, maintenant que le plâtre l'a emporté sur le carrelage. Gopal pisse timidement dans le monticule. Le sable, saturé, ne retient plus l'urine, qui s'écoule le long des flancs, qu'on croirait en verre. Gopal entend Gauhar rire derrière lui.

« La montagne de pisse n'accepte plus les offrandes », dit-il.

Gopal se redresse et rabaisse son dhoti. « Pourquoi tu t'accroupis pour pisser ? » demande Gauhal.

Gopal ne répond pas. Peut-on chier dans la cellule ?

« Comment un homme peut-il être le père de tant de gens ? interroge Gauhar. Mon baba ne m'a jamais parlé de lui.

— Quand ton baba est mort, tu étais trop jeune pour te rappeler ce qu'il disait.

— Qui t'a raconté ça ? »

Gopal ne sait plus. Peut-être Ibrahim ? « Sais-tu où est Ibrahim ? »

Gauhar secoue la tête. Accablé, Gopal se laisse tomber à côté de lui. « Je suis ton baba, maintenant », dit-il doucement.

Ils entendent des pas dans le couloir. Un policier apparaît derrière le judas. « Gopal Pandey ! »

Gopal court à la porte. Le policier ouvre la cellule, traîne Gopal dehors.

« Ne me laisse pas ici, enfoiré ! hurle Gauhar.

— Tu peux venir aussi », dit le policier.

Ibrahim Mian est là, pense Gopal. Une si vieille amitié que la leur ne s'oublie pas en une journée. Il va leur donner les trente-cinq roupies qu'il leur doit. Tout cela est une erreur, expliquera Gopal. Mais peut-être qu'ils ne relâcheront pas le garçon parce qu'il a pissé.

Le policier les emmène dans un bureau au premier étage, où deux chefs les attendent. Le plus âgé, étalé dans un fauteuil derrière sa table, boit du thé. Du thé ! Gopal regarde avec envie le tortillon de vapeur qui s'échappe de la tasse. L'autre chef se tient au garde-à-vous à côté du premier. Le policier pousse Gauhar en avant.

« Pourquoi ne lui avez-vous pas mis les menottes ? » demande le CP. L'agent de police lève le bras droit de Gauhar. La vue du moignon fait rire les deux chefs.

« Allez vous faire enculer, enfoirés ! » dit Gauhar.

Le policier le gifle violemment. Gauhar lui balance un swing, mais le manque. Le policier lui coince la tête dans le creux de son bras et serre.

« Ça lui apprendra, dit le CP en second.

— Menottez le chauve », ordonne le principal.

L'adjoint chuchote à l'oreille du principal : « Je connais ce chauve, monsieur. C'est un dangereux chaivala. »

Le chef écoute, indifférent. Le policier menotte les poignets de Gopal d'une main experte, sans relâcher la tête de Gauhar.

« Est-ce qu'Ibrahim Mian est arrivé? demande timidement Gopal. Il vous expliquera tout.

— Même le Premier ministre ne peut pas vous sortir d'ici, dit le policier.

— Pourquoi avez-vous vous amené ces deux zigotos ici? demande le CP à son adjoint. Conduisez-les au poste de Daryaganj.

— Ce sont des prisonniers spéciaux, monsieur. Sécurité nationale !

— Alors pourquoi les avoir amenés à GB Road? » insiste le chef.

Du regard, l'adjoint tâche de faire comprendre que les deux lascars paieront une grosse somme si on les relâche, mais le chef ne semble pas être d'accord. Il se remet à siroter son thé. Gauhar se débat pour libérer sa tête de l'étau qui l'enserre. Son calot tombe par terre. L'adjoint le ramasse du bout de son bâton et dépose sur le bureau ce qu'il tient pour la preuve de l'importance des prisonniers. Le chef examine l'objet sans y toucher. « Ainsi vous êtes un chaivala », dit-il.

Gopal confirme de la tête, les choses lui semblent réglées. Après tout, Ibrahim n'a peut-être pas assisté à son arrestation?

« Et que faites-vous d'autre? » interroge le CP.

Gopal ne sait pas quoi dire. Le chef échange un regard de connivence avec son second. Gopal tente de sourire. A travers ses verres rayés, il voit mal le visage du CP. Est-ce que le chef lui sourit en retour? Ou bien est-il en colère? Ah, le voilà qui boit deux grandes gorgées de thé. Maintenant, il saisit une feuille de papier, la lit lentement. « Gauhar Muhammad! Votre fils? », demande-t-il d'une voix lasse.

Gopal fait signe que non.

« Vous avez dit le contraire devant une centaine de personnes.

— Il dort dans mon stand, sarkaar.

— Vous avez un permis ? »

Gopal réfléchit au problème. Un permis pour le stand, ou un permis pour que Gauhar puisse y dormir ? Il a peur de répondre. Le CP soupire, pointe Gauhar du doigt. « C'est lui le terroriste ?

— Enculé ! » hurle Gauhar. L'agent de police lui plaque une main sur la bouche.

Le CP montre le calot brodé. « Militant musulman ! Pissant sur le Mahatma ! Où as-tu trouvé ce calot ?

— A la madrasa.

— Ah ! Qui finance cette madrasa ? Terroristes étrangers ? Saoudiens ? Pakistanais ?

— C'est le zakat, enculé ! Il y a beaucoup de bonnes familles dans Chandni Chowk, pas comme la vôtre !

— Et quel est le tarif du zakat ?

— Deux et demi pour cent, dit Gauhar.

— Il sait compter ! » s'esclaffe l'adjoint.

Le CP se tourne vers Gopal, qui joint ses mains menottées en signe de supplication. « Vous êtes hindou.

— Oui, sarkaar.

— Pourtant votre fils est musulman.

— Il n'est pas mon fils. Il dort dans mon stand, la nuit quand je ne suis pas là.

— Avez-vous ordonné à votre garçon de pisser sur le Mahatma ? »

Gopal secoue la tête, horrifié. Le CP se penche en avant, pose les coudes sur le bureau et le regarde droit dans les yeux. « Je vous donne une chance. Dites-moi la vérité. Travaillez-vous pour l'ISI ? »

Gopal rumine. Est-ce que ISI est un seth que n'aime pas la police ? Dans ce cas, il vaut peut-être mieux répondre non.

« Ou pour la CIA ? Le RAW, le Mossad ? »

L'agent de police se rapproche dangereusement de Gopal, que la terreur gagne. Est-ce qu'ils vont le battre ? Il sait que Gauhar travaille pour Seth Sohan Lal et Hameed pour Seth Sushil Jain. Lui-même a fait des courses pour Sushil Jain. Y a-t-il quelqu'un d'autre qui travaille pour un autre seth qu'il ne connaît pas ? Que ferait Ibrahim Mian à sa place ? Est-ce qu'il doit leur parler du rassemblement ? Et de Babri Masjid ?

Le CP se lève et fait le tour du bureau. Il est petit et rondouillard. Au passage, il flanque un grand coup sur la tête de Gauhar, toujours prise au piège, se plante si près de Gopal que leurs nez se touchent presque. A cette distance, Gopal voit clairement le visage, la mâchoire lourde qui lui donne l'air d'un bouledogue.

« Dis-moi pour qui tu travailles, espèce d'enfoiré ! »

Gopal respire très fort, il pense à la grève de la faim, à Suleman Mian et à Ibrahim, il se rappelle une chanson de son enfance. « Nous sommes tous *ses* fils, nous vivons pour *elle,* nous travaillons pour *elle*... » Il se calme et, à haute voix, proclame : « Mère Inde ! »

Le silence tombe sur les trois policiers. Le CP regarde son adjoint, qui regarde l'agent, ahuri. Puis il donne une claque sur l'épaule de Gopal et éclate de rire. L'adjoint glousse. L'agent s'esclaffe. Même Gopal s'y met. L'espoir jaillit dans son cœur. Nous sommes tous des frères ! Fils de Mère Inde !

« Allez vous faire foutre toi et la Mère Inde ! » s'étrangle de rire le CP. Il pose une main amicale sur l'épaule de Gopal. « Si tu as besoin de pisser, pisse sur le Mahatma. Mais pourquoi l'avoir fait faire à un musulman, fils de pute ? »

On frappe à la porte, qui s'ouvre à la volée. Chitra se tient sur le seuil. Un agent la rejoint. « Vous n'avez pas le droit d'entrer, madame ! »

L'agent de police qui serre la tête de Gauhar bondit à la porte, traînant Gauhar avec lui, essaye de la refermer, mais Chitra a déjà franchi le seuil. Ses cheveux dénoués, le sari élégamment ajusté. Son comportement intimide le policier. Il en a vu beaucoup de ces femmes qui parlent anglais et passent leur temps au milieu des hommes à faire des choses d'hommes. Il a appris à craindre leur pouvoir invisible. Dans son village du Haryana, il aurait attrapé la pute par les cheveux et l'aurait remise à ses beaux-parents. Ici à Delhi, il doit faire attention. C'est une ville étrange, aux mœurs étranges.

« Je viens déposer une caution pour Gopal Pandey », dit Chitra au CP.

Elle s'exprime en anglais, si bien que les agents ne comprennent pas.

« Caution ? Il est détenu sous l'inculpation de terrorisme. Pas libérable sous caution. »

D'abord interloquée, Chitra pouffe. Gopal Pandey, un maître terroriste! « Je le connais. C'est un simple chaivala.

— C'est ce que vous croyez, dit le CP d'une voix mystérieuse.

— Puis-je voir le registre? »

Le CP se rassoit derrière son bureau, la mine solennelle. « Je ne peux rien vous montrer, madame. Sécurité nationale. Services secrets!

— Je veux voir le registre avec les motifs d'inculpation. L'avez-vous déféré devant un tribunal? Habeas corpus...

— Madame! Pourquoi vous donner tout ce mal pour un chaivala?

— Parce que vous harcelez un innocent citoyen, déclame-t-elle.

— Cinq mille roupies, dit le CP.

— Je les déposerai en présence d'un magistrat. »

Le CP soupire. Il sait, et il sait qu'elle sait, que la caution sera fixée par le magistrat, pas par lui. Avec quelle joie il bouclerait cette madame en compagnie du chavaila et du garçon, mais c'est ça le problème à Delhi. Les journalistes pullulent comme les mouches. Quand vous en chassez un, il en revient un essaim. Maintenant, il n'a plus qu'à emmener le chaivala au tribunal. Sinon, elle ne le lâchera pas. « Laissez-moi remplir les papiers, dit-il.

— J'attendrai ici. » Elle s'assoit en face de lui.

« Et le musulman, qu'est-ce que j'en fais? »

Chitra n'ose pas regarder Gauhar. Elle a échoué dans son éducation. Etait-ce une tâche impossible que de vouloir le transformer en garçon respectable?

« Je me porterai caution pour Gopal Pandey », répète-t-elle.

« Madame, dit le chef adjoint d'un ton obséquieux, je suis Inderlal Jha, CP surnuméraire. Voulez-vous du thé? »

Chitra refuse. Elle a honte de ce qu'elle vient de faire. Mais que peut-elle pour Gauhar? Des centaines de gens l'ont vu commettre son crime. C'est à Gopal Pandey qu'elle est redevable. A son fils, qui lui a donné l'occasion de faire cette photo d'où tout est parti. Et maintenant, Gopal peut lui fournir d'autres occasions. Il *doit* être l'homme qu'il lui faut. L'article qu'elle va écrire, l'histoire de Rajghat, doit avoir Gopal pour héros, pas Gauhar. Il faut présenter la vérité sous son vrai jour si l'on veut que tout le monde comprenne.

Inderlal emmène Gopal dans un coin éloigné, d'où personne ne pourra les entendre. Il a reconnu le chaivala dès que l'agent l'a introduit dans la pièce. L'homme a peu changé. Il a grossi, sa chemise est déchirée et son dhoti encore plus sale, il lui reste encore moins de cheveux, mais c'est bien le chaivala de Kucha Bansilal.

« Tu as dit que le musulman dort dans ta boîte? »

Gopal confirme, apeuré.

« Ainsi tu gardes à la fois des sardars et des musulmans. Tu as l'habitude d'abriter des terroristes? »

Gopal le fixe, bouche bée. Il lui semblait bien avoir déjà vu cette sinistre moustache. Tous les policiers se ressemblent, s'était-il dit, en chassant l'idée de sa tête.

« Ne t'inquiète pas! Je ne leur parlerai pas de tes activités terroristes! » dit gaiement Inderlal. Dans les journaux il y aura l'histoire du terroriste musulman, songe-t-il, et ils mentionneront son nom, pas celui du CP, parce qu'il a pris soin de se présenter à la madame.

10

Bhagwan Das et Fils affiche l'élégance discrète d'un parfumeur d'un autre âge. Des panneaux d'acajou ornent les murs, les clients s'assoient sur des tabourets anciens recouverts de coussins de velours. Une horloge victorienne indique l'heure avec une majestueuse régularité. Le sol, en vieux linoléum, est d'une propreté scrupuleuse. Comme mobilier, une armoire de chêne, avec portes courbes lambrissées, tiroirs, pieds en équerre et tablier d'une jolie forme, une armoire en pin aux sculptures complexes datant de 1850, trois placards empilés sur des tiroirs, avec portes encastrées, couleur de cire patinée. Sur le comptoir de chêne s'alignent des carafes et des flacons de cristal taillé, remplis d'attar et d'essences synthétiques, où jouent, d'un dégradé à l'autre, les sept couleurs du spectre.

Sohan Lal a pris place au comptoir, guère impressionné. Assis face à lui, Ramvilas tapote la planche de ses doigts. « Du bon chêne ! Plus de cent ans d'âge, poli en Angleterre.

— Il fait trop sombre ici, se plaint Sohan Lal. On ne voit pas les attars.

— Ce n'est pas une échoppe de paan ! Quel besoin de voir quoi que ce soit ? Votre nez vous informe de ce qui est bon et mauvais.

— J'aime voir ce que j'achète.

— On ne peut pas sentir du ruh chameli, à six cents roupies le flacon, sous la lumière de tubes fluorescents, assis sur une chaise en fer pliante fabriquée à Noida. »

Sohan Lal fait grise mine. Ce genre de discours l'énerve, mais Ramvilas ne se tient plus depuis la mort de Lala Surajmal. A présent, il montre l'horloge du grand-père. « C'est la plus grande horloge que j'aie jamais vue, faite d'un seul tronc, avec des bandes d'acajou. Avez-vous déjà vu une horloge de sept pieds de haut ? Le cadran est peint à la main.

— Est-ce qu'elle marche ?

— Bien entendu. Elle ne s'est jamais arrêtée de marcher depuis cent quatre-vingts ans ! »

Sohan Lal l'estime beaucoup plus récente que cela, mais il ne veut pas discuter.

« On voit encore le nom du fabricant, dit Ramvilas, sur une plaque de cuivre. T. Cook of Loughborough, en Angleterre. »

Sohan Lal ne commente pas.

« Cette armoire, reprend Ramvilas. C'est Lala Bhagwan Das qui l'a fait fabriquer il y a plus de cent ans pour occuper exactement l'espace entre les cabinets en pin. Voyez-vous comme le vernis a tenu ?

— Je n'aime pas le vieux bois. Je préfère l'acier inoxydable et le Sunmica pour les comptoirs. »

Ramvilas rit et s'affaire. Un tel enthousiasme pour la boutique de son maître est inconvenant, pense Sohan Lal, qui observe Ramvilas mélanger les attars, renifler les flacons. Il semble beaucoup trop à son aise derrière le comptoir. Il n'a pas encore osé s'assoir sur la gaddi – celle où, d'aussi loin qu'on s'en souvienne, se tenait Surajmal – rangée dans un coin sur la gauche. Le drap blanc est propre. Le domestique continue peut-être à le changer chaque jour. Les coussins, parfaitement alignés, attendent que s'appuient sur eux le bras parcheminé de Surajmal, mort depuis deux mois. Placée à côté d'eux, la caisse, que personne ne touche.

Ramvilas remarque les yeux de Sohan Lal posés sur l'objet. « La sandookcha est ancienne, elle aussi. On pourrait gagner beaucoup d'argent rien qu'en vendant le mobilier. »

Il a déjà son plan, se dit Sohan Lal. « Lalaji a su conserver une boutique élégante. Les fils sauront-ils en faire autant?

— Les fils, ils restent à se faire chouchouter par leurs femmes. Qu'est-ce qu'ils y connaissent en attars et essences? Vous pourriez remplir une bouteille de ruh gulaab avec de l'urine de Morarji, ils ne verraient pas la différence.

— Est-ce qu'ils vont se partager la boutique?

— Ils n'arriveront pas à s'entendre. Ils se bagarraient même du vivant de Lalaji. Maintenant, ce sont les quatre fils de Shah Jahn, prêts à s'entre-tuer pour l'empire hindoustani.

— Que déciderez-vous? demande Sohan Lal, feignant l'indifférence.

— Je pourrais attendre qu'un Aurangzeb surgisse parmi eux. Mais étant donné le désastre qu'a représenté Aurangzeb pour l'Empire moghol! Je ne laisserai pas l'Histoire se répéter. J'ai choisi un Dara Shikoh et je l'introniserai empereur de Bhagwan Das et Fils. C'est le plus aimable et le mieux élevé des quatre. »

Probablement le plus influençable, se dit Sohan Lal. C'est peut-être Vimal, l'aîné, comme Dara. « Je me fais du souci pour l'avenir des enfants de Vimal. » Il guette la réaction de Ramvilas.

Ramvilas rit, pointe du doigt le calendrier accroché à un panneau d'acajou. « Aujourd'hui c'est le 14 novembre, la Journée des Enfants. Le jour où il faut se faire du souci pour nos enfants, a décrété Nehru! »

Le domestique fait entrer un client. On le croirait sorti tout droit du siècle dernier – un magnifique turban, des mules blanches brodées au bout pointu, churidaar-pyjama et shervani incrustés d'or. « La boutique est fermée », dit Ramvilas, feignant une extrême contrariété.

L'homme ne bouge pas. Des plis de son shervani il extrait des liasses de billets de cent roupies. Ramvilas lui tend une fiole d'aluminium cachetée. L'homme l'enveloppe dans un morceau de tissu, l'enfouit dans son shervani, et sort en silence. Ramvilas fait un clin d'œil à Sohan Lal. « Nous avons décidé de ne rien vendre avant que les fils aient fait l'inventaire complet. Mais qui peut renvoyer de vieux clients? Cet homme possède une affaire d'exportation. »

Sohan Lal hoche la tête. Il sait, bien sûr, que tous les employés volent, et ne s'en formalise pas outre mesure. Ils ont femme et enfants à nourrir. Il les paie toujours moins qu'il ne le devrait parce qu'il sait qu'ils combleront la différence par eux-mêmes. Il est difficile de voler à grande échelle dans une boutique de saris. On peut faucher un corsage rubiya, un salvaar ou un dupatta, des articles peu coûteux. Mais un grand sari de soie, c'est une autre histoire. Où le cacher? Dans une bijouterie ou une boutique de parfums, le voleur peut faire des ravages. Surajmal, qui le savait, payait ses employés encore moins que Sohan Lal ne paie les siens. La kleptomanie d'un employé, partie prenante des frais généraux, se tolère tant qu'elle demeure dans les limites de la décence et de la discrétion. Voilà pourquoi l'attitude de Ramvilas servant ce client anonyme en sa présence inquiète Sohan Lal. Seth et employé unis dans le crime, c'est un manquement à l'étiquette. Les employés se moquent de la jobardise de leurs seths, les seths dénoncent entre eux leurs employés indélicats, il n'est pas question qu'ils se retrouvent du même côté. Maintenant qu'il a assisté à cette scène, Sohan Lal doit en informer les fils de Surajmal. Mais lequel choisir pour confident? Vimal, parce qu'il est l'aîné? Qui lui dit que Vimal n'est pas le complice de Ramvilas? Dans ces conditions, mieux vaut ne pas s'en mêler. Le malheur de Surajmal, c'est qu'il ne laisse pas de regrets sincères. Je l'aurais pleuré de tout mon cœur, pense Sohan Lal, et j'aurais protégé ses fils, s'il m'avait donné Ballimaran avant de mourir.

« Les fils ne vérifient pas leur stock de flacons d'attar? demande-t-il.

— J'en suis le gardien, au prix de ma vie s'il le faut. (Il y a une méchante lueur dans les yeux de Ramvilas.) Je vais vous montrer. »

De l'armoire en pin, il sort une boîte en ivoire, verse avec précaution une cuillerée du liquide visqueux qu'elle contient dans une carafe en cristal. Puis il enfonce un tampon de coton dans la carafe, le laisse s'imbiber, l'applique sur le poignet droit de Sohan Lal. « Ruh chameli, dit-il. Les sahibs anglais l'adoraient. Le vice-roi disait que ça lui rappelait les soirs d'été indiens. Il disait n'importe quoi, bien entendu, parce que l'été il vivait à Simla. »

Sohan Lal se frotte le poignet et le porte à son nez. Ramvilas guette sa réaction. Puis il ouvre une fiole, en laisse tomber une goutte sur le poignet gauche de Sohan Lal. « C'est aussi du ruh chameli, mais synthétique. Le premier est fait d'huiles essentielles provenant de la distillation à la vapeur d'herbes, d'épices et de fleur de chameli. L'autre est fait de... dieu seul sait quoi. »

Sohan Lal hume chaque poignet, tour à tour.

« Vous êtes un expert, sethji. Je n'essaierais jamais de vous tromper. Mais mes clients...

— Oui, oui ! » Sohan Lal est flatté, mais humilié, parce qu'il ne sent pas la différence. Il s'estime connaisseur en matière d'attars, seulement, ces derniers temps, ses sens se sont émoussés. Combien de temps peut-on conserver un odorat fin, quand on passe ses journées dans les puanteurs d'égout de Kucha Bansilal ? Sans compter l'horrible odeur de feuilles de thé fermentées qui s'échappe du stand du chaivala, celle du musulman aux dents jaunes et des parfums bon marché que Ramesh achète pour Sushma... Et maintenant se faire donner des leçons par cet employé qui guette sa réaction ! Il doit donc se montrer à la hauteur, humer chaque poignet avec l'expression appropriée – ravie pour le droit, horrifiée pour le gauche.

« Entre vous et moi, dit Ramvilas. Les deux sont identiques, n'est-ce pas ? »

Sohan Lal glousse, Ramvilas rit intérieurement. L'attar de la boîte en ivoire est synthétique, la fiole contient le plus pur ruh chameli. J'ai trompé tout le monde aujourd'hui : l'exportateur, les fils de Surajmal et Sohan Lal. Il éprouve une immense affection fraternelle pour Sohan Lal, qui vient de révéler sa faiblesse. Un jour, lui, Ramvilas, sera un seth, alors ils pourront s'asseoir sur la même gaddi et échanger des plaisanteries. « Contrairement à vous, les gens ne savent pas faire la différence. Donnez-leur des attars synthétiques dans des bouteilles de plastique... ils respirent une bouffée et s'exclament : " *Subhaan* Allah!" Et moi, je suis content. »

Sohan Lal s'agite, mal à l'aise, se rappelant la présence, derrière son oreille droite, d'un tampon imprégné de raat ki raani. Néanmoins, pourquoi mépriserait-il son propre jugement? L'odeur du chameli est peut-être trop subtile. Alors que les fragrances de jasmin, kadamba, motia et mahua, ses parfums favoris, il les perçoit même au milieu des vapeurs d'essence de Chandni Chowk. Il pense que les bouteilles livrées pour le mariage de Shakuntala contenaient du synthétique. C'est peut-être le moment d'en avoir le cœur net.

« Un jour j'ai commandé du kadamba et du jasmin à Lalaji, dit-il prudemment. La qualité ne m'a pas semblé très bonne. »

Rapide mouvement des yeux de Ramvilas : le commis est coupable. « Pour le mariage de Shakuntala? demande-t-il. Lalaji les a empaquetés lui-même.

— Il m'a dit que c'était vous. »

Ricanement moqueur. « Lalaji était un homme généreux. Lui seul savait humer et sélectionner du bon kadamba, mais il voulait m'en laisser le crédit. » Un instant de silence, puis : « Je suis un mauvais hôte. (Il appelle le domestique.) Prenez-vous du sucre dans votre thé ? »

Sohan Lal fait signe que non. Ramvilas dépêche le serviteur. « Lalaji ne nous permettait pas de boire du thé au comptoir. Son odeur se mélange à celle des attars. »

Tout en parlant, Ramvilas pousse Sohan Lal dans une autre pièce, qu'il révèle en appuyant sur un panneau de chêne. C'est une pièce sans fenêtre. Une penderie d'acajou occupe tout un mur, une bergère au cadre de chêne, garnie de cuir, suffit à recouvrir le sol.

« Lala Bhagwan Das n'aimait pas s'assoir sur la gaddi à cause de son arthrite, dit Ramvilas, alors il a acheté ce sofa à Londres. Le meuble est arrivé par bateau à Bombay, puis par le train à Delhi. Il a fallu sept hommes pour le transporter dans la boutique. Le cuir en est toujours aussi souple qu'il y a cent ans. Les coussins sont garnis de plumes. »

Il se laisse tomber dessus, Sohan Lal reste debout. « Je ne suis pas venu ici pour admirer des meubles, Ramvilas. »

Enfin, ils vont discuter affaires. Ramvilas attendait ce moment avec angoisse. « Asseyez-vous, sethji. » Il lui offre sa place sur le sofa. Sohan Lal s'y installe avec un soupir de soulagement.

« Le comité va devoir élire un président, dit-il.

— Ah ! Lalaji est irremplaçable. »

La mention du nom de Surajmal impose une seconde de silence. Sohan Lal enchaîne : « Le choix se fera, comme le veut la tradition, parmi les membres les plus anciens. Vous devriez en discuter avec Jugal Kishor. Ce serait bien qu'il propose mon nom.

— Je peux m'en charger moi-même », dit Ramvilas.

Sohan Lal hésite. Une telle proposition émanant d'un simple employé ferait mauvais effet. « J'allais vous le demander, seulement vous ne possédez pas le droit de vote.

— Quelle coïncidence. Jugal Kishor m'en parlait justement hier. "Que faut-il, à ce stade, au comité du PPI ? disait-il. Prenons Suleman : qu'a-t-il de plus que nous ? Il n'est rien, pas même conseiller municipal ! Il n'a pas de boutique, n'a pas fait d'études, à notre connaissance, pas d'argent – du moins à titre personnel. On ignore où il est né, qui sont ses parents, où se trouve sa famille. Mais il a une qualité qui fait défaut à notre comité – la jeunesse !"

— Suleman est un serpent venimeux. On ne peut pas se fier à un homme avec une moustache en trait de crayon. Et ses yeux !

— Il n'a guère plus de trente-six ou trente-sept ans, poursuit Ramvilas. Un peu plus jeune que moi. Et nous, nous remplissons notre comité de grands-pères !

— L'âge est synonyme de sagesse, tonne Sohan Lal.

— Bien entendu. Un fils ne peut réussir sans la main de son père pour le guider. Mais le père doit-il siéger au comité ? C'est un dur travail. »

Sohan Lal réprime une envie de cracher à la figure de ce laquais qui ose lui donner des conseils. Surajmal le surveillait. Qui va le retenir maintenant ? La tâche lui incombe, puisque Jugal Kishor s'est abaissé jusqu'à discuter d'un tel sujet avec un commis. A moins que... Jugal Kishor n'a que deux ans de moins que lui, imaginerait-il de se présenter à la présidence ? Avec tous les ennuis qu'il doit affronter dans sa propre boutique ? Ses deux fils envisagent de se la partager du vivant de leur père.

« Kartar Singhji est du même avis », ajoute Ramvilas.

Je n'ai pas été assez rapide, songe Sohan Lal avec amertume. Je pensais qu'il fallait respecter un intervalle décent après la mort de Surajmal. Est-ce que Kartar Singh lorgne sur la présidence ? A quarante-huit ans, on n'est pas un jeune homme. Et ce commis n'est plus un adolescent, lui qui parle de la passion de la jeunesse. Certes, il est mince, la peau bien tendue sur un visage anguleux, mais il approche la quarantaine. Il veut peut-être devenir membre à part entière du comité, bien qu'il ne possède pas sa propre affaire. « Si nous voulons des jeunes au comité, prenons-les au-dessous de trente ans, suggère-t-il. L'heure est au sacrifice, pas à la discussion. J'autoriserai Ramesh à présenter sa candidature au comité. Il me rappelle ma vigueur quand j'avais vingt-huit ans. Je sais que ce n'est pas bon pour nos affaires de le voir siéger au comité du PPI. Il perdra du temps en réunions, il se mêlera de politique au lieu de s'occuper de la boutique. Mais je n'ai pas le choix, si le comité veut augmenter la proportion de jeunes.

— Vimal s'est dit intéressé, lui aussi. Et les trois autres fils. Chacun ne rêve que de prendre la place du père. »

Nouvel obstacle. Sohan Lal connaît mal les garçons. Il a peut-être manqué de tact en les négligeant après la mort de Surajmal.

Ramvilas tend une perche. « Ce n'est pas simplement de jeunes gens dont nous avons besoin au comité, dit-il. J'ai constaté l'imprudence de Vimal. Ramesh Babu a le même âge.

— Ramesh est un garçon réfléchi. Il a même acheté un ordinateur pour la boutique. Nous avons besoin de jeunes qui comprennent ces choses.

— Comme Rajiv Gandhi ? ricane Ramvilas. Il ne parlait que d'ordinateurs. »

Sohan Lal juge l'injure insupportable. Il va pour sortir en trombe, mais le domestique apporte le thé, il en accepte une tasse à contrecœur.

« Je ne devrais pas vous dire cela, reprend Ramvilas, mais je le fais au nom de notre amitié. Jugal Kishor m'a dit, en privé, que plusieurs membres du comité vous estiment responsable de la mort de Lala Surajmal. »

Sohan Lal le regarde, médusé. Qui a répandu cette infamie, et pourquoi ?

« Ils pensent que vous n'auriez pas dû vous opposer à lui à

propos de l'exemption d'impôt foncier pour les immeubles du patrimoine. Un membre du comité du PPI qui affiche la même opinion que Suleman, c'est très mal vu. Si ce vote n'avait pas été annulé, Lalaji serait peut-être encore parmi nous. »

Sohan Lal en grince des dents. « Jugal Kishor a vraiment dit cela ?

— Ce n'est pas son opinion personnelle. Il a entendu raconter ces histoires, ce qui l'inquiète beaucoup. »

Sohan Lal porte la tasse à ses lèvres d'une main tremblante, cependant qu'il prend une décision. « Nous ajouterons deux nouveaux membres au comité. L'un de moins de trente ans, l'autre de moins de quarante. Ils nous apporteront à la fois passion et maturité.

— Nous devons associer passion et patience, énergie et expérience, susurre Ramvilas. Ces jeunes auront besoin de guides, donc nous devrions respecter la tradition en ce qui concerne la fonction de président. A ce poste, nous avons besoin de la stabilité que confère l'âge. »

Sohal Lal se renverse contre le dossier de la bergère, sent les plumes céder sous son poids, estime que la solution est raisonnablement équilibrée. Il fera en sorte que Ramvilas se voie accorder le droit de vote au comité. Ramesh y entrera également, et lui-même deviendra président, comme cela lui revient de droit. Mais il attend de Ramvilas plus qu'une vague assurance de soutien. « Je compte sur vous pour parler à Jugal Kishor, Kartar Singh et les autres.

— Kartar Singh ne va pas tarder à arriver.

— Pour quelle raison ?

— Ayodhya.

— Ah ! » La question d'Ayodhya n'est vraiment pas ce qui préoccupe Sohan Lal. Dès qu'il sera élu président, sa première tâche consistera à attribuer des circonscriptions en vue de la prochaine élection législative. Qui aura certainement lieu l'an prochain maintenant que Delhi est devenu un Etat à part entière de l'Union indienne. Il se réservera Ballimaran. Un quartier en majorité hindou – commerçants, employés, des gens qu'il comprend, des patriotes qui savent que leur intérêt se confond avec celui du PPI. La population musulmane, importante néanmoins, se partagera entre le Parti du Congrès et le Parti communiste. Il sait que Kartar Singh avait réclamé Ballimaran à Surajmal, mais combien de temps encore va-t-on brandir son statut de victime des émeutes de 1984 ? Certains sardars ont perdu toute leur famille, lui n'a perdu qu'un fils. D'ailleurs pourquoi n'avoir fait qu'un seul enfant ? Un homme sensé ne devrait-il pas procréer au moins deux fils, pour parer le risque d'accident ? De plus, il n'y avait pas trace d'une seule égratignure sur sa femme quand on l'a sortie de sa fenêtre, même si elle pleurait et hurlait. Certes, sa boutique avait été pillée, mais le vrai perdant, ce fut lui, Sohan Lal. Rien qu'à ce titre, Ballimaran lui revient. Harilal Gupta voudra certainement Chandni Chowk, et personne ne pourra le lui disputer. Paharganj est sans intérêt pour le PPI. Reste Matia Mahal, où soixante-dix pour cent des votants sont musulmans. Chacun sait que Suleman va se présenter à Matia Mahal, seul un imbécile tenterait de le défier.

« Encore un peu de thé, sethji ? »

Sohan Lal se rend compte qu'il tenait une tasse vide. Sans table où la poser, il opte pour le sol. Par ce temps froid et couvert, le thé l'a réchauffé et lui a remonté le moral.

« Je voudrais vous demander une faveur », dit Ramvilas.

Sohan Lal hoche la tête.

« Ma femme me tarabuste pour avoir des saris.

— Je viens juste de faire les soldes de Divali, pourquoi n'en avez-vous pas profité ?

— Vous connaissez les femmes. C'est quand leur mari n'a pas les moyens de payer qu'il leur faut des choses.

— Envoyez-la à Kucha Bansilal. Je dirai à Ramesh de lui montrer ce que nous avons de mieux, et de lui faire une réduction de vingt pour cent.

— C'est trop loin pour elle. Je me fie totalement à vous. Qui mieux que vous s'y connaît en saris ? »

Sohan Lal se rengorge sous le compliment.

« Huit saris de soie, dit Ramvilas. Quatre de Bénarès et quatre de Kanjeevaram. Plus deux en nylon.

— Le nylon, c'est démodé.

— Elle est vieux jeu », soupire Ramvilas.

Sur quoi la porte s'ouvre, poussée par le domestique, et apparaît Kartar Singh, un magazine dans une main, une sacoche dans l'autre.

« Thé ! ordonne Ramvilas. Du sucre ?

— Oui, deux cuillerées. Je ne suis pas encore malade ! » Kartar Singh rit, se laisse tomber lourdement sur le sofa, Sohan Lal s'émerveille d'une telle gaieté. Depuis quelques mois, le sardar a gagné du poids et à l'évidence de la prospérité. Ses boutons de manchettes sont de vrais diamants. L'argent ne provient pas du magasin, se dit Sohan Lal, le déclin de Lajpatrai Market est de notoriété publique. Le marché est en train de mourir, à cause des produits chinois. Pourtant à voir Kartar Singh, on en douterait. Ce trafic de matchs de cricket, ça rapporte !

« Vous avez l'air fatigué, sethji », remarque Kartar Singh.

Non seulement il affecte une gaieté provocante, mais en plus il m'insulte, pense Sohan Lal.

« Votre chaivala devient célèbre. » Kartar Singh feuillette son magazine, trouve la page et la lui montre.

« C'est en anglais, grommelle le seth. Si je lisais l'anglais je serais membre du Congrès.

— Savoir un peu d'anglais est nécessaire à notre époque.

— Surtout pour le président du comité », susurre Ramvilas.

Kartar Singh ne réagit pas, Sohan Lal a la nette impression que le sardar est au courant. « Lisez-nous l'article », dit-il.

Kartar Singh lit lentement, soigneusement, son doigt suivant les lignes. « "Le manifestant solitaire, par Chitra Ghosh. Le défenseur de la liberté de parole et de la laïcité n'est pas un grand leader s'adressant à des multitudes sur l'ensemble du territoire indien. C'est un simple chaivala, découvert menotté dans un poste de police de GB Road..." »

Sohan Lal interrompt Kartar Singh d'un geste de la main. Il n'a pas tout compris, mais a saisi le sens de l'article. « C'est mon chaivala ? Gopal Pandey ? »

Kartar Singh glousse.

« C'est sûrement une erreur », insiste Sohan Lal.

Kartar Singh lui montre la page, Sohan Lal reconnaît l'homme sur la photo. « Qui aurait cru que ce bonhomme participerait à une manifestation ?

— Vous devriez peut-être lui demander d'entrer au comité ! Cette madame écrirait aussi sur vous.

— Pourquoi perd-elle son temps avec un chaivala, alors qu'il y a tant dire sur le travail accompli par le comité? Le PPI lance des campagnes de propreté, de don du sang, procure des pensions aux veuves. Pourquoi ne lui signale-t-on pas tout cela?

— Ce qui l'intéresse c'est la liberté de parole, pas les œuvres sociales, dit Kartar Singh.

— Elle s'appelle Ghosh, c'est ça?

— Chitra Ghosh.

— Je la connais, dit Sohan Lal. Elle est venue me parler du garçon qui travaillait pour moi.

— Celui qui a pissé sur Gandhi!

— Il ne remettra pas les pieds dans le kucha. Si j'avais su qu'il était bangladeshi...

— Elle ne dit rien de ce garçon dans son article.

— Elle portait un sari en crêpe georgette, signe qu'elle ne vient pas d'une bonne famille. Une célibataire. Je voulais lui montrer mes saris de soie, mais elle insistait pour parler du Bangladeshi. Elle l'appelait par son nom. Et elle voulait savoir si je lui voyais un brillant avenir!

— Elle est célèbre, dit Kartar Singh. Sa photo a paru dans les plus grands magazines américains.

— Elle n'ira pas loin si elle s'obstine à parler des Bangladeshis. Quel gâchis – une femme qui n'a jamais possédé de délicatesse féminine et qui est en train de perdre sa seule qualité : sa jeunesse. L'éducation des femmes est une erreur : quand elles savent lire les magazines anglais elles ne trouvent pas de maris.

— Revenons à cette histoire Ayodhya », dit Ramvilas.

Kartar Singh sort une liasse de papiers de sa serviette, et leur montre un dessin. « Trois dômes, celui du centre est le plus haut. Il faudra une échelle pour l'escalader.

— Quel matériau? demande Ramvilas.

— Brique cuite, crépie au mortier de chaux.

— Et les murs?

— Des blocs de grès à gros grain, crépis comme les dômes.

— Les piliers?

— Il y en a quatorze, en pierre schisteuse noire incrustée de silice. Mais nous pouvons nous concentrer sur les quatre de l'entrée principale qui donnent sur le dôme central.

— C'est quoi la pierre schisteuse?

— Le kasauti. Friable, mais assez solide pour soutenir les arches. » Kartar Singh range son dessin.

« Il faudra un bon millier de personnes, dit Ramvilas.

— Nous, on nous demande d'en fournir cinquante, dit Kartar Singh.

— Je ne trouverai jamais cinquante personnes à Chandni Chowk, proteste Ramvilas.

— Combien en avez-vous jusqu'à maintenant ?

— Douze. Chacun réclame deux mille roupies.

— Nous ne possédons pas vingt-quatre mille roupies, dit Sohan Lal.

— Cette fois-ci, il ne s'agit pas de hurler des slogans, de manger de l'aloo puri et de rentrer chez soi. Cette affaire est dangereuse ! La police n'utilise plus les gaz lacrymogènes. Qu'est-ce qui se passera s'ils ouvrent le feu ? Maintenant, ils ne se contentent pas de viser les jambes.

— La police ne tirera pas, dit Sohan Lal.

— Ils l'ont fait la dernière fois que nous avons marché sur Ayodhya, dit Ramvilas. Tous les garçons à qui j'ai parlé avaient vu les films vidéo – les corps entassés, les membres éparpillés, la Saryu rouge de sang hindou... Ils ne marcheront pas à moins de deux mille roupies.

— C'était il y a deux ans, dit Sohan Lal. Aujourd'hui le Premier ministre est des nôtres. J'ai des informations – la police ne tirera pas.

— Mais je ne peux pas raconter ça ! proteste Ramvilas. Les garçons présument que la police tirera, donc je ne peux pas baisser le tarif.

— Et leur religion ? tonne Sohan Lal. Ne veulent-ils pas la protéger ? »

Si Sohan Lal se paie sa tête, Ramvilas n'en voit pas trace sur sa physionomie. « C'est pour leur religion qu'ils acceptent finalement. Personne ne consentirait à se faire tuer pour deux mille roupies.

— Les jeunes veulent de l'argent pour n'importe quoi, geint Sohan Lal. Comment se fait-il que Suleman ait les siens pour rien ? Deux cents personnes étaient prêtes à se laisser mourir de faim pendant la grève.

— C'est facile une grève de la faim, dit Ramvilas. La mort arrive lentement, graduellement. Mais avec une balle, c'est fini en une seconde, avant qu'on ait le temps de changer d'avis.

— Il nous faudra aussi des haches, des marteaux, des cordes et des échelles, dit Kartar Singh.

— Ça, c'est facile.

— Et les expédier à Ramkatha Kunj près d'Ayodhya dans une semaine. C'est là que les volontaires vont s'entraîner.

— Mais tout le monde va les voir, proteste Sohan Lal.

— C'est une région montagneuse. Peu peuplée. Et c'est près de Babri Masjid. »

La riposte de Sohan Lal fuse, automatique. « Masjid? Tout au plus une bâtisse!

— Ah oui, la bâtisse. »

L'embarras de Kartar Singh réjouit Sohan Lal. « Les mots sont importants », dit-il. Il s'extrait avec difficulté du sofa. « Convoquez une réunion du comité pour mardi prochain, dit-il à Ramvilas. Nous ferons une puja au temple de Hanuman. Puis nous désignerons les nouveaux membres et élirons le nouveau président. »

Il s'apprête à sortir, content que Kartar Singh ne l'ait pas interrompu. La présidence semble lui revenir de droit. Assumant déjà son nouveau rôle, il conclut : « Nous en profiterons pour attribuer les circonscriptions pour la prochaine élection. Quatre quartiers, quatre candidats.

— La date de l'élection n'a pas encore été fixée, dit Kartar Singh.

— Nous devons nous y prendre à l'avance. Lala Surajmal voulait qu'on ait tout résolu pour fin novembre. Qui suis-je pour mettre en doute son discernement? Le comité lui doit son existence même.

— Lalaji avait déjà sélectionné les quatre candidats », dit doucement Ramvilas.

Sohan Lal pile sec devant la porte. Un mort peut-il exercer son pouvoir de l'au-delà? N'a-t-il pas traversé le Vaitarani? Ne comparaît-il pas en ce moment même devant Yamaraj, tremblant pendant qu'on énumère ses péchés?

« Lalaji craignait de mourir avant les élections, dit Ramvilas. La première fois que Delhi aura une assemblée législative. Un événement historique qu'il ne voulait pas rater.

— Comment le savez-vous ? demande Sohan Lal. Où est la liste des candidats ?

— Dans une enveloppe scellée que détient Jugal Kishorji. Signée par Lalaji.

— Cette liste n'est plus valide. C'est le nouveau comité qui choisira mardi prochain.

— Mais vous figurez sur la liste, sethji, dit Ramvilas.

— Oh !

— Ainsi qu'Harilalji Gupta, bien entendu. Et Kartar Singhji. Et un négociant de Paharganj.

— Harilal Gupta reçoit Chandni Chowk ? (Hochement de tête de Ramvilas.) Et Ballimaran, c'est pour qui ?

— Kartar Singhji.

— Donc, il me reste Matia Mahal ? s'exclame violemment Sohan Lal.

— C'était le seul siège vacant, explique Kartar Singh. J'ai dit à Lalaji que je céderais volontiers Ballimaran, à quoi il a répondu : "Sohan Lal n'a aucune attache dans Ballimaran. Comment pourrait-il être candidat de ce quartier ?" »

Kartar Singh pas davantage, pense Sohan Lal. En ligne droite, Lajpatrai Market est encore plus éloigné de Ballimaran que Kucha Bansilal. Mais évidemment, la distance n'a rien à voir là-dedans. Ah, que la liste des péchés de Lalaji doit être longue !

« Demandez à Jugal Kishor d'apporter l'enveloppe à la réunion, dit Sohan Lal d'un ton radouci. Nous réfléchirons.

— Harilalji en connaît le contenu et l'a approuvé », dit Kartar Singh.

Fou de rage, Sohan Lal traverse lentement la boutique. Matia Mahal signifie sa défaite à coup sûr face à Suleman. Et Kartar Singh, vainqueur à Ballimaran, deviendra député ! Kartar Singh le boiteux, avec ses cabochons de diamant. Et lui, Sohan Lal Agrawal, président du comité du PPI de Chandni Chowk, qu'obtient-il après trente années de loyaux services ?

Ramvilas le hèle : « N'oubliez pas de mettre de côté les saris, sethji ! Huit de soie, deux en nylon !

— Je ne les ai peut-être pas en stock, grince Sohan Lal. Je demanderai à Ramesh de vous en commander, mais les nouveaux seront chers. »

Il sort de Bhagwan Das et Fils et s'engage dans Kucha Sugandh juste au moment où l'horloge fabriquée par T. Cook de Loughborough se met à sonner, il est trois heures de l'après-midi.

۱۲

Gauhar tire sur sa cigarette, s'imagine pour la centième fois conduisant Mussabir Ustad à la prison de Tihar. Il aura un coin de salle pour lui tout seul, une armée de grands-pères à baiser – même s'ils le paient en coupons –, des gardes pour le nourrir de roti et de daal deux fois par jour. Que peut désirer de plus un ustad jusqu'à la fin de ses jours ? Gauhar n'a qu'une crainte : que le temps qu'il sorte d'ici, Mussabir n'ait quitté le cagibi vert et disparu. Difficile de savoir quand lui-même sortira de prison, lui répète son nouvel ami, le vieil homme au visage de lapin. Il prétend s'appeler Bobby, ce qui n'est évidemment pas son vrai nom. Quand Gauhar lui a demandé pourquoi il était en taule, il a ri, a dit que c'était parce qu'il avait volé une voiture – faux également. Un seul regard à sa lèvre fendue et ses dents de devant – et vous savez que ce type ne s'est jamais assis dans une voiture.

Gauhar décide de se rouler une nouvelle cigarette, fourrage sous sa natte et ne trouve pas la Bible. Elle a disparu. « Tu m'as volé ma bible, espèce d'enculé ! » crie-t-il à Bobby, qui se roule sa propre cigarette.

Bobby sourit, exposant ce qui lui reste de dents. « Ça fait une semaine qu'on n'a pas vu Père Noronha. Je te rendrai ta bible quand il m'en donnera une.

— Dix roupies », annonce Gauhar. Bobby soupire, extrait de dessous sa couverture une liasse de coupons bleu-gris. Gauhar les compte, prenant soin de ne pas déchirer le mince papier. Quinze.

« Il m'en faut trois de plus. Le tarif c'est dix-huit coupons pour dix roupies.

— Fais-moi un rabais. Nous sommes amis.

— Trois de plus, enculé ! »

Gauhar lui arrache trois coupons supplémentaires, qu'il range sous sa natte. Bobby se roule sa cigarette.

« Qu'est-ce que je vais fumer en attendant que Père Noronha revienne ? demande Gauhar. File-moi une page.

— Deux roupies », claironne Bobby.

A contrecœur, Gauhar lui tend deux coupons. Bobby sort la Bible de dessous sa couverture, déchire une page. Gauhar s'en saisit, la plie en deux, y verse du tabac, se roule sa cigarette. Il s'est fait à nouveau piéger par Bobby. Le salaud !

« Jésus est mon sauveur ! s'écrie Bobby. Père Noronha l'a dit. »

Heureusement que Bobby ne sait pas compter, sinon je serais devenu un mendiant, pense Gauhar. Il se fiche de Bobby, que rien ne distingue des vingt autres vieux de la taule, sinon son bec-de-lièvre. Les deux derniers mois ont été plutôt confortables. Les grands-pères sont si frêles qu'il risquerait de les tuer rien qu'en parlant trop fort. Il ne les craint pas, les dangereux c'est ceux de quarante ans. Les premiers jours, ils s'approchaient de lui, les yeux menaçants. Il ne savait pas ce qu'ils voulaient – son kurta, son pyjama, son calot ou tirer un coup. Il s'est offert sans rechigner pour soixante-dix roupies, mais a vite découvert que les tarifs sont différents en prison. Les hommes voulaient l'enculer sans payer. Alors il leur a parlé de Mussabir le jaune, et raconté qu'ils n'arrêtaient pas de se baiser tous les deux. « Je vais bientôt devenir aussi jaune que votre chemise. Je vais vomir et j'aurai terriblement mal à l'estomac. » Après ça, ils lui ont fichu la paix. Il a obtenu son propre coin – cinq fois plus grand que la boîte de Gopal Bhai – où seul Bobby s'aventure régulièrement. Bobby a certainement déjà été enfermé à Tihar. Il connaît les gardes, le directeur, et affirme qu'il peut sortir quand il veut. Et si on lui demande pourquoi il ne le fait pas, il dit qu'il attend qu'on ait besoin de lui à l'extérieur.

« Qui a besoin de toi ?

— Différentes personnes, de temps en temps. »

Gauhar ne doute pas que Didi ait quelque chose à voir avec son emprisonnement. Elle parlait avec ce salaud de policier dans GB Road. Elle employait des mots anglais. Elle ne lui a pas appris beaucoup d'anglais, exprès, comme ça elle peut le faire boucler sans qu'il comprenne. Quand les policiers les ont emmenés dans leur jeep, lui et Gopal Bhai, il pensait que c'était pour les relâcher. Au tribunal, il n'a rien dit. Il s'est très bien conduit, ne voulant pas offenser le juge, certain que Didi faisait le nécessaire. Elle est célèbre – il suffit de voir comment le juge lui parlait. Pourtant, c'est Gopal Bhai qui a quitté le tribunal avec Didi ! N'avait-elle pas payé pour eux deux ? Il l'a injuriée, traitée de tous les noms, mais il s'est retrouvé seul en taule. Sûr qu'il aurait été relâché si elle avait parlé au moustachu noir de GB Road. Quel mal on peut faire en pissant sur une pierre ? Surtout que les mots « *Hey* Rama » sont écrits en lettres de fer. Donc la pisse ne peut pas l'effacer.

Après le départ de Didi et de Gopal Bhai, ils l'ont fait monter dans un fourgon et l'ont conduit ici. Prison Tihar, a dit le policier, où on enferme les mendiants trop vieux pour mendier, jusqu'à ce qu'ils meurent.

« Je n'ai que dix-huit ans, a-t-il dit.

— Déjà beau que tu aies vécu jusque-là. Tu devrais être mort depuis longtemps dans la merde et la pisse de Chandni Chowk. »

Il a filé une beigne au policier, qui l'a battu et fourré ici avec tous ces vieux. Et pendant tout le mois d'octobre, il n'a pas eu de couverture. En novembre, quand les nuits sont vraiment froides, Bobby a donné cinquante coupons à quelqu'un, qui a apporté une natte.

Etre en prison, il s'en fiche. Ils lui ont pris son kurta-pyjama et lui ont donné un uniforme, mais il a réussi à cacher son calot. Il le met quand il peut. Les gardiens sont gentils. De temps en temps, ils tabassent un grand-père à coups de bâton, mais ils se calment vite. Bobby les connaît tous. Pour qu'ils soient de bonne humeur, il suffit de leur refiler quelques coupons chaque jour. Il est prudent de se ranger de leur côté. Parmi les vieux, beaucoup commencent à regarder Gauhar d'un œil soupçonneux parce qu'il n'est pas devenu jaune comme promis. Bientôt, il ne pourra plus les tenir à l'écart, et il devra se laisser enculer. « Tu vas vivre ici jusqu'à la fin de ta vie, lui a affirmé Bobby, alors laisse tomber ton truc de jaunisse. »

La nuit il s'enroule dans sa natte pour avoir chaud. Deux fois par jour, les gardiens leur apportent du daal et des rotis. Une fois par jour ils sortent dans la cour pour courir, et tous les quinze jours un barbier lui coupe les cheveux gratis. Il a laissé pousser sa barbe, mais elle est maigre, rien à voir avec l'épaisseur soyeuse de celle de Suleman Mian ou même la broussaille du visage sale d'Ibrahim Mian. En compensation, il est confortablement installé : ses repas sont assurés, il n'a jamais eu tant de place pour dormir, n'est plus obligé de se planter dans Chandni Chowk à guetter les grosses femmes en sari de soie. On devrait tous pisser sur la pierre de Rajghat et venir à Tihar.

Le seul embêtement, c'est pour chier. Plus question du Fort Rouge ou du parking devant la gare de Old Delhi. S'il chie dans la cour de la prison, il se fait tabasser par les gardiens, alors il doit s'accroupir sur un seau à l'intérieur d'une remise. Il y a un robinet, donc il n'a pas besoin d'apporter une lota d'eau, mais il faut demander aux gardiens la permission d'y aller. La première fois qu'on lui a dit ça, il s'est demandé comment un homme pouvait chier dans une remise. Un jour il pleuvait – il n'y a eu que trois jours de pluie en octobre, et c'était un de ceux-là – et il était sur le seau. Alors il a compris comme c'est merveilleux de chier à l'abri ! En deux mois, il est devenu un expert. Il sait viser pour que tout tombe dans le seau. Lui, il s'en fiche si ça tombe à côté, mais si les gardiens s'en aperçoivent, ils le tabassent.

Bobby tousse. Il a fini sa cigarette. Il déchire une page de sa bible, la tend à Gauhar. « Une autre ?

— J'ai pas assez de coupons.

— Celle-là, c'est gratuit. »

Un bruit de ferraille derrière la porte, les gardiens apportent le daal-roti dans des chaudrons. Gauhar les regarde balancer une louche de daal et trois rotis dans son écuelle. Il se dépêche de manger avant que Bobby n'intervienne. Il y a une quantité fixe de daal-roti par personne, lui a-t-il dit. « Comme tu vas finir ta vie ici et que tu es encore jeune, tu dois faire durer ton daal-roti pendant cinquante ans. Il vaut mieux que tu jeûnes maintenant, comme ça tu pourras te bourrer quand tu seras vieux. Un homme jeune peut avoir faim et rester fort, mais un vieux qui ne mange pas, ça se dessèche comme des grains de raisin. »

Gauhar voit Bobby guigner ses rotis. Il lui en donne un et lui verse dans les mains le reste de daal. Gauhal ne sait pas si cette histoire de quantité fixe est exacte, mais Bobby ne doit pas se dessécher comme du raisin : outre qu'il possède un stock illimité de coupons, il est le seul de la taule à savoir où se procurer du tabac.

« Tu auras une longue vie, déclare Bobby avec emphase, tout en dévorant la nourriture de Gauhar. Pense que ce roti est descendu dans ton estomac.

— Va te faire foutre ! » dit Gauhar.

Il s'enroule dans sa natte et lui tourne le dos. Il sait que Bobby cache du tabac dans la doublure de sa couverture, des coupons et des fils de fer dans les doubles semelles de ses chaussures. Il aimerait bien l'étrangler, le salopard, mais il a besoin de lui, mieux vaut le dévaliser périodiquement.

Gauhar dort mal. Il fait très froid. S'il interroge les gardiens, ils ne lui diront rien, mais d'après ses calculs, ça fait soixante et un jours qu'ils l'ont enfermé ici, donc on est en décembre.

Bobby le réveille tôt le lendemain matin.

« Il fait encore nuit, proteste Gauhar.

— Je t'ai trouvé un client !

— Et ma jaunisse ? Il a pas peur de se mettre à vomir ?

— Il s'en fiche. S'il tombe malade, ils l'enverront à l'hôpital où on lui donnera du lait.

— Il a qu'à se mettre des oignons sous les bras. Ça lui donnera de la fièvre et il aura son lait. Maintenant, laisse-moi dormir.

— Il m'a donné un Gandhi ! » chuchote Bobby.

Gauhar soudain s'éveille. Il se redresse, frissonnant, surexcité. « Montre-le-moi ! »

Bobby saute à l'écart, hors d'atteinte de Gauhar, ouvre sa main comme une fleur. Il n'a pas menti. Le billet est bien là, craquant et neuf. Cinq cents roupies – du véritable argent, valant au moins neuf cents coupons. Gauhar veut le toucher, la main se referme brusquement.

« Donne-le-moi ! dit-il.

— Et ma commission, c'est quoi ?

— Quelle commission ? Qui va se faire mettre, toi ou moi ?

— Je vais le rendre », menace Bobby.

Gauhar regarde le cou décharné de l'homme-lapin. Et s'il lui réglait son compte ? Mais il y a peut-être d'autres Gandhi à venir. Il soupire. « Vingt pour cent.

— Ça fait combien ?

— Vingt roupies.

— D'accord, suis-moi. Le client est dans une autre taule.

— Tout de suite? Les portes n'ouvrent qu'à six heures.

— Je vais les faire ouvrir, ricane Bobby. Il faut une commission pour le gardien.

— Pas question. Dis à ton client d'attendre jusqu'à huit heures.

— Pourquoi?

— Tu veux qu'il m'encule avant que j'aie chié? »

Bobby hennit.

« Donne-moi le Gandhi, dit Gauhar. Je veux dormir.

— Pourquoi ce serait toi qui le garderais? »

Gauhar lui arrache le billet de la main. Avant de se rendormir, il avertit Bobby : « Si tu essaies de me toucher, je te casse la gueule! »

Deux heures plus tard, il est réveillé en sursaut par un garde. « Gauhar Muhammad? »

Il hoche la tête. Le gardien le hisse sur ses pieds. Il fourre hâtivement son calot et le billet de cinq cents roupies dans le pli de l'aine. Le gardien l'entraîne hors de la taule.

Bobby jaillit, attrape le bras droit de Gauhar, mais le moignon lui glisse entre les mains. « Où tu l'emmènes? » crie-t-il au gardien.

Le gardien ne répond pas.

Gauhar est sûr que Didi a finalement eu pitié de lui et vient le chercher. Le gardien le conduit le long d'un corridor et le pousse dans le bureau du directeur. Ce n'est pas Didi qui l'attend. C'est Dents Jaunes, vêtu d'un churidaar-pyjama, la barbe peignée, l'aspect étonnamment respectable. Sauf qu'il lui sourit, et qu'alors on voit ses dents.

« Tu as l'air sale », dit Ibrahim Mian.

Gauhar hausse les épaules.

« Je viens te chercher. »

Le directeur ne bronche pas. « Quel jour on est? demande Gauhar.

— Le 4 décembre », dit Ibrahim.

Le directeur donne à Gauhar un bout de papier et une enveloppe contenant cinquante roupies. Ibrahim prend l'enveloppe et la glisse dans sa poche. Un policier apporte le kurta et le pantalon de Gauhar. Gauhar se change, pose son calot sur sa tête, il sort de la pièce derrière Ibrahim, se retourne pour être sûr qu'on ne va pas l'arrêter. Dehors, ils montent dans un bus. Gauhar réfléchit à la tournure des événements. La prison était confortable, mais ce changement est peut-être meilleur. Il commençait à s'ennuyer. Il aimerait bien voir Mussabir Ustad, à moins qu'il soit mort. Il voudrait aller à GB Road où se trouvent ces femmes à la peau veloutée. Il faudra qu'il travaille à nouveau pour Seth Sohan Lal, mais au moins il a le Gandhi, et il est débarrassé de Bobby. Donc c'est bien de retourner à Chandni Chowk. Mais si Ibrahim Mian savait comment le sortir de prison, pourquoi ne l'a-t-il pas fait plus tôt?

« Où étais-tu depuis deux mois? demande-t-il, furieux.

— C'était pas encore le moment.

— De faire quoi? »

Ibrahim ne répond pas.

« Donne-moi trente-cinq roupies, dit Gauhar.

— Pourquoi?

— C'est toi qui m'avais emmené au dharna! Tu avais dit que ça rapportait trente-cinq roupies.

— Trente-cinq roupies pour trois heures! Tu as pissé et tu as filé au bout d'une heure.

— Il faisait chaud!

— Tu as gâché le dharna de Suleman Mian, et il a dépensé beaucoup d'argent pour te sortir de prison. »

A contrecœur, Gauhar renonce à réclamer l'argent. « Je descends ici, dit-il.

— J'ai dix mille roupies pour toi.

— Va te faire foutre! Ça fait deux ans que tu me promets de l'argent.

— Dix mille, répète Ibrahim.

— En échange de quoi? Pisser sur le Premier ministre?

— Suleman Mian veut te voir.

— Qu'il aille se faire enculer!

— Tu n'as pas le droit de parler comme ça. C'est lui qui t'a sorti de taule.

— Je dois retourner chez sethji.

— Ton devoir, c'est d'honorer Allah.

— Allah ne paie pas. »

Ibrahim immobilise Gauhar en lui posant la main sur l'épaule. Secoués dans le bus, ils se retiennent à la barre au-dessus de leur tête. Gauhar enfonce son moignon dans la poche de son kurta, où il sent le billet de cinq cents roupies. Ils descendent du bus au Fort Rouge et longent Chandni Chowk. Gauhar a envie de filer et de courir à Kucha Bansilal. Il est sûr que le seth le reprendra. Un coup de poing suffirait pour étendre Ibrahim, qui ne pourra pas se relever. Mais il a parlé de dix mille roupies. Ils tournent dans Paratha Gali, les odeurs font gargouiller l'estomac de Gauhar. « Je veux manger, dit-il.

— Je vais t'acheter du nahari », propose Ibrahim.

Mais Gauhar s'est déjà arrêté devant une enseigne en ourdou. « Restaurant Arya. Prouvez que nos parathas ne sont pas faits de pur et authentique ghee et vous obtenez mille roupies de récompense ! » L'homme derrière sa plaque les regarde d'un œil soupçonneux. Gauhar pointe du doigt le plus gros paratha, au sommet de la pile.

« Mattar paneer paratha, dit l'homme. Vingt-deux roupies. »

Gauhar sort de sa poche le billet de cinq cents roupies, et le lui balance. « Cinq mattar paneer parathas ! »

Ibrahim en reste la bouche ouverte. Gauhar lui tourne le dos. Qu'il bave ! Il n'aura pas un seul morceau.

Avec quatre parathas dans un sac en papier et un dans son estomac, Gauhar accepte de suivre Ibrahim dans les ruelles derrière Jama Masjid. On dirait qu'il se dirige vers Les Moineaux, mais à un moment il oblique et prend une venelle où des enfants jouent au cricket. Ils pénètrent dans un haveli, grimpent un escalier étroit plongé dans le noir. Les marches gémissent sous leur poids. Des pigeons roucoulent aux étages supérieurs. Sur le palier du troisième, Gauhar devine une porte. Un escadron gris de pigeons s'envole. Ibrahim ouvre la porte, pousse Gauhar à l'intérieur : la pièce la plus luxueuse qu'il ait jamais vue.

« Enlève tes chappals sales », ordonne Suleman Mian.

Gauhar se tient pieds nus sur le sol dallé et frais. C'est un jour calme, sans le moindre soupçon de brise, même à cet étage. Les rideaux aux fenêtres pendent immobiles. Ils sont faits d'un tissu très fin qui filtre la lumière. Gauhar aperçoit des divans bordeaux disposés autour d'une table basse, deux hautes lampes avec de beaux abat-jour. Aucune n'est allumée. Les murs sont lisses, couleur crème, rien à voir avec le gris lépreux du haveli. Des tapis rouges couvrent le sol autour des sofas, transformant la pièce en un décor de film. Gauhar imagine une héroïne, majestueuse sur son divan, attendant le héros. Il se glisse dans le corps du héros, mais se rappelle que Didi l'a éjecté de son film.

Suleman est assis sur un divan, en kurta-pyjama et gilet à la Nehru, il tient une cigarette à la main droite, la gauche traîne sur un guéridon où est posé un verre. Jamais Gauhar ne s'est trouvé si près de Suleman Mian, ni seul en sa présence. Les yeux le transpercent – ils doivent voir les parathas dans le sac en papier, ou les trois cents quatre-vingt-dix roupies dans la poche de son kurta. Bien que souriant maintenant, le visage de Suleman Mian exprime la violence et suscite la peur. La moustache est trop fine, trop bien peignée, les cheveux si noirs qu'ils se fondent dans la masse sombre du buffet derrière lui. Si Suleman voulait tirer un coup, songe Gauhar, il pourrait le faire quand il voudrait, même sans payer. C'est un homme, un vrai.

« Tu es Gauhar Muhammad », dit Suleman.

C'est une affirmation, pas une question.

« Tu vas aller à Ayodhya. »

Gauhar en a marre de rester debout, soumis à cet examen. Il sort son moignon de sa poche, équilibre le sac en papier dans sa main gauche. Suleman fronce les sourcils. « C'est bien le gosse de l'école ? », demande-t-il sèchement à Ibrahim.

Ibrahim hoche affirmativement la tête.

« Un manchot pour un travail où il faut des milliers de mains?

— Je n'ai trouvé personne d'autre en qui j'ai confiance », se défend Ibrahim.

Gauhar contemple les lampes, se demande s'il pourrait les voler et les vendre dans Chandni Chowk.

« Qui soupçonnera un garçon manchot? insiste Ibrahim. Il passera facilement. » Il s'adresse à Gauhar : « J'ai confiance en toi. Est-ce que tu me crois?

— Va te faire foutre ! »

Suleman sourit, à l'évidence la repartie l'amuse. « Pourquoi as-tu fait ça à Rajghat? Sais-tu sur qui tu as pissé? »

Gauhar le sait très bien, on le lui a répété des milliers de fois. « Le Père de la Nation ! rigole-t-il. L'homme qui a baisé tant de femmes qu'il a quatre-vingts crores d'enfants. »

Suleman apprécie la réponse. Il fait signe à Gauhar d'approcher. « Ecoute bien, je vais te raconter une histoire vraie. Il y avait un grand empereur musulman nommé Babur, qui a construit une grande masjid à Ayodhya et qui a régné sur les kafirs de notre pays pendant trois cents ans. Mais les gens venus d'Angleterre – des Blancs – ont attiré les enfants de Babur hors du Fort Rouge, et les ont emprisonnés par traîtrise. Les enfants de Babur ont vaincu l'homme blanc et reconquis le Fort Rouge, mais ils ont découvert que le Blanc avait rempli le Fort Rouge de kafirs. Voilà pourquoi tous les Quinze-août un kafir fait un discours du haut des remparts du Fort Rouge, d'où jadis Shah Jahan pouvait voir Jama Masjid. Et maintenant les kafirs veulent détruire la grande masjid construite par Babur. Il y a cinquante ans, ils sont entrés à l'intérieur et y ont mis leurs idoles. Maintenant, ils la veulent tout entière. Ils s'entraînent dans des camps avec des lathis, des barres de fer, des haches et des marteaux. Dans deux jours, ils vont se rendre à Ayodhya. Ils viendront de Delhi et du Rajasthan, de l'Utar Pradesh et du Bihar, du Gujarat et du Maharashtra, du Punjab et de l'Haryana... Dans deux jours, des milliers d'entre eux marcheront sur la grande mosquée. Ils castreront les musulmans et violeront leurs femmes. Ils forceront les musulmans à manger du porc et à vénérer des idoles. Vas-tu laisser faire ça ? »

Une imagerie familière à Gauhar, évoquée d'innombrables fois à la madrasa, mais il ne voit pas ce qu'il vient faire dans cette histoire. « Si des milliers de gens marchent sur la masjid, comment je peux la protéger ?

— Protéger la masjid ? Non, tu dois la détruire.

— Allez vous faire foutre ! Je ne détruirai pas une masjid.

— Tu le dois. Les hindous sont lâches et efféminés. Ils se heurteront aux murailles et s'écrouleront. Crois-tu qu'ils pourraient seulement égratigner une masjid protégée par Allah ? Mais s'ils ne le font pas, qui les punira pour leur péché ? Un musulman doit attirer le châtiment sur leur tête. Une fois la mosquée abattue, les musulmans de l'Inde se révolteront. Crois-tu qu'ils laisseront violer leurs sœurs ? Qu'ils laisseront les hindous leur remplir la bouche de porc ? Avant que la poussière de la masjid ait fini de recouvrir le sol, nos armées écraseront les kafirs venus l'attaquer. Mais si la mosquée ne tombe pas, les musulmans ne se révolteront pas. Voilà pourquoi il est nécessaire qu'elle tombe.

— C'est un grand péché, dit Gauhar.

— Sais-tu ce que signifie ST ?

— Sans Ticket, s'empresse d'expliquer Ibrahim.

— Si tu te fais attraper ST dans un bus de Delhi, le conducteur t'éjectera. Et avant, il te fera payer cinquante roupies pour n'avoir pas acheté un billet d'une roupie. Et parce que tu n'auras pas cinquante roupies il te bottera le cul et te cassera les dents. Ensuite on te flanquera en prison. Tu es le pire cas. Non seulement tu ne lui files pas cinquante roupies, mais tu occupes la place d'un autre ST qui, lui, aurait l'argent.

— J'avais jamais pris le bus avant aujourd'hui.

— Mais tu l'as fait, et tu es un ST. Tous les musulmans de ce pays de kafirs sont des ST. Tu es ST à Chandni Chowk, ST dans la boutique du seth, ST à Rajghat. Où que tu chies et que tu respires dans ce pays, tu es un ST parce que tu es musulman.

— Essayez de m'extorquer cinquante roupies.

— Pour toi, l'amende sera de cent roupies parce que tu es bangladeshi.

— Je ne suis pas bangladeshi ! Je viens de Murshidabad.

— Et tu crois que ça te donne droit à un ticket de bus ? Ce bus-là est parti pour le Pakistan il y a quarante-cinq ans. Le conducteur te trouvera et te balancera son pied dans les couilles. Regarde-moi, assis sur ce divan, avec une cigarette à la main. Je suis un ST. Ibrahim Mian est un ST, comme tous les garçons de la madrasa et le mollah de la madrasa. Nous sommes quinze mille lakhs de musulmans, une armée de passagers ST, et le conducteur du bus se dirige droit sur nous ! »

La fièvre de Suleman effraie Gauhar.

« Alors, si un homme dans le bus a une crise cardiaque, est-ce que ce n'est pas bon pour toi ? Pendant que le conducteur s'active sur lui, il ne te remarque pas. Il ignore même ton existence. Tu pourrais peut-être lui piquer sa besace pendant qu'il s'occupe de l'autre homme ! Voilà pourquoi tu dois démolir la masjid.

— Toute la mosquée ? Comment je fais ?

— Je te donnerai un paquet, dit Ibrahim. Tu l'emporteras à

Ayodhya. Et je donnerai aussi un dessin te montrant où le poser. Tu n'auras qu'à appuyer sur l'interrupteur.

— Pas question !

— Tu partiras demain soir, dit Suleman. A ton retour le lendemain, Ibrahim Mian te donnera dix mille roupies. »

Gauhar sursaute. Venant de Suleman Mian et non de Dents Jaunes, la promesse sera forcément tenue.

« Il faut que tu te rases la barbe, dit Suleman.

— Pourquoi ?

— Et donne ton calot à Ibrahim Mian. »

De mauvaise grâce, Gauhar remet son calot brodé d'or à Ibrahim.

Suleman sourit. « Tu vas devenir un hindou pendant deux jours. »

Sur un signe de Suleman, Ibrahim pousse Gauhar vers la sortie.

« Ce manchot ne me plaît décidément pas, dit Suleman.

— C'est un manchot musulman », s'emporte Ibrahim en franchissant le seuil. « Peux-tu trouver un autre garçon comme toi ? demande-t-il à Gauhar.

— Je peux en trouver une centaine, fanfaronne Gauhar.

— Un seul me suffit. Un bon musulman.

— Ça te coûtera dix mille roupies de plus.

— Cinq. Mais si tu parles de ça à qui que ce soit, tu n'auras rien. Retrouve-moi à la gare de Old Delhi demain soir. Amène l'autre garçon, et ne lui dis pas où il doit aller. Le train part à neuf heures. Rappelle-toi : tu ne parles de ça à personne, pas même à un musulman.

12

Gauhar longe Dudhiya Gali, navigue entre les bidons de lait caillé, arrive au stand de Banwari, boit de l'eau à la pompe. Puis il demande à Ram Bibek de le raser.

« Je ne rase pas les musulmans », dit Ram Bibek.

Gauhar lui agite un billet de vingt roupies sous le nez. « Les musulmans paient bien. »

Ram Bibek hésite.

« Je serai un hindou quand t'auras fini ! s'esclaffe Gauhar.

— Je ne sais même pas comment tu t'appelles.

— Chotu.

— Ce n'est pas un nom musulman.

— Ce sera mon nom quand tu m'auras rasé.

— Qui est ton père ? insiste Ram Bibek.

— Gopal Pandey.

— Je le connais ! Son fils est mort.

— Je suis celui qui a survécu. »

Ram Bibek recouvre la chaise d'une vieille serviette pour que le musulman ne souille rien, puis fait asseoir Gauhar. « Qu'est-ce qui est arrivé à ta main ?

— Un train lui est passé dessus. »

Quand Ram Bibek a terminé, Gauhar caresse ses joues redevenues lisses et se regarde dans la vitrine de Banwari, le marchand de glaces. Pas mal ! A son retour d'Ayodhya, il retournera dans GB Road. Pour le moment, il doit partir à la recherche de Mussabir Ustad.

Il arrive au cagibi vert dans le rougeoiement terne du crépuscule. La porte est grande ouverte. Mussabir est allongé par terre dans une flaque de vomi. Le sang suinte de dizaines de coupures aux jambes. Horrifié, Gauhar un instant le croit mort.

« Mussabir Ustad ! », s'écrie-t-il.

Il lui flanque un coup de pied. Mussabir remue et se redresse en jurant. Gauhar est épouvanté : des yeux carrément jaunes, la peau ressemble à une membrane ajustée sur les côtes, comme des arêtes visibles à travers la chemise. Au prix d'un grand effort Mussabir parvient à fixer son regard, il esquisse un sourire. « Soixante-quinze ! Quatre-vingts ! »

L'idée d'être pris pour un client amuse Gauhar. Avec les trois cent soixante-dix roupies qu'il a en poche, il pourrait se farcir cinq fois Mussabir, mais il va les garder pour ce soir, dans GB Road. Mussabir est dur et fibreux. Gauhar préfère la douce chair d'une femme.

« Tu ressembles à un hindou, grogne Mussabir. Où es-tu allé ?

— On me paie pour faire l'hindou.

— Les affaires vont mal, dit Mussabir, qui se rallonge.

— Qui t'a fait ça? demande Gauhar, pointant les plaies aux jambes.

— Le docteur. Est-ce que tu peux me ramener chez lui?

— Il voit les malades même tard le soir?

— Est-ce que tu as cinquante roupies? »

Gauhar fait signe que oui.

« Alors il me verra.

— Tu peux marcher? »

Mussabir réussit à se lever en s'agrippant au bras de Gauhar. Ils traversent Meena Bazar jusqu'à l'échoppe numéro 460. A l'extérieur, sur un carré de jute, Muhammad Ghayas a installé son dispensaire. « C'est fermé, dit-il.

— J'ai cinquante roupies », réplique Gauhar.

Ghayas exige de voir l'argent. Gauhar recule et tortille un billet entre ses doigts. Ghayas cède, ordonne à Mussabir de s'asseoir sur les nattes. Il examine les jambes, les incisions régulières qu'il a pratiquées depuis une semaine. « Est-ce que tu te sens mieux? »

Mussabir fait signe que non. Ghayas est fâché. « Je t'ai dit de laisser couler le mauvais sang, mais je vois que tu as essayé de tamponner les blessures.

— Le sang s'est arrêté de couler tout seul. »

Ghayas soupire, il n'en croit rien. « Je vais te faire d'autres coupures, plus près de la cheville. Cette fois, tu n'y touches pas. » Il s'affaire avec ses lames et ses bols.

Gauhar regarde les photos disposées derrière Ghayas sur les sacs de jute, témoignages de malades guéris. « Des Blancs, se rengorge Ghayas. Ils viennent du monde entier – Angleterre et Amérique – quand leurs docteurs baissent les bras. » Il dit à Mussabir qu'il est prêt. Gauhar tient la jambe de Mussabir au-dessus d'un bol d'eau. Ghayas pratique deux incisions au-dessus du talon, le sang tombe dans le bol. Ghayas le laisse couler pendant près d'une minute, il en étudie la couleur. Puis il prend un autre bol, y fait retomber la jambe et la lave, surveille d'un air approbateur la couleur du saignement.

« Reviens dans deux jours pour la dernière saignée. »

Gauhar lui tend le billet de cinquante roupies, aide Mussabir à se remettre sur ses pieds.

« Ne marche pas sur la natte, s'écrie Ghayas, tu vas la salir. »

Mussabir enjambe la natte, pose délicatement les pieds sur l'asphalte. Gauhar montre son moignon. « Est-ce que vous pouvez m'arranger ça ?

— Tout est possible avec de l'argent.

— Combien ?

— Dix mille.

— Je reviendrai », promet Gauhar.

Ils reprennent le chemin du haveli, Mussabir laisse des flaques de sang dans son sillage. « Je me sens déjà mieux, dit-il.

— Le paanvala accepte que tu utilises le cagibi ?

— La police est venue le coffrer. Il ne touche plus de loyer. Le cagibi est à moi maintenant. »

Ils s'assoient à l'extérieur de la baraque, de façon que la jambe de Mussabir ne souille pas le sol, déjà barbouillé de vomi.

« Tu ne m'as pas dit où tu étais passé ces deux derniers mois ? demande Mussabir. J'ai perdu mon boulot de colleur d'affiches.

— Je t'ai trouvé un hôtel. C'est gratuit. Une grande pièce pour dormir, un abri pour chier, du daal et du roti deux fois par jour, et des vieux pour t'enculer. Ils te paieront en coupons mais tu peux acheter du tabac avec, et tu auras du papier bible pour rouler les cigarettes. J'ai un ami là-bas, il te fournira des clients.

— Quand est-ce qu'on y va ?

— Dès qu'on sera revenus d'Ayodhya.

— Pourquoi j'irais à Ayodhya ?

— Tu veux mille roupies ? »

Mussabir écarquille les yeux, tandis que dans son esprit abruti surgissent les bribes d'arithmétique apprises aux Moineaux. Mille roupies ! Ça fait dix baises ou quinze ? Ou vingt ? D'ailleurs, on s'en fout. Ce qu'il faut, c'est affirmer ses principes avant de connaître les détails. « Je ne baiserai pas avec des hommes qui vomissent. »

Gauhar rit. « Tu dois devenir hindou.

— C'est tout ?

— Demain soir on prendra un train pour Ayodhya, où personne ne te baisera. »

Mussabir soupçonne un truc. « Qu'est-ce que je dois faire ?

— J'ai besoin de tes mains pour attacher des fils et appuyer sur des interrupteurs.

— Mille roupies pour ça ? Qui va payer ?

— Tu n'as pas confiance ? Je ne suis plus ton ustad ? »

Mussabir fait signe que si.

« Est-ce que tu peux marcher jusqu'à la gare, ou tu veux que je vienne te chercher ?

— Je peux marcher, affirme Mussabir.

— Alors, à demain huit heures, sur le parking de la gare de Old Delhi. » Gauhar se lève.

« Où tu vas ?

— J'ai un boulot à faire.

— Ne me laisse pas seul ! Tu peux dormir ici. »

Gauhar pense aux corps doux et chauds de GB Road. « Je ne veux pas attraper ta maladie.

— Tu dormiras à l'intérieur. Avec ma couverture. Moi je resterai dehors.

— Il fait froid. Garde ta couverture. On se voit demain soir. »

Il file avant que Mussabir puisse protester. Il court tout du long jusqu'à GB Road, angoissé, avide, impatient. Au kotha 842, il se casse le nez, la fille exige un préservatif. Il n'en revient pas. « Pourquoi je dois te payer s'il faut que j'enveloppe ma queue dans un sac ? demande-t-il furieux.

— C'est le nouveau règlement.

— D'où il vient ?

— De nos sœurs de FRETS. C'est pour tous les clients.

— Qui sont ces putains de sœurs ? » braille-t-il. Il bondit hors de la couchette, effrayant les autres clients. « Pourquoi avez-vous des sœurs ? C'est pas un bordel ici ? De quel droit ces salopes veulent empêcher une bonne pute de faire son travail ? »

Le pahalvan entre dans la pièce, demande s'il y a un problème. « Elle veut que je me couvre la queue ! » Cinq minutes plus tard, il se retrouve à quatre pattes dans GB Road. Il a flanqué quelques coups de pied au pahalvan, mais l'homme est grand, et il a deux mains.

Il se relève et crache en direction du kotha. Le pahalvan se tient au pied de l'escalier, les bras croisés. « Je reviendrai foutre le feu au kotha ! », hurle Gauhar.

Il fait très froid maintenant. Il ne veut pas dormir sur le trottoir. Il n'est pas un mendiant. Il pourrait essayer l'asile de nuit près de Fatehpuri Masjid, mais ils vont lui demander d'inscrire son nom dans un registre et de déposer de l'argent, ensuite il partagera une couchette avec des vieux ronfleurs. S'il va dormir avec Mussabir, il est sûr d'attraper sa maladie. Gauhar regrette son coin confortable dans la taule de Tihar Jail. Putain d'Ibrahim Mian ! Pourquoi est-il venu le sortir de là ? Bon, il va aller dormir dans la boîte de Gopal Bhai. Il faudra peut-être qu'il casse le loquet, mais il lui expliquera. Il lui paiera la réparation.

Il arrive à Kucha Bansilal et, tout heureux, trouve la boîte non verrouillée, avec une couverture pliée proprement au milieu des bouteilles et des boîtes de conserve. Il ouvre le couvercle, s'installe dans le coffre – en repliant ses jambes pour mieux se caser – et laisse retomber le couvercle sur sa tête.

13

Gopal soulève le couvercle de son stand, et découvre, stupéfait, Gauhar enroulé à l'intérieur, profondément endormi. Il jette un regard rapide autour de lui pour s'assurer que personne n'a rien remarqué. Assis sur sa gaddi, Sohan Lal fait sa puja. Chotu nettoie la vitrine de Jamna Lal Kishori Mal. Ramesh Babu, installé à côté de la caisse, écrit dans un registre.

Gopal secoue Gauhar. « Est-ce que tu t'es enfui de prison ? chuchote-t-il.

— Non, ils m'ont laissé partir quand je me suis transformé en hindou. » Gauhar sort du coffre et s'étire.

Gopal l'observe. « Tu es différent. »

Gauhar passe la main sur ses joues.

« Tu es plus mince.

— J'ai jeûné comme un bon hindou.

— Un garçon ne doit pas jeûner. C'est bon pour les femmes.

— Fais-moi du thé », dit Gauhar en sortant la timbale d'Ibrahim.

Gopal ouvre le stand, dispose des chaises, met son réchaud à kérosène sous pression et l'allume. Gauhar hisse le vélo sur la boîte de dérivation et l'attache habilement, de son unique main. Cinq minutes plus tard, accroupis sur les planches de bois, ils sirotent leur thé.

« Je savais que tu reviendrais, dit Gopal. Je laissais ouvert exprès, avec une couverture. Je savais que madame te ferait sortir de prison, toi aussi.

— La salope ! »

Gopal est choqué. « Ne dis pas ça ! Elle a suivi le fourgon en taxi depuis le poste de police jusqu'au tribunal. Elle est restée avec moi quand le magistrat a demandé mon nom, et elle m'a ramené à Kucha Bansilal dans son taxi. Je ne sais même pas combien elle a payé le magistrat pour me faire relâcher.

— Alors pourquoi elle ne m'a pas ramené moi dans son taxi?

— Elle m'a dit qu'elle le ferait dès que le moment serait venu. Et te voilà, deux mois seulement plus tard.

— C'est Ibrahim Mian qui m'a fait sortir.

— C'est un brave homme. Il m'a dit qu'il ne pouvait rien faire. Je lui ai demandé de réclamer l'aide de Suleman Mian. Il disait que c'était impossible, mais il n'a pas un cœur de pierre. Une vieille amitié ne meurt jamais. »

Gauhar ne commente pas.

« Je sais que tu ne pouvais plus te retenir de pisser, dit gentiment Gopal. J'ai dit à Ibrahim Mian que c'était pas ta faute. Il t'a pardonné. »

Gauhar se tait et boit son thé. Gopal le regarde avec fierté. Maintenant, avec ses joues lisses, il ressemble encore plus à Mukesh. Il est plus foncé, bien sûr, et ses cheveux sont toujours aussi sales, mais il a grandi, s'est affirmé. Si on le regarde d'une certaine façon, on ne voit pas son moignon. Gopal peut presque croire que le garçon, c'est Mukesh ressuscité. « Tu es mon fils », dit-il.

Gauhar semble gêné. « Je reste pas longtemps. Je vais partir pour deux jours.

— Et où vas-tu ?

— Travailler. A mon retour je serai riche. Je ne dormirai plus dans la boîte.

— Les pauvres comme toi ne deviennent pas riches, soupire Gopal.

— Attends, tu verras ! Quand je reviendrai d'Ayodhya, je te montrerai dix mille roupies.

— Qu'est-ce que tu vas faire à Ayodhya ?

— Un boulot. Ne dis pas à Ibrahim Mian que je t'en ai parlé.

— Je ne comprends rien à ton histoire. Tu as un bon boulot chez sethji. Pourquoi ne pas lui demander de te reprendre ?

— Pour dix pour cent de commission ? Je vais devenir riche.

— Attends, tu n'as pas encore l'argent.

— D'accord ! Je vais une dernière fois faire la retape pour sethji dans Chandni Chowk ! Une dernière fois avant de devenir riche. »

Sohan Lal observe Gauhar et Gopal en train de bavarder. Le voleur est de retour ! Ces Bangladeshis, après qu'on les a laissés entrer dans le pays, on ne peut plus s'en débarrasser. Ils se multiplient comme des insectes ! Ce que celui-là a fait à Rajghat, Solan Lal s'en fiche. Il était temps que quelqu'un pisse sur le Mahatma, même un manchot bangladeshi. C'était quoi, le Mahatma, d'ailleurs ? Un fornicateur, un vieil homme sale aux idées scandaleuses, sénile et doté d'un pouvoir dangereux, qu'on a heureusement éliminé avant qu'il ait pu détruire la nouvelle nation indienne avec sa politique de conciliation à l'égard des musulmans. Pire encore, l'homme qui a imposé Nehru – un musulman accoutré en hindou – au pays. On devrait peut-être récompenser le manchot pour avoir pissé : c'est une façon plus indienne de tuer le Mahatma qu'avec un pistolet. Il ressemble même à un hindou, maintenant ! Il était devenu un bon vendeur. Mais il prenait trop de commission, douze pour cent parfois. C'était mauvais pour les affaires.

Sohan Lal voit Gauhar traverser le kucha et se diriger vers la boutique, affichant un sourire mielleux. Non, il ne lui donnera pas de travail. Que penserait le comité, si son président reprenait à son service un vandale, un terroriste, un militant ?

« Namaste, sethji, dit Gauhar, qui franchit le seuil. Est-ce que je retourne dans Chandni Chowk ? »

Gêné, fâché, Sohan Lal cale le tampon de coton derrière son oreille – un cadeau de Ramvilas – et s'essuie le front de son mouchoir. Il fait chaud à l'intérieur de la boutique, même durant cet hiver rigoureux. « Recule ! dit-il. Qui t'a permis d'entrer ? »

Gauhar fait un pas en arrière, fixe Sohan Lal d'un regard haineux.

Le garçon est gonflé, pense Sohan Lal, beaucoup trop gonflé.

Gopal, voyant Gauhar retraverser, craint que le garçon n'ait dit des choses inconvenantes. « Ce n'était pas sa faute, sethji, crie-t-il. Ils l'ont forcé à pisser là. Il peut recommencer à travailler pour vous dans deux jours, dès qu'il reviendra d'Ayodhya.

— Je ne vais nulle part ! proteste Gauhar, furieux.

— Pourquoi vas-tu à Ayodhya ? demande Sohan Lal.

— Je ne vais nulle part, répète Gauhar.

— Es-tu vraiment Gauhar ? Je ne t'ai pas reconnu. Qu'est-il arrivé à ta barbe ?

— Je l'ai rasée. »

Sohan Lal tance Gopal, feignant l'indignation. « Vous avez laissé ce garçon mourir de faim. Il est beaucoup plus maigre. Quelle différence, avec ou sans barbe ! Il est beaucoup mieux sans ! Le pauvre garçon n'a pas de père, qui s'est occupé de lui en prison ?

— Il a deux pères, claironne Gopal. Ibrahim Mian et Gopal Pandey ! Ibrahim Mian l'a sorti de prison, et je vais prendre soin de lui maintenant.

— Je t'attendais, dit Sohan Lal. Les clients n'arrêtent pas de me demander de tes nouvelles. J'ai essayé beaucoup d'autres garçons, aucun n'était aussi qualifié que toi.

— Vous êtes si bon, sethji, souffle Gopal, bouleversé.

— Entre, et viens me raconter comment c'était en prison. »

Gopal en bave, mâchoire pendante. Le seth a invité le garçon dans sa boutique ! Ibrahim Mian peut dire tout ce qu'il voudra, un homme bon n'a rien à craindre d'une bouche fétide.

Gauhar ne bouge pas, l'air borné. Qu'il aille se faire foutre, le seth avec ses commissions. C'est rien à côté de dix mille roupies. Il en donnera cinq cents à Mussabir – pas les mille qu'il lui a promises – et le reste durera des années. Personne ne peut dépenser neuf mille cinq cents roupies dans GB Road, même avec des putains qui n'exigeraient pas de préservatifs. Mais pourquoi Gopal Bhai le pousse-t-il à travailler pour le seth ? Il espère peut-être toucher sa part des commissions, pour le laisser dormir dans sa boîte ? Gauhar se dit qu'il retravaillera quelques semaines pour le seth en revenant d'Ayodhya, et il augmentera sa commission. Maintenant qu'il est rasé, il attirera les clients encore plus facilement qu'avant.

« Je pense à te donner vingt pour cent de commission », dit Sohan Lal.

Il appelle Chotu et lui demande de poser les persiennes pour protéger les mannequins. Puis il commande à Gopal deux tasses de chai. Gauhar retire ses chappals et pénètre dans la boutique.

Gopal s'affaire – quelques feuilles de thé, une pincée de sucre, agiter la casserole, secouer fort deux fois, verser. Le verre d'Ibrahim pour Gauhar, une tasse de belle porcelaine pour le seth. Le garçon ira loin ! Regardez-le, même pas vingt ans, assis jambes croisées sur la gaddi, buvant du chai avec le seth, à l'abri des persiennes en bois.

14

Traînant le sac, Ibrahim grimpe les marches, traverse le pont qui enjambe les rails, redescend sur le quai. Il pose le sac contre un crachoir et reprend son souffle. Suleman Mian ne lui avait pas dit que ce truc serait si lourd. Comment le garçon, avec son unique main, pourra-t-il le trimbaler jusqu'à Ayodhya ? Espérons que celui qu'il a engagé pour l'aider sera costaud.

Il y a foule sur le quai. De nombreux trains empruntent cette ligne. Ce qui est une bonne chose, se dit Ibrahim. On ne remarquera pas le sac au milieu de tous les pots, casseroles, literie des autres voyageurs. Mais il est huit heures passées. Le garçon a-t-il oublié ?

Gauhar arrive en courant à huit heures et demie.

« Je croyais que tu avais cané, dit froidement Ibrahim.

— Lequel c'est mon train ? »

Ibrahim le lui montre. « Il part à neuf heures. Il te conduira à Faizabad. De là, tu prendras un bus pour Ayodhya. Où est ton copain ? »

Gauhar montre Mussabir, assis sous l'escalier, au milieu d'un océan de bagages.

« Il vient des Moineaux, lui aussi? demande Ibrahim.

— Oui. Mussabir Hussein.

— Ah! (Ibrahim reconnaît le nom.) Mais il a l'air d'un cadavre.

— Il a deux mains, et c'est un bon musulman.

— Est-ce qu'il est au courant de ce que vous allez faire? »

Gauhar hausse les épaules.

« En as-tu parlé à quelqu'un? »

Gauhar pense à Sohan Lal. Mais c'est un vieux, un grand-père, de toute façon il ne sait pas grand-chose, à peine plus que Gopal Bhai, lequel n'a probablement rien compris. Et de quel droit Dents Jaunes lui pose-t-il toutes ces questions? « La ferme, dit-il. Dis-moi seulement ce que je dois faire. »

Ibrahim se dirige vers Mussabir, traînant le sac derrière lui, suivi de Gauhar. « Personne ne vous embêtera dans le train, mais quand vous prendrez le bus pour Ayodhya, la police inspectera les passagers. Ne vous faites pas remarquer. »

Il tend une feuille de papier à Gauhar. « C'est un dessin de l'enclos. J'ai rangé des vêtements et deux châles dans le sac. Mettez-les avant d'entrer dans l'enclos. Vous devez ressembler à deux bons hindous. Et lui – il indique Mussabir –, il aurait dû se raser.

— Je trouverai un barbier à la gare de Faizabad. Il lui fera des joues aussi douces que de la soie.

— Les manifestants se réuniront devant l'enclos à huit heures du matin, continue Ibrahim. Vous devez rester au premier rang.

— Et si la police nous tire dessus?

— Ils ne le feront pas. Vous devez traverser l'enclos et entrer dans la masjid. Ne t'inquiète pas des autres, ils resteront à la traîne. Les hindous sont des lavettes. Certains tourneront autour de l'enclos, d'autres escaladeront les murs, d'autres brailleront des slogans, vous, vous devez courir droit sur la mosquée. Si on essaie de vous arrêter, criez des slogans.

— Quels slogans? »

Ibrahim se penche et lui chuchote à l'oreille : «*Jai Shri Rama!*» Gauhar sourit. A la lumière jaunâtre, sous la cage d'escalier, Ibrahim ouvre le sac, Gauhar voit un rouleau de literie. Ibrahim le défait partiellement, révélant une batterie attachée à une boîte. « Pose la boîte dans un coin de la masjid, le plus près possible du dôme principal. Elle doit toucher les deux murs. Tu la colles avec le plastic, qui est là. Tu dois raccorder les deux fils, pour ça il te faut deux mains. » Ibrahim jette un œil sur Mussabir qui semble s'être endormi. « Il peut faire ça ?

— Je m'en occuperai.

— Ça, c'est une manette de sécurité, et ça c'est le déclencheur. La manette est dure, il faut la tirer à deux mains, le déclencheur, un petit coup suffit. Si tu ne manœuvres pas les deux, il ne se passera rien. Une fois que c'est fait, tu as une minute pour te tirer.

— Comment tu sais que ça marchera ?

— La masjid a plus de quatre cents ans. Si la boîte est correctement placée contre les deux murs... Rappelle-toi, une minute pour filer.

— Et si on nous arrête ? »

Ibrahim sourit. « Ils seront bien trop occupés.

— Où j'irai quand je serai rentré à Delhi ? »

Ibrahim semble légèrement perturbé. « Va à Kucha Bansilal. Non, chez Suleman Mian. Non, non, viens me retrouver à Ballimaran. Non, ne va nulle part. Je te contacterai et te dirai quoi faire.

— Et s'il arrive quelque chose au sac dans le train ?

— Rien à craindre. Pour qu'il se passe quelque chose, il faut que les fils soient connectés ensemble, que la manette de sécurité soit levée et le déclencheur abaissé. Il est impossible que les trois choses se produisent accidentellement. »

Ils traînent le sac jusqu'au train. Gauhar et Mussabir grimpent dans le wagon, hissent le sac, le poussent sous un siège, se fraient un passage vers la fenêtre, d'où ils regardent Ibrahim, sur le quai. Gauhar se penche et crie : « Est-ce que je dois manœuvrer la manette et le déclencheur en même temps ?

— L'un après l'autre. Tu auras besoin de tes trois mains. » Ibrahim rapproche son visage de celui de Gauhar. « Ne laisse pas Mussabir s'occuper seul du déclencheur. Surveille-le.

— File-moi mon avance.

— Il n'y a pas d'avance. Tu auras tout à ton retour.

— Et qui va payer ma bouffe demain ?

— Je vais te donner cent roupies. Achète de l'aloo puri. Et quand le contrôleur passera pour les billets, file-lui cinquante roupies.

— Rien à foutre du contrôleur. Montre-moi les cent.

— Mais Suleman Mian a dit que tu dois acheter les billets...

— Dis-lui qu'on est allés à Ayodhya ST », s'esclaffe Gauhar.

15

Sohan Lal dit au chauffeur de se garer à l'intersection de Rajpath et de Janpath : il a décidé de finir le parcours à pied. Ordre du docteur : faire de l'exercice quatre fois par semaine. Un ordre dont il ne tient compte que s'il colle avec ses autres activités. Ces deux dernières années, son embonpoint a augmenté. Les bras sont gras, le ventre pendouille par-dessus le dhoti, le menton s'enfonce dans le cou, une expansion qui en réalité ne lui déplaît pas. Il a toujours pensé que les gens minces et athlétiques n'étaient pas bien nourris. Un seth doublé d'un politicien ne doit pas avoir l'air famélique. Une rotondité modérée est une marque de prospérité, un début d'obésité signale la richesse. Son corps ne le gêne donc pas, sauf qu'il craint les inconvénients qui accompagnent cet épanouissement. Notamment des douleurs de dos qui proviennent, dit le docteur, de la tension de sa colonne vertébrale, obligée de soutenir son ventre ballonné. Une petite marche lui fera donc du bien, d'autant que Suleman n'arrivera que dans vingt minutes.

La nuit est froide. Des rangées de lampadaires dorés éclairent Rajpath. A la droite de Sohan Lal, très loin, sur fond de ciel noir, brille le dôme de Rashtrapati Bhavan. A sa gauche, des projecteurs puissants, posés sur le sol, illuminent la porte de l'Inde. Malgré le froid, la circulation dans Rajpath est chargée. Sohan Lal marche lentement, tenant d'une main le bord de son dhoti. Il a résisté aux tentatives de Ramesh de lui faire acheter une canne, mais il sent qu'il va devoir bientôt céder. Une canne, ce soir, aurait été la bienvenue. Il ahane en approchant des bâtiments de la porte de l'Inde, passe devant les barrières de la police qui empêchent les voitures d'aller plus loin. A partir de là, la route fait une boucle, créant trois étendues d'herbe verte, transformées en parc par les familles. A presque neuf heures du soir, tout un monde y grouille – pères, mères et enfants, femmes en sari et salvaar-kameez, vendeurs de cacahouètes, de jouets, de ballons et de glaces. Ça, c'est du vulgaire organdi, ça du crêpe georgette. Ici du satin, pas de la soie. Hélas, qui porterait de la mousseline en hiver? soupire Sohan Lal. Quand Ramesh aura des enfants, il les emmènera probablement ici le dimanche soir. Il lui faudrait une voiture, songe Sohan Lal, meilleure que sa propre Maruti 800. Assis sur l'herbe, Ramesh et Sushma, tout en partageant un cornet de cacahouètes, admireront les lumières de la ville. Les enfants courront autour d'eux, inconscients de la chance qu'ils ont de se trouver à moins d'un kilomètre de Rashtrapati Bhavan et du Parlement, le siège du pouvoir de l'Inde, dont dépendent huit cents millions d'être humains. Ils ne sauront pas non plus qu'ils sont les petits-enfants de Sohan Lal Agrawal, échappé dans sa jeunesse de Bikaner au Rajasthan, président du comité du PPI de Chandni Chowk. D'ici que naissent ces enfants, il sera peut-être élu député à la première assemblée législative de l'Etat de Delhi. De Bikaner à la porte de l'Inde, quel trajet...

Il atteint la porte, et l'Amar Javan Jyati. Des quatre bouches de gaz disposées autour de la dalle, une seule brûle. Suleman est bien là, vêtu d'un épais manteau dont le col relevé dissimule en partie son visage. Ses petits yeux durs renvoient le vacillement de la flamme. Le regard bouge sans arrêt, incapable de se fixer. Suleman est tendu. Laissant même paraître une sorte de panique. Les deux hommes se tiennent de part et d'autre de la dalle, chacun réticent à admettre la présence de l'autre.

Finalement, Suleman lève les yeux et soupire. « La flamme éternelle du soldat indien, dit-il avec ironie. Vous êtes-vous demandé, sethji, combien de ces soldats étaient musulmans?

— Les Britanniques préféraient les Pathans, les Jats et les sikhs, réplique Sohan Lal. Ils les jugeaient plus fiables. Leurs noms sont écrits là, sur ces murs. Lisez-les.

— Oui, oui, treize mille cinq cent seize noms, parce qu'il n'y avait pas de place pour un de plus. Et que faites-vous des quarante-quatre mille autres, morts dans la guerre anglaise ? En majorité musulmans ! L'homme blanc nous a fait payer notre patriotisme, après la Mutinerie de 1957. »

Sohan Lal ne répond pas. Il déteste ce bla-bla. « Je m'excuse de vous avoir fait venir ici, sethji, dit Suleman, en montrant du geste les familles étalées sur l'herbe. Pour ma part, je déteste cette partie de la ville. Ce n'est pas Dilli, ce n'est pas l'Inde, c'est l'Anglistan. Regardez ces gens ! Toutous du sahib anglais. Ils devraient me craindre, car ce sont eux que j'anéantirai en premier.

— Je n'en doute pas.

— Ce sont ces gens qui oppriment la classe ouvrière. »

Quelle terminologie ! Empruntée au Parti communiste. Que des parvenus comme Suleman se mettent à ce dialecte en dit long sur la corruption de la politique. Comme si Marx pouvait être transplanté dans la société hindoue !

« Nous devons nous rencontrer en cette terre étrangère parce que trop de gens me connaissent à Chandni Chowk. Et même ici, je préfère me tenir à l'ombre de la porte de l'Inde. »

Quelle forfanterie, songe Sohan Lal. Qui de ces gens – les yuppies punjabis, les puppies comme la presse les appelle – a entendu parler de Suleman ? Petit politicien local, étoile montante au firmament de Chandni Chowk, mais tant qu'il ne sera pas élu député à l'assemblée législative, personne à l'extérieur de Old Delhi ne connaîtra son existence.

Suleman montre le pavillon vide derrière la porte de l'Inde. « Là-dessous, nous érigerons la statue de Jai Prakash Narayan. Pas de Gandhi, votre bania buveur de lait de chèvre !

— Je me fiche des statues. Savez-vous pourquoi je voulais vous voir ?

— Pour une affaire urgente, à ce qu'il paraît.

— Extrêmement urgente. Quelque chose qui se passera demain. Il se trouve que je sais le rôle que vous jouez dans ces événements. »

Suleman se demande comment relever le défi. Il ne se laissera pas manœuvrer par un bania. « Moi je m'engage dans des actions bénéfiques pour ma communauté, pas pour celles qui me procurent des bénéfices personnels. »

L'insulte fait trembler de rage Sohan Lal. Un petit musulman de rien du tout se permettant de cracher sur le propriétaire de Jamna Lal Kishori Mal ! Mais il faut garder son calme. Un commerçant n'a pas d'orgueil, lui a souvent dit son père. Les insultes glissent sur ses épaules rondes comme l'eau sur les plumes d'un canard. Il doit garder les yeux fixés sur son chiffre d'affaires comme le grand Arjun sur l'oiseau qu'il allait percer de sa flèche. « Je suis ici pour vous sauver, dit-il.

— Veuillez préciser, sethji, sinon aucune conversation n'est possible entre nous.

— Je peux vous promettre de ne parler à quiconque du voyage de Gauhar Muhammad à Ayodhya.

— Qui est Gauhar Muhammad ? »

Sohan Lal soupire. « Je ne sais pas qui vous a mis au courant de l'affaire du 6 décembre, mais les nouvelles circulent facilement quand dix mille personnes sont impliquées dans un projet. Chacun sait qu'on a du mal à maîtriser une foule. Chacun sait que la police ne tirera pas. Mais tout le monde ne connaît pas la présence du manchot musulman parmi les manifestants.

— Je suis heureux de votre démonstration d'amitié pour les musulmans. Mais je ne comprends toujours pas de quoi vous parlez.

— Vous le saurez quand Gauhar Muhammad au retour d'Ayodhya viendra tout droit me réclamer ses vingt mille roupies. »

Suleman est estomaqué. Il respire bruyamment, lâchant de furieux nuages de buée. « L'enculé ! gronde-t-il. Le petit salaud d'enculé !

— Le garçon est dans le train, dit Sohan Lal. Vous ne pouvez rien faire pour l'arrêter.

— Il n'a plus que vingt-quatre heures à vivre. La bombe détruira à la fois la masjid et le plastiqueur. »

Sohan Lal n'avait pas imaginé cela. Si la masjid enterre le garçon, personne ne pourra incriminer Suleman... Mais il ne faut pas se laisser décourager par les petits détails... « Il sera arrêté avant de pouvoir agir, ment-il. On me l'amènera directement, et je lui conseillerai de tenir sa langue. Ou d'aller tout dire à la police.

— Qui va le découvrir au milieu de cette foule ?

— Il est suivi.

— Il ne connaît pas mon nom ! Il n'a rien à faire avec moi !

— Bien sûr que si. Il me l'a dit. »

Suleman garde le silence. Il a livré de nombreuses batailles, il sait quand il a perdu. Il comprend également que si le vainqueur désire parlementer avec le vaincu, c'est pour une seule et unique raison. « Que voulez-vous, sethji ?

— On raconte que vous allez être candidat à Matia Mahal l'année prochaine.

— Pour l'élection de l'assemblée législative ? Ce n'est pas encore officiel.

— Mais ça va l'être. »

Suleman fait un geste vague. Il ne doit pas étaler ses cartes. « Je peux tenter l'élection à Matia Mahal ou à Paharganj. Je peux ne pas me présenter du tout. Mon but est de servir ma communauté, non de devenir un MLA [1].

— Epargnez-moi votre beau discours ! dit sèchement Sohan Lal. Choisissez Ballimaran.

— Mais les gens m'aiment à Matia Mahal. J'y ai travaillé pendant dix ans !

— Il y a de nombreux musulmans à Ballimaran également. Vous gagnerez à condition de vous assurer que le vote musulman ne s'égare pas entre le Congrès et les communistes. »

La reconnaissance de son pouvoir flatte Suleman. « Laissez-moi vous dire, sethji : personne ne peut me battre à Chandni Chowk, pas même Harilal Gupta. Je gagnerai dans n'importe laquelle des circonscriptions que je choisirai. Si je décidais de postuler pour le Lok Sabha, je battrais Naresh Agrawal lui-même. »

Sohan Lal ne relève pas. « Vous vous présenterez à Ballimaran, répète-t-il.

— Mais pourquoi voulez-vous me faire lâcher Matia Mahal ? Le quartier est à plus de soixante-dix pour cent musulman. Ils voteraient plutôt pour un chien que pour un candidat du PPI.

— Dans ces conditions, faites en sorte qu'aucun chien ne se présente contre moi !

— Vous ? Vous voulez être candidat ? Pourquoi ? »

Sohan Lal ne répond pas directement, mais au sourire suffi-

---

1. Member of Legislative Assembly. L'Inde est une fédération. Le district de Delhi a été récemment érigé en Etat, avec son assemblée législative. Les députés au Parlement national (le Lok Sabah) sont des MP.

sant de Suleman, qui remplace l'effarement affiché précédemment, il comprend qu'il a deviné juste. « Lala Surajmal était doué de prescience, dit Suleman.

— Je veux représenter la population de Matia Mahal. » Sohan Lal évite le regard de son adversaire. L'homme est un serpent venimeux. Qu'il tire les conclusions qu'il veut.

« Je ne peux vous faire aucune promesse.

— Vous le devez, insiste Sohan Lal.

— Pourquoi croiriez-vous en la parole d'un musulman ?

— Vous n'êtes pas idiot, je suppose. Si Gauhar Muhammad se mettait à parler, que se passerait-il ? Même si vous réussissiez à éviter la prison, plus aucun musulman ne voterait pour vous.

— Vous demandez trop.

— Revoyons-nous, j'amènerai le garçon avec moi.

— D'accord. »

Sohan Lal savoure sa victoire. Suleman est raisonnable, il sait quand il convient de reculer. Une qualité qui le conduira loin. « Venez à Kucha Bansilal un de ces jours, dit-il. J'ai un nouveau stock de saris de soie.

— Je ne suis pas marié.

— Pour votre sœur, alors.

— Je n'ai pas de sœurs.

— Vous avez bien une mère ?

— Je n'aime pas venir dans ces kuchas et ces katras. Ça me rappelle les havelis qu'y possédaient les musulmans autrefois – de gigantesques havelis bourdonnant d'activité, maintenant fragmentés en de misérables petits cubes où sont installées les échoppes comme la vôtre.

– Ce n'est pas le cas de mon kucha. Kucha Bansilal n'existe que depuis quarante ans, depuis la Partition, il a été construit par des réfugiés du Punjab.

— Ah ! » Voilà la raison, se dit Surajmal, de l'alliance bizarre entre lui et Sohan Lal au Conseil du Patrimoine et de la position du seth concernant l'exemption de la taxe immobilière. Le dicton est vrai : quand un bania fait preuve d'altruisme, c'est que l'altruisme lui rapporte. « Je viendrai peut-être.

— Donc, tout est réglé. » Sohan Lal est content : ils ont résolu à l'amiable cette affaire complexe. Suleman à Ballimaran, cela signifie migraine permanente de Kartar Singh. Les cendres de Surajmal ne vont sûrement pas jaillir des vagues du Gange pour contrecarrer ce plan ! Il reste cependant encore un détail à préciser. Suleman ne pratique pas la clémence.

« Encore une chose, dit Sohan Lal.

— Et quoi donc ? Voulez-vous que je disparaisse de Chandni Chowk ?

— Ce garçon, Gauhar Muhammad.

— Je vous ai dit que je ne le connais pas !

— Il ne doit rien lui arriver à son retour à Dilli.

— Pourquoi tant d'intérêt pour un musulman ? Pour un Bangladeshi, ces gens que votre parti veut expulser du pays ?

— Donnez-moi votre parole.

— Vous semblez accorder une grande valeur à ma parole ! Vous l'avez.

— Sachez aussi qu'il fera une déposition sous serment dès son retour, en présence de témoins. Cette déposition, je la garderai. Pour toujours j'espère. »

Suleman hausse les épaules et va pour s'éloigner.

« Vous n'aviez pas besoin d'envoyer ce garçon, c'était inutile, le rappelle Sohan Lal.

— La mosquée Babri... proteste Suleman.

— La bâtisse, rectifie Sohan Lal. Une armée hindoue peut être très dangereuse, même sans l'aide d'un musulman manchot. Qui sait ce qui se passera demain ? » Il s'en va, ne pensant plus qu'à ce qu'il doit faire immédiatement. Téléphoner à des permanents du PPI à Faizabad, Ayodhya, peut-être même à la police de l'Uttar Pradesh... Il ne peut pas leur dire grand-chose, évidemment, et ils risquent de ne pas lui prêter beaucoup d'attention parce qu'ils attendent l'armée qui converge déjà sur Ayodhya. Pourtant ils trouveront le garçon, ils l'arrêteront, il faut qu'ils le lui ramènent à Kucha Bansilal pour sa déclaration sous serment.

Ceci fait, la déclaration en sécurité dans son coffre, il pourra honnêtement pleurer la mort de Surajmal. Il versera une larme et allumera un bâtonnet d'encens dans le temple de Hanuman.

Il longe Rajpath pour rejoindre sa voiture. Le dôme rutilant de Rashtrapati Bhavan se dresse dans le ciel nocturne. Sohan Lal marche à grands pas. C'est un bon exercice.

16

« Donne-moi encore un peu de panditji ! » dit Gauhar à Mussabir.

Mussabir sort de sa poche un gâteau imbibé de ganja et l'enfourne dans la bouche ouverte de Gauhar.

« *Jai Shri* Rama ! » braille Gauhar.

Repris par la foule, le cri roule de proche en proche. Une marée jaune safran envahit les ruelles d'Ayodhya. Serviettes safran, châles et turbans avec « Rama Rama Rama » imprimé dessus en lettres rouges, écharpes, bandanas, dhotis safran, bannières et affiches safran. Une profusion de tridents, de lances et de bâtons, de pâte de bois de santal et de couleurs de Holi. Personne ne sait qui mène la foule, mais chacun semble connaître la direction à prendre.

« Regarde ça, ustad, dit Gauhar. La plus grande armée de Rama jamais rassemblée. C'est ce que les hindous peuvent faire de mieux ! »

Mussabir enfourne lui aussi des gâteaux de panditji, et rit. Quelqu'un à l'avant brandit un trident et hurle : « *Kasam* Rama *kii khaate hain mandir vahii banaayenge !*

— Tu entends ça, ustad ? s'esclaffe Gauhar. Nous jurons sur la tête de Rama que nous construirons le temple à cet endroit même. Jurons ! Jurons, enculés de kafirs...

— La ferme ! » chuchote Mussabir. Puis il brandit son trident et hurle : « *Jai Shri* Rama *!*

— Tu es un vrai pandit, s'étonne Gauhar admiratif. Redonne-moi du panditji.

— Tu en as déjà eu trop. »

Gauhar est vêtu du kurta-pyjama safran qu'Ibrahim a pensé à mettre dans son sac. Mussabir a gardé la chemise et le pantalon achetés à Delhi. Ils portent sur les épaules un châle safran où sont inscrits les mots « Rama, Rama, Rama ». Rasés de près, ils se sont rendus dans un temple le matin où un pujari leur a enduit le front de pâte de santal.

« Quand nous serons sur place, tâche de ne pas vomir, dit Gauhar.

— Ce Muhammad Ghayas est un magicien. Je suis guéri !

— Ton front est toujours jaune.

— C'est le santal. Un hindou est toujours jaune.

— Et tu ne saignes plus ?

— Ça s'est arrêté tout seul ! Je vais écrire une lettre à Muhammad Ghayas disant qu'il m'a guéri de la maladie du vomissement. Peut-être qu'il l'encadrera, comme les lettres des Blancs. Avec ma photographie !

— Mais tu auras l'air d'un hindou sur cette photo !

— Je laisserai repousser ma barbe dès qu'on sera rentrés à Dilli.

— Tu aurais dû aussi te faire raser la tête, comme ça tu serais un vrai pandit !

— Lalla Rama écoute tout ce que tu dis, enculé de musulman, riposte Mussabir.

— Mollah de mes deux !

— Putain de fils de Babur ! »

Leurs éclats de rire sont couverts par les cris de la foule. Plus ils se rapprochent de Babri Masjid, plus les ruelles deviennent étroites. Gauhar porte le sac attaché autour de sa poitrine, dissimulé sous le châle. Mussabir brandit le trident. Il les aide à se frayer un chemin vers le premier rang du cortège.

« Les armées de Lalla Rama nous surveillent », dit Gauhar en pointant le doigt vers le haut.

Les toits, de chaque côté de la ruelle, croulent de monde, les gens hurlent des encouragements, ou des sarcasmes, comme s'ils regardaient un match de cricket. Des policiers en kaki sont dispersés parmi eux. Des banderoles pavoisent la rue – drapeaux safran, portraits du Premier ministre, des chefs nationaux du PPI, du Vishwa Hindu Parishad, représentation de Rama en majesté avec Sita à ses côtés et Hanuman agenouillé en signe de dévotion suprême. Tout le long, des policiers observent la foule, attendant évidemment des ordres. Un haut-parleur monté sur un fourgon exhorte les gens à rester calmes.

Finalement la masse arrive devant les barrières dressées par la police, et qui délimitent la zone. La marée safran déborde. Ici et là des brèches se créent, aussitôt comblées par la police. Gauhar et Mussabir se retrouvent poussés contre la barrière.

« Qui est cet homme ? » demande Gauhar.

Au centre de la foule, derrière eux, il y a une jeep blanche. Et sur le toit du véhicule un homme âgé. Le front enduit de pâte de santal, un kurta de soie blanche, un dhoti d'un blanc éblouissant, un bandana safran autour de la tête. Il tient un discours dont les mots se perdent dans le vacarme. Peu à peu, les gens se taisent et l'écoutent.

« Vingt hommes de chaque ville de l'Inde ! s'égosille-t-il. Vingt hommes de chaque coin de notre grand Bharat ont afflué vers Ayodhya. Quand deux cents hommes défilent, vous pouvez les arrêter avec des barrières. S'ils sont un millier, la police peut les contenir. Cinq mille, on les disperse avec des gaz lacrymogènes ; dix mille, avec de vraies balles. Mais cinquante mille, aucune force ne les arrêtera, et Allah lui-même ne pourra rien contre sept cents millions d'hindous en marche !

— *Jai Shri* Rama ! » braille Gauhar.

La foule répond.

Gauhar lève les yeux : il voit sur les toits des centaines de badges d'identité roses, des caméras et des micros pointés vers eux. « Regarde ces oiseaux, dit-il à Mussabir. Finalement on sera dans un film !

— C'est bien plus grand que le film de Didi. Le monde entier le verra.

— Crie ! Fais quelque chose pour qu'ils te remarquent. »

Mussabir brandit son trident et hurle le plus fort qu'il peut. Un silence menaçant tombe soudain. Les policiers derrière les barrières sont en position de tir, armes braquées sur la foule.

« Ils vont tirer ! chuchote Mussabir.

— Ne bouge pas. S'ils tirent, tu plonges.

— Mais on est au premier rang !

— Ils ne tireront pas, ils ne tireront pas ! » scande Gauhar.

Là-haut, sur les toits, à la place des badges roses, caméras et micros, il y a des policiers armés. Ce n'est pas ce que lui avait dit Dents Jaunes. « On va nous tuer, dit-il calmement, et il n'y aura personne pour le filmer.

— Suleman Mian est un salaud! hurle Mussabir.

— Un musulman n'envoie pas un autre musulman à la mort », dit Gauhar.

Ils sont acculés contre les barrières, fusils directement braqués sur eux. Gauhar regarde l'heure à sa montre. Il est dix heures. Il dit à Mussabir qu'ils doivent prier avant que les balles ne commencent à pleuvoir. Mussabir inspire à fond, fixe crânement les canons de fusils. « Allah me protégera ! », murmure-t-il.

Il sort une pierre de la poche de son pantalon, la lance de toutes ses forces sur les policiers. Elle frappe un casque et rebondit. Soudain une grêle de pierres s'abat sur les policiers, les fusils s'abaissent, les boucliers se lèvent. La multitude avance encore un peu, les barrières semblent sur le point de céder. Un homme, le front ceint d'un bandeau safran, se dresse devant Mussabir et lui demande d'arrêter de jeter des pierres. Mussabir lui flanque un coup de trident. « Allons-y ! » hurle-t-il.

Ils se fraient un chemin à travers la foule, en direction d'un arbre, reçoivent une volée de badges roses lancés des toits.

« C'est des Blancs! rugit Gohar.

— Qu'ils aillent se faire enculer! »

Mussabir saisit une caméra, la jette par terre et la piétine. Les autres s'égaillent dans toutes les directions. « Frappe sur tout ce qui te gêne », dit Mussabir. Ils sont au pied de l'arbre, Mussabir y grimpe et saute de l'autre côté de la barrière, le sang goutte des blessures réouvertes de sa jambe. A deux mains, il soulève une barrière de fer pour permettre à Gauhar de passer. Ils se ruent dans la cour de la mosquée, Mussabir portant la barrière, suivi de Gauhar alourdi par le sac noué autour de son corps.

« *Jai Shri* Rama*!* hurle Mussabir.

— Cours plus vite! halète Gauhar. Ils vont te tirer dessus. »

Des centaines de corps se précipitent par la brèche. D'autres s'écrasent contre les barrières qu'ils renversent, bousculent les policiers qui lâchent leurs armes. Mussabir pose la barrière contre le mur de la mosquée et, s'en servant comme d'une échelle, escalade le dôme de droite. Arrivé au sommet, il lève les deux bras et défie le ciel : « *Jai Shrii* Rama*!* »

Quelqu'un lui jette une pioche, avec laquelle Mussabir se met à taper sur les briques du dôme, faisant voleter des éclats de plâtre.

« Redescends ustad ! lui crie Gauhar. Nous ne sommes pas venus picorer des briques ! »

Toujours sous l'effet de la ganja, Mussabir dégringole et s'étale par terre en riant. Gauhar le traîne à l'écart, des dizaines d'hommes grimpent à l'échelle improvisée, munis de cordes, de marteaux et de haches. « Viens, dit Gauhar, c'est le dôme principal qui nous intéresse.

— Je veux un marteau moi aussi, bredouille Mussabir. Je veux un marteau ! »

Ils suivent la foule jusqu'à un dépôt, où deux volontaires distribuent les instruments. Gauhar s'empare d'une hache, Mussabir d'un marteau, ils repartent vers la mosquée. Ils entrent par le porche central. Dans la cour, on a érigé un sanctuaire de fortune décoré d'images de Rama, Lakshman et Sita. Mussabir veut pisser sur les images, Gauhar l'en empêche parce que la foule est sur leurs talons. Ils se tapissent dans un coin et regardent trois hommes partir avec les images.

« Ils enlèvent les dieux des kafirs ! s'exclame Gauhar. La masjid est propre maintenant ! » Il s'attaque à la porte à coups de hache, jusqu'à ce qu'elle se fende, passe par l'ouverture en tirant Mussabir à sa suite. Derrière eux dix mille hommes rugissent de plus en plus fort. Mussabir s'effondre sous le dôme principal. Il vomit, tandis qu'un ruisseau jaune s'écoule le long de son pantalon.

« Tu pisses ! » s'esclaffe Gauhar. Puis il remarque les yeux de Mussabir, jaunes et sans expression. « Je tuerai Muhammad Ghayas quand je rentrerai », marmonne-t-il.

Il traîne Mussabir à l'écart des flaques de vomi et d'urine, se débarrasse de son châle safran, dénoue le sac, en retire la boîte. Elle est très lourde. Il la pousse du pied contre le mur, s'efforce de la caler dans un coin, mais sa main unique rend la manœuvre malaisée. A l'extérieur, les haut-parleurs diffusent des appels, exhortant les hommes à foncer. « Encore une poussée, et la mosquée s'écroulera ! Voilà comment nous répondons à Jinnah ! Comment nous répondons à Babur ! Comment nous répondons au Pakistan ! »

Une autre voix sort du haut-parleur. « Voici Shiv Kumari de Meerut ! La première femme à escalader le dôme de droite. Et voici Sharad et Ram Kothari ! Leurs fils ont été tués par la police en essayant de marcher sur Babri Masjid ! Regardez-les ! Elles ont des larmes dans les yeux ! Elles ont vengé le meurtre de leurs fils ! »

Gauhar tire les fils qu'il faut nouer l'un à l'autre. Pour ce faire, il coince l'extrémité de l'un sous son coude, mais ne peut l'empêcher de glisser. Ensuite, il tâche de le retenir entre ses lèvres, mais les fils sont trop courts, il doit se courber, du coup il ne voit pas ce qu'il fait. Il revient vers Mussabir, qu'il secoue violemment. « Réveille-toi, ustad. Il faut que tu raccordes les deux fils entre eux ! »

Mussabir est pris d'un fou rire hystérique, mais ne bouge pas. Dans le brouillard de la ganja, Gauhar croit entendre le rire de Mussabir monter jusqu'au dôme et retomber en trilles. « Va te faire foutre ! s'esclaffe-t-il. Enculé de Suleman Mian ! »

Il s'allonge à côté de Mussabir, n'entend plus le bruit des marteaux, les cris de triomphe et les exhortations du haut-parleur, il dérive dans l'inconscience.

Un violent craquement le réveille. A la droite du dôme principal qui s'élève juste au-dessus de lui, un trou béant laisse voir le ciel, des têtes, des tridents et des marteaux. Ils ont abattu la coupole de droite !

« *Jai Shri* Rama ! »

Gauhar se redresse en sursaut, consulte sa montre : trois heures de l'après-midi. La coupole de gauche tremble sous les coups de marteau, elle va s'effondrer d'un moment à l'autre. C'est un miracle que personne ne soit encore arrivé jusqu'à eux, sous le dôme principal.

Gauhar bourre les côtes de Mussabir de coups de pied. « Debout ! »

Mussabir fixe Gauhar d'un œil vide. « Muhammad Ghayas m'a guéri ! rugit-il.

— Est-ce que tu veux tes mille roupies?

— Oui.

— Alors lève-toi, et aide-moi à caler la boîte dans le coin là-bas. »

Péniblement, Mussabir obéit, pousse et tire. Un vacarme assourdissant signale la chute de la coupole gauche, le soleil pénètre maintenant des deux côtés à la fois.

« Tout le monde peut nous voir, dit Gauhar. Dépêche-toi ! Noue les deux fils ! »

Encore sous l'emprise de la ganja, Mussabir a les doigts raides. Les bruits se renforcent derrière la porte principale. Gauhar brandit la hache. « Je tuerai le premier qui essaiera d'entrer. »

Il court se placer juste derrière la porte fissurée. Mussabir grommelle qu'il a calé la boîte de son mieux.

« Fixe la pile avec du plastic », ordonne Gauhar.

Dehors, les haut-parleurs exhortent les gens à bloquer les routes qui conduisent à Ayodhya. « Ils ont envoyé la grande armée indienne contre nous ! Montrons-lui ce que cinquante mille hindous savent faire ! »

« Grouille-toi ! crie Gauhar. Quand les routes seront bloquées, on ne pourra plus s'échapper ! »

Les bruits augmentent à l'extérieur, il lance sa hache sur la porte qui, tenant déjà à peine sur ses gonds, s'effondre. Révélant un homme baignant dans une mare de sang. Gauhar l'enjambe et se rue sur la populace, tailladant comme un fou. Voilà pour toi, kafir, putain de ta sœur !

« Ça y est, j'ai fixé la pile, crie Mussabir.

— Noue les fils. Vite.

— Ils sont trop épais », geint Mussabir.

Les coups de masse sur le dôme principal deviennent assourdissants. Ils doivent bien être une centaine là-haut, se dit Gauhar, et ils n'y arrivent toujours pas ! Mais qu'est-ce que fabrique Mussabir ? Ibrahim Mian avait raison, c'est un cadavre qu'il a amené, pas un être humain. Sans compter qu'il a voulu acheter les gâteaux de panditji, auxquels Gauhar n'a pas su résister.

« Je crois que les fils sont noués, lui crie Mussabir.

— Appuie sur le détonateur. »

Mussabir arrive au galop, manque de renverser Gauhar. « Pourquoi tu cours comme ça ? On a une minute avant que ça pète. »

Ils sortent de la mosquée, soudain Gauhar se rappelle quelque chose. « As-tu levé la manette de sécurité ?

— C'est quoi ?

— Putain de con !

— Fais-le toi-même.

— Il faut deux mains. Retourne et tire fort. »

Mussabir rentre en courant dans la mosquée. Gauhar observe la horde là-haut sur le dôme principal, qui s'acharne au marteau-piqueur hissé à la poulie. Le plâtre recouvrant les briques a presque entièrement sauté.

« Dépêche-toi, ustad ! » s'égosille Gauhar.

Trois hommes armés de tridents fondent sur lui, il brandit sa hache et l'abat sur celui qui est le plus proche. Une énorme secousse les soulève tous du sol pour les flanquer par terre. Le dôme principal s'effondre, projetant poussière et débris haut dans le ciel, entraînant dans sa chute les dizaines d'hommes qui s'y étaient juchés. Gauhar roule sur lui-même, essayant d'échapper à cette avalanche de bois, briques, charnières, tasseaux, pierres, sable, tous les détritus d'un bâtiment vieux de quatre cents ans. A l'emplacement du dôme s'élève un épais nuage de poussière. Et quelque part dans ce nuage, il y a Mussabir Hussein.

« Ustad ! hurle Gauhar. Ustad ! »

Un cri de triomphe lui répond, poussé par les dix mille frénétiques massés sur le terrain.

« *Jai Shri* Rama *!* »

Gauhar l'entend à peine. Le fracas lui a crevé les tympans. Il rampe vers le nuage de poussière, conscient des centaines de cameramen qui ont envahi le terrain et, dans leur avidité, avalent l'air chargé de poussière. Il se rapproche de la montagne de plâtre. Il voit une jambe, un bras, un corps entier, mais rien qui appartienne à Mussabir. Il s'adosse à un pilier de stéatite effondré. Très loin, au-delà du nuage de poussière, il voit des rangées de policiers sur les toits, leurs casques se détachant sur le ciel sombre. Qu'est-ce qu'ils attendent ? Pourquoi ne viennent-ils pas extirper ustad de ces ruines ? Il ne peut pas respirer dans cette poussière !

Gauhar se retourne et regarde la montagne. Des gens en bandeau safran dansent dessus, brandissant leur trident, écrasant les corps tombés avec le dôme. Ils semblent danser en silence, avec des mouvements lents et tendres. Ils sautent très haut, retombent doucement, sautent encore. Il voudrait leur dire de faire attention parce que ustad est enterré quelque part en dessous. Il imagine que le dôme continue de s'effondrer, chaque fois qu'ils bondissent, et qu'il atteindra bientôt le niveau du sol. Toujours appuyé au pilier, il s'enroule dans son châle « Rama, Rama » et attend. Putain de con d'ustad ! Bientôt il reviendra prendre des paris aux combats de pigeons et lui amener des clients pour soixante-dix roupies.

1996

Comment décrire l'amour dont tu ne me combles pas ?
Comment parler de tendresse quand ton cœur ne s'ouvre pas ?
Comment pleurer notre séparation puisque nous ne nous sommes jamais unis ?
Comment me plaindre de ta cruauté alors même que je la désire ?

S'échappant de la radio posée sur le comptoir de Gopal la voix mélodieuse de Pushpa Rani se répand dans Kucha Bansilal, rythmée par les coups de balai de Chotu. Juchés sur de hauts tabourets derrière le comptoir, Gopal et Ibrahim boivent leur première tasse de thé. Ibrahim tente de mastiquer un biscuit. Des gouttes de thé s'accrochent aux poils épars de sa barbe.

« Tu baves comme un vieillard, Ibrahim Mian. »

Ibrahim grimace un sourire, révélant les quelques dents noirâtres qui lui restent. « Et toi alors? Avec ta dent en moins et tes cheveux qu'on peut compter sur les doigts de la main?

— Faux. Il y a plus de cheveux sur mon crâne que de poils sur ton menton.

— Comment le sais-tu, alors que tu ne peux rien voir à travers tes verres de lunettes?

— Même un aveugle verrait que tu te dessèches.

— Je suis un pauvre homme, geint Ibrahim, et tu commences à ressembler à un seth. » Il tape sur le ventre proéminent de Gopal, que recouvre difficilement la chemise à carreaux. « Comment fais-tu pour attraper une telle bedaine ? Sans femme pour te nourrir de ghee, sans domestique pour t'apporter ton tiffin, sans fils pour gagner de l'argent à ta place ni de belle-fille pour t'éventer pendant que tu manges ?

— C'est le chai, dit Gopal d'un ton sentencieux.

— Ton chai ne me fait rien à moi. »

Ibrahim rince son verre et le range dans la boîte de dérivation. Gopal lave sa tasse et la repose sur l'étagère. Ibrahim prépare stylo et papier, et attend, la plume en suspens.

« Six bancs », dit Gopal.

Ibrahim écrit.

« Huit tabourets, trois réchauds, quinze boîtes de conserves. Est-ce que je mentionne aussi le sucre et le thé ?

— Evidemment ! Tout ce qui fait partie du stand.

— Dix kilos de sucre, sept kilos de thé, cinq cents grammes de cardamome, un sachet de clous de girofle, deux cent cinquante grammes de gingembre, six packs de lait.

— Un vélo ? demande Ibrahim.

— Une bicyclette, une radio, trois miroirs, vingt-quatre paquets de biscuits, dix mètres de toile de jute, six mètres de toile de bâche.

— Tu es un homme riche », s'exclame Ibrahim.

L'image de quatre ceintures de tissu ensevelies sous des conserves d'assa-fœtida traverse brièvement l'esprit de Gopal. Il frémit et la chasse. Ces quatre serpents blancs lui ont pris son fils... « Une enseigne, dit-il en indiquant la banderole en bois qui surplombe le stand. "Salon de thé Mukesh". »

Ibrahim ajoute l'enseigne à sa liste. « Maintenant que tu es riche, tu devrais t'acheter de nouvelles lunettes.

— Qu'est-ce qui cloche avec les miennes ? Elles me font voir ce que j'ai besoin de voir.

— Quand un homme a de l'argent, il s'achète des choses dont il n'a pas besoin. Bon, qu'est-ce qu'on fait de la boîte de dérivation ?

— Elle appartient à la Municipalité.

— Ils savent même pas qu'elle existe ! A présent elle t'appartient. » Il ajoute la boîte, puis pointe du doigt les planches qui recouvrent l'égout. « Combien de planches y a-t-il sous ton stand ?

— Sept. »

Ibrahim note et poursuit. « Une télévision. En noir et blanc.

— Mais je n'ai pas de télévision !

— Tu en auras une avant la fête. C'est dans deux mois.

— Où je trouverai l'argent ?

— Ils vont t'en donner pour peindre ton stand. Achète-toi une télévision avec.

— Et s'ils découvrent que la boîte de dérivation ne m'appartient pas ?

— C'est la Fête du Clair de Lune, s'impatiente Ibrahim. Tu dois mettre le plus de choses possible sur ta liste, sinon ton stand ne participera pas aux festivités.

— Et ta boutique de chaussures, elle y sera ? Tu dis qu'elle existe depuis plus de cent ans ?

— Ballimaran est trop encombré. Trop de rickshaws. Les ruelles sont étroites.

— Kucha Bansilal aussi est étroite.

— Sharief Mirza est un vieil homme, soupire Ibrahim. Il n'a pas les mêmes relations que toi avec des gens importants. »

Gopal est content. En face, chez Jamna Lal Kishori Mal, Chotu a fini son balayage. On a ôté les persiennes qui dissimulent les mannequins, enflammé des bâtonnets d'encens dans l'alcôve de Lakshmi, allumé l'ordinateur – Ramesh Babu, assis derrière son comptoir en formica, contemple le kucha d'un regard vide.

« Est-ce que tu as reçu une lettre de Sohan Lalji ? » demande Ibrahim.

Gopal lui tend le texte, inséré dans une chemise en plastique. Ibrahim s'en empare, va pour le lire, s'exclame d'un ton fâché : « Pourquoi est-ce écrit en hindi ? »

Gopal en reste interdit.

« De telles lettres devraient toujours être écrites en anglais, dit Ibrahim.

— Peut-être que sethji ne sait pas l'anglais.

— Il a un fils ! Ou il aurait pu demander à quelqu'un d'autre. »

Malheureux, Gopal tourne et retourne la lettre entre ses doigts. Ibrahim la lui reprend. « Je n'aime pas lire ce qui n'est pas en ourdou », grommelle-t-il. Il le fait cependant, si bas que Gopal doit se pencher pour entendre.

« Sohan Lal Agrawal, MLA, Matia Mahal. Je connais Gopal Pandey depuis plus de vingt ans. C'est un homme de bien, et je soutiens la participation de son stand à la Fête du Clair de Lune. » Ibrahim secoue la tête. « Il aurait dû spécifier que ton stand est très ancien, ils ne vont pas accepter. Demande-lui de réécrire son texte.

— Mais il n'est pas là, proteste Gopal. Il ne vient presque plus à Kucha Bansilal. »

Impuissant, Ibrahim pose la lettre à côté de lui.

« Il ne mentionne même pas Mukesh, dit Gopal.

— Pourquoi le ferait-il ? C'est lui qui l'a assassiné.

— Je devrais demander une autre lettre pour le Mukesh Minar. Il devrait figurer lui aussi dans les festivités.

— Mais c'est juste un poteau électrique !

— Mukesh est un martyr ! Il fait partie de Chandni Chowk !

— Plus personne ne s'y intéresse », tranche Ibrahim.

Gopal se tait. Peut-être devrait-il renoncer à ce projet. Les stands acceptés seront repeints, lui a dit Ibrahim Mian, des journalistes viendront les voir, les photos paraîtront dans les magazines, il pourra faire payer trois roupies pour une tasse de thé ! Mais sans la lettre adéquate de Sohan Lal, son stand ne sera pas inclus dans le patrimoine. Et s'ils allaient lui rire au nez et l'obliger à fermer son stand pendant les fêtes ?

« Ce festival c'est pour les riches seths, dit-il, par pour nous.

— Suleman Mian le soutient, mais il est contre la participation des seths du PPI. Pourquoi devraient-ils commémorer le patrimoine musulman ? Pourquoi Harilal Gupta se place-t-il d'autorité à la tête du comité d'organisation ?

— Parce qu'il est le député de Chandni Chowk à l'assemblée législative.

— Il est le député des commerçants et des seths, corrige Ibrahim. Et dire qu'ils organisent cette fête en souvenir de Lala Surajmal ! Où était-il Surajmal quand Shah Jahan a construit le Fort Rouge ?

— Tu penses bien qu'ils vont pas accepter mon stand ! Mon père est arrivé à Dilli en 1947, ça fait moins de cinquante ans.

— Ne raconte jamais ça !

— Mais je l'ai dit à la madame. Elle l'a publié dans les journaux.

— Je t'avais prévenu, pourtant. Il ne faut jamais faire confiance à ces journalistes. Maintenant tout le monde en Amérique sait que ton père est arrivé à Dilli en 1947.

— Donc, je ferais mieux de retirer la candidature de mon stand.

— C'étaient des journaux anglais, le console Ibrahim. Qui les lit à Chandni Chowk ? Ne t'inquiète pas, tu es un pur Dillivala.

— Mais je suis né à Sasaria.

— Comment le sais-tu ?

— C'est mon père qui me l'a dit.

— Tu as une mauvaise mémoire. Comment peux-tu être né à Sasaria alors que ton père est né à Chandni Chowk ? C'est ton grand-père qui a immigré à Dilli. »

Gopal a beau se creuser la tête, il n'y trouve aucun souvenir de son grand-père. « Et d'où venait-il ?

— De Sasaria, peut-être. Personne ne sait à coup sûr d'où venait son grand-père. Le tien s'est enrôlé dans le mouvement de libération. Il a fait de la prison pour son adhésion au Congrès. Il a rencontré une fois Nehruji, touché les pieds de Gandhiji, et il était à Birla House quand Gandhiji a été assassiné. Quelques jours après, ces voyous de la RSS ont également tué ton grand-père.

— C'est quoi la RSS ?

— Des meurtriers hindous. Amis du PPI. Ils détestent les laïcs comme ton grand-père.

— Mon père ne m'a jamais raconté ça !

— Peut-être, mais ces principes courent dans tes veines. C'est pourquoi tu milites pour les partis laïcs. Et pourquoi le PPI a assassiné ton fils.

— Mais j'ai vu mourir Mukesh ! proteste Gopal.

— Qu'est-ce que tu voyais avec tes verres rayés ? Moi j'ai vu des hommes du PPI l'enflammer avec un briquet.

— Tous mes fils meurent, gémit Gopal. Même Gauhar.

— Lui, du moins, était bangladeshi », conclut Ibrahim.

Gopal n'a jamais compris pourquoi Gauhar est allé à Ayodhya et n'en est jamais revenu.

« Il est mort, lui a dit un jour Ibrahim Mian sans autre explication. Ce qui n'est pas sérieux quand on a un travail qui vous attend chez un seth comme Sohan Lalji. »

Pendant deux ans, Gopal a laissé son stand ouvert chaque nuit, espérant, au matin, y trouver Gauhar lové dedans. Il n'y trouva qu'une chose : trois magazines passés inaperçus jusqu'alors. Quelles horribles images ! Des femmes nues aux cheveux jaunes et à la peau de papier mâché, dans des poses qu'il n'avait jamais imaginées. Pourquoi son bon garçon manchot avait-il apporté ces magazines ici, et où les avait-il pris ? Et si c'était la honte qui l'empêchait de revenir ? Quoi qu'il en soit, il n'est plus question à présent de laisser le stand ouvert : il y a des bancs, des tabourets et des coussins, de quoi attirer la convoitise des voleurs. Si Gauhar rentrait, il ne saurait où dormir.

« Ce garçon était un serpent, dit Ibrahim.

— Comment peux-tu dire cela ? C'est toi qui me l'as amené.

— On en vient parfois à regretter sa bonté. D'ailleurs tu devrais être content qu'il ait disparu. Ton stand n'aurait jamais figuré au patrimoine avec un Bangladeshi enroulé dedans ! Il faut un stand indien vendant des jalebis !

— Des jalebis ?

— Nawab Tahir Hussein Sahib avait donné à ton père une recette de jalebis. Les jalebis les plus célèbres de tout Chandni Chowk.

— Mais non, c'était un stand de chai ! Et mon père ne m'a jamais parlé d'un nawab.

— Voyons, réfléchis : on ne peut pas ouvrir un stand de jalebis dans Chandni Chowk sans l'aide d'un musulman.

— Jamais mon père n'a mentionné l'existence de ce stand !

— Tu veux un certificat pour participer à la fête, oui ou non ? » aboie Ibrahim, furieux.

Gopal ne réplique pas. Ibrahim se lève, tenant la lettre à la main. « Allons soumettre ta candidature. Plus tôt tu seras accepté, plus tôt tu recevras l'argent pour peindre le stand. »

A contrecœur, Gopal range les tabourets, pose une planche sur le comptoir, ferme son stand à clef. Il suit Ibrahim qui se dirige à vive allure vers l'Hôtel de Ville. Ils tombent sur une queue d'au moins cinq cents mètres. Quiconque vend n'importe quoi dans Chandni Chowk semble être venu quémander un certificat –

vendeurs de parathas dans Paratha Gali, de livres dans Nai Sarak, de chaussures dans Ballimaran, de vêtements dans Maliwara, de papier dans Chawri Bazar et d'épices dans Khari Baoli. « Ne t'inquiète pas, glousse Ibrahim. Ils n'ont pas de lettre comme la tienne. »

Or, Gopal voit bien qu'ils tiennent chacun un bout de papier à la main. « Comment peuvent-ils tous connaître un MLA? s'étonne-t-il. Il n'y en a que quatre pour tout Chandni Chowk!

— Le comité de la Fête comprend quatre MLA, huit conseillers municipaux et des centaines de seths », s'énerve Ibrahim. Il interroge l'homme qui les précède dans la queue – un laitier de Dudhiya Gali – et découvre qu'il possède une lettre de Naresh Agrawal lui-même.

« Evidemment ta recommandation d'un membre de l'assemblée législative ne fait pas le poids par rapport à celle d'un membre du Parlement fédéral, reconnaît Ibrahim.

— Laissons tomber », supplie Gopal.

Ibrahim surveille le manège d'un homme qui marche nonchalamment en jetant des regards furtifs aux papiers que les gens tiennent à la main. Il s'arrête devant Gopal.

« Lettre d'un MLA? demande-t-il.

— Oui!

— Pour ces recommandations, il faut faire la queue à l'intérieur. »

Ibrahim saisit Gopal par la main, ils suivent l'homme jusque dans une salle où un autre individu trône derrière un bureau.

« Deux cents roupies, dit celui-ci.

— C'est le tarif du certificat, explique Ibrahim.

— Et pourquoi deux cents roupies? s'indigne Gopal.

— Tu gagneras beaucoup plus avec les riches clients qui viendront boire ton thé. »

Résigné, Gopal desserre un nœud dans son dhoti, et en sort une poignée de billets.

En quittant l'Hôtel de Ville, Gopal remet le certificat à Ibrahim qui bougonne : « C'est écrit en hindi.

— Quand est-ce que j'aurai l'argent pour peindre le stand?

— Tu iras le réclamer dans un mois. »

Ils reprennent le chemin de Kucha Bansilal, Gopal malheureux, Ibrahim exultant. « Ils devraient m'exposer pendant la fête, glousse-t-il. Je fais partie de l'héritage !

— Je croyais que ton père venait du Bihar ?

— Bihar ? Quel Bihar ? Mes ancêtres ont toujours vécu à Ballimaran. Mon arrière-grand-père était dinandier chez un seth, il martelait l'argent. Mon grand-père et mon père aussi. J'ai décidé de travailler chez Mirza uniquement parce que je n'ai pas la force de manier le marteau. C'est trop dur.

— Veux-tu m'aider à afficher le certificat dans le stand ?

— Je ne suis qu'un pauvre commis, Gopal Bhai. Si je ne retourne pas tout de suite à la boutique, Sharief Mirza me flanquera dehors. »

2

Gauhar jette une autre boulette sur une nouvelle feuille de papier et abat sa massette de toutes ses forces. La boulette s'échappe et atterrit quelque part dans un coin à l'autre bout de la pièce.

« Putain de con », fulmine Faquira.

Gauhar rampe jusqu'au coin, passe la main sur le sol en cercles de plus en plus larges, finit par retrouver la boulette. Il la repose sur la feuille de papier, ajuste son coup et, cette fois, aplatit la bille d'argent. Les coups suivants sont un jeu d'enfant. La plaque d'argent s'étire jusqu'à devenir aussi mince que la feuille de papier sur laquelle elle repose. Le varq est prêt. Gauhar glisse la feuille vers Alimuddin, qui la coupe en deux puis empile les deux moitiés sur les autres feuilles contenues dans une boîte.

Faquira entreprend de raconter son histoire du jour. Il a un grand stock d'anecdotes, vraies et fausses. Gauhar et Alimuddin écoutent en feignant l'enthousiasme, parce que ça fait passer le temps et parce que le musulman à qui appartient cet atelier est le père de Faquira.

« Il était une fois un humble forgeron. Il se rendit dans la forêt et découvrit des fées martelant des copeaux d'argent au clair de lune, qu'elles faisaient voltiger en soufflant dessus comme sur des chardons. Il passa la nuit à observer et, à l'aube, il avait appris l'art de marteler l'argent. Ensuite, il retourna à Chandni Chowk, ouvrit son affaire et devint riche. Ses papiers d'argent maintenant entourent toutes les friandises – gulabjamuns, barfi, kalakand – et les fruits, loquats, grenades et mangues, les transformant en mets de luxe servis avec orgueil aux mariages des rois, des nawabs et des seths.

« Quel est le secret appris par ton forgeron ? » demande Gauhar.

Faquira sourit, abat son martelet sur une boulette.

« C'était ton ancêtre ? » s'enquiert dûment Gauhar.

Modeste hochement de tête de Faquira.

Bon, se dit Gauhar, maintenant il va nous raconter l'histoire de sa famille, cinquante générations de types qui ont martelé l'argent. Tu parles d'un secret. Tout ce qu'il faut, c'est rester accroupi et taper. Tchac, tchac, tchac. Gauhar s'y colle derechef, avec fureur.

Trois heures plus tard, alors que Faquira regarde ailleurs, Gauhar fourre du varq dans sa poche et se redresse. N'entendant plus le bruit rythmé du marteau, Faquira se retourne. « Il te reste encore trois heures de travail.

— Je veux partir plus tôt aujourd'hui. »

Sourire indulgent de Faquira, genre maître d'école. « Je n'ai pas fini mon histoire.

— Va te faire foutre !

— Je ne te paierai qu'une demi-journée. Et balaie toutes tes rognures avant de partir.

— C'est le boulot d'Alimuddin ! » proteste Gauhar.

Avec rage, il ramasse les débris de papier et d'argent, les malaxe en nouvelles boulettes et les jette dans la boîte. Faquira s'approche et lui pose une main amicale sur l'épaule. « Reviens ce soir, dit-il doucement. Cent roupies.

— Va te faire foutre !

— Mais on m'a dit que tu aimais ça avant.

— Je te fracasse le crâne comme tes boulettes si me touches encore. »

Gauhar sort et s'enfonce dans les ruelles de Ballimaran. En passant devant chez Ghalib, il aperçoit, dans la semi-obscurité de la boutique, Ibrahim Mian en train de glisser une chaussure au pied d'un client. Gauhar crache – un gros crachat de jus de paan. Ibrahim fait mine de ne rien remarquer. « Enculé », grogne Gauhar en s'éloignant.

C'est Ibrahim qui lui a procuré ce boulot chez le père de Faquira, il y a trois ans. « De quoi je vais vivre ? lui avait-il demandé.

— Montre-moi ta main », avait rétorqué Ibrahim. Gauhar avait obtempéré. « Elle est unique, mais elle est forte », avait constaté Ibrahim.

Les deux mains de Mussabir ont causé sa mort, celle de Gauhar lui a sauvé la vie. Ce jour-là à Babri Masjid, il avait imaginé d'attendre l'obscurité pour ramper jusqu'à l'endroit où était enseveli Mussabir et le sortir de là. Mais la foule était restée toute la nuit à déblayer, aplanir et laver le sol à grands seaux d'eau. Lui, il ne bougeait pas, recouvert de son châle « Rama, Rama ». Puis il a vu, à la lumière des torches, des idoles hindoues érigées sous une bâche safran soutenue par des bambous piqués dans le sol. Il a réussi à se faufiler hors de l'enclos, dans les ruelles alentour toutes les maisons semblaient brûler, tout le monde courait, s'enfuyait. Profitant de la panique, il a pris un bus pour Faizabad, puis un train pour Bénarès. A la gare de Bénarès, alors que l'effet de la ganja commençait enfin à se dissiper, il a pris conscience de sa situation. La police, ou la populace qu'il avait attaquée à la hache, était peut-être à sa poursuite. Et comment Suleman Mian allait-il l'accueillir ? Il est entré en ville et a débouché sur un ghat le long du fleuve. Le jour se levait. Les gens se baignaient, lavaient leur linge, chantaient. Il a descendu les marches, mis un pied dans l'eau, regardé son reflet dans le Gange. Et s'est rappelé qu'il était hindou.

Il a vécu un an à Bénarès, logé près du Gange, arpentant les ghats en quête de vieilles femmes trop faibles pour se baigner seules dans le fleuve. Elles venaient des quatre coins du pays, poussées par l'ardent désir de prendre un dernier bain dans le Gange et de mourir à Bénarès. Gauhar, les tenant par la main, les aidait à descendre les marches de pierre, parfois même il les portait. Il recevait cinq roupies et, en général, quelques rotis. Par les matins calmes, assis sur les marches, il pensait à Mussabir Ustad, aux dix mille roupies que lui devait Suleman Mian, aux vingt mille promises par le seth de Kucha Bansilal. L'hiver approchant, le flot de vieilles femmes commença de se tarir. Une dernière fois il en aida une à se baigner, puis il prit le train pour Delhi.

La nuit tombait quand il arriva à la gare de Old Delhi. Il longea Kucha Bansilal, vit l'enseigne de Jamna Lal Kishori Mal sur le grand figuier, comprit qu'il passerait son chemin parce que la parole d'un seth ne pèse pas plus qu'un souffle de vent. Il continua de marcher jusqu'au haveli derrière Jama Masjid, où Suleman Mian l'avait reçu, monta en courant l'escalier branlant et frappa à la porte. Au premier coup, une escadrille de pigeons s'envola dans un bruit d'ailes furieux. Affolé, il recula. Il avait entendu raconter des histoires de demeures hantées aux alentours de Jama Masjid – depuis le séisme d'Ayodhya, tout était possible.

Le calme revenu, il frappa de nouveau à la porte. On l'ouvrit, c'était Ibrahim Mian. De soulagement, Gauhar s'écroula par terre.

« Pourquoi t'a-t-on laissé sortir? demanda Ibrahim Mian.

— Mussabir Ustad! sanglota Gauhar.

— Qui c'est?

— Tu l'as vu à la gare. Il était sous le dôme...

— Quel dôme?

— C'est lui qui l'a fait sauter! Babri Masjid...

— Mais pourquoi t'a-t-on laissé sortir? Tu t'es échappé de la prison? C'est encore un tour de ton seth? C'est lui qui t'a envoyé? »

Gauhar plongea le regard dans ces yeux jaunes et opaques, et son cœur frémit. Ibrahim ne s'écartait pas pour le laisser entrer dans la pièce. « Je viens de Bénarès, dit-il.

— On ne t'a pas arrêté à Ayodhya?

— J'étais à Bénarès. Seul.

— Pourquoi as-tu mis un an à revenir? Suleman Mian pensait qu'ils t'avaient bouclé.

— J'avais peur... Mussabir Ustad était sous le dôme. Il l'a vu s'effondrer sur lui.

— Tu aurais dû revenir directement. Suleman Mian sera furieux quand il l'apprendra. Est-ce que Sohal Lal t'a fait signer quelque chose? Un bout de papier?

— Ça fait un an que je n'ai pas vu le seth.

— Retourne à Bénarès. Tu es en danger ici.

— Pourquoi?

— Sohan Lal veut te faire arrêter, chuchote Ibrahim d'une voix de conspirateur. Il dit que tu lui as volé vingt mille roupies. Si tu étais revenu directement, Suleman Mian t'aurait protégé.

— Je suis là, maintenant! »

Ibrahim soupira et voulut refermer la porte. « File. »

Gauhar sanglota et s'accrocha aux genoux d'Ibrahim. « Il faut que je voie Suleman Mian!

— Il n'est pas là. »

Gauhar pressa son visage – son visage d'hindou imberbe – contre le pyjama d'Ibrahim et continua de pleurer. Touché par cette attitude, peut-être simplement gêné d'avoir son pyjama mouillé par les larmes, Ibrahim s'adoucit et lui posa une main sur la tête. « Où est Mussabir?

— Mort, je t'ai dit, mort! »

L'espace de quelques instants, Gauhar s'est demandé si tout ce qu'il venait de vivre n'était pas le fruit d'une hallucination. Puis il s'est rappelé ce qu'avait affirmé Ibrahim, qu'il s'écoulerait une minute entre l'enclenchement du détonateur et l'explosion. Maintenant tout était clair!

Fou de rage, il s'est relevé, a balancé son poing sous le nez d'Ibrahim. « Tu as tué Mussabir Ustad! »

Mussabir et lui étaient censés se trouver ensemble à l'intérieur de la mosquée. « Ne laisse pas Mussabir opérer seul, avait dit Ibrahim. Surveille ce qu'il fait... » Il va effacer pour toujours ce sourire grimaçant du visage d'Ibrahim.

« Et tu as voulu me tuer.

— C'était une erreur, a balbutié Ibrahim. Une mauvaise bombe... Mais Suleman Mian t'a pardonné. Mieux vaut ne pas lui dire que tu es revenu.

— Et l'argent?

— Quel argent?

— Dix mille roupies. Plus cinq pour Mussabir. Qu'on devait recevoir après la chute de la masjid.

— Après que vous l'auriez fait sauter.

— Bon, elle est en ruine maintenant!

— Mais ce sont les fondamentalistes hindous qui l'ont détruite.

— Mussabir a appuyé sur le détonateur !

— Comment le sais-tu ? Tu étais dehors. Il y avait des centaines de gens sur le dôme.

— J'ai vu la bombe exploser !

— Tu as vu le dôme s'effondrer, c'est tout. Tu n'as pas entendu les informations à la radio ? Tu n'as pas lu les journaux ? Qui a parlé d'une bombe ? S'il y avait eu une bombe, pourquoi la mosquée aurait-elle mis sept heures à s'effondrer ? »

A cela Gauhar n'a pas su quoi répondre. Il a décidé de revenir le lendemain et de voir seul Suleman Mian.

« Va-t'en, a répété Ibrahim.

— Pour aller où ?

— N'importe où, et ne reviens pas.

— Je vais retourner chez Gopal Bhai.

— Non, pas lui.

— Chez Sohan Lalji, alors.

— Non, non, attends ! »

Gauhar a compris qu'Ibrahim se dégonflait. « Si, si j'irai, et je lui raconterai ce qui s'est passé.

— Si tu retournes à Kucha Bansilal, on t'arrêtera, et même Suleman Mian ne pourra rien pour toi.

— Alors, où je vais ?

— Retourne à l'école. Je parlerai à la madame demain. »

Gauhar s'enhardit : « Et l'argent ?

— Je t'en donnerai une partie demain. Mais rappelle-toi : ne mets pas les pieds chez le seth ou chez Gopal Bhai. »

Gauhar tourna les talons. Dans l'escalier, il s'entendit héler par Ibrahim. « Fais attention à ce que tu racontes à propos de Babri Masjid. Suleman Mian est gentil, mais il a de nombreux amis. On ne sait pas ce qu'ils sont capables de faire. Et ne pleure pas sur Mussabir. C'était déjà un cadavre. »

Gauhar frissonna. Quoique ayant prise sur Ibrahim, sans savoir pourquoi, l'idée de se trouver dans le camp opposé à celui de Suleman Mian le terrifiait. La nuit était froide. Il se dirigea vers Les Moineaux, par une fenêtre ouverte se faufila dans la grande salle. Au matin, Shalini Didi le découvrit dormant recroquevillé sur le sol. Ibrahim Mian se présenta l'après-midi. Il dit quelque chose à Shalini Didi, qui vainquit sa répugnance première à garder Gauhar dans l'établissement. Elle le nomma même de nouveau secrétaire de la Baal Bank. Aux enfants, elle annonça que Gauhar était revenu leur rendre tout l'amour qu'il avait reçu de l'établissement. Il ne put que hausser les épaules.

Ibrahim Mian revint quelques jours plus tard. « Il faut que tu restes ici longtemps, dit-il, des années. »

Et Gauhar qui avait cru à un asile temporaire ! Il attendit un peu, puis se rendit chez Ghalib, le vendeur de chaussures, pour affronter Ibrahim. Il se rappelle encore le regard scrutateur d'Ibrahim, et comme il s'est senti vulnérable avec son visage imberbe. Un homme sans barbe n'est pas un adulte. « Il n'y avait pas de bombe, répéta Ibrahim. Suleman Mian ne te connaît pas, ne retourne ni chez Gopal Bhai ni chez sethji. Reste le plus loin possible de chez Ghalib, du haveli de Suleman Mian et de Kucha Bansilal. Les amis de Suleman sont des gens dangereux. Sais-tu combien de jeunes gens disparaissent chaque jour de Chandni Chowk ? » Les yeux jaunes transpercèrent la chair de Gauhar, il flageola. « De plus, l'argent non réclamé au bout d'un an retourne à la banque. »

Gauhar ne comprit pas très bien ce que cela signifiait. « Et si on disait huit mille ? »

Ibrahim secoua la tête.

« Sept ? Six ?

— Il faudra le retirer de la banque. Et où le rangeras-tu ?

— A la Baal Bank.

— Ta didi ne voudra pas d'une si grosse somme dans la caisse. Et puis il y a la question d'identification. La banque ne remettra l'argent que si tu te présentes toi-même.

— J'y vais tout de suite !

— Je ne peux pas t'y emmener. Tu es un Bangladeshi. Ils te mettront en prison. Je verrai ce que je peux faire.

— Et qu'est-ce que je vais manger en attendant ?

— Montre-moi ta main. »

Gauhar obtempéra. « Unique mais forte », constata Ibrahim.

Et c'est ainsi qu'il le conduisit chez le père de Faquira.

Cela fait maintenant trois ans que Gauhar martèle l'argent, il n'aime pas ce boulot. Il est payé quinze roupies par jour. A longueur de temps, Faquira – la langue rougie par le paan – raconte ses histoires de Hatim Tai, Alif Laila, Rustam et Sohrab. Des contes que Gauhar n'avait jamais entendus auparavant et auxquels il ne croit pas. La tête penchée, il frappe en faisant semblant d'écouter. Trois ans à quinze roupies par jour – sauf les jours où il ne vient pas par flemme. Il a dépensé le moins possible – nahari, chai, une nouvelle montre, le cinéma, des lunettes de soleil, des sandales à fermeture velcro et une ceinture de cuir à la boucle en forme de cœur. Il marchande toujours et prend grand soin de ses achats. Les putes de GB Road coûtent de plus en plus cher tout en offrant de moins en moins de services. Avec cette règle du préservatif obligatoire, elles ne valent pas le prix qu'elles demandent. Malgré tout cela, il possède au moins cinq cents roupies à la Baal Bank – plus qu'aucun autre pensionnaire des Moineaux. Il le sait puisqu'il est toujours le secrétaire de la Baal Bank.

Il hait Faquira, n'aime pas Alimuddin et déteste l'atelier sombre où il passe ses journées, mais il est à l'abri de Suleman Mian et de la police envoyée à ses trousses par Sohan Lal.

Il n'a parlé à personne de la mort de Mussabir. Il pourrait aller voir Gopal Bhai en douce, mais le chavaila est incapable de se taire, tout Chandni Chowk serait au courant. Mieux vaut qu'on le croie mort. Il entend dire que Suleman Mian est devenu un homme important. Il y a un gyrophare sur le toit de son Ambassador et deux jeeps le suivent en permanence. On dit aussi que Ramesh Babu trône derrière de nouveaux comptoirs en formica, et que Sohan Lal se déplace, comme Suleman Mian, dans une Ambassador avec gyrophare. Il a rencontré une fois Chitra Didi aux Moineaux, qui n'a pas voulu écouter ce qu'il essayait de lui dire sur Mussabir. Il voyait l'ombre de Suleman Mian à côté d'elle, avec son sourire de serpent et ses yeux qui vous percent le cœur. A un moment, alors que Gauhar murmurait quelque chose, Didi s'est tournée vers Suleman comme pour lui répéter ces mots, alors Gauhar a su qu'il ne pourrait jamais se fier à elle.

Marteleur d'argent, c'est ce qu'Allah a fait de lui, et marteleur il restera jusqu'à sa mort, malgré la douleur aux mains, le mal au dos à force de travailler accroupi, et le déchaussement des dents qui s'entrechoquent à chaque coup de masse.

Il sort de Ballimaran, se rapproche des Moineaux. Faquira va lui voler la moitié de sa paie puisqu'il est parti plus tôt. Ce désir de

Faquira de l'enculer l'étonne. Il a vingt-deux ans, et, à dix-huit ans, Mussabir était déjà trop difficile à pénétrer. Peut-être que Faquira n'en trouve pas de plus jeunes. Il pourrait essayer de le faire marcher et lui extorquer un peu d'argent. Aujourd'hui, il va se contenter de se reposer aux Moineaux en regardant Shalini Didi. Elle est beaucoup plus jolie que Chitra Didi. Et cette nuit, quand tout le monde dormira, il ira dans GB Road. La main dans sa poche, il caresse le varq qu'il a volé. D'après Faquira, c'est un élixir. Ça procure une puissance sexuelle inégalée. Il vérifiera ce soir. Que ces putes montrent qu'elles sont capables de satisfaire un homme aussi vigoureux que lui ! Passé la cuisine à ciel ouvert, il entre dans le bâtiment des Moineaux par une double porte vitrée.

Shalini Didi est étonnée de le voir à cette heure-ci. Elle lui conseille d'ouvrir la Baal Bank. Il va dans le couloir, ouvre l'armoire fermée à clef, en sort le registre et la caisse. Les enfants grouillent autour de lui, il leur ordonne de se mettre à la queue devant sa table.

Il ajoute leurs dépôts – cinq roupies et dix roupies – à leur compte dans le registre, demande, comme le veut Shalini Didi, d'où provient l'argent et note les réponses – ils sont ramasseurs de chiffons, tireurs de carrioles, vendeurs de montres, cireurs de chaussures, garçons de restaurant. Gauhar ne doute pas que certains font ce que lui et Mussabir faisaient – quel est le tarif actuel pour un gamin bien tendre ? Ils déposent leurs gains par petites sommes, pour ne pas éveiller les soupçons.

« Je veux fermer mon compte », déclare un garçon.

Gauhar le regarde, surpris. Personne ne ferme jamais un compte à la Baal Bank. Le sien et celui de Mussabir, ouverts il y a dix ans, existent toujours.

« Comment tu t'appelles ?

— Bobby. »

Gauhar sursaute, mais ce n'est qu'un gosse, rien à voir avec son copain à la prison de Tihar. D'après le registre, Bobby ne met de l'argent en banque que depuis deux mois. « Il faut que ton argent reste au moins un an. Donc tu ne pourras fermer ton compte que dans dix mois.

— Je le veux maintenant ! »

Gauhar lève la main comme pour le gifler, Bobby détale. Les

autres enfants s'esclaffent. La suivante, dans la queue, une gamine népalaise, vide les poches de sa jupe sur la table, il en sort des centaines de pièces. Vingt-quatre roupies, compte Gauhar. « Où as-tu trouvé tant d'argent? »

Elle hausse les épaules. Gauhar sait qu'elle a mendié. Shalini Didi ne sera pas contente. « Comment tu t'appelles?

— Kiran. »

Quel joli nom. D'après le registre, Kiran a onze ans. C'est peut-être aussi parce qu'elle est très jolie qu'elle a tant de succès. Pourquoi travailler alors qu'elle peut gagner vingt-quatre roupies rien qu'en tendant la main? De si beaux yeux, une peau brune si tendre, un visage d'un ovale si doux! « Bon, voilà, dit-il, ton argent est déposé.

— Reçu? »

Gauhar le lui donne.

« A quel taux?

— Cinq pour cent par mois », dit-il.

Elle tente de calculer, sous l'effort des rides se creusent dans son front. Il rit. « Ça te fera cinquante roupies le mois prochain. »

C'est un mensonge, mais il est content du plaisir qu'il déchiffre dans ses yeux. Elle s'échappe, six autres enfants lui succèdent. Gauhar additionne le total des dépôts, range l'argent dans la caisse, qu'il referme à clef, replace la caisse dans l'armoire de fer, qu'il referme également à clef. Comme d'habitude, la porte résiste – il doit tenir la poignée de la main gauche tout en balançant un coup de pied de sa jambe droite.

A présent, la caisse contient plus de trois mille roupies, dont cinq cents lui appartiennent. Didi surveille et consulte le registre tous les soirs. Si elle constatait des divergences entre les sommes inscrites et le contenu de la caisse, elle en tiendrait Gauhar pour responsable. Il se fiche de l'opinion de Didi à son égard, mais il se sent bien aux Moineaux : les enfants lui obéissent au doigt et à l'œil, la nourriture est bonne, et il dispose pour dormir d'un coin réservé dans le vestibule. En échange, il aide Shalini Didi à transporter ou à pousser des choses, et il tient les comptes de la Baal Bank.

Au coup de cloche, les enfants se mettent en rang dans le corridor : c'est l'heure du cours de morale de Shalini Didi. Adossé au mur, Gauhar regarde. Elle se met à parler d'honnêteté, de discipline et de politesse, mais il ne l'écoute pas parce qu'il ne pense qu'à sa beauté. Elle est si différente des putains de GB Road! Il donnerait n'importe quoi pour qu'elle le serre dans ses bras... Comment se fait-il que la petite Népalaise soit assise seule au fond de la salle? Les autres enfants partagent un pupitre pour deux. Kiran n'a donc pas d'amis?

A la fin du cours, quand tout le monde s'est égaillé, il s'approche d'elle et lui dit que son dépôt a déjà atteint les trente roupies. Elle glousse de joie. Il devine qu'elle se sent flattée de l'attention qu'il lui porte. Il appartient en quelque sorte à la légende des Moineaux. « Il y a un prix pour le plus important dépôt de la journée », dit-il.

Elle le fixe d'un air incrédule. Il palpe le rouleau de varq dans sa poche. Pas besoin d'élixir, aucune des putes de GB Road n'est digne de lui! Il sort le varq et le tend à Kiran.

« Qu'est-ce que c'est?

— De l'argent! »

Elle le prend, le malaxe, en déchire un bout, le met dans sa bouche et crache. « Ça n'a pas de goût, grogne-t-elle.

— Ton crachat vaut cinquante roupies! dit-il en riant. C'est du varq d'argent. Sur les bonbons, il enrichit le goût.

— Reprends-le. »

Il tend sa main. « C'est quoi ces marques? » demande-t-elle.

Ce sont les sillons creusés par trois ans de martelage. « Avant, je mendiais à tous les coins de rue. C'est ce qui arrive aux mains quand on mendie. »

Les yeux écarquillés, elle semble hypnotisée par cette main. Il ne peut s'empêcher de lui caresser la joue. Si lisse, si douce, si potelée! Elle ne bouge pas, laisse ses doigts descendre jusqu'à son menton et, soudain, plante ses dents dans la chair. Il pousse un cri, elle se tord de rire.

« Tu as arraché ma main! » hurle-t-il, et il lui brandit son moignon sous le nez. Elle s'arrête de rire, ses lèvres tremblent, et elle se met à pleurer. Il s'en veut. Il lui montre sa main gauche. « Regarde les marques de ta morsure, elles correspondent exactement à tes dents. »

Elle s'arrête de pleurer, mais elle continue de fixer le moignon. « Qu'est-ce qui est arrivé?

— Il y avait une autre fille aussi jolie que toi, mais elle mordait beaucoup plus dur. » Kiran rit. Elle est si jolie, quand elle rit, se dit Gauhar.

3

Un rugissement de la télévision réveille en sursaut Kartar Singh. C'est un quatre, un six ou un guichet. A moins que ce ne soit un effet des dieux qui président au cricket. Il se passe une main fatiguée sur le visage, du front au menton, constate avec gêne l'humidité de ses joues. Il a dû laisser échapper une larme avant de tomber dans l'hébétude du Johnnie Walker. Un homme ne doit pas pleurer. Il doit supporter stoïquement les revers de l'existence, descendre un verre ou deux, et continuer à vivre. Mais de quelle vie parle-t-on quand on est seul à cinquante-deux ans?

« Cancer du foie, a dit le médecin qui soignait Sukhbir.

— Mais ne peut-on rien faire? L'emmener au Canada ou en Amérique, dépenser tout l'argent qu'il faudra, et extraire la bête?

— Le cancer a métastasé, il a gagné le corps entier. »

Comment est-ce possible, a protesté Kartar Singh, alors qu'elle vaquait normalement il y a encore deux semaines? Une centaine de personnes l'ont vue manger du prasaad au gurudwara. Deux cents ont vu son sourire radieux quand elle est entrée pour la première fois dans leur nouvelle maison de Vasant Vihar. Est-il possible qu'une femme qui lit régulièrement ses gutkas soudain se plaigne de faiblesse, d'une légère fièvre, devienne jaune pâle et annonce qu'elle va mourir? Etait-il coupable de négligence? « Ce n'est pas votre faute, a dit le médecin, le cancer était asymptomatique. Il évoluait depuis des mois, mais vous n'aviez aucun moyen de le savoir. »

Ce que le docteur ne sait pas c'est que l'animal poussait sans doute depuis bien plus longtemps qu'il ne le croit. Comment une femme peut-elle vouloir continuer de vivre après avoir vu son fils assassiné sous ses yeux? C'est à ce moment-là qu'est né le cancer.

Et c'est uniquement pour son mari qu'elle s'est maintenue vaillante pendant toutes ces années. Le chaivala ne lui a pas sauvé la vie : il a retardé sa mort de douze ans.

Kartar Singh se redresse brusquement, une pensée affolante vient de lui traverser l'esprit. Se peut-il que le destin n'ait pas voulu que Sukhbir vive dans la nouvelle maison? Elle n'exprimait qu'indifférence quand il lui parlait des progrès de la construction. « Nous sommes vieux, disait-elle. Qu'avons-nous besoin de faire construire une si grande maison? Pourquoi du marbre dans l'entrée? Et des carreaux italiens dans les salles de bains? Aucune belle-fille ne jouira d'une si vaste chambre, aucun petit-fils ne gambadera dans ce hall spacieux. Pourquoi ne pas rester dans notre appartement de Trilokpuri? Ne serait-il pas plus sage de garder notre argent pour nos vieux jours? »

Kartar Singh soupire. Il lui a toujours menti. Elle a cru jusqu'à sa mort que l'argent provenait des bénéfices de la boutique. Elle ne savait pas qu'un parieur doit nécessairement transformer ses gains en pierre et en ciment pour qu'ils aient une existence réelle. Elle ne lui a jamais demandé pourquoi il portait tous ces joyaux à ses doigts – améthyste, émeraude et pukhraj. S'était déclarée surprise – voire choquée – qu'il veuille lui offrir un collier de diamants. « C'est inconvenant à mon âge. » Mais où pouvait-il mieux placer son argent, et le mettre à l'abri des regards scrutateurs du fisc? « Nous bâtirons une grande maison, lui avait-il dit, loin de Trilokpuri où ils nous ont pris notre fils. Nous passerons les hivers à Delhi et les étés au Canada. Plus tard, nous vendrons la maison – qui aura pris de la valeur – et irons vivre au Canada. »

N'ayant rien su de son affaire de bookmaker, elle ignora qu'il l'avait vendue pour devenir un parieur. Et cela sous l'effet de la contrainte, après que les patrons de la mafia de Bombay et de Dubaï eurent décidé d'investir le business. Il commença de recevoir des coups de téléphone lui demandant d'annuler tous les paris sur certains matchs à Sharjah, et reçut des lettres de menace de parieurs ayant perdu de grosses sommes parce qu'on leur avait caché le scénario. Il ne s'agissait pas de joueurs réguliers mais des patrons d'une mafia s'étendant de l'Inde et du Pakistan jusqu'à Dubaï, les Emirats, le Kenya, l'Afrique du Sud et le Maroc. S'ils le voulaient, ils pouvaient l'anéantir. Aussi accepta-t-il avec empressement l'offre de rachat – émanant d'un homme qu'il n'avait jamais vu, et qui lui promit des tuyaux sur les futurs matchs. Effectivement, ces tuyaux lui parvinrent. Episodiques, irréguliers, mais toujours exacts.

Stupéfait, il découvrit que ce job de bookmaker était en réalité un fardeau qu'il s'était attaché autour du cou, un piège destiné à le maintenir dans la petite bourgeoisie, une classe au-dessous de celle des seths comme Sohan Lal. Le véritable argent, on le gagne en pariant, pas en récoltant une maigre commission sur les paris des autres. Il s'en tint aux matchs interindiens, dont il connaissait bien le scénario. Il cessa de recevoir des coups de téléphone menaçants, n'eut plus de contact avec les boss de la mafia que sous forme de lettres anonymes lui donnant des tuyaux. Aujourd'hui, il lui arrive de miser quelques milliers de roupies sur un match dont il ne sait rien. Il peut se permettre de perdre de l'argent. Ses trois premières années de parieur lui ont beaucoup rapporté. Maintenant la Commission de surveillance des jeux s'intéresse à lui de très près.

Sukhbir n'a pas su non plus qu'il possède un entrepôt à Mangolpuri, en prévoyance d'une hausse des prix quand les petites industries quitteront Chandni Chowk, et qu'il envisageait d'acheter une boutique dans Khari Baoli, dès la fin de la saison de cricket.

Appuyé au dossier du canapé, il se demande s'il est responsable de la mort de Sukhbir. La colère d'un être supérieur s'est-elle abattue sur lui ? Devrait-il vendre cette maison, dont chaque brique est le fruit de l'argent du jeu ? Mais il n'est pas superstitieux. La bête aurait de toute façon envahi le corps de Sukhbir.

Il tente de se concentrer sur le match, transmis en direct de Toronto. Dire qu'il aurait pu être assis dans ce stade ! Qui semble si beau, avec l'herbe si verte et un ciel si clair ! Rien ne l'empêche d'aller au Canada et de se fondre dans l'obscurité d'un autre monde. Mais à quoi bon, puisqu'il n'a plus ni femme ni enfants à qui procurer un avenir meilleur. Et peut-être devrait-il cesser de jouer et de miser, pour s'occuper uniquement du magasin ? Le nom de Jasjit figure en devanture, ce serait un tribut rendu à sa mémoire. Oui, voilà, c'est ce qu'il va faire – se consacrer au magasin et au gurudwara. Pour régler ses comptes avec son fils, et pour que sa femme repose en paix.

Il ploie sous le poids de sa résolution. Un dernier pari, peut-être ? Bien placé, et qui couronnerait sa carrière ? Non, ce serait un sacrilège. Eh bien, il va miser contre l'Inde, probable gagnant face au Pakistan. Cela l'aidera à se débarrasser de sa dangereuse dépendance. Combien devrait-il placer sur une victoire pakistanaise ? Un lakh ? Cinq lakhs ? Vingt ? Tout le magasin ? Sa maison ? Il prend le téléphone.

« Manoj STD Service, dit le garçon dans la cabine.

— Je veux appeler Dubaï.

— Le téléphone ne marche pas.

— Dis à Sitaram Babu que c'est Kartar Singh qui appelle. »

Au bout de quelques secondes, Sitaram est en ligne.

« Quelle est la cote pour Tendulkar s'il marque une centaine ?

— Sept contre deux, dit Sitaram.

— Je marche à deux contre sept. »

Sitaram met du temps en comprendre. « Vous misez contre la centaine de Tendulkar ! » s'exclame-t-il, incrédule.

Kartar Singh rit. Il sait que ce qui indigne Sitaram c'est son manque de patriotisme, pas sa folle imprudence. Même les books sont sentimentaux quand l'Inde joue contre le Pakistan.

« Combien ? » demande Sitaram.

Kartar Singh inspire à fond et lâche, d'une voix mourante :

« Vingt mille.

— Vingt mille à deux contre sept », répète Sitaram, qui raccroche.

Kurtar Singh s'enfonce plus profondément dans son canapé, écrasé par sa défaite. Incapable d'être à la hauteur de ses propres exigences, il n'a pu se résoudre à miser une grosse somme. Vingt mille roupies, c'est ce qu'il gagne ou qu'il perd communément. Honte sur lui. Il est en compte avec Sitaram, donc il n'a pas besoin de le payer immédiatement. Il décide de ne pas attendre la fin du match, éteint la télévision et se rendort.

Réveillé de bonne heure le lendemain matin, il demande à son chauffeur de le conduire à Chandni Chowk. Il descend à Lajpatrai Market, loin de sa boutique, renvoie le chauffeur, boit du chai à un étal, et traverse le marché. Depuis qu'il a abandonné son siège au conseil municipal, on ne le connaît plus guère, et c'est une bonne chose. Il ne veut pas que, plus tard, des gens se rappellent l'avoir vu ici la veille de la démolition.

Tous ces étals auront disparu demain, songe-t-il avec satisfaction. Ces gens qui ont inondé Lajpatrai Market de marchandises chinoises bon marché, et détruit son propre commerce. De simples planches de bois posées en travers des égouts, avec une bâche pardessus, des rangées et des rangées de ces échoppes-boîtes d'allumettes, qui vendent de la vaisselle de table pour trente-cinq roupies, des pantalons pour trente, des pull-overs pour vingt-huit, des tee-shirts pour quinze, des aiguilles, des chaussures, des jouets et des rouges à lèvres que même les mendiants peuvent s'offrir. Peu importe que la vaisselle en porcelaine sorte d'un four de Naraina, que les Reebok soient étiquetées en réalité Reebak et que le logo Rolex soit grossièrement peint à la main, puisque cela coûte moins cher de les acheter, de les jeter et d'en racheter que de se fournir chez Jasjit General Store. Dans ces conditions, peut-on l'accuser, lui Kartar Singh, de s'être mis à vendre certaines de ces fausses grandes marques ? Comment faire quand on doit payer le loyer, l'électricité et une dizaine d'inspecteurs du fisc ? Tout ce que les boîtes d'allumettes ont à payer c'est la petite commission du chef de poste de police. Elles empiètent sur le territoire public, engorgent les passages, cachent les vraies boutiques et leur piquent leur clientèle. Chandni Chowk est devenu China Chowk – des piles fabriquées en Chine se vendent deux roupies ! En Inde, rien que le métal vaut deux roupies, et peu importe que la pile indienne dure cinquante minutes contre vingt-trois pour la pile chinoise.

Kartar Singh note mentalement le nombre et l'emplacement de ces étals. « Concentrez-vous sur les musulmans, spécialement les Bangladeshis, lui a dit Sohan Lal. C'est ceux-là que nous voulons faire déguerpir.

— Comment saurai-je les reconnaître ?

— Relevez tous les noms des étals musulmans illégaux, il sera bien temps, après les avoir détruits, de savoir qui était bangladeshi. »

Kartar Singh remarque avec satisfaction que nombre de ces étals chinois appartiennent à des musulmans. Certains vendeurs semblent hindous. Il relève leur nom néanmoins. Ces gens font autant de mal au pays que les musulmans. Sohan Lal remarquera-t-il ces quelques spécimens hindous dans la longue liste des patronymes musulmans ?

Soudain il s'arrête. Un étal plein de ventilateurs chinois, ronronnant en silence, soufflant de l'air frais sur tous les passants ! Entouré de ses appareils, le propriétaire – raja au milieu de ses trophées de chasse – sourit béatement. Ses cheveux volettent gaiement sous une brise chinoise, les extrémités ballantes de son kurta saluent les passants, même ses poils de moustache se tortillent pour vanter la puissance de son produit. C'est une matinée chaude et humide. Kartar Singh n'arrive pas à s'arracher au courant d'air bienfaisant. Les dieux de la mousson ayant abdiqué depuis longtemps, les ventilateurs s'arrachent. « Huit cents roupies », lit-on sur une étiquette, « six cent cinquante », annonce une autre. Qui achètera les ventilateurs à mille roupies de chez Jasjit ? Le marchand lui demande s'il désire quelque chose.

« Un stylo et un calepin », dit Kartar Singh.

Il va inscrire cet étal sur sa liste : la rangée sera la première rasée par les bulldozers.

« Chinois, dit le vendeur, en lui tendant le calepin. Deux roupies. »

Moins cher, papier plus crissant, plus blanc, plus brillant que les carnets indiens que vend Kartar Singh. Quant au stylo à bille douce, propre et qui ne bave pas, il est évidemment chinois lui aussi. Avant de partir, Kartar Singh demande le nom de cette allée d'échoppes. « Enquête pour la Municipalité », dit-il en réponse à l'interrogation muette du marchand. Qui lui propose d'acheter un ventilateur...

Il s'éloigne avant de se voir proposer un vélo. Qu'il sait fabriqué en un alliage plus solide, pour cinq cents roupies de moins, que les vélos en acier qu'il vend lui-même. Sans parler des grille-pain, mixers et autres petits appareils. Le corridor népalais est une passoire. Il faudrait construire un mur de trois étages le long de la frontière indo-népalaise, et descendre tous les types qui tenteraient de le franchir.

Il va passer la journée à visiter chaque kucha et katra de Chandni Chowk. Si le kucha se révèle trop étroit pour les bulldozers, il demandera à l'équipe de démolition d'y entrer à pied et de travailler à coups de marteau. China Chowk doit disparaître, et quand il n'en restera plus aucune trace, Jasjit General Store redeviendra rentable.

Sur le chemin de Kucha Bansilal, où il a rendez-vous avec Sohan Lal pour lui montrer sa liste, il passe devant la cabine téléphonique qui a relayé son pari la nuit dernière. Il résiste à l'envie d'appeler pour savoir ce que ça a donné. Un parieur ne devrait jamais entrer dans ce genre de cabine : il est de notoriété publique qu'elles sont surveillées par la Commission sur les jeux.

En passant devant le temple de Hanuman, il remarque l'enseigne au néon sur le figuier : « Jamna Lal Kishori Mal – saris et corsages ». Cela fait des années qu'il n'est pas venu ici. Il se rappelle une pancarte de bois et de fer-blanc au lieu de ce truc électronique, qui clignote suivant des rythmes différents. Les lumières ont dansé et sauté toute la nuit, semble-t-il, puisqu'elles sautillent encore à cette heure de la matinée. Depuis que Sohan Lal est devenu MLA, il n'a cessé d'améliorer sa boutique.

Kartar Singh pénètre dans Kucha Bansilal, et frissonne : il n'a pas oublié la soirée de 1984. Mais qu'est devenu le coffre du chaivala ? Il est remplacé par un étal, avec au centre la fameuse boîte de dérivation. En réalité, c'est le même stand – ayant poussé sur l'égout comme un champignon. Il s'étend sur deux mètres de chaque côté de la boîte de dérivation, avec des bancs et des tabourets pour les clients, des bocaux en verre pleins de biscuits sur le comptoir en bois, et une ampoule électrique qui se balance au milieu. Et qui se tient derrière le comptoir, la tête touchant presque l'ampoule, sinon le chaivala lui-même ! L'homme a beaucoup changé. Kartar Singh se rappelle des joues creuses à la barbe sale, un crâne déplumé, et une chemise aux boutons manquants. A présent, la tête est chauve, à l'exception de quelques broussailles sur la nuque et de quelques poils qui jaillissent des oreilles, mais le visage s'est arrondi et rempli. Il manque toujours des boutons à la chemise – la même ? – et les verres de lunettes sont toujours aussi voilés, si bien que Kartar Singh se demande si le chaivala le reconnaît. Et ce qui le trouble encore plus, c'est le genre seth qu'on décèle chez le bonhomme. Il semble assis sur un coussin attaché au tabouret. Pour commander son thé, le client doit lever les yeux au lieu de le regarder d'en haut comme avant. Le chaivala se trouve à la même hauteur que Ramesh, assis à son comptoir en formica de l'autre côté de la venelle, surplombant Sohan Lal, dont la petite gaddi occupe le fond de l'échoppe. Kartar Singh vient voir

Sohan Lal, mais il se dirige instinctivement vers le stand, où le chaivala, debout, le salue les mains serrées.

« *Sat sri akaal*, sardarji. »

Ce qui irrite Kartar Singh. Pour qui le prend-il ? Pour un politicien ? Toutefois, il convient de ne pas brusquer le chaivala, et de mettre les choses au point avec Sukhbir. Elle le surveille sûrement de là-haut, et sera d'accord. Il s'assoit sur un tabouret, se penche par-dessus le comptoir et murmure : « Ça fait des années que je ne vous ai pas vu, Gopal Bhai. »

Dès que le sardarji est entré dans le kucha, Gopal l'a reconnu. Amaigri, l'air épuisé, peu soucieux de son apparence. Malheureux, Gopal en est sûr et prêt à parier que si des brutes du Congrès lui couraient après, il ne s'enfuirait plus si vite, ne se glisserait plus dans un coffre – ou pourtant il serait beaucoup plus à son aise – ni ne quémanderait plus son aide avec une telle vigueur. En tout cas, Gopal voit distinctement les carreaux de la chemise de luxe, et les pierres précieuses qui ornent les doigts.

« Ma femme est morte, Gopal Bhai.

— C'était une femme courageuse, assure Gopal d'une voix fervente.

— Elle aurait dû mourir en 1984. Grâce à vous, elle a vécu douze ans de plus.

— Elle a vécu aussi longtemps que Dieu l'a voulu.

— Mais c'est vous qui l'avez sauvée », insiste Kartar Singh.

Gopal se tait. Kartar Singh contemple le comptoir, puis, brusquement : « Vous ne m'avez jamais dit qui vous avez vu dans la salle d'eau.

— Votre femme. Coincée dans la fenêtre.

— Non, il y avait un homme, qui s'est rué sur elle avec une épée, et vous l'avez repoussé de vos mains nues. Elle me l'a raconté. »

Dans l'esprit de Gopal règne la plus grande confusion. Cette histoire d'épée ne lui rappelle rien, mais sa mémoire est si embrouillée... Que répondre ?

« Qui était cet homme ? insiste Kartar Singh. Un musulman, un hindou, un sikh ?

— Je ne le connaissais pas.

— Si ! Ma femme m'a dit que vous l'avez appelé par son nom ! Peut-être un nom musulman, elle n'en était pas sûre. »

Gopal frémit. Il revoit vaguement la scène, entend la voix qui s'élève au-dessus des autres : « Indira Gandhi *amar rahe!* », et la reconnaît. Ensuite Ibrahim Mian se dresse devant lui, l'air d'un mort avec une barre de fer à la main. « Je suis venu de Ballimaran m'assurer que tu es sain et sauf... » La sardarni se met à hurler. « Taisez-vous, si vous ne voulez pas mourir! » La grosse femme qui gigote, coincée dans la fenêtre, les cuisses épaisses qui font éclater les coutures de son salvaar marron. Il discerne la terreur dans ses yeux. Il se demande s'il vaut mieux la pousser de façon qu'elle tombe dans le jardin – au risque de se tuer – ou la tirer vers lui dans la pièce, où Ibrahim va la frapper. Mais était-ce réellement Ibrahim Mian, ou un autre musulman?

« Elle avait peur, sardarji, dit-il. Dieu sait ce qu'elle a entendu. Il y avait plus de vingt personnes dans la maison. »

Kartar Singh semble sceptique. « Comment les avez-vous tous fait fuir? Vous n'avez rien d'un champion de lutte! »

Gopal baisse les yeux. Je serai puni pour ce mensonge, se dit-il. C'est pour ça que Mukesh est mort, et que ces serpents de billets de banque resteront enroulés à jamais. Il recule épuisé, sa tête heurte la boîte de dérivation.

Kartar Singh sourit. « Comment faites-vous pour aller d'un côté à l'autre de votre stand, avec ce truc au milieu? »

Gopal déglutit. Pourquoi le sardarji parle-t-il de la boîte? L'argent serait-il le sien, au bout du compte? Ces ceintures ne lui ont causé que des ennuis. Il ne peut ni les rendre, ni avouer qu'il les détient, ni ne plus s'en soucier. Mais, c'est idiot, le sardarji n'a rien à voir avec ça, sinon il n'aurait pas attendu douze ans pour réclamer son argent.

« Je rampe sous la boîte, réplique-t-il, guettant la réaction du sardarji.

— Vous auriez peut-être dû la faire enlever.

— J'ai demandé à sethji. La Municipalité s'en occupera au moment de la fête.

— Votre stand est inclus dans le patrimoine?

— J'ai déposé ma candidature. Sethji m'a écrit une lettre de recommandation. Ça fera mauvais effet si les journalistes viennent prendre des photos. Avec tous ces fils qui pendent! »

Kartar Singh résiste à l'envie poignante d'ouvrir brusquement la boîte. A quoi ça servirait maintenant? Il n'aurait jamais dû y cacher l'argent. Le sentiment d'avoir été victime de tous et de tout – Sohan Lal, mafia des jeux, boîtes de dérivation et stands illégaux – s'impose de nouveau à lui. Pourquoi un homme de bien s'abaisserait-il à parier au cricket si on ne l'avait pas pourchassé comme un chien en 1984, et si le chaivala ne lui avait pas subtilisé son argent, causant la disparition de son affaire de havala? Regardez-le, ce chaivala, maintenant, installé au-dessus de son égout comme un chef mafieux, avec son étal qui déborde sur Kucha Bansilal, si bien qu'on peut à peine passer! Et à quoi pense-t-il sinon à l'argent qu'il a volé à un sardar en détresse? Ce qui explique les bancs, le comptoir et les bocaux de verre. Si ça se trouve, la plus grande partie de cet argent se trouve cachée sous le comptoir!

« Vous devriez nettoyer votre stand, suggère-t-il.

— Je ne l'ai pas fait depuis des années, s'accuse Gopal.

— Qui sait ce que vous découvririez? » rêve tout haut Kartar Singh.

Gopal voudrait pouvoir se transformer en un petit ballon qui rebondirait du comptoir, dévalerait le kucha, loin du regard pénétrant de Kartar Singh. Le sardarji sait!

« Avez-vous un permis? demande Kartar Singh.

— Permis, permis... », répète Gopal, incapable de répondre à la question.

Ingrat! se reproche Kartar Singh. Cet homme t'a sauvé de la populace du Congrès, a sauvé Sukhbir du musulman qui voulait la tuer. Qu'importent les quatre lakhs qu'il a cachés? C'est une somme minime de nos jours. Que je perds et que je gagne chaque semaine pendant la saison de cricket. L'émeraude et le pukhraj qu'il porte aux doigts à eux seuls valent un lakh! Et qu'importe que le chaivala ait ou non un permis, quand lui, Kartar Singh, a passé les heures les plus sinistres de sa vie à l'intérieur de son coffre? Oui, mais, Kartar Singh ne réclame que ce qui lui appartient. Les quatre lakhs sont enfouis quelque part, au milieu de ces réchauds, bocaux, boîtes de fer, et autres sacs. Où pourraient-ils être ailleurs? Kartar Singh s'est renseigné discrètement : il sait que le kholi de Sushil Jain est petit, que les hommes du seth l'inspectent régulièrement, donc le chaivala n'aurait pas la possibilité d'y cacher quelque chose. Non, il faut fouiller le stand. Et c'est un stand sans permis.

« Il fait très chaud en ce moment, dit-il d'un ton désinvolte. Vous avez besoin d'un ventilateur portatif.

— Je suis un homme pauvre. Les ventilateurs coûtent cher.

— Vous ne me semblez pas si pauvre que cela », dit Kartar Singh. Il sort son carnet, et note quelque chose.

« Qu'écrivez-vous ? s'enquiert Gopal.

— Une commande de ventilateur portatif. Il vous sera livré demain.

— Je ne peux pas me l'offrir.

— C'est gratuit. »

Gopal pousse un soupir de culpabilité et de repentir. Dire qu'il a accusé le sardarji de n'être venu le voir que par cupidité. Un homme si gentil, se dit-il en le regardant traverser, enlever ses chappals à l'entrée de Jamna Lal Kishori Mal, s'essuyer les pieds sur la natte, contourner le comptoir et s'asseoir sur la gaddi à côté de Sohan Lal.

« Chai ! » commande Sohan Lal.

Gopal se met au travail.

« On ne vous voit plus dans Kucha Bansilal, reproche gentiment Sohan Lal à Kartar Singh.

— Vous-même n'y êtes pas souvent. C'est ce que m'a dit Jugal Kishori à la dernière réunion du comité. »

Sohan Lal jette un regard approbateur en direction du comptoir en formica, derrière lequel se tient Ramesh, l'air profondément absorbé. « La boutique appartient à mon fils désormais, dit-il. Je ne suis plus qu'une relique qu'on ne peut détruire. Ramesh arrive à neuf heures tous les matins. Moi j'y viens quand je parviens à échapper à mes devoirs officiels. En outre, trois petits-fils, ça vous laisse peu de temps libre ! »

Kartar Singh rit, saluant la naissance du nouveau bébé de Sushma. « Comment va-t-elle ? »

Sohan Lal se penche comme pour lui confier un secret, mais il murmure d'une voix si forte que tout le monde peut l'entendre. « Elle m'inquiète. C'est une machine. Trois garçons en quatre ans ! » Avec les deux enfants de Vimla, une fille et un garçon, cela fait quatre garçons. Même si l'on ajoute les filles de Shakuntala, l'équilibre reste bon : quatre garçons et trois filles. Celle de Vimla sera sûrement très gâtée par ses parents et son frère, et son mariage sera une affaire arrangée avec le plus grand soin. L'unique souci, c'est Shakuntala. Peut-être finira-t-elle par avoir un fils, ce qui réglera la question. « Parfois je me dis qu'il est temps de partir pour Hardwar avec Rukimini », ajoute-t-il.

Il ment, se dit Kartar Singh, tout en gloussant d'un air entendu. Un MLA ne songe pas à se retirer dans les collines de l'Himalaya et à se baigner quotidiennement dans le Gange, il intrigue pour devenir ministre du gouvernement régional. Le seth a plus de soixante ans, l'âge où un homme affecte un désir de renonciation. Il continuera d'en parler jusqu'au jour où Yamaraj, le croyant sincère, exaucera son vœu et l'emportera sans prévenir.

« C'est le match d'hier soir », dit Kartar Singh en regardant la télévision.

Sohan Lal désapprouve la présence du téléviseur sur le comptoir, tout comme il désapprouve le comptoir lui-même. Un magasin est un temple, un lieu d'affaires, où l'homme remplit son devoir, avant de fermer et de rentrer chez lui où l'attendent d'autres devoirs. On ne doit pas polluer un temple avec de vulgaires divertissements, le souiller par de la musique de film ou le profaner par des matchs de cricket. Il est scandaleux que Ramesh concentre son attention sur le cricket et non sur les clients. Et les employés, prenant exemple sur le maître, regardent l'écran tout en taillant les tissus, ou pliant les saris. Lorsque Ramesh s'éloigne, ils sont collés à cet écran comme des mouches sur un jalebi, sans même se soucier de Sohan Lal.

Il a protesté quand son fils a installé les nouveaux comptoirs et déménagé la gaddi dans le coin où elle se trouve maintenant. « Ça fait mauvais effet d'avoir un matelas au milieu du magasin, a déclaré Ramesh. Les comptoirs donnent un aspect moderne. Les clients – même ceux qui portent un dhoti – préfèrent s'asseoir sur des tabourets. Ils n'aiment pas enlever leurs chappals et faire l'effort de s'assoir par terre jambes croisées. »

Comble d'humiliation, la gaddi se retrouve coincée près de l'alcôve de Lakshmi : la déesse doit partager son sanctuaire avec les câbles de l'ordinateur installé juste en dessous. Sohan Lal se demande parfois si Sushma n'aurait pas quelque chose à voir avec l'assurance qu'affiche Ramesh. Toujours aussi polie envers son beau-père qu'à son arrivée dans la maison, elle ne montre plus le même respect envers Rukmini. Sohan Lal a entendu des remarques et des commentaires déplaisants. Les mains de Rukmini commencent à trembler quand elle soulève des objets. Il redoute un début de Parkinson, bien que le docteur affirme que ce n'est qu'un signe de faiblesse. Elle a une tension trop basse. Et Sushma, occupée par l'éducation de ses fils, ne prend pas soin d'elle comme il le faudrait. Il la soupçonne même de le critiquer derrière son dos. Ramesh a trop de maturité pour écouter des propos frivoles, mais combien de temps un garçon – même aussi obéissant et consciencieux que Ramesh – pourra-t-il feindre d'ignorer le bavardage incessant d'une épouse qui lui a donné trois fils ? Sohan Lal redoute le jour où elle s'adressera directement à lui sans se couvrir la tête de son sari. Mais il partira pour Hardwar bien avant que cela n'arrive. Il le faut !

Sur le comptoir, la télévision braille. Tendulkar vient de lancer sa sixième balle, ce qui lui donne un score de soixante-trois. « Je n'aime pas regarder les matchs en direct, dit Ramesh à Kartar Singh. Je préfère les enregistrements, parce que, comme ça, je sais que l'Inde a gagné. Mais, bien entendu, vous vous y connaissez beaucoup mieux que moi.

— Je croyais que vous ne vous occupiez plus de cela, intervient Sohan Lal.

— C'est exact, j'ai arrêté, dit Kartar Singh.

— L'Inde va gagner la Coupe de l'Amitié, déclare Ramesh.

— Quelle amitié ? ricane Sohan Lal. Les Pakistanais vont-ils devenir nos frères en jouant avec nous au Canada ? »

Kartar Singh se détourne du téléviseur.

« Et les terroristes qu'ils nous ont expédiés par-dessus la frontière ? poursuit Sohan Lal. Les émeutes qu'ils suscitent dans nos villes, les multitudes d'enfants qu'ils engendrent ? Est-ce ainsi que nous allons résoudre notre problème musulman ? »

Kartar Singh veut revenir aux affaires sérieuses. « J'ai dressé une liste, dit-il en déposant son calepin sur la gaddi. Harilalji veut que je la lui remette ce soir. J'ai pensé que vous aimeriez y jeter un coup d'œil avant.

— Je n'aime pas cette idée de démolition », marmonne Sohan Lal.

La première fois qu'on y a fait allusion, Kartar Singh non plus n'était pas très chaud. Maintenant, après ce qu'il a vu en traversant Lajpatrai Market, il est décidé à faire raser ces étals. Si Harilal Gupta en possédait un, il l'inscrirait sur sa liste.

« Si Harilal Gupta veut faire disparaître les étals musulmans et bangladeshis, qu'il le fasse en douceur ! dit Sohan Lal. Une jeep de la police, deux fourgons, quelques arrestations. Pourquoi lancer toute une opération ? La moitié de Chandni Chowk est illégale. Va-t-il éventrer la moitié de la chaussée ? Est-ce pour ça qu'on l'a nommé ministre des Transports ?

— Harilalji n'y est pour rien, dit Kartar Singh. L'ordre vient de la Cour suprême.

— C'est ce qu'il raconte.

— Il s'agit d'une mesure indispensable au déroulement de la Fête du Clair de lune, sethji.

— La Fête aussi est une idée de Harilalji.

— Le PPI envisage d'élargir sa base, rétorque Kartar Singh. D'inclure des musulmans, des chrétiens, les castes répertoriées, les hors castes. Comment le comité de Chandni Chowk pourrait-il ne pas tenir compte de la politique du parti ?

— Nous devons donc recréer l'histoire moghole à l'occasion de cette orgie ? Ces gens étaient des débauchés, des sodomites, des opiomanes ! Il faudrait les enterrer sous des monceaux de terre au lieu de les exhiber. Harilalji veut préserver le patrimoine ? Très bien, mais pourquoi ne pas préserver le patrimoine hindou ? N'a-t-il pas entendu parler des rois de Tomar, de Raja Anangoal, de Prithvi Raj Chauhan ? Et des Pandavs qui ont bâti la cité d'Indraprastha, au-dessus de laquelle serpente Chandni Chowk, mille ans avant qu'existe ce qu'on appelle l'Islam ? Et ces étudiantes à lunettes qui parlent de la bibliothèque de Dara Shikoh – n'aimeraient-elles pas localiser l'endroit où se tenait Shri Krishna quand il a déclamé la *Bhagavad Gita* ? »

Kartar Singh ne répond pas, se contente de fixer l'alcôve de Lakshmi. Il ne convient pas de contredire le seth : en tant que président du comité du PPI, il choisira les candidats pour les prochaines élections municipales. En 1993, Kartar Singh a renoncé à son siège au conseil municipal afin de se présenter aux élections législatives locales. Battu par Suleman, il s'est retrouvé sans aucun poste. Il n'a jamais pu découvrir pourquoi Suleman avait troqué Matia Mahal contre Ballimaran. Pourquoi il avait abandonné une circonscription qu'il chouchoutait depuis dix ans pour tenter sa chance en territoire inconnu. Mais qui pourrait deviner ce qui se passe dans l'esprit d'un serpent ? Ballimaran dispose d'une importante population musulmane, même si elle n'est pas aussi considérable que celle de Matia Mahal, aussi, en apprenant l'histoire du troc, Kartar Singh a-t-il su qu'il était condamné. Si Suleman s'était maintenu dans sa circonscription, il aurait fait trembler Harilal.

« Cette fête, c'est essentiellement pour Harilal le moyen de s'attirer les bonnes grâces des musulmans, dit Sohan Lal. Etre MLA ne le satisfait pas, il veut se faire élire au Parlement national. Pour cela, il doit battre Naresh Agrawal, et qui pourrait y parvenir à Chandni Chowk ? Nareshji est le candidat de tout le monde. Les négociants votent pour lui parce qu'il est lui-même négociant, les musulmans parce qu'il est membre du Congrès, et les autres parce qu'ils ont voté pour lui toute leur vie. »

Kartar Singh opine d'un soupir. Aux élections générales d'il y a trois mois, Naresh Agrawal a remporté son cinquième mandat consécutif de MP. « Il sera le député de Chandni Chowk au Parlement jusqu'à sa mort.

— Et il envisage de ne jamais mourir », rêvasse Sohan Lal.

Les prochaines élections générales n'auront lieu que dans cinq ans, songe Kartar Singh. « Harilalji s'y prend beaucoup trop à l'avance.

— Personne ne croit que ce Lok Sabha tiendra plus de deux ans », dit Sohan Lal.

Kartar Singh sait que cette opinion commune a d'autant plus de poids qu'elle est partagée par Sohan Lal. Il a sous-estimé le seth dans le passé, il ne commettra plus cette erreur. On parle encore de la victoire du seth à Matia Mahal – le triomphe d'un marwari dans une circonscription musulmane. Il pousse son calepin sous le nez de Sohan Lal, façon d'indiquer qu'ils doivent en finir avec la tâche actuelle. Sohan Lal chausse ses lunettes cerclées d'or, et parcourt la liste. Une liste secrète, bien entendu, la seule dont les pelleteuses tiendront compte et qui n'a rien à voir avec celle qu'a dressée la Municipalité. « Pourquoi le chaivala figure-t-il sur la liste ? demande Sohan Lal, qui a achevé sa lecture.

— Il n'a pas de permis.

— Ça fait plus de vingt ans qu'il est là.

— Il n'a pas de permis, répète Kartar Singh. Il faut que la loi l'emporte. »

Sohan Lal ôte ses lunettes, et contemple Kartar Singh. Se faire donner une leçon de rigueur juridique par l'homme à cause de qui il a perdu cinq lakhs !

« Le chaivala abrite des Bangladeshis, insiste Kartar Singh. Le garçon qui a pissé à Rajghat ne dormait-il pas dans son stand ? Il y dort peut-être toujours.

— Il est parti. » Sohan Lal ne tient pas à s'appesantir sur le sujet, évoquer le manchot, dont la disparition a failli lui faire rater son élection à l'assemblée régionale. Malgré tous ses efforts, il n'avait pas réussi à le retrouver à Ayodhya. Heureusement, il a su convaincre Suleman qu'il détenait le garçon. Peut-être était-il déjà mort ?

« J'ai fourni au chaivala une lettre de recommandation pour que son stand participe à la fête de Harilal Gupta, déclare fermement Sohan Lal. Supprimez-le de votre liste. »

Kartar Singh marmonne, assentiment ou refus, c'est selon. Sohan Lal sort un mouchoir et s'essuie le front. « Dilli va bientôt ressembler au Rajasthan, gronde-t-il. Septembre, et pas une goutte de pluie ! A Bikaner, nous appelions ça une chaleur sèche. Mes petits-enfants ne sauront pas à quoi ressemblait la mousson. »

Petit rire obséquieux de Kartar Singh, dont les oreilles sont braquées sur le téléviseur, où Tendulkar s'achemine inexorablement vers sa centaine, et l'Inde vers la victoire. La foule hurle, Kartar Singh est à la fois terrorisé et plein d'espoir. J'ai fait cela pour ma Sukhi, se dit-il. Tout ce qu'il me faut, c'est une centaine, et je ne parierai plus jamais. Il est conscient du regard de Sohan Lal fixé sur lui. C'est son dernier pari, la dernière fois que Sukhbir le verra s'abaisser ainsi.

Soudain Ramesh pousse un ouf sonore, les employés applaudissent, l'Inde a gagné. « Battre le Pakistan est toujours plus délicieux que de battre n'importe qui d'autre », dit Ramesh.

Certes, songe Kartar Singh, mais Tendulkar est sorti à quatre-vingt-neuf, pas très loin de la centaine. Kartar Singh va toucher trois fois sa mise. Ou bien quelqu'un veille sur lui ou bien il a un don. Il mise une somme que n'importe quel parieur jugerait folle sur un match dont on ne possède pas le scénario, et il gagne ! Que va-t-il dire à Sukhbir, maintenant ? Qu'il est condamné à jouer jusqu'à la fin de ses jours ?

Il continue de parier, conclut Sohan Lal, en observant le visage de Kartar Singh. Sinon pourquoi aurait-il l'air si déconfit ? Le traître ! Il a dû miser sur la victoire du Pakistan.

Gopal apporte deux tasses de thé sur un plateau en plastique.

« Des tasses chinoises, bougonne Kartar Singh.

— Un brave homme, dit Sohan Lal, en buvant son thé. J'ai prêté un jour cinquante mille roupies à son père. Il me les a rendues intégralement. Il y a des gens à qui on peut prêter de l'argent en toute confiance. »

Voilà donc la raison de l'hostilité du seth à mon égard, réfléchit Kartar Singh. Ce n'est pas par souci du chaivala, mais à cause de l'argent, douze ans après, il n'a ni oublié, ni pardonné. Si l'on retrouvait ces quatre lakhs – ou du moins ce qu'il en reste – quelque part dans le stand du chaivala, le seth se réconcilierait peut-être avec lui. Le stand demeurera sur la liste. Il peut se produire des erreurs au cours d'une opération de démolition de cette ampleur. Qui se rappellera le stand d'un chaivala disparu accidentellement ?

« Je lui ai donné ma parole qu'il participerait à la fête », insiste Sohan Lal.

Il a donné sa parole, se dit Kartar Singh, mais il la reprendra sans remords pour quelques lakhs. Il y a sa parole, et il y a son argent.

Il vide sa tasse, reprend son calepin, se lève, enfile ses chappals. « Vous avez oublié d'éteindre l'enseigne à l'entrée du kucha », remarque-t-il.

Sohan Lal reproche violemment à Chotu cette dépense superflue d'électricité.

« Je vais aller remettre la liste à Harilalji, dit Kartar Singh. Il craint que Suleman ne veuille s'en mêler.

— Que le chien aboie, l'éléphant passera. »

Le mécontentement du seth réjouit Kartar Singh. Tout le

monde déteste Suleman dont l'influence ne cesse d'augmenter. Bien que simple MLA, comme Sohan Lal, et représentant d'un parti minoritaire, la mention de son nom jette Harilal Gupta – député et ministre – et ses semblables dans les transes.

Kartar Singh sort du kucha. La prétendue colère du seth contre Chotu ne le trompe pas. Tout un chacun peut voir le fil fixé au poteau électrique, d'où il sinue le long des branches du figuier pour aboutir à l'enseigne de néon. Un seth ne paie jamais l'électricité qui alimente son enseigne. Mais Kartar Singh détient la liste approuvée par Sohan Lal : qui remarquera quelques ajouts?

Il passe devant le figuier. L'enseigne est éteinte. La nuit, elle projette peut-être sa lueur sur le temple de Hanuman. Personne, qu'il soit ou non de la CED, n'oserait toucher à l'éclairage de Hanuman. Le dieu n'est jamais illégal, donc ce qui l'illumine ne peut l'être non plus. Cependant l'enseigne est posée sur un arbre, et personne ne vénère un arbre. Aucun droit ne l'autorise à demeurer dans Chandni Chowk.

4

Ramvilas traverse la vaste esplanade asphaltée au pied du Fort Rouge, longe les étals vendant de l'eau minérale et des biscuits, passe sous la porte de Lahore. A l'entrée, sur une pancarte en bois, est annoncé le spectacle son et lumière [1] de ce soir. Un type propose des billets à moitié prix. Ramvilas le repousse. Deux touristes photographient un sadhu, plaqué contre une haie. Il rit, dévoilant des dents pourries ; ils lui ordonnent de fermer la bouche s'il veut recevoir ses dix roupies. Ramvilas poursuit son chemin sous les arcades qui abritent le Meena Bazar du Fort Rouge, s'arrête devant les stands qui vendent des colifichets à des prix scandaleux. Boucles d'oreilles, perles et clochettes – Ramvilas opte pour un collier chinois, dont le faux or s'effacera avec la sueur,

1. En français dans le texte.

orné d'un pendentif en plastique imitant l'émeraude. Il marchande dur, de trente-cinq roupies, le prix tombe à douze. « Je ne suis pas un Blanc, alors n'essaie pas de me rouler. » Le collier emballé dans une pochette en plastique et enroulé comme un serpent dans la poche de son kurta, Ramvilas gagne le vaste ensemble du Fort Rouge.

C'est l'après-midi. Il devrait se trouver dans le magasin, Bhagwan Das et Fils, à aider les quatre garçons, mais il a décidé de les laisser s'entre-tuer. La boutique vient de rouvrir après les deux mois de cessation d'activité ordonnés par le tribunal. De mémoire d'homme, c'est la première fois qu'elle est restée fermée plus de deux semaines. Un drame que Surajmal ne se lassait pas de raconter, et qui s'était déroulé quatre-vingt-quatre ans auparavant, quand les Britanniques avaient bouclé Chandni Chowk et Kucha Sugandh, où une bombe avait été lancée contre Lord Hardinge. Chandni Chowk retrouva sa liberté, mais pas le kucha, fouillé de fond en comble pour y dénicher le jeteur de bombe qu'on supposait s'y être caché.

Cette fois-ci, il n'y a eu aucun jeteur de bombe. Maintenant, assis côte à côte sur la gaddi, les quatre frères ne quittent pas la caisse des yeux, comptant chaque roupie qui tombe. La présence de quatre seths dans la même boutique – qui ne communiquent entre eux que par l'entremise de Ramvilas – choque les clients. Le plus jeune a trente-trois ans, l'aîné, Vimal, est à peu près du même âge que Ramvilas, qu'il s'obstine à appeler Ramvilas Kaka. Lequel glousse de rire à la pensée de la tête que feront trois des garçons quand il décrétera qui doit régner.

Il gagne le Divan-i-Am, le pavillon de pierre rouge. A l'extrémité est du vestibule, appuyée à une colonne, Gita Didi vêtue d'un sari blanc observe le balcon de marbre blanc où s'est peut-être tenu Shah Jahan lui-même. Elle est plus dodue qu'il ne se la rappelait. Elle porte ses cheveux noués en chignon sur la nuque, un corsage à manches longues, blanc également, un sac noir en bandoulière. Toujours jolie, malgré le sari banal et son petit ventre rondouillard. En cette fin d'après-midi, il n'y a quasiment personne. Elle devine son arrivée et se tourne vers lui.

« Tu ressembles à une héroïne de film, dit-il en approchant, qui, les yeux pleins de larmes, supplie l'empereur de se montrer clément. »

Instinctivement, elle se couvre la tête de son sari.

« Maintenant, tu ressembles à Mère Teresa !

— Tu as grossi, dit-elle doucement.

— C'est l'effet de ma nouvelle position. Je suis membre du comité PPI, et quasiment un seth. »

La vantardise la laisse de marbre.

« Je t'ai apporté un petit cadeau », dit-il. De la pochette en plastique, il sort le collier et le lui tend. Tenant l'objet entre le pouce et l'index, elle le lui rend.

« Ah ! marmonne-t-il, Gita Didi émancipatrice de GB Road ! » Il remarque qu'elle ne porte ni maquillage ni bijoux. Douché, il rempoche le collier. « Pourquoi m'as-tu demandé de venir ici ? J'aurais pu assister à une réunion de FRETS.

— Pour préserver ta réputation. »

L'attention le touche. « Mais pourquoi le Fort Rouge ?

— Les sœurs de GB Road ne fréquentent pas les vieux bâtiments de grès rouge. » Et les sœurs de GB Road ne connaissent que trop bien Ramvilas, ses visites à Parvati et aux autres filles. Comment justifierait-elle un rendez-vous avec cet homme ? C'est sa propre réputation qu'elle doit préserver, pas celle de Ramvilas. Elle note l'épaississement de la taille, la peau relâchée des pommettes. Il doit avoir quarante-deux ans. Un vieil homme ! Le kurta-pyjama, toujours d'un blanc impeccable, ne dissimule plus ses péchés. Bientôt, le pendentif de plastique se balancera au cou de la plus jolie des filles de Parvati, qui n'a que dix-sept ans.

Elle sort une bouteille de Bisleri de son sac, en boit une gorgée. Ce qui irrite Ramvilas. Pourquoi une putain de GB Road aurait-elle peur de détraquer sa digestion en buvant l'eau du robinet au Fort Rouge ? Pour qui se prend-elle ? La reine d'Angleterre ?

Elle lui tend la bouteille, il refuse. « Pourquoi faire appel à moi ? insiste-t-il. Je t'ai vue trois fois en quatre ans, et seulement au titre de ta fonction dans FRETS. Tu n'espères sûrement rien de moi. Pourquoi ne pas t'adresser à tes puissants protecteurs ? Harilal Gupta est intarissable quand il s'agit de FRETS. Et si un membre de l'assemblée législative ne te suffit pas, essaie un MP. Naresh Agrawal ne sera que trop heureux de prélever un lakh sur ses fonds propres.

— Je n'ai pas besoin d'argent.

— Ah.

— Il n'y a que toi qui puisses me donner ce dont j'ai besoin. »

Tenterait-elle de l'aguicher? Ramvilas sent revenir la passion. N'est-elle pas sa Gulmohar? Sa motte d'argile, façonnée selon sa volonté, agissant comme il le désirait? Grassouillette, sans le moindre bijou, drapée dans un sari blanc qui anéantit toute idée de sexualité, affichant une assurance, un comportement masculin repoussants, mais la peau est toujours douce et tendre, le corps luxuriant. « Je ne t'ai jamais rien refusé », dit-il tendrement.

Soudain elle se retourne et s'éloigne. Il la suit. Elle sort de Divan-i-Am, traverse les jardins, à l'évidence quelque chose l'inquiète, pénètre dans le pavillon de Rang Mahal. « Un beau bâtiment, dit-elle vaguement.

— Le zenana », ricane-t-il.

Elle ne comprend pas. La comparaison s'impose, aussi ne résiste-t-il pas : « Le GB Road de l'empereur. »

Elle ne trouve pas cela drôle et se réfugie à l'autre bout de la salle.

« Tu aurais peut-être aimé travailler ici, dit-il. Imagine ces colonnes peintes et drapées de soie. Les balcons ornementés, le marbre sculpté et les plafonds de stuc doré. Imagine le ruissellement de l'eau de la Yamuna, la musique d'une douzaine d'instruments, les cris d'une centaine de paons! Et représente-toi un vieil homme impotent, l'empereur d'Hindoustan, qui s'approche de toi en boitillant, en s'appuyant lourdement sur sa canne... »

Elle rit, mais vite s'interrompt. « Même ça, je n'y ai pas droit », soupire-t-elle.

Regretterait-elle son ancien métier?

« La bai m'empêche d'entrer dans la chambre du haut. Elle a tout emporté – le lit, la coiffeuse, les flacons d'attar, les miroirs.

— Mais c'est ta chambre! proteste Ramvilas.

— C'est celle de Parvati, maintenant

— Mais les cadeaux t'appartiennent. C'est à toi que je les ai donnés, pas à la bai. »

Il sait pourtant que les cadeaux sont attachés au kotha et à la personne de la bai. Quand la bai a exigé sa part, il y a dix ans, il a menacé d'abandonner Gulmohar. La bai a battu en retraite, préférant s'assurer des miettes régulières. Ce fut le triomphe de Gulmohar, jusqu'à ce que Parvati amène ses filles du Bangladesh.

« Demande à la bai de te faire aménager une autre chambre.

— Je ne suis plus sa pute favorite.

— Tu attires l'attention de tout le pays sur le kotha.

— Oui, mais je ne rapporte pas d'argent. J'attire seulement les regards – d'autres ONG, de la police, des politiciens, des journalistes. La seule raison pour laquelle la bai me supporte c'est par peur de ce que je pourrais révéler si elle me virait. Elle et moi on forme un couple, chacune craignant l'autre.

— La salle d'attente, du moins, t'appartient.

— C'est ma prison, dit-elle avec amertume. Ma vie, celle de Gita Didi, la femme de l'ONG, tout le monde peut la voir. Comme la salle d'attente, où est installé le bureau de FRETS, elle n'a ni porte, ni serrure. Ici se tient Gita Didi, derrière sa table ! Elle possède le divan, le linoléum, les affiches de FRETS sur le sida et les portraits de Sai Baba et de Nehru. Tout le monde sait ce qu'elle dit, quand elle le dit et comment elle le dit. Tout le monde sait qu'elle n'a aucune idée dans sa tête sauf celle du bien-être des putes !

— Ce sont tes filles. Tu l'affirmes dans tes discours. »

Elle l'affronte, lèvres tremblantes. Malgré lui, il est troublé. Sa Gulmohar, la petite Népalaise du district de Sindhupalchowk, qui a maintenant vingt-neuf ans. Comment les putes de GB Road pourraient-elles être ses filles ? Dans une autre vie, elles pourraient être ses sœurs, ses amies, dans celle-ci, ce sont ses concurrentes. Sous l'apparence de Gita Didi se cache une enfant, piégée dans un corps de vieille harpie.

« C'est toi qui as eu cette idée, crie-t-elle. Pendant que j'imprimais des brochures, Parvati s'est rendue dans son village avec des bijoux et des parfums. Quelqu'un lui a donné des saris de soie et de nylon. On ne parlait que d'elle dans le village – l'exportatrice de vêtements, qui possédait une boutique à Delhi. Sais-tu combien de filles ont fait la queue pour se faire embaucher ? Elle a ramené les cinq plus jolies, celles qui avaient la plus belle chair sur les os.

— Je croyais que tu aimais ton travail.

— Parvati est la pute la mieux payée de GB Road. Elle se pavane dans de beaux saris, porte des bijoux étincelants, exhibe des sacs en cuir et se déplace au milieu de nuages d'attar embaumés. Moi je passe mon temps à distribuer des préservatifs et des brochures. »

Crise prématurée de l'âge mur, diagnostique Ramvilas avec mépris, peut-être parce qu'elle a perdu sa beauté. Elle est redevenue Gulmohar. En qualité de Gita Didi, elle personnifiait la dignité de la femme, l'image de la mère en sari blanc appuyée à une colonne du Rang Mahal. En tant que Gulmohar, elle n'est plus qu'une pute usée. Maintenant, les défauts apparaissent, qu'il n'avait pas encore remarqués. Elle est trop grasse pour être séduisante – trop de chair déborde des manches du corsage – et... c'est quoi, cela ? Des rides sur les tempes et autour de la bouche ! La peau est douce, mais la chair flasque à la taille, sous le menton, sur les cuisses... A vingt-neuf ans, une pute et un joueur de cricket se ressemblent : ils sont trop vieux.

« Quel âge ont les filles de Parvati ? » demande-t-il.

Il le sait, bien entendu. Il a posé la question d'innombrables fois, et Parvati lui a toujours fait la même réponse : vingt-trois ans.

« La plus âgée a dix-sept ans », dit-elle.

Il sursaute. Elles avaient donc treize ans à leur arrivée du Bangladesh. « Les hommes veulent ignorer ce qui les dérange », dit Gita.

Serait-elle au courant ? s'inquiète Ramvilas. Il s'est pourtant montré toujours très prudent, ne fréquentant le kotha que durant les après-midi endormis, grimpant quatre à quatre jusqu'à la chambre du troisième étage. Il a fait jurer le secret à Parvati, et les filles ne connaissent pas son nom.

« Dix-sept ans, c'est trop jeune pour travailler dans GB Road, dit Gita. Quelqu'un a donné des saris et des bijoux à Parvati et aux filles », répète-t-elle.

Elle me soupçonne, se dit Ramvilas, mais je ne vendrai pas la mèche.

« Parvati touche huit roupies sur chaque fille, reprend Gita. Huit roupies pour rester assise sur le divan à mâcher du paan ! Elle en refile une à la bai, mais bientôt elle fondera son propre kotha et deviendra bai à son tour.

— Tu es la secrétaire de FRETS, lui rappelle-t-il. Comment peux-tu te comparer à une bai ?

— Une madame gagne de l'argent à ne rien faire. C'est une bonne vie. »

Ramvilas s'esclaffe. Un député local veut devenir Premier ministre de son Etat, un membre du Parlement veut devenir Premier ministre du pays, une pute veut devenir bai !

« Elle aura ses propres pahalvans, ses propres contrats avec les macs, et paiera sa propre commission à Inderlal Jha », conclut Gita.

Ramvilas fronce les sourcils. Chaque fois qu'il entend ce nom, il entend augmentation des tarifs de la police.

« Il vient juste d'être nommé chef de poste, soupire Gita. Quand un homme obtient une promotion, il augmente son tarif. »

Ce n'est sûrement pas pour cela qu'elle m'a fait venir ici, songe Ramvilas. Il lui tend la main. Elle ne la prend pas. « J'ai entendu parler de cette Fête du Clair de lune », lâche-t-elle tout à trac.

Soulagé, il saute sur la perche. « C'est une idée de Harilal Gupta. Le 15 octobre, pour fêter le patrimoine de Chandni Chowk, en mémoire de Lala Surajmal.

— Je me fiche de savoir à la mémoire de qui elle est organisée. »

Qu'est-ce qui peut bien l'intéresser ? se demande Ramvilas. Elle ne veut quand même pas avoir un stand pour recruter des putains ! « GB Road fait aussi parti de notre patrimoine, dit-il gaiement. Tout comme FRETS. »

Elle ne goûte pas la plaisanterie. « La rumeur court que la fête est un prétexte pour lancer une campagne de démolition. »

Il est sidéré. « Qui t'a raconté ça ?

— GB Road est muette. Mais pas sourde.

— Il y a trop de constructions illégales dans Chandni Chowk », dit-il évasivement.

Elle le regarde avec colère. Il consulte sa montre. Il est presque cinq heures. Quoi qu'il lui dise, elle ne pourra pas l'utiliser contre lui parce que les démolitions commenceront à l'aube demain matin. « Viens avec moi. »

Cette fois, elle ne refuse pas sa main. Il l'entraîne vers un escalier de brique à l'extrémité nord-est de Rang Mahal. La porte qui permet d'y accéder est fermée à clef, mais la poignée est rouillée et cède facilement. Ils grimpent l'escalier, en prenant soin de se tenir éloignés des bordures qui s'effondrent.

« C'est autorisé ? demande-t-elle.

— Shah Jahan ne règne plus ! » dit-il en riant.

Ils s'élèvent dans la tour octogonale, tâtant chaque marche avant d'y poser le pied, atteignent le sommet d'où ils dominent les murailles de la forteresse.

« Mussuman Burj, déclare Ramvilas. C'est là que l'empereur se tenait tous les matins, de façon que le peuple puisse voir que le débauché respirait encore. D'ici il apercevait la Yamuna couler le long des murailles de la forteresse. Il regardait les danses et les célébrations, les compétitions de force et d'endurance, les duels entre lions et éléphants... Que vois-tu ? »

Au loin, presque à l'horizon, elle voit Ring Road, comme un ruban d'asphalte. A sa droite, il y a un grand fossé et une large étendue d'herbe, puis Chandni Chowk et, surplombant le fouillis des toits gris-blanc, les dômes et les minarets de Jama Masjid.

« Regarde en bas, à ta gauche », dit Ramvilas.

Gita obéit et découvre le bidonville, étalé le long des murailles de la forteresse, déployé à perte de vue – bâches, toiles de tente, feux de cuisson, pots, casseroles, des milliers d'enfants. Une ville géante, sur laquelle le Fort Rouge étend son ombre, et qui attend la tombée de la nuit.

« Colonie Naresh, dit Ramvilas. Le royaume de l'actuel empereur de Chandni Chowk. Cinquante mille Bangladeshis illégaux, cinquante mille votes ! »

Gita se raccroche à lui, de peur que le vent ne la fasse basculer.

« Nous allons raser ça, murmure Ramvilas. Les musulmans bangladeshis et tout le reste. Le moindre stand, le moindre pieu qu'ils ont enfoncé dans un sol qui ne leur appartient pas. Tu imagines à quoi ressemblera ensuite Chandni Chowk ? »

Comme elle ne répond pas, il se reproche de s'être laissé aller, mais après tout, ce n'est qu'une pute.

« C'est dangereux de rester ici », dit-elle soudain, et elle redescend illico, sans se soucier de lui. Arrivée en bas, elle se dirige vers le nord, traverse Khas Mahal, passe devant une autre pancarte annonçant le spectacle son et lumière.

« Achète-moi des billets, dit-elle.

— C'est ça, pour que tu ingurgites tous leurs mensonges. Par exemple, que le fort a été construit par Shah Jahan.

— Et ce n'est pas lui? »

Il lui montre un motif gravé dans le mur – deux épées posées garde contre garde, surmontées d'une kalash, une fleur de lotus et les plateaux de la justice en équilibre par-dessus. « C'est l'emblème royal de Raja Anangoal, dit-il. Il a fait construire le Fort Rouge six cents ans avant la naissance de Shah Jahan. Remarque la kalash hindoue et les conques à l'extrémité des épées. La lettre *om* sculptée dans la voûte au-dessus de ta tête. Tu n'avais pas vu le lotus géant gravé dans le sol de Rang Mahal?

— Je ne savais pas qu'on trouvait des symboles hindous au Fort Rouge.

— Parce que tu n'as jamais bien regardé. Il y a des éléphants, des statues, des poignées de porte, des treillis, des feuilles de banane, des motifs solaires... Même le nom de Rang Mahal est hindou.

— Qui t'a raconté tout ça?

— Je suis membre du comité du PPI, dit-il en se rengorgeant. Je me dois de connaître l'héritage culturel de mon pays. »

Elle rit et sort du Khas Mahal.

Toujours aussi enthousiaste, il propose : « Allons voir l'endroit où se tiendra le Premier ministre le 15 août », et lui fait traverser les jardins jusqu'à la muraille. Il aurait aimé grimper sur les remparts et voir Chandni Chowk étalé devant lui, mais une chaîne métallique barre l'accès de l'escalier.

« Je ne te savais pas si respectueux de la loi, se moque-t-elle.

— J'obéis à la loi que je choisis.

— Alors, où se tiendra le Premier ministre?

— Bof, ce type est une nullité. Je vais plutôt te montrer où se tiennent les vrais empereurs. » Il l'entraîne vers le pavillon de marbre de Divan-i-Khas. Ils foulent le sol de marbre.

Elle lève les yeux, reste bouche bée à la vue des décorations du plafond. « Or et argent! s'exclame-t-elle.

— C'est du bois peint. L'or et l'argent ont disparu. Regarde là! » Il indique une inscription qui court sur le mur au-dessus des arches.

« Je ne sais pas lire l'ourdou.

— C'est du persan. S'il existe un Paradis sur terre, c'est ici, c'est ici, c'est ici.

— Ah bon !

— Le poète a cédé à l'emphase. Ou bien il essayait de plaire à l'empereur son maître. C'est peut-être Shah Jahan lui-même qui a choisi l'inscription. Une vieille habitude indienne. Sais-tu la première chose qu'a faite Harilal Gupta quand il est devenu ministre des Transports de Delhi ? Il a fait coller des affiches sur toute la ville proclamant "Delhi la verte !", comme si ça suffisait à éliminer la pollution.

— Harilalji est un homme généreux », affirme Gita.

Ramvilas ignore la remarque. Il lui indique le piédestal de marbre à l'extrémité de la salle.

« Et alors, je ne vois rien de particulier ?

— Ce que tu ne vois pas, c'est le siège le plus important de l'empire d'Hindoustan. C'est là qu'était le Trône du Paon. Des milliers de diamants, de saphirs, de rubis et d'émeraudes surveillés par deux paons. De quoi construire des villes entières, l'équivalent du revenu de plusieurs provinces ! Et c'est cet homme – ce débauché sans retenue – qu'on appelle le plus grand des bâtisseurs. Ses fils se sont battus pour lui succéder, et celui qui finalement s'est assis sur le Trône du Paon était le pire des quatre !

— Où est le Trône maintenant ?

— Partout dans le monde. En Perse. En Angleterre. Qui sait ? Mais il est toujours ici et ils veulent tous monter dessus. Premier ministre, ministres, députés de l'assemblée législative, membres du Parlement, conseillers municipaux, Naresh Agrawal, Harilal, Sohan Lal, Parvati, chaque prostituée et chaque chaivala de Chandni Chowk. Le Trône dirige l'empire de l'Hindoustan.

— Et toi ?

— Moi, soupire-t-il, je suis né pour me tenir derrière le trône et éventer l'empereur avec un chasse-mouches. »

Elle se tait un long moment, les yeux fixés sur l'estrade, puis lui lance : « Est-ce que les démolitions concerneront les ruelles derrière Jama Masjid ? »

Il ne s'attendait pas à l'attaque, mais réagit vite : « Jama Masjid ? Oui. C'est un nid de Bangladeshis. Chaque bâtiment, chaque stand est illégal. »

Gita sursaute. Le sari glisse de ses épaules. Le geste qu'elle fait pour le remettre laisse apparaître aux yeux dégoûtés de Ramvilas la chair qui pend et tremble sous ses bras. Malgré son agitation, elle s'exprime posément. « Sais-tu quels bâtiments vont disparaître ?

— On a dressé une liste, mais je ne l'ai pas vue.

— Il y a un foyer d'enfants par là-bas – une école dirigée par une madame journaliste. Elle s'appelle Chitra Ghosh.

— J'ai entendue parler d'elle, mais pas d'une école.

— Elle porte un nom anglais qui signifie Moineaux. C'est une bâtisse de brique rouge, construite illégalement par un député local. Qui c'est ce type, ce musulman ?

— Suleman ? Dans ce cas, l'école sera sûrement démolie. »

Le sourire suffisant de Ramvilas énerve encore plus Gita. Elle respire fort, la poitrine s'élève et retombe, Ramvilas note que les seins commencent à s'affaisser.

« Peux-tu leur demander de ne pas le faire ?

— En quoi ça t'intéresse ? »

Elle ne répond pas, mais ses yeux le supplient.

« Je n'y peux pas grand-chose, dit-il.

— N'es-tu pas membre du comité ?

— Seulement de second ordre, s'excuse-t-il. (L'humilité ne saurait nuire.) Tu devrais peut-être t'adresser à Sohan Lalji. C'est le président du comité. Rien ne sera démoli sans son autorisation.

— Comment je fais pour le joindre ?

— Il te demandera d'abord ce que tu lui veux.

— Tu te rappelles quand j'ai placé Kiran ailleurs ? »

Ah, nous y voici, songe-t-il. « Je t'avais dit que c'était une mauvaise idée.

— Elle va bien.

— Alors, pourquoi m'as-tu appelé ? Et comment sais-tu qu'elle est toujours là-bas. C'était il y a six ans. »

Une larme coule sur la joue de Gita. « Je sais. »

Il est vrai que, pour les affaires de FRETS, Gita sort fréquemment de GB Road, contrairement aux autres filles que la bai laisse rarement mettre un pied hors du kotha. Gita a des sources d'information que Ramvilas ignore.

« Je n'y peux rien », affirme-t-il.

Gita le regarde tristement. De ces yeux tendres, instruments de son métier, qui feraient fondre n'importe quel cœur. C'est sa Gulmohar, songe Ramvilas, il a été son premier client, celui dont elle se rappellera quand elle sera vieille et égarée. Il lui doit une dernière faveur. Mais que faire ? Aller trouver Sohan Lal et le prier d'épargner ce bâtiment ?

« Je suis ta Mumtaz Mahal, susurre Gita. Shah Jahan a fait construire pour elle le Taj Mahal. Ne sauveras-tu pas une petite maison pour moi ? »

Il se détourne dégoûté – une minable prostituée népalaise qui se compare à une minable prostituée musulmane !

« Il est vrai que tu n'es pas grand-chose au comité, raille-t-elle.

— Je ne peux pas me dresser devant les bulldozers !

— D'accord, alors amène-la-moi.

— Je croyais que tu n'en voulais pas dans le kotha. La bai en fera une pute.

— Elle n'osera pas. Kiran n'a que onze ans !

— Le bon âge pour commencer. »

Gita tremble de rage. C'est ainsi qu'il l'aime, et non pas avec son air de sainte-nitouche dans son sari blanc. Elle redevient la Gulmohar de la chambre du troisième étage.

« Je vais m'en occuper, Jahanara Bégum. J'enverrai quelqu'un à l'école cette nuit. Comment la reconnaîtra-t-il ?

— J'irai avec lui, s'écrie-t-elle.

— Non.

— Je me couvrirai de la tête aux pieds. Personne ne saura qui je suis.

— Et si cet homme veut une petite faveur ? » la taquine-t-il.

Gulmohar trépigne, il n'y a décidément plus trace de Gita Didi. Puis elle s'efforce de sourire et d'accepter la plaisanterie. Il lui faut ménager Ramvilas.

« Mon homme arrivera au kotha dans trois heures, dit-il. Quand il fera nuit. Il ira dans la salle d'attente et demandera : "Quels sont les programmes de FRETS pour les travailleuses sexuelles d'Agra ? Je viens de la part de Bégum Arjumand Bano." Va avec lui et couvre-toi le visage. N'entre pas dans l'école. Contente-toi de lui indiquer l'enfant. Il te la remettra et vous accompagnera jusqu'à GB Road. Si Inderlal Jha veut s'en mêler, dis-lui de venir me parler demain. »

Gita pleure à chaudes larmes. « Je n'oublierai jamais cela, Ramvilas Babu. »

Le qualificatif de Babu le flatte. « Pour toi, ma Jahanara, ma vie !

— Elle est peut-être ta fille.

— Que je ne t'entende plus jamais dire ça ! s'étrangle-t-il. Une pute se fait cinq clients par nuit. Cent cinquante hommes en un mois ! »

Il pense à ses propres filles – la cadette trop grande pour ses quatorze ans, l'aînée une vraie femme à seize ans, les deux réclamant en silence un mari ! Quelle responsabilité, et que de dépenses ! Peut-être devra-t-il vendre l'appartement de Bahadurgarh. Mais où irait vivre sa femme, qui n'a jamais quitté Bahadurgarh en quinze ans ? Il faut qu'il accélère le règlement de la situation chez Bhagwan Das et Fils, le partage du fonds.

« Je dois partir, dit Gita.

— Une minute ! Nous n'avons pas discuté paiement. »

Elle semble offusquée.

« Tu n'as tout de même pas cru que j'allais faire ça pour rien ?

— Je croyais que tu étais devenu seth.

— Il faut que je me dépatouille avec les quatre garçons. Comme les fils de Jahan Shah, ils se livrent une guerre fratricide. Aurangzeb a déménagé la cour, avec Shuja et Murad pour alliés, mais c'est Dara Shikoh que je prendrai comme associé pour diriger la plus ancienne parfumerie de l'Inde.

— Tu as le statut d'associé ?

— Je l'aurai bientôt.

— Mais ce n'est pas Aurangzeb qui a gagné la guerre et est devenu empereur ?

— A l'époque, oui. Mais Dara gagnera cette guerre-ci. Le simple, le gentil, le studieux Dara, l'aîné des quatre, le plus aimable, le plus crédule, le plus malléable...

— Je n'ai pas d'argent, l'interrompt Gita. Tu sais bien que je ne travaille plus.

— Ne me raconte pas que tu dépenses pour FRETS tout ce que tu reçois. Tu peux gagner plus d'argent par ce biais que Parvati avec tout un harem de putes.

— Je n'ai pas les moyens de donner quoi que ce soit à un seth.

— Mais si, tu les as. »

Gita drape étroitement son sari. « Viens au kotha demain soir, murmure-t-elle. Au bureau de FRETS. »

Il rit.

« Je ne promets rien. Et maintenant je m'en vais préparer un bon repas pour ma fille. Ton type sera là dans trois heures? »

Il hoche la tête. « Au fait, dit-elle au moment de partir, qui était la bégum Arjumand Bano?

— La putain enterrée sous le Taj Mahal. »

Gauhar rêve. Le moignon enfoncé dans sa poche, il passe le bras gauche autour des épaules de Kiran, qu'il emmène au cinéma. Il porte un pantalon noir tout neuf, une chemise blanc cassé et une ceinture de cuir également neuves, des chaussures noires en rexine, ses cheveux sont huilés... Kiran est si belle dans son nouveau sari! Une vraie femme, ronde et potelée. Le corsage à manches courtes, le sari noué bas sur les hanches – sous le nombril – laissent voir sa peau crémeuse. D'où émane ce parfum? Quelqu'un lui offre-t-il des attars?

Ils approchent de la caisse, et il lui dit de se mettre dans la queue des femmes, parce qu'elle est plus courte. Les hommes l'envient, parce que lui-même ne fait pas la queue, parce que la fille qui l'accompagne est la plus belle de toutes – plus belle que l'héroïne du film! Kiran arrive à la caisse et lui demande de l'argent. D'un geste désinvolte, il sort son portefeuille de la poche arrière de son pantalon, prend les billets craquants neufs, lui tend cent roupies. « Demande les sièges les plus moelleux », lui dit-il. Kiran pose l'argent sur le comptoir et achète deux billets de corbeille à vingt-cinq roupies chacun.

« Voilà les billets », dit-elle. Alors seulement elle remarque sa main droite et piaille de ravissement. « Qu'est-ce qui s'est passé?

— Muhammad Ghayas m'a guéri. Il a fait des incisions et a laissé le mauvais sang s'écouler, si bien que la main a repoussé. Elle essayait de repousser depuis ma naissance, mais le mauvais sang l'en empêchait. Je vais écrire une lettre en faveur de Muhammad Ghayas, comme ça il aura davantage de clients! »

Kiran lui prend cette main, la replie en forme de poing, lui écarte les doigts, la tourne à l'envers, la pince, pas de doute, c'est une vraie main. « J'irai remercier Muhammad Ghayas, déclare-t-elle.

— Laila et Majnu ! hurle une des femmes qui fait la queue. Sortez de là maintenant que vous avez vos billets ! Allez vous peloter dans la salle ! »

Gauhar et Kiran se dirigent vers l'entrée en riant. Il introduit les deux premiers doigts de ses deux mains dans sa bouche et siffle, un sifflement qui se répercute dans toute la salle et qui ressemble à une sirène de police. Il se réveille.

Des coups puissants sur les murs de l'établissement font trembler tout l'édifice. Gauhar est allongé en chien de fusil sur le sol de l'entrée. Les enfants poussent des cris perçants, courent partout, s'approchent des fenêtres, d'où ils aperçoivent des hommes dans la ruelle. Gauhar se lève et vient voir lui aussi. Ils sont une vingtaine, armés de pioches, de marteaux et de longs bâtons, accompagnés d'une dizaine de policiers avec un inspecteur. Ils tapent à coups redoublés sur le mur de brique de la cuisine, qu'ils ont déjà fendu. Ils déchiquettent la bâche, renversent le four à bois, cassent les planches sur lesquelles se tient accroupi le cuisinier. Ils balancent les chaises et les tables par-dessus le mur. Derrière eux, dans un grondement croissant, un bulldozer progresse, droit sur Gauhar.

Suleman Mian a envoyé des hommes pour me tuer, se dit Gauhar. Il n'aurait pas dû faucher ces trucs à Faquira, qui bénéficie de la protection d'Ibrahim Mian. Il doit s'enfuir avant qu'ils pénètrent dans le bâtiment. Il fonce vers le couloir, où détalent les enfants, un flot qui se déverse dans la rue par une porte latérale. Un terrible bruit de verre brisé. La porte de la cuisine donnant sur le vestibule vole en éclats. Un haut-parleur invite tous les occupants à évacuer immédiatement l'immeuble, qui va s'effondrer dans quelques minutes. Je dois m'échapper avant, se répète Gauhar. Où est Kiran ? Elle ne peut pas courir aussi vite que lui.

Il se précipite dans la chambre où dorment les filles. Elles sont réveillées, pleurent, ramassent leurs vêtements, courent dans tous les sens, mais pas trace de Kiran. « Où est Kiran ? » demande-t-il, mais elles ne l'écoutent pas. Elles s'enfuient. Kiran n'est pas dans la chambre, ni dans le vestibule, ni dans le couloir. D'un coup de pied, il ouvre la porte des latrines dans la cour, effrayant une petite fille nue accroupie. « Tire-toi, dit-il, ou ils vont te tuer ! » Pourquoi Kiran n'est-elle pas venue vers lui ? Il retourne jeter un dernier coup d'œil dans la chambre des filles. Le mur de gauche a cédé, par le trou béant déboulent cinq hommes, qui s'attaquent aux dernières briques. Gauhar file dans le couloir, se heurte à l'almirah de la Baal Bank, se rappelle la caisse à l'intérieur. Plus de trois mille roupies... Pourquoi les laisser à ces hommes ?

Il s'arc-boute de toutes ses forces, l'armoire se renverse dans un nuage de poussière. La porte se tord sous ses coups de pied et finit par se casser. Il rafle la caisse, fonce à travers la masse des assaillants qui encombre le couloir, se faufile par un trou dans le mur.

Dehors, Inderlal Jha – mains derrière le dos – observe le déroulement des opérations. Il voit un homme sauter par une fente du mur, serrant de la main gauche une grosse boîte contre sa poitrine. L'instinct lui fait lever sa matraque, mais il laisse l'homme filer. Ce n'est pas son problème. Déjà qu'il lui faut fournir une escorte à ces hommes de main de la Municipalité et se faire engueuler par le préfet de police. Son boulot de CP dans GB Road consiste à arrêter les escrocs, tabasser les voleurs, soutirer aux bais des informations et des pots-de-vin. Il a travaillé dur pour en arriver là. Il n'est pas donné à tout le monde de passer de petit gradé à CP en moins de quinze ans. Il y a d'abord eu son inscription au tableau d'avancement pour avoir sauvé des sardars en 1984, la promotion avant terme qui a fait de lui un sous-inspecteur adjoint, puis un sous-inspecteur, puis un inspecteur tout court, puis un CP, avec l'espoir de recevoir la médaille du mérite. Après une telle réussite, doit-il vraiment rester planté les mains croisées – comme un vulgaire vigile devant une banque – à regarder des hommes de main démolir des immeubles ?

Ils ont commencé à l'aube avec la colonie Naresh, le long du mur nord-est du Fort Rouge. La résistance de ces Bangladeshis ! Des armées de voyous, criant des injures et jetant des pierres, appelant la colère d'Allah sur les assaillants, pour finalement détaler comme des perdus. Il a dû faire sortir les boucliers antiémeutes. Ils ont saccagé des milliers d'abris, déchiré les bâches, renversé et détruit les réchauds, pillé les tentes. Tout le terrain qui s'étend entre le Fort Rouge et Ring Road n'est plus qu'un cimetière de pots et de casseroles.

Le cortège, qui consiste en deux bulldozers, vingt hommes de main de la Municipalité et une douzaine de policiers, a maintenant progressé en direction de Jama Masjid, détruisant tout sur son passage. Le préfet de police les accompagne dans sa jeep, souriant comme s'il s'agissait de son cortège de mariage, parcourant des dossiers et des listes, montrant du doigt telle ou telle échoppe. Sur quoi l'équipe de démolisseurs se met au travail. Le boulot d'Inderlal consiste à empêcher un incident malencontreux de se produire. Les démolitions dans ce quartier, il s'en fiche. Il n'en retire pas une roupie. Mais il sait que la troupe finira par arriver à GB Road et que s'ils détruisent tous les empiètements illégaux, il ne lui restera plus que les commissions de plus en plus maigres des bais et des putains. Il doit à tout prix empêcher ces salopards de lui supprimer son gagne-pain. Qui peut vivre, avec femme et enfants, d'un salaire de CP? Où sont-ils ces policiers gradés, qu'il a dûment arrosés au fur et à mesure de son avancement, maintenant qu'il a besoin d'eux pour protéger son territoire?

Du bâtiment en brique rouge, il ne reste qu'un tas de gravats. Les employés de la Municipalité entassent chaises, tables et autre mobilier dans des camions, sans oublier une grande armoire en fer d'où s'échappe une avalanche de dossiers. Le cortège poursuit sa route, Inderlal à ses côtés, furieux. Ils traversent Urdu Bazar et le marché aux poissons, martelant, défonçant, arrachant, vidant. Dès qu'ils approchent d'un quartier – annoncés par les haut-parleurs et les sirènes de police – des gens se précipitent pour ramasser ce qu'ils peuvent et détalent comme des rats, emportant réchauds, paniers, lanternes, ventilateurs, chaises, matelas, chaudrons, couteaux, passoires, verres, miroirs, bols de barbier, bassines... et l'équipe de démolition réduit le reste en poussière. Le boulot commence à plaire, les hommes d'Inderlal s'y mettent, lui-même finit par se dire que ce n'est pas une si mauvaise journée que cela. Il se remplit les poches des colifichets d'une boutique – colliers et pendants d'oreilles de pacotille – jusqu'à ce qu'elles débordent. Il matraque ici et là – des coups à tuer. Etals de biryanis, chaudrons de halva, paniers d'attars, bidons d'eau de rose, tas de poissons... Une boutique labyrinthique révèle des monceaux de cassettes de musique entassées le long des murs – Noor Jahan, Mehdi Hassan, Ghulam Ali et Iqbal Bano. Le local, si étroit qu'il ressemble à un tunnel, empiète outrageusement sur la rue. Inderlal tape dans le tas, les cassettes dégringolent sous les applaudissements de ses hommes. « Ecoutez ce que chante Noor Jahan ! leur dit-il. Cassez tout, réduisez tout en cendre. »

« Direction le Meena Bazar », ordonne le préfet de police.

Inderlal hésite. C'est un quartier musulman. « C'est une zone sensible, dit-il.

— Elle figure sur la liste. »

Inderlal se tient en retrait tandis qu'ils dévastent Meena Bazar. Il veut pouvoir affirmer plus tard qu'il n'a pas participé à l'affaire. « Muhammad Ghayas, propriétaire », signale une enseigne sur le trottoir. Un quadrilatère où, sur des sacs de toile, s'alignent des lames de rasoir, des bols d'eau. De larges taches de sang séché maculent le pavé. « Maladie du cœur, asthme et impuissance soignés par saignées », lit-on en hindi sur l'enseigne. On voit encore trois photos encadrées – témoignages de malades heureux, hommes et femmes blancs, noms anglais au bas de lettres écrites en hindi. « J'ai essayé des médecins dans le monde entier, mais c'est Muhammad Ghayas qui a guéri mon asthme, dit la femme souriante. Que Jésus le bénisse ! Je vis heureuse en Amérique, et reviendrai chaque année voir Mr Ghayas. »

Inderlal est tiré de sa contemplation par l'équipe de démolition qui s'attaque au dispensaire, effaçant à coups de massue le passé de Muhammad Ghayas. Accourt alors un homme barbu, qui saute frénétiquement autour des attaquants, les couvrant d'injures, appelant sur eux la colère d'Allah. Il bombarde les bulldozers de ses lames de rasoir. « Je suis passé à la télévision, hurle-t-il. Une madame a fait un film sur moi ! » Les bulldozers s'en moquent. Il rafle deux photos – les plus longs témoignages de patients – avant que les gigantesques rouleaux d'acier ne les réduisent en poussière, puis s'enfuit, serrant les cadres contre lui, pleurant, hurlant.

Les engins quittent Meena Bazar une heure plus tard. Inderlal jette un dernier regard avant de remonter dans sa jeep. Des montagnes de bracelets, de miroirs et autres colifichets jonchent le trottoir. Quel dommage que sa femme ne puisse venir traîner ici !

L'ouragan dévaste Ajmeri Gate, Kamla Market, Nai Sarak et Chawri Bazar, laissant des monticules de livres et de boîtes de carton derrière lui. En traversant Ballimaran, les bulldozers détruisent une dizaine d'ateliers illégaux. Des centaines de feuilles de papier d'argent s'envolent, passent par-dessus les immeubles, retombent dans les venelles adjacentes. Les démolisseurs cavalent pour en récolter.

Au grand soulagement d'Inderlal, le cortège traverse GB Road en ne s'arrêtant que deux fois pour détruire quelques cuvettes de WC et lavabos, ainsi qu'un étal de paan. Derrière les grilles du troisième étage, les prostituées observent le spectacle. Les kothas sont les seules bâtisses légales de cette ville dévergondée, se dit en riant Inderlal.

Dans Khari Baoli, des étals et des charrettes à bras se retrouvent éventrés, déversant sur la chaussée des monceaux de piments rouges. Aveuglés par le poivre, éternuant, les démolisseurs piétinent la cardamome et la cannelle, manquant étouffer sous les odeurs.

Ils quittent Khari Baoli plus tôt que prévu, soulagés de respirer de l'air pur, et, par dépit, s'en prennent à des boutiques de montres à l'entrée de Fatehpuri Masjid. « Celles-ci ne figurent pas sur la liste », leur reproche le préfet, mais déjà les débris des devantures en verre jonchent la rue, et quelques montres ornent certains poignets.

Du renfoncement où il se dissimule, à l'entrée de Fatehpuri Masjid, Ramvilas observe l'escouade. C'est la horde de Nadir Shah, se dit-il amusé, convergeant sur Dariba après avoir massacré l'armée moghole près de Karnal. « Jusqu'à ce que je remette mon épée au fourreau, aucune vie, d'homme, de femme et d'enfant à Delhi, ne sera épargnée... » Quelle sublime désolation laissait la horde dans son sillage !

L'escouade remonte Chandni Chowk en faisant un détour par Dudhiya Gali. Les bulldozers écrasent les seaux de lait et les cuves de caillebotte. Ram Bibek jette ses rasoirs, ses miroirs et ses blaireaux dans un sac qu'il porte en bandoulière, empile les deux fauteuils l'un sur l'autre, et file. Pris d'une crise de zèle aiguë, le conducteur d'un bulldozer vise le fuyard, le manque, enfonce la pompe à bras, d'où jaillit une cascade. Les démolisseurs arrivent aussitôt après et fracassent la devanture de Banwari, le glacier, qui déborde sur le trottoir. Après leur départ, les égouts de Dudhiya Gali charrient des flots de lait, et des plaques de caillebotte émaillent toute la ruelle, comme autant d'icebergs flottants.

Les premiers signes de résistance se manifestent aux approches de l'Hôtel de Ville. Un groupe de négociants barre le passage aux bulldozers, criant des slogans contre Naresh Agrawal et Harilal Gupta. Le préfet de police, sorti de sa jeep, hurle dans son haut-parleur que l'opération se fait sur l'ordre de la Cour suprême, qu'il n'a pas le pouvoir de l'arrêter, qu'il risque, s'il ne la mène pas à bonne fin, d'être traduit en justice pour outrage à la Cour. « Nous ne vous laisserons pas détruire nos boutiques pour vous éviter la prison ! s'égosillent de plus belle les négociants.

— Seules les constructions illégales seront détruites », assure le préfet. Les commerçants ne bougent pas. Les engins attendent, moteur vrombissant.

Harilal Gupta arrive au milieu d'une noria de voitures, rassure à nouveau les opposants, et les invite à une réunion à l'intérieur de l'Hôtel de Ville. Ils y entrent, les démolitions reprennent.

La jeep d'Inderlal s'abrite derrière les bulldozers tout en protégeant les hommes de main. Il est presque midi, et il a faim. Les mastodontes passent devant chez Mangat Ram Nawal Kishor, dont les vitrines exposent laddus et kachauris. Inderlal ordonne à son chauffeur d'arrêter, saute de la jeep, grimpe quatre à quatre les marches menant à la boutique. Où l'on est en train de construire une cloison verticale juste au milieu. Illégal, se dit Inderlal, tout comme la façade de plâtre et de marbre, toute récente, qui enjambe l'égout et avance sur la rue. La boutique s'est agrandie d'un mètre. Même le trottoir devant – propriété de la Municipalité – est recouvert de marbre blanc.

Il frappe la façade de sa matraque, pour attirer l'attention des hommes au marteau. Le préfet de police, qui s'est arrêté lui aussi, se dirige vers lui.

« Pas sur la liste », dit-il furieux.

Derrière le comptoir, trois employés observent Inderlal. Ils sourient en apercevant le préfet. Le seth, qui surveillait la construction de la cloison, s'approche rapidement de lui.

« Namaste, Jugal Kishorji », dit ce dernier.

Jugal Kishor a l'air épuisé, hagard. Des domestiques apportent des chaises pour le préfet et Inderlal, puis du thé, des kachauris et des laddus.

« Mes fils se sont mis d'accord sur la partition », dit-il d'un ton exprimant à la fois soulagement et résignation.

Le commentaire s'adresse au préfet, mais Inderlal hoche la tête lui aussi, s'incluant dans le cercle des familiers du seth. Il remarque les deux enseignes posées contre un mur – Rajesh Kumar Jugal Kishor et Pavan Kumar Jugal Kishor – en attendant qu'on les accroche une fois le mur de séparation achevé.

« Avez-vous obtenu un permis pour le mur ? » demande timidement le préfet.

Jugal Kishor hausse les épaules en signe de lassitude. « J'essaie depuis deux ans de servir de médiateur, mais ils sont décidés à travailler chacun de leur côté.

— Mais le mur ? répète le préfet.

— Que peut-on faire dans ces histoires de famille ? élude Jugal Kishor.

— Mais enfin un permis...

— Ces cent dernières années, mon magasin a offert le plus parfait exemple d'harmonie communautaire, geint Jugal Kishor. Tous les cuisiniers sont hindous, et les clients, jadis, étaient tous des nawabs et des empereurs musulmans.

— Le permis...

— Nous continuons à servir de la même façon hindous et musulmans. Qu'est-ce qu'un mur ? C'est une affaire interne, une affaire de famille. La façade est temporaire. Et la corniche une question de commodité. Si je l'enlève, où se tiendront mes clients pour regarder les samosas et les kachauris ?

— Un autre kachauri ? demande le préfet, la bouche pleine.

— Donnez un autre kachauri au préfet sahib, ordonne Jugal Kishor. Ainsi qu'au CP sahib. Et des samosas à tous les hommes de l'escouade. »

Une demi-heure plus tard, le ventre dûment rempli, ladite escouade reprend la route et se dirige vers le Fort Rouge. A mi-chemin dans Chandni Chowk, elle passe devant un grand figuier appuyé au mur d'un temple.

« Nous ne pouvons détruire un temple », dit le préfet.

Inderlal joint les mains, invoque Hanuman, le supplie de lui pardonner son audace et enlève ses chaussures. Il écarte avec force grincements les portes à soufflet, pénètre dans le kiosque en ciment. Une ouverture dans le mur permet à l'arbre, à l'évidence déjà grand avant la construction du temple, de prendre ses aises. Inderlal joint de nouveau les mains devant la statue rouge de Hanuman, qui se tient un genou à terre, les yeux baissés en signe de dévotion, les mains jointes, la queue dressée, avec un tilak vermillon sur le front et des tournesols à ses pieds.

Une brèche dans le mur de gauche permet d'accéder à la cour, au milieu de laquelle est assis le pujari, inconscient du bruit, entouré de ses ustensiles de cuivre, d'oreillers, de draps, de savon, d'une lanterne et d'une radio, en train de se brosser les dents avec une tige de babool. Inderlal lui dit que l'arbre figure sur la liste de démolitions parce qu'il ne possède pas de permis.

« Quel arbre ? » demande le pujari.

Qui feint la surprise lorsque Inderlal montre celui dont le tronc empiète sur le mur du temple. « Abattez-le, dit-il, mais laissez la grosse enseigne électrique parce qu'elle éclaire le temple, la nuit. »

Inderlal ressort et informe le préfet que le pujari ne s'oppose pas à la suppression de l'arbre. Le préfet contemple les nombreuses pancartes accrochées aux branches. « Nous acceptons les billets déchirés » – « Essayez de ne pas faire comme tout le monde » – « Massage complet du corps » – Et, installée dans la fourche entre les deux plus grosses branches, la gigantesque enseigne au néon : « Jamna Kishori Mal – saris et corsages ».

« Abattez le figuier », ordonne le préfet.

Les hommes frappent à coups de hache le tronc fatigué. L'arbre tremble, laisse échapper quelques enseignes, se pâme et s'effondre sur le temple de Hanuman, qu'il écrabouille. Le pujari s'extrait en rampant des décombres, balance sa tige de babool à la figure des démolisseurs, hurle des imprécations en direction des bulldozers.

« C'est quoi le suivant sur la liste? s'enquiert Inderlal.

— Kucha Bansilal », dit le préfet.

Ce kucha, l'ancien secteur d'Inderlal, est trop étroit pour que puissent y pénétrer les bulldozers. Le préfet ordonne donc à ses hommes d'y aller à pied et d'user de la hache et du marteau, et interdit à Inderlal de les suivre. « Restez ici. Dans ces venelles, la protection policière est inutile. »

Inderlal, matraque tournoyant autour du poignet, traîne auprès de l'arbre, ramasse des objets épars, et surveille la foule qui s'est formée à l'entrée du kucha. Il faudrait démolir tout Chandni Chowk se dit-il dans un éclair de lucidité. Abattre les havelis, les kuchas, les échoppes, les cagibis et les réduits, et construire une belle ville à la place, avec des rues larges, des postes de police importants et de grands kothas pleins de prostituées.

6

Le bureau de FRETS est au premier étage du kotha 842. On accède à la porte d'entrée, au rez-de-chaussée, par un passage qu'illuminent trois ampoules électriques nues au plafond. Les taches de paan ont disparu, les murs ont été peints, chaque matin une prostituée vaporise du parfum pour éliminer les odeurs d'urine et de sperme. Des boîtes de préservatifs s'entassent sur deux mètres de haut à l'extérieur du bureau. Sur une plaque on peut lire : « FRETS – Pour l'Emancipation des Travailleuses sexuelles de GB Road. » Un rideau propre volette à l'entrée.

Sur les murs, entre les portraits de Gandhi, Nehru et Swami Shraddhanand, des affiches exposent les objectifs de l'association et exhortent les travailleuses du sexe à défendre leurs droits. « Formation, Réinsertion, Education des Travailleuses sexuelles », la devise court autour d'un logo montrant une femme un stylo à la main. « FRETS, procurer aux femmes la dignité qu'elles méritent ! » « Légaliser la prostitution ! » « Punir le client, pas le commerçant ! »

« Notre honneur est votre honneur, déclare une femme en

sari. Chaque femme est la sœur, la mère ou la fille de quelqu'un! Le sexe sans risque : chez vous et sur le lieu de consommation! Utilisez un préservatif, sauvez une vie! »

Au milieu des affiches trône une photo d'Amitabh Bachchan, souvenir des anciens jours quand, dans cette pièce-là, la bai offrait des jeunes vierges aux clients réguliers.

Sur une photo encadrée Gita Didi reçoit une médaille des mains de Harilal Gupta, député de Chandni Chowk à l'assemblée législative et ministre des Transports du gouvernement de l'Etat de Delhi. Le long d'un mur, une autre relique du passé : le divan, surmonté d'un miroir qui renvoyait aux clients l'image de la prostituée, côté pile. Contre l'autre mur, un bureau et une chaise, à côté desquels s'empilent des cartons de préservatifs, trois autres chaises sont dispersées sur le linoléum usé. Aux endroits que ne recouvrent pas les affiches, les murs conservent les traces des couchettes superposées, reléguées de l'autre côté du palier.

Un drap fleuri recouvre le divan, sur lequel, appuyée à deux coussins, se détend Gita Didi, en sari de simple coton. On est en fin de soirée. Tout le kotha, en réalité tout GB Road, est en ébullition depuis que s'est répandue la nouvelle des démolitions en cours. La plupart des boutiques ont fermé avant l'arrivée à midi des bulldozers. Les machines ont déboulé en colonne, balayant un étal de paan, arrachant des auvents et fracassant les lavabos rangés dessous. Les hommes se sont amusés à faire valdinguer et éclater en mille morceaux les cuvettes de céramique. Quelques robinets, tuyaux et carreaux de salle de bains ont été volés. Gita a tout vu de son balcon, mais en retrait derrière le grillage, de peur que les vandales ne lèvent les yeux et ne la sifflent – chose inadmissible puisque le kotha est fermé durant la journée.

Retournée dans son bureau après le départ des bulldozers, elle a essayé de remplir des dossiers. N'arrivant pas à se concentrer, elle a pris un bain, lavé ses vêtements, coiffé ses cheveux, nettoyé la pièce, parlé à Manju et Nasreen, s'est chamaillée avec la bai, pour finir par attendre que Kiran se réveille. En fin d'après-midi, quand la chaleur est devenue insupportable, elle a posé un ventilateur portable à côté de la couchette, derrière le rideau. Que la fillette continue à dormir! Pour la nuit, Gita devra lui trouver un autre lit, peut-être pourrait-on en placer un près de sa table. Elle posera la question à la bai, qui ricanera. Leurs relations sont glaciales depuis qu'elle a obligé la bai à déménager son salon d'accueil de l'autre côté du palier.

Madame a été obligée d'accepter, ne pouvant se permettre de s'aliéner l'association alors que le gouvernement et les ONG surveillent de plus en plus attentivement les kothas. On y voit traîner plein de ces femmes, mal fagotées dans leur sari et jacassant en anglais, qui tentent de parler aux pahalvans et aux putains. La présence de FRETS à l'intérieur même du kotha les oblige à prêcher dans d'autres kothas leur croisade contre la prostitution des mineures et contre le sida. La bai sait cela, et Gita sait qu'elle le sait, et aussi qu'elle se sert de FRETS comme d'un bouclier contre les médecins du gouvernement. Gita n'y peut pas grand-chose. Voudrait-elle balayer devant sa propre porte, l'association se retrouverait évincée sans ménagement.

Kiran bouge derrière le rideau, Gita consulte l'horloge, il est sept heures du soir. Elle tire le rideau, prend dans ses mains le visage ovale de sa fille. L'enfant qu'elle n'a pas vue depuis six ans, et qui a si peu changé ! L'âge ne supprime jamais l'innocence de la beauté. La peau est brun clair – une nuance plus foncée que celle de Gita mais tout aussi pulpeuse et douce. Les lèvres minces, pas encore ourlées. Les bras tendres et vulnérables, le corps souple et mal nourri, ce sont les yeux qui font d'elle la fille de Gita – des yeux en amande qui se ferment si joliment quand elle essaie de se concentrer. De beaux yeux de Népalaise. Mais où ont-elles attrapé ce regard hanté ? Peut-être dans cet horrible foyer, entourée de garçons qui lui faisaient peur.

Gita a déjà vu un visage si vulnérable. Celui d'un garçon de vingt ans assis sur le bord d'une chaise en plastique, dans son affreuse chemise jaune et son pantalon informe couleur de vase. En la découvrant devant lui, il se lève, un sourire gêné aux lèvres – le désir le disputant à l'émotion. Il la fixe de ses yeux écarquillés, puis détourne le regard, elle sait qu'une image s'est figée dans son esprit, qui ne le quittera jamais. Qui a détruit son innocence.

Elle ne laissera pas sa fille subir l'outrage qu'elle-même a fait subir à ce garçon. Kiran n'est pas encore une femme, mais on devine un soupçon de poitrine. La robe neuve – achetée en hâte la veille – est trop large. Gita s'était imaginée une adolescente plus grande, plus étoffée que celle qui lui est apparue aux Moineaux. Elle s'attendait à succomber sous le poids de l'amour plutôt que sous celui de la pitié. Peu importe, Kiran va s'épanouir sous les soins d'une mère aimante. Tu es le fruit de ma jeunesse, et je chasserai ce regard effrayé de tes yeux. Je les remplirai de joie et d'éclat. « Tu n'as rien mangé de toute la journée », dit-elle.

Kiran secoue la tête. Elle n'a pas faim.

« Dis quelque chose ! N'importe quoi ! Appelle-moi Ma... »

Kiran referme les yeux. « Où est Didi ? »

Gita soupire. Il va lui falloir du temps pour ramener sa fille à elle. Peut-être aurait-elle dû la garder, mais Nasreen n'en démordait pas. « Si tu la gardes, on fera d'elle une putain. » La bai, qui sautait sur toutes les occasions de débarrasser le kotha des enfants, a donné son approbation, tout a été réglé rapidement. Maintenant, elle sait qu'elle a eu tort d'écouter Nasreen. Elle a vu grandir Bittu auprès de Parvati. Il a six ans. Certes c'est plus facile de garder un garçon. Mais elle a beau détester Parvati, trouver le gamin odieux, elle ne peut s'empêcher de le caresser, de l'embrasser. Que serait-ce si c'était sa propre fille qu'elle tenait dans ses bras ! Cette petite fille de onze ans, assise à côté d'elle maintenant et qui réclame une autre femme.

« Laisse-moi te coiffer. »

Kiran résiste, mais Gita l'oblige à se tourner, et passe un peigne dans les cheveux malades, emmêlés et cassants. Le peigne trouve un nœud, tire dessus, Kiran crie de douleur. Gita rit et continue.

Kiran subit le toilettage, pleine de méfiance envers cette femme qui se prétend sa mère. Elle se rappelle l'immeuble, le palier et une chambre tout en haut. Elle se rappelle ses allées et venues, et qu'on appelait sa mère « Gulmohar ». Une femme beaucoup plus belle que celle-ci, moins grasse. Qui est cette Gita Didi, pourquoi ne cesse-t-elle de lui répéter qu'elle est sa mère ? Didi leur avait dit de se méfier des gens qui kidnappent les filles et les gardent enfermées pendant des jours sans nourriture. Cette Gita Didi est peut-être quelqu'un de ce genre, mais elle est gentille sinon douce, et pleine d'attention. L'attitude d'une mère, même si ce n'est pas la vraie, avec des yeux et une peau qui ressemblent à ceux de Gulmohar. Kiran voudrait retourner auprès de Didi et lui poser des questions, et revoir le garçon dont elle a mordu la main. Elle espère que sa main va bien. Peut-être pourrait-il lui dire qui est cette nouvelle mère, et venir la sauver si besoin est.

Le rideau tremble. Un homme se tient à la porte, souriant d'un air suffisant. Avec des joues lisses et des yeux cruels. « Qui c'est ? »

Gita se retourne, c'est Ramvilas. Elle se raidit. « Le kotha n'est pas encore ouvert, dit-elle. Le pahalvan ne t'a pas empêché d'entrer ?

— Il me connaît, glousse Ramvilas, qui avance, les yeux braqués sur Kiran.

— Va, dit Gita à sa fille. Tante Nasreen continuera à te peigner. »

Kiran se lève, Gita observe la grâce de ses mouvements, la voit faire un pas de côté pour éviter Ramvilas, qui ne tente pas de lui barrer la route. « Une belle gamine, dit-il.

— Tu es en avance, rétorque-t-elle sèchement.

— Je suis presque un seth désormais. J'aime les paiements rapides après livraison. »

Elle se tait. Il s'assoit à sa table, remarque les registres, les carnets, le papier à lettres. « Ainsi, c'est là que Gita Didi tient les comptes des préservatifs distribués ! » Il lit un papier : « Campagne de prévention contre les MST, un cas de sida, question des filles trop jeunes... Je croyais qu'il n'y avait pas une fille en dessous de vingt-trois ans dans les kothas !

— Je ne peux pas changer le monde en une nuit.

— C'est là que tu dors ? (Il pointe la couche derrière le rideau.) Ça ne ressemble pas à ton ancien lit à baldaquin. Est-que tu as eu des problèmes la nuit dernière ?

— Tu vois bien que non.

— Est-ce qu'Inderlal est au courant ? »

Gita ricane, méprisante. « Il est venu ce matin, disant qu'il devait suivre les bulldozers de la Municipalité, mais qu'il reviendrait récolter sa part. Je me demande qui lui a raconté.

— Combien veut-il ?

— Je ne le lui ai pas demandé. Je lui ai dit de s'adresser directement à Harilalji. Réclamer sa part pour une fille de onze ans ! Tu aurais dû voir sa tête quand il est parti.

— Il reviendra. Et la bai ?

— Elle veut de l'argent elle aussi. Et je ne peux pas dire non.

— Elle devrait être contente que son kotha ait été épargné grâce à toi. As-tu vu les bulldozers ?

— Ils se sont à peine arrêtés dans GB Road.

— Les enfants de Shah Jahan ont été expulsés de Chandni Chowk, exulte-t-il, tous tant qu'ils sont. Maintenant nous pouvons commémorer notre patrimoine culturel, le patrimoine des putains, pédérastes, psychopathes sodomites dont nous sommes les descendants ! Nous pouvons illuminer tous les jardins où l'empereur a forniqué, chaque palais où il a violé, chaque donjon où il a torturé ! »

Gita se tait.

« Je vais demander à Harilal Gupta d'attribuer un stand à FRETS, plaisante-t-il. Surtout n'y amène pas des putes bangladeshies. Tu pourras distribuer des préservatifs. Parler du sida, des filles mineures, de légalisation, de harcèlement policier. Toi aussi tu fais partie de notre patrimoine, Gulmohar. Tu étais là avant le Fort Rouge, avant qu'un seul rayon de lune se soit miré dans les eaux du canal Ali Mardan. Tu es Chandni Chowk !

— Qu'est-il arrivé aux Moineaux ?

— Complètement rasé, se félicite-t-il. Comme toutes les autres bâtisses érigées par Suleman. Plus de neuf cents boutiques et stands ont disparu, des milliers de chaises, de bancs et de bâches, tous les taudis du péché infestés de Bangladeshis, où les hommes de Suleman croissent et se reproduisent.

— Pourquoi a-t-il laissé faire ?

— Chandni Chowk a envoyé trois députés PPI à l'assemblée législative et un seul Suleman.

— Où sont les autres enfants ?

— Quels enfants ?

— Ceux des Moineaux.

— Comment le saurais-je », grommelle-t-il.

Gita revoit les fillettes et les garçons, en robe et short élimés, – maigres, petits, sous-alimentés, abandonnés du monde – de la nuit dernière. Tous si semblables, qu'elle a eu du mal à reconnaître Kiran. Un instant la pensée l'a traversée de tous les amener au kotha, mais la lueur dans les yeux de l'envoyé de Ramvilas l'en a dissuadée. Les enfants, cela étant, ne semblaient pas malheureux. Même Kiran répugnait à quitter le bâtiment de brique rouge.

Ramvilas sort une pochette en papier de sa poche. « Prends-la », dit-il.

Elle en vide le contenu dans sa main : le collier, imitation or avec un pendentif en plastique vert. « Je t'ai déjà dit que je n'en veux pas.

— Ce n'est pas pour toi, c'est pour Kiran. »

Elle le lui jette à la figure. « Tu ne l'achèteras pas avec un collier de pacotille ! hurle-t-elle.

— Avec l'invasion des produits chinois, tout est de la pacotille. D'ailleurs, pourquoi une putain vaudrait-elle plus de douze roupies.

— C'est ta fille ! » hurle-t-elle de plus belle.

Ramvilas grince des dents. « Je suis Shah Jahan ! Sais-tu ce que Shah Jahan a dit en voyant sa fille Jahanara dans les jardins du Fort Rouge ? Il a dit : " Un jardinier peut consommer en priorité le fruit de l'arbre qu'il a planté..." »

Elle le gifle violemment, il est réduit au silence. Elle recule, horrifiée, le surveille comme on surveille un chien blessé. Il faut qu'elle l'apaise. Elle peut s'en débarrasser pour aujourd'hui, mais il reviendra, encore et encore... « Donne-lui un peu de temps, supplie-t-elle. Une semaine – quelques semaines. »

Il hoche la tête. Il doit faire attention, maintenant que Harilal Gupta lui a promis un rôle éminent dans l'organisation de la Fête du Clair de lune. Fréquenter trop souvent le kotha serait nuisible. Nombreux sont les boutiquiers à pouvoir reconnaître un membre du comité du PPI. Il aurait d'ailleurs abandonné complètement GB Road, du moins pour quelques mois, s'il n'avait remarqué des cloques dans son entrejambe. Il ne fait aucun doute que c'est Parvati ou l'une de ses filles qui les lui ont refilées, mais il a peur d'aller consulter un médecin. Il a entendu parler du pouvoir curatif des vierges, capable de guérir des centaines de maladies, peut-être même le sida. Il n'y croit qu'à moitié, mais ça ne coûte rien d'essayer, surtout quand l'essai promet d'être si agréable. D'ici là, il doit se montrer discret et patient, faire gentiment pression sur Gita, jusqu'à ce qu'elle cède. Une putain est une putain après tout, et il paiera très bien la mère et la fille. Kiran a l'air trop népalaise pour être sa fille. Bien entendu, à l'époque, la bai a offert Gulmohar à d'autres hommes sans lui demander la permission. Si la fille était de son sang, il l'aurait senti. Il se rappelle avoir encouragé Gita à s'en débarrasser. L'enfant, maintenant, est presque une femme. Une belle femme. « Je veux la voir avant de partir, dit-il fermement.

— Elle est fatiguée. Elle n'a pas dormi depuis vingt-quatre heures, et il est dix heures du soir passées.

— Elle m'a paru tout à fait reposée, fraîche et jolie, et si innocente…

— Elle n'a que onze ans !

— Elle va grandir, et les hormones vont accélérer le mouvement. Tu devrais le savoir. Demande à Parvati ce qu'elle donne à ses filles.

— Tu es ignoble ! grince-t-elle.

— Tu as toujours voulu avoir ton propre cheptel, pour devenir une bai à ton tour. »

Gita s'effondre sur le divan. Quelle maudite situation ! Elle peut en imposer à Inderlal Jha, acheter le bon vouloir de la bai, donner des cours sur les préservatifs, déclencher la tempête dans les autres kothas et dévoiler la violence qui y règne, mais elle ne peut rien faire pour protéger sa propre fille.

Il lui reste son propre corps. Il n'y a pas si longtemps, elle était Gulmohar, la putain la plus éblouissante de GB Road. Et elle n'a que vingt-neuf ans ! Elle se lève lentement, s'efforce de faire passer dans ses yeux une lueur de désir. « Tu ne viens plus, ronronne-t-elle. Je me rappelle les jours où tes mains débordaient de miroirs sur pied et de flacons d'attar. As-tu d'autres femmes dans ton harem ? »

Une femme ne devrait pas faire des mines incongrues pour son âge, se dit-il.

« As-tu oublié ton premier amour ? » roucoule-t-elle.

Elle guette en vain sur le visage de Ramvilas des signes de convoitise. Frénétique, elle laisse glisser son sari de ses épaules, déboutonne son corsage, l'enlace avec un rire lascif et grotesque. Elle le sent se raidir, se met à pleurer, se reprend et glousse de plaisir en s'accrochant à ses épaules. Elle doit susciter le désir, pas la pitié… Je suis à toi, toute à toi, prends-moi comme ça te chante !

Ramvilas la regarde, à moitié déconcerté, à moitié dégoûté. Il s'est si souvent consolé dans les plis de cette chair ! Maintenant, elle l'étouffe sous des baisers mouillés de larmes, mais elle ne donne rien : elle essaie au contraire de le priver de quelque chose. Une putain n'oublie jamais sa profession. Elle apprend à plaire aux clients, comme on apprend à faire du vélo. Et même si on n'en fait pas pendant des années, ça revient instantanément. Il la repousse. « Tu n'es plus assez jeune. »

Sonnée, elle retombe sur le divan.

« Ta fille est plus belle que toi », dit-il.

Elle ricane, dans un sursaut de vanité, referme son corsage et resserre son sari.

« Une jolie fille, dit-il encore.

— Juste une fille, pas encore une femme. »

Ramvilas ramasse le collier et le dépose sur le divan. « Donne-le-lui. Je reviendrai. »

Il lisse son kurta, vérifie qu'aucune tache ne dépare son pyjama blanc, jette un rapide coup d'œil dans la rue par-dessus le balcon, se dirige vers la porte. « Je parlerai à Inderlal demain matin.

— Je suis capable de le faire moi-même, rétorque Gita. Envoie-le-moi. J'ai des tas de choses à lui dire. »

Gita écoute ses pas dans l'escalier, l'entend plaisanter avec le pahalvan. Elle connaît la suite du scénario, la chronologie de son déroulement. Avec un soupir, elle se lève, se plante devant le miroir : elle n'a que vingt-neuf ans et demeure séduisante, même dans ce sari à la Mère Teresa. Certes le gras des épaules cache la beauté du cou – toujours ferme et délié – et un bourrelet épaissit la taille, mais ne peut-on trouver du plaisir dans cette mollesse ? Si les tempes éclaircissent, les yeux n'ont rien perdu de leur éclat. Comment une adolescente pourrait-elle concurrencer les talents d'une femme mûre ?

Elle met le collier, dont le pendentif repose entre ses seins. Elle s'est négligée ces dernières années, avec ce boulot d'ONG, pourtant l'allure demeure, le visage qu'elle voit dans le miroir est plein de promesses... Derrière ce visage, à droite, un autre beaucoup plus jeune l'observe. Furieuse, Gita se retourne brusquement. « Qu'est-ce que tu fais ici ? »

Kiran montre ses cheveux, impeccablement nattés. « Elle a fini. Elle dit que j'ai de beaux cheveux.

— Ils sont trop courts !

— Tu as un beau collier. »

Gita l'enfouit hâtivement dans le corsage. « Retourne chez Nasreen. Elle te donnera quelque chose à manger. »

7

« Une promenade matinale, c'est bon pour la santé, dit Sohan Lal à Jugal Kishor. Vous devez apprendre à marcher le dos bien droit. Regardez-moi. J'ai deux ans de plus que vous ! »

Jugal Kishor répond par un ricanement méprisant, qui en réalité vise sa propre personne. Ce n'est pas la sciatique qui le fait ainsi boitiller, mais les ennuis qui pèsent sur ses épaules.

Ils traversent Khari Baoli au milieu des monceaux de cardamome, chassant les mendiants qui bourdonnent comme des mouches, dépassent Fatehpuri Masjid, où Sohan Lal note avec satisfaction la disparition des échoppes de montres. S'appuyant lourdement sur sa canne, Jugal Kishor navigue parmi les gravats, tout heureux du spectacle. « Nous devrions refaire ça tous les dix ans », approuve-t-il.

Sohan Lal grommelle. « Je n'aime pas voir toute cette cardamome, ces clous de girofle répandus ainsi. Est-ce que Harilalji a fait le compte des tonnes d'épices gâchées hier ?

— Il y a eu des erreurs... »

Ils longent Chandni Chowk. A quelques mètres de Fatehpuri Masjid, un énorme tas de briques leur barre la route, les obligeant à faire un détour par Dudhiya Gali. Chaudrons et cuves renversées, le lait répandu a séché, recouvrant la chaussée.

« On croirait de la neige, dit Jugal Kishor, comme dans une scène de film. »

Les copeaux blancs voltigent, retombent sur leurs chappals de cuir. Jugal Kishor glousse de nouveau. « Des rivières de lait coulaient du temps de Rama. Nous voici revenus au royaume de Rama !

— C'est le royaume de Harilal, dit Sohan Lal. Harilal aurait pu demander à la police de détruire quelques étals bangladeshis. Pourquoi lancer une telle opération ?

— C'est nécessaire pour la beauté de Chandni Chowk avant la Fête du Clair de lune.

— Harilal oublie qu'il n'est pas un ministre fédéral. Il se prend pour Rajiv. »

Jugal Kishor opine. Il se rappelle l'Apna Utsav du temps de Rajiv, Premier ministre. Il avait bien aimé cette fête, mais juge plus prudent de ne pas le dire. Ses petits-enfants et lui avaient passé des journées, sur le terrain autour du Fort Rouge, à regarder les acrobates et les musiciens, les gymnastes et les cracheurs de feu. Selon la position officielle du PPI – qui n'était encore qu'un petit parti luttant pour se faire connaître – cette fête était un colossal gaspillage d'argent, une occasion pour des ministres corrompus de s'enrichir. Un cadeau de dix millions de roupies que Rajiv Gandhi se fait à lui-même, disaient les tracts du PPI. Usage dévoyé des chaînes de télévision par le gouvernement. Spectacles à l'usage des paysans, se moquaient les dirigeants du parti. Mais Jugal Kishor y était allé par curiosité, et ses petits-enfants avaient adoré.

« Harilal veut se présenter contre Naresh Agrawal aux prochaines élections législatives, dit Sohan Lal.

— Nous battrons Naresh Agrawal, assure Jugal Kishor.

— Les musulmans ne sont pas des imbéciles. Ils mangeront des jalebis pendant la fête et chanteront les mérites de Harilal, puis ils voteront pour le candidat béni par l'imam de Jama Masjid. Son Apna Utsav n'a rapporté aucune voix musulmane à Rajiv, et il était Premier ministre du pays ! Qu'est-ce que ce Clair de lune rapportera à un simple ministre régional comme Harilal ?

— Au comité central, on dit que ça aidera à élargir notre base... »

Sohan Lal l'interrompt d'un geste et accélère le pas, Jugal Kishor rame derrière.

« J'ai déjà beaucoup trop entendu ce genre de sornettes, ça suffit ! Nous devrions nous concentrer sur nos semblables, des gens qui savent qu'on peut acheter bon marché, vendre cher et faire des bénéfices, sans que ce soit un péché. Voilà pourquoi les choses vont mal dans ce pays, depuis l'époque de Nehru. Il s'est désintéressé de la population travailleuse de Jan Sangh, des gens qui se levaient tôt le matin pour s'installer dans leur boutique, servir les clients, gagner leur vie, dépenser leur argent et veiller au bonheur des dieux. Ce que voulait Nehru c'étaient des chansons sur les travailleurs, des films sur les scientifiques et les combattants pour la liberté, pas un mot sur les commerçants simples qui vendaient le savon qui lui permettait de prendre son bain quotidien et d'effacer de sa peau la puanteur des villages !

— Mais Naresh Agrawal est un négociant. L'un des nôtres, comme Harilal.

— C'est d'abord un cafard du Congrès, élu grâce aux musulmans et aux rickshawalas. Qui va nous représenter ? Nous pensions que ce serait Harilal, mais son truc, c'est de raser des échoppes et d'organiser des fêtes. Alors qu'allons-nous faire ? Soutenir des candidats musulmans ? A quoi sert d'avoir notre propre parti si c'est pour le remplir de tant de musulmans qu'il ressemblera au Congrès ? »

Jugal Kishor baisse la tête et se tait. Ce serait idiot de contredire Sohan Lal maintenant. Il aura besoin de son soutien quand la guerre entre ses fils s'envenimera, nécessitant l'intervention des tribunaux et de la Municipalité. Il doit lui soutirer le maximum de faveurs tant qu'il est MLA, parce que chacun sait qu'il perdra le mandat de Matia Mahal aux prochaines élections régionales. Sa victoire a été un coup de bol, résultat du désarroi causé dans le camp pseudo-laïc par la volte-face de Suleman, qui a opté pour Ballimaran quatre semaines avant l'élection. En 1999, Matia Mahal élira certainement un musulman, que Suleman se présente ou non. Et Sohan Lal le sait. Voilà pourquoi il s'oppose à toute tentative d'élargissement de la base du parti. Aucun élargissement n'en fera un MLA pour la deuxième fois.

De Dudhiya Gali ils débouchent sur une autre ruelle, d'où, en suivant un circuit tortueux, ils reviennent dans Chandni Chowk. En passant devant l'Hôtel de Ville, Sohan Lal remarque, dégoûté, les crottes d'oiseau qui maculent la statue de Swami Shraddhanand. « Pourquoi n'ont-ils pas rasé cet édifice ? Ce sont les Britanniques qui l'ont construit – empiètement illégal, là aussi ! »

Jugal Kishor glousse, comme il se doit. En approchant de Kucha Bansilal, il constate que Sohan Lal accélère le pas. Arrivé à l'entrée du kucha, il comprend pourquoi. On a abattu le figuier! Il en reste une souche, festonnée de fils électriques comme autant de racines. Les enseignes gisent sur le sol dans un fouillis de branches. Des tubes de verre jonchent la rue – débris de l'enseigne au néon. Le tronc de l'arbre, coupé en deux, traverse le temple, dont les murs ont été abattus. Des objets encombrent la cour du temple, où vivait le pujari : des pots, des coussins, un poste de radio, des tiges de babool, avec, au milieu, la figurine en métal de Hanuman, à la renverse, un pied en l'air, celui dont la plante porte un étrange symbole.

« Qui a osé détruire un temple? demande Jugal Kishor. Et arracher Hanuman de son piédestal? »

Sohan Lal tremble de fureur. Plus que la destruction du sanctuaire, ce qui l'enrage c'est la destruction de son enseigne.

« C'est la faute de l'arbre, croit devoir expliquer Jugal Kishor. Ils voulaient l'abattre, mais il est tombé sur le temple. »

Sohan Lal pointe du doigt la statue de Hanuman agenouillé, toujours enduit de vermillon, mains jointes, yeux baissés en signe de dévotion, queue dressée haut derrière la tête, muet, inconscient du saccage qui l'entoure. « Pourquoi l'arbre a-t-il laissé la statue intacte? Il a détruit les murs de ciment, la clôture en bois, la bâche, la porte grillagée. Croyez-vous qu'il a eu peur des représailles divines? »

Jugal Kishor ne répond pas.

« Tout le monde sait que Hanuman n'a pas besoin d'un permis. Je sais ce qu'ils voulaient détruire. Et je sais qui sont ces gens! »

Sur ces paroles menaçantes, Sohan Lal pénètre dans Kucha Bansilal, suivi d'un Jugal Kishor apeuré. Sa furie redouble au fur et à mesure qu'il avance. Des gravats jonchent la ruelle. Agrippant le bord de son dhoti, il le relève, le fourre dans la poche de son kurta, et poursuit sa route au milieu des détritus. L'odeur est insoutenable. Il se couvre le nez de sa main droite et inhale l'essence d'anis dont il s'est frotté les paumes avant de partir de chez lui. Elle supplante brièvement la puanteur, qui revient en force quand ils approchent des égouts qui débordent.

A l'endroit où aurait dû se tenir le stand de thé, il n'y a plus qu'un espace vide. La boîte de dérivation est toujours là, d'autant plus visible que le stand a disparu. A côté d'elle, le chaivala contemple le trou. En apercevant Sohan Lal, il s'accroupit et commence à ramasser les casseroles, les réchauds, les planches et les bocaux de sucre. Sohan Lal s'arrête à quelques mètres de lui, saisi d'un sentiment de culpabilité et de honte. Il n'a pas honoré sa promesse, sa lettre de recommandation au comité de la Fête n'a eu aucun effet. De quelle autorité peut-il se prévaloir maintenant sur les habitants du kucha ? On va parler de son échec jusqu'à Ballimaran – n'est-ce pas là que travaille le musulman aux dents jaunes ? –, probablement jusqu'à Matia Mahal, où il perdra le peu de respect qu'on lui marquait en sa qualité de MLA. Il avait spécifiquement demandé à Kartar Singh de ne pas toucher au stand, d'oublier Kucha Bansilal. Comment a-t-il pu commettre une telle erreur ? Et ce chaivala, qui ne dit pas un mot, courbé sur ses casseroles... Comme si ce n'était pas assez qu'il n'ait plus de fils, doit-il aussi rester sans le sou ? Ah, Kartar Singh paiera.

Sohan Lal passe tête baissée devant Gopal, se débarrasse de ses chappals sur le seuil de Jamna Lal Kishori Mal, contourne les comptoirs en formica, s'écroule lourdement sur la gaddi, suivi de Jugal Kishor, trop faible pour se baisser seul. Sohan Lal le soulage de sa canne et l'aide à s'asseoir. Jugal Kishor s'essuie le front de son mouchoir.

« Nous avons reçu de nombreux coups de téléphone de commerçants furieux exigeant des explications, dit Ramesh.

— Qu'ils appellent Harilal Gupta », réplique son père.

Sohan Lal se tourne vers l'alcôve de Lakshmi – qui surplombe l'odieux ordinateur – et joint les mains en une prière silencieuse. Il refuse toute responsabilité dans cette démonstration de force. Il se méfie des changements cataclysmiques – même faits dans les meilleures intentions – et Lakshmi aussi, qui, derrière ses panneaux de verre, bénit la lente accumulation de richesses.

« Les commerçants devraient se montrer reconnaissants, dit Ramesh. La Municipalité a éliminé plus de cinq cents colporteurs et revendeurs, qui bloquaient l'accès aux boutiques. »

Sohan Lal lui jette un regard irrité. Depuis qu'il est membre du comité, son fils s'exprime à tort et à travers. Il ne sait rien, bien entendu, et ignore notamment que la plupart des commerçants légaux empiètent sur le domaine public, et que chaque devanture occupe une parcelle appartenant à la Municipalité. « La seule façon de leur plaire est de ne rien faire », soupire Sohan Lal. Il téléphone à Harilal Gupta. « Tout le monde maudit vos démolitions. Les rickshawalas sont furieux parce qu'ils ne peuvent plus passer à cause des gravats, les charretiers parce que leurs remises ont été saccagées, quant aux commerçants, ils avaient déjà exprimé leur opposition...

— Il le fallait pour l'embellissement de Chandni Chowk.

— Je croyais qu'on devait s'arrêter aux portes de Meena Bazar, gronde Sohan Lal.

— Ce fut une erreur. Je leur avais enjoint de le contourner. Je présenterai des excuses aux musulmans du quartier. »

Sohan Lal raccroche, dégoûté. La Fête du Patrimoine – du moins lorsque le comité en a eu l'idée – avait pour but de lancer cette campagne de démolitions, qui elle-même avait pour but de chasser les Bangladeshis illégaux. Maintenant Harilal se désintéresse des commerçants !

Son coup de téléphone suivant est pour Kartar Singh. « Kucha Bansilal, c'est une erreur, dit Kartar Singh. Il y a tant de kuchas dans Chandni Chowk dont les noms se ressemblent – Bansilal, Bhandariya, Banwarilal, Bahardurlal, Bandhilal – qu'ils ont pu confondre.

— Qui va nettoyer les rues ?

— La Municipalité va le faire dans les jours prochains. Quant au temple de Hanuman, c'est un accident. L'arbre est tombé dessus. »

Sohan Lal se fiche du temple, son seul souci étant son enseigne. Mais conscient de ce que Jugal Kishor écoute avec la plus grande attention, il feint une colère appropriée. « Si c'était une erreur, Harilal va la regretter. Les hindous sont peut-être invertébrés, incapables de s'organiser comme les musulmans, mais ils ne supporteront pas la destruction d'un temple.

— Nous allons faire une déclaration disant que le fautif c'est l'arbre.

— Pourquoi l'avoir abattu ?

— Il touchait les lignes électriques, et les branches commençaient à s'affaisser. »

Sohan Lal raccroche violemment.

« Ce n'est qu'un arbre, tente de le calmer Jugal Kishor. Quant aux enseignes, elles étaient toutes illégales. »

Sohan Lal cherche en vain un signe de sarcasme sur le visage de son interlocuteur.

« Il faudra quand même fournir une réponse à ces foutus défenseurs de l'environnement.

— Harilalji accomplit son devoir de ministre, dit Jugal Kishor. Il dispose de cinq ans – les trois premiers pour nous débarrasser de la crasse des Bangladeshis et des musulmans, les deux derniers pour leur plaire, comme font les pseudo-laïcs. Nous sommes au point de transition. Maintenant qu'il a saccagé Meena Bazar et la Colonie Naresh, il va s'excuser auprès des musulmans et leur faire oublier tout cela grâce à la Fête du Clair de lune. Il rêve de recréer la Delhi de Shah Jahan.

— Jusqu'à faire creuser un nouveau canal à la place de Chandni Chowk ? Pourquoi les musulmans soutiendraient-ils cette fête ?

— Pourquoi pas ? C'est leur culture qui sera préservée. »

Devant une logique si absurde, Sohan Lal ne peut que soupirer. A travers les portes en verre teinté – autre trouvaille de Ramesh – on aperçoit Gopal toujours en train de ramasser ses ustensiles. « Je ne vous offrirai pas de thé aujourd'hui », maugrée-t-il à l'attention de Jugal Kishor.

La puanteur des égouts envahit la boutique. « Vaporisez un peu d'attar, conseille Jugal Kishor.

— J'ai emporté chez moi mes flacons, dit Sohan Lal d'une voix sinistre. J'ai peur qu'on m'en vole. Un flacon de ruh chameli coûte cinq cents roupies. Imaginez le personnel tombant là-dessus ! »

Il s'efforce de passer à un sujet moins pénible. Après avoir fait installer les comptoirs en formica, Ramesh a garni tous les murs de casiers en bois. Et pour laisser de la place à l'ordinateur, on a dû déménager le cabinet aux attars. Pendant quelque temps, Sohan Lal a effectué chez lui son rituel matinal. Il sortait chaque matin avec un tampon fraîchement imbibé derrière l'oreille, mais aucune fragrance ne résistait à la puanteur des égouts de Chandni Chowk. Il a fini par renoncer au rituel. Pourquoi gaspiller de telles senteurs, chèvrefeuille et mahua, pour un plaisir si éphémère ? Il se contente de se frotter la peau d'huiles essentielles. Elles durent plus longtemps, mais n'ont pas la même délicatesse...

« Je vois que vous vous mettez à vendre des chemises de confection », dit Jugal Kishor.

Sohan Lal se contente de hocher la tête, il aimerait pouvoir cacher les chemises et les pantalons exposés sans vergogne dans les vitrines. C'est une lubie qui passera, veut-il croire. On vend des rouleaux de tissu depuis des décennies. Ramesh affirme que les marges sont plus élevées dans le prêt-à-porter. Peut-être, mais qui peut garantir la stabilité dans ce commerce ? Un magasin d'habillement doit obligatoirement faire ancien, le marchand, assis jambes croisées sur la gaddi face à son client, déroulant longueur après longueur de tissu, jusqu'à ce que le client soit ébloui par cette diversité de couleurs et de textures. Avec les comptoirs en formica, il n'en est plus question. Ramesh préfère livrer des boîtes en carton – pleines de chemises, pantalons et parfois de saris – dans tout Chandni Chowk. Il lui arrive même de vendre à des clients qui ne mettent jamais les pieds au magasin. Ils lui donnent la taille, la couleur et la marque de chemise qu'il leur faut, Ramesh leur envoie une boîte en carton avec une facture. C'est quoi ce commerce où le marchand ne voit jamais son client ?

« Organisez une réunion du comité dans votre magasin, ordonne-t-il à Jugal Kishor. Nous devons discuter de cette affaire de démolition.

— Pourquoi pas ici ? »

Sohan Lal se hérisse. Jugal Kishor ne voit-il pas que la gaddi n'est pas plus grande qu'un mouchoir de poche ? Où s'assoira-t-on ? Autour du comptoir en formica ? Et qui apportera le thé, maintenant que le stand du chaivala a disparu ?

« A moins que cela soit difficile pour vous de tous nous recevoir ici ? se hâte d'ajouter Jugal Kishor.

— Et pourquoi donc ? jappe Sohan Lal. Je n'ai suggéré Mangat Ram Nawal Kishor que parce que les sept réunions précédentes y ont eu lieu. »

Jugal Kishor s'incline.

« N'êtes-vous pas le secrétaire général du comité ? poursuit Sohan Lal. A vous le privilège de nous abriter.

— Il n'y a plus de Mangat Ram Nawal Kishor. »

Sohal Lan sait très bien ce qu'il veut dire, mais préfère feindre l'ignorance. « Avez-vous changé de nom ?

— Ils ont érigé une cloison, du devant jusqu'au fond du magasin, et détruit un commerce vieux de deux cents ans.

— Qui cela ?

— Rajesh et Pavan. Ils ont réglé la question, pour le moment. Deux boutiques toutes en longueur, trop étroites pour les clients, qui doivent se tenir sur la corniche à l'extérieur et passer de là leur commande. »

Une fois de plus Sohan Lal se sent gratifié de n'avoir qu'un fils – un seul héritier prétendant au trône de Jamna Lal Kishori Mal.

« Ils ont tout séparé en deux, se lamente Jugal Kishor. Le comptoir, le linoléum, le mobilier jusqu'au dernier tabouret. Les toilettes du fond sont trop petites pour qu'on puisse les diviser, alors ils leur ont attribué des temps d'utilisation. Chaque frère laisse à l'autre le soin de nettoyer. Vous imaginez la saleté. »

Sohan Lal compatit d'une mine dégoûtée.

« Bientôt, pleure Jugal Kishor, les nouvelles enseignes seront installées côte à côte – Rajesh Kumar Jugal Kishor et Pavan Kumar Jugal Kishor.

— Du moins n'ont-ils pas renoncé à votre nom.

— Je le verrai avec horreur. Chacun aura sa boutique, et moi, où vais-je m'assoir ? A moins que ma place ne soit sur la corniche, à l'extérieur, où les clients tiennent à peine ?

— Vous êtes toujours leur père, dit mollement Sohan Lal.

— Et laquelle de mes deux boutiques offrirai-je pour les réunions du comité ?

— Elles peuvent avoir lieu ailleurs. » Sohan Lal désapprouve le manque de discrétion de Jugal Kishor. Un homme ne doit pas divulguer les querelles de ses fils en public.

« Cette histoire de démolition ! dit Jugal Kishor. Savez-vous qu'ils ont même voulu s'attaquer à ma boutique ? Le côté Pavan. Je crois que Rajesh y était pour quelque chose. J'ai dû intercéder auprès du préfet. Et maintenant Pavan est furieux contre Rajesh.

— Trop d'innocents ont souffert, commente Sohan Lal.

— Il n'y a rien de bon à dire des jeunes gens d'aujourd'hui. Nous pensions qu'ils seraient le soutien de nos vieux jours, or ils accélèrent notre voyage vers le bûcher. »

Sohan Lal s'agite, mal à l'aise, conscient que Ramesh écoute la conversation. Nous sommes là comme deux vieux chnoques, pense-t-il. Jugal Kishor est prêt à se coucher, mais moi pas ! Je ne claudique pas, je n'ai pas besoin d'une canne, et je veux me présenter aux prochaines élections. Je leur survivrai à tous !

Jugal Kishor se lève péniblement, aidé par deux employés de Ramesh, enfile avec lassitude ses chappals. Il se retourne vers Sohan Lal et chuchote : « Après qu'un homme a marié ses deux fils et vu le visage de ses petits-enfants, le temps est venu pour lui de disparaître dans la forêt. Je songe à me rendre à Hardwar. »

Il s'éloigne à pas lents, la canne battant le pavé au rythme saccadé de sa respiration. Sohan Lal est soulagé de le voir partir. Un voyage à Hardwar, court ou long, ne pourra faire que du bien à Jugal Kishor, ainsi que, peut-être, au comité du PPI.

Maintenant, c'est vers Gopal que Sohan Lal se tourne, assis au milieu du kucha sur une pile de casseroles, l'air désespéré. « Emportez-les dans votre kholi, dit le seth, amicalement. Je ferai reconstruire votre stand, dès que j'aurai obtenu l'autorisation du comité. »

Le chaivala le regarde. On ne perçoit dans ses yeux ni foi, ni confiance, seulement une vague suspicion. « Il y en a trop pour que je les transporte sur mon vélo. »

L'accusation est à peine voilée. « Ce fut une erreur », se défend Sohan Lal. Si seulement le bonhomme se mettait à pleurer, à se démener dans tous les sens, à injurier les démolisseurs, il serait moins pathétique. Mais il reste là, sans une larme, sans un cri, et Sohan Lal se sent doublement coupable.

« Je vais faire porter vos casseroles par Chotu. Il les mettra dans un sac et vous les apportera ce soir. Vous dormez toujours dans l'entrepôt de Sushil Jain, dans Khari Baoli ? »

Gopal opine en silence.

« Je vous trouverai du travail dans Chandni Chowk », promet encore Sohan Lal.

Il sait pourtant que la situation est sans espoir. Il suffit de voir le bonhomme, dépoitraillé, avec ses verres de lunettes rayés et son dhoti sale ! Il n'a ni l'ingéniosité de Chotu, ni l'énergie de Gauhar, ni même la fiabilité minimale des employés de Ramesh. Comment un être humain peut-il être si peu fait pour le travail ? Si superflu ?

On doit pourtant bien pouvoir lui trouver quelque chose qui entretiendrait ce souffle de vie, vacillant et inutile ? Par exemple, livrer les cartons de vêtements de Ramesh dans Chandni Chowk ? Il possède un vélo, et on peut lui confier de petites sommes d'argent.

Ramesh n'apprécie guère la suggestion. « J'ai déjà un livreur.

— Prends-en un second, tu ne le paieras pas beaucoup.

— Un si vieil homme ? » chuchote Ramesh, ce qui fait bondir son père.

Le chaivala n'a que cinquante ans, marmonne Sohan Lal. S'il est vieux, alors que suis-je moi ? Mais cette question, il la garde pour lui. « Les vieux ont la sagesse de l'âge, on ne peut les jeter comme de vieilles chaussures. » Ce disant, il se demande si c'est Gopal qu'il défend ou lui-même, ce qui lui rappelle, une fois de plus, qu'il doit veiller à mettre de l'argent de côté avant que Ramesh ne fourre trop son nez dans les finances du magasin. Son fils s'occupe de la vente, mais les comptes, c'est toujours lui qui les tient. Après la mort de Rukmini – et elle n'a plus longtemps à vivre – qui restera-t-il pour chérir Sohan Lal ? Jugal Kishor a raison. Les jeunes d'aujourd'hui ne respectent plus les anciens. Croire que Ramesh veillera sur ses derniers instants de vieillard gâteux serait idiot. Lui qui parle d'un vieil homme comme d'un figuier qu'il faut abattre quand les branches commencent à s'affaisser !

Ramesh demande à Gopal d'approcher et l'examine d'un œil indifférent. Sohan Lal a l'impression d'être lui-même l'objet de cette inspection.

8

« Chandni Chowk n'est pas une circonscription ordinaire, déclare Harilal Gupta. Où, ailleurs dans le monde, existe-t-il une telle rue où cohabitent les quatre religions ? Le temple Gaurishankar, la Fatehpuri Masjid, le Gurudwara Sisganj et l'église baptiste ! Pendant la campagne électorale, je devais joindre les mains pour un namaste, puis passer à l'aadaab, puis dire *"Sat sri akaal"*, puis... » Il s'interrompt, hésitant sur la formule chrétienne de salutation, mais enchaîne très vite. « La diversité religieuse est ce qui fait de Chandni Chowk la plus grande circonscription électorale de toute l'Inde. »

Harilal Gupta semble avoir oublié qu'il ne siège qu'à l'assemblée législative et non au Parlement national. Chitra laisse passer. Elle n'est pas venue le titiller mais écouter ses commentaires sur la campagne de démolition, et tâcher d'attraper un « scoop ». Harilal Gupta n'est pas réputé loquace, mais aujourd'hui, probablement en raison de la réputation de Chitra, il est prolixe. L'entretien a lieu dans le bureau du député, dans Chandni Bazar, où sa famille possède une florissante affaire de papeterie depuis cinq générations. Entouré de boîtes en carton, il se cale dans son fauteuil inclinable, les mains posées sur son gros ventre, et continue de parler. Chitra enregistre sur son magnétophone.

« Il y a quatre ans, nous avons fondé le Conseil du Patrimoine de Chandni Chowk. On m'en accorde la paternité, mais l'inspiration, je la dois à Lala Surajmal. La Marche du Patrimoine, qu'il a organisée, fut un grand succès. Des centaines de personnes ont parcouru tout Chandni Chowk. Ses dernières paroles, qu'il prononça juste avant de mourir lors de la première réunion du Conseil du Patrimoine, furent pour recommander l'organisation d'une grande fête en l'honneur du patrimoine culturel de Chandni Chowk, voilà pourquoi la Fête du Clair de lune est dédiée à la mémoire de Lala Surajmal. Son rêve, et le mien, va se réaliser. »

Harilal se tait. Chitra arrête le magnétophone, consciente de deux choses : il ne parlera pas des démolitions, et il s'en tient au texte écrit sur la feuille de papier posée sur le bureau devant lui. Elle doit l'attirer hors du bureau et l'emmener dans les rues. Confronté aux décombres, il faudra bien qu'il s'explique.

« Je voudrais vous photographier avec des gens de votre circonscription, dit-elle.

— J'adore travailler pour eux.

— On y va à pied ?

— Mon médecin ne comprend pas les obligations d'un serviteur de l'Etat. Il prétend que c'est mauvais pour mon dos.

— Même une petite tournée de votre circonscription ? »

Le mot « tournée », partie intégrante du vocabulaire politique de Harilal, fait son effet. « Une tournée ! Oui, c'est cela, allons-y. En regardant attentivement, vous trouverez d'autres gens que moi à photographier. »

Ils montent dans la voiture officielle de Harilal, avec fanion tricolore à l'avant et gyrophare sur le toit. L'Ambassador se faufile à travers le marché au papier de Chawri Bazar, tourne à droite et se dirige vers Chandni Chowk d'une allure majestueuse. A cette heure de la journée, la circulation se fait en sens unique, à partir du Fort Rouge. Quelques agents de police regardent passer le véhicule d'un œil méfiant. L'un d'eux s'approche timidement. Le chauffeur baisse la vitre teintée et hurle : « Ministre des Transports ! »

Le policier recule, la voiture poursuit sa route sous les coups de klaxon, interrompant le flot des rikshaws et des scooters. Tout ce tapage semble amuser Harilal. « Pour circuler dans Chandni Chowk il faut juste des bons freins, un bon klaxon et de la chance ! » dit-il à Chitra.

Elle rit. Elle regrette que Harilal ait cru bon de se faire accompagner de son Attaché de Presse qui, assis à l'avant à côté du chauffeur, leur jette des regards inquiets, prêt à exécuter le premier ordre venu.

« Parlez à madame de mes projets pour le Fort Rouge », commande justement Harilal.

L'AP se retourne, Chitra comprend qu'il attend qu'elle mette son magnétophone en marche. Elle s'exécute.

« Nous allons restaurer la façade est du Fort, commence-t-il. Nous allons l'illuminer avec des projecteurs, de façon qu'en longeant Ring Road on puisse voir le Fort Rouge comme la Yamuna devait le voir du temps de Shah Jahan. »

Les projecteurs manquaient à l'appel, se moque intérieurement Chitra.

« Nous réparerons les fenêtres et les balcons, qui se cacheront derrière des écrans tout neufs, poursuit l'Attaché, et nous effacerons des murs et des remparts les plaques qui les abîment. Un parc paysager clôturé s'étendra entre le Fort Rouge et le Fort Salimgarh.

— Mais le public pourra entrer dans le parc, s'empresse de

corriger Harilal. Saviez-vous qu'un passage souterrain permettait à l'empereur d'atteindre directement la Yamuna en bateau? Nous nettoierons ce passage, que les gens pourront emprunter. L'homme de la rue jouira des mêmes privilèges qu'un empereur!

— On a démoli les taudis derrière le Fort Rouge, dit Chitra. Le parc occupera-t-il ce terrain?

— Nous relogerons ces gens.

— On entend dire que ce quartier a été démoli à cause du nom qu'on lui donne.

— Quel nom?

— Colonie Naresh.

— Ah! »

Le silence s'installe. Harilal ne confirme pas l'information, mais ne la nie pas non plus. L'Attaché se creuse la tête pour trouver un nouveau sujet de conversation.

« Dites-lui le nom du parc, commande soudain Harilal.

— Le Parc Dara Shikoh, dit l'Attaché, soulagé.

— Pourquoi? » demande Chitra.

L'Attaché quête du regard l'approbation de son patron et, l'ayant reçue, explique : « Dara Shikoh était un érudit. Il a écrit dans le *Majma-ul-Bahrain* et le *Sarr-I-Asran* que toutes les religions enseignent la même vérité fondamentale, et que le Livre Caché mentionné dans le Coran n'est autre que le *Katha Upanishad*. Où trouverez-vous un autre musulman ayant vécu avec des védantistes, connaissant la *Bhagavad Gita* et les Upanishads? C'était le prince héritier et il aurait dû devenir empereur à la place d'Aurangzeb le zélote. Avec ce parc, nous lui rendons ce qui lui appartenait de droit. »

Harilal prend la parole. « Les gens accusent le PPI de fondamentalisme, dit-il avec véhémence, mais nous sommes les premiers à saluer les musulmans laïcs qui ont adhéré au courant national. Dara Shikoh a compris, avant le PPI, la signification véritable de l'Hindutva : ce n'est pas une religion, c'est le mode de vie indien. La Ligue musulmane a-t-elle fait quoi que ce soit pour Dara Shikoh? Ou les communistes, ou le Congrès?

— Vous portez toujours l'uniforme du Congrès », se moque gentiment Chitra.

Harilal se rengorge. « Le khadi kurta et le pyjama sont les

symboles de notre lutte pour la liberté. Des liens très anciens existent entre ma famille et le Congrès. Gandhiji a passé deux nuits dans notre maison de Chawri Bazar.

— Mais pourquoi le calot ? Il est démodé depuis Rajiv ! Même les leaders du Congrès ne le portent plus.

— Démodé, répète Harilal, sans autre commentaire.

— Pourquoi avez-vous quitté le Congrès en 1975 ?

— Le Janata était un parti du peuple.

— Alors pourquoi l'avoir quitté pour le PPI ? Ce qui vous a fait taxer d'opportunisme. »

Harilal la regarde, excédé. « C'est quoi un parti ? Moi je travaille pour le peuple, pas pour un parti ! » Sur cette fière repartie, il ajuste son calot et se rencogne dans son siège, signal d'une nouvelle phase de non-communication. Chitra éteint le magnétophone. Elle regrette qu'il n'ait pas lui-même parlé des projets de réhabilitation du Fort, car elle aurait pu les lui attribuer. S'il décide de nier leur conversation, il accusera son Attaché de Presse d'avoir fait du zèle.

La voiture arrive enfin à l'extrémité est de Chandni Chowk et tourne à droite, devant Jama Masjid.

« Et si nous descendions ? demande Chitra. Je ne peux pas prendre des photos en restant assise dans la voiture. »

Harilal répugne visiblement à quitter le confort de son siège. « Vous n'avez qu'à pointer votre appareil sur moi. Si je me penche en avant, vous aurez le Fort Rouge en arrière-plan.

— Les habitants de Matia Mahal sont furieux contre leur député, attaque Chitra. Il n'a rien fait pour empêcher les démolitions. »

L'information semble intéresser Harilal. « Sohan Lal est un homme bien, dit-il. Nous allons descendre ici et interroger les gens à son sujet. »

Il ordonne au chauffeur de se garer derrière Jama Masjid, l'Attaché l'aide à s'extraire du véhicule.

« Le Surya Namaskar, c'est tout l'exercice que m'autorise le docteur, susurre Harilal. Une figure du hatha-yoga, qui requiert l'absolu contrôle du corps et de l'esprit », ajoute-t-il, se méprenant sur le silence de Chitra.

Les ruelles derrière Jama Masjid offrent l'aspect d'un champ de bataille où la guerre vient juste de finir. Bâches effondrées, chaises, tabourets, bancs, planches et ustensiles renversés. Les égouts débordent – les enfants y font flotter des bateaux en papier – et des armées de chiffonniers fouillent les montagnes de débris. De ces ruines, pourtant, quelques stands surgissent déjà. Stupéfaite, Chitra se tourne vers Harilal, dont le visage n'affiche rien.

Ils se mettent en marche. L'embonpoint de Harilal a prospéré depuis trois ans. Sa veste à la Nehru recouvre une forme parfaitement sphérique, et les plis du dhoti tombent du ventre comme des rideaux. Il a soixante à peine, mais avance lentement, avec difficulté, et des gouttes de sueur dévalent les tempes, du bord du calot jusque sous le col de la veste. Deux assistants suivent à distance respectable, affectant la mine soucieuse de rigueur chaque fois qu'il risque de trébucher. Chitra se demande d'où sortent ces types. Peut-être marchaient-ils derrière la voiture, ce qui n'est pas un exploit étant donné les encombrements.

Ils traversent ce qui reste de Meena Bazar, contournant des tas de bracelets et des pyramides de cassettes audio. Harilal semble inconscient des ravages. Il avance les mains jointes dans la ruelle déserte, comme pour saluer un public imaginaire, s'arrête devant un assortiment de saris accrochés à un treillage en bambous. « Aucune circonscription ne peut rivaliser avec Chandni Chowk sur le plan culturel, déclare-t-il.

— On a démoli trois cents boutiques dans Meena Bazar », rétorque Chitra.

L'air soudain furieux, Harilal donne l'impression de découvrir le spectacle. « J'avais dit au préfet que Meena Bazar est un quartier sensible. » Il fait signe à l'Attaché de Presse, qui s'approche, calepin et stylo à la main. « Qui était l'inspecteur chargé d'accompagner les équipes ?

— Inderlal Jha.

— Ecrivez au préfet de police de le sanctionner. Quiconque harcèle les gens, dit-il à l'intention de Chitra, sera puni. Naresh Babu n'a pas le temps de recevoir ces gens, bien qu'il soit leur député au Parlement. Il est assailli de pétitions. "Naresh Babu, ils me harcèlent pour que je donne de l'argent !" "Naresh Babu, les gens de la CED m'ont coupé l'électricité ! " "Naresh Babu, il y a trop de rickshaws dans Chandni Chowk !" Et que croyez-vous qu'il leur répond ? Qu'il défend la laïcité ! »

Sa harangue terminée, Harilal s'apprête à partir, mais un homme accourt en pleurant. Les deux assistants, heureux de se rendre utiles, l'empêchent de se jeter aux pieds du ministre. C'est un petit bonhomme, barbu, l'air malade. Ils le fouillent, découvrent dans les poches de son pyjama des lames rouillées.

« Qui es-tu ?

— Ils ont démoli mon dispensaire, sanglote Muhammad Ghayas.

— Qui t'a envoyé attaquer le ministre sahib ?

— Ce n'est qu'un pauvre homme, intervient Harilal. Laissez-le approcher. »

Délesté de ses lames, Muhammad Ghayas est autorisé à tomber à genoux et à raconter son histoire. Lorsqu'il a terminé, Harilal demande à l'Attaché d'enquêter. « Pourquoi ne pas vous prendre en photo ici ? » propose Chitra.

Avec son petit Nikon, elle mitraille Harilal et Muhammad Ghayas, ministre et administré, les dômes de Jama Masjid en arrière-plan.

Harilal secoue tristement la tête. « Ces démolitions, c'est une affaire difficile. La Cour suprême les a ordonnées. Je ne peux exiger la reconstruction de chaque stand. Je dois m'en ouvrir aux commerçants de Chandni Chowk. Tout ce que je peux faire, en ma qualité de représentant du peuple, c'est partager le chagrin des gens et réaliser leurs rêves grâce à la Fête du Clair de lune. »

Ils poursuivent leur route, tournent à droite et tombent sur les décombres d'un bâtiment en brique rouge. Des affiches volettent sur les gravats – « Franchise, Honnêteté, Discipline, Respect et Ponctualité – Cinq Diamants » ; « L'Enfant Idéal » ; « Cinq Habitudes à prendre pour les Gentils Garçons et les Gentilles Filles » ; « Fruits et Légumes » ; une carte de l'Inde.

« Qu'est-ce que c'est que ça ? demande Harilal.

— Une école, répond l'Attaché. Un foyer pour enfants, fondé par Suleman Mian.

— Tut-tut, s'apitoie Harilal. Des enfants. »

Chitra se fige, horrifiée. Où sont passés les enfants ? Ils ont probablement disparu dans les rues d'où on les avait extraits, mais comment survivront-ils maintenant qu'on en a fait des chiens apprivoisés ? Qui va les nourrir ? Les protéger des prédateurs ?

Savent-ils encore se faufiler dans les asiles de nuit, éviter les policiers et délimiter leur emplacement sur le trottoir pour dormir ? Shalini aurait dû prévoir un endroit où les loger, mais peut-être ne l'avait-on pas prévenue des démolitions. Donc, qui est responsable de l'échec de cette noble expérience ? Chitra Ghosh, l'opportuniste...

« Madame ne se sent pas bien ? » s'inquiète l'Attaché.

Chitra l'écarte du geste et ferme les yeux, luttant contre les larmes, se remémorant sa dernière visite aux Moineaux il y a deux ans pour une réunion organisée par Suleman. Shalini semblait distante, les enfants étaient sales et dépenaillés. Gauhar était là, lui aussi, grandi, rasé de près, presque un homme, avec une ombre au-dessus de la lèvre supérieure, mais encore toute la gaucherie de l'adolescence. Elle s'était sentie mal à l'aise en sa présence, ignorant comment, après sa sortie de prison, il avait retrouvé le chemin des Moineaux. Peut-être le seth de Kucha Bansilal l'avait-il renvoyé ? Il était évident qu'il avait souffert en prison : il paraissait indifférent, fatigué, apeuré. L'innocence avait disparu du regard, on devinait qu'il avait vu des choses abominables. Tremblant, il lui parla tout bas d'une grande bombe, d'un terrible mystère à Ayodhya, d'une façon si mélodramatique qu'elle n'avait su quelle contenance prendre. Elle tenait dans les mains le bouquet offert par Shalini, s'apprêtait à prononcer un bref discours après celui de Suleman, et Gauhar ne cessait de la tirer par la manche en bredouillant. Elle s'était écartée, se promettant de revenir lui parler dans quelques jours. Mais le lendemain elle s'était rendue à Rome pour une conférence sur la liberté de la presse, puis à Berlin, etc.

Maintenant, à cet instant même, le garçon, son enfant, est peut-être en train de crocheter des poches dans Paratha Gali. Tandis qu'elle écoute bavasser le ministre des Transports qui, par un seul ordre, pourrait faire reconstruire l'école.

Elle se tourne résolument vers Harilal Gupta, mais l'un des assistants lui intime, le doigt sur les lèvres, de se taire. Assis sur une chaise – sortie des décombres des Moineaux –, le ministre se repose les yeux fermés. Pour ne les rouvrir qu'un quart d'heure plus tard.

Il comprend, avant même qu'elle n'ait dit un mot, ce qu'elle veut lui demander, et il secoue la tête. « Que peut faire la Cour suprême ? Alors que nos propres MLA soutiennent financièrement les empiètements? La plupart de ces enfants, de toute façon, devaient être des Bangladeshis. »

L'Attaché de Presse devine que Chitra n'est pas convaincue. « On ne peut pas se soucier de tous les enfants de la ville, madame. Si l'on voulait se pencher sur tous les pauvres qui dorment sur les trottoirs de Chandni Chowk, une vie entière ne suffirait pas. »

Propos qui lui valent un regard furieux du ministre. Dompté, l'Attaché reprend la tête du cortège. Sortir des innombrables ruelles de Ballimaran, souvent impraticables en temps normal vu l'encombrement, tient à présent, au milieu des décombres, de la course d'obstacles. Quelques personnes reconnaissent Harilal et le saluent d'un namaste. Il répond d'un grand geste – main droite levée, allure débonnaire. Fort de la stature que lui confèrent la présence des assistants derrière lui et le calot de Gandhi sur sa tête. Même à pied, il semble circuler dans une Ambassador, gyrophare allumé. Les gens qui ne le reconnaissent pas – et ils sont relativement nombreux – instinctivement lui disent « namaste ». Semblable à un navire dont il a le gabarit, Harilal vogue sur la rue, main droite perpétuellement levée pour saluer ses sujets, Chitra à la remorque.

« Nous sommes dans la circonscription de Suleman, lui dit-il d'un ton de conspirateur. Et voyez comme les gens m'aiment ! Nous avons identifié une centaine de commerces vieux de plus de cent ans, dont trente à Ballimaran. La Fête du Clair de lune leur rendra hommage. »

D'un égout éventré par les bulldozers s'élève une odeur insupportable. Chitra éternue violemment. Harilal lui jette un regard de commisération. « Vous devriez faire Sutra Neti dix minutes chaque matin. Tenez l'extrémité d'un fil de soie, introduisez l'autre extrémité dans une narine, faites-la ressortir par la bouche, et tirez sur ce cordon d'avant en arrière pour nettoyer le conduit. Selon le hatha-yoga c'est le parfait traitement de tous les problèmes de sinus. » Un silence, puis : « Je ne mange que des fruits et des légumes. »

La ruelle se rétrécit de plus en plus. Des échoppes de chaussures la bordent de chaque côté, érigées sur des plates-formes pour éviter les inondations. On y accède par quelques marches en ciment, qui enjambent la rigole. Chitra fait remarquer à Harilal que ces escaliers sont illégaux. Pourquoi ont-ils survécu aux démolitions ?

« Nous ne pouvons harceler les commerçants », dit-il.

Il accélère le pas, les mains le long du corps. Il ne s'attend pas à être salué, parce qu'il s'agit d'un quartier musulman. A l'intérieur des échoppes, on n'aperçoit que des visages renfrognés. Un homme assis sur des marches les regarde passer. La mine hostile, le regard froid, mais la bouche perpétuellement ouverte en un sourire grimaçant. Chitra reconnaît le factotum de Suleman, l'araignée qui enferme le chaivala dans sa toile et l'empêche de s'exprimer. Il a l'air à bout. Les yeux injectés de sang, en partie fermés par les rides, la barbe miteuse s'accrochant désespérément au menton osseux. « Ghalib chausseur », lit-on sur l'enseigne, en ourdou, en hindi et en anglais.

Chitra se demande si elle ne devrait pas l'interroger sur les événements, ses commentaires lui fourniraient sûrement de la meilleure copie que les propos de Harilal. Mais il détourne les yeux. Le cortège poursuit sa route, le ministre en tête, qui se dandine aussi vite qu'il le peut.

« Le quartier musulman se termine là-bas, dit-il, visiblement soulagé, en indiquant l'intersection suivante. De là nous retournerons vers Chandni Chowk, où le chauffeur viendra nous chercher. » Il sourit. « J'ai beaucoup entendu parler de vous, madame. On raconte que vos articles ont été publiés en Amérique. J'espère que vous écrirez une longue histoire sur la Fête. »

Un petit groupe de gens s'est rassemblé à l'intersection, ils jettent des regards furieux sur Harilal et sa suite. Une manifestation ! se dit Chitra, excitée.

Harilal, lui aussi, les a aperçus et ralentit l'allure. « J'ai mal au dos, grommelle-t-il. J'aurais dû écouter mon médecin.

— Nous pouvons dépasser le croisement et faire venir la voiture dans l'autre rue, propose Chitra.

— Non, retournons par le quartier musulman. Je veux voir les habitants. » Il fait volte-face avec une agilité qui dément sa corpulence, et repart du même train. « Si, au lieu d'Aurangzeb, l'Inde avait eu Dara Shikoh pour empereur, les musulmans ne seraient pas si arriérés, dit-il. On les aurait intégrés dans le courant national. Dara était un véritable Indien.

— Et pas Aurangzeb ? »

La provocation le touche au vif. « Il y a des milliers d'Aurangzeb dans ce pays. Nous voulons tous les transformer en Dara Shikoh. »

Ibrahim voit approcher le ministre avec la madame journaliste. Il a l'impression qu'elle le regarde, mais aucune lueur dans ses yeux n'indique qu'elle l'a reconnu. Il s'en fiche. Il se rappelle sa froideur quand il a voulu qu'elle les prenne en photo Gopal et lui. Il n'est pas question qu'il la salue, et encore moins le ministre. On ne peut pas faire confiance à ces gens – commerçants banias et femmes des villes, qui ne pensent qu'à arracher leur gagne-pain aux musulmans. Il n'y a pas eu beaucoup de dégâts à Ballimaran – peut-être parce que Suleman Mian en est le représentant et que personne n'ose provoquer sa colère – sauf des ateliers de marteleurs d'argent, complètement démolis. Le ministre des Transports paiera ! Ils paieront tous quand Suleman Mian menacera de faire un scandale.

Sharief Mirza installe une chaise sur la plate-forme en ciment devant l'échoppe, s'assoit, s'évente avec un mouchoir, foudroie Ibrahim du regard. « C'était le ministre sahib avec une madame. Est-ce que je te paie pour bayer aux corneilles ?

— Ils n'auraient rien acheté. (Il se lève pour rentrer à l'intérieur, où il fait bien plus frais.) A vous le tour, jusqu'à cinq heures. »

Sharief Mirza prend son tour de veille : il s'agit d'exhorter les passants à monter essayer des chaussures. Ibrahim sait que son patron va somnoler tout l'après-midi, abruti, étalé sur sa chaise, inconscient des occasions perdues. « Ghalib chausseur » appartient à sa famille depuis trois générations, mais il est vieux, usé, sans enfant, et son neveu Mahmood veut entrer comme commis dans l'administration. Ibrahim espère hériter un jour d'une partie de la boutique, où il travaille depuis trente ans. Du même âge que son employeur – à peine quelques heures de moins –, il ne lui obéit que par crainte de se voir dépossédé. Mais comme Mahmood se fiche du commerce, il ne devrait pas être très difficile de s'entendre avec lui après la mort de Sharief Mirza, laquelle ne devrait pas tarder à en juger par l'apparence du bonhomme.

Ibrahim décide de faire un petit somme dans la remise. Il dort depuis une demi-heure quand un cri le réveille.

« Client ! » braille Charief Mirza, secoué par une quinte de toux.

Ibrahim trottine hors de sa cachette et ramasse les boîtes de chaussures restées en vrac après le départ du dernier client. Sharief Mirza descend la toise oubliée sur une étagère, tout en râlant contre la paresse d'Ibrahim, qui fait son mea culpa en se tapant sur la poitrine. Sharief Mirza hoche la tête en signe de pardon et reprend son guet sur sa chaise, observant gens, vélos et rickshaws naviguer au milieu des gravats.

Le client est un vieil homme, aussi décrépit que Sharief Mirza. Il veut remplacer les chaussures qu'il a aux pieds. Ibrahim glousse. « Vous les aviez achetées pour recevoir chez vous Mirza Ghalib ? » La plaisanterie fait s'esclaffer Sharief Mirza, mais échappe totalement au client. Il ne sait même plus quand il les a achetées. Il enlève la chaussure droite et veut poser le pied sur la toise, mais Ibrahim l'en empêche. Il s'enorgueillit de deviner une pointure au premier coup d'œil. Ce dont se vante aussi Sharief Mirza, qui ne saurait être en reste. Quand un client se présente, Sharief le regarde droit dans les yeux et annonce la taille. En général il se trompe, mais ni lui ni Ibrahim ne laisseront un client utiliser la toise en présence l'un de l'autre. Mieux vaut avoir tort que de perdre la face.

« Pas besoin de ce truc, dit Ibrahim, assez fort pour que Sharief Mirza l'entende. Taille huit.

— Sept et demie », corrige Sharief Mirza, de l'extérieur.

Le vieil homme opine et pose son pied nu sur le linoléum.

« C'est une Jaipuri, dit-il à propos de la vieille chaussure. Pur cuir. »

Ibrahim lui décoche un sourire condescendant. « Le cuir ça ne se fait plus dans ce monde, mian. Tout est en rexine. Même Dilip

Kumar porte de la rexine. Et votre chaussure n'est pas une Jaipuri, c'est une Katvar.

— Une Jaipuri », insiste le bonhomme.

Sharief Mirza se lève et vient se pencher sur la vieille chaussure sale. « Une Malod, déclare-t-il. De Patiala.

— Katvar, affirme Ibrahim. De Revari ! »

Sharief Mirza, furieux, retourne à sa chaise. Des casiers qui couvrent les murs du sol au plafond, Ibrahim sort toutes les boîtes possibles : des Jaipuri, des Katvar, même des Mojri, des Pakeezah et autres marques de chaussures de femmes.

« Voilà, mian. Choisissez celle que vous voulez. »

Le vieil homme le dévisage. « Vous n'allez pas bien, dit-il.

— Qu'est-ce que ça peut vous faire ?

— Je suis docteur. Je peux vous saigner, pour que le mauvais sang s'écoule. Vos dents brilleront, et votre visage aussi. Votre barbe redeviendra noire et fournie. J'ai soigné des milliers de gens venus d'Amérique et d'Angleterre. Je peux vous montrer leurs lettres.

— Combien prenez-vous ?

— Pour vous, ce sera gratuit, dit Muhammad Ghayas. Vous me donnez les chaussures, et je vous saigne.

— D'accord, mais il faut que je demande la permission à Sharief Mirza.

— Je peux le saigner lui aussi.

— Où est votre clinique ? »

Muhammad Ghayas soupire. « Elle était dans Meena Bazar, mais ils l'ont démolie. Je peux venir dans votre kholi ce soir et apporter mes lames.

— Ils ont détruit quatre cents échoppes dans Meena Bazar ! tonne Ibrahim.

— C'était une erreur, dit Muhammad Ghayas d'une voix apaisante. Le préfet sahib a mal compris l'ordre de la Cour suprême.

— Qui vous a raconté ça ?

— Le ministre sahib. Il est venu il y a moins d'une heure pour s'excuser. »

Ibrahim en laisse tomber la chaussure. « C'est lui le responsable !

— Comment ça ?

— Oui, oui. Chacun sait que le PPI a envoyé un membre du comité, un sardarji, dresser la liste des stands à démolir. Je l'ai vu parcourir Paratha Gali et Ballimaran. Il était venu tôt le matin pour ne pas se faire remarquer, mais j'étais là. Je l'ai suivi tout du long, jusqu'à Jama Masjid.

— Il venait peut-être repérer le trajet du métro.

— Il s'en fichait du métro. C'est les boutiques appartenant à des musulmans qu'il venait repérer. Voilà ce que c'est d'avoir créé un Etat de Delhi gouverné par le PPI. »

Perturbé, Muhammad Ghayas ne répond pas. Il n'osait pas entrer dans les magasins de Chandni Chowk avec leurs grandes vitrines de peur de payer trop cher. Il espérait, en venant à Ballimaran, pouvoir troquer des chaussures contre ses services. Les discussions politiques ne l'intéressent pas. « Alors, est-ce que je viens dans votre kholi ce soir ?

— S'ils ont démoli votre gagne-pain pourquoi avez-vous besoin de chaussures ?

— J'aurai un stand pour la fête, le ministre sahib me l'a promis. Vous ne voulez pas que j'y participe avec de vieilles chaussures ?

— Mais la fête n'a lieu que le mois prochain.

— Il faut que j'assouplisse les chaussures avant. »

Ibrahim fourre la paire neuve dans un sac, et le tend à Ghayas. « Cinquante-cinq roupies, dit-il.

— Mais je vais venir vous saigner ce soir !

— Pendant la fête, vous soignerez les gens gratis, se moque Ibrahim. Vous me saignerez à ce moment-là. »

Muhammad Ghayas sort ses dernières cinquante roupies, empoigne la boîte à chaussures et s'en va. Ibrahim jette l'argent sur les genoux de Sharief Mirza et rentre dans la boutique.

« Client ! » hurle Sharief Mirza.

Ibrahim jure, lève les yeux et, horrifié, découvre Gopal.

« Six et demie ! crie Sharief Mirza.

— Sept », répond mécaniquement Ibrahim. Il fait entrer Gopal, l'assoit sur un des sièges en rexine, lui pose un pied sur la toise. « Sept ! », déclare-t-il triomphant, puis il se penche vers Gopal et chuchote : « Pourquoi viens-tu ici ? Sharief Mirza n'aime pas cela.

— Ils ont détruit mon stand, gémit Gopal.

— Et alors? Ils en ont détruit quatre cents rien que dans Meena Bazar, plus des cliniques de docteurs, et tu pleurniches sur ton stand de thé ? »

Gopal prend un air coupable, mais le chagrin est le plus fort. « Qu'est-ce que je vais faire?

— Ils n'auraient pas dû s'attaquer à Meena Bazar, c'est un sujet épineux. »

Gopal se demande s'il n'a pas loupé une bonne occasion. « Comment je peux faire de mon stand un sujet épineux?

— Toutes les boutiques de Meena Bazar appartiennent à des musulmans. C'est pour ça qu'elles étaient sur la liste.

— Est-ce qu'elles avaient un permis?

— Est-ce qu'il faut un permis à un musulman pour vivre en Inde ? »

Non, non, fait Gopal de la tête.

« Qu'est-ce que c'est que cette ville de Dilli? s'emporte Ibrahim. Tout le monde y débarque – Biharis, Punjabis, Bengalis, Madrasis – mais est-ce pour autant devenu leur ville ? »

Gopal ignore la réponse.

« C'est à *moi* qu'elle appartient ! Je suis le patrimoine de Dilli. Non je suis le patrimoine de l'Inde ! S'ils veulent préserver notre patrimoine, alors ils doivent me préserver, moi. Je suis l'âme de Dilli. »

Gopal le dévisage, sidéré.

« Et ne me demande pas quel effet ça fait d'être cette âme ! Eh bien je vais te répondre quand même : ça fait un effet terrible. Mais un homme doit vivre avec cette responsabilité.

— Mais je...

— Toi ? L'âme de Dilli est musulmane. »

Gopal en revient à ce qui l'intéresse.

« Ils ont détruit mon stand malgré la lettre que j'avais de Sohan Lalji.

— Suleman Mian ne soutient plus le projet de la fête. C'est un nouveau procédé pour nous virer de Chandni Chowk. Ils l'ont même baptisé d'un nom anglais. »

De sa plate-forme, Sharief Mirza s'époumone. « Montre-lui les Salim Shahi Joota. Elles lui survivront. »

Ibrahim grommelle et refile une boîte à Gopal.

« S'il te plaît, dit Gopal, parle de mon stand à Suleman Mian.

— Il va y avoir une manifestation pendant la fête. Suleman Mian demande à tout le monde d'y participer.

— Mais mon stand...

— Je te parle de milliers de boutiques détruites, et tu la ramènes avec ton stand ! »

Gopal se lève et sort. Le voyant partir les mains vides, Sharief Mirza jette un regard irrité à Ibrahim.

— Il voulait du cuir », conclut Ibrahim.

Sharief Mirza ricane, et reprend sa sieste. Ibrahim s'accroupit sur les marches en ciment et observe la circulation. On est en pleine torpeur, il ne devrait pas y avoir de clients avant trois bonnes heures. Sharief Mirza ronfle.

« Ibrahim Mian ! »

Ibrahim sursaute. Bouche bée, il contemple l'apparition. Gauhar a grandi depuis la dernière fois qu'il l'a vu. Il est sale, avec une chemise aux boutons cassés, un pantalon qui tient par une ficelle. Un grand sac se balance sur son épaule.

« Tu es censé être mort, dit Ibrahim. Tu ne devrais pas te montrer par ici !

— Ils ont détruit l'école ! »

Ibrahim est exaspéré. Est-il leur député qu'ils viennent tous se plaindre à lui ? « Je sais », gronde-t-il.

Sans l'inexplicable faiblesse de Suleman Mian, songe-t-il, le garçon serait mort il y a trois ans, la question serait réglée. « Laissez-le vivre, avait dit Suleman. Il a bien trop peur pour nous causer des ennuis. Le tuer ne supprimera pas les élections à l'assemblée de Delhi. Interdisez-lui de revoir Sohan Lal, mais laissez-le vivre... » Pendant trois ans, Suleman Mian a semblé avoir eu raison, or revoilà le garçon, projetant son ombre offensive sur Ballimaran, racontant tout et n'importe quoi sur Ayodhya – une bombe qui peut exploser à tout moment. Sans compter qu'on ne peut pas l'utiliser – ni pour protester, ni pour la manifestation qu'organise Suleman Mian à l'occasion de la Fête du Clair de lune. A quoi sert un fantôme ?

« Où est-ce que je peux dormir ? demande Gauhar.

— Où as-tu dormi la nuit dernière ? »

Gauhar pointe un vague endroit.

« Dors sur le trottoir, dit Ibrahim. Tout Chandni Chowk est ta maison.

— J'ai peur de la police. »

Ibrahim rit. « Cette madame t'a ramolli. Il faut que tu apprennes à redevenir un homme. »

Gauhar ne tique pas.

« Dors dans l'atelier de Faquira, suggère Ibrahim.

— Ils l'ont démoli. »

Ibrahim maudit en silence Harilal Gupta. « Je ne peux pas t'aider. »

Gauhar plisse les yeux. « Je pourrais aller demander de l'aide à Gopal Bhai.

— Il a quitté Dilli.

— Je l'ai vu il y a cinq minutes. Je te surveillais depuis deux heures. »

Ibrahim s'affole. « Je vais demander à Suleman Mian de faire quelque chose. Reviens dans une semaine.

— J'ai faim.

— Qu'est-ce qu'il y a dans ton sac?

— Des vêtements.

— Faquira ne te paie pas? Retourne le voir. Il a dû s'installer dans un autre atelier.

— J'ai mal aux mains.

— Maintenant tu parles comme un sahib. Un seth! Pourquoi Faquira et Alimuddin n'ont-ils pas mal aux mains? »

Gauhar passe la langue sur ses dents branlantes, et se jure une fois de plus de ne plus jamais marteler l'argent. Ibrahim soupire, sort un billet de cinq roupies de son kurta. « Ne reviens pas avant une semaine », répète-t-il.

Shrief Mirza s'étire, se penche en avant et, profondément recueilli, crache son paan dans le caniveau. Le jus éclabousse les pieds de Gauhar, qui s'apprête à déverser un torrent d'injures, mais Ibrahim l'oblige à déguerpir.

Triomphal, Gauhar brandit le billet de cinq roupies. Il a racketté Dents Jaunes. Or il n'a pas besoin de cet argent. Il y a plus de trois mille roupies dans la caisse de la Baal Bank, cachée parmi les vêtements dans son sac. Il lui suffit de briser la serrure, et il aura de quoi vivre pendant des mois. Pour l'heure ce qui le préoccupe, c'est la faim et de savoir où est passée Kiran. Il découvre un étal près de chez Ghalib, où il déguste le meilleur nahari qu'il ait jamais mangé – du mouton juteux et désossé dans un bouillon assaisonné de trente-six épices...

Il va partir à la recherche de Kiran dans le parc devant la gare de Old Delhi, où il soupçonne que se sont réfugiés bon nombre d'enfants des Moineaux. Le ventre plein, l'allure nonchalante, il traverse Ballimaran, débouche dans Chandni Chowk, dépasse l'Hôtel de Ville, prend la direction de la gare. Le parc, jonché de sacs en plastique et de papiers gras, est depuis longtemps laissé à l'abandon par la Municipalité. A une extrémité, sous une voûte formée par un bosquet d'arbres, l'herbe pousse dru. Gauhar dépose son sac et s'allonge. Un bruit provenant de l'épaisseur feuillue l'effraie, il se redresse. Après trois ans de vie en sécurité aux Moineaux, il a perdu la maîtrise de la rue. Il s'est habitué à chier dans des latrines. Il craint les hommes qui voudront le frapper, l'enculer, le voler, et la caisse dissimulée dans son sac le rend encore plus vulnérable. Il quitte l'abri du bosquet, remarque un jamun dont les branches pendantes fournissent un peu d'ombre. Il pose la tête sur son sac et s'endort.

A son réveil, la façade victorienne de la gare baigne dans le rougeoiement du crépuscule. Il a de nouveau faim. Le parc résonne du bruit des vélos et des rickshaws. Il pourrait peut-être se faire rickshawala, porteur, charretier, chiffonnier. Il observe les alentours. Un garçon arrive en courant et disparaît dans le bosquet d'arbres. Un autre le suit, puis un autre, ils sont six en tout. Plus jeunes que Gauhar, ils doivent avoir entre quinze et vingt ans. Le passage d'une jeep de police, sirène hurlante, explique leur panique. Les garçons restent un moment à l'abri, puis réapparaissent deux par deux. Ils se laissent tomber sur l'herbe, discutent d'une voix inquiète. Une brise fraîche balaie le parc, présageant une nuit agréable. Gauhar s'approche lentement d'eux et pile sec en entendant crier dans le noir.

« Rustam ! Rustam [1] ! »

---

1. L'un des héros de la grande épopée persane, le *Shâh Nâmuh*, c'est-à-dire le Livre des Rois. Dans le langage populaire, synonyme d'Hercule.

Ils l'ont repéré ! Les trois plus forts se précipitent sur lui. Il s'en débarrasse facilement, mais les autres arrivent à la rescousse, le voilà coincé. Il est plus grand qu'eux tous, sauf qu'avec son unique main contre leurs douze, le match est inégal. « Qui es-tu, espèce d'enculé ? Un salaud de policier ? Tu viens nous espionner ? »

Gauhar ne réplique pas, il attend qu'ils se calment. Il y a quatre ans, il n'aurait pas été en reste, maintenant il s'inquiète surtout pour son sac, qu'il a laissé sous le jamun. Qu'ils osent y toucher, il leur arrache les yeux.

Les garçons se rendent vite compte qu'il n'est ni un policier ni un espion. Pourquoi la police emploierait-elle un manchot ? Ils le laissent s'assoir, lui racontent que les enculés de thullas ont capturé Raja Babu et Munna !

Quelque chose dans leur façon de parler retient l'attention de Gauhar. Leur hindi n'est pas celui d'Ibrahim Mian ou de Gopal Bhai, pas celui de Shalini Didi ni même des enfants du foyer. Leur accent lui est familier, et à les écouter, les souvenirs lui reviennent d'un voyage dans un train avec son père et sa mère, fuyant un village bien différent de Chandni Chowk ! Ils parlent bengali ! Un bengali qui n'est pas celui de Dacca, mais qu'il comprend après tant d'années !

Il leur dit comment il s'appelle, ils en font autant – Johnny, Partho, Aftab, Wasif, Baba, Khoka. Des noms qui lui font chaud au cœur. « D'où venez-vous ? » demande-t-il à Johnny.

Ils échangent des regards suspicieux.

« Moi je suis de Nadia, dit Johnny.

— Malda », dit Aftab.

Les noms affluent – Cooch Behar, West Dinajpur, Twenty-four Parganas...

« Vous mentez, dit Gauhar.

— Et toi, d'où tu viens ? » contre-attaque Aftab.

Les instructions lui reviennent, de son enfance oubliée. « De Murshidabad. »

Les garçons se tordent de rire.

« Enculé de rustam ! » dit Johnny.

Ils l'encerclent de nouveau, menacent de l'assommer s'il ne leur dit pas la vérité. « Je viens de Binodpur, avoue-t-il. De Binodpur au Bangladesh. »

Ils le libèrent, Aftab l'embrasse. « Lui aussi est de Binodpur », explique Johnny.

Puis chacun nomme son village, et Gauhar leur raconte son voyage avec Bhola Dada. C'est agréable de parler bengali, même s'il bafouille et cherche ses mots. Par bribes, il reconstitue l'histoire des garçons. Raja Babu, leur chef, a été arrêté par la police en même temps que Munna. Il avait pénétré par effraction dans une maison près de GB Road où il avait vu un commerçant entrer avec un paquet de billets. L'argent dans sa poche, il ressortait par une fenêtre quand un vieil homme l'a aperçu. Raja Babu n'est pas un assassin. Il a simplement piqué le vieux avec son couteau pour l'effrayer. La lame lui a effleuré la joue, mais le vieux s'est mis à hurler et s'est évanoui. Les voisins ont encerclé Raja Babu parce que Munna, qui faisait le pet, s'était endormi sur le trottoir. Et maintenant, ils sont tous les deux en taule. Le vieil homme est mort – pas à cause du couteau mais à cause de son cœur – et la police dit qu'il s'agit d'un meurtre. C'est sûr que Raja Babu, après que la police l'aura bien tabassé, avouera où se trouve le reste de la bande. Et ce sera leur fin.

Plus ils parlent, plus ils s'adoucissent. « Nous sommes des pickpockets. Nous volons des mangues aux étalages, mais nous ne sommes pas des meurtriers ! Si Raja Babu pouvait la boucler...

— Où est-il enfermé ? demande Gauhar.

— Au poste de GB Road.

— Parlez avec le chef. Il y a peut-être moyen de s'entendre avec lui.

— Nous n'avons pas d'argent. Raja Babu transportait tout sur lui.

— Combien réclame le chef de poste ?

— Ce salopard d'Inderlal Jha ! Il veut cinq mille pour Raja Babu et deux mille pour Munna. »

Gauhar réfléchit à la situation. Ils sont six, soit douze mains, douze mains bengalies. On peut faire beaucoup de choses avec douze mains. Piquer dans six poches, laver six pare-brise, pousser six carrioles, voler vingt-quatre mangues...

« L'autre rustam, Munna. C'est un type bien ?

— Cet enculé ! Qu'il pourrisse en taule !

— Mais il coûte moins cher, remarque Gauhar. Raja Babu coûte trop cher. »

Les garçons se regardent. Ils sont peu habitués à ce genre de raisonnement. Mais ils comprennent, soudain, que le manchot possède un pouvoir qu'il est prêt à exercer.

« Inderlal Jha prend son travail dans deux heures, dit Aftab. Service de nuit.

— Très bien, dit Gauhar, nous irons au poste à ce moment-là. J'ai soif. Vous avez de l'eau ? »

Les garçons ricanent. « Quand on a soif, c'est pas de l'eau qu'on boit », dit Johnny.

Du fourré, ils extraient des bouteilles d'alcool et du hach. Gauhar se méfie. Mussabir Ustad lui a appris des tas de choses, et ensuite Bobby à la prison Tihar. Mais face à ces garçons, il se sent inexpérimenté. « C'est quoi, ça ?

— Bholanath ! » crie un garçon, en montrant la bouteille. Il la débouche et avale une longue goulée.

« Chou En-lai ! », hurle celui qui tient les joints.

Ils fument et boivent pendant deux heures. Le bosquet résonne des « bholanath » et « Chou En-lai », gueulés à répétition. A l'extérieur du parc, le vacarme de la circulation est assourdissant.

10

Inderlal Jha attend que l'aiguille des minutes de sa montre soit sur douze. Il va frapper à exactement trois heures du matin, comme prévu. Trois agents, armés de bâtons, se tiennent à côté de lui dans la jeep garée dans une ruelle, qui donne sur la rue principale près du kotha 842. Quatre autres jeeps sont garées dans quatre autres endroits de GB Road, une vingtaine d'agents à leur bord. Ils attendent tous le signal, que le chauffeur d'Inderlal leur donnera par talkie-walkie. Encore douze minutes à patienter – le temps d'en fumer une. Il flanque un petit coup dans les côtes du chauffeur, qui sort un bidi de sa poche et le lui allume. Inderlal tire sur son bidi avec volupté, suivant de l'œil les tortillons de fumée qui s'échappent de ses narines.

Il a passé sa soirée à arpenter la chaussée en bas des kothas, vêtu en civil, repérant les bons endroits pour lancer l'opération, obligé de plonger de temps à autre dans les ruelles adjacentes parce que toutes les bais le connaissent. Les filles se sont répandues dans la rue aussitôt après la fermeture des boutiques, les quelques commerçants en retard se frayant dignement un passage au milieu des pahalvans et des clients. En trois heures, il a vu une fille monter avec sept clients, qui redescendaient au bout de vingt minutes. Du haut des balcons, à l'abri des grillages, les bais surveillaient le trafic, comptant les clients de chacune de leurs filles. Le kotha 842 était particulièrement affairé ce soir-là. A un moment, il a même aperçu Gita Didi sur le balcon. Essayait-elle de lui signaler quelque chose? Sinon, pourquoi s'exposer si longtemps à la vue de tous? Elle ignore l'heure exacte de l'opération, et même si elle se produira ce soir. Très futée, cette Gita Didi, moins elle en sait, mieux chacun se porte, et elle en est parfaitement consciente.

En recevant son message hier soir, il a compris tout de suite de quoi il s'agissait. La nouvelle fille était arrivée deux nuits avant. Avec une bai normale, il serait allé dès le lendemain récolter son dû. Avec Gita Didi, il a attendu deux jours. Des bruits courent qu'un ministre assistera à la prochaine réunion de FRETS, donc mieux vaut être patient.

Gita l'attendait dans le salon d'accueil du kotha, derrière un grand bureau, sur fond de portraits de Gandhi et de Nehru.

« Savez-vous pourquoi je vous ai demandé de venir? » a-t-elle dit.

Son calme l'a impressionné. Y a-t-il meilleur moyen de se procurer des putes que de former une ONG? « Je sais, madame », a-t-il répondu, avec un clin d'œil.

Elle a paru choquée, mais il ne s'est pas laissé démonter et lui a annoncé ses nouveaux tarifs. « Six cents pour les moins de vingt ans, quatre cents pour les autres.

— La nouvelle n'est pas là pour le travail.

— Pourquoi donc alors? » s'est-il exclamé sidéré.

Gita Didi n'a pas répondu. Il a mis cela sur le compte d'une savante tactique. « Vous êtes notre sœur, s'est-il exclamé. Cinq cents en dessous de vingt, trois cents autrement. »

Même visage de marbre. Il a compris que quelque chose clochait. Il ne savait pas quoi faire, jamais une telle situation ne s'était présentée. Avec toute autre bai, ou une prostituée comme Parvati, il aurait brandi des menaces. Mais avec Gita Didi, dont la photo avait paru dans les journaux anglais ? Il décida de jouer les victimes. « Je renonce à mes honoraires, mais comment faire avec mon agent principal et mon adjoint ? Et le sahib préfet ? Et le préfet de police ? »

Il n'était pas sûr que le préfet de police de Delhi s'intéresserait à une pute de GB Road, mais l'argument lui semblait impressionnant.

« Savez-vous que la fille est mineure ? » demanda-t-elle.

Il en resta interdit. Il avait souvent entendu Gita Didi dénoncer les méfaits du sida, mais jamais l'emploi des filles mineures. Ça, c'était la spécificité d'une autre ONG, la FAM (Foyer d'Accueil des Mineures), de même que AURAT se spécialisait dans la défense des Népalaises importées. Il avait déjà assez de mal à s'y retrouver, Gita Didi n'avait pas le droit de mélanger les causes. « Avez-vous adhéré à la FAM ?

— Là n'est pas la question », dit-elle sèchement.

Il refusait de se mêler de tout cela. Les rapports des bais avec leurs putes, l'âge des filles, c'était leur affaire. Chacun son devoir. « On peut lui faire passer un test osseux, proposa-t-il néanmoins, dans une semaine environ.

— Pourquoi si tard ?

— Les hôpitaux sont surchargés. » Il n'en savait rien, mais mieux valait leur faire porter le chapeau.

Il quitta le kotha vingt minutes plus tard, surexcité et plein d'admiration pour Gita Didi, décidé à tout organiser pour le lendemain. Il arriva en retard au poste pour prendre son service de nuit, trouva les agents assoupis et sept jeunes garçons qui l'attendaient fiévreusement. Le regard hostile, ils le suivirent jusqu'à son bureau, s'arrêtèrent sur le pas de la porte. Il connaît bien le genre – voleurs, pickpockets, Bangladeshis, toute cette racaille qu'il emprisonne quotidiennement, comme le type qui est en cellule actuellement, accusé de meurtre.

« C'est lui », s'excitèrent les garçons en le pointant du doigt. Puis ils poussèrent dans la pièce le plus grand d'entre eux, qui, impudemment, referma la porte derrière lui.

« Qui t'a donné la permission d'entrer? s'écria Inderlal. Sors d'ici ou je te tire dessus.

— Vous avez arrêté notre Raja Babu. »

Ce gaillard, ainsi que ses copains, amis du prisonnier, il l'avait déjà vu. Le moignon, le cou décharné, les yeux brûlants, le regard insolent – c'était le garçon qui avait pissé à Rajghat. Ainsi donc, il réapparaissait, plus grand et plus effronté, et frayant avec ces Bangladeshis! Un criminel endurci, sans aucun doute.

« Ton Raja Babu est un assassin, dit-il. Fous le camp d'ici. »

Et il se dressa, menaçant, matraque à la main. Le garçon brandit la main gauche. Inderlal crut d'abord qu'il tenait une arme, ce n'était qu'une boîte en fer.

« Elle est à vous, dit le garçon, si vous arrivez à l'ouvrir. »

Quel culot chez ce manchot en haillons! Inderlal saisit la boîte et, de la pointe ferrée de sa matraque, brisa la serrure. L'argent était en petites coupures de cinq et dix roupies. Il ordonna au garçon d'en faire des piles de cent, puis il compta le tout. 3 260 roupies. Déception. Il se jura de ne plus boucler à l'avenir de si misérables salopards. Autant essayer d'extraire du sang d'un os. « Ça suffirait à la rigueur à racheter un pickpocket, ricana-t-il, pas un assassin.

— Rien à foutre de Raja Babu, dit le manchot. Je ne l'ai jamais vu et j'ai pas envie de le voir. Donnez-moi le jeune. »

Inderlal en resta bouche bée.

« Munna n'est pas un assassin, reprit l'autre. Il faisait le pet quand Raja Babu est entré dans la maison et a tué le vieux. C'est pas un crime? »

A l'évidence le garçon sait de quoi il parle, songea Inderlal, il a un plan! « D'accord. Trois mille pour le gamin. »

Le Bangladeshi sortit les billets du tas et les lui tendit.

« Ne touche pas à cet argent! lui dit Inderlal. C'est une pièce à conviction.

— Votre part, c'est trois mille. Je reprends les deux cent soixante.

— Qui t'a appris à compter? »

Le garçon rit. Inderlal fourra les piles de billets dans un sac en papier et enferma le tout dans son tiroir. Qu'il était laid ce type! Avec ses mèches brunes entortillées sur son crâne rond, sa peau noire et ses grandes dents luisantes. Et quel regard il jetait sur le tiroir contenant l'argent ! « Tu traîneras avec toi la malédiction de cinquante enfants », marmonna Gauhar.

Inderlal ne comprenait pas ce que cela signifiait et s'en fichait. Il alla chercher Munna dans sa cellule. « Tiens, voilà ton guetteur. Emmène-le. »

Avant qu'ils franchissent la porte, il ajouta : « Tu m'apportes dix mille et tu récupères le chef.

— Gardez-le, dit le manchot. Et enculez-le tous les soirs. »

Sur quoi il flanqua une bonne gifle à Munna, s'assura qu'il pleurait comme il faut, ouvrit la porte et le poussa dans le couloir, où ses six amis l'attendaient. Inderlal les entendit crier : « Gauhar Muhammad *zindabad !* »

Inderlal passa le reste de la nuit à somnoler et à recompter son argent. Son service se termina à l'aube. Il dormit trois heures sur un banc dans le couloir, puis consacra sa journée à préparer l'opération. Il lui fallut tout l'après-midi pour rassembler quatre jeeps et vingt-quatre agents, et le soir il inspecta la zone. Après avoir déterminé l'emplacement des jeeps, il retourna au poste enfiler son uniforme. Un policier en civil ne fait pas impression à la télévision. Il envisagea de coordonner son plan avec celui de Gita Didi, conclut qu'il valait mieux la laisser dans le flou. Il n'a plus d'objection contre FRETS. Une ONG, même si elle fourre son nez partout, peut se révéler utile pour la police quand on sait la manier.

L'enquête sur sa propre conduite ordonnée par le ministre des Transports ne l'inquiète plus. Il se rappelle avoir dit au préfet de police que Meena Bazar est une zone sensible et qu'il ne faut pas y toucher, mais le préfet s'est entêté. Alors que Harilal Gupta monte sa commission d'enquête : il leur racontera tout, jurera que ni lui ni ses hommes n'ont prêté main-forte à cette partie de l'opération, et une douzaine d'agents le soutiendront. Dès demain, Harilal Gupta lui-même y réfléchira à deux fois avant de dénigrer ses états de service.

Le chauffeur lui tape sur l'épaule et pointe sa montre du doigt. Il est trois heures du matin. GB Road est sombre et silencieuse. Les kothas – spécialement les classe A avec toilettes – sont certainement pleins de clients qui vont y passer la nuit. Les catégories B et C ont dû fermer, aussi innocentes qu'un dortoir de collégiens.

Inderlal hoche la tête. Le chauffeur braille un ordre dans le talkie-walkie, la jeep bondit, sirène hurlante elle tourne dans GB Road et pile devant le kotha 842. Deux jeeps gardent l'arrière du bâtiment, deux autres chaque extrémité de la rue. Les agents se précipitent et tambourinent sur la porte. Juste à côté, l'enseigne au néon des « Pompes Agrawal » clignote.

« Ouvrez ! hurle Inderlal.

— Laissez-nous entrer, salopes de putes ! renchérissent les agents. Qu'on vous voie forniquer, montrez-nous vos corps nus enlacés à ceux des ogres tachés de sueur... » Leurs cris sont superflus, parce qu'ils ont enfoncé la porte et se ruent dans l'escalier, s'entrechoquant sur les marches qu'ils ne peuvent gravir qu'en file indienne, vu l'étroitesse de la cage.

A l'intérieur du kotha, c'est une fuite éperdue. Des hommes nus jaillissent des lits, se précipitent vers l'escalier de secours, où ils se heurtent aux policiers. Tchac ! Splash ! Les voilà aplatis contre les murs. « Poussez-vous, salauds d'enculés ! Putains de camionneurs ! Garez votre queue ! Tiens, prends ça pour te balader nu, et ça pour me toucher de tes mains souillées ! »

Certains clients essaient de forcer le passage, d'autres se roulent en position fœtale sur le sol. D'autres encore s'accroupissent dans les encoignures du balcon, couvrant de la main leur pénis flasque. Six hommes réussissent à grimper sur le toit, les fesses nues, évitant de se regarder. Cependant que les filles, dans une grande lamentation générale, courent dans les couloirs du vieux haveli, s'enfermant dans toutes les pièces où elles peuvent entrer. Les policiers tapent aux portes, à coups de pied et de bâton. « Ouvrez, salopes ! Ouvre Sita Maiya ! Ouvre, Hema Malini ! Ouvre, Zeenat Amman ! Ouvre ma Sridevi chérie ! » Derrière les portes, les filles sanglotent, gloussent, hurlent et les injurient. A un moment, il semble que l'opération ait échoué. Les policiers piétinent devant une vingtaine de chambres, pleines de filles nues sorties hâtivement du lit. Les clients, eux, ont disparu, profitant de l'affolement, et galopent dans GB Road, pénis sautillant, cherchant un coin où se cacher, attrapant tout ce qui traîne, sacs en papier, feuilles de plastique, bandeaux de tissu pour se couvrir.

Les seuls encore piégés dans l'immeuble sont les six hommes réfugiés sur le toit, qui se sont drapés dans les saris qu'on avait mis à sécher. Maintenant, penchés par-dessus le garde-fou, ils observent la rue où une foule s'est rassemblée. Il ne s'agit pas de badauds à cette heure de la nuit, mais de journalistes, de cameramen de la télévision, et de membres d'une douzaine d'ONG hurlant des slogans. De leurs balcons, les putains des autres kothas regardent aussi, en retrait derrière le grillage afin de ne pas se faire prendre par les caméras. Inderlal est content de la présence des journalistes : c'est lui qui les a avertis. Mais le personnel des ONG ? Qui l'a informé ? Inderlal exhorte ses hommes à enfoncer toutes les portes fermées à clef. Il doit trouver les filles mineures avant que les organisations féminines ne débarquent dans le kotha. Il connaît leur agressivité. Il demande qu'on lui passe un mégaphone pour discuter avec elles et tenter de les retenir.

Pendant ce temps, dans la rue, les militantes affluent, brandissant des pancartes anti-FRETS, exigeant que Gita Didi vienne leur parler. ANCRI : Alliance Nationale contre la Répression et l'Injustice. PATITA : Prostituées Anti-Tyrannie, Intimidation, Terreur et Agression. STOP : Stop au Trafic des Prostituées... « Nous ne voulons pas de policiers dans les kothas ! Arrêtez de harceler nos sœurs ! Les travailleuses du sexe sont aussi des femmes ! »

Inderlal empoigne le mégaphone : « Mes sœurs... » Un ouragan de miaulements étouffe sa voix.

« La police œuvre avec vous. Nous vous communiquerons demain un rapport complet. »

Il se fait copieusement conspuer, prend peur, recule et voit approcher Gita Didi. Elle avance tranquillement, dans un balancement de hanches, un peu trop grasse, mais la peau si claire, si tendre. Que ne peut-il se trouver ailleurs avec elle... Mais il lui faut chasser ces idées de sa tête. L'opération est en danger, elle risque de se transformer en un match de hurlements entre putains et policiers.

« Où sont les filles ? Vous m'avez dit qu'il y en a six.

— Vous n'avez pas cherché. » Une voix veloutée qui le désarme.

Pour elle, je soulèverais des montagnes, songe-t-il. Il pointe les pancartes du doigt : « Pourquoi ces femmes sont-elles furieuses contre moi ? Je croyais qu'elles soutiendraient l'opération.

— Faites votre travail et laissez-les aboyer », dit-elle d'un ton toujours aussi doux. Puis elle repart en direction de son bureau.

Inderlal la suit. Une grosse putain très foncée est assise sur le divan. Elle se lève dans un état d'extrême agitation, lui agrippe la main. « Tout ce que vous voulez ! supplie-t-elle. Deux mille ! Cinq mille ! Mais annulez l'opération ! »

Il tressaille. Dans l'autre main, elle tient un journal. Il voit la photo en première page, avec la légende : « Le ministre des Transports, Harilal Gupta, avec Muhammad Ghayas, guérisseur traditionnel, dans Chandni Chowk. »

« Parvati ! ordonne Gita Didi. Laisse-moi lui parler. »

La grosse lâche prise. Gita Didi se tourne vers lui avec un sourire qui le fait fondre. « Notre kotha est propre, dit-elle. On ne cache rien. »

Du geste, elle lui intime de se taire, avant qu'il ait pu protester contre une affirmation si contraire à ses dires précédents. Elle lève vite les yeux, puis les rabaisse. Est-ce un signal ? Tout s'embrouille dans la tête d'Inderlal. « Apporte-lui ses cinq mille », ordonne-t-elle à la grosse.

En sanglotant, la femme se rue hors de la pièce. « Troisième étage, idiote ! » crie Gita Didi.

Ce disant, elle lève le bras, haut, très haut, le sari s'entrouvre, révélant le corsage – qui peut à peine contenir les seins –, et Inderlal manque de s'évanouir. Mais il comprend !

Il sort en trombe, prend trois agents au passage, fonce au troisième étage. Jadis c'était le toit. On y a adjoint une chambre, créant une vaste terrasse où sèchent des saris. La pièce possède de grandes fenêtres où flottent des rideaux, qui laissent voir un distributeur d'eau fraîche. Des gouttes glissent le long des parois à claire-voie jusqu'au réservoir – il est évident que le distributeur vient juste de servir. Inderlal pousse doucement la porte. Il y fait sombre, de la musique s'échappe d'un lecteur de cassettes – Pushpa Rani déverse son cœur :

Comment décrire l'amour dont tu ne me combles pas ?
Comment parler de tendresse quand ton cœur ne s'ouvre pas ?
Comment pleurer notre séparation puisque nous ne nous sommes jamais unis ?
Comment me plaindre de ta cruauté alors même que je la désire ?

Inderlal tend la main, un policier y dépose une lampe de poche. Le cercle lumineux révèle un lit à baldaquin sur lequel se tiennent, serrées les unes contre les autres, tremblantes, yeux écarquillés, six filles. Il glousse de plaisir, ferme la porte au loquet, s'approche du lit, caresse les joues de la première. Quelle douceur de peau ! « Comment t'appelles-tu ?

— Fossette.

— Et quel âge as-tu ?

— Vingt-trois ans. »

Inderlal s'esclaffe. Vingt-trois ans, c'est l'âge qu'elles ont toutes, du jour de leur naissance au jour de leur mort – vieilles haridelles ratatinées, si tant est qu'elles vivent si longtemps en ces temps de sida. Mieux vaut ne pas toucher ces filles peut-être malades. Il doit en découvrir davantage sur leur compte, de façon à parler savamment devant les caméras de télévision, mais interroger ces gamines ne servirait à rien : ce sont des lapins apeurés. Quel tableau il aurait eu sous les yeux s'il avait fait son entrée pendant qu'elles baisaient !

Il balade sa torche autour de la pièce, découvre un bureau, une coiffeuse, des chaises, des pieds de lampe, un lavabo dans un coin. Un grand tapis près du lit. Au mur des photos de Govinda, de Salman Khan et autres stars de cinéma. Les putains vivent comme des reines !

« A qui est cette chambre ? demande-t-il.

— A maman Parvati », répond Fossette.

Il éclaire de nouveau les six filles, remarque la plus jolie, assise au centre. A demi népalaise, pour le moins, avec ses yeux de biche quasiment fermés par la peur. Il ne résiste pas et lui caresse la joue. « Comment t'appelles-tu ?

— Kiran », répond-elle après un silence interminable.

Il la regarde droit dans les yeux, soupire, porte un doigt à ses lèvres pour imposer le silence, puis ressort et poste trois agents devant la porte. Les six hommes à moitié nus passent en coup de vent, saris voletant, et disparaissent dans l'escalier. Il traverse la terrasse, se penche par-dessus le rebord, invite les reporters de la télévision à monter. Sur son ordre, les policiers s'écartent de la porte d'entrée et les cameramen s'engouffrent dans l'immeuble. Les policiers tiennent les protestataires des ONG à l'écart.

Gita grimpe au troisième étage, suivie d'une dizaine de journalistes, de trois équipes de tournage et des agents. Inderlal et elle attendent que tout le monde soit en place. La cocarde que Gita a épinglée à son corsage palpite au rythme de sa respiration – elle est essoufflée d'avoir monté si vite –, on y lit le mot FRETS en grandes lettres rouges. Instinctivement les cameramen se braquent sur l'insigne, hypnotisés par la poitrine haletante. Brusquement, Inderlal ouvre la porte et entre, Gita sur ses talons. L'éclat de trois projecteurs aveugle les filles, assises tremblantes sur le lit à baldaquin. Du haut du mur, le portrait de Govinda, en sous-vêtements, et sourire de débauchée, les contemple. Les cameramen encerclent le lit et filment sous tous les angles. Inderlal et Gita, caressant la tête des filles, font face tour à tour à chaque caméra, tandis que les micros se tendent vers les adolescentes. « Parlez ! Dites quelque chose ! Quel âge avez-vous ? Comment vous appelez-vous ? Etes-vous heureuses qu'on vous ait sauvées ? » Embarrassées, elles gigotent, gloussent, semblent au bord des larmes. Kiran, visage de marbre, fixe sur Gita un regard meurtrier.

Gita écarte les micros des adolescentes et les attire à elle, les caméras suivent. Bientôt, à la consternation d'Inderlal, elle s'exprime sans retenue : « FRETS surveille ces filles depuis longtemps. Elles sont arrivées du Bangladesh il y a quatre ans...

« Ont-elles été forcées ? » interroge un journaliste.

La question brûle les lèvres d'Inderlal. Sont-elles déjà des putes ou des filles récupérables ? Il n'ose pas la poser.

D'un geste de remontrance, Gita leur intime de se taire. « Ce sont des petites filles, dit-elle. Elles ont un nom, une mère, un père, des frères et des sœurs ! Elles aiment jouer, sucer des glaces et regarder des films... FRETS ne croit pas à la déshumanisation des travailleuses du sexe. Un laboratoire de la police va pratiquer des tests osseux pour déterminer leur âge. Les plus de dix-huit ans iront à Naari Niketan, où elles apprendront à coudre et à tricoter. Les moins de dix-huit ans seront renvoyées chez leurs parents au Bangladesh et au Népal.

— Vous n'êtes pas dans le champ ! » hurle un cameraman.

Elle s'est écartée du lit, il ne peut la cadrer avec les filles en arrière-plan. Des mains empressées la ramènent dans le champ.

« Comment trouverez-vous les parents ? demande un des reporters.

— Nous travaillons avec des ONG au Népal, lui confie-t-elle.

— Mais qui les a amenées du Bangladesh et du Népal ? » insiste un autre.

Gita fixe l'œil de la caméra, elle va parler, l'auditoire retient son souffle, elle secoue la tête : « Nous sommes toutes sœurs dans l'adversité, souffle-t-elle. La femme qui a amené ces filles est aussi désespérée qu'elles. FRETS ne criminalise pas les travailleuses du sexe, même celles qui attirent les filles dans le commerce. FRETS l'aidera à se réhabiliter. »

Inderlal n'est pas content. Pourquoi ne l'interroge-t-on pas, lui ? Le sauvetage des filles, c'est son initiative. Les policiers qui grouillent dans l'immeuble sont ses hommes. Sans eux, toutes ces militantes d'ONG auraient envahi le kotha et volé la vedette à Gita Didi.

Il sort sur la terrasse, où un cameraman filme goulûment les saris en train de sécher, se penche par-dessus la balustrade. En l'apercevant, les humanitaires brandissent leurs pancartes. Voraces, débordant de passion pour leur cause. Pourquoi laisserait-il Gita Didi se servir de lui ?

Justement, à l'intérieur, elle continue son discours. « Sauver ces filles constitue une mission personnelle. Je ne veux pas qu'elles aient le même destin que moi. »

Inderlal grince des dents. « Partez ! hurle-t-il à l'adresse des cameramen. La police doit faire son travail. » Il doit maintenant organiser le transport des filles à Naari Niketan où seront pratiqués les tests. Ses hommes doivent les escorter, les ONG doivent se disperser...

Gita resserre son sari, tapote sa cocarde, descend tranquillement les escaliers. Elle sait que ses concurrentes sont dans la rue, réclamant sa tête. Elle s'immobilise sur le seuil et leur sourit.

« Ces filles sont à nous, dit une femme portant le badge d'ANCRI.

— Nous surveillons les mineures depuis des années, crie une autre.

— Mais c'est moi qui les ai trouvées, lui susurre Gita.

— C'est du harcèlement !

— Ne vous ingérez pas dans nos affaires.

— Je fais ce que je peux pour mes sœurs », conclut Gita.

Les filles surgissent une par une, poussées par les policiers, et montent dans une jeep, qui démarre. Gita regarde Kiran, et retient ses larmes, désespérée à l'idée qu'elle va vivre à Naari Niketan et sera peut-être renvoyée au Népal pour tenter d'y retrouver des parents inexistants. Sa mère ne peut pas la reconnaître, et son père ne serait que trop heureux de s'instituer son gardien...

Les cameramen ne s'intéressent plus aux filles. Les images qu'ils ont prises à l'intérieur du kotha sont autrement excitantes. Pour une dernière prise, ils cadrent Gita. Elle s'empare d'un micro et clame : « J'invite toutes mes sœurs d'ANCRI, PETITA, STOP et autres à se joindre à notre croisade. FRETS disposera d'un stand à la Fête du Clair de lune. J'en ai déjà parlé au ministre des Transports, Harilal Gupta. »

Sur quoi, elle referme la porte du kotha 842.

11

Sidéré, Gopal ballotte sur le flot qui tourbillonne autour des innombrables stands de nourriture. Il n'a jamais vu tant de samosas ni tant de gens. Femmes en sari fluide, hommes en kurta de soie, enfants en short de polyester, sadhus en jaune safran, policiers à l'uniforme impeccable... Gros seths et maigres commis, commerçants obséquieux, officiels hautains, gardiens laconiques, fonctionnaires loquaces... Aurait-on donné aux mendiants des bols neufs ? Quel grand mela – quelle grande fête ! Lumières et sons, musique, foule et, par-dessus tout, stands de nourriture ! La rue entière décorée comme pour un mariage, avec arcs, éclairage fluorescent, lampes à huile et bannières. Des guirlandes d'ampoules sur les arbres, qui vibrent au rythme de la musique douce sortant des haut-parleurs accrochés à chaque lampadaire de Chandni Chowk. Loin sur la gauche, le Fort Rouge se dresse majestueusement sur fond de ciel nocturne, ses remparts illuminés par des projecteurs posés au sol, le drapeau national flottant sous une ombrelle de grès rouge. Chandni Chowk coule tout droit, comme une rivière, de sa source le Fort Rouge à son estuaire, Fatehpuri Masjid, balisée tout du long comme une piste d'envol où grouillent des centaines de milliers de gens. Gopal se demande pourquoi le dôme de Jama Masjid n'est pas illuminé. Il s'agit peut-être d'un sujet aussi sensible que la démolition de Meena Bazar.

Ce qui lui rappelle la démolition de son propre stand, mais brièvement, parce qu'il porte un kurta de soie crème dont le bruissement témoigne de sa prospérité. De la main il en repasse les plis sur sa poitrine et son ventre, se faisant tout petit pour éviter qu'on ne le bouscule. Le tissu est si doux, si lisse, si brillant. Le kurta se ferme par trois boutons de diamant. Sont-ils vrais? Seth Sohan Lal est riche, mais pas assez prodigue pour exhiber de vrais diamants sur le vêtement d'un pauvre homme. Et puis, il y a le dhoti de soie safran. Ramesh Babu rechignait à s'en séparer, mais Sohan Lalji n'a rien voulu entendre. « Prenez-le ! a-t-il dit. Portez-le pour la fête, Gopal Bhai ! C'est vous que nous saluons. C'est vous le patrimoine de Chandni Chowk, le cœur de Delhi, l'âme de l'Inde ! Et vous ne m'aviez pas dit que vous étiez aussi un héros, que vous avez sauvé la vie de Sukhbir Kaur en 1984 ! De quoi ça aurait l'air si vous portiez une chemise déchirée et un dhoti de coton ? »

Gopal en est resté muet. Il s'est tourné vers Ramesh Babu qui, après tout, est le maître de Jamna Lal Kishori. Enigmatique, parfois, mais plein d'égards pour son père. Alors, quand Sohan Lalji a ouvert les vitrines pour en retirer des kurtas et des dhotis, Ramesh Babu n'a pas protesté, même s'il était évident qu'il n'était pas d'accord. Et Sohan Lalji n'a pas mégoté sur la marchandise : il a habillé Gopal Pandey des meilleures soies d'Agra et de Bénarès, pas celles qu'il réserve aux employés et aux petits commerçants. Malgré sa froideur apparente, Ramesh Babu lui-même a bon cœur. Et qui saura suffisamment chanter les louanges de Sohan Lalji ? Le lendemain de la démolition, il a ordonné à Chotu de ramasser les casseroles et les bocaux de Gopal, de les mettre dans des sacs et de les déposer dans le kholi de Khari Baoli. Sohan Lalji a même prié Seth Sushil Jain d'autoriser Gopal à garder les sacs jusqu'à ce qu'on lui trouve un autre emplacement pour son stand. Le cœur d'un homme s'exprime à travers ses actes.

C'est aussi Sohan Lalji qui lui a procuré du travail chez Ramesh Babu, bien que le travail de garçon-livreur soit un boulot pénible. Si seulement il était aussi maigre qu'Ibrahim Mian, qui survole Chandni Chowk sur sa bicyclette comme s'il pilotait un avion. Pour Gopal, perché sur sa selle avec une pile de boîtes en carton derrière son dos, c'est terrifiant de naviguer au milieu des rickshaws, des voitures et des scooters. Cinquante ans, c'est trop vieux pour rouler en vélo. Mais il ne doit pas laisser voir sa peur à Ramesh Babu, sinon il perdra la commission de 0,25 pour cent qu'il touche sur chaque livraison. Le mois dernier, il a eu deux accidents, mais sans abîmer les boîtes, si bien que Ramesh Babu n'en a rien su. Il ne remarquera pas les garde-boue tordus. Il ne lui fera des reproches, ou peut-être le renverra, que si des clients se plaignent. Pour le moment il semble s'être mis en tête de lui casser le dos. Depuis quelques jours, le volume de colis a beaucoup augmenté. « Ce sont des kurtas, des chemises et des pantalons, a dit Ramesh Babu, pas des lingots d'argent. » Alors Chotu a chargé vingt boîtes sur le vélo, et Gopal a roulé toute la journée au milieu de la circulation, lui et ses boîtes en équilibre sur deux roues. Jamais il n'aurait imaginé, durant toutes ces années où il a transporté son lait de Dudhia Gali à Kucha Bansilal, comme c'est difficile de pédaler en dhoti. Ça s'accroche continuellement dans la chaîne ou dans les rayons. Mais c'est peut-être la faute à son âge.

Il y a trois jours, quand Sohan Lalji lui a appris qu'il figurerait à la Fête du Clair de lune, il est allé voir Ibrahim Mian à Ballimaran. « C'est une fête pour les hindous, a dit Ibrahim avec colère. Pourquoi les musulmans devraient-ils y participer?

— Mais je suis hindou! »

L'affirmation a semblé fâcher Ibrahim.

En fin d'après-midi, aujourd'hui, Ibrahim Mian l'a emmené à une manifestation devant le Fort Rouge, pour protester contre les démolitions. En pleine chaleur, Gopal a écouté Suleman Mian haranguer le peuple. Suleman Mian était si furieux, et le soleil tapait si fort, qu'il lui fallait des bouteilles de Coca-Cola pour se calmer. De plus en plus assoiffé, Gopal ne quittait pas le Coca-Cola des yeux. Il attendait que soit mentionné le nom de son stand, mais Suleman Mian semblait parler d'autres choses. « C'est du laïcisme qu'il s'agit », lui chuchota Ibrahim à l'oreille. Gopal repartit assoiffé et déçu, se demandant s'il y avait un rapport entre le laïcisme et son stand.

Ce matin, Ramesh Babu l'a autorisé à ne pas travailler. « Laisse Gopal Bhai se préparer pour la fête », avait dit Sohan Lalji à son fils. Gopal est donc allé à Dudhiya Gali se faire teindre les cheveux. Il a trouvé Ram Bibek et Banwari affairés avec un charpentier, ils martelaient des planches pour fabriquer un comptoir. « Je n'ai pas de lait à vendre, a dit Banwari. Ils ont détruit mon stand.

— Je ne viens pas acheter du lait », a rétorqué Gopal.

Ils avaient brisé les vitrines du glacier, et un marteau égaré avait trouvé le réfrigérateur sur son chemin. « Je vais rouvrir dans trois jours, dit Banwari, et je ne remettrai jamais des vitrines. »

Ram Bibek installa son fauteuil à l'extérieur. « Ça fait longtemps qu'on ne vous a pas vu, dit-il à Gopal. Vous vous laissez pousser la barbe sur vos vieux jours? »

Gopal trouva la plaisanterie de très mauvais goût, d'autant qu'elle faisait rire Banwari. « Dommage qu'ils ne vous aient pas chassé de Dudhiya Gali.

— Ils ont essayé de me tuer! s'esclaffa Ram Bibek. Le sahib préfet a dit au bulldozer de me passer dessus. Mais cet emplacement de Chandni Chowk continuera de m'appartenir, longtemps après que les députés et les préfets auront disparu. Vous auriez dû voir Dudhiya Gali. On aurait dit une plaque de glace! »

Banwali, dont le lait répandu avait servi à constituer la plaque, ne trouva pas cela drôle et se tourna vers le charpentier. Gopal dit à Ram Bibek qu'il venait se faire teindre les cheveux, ce qui amusa beaucoup le barbier. « Il n'y a plus beaucoup d'arbres dans votre verger, Gopal Bhai. Est-ce que ça compte, la couleur des feuilles?

— C'est pour une occasion spéciale », se défendit Gopal.

Au milieu des rires, Ram Bibek passa un peigne imprégné de teinture dans les cheveux qui couvraient encore la nuque. De gris, les mèches devinrent noir foncé. « Il va falloir que je vous teigne aussi la moustache, dit Ram Bibek. C'est le seul terrain fertile de votre visage. »

Gopal avança les lèvres, ferma les yeux, et laissa Ram Bibek lui peindre la moustache. Quand ce fut fini, le barbier lui tendit un miroir. La moustache noir de jais surprit agréablement Gopal, qui fut néanmoins déçu de découvrir que, par ailleurs, son visage n'avait pas changé.

« Je ne peux pas noircir un crâne chauve, dit Ram Bibek. La prochaine fois que vous voudrez avoir l'air jeune, arrosez pour avoir une bonne moisson. »

Ensuite, et toujours au milieu des rires, Gopal souffrit qu'on le rase. « Il faudra vous raser tous les jours, dit Ram Bibek. Sinon vous ressemblerez à un film en noir et blanc – moustache noire, barbe blanche.

— Comme la Fête du Clair de lune, ajoutèrent Banwari et le charpentier.

— Une lune blanche dans un ciel noir !

— Amitabh Bachchan ! »

Gopal en avait assez. Il demanda qu'on essuie les gouttes de teinture sur ses tempes.

« Il n'y a pas d'eau courante à Chandni Chowk », rétorqua Ram Bibek en lui montrant la pompe cassée. De mauvais gré, il autorisa Gopal à s'asperger le visage d'un peu d'eau puisée dans ses baquets.

Sur quoi, Gopal s'esbigna, la gorge marquée d'une entaille que Ram Bibek avait cautérisée avec de l'alun. Visage imberbe, ongles coupés, moustache d'ébène taillée, mèches de cheveux noirs plaquées sur la nuque. Il se dirigea vers Khari Baoli, entra dans Katra Badami, passa à pas de loups devant le box de Sushil Jain, grimpa rapidement l'échelle menant à son kholi, heureux que personne ne l'ait remarqué et que Hameed ne soit pas là pour se moquer de ses cheveux teints. Il se changea, enfila le kurta de soie et le dhoti donnés par Sohan Lalji, quitta Katra Badami, dissimulant son visage en faisant semblant de s'enlever une poussière de l'œil. Il longea une Chandni Chowk rutilante – terrorisé, mal à l'aise dans ses vêtements neufs, les yeux baissés pour éviter de croiser le regard des rickshawalas, esquivant les mâts et les tentes, et les fils électriques qui traînaient autour. Comme Ibrahim se moquerait de lui s'il le voyait vêtu comme un paon !

Par chance, il ne croisa personne de connaissance et se glissa furtivement dans Lajpatrai Market, à la recherche de Jasjit General Store, selon les ordres de Sohan Lalji. Et qui trouva-t-il dans la boutique, assis nonchalamment derrière le comptoir, sinon le sardarji lui-même ? Sa première pensée fut que c'était un piège, qu'on l'expédiait chez le sardarji pour lui faire rendre les quatre lakhs. Mais, au lieu de le menacer, le sardarji le regarda de haut en bas, claqua la langue et éclata de rire. Alors l'esprit de Gopal fut en paix.

« Mettez-vous là », dit Kartar Singh.

Gopal se planta devant un grand miroir et se vit pour la première fois dans ses nouveaux habits. A cause de ses verres rayés, il dut se rapprocher et pencher la tête selon des angles différents – dénicher un ciel clair au milieu des nuages. Il vit le chatoiement de son kurta de soie et le jaune chaleureux de son dhoti, la surface lisse de son crâne et le noir luxuriant de sa moustache, et il fut satisfait. Puis il baissa les yeux – pour se trouver confronté à ses vieilles chappals avachies. Sohan Lalji avait oublié ses pieds !

Le sardarji lui aussi baissa les yeux – émit un grognement désapprobateur. « Je vous aurais volontiers donné des chappals neuves de Kolhapuri, mais je n'en vends plus depuis un an. »

Devant l'air déconfit de Gopal, il se fit rassurant : « Personne ne regardera vos pieds. Et maintenant, partez. Je vous attendrai au Gurudwara Sisganj à huit heures ce soir. Ne soyez pas en retard. »

Ensuite Kartar Singh lui donna dix roupies et le renvoya.

Gopal porte sa montre à ses yeux et estime qu'il doit être sept heures. Il lui faudra une demi-heure pour se rendre au Gurudwara Sisganj à travers cette foule. Son kurta de soie lui tient très chaud. Par chance, il fait frais en cette nuit d'octobre. Ses chappals le blessent à l'avant-pied, lui rappelant, à nouveau, la faille dans son habillement. Pressé contre les étals de nourriture, il regarde des kachauris géants, aussi gros que des ballons de foot – plus gros que sa tête –, dériver sur des océans d'huile. Et tous ces samosas, empilés en pyramide sur la voiturette à sa gauche ! Six roupies l'assiette, crie le vendeur, trois roupies l'unité. A-t-on idée d'un samosa si cher, même fourré de pommes de terre, de petits pois et d'oignons ?

Gopal agrippe le billet de dix roupies dans sa poche. Mais que voit-il ? Un stand de gol gappa ! « La douzaine pour dix roupies », dit le vendeur. C'est une fête de riches. Mais pourquoi tous ces vendeurs ont-ils la tête et les mains couverts de sacs en plastique ?

C'est une nouvelle mode? Des gol gappas si chers, servis par des mains enfermées dans des sacs de plastique! Mais il va manger. Il ne sait pas où se tourner : prendra-t-il un kachauri ou une assiette de samosas? Une glace au falooda, un aloo ticki, du chana bathura, du ragraa chat, du jus de mangue, un chutney de tamarin, du raj kachauri? Il ne peut manger plus d'une assiette, même s'il avait l'argent pour cela. C'est l'âge. Il fut un temps où il aurait tout englouti et continué de se pavaner dans Chandni Chowk. Tout compte fait, il prendra une assiette de samosas.

Dans la cour centrale de l'Hôtel de Ville, appuyé à une colonne blanche, Sohan Lal râle à la vue des chaises vides. Il y a douze rangées de sièges, soit une capacité d'accueil de plus de deux cents personnes. Si l'on y ajoute les places debout, il avait espéré rassembler cinq cents spectateurs pour le ballet du *Ramayana*. Où sont-ils donc? Ne veulent-ils pas assister au spectacle gratuit, payé par le gouvernement? Peut-être parce qu'il s'agit d'un ballet, une danse anglaise à ce qu'il a entendu dire, entièrement interprété sur la pointe des pieds. Des Ramleelas, il en a vu d'innombrables, mais jamais interprétés sur la pointe des pieds. Comment, perché ainsi, Ravan s'y prendra-t-il pour enlever Sita? Et l'armée de singes de Rama, comment fera-t-elle pour construire le pont vers Lanka? C'est une abomination, pourtant les organisateurs l'ont informé qu'un ballet anglais est la seule chose susceptible d'attirer le public. Les Ramleelas, c'est complètement démodé. Il a peut-être eu tort de céder, puisque le voilà dans cette cour abandonné à contempler des chaises vides, et à gratifier de sourires reconnaissants chaque famille qui finit par se laisser convaincre de vouloir bien s'assoir. Sa propre famille n'est pas encore arrivée, bien qu'il ait enjoint à Sushma de tenir les enfants prêts pour six heures. Comment pousser dans l'enclos les hordes qui piétinent dehors? Qui attendent peut-être l'apparition de Pushpa Rani, le clou de la fête. Ce qui est sûr, c'est qu'elles s'attroupent devant les stands de nourriture... Il est pris d'une envie impérieuse de tamarin. Peut-être aurait-il fallu interdire l'ouverture des stands avant la cérémonie d'inauguration. Imaginez l'embarras si le Premier ministre trouve une cour vide en arrivant à l'Hôtel de Ville!

Pourtant, Sohan Lal est satisfait. En sa qualité de député de

Chandni Chowk à l'assemblée législative, l'organisation de la fête lui a incombé en grande partie. Suleman Mian s'étant violemment opposé à l'idée même de célébration, le député de Paharganj suscitant une méfiance généralisée, et Harilal ayant une bien trop haute idée de lui-même pour s'occuper de détails pratiques, il ne restait plus que Sohan Lal pour diriger les travaux de toilettage de Chandni Chowk. La fête en soi, il s'en fiche assez, mais il s'est découvert un talent d'organisateur. Certes, il y a eu les démolitions, mais nombre de ces échoppes étaient illégales. Et de la fermeture de Chandni Chowk pour toute une journée, le temps de la fête, il sortira une activité redoublée.

Il a fait installer des lampes à huile sur toute la longueur de la rue, du Fort Rouge à Fatehpuri Masjid. Débarrassés des échoppes et des marchands à la sauvette, les trottoirs ont pu être réparés, les dalles égalisées, les fissures comblées. On a désinfecté les égouts, rattaché les fils électriques aux réverbères, entouré les transformateurs de clôtures métalliques, peint en vert les boîtes de dérivation. Blanchi à la chaux les voûtes des kuchas, après les avoir débarrassées des affiches et des placards publicitaires. A l'occasion du nettoyage de Kucha Mahajani, les ouvriers municipaux ont soulevé quelques dalles et déterré un coffret en fer. Seth Jhunjhunwala en a revendiqué la propriété en disant qu'il contenait des documents déposés par son arrière-arrière-grand-père du temps de Bahadur Shah Zafar, à l'intention des générations futures. Sohan Lal l'a fait transporter dans sa propre boutique afin de le garder en sécurité jusqu'à ce que l'Archaeological Survey puisse l'examiner. Hier soir, Chotu l'a ouvert. On y a trouvé huit mille roupies, des rognures d'argent portant le logo de Jhunjhunwala, un petit sac plein de poussière d'argent enveloppé dans un journal vieux de douze ans, une douzaine d'éclats d'or provenant apparemment de bagues. « Opération Etoile bleue », titrait le journal en lettres capitales. Dernière édition du 6 juin 1984. « Indira ordonne à l'armée d'investir le Temple d'Or. L'Akaal Takht endommagé. Bhindranwale probablement mort pendant l'assaut. » Suivait une déclaration d'Indira Gandhi, affirmant qu'elle n'avait lancé l'opération qu'en dernier ressort, et une citation d'organisations sikhes condamnant l'assaut. Sohan Lal en gloussa de contentement et cacha le coffret dans l'alcôve de Lakshmi. Il n'a toujours pas décidé ce qu'il va en faire, mais doute de le remettre à l'Archaeological Survey.

Le Premier ministre va arriver avec une suite de cinquante personnes. En rangeant les chaises de façon suffisamment espacée, on peut espérer que ces cinquante constitueront un auditoire respectable. Et si on réussissait à en attirer cinquante autres de l'extérieur... Quoi qu'il en soit, la cérémonie sera grandiose. Le Premier ministre inaugurera la fête en allumant une lampe, puis assistera à la première représentation du ballet du *Ramayana*. D'autres spectacles auront lieu dans différents endroits – bhajans au temple Gaurishankar, un spectacle soufi au Bhai Mati Das Chowk, musique de chambre à l'église baptiste, keertan près de Gurudwara Sisganj... Les animateurs culturels sont indéniablement créatifs quand il s'agit d'inventer des divertissements inutiles. Il y a un programme baptisé « Shahjahanabad », une exposition intitulée « Nous le peuple », pour montrer la trame laïque du pays, une foire du livre à Nai Sarak, un concert de musique mystique à Fatehpuri Masjid, un récital de ghazal évoquant « Le plus grand poète ourdou – Ghalib, enfant de Chandni Chowk », de la danse odissi devant l'Hôtel de Ville, une cour moghole dans l'enceinte de Fatehpuri Masjid, des danseurs de katak dans la rue près de Paratha Gali... Des promenades à dos d'éléphant, de chameaux et de chevaux caparaçonnés pour les enfants. Enfin, bien sûr, les étals de nourriture. Sohan Lal enverrait bien un serviteur lui acheter une assiette de gol gappas. Il a eu tort d'accorder sa soirée libre à Chotu.

Une chose le navre : que Harilal Gupta ait réussi à présenter toute la fête comme son idée, sa vision, sa création. Avec, bien entendu, la référence obligatoire à Lala Surajmal parce qu'on ne refuse pas quelques miettes à un mort – un cadavre ne pose pas pour les photographes. C'est Harilal Gupta qui accompagnera le Premier ministre à la cérémonie d'ouverture, se tiendra à ses côtés quand les journalistes réclameront des déclarations, lui passera la bougie avec laquelle il allumera la lampe, figurera sur les photos de presse. Sohan Lal a quatre ans de plus que Harilal Gupta, il a toujours été membre fidèle du PPI. Harilal n'a fait que suivre le courant, pourtant le voilà ministre. Mais mon tour viendra, se promet Sohan Lal, à condition de savoir dompter mon mal de dos et mon hypertension.

Un horrible couinement résonne dans la cour. Ils testent les micros avant le spectacle. Sohan Lal décide d'aller visiter les bureaux administratifs, transformés pour l'occasion en foyer des artistes. On procède aux ultimes maquillages, mais chacun pressent que le Ramaleela commencera en retard. Sohan Lal écope d'un coup de coude de Hanuman, vieil homme adepte du culturisme, autrefois célèbre lutteur. Sur son déclin, on lui a confié ce rôle à cause de sa stature, et parce que le gonflement bizarre de sa lèvre supérieure lui donne l'air simiesque. « Puis-je me faire prendre en photo avec le Premier ministre ? » demande Hanuman.

Sohan Lal se reproche ses pensées sacrilèges, mais comment ne pas trouver ridicule le spectacle de cet homme vêtu en singe, avec sa longue queue qu'une ficelle attachée à l'épaule maintient en érection ? Par ailleurs, sa requête est détestable car elle obligera Sohan Lal à flatter Harilalji – qui contrôle l'accès au Premier ministre – alors qu'il brigue cet honneur pour lui-même. Avant qu'il ait le temps de répondre, Rama en personne accourt lui faire part d'un problème beaucoup plus urgent : il ne trouve pas son arc et sa flèche. Comment interpréter Rama sans arc à bander ? Sohan Lal pique une colère : doit-il maintenant s'occuper des accessoires d'une troupe de comédiens débiles ?

Un ouragan sonore déferle sur la cour de l'Hôtel de Ville. Le Premier ministre est arrivé ! Il faut que Sohan Lal se précipite vers l'escalier tant que les photographes mitraillent. Il attrape la massue en plastique qui repose sur les épaules de Hanuman et la jette à Rama. « Prenez ça ! Ce sera votre arc pour aujourd'hui ! » Puis il traverse la cour aussi vite que ses genoux le lui permettent – ce qui lui rappelle l'insistance du docteur à lui faire perdre du poids – et émerge sur les marches menant au jardin devant l'Hôtel de Ville. Il y a foule. Laquelle regarde non pas le Premier ministre mais une grande calèche tirée par quatre chevaux blancs. Le cocher se tient immobile sur le siège tandis que s'extrait du véhicule son unique occupant : Harilal Gupta ! Quel culot ! Il se prend pour un prince rajput – saluant la foule, le chef couvert d'un turban rose démesuré, inondant de sa bienveillance ses sujets, venus en force jouir de la fête.

Hanuman a suivi Sohan Lal, et maintenant l'implore de lui procurer une massue. Comment Hanuman peut-il paraître sur scène les mains nues? Sohan Lal maudit silencieusement toute l'armée des singes, puis se rappelle qu'il n'injurie que des humains jouant les dieux. « Adressez-vous à Kartar Singhji au Gurudwara Sisganj, jappe-t-il. Il vous trouvera quelque chose. »

Entre-temps, la calèche est repartie, Harilal Gupta attend, une guirlande dans les mains. Klaxons, sirènes, une bagarre éclate dans la foule, que la police tente d'éparpiller en chargeant à coups de lathis. Quelques-uns vocifèrent des injures, d'autres cèdent, intimidés, un passage s'ouvre près de la grille. Une Mercedes la franchit, avec à bord le gouverneur de Delhi et son invité, le Premier ministre.

Harilal Gupta se précipite, sourire aux lèvres, et s'incline si bas qu'on a l'impression qu'il va s'étaler face contre terre. Sohan Lal admire une telle souplesse malgré un tel embonpoint, lui dont les genoux ne supporteraient pas d'être si maltraités. Il se console en voyant la quantité de badauds, qui ne manqueront pas de suivre le Premier ministre dans la cour de l'Hôtel de Ville. La foule se rue vers la voiture, repoussée par un cordon de policiers qui tâchent d'apercevoir le Premier ministre derrière les vitres teintées. Sohan Lal cherche frénétiquement autour de lui où se procurer une guirlande, se demande où Harilal a trouvé la sienne, se reproche son insouciance. Pourtant il doit accueillir le Premier ministre, même si ce type vient du Sud, ne parle pas hindi, et représente un parti ridicule, méli-mélo de formations hétéroclites. Au fait, d'où vient-il vraiment? Karnataka, Tamil Nadu où Kerala? Faudra-t-il le saluer en anglais? Quel triste jour que celui où un Indien ne peut saluer le Premier ministre de l'Inde en hindi!

En pleine hébétude, Gauhar regarde passer la Mercedes. Titubant, il doit s'appuyer sur Aftab. Il n'a pas l'habitude d'une bholanath si forte. Dans sa tête tournent deux noms, qui étouffent tous les bruits qui l'entourent. Bholanath et Chou En-lai, bholanath et Chou En-lai... Qu'est-ce que cette grosse voiture blanche fabrique au milieu de cette foule? Qui sont ces putains de gens qui le bousculent, se goinfrent de samosas, de jalebis et d'aloo tikki dont le jus leur dégouline sur les joues? Pourquoi ne sont-ils pas assis les uns à côté des autres de façon que Johnny puisse leur faire les poches? Tiens-moi bien, Aftab, mon frère de Binodpur. Ne me lâche pas, sinon ces enculés de seths dans leurs grosses voitures blanches me renverseront et m'écraseront.

Le regard embrumé, Gauhar se laisse tirer par Aftab, qui avance en fendant la foule comme un couteau dans une pastèque. Quelle merveille d'avoir deux mains ! Mais en fait, d'où il sort cet Aftab ? Qui peut jurer qu'il vient de Binodpur ? Qu'est devenue la sacoche qu'il portait, lui Gauhar, à l'épaule gauche ? Où est cette putain de cassette ? Il se rappelle un grand bruit, bang, un marteau a pulvérisé la serrure. Salopard d'Inderlal Jha. La lueur dans ses yeux quand il a découvert l'argent. Ensuite, il se revoit pousser Munna dans le couloir, entend les acclamations : « Gauhar Muhammad *zindabad !* » Ils ont quitté le poste de police, triomphants, victorieux, portant Gauhar sur leurs épaules. Aftab, Johnny, Partho, Munna, Baba, Khoka, Wasif... Où sont-ils maintenant ? Sûrement dans cette foule, occupés à leurs affaires ! Ils se feront tous piquer par Inderlal et il ne pourra plus les faire sortir puisqu'il n'a plus la cassette. Oh, les merveilleux gol gappas ! Presque sphériques, comme une paire de seins dans GB Road. Il va y retourner en emmenant Aftab. Est-ce que les putains travaillent ce soir ? Non, elles sont toutes descendues manger des gol gappas dans Chandni Chowk. Chaque femme ici est probablement une putain, habillée chic pour l'occasion. Et là, qu'est-ce qu'il voit ? Du ras malai ? Des gulabjamun ! Des faloodas ! Il en veut, mais ce bholanath est tellement plus savoureux... Où est Kiran ? Où s'est-elle enfuie quand les machines ont foncé sur elle ? « Qu'est-ce qui est arrivé à ta main ? » lui avait-elle demandé. « C'est à cause d'une fille aussi belle que toi, mais qui mordait beaucoup plus fort... » Le plissement de ses paupières quand elle riait ! Elle doit errer autour de Jama Masjid, à ramasser des chiffons ou à mendier. Ou peut-être à se faire baiser. Allah ! Lui, il avait seize ans quand il s'est fait enculer pour la première fois. C'est un âge convenable, l'âge où une fille ou un garçon sont capables de s'occuper de la bite d'un mec. Mais Kiran n'a sûrement pas plus de onze ou douze ans. Il ne peut pas la laisser se faire enculer ! Doit-il chercher dans cette foule une petite Népalaise à la remorque d'un vieux riche dégueulasse amateur de chair fraîche ? Mais comment reconnaître un visage, embrumé comme il l'est ? Aftab l'entraîne à toute allure, comme s'il y avait le feu. Bordel, où vont-ils ?

« Ralentis, murmure Gauhar, tu me fais mal à la main.

— Il faut qu'on fasse un coup, même deux, sinon les Biharis vont se foutre de nous.

— Il y aura plein de choses à piquer après la fête. »

Aftab rit. « On ne va pas piquer des chiffons ! Mon baba m'a amené ici, direct de Binodpur à travers le Bengale, le Bihar et l'Uttar Pradesh. Pas pour ramasser des chiffons – pour montrer aux Biharis à bien se tenir ! »

Gauhar ne dit pas à Aftab qu'il a ramassé des chiffons pendant des années avant que Mussabir Ustad lui apprenne à se faire enculer. Oublions le passé. Il va laisser Aftab, qui parle le si doux bengali de Binodpur, le conduire sur un coup. Il ne veut pas penser à autre chose. Mussabir est mort, Kiran se fait mettre quelque part, qu'ils s'effacent de sa mémoire. Si seulement les cals de sa main pouvaient guérir...

Il ne retournera jamais dans cette saloperie d'atelier, même si les bulldozers l'ont épargné. Que Dents Jaunes aille se faire foutre ! Cinq roupies, c'est tout ce qu'il lui a donné. Cinq roupies pour aller jusqu'à Ayodhya et voir Mussabir mourir sous ses yeux. Est-ce qu'ils ont trouvé son corps quand ils ont déblayé ? Où ont-ils jeté ses os ? Il paraît qu'à cet endroit ils ont construit un temple pour Rama Lalla. Est-ce que Mussabir est là-dessous, juste sous les pieds de Rama Lalla ?

Gauhar grince des dents. Un jour il reviendra dans le haveli, grimpera l'escalier vermoulu, se plantera sur le tapis rouge de Suleman Mian, baisera sa femme et lui dira qu'il n'est qu'un pyarelal. C'est quoi un pyarelal ? demandera Suleman Mian. Un pyarelal c'est le type qui sous-traite sa femme à d'autres hommes !

Bon, ça c'est pour plus tard, pour le moment il doit manger. Il n'a pas d'argent. Les deux cent soixante roupies qu'il a soutirées à Inderlal ont vite été englouties en bholanath et en Chou En-lai. Et il ne peut rien dissimuler : la bande fouille ses poches chaque nuit, l'argent gagné est mis dans un pot commun. Faire les poches, c'est pas facile. La main qui sort l'argent doit le filer rapidement à une autre, sinon on se fait pincer. Mussabir avait raison : il faut deux mains pour pousser une carriole, deux mains pour conduire un rickshaw, deux mains pour faire éclater une bombe, pour piquer dans les poches, deux mains pour tout sauf pour se faire enculer et ramasser les paris aux combats de pigeons. Très bien, il va s'entraîner à faire ce nouveau boulot d'une main. Dès qu'il sortira des vapes, il s'y mettra. Ces trois ans passés à l'école de Didi et à marteler l'argent l'ont moralement adouci, mais il est encore capable de montrer à ces rustams qui est le patron. Ils sont tous plus jeunes, plus faibles et plus petits que lui.

Pourquoi Aftab l'a-t-il conduit vers la grosse voiture blanche, avec une centaine de policiers autour ? Veut-il passer le reste de sa vie à l'hôtel Tihar à écouter le Père Noronha parler de Jésus-Christ ? N'importe lequel de ces gros lards en kaki peut les repérer. Mais Aftab se tient maintenant à côté de la voiture, où un gros bonhomme s'incline avec une guirlande dans les mains. Un turban rose lui dissimule une partie du visage, et le bas se fond en un immense sourire, révélant de grandes dents. Gauhar voit la main d'Aftab se porter vers la paire d'énormes fesses sur lesquelles le kurta de soie a remonté, exposant le monstrueux pyjama de soie. Les hanches éléphantesques tendent le tissu au point de faire éclater les coutures, si bien que le portefeuille, dans la poche, forme un bas-relief. Aussi attirant qu'une vierge nue attendant de se faire baiser ! Comment Aftab va-t-il réussir à extraire le portefeuille d'une cache si étroite, à vaincre la résistance de la chair, jusqu'à ce que pointe l'extrémité de cuir brun ?

Gauhar secoue Aftab. « N'essaie pas, chuchote-t-il, il y a des dizaines de policiers ! » Aftab lui adresse un sourire méprisant et se retourne pour se concentrer sur la tâche. Le gros homme s'est penché pour ouvrir la portière. Gauhar ne sait pas exactement ce qui se passe. Ou bien le gros bœuf est trop fasciné par ce qu'il voit à travers les vitres, ou bien les mains d'Aftab possèdent un talent magique, en tout cas le portefeuille s'envole, atterrit dans la main gauche d'Aftab, puis dans sa droite, puis dans celle de Gauhar, qui l'enfonce dans son pantalon.

« File, dit Aftab. Retrouve-moi au Gurudwara Sisganj. »

Ramvilas fend la foule, il est en retard, et ne peut s'en prendre qu'à lui-même. Il aurait dû se trouver aux côtés de Harilal Gupta au moment de l'arrivée du Premier ministre. On ne l'a pas invité à la cérémonie de l'Hôtel de Ville, parce qu'il s'est trop ouvertement aligné sur les positions de Sohan Lal. Chacun sait que si Sohan Lal est président du comité, Harilal en est le grand organisateur, celui dont les photos paraîtront dans les journaux demain matin. Donc, pour corriger sa coupable insouciance, Ramvilas doit se rapprocher de Harilalji.

Kurta-pyjama repassé de frais, cheveux brillantinés, moustache fine impeccablement taillée, tenue parfaite. Il fait un écart pour éviter la horde qui se presse devant les stands de nourriture. Des animaux ! N'ont-ils jamais mangé de leur vie ?

Il passe ensuite devant les stands des ONG. Le troisième est celui de FRETS. Il aperçoit Gita, Nasreen et Manju, toutes les trois vêtues d'un sari blanc qui ne découvre pas un centimètre de chair. Il poursuit son chemin, surtout éviter de se faire voir de Gita, cette pute sournoise. Bien lui en a pris de ne pas coucher dans le kotha, surtout la nuit de la descente de police. Y penser le rend fou de rage. Pourquoi ne l'avait-elle pas prévenu ? Et pourquoi cette fourberie d'Inderlal, après tout l'argent qu'il lui donne depuis tant d'années ? Qu'il ait embarqué les filles de Parvati, Ramvilas s'en fiche. Bien fait pour cette pute, qui lui a refilé une bléno. Que les filles aillent contaminer les hommes de Naari Niketan, ou polluer leurs villages du Bangladesh. Parvati ne lui manquera pas, mais Kiran, c'est dommage – une vierge, juste au moment où il en avait besoin. Bof, cette histoire de guérison par une vierge n'est peut-être que de la superstition. Il s'en sortira. Les plaies sont en voie de cicatrisation. Il a réussi à les cacher à sa femme. Il va tâcher de ne pas remettre les pieds au kotha pendant plusieurs semaines, voire des mois. Son appartenance au comité lui vaut d'être surveillé de près. Mais comment Gita ose-t-elle le traiter ainsi ? Elle ne perd rien pour attendre, la salope, il faut seulement qu'il ait réglé les querelles des fils de Surajmal et ouvert sa propre boutique. Il fera alors venir sa femme et ses filles à Delhi, et renverra FRETS à son kotha. Pour le moment, il doit se dépêcher, pour le cas où Harilalji l'enverrait chercher quelque chose à boire ou à manger pour le Premier ministre.

Apercevant Ramvilas, Gita rajuste le badge FRETS sur son sari, inspecte rapidement la mise des filles, se fend d'un sourire chaleureux, mais Ramvilas passe sans s'arrêter. Elle hausse les épaules et se retourne vers Nasreen et Manju. Tenue impeccable –

pas de décolleté, de ventre et de bras découverts. Elles portent ces corsages de vieilles biques qui descendent jusqu'à la taille sous le sari et se boutonnent au ras du cou, avec des manches au ras du poignet. Les cheveux en chignon bien serré, le badge épinglé très au-dessus des seins. Elle n'a payé que trois cents roupies pour le stand – une ristourne parce qu'elle n'entend pas en tirer profit. C'est Ramvilas qui lui a obtenu ce tarif, en intercédant auprès de Harilalji. Elle avait abordé le sujet, le lendemain de la descente de police, lorsqu'il était venu en compagnie d'autres membres du PPI évaluer la situation du kotha 842. Il bouillait de rage, se dominait à peine, ce qui l'avait beaucoup amusée. « Pourquoi ne m'as-tu pas prévenu ! marmonnait-il, planté derrière elle.

— Je n'en savais rien.

— Comment la police a-t-elle découvert la chose ? »

Elle continua de feindre l'ignorance et aborda le sujet du stand. « Je peux t'obtenir un bon tarif », dit-il avec aigreur. Finalement, au moment où la délégation s'en allait, il lui posa la question qu'elle savait l'occuper avant tout. « Où est Kiran ? » Elle avait tourné vers lui un visage taché de larmes. Ce qui devait l'avoir innocentée, car il lui promit de nouveau un rabais pour le stand. Il avait tenu parole.

Les choses se sont bien passées, Kiran doit se trouver maintenant à Naari Niketan. Ils la garderont plusieurs mois, voire des années, puis essaieront de la renvoyer au Népal. D'ici là, elle est en sécurité. Quant à Parvati, la disparition de ses filles la rend hystérique : cinq putes prenant chacune six clients par nuit, et lui donnant huit roupies par client. La police va sûrement interroger les filles. Qui sait dans quels ennuis s'est fourrée Parvati ? Elle a l'air désespéré, l'air d'une pute qui ne sera jamais bai. Gita peut la faire boucler quand ça lui chante, ce qui est peut-être une bonne raison de la garder. Et toutes ces bonnes femmes des autres ONG qui fourrent leur nez partout, elle les a remises à leur place. C'est FRETS qui a dénoncé le scandale des filles mineures et a sauvé six vies. Plus personne ne doute maintenant que FRETS représente les prostituées de GB Road. Même Inderlal n'ose plus réclamer une commission.

Oui, les choses ont bien tourné, mais elle enrage de ce que le stand soit désert. Les hommes passent furtivement devant, suivis de femme et enfants. Les femmes sont plus audacieuses. Elles jettent des regards curieux sur Gita et ses putes. Quelques adolescents s'arrêtent, prennent les prospectus sur le comptoir, s'en désintéressent. Peu importe. Des cameramen ont déjà filmé le stand. Peut-être verra-t-on Gita à la télévision, le reste se réglera de soi-même. « Nous devons attirer les gens, dit-elle à Nasreen, comme font les autres stands. Vas-y, annonce notre programme ! »

Pour se rendre au Gurudwara Sisganj, Gopal se laisse porter par la foule. Une femme crie que son stand est celui de GB Road. Ces femmes-là ont donc le droit d'avoir un stand ? Il y a des brochures sur le comptoir – rouges et bleues – derrière lequel se tiennent en sari blanc... Ganga Maiya ! Ces femmes elles-mêmes ? Est-ce possible ? Il jette un coup d'œil rapide autour de lui pour voir si quelqu'un d'autre que lui a remarqué, mais les gens semblent indifférents. Ils ne savent donc pas ce que font ces femmes ? Qu'on a lâchées au milieu des familles !

Une grande femme, arrêtée devant le comptoir, est en train de lire les brochures. Il la reconnaît sans l'ombre d'un doute : c'est la madame du journal, celle qui venait lui poser des questions. Elle ne doit pas le voir dans ces parages !

En toute hâte Gopal s'engouffre dans la foule et, aveuglé par le scintillement de toutes ces lumières sur ses lunettes, il ne sait plus où se trouve Gurudwara Sisganj.

Plus grande que la plupart des hommes, Chitra a une vue plongeante sur cette marée humaine. La fête est un succès évident, même si on tient compte du fait que les gens se concentrent autour des stands de nourriture et ne s'intéressent ni au Ramaleela dans la cour de l'Hôtel de Ville, ni à la cour du Moghol à Fatehpuri Masjid. Et c'est tout aussi bien. Samosas et gol gappas font autant partie de notre patrimoine que les empereurs moghols et leurs débauches ou Tulsidas avec ses poèmes. Et puis il y a ce stand – FRETS, un nom bien choisi – tenu par la Népalaise, sourire élaboré pour l'occasion – petite femme grassouillette à la poitrine généreuse et à la peau laiteuse, dotée de ce genre de pouvoir que seule peut détenir une putain quand la pudeur ne signifie plus rien et donc est inattaquable. Quel mal les hommes peuvent-ils faire à une femme qu'ils ont possédée de toutes les façons possibles ? Elle est inviolable, invincible, indestructible... Que celle-ci soit une prostituée est évident. Qui d'autre, en Inde, affronterait avec autant d'aplomb cette masse d'hommes grossiers ? « Travailleuses sexuelles », disent les affiches sur le stand. Comme si le travail sexuel était équivalent au travail dans un bureau, ou dans une boutique. Un jour elle écrira un article sur cette organisation, mais ce n'est ni l'endroit ni le moment d'interviewer la Népalaise. Il faudra l'interviewer dans son environnement naturel, sur son lieu de travail – la chaîne de montage de l'usine du sexe. Car, pour l'heure, Harilal Gupta offre des mets plus riches, en sa qualité de futur Premier ministre – un Premier ministre faible, incapable, qui n'occupera peut-être pas le trône plus d'une centaine de lunes, personnage nul dans le déroulement chaotique de l'histoire indienne, un Premier ministre néanmoins. Sachant qu'elle collabore à *India Now*, Suleman voudrait qu'elle parle de lui et de son opposition à la fête. Outre qu'elle doute qu'il s'agisse d'une information, elle n'est pas sûre que l'opposition affichée par Suleman soit la bonne attitude.

Bon, elle va poursuivre son chemin. Evidemment sans manger aucune de ces abominations – monticules d'infection, pépinières de germes, farine et tamarin malaxés par des mains sales et des ongles crasseux, grouillant de vers. Certes, à force d'entendre parler d'hygiène, ils ont consenti en rechignant à utiliser des sacs plastique, mais qui est dupe de ces gadgets ? Non, elle restera sur sa faim et boira de l'eau en bouteille, peut-être ce que le modernisme offre de mieux à l'Inde. Et se rendra à l'Hôtel de Ville, où le Premier ministre vient juste d'arriver, à en juger par les slogans qui encensent sa personne sacrée. Avant, cependant, elle assistera à la cérémonie au Gurudwara Sisganj, où les sikhs vont mettre en scène le martyre de Guru Tegh Bahadur il y a trois cents ans.

Ils ont érigé un podium sur le pavé de marbre devant Gurudwara Sisjang. Des projecteurs inondent la scène et éclaboussent les spectateurs, sikhs enturbannés de bleu et de jaune, avec ceinture de soie, chaussures d'argent et kirpaans dont la gaine scintille sous les lumières. La seule note discordante dans tout ce jaune et ce bleu est l'or du shervani porté par Kartar Singh. La voix rauque, transpirant à profusion, il parle avec passion dans le micro.

« Pour finir, mes frères, l'empereur ordonna que Guru Tegh Bahadur soit décapité dans Chandni Chowk. Une grande foule s'assembla pour assister au sacrifice de ce sage. Guruji prit un bain dans un puits voisin. Assis sur une estrade sous un banyan il écouta Qazi Abul Wahab Borah lire la fatwa. Il pria Jalaluddin le bourreau d'attendre pour frapper qu'il ait fini de réciter le Japji Sahib. La tête sacrée atterrit sur les genoux de Bhai Jita... »

Kartar Singh s'interrompt, bouleversé. « *Vahe guruj kaa khalsa !*

— *Vahe guruji kii fateh !* » psalmodie la foule en retour.

C'est une étape significative de l'Histoire. L'assemblée l'écoute marteler son récit depuis plus de vingt minutes, attendant l'instant cathartique où le guru abandonnera sa vie au tyran Aurangzeb. Kartar Singh sent les gouttes de transpiration sur son front. Il a fini son histoire et doit passer au sujet suivant. Mais qu'est devenu le chaivala ? Il devrait être ici, pour la grande annonce qui doit suivre le sacrifice de Guru Tegh Bahadur. Pendant combien de temps encore le public continuera-t-il à brandir les kirpaans et à pleurer le martyre du guru ?

Il se tourne vers un employé du comité du PPI qui joue avec l'amplificateur du micro et lui demande de chercher le chaivala. « Il s'appelle Gopal Pandey. »

L'homme doute de pouvoir trouver quelqu'un dans une telle foule. L'un des rares non sikhs présents sur la scène, il est à l'évidence mal à l'aise sous les regards scrutateurs du public.

Kartar Singh s'exaspère. « C'est un homme petit et replet, d'une cinquantaine d'années. En kurta et dhoti de soie, qu'il porte avec précaution comme s'ils ne lui appartenaient pas. Chauve. De vieilles chappals. Des lunettes aux verres si rayés qu'il ne vous reconnaîtrait pas, même s'il vous connaissait. Criez son nom, il est un peu sourd. Allez voir du côté de la mangeaille. »

L'homme s'en va. Kartar Singh inspire à fond et reprend son récit. « Le sacrifice de Guruji ne suffit pas à satisfaire l'empereur sanguinaire, mes frères. Il annonça : "Le corps décapité du sage des hindous repose dans Chandni Chowk. Que celui qui le veut le réclame !" Et il fit ranger des gardes autour de lui. Des nuages noirs s'amassèrent au-dessus de Delhi, apportant pluie et tempête. Les gardes se dispersèrent. Lakhi Shah Banjara arriva dans une charrette, il souleva le corps du guru et le cacha sous des bottes de foin. Ensuite il se précipita vers Rakabganj et alluma un incendie, pour que les gardes de l'empereur croient que le village entier brûlait, et pas seulement le corps du guru. Ainsi eut lieu la crémation du guru. Le lendemain matin Lakhi Shah fit mettre les cendres dans deux urnes qu'on enterra à l'endroit où se trouve maintenant Gurudwara Rakabganj Sahib. »

Kartar Singh s'arrête, pour permettre aux auditeurs d'invoquer l'image de Gurudwara Rakabganj, et scrute la foule : aucun signe de Gopal ni de l'homme parti à sa recherche. Vaillamment, il continue. « Bhai Jaita apporta la tête de Guruji à Anandpur Sahib et l'offrit à Guru Gobind Rai, qui avait fait préparer un bûcher de santal. »

Quelqu'un lui touche le coude. Kartar Singh se retourne, irrité. Oser l'interrompre pendant qu'il raconte cette histoire !

« Ils veulent un kirpaan, dit l'homme.

— Qui ça ?

— Hanuman en a besoin. C'est Sohan Lalji qui m'envoie.

— Ah, le Hanuman du Ramaleela. Mais pourquoi un kirpaan ?

— Sa massue lui a été fauchée par Rama, qui a perdu son arc. »

D'un geste rageur, Kartar Singh arrache l'épée qui pend à sa ceinture. « Prenez ça et fichez le camp. » L'homme disparaît.

Parvenue aux abords de la multitude, Chitra admire la palette de jaunes et de bleus sur la scène. Ça ferait une bonne photo de double page. L'orateur, pourtant, ne porte pas les couleurs réglementaires, et il a la voix rauque de fatigue.

L'interruption lui ayant fait perdre le fil de ses idées, Kartar Singh passe à une autre histoire. « Bhai Mati Das était un disciple fervent de Guru Tegh Bahadur. Ils le traînèrent enchaîné jusqu'à Chandni Chowk. Il marchait comme un héros. Une foule nombreuse s'était rassemblée. Le grand qazi d'Aurangzeb s'adressa à lui en ces termes : "Oh courageux jeune homme, accepte l'Islam ! Tu auras richesse et haute fonction, et quand tu mourras le Prophète Muhammad t'accueillera parmi les fidèles."

— Je préfère mourir que d'abandonner ma foi », répliqua Bhai Mati Das.

L'auditoire s'agite, ne comprenant pas la chronologie des faits. L'histoire de Bhai Mati Das se situe avant le martyre du guru, non après la crémation du corps et le dépôt de la tête sur un bûcher de santal. Mais Kartar Singh continue, d'une voix tremblante d'émotion : « As-tu un dernier souhait à formuler ? demanda le qazi. "Mourir en regardant mon guru." Alors ils le placèrent, debout entre deux planches de bois, le visage tourné vers le guru. La scie tronçonnait, le sang jaillissait. Il répétait calmement le Japji Sahib quand sa tête tomba... »

Kartar Singh se rend compte que ses auditeurs l'abandonnent. Un murmure, parti du cœur de la multitude, se répand dans toutes les directions. Ils connaissent l'histoire, ils l'ont entendue raconter d'innombrables fois. Kartar Singh s'arrête, piégé, pris de panique. Sur quoi, comme si le guru avait entendu ses prières, il découvre Gopal, à gauche de la scène, dans son kurta de soie. Son énergie retrouvée, il s'empare de nouveau du micro. « Ici même, mes frères, à l'endroit précis où le guru abandonna son corps, se tient un brave homme qui a défendu un sikh au prix de sa propre vie. Pardonnez mes larmes, mes frères, en mémoire de ma femme Sukhbir Kaur et de ce qu'elle a subi en 1984. Je saigne toujours des coups que j'ai reçus, je boite toujours de la jambe qu'ils ont frappée, mais je ne suis pas ici pour parler de moi ! Je suis ici pour parler des souffrances de Sukhbir Kaur. Elle était chez elle, en train de lire le Sukhmani Sahib, quand ils sont entrés. Qui, me demanderez-vous ? Pourquoi vouloir faire du mal à Sukhbir Kaur qui n'avait jamais fait de mal à personne ? Les meurtriers du Congrès, mes frères, ces chiens assoiffés de sang ! »

Un grondement monte de la foule, des chaises raclent le plancher de la scène. De nombreux membres du Congrès sont assis là. A-t-on idée de réchauffer des cendres refroidies depuis douze ans ! Shri Babulal, le représentant de Naresh Agrawal – lequel se fera un devoir d'escorter Pushpa Rani à son concert –, se tourne vers son voisin et chuchote quelque chose. Kartar Singh, interrompu dans son envolée, prend conscience de l'agitation, note l'insigne du Congrès sur la poitrine de Babulal, le kurta khadi et le calot. Ce n'était peut-être pas l'occasion de placer ce morceau de bravoure.

« Peu importe qui étaient ces gens, reprend-il. C'étaient des meurtriers et ils voulaient son sang. Elle s'est enfermée dans la salle d'eau. Ils se sont rués sur la porte à coups de barres de fer et de marteau. Quelle porte résiste au feu de la haine ? Elle a cédé, mais derrière se tenait un homme courageux, un kirpaan à la main, venu venger le sang du Khalsa ! Ils étaient nombreux, mais un militant du Khalsa – même s'il est hindou – vaut toute une armée ! Il leur apparut comme un fantôme, dominant leurs corps malingres de toute sa hauteur, prêt à pourfendre leurs cœurs infâmes. Les lâches s'enfuirent devant le bras vengeur du Khalsa. C'est ainsi que Sukhbir Kaur, qui avait vu mourir son fils sous ses yeux – son pauvre Jassi ! –, fut sauvée grâce au courage d'un brave homme. *Bele so nihaal ! Sat sri akaal !* »

Kartar Singh savoure son effet. Il espère que le chaivala ne gâchera pas cet instant en trébuchant pour monter sur l'estrade. « Cet homme le voici ! L'homme bon, l'homme simple qui a sauvé la vie de Sukhbir Kaur ! »

Poussé par une douzaine de mains, lentement et en vacillant Gopal grimpe les marches, s'immobilise en bordure de l'estrade. Médusé de dominer ainsi Chandni Chowk. Ganga Maiya ! D'ici, on voit jusqu'à l'Hôtel de Ville. Tous ces gens, au moins vingt lakhs, qui le regardent ! Quarante lakhs d'yeux fixés sur lui. Il n'aurait pas dû mettre un dhoti de soie. Les plis glissent autour de sa taille. Et ses chappals – visibles par tous ! Il ne discerne pas les visages, mais il sait que dans ce brouillard où baigne le monde alentour, les gens rient.

Kartar Singh voit le chaivala trébucher, en équilibre précaire au bord de l'estrade, accourt à son aide en boitillant de plus belle. Quelle image pitoyable il doit offrir, à traîner ainsi sa jambe gauche. Il essaie tant qu'il peut de plier le genou, de façon à poser correctement le pied gauche devant le droit, mais le genou refuse de céder. Et cette douleur subite dans la rotule, douleur récurrente qui le prend aux moments les plus inopportuns. Mais, bon, voici le chaivala. Il passe le bras autour de Gopal et l'entraîne au centre de l'estrade, tout en se servant de lui comme support, si bien que les spectateurs discernent mal qui conduit qui. Arrivés devant le micro, il installe Gopal face à l'auditoire, regrettant, tout en fixant la nuque du chaivala, que le personnage ne s'accorde pas mieux à la situation – avec moins de mollesse et un peu plus de confiance en soi – bref qu'il soit capable d'assumer le rôle de protecteur. Mais les temps changent. Même Joginder Singh, tout lutteur qu'il était, en est réduit à jouer le rôle de Hanuman. Pourquoi le héros de 1984 ne serait-il pas devenu en 1996 un modeste et corpulent chaivala ?

Gopal est figé sur place, aveuglé par les lumières, assourdi par le bruit. Il y avait autant de monde quand Mukesh s'est transformé en boule de feu... Là-bas, en bordure du cercle où s'amenuisent les ceintures bleues et jaunes, la silhouette d'un homme, grand et maigre, lui paraît familière. Quand la foule hurle, il lève les bras et vocifère. La main gauche tient ce qui ressemble à un portefeuille de cuir, la droite... n'existe pas. Ganga Maiya ! C'est le fantôme de Gauhar, revenu après quatre ans. Ibrahim Mian n'avait-il pas dit que le garçon était mort, tué au moment des troubles à Ayodhya, peut-être en essayant de défendre la masjid? Pourtant il est là, brandissant son moignon, et, croit discerner Gopal, le visage imberbe. Mais peu importe : son fils lui est rendu. Quelle merveilleuse fête !

Il se penche vers le micro, s'il pouvait appeler Gauhar... Mais Kartar Singh lui arrache le micro et se met à parler.

« Vous ne connaissez pas l'étendue du sacrifice de Gopal Pandey, mes frères ! Non content d'avoir sauvé la vie de Sukhbir Kaur, il a depuis travaillé sans relâche à promouvoir l'harmonie intercommunautaire entre hindous et musulmans, sikhs et chrétiens. Quand il a appris qu'allait se dérouler la Fête du Clair de lune, il a décidé de sacrifier son stand dans Kucha Bansilal afin qu'on puisse élargir le kucha et peindre les compteurs électriques en vert. Il a perdu son gagne-pain, mes frères, mais il estime qu'aucun sacrifice n'est trop grand pour le bien de Chandni Chowk. »

Des applaudissements maigrelets saluent ce discours. Après le martyre de Guru Tegh Bahadur et de Bhai Matis Das, le quasi-lynchage de Sukhbir Kaur, le démantèlement d'un stand de thé paraît bien fade. Comprenant qu'il est en train de perdre irrémédiablement l'attention du public, Kartar Singh attaque de front : « De nombreux "leaders", qui affirment représenter la population de Chandni Chowk, pleurent maintenant la disparition des constructions illégales, la démolition de bâtiments dangereux. Qui sont ces leaders? A-t-on rasé leurs maisons? Fermé leurs magasins? Je leur demande de me répondre, parce que Gopal Pandey, lui, a perdu son stand, et qu'il vient ici soutenir cette grande fête, en mémoire de Lala Surajmal, sous la direction de Harilalji Gupta! »

En lisière de la foule, Ibrahim grince des dents. « Traître! marmonne-t-il. Tu es un traître, Gopal Bhai! »

Il se rendait à l'Hôtel de Ville pour rejoindre Suleman Mian, mais il s'est arrêté en voyant Gopal juché sur l'estrade devant Gurudwara Sisganj. Il en tremble de rage. Regardez-moi la prétendue modestie de ce chaivala sur son estrade, on croirait une jeune mariée! Une putain dans ses plus beaux atours, prête à s'offrir à qui paiera! Et qu'est-ce qu'il a fait à sa moustache? Pourquoi est-elle toute noire? Est-ce qu'il court après les jeunes, à son âge? Alors qu'il devrait être devant l'Hôtel de Ville à crier des slogans contre les seths, les banias et les voyous du PPI qui ont démoli son stand. Est-ce que les sardars l'ont payé pour se comporter ainsi?

Ainsi finit notre fraternité et notre amitié, enrage Ibrahim. Suleman Mian a raison – seul le sang qui coule dans les veines d'un musulman est fiable. Un kafir n'est qu'un kafir, avec un cœur de kafir!

Chitra a une boule dans la gorge. C'est cet homme qui avait fait la grève de la faim à Rajghat pour protéger Babri Masjid! Elle l'a oublié depuis, perdant son temps à écrire des articles spécieux et sentencieux sur l'effilochage du « tissu laïc » de l'Inde! A commenter des sujets « nobles » avec toute la vanité des journalistes! Egalisation des castes, violence hindoue-musulmane, commission Mandal, Babri Masjid, effondrement de l'alliance sociale forgée par Nehru, les tourmentes du Parti du Congrès, les nouveaux champions des castes répertoriées, les nouveaux dirigeants musulmans, la montée du PPI, l'éloignement progressif des brahmanes et des sous-castes de la protection du Congrès, la « fracture politique », la réparation de la « psyché sikhe »... Tant de phrases que la présence sur une estrade d'un seul homme – même sans envergure – suffit à rendre creuses. Dommage qu'il ne soit pas à la hauteur de sa tâche. Et que pense-t-il de tout cela? Disposant d'un micro et scruté par dix mille paires d'yeux, il va sûrement dire quelque chose? Mais qu'il le dise vite, parce qu'elle doit aller couvrir le discours du Premier ministre à l'Hôtel de Ville. Elle veut faire preuve de loyauté envers le chaivala, mais jusqu'à un certain point, et seulement si elle peut en tirer une histoire.

« Il regarde dans notre direction! » s'exclame Gauhar.

Aftab hausse les épaules. Gauhar se retourne et fixe d'un œil embrumé la scène où se tient le bonhomme chauve, la tête penchée d'une façon bizarre, comme s'il essayait de voir à travers un étroit tunnel. C'est Gopal Bhai, sans le moindre doute, même si Gopal Bhai ne portait pas une moustache si noire. Le sardar l'a plusieurs fois appelé Gopal Pandey. Combien de Gopal Pandey peut-il y avoir dans Chandni Chowk?

« Tu ne m'avais pas dit que tu connaissais des hommes politiques, lui reproche Aftab.

— C'en est pas un.

— Alors comment tu le connais? »

Gauhar réfléchit. Ibrahim Mian l'a averti de ne plus jamais adresser la parole à Gopal Bhai. Personne ne sait ce dont Suleman Mian est capable. Mais il a l'air si abandonné sur cette estrade. « C'est mon père, dit-il tranquillement.

— Tu es un enculé d'hindou? s'esclaffe Aftab.

— Pas mon baba de Binodpur, imbécile. Mon baba de Chandni Chowk. »

Aftab s'y perd mais refuse de montrer son ignorance – ainsi donc chaque garçon de Chandni Chowk peut avoir un père de Chandni Chowk sans le savoir...

« Occupons-nous du portefeuille, dit-il.

— Je croyais que nous partagerions avec Johnny et Partho. »

Aftab cligne de l'œil. « Nous le ferons après que nous aurons compté ce qu'il contient. »

Gauhar n'aime pas l'idée de doubler les autres, mais il cède. Ils ouvrent le portefeuille, Aftab se fige, jure, renverse le portefeuille, le secoue. Un seul billet de cinquante roupies pointe à l'extérieur.

« Quel enfoiré, dit Aftab. Un si gros éléphant collé à une si grosse voiture avec un si gros sourire, et des poches si vides! »

Aftab empoche les cinquante roupies et jette le portefeuille, piétiné aussitôt. « Filons, dit-il. On a besoin de se faire un autre coup.

— Je veux voir mon père.

— Fous-nous la paix avec ton père ! Tu veux te faire cueillir par la police ?

— Rien à foutre de la police. Je vais aller parler à mon père. »

Il avance d'un pas, mais Aftab le ceinture par-derrière. Gauhar pourrait, d'un bon coup de tête, lui casser le nez, il renonce à la bagarre. « D'accord. Cherchons un autre coup. »

Ils s'éloignent de Gurudwara Sisganj vers une zone où s'agitent guérisseurs et histrions sous les yeux de rares spectateurs. Gauhar pointe du doigt un stand où se tient un homme barbu avec un assortiment de lames et de bols d'eau. « Je connais cet homme. Un jour il m'a volé cinquante roupies.

— Eh ben, on va récupérer ton argent », s'esclaffe Aftab.

Malgré l'obscurité, Muhammad Ghayas reconnaît instantanément Gauhar. « Tu es revenu ! (Le ton est chaleureux.) Où est ton ami tout jaune ?

— Il est mort. »

Ghayas sursaute, marmonne quelque chose sur l'imprévisibilité de la médecine, surtout l'art antique de la guérison. « Moi je pratique la saignée, Allah fait le reste. Qui peut lire dans Son esprit ?

— Je viens me faire arranger ma main. » Il pose son moignon sur le comptoir.

Ghayas semble dubitatif. « Ça sera très long.

— J'ai tout mon temps, affirme Gauhar.

— Qui t'a filé un stand? demande Aftab.

— Harilalji Gupta. (Les yeux s'embuent d'émotion.) C'est un grand dirigeant. Il n'est pas religieux.

— Quand est-ce que tu t'occupes de ma main ?

— Viens me voir la semaine prochaine dans Meena Bazar.

— Donne-moi cinquante roupies. Tu as tué Mussabir Ustad.

— Je lui avais dit de ne pas arrêter le saignement !

— Il ne l'a pas fait, et pourtant il est mort. »

Ghayas observe les deux garçons. Trois mains, des corps efflanqués, mais le sang et la vigueur de la jeunesse. La peur se lit sur son visage. « Je suis un pauvre homme », proteste-t-il.

Gauhar et Aftab échangent un regard. Ils en ont marre – de toute façon on ne peut pas tirer grand-chose d'un citron sec.

« Cherchons un autre gros lard, avec des fesses juteuses », dit Gauhar.

Ils repartent.

« Qui était Mussabir ? demande Aftab.

— Un ustad. Le plus grand ustad qui ait jamais vécu. »

Gopal soupire. Gauhar a disparu. Peut-être n'était-ce pas lui, après tout, juste un autre manchot. Le sardarji parle toujours, l'armée de sikhs bleue et jaune s'énerve. Le sardarji tient une plaque à la main, qu'il se prépare manifestement à lui remettre. Où est-ce que je vais l'accrocher, se demande Gopal, maintenant qu'ils ont démoli mon stand ? Est-ce qu'ils vont me donner aussi de l'argent ? Cinq cents roupies ? Mille ? Cinq mille ? Le sardarji est un homme riche. Rien que ces gros diamants qu'il porte aux doigts ! A quel prix il estime sa sardarni ? Est-ce qu'il paierait plus si je lui parlais de celui qui était dans la salle de bains ? Mais Ibrahim Mian était venu jusque-là pour me protéger ! Ibrahim Mian ou quelqu'un d'autre ?

Le sardarji se tourne vers Gopal, souriant de toutes ses dents. La plaque est en bois foncé, recouverte d'acier luisant. Il la lui donne, puis lui drape un châle autour des épaules. Applaudissements dans l'auditoire. Une plaque de bois et un châle, pense Gopal, mais pas d'argent.

Le sardarji sort une feuille de papier des plis de son shervani et lit : « Offert à Shri Gopal Pandey. Récompense annuelle pour la Promotion de l'Harmonie Communautaire et l'Intégration Nationale. Signé par Shri Harilal Gupta, député de Chandni Chowk à l'assemblée législative, et Shri Sohan Lal Agrawal, député de Matia Mahal à l'assemblée législative. »

Une plaque de bois, un châle et une citation, mais pas d'argent.

Ramvilas court en direction de Fatehpuri Masjid où les gens de la sono font des essais de micro, le concert va commencer. Il tourne dans Khari Baoli, où la police a un installé un poste volant, et maudit le sort. Il était arrivé à l'Hôtel de Ville, hors d'haleine, mais décidé à se faufiler en douce jusqu'au Premier ministre – et sur qui était-il tombé, sinon sur Harilal Gupta, fonçant à travers la pelouse comme une voiture de pompiers, ventre ballottant, ses grosses lèvres tremblant de colère.

« C'est une ville de voleurs ! » tonna Harilalji.

Ramvilas opina gravement, essaya de passer, on lui bloqua le chemin.

« Allez au poste de police de Khari Baoli, ordonna Harilal. Déposez plainte pour vol de portefeuille.

— A-t-on fait les poches du Premier ministre ? plaisanta Ramvilas. C'est bien fait. Il n'a qu'à s'en prendre à ses amis laïques !

— C'est mon portefeuille, postillonna Harilalji.

— Vous avez des soupçons ? »

Harilal jeta un regard autour de lui, puis chuchota, si fort que tout le monde se retourna : « C'est cette compagnie théâtrale. Le *Ramayana* anglais ! Des mendiants ! »

Ramvilas voulut continuer.

« Il contenait cinq mille roupies », lança Harilalji.

Ramvilas doit donc aller déposer plainte – et rapporter une copie de la déposition à Harilalji –, et le temps qu'il revienne, le Premier ministre sera probablement parti.

Le poste de police provisoire est un enclos de bois posé sous un margousier. Ramvilas y pénètre, sans se laisser démonter par les agents qui montent la garde. L'inspecteur, étalé derrière le bureau, le toise, Ramvilas soupire exaspéré en le reconnaissant. « Qui vous a donné l'autorisation d'entrer ? demande Inderlal.

— Je viens déposer plainte pour vol de portefeuille. Il contenait cinq mille roupies. »

Inderlal tord les lèvres – l'épaisse moustache noire semble comme engloutie –, écarquille les yeux d'un air faussement compatissant. « Cinq mille ! On va vous retrouver ça vite fait.

— Ce n'est pas mon argent, c'est celui d'Harilal Gupta. »

Inderlal se redresse et ouvre son registre en ronchonnant, inscrit la plainte, en donne un double à Ramvilas, en l'assurant de sa diligence. Ramvilas parti, il se renfonce dans son fauteuil, pose les pieds sur la table, réfléchit à la signification de ce qui vient de se passer. Le laquais va sûrement faire son rapport au maître, en l'épiçant au besoin. « Négligence de la police », dira-t-il à Harilalji. Il prétendra peut-être même s'être fait tabasser. Harilalji cherche un responsable pour la démolition de Meena Bazar, et il a déjà cité le nom d'Inderlal aux enquêteurs. Mais ne lui tiendra-t-on pas compte du raid mené contre le kotha 842 ? En outre, une vingtaine de ses hommes au moins peuvent témoigner qu'il n'a rien fait à Meena Bazar. Il ira rendre visite à Harilalji la semaine prochaine et lui offrira ses services. Personne ne reste insensible à une offre sincère de servilité. D'ici là, il faut qu'il trouve le voleur. Tel est son lot : courir après des portefeuilles au lieu de monter la garde devant l'Hôtel de Ville, et, avec un peu de chance, d'attirer le regard du Premier ministre.

Inderlal se lève, appelle ses deux agents, leur explique les circonstances du vol, telles qu'il les connaît. Ils sortent tous les trois du poste et prennent la direction de l'Hôtel de Ville. Au moment de bifurquer dans Chandni Chowk, ils entendent un bruit et dans la demi-obscurité voient un homme détaler, lungi lui battant les mollets, et disparaître dans une ruelle.

« Attrapez-le ! » ordonne Inderlal.

Les agents semblent désorientés. « N'allons-nous pas à l'Hôtel de Ville pour attraper le voleur de portefeuille ?

— C'est lui le voleur ! » rugit Inderlal exaspéré.

Les policiers foncent dans la ruelle. Appuyé à un poteau, Inderlal attend qu'ils ramènent le fuyard – son instinct, aiguisé par quinze ans de service, lui dit que c'est lui le coupable. Il faut que ce soit lui ! Pourquoi un type filerait-il ainsi s'il n'a rien volé ?

Sohan Lal bout d'impatience tandis qu'une femme de l'Archaeological Survey of India s'apprête à faire sa communication. Le Ramaleela s'est terminé par le meurtre de Ravan. Rama, dressé sur la pointe des pieds, lève sa massue et l'abat de toutes ses forces sur Ravan, oubliant qu'elle est en plastique. Elle éclate en deux et, plop, les morceaux atterrissent aux pieds à l'équerre du danseur Ravan. Lequel tremble comme s'il venait d'être frappé par du bronze, s'effondre et, au son de la musique de ballet, meurt avec grâce. Les spectateurs ont applaudi poliment, bien que se demandant pourquoi Rama utilisait une massue plutôt qu'un arc. La plupart ont penché pour une innovation du chorégraphe. Respectueux, ils ont accepté avec la même bienveillance une Sita exécutant des pirouettes et un Hanuman portant un kirpaan avec une lame de vingt centimètres de long. Après quoi ils ont encore applaudi l'annonce par Ravan, toujours sur la pointe des pieds, que l'Archaeological Survey allait donner une conférence.

Sohan Lal observe ses petits-enfants. Bunty dort, serré contre lui. Chimpu suce son pouce en silence et balance les jambes en un rythme lent. Vicky pleurniche doucement sur les genoux de Sushma. Ils sont épuisés. Sohan Lal se reproche de les avoir amenés. « Ils vont rencontrer le Premier ministre », a-t-il dit à Rukmini, tout heureux d'avoir pu réserver quatre sièges dans la cour centrale. Rukmini n'est pas venue à cause de son tremblement, l'état de faiblesse diagnostiqué ressemble de plus en plus à un Parkinson. Ramesh avait prévenu qu'il se rendrait à Kucha Bansilal. « Mais tout le marché est fermé, avait protesté Sohan Lal.

— Divali approche, il faut que je fasse l'inventaire avant la fête », avait répliqué Ramesh.

Sohan Lal n'avait pas apprécié. Ramesh ne se rendait-il pas compte que c'était un privilège de rencontrer le Premier ministre ? « Très bien, dans ces conditions, j'emmènerai les enfants et Sushma. » Seulement, voilà, les enfants à l'évidence n'apprécient pas non plus le privilège. Bunty, l'aîné, qui a trois ans, s'est endormi tout de suite. Ce qui empêche Chimpu d'en faire autant ce sont les confettis, lancés sur le public par Rama et Lakshman durant la dernière séquence du ballet. Quant au pauvre Vicky, ses six mois l'empêchent de rester éveillé où que ce soit. Sushma espère néanmoins être présentée au Premier ministre, assis trois rangs devant. Sohan Lal se sent son obligé car c'est elle qui conduit Rukmini chez le médecin. Non pas qu'il refuse de le faire, mais il n'est pas convenable, pour un homme de son âge, de batifoler avec sa femme comme s'ils étaient un jeune couple.

Sur un écran blanc installé au fond de la scène vont défiler des images envoyées par un projecteur, illustrant le texte de la conférence. La femme de l'Archaeological Survey le prête à commencer. Elle et ses consœurs, songe Sohan Lal apitoyé, n'ont pas la chance d'avoir un père qui s'occupe de les marier, alors elles passent leur vie à creuser sous des vieux immeubles, à étudier dans de gros livres et à s'émerveiller devant des ruines musulmanes et anglaises. Pourquoi projeter maintenant ce gribouillis genre patte de mouche ? Ah oui, c'est de l'ourdou. Et pourquoi de l'ourdou ? Sommes-nous au Pakistan ? En Arabie ? Des Indiens ne peuvent-ils projeter des textes en hindi ?

Du coin de l'œil il voit Harilal s'approcher du micro, alors même que la femme n'a pas fini d'étaler ses notes. Ce n'était pas prévu ! Mais Harilal n'en a cure, il se lance dans un discours, approuvé par le Premier ministre, si l'on en juge à son hochement de tête. « Chandni Chowk est l'âme de l'Inde, déclare Harilal. C'est le foyer des hindous et des musulmans, des sikhs et des chrétiens. C'est un symbole d'harmonie religieuse. »

Sohan Lal ferme les yeux. Si seulement il pouvait fermer ses oreilles aux applaudissements, sans être obligé d'y porter les mains.

« Il y a un mois, j'ai fait le tour de Matia Mahal. Je voulais voir les souffrances infligées aux gens harcelés par la police. J'ai déjà lancé une enquête sur le sujet. Dans une ruelle, un vieil homme s'est jeté sur moi avec un couteau. Il voulait me tuer parce que le préfet de police avait détruit son dispensaire. Est-ce que pour autant je l'ai remis aux mains des forces de l'ordre ? Non, je lui ai demandé de présenter ses talents uniques de guérisseur à l'occasion de notre fête ! Muhammad Ghayas a un stand près de Gurudwara Sisganj. Et ce sont les gens comme lui qui ont fait de cette fête un succès. »

Sohan Lal grimace. Matia Mahal, c'est sa circonscription. Qu'est-ce que sous-entend Harilal ?

Un tonnerre d'applaudissements salue la fin du discours. La femme s'empare du micro, s'éclaircit la voix et commence : « L'Hôtel de Ville a été construit au XVIIIe siècle, sur l'emplacement d'une partie des jardins dessinés pour la Bégum Jahanara. Le bâtiment a d'abord abrité l'Institut Lawrence des Affaires culturelles et de l'Education. Il est devenu ensuite le quartier général de la Municipalité, accueillant le Club européen et la bibliothèque. Après le départ des Britanniques, on a remplacé la statue de la reine Victoria à l'extérieur par celle de Swami Shraddhanand... »

Les auditeurs, déjà peu nombreux, s'en vont. Sohan Lal sait où ils vont. Ils rejoignent la foule qui remplit un pavillon géant construit pour le récital de Pushpa Rani. Soudain Ramvilas arrive hors d'haleine et s'assoit à côté de lui. Sohan Lal recule, quel culot chez cet homme ! D'ailleurs la façon dont on a attribué les sièges l'enrage. Les trois premiers rangs sont occupés par le Premier ministre et ses assistants, les assistants de ses assistants, et ainsi de suite jusqu'au plus bas niveau. Lui, Sohan Lal, a droit au quatrième rang, alors que Harilal Gupta n'est qu'à trois chaises de distance du Premier ministre. Avec quelle habileté il a su profiter du Conseil du Patrimoine ! Pendant la réception qui a eu lieu cet après-midi devant le Fort Rouge, le Premier ministre a honoré les commerçants possédant des magasins appartenant au patrimoine, et qui tous sont membres du Conseil. Jugal Kishor – marchant comme si le poids du monde reposait sur ses épaules – est venu recevoir sa médaille, vêtu d'un sharvani digne d'un mariage. Un sharvani par une telle chaleur ! Il a dit quelques mots – il était question de ses ancêtres qui avaient nourri de halva les éléphants, de son arrière-grand-père qui avait fourni le halva de l'empereur moghol, de son père qui avait servi du halva à Nehru. Il n'a pas précisé, bien entendu, que Mangat Ram Nawal Kishor n'existe plus. Ses fils se battent comme des chiffonniers, son dos arqué fait peine à voir, mais il était là, en shervani, et avec son sourire édenté, à recevoir sa médaille des mains du Premier ministre. Vimal, en revanche, ne portait qu'un kurta-pyjama fripé pour recevoir la sienne au nom de Lala Surajmal, et en qualité de propriétaire de Bhagwan Das et Fils. Pourtant Ramvilas ne l'a pas quitté, l'accompagnant auprès du PM, lui indiquant où se mettre, comment tendre la main et présenter la médaille aux caméras. Vimal est un automate, un robot, une machine dirigée par Ramvilas. Et quand les appareils photo ont cliqueté, Ramvilas a réussi à positionner sa main de sorte qu'ils semblaient tous les deux tenir la médaille. Ce Conseil du Patrimoine et la fête qui va avec sont une abomination. Autant que ce Ramvilas, assis à sa droite en mâchonnant insolemment du paan. Lala Surajmal savait le tenir en respect, mais depuis sa mort, et compte tenu de la mésentente qui règne entre les quatre fils, le commis est devenu fou. Vimal aurait bien besoin des conseils expérimentés d'un aîné.

Sohan Lal se reproche d'avoir négligé ses devoirs envers la famille. S'il avait pris les garçons sous son aile, rien de tout ceci ne serait arrivé. Il aurait reçu la médaille pour Bhagwan Das et Fils, et Ramvilas serait assis trois rangs derrière lui.

La femme de l'Archaeological Survey a fini son topo, deux autres conférenciers vont lui succéder, ce qui enrage Sohan Lal. Il a toujours considéré Muhammad Salauddin Qureshi comme un opportuniste, et trouve insupportable le mépris qu'on peut lire en permanence sur le visage fin du Cachemiri Noor Muhammad. Il se tourne vers Ramvilas – toujours mâchonnant son paan – pour exprimer son mécontentement. « Ces deux-là ne sont pas membres de l'Archaeological Survey.

— Mais ils sont associés à la Fête. Harilalji a jugé opportun de donner la parole à deux musulmans, en raison de la présence du Premier ministre et des journalistes. »

Sohan Lal ne peut que soupirer.

Qureshi s'empare du micro et, de sa voix aiguë et discordante, présente brièvement Noor Muhammad, grand spécialiste de l'architecture moghole à qui, dit-il, il laisse la parole.

« Imaginez un instant, commence le spécialiste d'un ton prétentieux et didactique, Chandni Chowk tel que l'a connu Shah Jahan. A une extrémité s'élèvent le grand fort, la glorieuse mosquée et s'étend le Meena Bazar où se fournit la Bégum Jahanara. A l'autre extrémité, la mosquée construite à la demande de la Bégum Fatehpuri. Toute la rue est bordée de manguiers, de banyans et de jamuns, l'air embaume l'essence de rose, des palanquins transportent des princesses au regard furtif derrière les rideaux, des officiers galopent sur leurs chevaux à la blancheur de lait et à la queue teinte en écarlate, des rajas chevauchent des éléphants magnifiques aux yeux cerclés de pierres précieuses et à la trompe ornée de bracelets d'argent, qui avancent au milieu des chars à bœufs et de la multitude – artisans, acrobates, marchands ambulants, magiciens, danseurs, poètes, musiciens, soldats –, le long du majestueux canal d'Ali Mardan qui coule au milieu de la rue, du Fort Rouge à Fatehpuri Masjid, quarante mètres de large, et le reflet brillant de la pleine lune sur ses eaux fraîches... »

Aux côtés de Noor Muhammad, Qureshi gémit sur son sort. Quatre ans de présence au comité du PPI l'ont habitué à donner une opinion sur n'importe quoi, sachant qu'il doit plaire aux musulmans autant qu'aux membres du comité. « Vous serez un pont entre le PPI et la communauté musulmane », lui avait dit Lala

Surajmal il y a quatre ans. Il a plutôt l'impression d'être un tampon qui prend des coups de chaque côté. Il a souvent proclamé, dans des réunions de musulmans triés sur le volet, que la seule façon de civiliser le PPI est de s'y inscrire. Après quatre ans d'ascension du parti et de stagnation de sa propre personne, il n'en est plus si sûr. Peut-être réussirait-il mieux à Lucknow, parmi les siens... Le col de son achkan le serre comme toujours, et il a le sentiment d'avoir raté sa présentation. Il devrait s'entraîner à parler d'une voix plus grave. Heureusement, l'obscurité le dissimule en partie. Un martyr ne doit pas s'exposer en pleine lumière. Un homme chargé d'une tâche aussi difficile que la sienne doit travailler dans l'ombre jusqu'à ce que son heure arrive. Quand arrivera-t-elle?

Noor Muhammad, emporté par le torrent de son discours, a le regard perdu dans le lointain comme s'il pouvait y voir le Chandni Chowk qu'il décrit.

« C'était l'Orient que les orientalistes imaginaient! Le grand centre commercial où affluaient les marchands venus de Chine, d'Arabie et de Perse pour acheter et vendre pierres précieuses, parfums et fabuleux brocarts. Il y avait des havelis, des échoppes, des cafés, des boudoirs... Des lutteurs sur des rings, des guépards en cage vendus par des colporteurs, des léopards encapuchonnés tenus en laisse, des chats persans et des lévriers à foison! »

Et les seths qui ont ouvert des commerces dans Chandni Chowk, pourquoi n'en parle-t-il pas? songe Sohan Lal. Comme si les vendeurs de guépards avaient créé le grand Empire moghol! L'important, cependant, n'est pas là. L'important est une question d'honneur : lui, Sohan Lal, n'a pas reçu de médaille officielle pendant la fête. Il est député, il s'est dépensé sans compter pour faire nettoyer et embellir Chandni Chowk... mais son magasin n'a que trente ans d'existence. Son arrière-grand-père n'a rien vendu à un empereur moghol. Personne n'a de considération pour un marchand de tissus. Les Moghols ne s'habillaient donc pas? Est-il absolument impossible qu'un de ses ancêtres, quittant Nawalgarh, soit venu à Delhi se présenter au Divan-i-Am, et que ses tissus de soie aient ébloui Shah Jahan? Est-il juste qu'il ne reçoive aucune allocation pour la rénovation de Jamna Lal Kishori Mal, alors que les « boutiques du patrimoine » vont toutes en recevoir?

Soudain une autre idée traverse son cerveau fatigué. Furieux, il interpelle Ramvilas : « J'ai vu un stand de GB Road ! Qui a donné l'autorisation à cette... dame ? »

Ramvilas se penche, crache son jus de paan sur une plaque d'herbe, prend son air le plus innocent. « Vous aviez la liste, sethji.

— Mais c'est une fête culturelle.

— Elle a payé pour avoir ce stand. »

Sohan Lal ferme les yeux. La cour est plongée dans le noir, il va pouvoir faire un petit somme jusqu'à ce que le Premier ministre se lève pour partir.

Le regard vitreux, Noor Muhammad semble perdu dans de lointains ailleurs. Il est conscient de la délicatesse de sa voix, qu'il compare à celle d'un thé bien infusé.

« Chandni Chowk a été témoin de grands moments historiques. C'est là que Dara Shikoh a été conduit enchaîné sur un éléphant sale, avant que son frère Aurangzeb le fasse exécuter. Là qu'on a allumé des feux avec les biens des Britanniques durant la lutte pour l'indépendance... » La voix lui manque, occupé qu'il est en réalité à pleurer sur son sort : il n'aime pas ce travail au ministère des Chemins de Fer que lui a procuré Qureshi. Il n'a guère eu le temps de poursuivre ses études en architecture moghole, mais que peut faire un Cachemiri maintenant qu'ils ont détruit le Cachemire ? Bon, reprenons. « Avec l'arrivée des Anglais, les phaétons des officiers britanniques tirés par des coursiers arabes ont remplacé les éléphants des rajas. Le canal d'Ali Mardan tombé en désuétude ne refléta plus dans ses eaux saumâtres que la rouille qui corrodait l'Empire moghol. Plus que toute autre chose à Delhi, le canal symbolisa le déclin de la pensée indienne – sale et grouillant d'insectes. »

Une courte interruption pour jouir de son effet, puis retour au canal dont il parle comme on le ferait d'un membre de sa famille.

« Le canal d'Ali Mardan reprit connaissance puis fut comblé par les Anglais. A présent, il repose enterré sous Chandni Chowk, recouvert de ciment, foulé par des milliers de pieds, de rickshaws aux klaxons irrévérencieux, de scooters qui polluent l'air au-dessus de lui. Le canal n'est plus. La lune ne brille plus dans Chandni Chowk, même pendant la Fête du Clair de Lune... »

Sa voix n'est plus qu'un murmure, et il savoure son succès : le public, captivé, garde le silence. Un regard sur le premier rang transforme son triomphe en échec amer : les yeux rivés sur le sol, le Premier ministre semble plongé dans une profonde méditation...

Une cavalcade sur sa gauche tire Sohan Lal de son sommeil. Il se retourne à temps pour voir Sushma filer avec Vicky, qu'elle porte à bout de bras, et dont les jambes écartées laissent voir les cuisses potelées souillées de déjections. Sohan Lal est furieux. Pourquoi Sushma n'achète-t-elle pas ces nouvelles couches qui permettent aux enfants de faire leurs besoins et évitent les fuites nauséabondes ?

Une clameur, venue de l'extérieur, envahit la cour centrale de l'Hôtel de Ville. L'espace d'un instant, Sohan Lal imagine qu'il est arrivé quelque chose à Sushma, puis la raison le convainc qu'elle a sûrement essayé de trouver des toilettes à l'intérieur. Ce qu'on entend, c'est le peuple qui manifeste son contentement. Pour le spectacle de la cour du moghol ? Pour la musique qawwali ? Non, tout ce vacarme provient des stands de nourriture... Et lui qui n'a même pas bu une goutte d'eau ! Peut-être pourrait-il laisser Bunty et Chimpu à la garde de Ramvilas et s'éclipser quelques minutes pendant que ce raseur de Cachemiri termine sa conférence ? Ramvilas lui jette un regard d'une ironie indécente quand il passe devant lui. Eh bien, il se fiche comme d'une guigne de ce que pense ce type, il va aller manger une pleine assiette de samosas. Pas besoin de faire la queue. Tous les propriétaires de stand le connaissent. C'est lui qui a signé leur permis.

Il sort de la cour. Son premier coup d'œil sur la rue lui révèle que les acclamations s'adressent en réalité à Pushpa Rani. On a ouvert le pavillon il y a une heure. Il doit y avoir quatre sièges réservés à son intention aux tout premiers rangs, dont l'attribution, à l'issue d'intenses chicaneries, l'a haussé dans l'estime de Sushma. Entendre chanter Pushpa Rani – dont il connaît le répertoire par cœur – en direct et à trois mètres à peine de lui !

Il doit prendre une rapide décision. Ou retourner attendre que Sushma ait fini de changer Vicky et effectuer une sortie en groupe, avec enfants pleurnicheurs, visible de tous. Ramvilas ricanera, Harilalji froncera les sourcils, Jugal Kishor leur jettera un regard dédaigneux, le Premier ministre lui-même, qui sait, manifestera sa désapprobation. Ou se diriger vers le pavillon, emprunter l'entrée réservée aux VIP et gagner sa place. Sushma, supposant qu'il est retenu par quelque problème, n'osera pas entrer seule et retournera à Kucha Bansilal. Bunty est en âge de marcher, Vicky se sera rendormi, Chimpu s'accrochera à la main de son frère, ils iront en toute sécurité retrouver leur père.

Il hésite, déchiré, soupire, secoue la tête. Non, il les emmènera tous écouter Pushpa Rani. Mais il doit d'abord mettre un terme à la prestation grotesque du Cachemiri. Il traverse la cour d'un pas martial, passe devant Ramvilas, Harilal, le gouverneur, le Premier ministre, et se plante devant Noor Muhammad, qui s'interrompt au milieu d'une phrase.

« Suffit ! aboie-t-il. Nous sommes en retard. » Puis, pour rendre sa décision irrévocable, il s'adresse à l'auditoire. « J'ai maintenant l'honneur d'inviter le Premier ministre de l'Inde à nous dire quelques mots. »

Applaudissements respectueux, suivis d'un silence attentif. Sohan Lal retient son souffle, surpris par sa propre audace. Peut-être n'aurait-il pas dû faire son annonce en hindi ?

Deux projecteurs installés sur les ordres de Sohan Lal au sommet des colonnes de l'Hôtel de Ville enferment le Premier ministre dans un cercle lumineux, de façon que les photographes puissent le mitrailler facilement, et que Harilal Gupta, assis à trois chaises de lui, soit plongé dans une relative obscurité. Et, tandis que la clameur augmente à l'extérieur, saluant l'arrivée de Pushpa Rani, la lumière révèle le Premier ministre profondément endormi.

Sur une cinquantaine de mètres, de part et d'autre de l'Hôtel de Ville, Chandni Chowk est interdite de circulation. Le gigantesque pavillon, érigé dans cet espace et pouvant contenir dix mille personnes, est plein. La masse des refoulés s'étire jusqu'au Fort Rouge. Il y a beaucoup plus de monde pour écouter Pushpa Rani chanter qu'il n'y en a jamais eu pour entendre parler le Premier ministre le 15 août, du haut du Fort Rouge. Des haut-parleurs placés sur les réverbères diffusent la voix de la chanteuse jusqu'au temple jain.

Aucun bâtiment construit par Shah Jahan ou l'Empire britannique n'est assez grand pour accueillir Pushpa Rani, la voix de toutes les héroïnes du cinéma indien. Il n'existe pas un enfant qui n'ait chantonné ses airs, pas un homme ou une femme qui n'écoutera en extase son chant planer sur Chandni Chowk. Des guirlandes formant les mots « Fête du Clair de Lune » décorent la scène, contre laquelle se pressent ceux qui se sont faufilés pendant que les traînards essuyaient les dernières traces de coriandre sur leur menton. Ils empiètent sur les sièges réservés aux VIP, aucun policier ne prend le risque de les raisonner.

Pushpa Rani a fait son apparition il y a quelques minutes, dans un palanquin drapé de rideaux de velours et couvert de paillettes qui brillent comme un millier de soleils, sur les épaules de quatre porteurs en dhoti safran et ceinture rouge. Au sommet du palanquin en forme de flèche de temple flottait le drapeau indien. Pendant qu'on la montait sur l'estrade, Pushpa Rani a écarté les rideaux et salué ses sujets, recevant l'hommage de dix mille gosiers.

Maintenant elle est seule sur scène, derrière un arc de micros, petite femme vêtue d'un modeste sari de soie, l'air vulnérable et néanmoins inaccessible. Dans ses cheveux tressés courent des œillets d'Inde, un collier de diamants scintille à son cou. Après soixante ans de prestations, la voix mélodieuse a conservé la fraîcheur de celle d'une adolescente. Sur la vaste scène nue, avec juste quelques musiciens au fond, elle semble perdue.

Un profond silence tombe sur l'auditoire. Peu nombreux sont ceux à avoir connu d'autres divas que Pushpa Rani, reine de la romance depuis trois générations, ils doutent qu'une musique de film puisse exister sans elle.

Un homme traverse la scène pour s'approcher de Pushpa : Naresh Agrawal, l'indéboulonnable député de Chandni Chowk au Parlement national. Elu pour la première fois il y a seize ans, réélu quatre fois de suite avec presque toujours la même majorité, attirant à lui les musulmans et les banias, avec une seule exception en 1984, après la mort d'Indira Gandhi, où il a recueilli plus de voix que l'ensemble des autres candidats. L'âge l'a usé, mais il sait toujours aussi bien percevoir les nuances de l'opinion publique. Cette fête, il la désapprouve – n'est-elle pas l'invention du PPI ? –, et a décidé de ne pas perdre son temps avec le Premier ministre à l'Hôtel de Ville. Il serait imprudent pour un député du Congrès de se montrer trop souvent aux côtés d'un chef de gouvernement affaibli, dépendant du soutien du Congrès. Qui sait combien de temps il tiendra ? C'est pourquoi, Naresh Agrawal a décidé de rendre hommage à la Reine des Cœurs, à l'Impératrice du Cinéma.

A côté de la minuscule Pushpa Rani, le petit Nareshji semble grand. Un technicien accourt remonter le micro – réglé pour la chanteuse – afin que Nareshji n'ait pas à se courber.

« Frères et sœurs, siffle-t-il dans le micro, je ne ferai pas de discours, parce qu'aucune voix ne peut s'élever en présence du rossignol de l'Inde ! »

Le rossignol joint les mains pour saluer son peuple, Naresh Agrawal s'évanouit dans l'obscurité. Il a déjà été photographié à côté d'elle. Des millions de gens verront la photo demain.

« Un festival de riches ! maugrée Ibrahim au milieu de la foule. Je me fiche de Pushpa Rani. Est-elle musulmane ? Le vrai rossignol de l'Inde, c'est Noor Jahan, que les banias hindous ont expédiée au Pakistan. Une fête pour les banias, les seths et les Anglais. Sinon pourquoi les colporteurs de gol gappa ressembleraient-ils à des docteurs autour d'une table d'opération, avec des sacs en plastique sur la tête et les mains ? Ça c'est bon pour ceux qui servent de la nourriture sans saveur dans des hôtels chers pour les estomacs malades, pour les Anglais qui devraient retourner dans leurs maisons de Chanakyapuri. Dire que Gopal Bhai était sur cette scène et recevait une médaille d'un sardarji ! Qu'il a vraiment remercié le sardarji d'avoir démoli son stand ! »

Des centaines d'activistes au service de Suleman sont répartis dans la foule, furieux qu'on les ait éloignés de l'Hôtel de Ville où ils étaient venus manifester contre la fête. Ils ont essayé d'arrêter la Mercedes du Premier ministre, de bloquer la principale entrée de l'Hôtel de Ville, mais les forces de l'ordre ont encerclé la zone ; les policiers réussissaient, bizarrement, à distinguer les gens ordinaires des protestataires. Ces mesures sévères ont perturbé les plans de Suleman. Les protestations n'ont été que sporadiques et mal coordonnées, ensuite les activistes, furieux, se sont engouffrés dans le pavillon, pressés d'aller écouter Pushpa Rani. Ibrahim en conçoit une grande amertume. C'est ça le problème avec les musulmans, se dit-il. Si un hindou chante un qawwali ou invoque le nom d'Allah, les musulmans se changent aussitôt en admirateurs. Si un garçon hindou tombe amoureux d'une fille musulmane – ce qui arrive dans tous les films ! –, ils prennent ça pour un signe de fraternité et d'affection. Ne leur vient-il pas à l'esprit que ce n'est jamais une fille hindoue qui tombe amoureuse d'un musulman ? Les fabricants de film savent ce qu'ils disent aux musulmans – nos hommes baisent vos femmes. Et si, par erreur, l'homme est musulman, il doit se faire hindou avant de baiser une femme hindoue. Pour quelle autre raison Yusuf Khan est-il devenu Dilip Kumar ? Leur Pushpa Rani n'est même pas une hindoue convenable. Elle ne s'est jamais mariée, n'a pas eu d'enfants. Que sait-on de sa moralité ? Pourtant, ils sont là nos musulmans, coincés entre des banias, des commis et des rickshawalas, qui attendent le souffle coupé qu'elle ouvre la bouche. Qu'est-ce que les toutous efféminés de Suleman Mian vont faire ? Remuer la queue quand la femme va se mettre à susurrer ? Oui, et ils se balanceront en rythme comme les enfants dans une classe de musique. Disparue leur colère d'avoir été chassés de l'Hôtel de Ville comme des chiens, d'avoir reçu des coups de pied dans les couilles ? Il faut qu'ils fassent quelque chose. Leurs poches pendent sous le poids des pierres qu'ils ont apportées !

Le sari de Pushpa Rani glisse de son épaule, elle s'en recouvre la tête. Pudeur sauvée, elle fait un pas en avant, s'apprête à parler. La foule hurle les premiers vers de la chanson qu'elle veut entendre, celle qui est sur toutes les lèvres. Elle parle d'une voix douce, enfantine. « Vous m'avez donné tant d'amour. L'Inde entière est ma maison. Vous m'aimez à Madras, vous m'aimez à Bombay. Vous m'aimez à Calcutta, et vous m'aimez à Dilli... »

Ovation délirante. Oui, oui ! Nous vous aimons ! Nous vous aimons à Dilli plus qu'ils ne peuvent vous aimer à Madras ! Chantez pour nous, ouvrez la bouche, que coulent ces paroles de miel... Suleman se tient près de la scène, anonyme au milieu du public. En sa qualité de député à l'assemblée législative, il a droit à un siège au premier rang, près de Harilal Gupta, de Sohan Lal et de leur famille. Il remarque que leurs sièges sont occupés par d'autres, tandis qu'ils sont probablement en train de faire de la lèche au

Premier ministre. Bien entendu, pour sa part, il n'occupera pas le sien, puisqu'il s'est opposé à cette fête, et qu'il ne veut pas être vu quand l'inévitable se produira. Cette foule est une poudrière attendant l'étincelle qui la fera exploser. Il sait que ses hommes bouillonnent de rage, au signal ils bondiront...

« Un artiste se doit à ses admirateurs, déclare Pushpa Rani, malheureusement ma gorge n'est plus ce qu'elle était du temps de ma jeunesse. »

L'auditoire grogne d'impatience. Un organisateur en kurta-pyjama immaculé saute sur la scène, bouleversé par la proximité divine de Pushpa Rani, lui prend le micro, redresse le badge qu'il porte à la poitrine et dit : « Vous savez sûrement que Pushpa Rani doit donner un concert à l'Indraprastha Stadium demain soir. Il faut qu'elle repose sa voix. »

Pushpa Rani confirme d'un sourire. Le public semble réticent. « Il y a un stand à l'extérieur où vous pouvez acheter des billets pour le concert, annonce l'organisateur. On m'assure que les sièges du fond ne coûtent que trente-cinq roupies. »

Silence médusé de la foule. Percevant l'incrédulité de ses sujets, Pushpa Rani se laisse fléchir : « Je chanterai quelques vers, parce que je ne peux bafouer votre amour. »

Soupir de soulagement des sujets. Elle s'éclaircit la gorge, et les sons à la douceur sublime emplissent le pavillon, se répercutent à travers une centaine de haut-parleurs sur tout Chandni Chowk, trouvent le chemin de millions de radios, de télévisions et de cœurs.

Comment décrire l'amour dont tu ne me combles pas ?
Comment parler de tendresse quand ton cœur ne s'ouvre pas ?
Comment pleurer notre séparation puisque nous n'avons jamais été unis ?
Comment me plaindre de ta cruauté alors même que je la désire ?

Elle s'arrête. De la foule qui oscille s'élève un gémissement. Les fidèles comprennent, peu à peu, que Pushpa n'a réellement pas l'intention de continuer à chanter. Le silence tombe, un long silence de mauvais augure. Puis une voix, une seule, s'élève : « Pushpa Rani h*aay haay !* »

Des têtes choquées se tournent pour voir d'où provient

l'injure. Qui ose parler ainsi de la divine ? Mais une autre voix, d'un autre emplacement, répète l'imprécation. Une pierre vole, comme un missile, par-dessus les crânes, et atterrit sur la scène, loin de Pushpa Rani, tout près des musiciens. Ah ! halète la foule. Mais une nouvelle injure fuse, une deuxième pierre, une troisième, une averse de pierres tombe sur la scène, pluie de mousson d'un jour de chaleur. L'orchestre s'abrite derrière ses instruments.

Nous nous réveillons ! soupire Ibrahim. Nous allons anéantir les banias ! Il vide ses poches de leurs pierres qui, pour la plupart, atterrissent sur la tête des spectateurs, qui les relancent vers la scène ou sur le mitrailleur derrière eux. Assis tranquillement sous l'estrade, à l'abri des projectiles, Suleman savoure son bonheur. C'est ce qu'il essayait de leur dire depuis des heures – cette fête, c'est la nôtre, construite sur notre dos, avec notre argent, grâce à la destruction de nos moyens d'existence. Brusquement la colère le prend. La prudence lui conseille de rester où il est, mais il n'entend plus rien... Il jaillit, saute sur une chaise, escalade l'estrade.

Les gardes de Naresh Agrawal escortent hâtivement Pushpa Rani loin de la mêlée.

A l'intérieur de l'Hôtel de Ville, le Premier ministre continue son discours. Un membre du Groupe spécial de protection tire Sohan Lal à l'écart, lui apprend que des violences ont éclaté dans le pavillon. Il fait signe à Harilal Gupta, qui fait signe au gouverneur, qui alerte l'assistant du Premier ministre, qui s'approche de son maître et lui chuchote quelque chose à l'oreille. Le PM s'arrête en plein milieu d'une phrase, heureux d'être interrompu. Le gouverneur et le Groupe spécial de protection l'entraînent vers la Mercedes.

Un peloton de policiers se dirige vers le pavillon. A l'intérieur, les pierres continuent de pleuvoir. Projecteurs éteints, la scène est plongée dans le noir. Un fantôme, Suleman, tient le micro, ignorant les projectiles, hurlant si fort qu'il fait grésiller l'amplificateur. Sa voix rebondit jusqu'au Fort Rouge. « Rendez-nous nos boutiques ! Rendez leurs stands aux tailleurs, chaivalas, paanvalas, naharivalas ! Arrêtez cette fête de banias et de seths et rendez l'argent que vous nous avez pris ! Nous ne vous laisserons pas nous réduire à la famine, nous incendierons votre fête, nous brûlerons Dilli, nous brûlerons tout l'Hindoustan... »

1998

Arbres, bungalows, affiches, kiosques, panneaux publicitaires, trottoirs, asphalte, passages cloutés... On pourrait se croire dans une ville occidentale, se dit Chitra en s'appuyant au dossier de cuir et en fermant les yeux. Elle en sait trop, a passé trop de temps à soulever les couvercles pour se laisser duper par l'apparente civilité de Hauz Khas et les grands échangeurs routiers de Delhi Sud. De toute façon, la voiture vient d'entrer dans Green Park, lieu de transition entre ceux qui sont et ceux qui veulent être. Surpeuplé, turbulent Green Park, plaisanterie cruelle d'un spécialiste de la nomenclature – ni vert, ni parc, juste Green Park –, il n'y a que Delhi pour oser afficher ce nom avec tant de désinvolture. Scooters et tricycles foncent sur la voiture, émergeant de ruelles qu'ils sont seuls à connaître, pour disparaître dans des fissures entre les immeubles. Elle se détourne de ce spectacle odieux, cet amoncellement de commerces – vêtements, réfrigérateurs, téléviseurs, machines à laver, scooters, vélomoteurs, motos – et tous ces gens que cette horrible matinée grise et froide n'empêche pas de vendre et d'acheter, d'acheter et de vendre... Elle aurait dû dire au chauffeur de prendre Ring Road – un trajet plus long mais qui contourne l'abominable chaudron de New Delhi.

La voiture grimpe sur le pont routier qui enjambe l'aéroport de Safdarjang. Elle baisse la vitre, aspire l'air froid à couper le souffle. Un brouillard dense, en suspension au-dessus de la piste, obscurcit le sol et l'horizon, piégeant les particules de fumée crachées par les voitures et les autobus. Elle sait que, loin au sud-est, à l'aérodrome international, tous les atterrissages ont été retardés. Les avions se poseront quand le soleil percera vers midi, sans que la population de Delhi, qui ne sait pas ce que signifie l'expression soleil matinal, y prête attention. Janvier à Delhi est une nuit permanente, tantôt couleur cendre, tantôt couleur encre.

La voiture redescend et s'enfonce – comme un avion dans un nuage – dans la strate de fumée qui plane au-dessus de la rue. Chitra tousse. Ils s'approchent maintenant du grand carrefour devant le All India Institute of Medical Sciences, où se croisent les routes menant à Delhi. Les arrêts de bus grouillent de villageois venus de toute l'Inde, porteurs de lettres d'introduction auprès de leur député au Parlement, en quête de traitements miraculeux pouvant guérir leur père ou leur mère, leur fils ou leur fille. Plantés sur le campus de l'Institut, ils regardent émerveillés la capitale qui accueille tout un chacun et n'aime personne. La voiture s'immobilise au feu rouge. Les scootéristes posent le pied gauche au sol et arrêtent leur moteur pour économiser l'essence. Les tricycles se faufilent entre les bus et hoquettent impatiemment. La voiture de Chitra se retrouve coincée au milieu des bus jaunes et verts de la Compagnie des Transports de Delhi, tyrans des rues crachant leur fumée de diesel, polluant à tout-va... Par une trouée dans la masse, Chitra voit le gigantesque panneau électrique érigé par Harilal Gupta, ministre des Transports du district de Delhi. « Gardez votre ville verte ! » exhorte l'affiche en lettres bleues, vertes et rouges, qui clignotent pour attirer l'attention de ceux qui souillent cette verdure imaginaire.

Elle a refermé les yeux, mais elle a conscience que de petites mains nettoient frénétiquement le pare-brise. Quelques mots bien sentis du chauffeur devraient les faire disparaître, toutefois, pressentant un danger imminent, Chitra se dépêche de remonter la vitre. Inutile, les mains sont toujours là, tapotant, exigeant qu'on s'occupe d'elles. Ce n'est pas un travail ! voudrait-elle dire à ces enfants. Vendez quelque chose d'utile ! Ou, mieux encore, apprenez à compter, à lire et à écrire... Elle sait qu'ils ne peuvent la voir distinctement à travers la vitre teintée. Ils distinguent une forme, peut-être celle d'une femme derrière des fortifications imprenables, habitant un monde de richesse illimitée au confort incompréhensible. A-t-elle déjà vu ces enfants ? Gauhar, Jolly ou Sheila ? Mais leur visage se cache derrière ces mains importunes – qui frappent à la portière et réclament leur part.

Prise de honte, elle détourne la tête, se remémore le long article paru dans *India Now* et intitulé « Une génération perdue – les enfants des rues de Delhi ». Combien sont-ils ? Quatre lakhs ? Cinq lakhs ? Elle n'a pas revu Shalini depuis la destruction du foyer il y a deux ans, et Shalini n'a pas non plus cherché à prendre contact avec elle. Peut-être défend-elle une autre cause ? Elles vont devoir s'éviter le reste de leur vie, prisonnières d'un sentiment de gêne mutuel. Chitra n'osera pas révéler à Shalini qu'elle s'est retrouvée devant les ruines des Moineaux au cours d'une « tournée » avec Harilal Gupta. Qu'elle n'a pas voulu faire appel à Suleman parce que sa collaboration à *India Now* lui imposait la discrétion dans ses rapports avec les politiciens. Elle a quand même fini par lui demander un rendez-vous, qu'il lui a accordé après les troubles occasionnés par lui et ses hommes pendant la fête. Au cours de l'entretien, il s'est lancé dans une harangue sur « la fête des riches face aux pauvres », affirmant qu'il n'était monté sur scène que pour calmer le public et empêcher une émeute de grande ampleur. « Et Les Moineaux ?

— Quoi, Les Moineaux ? (Il semblait déconcerté.)

— Les enfants...

— Les enfants, c'est comme des grains de riz – une fois éparpillés, il est impossible de les rassembler. »

Ainsi s'était terminé l'entretien.

Les mains qui ont lavé des milliers de pare-brise sont toujours là, insistantes, obstinées. Les lèvres bougent. Chitra entrouvre la vitre. Le visage le plus proche sourit – peau foncée, dents blanches mal plantées : « Bonne année, madame ! » La voix la bouleverse par sa timidité.

Elle remonte la vitre. Aucun de ces enfants ne serait assez naïf pour espérer que l'année qui vient de commencer sera bonne pour lui. Quant à la sienne... Son travail ne lui laisse ni le temps ni le goût de penser à elle-même. Il lui arrive parfois de se demander si une femme de quarante et un ans a le droit de vivre comme elle le fait, mariée à un journal. Elle estime avoir passé l'âge de trouver un compagnon, et ne saura sans doute jamais si elle a manqué une occasion ou évité un fardeau. Certains admirent sa réussite, ont écrit des articles sur son étonnante carrière. Elle ne se prononce pas. Quant au gamin qui lui souhaite une bonne année – il ne veut que ce qui lui est dû en échange de son labeur gratuit.

La ville fait construire un ensemble gigantesque de ponts routiers au carrefour du All India Institute. Quand le système fonctionnera, la circulation s'écoulera avec la fluidité de l'eau dans les canaux. Pour le moment, travaux d'excavation et poses de câbles bloquent tout. Encore cinq bonnes minutes avant que le feu passe au vert. Scooters et tricycles démarrent en trombe, sa voiture fait un bond en avant, laissant les enfants en plan. Elle se console en pensant qu'elle rend plus de services comme journaliste que comme croisée solitaire en faveur des Moineaux. D'un trait de plume, elle peut susciter un millier de programmes semblables ! Qu'était le foyer sinon l'expression de la vanité d'une jeune femme idéaliste ?

La voiture longe les bungalows tranquilles de Lutyens Delhi puis aborde le rond-point près de la porte de l'Inde. Nombre de rues qui mènent à Rajpath sont interdites à la circulation, dans trois jours ce sera le Jour de la République. Précautions prématurées et exagérées mais elle connaît la vénération des hautes sphères pour le mot sécurité. India Gate et ses pelouses baignent dans la même grisaille, le chaos augmente aux approches du ministère des Finances. Le chauffeur klaxonne sans arrêt, même lorsque la voie est libre devant lui. Elle se rappelle ce qu'elle a écrit dans *Time* sur la seule règle de circulation en vigueur à Delhi – bons freins, bon klaxon et bonne chance !

« Vous n'auriez pas dû passer par là, dit-elle au chauffeur. Vous auriez dû suivre Ring Road jusqu'à Daryaganj. »

Ce qui est injuste, car de toute façon il serait tombé dans des embouteillages. Elle sent une odeur de fumée et demande au chauffeur de mettre en marche la climatisation. Il lui jette un regard sarcastique, tourne la manette sur « medium » – encore une bonne histoire pour ses copains : la madame qui veut l'air conditionné en plein mois de janvier ! Chitra frissonne et s'enveloppe dans son châle : mieux vaut geler dans un air propre que fondre dans les vapeurs de diesel.

La presse anglophone s'intéresse à la pollution depuis que les environnementalistes occidentaux se sont mis à mesurer les niveaux de monoxyde de carbone, de monoxyde d'azote et de dioxyde de soufre dans l'air de Delhi. De leurs études il résulte que Delhi est un dépotoir toxique, avec des taux de particules en suspension si élevés que leurs instruments de mesure sont dépassés. *India Now* s'est empressé d'en faire ses gros titres. Les citoyens de Delhi – du moins ceux qui lisent la presse anglophone – ont découvert le concept de pollution de l'air, sans pour autant se résigner à abandonner leurs Maruti et leurs Santro, jouets qu'ils ont attendus cinquante ans. La hache est donc tombée sur les bus et les rickshaws à moteur. On parle beaucoup de gaz naturel compressé comme solution alternative, sans que quiconque sache où se procurer de telles quantités de gaz naturel. En attendant les bus encerclent sa voiture et vomissent de la fumée.

Cela ferait un bon article d'ouverture, pense Chitra. Pourquoi étouffons-nous notre ville ? Pourquoi pénaliser les gens qui prennent le bus pour aller travailler quand on pourrait empêcher les Maruti de rouler ? Mais c'est une histoire que personne ne veut lire, et qu'elle ne veut pas écrire, elle qui jouit du confort de sa Maruti Esteem. Le public qui lit l'anglais veut qu'on lui raconte des histoires de politiciens qui parlent hindi, leurs combines, complots et contre-complots, les accords conclus et les promesses non tenues, l'argent volé, les pots-de-vin reçus... Les lecteurs d'*India Now* se complaisent dans le voyeurisme, tout en qualifiant la politique de métier de voyou. Le journalisme qu'elle pratique – tout comme les gens qui parlent anglais et prétendent vivre dans une société civile – se braque sur « l'homme du peuple » vulgaire, qui se fiche totalement de ce journalisme. Somme toute, elle y trouve un certain confort. Ceux qui la lisent ne comprennent pas ce qu'elle écrit, et ceux qui comprennent ne savent pas lire, ce qui fait qu'elle n'a de comptes à rendre à personne. Elle sait ce que sera sa cover story et en quels termes elle la rédigera – Etat fractionné, politique de castes, pseudo-laïcs et fondamentalistes, Mandal et Masjid, libéralisation et réforme, communautarisme et laïcisme, tissu déchiré de la société... Clichés anglais sur des gens de langue hindie, qui ne les liront pas et s'en contrefichent.

Le feu passe au vert, la Maruti en négocie deux autres, fonce sur un groupe de femmes qui tente de traverser la rue, finit par s'arrêter devant les bureaux d'un blanc étincelant d'*India Now* dans Bahadur Shah Zafar Marg. Depuis sa création il y a vingt-cinq ans, le magazine a connu une ascension fulgurante. A quarante et un ans, Chitra en est le plus jeune rédacteur en chef. Dans la rue se succèdent les bureaux des plus importants journaux indiens de langue anglaise. Le chauffeur jaillit pour lui ouvrir la portière. Chitra entre dans le hall, salue la réceptionniste derrière laquelle les mots « India Now » s'étalent en grandes lettres chromées.

« Bonne année, madame ! »

Chitra marmonne une vague réponse, entre dans l'ascenseur, le liftier lui fait un salut militaire et lance le slogan du jour : « Bonne année, madame ! » Quel emploi absurde et inutile, se dit-elle en regardant le garçon appuyer sur le troisième étage.

Comme les numéros précédents, celui d'aujourd'hui – premier de la nouvelle année – sera centré sur un seul sujet : les élections générales de mars prochain. Quand « Nous le peuple », nous nous sommes dotés de cette constitution, soliloque Chitra, nous n'avons pas imaginé qu'en son nom nous allions procéder tous les quinze mois à des élections absurdes. En deux ans, trois Premiers ministres, d'innombrables ministres, votes de confiance, effondrements de coalitions... Tout un chacun savait que le Front Uni, n'était que cela : un front. Sa désintégration en décembre n'a donc pas été une surprise, et personne ne croit que des élections prochaines sortira un gouvernement crédible. Le PPI semble devenu le principal parti du pays, mais personne, en tout cas pas une seule des personnalités que citera la presse de langue anglaise, ne veut qu'il gagne. C'est ce qu'on appelle une véritable démocratie ! Rendez-nous les jours du patriarcat de Gandhi ! Nous voulons des Indiens diplômés d'Oxford et de Cambridge au Parlement, dissertant sur les principes du socialisme, de l'humanisme moderne, et sur les merveilleux concepts de Panchscheel et du non-alignement, et toujours prêts à s'envoler pour une conférence à Bandung ou à Beijing. Les plaisirs de la démocratie pseudo-représentative ! Qui a invité l'homme du peuple – sanctifié dans les discours, mais bouclé dans ses villes et villages plus laids les uns que les autres – à s'exprimer? Or il s'exprime. En tenant un discours cacophonique dans des langues « régionales » impossibles. Et quand ce personnage – qui ne lit pas le bavardage journalistique, affiche des notions choquantes du bien et du mal, et des projets effrayants pour le pays – lèvera son bâton sur ses concitoyens de la bourgeoisie convenable, que se passera-t-il ? Devront-ils quitter le pays et chercher refuge dans des sociétés qu'ils s'évertuent à imiter depuis des générations ?

Chitra traverse son antichambre, salue sa secrétaire d'un signe de tête. Avoir une secrétaire l'assomme, tout comme elle trouve ridicule de disposer d'une antichambre. L'usage remonte aux Anglais, quand le soleil brillait en permanence sur l'empire et que le traitement de texte n'existait pas, pour qui un personnage important se devait d'avoir une antichambre, et une antichambre abriter une secrétaire. Dans sa fonction de surveillante du carnet de rendez-vous, la sienne est utile, en tant que dictaphone humain elle est d'une incompétence irrémédiable. Chitra est obligée de lui faire taper toutes ses lettres. Si elle tapait ses lettres elle-même, la secrétaire en référerait à son syndicat, auquel appartiennent aussi le liftier, la réceptionniste et toutes les petites mains qui font fonctionner quelque chose dans l'immeuble. C'est ainsi que les lettres – dictées à une lenteur exaspérante – lui reviennent des heures plus tard sous forme d'épreuves bourrées d'erreurs grammaticales et typographiques. Suivent re-tapage et re-épreuves, jusqu'à ce que, on peut le supposer, le cycle s'achève.

Chitra dispose d'un bureau grand mais austère, où les notions de confort et d'éclairage sont tenues pour négligeables. De petites fenêtres donnent sur Bahadur Shah Zafar Marg, filtrant une certaine quantité de lumière qui, depuis l'été dernier et la campagne d'économies d'énergie, se retrouve tamisée par des stores vénitiens noirs. En limitant la lumière et la chaleur, proclamèrent les officiels, on améliorera l'efficacité du climatiseur – avantage en nature accordé au rédacteur en chef – qui bloque une autre fenêtre et remplit la pièce de son bourdonnement. Le mobilier est aussi spartiate et inconfortable, mais elle se sent en sécurité dans cette pièce, protégée par l'épaisseur des murs. Elle continue à faire marcher le climatiseur – en position moyenne, la moins froide – au grand amusement de son équipe qui ne comprend pas son obsession pendant l'hiver rigoureux de Delhi. Elle n'a pas réussi à les convaincre que le climatiseur fonctionne aussi comme un filtre à air.

« Heureuse nouvelle année, madame ! »

Subramanyam se tient sur le seuil, en chemise grise, cravate, pantalon impeccablement repassé, plus un épais cardigan, qui le fait paraître beaucoup plus âgé que sa trentaine finissante.

« Je ne vois pas ce qu'elle a de nouveau, quant à s'imaginer qu'elle sera heureuse... ! »

Subramanyam est déconfit. Chitra savoure sa gêne. Pourquoi un rédacteur en chef adjoint doit-il proférer les mêmes âneries qu'un garçon d'ascenseur ? Elle le rassure d'un petit rire, il vient s'assoir en face d'elle. Après des années de lente ascension parmi les tâcherons, Subramanyam demande encore la permission d'entrer dans un bureau et s'en remet sans rechigner à Saxena, lequel, justement, surgit sans se faire annoncer. Il est plus jeune que Subramanyam, mais plus grand sous tous les aspects, physique et autres. Son goût des costumes trois-pièces en ferait un champion de l'élégance vestimentaire s'il ne les portait constamment froissés.

Les deux hommes viennent discuter de l'article principal qui ouvrira le premier numéro de l'année nouvelle. Théoriquement, Subramanyam penche pour l'Inde du Sud et Saxena pour celle du Nord, tous deux partant du principe que l'information politique ne peut venir que des plaines à vaches du Nord ou du mouvement dravidien au Sud. En réalité, c'est plus compliqué que cela, et il leur arrive souvent de s'entêter sur des sujets qui ne sont pas de leur domaine. Enfin entre Mrs Jain, dont le retard tient, à l'entendre marmonner, à quelque acte commis par son fils. Son châle la couvre de la tête aux pieds comme un poncho – ce qu'il est effectivement, constate Chitra. Agée de quarante-cinq ans, Mrs Jain assure l'équilibre des sexes dans l'équipe, au grand dam de Saxena. Chitra ne l'estime guère, mais le magazine appartient à des hommes d'affaires qui doivent faire mine de s'intéresser aux tendances de l'époque, même s'ils ne les approuvent pas. Soulagée, Chitra constate que ni Mrs Jain ni Saxena ne semblent conscients du bonheur qui plane sur cette année nouvelle. Au lieu de quoi, Saxena jette un regard hostile au climatiseur et ouvre ses dossiers.

« Il est sur medium », dit Chitra.

Sans répondre, Saxena fourrage dans ses dossiers. Subramanyam se frotte gaiement les mains et serre encore un peu plus son cardigan.

« Les derniers rites pour Naresh Agrawal, propose Saxena.

— Mettez ça en dernière page, dit Chitra. La rubrique nécrologique.

— Il a quand même représenté Chandni Chowk pendant dix-huit ans, objecte Saxena. Nous avons sorti deux numéros sans parler de lui. Plus de cinquante mille personnes ont assisté à sa crémation. Députés, ministres, y compris le ministre de l'Intérieur...

— Une notice nécrologique suffira. »

Subramanyam suggère un papier sur la politique des castes dans le Sud, pratiquée sous l'égide de deux partis dravidiens, avec l'indécision permanente du Congrès.

« Et Charulata, qu'est-ce qu'on en fait ? » Saxena brandit une photo de journal.

Sur le cliché, Charulata sourit d'un air méprisant – une femme dans un corps d'homme malgré ses longs cheveux épars, rectiligne dans son salvaar-kameez blanc, une femme qui semble dire en joignant les mains « Saluez-moi ! » plutôt que « Namaste ». Une déesse descendue venger les opprimés ou une scélérate venue les piller, c'est selon, en fonction de vos penchants politiques.

« Nous avons déjà parlé de Charulata et du Ram Bhajan Yadav », note Subramanyam.

Il a raison, se dit Chitra. On a beaucoup commenté la montée des petits partis issus des castes et de leurs dirigeants, coqs démagogues et bagarreurs.

« Un sujet non politique ? » suggère Subramanyam. Il passe une coupure de presse à Chitra, illustrée d'une mauvaise photo noir et blanc. Une femme grassouillette sourit à l'appareil, dans sa main droite une boîte sur laquelle se détache le mot « Nirodh ». « Gita Didi, préservatifs universels ! » dit la légende. La femme a l'air jeune, trente ans peut-être, l'article est consacré à l'organisation FRETS, Formation, Réinsertion et Education des Travailleuses sexuelles.

Chitra rit. L'acronyme lui dit quelque chose, peut-être même a-t-elle déjà rencontré cette Gita Didi, qui se révèle une ex-prostituée dirigeant une ONG dans GB Road. Elle projette d'organiser des cours de « sexe sans risques » pour ses travailleuses, à l'aide de magnétoscopes qu'elle distribuera dans les bordels de GB Road. « Les femmes n'utiliseront-elles pas les magnétoscopes pour se passer des cassettes de films et de chansons ? » demande le journaliste.

« Même les travailleuses du sexe ont besoin de se divertir ! » réplique Gita Didi avec une désarmante innocence.

L'article énumère les sources de financement de FRETS, au nombre desquelles figurent des fonds provenant du défunt Naresh Agrawal et du ministre des Transports Harilal Gupta. Gita Didi parle des défis qu'il lui a fallu relever au moment de la fondation du mouvement, il y a six ans. « Nous avons commencé par récolter cinq roupies de chaque sœur du kotha 842. Au début la bai s'est montrée coopérative, parce que nous lui avons affirmé que l'argent affluerait dans le kotha, mais elle est devenue de plus en plus méfiante. Et quand j'ai fait venir une fois par semaine un docteur du ministère, la bai a mis le holà... » L'histoire continue sur deux pages et se termine sur la distribution de milliers de préservatifs et le sauvetage de dizaines de filles mineures.

Bof, se dit Chitra, ce n'est jamais qu'une de ces innombrables ONG auxquelles elle a consacré tant d'enquêtes, tant d'articles, pour les voir disparaître quand leurs fondateurs s'en sont désintéressés. Chacune se prétend la solution à une situation donnée, grossit jusqu'à marcher sur les pieds d'une autre, après quoi, comme toutes les affaires commerciales, elles se disputent, éclatent, fusionnent, sont rachetées ou acculées à la faillite. Cette Gita Didi... fait-elle le poids, mérite-t-elle un papier d'ouverture dans *India Now* ? Le magazine peut se permettre de prendre son temps, de laisser une histoire mûrir avant de s'en emparer, au risque même de louper le sujet...

« Cette femme n'est qu'une prostituée », dit Mrs Jain, les lèvres pincées. (Ah, s'amuse Chitra, elle a trouvé l'os à ronger qui lui permet d'intervenir dans la discussion.) « Elle veut légaliser la prostitution, comme s'il s'agissait d'une profession normale. »

Chitra sait qu'elle doit clore le sujet avant que chacun y aille de son opinion. Subramanyam ne s'emballera pas, elle peut compter sur lui, mais si Saxena se laisse aller, cela peut déboucher sur une violente discussion. Elle-même n'est pas loin de partager l'opinion de Mrs Jain. N'a-t-elle pas dénoncé les concours de beauté à l'université ? Mais elle ne défend pas son point de vue avec la même passion que Mrs Jain. Elle estime que la nature viciée de la société est le résultat naturel du cours de l'Histoire, non un piège maléfique tendu aux femmes par les hommes. Elle ne laissera pas cependant Mrs Jain deviner cette ambiguïté. Une femme qui noue ses cheveux en un chignon serré, pince les lèvres pour un oui ou un non et porte un poncho ne saurait comprendre le relativisme moral.

« Rangez Gita Didi dans la rubrique "People", dit-elle en riant. Voyez si vous pouvez vous procurer l'original de la photo. Nous ne mettons pas les concours de beauté en couverture, nous n'y mettrons pas non plus la prostitution. »

Tout le monde rit, y compris Mrs Jain. « Ici, c'est la Fleet Street[1] indienne, nous devons faire attention ! » s'esclaffe Subramanyam.

L'allusion irrite Chitra. Subramanyam, coutumier du fait, compare aussi Greater Kailash à Bond Street et Daryaganj à Savile Row, ce qui non seulement est dépassé – qui compare quoi que ce soit à Londres, de nos jours ? – mais ne repose sur aucune expérience personnelle, puisqu'il n'a jamais quitté l'Inde.

Ayant épuisé les joies de sa plaisanterie, il pose une nouvelle coupure de presse sur la table. « Pourquoi pas ce chaivala ? » demande-t-il.

C'est un petit article, provenant à l'évidence d'une page intérieure, section « Rumeurs de la ville », sur le dépôt de candidature aux prochaines élections d'un chaivala de la circonscription de Chandni Chowk. La photo a été prise devant le bureau des inscriptions à l'Hôtel de Ville. Un homme mince en kurta-pyjama blanc, tout sourires, occupe les trois quarts du cliché, un grand sikh remplissant l'espace restant. Coincé entre eux deux, le candidat – petit homme corpulent et chauve à qui des lunettes opaques donnent une expression indéchiffrable. A l'arrière-plan une douzaine d'hommes, le poing levé, en train de crier quelque chose. Malgré la piètre qualité du cliché, Chitra ne peut douter de l'identité du candidat, inutile de lire la légende.

A quand remonte sa dernière rencontre avec Gopal Pandey ? s'interroge-t-elle. Un an, deux ans, une vague remise de médaille pendant la Fête du Clair de lune ? Elle n'a plus guère fait

1. Ancien quartier de la presse à Londres.

d'enquêtes sur le terrain depuis que le tourbillon du succès l'a propulsée derrière un bureau directorial. Elle se rappelle qu'elle n'avait pu en tirer en grand-chose. Peut-être devrait-elle renouer le contact, en espérant qu'il a pris suffisamment d'étoffe pour fournir de la bonne copie. L'article contient une déclaration de Ramvilas Sharma, qui semble être son directeur de campagne. « Gopal Das a décidé d'entrer en politique quand les hommes du PPI ont démoli son stand. » Gopal Das ? Et non pas Gopal Pandey ? « Gopal Das protégera l'homme du peuple des fondamentalistes hindous du PPI ! » poursuit Ramvilas Sharma.

Le nom ne dit rien à Chitra, mais l'homme se révèle un ancien membre du PPI qui affirme avoir quitté le parti parce que les fondamentalistes religieux en ont pris la direction. « Nombreux sont ceux qui soutiennent de tout leur poids Gopal Das, y compris le sardar Kartar Singh, riche négociant de Chandni Chowk, lui aussi ancien membre du PPI. Gopal Das protégera l'homme de la rue des fondamentalistes ! Gopal Das est le candidat des pauvres ! Faites de Gopal Das le député de Chandni Chowk ! »

Suit une déclaration du candidat lui-même. « Mon symbole n'est pas le Coca-Cola ou le Thums Up, parce que c'est ce que boivent les Anglais. Mon symbole est une tasse de thé, parce que n'importe quel pauvre de Chandni Chowk peut s'offrir une tasse de chai par jour. Je suis entré en politique pour protéger l'homme de la rue, pour empêcher qu'on détruise d'autres stands comme le mien... »

Chitra commence à douter qu'il s'agisse de l'homme qu'elle connaît. C'est son visage, mais le nom a changé, et ses déclarations sont un pot-pourri de maximes « séculières » – expressions à la mode, volées à quelqu'un qui les a volées à un autre qui ne sait plus ce qu'elles signifient. Il faut aller voir de près. Pour le moment, ce n'est qu'un détail, croustillant certes, de campagne électorale. « Je ferai moi-même une enquête », dit-elle.

Saxena, à son tour, consulte ses notes. « J'ai ici une requête de Suleman Mian, MLA de Ballimaran. Il veut une interview. »

Chitra secoue la tête. Suleman ennuie tout le monde. La carrière météorique qu'on lui prédisait est tombée à l'eau. Depuis l'incident de la Fête, plus personne dans la presse anglophone ne le prend au sérieux. Il veut une interview sûrement pour annoncer qu'il a l'intention de se présenter aux élections générales comme candidat de Chandni Chowk, où, avec la mort de Naresh Agrawal, tout devient possible. Si Suleman se présente contre le chaivala, il peut espérer réaliser enfin son rêve !

« Nous allons parler de Suleman Mian.

— N'étions-nous pas tombés d'accord sur Charulata ? demande Saxena.

— Bon, à condition d'écrire plus sur elle et moins sur le Dalit Samaj, son parti, ou sur ses chances aux prochaines élections, ou sa capacité à faire valser des voix dans un Parlement sans majorité. Trop d'encre a déjà coulé sur le sujet. Trouvez-moi des choses sur sa famille, son milieu, son éducation... Est-elle mariée ? Divorcée ? »

Je transforme mon journal en torchon, se dit-elle. Elle tourbillonne dans son fauteuil – meuble qui fait partie des avantages du rédacteur en chef –, le regard errant au-delà de l'écran noir mais transparent qui protège sa fenêtre. Elle voit la circulation dans Bahadur Shah Zafar Marg – chaînes de voitures, bus, tricycles et scooters entremêlés, encombrée d'êtres humains qui se ruent frénétiquement les uns sur les autres, baignant dans des vapeurs mortelles, frissonnant sous une couverture grise, qui semble encore plus grise à travers l'écran plastique. Le grondement de la rue se fond dans le bourdonnement du climatiseur, raison supplémentaire de le faire fonctionner. Un jour, elle lancera un journal dans une ville plus petite, loin de Delhi : il n'y a plus de place dans la capitale pour un produit purement indien. Ce sera un magazine en hindi – pas seulement la traduction de textes publiés dans un magazine anglophone, mais un journal pensé en hindi. Son esprit, formé par la plus prestigieuse des universités féminines, aura-t-il la capacité de secouer cette éducation et de penser en hindi ? Et faudra-t-il inverser tous les arguments ? Les bons devenant mauvais et vice versa ? Que faire d'expressions telles que « forces séculières » et « forces fondamentalistes » ? Peut-on les transcrire en hindi ? Les vrais problèmes seront-ils différents ? Quel sort un esprit pensant en hindi fera-t-il à la « fracture politique », qui préoccupe tant la presse anglophone ? Le mouvement libéral et environnementaliste existera-t-il ? Le féminisme survivra-t-il ?

« Allons-y pour Charulata », dit Subramanyam.

Chitra donne son accord, peu lui importe le papier d'ouverture. Ce qui l'intéresse maintenant, c'est d'en découvrir davantage sur ce candidat chaivala, quel que soit son nom.

2

« Que vous soyez hindous ou musulmans, vous êtes pauvres ! L'ami d'un pauvre n'est pas un dirigeant, laïc ou fondamentaliste, mais un autre pauvre... Si vous ne votez pas pour moi, mes frères et mes sœurs, votez pour un autre pauvre ! »

La voix efféminée de Ramvilas se tait brusquement, c'est la fin de la cassette. Le déclic réveille Gopal. Il se dresse sur son séant et soupire, désespéré. Un si long discours, dans un hindi si difficile ! Qui aurait cru que des mots si compliqués, genre sanskrit, puissent exister ? Il n'arrivera jamais à mémoriser toute la cassette en deux jours, le délai dont il dispose, suivant les ordres de Ramvilas Babu, avant de la débiter en public. Devant trois cents personnes ! Où Ramvilas Babu les trouve-t-il ? C'est un homme remarquable aux ressources infinies.

Gopal rembobine la cassette afin de la réécouter, déterminé à ne pas s'endormir cette fois-ci. « Frères et sœurs, commence Ramvilas, je me présente à vous comme l'un de vos... » Gopal est assis dans une position inconfortable, à cheval sur le matelas, les pieds reposant de part et d'autre sur le linoléum. Il n'a pas enlevé ses chappals, ne sachant pas où les laisser, craignant de salir le linoléum de ses pieds sales. Il s'efforce de se concentrer sur ce qu'il entend, conscient que ce rembobinage continuel consomme de l'électricité. Le sardarji n'aimerait pas cela s'il le savait. Ce truc des élections, quel boulot !, et il ne s'y trouverait pas embringué si Ramesh Babu n'avait pas changé l'enseigne.

Il y a trois semaines, Ramesh Babu a fait repeindre le mur en face de Jamna Lal Kishori Mal. Depuis deux ans, depuis la destruction de son stand à lui, Gopal, ce mur appartenait à la Municipalité et affichait une publicité pour la clinique Sachlok, garantissant la guérison de toutes les maladies susceptibles d'empêcher un homme de procréer un fils. Pendant deux ans, le portrait d'un homme viril – biceps proéminents, moustache luxuriante, épaules colossales – a fixé d'un air désapprobateur les mannequins dans la vitrine, aux mains jointes, aux yeux baissés, un doux sourire aux lèvres.

Le peintre convoqué par Ramesh Babu a passé une couche de vert chartreuse sur tout le mur, effaçant l'homme et sa moustache, contournant la boîte de dérivation dont le vert perroquet, appliqué à l'occasion de la Fête du Clair de Lune, jure avec l'entourage. Puis, en l'espace de six heures, il a créé une nouvelle publicité, non pour Jamna Lal Kishori Mal, comme s'y attendait Gopal, mais montrant une jeune fille en robe, une femme en sari et un homme en chemise et pantalon. La robe occupait approximativement l'emplacement où, quand le stand existait, Gopal appuyait sa tête, l'homme celui contre lequel s'accotaient les bancs, et la femme – le buste seulement – se dressait au-dessus de la boîte de dérivation. Le nom de la nouvelle boutique s'étalait de part et d'autre de la boîte de dérivation en grandes lettres blanches soulignées d'ombres noires. Quand Gopal est rentré l'après-midi, après sa tournée de livraisons, le peintre était parti, et Chotu, assis sur un tabouret dans la ruelle, protégeait la peinture des frôlements des passants, la tâtant de temps en temps avec précaution pour vérifier le degré de sécheresse. Quelques traces de doigts se voyaient tout en bas. « Sushma Chic, importateur, exportateur », lui cria Chotu.

Gopal crut que Ramesh Babu avait ouvert une nouvelle boutique, mais il se trompait. Le peintre revint le lendemain avec une enseigne en bois portant les mêmes caractères que ceux peints sur le mur. Lui, Chotu et Gopal grimpèrent à l'échelle pour descendre l'enseigne Jamna Lal Kishori Mal et la remplacer par la nouvelle. Ramesh Babu sortit dans le kucha et observa le changement d'un air visiblement satisfait. D'en face, Sohan Lalji – qui ne vient plus que rarement au magasin – contemplait l'objet lui aussi. Son visage ne laissait rien paraître, mais Gopal se sentit triste pour lui, se rappelant que le seth était un homme bon.

Gopal n'a jamais éprouvé les mêmes sentiments pour Ramesh Babu qui, depuis deux ans qu'il travaille à son service, ne s'est jamais soucié de son âge. Un homme de plus de cinquante ans a du mal à rouler en vélo, pourtant Ramesh Babu lui a imposé des charges de plus en plus lourdes, réduisant le montant de sa commission et exigeant un plus grand nombre de livraisons quotidiennes. Ramesh Babu n'a pas l'art et la manière de son père, qui savait quand offrir du chai à ses clients et quand les ficher dehors. Et maintenant, dans la boutique, un coursier ne dispose plus d'un seul endroit où se reposer. Il n'y a pas de gaddi, pas de coin où s'asseoir par terre et reprendre son souffle, seul le sinistre comptoir en formica, qui occupe toute la longueur, empêchant quiconque de pénétrer à l'exception de Ramesh Babu et des employés. Un client peut s'asseoir sur un tabouret devant le comptoir, mais qui autoriserait Gopal à en faire autant ? Il n'a pas d'autre solution que de repartir livrer d'autres boîtes. Il a souvent envisagé de quitter le kucha, mais qu'est-ce que peut faire un chaivala qui n'a plus de stand ? Il y a bien les quatre lakhs enfouis sous les conserves d'assafœtida… Il ne touchera pas aux serpents. A qui s'en prendront-ils la prochaine fois ? Ses deux fils disparus, ce sera lui la prochaine victime ? D'ailleurs l'argent existe-t-il encore ? Il a peut-être été volé par Hameed, ou pris par Seth Sushil Jain. Et puis, que peut-on acheter aujourd'hui à Chandni Chowk avec quatre lakhs ? Trois mètres carrés où ramper sous le stand d'un paanvala !

Tout en affirmant vouloir partir, Gopal savait qu'il n'en ferait rien. Il mourrait sur son vélo, renversé un jour par une voiture. Les boîtes se répandraient – chemises volant dans les airs, pyjamas dépliés – et il resterait étalé sur la chaussée de Chandni Chowk, les lunettes de travers sur le front. « C'était un brave homme », dirait Sohan Lalji. « Lent au travail », corrigerait Ramesh Babu. Ibrahim Mian essuierait peut-être une larme. Sohan Lalji paierait cinq cents roupies à la Municipalité pour la crémation. Voilà comment il voyait les choses jusqu'à ce que Ramesh Babu change son enseigne. Sushma Chic était très différent de Jamna Lal Kishori Mal : dès le lendemain, Ramesh Babu l'accusa de vol.

« Des clients se sont plaints, lui dit-il. On ne leur livre pas tout ce qu'ils ont commandé. Ou alors, il manque des choses, par exemple les boutons de kurta plaqués or. Je surveille personnellement le chargement de votre vélo, alors où disparaissent ces boutons ? »

Gopal fut atterré. Avait-il laissé un jour le vélo à l'entrée de Paratha Gali où l'on sait que rôdent les voleurs ? Ou bien devant un stand le temps de boire du chai ? Se pouvait-il que, au milieu de toute cette circulation, des garçons aient réussi à piquer des ballots attachés à sa selle ?

« Il n'y a pas de place pour vous chez Sushma », conclut Ramesh Babu.

Gopal en appela à Sohan Lalji, assis devant la boutique à mâcher du paan. Le sethji pouvait sûrement témoigner de son honnêteté, depuis vingt ans qu'il le connaissait ! Il était toutefois bizarre que Sohan Lalji reste à l'extérieur et que Ramesh Babu trône au comptoir, mais avec ce changement d'enseigne, plus rien ne surprenait. Aussi ne fut-il pas étonné quand Sohan Lalji fit semblant de n'avoir rien entendu. Gohal prit son vélo et quitta le kucha.

Mais, à peine s'était-il éloigné que Chotu le rappela. Sohan Lalji avait eu pitié de lui. « Emmène-le chez Sardar Kartar Singh, avait-il dit à Chotu. Dis-lui que Gopal est un honnête homme, sans femme ni enfants, et qu'il mourra de faim s'il ne trouve pas de travail. » Ensuite Sohan Lalji lui passa le bras autour des épaules. « Il ne vous renverra pas. »

Gopal faillit tomber à genoux. Un seth posant le bras sur les épaules d'un homme comme lui ! Tandis qu'il se dirigeait vers Lajpatrai Market en compagnie de Chotu, il résolut de raconter à Sardar Kartar Singh tout ce qu'il savait de cette soirée de 1984 – l'argent, et l'homme qui avait fait irruption dans la salle d'eau pour tuer sa femme. Il ne pouvait jurer que c'était Ibrahim Mian, mais le sardarji pouvait essayer de s'en assurer. Après lui avoir offert une médaille en signe de gratitude, il lui donnerait peut-être un travail.

Il entra dans Jasjit General Store avec Chotu, et se tint les mains jointes devant Kartar Singh, le nom d'Ibrahim au bout de la langue, mais le sardarji ne lui reparla pas de l'homme entré dans sa maison. « Il faudrait que je sois sans cœur pour vous éconduire », dit-il.

Pendant une semaine, réveillé de très bonne heure, Gopal se rendit à Lajpatrai Market, attendant que Kartar Singh arrive et ouvre le magasin. Une fois le rideau de fer levé, il se rendait à Gurudwara Sisganj. Gopal s'asseyait derrière le comptoir et surveillait la ruelle, puisqu'il était le seul employé. Parfois des jeunes gens entraient acheter des ceintures de cuir, ou de grosses femmes des mixers électriques. Elles apportaient des oranges et demandaient une démonstration de la capacité du mixer à produire du jus. Quand les lames sautaient – enrayées par les fibres de la peau du fruit –, elles faisaient baisser le prix. Gopal n'a jamais compris de quel genre d'oranges il s'agissait : le jus sentait la graisse et les fibres étaient aussi dures que de l'acier. Le sardarji semblait ne jamais s'intéresser aux prix. Depuis la mort de sa femme, dit-il à Gopal, il n'avait plus le cœur aux affaires.

Au bout d'une semaine, un homme mince en kurta-pyjama immaculé se présenta. « Je ne suis pas venu acheter un mixer mais travailler pour vous. »

Ayant ainsi dit, Ramvilas Babu parla des élections de mars.

« Je ne connais rien à la politique, protesta Gopal.

— J'ai consulté plein de gens. Ils veulent voter pour un homme comme vous. Un homme honnête, qui a souffert et qui ressent la douleur des autres.

— J'aime travailler au magasin.

— Kartar Singhji va le fermer. Ça ne rapporte rien. Vous vous êtes fait avoir par des femmes qui vous ont trompé et ont abîmé les mixers avec des fils métalliques. Où irez-vous après ?

— Combien je vais gagner avec ce nouveau boulot ?

— Plus que vous ne pourrez l'imaginer ! » avait dit en riant Ramvilas Babu.

Le lendemain, une procession traversa Lajpatrai Market, avec Ramvilas Babu et Kartar Singhji à sa tête, tapant sur des tambours et psalmodiant : « Gopal Das *zindabad !* » Ils lui passèrent des guirlandes autour du cou, l'emmenèrent à l'Hôtel de Ville et le poussèrent dans une pièce. Il se demanda si c'était une ruse pour le mettre en prison à cause des mixers endommagés, mais tout ce qu'il eut à faire fut de s'asseoir à un bureau – entouré d'une centaine de personnes ! – couvert de papiers. Des hommes étaient assis de l'autre côté, qu'il voyait mal à travers ses lunettes. Ramvilas Babu lui saisit la main droite, lui referma les doigts autour d'un stylo, et lui fit griffonner des choses sur les papiers. Les cris de joie que déclencha cette action le stupéfièrent. C'est fou le nombre de gens qui soutiennent un homme honnête, sans qu'il le sache !

Une foule encore plus importante les attendait à la sortie. Chacun voulait se placer à côté de lui. Kartar Singhji et Ramvilas Babu durent lui servir de bouclier pour empêcher les supporters de le piétiner. Et quand les journalistes – au moins trois – se mirent à prendre des photos, il eut l'impression d'être une vedette de cinéma. Amitabh Bachchan lui-même ! Autour de lui, les gens hurlaient des slogans.

« Chandni Chowk *kaa rakhvala*, Chandni Chowk *kaa rakhvala !* »

Au début, il fut dérouté – ces cris semblaient s'adresser à quelqu'un d'autre que lui. Puis il se mit à hurler lui aussi. Le protecteur de Chandni Chowk est le chaivala de Chandni Chowk ! Kartar Singhji et Ramvilas Babu lui dirent qu'il ne fallait pas faire ça, alors il laissa les gens continuer à crier sans lui. A la réflexion, il trouva décevant de se faire appeler le protecteur de Chandni Chowk, alors que Ramvilas Babu lui avait laissé entendre qu'il était le protecteur de tout Delhi. Mieux encore, il se devait de protéger notre Mère Inde ! Il se promit d'aborder le sujet avec Ramvilas Babu dès le lendemain. Pour le moment il y avait quelque chose de beaucoup plus déconcertant : ils l'appelaient Gopal Das. Serviteur ? Serviteur de qui ? Bon, un malentendu qui se dissiperait dans un jour ou deux.

Après la dispersion de ses supporters, Kartar Singhji le ramena dans son magasin. Là, le sardarji fit basculer tout un mur d'étagères, qui révéla une ouverture. Ils regardèrent tous les deux par l'ouverture : « Voilà votre local de campagne », dit le sardarji.

C'est ainsi que Gopal a découvert la pièce sans fenêtre où il se tient maintenant – sol de linoléum recouvert d'un épais matelas, traversins, un coffre-fort Godrej abîmé, une télévision, un magnétoscope, un lecteur de cassettes et un téléphone. La générosité du sardarji l'a bouleversé. Non seulement il ne l'asticotait pas à propos de l'argent – d'ailleurs qu'est-ce qu'un homme riche ferait de quatre lakhs ? – mais il devenait un de ses supporters. A quoi pouvait bien servir un local de campagne ? Gopal n'en avait pas la moindre idée. « Vous ne voulez pas que je serve au comptoir ? a-t-il demandé.

— Non. Vous êtes candidat aux élections, maintenant, bientôt vous serez le député de Chandni Chowk au Parlement. De quoi ça aurait l'air un député vendant du Bournvita dans ma boutique ? »

Gopal a trouvé l'argument tout à fait judicieux.

« Vous devez passer tout votre temps ici dans le local de campagne, ajouta le sardarji. Où se trouve votre kholi?

— Dans l'entrepôt de Seth Sushil Jain, dans Katra Badami.

— Apportez votre couverture afin de dormir ici. Un leader politique ne peut pas dormir dans un kholi.

— Qu'est-ce que je vais faire dans le bureau?

— Avez-vous déjà regardé un match de cricket?

— Je sais seulement qui est Gavaskar, a dit Gopal apeuré.

— Ne vous inquiétez pas. Je vous apprendrai. En attendant de devenir député, vous regarderez les matchs de cricket. »

Gopal demanda au sardarji pourquoi tout le monde l'appelait Gopal Das, Kartar Singhji lui conseilla d'interroger Ramvilas Babu, son directeur de campagne. Ce qu'il a fait le lendemain quand Ramvilas Babu est arrivé avec la cassette où était enregistré le texte du discours, et Ramvilas Babu a dit qu'il étudierait la question.

Les jours suivants, Kartar Singhji lui a appris les règles du cricket et lui a montré comment se servir de la télévision, du magnétoscope et du lecteur de cassettes. Maintenant il enregistre chaque match et note les scores. Ensuite, Kartar Singhji emporte le carnet et le magnétoscope chez lui.

« Que vous soyez hindous ou musulmans, vous êtes pauvres », conclut Ramvilas, dont la voix s'est amplifiée sur la fin. Gopal sursaute et éteint le lecteur de cassettes. Pour la troisième fois, il a écouté le discours, pour la troisième fois son esprit a vagabondé et il ne se rappelle pas une seule phrase. Les mots dégringolent les uns sur les autres, il n'a pas la moindre idée de ce qu'ils signifient. Et maintenant il doit regarder à la télévision le match qui se joue à Calcutta. Kartar Singhji ne serait pas content s'il le manquait.

La caméra de surveillance montre que quelqu'un est entré dans le magasin. Malgré ce que lui a dit le sardarji, Gopal continue de servir les clients, dans l'espoir de se rendre indispensable. Il se lève rapidement, marche sur la pointe des pieds afin que ses chappals ne salissent pas le linoléum, pousse le déclic de l'étagère Bournvita, surgit dans la boutique. Une dame rondouillarde en sari blanc, une Népalaise, attend au comptoir. Elle sursaute en le voyant sortir du mur. « Où est Kartar Singhji? demande-t-elle.

— A Gurudwara Sisganj. » Il s'assoit derrière le comptoir et, mine de rien, l'étudie du coin de l'œil. Elle est petite, très ronde et potelée. A travers le sari, il perçoit les contours des seins, le corsage sans manches laisse voir des bras à la peau douce et un collier qu'on dirait de diamants. D'âge indéterminé, elle pourrait être aussi bien une héroïne de film que la mère de l'héroïne.

Elle le regarde droit dans les yeux, à la manière d'un homme. Gopal vacille, comment une femme peut-elle regarder un homme avec tant d'aplomb ?

« Je veux acheter des magnétoscopes », dit-elle d'une voix de petite fille, à l'accent étrange. Il lui montre tous les appareils alignés sur l'étagère de gauche, mais elle secoue la tête. « Il m'en faut dix du même modèle. »

Devant son air éberlué, elle explique : « C'est pour mes étudiantes. Toutes mes étudiantes dans mes résidences. »

Il ne sait pas ce qu'est une résidence, mais la femme semble connaître Kartar Singhji, et puis il doit se dépêcher. Le match va commencer. Il lui montre tous les modèles, japonais et chinois. Elle veut savoir comment les connecter à la télévision. Gopal promet que le sardarji enverra un technicien si elle achète les magnétoscopes. Elle choisit un modèle coûteux dont il n'a que quatre exemplaires, sort une liasse de billets de cent roupies et veut payer pour les dix, sans marchander. Gopal lui dit de revenir et de régler ça avec Kartar Singhji. Elle pose la liasse sur le comptoir. « Gardez l'argent. Kartar Singhji comptera et me rendra la différence. Je viendrai chercher les six autres.

— Quand est-ce qu'il faut vous envoyer le technicien?

— Kartar Singhji le sait. »

Il appelle un rickshaw. Le rickshawala charge les quatre magnétoscopes, elle grimpe toute seule – une si petite femme –, s'installe sur le siège, elle est partie. Comme un homme, pense de nouveau Gopal. Quel genre de femme peut se permettre d'entrer dans un magasin, d'acheter et de payer dix magnétoscopes, de les emporter dans un rickshaw jusqu'à sa résidence?

Aussitôt après le départ de la cliente, il fait tourner l'étagère Bournvita, fonce dans la pièce, insère une cassette dans le magnétoscope, baisse le volume du son, s'installe pour regarder. Le match reprend. L'Inde est à la batte, courant après un record faramineux de trois cent quatorze établi par le Bangladesh. C'est la troisième et dernière finale, le gagnant recevra la Coupe de la Liberté. Regarder des matchs de cricket, c'est vraiment un boulot facile, et il aime beaucoup jouer avec les touches et les boutons de la télévision. Ce truc des élections est plutôt irritant, mais ça sera fini dans deux mois. Ensuite il passera le reste de sa vie à regarder le cricket et à vendre des magnétoscopes.

Un regard accidentel à la caméra de surveillance lui révèle la présence d'un nouveau client dans la boutique. L'homme, vêtu d'une saharienne, tapote impatiemment sur le comptoir. Gopal accourt, décidé à expédier la vente en deux temps trois mouvements.

Le client est grand et costaud, avec des bras poilus, bronzés, redoutablement musclés. Un Jat de l'Haryana, en déduit Gopal.

« Kartar Singhji ? s'enquiert l'homme.

— Sardarji est à Gurudwara Sisganj.

— Ah ! Je reviendrai. »

L'homme s'éclipse, sur ses talons arrive Kartar Singh, l'air inquiet, boitant affreusement d'avoir trop marché.

« Une dame népalaise est venue, elle vous connaissait, dit Gopal. Elle a acheté dix magnétoscopes. » Il lui tend la liasse de coupures de cent roupies. Une si grosse vente, pourtant le sardarji semble indifférent. Evidemment il est riche – toutes ces bagues qu'il porte aux doigts !

« Qui était l'homme ? » chuchote Kartar Singh.

Gopal hausse les épaules, en signe d'ignorance.

« Qu'a-t-il dit ?

— Il a demandé après vous. Il a dit qu'il reviendrait. »

Kartar Singh remarque l'étagère déplacée, par l'ouverture on voit clairement la pièce du fond. « Vous devez toujours remettre l'étagère en place », grogne-t-il.

Gopal encaisse, l'air coupable.

« Je regarderai ce match moi-même », gronde Kartar Singh.

Gopal est désemparé, malheureux. Est-ce que le sardarji le renvoie dans son kholi ? Est-ce que cette histoire d'élections est déjà terminée ?

« Revenez dans trois heures », dit Kartar Singh.

Soulagé, Gopal se dépêche de sortir avant que le sardarji ait changé d'avis.

Kartar Singh s'installe devant sa télévision. Il devine que les matchs se jouent uniquement entre gens de couleur. Une finale gagnée par l'Inde, la deuxième par le Bangladesh. La troisième semble devoir aller au Bangladesh.

Le téléphone sonne, Kartar Singh a l'air affolé, finalement il décroche en soupirant. Il sait qui l'appelle.

« Cinq lakhs sur l'Inde », dit la voix.

C'est un ordre, pas une suggestion. Kartar Singh n'a jamais rencontré ce correspondant. Il vit à Bombay ou à Londres, en Afrique du Sud ou à Dubaï. Il est officiellement l'associé de Kartar Singh, dont il investit l'argent dans des matchs au scénario connu de lui. En réalité, l'homme – ou le boss qu'il représente – escroque Kartar Singh, à qui il fait supporter toutes les pertes, et qui n'a pas le courage de mettre fin à cette situation. D'autant que le boss sait parfaitement combien d'argent Kartar Singh a gagné du temps qu'ils pariaient dans la même meute. Maintenant, il lui accorde quelques miettes, mais n'importe qui conviendrait qu'investir de telles sommes dans des matchs hasardeux n'a pas de sens. Quant au costaud qui a demandé après lui, il ne fait pas de doute que c'est un enquêteur du fisc, s'intéressant justement au genre d'appels téléphoniques que Kartar Singh vient de recevoir.

Il s'est fait avoir, et il le sait. L'Inde a besoin de marquer trois cent quinze points pour gagner. Personne n'a jamais réussi à remonter un tel handicap. Quel parieur oserait investir son argent sur un résultat si invraisemblable ? « Où en sont les mises pour l'Inde ? » demande-t-il.

Silence au bout du fil. En posant la question, Kartar Singh défie l'homme de lui révéler le camp qu'il estime – ou plutôt qu'il sait – devoir être le vainqueur. La réponse lui parvient d'une voix sèche : « Elles sont bonnes. »

On lui demande de perdre cinq lakhs en toute connaissance de cause. Il ignore ce qu'impliquerait un refus, il sait en revanche que les boss exercent leur pouvoir de plus de façons qu'il ne peut l'imaginer.

« Cinquante mille, propose-t-il.

— Trop bas.

— Un lakh ?

— Les paris sont bons.

— Un lakh et demi.

— Je vais en parler à Bhai. » Fin de la communication.

Un lakh et demi parti en fumée, soupire Kartar Singh. Le collecteur sera là dans moins d'une demi-heure... Il s'adosse à un coussin, joue avec la télé, images sans intérêt, de guerre lasse il met en marche le lecteur de cassettes.

La voix de Ramvilas. « L'ami d'un pauvre ne peut être ni un dirigeant laïc, ni un leader fondamentaliste, mais un autre pauvre... Si vous ne votez pas pour moi, mes frères et mes sœurs, votez pour un autre pauvre ! »

Kartar Singh envoie valser l'appareil, qui atterrit sur le matelas, probablement intact. C'est un discours horripilant et stupide. La voix de Ramvilas, flûtée, grinçante, semble hostile même quand il essaie de se montrer chaleureux. Il utilise un langage fleuri, archaïque. Plus personne ne comprend cet hindi de nos jours, pas même Ramvilas, qui marque un arrêt avant de prononcer des mots difficiles, trébuche sur des phrases tortueuses, comme s'il s'exprimait en anglais. Mais rien de cela n'a d'importance, se reprend Kartar Singh. Dans deux mois, les choses se seront résolues d'elles-mêmes.

3

« Le PPI va détruire la structure laïque de l'Inde, dit Ramvilas. Pendant quinze ans je me suis demandé chaque jour "Pourquoi suis-je membre de ce parti communautariste ?" Finalement, il m'a fallu choisir entre ma carrière politique et l'harmonie commune. Ce fut difficile, mais j'ai choisi l'harmonie. Même si je devais démissionner du comité et renoncer à devenir membre important du parti. Aucun sacrifice n'est trop grand pour l'unité et l'intégrité de l'Inde. »

Ramvilas marche d'un pas si vif que Chitra est obligée de trotter pour rester à sa hauteur. Le vacarme des voitures et des scooters l'empêche de se concentrer sur ce qu'il dit. D'ailleurs amis et ennemis du PPI en dressent des portraits si nombreux qu'elle ne peut en tenir compte. Le discours politique charrie des mots tels que « communautaire », « laïc » et « pseudo-laïc » en un flot aussi indistinct que le mugissement de la tempête. De toute façon, elle se fiche de Ramvilas, des raisons qui l'ont fait quitter le parti et de ses projets pour la délivrance du pays. Elle veut qu'il lui parle de Gopal. Quel directeur prosaïque d'une campagne si poétique! Trop à l'aise dans la vie, l'échine trop souple, trop enclin à prendre des libertés avec la vérité.

« J'ai toujours cru qu'il s'appelait Gopal Pandey, attaque-t-elle.

— Non, Das. Gopal Das. »

Chitra laisse tomber. C'est une broutille. Ils approchent de Kucha Bansilal. Elle va tirer la chose au clair avec Gopal lui-même. « Je vais aller voir Gopal Das à son stand.

— Il n'a plus de stand dans Kucha Bansilal. (La délectation perce dans sa voix.) Disparu il y a deux ans pendant la campagne de démolitions du PPI.

— Alors où puis-je le rencontrer? »

Il ne répond pas, mais ralentit en passant devant Kucha Bansilal. « Gopal Das est un vrai Dillivala – pas un de ces Punjabis qui sont arrivés en 1947, ni un Bengali des années 1950, un fonctionnaire madrasi ou un rickshawala bihari, non un vrai fils de Delhi! Son arrière-grand-père servait des jalebis aux nawabs et à leurs bégums. Son grand-père, Shyam Sundar Das, possédait un stand de jalebis au début du siècle et était un membre actif du Congrès. Son père, Manohar Lal Pandey, a monté un stand de jalebis avec Nawab Tahir Hussein Sahib, et se tenait à dix pas de Gandhiji pendant la dernière réunion de prière à Birla House. Il a vu de près Nathuram Godse et Vishnu Karkare, juste avant qu'ils tirent sur Gandhiji, alors les services secrets l'ont tué afin qu'il ne puisse identifier Karkare. »

Chitra aimerait bien sortir son magnéto pour enregistrer Ramvilas, mais elle ne veut pas l'interrompre. Elle va tâcher de mémoriser l'important.

« Gopal Das lui-même a toujours soutenu les causes laïques, poursuit Ramvilas. Son fils, qui militait pour la commission Mandal, a été assassiné par le PPI.

— Je croyais que c'était le contraire, qu'il protestait contre la commission ?

— Il ne faut pas se fier aux apparences, madame », tranche Ramvilas.

Sur quoi, voulant traverser, il se lance au milieu de la circulation de Chandni Chowk, obligeant voitures et scooters à faire des embardées pour l'éviter, Chitra sur ses talons, qui recueille les injures. Leur progression est stoppée par la barrière verte qui coupe la rue en deux. « Voilà ce que Harilal Gupta a réussi à faire en quatre ans à la tête du ministère des Transports ! A quoi sert cette barrière ? A quoi sert une rue qu'on ne peut pas traverser ?

— Ça améliore la circulation...

— Seuls les riches ont des voitures et des scooters !

— Et ça permet aussi aux rickshaws de mieux travailler. Les rickshawalas ne sont sûrement pas des riches ? »

Un nuage assombrit le visage de Ramvilas. « Je ne suis pas un politicien, madame. Je ne suis pas doué pour les arguties. Ce que je peux dire, c'est que Harilal Gupta ne se soucie pas de l'homme du peuple, raison pour laquelle Gopal Das se présente aux élections. »

Il se glisse par une fente de la barrière, oblique dans Paratha Gali, propose à Chitra de lui offrir des parathas. La vue de ce boyau crasseux où se fabriquent les parathas la fait frémir, elle refuse. Ramvilas lui en fourre un dans les mains néanmoins, qu'elle mange avec répugnance, furieuse en outre de ce détour par Parathi Gali dont elle ne voit pas l'utilité.

« Je veux rencontrer le candidat. Pourquoi passons-nous par ici ?

— Je vous emmène dans ma boutique, Bhagwan Das et Fils.

— Puis-je demander à mon photographe de m'y rejoindre ?

— Bien sûr. Dites-lui que c'est au 760 Churi Walan, Jama Masjid. » Il pointe le stand de parathas. « Si vous en achetez deux, ils vous laisseront utiliser leur téléphone. »

Elle jette cinq roupies dans une main graisseuse, et appelle son photographe. Ils poursuivent leur chemin jusqu'à tomber sur une autre ruelle, où ils tournent à gauche en direction de Jama Masjid.

« Nareshji a représenté Chandni Chowk pendant dix-huit ans, reprend Ramvilas. Je ne veux pas dire du mal d'un mort, mais qu'a-t-il fait pour Chandni Chowk ? Il occupait une place éminente au Congrès, mais a-t-il fait nettoyer le quartier, augmenté les raccordements électriques et les lignes de téléphone ? Préservé les temples, les masjids et les vieux havelis ?

— Harilal Gupta a promis de préserver le patrimoine culturel de Chandni Chowk.

— Harilalji est le candidat du PPI. Et Suleman Mian est indépendant. Que peut faire un élu indépendant ?

— Il est soutenu par les partis communistes.

— Ces partis n'ont pas de véritable socle à Delhi.

— Le Congrès présente Sulochana Agrawal. Vous croyez que les gens qui ont toujours voté pour Naresh ne voteront pas pour sa femme ? »

Mine fâchée de Ramvilas. « Nous sommes contre une règle dynastique. C'est une femme au foyer ! Comment pourrait-elle devenir dirigeant politique ?

— Pourtant vous prenez un chaivala pour candidat !

— Gopal Das est un homme du peuple. Ce n'est pas un politicien, ni un leader. Un simple chaivala de Chandni Chowk. Qui peut mieux comprendre les difficultés de son quartier que celui qui dort dans un kholi et y possède un stand ?

— Vous avez dit qu'il n'a plus de stand.

— Un ou deux ans ne comptent pas dans une vie. Il a été chaivala toute sa vie.

— Harilal Gupta annonce qu'il se présentera dans la circonscription de GB Road.

— Vous voulez dire dans Swami Shraddhanand Marg, rectifie Ramvilas avec hauteur.

— Appelez cette rue comme vous voudrez. »

Tout en marchant, Ramvilas jette à Chitra des regards en coin, cherchant à deviner ce qu'elle sait. Connaît-elle Gita ? Pour sa part, il s'en tient dans ses rapports avec elle à des réunions publiques et des congrès de FRETS. Désormais commerçant, membre du comité, personnage public quasiment, il doit choisir soigneusement ses fréquentations. De toute façon, qui s'intéresserait à une vieille et grosse pute ? Ses rondeurs, jadis délicieuses et tendres, ne sont plus qu'un signe supplémentaire de vieillissement. Elle l'exaspère avec ses discours sur les ONG, et il ne lui pardonnera jamais de l'avoir roulé dans l'affaire des filles de Parvati... Ce qui lui rappelle ces bobos dont il ne se débarrasse pas. Il craint de les avoir transmis à sa femme. Elle se plaint d'avoir mal, mais supporte la douleur dont elle se croit responsable. Dès qu'il aura loué un appartement à Ballimaran et l'y aura installée – avec les filles –, il l'emmènera chez le médecin. Ensuite il fera vœu de chasteté. Si un homme fragile comme Gandhi a pu le faire à trente-six ans, pourquoi ne pas le tenter à quarante-quatre ? De toute façon, sa femme ne l'excite plus. Après les saveurs de GB Road, elle a autant de goût qu'un plat de riz.

« Gopal Das est un homme respectable, dit-il. Il sollicitera les suffrages des gens respectables, de tous les pauvres qui ont de l'honneur et de la dignité. »

Chitra décide de s'en tenir là. Elle va chercher d'autres interlocuteurs capables de lui parler du chaivala, peut-être le factotum de Suleman, qui semblait inamovible dans le stand. Elle reviendra à Chandni Chowk dans une semaine et tentera de le dénicher. « Gopal Das participera-t-il à la parade du Jour de la République ? demande-t-elle.

— C'est un homme du peuple, madame ! Un pauvre homme. Un pauvre n'a pas sa place dans la parade. Il la regardera à la télévision.

— Il possède un poste ?

— Ce n'est pas le sien ! s'exclame Ramvilas, triomphal. Le poste appartient à Sardar Kartar Singh qui, avec moi, soutient Gopal Das. Il lui a donné un local de campagne, le téléphone et la télévision. Sinon comment livrer un combat électoral ? »

Les voici maintenant arrivés près de Jama Masjid. La ruelle, encore plus étroite, est bordée de chaque côté d'étals vendant de la viande halal. Des carcasses de chèvre se balancent à des fils de fer. Des pavés de bœuf reposent sur les comptoirs. La rue n'est qu'un abattoir sans bornes. Ramvilas détourne les yeux, dégoûté, mais les étals existent bel et bien. C'est le prix à payer à l'issue de quatre années de batailles juridiques débilitantes, au bout desquelles le tribunal ne s'est pas prononcé en faveur de Vimal, contrairement à ce que Ramvilas avait espéré. La boutique de Kucha Sugandh échoit aux trois autres fils, ainsi que le vieux mobilier de chêne, lui-même d'une valeur de quatre cent mille roupies. Ils vont mettre encore quatre ans à découper tout cela en tranches. Vimal a retiré son capital de l'affaire. Moins stupide, il aurait bénéficié d'un meilleur verdict, ce qui leur aurait rendu de grands services, car, bien que le capital accordé à Vimal soit substantiel, le coût des locations dans Chandni Chowk n'est plus ce qu'il était. Le pagari pour une petite échoppe – quinze pieds sur quinze – ouvrant sur la rue peut se monter à cinquante lakhs. Après un mois de ratissage et de marchandages, il lui a fallu se rabattre sur le quartier de Jama Masjid, si majoritairement musulman que personne ne veut s'y installer. Il ne compte pas sur d'éventuels nouveaux clients, mais espère attirer la clientèle fidèle de Lala Surajmal.

Il sent bien que la madame flanche elle aussi, même si elle s'efforce de dissimuler sa répulsion. « Les quartiers musulmans également ont besoin de commerces », fanfaronne-t-il.

La boutique se blottit dans un renfoncement de la ruelle, entre deux offices notariaux. Une devanture ostentatoire pour épater le client. Propreté du bout de chaussée qui lui sert d'accès, façade en faux marbre, vitrine incitant le promeneur à regarder à l'intérieur. L'enseigne aux caractères métalliques en relief s'étire sur toute la largeur de la boutique : Bhagwan Das et Fils (de Lahore), Parfumeurs depuis 1700. Ramvilas tourne une poignée de chrome rutilant, pousse la porte en verre.

« Entrez, madame.

— Où est Gopal Das ? insiste-t-elle.

— Dans son local de campagne de Lajpatrai Market. »

Furieuse, Chitra comprend qu'il l'a trompée, mais c'est trop tard : elle a déjà convoqué le photographe.

« Une boisson froide ? » propose-t-il.

Question absurde, vu la fraîcheur de l'air. Elle refuse. Un jeune homme en chemise et pantalon dépareillés, assis derrière le comptoir en fer et formica, se lève à leur entrée. « Servez madame, Vimal ! », lui dit sèchement Ramvilas.

Vimal adresse un sourire timide à Chitra et sort, sous le regard vaguement paternel de Ramvilas. « C'est le fils aîné de Lala Surajmal, explique-t-il. Nous sommes associés. »

Lala Surajmal, suppose Chitra, est le vieux monsieur dont le portrait, accroché au mur du milieu, observe les clients, la mine sévère en partie dissimulée derrière une guirlande de fleurs. La boutique est un assemblage de surfaces d'acier aux arêtes aiguës, de poignées chromées, de plancher brillant et de dizaines de miroirs qui reproduisent son reflet à l'infini.

« C'est le magasin le plus moderne de tout Chandni Chowk, se rengorge Ramvilas. Notre succursale de Kucha Sugandh était encombrée d'un mobilier en bois infesté de termites. L'aspect miteux et l'odeur de moisi chassaient les clients. Ici tout est en verre et acier ! Nous, les seths et les négociants, nous devons évoluer ave le temps. »

Chitra hoche la tête, sans commentaire.

« Bientôt Bhagwan Das et Fils deviendra un monument de Chandni Chowk, une étape obligée pour les touristes ! Il appartient à notre patrimoine, raison pour laquelle tant de députés régionaux et de conseillers municipaux ont assisté à l'inauguration le mois dernier.

— Mais d'après l'enseigne le magasin date de trois cents ans ! »

Cette apparente naïveté irrite Ramvilas. « Le magasin n'a qu'un mois, mais l'affaire elle-même est aussi vieille que Chandni Chowk. Les murs n'ont pas d'importance. Ce qui compte c'est l'expérience acquise pendant trois siècles. Mon arrière-grand-père était le parfumeur de Bahadur Shah Zafar. Quand les Britanniques ont déferlé sur le Fort Rouge durant la Mutinerie, Zafar n'a pas bougé. Des tampons de coton imprégnés des attars de mon arrière-grand-père derrière les oreilles, il écrivait des poèmes. »

Chitra compte mentalement les années – l'histoire est peu plausible.

« J'ai dédié ce lieu à mon mentor Lala Surajmal, continue Ramvilas. C'est à lui que je dois tout ce que je sais sur les attars. Il me disait souvent : "Ramvilas ! Je veux ouvrir le magasin des attars les plus purs du monde – pas de senteurs synthétiques, pas d'essences, pas de parfums... que des attars naturels !" Et voici la réalisation des rêves de Lalaji. Nous cultivons nos propres fleurs et préparons nos attars par hydro-distillation dans nos propres ateliers dispersés sur tout le territoire de l'Inde – rose d'Aligarh, keora de Ganjam dans l'Orissa, chameli et motia de Sikandarpur... »

Un verre de thé dans chaque main, Vimar entre en poussant la porte du coude. Ramvilas pose celui de Chitra sur le comptoir –

elle fait signe qu'elle n'en veut pas – et commence à siroter le sien. Le photographe finit par arriver, avec un garçon portant les projecteurs, regarde autour de lui, secoue la tête. « On ne peut pas travailler ici, les miroirs refléteront trop de lumière. »

Ramvilas suggère de sortir. La façade servira d'arrière-plan. Le photographe accepte et s'active à installer ses projecteurs en se raccordant aux prises à l'intérieur. Ramvilas se félicite d'avoir réussi à attirer la madame dans sa boutique. Elle écrira un article et tout le monde connaîtra l'existence du nouveau Bhagwan Das et Fils derrière Jama Masjid. En réalité, peu de monde a assisté à l'inauguration. Il y a eu tout le comité du PPI, à l'exception de Jugal Kishor, parti pour Hardwar, les huit conseillers municipaux de Chandni Chowk, mais seulement deux des quatre MLA : Sohan Lal et le député de Paharganj. Suleman a décliné l'invitation, comme prévu, et Harilal Gupta s'est fait représenter. Désormais il n'accepte des invitations que si d'autres ministres sont invités.

Ramvilas a attribué ces défections à la situation politique. Six jours avant l'inauguration, le Congrès avait retiré son appui au gouvernement national. En apprenant la nouvelle, Naresh Agrawal eut une crise cardiaque et mourut deux heures plus tard. Il fallut attendre plusieurs jours pour apprendre que de nouvelles élections auraient lieu, mais Naresh Agrawal devait déjà le savoir. Il venait juste de remporter celles de 1996, conservant son siège pour la sixième fois. Il n'avait pas le courage de se lancer dans une autre campagne, alors il a choisi de mourir. D'où l'absence de tout membre du Congrès à l'inauguration.

C'est Sohan Lal qui a coupé le ruban. On servit du chai et des samosas sur des tables dehors. Vu l'étroitesse du magasin, les invités furent obligés de se répandre dans la ruelle, où debout et transis de froid ils tentèrent de se réchauffer avec le chai. Ramvilas avait espéré que personne ne remarquerait les carcasses de chèvre aux étals voisins, la grimace de dégoût sur le visage de Sohan Lal lui apprit que le tableau n'avait pas échappé aux yeux du seth.

Il réussit à faire asseoir les conseillers municipaux à l'extérieur, si bien que seuls les membres du comité restèrent dans la boutique – Sohan Lal, Kartar Singh et trois négociants, tous très excités. Harilal Gupta serait le candidat du PPI pour Chandni Chowk. Avec Naresh Agrawal hors circuit, ce serait la première fois en dix-huit ans que le PPI aurait une réelle chance de gagner le siège. Sohan Lal se déclara consterné par l'absence de Harilal Gupta – il semblait évident qu'ils auraient dû discuter des élections. Après tout, c'était lui qu'on allait catapulter d'un simple poste ministériel au gouvernement régional à un siège de député au Parlement national.

Ramvilas se rendit compte toutefois que les mots avaient du mal à sortir de la gorge de Sohan Lal. Il ne douta pas que le seth voulait se présenter mais n'osait révéler ses intentions étant donné la préséance de Harilal au comité. Sans compter qu'en sa qualité de président du comité, il pouvait difficilement se pousser lui-même.

« Tout le monde pense que ce sera un Parlement sans majorité, dit Sohan Lal, donc le PPI doit gagner tous les sièges possibles.

— Harilalji récoltera les voix des commerçants, comme toujours, dit Kartar Singh.

— Ce qui ne suffit pas pour emporter toute la circonscription de Chandni Chowk. Notamment Matia Mahal, avec tous ces musulmans.

— Les musulmans voteront en bloc pour Suleman, soupira Kartar Singh. Et si les communistes le soutiennent, il raflera aussi les voix hindoues des basses castes.

— Les sikhs réintègrent le Congrès, dit l'un des commerçants.

— Si seulement les hindous étaient unis, au lieu de disperser leurs voix entre le Congrès, le PPI et les partis communistes !

— Que peut-on faire pour contrer Suleman Mian? »

Le comité avait envisagé en silence la future victoire de Suleman. Chandni Chowk représenté par un musulman : quelle honte ! Il incombait à Sohan Lal, en tant que président du comité, d'imaginer une campagne pouvant barrer la route à Suleman. Il plia son calot et, délibérément, le fourra dans la poche de son kurta : « J'ai parlé à Harilalji », dit-il.

Ce que Ramvilas jugea offensant. Car cela sous-entendait des rapports exclusifs et des informations privilégiées. Sohan Lal se considérait-il comme l'élément de liaison entre le candidat et le comité ? Pourquoi le candidat n'était-il pas venu en discuter avec les membres du comité ?

« Le PPI traverse une phase difficile, dit Sohan Lal d'un ton solennel, comme s'il prononçait un discours. Il y a bien longtemps de cela, quand le Parti du Congrès affronta une crise similaire, Jawaharlal Nehru imagina un plan selon lequel les dirigeants du parti démissionneraient de leurs postes gouvernementaux pour se consacrer au travail de terrain. On l'appela le plan Kamraj. »

Ramvilas retint son souffle. Il avait compris, bien avant les autres, ce que Sohan Lal avait en tête, et, malgré le danger que cela signifiait, en était impressionné.

« A Chandni Chowk, poursuivit Sohan Lal, le PPI lancera son propre plan Kamraj, baptisé plan Lala Surajmal. J'invite les membres du comité à démissionner et à travailler de tout leur cœur à la victoire du parti aux prochaines élections.

— Mais nous travaillons déjà pour le parti ! protesta un négociant.

— Il n'y a que deux candidats vraiment forts dans Chandni Chowk, dit Sohan Lal : Harilalji et Suleman. Ceux qui adhéreront au plan Lala Surajmal travailleront pour un troisième candidat – le candidat des pauvres. Chaque voix récoltée pour ce candidat sera une voix ôtée à Suleman. »

Chacun tentait de jauger l'état d'esprit des autres à l'aune du sien. D'où Sohan Lal comptait-il tirer ce candidat, difficile de l'imaginer, mais ce qui était clair en revanche, c'est qu'il avait déjà tout mis au point sans en référer au comité. « Nous avons tout réglé, Harilal Gupta et moi. »

C'est alors qu'il révéla le nom du chaivala.

Ramvilas observa soigneusement les visages des membres du comité. S'il percevait une opposition suffisante au projet, il exprimerait son désaccord, peut-être même conduirait-il la révolte.

Mais Kartar Singh saisit l'idée au bond, pour on ne sait quelle raison. « Le chaivala travaille dans votre boutique, dit-il. Cela ferait mauvais effet que le président du comité emploie un candidat voulant se présenter contre Harilal Gupta. »

Consciemment ou inconsciemment, Kartar Singh offrait son soutien en voulant discuter des détails du projet.

« Je demanderai à Ramesh de le renvoyer, dit Sohan Lal. Mais où l'enverrai-je ? »

Kartar Singh traversa toute la boutique – heurtant au passage les genoux des négociants assis sur leur tabouret – jusqu'à s'adosser à la porte. Un déplacement inutile, songea Ramvilas, destiné uniquement à montrer sa claudication. « Je vais le prendre chez moi, dit-il, pour rendre service au comité. Et je serai le premier à démissionner en vertu du plan Lala Surajmal. »

Au hoquet de surprise succéda le silence. Sous le regard méprisant que leur jeta Sohan Lal, ils s'enfouirent dans le col boudiné de leur kurta.

« Kartar Singhji a consenti de nombreux sacrifices en 1984, déclara Sohan Lal. On ne peut lui en demander davantage. Sa santé ne lui permettrait pas d'être le directeur de campagne du chaivala. »

Puis Sohan Lal avait fixé ouvertement Ramvilas. Lequel, intimidé, n'en avait pas moins réfléchi aux possibilités qui s'offraient à lui. Depuis que Ramesh dirigeait le magasin, Sohan Lal consacrait une grande partie de son énergie à surveiller son poids, son taux de sucre et sa tension, ce qui signifiait qu'il n'avait pas l'intention de lâcher du lest avant longtemps. Dans dix ans, s'il tenait jusque-là, Ramvilas aurait cinquante-quatre ans, et pourrait, hypothèse risquée mais envisageable, évincer Sohan Lal. Passé les élections, et Harilalji devenu député de Chandni Chowk au Parlement, l'étoile de Sohan Lal commencerait à décliner. Ramvilas s'accrocherait alors à Harilalji et, revenu au comité, y deviendrait son homme lige. Risqué certes, mais peut-être plus rapide que d'attendre la mort de Sohan Lal. Il fit donc signe qu'il était d'accord.

« Kartar Singh et Ramvilas offrent leur démission, déclara Sohan Lal. Je vais transmettre votre proposition à Harilalji et informer le comité central de votre sacrifice. »

Sur quoi, les conseillers municipaux, qui étaient restés dehors dans le froid, firent irruption dans la boutique, l'haleine embuée, se frottant les mains pour les réchauffer. Il n'y a plus de thé, dirent-ils. Ramvilas leur en fit servir de nouveau. La cérémonie d'inauguration terminée, une heure plus tard, chacun repartit avec un tampon de coton derrière l'oreille, imprégné de ruh hina.

Un jour, quand il se sera constitué un fond de clientèle, il rebaptisera le magasin : Ramvilas Vimal Kumar. Il possède un stock confortable d'attars – volés à la maison mère – qu'il mélangera à des senteurs plus communes. Peu nombreux sont ceux qui savent comme lui combiner essences naturelles et parfums synthétiques, et la plupart des gens sont incapables de faire la différence. L'affaire continuant de se développer, il laissera tomber le deuxième nom, et deviendra le seul propriétaire de Ramvilas et Fils. Des fils, il n'en a pas, mais Ramvilas et Fils sonne plus distingué que, par exemple, Ramvilas et Cie. Cela sous-entend une lignée, suggère la continuité. Le début d'une dynastie, peut-être...

Chitra revient lui dire que le photographe est prêt. Il sort, arbore un large sourire et brandit une affiche de Gopal Das. On y voit la photo du candidat, avec la légende « Votez pour un Homme Pauvre, votez pour Gopal Das ! » en hindi. Le photographe mitraille.

« Quand puis-je revenir pour m'entretenir avec le candidat ? demande Chitra.

— Je vais m'en occuper », promet Ramvilas, sans plus. Et la voyant prête à partir, il se précipite dans le magasin, en ressort tenant à la main un flacon, qu'il lui offre.

« Attar de jasmin, lance-t-il. Fait des fleurs les plus pures ! »

Elle répugne à accepter quoi que ce soit venant de lui, mais finalement range le flacon dans son sac. « Gopal Das rendra à l'Inde sa fragrance de jasmin ! », déclare Ramvilas.

4

Folie collective, énorme arrogance, célébration absurde d'une technologie dépassée – avions refusant de voler, missiles défectueux –, barbotement détestable dans l'idiotie, celle de Jawaharlal Nehru... ressasse Sohan Lal, inconfortablement assis sur sa chaise de fer. C'est sur la place Rouge ou sur celle de Tianan men que Nehru a dû voir ces parades triomphales et imaginé d'en reproduire l'orgie dans sa nation mourant de faim. Comme les dirigeants communistes, il a masqué la misère noire et la cruelle injustice. Quel pourcentage de cette idiotie relevait de l'incompétence et quel autre de la froide manipulation de l'Histoire ? Nous ne le saurons jamais, mais nous continuons à exhiber ces vieux tubes d'acier comme s'il s'agissait de véritables missiles, ces cavaliers empanachés qui se pavanent comme des paons, incapables d'user de leurs poings, quant à se battre contre la Chine et le Pakistan...

Les chaises sont trop proches les unes des autres, Sohan Lal déborde sur celle de droite, occupée par un représentant de Delhi Sud à l'assemblée régionale, par ailleurs membre du Congrès. De par son appartenance politique et la circonscription qu'il représente, l'homme se croit tenu de considérer son voisin avec dédain, ce qui fait qu'ils ne s'adressent pas la parole. Il fait froid. Sohan Lal se blottit dans son épais manteau marron, mais la protection ne s'étend pas aux jambes, prises d'un tremblement incontrôlable sous le dhoti. Derrière son oreille le tampon imprégné d'attar ne diffuse plus rien, si bien que des odeurs inconnues et déplaisantes emplissent ses narines. L'emplacement réservé aux députés régionaux est exposé au vent, tandis qu'à droite, les membres du gouvernement régional, sur leurs sièges rembourrés, sont abrités sous une bâche. Encore plus loin, il y a la loge où les ministres du gouvernement fédéral et les membres du Parlement se prélassent sur de confortables canapés. Et enfin, la loge des suprêmes VIP, le Premier ministre et son principal invité pour cette année, le président de la République française. Un habitacle en verre blindé, avec des radiateurs électriques. Devant eux, sur une estrade, le président indien, l'air épuisé, rend leur salut aux troupes qui défilent interminablement. Trente ans de services, marmonne Sohan Lal en regardant les huiles, et je n'ai toujours pas droit à un siège rembourré pour la Parade de la Fête nationale.

« *Ghoda, ghoda, ghoda !* hurle Chimpu.

— Silence ! » lui intime Sohan Lal, alors que le public applaudit consciencieusement l'apparition du 61e régiment de cavalerie. Les chevaux sont monstrueusement grands et les cavaliers impérieux sur leur selle ornée, plumes dansant au rythme de leur monture commandée par une fanfare. C'est un cirque pour enfants, songe encore Sohan Lal, pas une armée capable de défendre le pays.

Il regrette d'avoir amené Bunty, Chimpu et Vicky, bien que l'idée vienne de lui. « Ils ont toute la vie pour regarder le défilé à la télévision, avait-il dit. Qu'ils le voient en réalité. Qu'ils soient fiers de leur pays au moins une fois par an! » Mais des enfants ne peuvent pas tenir trois heures ainsi. Il n'est pas sûr d'ailleurs de la véritable raison qui a motivé son offre. Depuis toujours, il se méfie de ce déploiement de force, moitié propagande du Congrès, moitié vantardise. Peut-être cherchait-il simplement de la compagnie, même auprès de gamins ingrats et insupportables de cinq, quatre et trois ans, sachant qu'il serait entouré de collègues inamicaux. A moins qu'il n'ait succombé, comme souvent, au besoin d'afficher son importance. Son manque d'assurance l'inquiète. Pourquoi se sent-il obligé de prouver continuellement ce qu'il est à Ramesh et Sushma? Probablement à cause du changement d'enseigne du magasin. L'abandon du nom, Jamna Lal Kishori Mal, l'a frappé encore plus que le déménagement de son meuble à attars et la relégation de Lakshmi dans un recoin au-dessus de la caméra de surveillance. Tant que l'enseigne s'est balancée au fronton, portant le nom de son père et de l'un de ses oncles, il s'est senti propriétaire de son magasin. Depuis trente ans qu'il avait perdu presque tout contact avec ses oncles et leur famille, la boutique continuait de le rattacher au passé, à ses ancêtres de Nawalgarh. Sushma Chic est un nom sans généalogie, une raison sociale dénuée de sens, choisie par opportunisme. Et maintenant, elle préside aux destinées de l'affaire qu'il a construite.

Et voilà que Ramesh parle même de supprimer l'alcôve de Lakshmi. « Ça prend de la place, et ça donne un air démodé au magasin. » Quel imbécile! Ne sait-il pas que lorsque la déesse de la richesse s'en va elle emporte la prospérité avec elle? « Nous la garderons, a concédé Ramesh. Nous la placerons sur une étagère basse où les clients ne pourront la voir, et on allumera un bâtonnet d'encens – un seul pour que l'odeur se dissipe rapidement – tous les matins pour l'apaiser. » Par ailleurs Ramesh ne supporte plus la gaddi, même après l'avoir réduite à la dimension d'un coussin dans un coin, à peine assez grand pour Sohan Lal tout seul. Ramesh veut installer des étagères à la place, détruisant ainsi le dernier vestige de l'autorité paternelle. Ensuite, il fera venir Sushma au magasin – sa propre femme, une fille de bonne famille, une mère de trois garçons.

Voilà pourquoi Sohan Lal doit céder à la vanité quand il en a l'occasion. Il a fallu réveiller les enfants à cinq heures du matin, dans le froid, et les fourrer hurlants dans la voiture, qui les a déposés à l'extrémité de Rajpath – même son badge de parlementaire ne permettait pas d'aller au-delà –, et ils ont fini à pied, luttant contre un vent mordant. Heureusement, l'enclos des VIP disposait d'un accès séparé et de son propre poste de contrôle. Le peuple des gradins, celui pour le plaisir duquel Nehru avait prétendument créé le spectacle, devait se soumettre à des inspections humiliantes à travers trois rangées successives de policiers. Enlever leur pullover par ce froid, relever leur chemise et laisser de grosses mains poilues palper leur poitrine. Certains avaient baissé leur pantalon ou remonté leur dhoti... Pourtant ils sont là, par dizaines de milliers, à dûment applaudir, terreau fertile pour caméras de télévision et matériau combustible pour terroristes, salivant à l'idée de voir d'innombrables bras et jambes brandis vers le ciel.

Le public est encore moins nombreux que l'année dernière. Une diminution qu'il faut attribuer à la généralisation de la télévision et aux attaques terroristes aussi récurrentes que les fêtes de Holi et de Divali, que la mousson et l'apparition du soleil. Tout un chacun comprend à sa manière la signification du Jour de la République. Le gouvernement le célèbre par un défilé, d'autres par des explosions et des massacres. La nuit dernière, douze heures avant le début de la parade à Delhi, cinq hommes armés ont traîné vingt-trois personnes hindoues – neuf femmes, dix hommes et quatre enfants – hors de chez elles à Wandhama près de Srinagar, et les ont mitraillées. Ensuite ils ont mis le feu à un temple et à une maison puis ont disparu dans les profondeurs de la vallée du Cachemire. Ce message au gouvernement est tombé dans des oreilles de sourds, puisque le défilé se déroule comme prévu, avec un président apathique, un Premier ministre au regard vide, et le président de la République française, qui semble apprécier le cirque et exprime la joie de vivre qui sied à un hôte d'honneur. Le grand spectacle de la nation indienne continuera, nonobstant massacres ou tremblements de terre.

Les enfants se sont endormis presque aussitôt installés sur leurs sièges, et Sohan Lal s'est retrouvé seul pour suivre tous les détails insupportables de la cérémonie. Accueil des deux présidents, déploiement du drapeau tricolore, hymnes nationaux, vingt et un coups de canon, distribution de médailles du courage. Après quoi, quatre hélicoptères Mi-8 portant le drapeau national ont survolé Rajpath. Ils n'avaient pas fini de passer que la silhouette menaçante de trois Sukhoi Su-30 apparaissait à l'horizon. Un frisson traversa la foule. Les appareils, beaucoup plus rapides que les hélicoptères, lâchèrent une pluie de pétales, qui se mirent à flotter doucement, à l'exception de ceux qui, piégés par les rotors des hélicoptères, plongèrent en vrille. Le commun des spectateurs, qui s'étaient couvert la tête dans l'attente d'une bombe, poussa un soupir de soulagement en entendant les haut-parleurs annoncer que par suite d'une erreur de minutage, les avions avaient devancé l'heure du défilé aérien. Les hélicoptères s'éloignèrent, privés de leur effet. La foule continua de regarder tomber la pluie de fleurs, prévue à l'origine pour le président, et qu'il partageait équitablement avec le petit peuple. C'est la démocratie, songea Sohan Lal, ou une pauvre imitation. Le président chassa les quelques pétales qui s'accrochaient à sa chevelure clairsemée, image assez éloignée de celle du commandant suprême des forces armées qu'il était censé être. D'autres pétales – de tournesol – s'étaient posés sur les visages de Bunty, Chimpu et Vicky. Sohan Lal les y laissa.

L'heure suivante fut consacrée au défilé abrutissant de régiments en uniforme kaki et de forces paramilitaires et auxiliaires, finissant par se fondre en une masse gris-vert, jusqu'à ce que le Groupe de Protection de la Nature, qui avait perdu le rythme, s'arrête, se regroupe et se mette à taper du pied en cadence. Le président, juché sur son estrade, perdit l'équilibre et trébucha, causant l'affolement dans le détachement de sécurité. Un instant, Sohan Lal se demanda si on lui avait tiré dessus, puis se rappela qu'il était protégé, comme le Premier ministre et le président français, par une vitre blindée. Les hommes du Groupe spécial de protection placés derrière lui enrayèrent sa chute, le réinstallèrent au centre du podium, recalèrent sa main droite – paume tournée vers le bas – contre sa tempe, ordonnèrent au GPN de repartir. On pria les spectateurs de regagner leurs sièges.

Ce furent les acrobates des Forces de Sécurité des Frontières qui réveillèrent les enfants. Précédés de vingt engins pétaradants, ils déboulèrent sur leurs motos, en équilibre sur leur selle, formations invraisemblables d'échelles, de chaînes et de pyramides humaines. Fascinés, les enfants regardèrent ensuite progresser des maquettes de missiles posées sur des camions. Cadeau de Nehru à la nation, ricana Sohan Lal, parades grandioses et coquilles de missiles.

Cela fait maintenant trois heures que ça dure. Les enfants sont fatigués et ont faim. Le moment est venu du passage des chars, un char par Etat et par ministère. Un char pour le Rajasthan, un pour le ministère des Armées, un char pour le Bihar... Celui du Bihar représente une mine de charbon à Jharia, avec les mineurs souriants au bord du puits et brandissant l'or noir. Deux mondes qui n'ont rien en commun, se dit Sohan Lal, l'un au Bihar, l'autre sur le char. L'un inhumain dans sa pénurie et sa brutalité, l'autre aseptisé par le jargon administratif. L'un miteux dans la moindre de ses fibres, l'autre sans fibre du tout puisque fait de carton-pâte. C'est un spectacle pour enfants, d'une naïveté qui leur convient, peint à touches assez grosses pour qu'ils le comprennent.

De l'intérieur de sa bulle blindée, le président contemple le tableau du Bihar avec un sourire indéchiffrable. Le Premier ministre, derrière lui, lancé dans un interminable soliloque, retient l'attention du président français. Sohan Lal est persuadé que ce n'est pas du défilé qu'il discourt. Peut-être de la révolution gauchiste en Inde, à l'aide de formules marxistes qu'il a apprises à l'université. C'est un homme doux, efféminé, fait pour passer son temps dans les pièces à lumière tamisée du Centre International Indien, à tortiller des périphrases sur le socialisme fabien, un être inoffensif, sans importance, et qui ne marche sur les pieds de personne. Propulsé par hasard au poste de Premier ministre, il semble douter de son pouvoir et répugne à l'exercer. Il ne sort pas de la petite noblesse comme Gandhi, et n'est pas non plus un parvenu comme le politicien de base. Le hasard de l'Histoire qui l'a fait Premier ministre sera corrigé dans deux mois. Officiellement « intérimaire », personne ne s'attend à ce qu'il conserve son poste après les élections. L'absurde coalition qu'il dirige se désintégrera. Déjà bien s'il garde son siège au Parlement.

C'est il y a deux mois, après que le Congrès eut décidé de ne plus soutenir le gouvernement, que Naresh Agrawal est mort de sa crise cardiaque. Le lendemain matin Sohan Lal s'est fait conduire chez Harilal Gupta, dans ses bureaux logés dans l'enceinte de l'assemblée régionale. L'humeur du ministre des Transports était à la commémoration. « Nous devons exprimer nos plus sincères condoléances, dit-il. Le Congrès va se servir de ce décès pour susciter la sympathie. Vous rappelez-vous le raz de marée Indira ? Nous devons être prudents, très prudents. »

Ils sortirent sur la pelouse, derrière le bâtiment. Il était presque midi. Un agréable soleil de fin novembre avait chassé le brouillard de la matinée.

« Nous devons assister à la crémation, dit Harilal. De fait, je porterai moi-même Naresh Agrawal. Je lui prêterai mon épaule, en souvenir des dix-huit ans qu'il a consacrés au service de Chandni Chowk.

— Attention, ils n'iront ni à Shantivan ni à Rajghat. La cérémonie aura lieu à plusieurs kilomètres de la ville.

— Je n'entends pas le porter matériellement ! Je voulais simplement dire que je lui "prêterais" mon épaule pendant un bout de chemin. »

Sohan Lal gloussa, embarrassé d'avoir pu supposer que le ministre des Transports souffrirait de se charger d'un cadavre. Brusquement, il se sentit ridicule, s'apitoya sur lui-même, un homme de sa position en train de déambuler sur la pelouse à un pas derrière Harilal, signifiant ainsi que c'était au ministre de montrer la route. Le jardin manifestait le pouvoir de Harilal. Quoique ne s'intéressant aux fleurs que pour les parfums qu'on en tire, Sohan Lal se rendait compte que le jardin était parfaitement tenu. Herbe luxuriante, fleurs en abondance. Qui, à Delhi, pouvait avoir sous les yeux une telle profusion de rouges et de jaunes à moins d'être un grand industriel, un ministre, ou Gandhi dans sa nécropole sur les bords de la Yamuna ?

Le voyant observer la végétation, Harilal y alla de son commentaire : « Ça, ce sont des bougainvillées. Novembre n'est pas la bonne saison, mais j'exige d'en avoir à longueur d'année. » Il montra l'enceinte de brique rouge. « Je l'ai fait surmonter de fils de fer barbelés. Il y a trois ans, quelqu'un a sauté par-dessus pour voler mes fleurs. »

Mes fleurs, mon jardin, mon bureau, mon peuple, ma ville, mon pays...

« Mon principal souci, c'est Suleman », dit soudain Harilal.

Sohan Lal s'était arrêté, furieux que Harilal se pose en candidat du PPI avant même que le comité se soit réuni pour en discuter, avant même l'annonce des élections. « Nous ne savons pas s'il y aura des élections.

— Il y en aura, trancha Harilal. Nareshji en était certain, et il ne pouvait pas se tromper. Sinon pourquoi aurait-il si mortellement réagi ?

— Suleman se présentera en indépendant. Nous ignorons qui le Congrès choisira comme remplaçant de Naresh Agrawal.

— Nareshi n'a pas de fils », fit remarquer Harilal.

Sohan Lal opina, lui que cette pensée avait souvent consolé quand il comparait son sort à celui de Naresh Agrawal. « Deux filles, mais pas de fils.

— Donc sa femme sera la candidate du Congrès.

— Une ménagère ! se récria Sohan Lal.

— Elle ne perturbera pas le vote musulman. Ils voteront en bloc pour Suleman. Les basses castes sont pour lui également – rickshawalas, chaivalas, thelavalas, colporteurs... Le Congrès n'a aucune chance, même s'ils parviennent à convaincre la femme de Nareshji de se présenter. Suleman aura les castes répertoriées, les autres basses castes et les musulmans, ce qui suffit pour remporter Chandni Chowk, si on ne crée pas une scission. » Brève interruption, le temps de souffler, puis : « Ce qu'il nous faut, c'est un candidat laïc. »

Harilal n'était pas un homme loquace, il choisissait toujours soigneusement ses mots. Sohan Lal se demanda ce qu'il avait en tête. « Un musulman ?

— Non, un hindou qui séduise les musulmans.

— Comment une telle chose est-elle possible ?

— Parce que l'homme en question a des amis musulmans, parce qu'il est pauvre et que son image de non-religieux fera vibrer les gauchistes et les communistes. Un tel homme est capable de soustraire à Suleman des voix des basses castes. Pas un seul négociant ne votera pour lui ou pour Suleman. Toutes ces voix se reporteront en bloc sur le PPI. »

Harilal, se dit Sohan Lal, savait exactement à quoi devait ressembler son candidat. « Un être humain semblable à tous les autres, confirma Harilal. Un homme que rien ne différencie d'un rickshawala quelconque, d'un coolie, d'un tailleur ou d'un colporteur de Chandni Chowk. D'une physionomie si banale qu'on le prend souvent pour un autre. Un nom et une voix dont personne ne se souvient. Un homme sans famille, sans ambition, sans projets ni préoccupations, sans passé et sans avenir. »

Le cœur de Sohan Lal battait la chamade. Il avait parlé avec Kartar Singh avant de venir à ce rendez-vous, et le sardar avait avancé un nom. Sur le moment, il avait trouvé l'idée stupide...

« Qui voterait pour un tel individu? demande-t-il.

— Et qui ne voterait pas? rétorque Harilal. Tout le monde s'identifie à lui, sans pour autant vouloir être comme lui, il est pauvre, docile et naïf, ni rusé ni agressif. Aussi inoffensif qu'une mouche, un homme du peuple... Pouvez-vous me le trouver?

— Je le connais depuis vingt-cinq ans. »

Le lendemain, Sohan Lal, Harilal et tout le comité du PPI se joignirent au cortège qui emmenait Naresh Agrawal à sa crémation. L'adieu du Congrès fut tonitruant. Le parti sollicita un emplacement au bord de la Yamuna, entre Gandhi à Rajghat et Nehru à Shantivan. Agrawal n'avait jamais dépassé le statut de député. Or cette étendue est réservée aux fantômes de plus haut niveau, Premiers ministres et leur famille. La requête fut donc repoussée. La procession traversa Chandni Chowk, du Fort Rouge à Fatehpuri Masjid, longea la Yamuna en direction des faubourgs de Delhi, où plus de cent mille personnes – aux dires du Congrès – assistèrent à la crémation, une cérémonie que Shah Jahan aurait enviée.

Pendant les trois jours suivants, Sohan Lal et Harilal Gupta élaborèrent les grandes lignes du plan Lala Surajmal. Une semaine plus tard, Kartar Singh et Ramvilas démissionnèrent du comité et quittèrent le PPI, sous les commentaires ironiques du Congrès et des communistes. Deux jours plus tard Ramesh licencia Gopal, une semaine après l'homme providentiel se faisait enregistrer comme candidat indépendant et recevait son logo électoral – une tasse de thé.

Sohan Lal ignore, et peu lui importe, pourquoi Kartar Singh a soutenu le plan Lala Surajmal avec tant d'enthousiasme, alors qu'une certaine résistance eût été naturelle. Il comprend mieux les motifs de Ramvilas. Qui compte, après l'élection, sur une rapide réhabilitation. Une cérémonie d'accueil – le retour du fils prodigue – et une position renforcée au sein du comité. Ramvilas ne sait pas que les vacances créées par les deux démissions, plus celle de Jugal Kishor, seront comblées avant les élections, rendant la réintégration très difficile. Harilal deviendra député au Parlement national et Sohan Lal sera réélu à l'assemblée régionale à l'occasion des élections suivantes, parce qu'il s'attribuera la circonscription de Harilal à Chandni Chowk, laquelle n'a jamais voté contre le PPI. Et si quelque chose devait arriver à Harilal – la mort constituant l'unique retraite d'un politicien –, le candidat pour lui succéder au Lok Sabha serait tout trouvé.

« *Haathi ! Haathi !* » braille Vicky.

La rêverie de Sohan Lal se brise. Les chars des Etats ont fini leur monotone défilé. L'attention de Vicky s'est portée sur les éléphants caparaçonnés qui traversent nonchalamment Rajpath avec sur le dos d'immenses howdahs où sont assis des dizaines d'enfants décorés de la médaille du courage. Ils saluent la foule, leurs fervents sujets. Vicky – qui vient juste d'apprendre à identifier les animaux, au grand ravissement de sa mère – délire à la vue de tous ces éléphants défilant si près de lui. Un élan d'enthousiasme secoue Sohan Lal. Quelle merveille d'avoir ses petits-enfants avec lui ! Si seulement Ramesh et Sushma leur avaient donné des noms moins communs – certes, ils ont un « prénom d'école » inscrit sur les registres – mais personne ne les appellera autrement que Bunty, Chimpu et Vicky, qui ressemblent à des noms de chiens. Ce sont de vigoureux garçons, héritiers d'une grande affaire, gardiens du patronyme familial, et de la richesse qui l'accompagne : ils devraient porter des noms qui sonnent, tels que Jamna Lal, Kishori Mal, Sohan Lal... Même s'ils sont démodés, trop longs, et associés à l'idée de vieillards en dhoti. Comment un garçon nommé Chimpu peut-il imaginer l'homme qu'il deviendra ?

A présent, le président est assis, parce que les éléphants caparaçonnés ne font pas partie de la parade militaire. Lui aussi va bientôt céder sa place. Pour la première fois en cinquante ans de simulacre d'élections, un gouvernement PPI semble être en mesure de régner à Delhi. Personne ne croit qu'il obtiendra la majorité au Lok Sabha, mais il se cherchera des alliés – alliés volages, coalitions instables – et signera des compromis nauséabonds. C'est aussi la première fois que le PPI pourrait remporter Chandni Chowk. Sauf qu'il y a Suleman.

Sohan Lal regarde sur sa gauche, observe Suleman, assis à six places de lui, après Vicky. Quel âge a-t-il? La quarantaine tout juste, pouvant même paraître plus jeune si on considère la fermeté de la peau et de la mâchoire. Simple député à l'assemblée régionale, assis sur la même chaise de fer que lui, aussi éloigné que lui du Premier ministre et du président français. Pourtant en lisière, et toujours prêt à bondir. Des vêtements bien repassés, la chevelure huilée collée au crâne, la moustache effilée en trait de crayon. Il se teint sûrement les cheveux. Mais ce ne sont pas ces attributs qui retiennent l'attention de ceux qui le rencontrent, car le visage s'agence autour des yeux – des yeux qui ne cillent pas, ne se détournent pas, percent tout et tout un chacun avec une grossière arrogance. Si Harilal Gupta échoue à Chandni Chowk, ce sera à cause de cet homme-là.

Les éléphants sont passés, le défilé touche à sa fin. Les enfants sont effondrés sur leur chaise. L'entourage du président s'apprête à s'escamoter avec ses invités. Quatre Ambassador descendent Rajpath, encadrant une Mercedes noire. On aide le président, visiblement fatigué, à y monter. Le président français grimpe derrière lui, et le cortège démarre, sirènes hurlantes, en direction de Rashtrapati Bhavan. Les hommes de la sécurité se précipitent afin de préparer le départ du prochain super VIP, le Premier ministre.

Sohan Lal réveille ses petits-fils. S'ils gardent un souvenir de ce 26 janvier, ce sera peut-être uniquement celui des éléphants. Ce qui est aussi bien parce que les éléphants continueront à fouler l'herbe de Rajpath longtemps après que les politiciens auront disparu.

Un commencement de débandade se produit quand la police rassemble la populace pour la faire sortir des enclos en bambou érigés à l'occasion de la cérémonie. La foule a dû attendre plus de vingt minutes que partent les super VIP. Voyant le Premier ministre grimper en voiture, les gens se sont précipités vers les portes, où les policiers trop zélés les ont obligés à se ranger sur une seule file. Du choc entre le fleuve étale et la gorge étroite a résulté une vague qui a remonté de proche en proche jusqu'à l'intérieur des corrals. Les dégâts sont mineurs : des écorchures, sans plus. Sohan Lal traverse les rangées de chaises de VIP, tenant Bunty par la main, qui tient Chimpu, qui tient Vicky.

5

Kartar Singh paie son taxi et entre en boitillant dans l'aérogare. Il avance tête baissée, une mallette serrée contre lui, espérant passer inaperçu. Seuls les voyageurs munis de billets ont le droit d'accéder au terminal. Il présente le sien. A cette heure matinale, il y a beaucoup de monde, la queue au guichet d'enregistrement est longue. Normalement, il aurait essayé de resquiller, prétendant une urgence, femme, enfant ou mère malade. Aujourd'hui, il n'ose pas, de peur d'attirer l'attention, et se place donc dans la file, derrière une femme et ses trois enfants.

N'importe lequel de ces policiers qui arpentent l'aérogare avec un talkie-walkie pourrait être un agent des services fiscaux, muni de sa photographie, et pourquoi pas la femme qui le précède dans la queue ? Hypothèse plutôt invraisemblable – une mère harcelée par trois enfants et scrutant la foule pour essayer de repérer un visage – mais n'est-ce pas ainsi que fonctionnent les agents secrets ? Et si elle essaie d'engager la conversation, sous quel nom devra-t-il se présenter ? Un patronyme approprié à son âge – Mohinder Singh, Joginder Singh, Bhupinder Singh – et il devra se prétendre célibataire, pour éviter d'avoir à citer un nom d'épouse et d'enfant, afficher l'air simple, joyeux, nonchalant, d'un homme qui voyage souvent. Avec elle, il s'en sortira aisément, mais qu'en sera-t-il si l'homme placé devant elle se joint à la conversation ? Il voudra sûrement savoir ce que Kartar Singh fait dans la vie. Impossible de mentionner le magasin, puisqu'ils le surveillent jour et nuit.

Il aurait dû se tirer de ce business quand il était temps encore, à la mort de Sukhbir il y a deux ans, et que les boss n'avaient pas repéré son prétendu « doigté ». Maintenant il a la réputation de quelqu'un qui gagne à tous les coups, si risqués que soient les paris. Le vainqueur des matchs c'est lui, pas les joueurs. Il en détermine l'issue simplement en pariant pour tel ou tel. Quand l'Inde a gagné la troisième finale et remporté la Coupe de la Liberté à Calcutta, Bhai en personne lui a téléphoné. En extase, de Dubaï, ou d'ailleurs. « Vous avez le doigté, sardarji ! Aucune équipe n'avait jamais fait trois cent soixante. C'est votre argent qui a dirigé le match ! »

Kartar Singh avait marmonné quelque chose à propos de son lakh et demi.

« Je vais voir ce qu'il en est, avait dit Bhai évasivement. Mais vous êtes un patriote. Vous avez parié sur l'Inde alors que tout le monde croyait qu'elle allait perdre ! Je vous rappellerai quand j'aurai besoin d'un coup de pouce pour l'Inde. »

Bhai avait raccroché, renforçant Kartar Singh dans son rôle de financier malgré lui sur des paris que le boss juge risqués, des paris que Kartar Singh ne comprend ni ne contrôle, dont il ne sait souvent rien. Ce sont des opérations complexes, la cote étant souvent calculée à partir de dérivés des scores plutôt que sur les scores eux-mêmes. « Vous avez le doigté », disent les hommes du boss. Mais quand ils calculent ses gains, ils trouvent toujours des dérivés trop grands ou trop petits, et l'argent lui est versé au compte-gouttes, voire pas du tout. Il a essayé de surveiller les chiffres en regardant soigneusement chaque match, mais il n'a plus le cœur au jeu. Il est de plus en plus seul à Vasant Vihar. « Ce sera notre prison », avait dit Sukbhir. Dieu qu'elle avait raison !

Il avait confié la tâche de recueillir les statistiques à Salim, mais le garçon, distrait et gauche, s'endormait au milieu des matchs. Et c'est alors qu'il a remarqué ces costauds en saharienne qui traînaient autour de Lajpatrai Market, entraient dans sa boutique afin de se renseigner sur des ceintures de cuir ou des mixers, s'enquéraient du propriétaire et n'achetaient jamais rien. C'était la police financière, sans aucun doute. Salim était-il de mèche avec eux ? L'ingrat petit salopard ! Les garçons, c'est comme les putes – ils vont avec celui qui les paie le mieux. Bishan, qu'il avait élevé presque comme son propre fils, l'avait trahi. Quelle confiance pouvait-il avoir en Salim, musulman sorti d'une vague école bangladeshie dirigée par une madame, un garçon ayant la trahison dans le sang !

Sohan Lal était venu le voir le lendemain de la mort de Naresh Agrawal, et Kartar Singh lui avait suggéré de lui prêter le chaivala pour quelques mois. Peut-être pourrait-il lui apprendre à tenir les comptes des matchs de cricket. Et peut-être aussi réussirait-il à le faire parler de ses quatre lakhs. En vérité, rien n'indiquait que le chaivala possédait cet argent, et quatre lakhs ce n'est pas grand-chose, mais il ne faut négliger aucun détail quand on met sa vie au clair. Cette histoire réglée, Kartar Singh se sentirait libéré de sa dette envers Sohan Lal. Ensuite, oubliant les chefs mafieux, la police financière, la politique du PPI, il irait au Canada.

Dès le lendemain, il renvoya Salim et les comptables. De toute façon le magasin ne rapportait quasiment rien. Naturellement, ils se dirent bouleversés, les renégats, oreilles de la police des jeux ! Avec le chaivala dans le magasin, notant les résultats du cricket, Kartar Singh se crut sauvé. Mais les visiteurs en canadienne réapparurent, prouvant qu'ils n'avaient jamais cessé de le surveiller.

Avec quel aplomb Sohan Lal s'est-il approprié l'idée de la candidature du chaivala ! Après tout, laissons-lui ce plaisir. Qu'il s'amuse avec son plan Lala Surajmal. Ça ne trompe personne. Le spectacle de Ramvilas au supplice quand il s'est senti obligé de démissionner n'en a pas moins été réjouissant. Bien fait pour lui. Comment ce commis ose-t-il se donner le titre de seth simplement parce qu'il a escroqué le pauvre Vimal ? Si Lala Surajmal l'avait fichu dehors avant de mourir, l'affaire serait toujours entre les mains de la famille.

Sohan Lal convoite le siège de Chandni Chowk au Parlement, qui pourrait lui échoir après le mandat de Harilal Gupta. Futile ambition, car il est plus âgé que Harilal, qui n'a pas encore soixante ans. Le tour de taille de ce dernier a peut-être pris des dimensions inquiétantes, mais quand a-t-on vu un député abandonner son siège pour raisons de santé ? La chance de Sohan Lal c'est la mise hors circuit de Jugal Kishor. Le seth est parti pour Hardwar, sans même prendre la peine de démissionner du comité, un bon mois avant que Sohan Lal ait manigancé son plan Lala Surajmal. Officiellement pour cause de sciatique, en réalité parce que ses deux fils lui ont brisé le cœur avec ce mur qui scinde Mangat Ram Nawal Kishor en deux. Le comité lui a fait des adieux chaleureux, spécialement Sohan Lal, prolixe en compliments. « J'ai atteint l'âge du renoncement », a déclaré Jugal Kishor au cours de la cérémonie, oubliant qu'à soixante et un ans, il avait deux ans de moins que Sohan Lal. « L'âge où un homme doit abandonner ses biens terrestres et s'enfoncer dans la forêt. » Du pur mélo car lui et sa femme vont vivre dans un appartement à Hardwar, qu'il a fait construire avec l'argent soustrait à ses fils. « Vous n'aurez plus jamais d'autre nouvelle de moi que celle de ma mort. » Les protestations fusèrent, sincères. « La mansuétude à l'égard d'un mort ne coûte rien. » Gloussements gênés de ces messieurs. « Pour jouir de l'amour sincère de ses frères humains, il faut donc mourir de son vivant. » Maxime qu'ils avaient noyée sous des applaudissements sonores. « La *Bhagavad Gita* recommande à toute personne d'un âge avancé de se préparer à cette mort vivante », avait conclu Jugal Kishor, les yeux fixés sur Sohan Lal, qui avait fait semblant de ne rien remarquer.

Pour ce qui le concerne, Kartar Singh n'a pas l'âge de se retirer à Hardwar, ni de femme avec qui partager ses derniers moments. Eh bien, il va aller à Bangalore, puis à Ootacamund dans le Sud. Il y vivra simplement, seul parmi des étrangers dans un lieu étranger. Heureusement qu'il a installé le chavaila chez lui. Comme l'homme ne sait rien, il ne pourra rien dire à ceux qui surveillent le magasin. Et qui surveillent aussi la maison de Vasant Vihar, où ils ne trouveront aucun papier. Dans quelques mois, quand le scandale des paris truqués se sera dissipé, il reviendra à Delhi, vendra la boutique et la maison, et ira faire son propre renoncement au Canada.

La queue avance si lentement qu'il va certainement manquer son avion. Il s'informe auprès d'un employé en uniforme, qui lui dit que le vol pour Bangalore a été retardé à cause de passagers de dernière minute. Ah, soupire Kartar Singh soulagé, ils l'attendent.

L'employé le fait passer dans une autre queue, le voilà devant le comptoir. Pourquoi la fille vérifie-t-elle si soigneusement son billet ? C'est un billet banal, classe économique. Elle lui demande s'il n'a pas de bagages à enregistrer. Non, dit-il. « Vous allez jusqu'à Bangalore sans bagages ? » Il se rend compte de sa bêtise – qui voyage si loin avec une simple mallette ? Elle va évidemment se souvenir de lui. « C'est un voyage d'affaires, dit-il désespéré. Je reviens dans quelques jours.

— Vous avez un billet aller simple », insiste-t-elle.

Kartar Singh est furieux. Qu'est-ce qu'il lui a fait? « Je ne sais pas quel jour exactement », bégaie-t-il. Il sait que ses deux réponses ne collent pas. La femme lui demande de poser sa mallette sur la balance.

« Vingt-cinq kilos! Qu'est-ce que vous transportez là-dedans? »

Des gouttes de sueur perlent à son front. La mallette est à moitié remplie de billets. Deux lakhs. Il aurait dû choisir de plus grosses coupures. « Des livres et des registres, dit-il. Je peux payer le supplément de poids.

— Vous ne pouvez pas prendre ça en bagage à main. Vous devez l'enregistrer. »

Kartar Singh se raccroche au comptoir, racorni, piégé. « Soit, enregistrez-la, soupire-t-il.

— Déverrouillez-la. »

Il demande pourquoi.

« Procédure standard pour les bagages enregistrés, dit-elle. Si on soupçonne la présence d'une bombe ou de narcotiques, on cherchera. Et si on ne peut pas ouvrir, on brisera la serrure. »

Il s'exécute. Elle pèse de nouveau la mallette – comme si le fait d'avoir ôté la fermeture de sécurité l'avait alourdie! – puis la balance sur le tapis roulant. Il regarde sa mallette cahoter et disparaître dans le mur. A demi pleine, parce qu'il avait espéré y rajouter l'argent qu'il aurait récupéré du chaivala. La nuit précédente, il a demandé à Bobby de saccager le kholi de Khari Baoli. Bobby affirme qu'il a tout fouillé – les vêtements, les boîtes –, piqué au couteau tous les sacs de safran et de poivre noir, en vain. Peut-être ment-il. Bien qu'il ait accompli naguère des tâches beaucoup plus dangereuses, ce n'est pas sans raison que les gens ne font pas confiance à un homme doté d'un bec-de-lièvre. Exposer ainsi ses dents supérieures équivaut à perdre une partie de son humanité. Sans compter que quatre lakhs, c'est une grosse somme pour Bobby, suffisante pour lui tourner la tête. Kartar Singh regrette de ne pas avoir interrogé directement le chaivala. A présent qu'il paresse dans la boutique, à tenter de mémoriser des discours grandiloquents, quel besoin a-t-il de cet argent? Quoi qu'il en soit, c'est Ramvilas qui est chargé maintenant de l'enquête. Le commis s'y prendra peut-être mieux que le lièvre.

Kartar Singh se dirige vers la porte d'embarquement. Trois hommes en saharienne l'observent de trois endroits différents. Il l'a senti immédiatement. Alors, est-ce la fin ? Il accélère l'allure. Il pense qu'il sera en sécurité une fois qu'il aura franchi la porte. Ils ne vont quand même pas le suivre jusque dans l'avion ? Il tente de passer au trot, mais son genou lui fait mal. Il se rend compte qu'il boite horriblement. Ah, s'ils pouvaient le voir, tous ces ricaneurs qui affirment qu'il ne boite que quand ça lui convient ! Mais peut-être est-ce sa punition pour toutes les fois où il a joué de son infirmité ?

Les hommes convergent vers lui ! Ils vont s'arranger pour arriver en même temps que lui à la porte d'embarquement. Que faire ? Rebrousser chemin ? L'un d'eux se détache, franchit la porte et continue. Le second ralentit et le troisième change de direction, il file vers les comptoirs d'enregistrement.

Kartar Singh atteint la porte, brandit sa carte d'embarquement, ça y est, il est de l'autre côté, personne ne l'en a empêché. « *Sachche Padshah*, vous m'avez donné encore une chance ! » murmure-t-il, en pénétrant dans le sas qui le mènera à l'avion.

6

Encore un pyarelal, pense Gauhar.

L'homme est maigre et noueux, miné par l'effort. Sa femme est enceinte de huit mois. Son ventre fait craquer les coutures du sari, son visage neutre n'exprime rien, ni bonheur, ni tristesse. L'enfant est l'œuvre d'un de ses clients. L'air contrit face à Gauhar, le mari pointe un doigt accusateur sur la protubérance. « Je l'ai battue comme plâtre quand elle s'est mise à vomir et m'a raconté ça ! Je lui avais dit à la salope de prendre des précautions, mais comment faire confiance à une femme ? Je lui ai dit de se remplir la bouche de sucre et de beaucoup marcher le soir, je lui ai demandé de manger deux kilos de datura par jour, je le lui ai même fourré dans la gorge, mais qui peut défaire ce qui est fait ? Je ne lui ai toujours amené que des hommes bien – en m'assurant qu'ils ne portaient pas de maladie – et voilà ma récompense ! Il reste plus qu'à trouver une sage-femme, qui la débarrassera de cette chose.

— Eh ben, trouvez-la. Pourquoi vous m'amenez votre femme ? demande Gauhar.

— Elle veut pas s'en débarrasser. Depuis un mois, elle supplie et elle pleure. Elle veut le garder, alors qu'elle peut pas nourrir une bouche de plus. Je lui ai dit de faire payer le père. Mais elle sait pas qui c'est.

— Il m'amène sept hommes par nuit, proteste la femme. Ça peut être n'importe lequel.

— Je lui ai dit qu'on avait pas le choix, qu'il fallait appeler une sage-femme, alors elle est tombée à mes pieds. »

En l'entendant raconter l'histoire, la femme tombe de nouveau à ses pieds, une reconstitution de la scène qui impatiente Gauhar.

« Laisse-moi garder celui-là, que j'ai quelqu'un pour m'aimer quand je serai vieille... »

L'homme rit et fait un clin d'œil à Gauhar. « Si c'est un garçon, ce sera un mac. Si c'est une fille, ce sera une pute comme toi. »

La femme continue de pleurnicher, la tête écrasée contre les cuisses tremblantes du mari.

Il soupire. « Même une pierre finit par s'user sous l'effet du vent, déclare-t-il avec philosophie. C'est ce qui m'est arrivé. Le bébé naîtra dans un mois. »

Gauhar commence à comprendre.

« Qu'est-ce que je vais manger jusqu'à ce qu'elle retrouve son ventre plat, hein ? Et où je vais jeter la chose ? » Il secoue la femme pour qu'elle lâche prise. « J'ai bien pensé à me débarrasser d'elle, chuchote-t-il. Je pourrais aller à GB Road et me trouver une gentille Népalaise. Mais je suis un homme pieux, un mari doit rester avec sa femme... »

Situation difficile mais banale pour un pyarelal, réfléchit Gauhar. Pour un mari qui prostitue sa femme, une grossesse est doublement gênante.

« Aujourd'hui c'est Eid, dit Gauhar. Epargnez-la. »

L'homme semble bouleversé par l'ampleur de son sacrifice. Il jette à Gauhar un regard rempli d'espoir.

« Vingt-cinq pour cent, propose Gauhar. Cinq passes par jour. A la fin de chaque semaine, je vous donne vingt-cinq pour cent. »

L'homme est horrifié, ou fait mine de l'être. « Raja Babu ! Comment je peux vivre avec vingt-cinq pour cent ? Elle va faire tout le travail, pourquoi toucherait-elle seulement vingt-cinq pour cent ?

— Elle va faire tout le travail ? ricane Gauhar, en toisant l'homme avec mépris. Alors vous avez qu'à vous en occuper. Elle fait le travail et vous vous gardez cent pour cent. Et vous la protégez quand la police arrive. »

Sur un signe, Munna pousse le couple dehors.

« Raja Babu ! (Le ton indique la capitulation.) Je peux avoir une avance ? »

Gauhar acquiesce, Munna tend vingt roupies, le type presse le billet contre son front, sort à reculons.

« Pyarelal ! marmonne Gauhar. Maquereau. »

Maintenant, il regarde la femme plus attentivement. Elle est frêle. Le corsage enserre des épaules étroites. Son sari jaune lui recouvre aussi la tête, ce qui lui donne un air étrangement respectable. D'un geste brusque, Gauhar tire sur le sari, dévoilant une natte de cheveux noirs jais. Il tire encore un peu plus, découvre le corsage, qui révèle de petits seins. Tant pis, il fera avec.

« Bholanath ! » hurle-t-il.

Munna lui apporte un joint. Gauhar aspire une longue bouffée, le passe à la femme, se laisse tomber sur un vieux sofa dans un coin. Il dit à la femme de venir s'asseoir à côté de lui, l'aguiche avec une bouteille de whisky de contrebande. Puis il renvoie Munna. « Ne laisse entrer personne. »

Il peut se fier à Munna, qui est d'une fidélité farouche – beaucoup plus qu'aux autres, qui travaillent dans les rues de Chandni Chowk, de Shahdara et Naya Bazar, pickpokets, voleurs à la tire, vendeurs d'alcool et de hashish. Ils sont censés lui verser tous les soirs cinquante pour cent de leurs gains de la journée, mais il sait qu'ils ne le font jamais. C'est irréaliste d'attendre de voleurs une parfaite honnêteté. Il craint aussi qu'ils ne se rebellent s'il se montre trop exigeant. Il a remarqué des regards menaçants, spécialement chez Johnny et Partho, qui atteignent leurs vingt ans. L'âge où un pickpocket est apte à des boulots plus rémunérateurs, donc n'est plus rentable dans une bande. L'âge où un honnête pickpocket se transforme en rustam. Aftab en revanche ne lui cause pas de soucis. Bien qu'il soit l'aîné des garçons – il vient juste derrière Gauhar – ils ont Binodpur en commun, et il n'a pas eu besoin de l'introniser officiellement son adjoint, ça allait de soi. Il va devoir virer Johnny et Partho dans le courant de l'année, sans susciter d'émeute, s'il ne veut pas finir comme le précédent Raja Babu, qui pourrit dans les geôles d'Inderlal.

Voilà un homme raisonnable – ramenard au début, mais calme et calculateur quand il a compris que Gauhar ne bluffait pas et ne se laisserait pas intimider. Gauhar l'avait reconnu au premier coup d'œil en entrant dans son bureau. Le sale type qui l'avait arrêté après l'affaire de Rajghat – quand il avait pissé sur le mausolée – et conduit au tribunal dans sa jeep. A l'époque, c'était un policier minable. Maintenant, il avait l'air important. La moustache épaissie, l'uniforme chic, se pavanant comme un grand homme. Gauhar connaît le genre. Il en a vu des centaines à Tihar, Bobby lui a appris à ne pas se laisser intimider par eux.

Gauhar pense qu'il a pris la plus sage décision de sa vie en ayant racheté Munna plutôt que Raja Babu.

« Et Raja Babu? avait demandé Partho en voyant Gauhar ramener un Munna sanglotant.

— Je le ferai libérer demain. Ça vous donnera toute une journée pour vous cacher, parce que quand il sortira, il voudra tous vous tuer. Il croit que vous l'avez balancé. »

Aftab a levé la main et crié : « Gauhar Muhammad *zindabad!* » Munna a ravalé ses larmes et répété le cri. Les autres en ont fait autant. Ils sont retournés au parc en portant Gauhar sur leurs épaules, et ils n'ont plus jamais demandé après Raja Babu.

Il y a eu une grande fête cette nuit-là dans le parc, qui s'est prolongée longtemps après que tous les trains eurent quitté la gare de Old Delhi, que les taxis eurent disparu, que les rickshawalas furent allés dormir et les coolies ronfler. Des jours suivants, Gauhar ne se rappelle pas grand-chose sinon qu'il les a passés dans une hébétude de bholanath et de Chou En-lai. Les garçons l'ont trimbalé dans tout Chandni Chowk, dans les bus, les halls de cinéma, ils ont traversé des multitudes, des ronds-points... Partout ils volaient, déchiraient et coupaient, entaillaient et tranchaient. L'esprit si joyeux, le cœur si audacieux, les mains si habiles. Il se revoit pendant la grande fête, ivre, brandissant son moignon et croyant reconnaître Gopal Bhai. Ah, nager éternellement dans un océan de bholanath en regardant l'argent voler au vent autour de soi ! Y a-t-il une seule chose qu'un manchot ne puisse faire ?

Il lui a fallu un mois pour s'habituer à l'alcool et à la ganja, et s'autoproclamer Raja Babu. Il n'a jamais dit aux garçons combien il a payé Inderlal. Il les a laissés imaginer des sommes fantastiques, et croire qu'il a enterré plein d'argent quelque part. La vie est facile dans la peau d'un Raja Babu. Plus besoin de faire les poches. D'ailleurs il n'a jamais été très bon dans ce domaine, l'opération nécessite deux mains au bout de deux bras attachés aux deux épaules d'un même individu. Cinquante-cinquante sur tout, ce n'est pas si mal pour s'assurer la protection de la police.

Il aime bien les garçons. Ils lui rappellent les amis qu'il avait à Binodpur, avant que ses parents aient suivi Bhola Dada de l'autre côté de la rivière Ichchamati, jusqu'à Bongaon, pour ensuite prendre des trains et des bus et disparaître derrière le Fort Rouge. « Voilà la rivière Ichchamati avait dit Bhola Dada. Elle exauce tous les vœux. » Elle a effectivement exaucé les vœux de Gauhar, en quelque sorte. Il parle bengali avec Partho, Johnny et Aftab, comme du temps de Binodpur. Il s'applique à prouver qu'il est bangladeshi, parce que sinon ils ne l'auraient pas accepté comme Raja Babu. Par chance ils sont plus jeunes et moins forts que lui. Cependant s'ils s'y mettaient à deux ou trois pour l'attaquer... Mais Aftab ne s'en prendra jamais à lui, et Munna veille sur lui comme un chien, bondissant sur ses pieds pour satisfaire le moindre de ses désirs.

Sous l'effet du Chou En-lai, la femme a commencé de se détendre. Il l'attire à lui, l'examine attentivement. Elle n'est pas belle, mais présente l'attrait sensuel de la femme en plein épanouissement. Mais non, il doit la réserver à GB Road. Ne pas mélanger les affaires et le plaisir. Il lui donne une autre bouteille de whisky, elle la prend nonchalamment. De sa bouche ouverte s'échappe un petit rire bête.

« Comment t'appelles-tu ? demande Gauhar.

— Ruby. »

Il sait que ce n'est pas son vrai nom, seulement celui réservé aux clients, ce dont il se fiche. Il l'appellera Ruby. Il veut lui retirer la bouteille, elle résiste, mais il est beaucoup plus fort.

« *Bijness !* » dit-il sévèrement. Une putain ne doit jamais oublier qu'elle est là pour le business, pas pour le plaisir. Il la tire du canapé, resserre le sari convenablement sur la poitrine. Qu'elle ait l'air présentable pour des clients respectables. « Viens. »

Ils sortent de la pièce, Munna se lève – il gardera les lieux jusqu'au retour des autres. Gauhar et Ruby traversent des ruelles qui relient Shahdara et les alentours du Fort Rouge en passant par le croisement de Chandni Chowk et de Netaji Subhas Road. Le croisement le plus encombré du quartier. A cette heure-ci, il y passe des milliers de scooters, de voitures et de bus. Le feu devient rouge. Freinements brutaux, les tricycles tanguent dangereusement puis se glissent entre les voitures, impatients de filer, des centaines de moteurs tournent au ralenti, crachant de la fumée noire et vrombissant à l'unisson.

Gauhar pousse Ruby dans ce dédale. Il ne dispose que de quelques minutes pour choisir son client. Maruti, Mercedes, voitures aux vitres teintées, tricycles, rickshaws, scooters... La voiture ne doit être ni trop luxueuse, ni trop moderne, ni trop petite, et cependant bourgeoise. Les bourgeois sont radins. Mieux vaut une famille qu'un célibataire. Comme celle-ci, sur le scooter, avec le type qui fait rugir son accélérateur, et la femme au joli sari de coton imprimé, de bonne qualité. Elle est grassouillette, le bébé dans ses bras ne doit pas avoir plus de trois mois.

« *Maayi baap !* » les interpelle Gauhar, pointant de son moignon le ventre de Ruby. « Mère ! Père ! »

Ruby pousse un cri aigu et terrifiant, qui se termine en gémissement guttural. Elle s'arrache les cheveux, ses mains descendent vers les seins pour se poser sur le ventre. « Ma femme est en douleurs, *maayi baap !* se lamente Gauhar. Neuvième mois. Et qui va nourrir la bouche supplémentaire ? Emmenez-la à l'hôpital, *maayi baap !* Elle a déjà perdu les eaux. Emmenez-la chez un docteur, s'il y a de la compassion dans votre cœur ! Emmenez-la chez quelqu'un qui fera l'accouchement, ou elle va exploser ici, au milieu de la circulation, devant vous ! Madame, la laisserez-vous mourir dans la rue, juste sous vos yeux ? Il y a un bébé dans son ventre, trois mois de moins que le vôtre. Pensez à sa douleur, plongez au fond de votre cœur, espèces d'enculés assis confortablement sur votre scooter, trouvez-y la compassion qui vous collera à la gorge... Ah, vous n'avez pas de place sur le scooter ? Vous allez voir votre sœur et vous n'avez pas le temps de nous aider ? Alors pouvez-vous nous donner l'argent du taxi que nous allons prendre ? Donnez ce que vous pouvez, tant pis, pour prendre un bus de merde et l'emmener à l'hôpital – mais dépêchez-vous ! Ne voyez-vous pas l'urgence de la situation ? N'êtes-vous pas foutus de comprendre qu'elle est en train d'accoucher, juste là ? »

L'homme hésite. Son instinct lui dit que quelque chose cloche. Il y a peut-être un coussin sous le sari ? Mais il voit la peau nue du ventre gonflé. Il sait qu'il est en train de se faire avoir, mais il ne veut pas paraître insensible devant sa femme. Le feu vire au vert. Le vrombissement des moteurs augmente, l'homme fourre un billet de dix roupies dans la paume de Gauhar, tourne la poignée d'accélération, le scooter bondit. Dix roupies ? Pour ce prix, le docteur accouchera le bébé et laissera la femme sur la table, ouverte, saignant, maudite parce que dix roupies couvrent l'extraction de l'animal mais pas la suture de la poche d'où on l'extrait. Va, espèce de salaud sur ton scooter, et que ton bébé se fracasse le crâne sur l'asphalte la prochaine fois que tu freineras.

Gauhar passe au milieu des voitures, traînant Ruby derrière lui. Il est furieux. Avec d'autres femmes il a récolté vingt-cinq parfois même quarante roupies, alors qu'elles étaient moins visiblement enceintes. Son salaud de mari a affirmé qu'elle vole comme elle respire, qu'elle attendrirait un cœur de pierre, qu'elle ne recule devant rien pour soutirer leur argent aux grosses dondons, et elle s'est contentée d'un seul bêlement. En réalité, elle a pris les habitudes des putains. Une prostituée n'a pas besoin de faire quoi que ce soit, parce qu'elle possède ce que les clients réclament. Ce qu'il faut dans cet autre genre de boulot, c'est susciter la compassion, pas le désir. La compassion, ça se soutire à la façon dont on tord une serviette-éponge déjà sèche pour en extraire les dernières gouttes. Il va parler au mari – vingt-cinq pour cent, c'est trop pour une telle marchandise.

« Je veux rentrer chez moi, dit Ruby.

— La ferme ! »

Ils doivent racketter au moins deux autres clients avant de

rentrer dans sa piaule où le mari doit attendre de toucher sa part. Le flot de véhicules se tarit. Il semble qu'il y ait un embouteillage quelque part, le carrefour se remplit de badauds qui attendent le passage d'un cortège de mariage avec un orchestre de cuivres, clarinettes, tubas et tambours. Maintenant il va falloir que j'attende que ces salopards dégagent, fulmine Gauhar. Et, bien entendu, ils vont s'arrêter et se mettre à danser. Aucun cortège de mariage ne se priverait d'une telle occasion de danser. Et qui, parmi ces gens, se soucie d'une pute à gros ventre ?

Le cortège a remonté Chandni Chowk. En arrivant au carrefour, il perd de son élan. Ne sachant pas quelle direction prendre, tourner à gauche, à droite ou filer tout droit sur Fort Rouge, les gens piétinent et crient des slogans. Gauhar se rend compte alors qu'il ne s'agit pas d'un cortège de mariage. Il n'y pas de cheval, pas de parasol, ni de chasse-mouches pour le mari. Tant pis, dans le boulot, il faut saisir n'importe quelle occasion. Il propulse Ruby devant un homme. « *Maayi baap!* Ma femme souffre, *maayi baap!* Elle a perdu les eaux... » Mais l'homme la repousse, et continue à scander : « Gopal Das *zindabad!* Votez pour Gopal Das ! Votez pour la tasse de thé ! »

Il y a bien un marié, se dit Gauhar, mais il réclame des voix au lieu d'une femme. Que ce Gopal Das aille se faire foutre ! De quel droit vient-il empêcher Gauhar de travailler ? Il n'y a rien à tirer de mendiants qui crient des slogans dans des processions. Pour ça, ils reçoivent un repas gratuit et quarante-cinq roupies. Comment voulez-vous qu'ils se soucient d'une pute enceinte, même si elle se met à saigner sous leurs yeux ?

La ferveur des manifestants s'intensifie ou diminue selon qu'un homme en kurta-pyjama blanc s'approche ou s'éloigne. Gauhar sait ce que fait le meneur : il compte les slogans et surveille le volume sonore. Il semble vouloir les entraîner vers Daryaganj. Gauhar l'a vu il y a des années dans Kucha Bansilal, assis à l'extrémité du matelas de Seth Sohan Lal, écrivant fiévreusement. C'est une sorte de commis – bien sapé, glabre et douteux. On ne peut pas faire confiance à un homme avec des vêtements propres et des cheveux bien lisses. Il parle avec insistance à un type sur sa gauche, qui semble résister. Donc il y a bien un marié ! Sauf que celui-ci, petit et chauve, se dandine plutôt qu'il ne marche, ne monte pas de cheval et n'est pas protégé par un parasol. Les guirlandes qu'il a autour du cou dissimulent en partie son visage. Il avance les mains jointes, un namaste à l'intention de gens qu'il ne voit pas à cause des guirlandes. Une pancarte se dresse derrière sa tête, portée par un garçon qui la hisse de plus en plus haut au rythme des slogans. Avec le dessin d'une tasse de thé et un texte en hindi – « Votez pour Gopal Das ! Un indépendant ». Le bonhomme chauve avance lentement, prudemment, comme si la rue était jonchée de clous.

Le type en kurta-pyjama immobilise le marié, lui lève les bras, les brailleurs se taisent. Le marié va faire un discours. Le kurta-pyjama écarte les deux guirlandes supérieures, révélant la majeure partie du visage – lunettes voilées, moustache grise, lèvres desséchées. Gauhar hoquette.

« Frères et sœurs, murmure Gopal.

— Plus fort, ordonne Ramvilas.

— Frères et sœurs ! clame Gopal. Aujourd'hui, c'est l'Eid-ul-Fitr ! C'est aussi le jour où le Mahatma Gandhi est tombé sous les feux de la haine... »

Les yeux écarquillés, Gauhar ne croit pas ce qu'il voit. Il se rappelle un Gopal Bhai en kurta chic, radieux sur une estrade, qu'un gros sardarji serrait dans ses bras. Est-ce que sa santé s'est détériorée à ce point en deux ans ? Et pourquoi l'appellent-ils Gopal Das ? Gauhar n'y tient plus. Il lâche la main de Ruby, court et s'arrête pile devant Gopal. Les guirlandes se sont réapproprié le visage. Quelques cheveux gris poussent derrière les oreilles. Il a l'air usé, buriné, mais il n'y a pas de doute, c'est Gopal Bhai, le chaivala qui essaie de le reconnaître à travers ses verres rayés. Gauhar lui brandit son moignon sous le nez. « Gopal Bhai ! crie-t-il.

— Gauhar ?

— Continuez de parler ! ordonne Ramvilas.

— Que tu es grand, s'émerveille Gopal. Qu'as-tu fait de ta barbe ?

— J'ai été hindou pendant six ans.

— Je te croyais mort.

— Pas mort ! Juste hindou.

— Où étais-tu allé ?

— Ne me posez plus jamais cette question. »

Ramvilas lui jette un regard méfiant. « Qui est cet homme? demande-t-il à Gopal.

— Mon fils.

— Votre fils a été tué par les anti-Mandal du PPI ! » rétorque Ramvilas, furieux. Sur un signe de lui, quelqu'un saisit Gauhar par le bras et le pousse à l'écart.

« Lâche-moi, enculé ! hurle-t-il.

— Avancez, ordonne Ramvilas à Gopal.

— Je veux parler à mon fils.

— Votre fils...

— Ça fait six ans que je ne l'ai pas vu !

— Vous lui parlerez après la manifestation.

— J'ai mal à la jambe, Ramvilas Babu. On ne pourrait pas prendre un taxi?

— Qui vous verrait dans un taxi? se moque Ramvilas. C'est une campagne électorale, pas une promenade de santé ! Nous devons couvrir Daryaganj, puis Ballimaran, puis Jhandewalan...

— Un rickshaw ! supplie Gopal. On me verra dans un rickshaw. Je resterai bien droit et je joindrai les mains. J'ai vu Suleman Mian faire campagne dans une jeep. Et Harilalji salue depuis une Ambassador. Personne ne parcourt à pied tout Chandni Chowk.

— Vous êtes le candidat des pauvres. Vous devez vous conduire comme un pauvre. »

Gopal courbe la tête.

« Et où trouver l'argent pour les rickshaws et les taxis? ajoute Ramvilas. Une campagne, ça coûte très cher. Au moins dix millions. »

Gopal soupire. Si seulement il pouvait avoir quelque chose pour soutenir ses mains jointes, une sorte de cadre accroché à sa taille ! Maintenant, il faut qu'il marche jusqu'à Daryaganj. Quand le laisseront-ils parler à son fils?

« Pour lancer une campagne, il ne faut pas tant, dit Ramvilas. Trois, quatre lakhs suffisent. Vous ne les auriez pas, par hasard? »

Gopal trébuche. C'est impossible ! Ramvilas Babu ne peut pas faire allusion à cet argent ! Qui sait s'il existe toujours? Il a peut-être pourri, mourant lentement par manque d'air? Est-ce que l'argent, ça s'étouffe?

Gauhar sent quelque chose brûler en lui. Gopal Bhai, un vrai baba comme il n'en a jamais eu, le seul homme de Chandni Chowk qui ne soit ni un voyou ni un maquereau. Qu'est-ce que c'est que quatre lakhs? Aftab, Munna, Johnny et Partho peuvent les collecter en quelques semaines, s'ils se concentrent sur les chaînes en or et les bagues en diamant, et laissent tomber les montres-bracelets... D'une secousse, il échappe à l'étreinte de l'homme de Ramvilas, et rattrape Gopal. « Je peux trouver l'argent, dit-il.

— Je vous avais dit de foutre le camp ! grogne Ramvilas.

— C'est mon fils », répète Gopal.

Le chaivala perd la tête, ricane Ramvilas. Ne se rappelle-t-il pas la boule de feu qui a avalé son fils ? Lui, il s'en souvient très bien – un garçon décharné, encore adolescent, avec sa chemise jaune criard et son pantalon couleur boue, la poitrine si maigre qu'on voyait les côtes à travers la chemise. « Il y aura un homme derrière toi avec une couverture, lui avait dit Ramvilas. Il éteindra les flammes aussitôt. On te conduira au meilleur hôpital, tu auras le meilleur docteur. Tu seras célèbre, les dirigeants viendront te voir, peut-être même le Premier ministre... » Mais c'est une vieille histoire.

« Comment vous appelez-vous ? demande Ramvilas

— Gauhar Muhammad.

— Aujourd'hui c'est l'Eid. Qu'est-ce que vous faites ici ?

— Je suis hindou », rigole Gauhar.

Ramvilas gratte les recoins de son esprit. Ne l'aurait-il pas déjà vu ? Un musulman manchot... « Avez-vous déjà travaillé pour des campagnes politiques ? »

Gauhar lève son moignon et s'esclaffe : « Gopal Das *zindabad !* »

Ramvilas arrache la pancarte des mains du garçon, derrière Gopal, et la tend à Gauhar. « Prenez ça, et tenez-la bien droite !

— Et l'argent ?

— Venez m'en parler ce soir. »

Les badauds se dispersent, constate Ramvilas. Le rassemblement est un flop. Au lieu d'attirer du monde, ils se sont fait harceler par les agents de la circulation, les bus, les scooters ont failli leur rentrer dedans, et il devra payer mille roupies aux brailleurs de slogan, une fois leur boulot terminé. Quant au manchot, qui semble prêt à travailler pour rien, qu'il soit ou non le fils du chaivala n'a pas d'importance, ce qui compte c'est qu'il est musulman, et donc plutôt un atout pour un candidat laïc. Sauf que le candidat se révèle une grosse déception. Pas de cœur au ventre, aucune envie de se battre. Imaginer qu'il va enlever des voix à Suleman est ridicule. Mais c'est peut-être l'idée elle-même qui est vouée à l'échec. On ne peut pas lancer un candidat laïc sans l'aide active du PPI, et comme Ramvilas a démissionné, le parti s'est désintéressé de lui. Sohan Lal savait ce qu'il faisait ! Impossible de compter sur Kartar Singh, disparu, personne ne l'a vu depuis deux jours.

Ruby s'extrait de la foule, court vers Gauhar, s'accroche à lui. Il lui fait lâcher prise. « Retourne chez ton mac.

— Et ma commission ?

— Dis à ton pyarelal de venir demain. L'affaire est terminée. Tu es une pute bonne à rien. »

Ruby s'éloigne en pleurnichant. Gauhar brandit la pancarte et se prépare à défiler, l'estomac noué par la peur. Il est en train d'enfreindre la règle qu'il s'est fixée depuis six ans, sous l'effet de vagues menaces d'Ibrahim Mian derrière qui se tenait le fantôme de Suleman Mian. Ne jamais parler à Gopal Bhai, ne plus remettre les pieds dans Kucha Bansilal, ne jamais parler à Sohan Lalji... Mais Gopal c'est son père, qui peut empêcher un fils d'approcher de son père ? Il lève la pancarte encore plus haut. « Gopal Das *zindabad !*

— Mon fils m'est revenu, s'émerveille Gopal.

— Avancez ! ordonne Ramvilas. Il y a plein de voix à récolter chez les pauvres de Matia Mahal. »

L'enthousiasme de Gauhar contamine Ramvilas. Il n'a pas fait tout ce chemin, déjouant les pièges de Surajmal, Sohan Lal et Kartar Singh, pour abandonner. Pour attirer l'attention sur le chaivala, il faut des alliés. Où les trouver ? Dans la presse, la madame journaliste, s'il réussit à la manipuler. Le syndicat des rickshawalas, s'il peut le convaincre, celui des tailleurs, s'il a de quoi le payer. Muhammad Salauddin Qureshi, qu'on peut arracher au PPI avec guère plus qu'un très bon repas. Noor Muhammad, qui suivra Qureshi en chien fidèle. Et Gita, sa Gulmohar, à condition qu'il ait encore quelque chose à lui offrir.

« Gopal Das *zindabad !* » hurle Gauhar.

7

L'immeuble du Naari Niketan se cache, à l'extrémité de GB Road, dans une venelle encombrée de vendeurs de paan et de marchands de pompes à eau. On a hâtivement surélevé le vieux bâtiment d'un étage afin d'accueillir toutes les filles arrachées à GB Road. Il en arrive une nouvelle tous les deux ou trois jours. Certaines enceintes, d'autres avec des enfants, la plupart népalaises ou bangladeshies. La prolifération des ONG qui se sont emparées de cette cause a rempli Naari Niketan, sans pour autant fournir au foyer l'argent permettant de recaser les filles ailleurs. La direction de l'assistance sociale a donc décrété qu'il n'accueillerait plus que les mineures – les « victimes adultes » n'ont qu'à se débrouiller toutes seules.

Ramvilas traverse le bureau d'entrée, suit un étroit couloir qui débouche sur une salle. Trois rangées de couchettes superposées bordent les murs, on se croirait dans un compartiment de chemin de fer. Un groupe de femmes, armées de carnets, de brochures et de crayons entoure Gita Didi, au centre. Ramvilas s'avance, des filles stupéfaites sautent à bas de leur couchette et le suivent. Il reconnaît, dans le groupe, Manju et Nasreen, Gita elle-même est en train d'interroger trois gamines qui gloussent à chaque réponse.

Elle aperçoit Ramvilas, se drape étroitement dans son sari, poursuit son interrogatoire. Manju et Nasreen griffonnent fiévreusement. Il s'arrête, stupéfait par son apparence. Les cheveux sévèrement tirés sont noués en chignon, couvert d'un filet. Avec ses lunettes à monture noire – une nouveauté –, son maintien sévère, on dirait une institutrice. Au bout de quelques minutes, elle renvoie Manju et Nasreen. Ramvilas vient occuper l'espace laissé vide.

« Que viens-tu faire ici ? demande-t-elle sèchement. Il paraît que tu es un seth maintenant, trop respectable pour être vu en ma compagnie.

— Juste un seth, pas un membre du comité. Qui a dit que les seths sont respectables? Par ailleurs, tu es un personnage célèbre. »

Il déplie un numéro de *India Now*. Elle se détourne, mais il remarque l'éclair de triomphe dans ses yeux. Il ouvre le journal à la page « Les gens », où on la voit tenant une boîte de préservatifs appelés « Nirodh », avec comme légende sous la photo : « Gita Didi, préservatifs universels ! »

Photo et personnage réel racontent une histoire de déclin. La peau – ce qu'en dévoile le sari blanc – est marbrée, les yeux entourés de rides, les joues s'affaissent, il y a même des mèches grises derrière les oreilles. Elle s'est métamorphosée en une matrone de trente et un ans. La lèvre inférieure pulpeuse, encore pulpeuse, ne s'écarte plus lascivement mais se serre étroitement quand elle se tait. C'est l'œuvre de Ramvilas. Il a transformé une prostituée pleine de talent en nonne.

« Ils n'auraient pas dû mettre Charulata en couverture », dit Gita, un brin irritée.

Ah ! La vanité perce sous l'armure, pense Ramvilas.

Croulant sous les guirlandes, debout derrière un micro, la main gauche levée, Charulata s'adresse à une foule qui donne l'impression de rassembler l'entière population du pays.

« Regarde-la ! insiste Gita. Grosse, laide, informe, presque un homme. »

Presque un homme, songe Ramvilas, mais capable peut-être d'imposer le choix du futur Premier ministre.

« Et maintenant, j'ai du travail, le défie-t-elle.

— Pourquoi as-tu installé FRETS ici? Vous avez déjà sauvé ces filles.

— Nous voulons nous assurer que notre argent est correctement dépensé. »

Les filles, qui les observaient avec curiosité, réclament de voir le magazine. Ramvilas leur montre la photo de Gita. Elles la comparent au vrai visage et s'exclament. La rumeur circule dans le compartiment que la femme pincée qui les a asticotées avec des questions ridicules est en réalité une star de cinéma. Ramvilas se rend compte de son erreur.

« Nous ne pouvons pas parler ici, dit-il.

— Et de quoi devons-nous parler?

— Est-ce que tu es allée voir mon candidat?

— Oui, il ne peut pas gagner. » Elle lui tourne le dos et quitte la pièce, entraînant une meute de filles. Il les suit. « Il ne vaut rien. Je suis restée au comptoir et je l'ai bien regardé. Il osait même pas lever les yeux sur moi. Un type comme ça ne peut pas gagner.

— Ce n'est pas ce que nous voulons. (La phrase lui a échappé, il la regrette aussitôt.) Si si, il gagnera si tu le soutiens. »

Elle entre dans une pièce remplie de machines à coudre. Le cliquetis s'arrête. La rumeur de sa célébrité l'a précédée. Elle demande aux filles de reprendre le travail. A contrecœur elles se remettent à pédaler, sans cesser de l'observer. Manju et Nasreen circulent entre les rangs, inspectant le travail.

« Tu dois l'aider à lancer sa campagne, dit Ramvilas.

— Pourquoi veut-il devenir député?

— Il n'a pas le sou, ni maison, ni boutique – qu'est-ce qu'il peut faire d'autre? Il faut que tu l'aides.

— Moi non plus je n'ai pas d'argent. »

Il sait qu'elle ment, s'émerveille de son aplomb. « Ne recevez-vous pas de l'argent des fonds discrétionnaires de Harilal Gupta?

— Bof, une goutte d'eau dans l'océan. Je distribue dix mille préservatifs par jour, je coordonne deux cents visites de docteurs par semaine, chaque mois j'ouvre des dispensaires du sexe. J'inspecte les centres de réhabilitation, Naari Nitetans, les commissariats de police... » Elle s'interrompt, sidérée par le nombre de ses activités.

« Oui, bien sûr, dit-il, je sais que FRETS fait du très bon travail –

— Non, tu ne sais pas! Il y a plus de quatre-vingt-dix kothas dans GB Road, plus de trois mille travailleuses du sexe, qui se font chacune six clients par nuit. Si je distribue dix mille préservatifs par jour, peux-tu calculer combien de passes elles acceptent sans protection? Et l'impact sur l'épidémie du sida? Peux-tu me dire comment je peux distribuer les cinquante boîtes nécessaires si je n'ai pas l'argent pour les acheter? »

Il est furieux. Il vient lui demander la réciprocité d'un service rendu – ne l'a-t-il pas aidée à sortir Kiran du foyer? – et elle lui réclame de l'argent! « Tu en as suffisamment, rétorque-t-il.

— Ça coûte très cher de maintenir les filles en activité. L'inspecteur de l'administration exige une commission avant de donner les préservatifs – dix roupies par paquet – et les certificats de non-contamination. Tu sais combien ça coûte, les visites à l'hôpital, la protection policière, les cours sur les MST, les films et les cassettes vidéo ?

— Les films?

— Oui, une pute ça aime regarder des films. »

Ramvilas soupire. Il sait exactement combien Harilal Gupta lui verse en douce chaque mois : c'est lui qui a fixé le montant de l'allocation il y a trois ans. Donc FRETS a reçu plusieurs centaines de milliers de roupies (il n'a pas calculé le total exact) qui n'ont sûrement pas été dépensées intégralement en affiches et brochures. Voilà qui lui fournit une arme, dont il se servira ultérieurement. Pour le moment, il faut passer à autre chose.

« Où vont-elles en partant d'ici? demande-t-il en pointant les filles à leur machine à coudre.

— Nous essayons de les placer ailleurs qu'à GB Road. Mais la couture et le tricot, ça ne fournit pas de travail. Chaque femme est censée savoir coudre et tricoter.

— A quel âge s'en vont-elles?

— A vingt et un ans. » Elle sort de la salle, et l'entraîne vers une cour intérieure mal entretenue.

« Tu n'as pas besoin de faire une donation, dit-il. Je veux simplement que FRETS le soutienne publiquement.

— FRETS soutiendra n'importe quel candidat qui défend les droits des femmes.

— Il n'a jamais fréquenté GB Road. Ça ne suffit pas? »

Elle farfouille dans son sac, en extrait une liasse de papiers.

« Je n'avais pas compris que tu avais déjà préparé ta liste de demandes.

— C'est le texte de la loi sur la PTI, Prévention du Trafic Immoral, de 1986. »

Les mots lui coulent sans effort de la bouche. Où a-t-elle appris tant d'anglais?

« La prostitution est illégale en Inde, dit-elle. Savais-tu que tu enfreignais la loi pendant toutes ces années? »

Rappel gênant. Il ne fréquente plus GB Road – en tant que

client – depuis deux ans. Pourtant, même dans sa position, il n'est pas difficile de s'introduire subrepticement dans un kotha. Le bureau de FRETS constitue une oasis dans le désert du péché, où d'éminents politiciens en campagne s'arrêtent et se font photographier en compagnie de prostituées. Un honorable commerçant peut s'y arrêter pour faire une donation ou s'informer sur les dernières initiatives en matière d'émancipation des femmes. Une fois à l'intérieur du kotha 842, il se pourrait que notre visiteur trouve le chemin des étages supérieurs, des lits à colonnes... Ramvilas a su résister. Aidé, il est vrai, par ces plaies récurrentes et la nécessité d'établir ses filles. L'aînée a déjà dix-huit ans. Dès la fin de la campagne électorale, il va lui chercher un parti convenable. Quand on est intimement lié à un membre du Parlement, ce que sera Harilal Gupta, il ne doit pas être difficile de trouver de bons maris à ses filles, même avec une faible dot.

« Nous voulons la légalisation de la prostitution, dit Gita, ce qui te permettra de fréquenter GB Road en toute tranquillité. » Elle sourit. « Nous voulons être appelées travailleuses sexuelles. Nous sommes deux millions en Inde. Nous voulons des dispensaires, une assurance, des vacances – tout ce à quoi une institutrice a droit.

— Tu parles comme un politicien, grogne Ramvilas.

— Tu me demandes de soutenir un politicien.

— Mais ce n'est pas un politicien. C'est un homme du peuple !

— Les putes ne votent pas pour des hommes. Elles les baisent. »

Il est estomaqué. « Je ne peux pas faire grand-chose. Je ne suis même plus membre du comité ! Pourquoi tu ne t'adresses pas à Harilal Gupta ?

— Est-ce que tu as vu la pancarte à l'entrée de GB Road? C'est lui qui l'a fait installer. »

Ramvilas ne peut s'empêcher de rire. Il l'a vue effectivement il y a un quart d'heure, en arrivant. Un gigantesque panneau au fond blanc sur lequel giclent les mots : « Celui qui vient à GB Road est un âne. »

« Qui ça vise ? demande Gita. Ceux qui viennent pour les putes viennent la nuit. Ils ne peuvent pas lire dans le noir. Ceux qui viennent le jour, c'est pour acheter des pompes et des lavabos. »

Décidément, elle refuse d'abandonner son discours formel. Sa Gulmohar, si tant est qu'elle existe encore, est profondément enterrée sous son personnage de présidente d'ONG.

« Gopal Das défendra toutes tes revendications, dit-il. Amène autant de filles que tu pourras dans notre local de campagne de Lajpatrai Market pour manifester en sa faveur.

— Pourquoi a-t-il besoin du soutien des putes?

— Une pute vaut mille nonnes! glousse-t-il. La famine n'intéresse personne, la pauvreté ennuie, le communautarisme est démodé et le sécularisme perd de sa saveur. Ça nous laisse le viol, l'inceste et la prostitution. Le sel de la vie. Tout le monde remarquera un candidat soutenu par des prostituées. »

Il évite de mentionner la publicité supplémentaire qu'apporte à Gita l'article d'*India Now*. Inutile de la faire se rengorger davantage.

« D'accord, dit-elle. Viens demain à mon bureau.

— Je n'irai pas dans cet endroit. Nous pouvons discuter des détails ici même.

— Tu ne m'as toujours pas précisé ce que ça me rapportera en échange.

— Gopas Das soutiendra ta cause.

— Ça ne veut rien dire. Il n'est que candidat. Qu'est-ce que toi tu feras pour moi? »

Ramvilas s'accorde une seconde de réflexion. « Je ne révélerai pas l'existence de Kiran. »

Elle ne réagit pas. Expression d'une sérénité qu'il regrette de l'avoir aidée à acquérir. « J'ignore où elle se trouve, dit-elle posément.

— Puisqu'elle n'a pas vingt ans, et qu'elle n'est pas à Naari Niketan, l'aurait-on renvoyée à Katmandou? Ou bien dans un kotha de GB Road, sous le regard attentif d'une bai, qui a promis de ne pas la mettre au travail? Se pourrait-il que la bai reçoive une petite gratification mensuelle en échange de la commission qu'elle ne touche pas? Et quelle commission! Une fille de treize ans, vierge peut-être, et belle. Qui paierait une telle gratification? FRETS, avec l'argent si généreusement alloué par Harilal Gupta, représentant de Chandni Chowk à l'assemblée régionale et ministre des Transports du gouvernement de Delhi?

— Naari Niketan n'est pas un endroit pour une fille si jeune », murmure Gita.

Et à Katmandou, songe-t-elle avec hargne, il y a l'oncle Jangbahadur, qui approche son visage du sien, si près qu'elle voit les traînées noires de ses gencives, et qui halète. « Avec tes yeux en amande, tu briseras plus d'un cœur. » Et le nouveau Bikram dépose une ligne imaginaire de vermillon dans la raie de ses cheveux. « Maintenant, nous sommes mariés », dit-il. « C'est ici qu'habitent tous nos maris », glousse Nasreen. « C'est de l'attar chameli, dit un homme mince en kurta-pyjama impeccable, avec quelques gouttes d'attar bela... » Et si elle n'avait jamais quitté le district de Sindhupalchowk, n'était jamais allée à Katmandou la pécheresse, n'avait jamais vu Jangbahadur ou Bikram, Ramvilas ou la bai ? Peut-elle revenir quatorze ans en arrière et, enlaçant son père, le supplier de la garder à la maison ? « Ne m'envoie pas à Katmandou. Tu ne sais pas les dangers qui y rôdent... » Qui lui a imposé ce destin ? Et pourquoi Kiran ?

« Ne sois pas si triste, dit Ramvilas. Kiran restera où elle est. »

Profond soupir. « Quand veux-tu organiser ce rassemblement ?

— Demain

— J'ai besoin de plus de temps.

— Dans trois jours, alors. Amène des centaines de filles, et mets les musulmanes devant.

— D'accord. Je t'enverrai le texte de son discours.

— Tu ne peux pas lui écrire ses discours !

— Si, quand je dois les entendre !

— Dans trois jours, répète-t-il. A onze heures du matin, et pas une minute de retard. »

Nasreen vient annoncer à Gita que la classe l'attend.

Ramvilas tend à Nasreen l'exemplaire de *India Now* : « Montre-leur ça. Gita Didi est trop modeste ! »

Ils retournent dans la salle des machines à coudre. Ramvilas se dirige vers la sortie. « Ramvilas Babu ! crie Gita. Tu ne m'as pas dit qui est cet homme. Ce Gopal Das. Où l'as-tu trouvé ?

— Pense au Mahatma Gandhi, glousse-t-il. Les gens ne le remarquent pas jusqu'au moment où il se met à leur tête. »

Est-ce qu'une pute népalaise – même devenue une didi – sait

qui est Gandhi? Il pousse la porte, le soleil dans GB Road est aveuglant. Devant lui se tient Inderlal Jha, officier de police. Ramvilas dédaigne son salut, qui se veut familier. Il ne fait aucun doute qu'Inderlal prend note de tous les gens qu'il croise à cet endroit, une information qu'il pourra monnayer à l'avenir. Ramvilas, sans le regarder, poursuit son chemin, passant devant les lavabos et les cuvettes de WC étalés sur le trottoir. C'est un marché, pas un bordel, et il a le droit comme tout le monde de s'y promener sans se faire accoster par Inderlal ou ses semblables.

8

Sur les coussinets de sa paume grassouillette, Harilal Gupta tient un arc et une flèche dorés, faits d'un plastique léger et résistant. Un carquois en polyvinyle se balance derrière son épaule, sur sa tête est perchée une couronne en carton enrobée de papier doré et ornée de fausses perles. Des boucles de fer pendent à ses oreilles, des colliers lui dévalent la poitrine et rebondissent sur le ventre.

« Ralentissons, Harilalji », implore Sohan Lal, déjà épuisé par la tournée du matin. L'énergie illimitée de son compagnon dans cette chasse au public en plein après-midi léthargique le stupéfie, sauf que, entre deux arrêts, Harilal se fait transporter en Ambassador, sirènes hurlantes. La voiture vient juste de le déposer ici, et ses hommes sont partis avertir les commerçants de sa présence.

Kinari Bazar s'est mis sur son trente et un pour recevoir Harilal Gupta. La plupart des boutiques arborent le drapeau safran du PPI. On a nettoyé les devantures, peint les murs, récuré les enseignes – Société Vinod, Vêtements Nathuram, Saris Manoj, Maison Baburam Harichand... Une ligne continue de façades de verre, derrière lesquelles s'exhibent des mannequins en ghagharas rouge vif, la peau pâle scintillant au soleil, les mains jointes comme pour saluer le débarquement de Harilal Rama sur le marché.

Son entourage l'accompagne à bord d'un rickshaw, d'où un haut-parleur, qui diffusait des chansons de films hindis, passe brutalement à des psalmodies de la *Bhagavad Gita* : « *Yadaa yadaa hi dharmasya...* »

Les commerçants arrivent individuellement ou par deux, rameutés par la promesse d'un spectacle, de discours et de tasses de thé chaud. Content de ce qu'il voit, Harilal se gratte discrètement le dos avec la flèche, qu'il remet dans le carquois, tourne vers Sohan Lal un visage joyeux. « Une campagne électorale n'est pas faite pour les faibles, Sohan Lal. »

Il regarde le haut-parleur dériver dans une autre ruelle, s'adressant aux fidèles éloignés du périmètre de Kinari Bazar, et livre en anglais à son compagnon une autre perle de sagesse : « *No pain, no gain*[1] *!* »

« Nous devons commencer, dit Sohan Lal. Il y a assez de monde maintenant.

— Pourquoi sont-ils partis avec le haut-parleur? » s'énerve Harilal.

On envoie un homme ramener le rickshaw vagabond. Le discours ne peut commencer sans des invocations de la *Bhagavad Gita* répercutées par le haut-parleur.

« Trouvez-moi une estrade », ordonne Harilal.

Une dizaine d'hommes sortent de la foule et le hissent dans une échoppe. Sohan Lal est mécontent. En sa qualité de président du comité PPI de Chandni Chowk, donc du comité électoral de Harilal, c'est à lui que revient l'honneur de choisir la planche, la chaise ou la table d'où Harilal s'exprimera. Affaire non dérisoire. Car la photo de la boutique en arrière-plan paraîtra dans des dizaines de journaux, et l'on peut espérer du propriétaire un généreux don au comité.

Sohan Lal inspecte rapidement les environs, et remarque le petit « Baburam Harichand ». Il connaît le seth. Il lui a acheté des ghagharas pour le mariage de ses deux filles, ainsi que des bijoux, des guirlandes et d'innombrables colifichets pour une valeur de douze lakhs, une somme importante à l'époque. Saisissant Harilal par la main – celle qui ne tient pas l'arc –, il le pousse d'autorité vers la dalle de ciment qui précède la façade en verre de Baburam Harichand.

---

1. « On gagne son pain à la sueur de son front. »

Sept personnes, tirant à hue et à dia, aident Harilal à monter les deux marches de la dalle. Il lui faut deux secondes pour reprendre son souffle, se ressaisir, redresser le carquois sur son dos. Il compte une centaine d'auditeurs – un public pas aussi nombreux qu'il l'espérait mais néanmoins respectable pour un après-midi assoupi, à quarante jours de l'élection. Le rickshaw portant le haut-parleur vient se placer face à la foule, le technicien attend qu'on lui fasse signe. Harilal bénit le seth propriétaire de Baburam Harichand – au premier rang, béat et les mains jointes – et lève son arc haut vers le ciel.

Les spectateurs gardent le silence, dans l'expectative. Harilal sort une flèche du carquois, arme son arc et tire. La flèche s'envole et plonge sur les gens, qui se bousculent à qui sera l'heureux élu. Un cri fuse : « *Jai Shri* Rama ! », que le haut-parleur s'empresse de prolonger par des versets de la *Bhagavad Gita* psalmodiés en désordre. « Chaque fois que le dharam déclinera, ô Arjun, je me manifesterai pour foudroyer la vie du pécheur. Car le vrai yogi dort quand les autres veillent et veille quand les autres dorment... »

Harilal Gupta se tient debout les mains jointes, Rama, Krishna et Arjun tout à la fois. Peu importe qui il personnifie puisque en lui s'incarne le Dharma. Il porte un dhoti de soie et des sandales de bois dont le clac-clac résonne tandis qu'il se tourne et salue, à droite, à gauche. Il est passé sous des fanions et des voûtes décorées de l'arc et de la flèche symboles du PPI, arbore le sourire béat de celui qui est venu laver Chandni Chowk de sa vie de péchés, accomplissant la promesse faite par Krishna à Arjun dans la *Bhagavad Gita*.

« Protège-nous, Harilal ! rugit le haut-parleur. Protège-nous dans cette ère de noirceur ! Terrasse les démons, qu'ils soient Ravan, Kumbhakaran, Meghanaad, Mahishaasur... C'est toi qui dois disperser et chasser le nuage souillé par le péché qui recouvre la grande terre de Bharat. »

« *Jai Shri* Rama ! » s'égosillent à nouveau les commerçants, encouragés par les hommes engagés à cet effet, sans se soucier des noms infâmes qui sortent du haut-parleur. A quoi bon ? Ce sont tous des mauvais démons, et Harilal, avec ses quatre-vingt-cinq kilos, est là pour les en délivrer.

Harilal confie son arc à un organisateur, lève les mains pour calmer la foule. « Mes frères et mes sœurs », commence-t-il.

Au pied de la dalle, Sohan Lal remarque l'absence de femmes. Mais Harilal récite un texte, mis au point après quinze répétitions.

« On dit que le PPI est communautariste, poursuit-il. Laissez-moi vous poser la question : durant les dix-huit ans où Naresji a été votre député, a-t-il jamais réprouvé la restauration d'un haveli musulman ?

— Non ! », hurlent-ils en chœur.

« Beaucoup d'entre vous ont vu les travaux qui viennent de commencer sur le terrain du Fort Rouge pour la construction d'un grand parc Dara Shikoh. Pourquoi dépenser de l'argent pour glorifier un musulman, me demanderez-vous ? Parce que je glorifie un musulman qui s'est fondu dans la nation avant même qu'il y ait eu une nation ! Je commémore un musulman laïc, un musulman libéral, un musulman qui comprenait que l'Hindutva n'est pas une religion mais le cœur de la nation indienne ! »

Sohan Lal se demande si le soleil n'a pas trop tapé sur la tête de Harilal. Qu'est-ce que ces négociants pieux de Kinari Bazar, qui forment le soubassement du PPI, ont à faire du parc de Dara Shikoh, de Dara Shikoh lui-même ou de n'importe quel autre Moghol lubrique et incestueux ? Pour sa part, il estime que tout cela c'est du gaspillage. Tous ces gens qui parlent avec nostalgie du patrimoine culturel de Delhi, et que réconforte la présence de bâtiments délabrés et pourrissants. Le terrain octogonal qui entoure le Fort Rouge pourrait abriter un gigantesque marché d'appareils électroniques. On pourrait déménager Lajpatrai Market et l'installer là, abattre les murailles, élargir les portes...

Sohan Lal est fatigué. Depuis qu'il a abandonné ses promenades matinales, il a mal au dos. Une campagne électorale nécessite un travail forcené. Il faut préparer chaque étape, informer les commerçants, faire nettoyer les boutiques, peindre les affiches, accrocher les fanions, engager les hommes qui crieront les slogans. Des heures au téléphone, pas le temps de faire de l'exercice. Avec le départ de Ramvilas du comité, nombre de tâches bureaucratiques retombent sur les épaules de Sohan Lal.

Harilal, passé maître dans l'art des discours publics, comprend qu'il a perdu la sympathie de son auditoire. Il s'interrompt en plein milieu d'une phrase, enterre Dara Shikoh et son parc : « Vous, mes amis de Kinari Bazar, où chaque future épouse rêve de venir avant son mariage. Plus de mariages s'y déroulent que dans les films hindis ! »

Un point de gagné : l'assistance rit.

« Alors pourquoi chacun de vous se plaint-il des affaires ? Qui rogne vos marges bénéficiaires ? Qui inonde le marché de vêtements à bas prix ? Qui laisse les marchandises chinoises ruiner notre commerce ? Il y a une seule réponse, mes frères : le traité bilatéral indo-népalais. Vous n'en avez peut-être pas entendu parler, mais il prélève chaque jour deux cents roupies dans votre poche. »

Sohan pousse un soupir de soulagement.

« Le Parti du Congrès est un ami du Népal. Il s'intéresse plus aux échoppes népalaises de Katmandou qu'aux magasins indiens de Kinari Bazar. "Le Népal est un pays enclavé, proclame le Congrès au Parlement, aussi autoriserons-nous le Népal à utiliser nos ports pour l'importation." Pourquoi est-ce mauvais pour les commerçants de Kinari Bazar ? Parce que ces marchandises, en traversant le corridor népalais, atterrissent sur le marché indien. Quelque part au Bihar et dans l'Utar Pradesh, on estampille indiens des mètres et des mètres de tissus importés de Chine. De même trouvez-vous les fausses piles Duracell, les fausses Reebok, les fausses Nike, les Rolex contrefaites, les serviettes de toilette en faux coton, les kurtas en fausse soie... Chandni Chowk est devenu China Chowk ! »

Applaudissements. Des cris de colère fusent contre le Congrès. Que ces fripouilles aillent à Beijing s'ils aiment tant la Chine !

« Comment un honnête marchand de stylos de Kinari Bazar peut-il lutter contre la fabrique industrielle chinoise ?

— Impossible ! hurle la foule.

— La première chose que je ferai quand vous m'aurez élu, mes frères, sera d'abolir ce traité. »

Sohan Lal approuve. Naresh Agrawal avait fait la même promesse au cours de la précédente campagne électorale, mais plus personne ne se souvient de Naresh Agrawal.

Harilal réclame le silence. Son visage s'assombrit. La foule, en harmonie avec lui, sent son cœur s'alourdir, prête à partager les mauvaises nouvelles qu'il va lui annoncer.

« Naresh Babu, dit Harilal d'une voix rauque et tragique, me dépassait en âge, en dévouement et en sagesse. (Hochements de tête attendris.) Mais Naresh Babu était membre du Congrès, lié par la discipline du parti. Un parti de conciliateurs, de pseudo-laïcs, un parti qui s'occupe de nourrir nos voisins avant de nous donner à manger. Chaque jour, plus de vingt-cinq mille Bangladeshis traversent la frontière, et le Parti du Congrès détourne la tête. Ils arrivent au Bengale, puis disparaissent vers Delhi et Bombay, d'où on ne peut plus les dénicher. Qui sait combien d'entre vous, là devant moi, sont bangladeshis ? »

Grand moment de gêne, les gens s'épient du coin de l'œil.

« Il y a deux ans, j'ai fait démolir la Colonie Naresh. J'ai fait détruire les étals de ces Bangladeshis, j'ai essayé de les renvoyer au Bangladesh. La presse anglophone prétend – si vous daignez la lire – que ces gens sont pauvres, mais pas illégaux. Est-ce un crime d'être pauvre ? Ces journalistes – toutes des femmes célibataires – on devrait les renvoyer au Pakistan et au Bangladesh, leur pays d'attache. Leur cœur ne bat pas pour les pauvres enfants indiens, ou les pauvres harijans qu'on a convertis à l'islam ou au christianisme, non, leur cœur bat pour les musulmans illégaux ! »

Soudain Sohan Lal est sur le qui-vive. Pourquoi Harilal s'aventure-t-il si loin ? Le sujet des démolitions n'est pas populaire parmi les commerçants, dont beaucoup ont perdu leur propre échoppe. Et tout le monde sait que la Colonie Naresh s'est aussitôt reformée derrière le Fort Rouge... Harilal devrait passer à autre chose.

« Et maintenant, soupire Harilal, parlons du candidat musulman. »

En lisière de la foule, Ramvilas jubile. Cela fait deux heures qu'il suit le cortège officiel, attendant ce moment. Il a croisé à plusieurs reprises le regard de Sohan Lal, il est même passé sous les yeux de Harilal, mais il ne peut se montrer ouvertement. Il est là pour recueillir des informations, voir comment est perçue la mention du « candidat musulman ». Il recevra des instructions à la fin de la séance.

« Suleman Mian *murdabad !* » hurle quelqu'un.

Harilal Gupta, la mine sévère, toise le perturbateur. « Suleman ? C'est du chaivala que je parle, de l'homme qui se prétend le candidat des musulmans et des pauvres gens. Comment s'appelle-t-il ? » En acteur consommé, il tend une oreille vers Sohan Lal, placé en contrebas, écoute, se redresse : « Il paraît qu'il s'appelle Gopal Das. »

L'assistance rit d'un nom qui lui semble aussi ridicule que Chappal Ram, Nanga Mal ou Garib Das. Harilal l'articule, le roule sur sa langue, savourant un goût d'inéligibilité. « Gopal Das ! Qui vient représenter les musulmans de Chandni Chowk. Cet homme n'a pas d'ordre du jour, pas de programme, aucun état de service public, mais il paraît que les musulmans veulent quand même voter pour lui. Et maintenant, il demande aux castes répertoriées de le choisir pour chef ! »

On s'esclaffe.

« Laissons-les avec leur candidat musulman, mes frères. Je ne chercherai pas à diviser le peuple ! »

Ramvilas applaudit gaiement. Les étiquettes sont importantes. Candidat musulman contre candidat du PPI. Et qui va déstabiliser Suleman. Il faut d'une façon ou d'une autre insérer le terme « candidat musulman » dans les articles à écrire sur Gopal. « Les travailleuses sexuelles de GB Road viennent soutenir le candidat musulman... le candidat de l'homme de la rue... le candidat des laissés-pour-compte... » Mais la presse de langue anglaise ne sert à rien. Ceux qui la lisent ne votent pas, et ceux qui votent ne savent pas la lire. Il faut utiliser les journaux en hindi et en ourdou.

Harilal vient de terminer son discours sur une ultime envolée, déclenchant un crescendo de « *Jai Shri* Rama ! ». Ramvilas l'observe, mi-moqueur, mi-admirateur. Aussi gros et empoté soit-il, il réussit à ne pas avoir l'air ridicule, discourant sur fond de mannequins pâles, de dentelles, glands et paillettes.

On lui passe autour du cou une guirlande de petites coupures – fausses, estime Ramvilas – et sept paires de mains le soulèvent de sa plate-forme. Il appareille, suivi d'un cortège renforcé, martelant le pavé de ses sandales de bois, poussant sa corpulence comme un navire bien gouverné à travers des eaux embaumées.

Le prochain arrêt sera le temple de Shiva dans Kinari Bazar, qui, on ne sait trop pourquoi, a échappé aux bulldozers il y a deux ans. Un petit édifice, six pieds de large au maximum, ouvert à tous vents, fait de briques cimentées hâtivement plaquées autour d'un banyan. Un phallus de stéatite noire s'enfonce dans le sol comme un piquet. Des planches étroites – restes de bancs de bois – insérées dans le mur servent de tablettes pour les autres dieux. Une pancarte, accrochée à une branche transversale de l'arbre, annonce que l'Association des Commerçants de Kinari Bazar s'occupe de l'entretien du temple.

Harilal Gupta s'approche les mains jointes. Un pujari apparaît, réquisitionné par Sohan Lal, appose un tilak sur son front spongieux. En l'absence d'estrade, le public se retrouve pressé contre le candidat, qui, vu l'exiguïté des lieux, va devoir se passer de haut-parleur motorisé. « Je viens ici faire une promesse, dit-il. Je prends Shiva à témoin que j'extirperai notre société hindoue de son gouffre moral. J'entends par là, mes frères, GB Road, le chaudron de péchés de Chandni Chowk. Les journaux anglais affirment que ces femmes – si on peut les appeler des femmes – sont nos sœurs, qu'on doit les honorer, non les vilipender. Je vais vous dire ce que j'ai fait, mes frères. J'ai installé un panneau à l'entrée de GB Road, où l'on peut lire : "Celui qui vient à GB Road est un âne." »

Des rires s'échappent, que Harilal réprime du geste. « La société indienne accorde une place d'honneur à la femme. L'Occident nous dit qu'il faut traiter la femme en égale, et nous nous disons à l'Occident : "Vous êtes rétrogrades. Nous ne considérons pas la femme comme notre égale mais comme notre supérieure ! Nous en faisons une déesse ! Nous la vénérons comme Lakshmi, Durga et Saraswati." »

L'auditoire manifeste son contentement. « Comment se fait-il alors, s'écrie Harilal d'une voix angoissée, que nos sœurs, élevées au rang de déesses, finissent dans GB Road ? C'est parce que ce ne sont pas nos sœurs, ce sont des Bangladeshies ! Quarante pour cent des prostituées de GB Road viennent du Bangladesh. Non content d'encourager les criminels illégaux, le Parti du Congrès encourage la corruption de la société hindoue ! »

Quelqu'un dans l'auditoire émet l'opinion que la moitié de ces prostituées sont des hindoues du Népal. Des regards hostiles le fusillent. Harilal est furieux. Il déteste ce genre de réunion où tout le monde peut jeter son grain de sel. Lui ce qu'il aime, c'est l'estrade et le micro. « On attire les Népalaises dans des pièges pour en faire des prostituées, rétorque-t-il. Elles viennent chercher du travail, non dans l'idée de souiller leur honneur. Ce sont les Bangladeshies qui ont la prostitution dans le sang. »

Sohan Lal court vers le rickshaw porteur du haut-parleur, rangé derrière le temple, et fait un signe au technicien. L'homme remonte la manivelle de son gramophone, les versets de la *Bhagavad Gita* s'échappent du pavillon, signifiant la fin de la réunion.

« Chaque fois que le dharma déclinera, ô Arjun, je me manifesterai pour foudroyer la vie du pécheur. Car le vrai yogi dort quand les autres veillent et veille quand les autres dorment... Ton droit c'est ton devoir, Arjun, pas la récolte des fruits... »

« L'Inde est une jungle, dit Ramvilas à Gopal. En son centre, sur un monticule nommé Raisina Hill, habite un éléphant appelé le président. Il se déplace lentement et vit longtemps. Il peut tout écraser, mais la plupart des animaux, plus rapides que lui, ne se font pas piéger sous ses pas. Il n'embête personne, personne ne l'embête.

— J'ai vu le président à la télévision, dit Gopal.

— Le Premier ministre est un lion, roi de la jungle, entouré de tigres, qui sont ses ministres.

— Et moi je suis quoi?

— Vous serez un loup, un membre du Parlement. Sohan Lal, Harilal Gupta et Suleman ne sont que députés à l'assemblée régionale – un renard, un chacal et une hyène –, agressifs mais lâches. Ils se prosternent devant l'ours, leur premier ministre à eux, qui dort beaucoup et parle peu.

— Et Kartar Singhji, qui c'est?

— Avant, c'était un conseiller. Les conseillers sont des singes. Ils se balancent aux branches et jacassent toute la nuit. La jungle regorge d'animaux – maires, ministres régionaux, hauts fonctionnaires – mais aucun ne compte à côté du loup.

— Que mangent tous ces animaux?

— La jungle déborde de corbeaux, pigeons, chats, chiens, rats, serpents et scorpions – commerçants, commis, rickshawalas, chaivalas. Il y a de quoi manger pour tout le monde. Il suffit de regarder Harilal Gupta !

— Et Gauhar, c'est quoi ?

— Votre musulman ? C'est un cafard, entouré d'araignées, de mouches, de punaises et de scarabées.

— Ibrahim Mian ?

— Un moustique, qui bourdonne continuellement aux oreilles. Vous avez compris ? »

Gopal glousse. « Il y a beaucoup trop d'animaux !

— Inutile de les mémoriser tous. Rappelez-vous seulement de vous coucher devant le lion et le tigre. Méprisez le chacal, la hyène et le renard. Mangez les serpents et les scorpions. Ecrasez les insectes. »

Gopal hoche gravement la tête, son éducation est terminée. Ils sont assis sur le matelas, dans Jasjit General Store, des piles d'affiches dans leur dos, télévision et magnétoscope rangés dans un coin. Gopal tient un lecteur de cassettes sur les genoux.

« Maintenant je veux entendre le discours que je vous ai remis hier soir », dit Ramvilas.

Gopal soupire, insère une cassette dans l'appareil. « De si longs mots ! proteste-t-il.

— Eteignez ça, ordonne Ramvilas. Vous devez prononcer ce discours dans une heure. Vous croyez que la cassette défilera pendant que vous parlerez ?

— Vous pourriez rester derrière moi et me souffler les mots », suggère Gopal.

Ramvilas se prétend outré. « Une campagne électorale, c'est un dur boulot, Gopal Bhai ! Elle exige du sang et de la sueur. Ce n'est pas un match de cricket. Allez-y, commencez, je vais vous aider, mais n'oubliez pas que vous ne pourrez compter que sur vous une fois sorti de cette pièce. »

Gopal se lève avec difficulté, raide d'être resté si longtemps assis. Pendant vingt ans, il s'est tenu dans son stand un genou plié à terre, l'autre dressé, c'est tout l'espace dont il disposait. Maintenant, sur l'insistance de Ramvilas, il s'assoit jambes croisées, genoux écartés. « C'est comme ça que se tiennent les hommes politiques dans les meetings, dit Ramvilas, vous ne pouvez plus ressembler à un chaivala. » Une des nombreuses épreuves qu'il lui faut supporter dans cette campagne si difficile.

Il nettoie ses lunettes, les remet, il n'y voit pas mieux. Ramvilas Babu le fixe intensément, semant la terreur dans son cœur. Quels sont les premiers mots du discours ? S'il dépasse la première phrase, le reste coulera comme l'eau dans un tuyau. « Mes sœurs... » commence-t-il.

Ramvilas approuve de la tête. Encouragé, Gopal hausse le ton et poursuit avec un vibrato : « Mes sœurs, Gopal Pandey se tient devant vous aujourd'hui...

— Das ! Combien de fois dois-je vous le répéter : Gopal Das.

— Mais mon père s'appelait Manohar Lal Pandey...

— Peu importe, le coupe Ramvilas. Vous êtes Gopal Das.

— Vous avez dit que vous alliez m'expliquer. »

Ramvilas grince des dents. « Savez-vous qui était Rajiv Gandhi ?

— C'était le Premier ministre.

— Exactement ! Le Premier ministre. Et il aurait aussi bien pu s'appeler Rajiv Gupta, Rajiv Arora, Rajiv Sharma ou Rajiv Subramanyam. C'était le Premier ministre, et c'est ça qui comptait. »

Gopal ne voit pas le rapport. « Tout le monde sait que je suis Gopal Pandey.

— Qui ça "tout le monde" ? Combien de journaux ont écrit des articles sur vous ? Etes-vous passé à la télévision ? Combien de personnes ont entendu parler de vous ? Votre musulman aux dents jaunes ? Votre fils manchot ? »

Vaincu, Gopal recommence. « Mes sœurs, Gopal Das se tient devant vous aujourd'hui... »

Ramvilas s'essuie le front de son mouchoir. Même en janvier, la moiteur d'une pièce sans fenêtre est pénible. Quand Sohan Lal lui a annoncé le plan Lala Surajmal, il n'a quasiment rien dit sur le candidat. « Un homme simple, un chaivala, une motte d'argile que vous pouvez malaxer à votre convenance. » Il a omis de préciser que l'homme est à demi aveugle, un peu demeuré et brahmane. Lui conserver son nom de Pandey serait suicidaire. Qui votera pour un brahmane hindou dans une circonscription pleine de musulmans, castes répertoriées et autres sous-castes ? « Das », voilà un nom correct, prédestiné pour des politiciens. Un *das* est un serviteur – de Dieu, de la société, de la ville, du pays, du système et du peuple. Personne ne sait d'où vient un homme appelé Das. Il peut être originaire de n'importe quelle région du nord de l'Inde – Bengale, Bihar, Uttar Pradesh, Rajasthan, Maharashtra ou Gujarat. N'appartenant à aucune cité ou communauté spécifique, il a sa place n'importe où. Même sa caste est indéterminée – bania, kayastah, khatri, caste répertoriée, en tout cas pas brahmane. Un serviteur n'est jamais brahmane.

« Voter pour Gopal Das, c'est voter pour le peuple ! » conclut Gopal, grandiloquent, emporté par l'émotion, commençant à croire ce qu'il dit même s'il ne le comprend pas. Triomphal, sourire ravi, il attend les applaudissements.

« Très bien, lui accorde Ramvilas. Et maintenant asseyez-vous. Il ne faut pas rester debout quand le discours est terminé. Et n'oubliez jamais de crier *Jai Hind !*, à la fin.

— *Ganga Mayia*, soupire Gopal.

— Non, ne dites jamais ça ! Seul un hindou qualifie le Gange de mère. Et n'invoquez jamais Rama ou Krishna.

— Mais il y a Rama dans votre nom, Ramvilas Babu.

— C'est un nom communautaire. Vous pouvez m'appeler Ghalib.

— Qui est Ghalib ?

— Vous n'avez pas besoin de le savoir. »

Gopal s'effondre de nouveau sur le matelas, il lui semble que c'est le bon moment pour présenter une requête. « J'aimerais passer les nuits dans le kholi de Khari Baoli.

— Pourquoi ? Cette pièce n'est pas assez confortable ?

— J'ai promis à Seth Sushil Jain de surveiller ses marchandises. Je fais ça depuis vingt ans. »

Ramvilas rit. « Vous êtes un loup, maintenant ! A quoi bon respecter des promesses faites à des serpents et à des scorpions ? De quoi ça aura l'air si on découvre qu'un candidat au Lok Sabha est gardien de sacs de curcuma ? »

Gopal ne répond pas. Cette pièce est trop grande pour un seul homme. Le matelas s'étend à l'infini sur le linoléum. Au début, sa douceur lui plaisait. Allongé dessus, bras et jambes étirés au maximum, il s'émerveillait de ne pas toucher les murs. D'avoir une télévision à sa disposition en permanence! Mais sans les sacs autour de lui, il se sentait vulnérable. La fragrance du curcuma mélangée à celle de l'assa-fœtida l'a bercé dans son sommeil pendant des années. Ici, dans cette pièce, il passe des nuits sans dormir, avec pour seule fragrance l'odeur de détergent. Il ne comprend pas à quoi servent toutes ces lignes de téléphone non branchées, ni ce coffre-fort à demi défoncé.

« Je pourrais rester ici toute la journée et aller coucher dans le kholi », suggère-t-il timidement.

Ramvilas se demande ce que le bonhomme peut bien avoir en tête. Et si ce que Bobby lui a raconté la semaine dernière, même exagéré, était en partie vrai? Il ne peut pas avoir inventé toute l'histoire. Sardar Kartar Singh est bien homme à avoir tenté un nettoyage à fond avant de s'enfuir!

« Seth Sushil Jain vous a renvoyé du kholi, dit-il. Il ne faut pas y retourner.

— Et où je vais chier si je peux plus aller à l'ancienne poste?

— Il y a un nouvel endroit à l'extérieur de Lajpatrai Market.

— Ça coûte deux roupies!

— Je vous les donnerai. On n'imagine pas un candidat accroupi à côté d'une pompe à bras. »

Gopal ne bronche pas.

« Vous devez aussi arrêter de vous teindre la moustache. »

Gopal est froissé. Ça fait deux ans qu'il se teint la moustache, depuis que Sardar Kartar Singh l'a fait monter sur une estrade et lui a remis une médaille pour avoir protégé Sukhbir Kaur. Que les touffes de poils qui lui sortent des oreilles restent gris – Ram Bibek est négligent –, il s'en fiche. Mais la moustache, croit-il, singularise le visage. Il avait l'air magnifique sur les photos des journaux, avec sa moustache noir d'encre et son kurta de soie. « Est-ce que je pourrais avoir un kurta de soie? Et un dhoti en soie?

— Voyons, ricane Ramvilas, vous êtes le candidat des pauvres!

— Vous voulez que je porte des vêtements déchirés? s'offusque Gopal.

— Non, je ne veux rien changer, sinon votre nom.

— Et je pourrais avoir des lunettes neuves?

— Pourquoi? Qu'y a-t-il à voir de particulier?

— Je voudrais me faire nettoyer les oreilles avant l'arrivée des journalistes. Pouvez-vous me trouver un nettoyeur d'oreilles? »

Quelle requête dérisoire, songe Ramvilas. « D'accord, je vous trouverai quelqu'un. Maintenant je veux que vous mémorisiez les noms suivants. Chandni Chowk se divise en quatre circonscriptions électorales – Ballimaran, Chandni Chowk proprement dit, Paharganj et Matia Mahal. C'est dans Matia Mahal que vous devez faire campagne, parce qu'elle est à majorité musulmane.

— Les musulmans voteront pour Suleman Mian.

— Je vous interdis de répéter ça! Vous êtes l'héritier naturel des voix musulmanes.

— Mais Suleman Mian...

— Est-ce qu'il monte à bicyclette?

— Non.

— Est-ce qu'il porte un dhoti de coton?

— Non.

— Est-ce que Suleman Mian habite un kholi de Khari Baoli?

— Mais...

— A-t-il risqué sa vie pour protéger la femme de Kartar Singhji?

— Mais, babu...

— Vous êtes un homme du peuple. Hindous, musulmans, castes répertoriées, tous voteront pour vous.

— Mais Suleman Mian...

— C'est un pseudo-laïc. »

Gopal cligne de l'œil, tente d'assimiler l'expression.

« N'oubliez pas! Suleman Mian est un pseudo-laïc.

— Sohan Lalji?

— Fondamentaliste.

— Nareshji Agrawal?

— Sa femme. Immobiliste.

— Est-ce que vous pouvez me mettre ces mots dans le lecteur de cassettes?

— Vous devez les apprendre par cœur maintenant, avant de quitter cette pièce. Rappelez-vous : les fondamentalistes communautaristes ont démoli Babri Masjid, les pseudo-laïcs ont calmé les musulmans, les hautes castes manuvadis ont protesté contre la commission Mandal.

— Mukesh !

— Attention, la mémoire peut jouer des tours. Comment savez-vous que cette boule de feu c'était votre fils ?

— Je le sais, babu. Je l'ai vu.

— Mais comment savez-vous qu'il ne soutenait pas la commission Mandal ? L'avez-vous entendu crier des slogans ?

— Il était silencieux...

— Il protestait en faveur de la commission Mandal, décrète Ramvilas.

— Dans une telle foule, difficile de dire qui proteste pour ou contre quelque chose.

— Et comment savez-vous qu'on ne l'a pas assassiné ? Avez-vous jamais connu quelqu'un voulant s'immoler par le feu ? Votre fils était venu soutenir les sous-castes – un bon garçon réclamant la justice pour les couches les plus malchanceuses de la société. Venu s'exprimer librement comme tout le monde en a le droit dans notre société. Mais des éléments déracinés des hautes castes – oui, des déracinés ! – ont jeté sur lui un chiffon enflammé. Des criminels, qui essayaient de déclencher la violence. »

Gopal se recroqueville sur lui-même. Bien sûr, c'est ce que ces gens ont dû faire. On voyait mal au milieu de tant de monde. Qui aurait remarqué un chiffon ? Et qui a pu entendre les cris de Mukesh quand les flammes l'ont enveloppé ?

« Les gens ont de la sympathie pour vous, dit Ramvilas calmement. Rickshawalas, thelavalas, paanvalas, ceux qui portent les sacs et les paniers, qui cassent les pierres et allument les fours, les rabatteurs au coin des rues... Ce sont vos amis, vos frères et vos sœurs. Demandez-leur de voter pour vous, et n'oubliez jamais de leur raconter les atrocités commises par les hautes castes sur votre fils.

— *Ganga Maiya !* s'étrangle Gopal. Je n'oserai jamais sortir parmi des gens si méchants.

— Qui était le manchot venu assister à la réunion la semaine dernière ?

— Gauhar, mon autre fils...

— C'est un nom musulman.

— Il a dormi dans mon coffre pendant deux ans avant de disparaître.

— Disparaître ?

— Il m'avait dit qu'il allait à Ayodhya.

— Ah ! c'était sûrement pour protéger Babri Masjid. Gardez-le près de vous, demandez-lui de vous suivre partout.

— Mais il a son propre travail.

— Y a-t-il un travail plus important que veiller sur son père ? Dans une campagne électorale, on a besoin de sa famille.

— Je lui poserai la question.

— Pourquoi se prétend-il hindou ? »

Gopal hausse les épaules. « Il est musulman.

— Et l'homme aux dents jaunes ?

— Ibrahim ?

— Demandez-lui de vous rejoindre.

— Mais il soutient Suleman Mian.

— Qu'est-ce que Suleman Mian a de plus à offrir que vous ?

— Il est musulman.

— Est-ce une raison pour revendiquer tous les votes musulmans ? Est-ce qu'il jeûne ? Est-ce qu'il répond à tous les appels à la prière ? Est-ce qu'il respecte le vajoo avant chaque repas ? Comment savez-vous que c'est un bon musulman ? Vous êtes un hindou pieux, et un musulman pieux s'entend mieux avec un hindou pieux qu'avec un musulman qui s'adonne au péché. »

Gopal l'écoute vaguement, l'oreille attirée par les bruits venant de l'extérieur, dans Lajpatrai Market, qui ne cessent de grossir. « Gopal Das *zindabad !* Gopal Das *zindabad !* Gopal Das *zindabad*...

— Des femmes ! s'exclame-t-il. Pourquoi sont-elles là ?

— Pour vous soutenir, sourit Ramvilas.

— Vous me protégerez, n'est-ce pas, s'il vous plaît Babu ?

— Vous n'avez rien à craindre. Elles viennent de GB Road.

— Je ne suis jamais allé à GB Road.

— C'est pour ça qu'elles sont là. Elles vous considèrent comme un frère.

— Mais je ne les connais pas ! »

Ramvilas se lève. « Restez là, je vais aller voir ce qu'elles veulent.

— Attendez ! Et le nettoyeur d'oreilles ? Qu'est-ce que je fais s'il y a des journalistes avec ces femmes ?

— Nous leur demanderons de couper vos oreilles sur les photos. »

Ramvilas lisse son kurta, aplatit ses cheveux huilés, ferme son col au bouton en diamant, pousse l'étagère aux flacons de Bournvita, émerge de l'autre côté, repousse l'étagère. Quelques minutes plus tard, il est de retour. « Venez, Gopal Bhai ! Elles veulent vous exprimer leur soutien.

— Vous pourriez peut-être l'accepter à ma place.

— Voyons, c'est vous le candidat ! Allez, debout ! Redressez-vous, le dos droit ! Et rappelez-vous : vous devez battre ces criminels des hautes castes... »

A l'apparition de Gopal dans le magasin, le chœur reprend de plus belle. « Gopal Das *zindabad !* »

Des centaines de voix de femmes, stridentes, haletantes, à bout de souffle !

« Levez les mains », chuchote Ramvilas.

Gopal joint les mains en un namaste.

« Plus haut ! »

Plus il les lève, plus les voix augmentent en stridence. Il regarde cet océan de poitrines haletantes. *Ganga Maiya !* Les femmes portent des saris rouges et jaunes drapés négligemment autour des épaules, laissant voir des seins, des bras et des ventres, des corsages bariolés aux manches pailletées, les cheveux nattés avec des rubans, de gros bindis rouges, leurs lèvres sont fardées de paan et de rouge... Des femmes qui aiment la présence des hommes, qui ignorent la modestie, qui brandissent des pancartes en montrant leurs aisselles ! Sur chaque pancarte est peinte une tasse de thé dans un coin et, au centre, il y a un visage – celui d'un vieil homme, au crâne dégarni et grisonnant, aux lunettes rayées. Son visage ! Où se sont-elles procuré cette photo ? Et pourquoi sa moustache est-elle grise alors qu'il l'a de nouveau fait teindre il y a quelques jours ? Un instant, l'idée le traverse que ce sont en réalité des hijras – il est applaudi par une armée d'eunuques ! Mais non, les poitrines sont trop pleines, les formes trop féminines.

« Gopal Das *zindabad !* » s'égosillent les femmes.

Ramvilas observe la multitude avec plaisir. Elles sont au moins trois cents. Gita est une personne pleine de ressources. Pas facile d'en rassembler autant en si peu de temps, de leur distribuer des pancartes – une pour trois. Outre le symbole électoral de Gopal – la tasse de thé – et son visage, les slogans abondent sur ces pancartes. Dans le monde de FRETS, les cris guerriers ne manquent pas ! « Le sida, notre responsabilité collective ! » « Sauvons les filles de moins de quinze ans ! » « Trente-trois ex-travailleuses à Naari Niketan » « Trois travailleuses sexuelles renvoyées au Népal ! » « Gopal Das émancipera les femmes » « Voter pour Gopal Das c'est voter pour la femme » « Gopal Das, Indépendant » « Votez pour la tasse de thé » « FRETS soutient les travailleuses, les travailleuses sexuelles soutiennent Gopal Das... »

Au premier rang des manifestantes avance Gita Didi en sari de coton, le badge FRETS accroché au corsage, flanquée de Manju et de Nasreen en salvaar-kameez blanc. Nasreen porte une affiche montrant une femme malade étalée sur un lit. « Votre mari lui a donné le sida », dit la légende. Les prostituées crient à pleins poumons, heureuses d'être sur le pavé de Chandni Chowk. A l'exception de quelques courses dans les boutiques proches du kotha, pour acheter vêtements et bijoux, et de rares visites aux kothas voisins, la plupart ne quittent presque jamais GB Road. Aujourd'hui, elles ont parcouru toute la longueur de Chandni Chowk, tortillant des hanches, saris en goguette, gloussant de la terreur qu'elles sèment dans le cœur timoré des boutiquiers, de l'expression effarée des conducteurs de rickshaws et de scooters. Partout sur leur passage les gens s'attroupent, gênés de les regarder mais incapables de détourner les yeux. C'est une merveilleuse idée ce défilé dans Chandni Chowk, et elles expriment leur gratitude à l'homme à qui elles le doivent. Le grand Gopal Das ! Gopal Das *zindabad !*

On accède à Jasjit General Store par une dalle en pente, si bien que Ramvilas et Gopal disposent d'une estrade naturelle, mais pour la foule qui s'est agglutinée autour des prostituées, Gopal est invisible.

« Montez sur le comptoir, ordonne Ramvilas.

— Et si ça casse sous moi? s'inquiète Gopal.

— Kartar Singh en construira un autre. »

Ramvilas place un tabouret à côté du comptoir.

Gopal enlève ses chappals, Ramvilas le prend sous les aisselles et le pousse vers le haut. Gopal soulève son dhoti, se hisse, pose un pied de travers sur le comptoir, s'appuie sur les épaules de Ramvilas et se redresse. Ce faisant, il laisse tomber ses lunettes. Un cri monte de la foule. « Je ne vois rien ! » dit-il.

Ramvilas ramasse les lunettes. « Vous n'avez pas besoin de voir. Commencez votre discours. »

Gopal fixe la masse tourbillonnante à ses pieds, des ombres en mouvement rouges, jaunes et noires. Au loin, il distingue des formes blanches et grises, peut-être des hommes en kurta et dhoti. Les pancartes sont des taches blanches et rouges qui dansent devant ses yeux. Mais il doit parler, il doit retrouver les phrases compliquées qu'il a mémorisées depuis deux jours...

« Mes sœurs ! »

Les sœurs piaillent leur approbation.

« Mes sœurs ! Le Gopal Das qui se tient aujourd'hui devant vous est un des vôtres. Je ne suis pas riche. Je ne suis pas un grand homme. Je ne viens pas d'une bonne famille... »

Les filles applaudissent.

« On a déclaré votre travail illégal. Mais qui mérite la punition ? La travailleuse sexuelle ou le client ? Ou la bai, le pahalvan, le propriétaire du kotha ? En vous faisant violer, mes sœurs, vous protégez quatre cents millions de femmes du viol. En vous possédant, le mâle indien possède quatre cents millions d'Indiennes. En abandonnant votre honneur, vous protégez l'honneur de la femme indienne. Vous sauvegardez le tissu social de l'Inde. Nous devrions vous rendre hommage au lieu de vous vilipender. Nous devrions vous placer sur un piédestal. »

Gopal s'arrête. Le reste du texte s'embrouille dans son esprit. Il regarde nerveusement Ramvilas, ne discerne aucune sympathie de ce côté. Les prostituées qui s'apprêtaient à applaudir sont perturbées par cette interruption. Gopal est saisi de panique. Il reprend : « On a déclaré votre travail illégal... »

Ramvilas scrute la foule. Trois cameramen de télévision surgissent à l'autre bout. Il leur fait signe d'avancer. Fendant la masse comme un bateau la houle, ils arrivent devant la boutique, au pied de la dalle. Bon angle de prise de vue, se dit Ramvilas, avec Gopal en surplomb. Donc surtout ne pas les laisser entrer.

« Voter pour Gopal Das, c'est voter pour le peuple ! *Jai Hind !* »

Ramvilas embraie. Le discours de Gopal était censé durer huit minutes, mais puisqu'il a tout mélangé... Un coup d'œil à Gita Didi, qui semble fâchée. Le discours contenait des promesses – envers FRETS, envers GB Road – que Gopal a sautées. Ramvilas tâche de faire comprendre à Gita par sa mimique qu'il rétablira les choses. Apparemment rassurée, Gita se met à applaudir, imitée par les filles avec une telle force que Gopal manque en tomber à la renverse.

Pendant ce temps, Gita gesticule, une des équipes de télévision s'approche, lui tend un micro, elle parle de sa mission. En un hindi toujours sommaire, mélangé de mots népalais, à la syntaxe maladroite, mais avec la volubilité d'un enfant. « Nous, les travailleuses sexuelles, on est comme les autres. Les rickshawalas, les vendeurs de cacahouètes, les cordonniers, les porteurs. On veut des droits comme eux, et le même respect que toutes les professions. Gopal Das nous a promis une vie de respect. Gopal Das nous donnera la légalisation, et il reconnaîtra notre syndicat... »

Ramvilas l'observe, amusé et admiratif. Ces mots qu'il lui a mis dans la tête semblent plus substantiels en mauvais hindi.

« Voilà Nasreen, poursuit Gita, et Zubaida, Zeenat, Salma, Pareen. Travailleuses sexuelles et musulmanes. Qu'y a-t-il de plus opprimé dans notre société ? Nous sommes unies derrière Gopal Dasji. »

La caméra se goinfre du tableau des prostituées musulmanes. Gita glisse une main dans son corsage, en sort un porte-monnaie doré au monogramme FRETS en grosses lettres. « Les travailleuses de GB Road rêvent d'un candidat comme lui depuis des années. Nous le soutiendrons contre les riches candidats des hautes castes. Cette bourse contient trente-six mille sept cent cinquante-deux roupies ! Cette somme c'est le total de ce que toutes les travailleuses de GB Road ont gagné la nuit dernière, après qu'elles ont payé les bais, les propriétaires, les pahalvans et la police. Nous travaillons toutes les nuits pour les bais et la police, mais la nuit dernière on a travaillé pour Gopal Das. Chaque homme qui a péché contre la féminité l'a fait en faveur de Gopal Das ! Ces trente-six mille sept cent cinquante-deux roupies sont la contribution de FRETS à la mission de Gopal Das. »

Gopal discerne mal la bourse en question, mais la somme le sidère. Et voilà que la forme dorée vogue en l'air, portée sur un coussin de mains, jusqu'à la boutique où elle entre pour disparaître dans une autre paire de mains.

« Ramvilas Babu ! Est-ce que je peux avoir la bourse ?

— Brandissez-la au-dessus de votre tête. »

Gopal obéit.

« Gopal Das *zindabad !* » s'écrie Gita Didi.

Les prostituées reprennent le cri.

« Vous êtes très populaire aujourd'hui, dit Ramvilas, votre campagne est sur les rails, Gopal Bhai ! »

Gopal serre très fort la bourse pour empêcher l'argent de s'en échapper. Trente-six mille roupies ! Comment un tel trésor peut-il tenir dans une si petite chose ? C'est peut-être en billets de cent roupies. Combien faut-il de billets de cent roupies pour faire trente-six mille ?

La foule a repris l'incantation de Gita Didi « Gopal Das *zindabad !* ».

« Babu... commence Gopal.

— Ne dites rien maintenant ! l'interrompt Ramvilas. Continuez à brandir le porte-monnaie. »

Gopal regarde la houle rouge et jaune qui ondule sous ses yeux, les vagues qui s'entrechoquent puis retombent.

« Etes-vous déjà allé à Dilli ? murmure Ramvilas.

— Mais nous sommes à Dilli.

— Non, pas celui-là, la vraie Dilli ! Où les vrais Dillivalas vivent et gouvernent. Celle aux rues larges, aux grands jardins, aux superbes massifs de fleurs et aux bungalows en brique rouge...

— J'ai vu la porte de l'Inde », dit Gopal.

Il y a plus de vingt ans, avec le jeune et docile Mukesh à ses côtés, Gopal a pris le bus 502 pour Mehrauli. Le trajet passait par les boulevards de New Delhi, permettant d'apercevoir la Cour suprême, la porte de l'Inde, Rashtrapati Bhavan. Il les montrait à travers les grandes vitres à son fils, qui aurait vingt-neuf ans aujourd'hui. Marié peut-être, et père lui aussi...

« Une seule visite, ça ne compte pas, dit Ramvilas. Et vous deviez être en bus. Il faut être assis à l'arrière d'une voiture, et regarder les jardins défiler silencieusement, leur flamboiement atténué par les vitres teintées. C'est seulement alors que vous aurez vu Dilli. »

Gopal n'est pas sûr de comprendre cette distinction. Il commence à avoir des crampes dans les mains, et la foule ne fait pas mine de vouloir se disperser. « Est-ce que je peux baisser les mains?

— Non, tenez bon, Gopal Bhai, tenez bon! Vous verrez bientôt Dilli, et vous la verrez à travers les vitres teintées d'une voiture. »

10

Gar Firdaus bar roo-e-zameen ast
Hameen ast-o hameen ast-o hameen ast...

Suleman psalmodie d'une voix monotone les versets appris par cœur, tirant avec peine de sa mémoire les mots assemblés en distiques rebattus. Il ne parle pas persan, n'est pas doué pour la prononciation, mais peu importe. Il les traduit en hindi.

S'il y a un paradis sur terre,
C'est celui-ci, c'est celui-ci, c'est celui-ci.

« Ce sont les mots écrits à propos du Divan-i-Khas, au Fort Rouge, mes frères. Alors je vous pose la question : qui d'entre vous croit que Chandni Chowk est un lieu de félicité? Qui parmi vous tous ici, qui n'avez ni travail, ni vêtements, ni de quoi manger, pense qu'il est au Paradis? »

Il scrute l'auditoire, défiant quiconque de répondre par l'affirmative.

« Est-ce que le poète Khusro mentait? Affirmait-il des choses fausses? »

Non, font-ils de la tête. Le poète ne mentait pas, un poète ne peut pas mentir...

« Ils ont pris notre Paradis et l'ont transformé en prison », martèle Suleman.

Applaudissements épars. Debout à quelques pas de Suleman,

sur la gauche, Noor Muhammad recule, conscient du rayon lumineux qui éclaire son nez droit, osseux et aristocratique, et baisse les yeux, embarrassé. Il ne saurait y avoir de Paradis revendiqué avec de tels mauvais accents. Il ne supporte pas d'entendre si maltraitée la langue d'Omar Khayam. Ce Suleman Mian dégoise le persan comme du ourdou, la langue du marché, ou l'aboie comme l'hindi, la langue des banias. Le persan ne se martèle pas, on ne l'emploie pas pour commander, mais pour décrire la beauté parfaite du crépuscule. Qui a autorisé ce grossier personnage à profaner Khusro ? Ses ancêtres ne viennent pas de Perse mais de l'Est abominable – d'un coin du Bihar ou du Bengale –, il suffit de voir son teint basané, son nez mou, son menton fuyant, la lèvre supérieure cruelle et la moustache en trait de crayon.

« Je vais vous dire pourquoi je suis ici dans Gali Qasim Jan, clame Suleman. J'aurais pu tenir cette réunion n'importe où à Chandni Chowk parce que j'y suis partout chez moi, mais j'ai voulu ce haveli. Il est trop petit pour une telle affluence, mais chaque brique de chaque mur recèle une histoire. Et je veux qu'aujourd'hui vous entendiez cette histoire. »

Il marque une pause pour produire son effet. L'idée de tenir cette réunion dans la maison ancestrale de Ghalib vient de Noor Muhammad. Cela rappellerait aux musulmans qu'ils ont une histoire en commun, disait-il. L'idée prit corps, déjà trop enracinée pour que Noor Muhammad la repousse quand il découvrit horrifié que Suleman n'aimait ni ne s'intéressait à Ghalib, qu'il avait grandi au son des musiques de films hindis, et prenait les paroliers pour de grands poètes.

En réalité, l'affluence est pauvre. Une cinquantaine de personnes dans la cour, un peu plus dans la ruelle, des gens de la mosquée du coin, attirés par la curiosité. Rien de remarquable à première vue. L'entrée, flanquée d'une pharmacie à gauche et d'un supermarché à droite, donne sur une petite cour où un escalier à ciel ouvert mène à l'étage et à une cabine téléphonique, les parois placardées des tarifs des différentes zones. Le reste de l'étage est inaccessible. En l'absence de ligne électrique, Suleman a fait installer des lampes à pétrole, qui pendent à des clous dans les murs. Chaque clou perce le cœur de Noor Muhammad, tout comme les banderoles annonçant la candidature de Suleman et les innombrables reproductions de bicyclette – son symbole électoral – suspendues dans toute la cour. Pourquoi faut-il qu'ils abîment ce monument ?

« L'histoire de Mirza Ghalib est inséparable de l'histoire du vin, déclare Suleman. Et je vous réciterai un conte du poète Hali. »

Suleman cherche à croiser le regard de Noor, son tuteur en la matière. Noor détourne la tête.

« Ghalib composait ses vers à l'endroit où je me trouve, enivré de vin, jusque tard dans la nuit. Chaque fois qu'il achevait un vers dans sa tête, il faisait un nœud à sa ceinture. Au matin, sorti de son ivresse, il regardait les nœuds qui lui rappelaient les vers, qu'il n'avait plus qu'à écrire... »

Un murmure approbateur parcourt l'auditoire. Ibrahim, assis au premier rang, pousse un « *Shaabaash !* » retentissant, espérant qu'il sera repris, mais les gens se taisent. Mauvais signe, pense Ibrahim. C'est ce dandy collet monté du Cachemire qui a imposé cet endroit à Suleman Mian. Comment faire une réunion publique avec cinquante personnes ? Pour ces manifestations il faut plein de monde, et pour réunir ce monde il faut des hommes de main, pas des amoureux de poésie archaïque. Combien de gens ici présents ont-ils été payés ? Et s'ils ne l'ont pas été, pourquoi applaudiraient-ils ?

« Je n'arrive pas à me rappeler tous les grands hommes de l'histoire de Ballimaran, poursuit Suleman. Le nawab de Laharu – à qui appartenait ce haveli avant que Ghalib n'en hérite –, le poète Hali, Hakim Ajmal Khan, Hasrat Mohani... Avez-vous entendu le ghazal "Chupke Chupke" chanté par Ghulam Ali ? Il a été composé par Hasrat Mohani de Ballimaran. »

Cette révélation suscite un certain intérêt. Quelques personnes chantonnent les premiers vers du ghazal, puis se taisent. Suleman sort un mouchoir de soie de son shervani, s'essuie le visage. Il a l'habitude de vociférer devant des foules tumultueuses, dénonçant les brutalités policières, la commission Mandal et autres exactions. Ce discours sur la poésie, imposé par Noor Muhammad, le laisse froid et, à l'évidence, les auditeurs aussi. Il faut qu'il passe à la phase des lamentations. « Notre Dilli, mes frères, est une grande ville. Les banias ont ruiné la ville de Zauq, Zafar, Dagh et Mir. Vous rappelez-vous ce que Dagh Dehlavi a écrit à propos de notre Dilli ? »

Mendiants et riches, jeunes et vieux, tous en larmes,
Le monde pleure la Delhi qui n'est plus...

Ibrahim applaudit frénétiquement, imité aussitôt par ses voisins. Suleman savoure.

« Pourquoi ce haveli est-il dans cet état ? Pensez-vous qu'un bania le restaurera ? Qu'un bania fera revivre l'époque de Ghalib et de Mir ? Ou croyez-vous que des chiens comme Muhammad Salauddin Qureshi s'en chargeront ? »

Le nom de Qureshi suscite des rires méprisants.

« Nous comprenons ce qui anime le PPI. C'est le parti ennemi des musulmans et du laïcisme dans ce pays. Mais nous ne comprenons pas les renégats comme Qureshi qui rejoignent les rangs du PPI dans l'espoir de gagner des sièges au Rajya Sabha. »

Noor Muhammad se coule encore un peu plus dans les ombres du haveli de Ghalib. Il a rompu tout contact avec Qureshi il y a un an, quand il a compris que celui-ci n'avait pas l'intention de le sortir des Chemins de Fer et de lui trouver quelque chose au ministère des Travaux publics.

« Vous avez eu pendant dix-huit ans un bania pour député. Il est temps que vous élisiez un des vôtres, que vous réalisiez les rêves que faisait Dagh Dehlavi pour notre Dilli.

Allah ! Que de nouveau habitée et prospère, nous puissions la voir,
Allah ! Que ce réceptacle de tous nos désirs, nous puissions le voir.

« Vous vivrez de nouveau à Shahjahanabad, mes frères ! Le PPI nous dit que nous sommes des traîtres, que nous aimons le Pakistan. Sait-il que c'est notre sang qui a coulé sous l'occupation britannique, quand les hindous collaboraient avec les Anglais, devenaient employés et ministres dans leur gouvernement ? Ne croyez pas aveuglément ce que je vous dis ! Entendez-le de la bouche des Anglais eux-mêmes. Apprenez-le de la bouche de Sheikh Noor Muhammad, un grand érudit, spécialiste de l'architecture moghole, qui a quitté le PPI après avoir pendant des années essayé de le laïciser. »

Suleman se tourne triomphalement vers Noor, comme

l'élève qui vient d'interpréter une œuvre difficile quête l'approbation du maître. L'air abattu et résigné, Noor sort une lettre de la poche de son kurta. En la découvrant à l'occasion de ses recherches, il a connu l'extase de l'illumination. Elle a mis fin à de nombreux doutes. C'est une lettre envoyée par le Premier ministre britannique Lord Palmerston à Lord Canning, vice-roi des Indes, aussitôt après la Mutinerie de 1857. Il est peu probable que quiconque dans l'assistance comprenne l'anglais, mais il la lit cependant, d'une voix sonore : « Tout bâtiment civil lié à la tradition mahométane devra être rasé sans se préoccuper de vénération archéologique ou de prédilection artistique... » Voilà qui justifie la conviction de Noos que le pouvoir britannique s'est montré particulièrement dur à l'égard de la tradition persane, arabe et turque à laquelle il appartient, parce qu'elle revendiquait plus sa liberté que la tradition indienne. Mais dès les premiers mots, il sent que l'assistance se fiche de savoir ce qu'il y a dans cette lettre.

« Traduisez-la en hindi », ordonne Suleman.

Noor s'éclaircit la gorge. Saisi d'impatience, Suleman le pousse à l'écart.

« Avez-vous entendu? (question de pure forme évidemment). Cette lettre ne montre-t-elle pas le sacrifice des musulmans pour ce pays? Et qu'avons-nous reçu en échange? Le PPI fondamentaliste, qui nous qualifie de traîtres! »

La foule approuve. Voilà le langage qu'elle comprend, beaucoup plus convaincant que les mots d'une lettre. Noor se glisse vers la sortie du haveli. Suleman commence à réciter un nouveau poème, se trompe, décide d'abandonner le scénario de Noor et se lance dans une tirade passionnée, selon un autre scénario, écrit par Ibrahim.

« Laissons tomber les poètes et les artistes! Ballimaran est la rue des fondeurs d'argent. Avez-vous entendu résonner leur tac, tac, tac, tard dans la nuit? Savez-vous comme leur travail est ingrat? Et pourtant quelle merveille ils produisent! Ce papier qui enrobe et donne de la saveur aux gulabjamuns, aux barfis et aux mangues. Les hindous mordent quotidiennement dans ces feuilles d'argent, produit du sang musulman. Y a-t-il un fondeur d'argent parmi vous, mes frères? »

Ibrahim flanque un grand coup de coude à deux hommes sur sa gauche, qui se dressent soudainement.

« J'aperçois deux hommes qui passent leur vie à titiller les papilles de riches seths marwaris ! » s'écrie Suleman.

Il salue Faquira et Alimuddin d'un geste ample et généreux. Ils s'approchent, hésitants. Ils sont venus directement de leur échoppe – reconstruite après les démolitions d'il y a deux ans – aiguillonnés par Ibrahim, qui a insisté pour qu'ils gardent leur kurta-pyjama sale.

« Regardez leurs mains ! » s'exclame Suleman.

Gênés, Faquira et Alimuddin les cachent hâtivement derrière leur dos, mais Suleman empoigne Faquira et l'oblige à lever sa main droite, permettant à tout un chacun d'en voir les durillons. « Cette main porte la marque du servage. Sur la tombe de cet homme on écrira : "Que seule l'herbe pousse sur ma tombe, car l'herbe est la meilleure couverture des pauvres." »

De l'extérieur du haveli où il se tient maintenant, Noor grimace de douleur. Cette citation, c'est son cadeau à Suleman. Jahanara, douce princesse, pardonne cette profanation...

« Vos dirigeants ne voient pas les cals sur les mains de Faquira, gémit Suleman. Et maintenant ils parlent de supprimer la subvention du haj [1]. »

L'auditoire suffoque.

« Chandni Chowk possède quatre sièges à l'assemblée régionale, explique Suleman. Le PPI en a gagné trois en 1993. Mais chaque siège représente deux quartiers, et le PPI ne régnait que sur quatre des huit quartiers. Comment se fait-il alors qu'il ait remporté trois sièges ? A cause de la division des voix musulmanes et de la répartition ingénieuse des quartiers entre les circonscriptions. Voilà pourquoi Sohan Lal Agrawal et Harilal Gupta sont députés à l'assemblée régionale. Il ne faut pas que cela se reproduise. Les musulmans ne doivent pas se laisser diviser. Chandni Chowk ne dispose que d'un représentant au Parlement national, et nous voulons que ce soit un musulman ! »

Noor s'éloigne du haveli. Un groupe d'hommes en haillons marche dans la ruelle, collant des affiches aux murs. Ils sont jeunes – en jean et tee-shirt –, menés par un garçon grand, maigre, la peau très foncée et les cheveux sales. Il ordonne « ici », « là », pointant

1. Subvention de l'Etat aux pèlerins qui vont à La Mecque.

un bras qui se termine par un moignon. Ils portent des piles d'affiches et quatre seaux d'une colle, qu'ils appliquent à la main. Arrivés devant le haveli, ils placardent l'ancienne demeure de Ghalib autant que la pharmacie à sa gauche. Noor, scandalisé, regarde cet homme chauve aux lunettes rayées qui sourit sans vergogne sur les murs du haveli de Ghalib. « Fichez le camp, brigands ! hurle-t-il. Cette demeure est un monument national ! Vous n'avez pas le droit d'y coller des affiches ! »

Le manchot s'approche de lui, l'air menaçant. Les voici face à face, deux hommes grands et minces, l'un à l'allure aristocratique, l'autre efflanqué et misérable.

« C'est quoi un monument national ? » demande-t-il.

Quelle effronterie ! enrage Noor. Le culot avec lequel cet invalide – venu d'on ne sait où, du Bihar, du Bengale, ou d'un autre de ces cloaques – exhibe son ignorance ! « Ceci est le haveli de Asadullah Khan Ghalib, déclare-t-il solennellement.

— J'emmerde Ghalib », rétorque l'autre.

Noor se précipite à l'intérieur du haveli chercher de l'aide. Suleman a subjugué l'assistance. Il serre contre sa frêle poitrine, à les écraser, Faquira et Alimuddin.

« Ça fait trente ans que ces hommes martèlent l'argent, déclame-t-il. Ils souffrent des bras, leurs dents s'entrechoquent. Et pendant qu'ils tapent et tapent sur les boulettes d'argent, ils se racontent pour oublier des histoires de Hatim Tai et Alif Laila... Ce sont ces hommes que je représente. Ce sont eux dont je veux les voix. Qui d'autre les protégera ? Un député bania ? »

Gloussements de l'auditoire.

« Et ce sont eux dont Harilal Gupta a démoli les échoppes. »

Le public se tait. Suleman a bien programmé sa révélation.

« Il y avait des bulldozers, mes frères ! Des policiers hindous armés, des inspecteurs dans des jeeps, avec sirènes et haut-parleur. Ils ont expulsé Faquira et Alimuddin de leur échoppe et les ont flanqués à la rue. Ils ont jeté marteaux, pilons et nattes, et volé les feuilles de papier d'argent. Et pourquoi ? "Constructions illégales", ont-ils prétendu. Est-ce que l'endroit où un homme gagne sa vie peut être illégal ? Quoi d'autre vont-ils décréter illégal ? Le haveli de Mirza Ghalib ? Détruiront-ils sa poésie parce qu'il l'a écrite dans un haveli illégal ? »

Faquira et Alimuddin jettent des regards embarrassés sur la foule. La plupart de ces gens sont leurs voisins. La plupart savent qu'ils sont retournés dans leur atelier dès le lendemain et l'ont réapprovisionné en argent. Le boulot n'a jamais cessé depuis. D'ailleurs tout le monde a oublié cette campagne de démolitions...

« Il y a trois ans ils ont rasé Babri Masjid, continue Suleman. Il y a deux ans, ils ont détruit vos échoppes. Demain ils entreront dans vos maisons. Et que détruiront-ils ensuite ? Jama Masjid ? »

Silence médusé. Quelle pensée révoltante. C'est même quelque peu scandaleux qu'un musulman puisse l'exprimer. Suleman lance un ultime appel. « Je ne veux pas de vos voix si vous ne m'aimez pas comme un frère. Mais si vous m'aimez parce que je suis musulman, si vous voulez être débarrassés des banias du PPI et du Congrès, il n'y a qu'un homme pour lequel vous devez voter, un seul symbole à vous remémorer. Votez pour la bicyclette, mes frères ! Votez pour la bicyclette ! »

« Suleman Mian *zindabad !* » glapit Ibrahim, sautant comme un ressort.

Faquira et Alimuddin, soulagés de ne plus être le centre de l'attention, font chorus. A l'extérieur, Gauhar marque une pause, lisse l'affiche de Gopal pour en effacer les plis, passe une tête pour comprendre ce que signifie tout ce vacarme.

« Suleman Mian *zindabad !* » entend-il.

Crainte, horreur, colère. C'est l'homme qu'il a vu de si près il y a six ans, qui l'a expédié à Ayodhya, qui lui doit toujours dix mille roupies, qui l'a déclaré mort et lui a interdit de revoir Gopal Bhai... Gauhar sait qu'il peut compter sur ses amis. Sept garçons costauds – Johnny, Partho, Aftab, Munna, Wasif, Baba Khoka – chacun prêt à se battre pour lui. Face à eux que vaut le malingre petit bonhomme appelé Suleman Mian ? Avec, à côté de lui, son chien édenté qui jadis avait des dents jaunes, et qui a failli le faire tuer, lui Gauhar. « Cinq cents roupies si tu vas au meeting de Suleman Mian », lui avait dit Ramvilas Babu. Cinq cents roupies pour crier des slogans, mille pour la bagarre. Ce salopard de Suleman Mian, qui lui doit toujours dix mille roupies !

« Suleman Mian *murdabad !* » braille Gauhar.

Au début, personne ne remarque. Le *murdabad* se mélange au

zindabad. Graduellement, la foule prend conscience de cette voix dissidente, localise la source à l'extérieur du haveli, se tait, totalement perturbée. Une voix solitaire continue de hurler : « Suleman Mian *murdabad !* »

Suleman, outré, regarde dans la direction de la voix et reconnaît instantanément Gauhar. « Qu'est-ce que ce garçon fait ici? crache-t-il.

— Il s'est enfui de chez Faquira il y a deux ans, bégaie Ibrahim.

— Pourquoi ne me l'as-tu pas dit? »

Ibrahim s'avance vers Gauhar d'un air menaçant, pour constater aussitôt qu'une muraille humaine se dresse derrière le garçon. « Fous le camp », bredouille-t-il, sa contenance évanouie.

Gauhar ne bronche pas. Il est beaucoup plus fort que le barbu édenté, surtout en comptant les sept malabars qui l'entourent. « Gopal Das *zindabad !* hurlent-ils en chœur.

— Gopal Das ! rajoute Aftab. Candidat des musulmans ! »

Sur quoi, tapant sur leurs seaux, désormais vides, ils bloquent l'entrée du haveli et se mettent à psalmodier : « Suleman est un salaud, Suleman est un voleur, Suleman est un salaud, Suleman est un voleur... »

Suleman reste de marbre. A leur barbe maigrichonne et à leur accent, il sait que ces garçons sont tous des musulmans du Bangladesh. Pourquoi la réunion a-t-elle si mal tourné? Huit musulmans qui en affrontent cinquante autres, acclamant un candidat qui n'est pas lui, et le traitant, lui, de voleur... « Filons ! dit-il à Ibrahim. Et parle-moi de ce Gopal Das. »

Gauhar et sa bande escortent Suleman jusqu'à son Ambassador. « Suleman est un salaud, Suleman est un voleur... », vocifère Gauhar de plus belle. Cette ordure qui a fait mourir Mussabir. Le salopard qui m'a volé mon argent !

L'Ambassador démarre, Gauhar crache sur elle. Debout à l'entrée du haveli, Sheikh Noor Muhammad secoue la tête. Les garçons continuent de crier leurs slogans. Dans la cabine téléphonique du premier étage, un homme braille, indiquant à son correspondant les prix des produits alimentaires de Chandni Chowk, comme si la force de ses poumons pouvait transporter sa voix à l'autre bout du pays. Tous profanent le haveli de Ghalib.

« Jaggery, dix, atta trente-deux, maida soixante, suji deux le quintal, sakoti, bulandshahar et biznor quarante chacun, Gopal Das *zindabad !* Douralla, modi, simbhauli vingt le kilo, Gopal Das *zindabad !* Agota, urad, moong, Gopal Das *zindabad !* Masoor, lobia, chitra, huile de soja, huile de coco, Gopal Das *zindabad !* »

II

« Nos pauvres sœurs gagnent vingt-cinq roupies par nuit, en vendant leur corps à six chauffeurs de camion, six maris qui trompent leur femme... Quel genre de société le Parti du Congrès a-t-il créé pour nous ? Et le PPI ne veut rien d'autre qu'un temple de Rama à Ayodhya. Est-ce qu'un temple de Rama est plus important que l'honneur d'une sœur de GB Road ? »

Superposant sa voix à celle de Ramvilas, Gopal déclame. Il a écouté la cassette d'innombrables fois. Il aime ce genre de discours. Brefs et faciles à mémoriser. Quand il hésite sur des mots, il est capable de les remplacer par d'autres en se référant à des films qu'il a vus. Les autres discours – sur le candidat des pauvres – sont plus compliqués. Il les redoute et a besoin de l'aide de Ramvilas Babu pour les prononcer. Il attend avec impatience la fin de ce tourbillon, dans trente-trois jours. Dès le vote terminé, il retournera dans son kholi de Khari Baoli.

Il s'étire sur le matelas. La nuit va tomber, les boutiques de Lajpatrai Market ont baissé leur rideau de fer. Les seuls êtres vivants dans les ruelles sont les chiens, les mendiants, les voleurs et les policiers. Il doit se lever et fermer les portes de Jasjit General Store. Kartar Singh est parti en vacances à Simla, lui a dit Ramvilas Babu, donc c'est à lui de fermer le magasin. Il jette un coup d'œil à l'écran de surveillance et découvre, étonné, un homme dans la boutique, qui fixe la caméra en circuit fermé installée derrière le comptoir. « Gopal ! », appelle le visiteur – comment connaît-il son nom ? –, puis il s'installe sur un tabouret. Le visage est dans l'ombre, mais on distingue la barbe effilochée, et, même dans ce flou bleuâtre des images transmises par la caméra, il est clair que quelque chose cloche avec ses dents. C'est Ibrahim Mian !

Gopal pousse l'étagère aux flacons de Bournvita, se précipite dans la boutique, pile sec derrière le comptoir, stupéfait par l'apparence du visiteur. Ce n'est pas Ibrahim Mian, c'est son fantôme !

« Ah ! te voilà, dit doucement Ibrahim. Je croyais m'être trompé de magasin. »

Ibrahim a l'air beaucoup plus vieux que dans le souvenir qu'en avait gardé Gopal. Il n'a plus de dents, seulement deux crocs qui font saillie sur la lèvre inférieure, translucides à force de pourriture, deux gouttes solidifiées de jus de citron. La barbe effilochée se réduit à quelques poils tristes.

« Ça fait deux ans que tu n'es pas venu me voir, lui reproche Gopal.

— Tu n'avais plus de thé à m'offrir ! »

Gopal ne relève pas. Ibrahim a cessé de fréquenter Kucha Bansilal après la démolition du stand. De toute façon, Ramesh Babu ne l'aurait pas laissé entrer chez Jamna Lal Kishori Mal.

« Tu n'es plus chaivala, l'accuse Ibrahim.

— Mais j'ai gardé mes affaires ! »

Gopal retourne en courant dans la pièce du fond. Tous ses vêtements s'y trouvent, transférés du kholi sur ordre de Kartar Singh, roulés en boule dans un coin, avec en plus un savon, un miroir de poche et un peigne. Et derrière, un grand sac plein de pots, de casseroles et de bocaux. Gopal fourrage, extirpe des boîtes de sucre et de thé, une passoire, quelques cosses de cardamome, une boîte de lait en poudre. Au fond du sac, coincé entre des tasses de porcelaine, il y a le verre d'Ibrahim.

Il ne peut alimenter son réchaud, faute de kérosène, mais le magasin regorge de bouilloires électriques, rangées dans les vitrines comme autant de soldats en faction. Il en sort une, met l'eau à bouillir. Cinq minutes plus tard, il pose triomphalement le verre débordant sur le comptoir. Ibrahim sourit, révélant ses gencives noires et édentées.

« Voilà, je te retrouve ! » dit Ibrahim.

Attristé, Gopal regarde Ibrahim laper son thé, et, d'un geste large, lui offre les trésors de Jasjit General Store : « Prendras-tu du

Bournvita ? Du Horlicks ? Un cacao chaud ? Mon stand s'est agrandi, Ibrahim Mian ! Que veux-tu m'acheter ?

— Je ne suis pas venu acheter quoi que ce soit. »

Il n'était pas venu à l'esprit de Gopal que la visite d'Ibrahim avait un but !

« On m'a raconté que tu t'étais repenti de ce que tu avais fait, dit Ibrahim. J'ai essayé pendant ces deux ans de te pardonner. Si grand que soit le crime d'un frère, il faut toujours lui pardonner. J'ai essayé, Gopal Bhai, et j'ai presque réussi. Je te pardonne ! Je te pardonne ! »

Gopal réfléchit très fort, éternue, ce qui embue ses lunettes. « Me pardonner quoi, Ibrahim Mian ? »

Ibrahim semble profondément peiné. « Tu as oublié ? Tu ne te rappelles pas ce que tu m'as fait ? »

Silence.

Ibrahim soupire. « Après tout, c'est normal. Tu ne veux pas te souvenir d'un passé pénible. Tu n'imagines pas la douleur que j'ai éprouvée en te voyant sur cette estrade en kurta et dhoti de soie avec ta moustache noire comme du cirage !

— Maintenant, je ne teins plus ma moustache, gémit Gopal.

— Bien ! triomphe Ibrahim. Maintenant tu ressembles de nouveau à un pauvre homme. Avec ton crâne aussi chauve qu'un lit de rivière à sec, ton visage hirsute, ta chemise où il manque des boutons, ton dhoti fripé et sale... Je te retrouve ! Mais qu'est-ce qui t'était arrivé pendant la fête ?

— Quelle fête ?

— Celle que les hindous ont célébrée à Chandni Chowk après la démolition de nos boutiques. La fête au nom anglais.

— Oh, c'était il y a longtemps.

— Pour toi, mais pas pour moi ! Pendant deux ans, j'ai lutté pour trouver dans mon cœur la force de te pardonner. Tu étais là, sur cette estrade, recevant des prix de ces gens qui avaient démoli ton stand ! Et tu avais des boutons de diamant sur ton kurta !

— C'était pas des diamants.

— Et une moustache noire comme du charbon ! Gopal Bhai, mon frère de Kucha Bansilal, se prenait pour un jeune homme. Je me suis demandé si tu n'étais pas un traître. "On ne peut pas faire confiance à un kafir, dit toujours Suleman Mian, parce que le sang qui coule dans son cœur ne changera jamais." J'ai cru un moment que Suleman Mian avait raison. Gopal Bhai, me suis-je dit, devrait se trouver aux côtés de Suleman Mian près de l'Hôtel de Ville, à crier des slogans contre les seths, les banias et les voyous du PPI qui ont démoli son stand, et non pas se pavaner sur une scène comme une putain et accepter des prix des sardars.

— Ils m'ont pas donné de prix, proteste Gopal.

— Ils lui ont donné de l'argent pour ça, me suis-je dit, et il est trop affamé pour rejeter leur offre. Voilà ce que je me suis dit.

— Ils m'ont pas donné d'argent.

— "Nous aiderons notre Gopal Bhai, m'a dit Suleman Mian. Nous lui rendrons son stand. Nous lancerons un mouvement contre ces riches seths, nous ferons des grèves de la faim, nous n'aurons pas de repos tant que Gopal Bhai n'aura pas récupéré son stand." Voilà ce que m'a dit Suleman Mian sur le chemin de Chandni Chowk. Arrivés là, nous t'avons vu sur une estrade, en kurta de soie, remerciant le sardarji d'avoir rasé ton stand, nourrissant le serpent qui t'avait mordu !

— Ils ont repris le kurta de soie.

— Je t'ai pardonné. Suleman Mian était furieux, mais je l'ai supplié de se montrer bon envers toi. "Gopal Bhai a un cœur d'or, lui ai-je dit. Il est sur cette estrade avec les gens du PPI, mais son cœur est avec nous." Suleman Mian ne voulait pas me croire, mais je n'en ai pas démordu.

— Tu es un véritable ami, Ibrahim Mian.

— Ami ? Non, je suis ton frère. »

Gopal est soulagé, bouleversé. « Tu es venu acheter quelque chose ? Tiens, prends, je te l'offre. Le sardarji comprendra. »

Profond soupir d'Ibrahim. « Je ne veux rien acheter, Gopal Bhai. Je suis satisfait que tu aies reconnu ta faute. Un homme commet des fautes, et son frère lui pardonne.

— Tu es un bon frère.

— Bon ! Maintenant, allons voir Suleman Mian.

— Pourquoi ça ?

— Pour que tu avoues ta faute devant lui. Ensuite tu pourras lui offrir ton soutien. »

Gopal se tortille. Ce n'est qu'Ibrahim, réfléchit-il, Ibrahim l'édenté... Mais Suleman, c'est autre chose. Comment je soutiendrai le regard de ses yeux de braise? Est-ce que je ne vais pas trembler et m'écrouler par terre? « J'irai demain, dit-il, avec Ramvilas Babu.

— Un seth du PPI ! ricane Ibrahim.

— Il n'est plus au PPI.

— C'est maintenant que tu dois venir », insiste Ibrahim.

Gopal ne bouge pas.

Résigné, Ibrahim se rassoit. « Ça me fend le cœur de te voir gâcher ta vie dans ce truc électoral. Pourquoi veux-tu marcher dans la rue et joindre les mains devant des étrangers? Pourquoi veux-tu faire des discours? Ce boulot électoral c'est pour les dirigeants, les gens comme Suleman Mian. Et pour les voleurs comme Harilal Gupta.

— Suleman Mian est un grand chef, approuve Gopal.

— "Gopal Bhai est un brave homme, me dit toujours Suleman Mian. Il devrait combattre à mes côtés s'il veut rendre service aux gens. Pourquoi veut-il se battre seul? C'est un combat difficile !"

— Très difficile...

— "S'il travaille avec moi, a dit aussi Suleman Mian, il voyagera dans mon Ambassador. Il s'assoira derrière moi quand j'aurai mon siège au Parlement. Il m'accompagnera quand j'irai visiter Chandni Chowk. Et il récupérera son stand." »

Gopal soupire. Combien de fois n'a-t-il pas pensé à son stand?

« Et n'oublie pas Mukesh, dit Ibrahim.

— Ils l'ont assassiné ! Ces criminels des hautes castes !

— Veux-tu que son sacrifice n'ait servi à rien? Nous devons nous battre pour Mukesh, toi et moi, sous la conduite de Suleman Mian. Tu crées de la division, Gopal Bhai. C'est mauvais pour l'unité et l'intégrité du pays. Arrête ce boulot et viens travailler avec Suleman Mian pour le salut du pays. Pour notre Mère l'Inde !

— Mais Ramvilas Babu...

— C'est un serpent ! Un petit commis qui a volé de l'argent pour ouvrir son propre commerce. Toi et moi nous sommes frères depuis vingt ans. Pourquoi veux-tu travailler pour quelqu'un d'autre? Viens demain au bureau de Suleman Mian, derrière Jama Masjid.

— Je dois attendre le retour de Sardar Kartar Singh. Il m'a laissé la responsabilité de la boutique.

— Tu as empêché sa femme de tomber d'une fenêtre, et qu'est-ce qu'il t'a donné en échange ? »

En un éclair, Gopal revoit la scène. Soudain la boutique se remplit de monde, de gens qui se pressent contre les étagères, débordent dans la ruelle, qui le regardent, attendant la grande révélation qu'il n'ose pas faire.

« C'était toi, Ibrahim Mian ! chuchote-t-il.

— Tu perds la tête avec l'âge, rétorque Ibrahim, visage de marbre.

— Qu'est-ce que tu faisais dans la maison du sardarji?

— Quelle maison ? »

Gopal reste coi, de nouveau perdu. L'image est pourtant claire dans sa tête – une grosse femme qui menace de passer par la fenêtre, une cuvette de WC, des bruits effrayants dans la pièce, derrière... Mais l'homme qui s'encadre dans la porte perd peu à peu son apparence, devient une forme indistincte. « Il y a si longtemps...

— Ce n'est pas ta faute, le rassure Ibrahim, tout ce truc électoral t'a épuisé. Viens rejoindre le courant national.

— C'est quoi le courant national ?

— Suleman Mian. Mais ne t'en fais pas pour ça. » Il se lève. « Je t'attends demain à onze heures dans son bureau. »

De derrière son comptoir, Gopal le fixe, l'air buté. « Je viendrai avec Gauhar », déclare-t-il.

Le regard d'Ibrahim se fait glacial, la lèvre inférieure pend davantage. « Qui ça ?

— Gauhar Muhammad. Pourquoi m'as-tu dit qu'il était mort ?

— Il est mort.

— Non, il est revenu. Il était à ma réunion. Il a sa propre bande – des garçons costauds qui feront n'importe quoi pour moi. Mon fils est revenu !

— Tu ne devrais pas t'associer avec ce type. Est-ce que tu sais où il était passé pendant toutes ces années ? Ce qu'il a fabriqué ? Comment il a gagné sa vie ? Et pourquoi il réapparaît maintenant ? »

Dans sa joie de retrouver Gauhar, Gopal ne s'était pas posé de telles questions.

« Est-ce qu'il est installé ici, dans le magasin ? s'inquiète Ibrahim.

— Je ne sais pas où il dort, mais il sera là demain matin. »

Soulagement d'Ibrahim. « Viens seul, ordonne-t-il. Suleman Mian ne veut pas voir de fantômes.

— Ramvilas Babu m'accompagnera. »

Ibrahim marmonne quelque chose. « Est-ce que tu connais Muhammad Salauddin Qureshi ?

— Un musulman ?

— Un chien. Un renégat qui a rejoint le PPI. Suleman Mian lui disait souvent : "Vous êtes musulman, pourquoi ne travaillez-vous pas pour les laïcistes ?" Mais il voulait le PPI, avec leur doctrine et leur temple de Rama.

— Et alors, Qureshi Sahib a rejoint Suleman Mian ? »

Ibrahim secoue la tête. « Hier, Qureshi rentrait chez lui. Il a pris un bus, il est descendu à Bahardurgarh, trois hommes l'ont suivi. En ne le voyant pas revenir le soir, sa femme a pensé qu'il était resté travailler à Chandni Chowk pour les élections. Ce matin, on a trouvé son corps dans le fossé, au pied du Fort Rouge.

— Il a dû tomber. »

Regard méprisant d'Ibrahim. « Seul son corps était dans le fossé. On a livré sa tête chez lui à Bahadurgarh. »

Gopal se fige, horrifié. Son Ibrahim Mian, celui qui boit son thé dans son verre de musulman, le voilà qui se métamorphose en loup. Ses canines s'allongent, une lueur méchante scintille dans ses yeux. « Qui avait envoyé ces trois hommes ? chuchote-t-il.

— Comment je le saurais ? Tout peut arriver dans une campagne électorale. Suleman Mian est en relation avec plein de gens différents. Certains bons, d'autres mauvais. S'il t'arrivait quelque chose, je ne pourrais jamais me le pardonner ! »

Gopal ne bouge pas d'un pouce, il observe Ibrahim, qui regarde une ceinture de cuir dans une vitrine, ouvre la vitrine, détache la ceinture de son support. « Combien ça coûte ?

— Prends-la. Elle est à toi. »

Ibrahim enroule la ceinture et sort du magasin. Gopal abaisse le rideau de fer d'une main tremblante.

12

Du geste de la main, Ramvilas ordonne à la foule de se taire, fait demi-tour, se précipite dans la boutique, manque de s'étaler contre l'étagère à Bournvita, presse le bouton, débouche dans la resserre, découvre Gopal assis sur son matelas, jambes croisées, débraillé, les yeux fermés, la tête sur la poitrine.

« Il est déjà onze heures ! s'écrie-t-il. Je vous avais demandé d'être prêt pour huit heures.

— Je n'ai pas dormi de la nuit », murmure Gopal.

Ramvilas est exaspéré. « Le syndicat des tireurs de rickshaws est venu vous apporter son soutien. Avec un don important. Ils sont des centaines dehors, qui crient des slogans. Toutes les boutiques de Lajpatrai Market ont fermé pour assister au spectacle. Qu'est-ce que vous voulez que ça leur fasse que vous ayez ou non dormi cette nuit ? »

Gopal soupire, Ramvilas refrène une forte envie de lui botter les côtes.

« Qu'est-ce qui vous inquiète ? dit-il doucement. Chaque jour, vous gagnez de nouveaux partisans.

— Je ne peux pas sortir dans cet état, proteste Gopal.

— Vous êtes le candidat de l'homme de la rue, rigole Ramvilas. C'est normal que vous lui ressembliez.

— J'ai ouvert la bourse la nuit dernière. Celle que les dames de GB Road m'ont donnée.

— Et alors ?

— Elle était vide.

— Et pourquoi devrait-elle contenir quelque chose ?

— Elles disaient qu'il y avait trente-six mille roupies dedans. »

En la prenant, Gopal s'était demandé comment un si petit objet pouvait contenir tant d'argent. Même avec des billets de cent roupies, le sac semblait trop léger, il s'était aplati sous la pression de la main. Gopal aurait souhaité demander son avis à Ramvilas Babu, mais les dames se tenaient devant lui, brandissant des pancartes et criant des slogans, et il y avait les journalistes avec leurs caméras. Il paraissait impertinent de poser la question, surtout que Ramvilas Babu avait l'air tout à fait confiant.

« Ah oui, dit Ramvilas. Elles ont effectivement parlé de trente-six mille roupies. » Son ton laisse penser que ceci explique cela.

« Cette Gita Didi m'a trompé, s'offusque Gopal. Je n'aurais jamais dû croire une dame qui fait... », il s'interrompt, incapable de prononcer le nom de la profession.

Ramvilas secoue la tête, résigné. « Je vous ai dit je ne sais combien de fois de me laisser m'occuper de ces choses-là. Comment savez-vous que la bourse était vide ?

— Je l'ai tenue dans mes mains !

— Certes, mais comment savez-vous qu'elle était vide ? Supposons qu'elle ait contenu trente-six mille roupies. Qu'auriez-vous fait avec cet argent ? Vous auriez fait imprimer des affiches, payé des foules, loué des rickshaws, des haut-parleurs et des micros, des drapeaux et des banderoles. Et pourquoi tout ça ? Pour obtenir des voix ! Pour dire aux gens que vous êtes le candidat des pauvres. Eh bien, c'est exactement ce que la bourse a fait. Trois mille dames de GB Road se sont déclarées en votre faveur sous les yeux de dix mille personnes. Cinq cent mille l'ont lu dans les journaux, cinq millions l'ont vu à la télévision. Qui sait combien de voix vous ont déjà rapporté ces trente-six mille roupies ?

— Mais l'argent...

— L'argent était là, Gopal Bhai ! Mais vous l'avez dépensé, voilà pourquoi la bourse était vide. »

Gopal nage dans la plus extrême confusion.

« C'est toujours comme ça avec les contributions électorales, le rassure Ramvilas.

— J'espérais m'acheter un kurta de soie avec l'argent.

— Ce n'est pas le moment d'acheter des kurtas ! Dehors, il y a cinq cents rickshawalas qui crient votre nom.

— Mais mon dhoti...

— Ils ne regarderont pas votre dhoti, et ils ne regarderont pas vos oreilles. Je vous ai promis un nettoyeur d'oreilles, vous l'aurez dans trois jours. Sortez maintenant, et prononcez le discours du rickshawala.

— Je ne me le rappelle pas.

— Je vous ai dit d'écouter les cassettes régulièrement ! Bon, restez à côté de moi et souriez. Je parlerai à votre place. »

Avant que Gopal puisse dire un mot, Ramvilas pousse l'étagère aux Bournvita. Les clameurs envahissent la boutique, sur fond de klaxons. « Regardez-les, Gopal Bhai ! Ils sont venus pour vous !

— Je vais rester derrière le comptoir, s'affole Gopal. Si je grimpe dessus, ils verront mon dhoti sale !

— Voilà justement pourquoi vous devez le faire. »

Ramvilas le hisse sur un tabouret, puis sur le comptoir. La foule acclame Gopal, qui joint les mains devant lui, puis les lève très haut en l'air.

Les acclamations se transforment en un grondement impatient.

« Mes frères ! hurle Ramvilas, d'une voix suraiguë. Gopal Das ne tire pas de rickshaw parce qu'il est trop faible. Il ne pousse pas de carriole parce qu'il est trop vieux. Il ne vend pas de paans parce qu'il ne sait pas les fabriquer. Il ne fait rien, ni le jour ni la nuit, et il ne fera rien quand il sera votre député, parce qu'il est déjà l'un des vôtres ! Votez pour Gopal Das ! Votez pour la tasse de thé ! »

Il est presque midi. Le soleil troue le drap de brume qui surplombe Lajpatrai Market. Au milieu de la foule, les délégués du syndicat des rickshawalas se remarquent par leurs gros badges et leur kurta-pyjama propre. Autour d'eux, des permanents de bas niveau brandissent des pancartes : « Syndicat des Tireurs de Rickshaw de Chandni Chowk », « Syndicat Indien des Tireurs de Rickshaw, section Chandni Chowk ». Un cercle plus loin, se tiennent des rickshawalas, mis en arrêt de travail momentané, en kurta et lungi. A la périphérie de la foule, des centaines de rickshaws, dont les propriétaires, qui ne militent pas au syndicat, se sont arrêtés par curiosité. Assis dans leur véhicule, ils klaxonnent chaque fois que les autres applaudissent.

« Gopal Das ne vous parlera pas, déclare Ramvilas. Vous avez entendu de nombreux discours, reçu de nombreuses promesses de gens comme Sulochana Agrawal, Harilal Gupta, ou cet homme qui, bien que musulman, ne vit pas comme un musulman ! »

Un bourdonnement, le nom de Suleman vole d'une bouche à l'autre.

« Gopal Das ne fera aucune promesse. D'ailleurs qu'est-il en mesure de faire pour vous ? Ne voyez-vous pas l'état dans lequel il vit ? Ne voyez-vous pas que cet homme est incapable de faire quoi que ce soit ? Lui ne fait pas de promesse, parce qu'il ne veut pas vous mentir. S'il était le député de Chandni Chowk, il fixerait un tarif minimum de cinq roupies par trajet. Il pourrait dire : "Que celui qui monte dans un rickshaw donne au pauvre homme au moins cinq roupies !" Peu importe que vous alliez simplement du Fort Rouge au temple jain, vous avez fait transpirer le pauvre homme, vous l'avez privé de la possibilité d'accomplir un plus grand trajet, donc vous devez lui donner cinq roupies. Gopal Das pourrait dire : "Pourquoi prenez-vous des intérêts sur un prêt accordé à un rickshawala ? Pourquoi ne permettez-vous pas au pauvre homme d'acheter son véhicule sans avoir cette terrible charge qui pèse sur ses épaules ? Ce prêt ne devrait-il pas être sans intérêt, puisque le pauvre homme ne fait payer que cinq roupies ?" Il pourrait dire tout cela, mais il ne le dira pas, parce qu'il n'est pas votre député. »

Ce raisonnement compliqué perturbe les auditeurs, la perplexité se lit sur leur visage.

« D'aucuns pourraient vous dire : "Nous avons été pauvres autrefois, nous comprenons votre peine." Mais vous pourriez leur demander : "Etes-vous pauvres maintenant ? Comprenez-vous notre peine maintenant ? Si vous avez été pauvres autrefois, nous avons voté pour vous. Pourquoi voterions-nous pour vous maintenant ? " Gopal Das, mes frères, a été pauvre et l'est toujours ! Il était pauvre le jour de sa naissance, il a été pauvre durant sa courte jeunesse, il est pauvre dans sa vieillesse, et il mourra pauvre ! »

Les cris de compassion fusent. Les délégués syndicaux fendent la foule.

« Je vois Taslimuddin Mian se diriger vers moi ! » s'égosille Ramvilas.

Taslimuddin Mian – en kurta-pyjama impeccable et gilet de coton à la Nehru – franchit la dalle et monte jusqu'au Jasjit General Store. Là, il se tourne vers ses affidés et sort de sa poche une enveloppe blanche.

« Cinquante-cinq mille roupies ! braille Ramvilas. Une journée de salaire de tous les rickshawalas de Chandni Chowk ! »

Gopal prend l'enveloppe d'une main tremblante et la montre à la foule. Sous les vivats, il jette un regard en coin à Taslimuddin. Et sent ses jambes se dérober sous lui. Il a déjà vu cet homme, derrière Suleman Mian lors des manifestations. Et maintenant, il tire Ramvilas Babu à l'écart et lui chuchote quelque chose à l'oreille ! De quoi peuvent-ils parler, et pourquoi Ramvilas Babu hoche-t-il la tête chaque fois que l'autre laisse échapper le nom « Suleman » ? Ce doit être l'homme dont Ibrahim lui a dit de se méfier hier soir, celui qui a coupé la tête de Qureshi Sahib ! Il vient lui faire la même chose ! Et Ramvilas Babu approuve le complot !

La foule se tait peu à peu, Gopal n'entend plus que les battements furieux de son cœur. Ils savent, ils savent tous, qu'il va mourir. Ils mettent au point un plan pour le tuer, là, sur le comptoir !

« Aidez-moi à descendre ! » supplie-t-il.

Ramvilas interrompt sa conversation avec Taslimuddin. « Restez encore un peu, ordonne-t-il à Gopal. Qu'ils voient bien l'enveloppe.

— Ils vont me tuer ! halète Gopal.

— Qui ça ?

— Je veux retourner dans mon kholi, pleure Gopal. Je ne veux plus de cette élection. Ibrahim Mian a dit que je devrais me retirer... »

Furieux, Ramvilas pose un pied sur le tabouret et arrache Gopal de son comptoir. « Cet Ibrahim, c'est votre ami aux dents jaunes ?

— Il n'a plus de dents.

— Quand l'avez-vous vu ?

— Hier soir, ici. »

Ramvilas jure tout bas, observe la foule agitée. « Venez avec moi. »

Il entraîne brutalement Gopal hors de la boutique. Taslimuddin court derrière eux, mais se fait arrêter par des syndicalistes qui réclament son attention. Consternée, la foule regarde lui échapper l'homme qui monopolisait toute son énergie.

« Gopal Das doit rencontrer le syndicat des chauffeurs de taxi de Chandni Chowk », annonce Ramvilas à titre d'explication.

Les gens maugréent, pas convaincus. Ramvilas traverse les rangs, tirant Gopal, qui soulève son dhoti d'une main afin de ne pas trébucher dessus. Dans l'autre main il tient l'enveloppe censée contenir cinquante-cinq mille roupies. « Où m'emmenez-vous ? »

Ramvilas ne répond pas. Il poursuit son chemin, suivi d'un petit groupe de rickshawalas, qui se prend pour l'avant-garde d'un cortège parti du lieu de la réunion. « Gopal Das *zindabad !* » scandent-ils, cherchant des yeux Taslimuddin.

Lequel est resté dans Jasjit General Store, particulièrement mécontent. Qu'est-ce que c'est que ce rassemblement ? Il devait y avoir toute une cérémonie, organisée pour la remise du don. S'il ne peut annoncer haut et fort la remise des cinquante-cinq mille roupies, comment les fera-t-il entrer dans la colonne dépenses de ses livres de comptes ? Ramvilas Babu lui avait promis un long discours, une embrassade du candidat et un poste au Conseil du Patrimoine de Chandni Chowk. Ne jamais se fier à un politicien. Il n'aurait dû lui remettre l'enveloppe qu'après son discours.

Ramvilas tourne dans Paratha Gali, Gopal trébuchant toujours derrière lui. Les rickshawalas les ont laissés tomber. Personne ne les remarque lorsqu'ils traversent les stands de parathas et de pickles. Les odeurs font saliver Gopal. Ils vont peut-être s'arrêter et manger quelque chose ? Un methi paratha fourré au pickle de mangue... Mais Ramvilas continue et emprunte les ruelles qui mènent à Jama Masjid.

« Où allons-nous, babu ? »

Le quartier croule sous les échoppes reconstruites aussi nombreuses qu'avant la vague de démolitions. Rien que des musulmans, se dit Gopal, qui nous observent, nous suivent du regard ! Deux individus si évidemment hindous – Ramvilas en kurta-pyjama, Gopal en kurta et dhoti remonté jusqu'aux genoux. C'est dangereux de marcher au milieu de tous ces gens... hommes barbus en shervani se pressant autour des stands de thé, femmes en burqa voletant d'échoppe en échoppe, un grand type, châle drapé autour des épaules, qui avance dans le nuage de fumée de sa bidi, écolières en uniforme, qui occupent le milieu de la chaussée, sans se soucier des rickshaws et des scooters... Beaucoup trop de musulmans ! Ils dépassent le marché aux poissons, les étals vendant des biryanis, du halva, de l'eau de rose, des pakoras, des jalebis, des kebabs de poulet, des dattes, des vermicelles... Un gamin pétrit de la pâte, un autre verse du lait chaud dans une grande cuve. Il va faire d'autres jalebis, qui viendront s'ajouter à ceux qui dansent déjà dans son chaudron. Si gros, chacun la taille d'une assiette !

« On ne pourrait pas manger quelque chose ? » demande Gopal.

Ramvilas continue d'avancer, Gopal trottine derrière lui. C'est quoi cette ligne blanche qui borde l'égout ? Ah oui, Gopal en a entendu parler quand la Municipalité a voulu l'expérimenter dans Kucha Bansilal. C'est du pesticide que la Municipalité vaporise chaque semaine sur tout Chandni Chowk, sauf à Kucha Bansilal, où Sohan Lalji a refusé, craignant que l'odeur ne fasse fuir les clients. Ah, voilà un policier, un Jat de l'Haryana, planté là à ne rien faire. Un hindou ! Un hindou dans cette forêt de musulmans !

Puis Gopal aperçoit un nettoyeur d'oreilles, accroupi sur un sac à côté de l'égout, ses aiguilles et ses pinces étalées devant lui. « Vous m'avez traîné jusqu'ici pour que je me fasse nettoyer les oreilles ? » questionne-t-il abasourdi.

Mais ils ne s'arrêtent pas, et pas davantage devant le vendeur de turbans rouges, ils empruntent une ruelle qui longe le mur de Jama Masjid, enjambent des pots, des casseroles et des enfants, tournent au coin. Ils sont devant les marches qui mènent à la cour de la mosquée.

« Je ne suis pas musulman, babu. »

Ramvilas rit, monte en courant l'escalier, tirant Gopal derrière lui. « Pas besoin d'en être un. Nous vivons en démocratie hindoue, pas dans l'empire de Shah Jahan. N'importe qui peut entrer dans Jama Masjid. De plus, je ne vous ai pas amené ici pour parler à Allah ! »

Arrivés en haut des marches, ils enlèvent leurs chappals et reçoivent un jeton en échange. Un homme montre du doigt les jambes nues de Gopal. « Il vous faut un lungi pour les couvrir et un topi sur la tête.

— Qui dit ça ? » demande Ramvilas.

Le type pointe l'index vers le ciel : l'ordre vient d'Allah lui-même. Un autre sort de l'ombre de la porte, des mètres de lungis jetés sur l'épaule.

« Lungi et topi pour vingt roupies, dit-il.

— Est-ce qu'on a l'air de touristes étrangers? rétorque Ramvilas. Et lui (il indique Gopal), comment voulez-vous que ce pauvre homme paie une telle somme?

— Je vous les fais à cinq roupies chacun, sahib.

— Mais je n'ai pas besoin de lungi! proteste Ramvilas, en montrant son pyjama.

— Bon, d'accord. Huit roupies pour deux topis et un lungi.

— Et ce que je porte sur la tête, c'est quoi? se moque Ramvilas, en redressant son calot à la Gandhi.

— C'est un topi hindou.

— Vous ne savez pas à qui vous parlez! Appeler ce calot un topi hindou risque de vous faire jeter en prison pour propos communautaristes! Voulez-vous déclencher une émeute communautariste? »

L'homme capitule, affolé. Il a l'habitude des touristes blanches en short, qui lui filent sans rechigner cinquante roupies.

« Cinq roupies le topi et le lungi pour le vieil homme en dhoti, propose-t-il.

— D'accord. »

L'homme drape un lungi autour du dhoti de Gopal, veillant à ce qu'il couvre les jambes jusqu'aux chevilles, lui cale un topi sur la tête.

« Maintenant, on dirait que je porte un sari! s'insurge Gopal.

— Venez.

— Ils vont me voler mes chappals!

— Les musulmans prétendent qu'ils conservent les chappals du Prophète à l'intérieur de Jama Masjid! Nous pourrions les emprunter », ricane Ramvilas

L'homme aux longis semble impressionné par ce puissant personnage qui sait tant de choses sur la mosquée.

« Et on pourrait aussi en profiter pour emprunter les cheveux du Prophète, juste à côté des chappals. Personne ne vote pour un candidat chauve.

— Taisez-vous, on va vous entendre!

— Vous franchissez Shahi Darvaza, Gopal Bhai. Cette entrée était réservée à l'empereur. Maintenant tout le monde peut l'emprunter le vendredi... Vous rendez-vous compte de la distance parcourue en trois cents ans? Vous avez acquis le statut de Shah Jahan. »

Ramvilas s'empare de l'enveloppe de Taslimuddin – que Gopal tenait toujours – et la fourre dans la poche de son kurta. Gopal se console en pensant que l'argent, comme les jambes et la tête nues, est interdit à l'intérieur de la mosquée.

Le namaaz du vendredi est terminé. Ceux qui restent ont décidé de dormir dans la cour, à l'ombre de Shahi Darvaza. Ramvilas et Gopal contournent des formes endormies sur le sol au quadrillage blanc. La pierre est fraîche sous les pieds nus jusqu'à ce qu'ils atteignent le milieu de la cour, que le soleil a transformé en dalle brûlante, si bien que même par cette froide journée de février, ils marchent soudain sur des braises.

« C'est chaud !

— Le chemin de Makka Sharief est périlleux », dit poétiquement Ramvilas.

Un homme, surgissant d'un recoin du mur de la mosquée, fonce sur eux. « Je vais vous montrer le cheveu du Prophète. Je vous montrerai ses empreintes sur la pierre, un chapitre du Coran provenant du Livre Sacré original. Je vous montrerai Ses chappals...

— Justement, Gopal Bhai a besoin de chappals, s'amuse Ramvilas.

— Je déchiffrerai pour vous les onze inscriptions sur le sol de la cour...

— Nous n'avons pas de temps à perdre ! Est-ce que j'ai l'air d'un Blanc ? »

L'homme disparaît dans l'ombre. Gopal indique un autre mur. « Est-ce qu'on ne devrait pas passer par là ?

— Par là, c'est la direction de La Mecque, s'esclaffe Ramvilas. Mais vous n'êtes pas venu ici pour prier. Vingt-cinq mille fidèles ont déjà imploré Allah ce matin.

— Alors, qu'est-ce que je suis venu faire à la mosquée ?

— Vous êtes un candidat laïc. Aller voir les mosquées, ça fait partie de votre boulot. »

Au centre de la cour, le grand réservoir d'eau n'est plus entouré que de pigeons. « Est-ce que je peux me laver ? » demande Gopal.

Ramvilas refuse d'un signe de tête, et l'entraîne vers le minaret, au sud-ouest du terrain. « Montons plus près de Lui.

— Je ne peux pas monter toutes ces marches ! »

Ramvilas grimpe, Gopal halète derrière lui, se prenant les pieds dans le lungi, tâchant de maintenir sur sa tête le topi qui tend à glisser à chaque pas, ne voyant quasiment rien dans cette obscurité. Ils débouchent soudain dans la lumière, Ramvilas l'empêche de perdre l'équilibre. « Regardez. »

Epuisé, en sueur, à bout de souffle, Gopal respire à s'en faire éclater le cœur. La calotte, déformée par la transpiration, manque de s'envoler au vent furieux. Le lungi colle à ses jarrets, le soleil, démentant le calendrier, le perce sans merci.

« Vous y voilà, déclare Ramvilas. A cent vingt pieds au-dessus du sol. Dans Masjid-i-Jahan Numa, la mosquée d'où l'on voit le monde entier ! Regardez à droite ! Tout en bas, il y a Shahi Darvaza. Voyez les rickshaws passer sous sa voûte, comme des fourmis courant après la nourriture sur un long ruban d'asphalte. Et à l'extrémité du ruban, voyez le grand Fort. Imaginez l'empereur quittant le Fort dans son palanquin, sur les épaules de cent porteurs, et, arrivé à Shahi Darvaza, entrant dans la mosquée. Maintenant, regardez vers le nord. La muraille de grès rouge au sommet de laquelle se dressent les magnifiques dômes de Jama Masjid – marbre blanc aux incrustations de marbre noir –, érigée en six ans grâce au sang et à la sueur de dix mille hindous. Laissez porter votre regard au-delà des dômes – la grande ville de Shahjahanabad s'étale devant vous.

— Je ne vois rien, gémit Gopal.

— Enlevez donc vos lunettes, vous n'en avez pas besoin. » Il les lui arrache. « Et maintenant voyez la forêt, les arbres, c'est inutile ! »

Gopal soupire, vaincu, et tâche de se concentrer sur le spectacle : l'océan Chandni Chowk en plein brouillard. Il est midi. Le soleil mitraille chaque bâtiment, chaque ruelle, chaque silhouette mouvante dans le labyrinthe. La brume absorbe toutes les couleurs, ne laissant que des nuances de gris. Les petits immeubles projettent leur ombre sur leurs voisins, créant un dessin en clair-obscur qui s'allonge de Jama Masjid jusqu'à l'horizon, où il se fond graduellement dans un ciel gris. Et dans cet océan nagent voitures, scooters, rickshaws, innombrables insectes accrochés aux rubans d'asphalte. La cité vit et respire, les sons bourdonnent, grondent comme une centaine de générateurs électriques dans le sous-sol d'un immeuble.

« Voyez-vous Chandni Chowk, Gopal Das? demande Ramvilas, des accents lyriques dans la voix. Ne cherchez pas à repérer les bâtiments, les gens, les ruelles ou les échoppes. Dites-moi si vous voyez Chandni Chowk dans sa globalité, ou du moins si vous l'entendez? Ecoutez attentivement, les klaxons, les hoquets des scooters, le ronronnement des moteurs, et vous les entendrez vous appeler. Rickshawalas, mendiants, marchands de fruits, vendeurs de fleurs, paanvalas, chaivalas, prostituées, chiffonniers! Castes répertoriées, tribus répertoriées, autres basses castes, musulmans! Tailleurs, barbiers, masseurs, teinturiers! Ils vous appellent, Gopal Bhai. Vous êtes passé sous Shahi Darvaza pour entrer. Vous repasserez sous Shahi Darvaza pour sortir et vous les verrez, groupés en bas des marches, attendant votre retour! »

Gopal en reste bouche bée. C'est donc pour ça que Ramvilas Babu l'a emmené à Jama Masjid! Pour lui montrer sa ville, son domaine, son royaume!

« Vous êtes Shah Jahan! Non, vous êtes plus que Shah Jahan parce que vous n'êtes pas musulman. Vous êtes Arjun, regardant les armées déployées contre vous à la bataille du Mahabharat. Allez-vous déposer les armes maintenant parce que des putes vous ont donné une bourse pleine d'air? Allez-vous vous décourager parce que des rickshawalas vous ont remis une enveloppe vide? Vous laisserez-vous intimider pas les menaces d'un idiot édenté et vacillant ou d'un grossier serpent à la moustache en trait de crayon? Qui sont ces gens pour vous empêcher d'accomplir votre grande œuvre, vous Arjun? »

Cloué sur place, de ce flot de phrases Gopal ne retient que celle qui a trait à l'enveloppe vide de Taslimuddin.

« Voyez-vous les particules blanches et noires dans l'océan étalé devant vous? C'est votre peuple qui, les yeux levés vers le ciel, attend votre décision! Si vous ne décidez pas de lutter pour eux, qui les sortira de la fange? Où iront-ils tous, les putains, les rickshawalas et les mendiants? »

Soudain, pour Gopal, le tableau s'éclaire, comme si la brume venait de se lever et que ses yeux avaient produit leurs propres lunettes. Il ploie sous le poids de la révélation, mais se redresse sous l'effet d'une résolution soudaine. Je suis Arjun, se dit-il, le cœur prêt à se rompre, dans sa tête se bousculent métaphores et imagerie délirante. *Baa Adab! Baa Mulaahizaah, hoshiyaar! Abul Muzaffar Shahabuddin Mohammad, Sahig-i-Qiran Sani...* Je suis Shah Jahan, je suis Arjun, je suis Krishna, je suis le Temps.

Debout à ses côtés, Ramvilas surveille son changement de physionomie.

« Votre vie est sur le point de changer d'une façon incroyable, lui dit-il, et tout ce que vous savez faire, c'est parler d'argent – le petit peu d'argent que des putes et des rickshawalas ne vous ont pas donné. Trois ou quatre lakhs suffiraient pour démarrer, après quoi il en tombera des millions et des millions dans votre bourse.

— Quatre lakhs ? rêvasse tout haut Gopal.

— Evidemment, vous n'êtes qu'un pauvre chaivala, poursuit Ramvilas. Où trouveriez-vous quatre lakhs ?

— Je vous les trouverai ! J'ai juste besoin de cinq hommes. Nous allons déterrer quatre lakhs cette nuit. »

Regard perçant de Ramvilas. « Cinq hommes. D'accord. Et maintenant, partons. »

Gopal ne peut s'arracher au décor qu'il a sous les yeux. Il en fait partie, si intrinsèquement qu'il lui semble qu'en quittant le minaret il va s'arracher les entrailles. « On ne pourrait pas rester encore un peu ?

— Il est midi passé, et vous êtes un hindou. L'après-midi, la mosquée est interdite aux infidèles. »

Cette nuit-là, cinq hommes font irruption dans Katra Badami, Ils marchent sur la pointe des pieds – suivis d'un homme en kurta-pyjama impeccable – afin de ne pas réveiller les dormeurs dans les box du rez-de-chaussée. Ils ont la clef permettant d'accéder à la cage d'escalier. Ils montent, longeant les murs, guidés par les odeurs de poivre, cardamome et clous de girofle, dont les sacs s'empilent à chaque niveau, du sol au plafond. Parvenus au troisième étage, ils grimpent subrepticement à une échelle, l'un derrière l'autre, débouchent dans une soupente, sous un faux plafond, où l'odeur de curcuma est presque insupportable. Puis ils déplacent cinquante sacs du curcuma de Sushil Jain – il faut deux hommes pour soulever un seul sac – afin de dégager un passage vers la cloison en bois. Ils rampent jusqu'à une porte dans la cloison, sortent leurs outils, d'un coup de marteau ils font sauter la serrure, qui jouait déjà – quelqu'un y avait creusé une rainure.

La cloison crée une petite pièce à l'intérieur du kholi. Les hommes déménagent une tonne de conserves d'assa-fœtida, sous lesquelles apparaissent trois malles de fer, accotées au mur, sous les bouches d'aération masquées d'un rideau. Ramvilas écarte un rideau pour jeter un coup d'œil au-dessous : rien ne bouge. Il fait un signe de tête à l'un de ses acolytes. L'homme sourit. Sa lèvre supérieure – fendue en deux comme celle d'un lapin – s'écarte, les dents brillent même dans l'obscurité.

D'un geste rapide, ils brisent le cadenas des trois malles – trois mains sur trois cadenas. Ramvilas leur remet à chacun un billet de cinquante roupies, en silence ils rampent hors de la soupente, descendent l'échelle, disparaissent dans le noir. Ramvilas attend cinq minutes, vide le contenu des malles, empilant sur le sol des classeurs recouverts de toile rouge. Au fond de chaque malle sont lovées des ceintures de tissu blanc, comme autant de serpents. Cherchez-en quatre, lui a dit Kartar Singh. Il les sort, les presse pour s'assurer qu'elles sont pleines. En remettant les classeurs en place, il en ouvre un, parcourt les pages jaunies, barbouillées de swastikas vermillon dessinés d'une main défaillante, éclate d'un rire silencieux. La raison de l'existence de ces malles, des conserves d'assa-fœtida et de la cloison de bois lui apparaît soudain clairement. Il a sous les yeux les livres de comptes que Sushil Jain a dissimulés au regard des inspecteurs des impôts, l'assa-fœtida étant le moyen le plus sûr d'écarter les curieux. Concentré en une telle quantité, il dégage une puanteur de merde. Même un inspecteur des impôts refuse de patauger dans la merde pour découvrir les secrets du commerce de Sushil Jain.

Il remet en place tous les classeurs, sauf deux, qu'il emportera avec lui. Il est toujours bon de prendre une assurance sur l'avenir. Qui sait l'importance que Sushil Jain pourrait acquérir un jour?

Il ferme les malles, se redresse, glisse les deux classeurs dans la ceinture de son pyjama, secoue les serpents pour en faire tomber les grains d'assa-fœtida qui s'y étaient collés. Puis il relève son kurta et se noue les quatre ceintures autour du corps, depuis la poitrine jusqu'à la taille. Elles sont très longues, comme destinées à un gros homme. Même serrées au dernier trou de la boucle, elles flottent un peu autour de son torse mince. Il glousse, sachant qu'elles ont boudiné le gros ventre de Sohan Lal avant d'atterrir dans la boutique de Kartar Singh.

Il quitte la resserre, referme la porte de la cloison, descend l'échelle, sort de Katra Badami. Dans les rues de Khari Baoli, éclairées par la lune, il avance, dépassant des dormeurs dans leurs carrioles, la démarche raidie par son armure.

13

« Ça fait quatorze ans que je vous soutiens, dit Suleman. Avez-vous oublié le jour où vous êtes venue me trouver, après avoir essuyé le refus de tous les conseillers municipaux, et où je vous ai promis un local et de l'argent ? Vous avez dit – je me rappelle vos paroles ! – que j'étais un jeune homme idéaliste, l'espoir des enfants misérables de Chandni Chowk. Pourquoi n'écrivez-vous rien sur moi, madame ? » Il s'exprime prudemment, entre accusation et prière.

Sa voix trahit sa nervosité, pense Chitra, il est à bout de patience, mais il sait que mieux vaut le sifflement du serpent que le grondement du chien. Dissimulant mal sa rancœur, il joue les bravaches tout en appelant à l'aide.

« Vous écrivez des articles sur ce chaivala. Ce gros imbécile chauve qui ne sait même pas son nom. Pourquoi perdez-vous votre temps avec lui plutôt qu'avec de véritables candidats ? »

La nervosité de Suleman se manifeste aussi par la façon dont il agrippe les bras du canapé au bord duquel il est assis. Il porte un kurta-pyjama de soie et un gilet à la Nehru. L'âge se fait sentir. L'âge, ou le stress d'une vie passée à se battre au nom de la politique. Il a toujours le regard d'un prédateur, mais d'un prédateur épuisé. Des rides se creusent autour des yeux quand il se concentre, et ils ont perdu l'art de fondre sur un objet et de le fixer longuement sans ciller, découvre Chitra. Dès qu'ils se posent sur son visage, ils s'en détournent, volettent ici et là. La moustache est toujours aussi fine, les cheveux toujours aussi noirs, sauf qu'il doit probablement les teindre. Il approche les quarante-deux ans. Dans le monde gériatrique des politiciens de Chandni Chowk, ça fait de lui un adolescent, mais son corps l'ignore. Il le lâchera plus tôt que son esprit.

Elle ne se rappelait pas le gilet. Quand a-t-il commencé à s'habiller en politicien du Congrès ? Toute sa carrière a consisté à lutter contre le Congrès au nom des musulmans. Ce vêtement est-il devenu un accessoire de son théâtre politique ? La prochaine fois qu'elle le verra, si ça se trouve il portera aussi le calot de Gandhi. Il se ronge les ongles. Manifestation d'une angoisse de bataille électorale ou d'un besoin de cigarette ? Elle se plaît à penser qu'il ne fume pas par déférence envers elle. A portée de main, sur une table basse, il y a trois verres, dont l'un qu'il vide sans arrêt, substitut apparemment inefficace de la nicotine. Les compromis auxquels doit se prêter un empereur moghol à notre époque ! Imaginez Shah Jahan demandant à sa reine adorée, la bégum Arjumand Bano, si elle désire vraiment le quatorzième enfant qui va la tuer !

« Je n'en ai pas cru mes yeux quand j'ai vu ça, dit Suleman en brandissant le journal. Vous l'appelez "candidat laïc" ! Un homme pauvre qui représentera les pauvres ! Comment pouvez-vous être naïve au point de croire ce truc ? Si c'est lui le candidat laïc, que faites-vous de Suleman Mian ? »

Parler de soi à la troisième personne, dernier refuge de l'arrogance. Que voit-il quand il se regarde dans une glace ? Il voulait s'élever au-dessus de sa condition, il n'a réussi qu'à moitié. L'aspect de ce haveli où il a installé le centre nerveux de sa campagne électorale n'impressionnera personne. Une ruelle étroite, bordée de vieilles demeures en ruine, des égouts à ciel ouvert qui ont depuis longtemps englouti les pesticides vaporisés par la municipalité. Des enfants qui jouent au cricket avec des piquets faits de briques. Pas de fenêtres à casser. Un jour ils enverront une balle dans un mur et déclencheront une avalanche de plâtre et de ciment qui les ensevelira. La cage d'escalier à l'intérieur du haveli – en est-il le propriétaire ou l'a-t-il réquisitionné ? – s'effondrera une nuit, sous son propre poids, emblème du déclin de l'Empire moghol, avec ses émirs obséquieux, sa cour décadente, ses empereurs séniles se gavant de biryani et entichés de jeunes garçons. Des pigeons ont fait leur nid dans les recoins du plafond, le sol est entièrement recouvert de chiures d'oiseau. Un seul pas, un seul mouvement, et la caverne résonne de bruits.

Pour arriver ici, Chitra a dû passer devant Les Moineaux, du moins ce qui reste du bâtiment. La ruelle déborde d'activité, évocation de l'Orient ésotérique pour les touristes, mais symbole à ses yeux d'une écrasante pauvreté – nettoyeurs d'oreilles, joueurs d'échecs, masseurs, acrobates, astrologues sur ordinateur, vendeurs d'aphrodisiaques, lutteurs de foire, dentistes en plein air, marchands d'améthystes « correctrices », bhishtis trimbalant des outres d'eau. A quoi sert cette eau ? s'est-elle demandé. Y a-t-il des gens pour la boire, ou le bhishti fait-il partie du monstrueux spectacle de Chandni Chowk, qui se joue quotidiennement pour la délectation visuelle des passants ? C'est ici que vit Suleman Mian, ou qu'il prétend vivre. C'est certainement ici qu'il a grandi. Son attitude venimeuse est-elle la conséquence naturelle de la brutalité du quartier ?

Comme elle passait devant les ruines des Moineaux, un garçon s'est approché, a montré du doigt l'appareil qu'elle tenait et lui a demandé de le prendre en photo. Au milieu des gravats. La démolition du bâtiment a créé un grand espace vide, en arrière-plan duquel se dresse, majestueuse, Jama Masjid. Un angle inhabituel, puisqu'on n'en voit que l'arrière, mais une superbe image de la mosquée. Le garçon le savait. Il s'était probablement bagarré avec d'autres gamins pour posséder cet emplacement, parce qu'une fois la photo prise, il a exigé d'être payé. Le truc marche peut-être bien avec les touristes blancs. Le garçon sait intuitivement que le cliché agrémentera un album de photos de voyage – « Enfant pauvre derrière Jama Masjid, Chandni Chowk, Delhi, Inde. »

Chitra lui a donné cinq roupies, puis a tourné dans la rue de Suleman, se demandant pourquoi une étoile montante de la politique se fixait dans cet endroit précis du firmament. Peut-être parce qu'il ne peut s'arracher à la puanteur dans laquelle il a grandi. Sur quoi elle a grimpé l'escalier branlant et a été admise au royaume coloré de Suleman Mian.

« S'il vous plaît ! » a-t-il protesté quand, à la vue du tapis rouge sang, elle a voulu se déchausser. Elle a donc marché dessus, avec, collée à la semelle, toute la saleté du quartier de Suleman.

Maintenant, inconfortablement installée sur le canapé, elle comprend qu'en cherchant à se libérer de son enfance sordide, tout en s'efforçant de s'identifier avec son peuple, Suleman vit dans la contradiction. Le style et le mode d'expression contredisant le personnage public. Le haveli signifie son appartenance au monde des enfants de la rue, des vendeurs de paan, des fabricants barbus de jalebis, des marchands de bimbeloterie et des parfumeurs. L'appartement à l'intérieur du haveli, où il tient sa cour depuis le début de son règne, affirme autre chose, tant à l'intention de ses sous-fifres que peut-être pour lui-même. Ainsi, tandis que le haveli fournit un décor approprié à sa farce politique, l'appartement reflète toute la vulgarité de son imagination.

A chaque bout de la pièce on remarque deux lampes de cuivre à l'ornementation surchargée, et dont le brillant a depuis longtemps disparu. Deux étranges abat-jour tamisent considérablement la lumière, ils semblent d'ailleurs n'avoir aucune utilité fonctionnelle puisque la pièce est éclairée par une ampoule nue accrochée au plafond. Le besoin de lumière artificielle même par un après-midi ensoleillé s'explique par la présence d'un placard dans l'embrasure de trois fenêtres. Les murs sont de couleur crème, peut-être pour contraster avec le gris écaillé du reste du bâtiment. Une tapisserie d'un affreux marron recouvre le canapé sur lequel est assis Suleman et celui, plus petit à gauche, qu'occupe Chitra. Face à eux une table basse très cirée – peut-être l'objet le plus coûteux de la pièce –, le tout posé sur le tapis qui cache presque la totalité du sol de pierre, si froid en hiver. Tapis d'un rouge agressif, quasiment couleur sang. A la seule fenêtre libre pend un rideau d'un tissu brillant transparent, du genre de ceux qu'on utilise pour les costumes royaux dans les productions théâtrales minables. Il ne protège ni de la lumière ni de la puanteur de la rue. Invasion du sanctuaire de Suleman par sa circonscription. Peut-être ne perçoit-il pas l'incongruité de sa position – lui, l'homme qui voudrait être le roi de Chandni Chowk, obligé de se couvrir les yeux quand il quitte cet appartement tapageur pour éviter de voir l'océan putride qui entoure sa prétendue cour.

Le mendiant qui festoie se réveille avec une indigestion,

songe-t-elle. Avec cette pièce, Suleman a-t-il tenté de recréer le Divan-i-Khas ? Est-ce l'idée qu'il se fait du luxe méprisable ? C'est le type de décor conçu par les directeurs artistiques pour les scènes de chants et de danses de leurs films. A moins que ce ne soit la pièce où se tient le méchant – caressant son chat – pour proférer ses discours grandiloquents avant que le héros débarque et anéantisse ses projets délirants. Suleman n'a pas de chat à ses côtés, mais deux associés, si l'on peut les qualifier ainsi. L'un est le barbu édenté, que Chitra voit auprès de lui depuis des années, la bouche étirée en permanence par un sourire grimaçant et le front creusé de rides menaçantes ; l'autre, un homme guindé aux traits aquilins, qui la supplie des yeux de ne pas le prendre pour un attribut permanent du décor.

« Vous savez que je vais gagner, madame », dit Suleman, le journal enroulé dans sa main. Il avale une gorgée d'eau.

Il fait du cinéma, se dit-elle, non pas tant pour moi que pour ses associés, qui l'observent attentivement. Il ne peut laisser paraître le moindre signe de nervosité. Bolide agressif auquel ils ont accroché leurs wagons, il doit continuer sur sa lancée à tombeau ouvert. Dix ans que son aura les attire. Pas question de claquer des doigts et de rompre le charme.

« Mais peu importe que je gagne ou que je perde, poursuit-il avec véhémence. Je vous ai soutenue quand vous n'aviez personne vers qui vous tourner. Est-ce que je ne mérite pas votre gratitude ? Qui vous a donné l'argent pour fonder ce... ces "Sparrows [1]" ? Qui vous a fourni le bâtiment ? »

Il a du mal à prononcer le mot. Durant les années qu'il a passées à arpenter les corridors du pouvoir, il n'a pas daigné apprendre un mot d'anglais.

« Le bâtiment a été rasé, dit Chitra. Contre toute légalité. »

Elle sait qu'il est injuste de lui balancer cette accusation au visage, mais c'est plus fort qu'elle, par son comportement Suleman attire les insultes.

« L'illégalité vous préoccupe ! Vous vous prenez pour une grande journaliste anglaise, et vous ne voulez pas admettre que c'est l'existence même de Suleman Mian qui a provoqué tout ça. »

---

1. Moineaux.

Piquez-lui les côtes, et l'arrogant devient vite grossier. Pourtant tandis qu'elle mûrit sa réponse, elle note un adoucissement du visage, sinon des yeux. Il a décidé de se montrer charmant. Il s'adresse à son factotum de gauche et, d'un ton bien différent de celui qu'il emploie avec elle, aboie : « Chai ! »

L'homme quitte la pièce avant qu'elle ait le temps de refuser.

« Je vais bientôt être député », affirme-t-il.

Le factotum restant confirme de la tête.

« Je vous réserverai une place spéciale dans la tribune de presse, ronronne Suleman. Chaque projet de loi, chaque motion... vous saurez tout ! Pourquoi je me soucierais de vos confrères, puisque vous êtes la seule à me soutenir dans cette élection ? »

L'offensive de charme n'est pas une réussite. Il a beau sourire, le regard transperce et brûle.

« Vous vous trompez, dit-elle. Je ne soutiens pas Gopal Das, mais je parle de lui parce que c'est un symbole.

— Un symbole ? »

Oui, un symbole de vérité et de démocratie, de tout ce que promettait cette Constitution kilométrique que nous nous sommes donnée, voudrait-elle rétorquer. Mais les mots ne sortent pas. Même s'il se retient d'éclater de rire, il se moquera d'elle, la forcera à douter d'elle-même.

« Les symboles peuvent être puissants dans ce pays, dit-il. Souvenez-vous des enfants qui ont reçu des médailles du courage le Jour de la République. C'est l'Inde de Nehru, où le courage est fixé par un décret-loi du Parlement. Qui peut douter du pouvoir des symboles ? »

Sûrement pas lui, puisque c'est la marchandise qu'il colporte depuis dix ans.

Il se penche vers elle, brusquement tendu. « Laissez-moi vous raconter une histoire. Quand le roi anglais est venu en Inde au début du siècle, on a construit en son honneur la porte de l'Inde à Bombay. Mais les gens se fichaient de cette porte de pierre qui ne signifiait rien pour eux. Aussi quand le roi est venu à Delhi, il s'est montré sur les remparts du Fort Rouge avec sa reine, portant la couronne scintillante et la longue tunique aux riches couleurs d'un empereur moghol, sous les acclamations de cinq cent mille personnes. Pourquoi croyez-vous que George a fait ça ? Afin que nul ne puisse douter qu'il était bien l'héritier du trône de Shah Jahan. Tout le monde a vu en lui le symbole de l'Hindoustan. »

Chitra remarque l'intérêt avec lequel l'assistant de Suleman, le Cachemiri – les traits aigus de son visage dénotent sa nationalité –, écoute cette histoire.

« Il ne faut donc pas traiter les symboles à la légère, continue Suleman. Pourquoi est-ce que je porte un kurta et que je vous dis "Namaste" quand nous nous rencontrons ? Pourquoi mon symbole électoral est-il une bicyclette ? Pourquoi Nasim la musulmane est-elle devenue Madhubala l'hindoue, avant d'être reconnue comme une star ? Les symboles, c'est tout ce dont certains s'abreuvent et se nourrissent. Vous ne pouvez pas appeler le chaivala le candidat des pauvres. Vous ne devez pas parler de son association avec les musulmans !

— Mais je n'en parle pas. »

Suleman brandit le journal, lui montre son article. « Je ne lis pas l'anglais, mais mes amis disent que vous faites l'éloge du chaivala. Vous parlez de son fils adoptif musulman – un garçon du Bangladesh. Vous ne devriez pas raconter ça. C'est de la pub électorale, mais on se croirait dans un film hindi, où musulmans et hindous fêtent Divali ensemble. »

Elle savoure le supplice et décide d'enfoncer le clou. « Vous m'avez souvent dit que vos électeurs ne lisent pas les magazines anglais.

— Tout le monde copie les magazines anglais de nos jours, gémit-il. Les journaux hindis et ourdous reproduisent vos articles. Ils n'ont pas de pensée personnelle. La gratitude n'est-elle plus de ce monde ? Ne trouvez-vous rien d'aimable à dire sur un homme qui a soutenu votre carrière ? »

Un léger coup de tête, et le personnage qui se tient derrière lui fait un pas en avant. « Je vous présente Sheikh Noor Muhammad, dit Suleman, grand spécialiste de l'architecture moghole. Il m'a proposé son aide dans cette campagne. »

Chitra ne bronche pas.

« Tous les musulmans instruits de notre communauté commencent à me soutenir. Qureshi Sahib m'a téléphoné il y a quatre jours, disant qu'il ne supportait plus les méthodes communautaristes du PPI. Il devait me retrouver devant Jama Masjid le matin où il a été assassiné. »

Chitra frissonne. Le froid a soudain envahi la pièce. Le meurtre de Muhammad Salauddin Qureshi occupe toujours les premières pages des journaux. Elle pense savoir qui est le commanditaire, mais n'ose l'exprimer ouvertement, y compris à elle-même.

« Le comité du PPI n'a pas apprécié la décision de Qureshi Sahib, ajoute Suleman. Voyez le résultat. »

Chitra est fatiguée. Elle a passé l'âge de rester à écouter dans des lieux inhospitaliers les récriminations de personnages vaniteux. Son corps l'a trahie sous des aspects inattendus, elle a renoncé à feindre la jeunesse. Elle va bientôt afficher une solidité de matrone, alors qu'elle n'a jamais connu la vie d'une jeune femme. Et que sortira-t-il de toute cette agitation? L'élection de ce parvenu au Parlement? Le triomphe invraisemblable d'un chaivala? Il y a quelque chose qui cloche dans cette candidature de Gopal Das, et dans la personnalité de son directeur de campagne. Le résultat le plus probable est la victoire de Harilal Gupta, après que Suleman et le chaivala se seront fauché réciproquement leurs voix. Se pourrait-il cependant que Gopal Das, avec toutes ses faiblesses, soit le remède à ce maléfice appelé Suleman? Elle va écrire sur lui un article ravageur! « Un homme du peuple! » Un article qui enterrera Suleman Mian, ses associés, son haveli et l'horreur de canapés marron sur un tapis rouge sang.

« Vous refusez de m'aider? » Suleman capitule.

Après s'être débarrassé de la bégum Arjumand Bano, Shah Jahan a fait construire pour elle le Taj Mahal. Suleman n'est pas Shah Jahan. Il doit quémander, ravaler son arrogance, s'abaisser. Mais quel poison recèlent ces paroles sucrées? Et s'il n'obtient pas le résultat escompté, est-ce sur elle, Chitra, qu'il pointera son dard?

L'édenté apporte deux tasses de thé sur un plateau de fer. A la dérobée, tandis que Suleman boit sa tasse et donc ne la fixe pas de ses yeux brûlants, Chitra l'étudie. Comme on regarde le soleil à travers des lunettes teintées. Sous la moustache, la bouche tombante semble aussi vulnérable que celle d'un enfant. Chose qu'elle n'avait jamais remarquée. Il a l'air inoffensif, presque innocent. Elle n'est pas dupe, évidemment. Elle sait qu'il va dans un instant déchiffrer sur son visage la résolution qu'elle a prise. Et, soudain, elle a peur de l'humilier.

14

Un homme du peuple
Chitra Ghosh, rédactrice en chef, *India Now*
1er mars 1998

Qui est Gopal Das ?

De nouvelles élections nous attendent – nouvelle campagne avec symboles, slogans, promesses et scandales nouveaux, mais les mêmes candidats accoutrés à la Gandhi, ridés et méritants, mains jointes et sourire collé aux lèvres, qui promettent cinq années de stabilité, ne tiendront que deux à trois ans. La circonscription de Chandni Chowk, qui aurait tranquillement renvoyé au Parlement son député habituel, Naresh Agrawal, membre du Congrès, affronte un dilemme. Naresh Agrawal étant mort, le choix existe entre Sulochana Agrawal, veuve et candidate soutenue par le Congrès, Harilal Gupta, ministre des Transports du gouvernement de l'Etat et candidat du PPI, et Suleman Mian, politicien local qui se présentait comme indépendant, mais est soutenu par les partis communistes. Ces trois-là en vérité n'intéressent pas grand monde, parce que tout Chandni Chowk ne parle que de Gopal Das, candidat indépendant. Qui donc est Gopal Das ?

Commençons par la description physique. Gopal Das mesure cinq pieds deux pouces. Il porte une chemise à carreaux – à laquelle il manque en général des boutons –, un dhoti sale qu'il remonte aux genoux, des chappals usées à la corde. Chauve, il arbore sa calvitie avec dignité. Il ne teint ni sa moustache tombante ni les touffes de poil qui lui sortent des oreilles. Ses lunettes, vieilles et rayées, ne sont peut-être plus adaptées à sa vue, si bien qu'il doit constamment regarder comme à travers des hublots pour avoir des objets une image moins floue. Le ventre rebondi – quel homme n'en a pas à moins d'être un athlète –, des plis sous le menton qui tremblent comme le fanon d'une vache chaque fois qu'il ouvre la bouche, ce qui ne lui arrive pas souvent. C'est votre père ou votre frère, même si vous préféreriez qu'il ne soit ni l'un ni l'autre. Le genre d'homme que vous ne voulez pas devenir mais que vous devenez malheureusement de plus en plus. Gopal Das, c'est l'Homme de la Rue. Par un après-midi surpeuplé de Chandni Chowk, personne ne remarquerait sa silhouette trapue, et c'est cela son principal atout – rien ne le distingue des gens qu'il souhaite représenter. Son apparence n'est qu'une conséquence, pas la cause de son être, qui explique pourquoi il veut devenir membre du Parlement. N'est-ce pas l'essence d'une démocratie représentative ? Qui est plus représentatif que Gopal Das?

Quand il s'est lancé en campagne, on l'a accusé de ne pas être un Dillivala. Certains ont suggéré que c'était un intrus du Bihar, d'autres un bhaiya de l'Uttar Pradesh. Peut-être pourrions-nous nous demander ce qu'est un Dillivala? Dans une ville d'immigrants, qui sont les indigènes? Les politiciens qui infestent ses rues? Les Punjabis arrivés pendant la Partition? Les brahmanes tamouls arrivés ces dernières trente années, ou les Biharis ces vingt dernières? La réponse, évidemment, c'est que Delhi n'appartient à personne, donc appartient à tout le monde. Gopal Das a passé l'essentiel de sa vie dans un kholi de Khari Baoli, derrière des sacs de curcuma, où il fait toujours noir, quelle que soit l'heure. Tout le monde sait que les hommes qui trimbalent les sacs de poivre, de noix de muscade et de cannelle éternuent violemment chaque fois que leurs narines respirent l'odeur écœurante, alors que les seths restent tranquillement assis dans leurs échoppes, non incommodés par les odeurs. On reconnaît celui qui vit dans Khari Baoli, et depuis combien de temps, à la fréquence de ses éternuements. Gopal Das, qui a grandi à côté de sacs de curcuma et de conserves d'assa-fœtida, n'a jamais éternué. C'est un citoyen de Khari Baoli, un Dillivala, dont la famille n'a jamais connu d'autre patrie.

Que savons-nous de Gopal Das? Peut-on retrouver la lignée d'un homme qui parle si peu de lui-même? Voici plus de deux cents ans, après la victoire des Britanniques à Plassey et Buxar, Parshuram Das a quitté les plaines du Bihar en direction de l'ouest et de la grande ville de Shahjahanabad. Là, en bordure du canal éclairé par la lune qui coulait du Fort Rouge jusqu'à Fatehpuri Masjid, il a monté un stand de jalebis, frits dans un chaudron posé sur des braises. Se méfiant du laitier, il possédait ses propres buffles, utilisait du khand – sucre non raffiné – et pas du chaashni, cette solution de sucre qu'employait tout le monde, parce que le khand donnait à ses jalebis plus de saveur.

Parshuram n'était pas un ambitieux. Son affaire de jalebis s'est rétrécie de génération en génération, ne dépassant pas la taille d'un petit stand installé à cinq cents mètres de la porte de Lahore, au Fort Rouge. Après la Mutinerie, les Britanniques ont rasé le marché entre le Fort Rouge et Chandni Chowk, faisant des milliers de sans-abris – comme l'arrière-petit-fils de Parshuram, Ram Bharose Das, qui vivait dans son stand. Abandonnant les jalebis, le fils de Ram Bharose monta un stand de thé dans Paratha Gali. Trois générations ont vécu des profits de ce commerce jusqu'à ce qu'une autre catégorie de maîtres le détruise – le gouvernement indien, en 1947, qui a déblayé des ruelles de Chandni Chowk afin d'accueillir les réfugiés du Penjab, fuyant les émeutes de la Partition.

La démolition de son stand n'affecta pas particulièrement Shyam Sundar Das, le grand-père de Gopal Das. Membre du Parti du Congrès, il apprit la nouvelle dans la prison où il purgeait une peine pour ses activités au sein du mouvement pour la liberté Quit India. Libéré peu après l'Indépendance, il assistait à la réunion de prière à Birla House où Gandhi fut tué, et il fut lui-même assassiné par les sbires du RSS [1] quand ils découvrirent qu'il avait vu le meurtrier, Nathuram Godse, et ses complices, et serait capable de les identifier.

Manohar Das, le père de Gopal, déménagea dans Kucha Bansilal, quartier neuf, et installa son stand de thé sous une boîte de dérivation, endroit où Gopal passa son enfance et sa jeunesse. Gopal a pris la succession de son père. Il n'est pas très doué pour les affaires. Il lui manque l'astuce – d'aucuns diraient la rouerie – nécessaire à l'expansion d'un commerce. Durant les émeutes de 1984, il a sauvé la vie de Bibi Sukhbir Kaur, épouse de Sardar Kartar Singh, un des dirigeants du PPI, d'assaillants armés de

1. RSS : organisation fondamentaliste hindoue à laquelle appartenait Godse.

couteaux et de barres de fer. Mukesh, le fils unique de Gopal, a été tué pendant les émeutes suscitées par les projets de la commission Mandal. Il y a quelques années, il a accueilli un pauvre gamin musulman, invalide, qu'il considère comme son fils. Au fil des ans, il a noué amitié avec des travailleurs musulmans, participé à des sit-in de protestation à Rajghat – pour lesquels il a failli être emprisonné – et à des manifestations contre la vague de démolitions et les brutalités policières. Il y a deux ans, le gouvernement de l'Etat de Delhi lui a rendu hommage au cours d'une cérémonie, devant Gurudwara Sisganj, pour le courage dont il a fait preuve en venant au secours de Bibi Sukhbir Kaur. L'ironie des choses a voulu que, peu avant cette cérémonie, Gopal Das subisse le même sort que ses ancêtres : une administration régionale cruelle, sous la férule du ministre des Transports, membre du PPI, Harilal Gupta – qui maintenant se bat lui aussi pour conquérir le siège de Chandni Chowk au Parlement – a rasé son stand. Depuis lors, Gopal Das a vécu de petits boulots, livreur à bicyclette par exemple, et, dernièrement, employé dans le magasin de Sardar Kartar Singh.

Avant d'en finir avec la stupéfiante odyssée de Gopal Das, deux cents ans de pérégrinations, soulignons l'évidence. Par trois fois les puissances régnantes – les Britanniques, le gouvernement indien et la municipalité de Delhi – ont rasé son stand. Et à chaque fois, il a répondu en tendant l'autre joue. « Pratiquez la politique de l'œil pour l'œil et le monde entier deviendra aveugle », a dit le Mahatma Gandhi. S'il avait rencontré Gopal Das, il aurait reconnu en lui le borgne qui n'arrache pas l'œil de l'autre.

Il ne suffit pas de dire que Gopal Das est un véritable Dillivala. Nous devons aussi connaître sa position sur différents sujets qui importent à la population de Delhi. Que prône-t-il? Veut-il la reconstruction d'une mosquée sur le site de Babri Masjid? Que pense-t-il de la commission Mandal? Soutient-il le droit des femmes? Croit-il que l'Inde devrait développer son arsenal atomique? S'il est élu, soutiendra-t-il le Congrès? Le PPI? Que pense-t-il d'un gouvernement centriste de coalition? Accorde-t-il toujours foi au mouvement des non-alignés? La première réponse, la plus facile, serait que, d'une façon générale, Gopal Das parle très peu. Mais c'est une réponse frivole, arrogante, et qui réduit aux dimensions d'une plate-forme électorale toute la philosophie d'un candidat.

Gopal Das ne s'exprime guère, mais il écoute, et sa nature laconique renforce sa capacité d'écoute. Ses lunettes voilées ne lui permettent pas d'étudier les finesses d'un tableau. Et c'est peut-être grâce à cette incapacité de voir les détails qu'il peut intégrer – sinon énoncer, puisqu'il ne parle pas – les véritables sujets qui préoccupent notre société. Donc que préconise Gopal Das ? Afin de répondre à cette question – puisque le candidat n'y répondra pas lui-même – nous allons avoir recours à une analogie puisée dans la *Bhagavad Gita*. A la question « Qu'est-ce que l'âme », Krishna n'a pu donner que des réponses négatives. Ce n'est ni ceci, ni cela, ni encore ceci... On peut dire la même chose de Gopal Das et de sa politique. « Il ne préconise pas la politique d'apaisement des minorités voulue par le Congrès », affirme Ramvilas Sharma, son directeur de campagne. Mais il ne défend pas non plus la virulente doctrine hindouiste du PPI, ou les fanfaronnades des partis communistes. Gopal Das n'est lié à aucune idéologie ni prisonnier d'aucun programme de parti. Sa plate-forme électorale le présente comme le candidat des pauvres, un candidat laïc, un être humain qui n'a pour atout que son humanité. Au bout du compte, bien entendu, cela signifie qu'un homme comme Gopal Das – moins un candidat que la voix même du peuple – n'a pas besoin de prôner quoi que ce soit.

Mais enfin, il doit bien vouloir quelque chose ! La question demeure, ne serait-ce qu'à cause de ceux qui voudraient voir Gopal Das sombrer dans le néant sous son poids, comme le généreux roi Bali sous le pied de Vishnou. Nous pouvons compter sur Ramvilas Sharma pour nous fournir quelques indices. Membre du comité PPI de Chandni Chowk, Mr Sharma en a démissionné, dégoûté du fondamentalisme hindou du parti. « Dans mon magasin Bhagwan Das et Fils (de Lahore), a-t-il expliqué à *India Now*, je compose d'exquis attars et parfums. Comment respirer la puanteur de la politique du PPI et conserver mon odorat ? » Selon Mr Sharma, Gopal Das prévoit la fixation de tarifs minimums pour les rickshaws de Chandni Chowk. Il a l'intention de présenter une loi donnant à la prostitution le statut d'entreprise artisanale, donc de l'encadrer au lieu de la criminaliser, en permettant aux travailleuses sexuelles de bénéficier de prêts, de rabais fiscaux et de plans d'expansion de leur affaire. Il veut créer un syndicat des chiffonniers, répartissant les terrains d'opération entre les différents groupes... Gopal Das a l'intention de faire beaucoup de choses, selon Mr Ramvilas, ayant pour seule philosophie sa complète identification avec les pauvres et les miséreux.

Il serait tentant de ranger le candidat Gopal Das dans la même catégorie que des dizaines d'autres qui, dans chaque circonscription, récoltent quelques centaines de voix, renoncent à leur cautionnement, et disparaissent sans laisser de trace. Il ne faut ni présumer ni généraliser, parce que la liste de ses supporters ne cesse d'augmenter. La première organisation à se déclarer en faveur de Gopal Das a été FRETS, Fondation pour la Réinsertion, et l'Education des Travailleuses sexuelles, une ONG du quartier de GB Road, dans Chandni Chowk. Selon Gita Didi, sa présidente, Gopal Das a promis de faire abroger la loi de 1986 portant sur la Prévention du Trafic Immoral. « En déclarant la prostitution illégale, nous a-t-elle déclaré, la loi en réalité fournit une excuse au harcèlement des travailleuses du sexe. » Le mois dernier, FRETS a contribué pour plus de trente-six mille roupies à la campagne de Gopal Das. « Cette somme représente les gains récoltés en une nuit par chaque travailleuse de GB Road, après déduction des commissions exorbitantes des bais, des pahalvans et de la police. »

(Inderlal Jha, chef du poste de police de GB Road, s'est déclaré stupéfait de tels propos. « Notre devoir, a-t-il dit au reporter d'*India Now*, est de soustraire à la prostitution les filles mineures et de fournir aux travailleuses une protection contre les clients violents, non de leur extorquer de l'argent. » Il a qualifié les accusations de Gita Didi d'infondées et de politiquement motivées.)

Le Syndicat des Rickshawalas de Chandni Chowk a donné cinquante-cinq mille roupies, le Syndicat National des Rickshawalas vingt-six mille, le Syndicat des Tailleurs de Chawri Bazar vingt-deux mille, l'Association des Libraires de Nai Sarak soixante mille, le Syndicat des Chiffonniers de New Delhi cinq mille. Lorsque Gopal Das s'est rendu dans Kinari Bazar, l'Association des Commerçants de Kinari Bazar lui a passé autour du cou une guirlande de billets de banque – valant plus de dix mille roupies, aux dires d'un des membres.

Ce qui nous conduit à poser cette question de première importance : pourquoi Gopal Das se lance-t-il dans cette campagne ?

Pourquoi un homme si représentatif de son peuple veut-il en être le représentant effectif? Qu'est-ce qui l'a poussé à se jeter dans la bagarre? Le massacre de sikhs innocents pendant les émeutes de 1984? La vue de son fils transformé en torche vivante par les mégots de cigarette du PPI? La brutalité des policiers qui ont emprisonné son fils adoptif? L'exaspération après l'échec des manifestations et des sit-in qui ont failli le conduire en prison? La destruction de son stand de thé? Ou bien le mécontentement vaste et indéfinissable qui habite le cœur de tout individu vivant dans Chandni Chowk?

Quoi que ce soit qui l'ait inspirée, la campagne de Gopal Das prend de plus en plus d'ampleur. Avec, à sa source, quatre lakhs remis à Mr Ramvilas Sharma par un donateur anonyme. C'est une petite somme, une larme dans l'océan qu'il faut remplir afin que vogue le navire d'une campagne pour le Lok Sabha. Mais Gopal Das – lui qui a servi d'innombrables tasses de thé dans sa vie – connaît l'art de la fabrication du sucre cristallisé. Tout comme un cristal de sucre, plongé dans une solution sucrée, attire les cristaux, les quatre lakhs ont constitué le cœur d'un fonds de campagne qui atteint maintenant les dizaines de millions. Nous avons déjà cité les organisations contributrices. Ce qui est moins connu, et moins visible, c'est l'apport des citoyens de Chandni Chowk. Sans discours grandioses, promesses extravagantes ou apparitions télévisées, Gopal Das est devenu l'élu des pauvres de Chandni Chowk, porteur de leurs rêves et de leurs aspirations, leur seul espoir de pouvoir sortir du cycle pauvreté-répression. Les rues de Chandni Chowk résonnent de la chanson de Gopal Das. Les misérables et les infirmes mendient en son nom. Les vendeurs de Parathi Gali ajoutent une couche de ghee à leurs parathas pour une roupie supplémentaire versée au fonds de campagne. Les chiffonniers nettoient les pare-brise en disant que l'argent servira à faire élire Gopal Das. Les fondeurs d'argent psalmodient son nom en martelant leur matériau. Les marchands de cacahouètes ont inventé une Spéciale Gopal Das, les mollahs parlent de Gopal Das durant les prières à la mosquée, les pandits chantent son nom après les cérémonies dans les temples. Les pauvres vendeurs de nahari, dans les ruelles derrière Jama Masjid, lui passent autour du cou des guirlandes de billets de banque, fruits des gains d'une journée.

Même les pickpockets ont intensifié leur activité, et l'argent récolté parvient au fonds de campagne par des canaux indirects. Chaque miséreux des rues de Chandni Chowk semble dire chaque matin : « Aujourd'hui je vais travailler pour Gopal Das ! »

Muhammad Ghayas est un vieillard décrépit qui mendie près de Fatehpuri Masjid. Le vendredi, jour où la mosquée déborde de monde, il peut gagner jusqu'à vingt roupies. Il votera pour Gopal Das, dit-il, si on le laisse voter. On lui a rasé son dispensaire dans Meena Bazar il y a deux ans. Il a pratiqué l'art de la saignée dans un stand de fortune durant la Fête du Clair de Lune, Harilal Gupta, le ministre des Transports, lui avait promis un local neuf, mais ils lui ont donné vingt roupies et l'ont flanqué dehors. Il votera pour Gopal Das, deux fois plutôt qu'une.

L'homme qui a nettoyé les oreilles de Gopal Das la semaine dernière a reçu pour salaire la promesse d'un stand permanent. Il votera pour Gopal Das. Gopal Dasji sera le parlementaire aux oreilles les plus propres, clame-t-il, afin qu'il puisse entendre les souffrances du peuple !

La montée de l'orage n'a pas échappé à l'establishment. Il surveille avec une inquiétude grandissante l'évolution d'un homme du peuple. Le châtiment a été rapide et violent. Il y a six jours, un représentant de la commission électorale est venu vérifier les comptes des dépenses de campagne de Gopal Das, au prétexte que le montant des donations dépassait les limites autorisées. Les candidats du Congrès, du PPI et des partis communistes ont lancé contre lui une campagne de dénigrement, usant d'allégations non fondées sur son passé. La semaine dernière, une équipe d'inspecteurs du fisc et de la police de Delhi a débarqué dans son local de campagne à Lajpatrai Market. Avec pour mission de déterrer les preuves de son implication dans le scandale des paris sur les matchs de cricket. Le local se trouve dans une boutique appartenant à Sardar Kartar Singh, qui a démissionné du comité PPI de Chandni Chowk pour rejoindre Gopal Das. En obtenant la fermeture du local, le PPI atteindrait ses deux objectifs : punir Kartar Singh pour sa déloyauté, et faire obstruction à la campagne de Gopal Das. La fouille complète des lieux n'a apporté aucune preuve de paris sur les matchs, et l'ouverture forcée d'un vieux coffre-fort n'a révélé que des affiches et des brochures électorales.

Sardar Kartar Singh n'a ni employés ni comptables qui auraient pu être questionnés, lui-même, croit-on, serait parti pour Simla. Le seul témoin d'une quelconque « activité de paris illégale » était Gopal Das, qui ne comprend rien au cricket. Mr Ramvilas Sharma a qualifié cette opération de complot destiné à détruire la candidature de Gopal Das, et a déposé un recours devant la Cour suprême au nom de la Loi de Représentation du Peuple. « Tout le monde sait où résident les boss des officines de paris sur le cricket, a dit Mr Sharma. Ils sont à Dubaï, à Londres et en Afrique du Sud ! Et nous savons tous d'où vient l'argent – de Khari Baoli, de Kinari Bazar et de Nai Sarak. Alors pourquoi la police doit-elle faire une descente dans le local d'un chaivala, candidat à la députation ? La laïcité est devenue un crime ! »

Le mot *das*, comme chacun sait, signifie « serviteur ». Gopal Das, serviteur du peuple, flâneur politique, homme ordinaire extraordinaire, est à tous les sens du mot un homme du peuple. Il est l'Inde qui lutte pour s'exprimer, récoltant des soutiens à chaque pas qui le conduit dans les ruelles tortueuses de Chandni Chowk. On retrouve son symbole, une tasse de thé, peint sur de plus en plus de banderoles, source d'espoir pour des millions de gens, incarnation de leur colère. Pauvre, inutile et sans importance, il est l'homme du peuple. Chaque génération produit un individu, un seul, qui canalise le mécontentement des miséreux et le dirige, non contre une institution ou une personne, mais contre l'injustice, l'oppression, la pauvreté et l'iniquité de la société. Celui de cette génération avance sous la bannière d'une tasse de thé. Et quelle meilleure circonscription pour tenter cette grande expérience de démocratie que Chandni Chowk, qui a combattu d'innombrables fois la répression et l'injustice ? C'est ici que Tegh Bahadur a défié Aurangzeb, que les soldats indiens ont affronté les Britanniques pour installer un empereur moghol au Fort Rouge, que les patriotes ont accueilli Lord Hardinge dans sa nouvelle capitale avec une bombe. Il y a cent ans les barrissements des éléphants se mêlaient aux bruits des charrettes et aux sons des musiciens itinérants chantant notre Mère Inde. Il y a cinquante ans, les accents patriotiques de « Vande Maataram » résonnaient dans toutes les ruelles. Aujourd'hui, le cortège électoral de Gopal Das sillonne Chandni Chowk, de Fatehpuri Masjid au Fort Rouge.

Ceci n'est pas l'histoire d'un chaivala. Ceci n'est pas l'histoire de Chandni Chowk, d'une élection ou de la constitution du prochain gouvernement. C'est l'histoire de l'Inde. Dans deux semaines, l'Inde votera, et les votes d'une seule circonscription changeront le cours de la nation. Gopal Das a rendu à l'Inde la fragrance du jasmin, et quelle merveilleuse fragrance !

15

Babulal fait un essai de micro – un deux trois, un deux trois –, descend de l'estrade et se dirige vers l'Ambassador garée au-delà de la foule. Il frappe à la vitre du chauffeur, qui la baisse, et lui murmure à l'oreille : « Dites à madame que tout est prêt. »

Hochement de tête du chauffeur, qui remonte la vitre. A son manège, on comprend que sa passagère, elle, n'est pas prête, et qu'il se passera encore un certain temps avant qu'elle s'adresse au public. Babulal soupire et attend.

Le public est peu nombreux, constitué principalement de coolies et de cordonniers rassemblés par le chef de gare. En toile de fond les flèches victoriennes de l'édifice, d'un rouge passé et à l'aspect menaçant. C'est un après-midi affairé, ponctué par le cliquetis, le sifflement et le halètement des trains, déchiré par le barrissement strident des locomotives diesel. Les coolies, qui râlent en voyant passer ce déluge de voyageurs chargés de valises, de matériel de couchage et de paniers de fruits – autant d'occasions perdues –, jettent des regards anxieux en direction de l'estrade, souhaitant que la réunion se termine avant que d'autres mains n'aient eu le temps de subtiliser tous ces bagages.

Babulal ne le dira jamais ouvertement, mais, sans Naresh Babu, les élections ne sont plus ce qu'elles étaient. Il a appris, sous le règne de Nareshji, l'art de diriger une campagne – et quelles merveilleuses campagnes ils ont menées ensemble ! Cinq en seize ans, et cinq victoires consécutives. Tout le monde savait que, passé le temps des discours enflammés, la coalition formée autour de

Naresh Agrawal par des négociants, des musulmans et des basses castes était invincible à Chandni Chowk. En apprenant la crise cardiaque de Nareshji, il avait couru à Pandara Road – la rue verdoyante où il vivait, dans l'un des bungalows réservés aux membres du Parlement – mais le cœur de Nareshji avait cessé de battre bien avant que Babulal n'ait franchi le seuil.

Il a partagé l'opinion de ceux qui pensaient que l'une des deux filles devait remplacer son père. Indira n'avait-elle pas succédé à Nehru, après un intervalle décent de deux ans ? Chacun sait que le fils doit succéder à son père, et qu'en absence de fils, c'est à la fille d'assumer. On ne demande à la femme de remplir ses fonctions que si les enfants sont trop jeunes, et le temps qu'ils atteignent l'âge requis. Cet ordre successoral répond à une logique irréfutable. Un fils ou une fille, dotés de la vigueur de la jeunesse, symbolisent le transfert naturel du pouvoir à la génération suivante. La femme n'est qu'un substitut qui ne durera pas beaucoup plus longtemps que son mari. Rajiv n'a-t-il pas succédé à Indira ? Et n'attend-on pas que les enfants de Rajiv lui succèdent ? La démocratie exige que la succession se fasse par les enfants. Une épouse, ou un mari, dans le cas d'Indira, n'est qu'une déviation inopportune, une branche qui a déjà produit ses fruits, un appendice qui ne débouche sur rien.

Avis rejeté. Sulochanaji a affirmé sa volonté de briguer le siège de Nareshji, coupant ainsi l'herbe sous le pied de ses filles. Soldat loyal, qui a toute sa vie travaillé pour Nareshji, Babulal ne désertera pas. Mais que deviendra la famille si son fief de Chandni Chowk lui échappe ? Les négociants retourneront à leur milieu naturel – le PPI. Dire que Suleman, ce parvenu, revendique le vote des musulmans ! Et ce ridicule chaivala, qui se prétend le candidat des pauvres, comme si Naresh Agrawal n'avait jamais existé ! Mais tout cela n'est que poudre aux yeux. Au moment du vote, ils reviendront en masse. On sait bien que le Congrès achèvera ce que Naresh Agrawal avait commencé.

La porte de la voiture s'ouvre, Sulochana Agrawal émerge sous un tonnerre d'applaudissements. Elle lève très haut ses mains jointes. Mince, l'allure modeste, vêtue d'un sari très simple retenu aux épaules par des épingles, dont un pan lui recouvre la tête, fixé aux cheveux noués en chignon serré. Les yeux dissimulés derrière des lunettes de soleil, sans le moindre bijou apparent. Une tenue soigneusement étudiée par Babulal, pour augmenter la ressemblance avec Indira Gandhi.

Branle-bas de combat chez les organisateurs, tous en kurta-pyjama blanc, cocarde safran, blanc et vert à la poitrine, les couleurs du Parti du Congrès. Babulal conduit Sulochana vers l'estrade surélevée, dressée au centre du parking de la gare. Elle grimpe l'escalier de bois, s'approche du micro, s'immobilise, les mains jointes, image vulnérable de la veuve de fraîche date.

Babulal la présente. Sa qualité de plus ancien militant du Congrès de Chandni Chowk lui donne le privilège de l'appeler « Sulochanaji », les autres devant se contenter de « madame ». Puis il recule vers le fond.

« Trois cent mille personnes ont accompagné Nareshji pour son dernier voyage vers la Yamuna, commence Sulochana Agrawal d'une voix douce et tranquille. Je demande à ces trois lakhs de voter pour moi. »

Une exagération, pense Babulal, mais qui, parmi ces gens, peut comprendre un si gros chiffre ?

« Beaucoup de personnes voulaient que Nareshji prenne sa retraite, dit-elle. Ils voulaient qu'il renonce au monde, qu'il aille à Hardwar comme doit le faire un homme sur son déclin. Mais Nareshji a dit : "Comment puis-je renoncer au monde alors qu'il y a tant à faire ? Je mourrai en me battant pour Chandni Chowk." Et c'est ce qu'il a fait ! Il a sacrifié sa vie pour Chandni Chowk. Si vous l'avez aimé, aidez-moi à réaliser ses rêves. »

Pluie légère d'applaudissements. Babulal ferme les yeux et tente de se concentrer. Ah, la magie d'une campagne ! Si seulement à la place de cette femme il y avait son ami, son guide, son compagnon de toujours !

Sohan Lal monte avec difficulté le large escalier de la gare, notant au passage les taches de paan sur les murs, s'engage en boitillant dans le passage qui longe tout le bâtiment. D'une main il s'appuie lourdement sur sa canne, dans l'autre il tient un magazine enroulé. A sa droite, il y a les bureaux – du chef de gare, de son adjoint, du surveillant des voies, plus la salle de contrôle –, à sa gauche un balcon qui donne sur le parking, d'où lui parvient la voix monotone de Sulochana Agrawal en plein discours. Ses genoux lui font mal, il décide de s'arrêter un instant. Du haut du balcon, il observe, ironique, le troupeau de coolies. Elle n'a aucune chance. Il faut plus que son statut de veuve à une femme pour prétendre à la succession légale de son mari. Au contraire d'un fils, qui peut prendre sans effort la place de son père au comptoir. Inutile de nier ce qui crève les yeux : malgré toutes ses victoires, son incapacité à engendrer un fils a causé la défaite de Naresh Agrawal. Et le grand homme sec qui se tient au fond, celui qui porte un calot à la Gandhi, doit être Babulal, à présent aussi vieux et hagard que son défunt maître.

Il remarque une plaque de merde d'oiseau sur le rebord extérieur du balcon. Dans l'allée en dessous, les balayeurs sont au travail, rassemblant les ordures en tas, qui s'éparpilleront de nouveau dès que le vent se lèvera. La douleur dans ses genoux s'est calmée. Il se remet en marche vers une autre série de bureaux qui dominent le parking. Il connaît les fonctionnaires et a réquisitionné une pièce pour quelques heures. En y entrant, il note avec amertume que Ramvilas ne se lève pas pour l'accueillir.

Assis dans un grand fauteuil, le genre répandu dans toutes les salles d'attente de gare – un cadre en bois avec un maillage de plastique –, Ramvilas contemple l'espace derrière la fenêtre. Il a pris soin de placer un autre fauteuil à sa droite. En entendant Sohan Lal approcher, il se retourne, sourit et dit sur un ton de léger reproche : « Ce n'est pas poli de demander à quelqu'un de venir, puis de le faire attendre, sethji. »

Mon genou, mon mal au dos, il s'en fiche, rumine Sohan Lal. Quand un commis devient patron, il chasse toute révérence plus vite que la nuit chasse le jour.

Sohan Lal s'assoit avec difficulté, laisse tomber sa canne sur le sol à côté de lui. Les fauteuils sont placés de manière stratégique : afin de voir distinctement l'auditoire dépenaillé de Sulochana Agrawal.

Ramvilas tire un flacon de la poche de son kurta et le pose sur les genoux de Sohan Lal. « Trois gouttes de champa mélangées d'une pincée de harshringar. Peu de gens savent l'apprécier. »

Le compliment radoucit Sohan Lal sans pourtant le circonvenir. « Il paraît que Bhagwan Das et Fils ne va pas bien, dit-il.

— L'emplacement n'est pas idéal, et Vimal est paresseux. Si ça se trouve, en ce moment même, au lieu d'être derrière son comptoir, il est chez lui en train de manger des parathas, ou au cinéma à regarder Madhuri Dixit tortiller des hanches. »

Sohan Lal renifle, compatissant.

« Lalaji savait que ses fils ne connaissaient rien aux attars, poursuit Ramvilas. Chaque fois que l'un d'eux se trompait, il me prenait à part et me disait : "Ramvilas, je sais que je peux compter sur vous pour veiller sur eux quand je ne serai plus là. Il faut que cette affaire continue de vivre. Ils auront des droits par naissance, mais vous êtes le véritable héritier de mon art." Il avait bâti une grande affaire, et Bhagwan Das et Fils perpétuera la tradition.

— J'ai entendu dire que la division s'est faite au détriment de Vimal », persiste Sohan Lal. Au pincement de lèvres de Ramvilas, il comprend qu'il a marqué un point.

« Nous avons reçu tout ce qui avait de la valeur, corrige Ramvilas. Les balances électroniques, les flacons d'attar pur, les carafes de cristal et les coffrets d'ivoire.

— Mais le mobilier est resté dans la boutique de Kucha Sugandh.

— Il est moisi, délabré.

— Et les artisans?

— Je vais en former de nouveaux. Je sais ce que vous pensez! Le capital appartient à Vimal, qui est mon associé. Mais qu'est-ce qui certifie qu'il possède les murs? Son nom figurant sur les flacons? Celui qui contrôle la caisse, contrôle l'affaire... »

Il s'arrête. Dans sa hâte de se justifier, il s'est montré indiscret, ce que Sohan Lal souligne avec un sourire cruel. Ramvilas tâche de se rattraper. « Vous ai-je parlé des bâtons d'encens? Ils ne coûtent pas cher à fabriquer et ils sont très demandés ces temps-ci. Je me suis rendu compte que le commerce de l'attar n'est pas profitable en soi, mais que si l'on ajoute quelques gouttes d'attar à l'encens des bâtonnets, les gens sont prêts à payer beaucoup plus. Et je commence à vendre des savons purs de toute graisse animale. Plus de vingt arômes! Musc, patchouli, khus, raatraani, jasmin, santal, rose...

— Je ne vous ai pas fait venir pour parler savons. Ni pour participer au financement de la campagne de votre candidat. »

Petit rire de Ramvilas. « Je suis heureux de vous l'entendre dire, parce que nous ne pouvons plus accepter d'argent. La commission électorale a ordonné un audit de nos comptes, affirmant que nous avons dépassé le montant des dépenses autorisées. »

Ecœuré, Sohan Lal note le clignement d'yeux complice de Ramvilas, comme s'ils étaient intimes !

« Les dons, ça sert, reconnaît Ramvilas. Taslimuddin affiche des dépenses de cinquante-cinq mille roupies, la publicité dont bénéficie Gopal Das est beaucoup plus importante. Et l'argent, pourquoi devrait-on le voir ? »

Sohan Lal sait que la longue liste des donations est une imposture, permettant aux donateurs de dissimuler de l'argent pour leur propre compte. Il sait aussi que Ramvilas sait qu'il sait. Tout le monde le sait. Mais il déteste la vantardise. Un magicien doit professer de l'admiration pour son art, pas le traiter de simple tour de passe-passe. Ce qui l'énerve le plus, toutefois, c'est le refus de Ramvilas d'aborder le sujet pour lequel il a été convoqué. Eh bien, il va l'aborder lui-même.

« Il y a eu une réunion du comité, hier.

— Ah bon ? »

Sohan Lal ne tient pas compte de cette prétendue rupture entre Ramvilas et le PPI. « Tout le monde a reconnu que vous avez fait du très bon travail. Que vous avez remarquablement dirigé la campagne du chaivala. Il va sûrement creuser une brèche importante dans le corps électoral de Suleman. »

Ramvilas apprécie le compliment.

« Même Harilalji s'est montré impressionné. »

Ramvilas continue de sourire, veillant à ne pas élargir son sourire à la mention du nom de Harilal Gupta.

« Mais ça, ça... », Sohan Lal flanque le magazine sur les genoux de Ramvilas. Qui lisse la couverture froissée de *India Now*, faisant semblant de découvrir le numéro. « Qui est Gopal Das ? » Le bandeau occupe tout le haut de la couverture, cachant le w de *India Now*. La photo prise dans la rue montre Gopal Das, candidat indépendant aux élections parlementaires de la circonscription de Chandni Chowk, les mains jointes, entouré de rickshawalas et de chiffonniers. Les guirlandes s'empilent sur son torse jusque sous le menton, dont les plis pendent sur les fleurs. Un large sourire étire la bouche, mais l'objectif n'a pas percé les lunettes, si bien que les yeux s'abritent derrière deux rectangles brouillardeux. Sans le contexte, on pourrait prendre le sourire pour un cri, un hurlement de terreur, mais il faut en déduire qu'il s'agit bien d'un candidat heureux. A côté de lui, légèrement en retrait, Ramvilas sourit béatement, sûr de lui et de sa chevelure noire et lisse. De l'autre côté du candidat, très en arrière-plan et hors champ, l'appareil a capté la moitié de Gauhar Muhammad, débraillé et reconnaissable à son moignon, qu'il brandit en braillant des slogans. A la question du bandeau « Qui est Gopal Das », répond une autre, barrant tout le bas de la photo : « Un homme du peuple ? »

« Vous dépassez les limites ! enrage Sohan Lal. Vous rendez-vous compte du mal que cela peut faire à Harilalji ?

— Mais ce n'est qu'un magazine en anglais.

— L'article a été repris par tous les journaux, anglophones, hindis, ourdous ! Comment croyez-vous que les gens vont réagir à Chandni Chowk ? J'ai fait distribuer l'édition hindie à Kucha Bansilal, les gens ne parlaient que de ça ! L'homme du peuple ! C'est vous qui avez mis cette idée dans la tête de cette journaliste ! L'incarnation de l'homme de la rue !

— Je n'ai fait qu'appliquer vos suggestions.

— Mais il n'était pas question de le voir occuper la couverture des magazines ! Et pourquoi figurez-vous sur la photo, juste à côté de lui ?

— Je suis son directeur de campagne. »

Sohan Lal suffoque. Le plaisir évident que Ramvilas tire de sa présence sur la photo multiplie par deux la gravité du délit. Un commis – un simple commis ! Cet homme a oublié d'où il sort. Ne sait-il pas qu'il faut des générations de prospérité pour s'extraire de la petite bourgeoisie ?

« Et l'histoire de la famille du chaivala, où l'a-t-elle dégotée ?

— Elle a fait beaucoup de recherches.

— "Gopal Das a rendu à l'Inde la fragrance du jasmin !" », ricane Sohan Lal.

Ramvilas se rappelle le flacon de parfum synthétique à cinq roupies qu'il a donné à Chitra, en le lui présentant comme du pur jasmin. « Elle m'a plagié », s'esclaffe-t-il.

Sohan Lal sait que ce n'est pas le moment de perdre son sang-froid. Pour se composer une attitude, il se penche, ramasse sa canne, la pose en travers sur ses genoux, veillant à ne pas secouer la fiole d'attar placée en équilibre sur sa cuisse gauche. Il s'évente avec son calot, regarde vaguement par la fenêtre, glousse en entendant Sulochana Agrawal, qui n'en finit pas de débiter son discours, dépose le calot sur sa cuisse droite – où il s'aplatit en un petit rectangle –, réussit à afficher une expression neutre. « Demain, c'est le dernier jour pour retirer une candidature. Allez tôt au bureau des inscriptions, pour plus de sécurité. »

Ramvilas ne bronche pas. Sohan Lal patiente quelques instants, puis, en l'absence de réponse, s'énerve. « Donc, c'est réglé ?

— Le bureau des inscriptions ?

— Pour retirer des listes le nom du chavaila », grince Sohan Lal.

Qui comprend, à la façon qu'a Ramvilas de regarder dans le vide, que quelque chose déraille sérieusement. « En voilà assez ! aboie-t-il. Vous annoncerez demain le désistement du chaivala !

— Gopal Das se présentera aux élections, dit doucement Ramvilas.

— Vous n'êtes pas sérieux ! Vous savez que cet homme est un pitre. Vous n'imaginez quand même pas que les gens voteront pour lui ? Il perdra sa caution ! »

Pas de réplique.

« Et que deviendrez-vous après cela ? insiste Sohan Lal. Vous êtes très travailleur. Ne gâchez pas votre carrière. »

Ramvilas se tait toujours.

« Ne soyez pas stupide, Ramvilas ! Une chose est de faire parler de soi dans les magazines et de récolter quelques lakhs des syndicats et des prostituées. Une autre de mener une campagne électorale. Vous naviguez en politique depuis quinze ans, comment pouvez-vous être si naïf ? Le poste de secrétaire du comité est vacant. J'ai besoin de quelqu'un de jeune et d'énergique pour assumer cette responsabilité. Après la victoire de Harilalji... »

Ramvilas hausse les sourcils, Sohan Lal n'en revient pas. Ce laquais doute de la victoire de Harilal ! Tremblant, l'index pointé, Sohan Lal ne peut plus dissimuler sa colère. « Vous êtes un imbécile ! Dans deux semaines vous plongerez dans les ténèbres, et vous viendrez en rampant me demander de vous réadmettre au comité !

— Quel comité ? J'ai démissionné du PPI en application du plan Lala Surajmal. »

Sohan Lal tente de se lever, le flacon d'attar dégringole, s'écrase sur le sol à ses pieds, l'arôme se répand dans l'air comme un champignon atomique invisible. Sohan Lal se rassoit, n'osant bouger les pieds au milieu de ce champ d'éclats de verre. Ramvilas appelle un balayeur. Ils restent assis tous les deux, silencieux, levant précautionneusement les pieds pour permettre au balai de chasser les débris.

« J'essaie depuis deux jours de joindre Kartar Singh au téléphone. Où est-il ? demande Sohan Lal.

— Il a quitté la ville. »

Sohan Lal espère rabattre la superbe de Ramvilas en faisant entendre raison à Kartar Singh, avec lequel le commis était censé mener la campagne du chaivala. Encore faut-il mettre la main sur Kartar Singh.

« Pour aller où ?

— Je n'en sais rien. Il est parti avant la descente des agents du fisc sur sa boutique.

— Ont-ils trouvé quelque chose ?

— Non. Mais sardarji m'a confié la direction de la campagne. »

Sohan Lal sait que le fisc a lancé une opération à l'échelon national pour coincer Kartar Singh. Il a même entendu dire, sans toutefois y croire, que le sardar s'est enfui au Canada avec un faux passeport. Si seulement il pouvait le retrouver dans les deux jours ! Quoi qu'il en soit, Ramvilas ne lui laisse pas le choix. Il va lui falloir accomplir un devoir désagréable. « Le chaivala est un candidat taré, dit-il.

— Ce qu'il y a de mieux pour représenter une circonscription tarée ! Le peuple adorera ses imperfections.

— Pas si les gens découvrent qu'il est en cheville avec le PPI. » L'air perturbé de Ramvilas ravit Sohan Lal. « Se pourrait-il que le candidat des pauvres soit en réalité un hindou fondamentaliste ? Que pense-t-il de Babri Masjid ?

— Gopal Das est laïc, il condamne les voyous du PPI qui ont démoli la mosquée.

— C'est pour ça qu'il a envoyé son fils à Ayodhya participer à la destruction de la masjid ?

— Son fils avait été tué deux ans auparavant.

— Pas ce fils-là. L'autre, celui qu'il adopté, le musulman.

— Et alors ?

— Il se trouvait à l'intérieur de Babri Masjid quand elle s'est effondrée. »

Rire incrédule de Ramvilas. « C'est tellement tiré par les cheveux votre histoire, personne n'y croira ! Le PPI n'a rien pu trouver de mieux ?

— On a des preuves. »

Les questions se bousculent dans la tête de Ramvilas. Il ne sait pas grand-chose du musulman manchot. Parfois le garçon se prétend hindou, il va falloir tirer au clair sa relation avec le chaivala.

« La police interrogera le garçon, dit Sohan Lal. Ils ont l'art et la manière de rafraîchir la mémoire, de faire revenir des souvenirs disparus.

— Le garçon ne se rappelle rien.

— Il y a un barbier qui, lui, sait. »

Pris au dépourvu, Ramvilas enrage. Comment un si important détail a-t-il pu lui échapper ?

« Le barbier, un certain Ram Bibek, se rappelle avoir vu un garçon, le 4 décembre 1992, deux jours avant la destruction d'Ayodhya. Il se le rappelle à cause de son moignon. "Je ne rase pas les musulmans", lui a dit Ram Bibek. "Je serai hindou, quand vous aurez fini", a répliqué le gamin. Il a dit s'appeler Chotu, mais c'était clair comme le nez au milieu de la figure qu'il était musulman. Ram Bibek lui a demandé qui était son père, et il a répondu : "Gopal Pandey."

— Personne ne croira un barbier, fanfaronne Ramvilas.

— Des centaines de personnes ont vu un manchot agir à Ayodhya. »

De prime abord, lorsqu'il a découvert la photo sur laquelle Gauhar apparaît derrière Gopal, Sohan Lal a pensé qu'il devait s'agir de quelqu'un d'autre puisque le garçon était mort à Ayodhya. Mais un minimum d'enquête a suffi à lever le doute. Le garçon, réapparu, est une bombe capable d'éliminer Suleman. Sauf que Suleman a payé son tribut à l'occasion des élections à l'assemblée régionale de 1993. Donc le plus important maintenant consiste à dresser Gauhar contre ce chaivala qui a l'audace de se prendre au sérieux.

Ramvilas se sent à la dérive.

« Gopal Das est un fondamentaliste déguisé ! conclut Sohan Lal. La déclaration du barbier sera dans tous les journaux la semaine prochaine, six jours avant l'élection. »

Ramvilas se lève et se plante devant la fenêtre.

« J'irai demain matin au bureau des inscriptions de candidature, dit Sohan Lal. Je vous y attendrai. Gopal Das pourra faire une déclaration annonçant son désistement et son ralliement à Harilal Gupta.

— Ils auraient dû choisir la fille, dit Ramvilas. La femme ne fait pas le poids. »

Sulochana Agrawal a enfin terminé son discours, elle regagne sa voiture, escortée par Babulal. Les coolies s'échappent du parking, foncent vers les quais où des montagnes de ballots se sont accumulées.

Ramvilas quitte la pièce sans ajouter mot.

Sohan Lal veut se lever de sa chaise, retombe, reconnaît qu'il devrait écouter son médecin et perdre du poids. Il attend de récupérer son souffle. Cette conversation l'a épuisé. De nouveau le titre de *India Now* lui saute aux yeux : « Qui est Gopal Das ? » Il soupire, horrifié de la vulgarité des propos qu'il vient de tenir à Ramvilas. Il aime les joutes verbales des réunions du comité, où l'on feinte pour mieux attaquer. Il déteste les agressions brutales. Un seth ne menace pas, il suggère. Est-il convenable de ressusciter le fantôme de ce gamin manchot ? En réalité, le garçon est irresponsable. On pourrait arguer qu'il s'est fourré lui-même dans cette situation en ressuscitant. Mais la pauvreté et l'infirmité sont sûrement une punition suffisante. Dieu a déjà pris Sa revanche. Il n'est pas bien que les humains s'acharnent après qu'Il a fini. Heureusement, sa prudence empêchera Ramvilas de faire trop de mal au garçon. Le chaivala va se retirer de la course, Gauhar se fondra dans les ombres de Chandni Chowk, plus personne ne se rappellera qu'un seth a menacé un commis de magasin. Un homme doit parfois volontairement faire preuve de mauvais goût.

Ramvilas sort en courant de la gare, hèle un rickshaw, se fait déposer à Lajpatrai Market. Il découvre Gopal endormi dans l'arrière-boutique.

« Pourquoi restez-vous là ? Ne vous avais-je pas demandé de vous montrer dans Chawri Bazar ? C'est là que se trouve le gros des partisans de Harilal. »

Gopal hausse les épaules.

« Où est passé votre musulman de fils ? s'énerve Ramvilas.

— Il colle des affiches dans les rues.

— Va-t-il revenir ici ?

— Dans la soirée.

— Expédiez-le ailleurs pendant deux semaines.

— Et où voulez-vous que je l'envoie ?

— N'importe où. Bombay. Madras. Calcutta.

— Il ne m'écoutera pas !

— N'êtes-vous pas son père ? »

Gopal hausse les épaules. « Qu'est-ce qu'il a fait de mal ?

— Filez tout de suite à Chawri Bazar, ordonne Ramvilas. Et je ne veux pas voir le garçon quand je reviendrai demain. »

16

Gopal Das sourit aux scooters de GB Road du haut des affiches accrochées à des cordes en travers de la rue. Il rayonne sur les cuvettes de WC, les lavabos et les urinoirs entassés devant chaque boutique. Les commerçants se sont résignés à cet affichage sauvage. « Prenez ce lavabo ! disent-ils à leurs clients. La première fois que vous vous laverez les mains, l'affichette se décollera, et vous n'aurez plus à cracher sur un chauve qui vous dévisage derrière ses verres laiteux... » Il y a trois jours, on a vu une dizaine de vaches errer dans GB Road avec des portraits de Gopal Das collés à leur croupe.

A l'entrée de la rue, des haut-parleurs installés sur un stand déversent la voix sans âge de Pushpa Rani. La même chanson répétée en boucle.

Faut-il que je répande des pétales de fleurs sur ton chemin ?
Faut-il que je passe la nuit devant ta maison ?
Faut-il que je chante une sérénade tous les matins ?
Que faut-il que je fasse qui soit à la hauteur de ma passion ?

C'est une chanson d'homme, mais Pushpa Rani, ayant épuisé tout le répertoire que ses directeurs musicaux lui fabriquent depuis soixante ans, s'est mise à enregistrer les vieux tubes de chanteurs morts depuis longtemps. De temps en temps, quand Gauhar a repris son souffle et rechargé ses poumons en oxygène, il interrompt Pushpa Rani et braille des slogans dans un haut-parleur. Assis dans le stand, il tient le microphone d'une main et brandit son moignon à chaque cri. « Votez pour Gopal Das ! Votez pour l'homme qui vous donnera un siège au Parlement ! Voter pour Gopal Das, c'est voter pour vous-même ! Votez, votez, votez, votez... » Sur quoi sa voix se réduit à un murmure et Pushpa Rani repart de plus belle, jusqu'à ce que Gauhar ait récupéré assez d'énergie.

Le stand est une petite construction en bois barbouillée de posters, meublée d'un comptoir jonché de littérature électorale et d'un banc. Dans un coin, l'amplificateur de son, dans l'autre les banderoles et les affiches servant aux défilés qui parcourent Chandni Chowk d'un bout à l'autre, trois fois par jour. Gauhar veille à tout, livre une concurrence acharnée aux haut-parleurs. Il mélange hindi et bengali dans ses slogans, mais personne n'y fait attention. Il parle trop vite pour que l'amplificateur puisse suivre, si bien que de cette sorte de bouillie seuls les mots « voter » et « Gopal Das » émergent.

Votez, votez, votez, votez... il est à bout de souffle, sans voix. Depuis deux semaines, il ne fait que cela : surveiller le stand et défiler aux côtés de Gopal Bhai. Journées éreintantes, nuits interminables. Infatigable, il continue, une bouteille de Chou En-lai et un joint de bholanath à portée de main... Jamais auparavant il n'a éprouvé ce sentiment de gratitude, de chaleur humaine que suscite en lui Gopal Bhai. On peut lui demander n'importe quoi pour Gopal Bhai ! Défiler, mille roupies, veiller toute la nuit, rassembler des foules... Il a réquisitionné tout son gang. Gopal Bhai doit gagner, quoi que cela signifie dans le monde des autres. Et, aussi important, ce salaud de Suleman Mian doit se ramasser. Il n'y a rien qu'un manchot ne puisse faire s'il le décide, et le Barbu édenté expérimentera à son détriment le pouvoir d'un gang bengali. Votez, votez, votez...

« Raja Babu ! » appelle Munna.

Il surgit de nulle part, se glisse jusqu'au comptoir, jette un portefeuille à Gauhar et s'évanouit dans GB Road, se perdant dans la foule aussi vite qu'il en est sorti. De son unique main, Gauhar palpe le portefeuille, l'ouvre, en retire trois cents roupies, une agilité résultant d'un entraînement de deux ans. L'argent va dans sa poche, le portefeuille sur le tas d'affiches. Ses poches à présent débordent – deux mille huit cents roupies à dépenser pour la campagne. Il attend Aftab, Partho et Johnny, qui ne rapportent jamais moins de cinq cents roupies par jour. Une fois qu'il leur a remis leur commission, il reste encore deux mille roupies pour Ramvilas Babu. Il aimerait mieux remettre directement l'argent à Gopal Bhai, ou l'utiliser lui-même pour engager des gens, imprimer les affiches et louer des rickshaws. Il y a quelque chose qui cloche chez ce Ramvilas Babu. Les cheveux trop huilés, les joues trop bien rasées, un kurta sans un pli. Chaque soir, quand Gauhar entre dans la boutique Bhagwan Das et fils derrière Jama Masjid et qu'il tend l'argent à Ramvilas, le Huilé, l'expression de son visage le trouble. Cette expression, il la connaît. Il l'a vue sur le visage de centaines de voyous et de souteneurs. Huilé attrape l'argent un tout petit peu trop vite, serre les billets trop fort, les jointures sont trop blanches. La nuit dernière Huilé s'est fâché de le voir arriver les mains vides.

« On n'a rien ramassé aujourd'hui, a dit Gauhar.

— Est-ce que Gopal t'a parlé ? » a demandé Huilé.

Gauhar a fait signe que non.

« Il faut que tu ailles à Calcutta. »

Gauhar a eu immédiatement des soupçons. Il a entendu parler d'un projet gouvernemental – opération Refoulement – de renvoi des Bangladeshis à Dacca. « J'irai nulle part tant que Gopal Das aura pas gagné », a-t-il rétorqué.

Huilé a sorti une liasse de billets de cent roupies, en a compté trois et les a posés sur le comptoir. « Va à Calcutta. Je ne veux plus te revoir. »

Quel culot ! Lui filer trois cents roupies – certainement gagnés par Gauhar lui-même et sa bande – comme s'il était un mendiant !

« Le gouvernement bangladeshi m'acceptera pas, a ricané Gauhar. Vous savez pas ce qui est arrivé à la première fournée qu'on a expédiée de l'autre côté ? »

Huilé a eu l'air déboussolé. Gauhar a raflé les billets. « Avec ça, j'imprimerai davantage d'affiches pour Gopal Bhai », a-t-il déclaré. Sur quoi il est sorti de la boutique, en faisant claquer les portes de verre, et tant pis si ça casse.

Il est content de ne pas avoir cédé à Huilé. Il inspire à fond, attrape le micro et braille le plus fort qu'il peut – interrompre Pushpa Rani, c'est sa vengeance. « Votez, votez, votez, votez... » Il a l'impression de frapper le crâne trop huilé de Ramvilas. Enculé de Ramvilas ! S'il ose s'approcher du stand, il lui arrachera son kurta-pyjama chichiteux et le promènera à poil dans GB Road !

Soudain, à sa gauche, un cri jaillit.

« Gopal Das *murdabad !* »

Une note discordante dans l'harmonie régnante. Gauhar voit s'avancer vers le stand un groupe de femmes. Elles portent une grande bannière – OFI : Organisation des Femmes Indiennes. Elles ont le type citadin, comme Chitra Didi, avec lunettes noires et rouge à lèvres. Qui sont-elles et qu'est-ce qu'elles ont contre Gopal Bhai ? Il saute par-dessus le comptoir. Qu'elles approchent les salopes, et il leur fait leur affaire !

En apercevant Gauhar prêt à l'attaque, les femmes hésitent puis s'arrêtent. L'une d'entre elles se retourne pour haranguer ses compagnes. « Gopal Das a dit qu'il légalisera la prostitution ! hurle-t-elle. De quel droit ce type prétend-il légaliser la prostitution ? Est-ce que c'est un boulot comme un autre ? Comme le tricot, la couture ou le secrétariat ? Qu'est-ce qu'il sait de la vie d'une prostituée ? Comment ose-t-il les appeler des travailleuses sexuelles ? La prostitution n'est pas une profession ! Le travail va de pair avec la dignité et la fierté. Comment peut-on être fier de vendre son corps ? Elles ne le font que contraintes et forcées. Légaliser la prostitution ? Non, nous voulons la fin de la prostitution, nous voulons l'éradiquer, la criminaliser, en purger la société ! »

Bon, se dit Gauhar. C'est que des putains de GB Road habillées en femmes de la ville, qui font semblant d'être modernes.

Elles n'ont pas de clients dans la journée, alors elles manifestent. Dès que la nuit tombera, elles retourneront au boulot.

Il réintègre le stand, augmente à s'en faire éclater les tympans le volume du haut-parleur d'où s'échappe la chanson de Pushpa Rani, noyant les voix des protestataires. « Votez, votez, votez, votez... » hurle-t-il en cadence.

Au bout de vingt minutes, les représentantes de l'OFI, vaincues, se dispersent. Gauhar leur lance une bordée d'injures, et s'installe pour une petite sieste.

« Gauhar ! »

Il se réveille en sursaut. Combien de temps a-t-il dormi ? Un vieil homme se tient devant le comptoir – kurta sale, quelques touffes de cheveux hirsutes, les yeux alourdis par des poches, des creux à la place des joues. Une double rangée de dents qui donne l'impression d'avoir été implantées par un chirurgien, et que découvre une fente dans la lèvre supérieure. Aucun doute n'est permis sur l'identité du personnage, bien qu'il se soit considérablement délabré pendant les six années où Gauhar ne l'a pas vu. Aucun doute non plus sur la raison de sa présence, aussi Gauhar commence-t-il par s'excuser.

« Je te rendrai ton Gandhi, dit-il. On m'a emmené avant que j'aie pu faire le boulot. »

Bobby sourit, un sourire grotesque. Les dents sont fausses, remarque Gauhar, qui se rappelle tous les vieux dont ils fauchaient les porte-monnaie, les montres, les chaînes, et qui perdaient leur dentier en essayant de lui courir après. Les vieux c'est fait pour être dévalisés, et Bobby paraît vulnérable, courbé sous le poids du grand sac en tissu qui lui pend à l'épaule. « Garde le Gandhi », dit-il.

La voix est rauque, presque un murmure, Gauhar prend peur. Les yeux comme des billes en suspension dans ces horribles poches, Bobby n'a plus du tout l'air vulnérable. Il est redevenu le patron de la prison de Tihar, l'arrangeur de coups, pourvoyeur de clients à baiser et de tabac. Il n'a pas le regard vague des vieux.

« Je te croyais en prison, dit Gauhar.

— Je dois rester dehors pendant quelques mois », soupire Bobby, laissant entendre qu'il entre et qu'il sort de Tihar comme il le veut.

« Je peux te rendre le Gandhi avec cinq pour cent d'intérêt », propose encore Gauhar.

Bobby secoue la tête.

« Pourquoi tu es venu, alors? »

De nouveau l'horrible sourire. Petits coups de tête en direction de GB Road. Un instant interloqué, Gauhar éclate de rire. Il n'a plus peur. Le salopard est venu se faire une pute! « Tu es trop vieux pour ça! »

Une lueur vicieuse dans les yeux. « C'est plus drôle quand on est vieux! Tu verras. »

Gauhar lui flanque une grande claque sur l'épaule – manquant la déboîter – et lui montre un panneau d'affichage à côté du stand. Bobby ne réagit pas. Gauhar lit tout haut le texte, lettres noires sur fond blanc. « Celui qui vient à GB Road est un âne. »

Bobby rit, tous les deux admirent le panneau. Quelqu'un a représenté un âne – tête, sabots, corps et queue esquissés en raturant la peinture blanche, sous laquelle apparaît la tôle gris acier. D'autres griffures représentent un pénis avec testicules, un vagin symbolisé par un triangle, un bouquet de pénis aux divers stades de tumescence.

« Faut que je m'en aille maintenant, dit Bobby. Donne-moi des pancartes.

— Tu vas les montrer aux putes? ricane Gauhar.

— Nous voulons que tout le monde vote pour Gopal Das.

— D'accord. »

Gauhar lui en refile trois. « Rapporte-les quand tu auras fini. C'est lourd. Comment tu vas faire avec ce jhola qui pèse à ton épaule? »

Bobby ne répond pas. Gauhar réfléchit. Ce serait une bonne idée de garder quelque chose en dépôt, comme ça Bobby rapportera les affiches. Après tout, ce type il le connaît, il l'a vu planquer des trucs dans les semelles de ses chaussures, il serait capable de vendre les pancartes au prix du carton dont elles sont faites.

« Laisse ton jhola ici », propose-t-il.

Bobby s'en débarrasse maladroitement, Gauhar le jette sur le tas dans le coin.

« Montre à la pute que tu es toujours un jeune âne! Mais fais attention, ne la mords pas avec ton dentier! »

Bobby grimace, prend les affiches et s'éloigne. Les vieux ne servent à rien, philosophe Gauhar. Pour une campagne électorale, il faut des garçons comme ceux de sa bande.

« Un babu à Paratha Gali ! » trompette Partho, en abattant la main sur le comptoir. Elle emprisonne une petite bourse de velours fermée par un cordon. Gauhar desserre le cordon, et bée de stupeur. Les pièces d'or miroitent sous ses yeux. Des petites pièces, chacune valant plusieurs milliers de roupies, bien plus que la tête de la reine qui les souille.

« Putain de mec ! » dit-il, plein d'admiration malgré lui.

Partho glousse bruyamment sous le compliment. Voyant que les passants le regardent, il lève le poing et hurle : « Gopal Das *zindabad !*

— Votez, votez, votez, votez... », enchaîne Gauhar dans le micro, des ondes joyeuses dans la voix. De là où il se tient, il voit les grilles du premier kotha de GB Road, derrière lesquelles, l'après-midi déclinant, les prostituées commencent à apparaître. Bobby baise quelque part là-bas. Au crépuscule, les boutiquiers rangeront leurs lavabos et leurs cuvettes, rentreront chez eux auprès de leurs grosses femmes, et les putains descendront dans la rue. Puis Gauhar fermera le comptoir... Trois pièces d'or, vingt et un mille roupies que n'aura pas ce renard de Ramvilas Babu, à dépenser en bholanath, Chou En-lai et cigarettes, et avec ces créatures derrière les grilles, si douces, si complaisantes, si souples ! Mais il ne peut pas garder la bourse dans le stand où trop de gens entrent et sortent. Il la rend à Partho. « Retrouve-moi dans le parking de la gare à minuit. Et tu t'arrêtes : assez travaillé pour aujourd'hui. »

Partho hoche la tête et file. Gauhar rit. C'est un bon garçon, mais ce sont souvent ceux-là qui se transforment en serpents. Quelque chose se passe quand le garçon devient un homme. L'un devient un toutou fidèle, l'autre un chien de meute hargneux. Partho rêve de devenir un Raja Babu. Affaire difficile. Si Gopal Bhai remporte les élections, Gauhar lui demandera de lui trouver un job, mais pas comme fondeur ni comme rabatteur pour un seth. Ces boulots-là, ça vaut pas mieux que de se faire enculer par des vieux ou récolter des paris aux combats de pigeons. Il lui demandera une place d'employé au bureau de réservation des chemins de fer. Un boulot sûr et tranquille. Sans grand-chose à faire le reste de ses jours, et, quand il aura soixante ans, il deviendra premier commis. Il pourra aussi se marier. Qu'est devenue la Népalaise de l'école de Didi ? Elle était jolie, mais il y en a tant d'autres. Toutes ces jolies putes, là, dans GB Road. Non, il n'épousera pas une pute, mais une brave fille, pieuse et fidèle. Une bonne musulmane.

L'après-midi touche à sa fin. La soirée sera froide, la nuit encore plus. Gauhar s'enroule dans une épaisse couverture. Les magasins fermeront dans une heure. La rue est pleine de monde, c'est le moment où les premiers clients des kothas se mélangent aux derniers acheteurs. Penché par-dessus son comptoir, il tente de deviner qui vient pour quoi – acheter un lavabo ou de la chair – et soudain il voit Inderlal Jha sortir de sa jeep à quelques mètres du stand.

« *Salaam*, monsieur ! » lui crie-t-il d'un ton moqueur.

Depuis deux ans il a réussi à éviter le policier, à ne pas croiser son chemin. Inderlal se fiche du gang tant que les garçons se tiennent éloignés de GB Road, mais c'est un serpent imprévisible, et sa bedaine n'est jamais assez pleine : il a un appétit illimité. Qui sait ce qu'il est capable d'exiger, avec tout ce qu'il a appris sur la bande ? On dit que le serpent a la mémoire tenace, qu'il n'oublie jamais un visage que son esprit a enregistré.

Inderlal approche, frappe le comptoir de son bâton.

« Licence ? »

Gauhar sort un morceau de papier de sa poche de pantalon, le déplie, le pose à plat, mais ne le lâche pas tandis qu'Inderlal l'étudie. Le faux, fabriqué à Khari Baoli, lui a coûté dix roupies. Inderlal, qui n'a jamais vu de licence de sa vie, le valide d'un coup de bâton. La rapidité avec laquelle Gauhar s'est exécuté l'a déconcerté. Ça fait quinze ans qu'il réclame des permis, avec l'intention de récolter un petit quelque chose pour lui au passage, mais il ne savait pas, jusqu'à maintenant, que les permis existaient bel et bien. Il se sent mortifié. Mais ce type c'est le voleur qui a fait irruption dans son commissariat en exigeant la libération de ses amis. Il ne sera pas dit qu'un estropié manchot aura raison de lui.

Il pointe du bâton le tas d'affiches et l'équipement audio. « C'est quoi ça ?

— Matériel électoral, se rengorge Gauhar. Gopal Das *zindabad !* »

Le slogan n'émeut pas Inderlal. Il hèle deux agents, qui envahissent le stand, renversent les affiches, flanquent des coups de pied partout, manipulent les boutons de l'amplificateur.

« Qu'est-ce que vous cherchez ? demande Gauhar. Vous allez abîmer les affiches.

— Où as-tu planqué la ganja ?

— Je garde pas de joints dans le stand », rigole Gauhar.

Les agents déterrent le jhola de Bobby.

« Ganja ! » triomphe Inderlal.

« C'est pas à moi », proteste Gauhar.

Inderlal desserre la ficelle qui ferme le haut du sac, plonge la main, en extrait une boîte en métal, entourée de fils de fer rouges et bleus, incrustée de points de contact électriques. Et qui émet un bruit de tic-tac.

« C'est quoi ? » demande innocemment Gauhar.

Sans répondre, Inderlal balance la boîte dans le stand et prend ses jambes à son cou, suivi des agents.

« Où allez-vous ? s'égosille Gauhar. Putains de salauds... »

Le comptoir frappe Gauhar au visage, l'envoie valser et heurter le haut de la bâche. Il traverse, s'envole très haut dans le ciel, vaguement conscient de tous ces gens, en dessous dans GB Road, boutiquiers, maquereaux et clients des bordels la tête tournée vers lui. Tout le monde me regarde, pense-t-il. Ils veulent tous voter pour Gopal Das ! Mais on dirait qu'ils grandissent, leurs têtes me cachent tout le reste, il faut que je lève les yeux pour voir le sommet des maisons... La dernière chose qu'il voit avant de s'écraser sur le sol, avant que son crâne n'éclate, ce sont trois putains sur le balcon d'un kotha, qui se penchent tellement pour l'observer que leurs seins ballottent hors du décolleté.

Inderlal se redresse quelques secondes après qu'a cessé le vacarme de l'explosion, la capote de sa jeep est entièrement déchiquetée. Heureusement qu'il s'était garé assez loin. Des morceaux de métal et de bois ont fracassé le pare-brise, projetant des échardes de verre, mais il n'a pas l'impression d'être blessé. L'un des agents est accroupi à côté de lui, l'autre a disparu, mort ou réfugié en sécurité quelque part. Inderlal se dirige prudemment vers l'emplacement du stand. Il reste deux poteaux de bois, renversés sur le côté, reliés par des lambeaux de bâche. La chaussée éventrée montre un cratère dans lequel on s'enfonce jusqu'aux genoux. Par les béances de l'immeuble voisin, terriblement endommagé, on voit les lavabos d'une boutique, et un lit dans le kotha qui occupe le dernier étage. Toutes les vitres ont été brisées. A la gauche du stand, un panneau d'affichage déchiqueté sur lequel on peut encore lire en lettres noires : « Celui qui vient à GB Road est un âne. » La rue est jonchée de débris. Un homme gît dans une mare de sang, à côté de son scooter renversé, dont la roue arrière tourne toujours.

Une bombe très puissante, se dit Inderlal, mais sans shrapnels, sinon il y aurait eu beaucoup plus de morts. Et sans explosif RDX. Il s'agit d'un engin de fabrication artisanale. Une batterie, des fils de fer et une minuterie ont survécu à l'explosion. Il ne faudra que quelques heures aux spécialistes pour découvrir la composition de la bombe. D'ici là, à lui d'estimer les dégâts. Le conducteur du scooter s'agite, donc il n'est que blessé. Des policiers s'avancent vers le cratère. A côté, un tas de gravats et un corps déchiqueté. Un bras étalé sur la chaussée, le poing serré. L'autre couvre le visage, se terminant par un moignon, comme si le poignet avait été arraché. Un vieux gramophone fonctionne toujours, intact, dans une sorte d'oasis au milieu des éboulis du stand. Et Pushpa Rani continue de chanter :

Faut-il que je répande des pétales de fleurs sur ton chemin ?
Faut-il que je passe la nuit devant ta maison ?
Faut-il que je chante une sérénade tous les matins ?
Que faut-il que je fasse qui soit à la hauteur de ma passion ?

17

Le bus quitte Ring Road et s'éloigne de la Yamuna, pris dans le flot de rickshaws et de scooters qui le poussera vers Chandni Chowk en longeant la muraille de grès du Fort Rouge. Ramvilas est assis à l'avant, sur un petit siège juste derrière le chauffeur, ce qui lui évite de parler avec les passagères. Leur bonne humeur l'horripile. On croirait qu'elles vont à un pique-nique communautaire plutôt qu'au bureau de vote. A un moment, quand le bus a quitté la Colonie Naresh, elles se sont même mises à chanter – des paroles inintelligibles, peut-être du bengali, une chanson issue de quelque coin perdu du Bangladesh. Pendant près de cinq minutes, il s'est tenu coi, la tête enfoncée dans le col de son kurta, assourdi par cinquante-cinq voix de femmes suraiguës. Finalement, il leur a ordonné de se taire, sous peine d'arrestation. Le chant s'est éteint lentement, comme crachote un moteur avant de s'éteindre, et depuis le silence persiste, mais il perçoit l'hostilité de ces gens. Bon, il les amadouera avec un peu d'argent.

Le bus est bloqué dans la circulation. Ramvilas tapote l'épaule du chauffeur, que le bonhomme comprenne combien ils sont pressés. Il est presque onze heures. Le soleil, apparu il y a une heure à peine, est maintenant haut dans le ciel, et c'est sa première sortie. D'où le retard. Les femmes ne voulaient pas quitter leurs maisons – même faites de tôle et de toile de bâche bleue – tant qu'elles n'en sentaient pas la chaleur sur les joues. Ramvilas n'avait pas imaginé un temps si gris. Holi est passé depuis deux jours, et tout le monde sait que la chaleur tombe sur Delhi – brutalement et méchamment – après la fête. La veille, les gens frissonnent dans leurs couvertures, assis auprès du feu. Le lendemain, ils dépoussièrent les ventilateurs du plafond. Ramvilas est arrivé dans la Colonie Naresh à huit heures du matin, mais il a su qu'il avait fait un mauvais calcul dès que, en descendant du bus, son haleine a formé des petits nuages.

Mécontent, il a constaté que les hommes étaient déjà partis au travail. Un jour d'élections est une fête nationale. Tous les bureaux – administratifs ou privés – sont fermés, mais la Colonie Naresh est un pays en soi, une nation de veuves en puissance, dont les maris rentrent éventuellement à la tombée de la nuit. « Quel travail vont-ils trouver aujourd'hui ? » leur a-t-il demandé. Elles n'ont pas répondu. Si les hommes ne travaillent pas aujourd'hui, ils ne mangeront pas demain. Il faut compenser les heures perdues à dormir.

Ramvilas n'a eu aucun mal à recruter ces gens. Les résidents de la Colonie Naresh n'ont pas oublié la vague de démolitions de quatre-vingt-seize. Depuis, ils ont récupéré leurs ustensiles et leurs abris en tôle, mais ils savent que Harilal Gupta est toujours ministre des Transports du gouvernement régional, et ils redoutent de le voir devenir membre du Parlement. Les bulldozers, ils connaissent. Ramvilas leur a aussi parlé du futur parc Dara Shikoh, qui longera le mur est du Fort Rouge. « Ils enterreront votre colonie dessous. Les madames de la ville se promèneront dans le parc en sari de luxe, et elles vous marcheront dessus.

— On sait pas qui est ce Dara Shikoh, ont dit les femmes.

— Peu importe, il sera bientôt installé chez vous. »

Elles conservent toujours dans un coin du cœur un sentiment pour Naresh Agrawal – leur mécène de longue date – mais il a beaucoup écorné son image en ne réussissant pas à les protéger en quatre-vingt-seize. Sur quoi, chose encore plus dommageable pour sa réputation, il s'est avisé de mourir sans prendre de dispositions les concernant. Il leur promettait depuis longtemps des maisons en brique. Elles ne l'avoueront pas ouvertement – on ne peut pas dire de mal d'un disparu – mais elles enragent de ce départ inopportun. En disparaissant avec une telle hâte, il les a piégées. « Nareshji nous a laissées orphelines, dit une femme, une larme dans un œil, un éclair de vengeance dans l'autre, et Sulochanaji n'est jamais venue nous voir ! »

Une fois l'accord des femmes obtenu, Ramvilas a dû patienter deux heures au milieu de tout leur fouillis, que le soleil perce à travers les nuages. Ensuite ce fut la course pour les fourrer dans le bus tout en empêchant les enfants d'y monter. Et, finalement, après tant de bavardages, d'attente, de chansons, il a réussi à emmener ses cinquante-cinq électrices voter à Chandni Chowk. Elles vont exprimer leur confiance en Gopal Das, qui construira un mur tout autour de la Colonie Naresh, et un immeuble plus haut que le fort croulant de Shah Jahan. Quand ce sera terminé, leur a affirmé Ramvilas, votre regard plongera dans la cour du Fort Rouge et vous dominerez le Divan-i-Khas.

Dommage que les cinquante-cinq maris ne soient pas là, on se contentera des femmes s'il réussit à convaincre le fonctionnaire du bureau de vote que leurs noms figurent sur les listes d'électeurs. Il a placé ses meilleurs hommes devant ce bureau. Les fonctionnaires électoraux peuvent se montrer accommodants et coopératifs, étant donné la responsabilité qui leur incombe de sauvegarder le plus inaliénable des droits que nous, le peuple, nous nous sommes donné... Après avoir fait le tour du Fort Rouge, le bus approche du croisement avec Chandni Chowk. Ramvilas demande au chauffeur d'arrêter. Le bureau de vote se trouve à cinq cents mètres de là, mais il y a plein de policiers dans le secteur, et s'ils voient le bus, il va y avoir des problèmes. A cause de cette réglementation idiote sur le transport collectif des électeurs.

« Il faut que vous descendiez, dit-il aux passagères. Le reste du trajet se fera à pied. »

Grondements et ronchonnements, qu'il calme d'un billet dc dix roupies déposé dans chaque main ouverte. « N'oubliez pas le parc de Dara Shikoh ! Tamponnez la tasse de thé ! »

Les femmes s'esclaffent et descendent du bus l'une derrière l'autre, leur détermination raffermie, cinquante-cinq saris qui recèlent chacun un billet de dix roupies.

« Rappelez-vous la tasse de thé ! » leur crie-t-il encore.

Quand la procession a disparu au coin de la rue, il ordonne au chauffeur de suivre Ring Road vers Shahdara, d'où il pourra faire demi-tour en direction des deux autres bidonvilles derrière le Fort Rouge. Il reste encore beaucoup trop d'espace vide. Ces champs devraient être bourrés de taudis, de gens, d'électeurs...

Il vient de vivre des jours difficiles. Sa période de malchance a commencé par le vol de sa bourse dans Paratha Gali. Il transportait trois pièces d'or, provenant de la boutique, dans l'idée de les déposer dans son coffre à la banque. Vimal ne remarque pas la disparition progressive de ces pièces. Il ignore leur nombre originel et n'imagine pas de faire un inventaire. De son vivant, Lala Surajmal les gardait dans le magasin plutôt que chez lui parce qu'il n'avait pas confiance en ses fils. Ce en quoi il avait raison, à en juger par l'insouciance avec laquelle ils gèrent leur richesse maintenant qu'il est mort. Mais Ramvilas, légataire de Lalaji, s'en occupe. Ça ne gênera sûrement pas Vimal que les pièces soient transférées à la banque, où elles sont beaucoup plus en sécurité. Donc, les pièces bien au chaud dans la poche de son kurta, il s'était arrêté pour manger dans Paratha Gali quand un sale mendiant s'approcha de lui. Il n'avait pas plus de vingt ans. « Tu as l'air en bonne santé, l'avait-il rabroué. Trouve-toi du travail ! » Le garçon avait souri et s'était enfui, peut-être honteux. D'où la satisfaction de Ramvilas : ce qu'il fallait à ces gamins, c'était l'autorité d'un père. Non pas les dorloter et leur donner de l'argent, mais les réprimander sévèrement, ça les remettait dans le droit chemin. Ragaillardi par sa bonne action, il s'était accordé un paratha supplémentaire. Et ce n'est qu'en arrivant à la banque, qu'il avait constaté la disparition de sa bourse.

Le bus tourne brusquement. Ramvilas grince des dents. Si jamais il remet la main sur ce garçon... Ces derniers jours de campagne électorale ont été durs. Des articles, même dans les journaux hindis, interrogent méchamment Gopal. Que compte faire ce Gopal Das au sujet de la commission Mandal ? Protester, comme jadis son fils ? Cette référence à Mukesh est sûrement l'œuvre de Sohan Lal. Le seth a mené contre Gopal une campagne hargneuse de désinformation, contestant ses origines, questionnant la mort de sa femme. « Gopal Das est un voleur, écrivent les journaux. Il a été flanqué à la porte de Jamna Lal Kishori Mal, un magasin de vêtements de Kucha Bansilal, quand le propriétaire a découvert la disparition de trois boîtes de kurtas en soie. Gopal Das a toujours été fasciné par les kurtas de soie. Et où est ce garçon musulman, qu'il prétend avoir adopté ? Où est-il maintenant, où était-il il y a six ans quand les fondamentalistes hindous ont déshonoré l'Inde en détruisant Babri Masjid à Ayodhya ? »

Insinuation qui avait donné à Ramvilas matière à réfléchir. Il aurait dû se méfier davantage du manchot musulman, comme de n'importe quel musulman d'ailleurs. Qui était-il et que savait-il ? D'où Sohan Lal tenait-il tant d'informations sur lui ? Trop d'histoires, trop de secrets... La mort de ce garçon est un soulagement. Les articles virulents des journaux ne l'inquiètent pas outre mesure : c'est banal à la veille d'une élection. On raconte que Suleman a six épouses dans six quartiers différents, que Harilal Gupta a planqué un trésor de soixante millions de roupies. Dégotez-moi un homme immaculé ! Il se peut même que certaines allégations aient aidé Gopal : les gens se méfient des saints. Non, vraiment, toutes ces histoires ne l'inquiètent pas. Peu de gens les lisent, et les femmes de la Colonie Naresh ne savent simplement pas lire. Quant à tout ce foin suscité par l'Organisation des Femmes Indiennes, qui s'est donné pour tâche d'élever la femme indienne au niveau d'impudeur des femmes occidentales... « Nous voulons porter des pantalons et des shorts, clament-elles. Nous voulons coucher avec plusieurs hommes. Nous voulons avoir des relations sexuelles avant le mariage, et nous voulons choisir nos maris. Nous voulons travailler dans des bureaux, nous voulons être chefs d'entreprise ! » Qu'elles aillent vivre en Amérique, ces harpies, qui ont trouvé une nouvelle cible en la personne de Gopal Das.

Ramvilas rit tout seul. Elles devraient rencontrer Gita ou Parvati, Manju ou Nasreen, avant de vitupérer le commerce des corps ! « Ne parlons pas des victimes et de leurs sauveteurs, disent ces prudes dans leurs séminaires universitaires. Parlons des clients. C'est eux qu'il faut punir ! » Allez-y, pense Ramvilas, et vous devrez castrer tous les hommes de la terre. Il leur a affirmé que Gopal Das s'adresserait aux clients. Il rassemblera les macs, les bais et les pahalvans et leur parlera « changements systémiques » plutôt qu'« art du camouflage ». En usant de leur vocabulaire, Ramvilas espérait calmer ces femmes, il a échoué. En salvaar-kameez, le nez chaussé de grosses lunettes, elles ont continué chaque jour à manifester et à protester devant le magasin de Kartar Singh, braillant des slogans, effrayant le pauvre Gopal Das qu'elles traitent de débauché lubrique. « Gopal Das est un coureur de jupons, clament-elles. Gopal Das visite les prostituées, il réifie les femmes... » Où apprennent-elles ce genre de mots ? Existe-t-il un livre – une *Bhagavad Gita* des femmes de la ville – écrit quelque part en Amérique et glissé sous leurs oreillers ?

Ramvilas admet que la manifestation le jour de Holi était une erreur. Ça n'a servi qu'à fournir de nouvelles munitions à ces excitées. En quinze ans de vie politique, il n'avait jamais commis d'erreurs de jugement. Il a toujours agi prudemment, avec pour unique but d'améliorer sa position à l'intérieur ou à l'extérieur du PPI. Il ne s'est écarté de ce principe, pour organiser le meeting de Holi, qu'afin de riposter au harcèlement des journaux et des magazines. Il a cru, en le suggérant à Gita, qu'il attirerait des sympathisants à FRETS comme à Gopal Das. N'était-ce pas merveilleux de voir les putains de GB Road répandre dans les airs la poudre rose de gulaal, fêtant l'amour éternel de Krishna et de Radha ! N'était-ce pas émouvant de les voir se farder les unes les autres des couleurs de Holi, puis défiler dans leur rue sombre, tumulte bariolé, temples de chair transformés en maisons saturnales ! Et d'imaginer le candidat des pauvres se joindre à elles pour cette célébration ! Quel boutiquier, rickshawala ou même seth de Chandni Chowk s'offusquerait de ce comportement de l'homme qui veut étreindre les pauvres et les miséreux?

Idée forte ne veut pas dire exécution facile. Quand on distribua aux putains de GB Road du gulaal et des seaux de peinture rouge sang, elles se déchaînèrent. Elles se précipitèrent dans leurs kothas et inondèrent leurs clients, vidèrent des outres d'eau du haut des balcons sur les boutiques en dessous, attaquèrent les bais, les souteneurs et les pahalvans avec des pistolets à eau, dansèrent nues sur les toits, transformèrent toute la rue en une rivière rouge sang. Et Gopal Das était bien là, entraîné dans le courant des putes, hissé sur leurs épaules nues, oscillant sur des poitrines peintes en rose et bleu, balayé par un flot de cheveux rouges. Ramvilas avait préparé un bon laïus à l'intention des gens de la télévision. « Gopal Das a traité les travailleuses du sexe avec le respect qu'elles méritent ! » déclara-t-il, lui-même enduit de vert et noir. Commentaire que les militantes de l'OFI lui renvoyèrent en pleine figure dès le lendemain. « De quel respect parle-t-on? Les couleurs rouges de Holi symbolisent le flux menstruel. Quel genre de message Gopal Das prétend-il envoyer en se comportant de façon si licencieuse ? Quelle est cette société qui laisse les prostituées fêter Holi, comme s'il s'agissait de citoyennes normales ? Prétend-on ne voir aucune différence entre l'amour de Radha et Krishna – immaculé et platonique – et le commerce de la chair dans un kotha sordide ? »

Ramvilas maudit en silence ces bonnes femmes, ces mégères asexuées ! Puissent-elles rester célibataires pour l'éternité ! Où sont-elles allées chercher cette théorie sur le sang menstruel ? Ce sont toutes des pucelles, sans aucun doute, même celles qui sont mariées. Cela dit, il a commis une faute en imaginant ce défilé pour Holi. Ça date de deux jours, mais il souffre toujours des bleus causés par les claques des putains sur ses fesses du coup barbouillées de peinture. Son visage conserve encore des traces de vert, de noir et de bordeaux. Tout cela a fait mauvais effet sur les électeurs musulmans. Ils ont grommelé, marmonnant que le candidat hindou retournait à son engeance. Deux mois d'efforts pour s'identifier aux musulmans semblent anéantis. Qu'arrivera-t-il à Gopal Dal si les musulmans se rallient de nouveau à Suleman Mian ?

Quelques milliers de voix perdues, sans aucun doute. Les dames de la ville ne font guère autre chose que du bruit dans la presse anglophone. Ce qui est beaucoup plus préoccupant, c'est la lettre de l'inspecteur principal chargé de surveiller la bonne marche des élections. « Un audit a révélé de graves dysfonctionnements. Gopal Das a dépassé le montant des dépenses autorisées pour une candidature au Lok Sabha, a dit le fonctionnaire qui a apporté la lettre.

— Mais nous avons fait très attention ! a protesté Ramvilas.

— Oui, mais nous encore plus, a ricané l'autre. Nous avons filmé vos meetings avec des caméras vidéo. Nous avons additionné le nombre des manifestants que vous avez payés, des rickshaws que vous avez loués, des micros achetés, des affiches imprimées, sans compter les autres dépenses que vous avez sûrement engagées. Et comme chaque syndicat vous a versé plus de cinquante mille roupies, vous voyez où ça vous mène !

— Mais nous n'avons pas reçu de donations », a protesté Ramvilas.

– Non, s'est esclaffé l'autre, juste des enveloppes pleines de billets ! » Sur quoi, il est parti, disant qu'il reviendrait, laissant clairement entendre qu'il espérait alors toucher quelque chose.

Il est trop tard pour renier ces dons, même si la madame journaliste n'en a pas publié la liste exacte dans son article. Il a signé des reçus, l'un à Gita pour un montant de trente-six mille roupies, l'autre à Taslimuddin pour cinquante-cinq mille. FRETS s'est certainement appauvrie de trente-six mille roupies, et Gita probablement enrichie d'autant, sous la forme du collier qu'il lui a vu porter il y a deux jours.

« Shahdara », annonce le chauffeur.

Ramvilas s'essuie le front : il fait humide dans le bus. Allons, oublions ces problèmes. Que la commission électorale mijote dans son jus et que les dames de la ville crient leur indignation. Pour le moment seuls comptent les miséreux de Shahdara, qu'il doit conduire au bureau de vote où les attendent d'obligeants employés avec la liste des électeurs. Lui, Ramvilas, fera son devoir, et que le reste du monde continue de s'agiter selon son bon plaisir. N'est-ce pas ce que Krishna conseille à Arjun dans la *Bhagavad Gita* ?

« Arrêtez vous ici, dit-il au chauffeur, et attendez-moi. Je vais revenir avec des gens. »

Posté près du temple jain, Sohan Lal observe le cortège – une cinquantaine de femmes – qui se dirige vers le bureau de vote. Dépenaillées, elles viennent probablement de l'un des bidonvilles qui entourent Shahdara. N'est-il pas de son devoir de les empêcher d'avancer? Mais ce sont peut-être des électrices de Harilal Gupta, recrutées par des militants du PPI. Il va les laisser passer. Il a de nouveau mal au dos, ses jambes sont enflées. « Trop de station debout », dit le docteur. Il a soixante-trois ans. Il devrait, assis sur une confortable gaddi, enfoncé dans des coussins, observer le va-et-vient dans la boutique dirigée par son fils et regarder ses petits-fils jouer au Ludo... Pourquoi un homme dans sa position se retrouve-t-il à scruter des pauvres femmes en haillons afin de deviner pour qui elles vont voter?

Le taux de participation est satisfaisant. Les gens semblent, en grand nombre, voter pour le PPI, ce qui signifie que les directeurs de campagne de Harilal font bien leur boulot. L'atmosphère est festive dans la plupart des bureaux de vote de Chandni Chowk. Sohan Lal décide d'arpenter la rue, marcher lui fera du bien, mais il évitera les ruelles derrière Jama Masjid. Trop de regards hostiles. Des taches rouges et roses, les couleurs de Holi, égaient toujours la rue. A ce qu'on lui a rapporté, la fête a été grandiose, extravagante même dans GB Road. Pour sa part, il était resté chez lui en compagnie de ses petits-fils. Le souvenir lui réchauffe le cœur. Vicky – qui n'a pas encore deux ans – titubant vers le balcon avec un pistolet à eau, d'une taille gigantesque dans ses petites mains ! Trop lourd pour lui. Il a réussi à le poser sur la rampe de fer du balcon, s'est penché, a appuyé sur la détente, faisant jaillir un jet rouge et hurlant à tue-tête : « Holi *hai !* » Fou de joie, il imitait ses frères, et a continué de rire même quand le pistolet lui a échappé et est allé s'écraser sur la chaussée.

Si seulement, songe Sohan Lal, il pouvait passer le reste de ses jours à regarder jouer les enfants, à voir Vicky grandir, devenir un adulte, se marier, avoir lui-même des enfants... Mais voilà, il y a les élections, Suleman dont il faut se débarrasser, et ce serpent de Ramvilas.

Hier, tous les journaux anglophones de Delhi ont publié un grand placard publicitaire exhortant les sikhs à voter pour le chaivala. Ainsi qu'un texte de Kartar Singh. « Sans Gopal Das, ma défunte épouse serait restée coincée dans une fenêtre... » Sohan Lal fait la grimace. Il croyait Kartar Singh en fuite, pour échapper aux agents du fisc. Est-il si sûr de lui qu'il peut payer des publicités dans les journaux ? A-t-il décidé, lui aussi, de couper définitivement les ponts avec le PPI ? Ou bien s'agit-il d'un texte apocryphe, rédigé par Ramvilas ?

Il faut absolument qu'il ait un entretien avec le sardar, en admettant qu'il puisse découvrir où il se trouve. Ramvilas est un imbécile arrogant qu'on remettra bientôt à sa place, mais on peut gentiment ramener le sardar sur terre. Les journaux anglophones suscitent beaucoup plus de bruit que de vote effectif. Sohan Lal a même vu un article dans un magazine étranger, apporté dans Kucha Bansilal par un militant du PPI, vantant l'ascension de l'homme du peuple. Titré « L'Homme qui pourrait être Roi », il explique – à l'attention de ses lecteurs étrangers – que *das* signifie « serviteur », puis délire sur « cette grande expérience de démocratie ». Tant de tintamarre pour un chaivala !

Ce genre d'histoire, c'est comme les vagues, ça s'élève et ça retombe. Celle-ci tombera dans l'oubli aussitôt après les élections, comme la campagne du chavaila. Les journaux hindis posent plein de questions sur son compte. Est-ce un gamin musulman qu'il a élevé, demandent-ils, ou un chien qui a uriné sur la stèle du Père de la Nation ? A l'évocation du gamin, Sohan Lal est mal à l'aise. Certes, Ramvilas n'y est peut-être pour rien. Ce n'est qu'un commis, porté aux compromissions et à la médisance, mais pas violent. Par ailleurs, Suleman est tout à fait le type à commettre de tels actes. La réapparition du garçon devait lui poser des tas de problèmes. En tout cas, il ne l'a pas apprise par Sohan Lal, qui, par conséquent, a la conscience tranquille. Personne n'est responsable du comportement du manchot, qui a trompeté sa présence. Un musulman en a tué un autre. Point final.

Babulal attend son tour dans un bureau de vote de Khari Baoli, quartier où vit sa famille depuis des générations. Bien entendu il votera pour la « main », le symbole du Parti du Congrès, tout en sachant que c'est inutile. Il a fait bonne figure pendant toute la campagne, disant même à ses militants qu'on avait promis un poste ministériel à Nareshji, si le Congrès formait le prochain gouvernement. Poste qui maintenant irait à Sulochanaji, si elle était élue. Du pur bidonnage. Quand on comptera les voix, après les trucages et les bourrages d'urnes de rigueur, il ne fait aucun doute que le vainqueur sera Harilal. Sulochanaji pourra se consoler en pensant que, de toute façon, elle ne serait jamais devenue ministre, parce que personne ne croit sérieusement que le Congrès aura la majorité. Le plus probable, c'est un Parlement sans majorité, car aucun des petits partis fondés sur les castes ne soutiendra le Congrès. Donc, encore un gouvernement de coalition, un nouveau Premier ministre inodore et sans saveur, deux ans d'instabilité insupportable. Où sont les Gandhi et les Nehru qui ont régné pendant des décennies sans encombre, qui arpentaient la nation comme des empereurs moghols et qui ressemblaient à des Premiers ministres ?

Jusqu'à présent, il n'a jamais voté. A quoi bon cocher un bout de papier, en sachant très bien que le résultat viendra d'ailleurs ? Quelle différence un bulletin solitaire peut-il faire ? Autour de lui, il ne voit que des employés, des rickshawalas, des manœuvres... Ce qui le confirme dans son opinion que seule la racaille vote. Les gens respectables restent chez eux et regardent les résultats à la télévision.

La queue avance, les premiers rangs pénètrent dans l'ancienne poste transformée en bureau de vote. Tout le bâtiment pue la merde, le curcuma putréfié où grouillent les charançons et les légumes secs pourris qui étaient entreposés là depuis des années. On l'a vaguement nettoyé en vue des élections. Babulal se rappelle les travaux effectués selon le Projet élaboré par Rajiv Gandhi, la rangée de latrines construites dans une ruelle de Khari Baoli pour les manœuvres qui arrivaient chaque jour par troupeaux du Bihar et de l'Uttar Pradesh. Elles ont servi quelque temps puis ont été abandonnées au profit du talus herbeux au-delà des murs. Il existe une affinité entre les villageois et l'herbe, estime Babulal. Ils chient mieux sur l'herbe. Quand ils s'accroupissent sur un carrelage et regardent le sol, leur propre reflet les effraie, la merde durcit dans leur rectum. Résultat, les électeurs de Khari Baoli, bureau de vote numéro 63, doivent se pincer le nez pour voter.

Au bout de vingt minutes de queue, Babulal atteint la table derrière laquelle siège le président du bureau. Il s'annonce : « Babulal Goel. »

Une douzaine d'hommes scrutent son visage. L'un est un militant du Congrès, chargé de virer les imposteurs. L'officiel, derrière la table, consulte la liste des inscrits, arrive à la lettre G – Babita Goel, Babloo Goel, Babulal Goel...

« Babulal Goel a déjà voté, dit-il.

— Babulal Goel de Khari Baoli ! Vous êtes sûr ? »

L'autre ne daigne pas répondre.

« C'est une usurpation d'identité ! » s'étrangle Babulal.

L'officiel s'énerve. Les électeurs ne portent pas leur nom inscrit sur le front. Il est entouré d'observateurs du Congrès, du PPI, des partis communistes et des indépendants, qui ne savent que boire du thé et lâcher des plaisanteries idiotes. S'ils acceptent, sans restriction, l'identité d'un votant, que peut-il faire ? Est-il censé connaître tous les mendiants de cette circonscription de pouilleux ?

Babulal apostrophe l'observateur du Congrès. « Qu'est-ce que vous fabriquiez, vous dormiez ? Vous ne me reconnaissez pas ? »

L'homme, en réalité un jeune garçon, fait un geste d'impuissance. Il connaît la plupart des gens de son katra de Khari Baoli, mais ignore que Babulal Goel est le directeur de campagne de Sulochanaji. Il ne peut quand même pas demander à tous les vioques qui prétendent s'appeler Babulal ou Baburam de prouver leur identité. C'est un nom si répandu ! Et il en a marre de ce bâtiment sombre, qui pue autant que si un millier de rickshawalas avaient pété ensemble.

« Je reviendrai ! » hurle Babulal, en sortant en trombe.

Dans le quartier de Jama Masjid, c'est une école qui sert de bureau de vote, près des ruines des Moineaux. Non loin de là, assise sur une chaise que son chauffeur a miraculeusement dénichée, Chitra observe un groupe d'hommes en longs kurtas et churidaar-pyjamas, qui se caressent la barbe et regardent fixement chaque électeur qui se présente. Tout le monde sait qu'ils appartiennent à Suleman, et personne n'ignore la teneur du message qu'affiche leur visage sévère. Ce quartier appartient à Suleman, quiconque entre voter ne peut tamponner qu'un seul bulletin – celui sur lequel figure le vélo, symbole de la pauvreté et de l'indépendance de Suleman.

Chitra a vu se dérouler de nombreuses élections, et il faudrait qu'elle soit exceptionnellement naïve pour que ce qui se passe maintenant la choque. Cet écheveau de relations, faveurs, obligations et fidélités qui enserre inextricablement l'électeur en route vers l'isoloir. Alors qu'elle approchait de Chandni Chowk, sa voiture a dû contourner un « sanctuaire » tout juste érigé au milieu de la rue afin d'apaiser un quelconque groupe d'électeurs putatifs. Dans quelques mois, le temple – ou la mosquée, le mémorial ou quoi qu'il soit d'autre – revendiquera la propriété de ce bout de chaussée et s'agrandira. Un jour, tout Delhi sera squatterisée, submergée de temples, d'étals, de vendeurs de paan et de chai dans leur stand. Chaque matin la ville se réveillera à l'aube, se lavera les dents avec des bâtonnets de babool et se douchera à des pompes à bras. Ensuite chacun retournera dans son stand ou dans son box, surveillé par les leaders bienveillants qui auront raflé sa voix.

Les hommes de Suleman sont nerveux, ce que trahit leur agressivité croissante. Il est plutôt amusant, se dit Chitra, de penser qu'elle est en partie responsable de cette situation grâce au soutien qu'elle a donné au chaivala. Elle aurait peut-être dû se montrer un peu plus prudente dans ses écrits. Ne pas détourner les yeux quand ça l'arrangeait, et ne pas glisser sur les détails. Elle n'a pas considéré tous les points de vue, comme l'exige l'éthique journalistique.

N'a pas donné la parole aux dissidents. N'a pas respecté l'équilibre, mais comment garder l'équilibre en travaillant sur une histoire de cet ordre ? Devant un ensemble grandiose, se soucie-t-on des parties qui le composent ?

Son omission principale, bien sûr, c'est l'histoire de Mukesh Pandey, le fils de Gopal Das. C'est cette « auto-immolation », selon le vocabulaire politique de l'époque, qui a attiré son attention sur Gopal. Mais le fils s'est immolé – ou on l'a immolé – pour protester contre cette même commission Mandal que soutient aujourd'hui son père, ou qu'il est prétendu soutenir. L'histoire de Mukesh Pandey ne colle pas avec le reste. Mukesh, c'est essentiellement le fils de l'épouse de Gopal morte en le mettant au monde, à la fois fardeau et souvenir permanent. Aurait-il fallu mentionner cette femme, dont elle ne se rappelle même plus le nom ? De toute façon, le fils qui compte, c'est Gauhar Muhammad. Gopal Das, le candidat du peuple, sortira de l'oubli tous les garçons manchots musulmans et leur donnera un foyer, une famille, une raison d'envisager avec confiance leur vie d'adulte. Peu importent les détails, parce que ce qui fait Gopal Das ce ne sont pas les gens qui ont croisé son chemin jadis mais ceux qui s'adaptent harmonieusement à son incarnation actuelle. Quelle vérité recèle le passé si elle n'explique pas le présent ? A-t-il jamais eu une femme, ou un fils nommé Mukesh ? Les exigences de la vérité sont plus subtiles que la simple énumération des faits. Voilà pourquoi Gopal Pandey s'appelle Gopal Das, et a un fils musulman nommé Gauhar Muhammad.

Gauhar est mort, certes. Le responsable est peut-être Suleman, ou le PPI, ou le Congrès, ou n'importe lequel des groupes qui haïssent Gopal dans cette ville où tout le monde hait tout le monde. Le récit de l'explosion l'a bouleversée aux larmes. Gauhar, le dernier lien avec Les Moineaux, le seul enfant né de cette grande expérience à n'avoir pas disparu avant l'âge adulte. Les autres sont retournés aux ténèbres de Chandni Chowk. Ils ramassent des chiffons, ou volent des fruits, se font sodomiser ou languissent en prison. Gauhar, son seul ancien élève... et l'école, morte elle aussi, la dernière trace soufflée par une bombe.

Un cri en provenance du bureau de vote la distrait de ses pensées. L'un des hommes barbus braque un fusil – où l'a-t-il trouvé ? – sur un groupe de femmes. Elles tremblent de peur, et la foule appelle à l'aide. « Tirez-vous ! disent les hommes de Suleman. Rentrez chez vous ! Suleman Mian vient voter ! Vous ne devez pas le retarder ! »

Chitra se reproche de ne pas avoir apporté d'appareil photo. Quelle formidable illustration de première page cela aurait fait. Une dizaine de femmes en salvaar-kameez – de pauvres musulmanes, les yeux écarquillés de frayeur – tenues en joue par trois types en long kurta et churidaar-pyjama. Les femmes portent de petites affiches, couvertes de gribouillages en ourdou entourant le dessin rudimentaire d'une tasse de thé.

« Suleman Mian *zindabad !* » braillent les hommes. Les femmes reculent, mais leur retraite est bloquée : trois Ambassador, sirènes hurlantes, serpentent prudemment dans la ruelle. Les véhicules s'arrêtent. En jaillissent une dizaine de gaillards en kaki, qui prennent position, prêts à tirer. Suleman sort de la voiture du milieu, petite silhouette solitaire, les mains jointes en un namaste. Les barbus au fusil vocifèrent et applaudissent. « Suleman va gagner, Suleman va gagner, Allah ! Suleman va gagner ou nous brûlerons Chandni Chowk ! Chandni Chowk sera dirigé par Suleman ou il n'y aura plus de Chandni Chowk ! Suleman va gagner, Suleman va gagner... »

Les voitures continuent à vomir des gens en kurta et churidaar-pyjama, on croirait un numéro de clowns dans un cirque. Chitra observe toujours, sachant qu'elle n'est plus dans les bonnes grâces de Suleman, qu'il refusera toute demande d'interview. Il entre dans le bureau de vote à la tête de son cortège, sous une pétarade de tirs de fusil. Les hommes barrent tous les accès. Quand Suleman émerge – citoyen respectueux de la loi ayant exercé son droit constitutionnel –, ils le parent de guirlandes et l'escortent à sa voiture. Sa garde rapprochée saute dans les véhicules qui partent à reculons – séquence de film débobiné à l'envers. Tirs de fusils et slogans annoncent son départ. « Suleman va gagner, Suleman va gagner, Allah ! Suleman va gagner ou nous brûlerons Chandni Chowk ! Suleman va gagner, Suleman va gagner, Suleman va gagner...

Manju déboule dans GB Road et se dirige vers le kotha 842. Elle se retourne, vérifie qu'elle n'est pas suivie, franchit la porte donnant sur la rue, grimpe l'escalier en courant. Sept puissantes ampoules électriques – récemment installées – illuminent le couloir, les boîtes de préservatifs et le panneau indiquant FRETS. Elle écarte le rideau, pénètre dans la pièce, va s'affaler sur une chaise. Gita Didi, à son bureau, la regarde, étonnée et inquiète. « Pourquoi reviens-tu si tôt ?

— Ils montent la garde devant tous les bureaux de vote. Impossible d'entrer. »

Gita la dévisage par-dessus ses lunettes à monture noire. « Comment ont-ils su qui tu es ?

— Inderlal Jha. Ses hommes sont partout, habillés en civil. Ils reconnaissent toutes les filles de GB Road. »

Le salaud ! pense Gita. Espionner ses filles alors qu'elle lui verse des milliers de roupies depuis des années ! Sans aucun doute, il touche plus du PPI, de Suleman ou de Dieu sait qui.

Manju lève l'index barbouillé de la tache d'encre bleue. « J'ai voté sous le nom que tu m'as attribué, dit-elle, mais quand je suis sortie de l'isoloir, l'homme d'Inderlal était là, scrutant tous les visages. Il s'est mis à rire en me voyant. "Tu n'es pas Shalini Jain, tu es une pute !" Je voulais le gifler, mais il y avait trop de policiers tout autour. Alors je suis partie en courant. »

Gita pince les lèvres, elle est fatiguée. Depuis le début de la matinée, elle étudie les listes électorales, dépêche ses filles ici et là voter pour Gopal Das sous des noms d'emprunt. Elle misait sur l'anonymat des prostituées en plein jour. Certes, les respectables citoyens de Chandni Chowk ont fréquemment répandu leur semence dans les alcôves des kothas, mais qui se rappelle le visage d'une pute vu à la faible lumière de la nuit ? Et qui souhaite exhumer de tels souvenirs, que l'esprit enfouit aussi vite qu'il le peut ? Il est raisonnable de penser qu'un homme ne reconnaîtra pas le jour la prostituée qu'il a baisée la nuit. Malheureusement les règles de la société civile ne s'appliquent pas aux policiers. La décence ne les concerne pas. Leur boulot c'est de fréquenter les voleurs, les pickpockets et les prostituées, et mieux ils les connaissent mieux ils gagnent leur vie. Leur commission, les hommes d'Inderlal la touchent sur les visages de GB Road, ils ont mémorisé la moindre ride sur le moindre front. Ils savent différencier Manju la pute de Shalini Jain, épouse d'un négociant de Khari Baoli, rien qu'à la façon dont elle cligne les paupières.

« Où est Inderlal maintenant ? demande Gita.

— Au poste de police à surveiller les élections. Il a promis de récompenser le flic qui identifiera le plus grand nombre de travailleuses du sexe. Tu devrais aller lui parler.

— Nasreen ! » appelle Gita.

Nasreen passe une tête par l'entrebâillement du rideau.

« Combien de burqas avons-nous dans le kotha ?

— Il y a douze musulmanes, donc douze burqas...

— Amène-moi les filles. » Elle s'appuie au dossier de sa chaise et songe à la fête d'il y a deux jours. Jamais Holi n'avait été si délirant dans GB Road. Les filles se tiraient les cheveux les unes les autres, barbouillaient de peinture leur corsage et leur décolleté, arrachaient leur sari, et ont empêché les commerces de GB Road de fonctionner jusqu'à ce que les propriétaires appellent la police. Gita a payé la peinture et les pistolets à eau sur les fonds de FRETS. Quelle scène ! Krishna et Radha auraient eu honte de leurs amours timorées s'ils avaient vu la débauche exubérante des prostituées. Revigorée par ce souvenir, elle se redresse, vérifie son chignon, rajuste son sari blanc. Elle se sent comme un général à la veille d'une bataille. Tout autour l'ennemi est déployé – Suleman, Inderlal, Harilal, Ramvilas... Elle est résolue à gagner la bataille pour le seul homme qui ne l'ait jamais menacée, le seul mâle dont la masculinité n'endeuille pas l'honneur d'une femme, le seul homme capable de s'adonner platoniquement aux folies de Holi avec une centaine de prostituées.

Nasreen entre, portant six burqas sur chaque bras, suivie des douze filles qui s'attroupent devant le bureau de Gita, attendant les ordres. Elle se lève, les dévisage, parfaitement consciente de son image. Des poches sous les yeux, le sari blanc, jadis destiné à couvrir ses charmes, et qui maintenant dissimule les imperfections de sa peau. Elle sait que la chair pendra un peu plus chaque année, mais pour le moment elle s'en moque. Elle est Gita Didi de FRETS, travailleuse sociale et militante politique, esprit désincarné, immunisée contre la vieillesse et la mort.

Elle s'empare des listes électorales et pointe soigneusement les noms. « Tu es Khalida Bégum, dit-elle à Manju. Kholi 32, Meena Bazar, Jama Masjid.

— Tu veux que je devienne musulmane ! suffoque Manju.

— Tu es Abida Bibi », dit Gita à une autre fille. Et ainsi de suite. Douze noms, douze burqas. « Toi Shamin, toi Fareeda, toi Salma, Parveen, Noor, Shirin, Zeenat, Jamila, Zareena, Shamshad... Nous sommes toutes musulmanes aujourd'hui. Allah protégera notre pudeur, et Gopal Das notre honneur. Allez voter pour la tasse de thé ! »

Elle fait signe à Nasreen, qui saisit l'index de chaque femme et le plonge prudemment dans un récipient de pétrole, afin d'effacer la marque bleue indiquant qu'elles ont déjà voté. Gita leur montre le tas d'affiches dans un coin, ornées du dessin d'une bicyclette. « Prenez-les ! Personne ne vous molestera. »

Elles s'esclaffent et enfilent leur burqa. Les taches rouges, vertes et rouges de la bacchanale de Holi sont encore visibles sur leur corps, note Gita avec inquiétude. « Faites bien attention de ne pas exposer vos bras. De telles marques sur des musulmanes ne pourraient qu'éveiller les soupçons des hommes d'Inderlal. Maintenant partez, votez pour la tasse de thé et revenez vite. Vous aurez beaucoup de travail aujourd'hui ! »

Elle étale une carte des points de vote sur son bureau, se prépare à réclamer des burqas – et les corps qui les porteront – à d'autres kothas. Elle ne sait pas grand-chose de ce Gopal Das, mais, intuitivement, dans ce monde où rien n'est ce qu'il paraît, elle sait qu'il ne cache pas de secrets. « Vous n'êtes que trois mille, et pourtant il m'en faut plusieurs centaines de mille », avait ricané Ramvilas, quand elle lui avait appris que GB Road voterait pour le chaivala. Elle sourit : aujourd'hui, chaque femme de Chandni Chowk se retrouvera transformée en pute.

Douze femmes émergent du kotha 842, couvertes de la tête aux pieds d'une burqa noire, chacune brandissant une affiche. « Suleman Mian *zindabad !* », psalmodie le cortège de burqas qui se dirige vers un bureau de vote.

Chitra se lève de la chaise qu'elle a occupée toute la journée, à cent cinquante mètres de Jama Masjid. Il faut qu'elle retourne au bureau écrire son papier. L'élection s'est déroulée dans la torpeur. On est en fin d'après-midi, les bureaux de vote vont fermer. Les violences qu'elle redoutait ne se sont pas produites. Les hommes de Suleman sont assis sur des tabourets, fusils sur les genoux, à siroter du thé et à bavarder, jetant un regard négligent sur les votants, dont la plupart semblent des supporters de Suleman. Le nombre de femmes a augmenté régulièrement tout au long de l'après-midi. Elles arrivent en troupeaux, vêtues de burqas noires, portant des affiches ornées de la bicyclette.

La pièce cachée de Jasjit General Store n'a pas de fenêtre, si bien qu'il y fait sombre même en plein midi, quand le soleil darde quelques rayons à travers les interstices des étagères à Bournvita. Maintenant, comme le soir tombe, le noir y règne, troué par la lueur bleue de l'écran de télévision, qui diffuse des images de la dernière heure de vote. Gopal tourne le dos à l'écran. Il n'a pas allumé le tube fluorescent au plafond. Les mots du présentateur culbutent les uns dans les autres. Gopal ne veut pas regarder, ne veut pas entendre, il veut pleurer...

Il a pleuré en apprenant la nouvelle rapportée par cette même télévision vingt minutes après le drame. Quel messager impitoyable, qui expose avec une telle froideur un si horrible événement. On voyait le visage du CP, le chef policier moustachu de GB Road, souriant avec suffisance à la caméra comme si l'explosion était un grand fait d'armes personnel. Il n'y avait eu qu'un mort, répétait-il, grâce à la réaction rapide de la police. Les journaux avaient traité la chose avec condescendance, en raison du « faible taux de décès ». Un faible taux, sauf qu'il comprenait son fils ! S'il fallait que quelqu'un meure, pourquoi pas ce CP si content de lui ? Une vilaine pensée, une pensée méprisable, qu'il ne veut pourtant pas chasser.

Il avait refusé de fêter Holi. Comment l'aurait-il pu, alors qu'ils avaient réduit en bouillie le seul fils qui lui restait ? Deux fils disparus avant l'âge de vingt-cinq ans, et Ramvilas Babu qui insistait pour qu'il fête Holi avec ces dames de GB Road ! « C'est bon pour votre campagne », disait-il.

« Quelle campagne ? » avait rétorqué Gopal. Il se fichait de l'élection, il voulait retourner dans son kholi de Khari Baoli, se glisser sous sa vieille couverture et dormir. Mais ils avaient réussi à le faire participer à Holi, un tel scandale ! Certaines de ces dames à moitié nues ! Tout se voyait à travers leurs saris trempés et leurs corsages ajustés. Le contour de leur corps, le tremblement des cuisses, les ébats des seins ! Il était horrifié, mais secrètement heureux, quand elles l'ont hissé puis transporté sur leurs épaules. Il ne veut pas savoir ce qu'il touchait, toutefois il devine. Quelque chose a remué dans son cœur. Ces corps, siège de péché infini, mais à la complaisance si réconfortante. La façon dont la chair tendre cédait sous son poids. Il doit se protéger contre de telles dames.

Le soir, Ramvilas Babu lui a dit de laver les traces de Holi sur son visage et son cou. « Ça nuirait à votre image auprès des musulmans.

— Alors pourquoi vous m'avez demandé de fêter Holi ? » Les taches sont toujours là, bien entendu. Qui peut effacer de telles couleurs en deux jours ? C'est comme des blessures de guerre. Elles se guériront lentement.

Aujourd'hui, ça a été une triste journée. Tôt le matin Ramvilas Babu l'a emmené voter. Il y avait beaucoup de journalistes, qui voulaient lui poser de nombreuses questions, mais Ramvilas Babu les a chassés. Il n'avait encore jamais voté, et il a été déçu de constater que le bureau de vote consistait en une table et quelques cabines dans un coin de la salle des contributions indirectes. Un babu du gouvernement lui a montré comment tamponner son bulletin, riant parce que le tampon a frappé la tasse de thé. « Vous n'êtes pas censé rendre votre vote public », lui a-t-il reproché gaiement, tout en lui barbouillant l'index d'encre bleue. Quand il est sorti de l'immeuble, Ramvilas Babu lui a demandé de lever la main afin que les journalistes puissent photographier la tache d'encre sur son doigt. « Gopal Das a voté, a déclaré Ramvilas Babu, et Gopal Das va gagner ! »

Quelqu'un lui a jeté une guirlande autour du cou. Depuis le temps qu'il supporte le poids de tant de guirlandes, il est en mesure de dire que celle-ci était en faux billets de banque. Il voulait l'enlever, Ramvilas Babu l'a prié de la garder. « Ça vous donne l'air d'un vrai leader », lui a-t-il dit. Gopal est revenu au Jasjit General Store et a passé toute la journée dans la pièce arrière, sans envie de rien, ni manger, ni boire, ni même uriner. Mukesh est mort, Gauhar est mort...

Il regarde autour de lui. Matelas éventré, draps non lavés depuis des semaines, ses vêtements éparpillés, certains dans des sacs.

Ramvilas Babu lui a dit de ne pas les laver. Le sac contenant ses ustensiles, ses boîtes de thé et de cardamome, git dans un coin. Ce soir, il retournera dans son kholi. Il a entendu parler du vol commis le mois dernier. C'est Hameed qui l'en a informé, et aussi que Seth Sushil Jain regrette de l'avoir perdu, lui Gopal. « Tant que tu as dormi dans le kholi, il n'y a pas eu de vol. » Hameed peut l'aider à y transporter toutes ses affaires ce soir. Demain, il parlera à Seth Sushil Jain.

Ramvilas entre, venant de la boutique, ce qui laisse pénétrer un large rai de lumière. « Pourquoi restez-vous dans le noir? »

Gopal ne répond pas. La télévision continue de jacasser.

« Les bureaux de vote vont fermer, observe encore Ramvilas. Maintenant le résultat est dans les urnes. »

Gopal enroule sa vieille couverture, sort un kurta d'un tas de linge. Sa bicyclette l'attend devant le magasin, enchaînée à un poteau. Il rangera la couverture dans le panier au-dessus de la roue arrière.

« Qu'est-ce que vous faites? l'interroge Ramvilas.

— Je retourne dans mon kholi. »

18

Il est minuit passé. Khari Baoli est désert. Boutiques fermées, carrioles garées le long de la chaussée, couchées sur les brancards, débordant de sacs de suji, de mélasse, de bijnor et de sakoti qu'on déchargera demain pour les entasser dans les greniers, entrepôts et box de tous les katras. La rue qui ne s'arrête jamais de bruire est plongée dans un calme anormal, le sommeil profond qui succède à une journée épuisante. A la lumière de rares lampadaires, on observe que les couleurs du curcuma commencent à l'emporter sur le rouge criard de Holi qui imprègne encore l'asphalte.

Chitra s'arrête à côté d'une carriole, tapote les brancards. Un homme dort au sommet d'un monticule de sacs, enveloppé d'une couverture de jute. Elle pourrait se hausser sur la pointe des pieds et le secouer, mais elle préfère ce contact indirect. L'homme se tourne sur le côté, veillant à ne pas exposer un centimètre de son corps à l'air froid de la nuit.

« Où se trouve l'échoppe de Sushil Jain ? » demande-t-elle.

Il ne répond pas, soit qu'il l'ignore, soit qu'il n'ait pas envie de solliciter son esprit hors d'usage à cette heure tardive. Il se renfonce dans sa couverture.

Chitra passe de carriole en carriole, jusqu'à parvenir à la conclusion que Sushil Jain doit être un nom très répandu dans Khari Baoli, porté par des centaines de marchands. Elle s'enquiert alors de Katra Badami, on la dirige vers un haveli plongé dans le noir. Plantée devant, elle reprend son calme, récapitulant ce qui ressort des journaux de la journée – trucages et bourrages des urnes dans Chandni Chowk, quelques incidents non violents, élection relativement paisible, allégations d'intimidation de votants dans le quartier de Jama Masjid, taux de participation de soixante-cinq pour cent, forte affluence de femmes, rickshawalas, manœuvres, et population des bidonvilles... Résultats que les analystes commenteront à n'en plus finir, selon les communautés, la caste et la classe sociale, soulignant le désenchantement des électeurs, pontifiant sur le facteur « rejet des précédents élus », mais à quoi bon tout cela, désormais ?

Elle entre dans Katra Badami, passant sous une voûte étroite sur laquelle est peinte une publicité promettant une vigueur sexuelle instantanée, aussi tenace que soit votre impuissance. Recouverte en partie par des affiches proposant des massages et un serveur téléphonique. Le passage à l'intérieur du katra est encore rétréci par les montagnes de sacs qui le bordent de chaque côté, puis de bidons d'huile de ricin et de farine de moutarde. Le katra vit, même à cette heure de la nuit. Peu à peu Chitra discerne des hommes assis et jouant aux cartes. Elle réfléchit et comprend. Débordant d'une activité démente durant la journée, le katra, avec ses rangées d'alvéoles, se transforme la nuit en dortoir pour les employés. Portant lungi ou dhoti, les hommes sont nus au-dessus de la ceinture. De nuit, aucune femme ne fréquente le katra. Aussi, pour ne pas outrager leur pudeur, Chitra se glisse en douce sans leur adresser la parole. Les échoppes s'entassent les unes au-dessus des autres, en largeur et en profondeur. Elle sait pourquoi. Selon le procédé de division cellulaire, les box se subdivisent afin d'accueillir les nouvelles générations, chaque parcelle plus petite que la précédente. Les étals de paan se cachent sous la plate-forme de ciment, les stands de jalebi s'agglomèrent sur la dalle qui surplombe le caniveau, ainsi que les échoppes d'épices avec double et triple plafond qui délimitent des espaces où l'on ne peut que ramper : entrepôts de cardamome, de safran, de clous de girofle, d'assafœtida. Un millier de senteurs, qui se mélangent à l'odeur commune de poivre rouge et de curcuma.

Dans un de ces box, Chitra tombe sur un groupe d'hommes déchargeant des sacs, le visage dissimulé sous de grands mouchoirs – probablement pour se protéger le nez des odeurs. « Où se trouve l'entrepôt de Sushil Jain ? » demande-t-elle. L'un des hommes pointe le doigt vers le haut. Elle croit à une plaisanterie. L'entrepôt de Sushil Jain, là-haut dans les cieux, blotti dans les collines de Swargalok d'où les dieux le surveillent ! Mais non, l'homme veut simplement dire que c'est à l'étage supérieur. « Où est l'escalier ? » Le type grommelle quelque chose derrière son mouchoir. Puis il fait un geste vers la gauche, vers les joueurs de cartes, où le katra semble plus vaste. Veut-il dire que l'escalier est par là, ou qu'elle doit interroger les joueurs ?

« Savez-vous où habite Gopal Das ? » insiste-t-elle.

Silence. Les yeux de l'homme – seule partie visible du visage – signalent son mécontentement, il se remet à son déchargement.

Chitra se dirige vers les joueurs. Comment se fait-il que personne ne semble connaître Gopal Das ? N'est-ce pas ces gens qui ont voté pour lui ? Ont-ils voté simplement pour un symbole, la tasse de thé, sans chercher à savoir qui est l'homme qu'il représente ? A moins que Gopal Das ne soit un nom banal, que pourraient porter des milliers de personnes dans Chandni Chowk. Ou bien, et c'est peut-être la vraie raison, vingt-quatre heures après les élections, les gens ont déjà chassé l'événement de leur esprit. Après tous ces discours sur la volonté du peuple, le peuple veut simplement retourner à ses affaires. Haut niveau de participation, disent les journaux. La circonscription de Chandni Chowk a battu tous les records en ce qui concerne le nombre d'électrices. Une tendance extrêmement réconfortante... Fini, tout le monde s'en fiche.

En approchant des joueurs de cartes, elle remarque un escalier dans un renfoncement adjacent à leur alvéole. Elle ne peut y accéder sans passer devant eux.

« Namaste ! » les salue-t-elle.

Sa voix résonne, causant un battement d'ailes chez les pigeons des alvéoles supérieures. Les hommes arrêtent de jouer, tentent de percer l'obscurité, s'agitent mal à l'aise en la découvrant. Elle a l'habitude de ce genre de réaction. Bien qu'elle porte un sari, que ses cheveux soient nattés, à son allure, à son aisance et à sa taille, ils reconnaissent instantanément la dame de la ville. Une voix qui sait commander. Aucune femme au foyer ne parle aux hommes avec tant d'aplomb. C'est une « madame », ils ignorent comment on se comporte avec les madames. Donc ils la fixent, d'un air involontairement menaçant, elle file vers l'escalier, consciente, même si elle ne l'entend pas, de leur soupir de soulagement combiné à la stupeur de voir une femme de son genre grimper l'escalier de Katra Badami en pleine nuit.

Parvenue au premier palier, elle s'arrête. Un vaste espace rempli de sacs du sol au plafond. « Gopal Bhai ! » appelle-t-elle doucement. Elle reprend son ascension, deuxième palier, troisième. L'odeur de curcuma, de plus en plus forte, l'oppresse. Elle traverse un océan de curcuma, des centaines de quintaux, qui l'empêchent de respirer. Elle éternue, l'odeur émousse ses sens, son nez s'adapte à de nouvelles sensations. Elle remarque un plafond ridiculement bas, ajouté pour créer un niveau supplémentaire dans le même espace vertical, percé d'un trou rectangulaire auquel aboutit une échelle. Elle y grimpe.

Un espace de cinq pieds de haut. Les bouches d'aération du troisième étage servent de fenêtres, bizarrement munies de rideaux, qui se balancent doucement au souffle d'air. Ils laissent passer la lumière de la lune, pinceau bleuté qui révèle les monticules de sacs. Quelle raison a bien pu pousser Sushil Jain à embellir son entrepôt avec de tels rideaux ? Une cloison de bois qui devait s'étirer sur toute la longueur gît démantibulée. Chitra rampe vers l'autre extrémité de la pièce, passant devant des dunes de graines de moutarde et de sésame, des montagnes de pistaches, d'abricots, de figues et de noix. Elle éternue violemment, discerne le contour des sacs de curcuma au fond à droite. Il dort sur l'un d'eux, enveloppé d'une couverture.

« Gopal Bhai ! »

La couverture bouge. « Gauhar, c'est toi ? »

Il se met sur son séant. Elle demeure à quatre pattes, tremblante, bouleversée par l'invraisemblance de tout cela, essayant de trouver les mots pour lui dire, droit dans ses yeux apeurés, qu'il est le nouveau député de Chandni Chowk au Parlement national.

19

A califourchon sur les épaules d'un grand costaud, lui-même ballotté par une houle de gens, Gopal n'en revient pas. La foule s'étend à perte de vue. Ils sont des milliers, ou des centaines de milliers, ou des millions, allez savoir, chacun voulant se rapprocher des épaules sur lesquelles il navigue. A sa gauche, la silhouette du Fort Rouge sur fond de ciel, à sa droite, à travers la brume aux couleurs de Holi, il discerne Fatehpuri Masjid. Tout Chandni Chowk s'étale devant moi, un vrai fleuve humain. Ils crient des choses incompréhensibles, ils dansent sans rythme, mais c'est pour lui qu'ils chantent et qu'ils dansent en recouvrant la rue de poudre rouge et verte. « Nous fêtons Holi aujourd'hui, nous fêterons Holi demain, nous fêterons Holi toute l'année, nous fêterons Holi pendant cinq ans ! » Un orchestre de vendeurs de thé a envahi le balcon d'un katra. Penchés par-dessus le rebord, frappant sur des tasses et des soucoupes, ils entonnent un péan à la gloire de leur nouveau député. Gopal est fasciné : c'est de la véritable porcelaine ! Il halète en voyant se briser une soucoupe et les morceaux tomber sur la foule.

Qui sont tous ces gens ? Ils ne ressemblent pas à des chaivalas ou à des rickshawalas, pourtant ils dansent comme s'ils étaient ivres, lui agrippent les genoux, essaient de lui prendre la main, luttent avec l'homme sur lequel il est perché pour prendre possession de son corps. Des mains le soulèvent et l'installent sur d'autres épaules qui le transportent toujours plus avant – flottant au-dessus des têtes – jusqu'à ce que quelqu'un le pose sur le sol et que la foule se referme sur lui. Il ne voit plus le Fort Rouge ou Fatehpuri Masjid, mais il entend toujours les slogans, « Gopal Das *zindabad!* », hurlés à pleins poumons. Des hommes grands, maigres, foncés de peau, en chemise et pantalons déchirés... Et celui-là qui lève le poing? Est-ce que c'est Gauhar? Gauhar! Mais l'homme ne répond pas. Maintenant il lève les deux mains. Ils sont si nombreux à porter des pantalons délavés et des chemises jaunes que n'importe lequel pourrait être Mukesh. « C'est un miracle, crie quelqu'un, un miracle de la démocratie! » Un miracle, se dit Gopal, cerné par la muraille humaine. Si tant de choses imprévisibles peuvent arriver, pourquoi Mukesh ne lui serait-il pas rendu?

Que dirait Manohar Lal Pandey dans cette situation? Ses yeux se rempliraient-ils de larmes? Ça fait vingt-quatre ans qu'il est mort – de quoi? – et que Gopal est allé chercher Mukesh à Sasaria pour le ramener à Delhi. « Tu vas me laisser seule! » a pleuré sa mère, l'enfant de six ans accroché à ses basques. Pourtant il a emmené Mukesh à Khari Baoli, espérant remplir avec son fils le vide laissé par son père. Si seulement Manohar Lal Pandey – ou Manohar Das, comme on l'appellerait maintenant – vivait encore pour voir son fils devenir député de Chandni Chowk! Et Sushila? Il y a très longtemps que l'œil de son esprit ne s'est pas posé sur son visage. Vingt ans, peut-être plus. Il ne l'a pas vue mourir. Quand il est arrivé à Sasaria, Mukesh vivait et elle était morte. Il la connaissait à peine. Elle a disparu de sa conscience – une femme fantôme qui aurait pu ne jamais avoir existé. Sa mère avait voulu qu'il se remarie. « Comment un homme peut-il élever un enfant sans une mère? » Il n'a jamais franchement refusé, mais il est revenu si peu souvent à Sasaria après la mort de Sushila que l'occasion ne s'est jamais présentée. Il se sentait bien à Khari Baoli, malgré le mauvais caractère de Sushil Jain et les taquineries de Hameed. Et il se sentait bien dans son stand. Mukesh a grandi sans mère. Ce qui n'était peut-être pas plus mal. Elle aurait eu le cœur brisé en voyant ces criminels des hautes castes le brûler vif... Les voilà, Mukesh et Gauhar, dans cette multitude, ils crient des slogans et repoussent les hommes qui se ruent sur lui. Il les voit distinctement au milieu du nuage cotonneux. Maintenant ils le hissent de nouveau sur des épaules, et les gens grimpent les uns sur les autres pour mieux le regarder, s'empilent sur les toits et les balcons, une file ininterrompue jusqu'au ciel. Ils psalmodient pour lui du haut des nuages. « MP Gopal Das *zindabad !* »

Soudain un accord discordant. Les rickshawalas actionnent leur klaxon. Un cortège de prostituées, qui parcourt Chandni Chowk en vêtements bariolés, les rejoint, balançant le gulaal à pleines poignées et chantant des chansons paillardes. Par les lucarnes de ses lunettes, Gopal capte des images de nombrils sous des saris lâches, de bras et de poitrines à l'étroit dans des corsages. Pourquoi ces dames reviennent-elles ? Pourquoi tant de chair exposée ? Maintenant qu'il est membre du Parlement, il n'est pas convenable qu'il les regarde, mais elles l'encerclent. Elles dansent autour de lui, leur corps à demi nu, où qu'il porte le regard... Ah ! Entre les épaules qui se soulèvent et les hanches qui se balancent, il lui semble voir la madame anglaise, vêtue d'un modeste salvaar-kameez. Il voudrait la remercier des histoires qu'elle a écrites sur lui. Mais comment l'approcher, perché comme il l'est sur des épaules ? Et pourquoi regarde-t-elle la foule d'un air si absent ? Est-ce que ce sont des larmes qui brouillent ses yeux ? *Ganga Maiya !* Qu'a-t-il fait de si horrible pour qu'une femme si bonne, qui parle anglais et travaille dans un bureau avec des hommes, pleure au milieu d'une foule ?

« Gopal Bhai ! Gopal Bhai ! »

Entre les corps ondulants des prostituées, Gopal aperçoit Ibrahim Mian, qui fend la foule avec détermination. Les pans d'un kurta déchiré claquent autour de sa silhouette squelettique. Il agrippe la main de Gopal, les yeux débordant de larmes. « Gopal Bhai ! » répète-t-il d'une voix rauque et mal assurée.

Incapable d'en dire plus, il se dresse sur la pointe des pieds, attire le visage de Gopal vers le sien, les larmes dévalent ses joues jusque dans sa barbe. « Je savais, je savais ! bégaie-t-il.

— Ibrahim Mian...

— Tais-toi ! J'ai toujours su que tu gagnerais. J'ai demandé plusieurs fois à Suleman de se retirer et de te laisser engranger les votes anti-PPI. Suleman, ce n'est pas un homme du peuple comme toi. Il se déplace en Ambassador. C'est un homme riche, qui ne s'intéresse qu'aux riches musulmans. Tu as vu son haveli derrière Jama Masjid ? Des tapis épais comme des matelas ! » Il étreint Gopal. « J'ai dit à Suleman : "Gopal Bhai c'est mon frère ! Pourquoi voulez-vous lui barrer la route ?" Mais il n'écoutait pas les paroles sages d'un vieil homme. Ce Suleman Mian, il est né d'hier ! Un garçon sans cervelle ! Qu'est-ce qu'il connaît à la marche du monde ? Ce sont les gens comme toi et moi, Gopal Bhai, qui comprennent comment ça fonctionne. Nos cheveux gris sont un signe de sagesse. »

Rien ne remplace une véritable amitié, s'émerveille Gopal.

« Tu es mon frère, continue Ibrahim. Ma famille. J'ai toujours su que Suleman était un voleur. Une boutique, juste un petit kholi dans Ballimaran, c'est tout ce que j'attendais de lui. Un kholi à moi où je pourrais vendre des chaussures. Etait-ce trop demander après tant d'années de loyaux services ?

— Non, Ibrahim Mian, ce n'était pas trop.

— Vas-y, dis-le ! Déclare à tous ces gens que tu me construiras un kholi dans Ballimaran.

— Maintenant ?

— Oui maintenant ! Nous sommes frères, toi et moi. Frères du Bihar !

— Mais ton arrière-grand-père était fondeur d'argent dans Ballimaran.

— Quel fondeur d'argent ? Mon arrière-grand-père n'a jamais quitté son village du Bihar. Mon grand-père et mon père non plus. Je suis arrivé à Ballimaran il y a vingt-cinq ans. Je suis un Bihari comme toi. »

Gopal n'est pas tout à fait convaincu. « D'accord. Je discuterai de ton kholi avec Ramvilas Babu.

— A quoi bon discuter avec qui que ce soit ? Déclare-le tout de suite !

— Je ne peux pas. Il y a trop de monde ici. La madame ne me lâche pas des yeux !

— Bah ! Des madames, il y en aura plein. Viens avec moi.

— Où ça ? Tous ces gens m'empêchent de passer.

— Tu es un MP maintenant, Gopal Bhai. Tu peux aller où tu veux ! »

Ibrahim supervise la descente de Gopal de son perchoir humain, l'attrape par la main et le tire à travers le mur de prostituées et de rickshawalas, qu'il invective au passage, les dispersant comme un char de guerre disperserait l'infanterie.

« Place au Sahib MP ! braille-t-il. Tire-toi putain ! Pour qui ça se prend, ce rickshawala ? Vous voulez que j'appelle la police ?

— Tu m'emmènes à Kucha Bansilal ! » dit Gopal, paniqué. Je ne peux pas retourner là-bas et affronter Ramesh Babu, pense-t-il. Peut-être que la police m'y attend ? Où je me procurerais les boutons de kurta – en plaqué or – qu'il prétend que j'ai volés ? « S'il te plaît, pas à Kucha Bansilal !

— Mais qu'est-ce qui te fait peur ? Tu ne vois pas comme les gens s'écartent devant toi ? »

Il fend la foule, important compagnon d'un personnage important, majestueux et impressionnant, malgré sa frêle stature et son kurta déchiré.

C'est là qu'était le temple de Hanuman, se rappelle Gopal, avant que le figuier l'écrase. Et c'est là que Sohan Lalji accrochait son enseigne électrique. Et voilà le kucha, pas très différent, peut-être un peu plus large, mais si plein de monde qu'on a du mal à avancer. Pourquoi Ibrahim veut-il tant retourner dans le kucha ? Quel serait l'intérêt d'une bagarre avec Ramesh Babu ? Aujourd'hui, c'est un jour de fête, de pardon et de célébration. Pourquoi exhumer de vieilles histoires ? Et ces boutons de kurta, il ne se souvient pas de les avoir volés, il les a peut-être simplement égarés, avec l'âge il oublie de plus en plus les choses.

« Nous y voici ! » dit Ibrahim, chassant la foule qui s'est rassemblée autour d'eux.

Muet de stupeur, Gopal regarde son vieux stand, de nouveau installé sous la boîte de dérivation, exactement semblable à ce qu'il était il y a quinze ans, avant qu'il l'ait agrandi avec des bancs et des tabourets. Sur le mur peint en vert derrière la boîte, on voit une fille en robe, une femme en sari et un homme en chemise et pantalon, la boîte elle-même est d'un vert perroquet. Ils ont cimenté le caniveau et posé des planches dessus. Et sur les planches trône un coffre en bois – son stand de thé –, quatre pieds de haut, sept pieds de large. A l'intérieur, des tasses, des assiettes, des pots de fer remplis de sucre, de thé et de cardamome, son vieux réchaud à pétrole et un seau de lait. Ibrahim ouvre la boîte de dérivation, sous des manchons rassemblant proprement les fils et les interrupteurs est posé son verre musulman. « Même le Premier ministre ne peut te chasser d'ici, maintenant », déclare-t-il.

La foule l'acclame. De l'autre côté de la ruelle, sous la nouvelle enseigne en bois, se tient Ramesh Babu, qui fixe sur Gopal un regard bienveillant. A ses côtés, perché sur un tabouret, les jambes croisées, il y a Seth Sohan Lal lui-même.

« J'ai fait rapporter tes pots et tes casseroles de chez Sardar Kartar Singh », explique triomphalement Ibrahim.

Gopal ne quitte pas des yeux Sohan Lal, dont le vieux visage exprime la gentillesse. Lui a-t-il pardonné ? N'est-il plus question des boutons plaqués or ?

« Pourquoi tu regardes sethji de cette façon ? le réprimande Ibrahim. Il est de ta circonscription. Va lui parler. »

Gopal s'approche des mannequins blancs dans la vitrine de Sushma Chic, joint les mains devant Sohan Lal, qui tente de descendre du tabouret et y renonce. « Vous me pardonnerez Gopal Babu si je reste assis ! Ces genoux... »

Gopal n'en croit pas ses oreilles. Le seth l'a appelé Gopal Babu !

« Demandez-lui, sethji », le taquine Ibrahim, exhibant ses gencives noires édentées.

« Chai ! » commande Sohan Lal, d'un ton théâtral.

Gopal retraverse, s'accroupit dans son coffre sous la boîte de dérivation. Un rire complice secoue la foule.

« Tu es un homme humble, Gopal Bhai ! » s'écrie Ibrahim.

La foule exprime son assentiment.

« Pourquoi te mettre à faire du thé ? Tu vas siéger au Parlement, et le Premier ministre viendra solliciter ton vote.

— Personne ne démolira votre stand, affirme Sohan Lal. Nous risquerons notre vie pour le défendre. Il appartient au patrimoine national. Il faudra venir le voir souvent, Gopal Babu. Je le ferai balayer chaque matin. Nous sommes voisins depuis toujours, nous nous sommes salués tous les matins. Désormais je peux soumettre mes problèmes directement à mon député, rien qu'en criant à travers la ruelle ! »

La foule rit.

« Ce n'est pas simplement votre victoire, dit encore Sohan Lal. C'est la victoire de Kucha Bansilal !

— Gopal Das *zindabad !* » conclut Ibrahim, imité par la foule.

Sohan Lalji est un homme bon, s'attendrit Gopal. C'est son

fils qui a inventé cette histoire de boutons, d'ailleurs il traite son père aussi mal qu'il me traitait. Tant de bienveillance gaspillée par un méchant fils. Les hommes de notre génération ont du caractère. Ils ne se laissent pas emporter par l'orgueil et la richesse. Avec quelle humilité il me parle, perché sur son tabouret, bien qu'il soit un seth important qui gagne des millions par mois! Il y a même une chance qu'il me donne le kurta de soie – celui que Ramesh Babu m'a enlevé en quatre-vingt-seize. Maintenant, je dois me taire, parce qu'ils crient tous des slogans, Ibrahim Mian plus fort que les autres... Mais qui est cet homme, avec un calepin à la main, une sacoche à l'épaule et qui me regarde? Il ne crie pas de slogans. Et il n'arrête pas de me poser la même question : « Qui soutenez-vous, Mr Gopal Das? »

C'est un petit homme, très insistant. Des hommes et des femmes l'entourent, équipés de micros, de calepins et de magnétophones. Gopal soupire. Qu'est-ce qu'ils lui veulent tous ces journalistes? Est-ce qu'il n'a pas gagné? Faut-il encore qu'il donne son opinion sur Babri Masjid, la commission Mandal et la légalisation de la prostitution? Un élu au Parlement devrait pouvoir se reposer et ne penser à rien. De quoi pourrait-il parler maintenant? Ramvilas Babu ne lui a pas préparé de discours. Où est Ramvilas Babu?

« Gopalji travaillera pour les communautés minoritaires! » s'égosille Ibrahim, alors même que la foule s'est tue, impressionnée par les journalistes, dont les questions tombent en rafales. Qui soutiendrez-vous, Mr Gopal Das? Etes-vous conscient que nous avons un Parlement sans majorité? En cas de gouvernement de coalition, où vous situerez-vous? Le Congrès vous a-t-il sollicité? Le PPI vous a-t-il sollicité?

Ibrahim referme le couvercle du stand, lui redonnant son apparence de coffre. Puis il demande à des hommes autour de lui de l'aider à le pousser à l'écart de la boîte de dérivation, et aide Gopal à grimper dessus afin qu'il harangue la foule.

« Frères et sœurs, commence Gopal, que vous soyez hindous ou musulmans, vous êtes pauvres. L'ami des pauvres n'est pas un dirigeant laïc ou un dirigeant fondamentaliste, c'est aussi un pauvre... Si vous ne votez pas pour moi, frères et sœurs, votez pour un autre pauvre!

— Parle des communautés minoritaires ! » souffle Ibrahim.

Gopal ne sait plus, cherche dans sa tête des discours anciens. « Mes sœurs, Gopal Das se tient devant vous aujourd'hui...

— Les minorités ! » hurle Ibrahim.

Affolé, Gopal perd contenance et termine mécaniquement : « Voter pour Gopal Das c'est voter pour le peuple ! »

Silence, puis éclats de rire tonitruants. Gopal voudrait disparaître dans son coffre, comme jadis Sardar Kartar Singh. « Je soutiendrai les rickshawalas ! hurle-t-il. Je soutiendrai les dames de GB Road... »

Il sent une main lui presser le genou. C'est Ramvilas Babu, debout à côté du coffre.

« Laissez parler Gopal Bhai, dit Ibrahim.

— Qui êtes-vous ? le toise Ramvilas. Ecartez-vous du sahib député ! »

D'une bourrade, Ramvilas expédie Ibrahim au milieu du public – qui l'accueille avec force moqueries – et s'adresse aux journalistes. « Gopal Das fera demain une déclaration à la presse. Pour le moment, il doit fêter sa victoire. »

Un scribouillard revient à la charge. « Mr Gopal Das, savez-vous qu'aucun parti n'a la majorité ?

— Gopal Das est au courant, dit Ramvilas.

— Avez-vous offert votre soutien au Congrès ou au PPI ?

— Vous êtes un candidat laïc, intervient un autre journaliste. Vous ne pouvez quand même pas soutenir le PPI ?

— Gopal Dasji est indépendant, répond Ramvilas. Il étudiera avec la même attention les propositions de chaque parti, mais ce sont les habitants de Chandni Chowk qui comptent pour lui avant tout.

— Votre victoire vous semble-t-elle légitime, étant donné que vous ne l'avez emporté que par trois cents voix ?

— Gopal Dasji est certain qu'un nouveau décompte augmentera cette marge.

— Mr Gopal Das ! Savez-vous que Charulata a refusé de promettre ses cinq voix au PPI ?

— Gopal Dasji est au courant.

— Mr Gopal Das ! Le PPI prétend pouvoir bénéficier du soutien de deux cents soixante-douze députés. En faites-vous partie ?

— Gopal Dasji prendra la décision la meilleure pour le bien-être de la population de Chandni Chowk.

— Vous associerez-vous avec le parti Dalit Samaj de Charulata avant de négocier avec le PPI ? »

Question à ne pas prendre à la légère. Ramvilas réfléchit longuement. « Gopal Dasji accueille tous les partis qui partagent ses opinions. Une bonne proportion des voix dalites s'est reportée sur lui à Chandni Chowk. Il représente les dalits autant que Charulata... » Ramvilas continue de parler, surveillant du coin de l'œil Gopal debout sur son coffre, et les reporters engrangeant ses réponses comme des écureuils affairés.

Je suis en sécurité maintenant, songe Gopal. Je n'aurais pas dû suivre Ibrahim Mian au milieu de tant de gens. Je suis en sécurité, tant que Ramvilasji reste avec moi.

20

« Maintenant vous ressemblez à un vrai leader », dit Ramvilas.

Planté devant un miroir accroché à l'étagère au Bournvita, Gopal sourit avec fierté à son image. Il paraît tellement plus vigoureux dans un kurta en soie, avec des boutons de diamant qui plus est. Et des manches froncées grâce au fer d'un blanchisseur zélé. Quand Gopal en remonte une, il regarde avec ravissement la montre au bracelet d'acier rutilant. Une chaîne d'or lui entoure le cou et se perd scandaleusement dans les plis de sa poitrine. Quel luxe de porter une chaîne d'or et de n'en montrer au monde qu'une partie ! Sans compter, derrière les oreilles, ses touffes grises lissées à l'huile, la moustache luxuriante et peignée, la peau assouplie par la crème, le doti de soie plissé et les mules de kolhapuri au doux rembourrage... Ah, ce travail de député, c'est vraiment bien. Il commence déjà à lui procurer du bonheur, et ça va durer cinq ans !

« Où est votre châle ? demande Ramvilas.

Gopal le lui montre, posé sur le comptoir. « Je vais le mettre quand j'aurai rangé ces grille-pain. »

Ramvilas rit. « Vous n'avez pas besoin de faire ça. C'est le boulot de Kartar Singh. C'est sa boutique, pas la vôtre. »

Il lui drape le châle autour des épaules.

« Mais ça va cacher le kurta ! proteste Gopal.

— Il fait froid dehors. Vous ne pouvez pas frissonner devant le Premier ministre. »

Nonobstant, Gopal frissonne. « Il faut vraiment que je le voie ?

— Evidemment ! Il va vous demander de le soutenir.

— On peut le lui dire par téléphone.

— Il n'en est pas question ! Vous le rencontrerez chez lui. Vous rendez-vous compte de l'honneur que ça représente d'être reçu chez le Premier ministre, Race Course Road !

— Mais de toute façon je le verrai au Parlement.

— Il vous a convoqué, Gopal Bhai ! Quand le Premier ministre vous fait venir chez lui, vous y allez. »

Le châle est maintenant étroitement serré, permettant néanmoins aux bras de bouger.

« Vous ne savez pas si ça se reproduira », conclut Ramvilas calmement.

De nouveau Gopal se regarde dans la glace. Le châle gris lui confère de la dignité. S'il était plus grand, moins gros, sans lunettes et avec suffisamment de cheveux pour lui couvrir le haut du crâne, il ressemblerait presque à...

« Vous croyez que je ressemble à Rajiv Ghandi ? » demande-t-il d'un ton rêveur.

Amusé, Ramvilas hoche la tête.

« Bon, je suis prêt ! Allons-y.

— Asseyez-vous et écoutez-moi attentivement. Vous allez rencontrer de nombreux bara sahibs. Savez-vous ce qu'est un bara sahib ?

— Le Premier ministre ?

— Lui, d'autres ministres, et tous les sahibs qui l'entourent. Quiconque partage la même pièce que le Premier ministre est un bara sahib. N'enlevez pas votre châle en leur présence, ou ils penseront que vous gigotez trop des mains. C'est pas grave qu'ils ne voient pas vos manches froncées. Quand vous entrerez dans la pièce ne vous asseyez pas avant qu'ils vous le proposent. Quand ils le font, asseyez-vous doucement, et ne vous mettez pas à parler sur-le-champ. Taisez-vous, laissez-les parler. Hochez la tête de temps en temps, mais jamais avec empressement. Ne dites jamais oui ou non à quoi que ce soit. S'ils vous posent directement une question, baissez les yeux, gardez le silence quelques secondes puis dites que vous allez y réfléchir.

— On y va maintenant?

— Le rendez-vous est à dix heures. Nous devons être en retard.

— Mais s'ils me posent tout le temps des questions, ils vont vouloir des réponses, non?

— Quand vous serez obligé de parler, tournez-vous vers moi. Je serai à votre gauche.

— Faut-il faire namaste au Premier ministre?

— Faites namaste à tout le monde à l'intérieur, à personne à l'extérieur. Mais sans exagérer. Joignez les mains, levez-les légèrement et hochez la tête. Pas la peine de prononcer le mot "namaste" lui-même. Si quelqu'un veut vous serrer la main, faites namaste. Il se peut qu'il y ait des dames dans la pièce – la fille adoptive du Premier ministre, une députée femme ou un autre membre de la famille. Pas de commentaire sur sa mine ou sur ses vêtements, et ne lui demandez pas combien elle a d'enfants. En revanche, vous pouvez commenter la poésie du Premier ministre.

— Voulez-vous me réciter des poèmes de lui avant de partir?

— Pourquoi? Vous les lisez depuis des années. Ils vous ont souvent ému aux larmes.

— Très bien. (Gopal sourit à l'idée qui lui vient.) Je lui dirai que son kurta a belle allure à la télévision.

— Attention, mesurez vos paroles. Ne parlez pas de votre stand, des fils électriques dans la boîte de dérivation, du caniveau en dessous, de rien qui se rapporte à la vente du thé. Ne parlez pas de Dudhiya Gali ou de Kucha Bansilal. Ne mentionnez ni Mukesh, ni Gauhar, ni la commission Mandal, ni Babri Masjid. Ne parlez pas de votre femme, quelle qu'elle ait été. Ne demandez pas au Premier ministre combien de pièces il y a dans sa maison, ou combien ça lui a coûté de la faire construire.

— Mais je vais prendre le thé avec lui, proteste Gopal. Il ne voudra pas que je sache dans quelle riche maison il vit?

— Le Premier ministre est un bara sahib. Il ne discute pas de tels sujets avec vous. Ne lui demandez pas quel est son salaire, ni quel serait le vôtre si vous étiez ministre. Ne lui demandez pas de lettre de recommandation comme vous l'avez fait avec Sohan Lalji.

— Est-ce que je deviendrai ministre, Ramvilas Babu? »

Ramvilas secoue la tête avec impatience. « Non, non, ne parlez pas de ça! Je vous l'ai déjà dit : baissez les yeux, gardez le silence et dites-leur que vous allez réfléchir. Au besoin, tournez-vous vers moi.

— Mais, babu...

— Oui?

— Cette fois-ci, je voudrais garder le kurta de soie. »

Ramvilas observe longuement le membre du Parlement de la circonscription de Chandni Chowk. « Oui, vous pourrez le garder. »

Gopal sourit intérieurement, tranquillisé. Soudain, l'impatience le prend. « Qu'est-ce qu'on attend?

— Il vous faut des lunettes neuves. »

Etonné, Gopal le regarde à travers ses verres rayés. « Mais celles-là sont presque neuves! »

D'une pichenette, Ramvilas les envoie valser. « Je ne vois plus rien! geint Gopal.

— Vous ne voyez rien de toute façon. Ça fait des années que vous ne voyez pas, Gopal Bhai.

— Rendez-moi mes verres!

— Acceptez-vous d'en changer?

— D'accord. J'irai chez le docteur. Mais ça prendra deux heures. Et qui paiera la note? »

Ramvilas lui tape gaiement sur le dos, manquant le faire tomber de son tabouret, et lui passe le bras autour des épaules. « Maintenant que vous êtes un MP, vous n'allez pas chez le docteur. Le docteur vient chez vous! »

Comme sur un signal, une forme sombre enveloppée dans une chemise blanche surgit de l'autre côté du comptoir. Les mains de Gopal arrachent les lunettes à celles de Ramvilas, et les reposent sur son nez. La forme se précise un peu. Visage maigre, front haut, verres épais, moustache affligée.

« Passez derrière, dans l'autre pièce, avec le Dr Banerjee, dit Ramvilas. Il examinera vos yeux. »

L'étagère repoussée, le Dr Banerjee pénètre dans la pièce, trimbalant la boîte en bois qui contient ses instruments, souriant à Gopal de toutes ses grandes dents. « Mes yeux vont bien », proteste Gopal.

Le sourire du Dr Banerjee s'agrandit encore, ses dents semblent illuminer la pièce. Il dépose sa boîte sur le matelas, s'esquive par l'ouverture, revient avec un tabouret, le place contre un mur, assoit Gopal dessus. Puis à grandes enjambées il mesure la longueur de la pièce tout en secouant la tête. Trop courte. Il lui faut au moins vingt pieds de recul. Il s'immobilise, plongé dans ses pensées, soudain l'inspiration jaillit. Il retourne dans la boutique, décroche le miroir de l'étagère, le rapporte triomphalement, pile sec en se rendant compte qu'il n'y a pas de crochet où le pendre. Pas décontenancé pour autant, il sort de sa boîte un marteau et des clous. A sa première tentative, un morceau de mur rectangulaire s'effrite et tombe sur le linoléum, découvrant un casier en bois niché dans une alcôve, elle-même dissimulée derrière une feuille de carton peinte qui se confond avec le mur. Des liasses de billets s'empilent sur toute la hauteur du casier.

Le Dr Banerjee contemple l'argent du regard précis du médecin, jusqu'à ce qu'il prenne conscience de la présence de Ramvilas sur le seuil.

« Vous pouvez pendre le miroir ici », dit Ramvilas.

Il se dirige vers l'alcôve, enfonce deux clous au-dessus, accroche le miroir, qui cache l'argent, le tout sans mot dire, comme si l'alcôve n'avait rien recélé d'autre que des grille-pain. D'une main tremblante, le Dr Banerjee enfonce un autre clou juste au-dessus de la tête de Gopal, auquel il accroche un tableau de lecture plastifié, qu'il extrait de sa boîte en bois. Assis sur son tabouret, Gopal peut regarder directement dans le miroir – à dix pieds de distance – et voir s'y refléter les lettres du tableau, éloigné de deux fois la longueur de la pièce.

Maintenant, le Dr Banerjee prend une baguette, la tient à la façon d'un chef d'orchestre, s'adresse à Gopal de son ton le plus professionnel : « Lisez les lettres, Gopal Babu ! »

Revenu dans la boutique, Ramvilas pose les mains à plat sur le comptoir et observe les deux individus qui lui font face. Ils se penchent sur le comptoir comme des clients impatients, les mains croisées, coudes à l'extérieur. La trentaine, petits, trapus et le teint foncé, vêtus d'un kurta-pyjama blanc, ils mâchonnent continûment les restes de leur dernier paan. Leur langue est tachée du rouge du jus de bétel, la mâchoire façonnée par la présence permanente d'un résidu de feuilles à l'intérieur de la lèvre inférieure. Ils ont acquis une curieuse façon de parler tout en mâchonnant et sans crachoter la précieuse mixture. Ils déforment les consonnes et escamotent les voyelles. Ils viennent de la part de Charulata négocier avec Ramvilas.

« Je ne peux pas vous proposer de vous asseoir, dit Ramvilas. Nous n'avons qu'un tabouret, et il est dans le... »

Les intrus émettent une sorte de grognement, signifiant qu'ils n'y voient pas de malice, mais aussi qu'ils ne sont pas là pour plaisanter.

« Charulata Behanji a entendu parler de votre poulain, dit celui de gauche.

— Gopal Babu a beaucoup de respect pour Charulata Behanji, répond Ramvilas.

— Charulata Behanji nous a dit : "Renseignez-vous davantage sur cet homme" !

— Gopal Babu aimerait lui aussi faire la connaissance de Charulata Behanji.

— Charulata Behanji a rencontré le Sahib Premier ministre – le nouveau.

— Il n'est pas encore Premier ministre.

— Il sera nommé demain, dit l'homme de gauche.

— S'il peut se prévaloir d'une majorité, corrige Ramvilas.

— Il ne lui manque qu'une voix », remarque l'homme de droite.

Ramvilas sourit. Voilà une heureuse coïncidence, de bon augure pour Charulata – avec ses quatre députés – et pour Gopal. Pourtant les délégués de Charulata ne sourient pas.

« Sur les cinq cent quarante-quatre sièges de l'Assemblée, cinq cent quarante ont trouvé preneur, reprend le type de droite. Le

Sahib PM – le nouveau – a besoin de deux cent soixante et onze voix.

— Oui, oui, je sais ! s'impatiente Ramvilas. Si Charulata Behanji le soutient, il en aura deux cent soixante-quinze. »

Silence des interlocuteurs. Ramvilas les observe soigneusement. Il cherche à savoir si Charulata a déjà promis ses voix au PM. Si c'est le cas, le vote de Gopal n'a pas de valeur. Sinon, la voix de Gopal peut rendre inutiles les cinq voix de Charulata, donc plus besoin d'elle pour l'équilibre du pouvoir... Alors pourquoi avoir dépêché ces hommes ?

Celui de gauche pourchasse de sa langue les particules de paan logées dans les replis de sa bouche. « Charulata Behanji, dit-il en fixant Ramvilas droit dans les yeux, a entrepris des discussions avec de nombreux petits partis pour former une alliance. A nous tous, nous pouvons négocier avec le Premier ministre. »

Bon, réfléchit Ramvilas. Soit elle veut négocier au nom de Gopal, soit elle veut négocier pour elle-même, avec Gopal comme allié.

« Le Parti socialiste laïc est avec nous, insiste le type de gauche. Ainsi que le Parti socialiste national, l'Alliance démocratique laïque et le Front socialiste.

— Sans oublier le Front progressiste uni », ajoute son copain.

Soupir de Ramvilas, qui se perd dans ces partis à représentant unique.

« Charulata Behanji envisage de former un front uni avec tous ces partis. Dix députés en tout.

— Front Uni des Dalits, Socialistes et Laïques ! FUDSL, résume son complice.

— Charulata Behanji acceptera que votre poulain se joigne à l'union. Ce qui nous donnera onze députés. »

Ramvilas sursaute. Il ne s'attendait pas à ça. Ils sont venus discuter d'un accord, et en guise de proposition, ils lui imposent de se joindre à un nouveau front ! Elle lui a expédié ses émissaires les plus retors. Sortis des chaudrons de l'Uttar Pradesh, des fonderies, des fermes ou des ateliers de filigrane, et qui se pavanent dans Delhi avec l'arrogance de tombeurs d'homme. Mais il ne se laissera pas intimider par ces ploucs.

« Gopal Das est un indépendant, dit-il nonchalamment.

— C'est quoi un indépendant?

— Il ne peut pas rejoindre le FUDSL. Son électorat ne l'accepterait pas.

— Personne ne peut gagner à Chandni Chowk sans le soutien des dalits. »

Ramvilas commence à se sentir vraiment mal à l'aise. Il faudrait mettre fin à cet entretien. « Est-ce que Charulata Behanji soutiendra le nouveau PM? demande-t-il encore une fois.

— Elle fera ce qui est bon pour les dalits. »

Ouf, Ramvilas comprend maintenant ce dont il s'agit. Charulata veut négocier avec le PM – dès sa nomination – mais ne peut le faire si Gopal Das le soutient, lui procurant ainsi la majorité minimale, ce qui laisserait Charulata et ses quatre voix sur le trottoir. Il lui faut donc s'assurer au moins de la neutralité de Gopal. Dans ces conditions, Ramvilas va aller droit au but. « Gopal Das veut un ministère. »

Les deux types gloussent. Ai-je fait un pas de clerc? se demande Ramvilas. Mais non, c'est leur façon de l'intimider.

« Gopal Babu veut les Chemins de fer », ajoute-t-il aussitôt.

Les deux autres éclatent de rire. « Même Charulata Behanji n'obtiendrait pas les Chemins de fer! Pourquoi dites-vous des bêtises? »

Ramvilas encaisse, mais se reprend. Il pointe du doigt l'Ambassador qui vient de s'arrêter devant la boutique. « Voyez-vous cette voiture? Gopal Babu se rend chez le Sahib Premier ministre pour l'informer de son soutien. Vous pouvez aller dire à Charulata Behanji que le PM a déjà deux cent soixante et onze voix! »

Un voile obscurcit le regard des deux hommes. « Votre poulain a gagné par trois cent vingt-neuf voix. Ça pourrait changer si on recomptait.

— Ça pourrait augmenter!

— Pas si l'une des urnes s'égarait au cours de l'opération. Ou si le président du bureau de vote recevait un certain coup de fil. »

Pour la première fois de sa vie, Ramvilas connaît la peur. « A quoi jouez-vous? reprend celui qui vient de le menacer. Qu'est-ce que vous reprochez à Behanji? Elle a travaillé toute sa vie pour les dalits, et elle demande à votre candidat de la soutenir dans sa mission. Réfléchissez ! Onze députés peuvent mieux marchander que dix. Qu'est-ce qu'un indépendant pourrait obtenir du PM ? En revanche, quand le PM aura accepté le soutien du FUDSL, tous les espoirs seront permis à votre poulain. Il pourrait devenir président d'un conseil d'administration, président de la Fédération de hockey...

— Président de la Fédération de cricket, c'est mon ultime proposition.

— Une ultime proposition, ça n'existe pas, babu. La Fédération de cricket, c'est un peu difficile... Pourquoi pas le hockey ?

— Dans ces conditions, Gopal Babu se rend chez le Premier ministre ! »

Les types se comprennent en silence. « Nous ne vous en empêcherons pas. Allez-y.

— Namaste ! les salue Ramvilas.

— Namaste. »

Le type de gauche joint les mains plus longtemps que nécessaire. « Pensez à Behanji, dit-il. Nous reviendrons demain. »

Ramvilas frémit. Il regarde s'éloigner leurs dos, priant pour qu'ils ne se retournent pas. Un bruit le fait sursauter. Il plonge sous le comptoir, s'attendant à une grêle de balles, mais ce n'est que le Dr Banerjee, qui a poussé l'étagère et se tient sur le seuil. « Ramvilas Babu, je crains que Mr Gopal Das ne soit aveugle. »

Ramvilas ronge son frein. Comme s'il n'avait pas déjà assez de soucis. D'ailleurs pourquoi un homme aurait-il besoin de ses deux yeux pour tenir son rôle de député ? Et comment peut-il être aveugle, alors qu'il tient un stand de thé, roule à bicyclette et déambule dans les rues ?

« Il voit ! déclare-t-il. Ses yeux sont faibles, mais il voit. Cette pièce est trop sombre. »

Dr Banerjee secoue la tête. Ramvilas Babu lui a demandé un diagnostic rapide, alors il a commencé à la rangée de la taille vingt sur quarante du tableau de Snellen – D H J B S. Le patient a été incapable de lire une seule lettre. Troublé, il a augmenté : vingt sur cinquante, puis vingt sur soixante-dix, puis – stupéfié – vingt sur cent. L T. Rien à faire. Les mains tremblantes, le Dr Banerjee a posé la baguette sur le E géant du sommet, et a retenu son souffle pendant dix bonnes secondes. Gopal Das a fixé le miroir, contemplant le E agressif avec une calme neutralité, et n'a rien dit. Le

Dr Banerjee a pensé assister à un miracle, un nouveau phénomène ophtalmologique, jusqu'à ce que se présente une explication plus prosaïque. Il montrait au pauvre homme des lettres anglaises ! Honteux, il s'est empressé d'installer un tableau de Snellen en hindi, sans plus de succès. C'est alors qu'il a décidé d'informer Ramvilas de ses conclusions.

« Il vient de gagner aux élections législatives ! tonne Ramvilas. Il tient un stand de thé. Et vous me dites qu'il est aveugle ?

— Combien prend-il pour une tasse de thé ? demande Banerjee.

— Deux roupies. Quel rapport ? »

Banerjee retourne en courant dans la pièce, où Gopal est resté assis sur son tabouret, et lève deux doigts. Il est à cinq pieds de distance du patient. Soudain ragaillardi, Gopal claironne le bon chiffre. Banerjee rajoute des doigts et le patient répond positivement à chaque stimulus. Le docteur revient auprès de Ramvilas, son diagnostic affiné. « Il n'est pas aveugle. Il est illettré. Il ne sait lire ni un mot d'anglais ni un mot d'hindi. »

Ramvilas le repousse, horrifié. « Attention à ce que vous dites, docteur !

— Il sait compter au moins jusqu'à dix, mais il est illettré.

— Je vous ai fait venir pour que vous lui donniez des lunettes, dit froidement Ramvilas. Gopal Das n'a pas besoin de commentaires sur son éducation.

— Je dispose d'un autre tableau pour ceux qui ne savent ni lire ni écrire...

— La barbe avec vos tableaux ! Donnez-lui quelque chose, une monture, des verres, n'importe quoi qui lui permette de distinguer un homme d'un arbre, une porte d'une fenêtre, une voiture d'un bus... Qui lui rende le monde moins flou.

— D'accord, consent le docteur à contrecœur.

— Mais il faut que ce soit meilleur que ce qu'il a déjà.

— Je pensais devoir vous informer de son analphabétisme.

— Vous ne m'avez informé de rien du tout, assène Ramvilas. Ce n'est pas une affaire mineure, docteur sahib ! C'est une affaire de sécurité nationale ! Un sujet extrêmement sensible ! N'en parlez jamais. Vous m'entendez ? N'en parlez jamais à l'extérieur de ce magasin ! »

Le docteur acquiesce en silence, et retourne auprès du patient.

« Nous devons partir bientôt, ajoute Ramvilas. La voiture attend. » Affalé sur le comptoir, il n'en revient toujours pas. Comment se fait-il qu'il n'ait rien remarqué ? Eh bien, il travaillera avec ce qu'il a. Le potier doit tirer une forme de son argile, si friable soit-elle. Du moins, il a limité les dégâts. Le docteur est un homme faible, facile à intimider.

D'une main tremblante, le Dr Banerjee pose une monture sur le nez de Gopal. Dans cette monture, il insère des verres d'essai, agite la main devant les yeux de Gopal, lui demande s'il la voit distinctement bouger. Estimation faite – approximativement, mais le temps lui est compté –, il sort de sa corne d'abondance en bois trois paires de lunettes préfabriquées. « Laquelle voulez-vous ? » demande-t-il à Gopal.

« Celle-ci », dit Ramvilas, entrant dans la pièce et saisissant la paire la plus proche. Il la pose sur le nez de Gopal.

« *Ganga Maiya !* » suffoque Gopal. Qui est ce bonhomme noir et ratatiné qui se penche sur moi ? Toutes ces rides, ces yeux injectés de sang... Et les murs lépreux, pleins d'araignées, de lézards ? Comment tous ces détails peuvent-ils surgir en un instant du brouillard qui m'entoure ?

« J'enverrai quelqu'un à votre dispensaire payer vos honoraires, dit Ramvilas au docteur. Maintenant ramassez vos tableaux, et partez. Venez avec moi, Gopal Babu ! »

Il prend Gopal par le bras et le tire derrière lui. Comme il se retourne, Gopal voit un visage qui le fait sursauter. Quelque chose a changé dans l'apparence de Ramvilas Babu. C'est quoi ces rides dures sur ses joues ? Et cette lueur dans ses yeux, cet air suffisant ? Pourquoi les cheveux sont-ils si cruellement plaqués sur le crâne ? Soudain Ramvilas Babu a l'air beaucoup moins aimable – quelqu'un à qui on ne peut pas faire confiance. « Arrêtez de me regarder comme si j'étais le méchant dans un film, dit Ramvilas. Nous devons partir. »

Il le pousse vers le magasin, où l'accueillent de nombreux cameramen et journalistes qui se ruent immédiatement sur lui. Tant de gens, qu'il voit si distinctement !

« Gopal Babu s'adressera à la presse après sa rencontre avec le

Premier ministre », déclare Ramvilas. Puis il l'entraîne vers l'Ambassador, qui attend gyrophare allumé. Un chauffeur tient la porte ouverte, mais un tas de gens leur barrent le chemin.

« Gopal Das *zindabad!* crie quelqu'un.

— Ne te laisse pas avoir, Gopal Das! Fonce, Gopal Das, nous sommes avec toi! Défends Chandni Chowk!

— Chandni Chowk *kaa rakhvala!* Chandni Chowk *kaa chaivala!* »

Gopal fend lentement la foule, tiré par Ramvilas, dans un émerveillement continuel. Chaque être humain lui apparaît distinctement. Voici le chauffeur de la voiture : le laissera-t-il monter en compagnie de Ramvilas Babu, ou devra-t-il les suivre en bus? Avant même d'avoir pu dire un mot, il se retrouve poussé à l'arrière. Des sièges si doux! Recouverts d'un tissu blanc qui contraste avec les panneaux de bois sombre sur les parois. Ramvilas Babu se glisse à ses côtés, le chauffeur referme la portière, étouffant le bruit de la foule. Soulagement. Pourquoi ces gens braillent-ils si fort? Ils finissent par s'écarter et laisser la voiture déboucher dans Chandni Chowk, où elle prend la direction du Fort Rouge.

Le bonheur continue! Ils passent devant Gurudwara Sisganj, le temple jain, le dispensaire des oiseaux. Scooters, rickshaws, vélos, hommes en turban, femmes en sari, chaque chose, chacun retrouve son individualité. A présent, la voiture accélère et se dirige vers Daryaganj. Le Fort Rouge se dresse à la gauche de Gopal, qui remarque pour la première fois la mousse sur les murs. A travers le pare-brise, il voit les policiers de la jeep qui les précède, et l'expression d'ennui sur leur visage quand ils se retournent. On le conduit au poste de police! Ramvilas est figé, l'air absent. Une autre jeep les suit, tout près.

« Pourquoi ils viennent avec nous? chuchote-t-il.

— Pour vous protéger, Gopal Bhai », glousse Ramvilas.

La réponse ne le satisfait pas, mais il décide de ne pas argumenter. Il doit se concentrer sur la tâche qui l'attend, préparer ses répliques aux questions qu'ils lui poseront. Justement quelque chose le taraude depuis longtemps. « C'est quoi le courant national? » demande-t-il.

Ramvilas pince les lèvres et ne dit rien. Espérons, soupire Gopal, que le sujet n'intéressera pas le Premier ministre. Mais où sommes-nous ? La voiture longe un grand bâtiment surmonté d'une coupole, qui s'étend à l'infini au milieu d'un jardin.

« Ça, c'est New Delhi, dit Gopal.

— C'est la Cour suprême, rétorque Ramvilas.

— J'ai emmené Mukesh à New Delhi, et je ne me rappelle pas ce bâtiment.

— Vous étiez en bus, Gopal Bhai. Les choses sont différentes quand on les voit par les vitres d'une voiture.

— C'est là que vit le Premier ministre ?

— Qu'est-ce que vous imaginiez ? Qu'il vivait dans un clapier de Chandni Chowk ?

— Je vois tout ! ne cesse de s'exclamer Gopal. Chaque brin d'herbe, chaque feuille d'arbre. Je vois des fleurs, des jardins entiers !

— Nous sommes en mars, Gopal Bhai. Même le printemps connaît l'importance de New Delhi dans l'empire ! »

La voiture vole sur de larges avenues asphaltées, bordées de toutes sortes d'arbres, jarul, manguier, margousier, jamun, qui ploieront sous les fruits pendant la mousson, gulmohars paisibles qui, dans deux mois, seront un embrasement de rouge et de jaune. De part et d'autre des murs de brique rouge enserrent de vastes propriétés, où, lorsque le feuillage des gulmohars le permet, Gopal discerne des bungalows avec vérandas à colonnades, très en retrait de la route. A chaque croisement, la voiture est obligée de tourner autour d'un grand cercle flamboyant de couleurs – bauhinias blancs, pourpres et mauves, fromagers d'un jaune explosif, plantes grimpantes aux feuilles vert pâle, rouge feu et rouge corail, jacarandas. La voiture glisse d'un cercle à l'autre, escortée de coucous, moineaux et loriots dorés.

Ils tournent autour de la porte de l'Inde, illuminée par le soleil. Gopal l'a déjà vue, quand son père l'avait emmené sur les pelouses du Boat Club il y a si longtemps, et pour y avoir conduit Mukesh. Mais, pour la première fois, il remarque un piédestal sans statue surmonté d'un parapluie de ciment. « A quoi ça sert ? demande-t-il.

— Avant il y avait le roi anglais, s'esclaffe Ramvilas. Vous pourriez peut-être demander au Premier ministre de vous y mettre ! »

Les voici dans Rajpath, grimpant Raisina Hill en direction de Rashtrapati Bhavan, grès rouge et asphalte gris scintillant sous le chaud soleil d'hiver, d'une telle netteté qu'on croirait que la Nature a utilisé un fin pinceau pour souligner les détails de ses tableaux. Ils passent devant les bâtiments abritant le secrétariat du gouvernement et empruntent Race Course Road. Gopal, qui observait la fière coupole de Rashtrapati Bhavan depuis plusieurs minutes, dans l'idée que c'était vers ce palais qu'ils se dirigeaient, est très déçu. « Où est la maison du Premier ministre ?

— Il ne l'est pas encore. Mais vous pouvez l'appeler monsieur le Premier ministre. Il aimera ça. De toute façon il le sera demain, parce que c'est le PPI qui formera le gouvernement.

— Qui c'est le PM, en ce moment?

— Il a démissionné, il a perdu les élections.

— Il venait pas du PPI ?

— Mais non, s'énerve Ramvilas.

— Il venait du Congrès?

— Non.

— Alors, il était de quel parti?

— Peu importe. Ce parti est mort. Ce qui compte, c'est que le PPI formera le gouvernement, et que l'homme que nous allons voir sera Premier ministre dès demain. Rappelez-vous de l'appeler Sahib PM.

— Et il habite Race Course Road?

— Au numéro 8. Avec votre soutien, il emménagera au numéro 5.

— Juste trois maisons plus bas?

— C'est une grande distance.

— Mais pourquoi le Sahib PM veut-il me parler? »

Ramvilas le regarde avec un immense sourire. « Un miracle s'est produit, Gopal Bhai. Sahib PM a besoin d'une voix pour devenir PM, et cette voix-là, c'est la vôtre. »

La voiture franchit à toute allure des postes de contrôle, roule dans une avenue bordée d'arbres, franchit des grilles de fer gardées par un commando, s'arrête dans un vestibule formé par les branches pendantes d'un gulmohar. Le chauffeur jaillit, ouvre la portière de Gopal. Lequel descend de la voiture, ajuste son dhoti, et joint les mains pour dire namaste aux hommes de la sécurité.

« Ne saluez pas! ordonne Ramvilas. Gardez votre namaste pour les gens à l'intérieur. »

Aussitôt, Gopal desserre ses paumes et commence à monter les marches qui mènent à la porte d'entrée.

« Attendez ! » crie Ramvilas.

Il tire de sa poche un calot à la Gandhi et le plaque sur le crâne chauve. « Laissez-moi vous regarder. » Il incline le couvre-chef d'abord vers la gauche, puis vers la droite.

« Maintenant, vous êtes prêt à vous asseoir sur le Trône du Paon », décrète-t-il.

L'entretien dure une demi-heure. Le Premier ministre est assis sur une chaise basse, enfoncé dans des coussins, la tête baissée, les yeux fermés pour mieux se concentrer. A ses côtés, un jeune ministre sourit aimablement à Gopal, mais s'adresse à Ramvilas. Il semble très à l'aise dans la demeure du PM. Epaisse moustache noire, lèvres grasses, bouche constamment ouverte parce qu'il oublie de la refermer après chaque sourire. Derrière lui, deux assistants prennent des notes sans discontinuer, même lorsque rien ne se dit.

Le Premier ministre n'est guère à plus de six pieds de Gopal. S'il ouvre les yeux, ils tomberont sur moi, s'inquiète Gopal, et il faudra que je dise quelque chose. Il n'aime pas l'homme qui les a fait entrer dans la pièce – un garde en kaki avec une ceinture rouge, un plumet sur son turban, qui lui donne six centimètres de plus, alors qu'il touche déjà le plafond. Il ne bouge pas de la porte, peut-être pour bloquer toute tentative de fuite. Et maintenant, le Premier ministre s'agite ! Le jeune ministre parle avec Ramvilas Babu. Ministère des Finances, ministère des Chemins de fer, de l'Intérieur, du Travail, de l'Education... des sujets importants. Puis ils disent quelque chose à propos de Charulata. Ramvilas Babu s'enflamme, l'air offensé. Le jeune ministre le calme, sourit avec indulgence.

« Sahib PM accorde une grande importance au ministère du Travail, dit-il.

— Mais c'est là que Gopal Babu peut le mieux se fondre avec le peuple, dit Ramvilas. Ou alors le ministère de l'Education, où il pourra déclarer la guerre à l'illettrisme.

— Nous devons peser le pour et le contre. La faible marge rend les choses très difficiles. Trois cent vingt-neuf voix ! Le Parti socialiste laïc veut un nouveau décompte. Nous avons demandé à la commission électorale d'étudier la question.

— A quoi bon? Ça va pourrir l'atmosphère, susciter des violences communautaires et déchirer le tissu social de Chandni Chowk. Et qui sait quel effet ça aura sur l'état d'esprit des sikhs? »

Gopal se raidit parce que le Premier ministre a ouvert les yeux et les fixe droit sur lui.

« Namaste », dit Gopal.

Les paupières se referment doucement. Le Premier ministre se masse le genou droit.

« Nous sommes vraiment désolés de l'état du genou du Sahib Premier ministre », dit Ramvilas.

Gopal secoue vigoureusement la tête en signe d'approbation. Le jeune ministre et Ramvilas se remettent à parler. Gopal se renverse dans sa chaise, ferme les yeux, il se fait l'effet d'un monument. Il commence à bien aimer ce boulot de membre du Parlement, *Ganga Maiya!* Nous sommes assis face à face, le Premier ministre et moi, et si nos yeux s'ouvrent en même temps, je lui dirai que je suis très ému par ses poèmes. Je suis Arjun, je suis Krishna...

« Gopal Babu? »

Il sursaute, apeuré, parce que la voix n'est pas celle de Ramvilas Babu. C'est le jeune ministre. La bouche figée en un sourire – en tout cas la lèvre inférieure pendante –, le regard durci. Gopal a déjà vu des sourires de ce genre : venimeux.

« Quel ministère vous conviendrait, à votre avis? »

Lentement, très lentement, Gopal se tourne à gauche vers Ramvilas, mais Ramvilas semble l'ignorer, plongé dans une profonde réflexion. Gopal observe le sol, garde le silence quelque temps, puis répond : « J'étudierai toutes vos propositions et prendrai la décision qui bénéficiera à la population de Chandni Chowk. »

21

Gopal Pandey se réveille avec un tic dans l'œil gauche et un juron sur la langue, présage d'une mauvaise journée. *Ganga Maiya!* Huit heures passées, indique le cadran lumineux de sa vieille montre-bracelet. Il s'assoit lentement, prend appui sur les sacs de curcuma pour se mettre debout. Il fait toujours nuit à l'abri des sacs, mais il sait que le soleil s'est levé. On est fin mars, le début de la chaleur. L'hiver se prépare à déguerpir, Holi lui a cassé les reins. Cette semaine, on frissonne le matin. Dans huit jours, les ventilateurs brasseront en vain de l'air chaud, on parlera de vague de chaleur et de pastèques.

Gopal arrange son dhoti autour des genoux, se caresse les dents de la langue – en grimaçant quand elle effleure une dent branlante –, tousse pour s'éclaircir la gorge, rampe jusqu'à l'échelle, guidé par la faible lueur qui perce à travers les rideaux des bouches d'aération, évite les sacs de piments tout juste entreposés. Mieux vaut ne pas les toucher de la main. Des heures plus tard, si vous vous grattez le nez, ou que vous vous enlevez une poussière de l'œil, les piments trouveront le moyen de pénétrer dans votre nez et dans votre œil... Il descend prudemment les barreaux, enfile ses chappals, met ses lunettes et emprunte l'escalier. Comme il émerge de la cage sombre au rez-de-chaussée, Hameed le heurte en passant devant lui, portant un sac qui laisse une couche de poudre gris-vert sur la chemise de Gopal.

« Dhania, dit Hameed en guise d'explication.

— Tu vas m'aveugler ! proteste Gopal.

— Regarde où tu mets les pieds, Gopal Bhai ! Combien de voleurs as-tu attrapés cette nuit ? »

Gopal chasse la poudre, néglige l'insulte, et sort de Katra Badami. Il prend son vélo, attaché au poteau devant le poste de police, traverse le marché aux grains de Khari Baoli, manque d'entrer en collision avec la jeep du MSD, qui pile sec dans un hurlement de sirène. « Regardez devant vous ! » hurlent trois flics, en sautant de la jeep. Dédaignant l'incident, le MSD lui-même sort du véhicule, observe le marché de l'air suffisant d'un propriétaire et se dirige nonchalamment vers les marchands d'oléagineux, qui ont baissé leur rideau en voyant arriver la jeep. Gopal pose son vélo contre un poteau, rejoint son carré d'herbe derrière la vieille poste, s'accroupit et chie.

Il est presque neuf heures quand, après s'être lavé à la pompe de Katra Badami, il reprend le chemin de Khari Baoli, où il trouve la jeep entourée de commerçants furieux. Ils ont vidé des bidons d'huile dans les caniveaux pour protester contre cette descente de police. Le MSD est probablement en train de fouiller une boutique. « Nous ne sommes pas responsables de l'impureté de notre huile, hurlent-ils. Nous ne faisons que la vendre ! Si vous voulez piquer quelqu'un, allez chez les fabricants dans l'Haryana et l'Uttar Pradesh. L'Association des Marchands d'Huile de Khari Baoli entame une grève illimitée jusqu'à la fin du harcèlement policier. »

Impavides, les deux agents restés dans la jeep ne bougent pas. Gopal descend de vélo et traverse le champ de bataille, sautant par-dessus les caniveaux récemment creusés qui débordent d'huile, de palme, de soja et de sésame. Actionnant doucement la sonnette, il passe sans encombre au milieu de la foule, redoutant que les policiers ne le prennent pour un de ces négociants. Puis il enfourche de nouveau son vélo, débouche dans Chandni Chowk près de Fatehpuri Masjid, d'où, par un détour, il gagne Dudhiya Gali. Les cuves de lait gênent la circulation, donc il met pied à terre et navigue au mieux, regardant la crème frissonner comme les bourrelets d'une grosse femme. Arrivé chez Banwari, il appuie le vélo au comptoir, détache le panier posé au-dessus de la roue arrière. Banwari ouvre son réfrigérateur, jette dans le panier quatre packs de lait. Gopal s'installe dans le fauteuil de Ram Bibek. Ram Bibek se prépare à le raser.

« Voulez-vous que je vous teigne la moustache, Gopal Bhai ?

— Je vais y réfléchir, dit Gopal, qui sait que ça va lui coûter dix roupies – le prix de cinq tasses de thé.

— Un homme de votre âge peut paraître jeune s'il se fait propre », commente Ram Bibek.

Ram Bibek lui entaille la mâchoire. Il crie de douleur.

« Conduisez-vous en homme, Gopal Bhai, s'indigne Ram Bibek. Ça arrive de temps en temps avec les vieilles peaux. La vôtre pend. Regardez tous ces plis sous le menton !

— *Ganga Maiya* », grogne Gopal.

Ram Bibek étanche le sang avec un morceau d'alun, ce qui pique encore plus que l'écorchure. Quand c'est fini, Gopal se lève, rattache son panier sur le porte-bagages de son vélo. « Il y avait trop d'eau dans le lait hier, bougonne-t-il.

— Il sort pas de mes pis, riposte Banwari. Est-ce que je sais comment ils nourrissent leurs vaches ? »

Ram Bibek ricane, incrédule, prenant le parti de Gopal. « Il faut avoir ses propres vaches de nos jours si on veut du lait pur! »

Son lourd panier bien arrimé, les joues fraîchement rasées, Gopal re-pédale vers Chandni Chowk. Il est neuf heures et demie. Zigzaguant au milieu des scooters et des rickshaws, il tourne dans Kucha Bansilal. Les mannequins blancs de Ramesh Babu l'accueillent lèvres retroussées. Il apporte une échelle, hisse son vélo sur le haut de la boîte de dérivation, l'accroche aux lattes par des crochets. Puis il déverrouille son stand, soulève le couvercle, l'attache à la boîte de dérivation, sort tasses, bidons et réchaud. Etire un auvent de toile bleue au-dessus de sa tête, se débarrasse de ses chappals, s'assoit dans son stand, un genou dressé. Les deux mannequins à présent le fixent, d'un sourire renfrogné qu'il avait déjà remarqué la semaine dernière. Est-ce que des mannequins d'argile peuvent changer d'expression? Ils sont peut-être mécontents de ce que son stand, une fois ouvert, cache en grande partie la publicité sur le mur, après que Ramesh Babu a payé tant d'argent pour la faire peindre en vert il y a moins de trois mois. La boîte de dérivation, protubérante, coupe le nom en deux, « Sushma », d'un côté, « Chic » de l'autre. L'homme et la femme de la publicité encadrent la tête de Gopal, lorsqu'il est assis, et son épaule dissimule la robe de la fillette.

De l'intérieur de la boutique, l'un des employés de Ramesh Babu commande trois tasses de thé. Gopal met le pétrole sous pression, allume son réchaud avec une allumette, pose dessus sa casserole d'eau. Au moment où l'eau commence à bouillir, Ibrahim s'amène, s'appuyant sur une canne. « Tout est fini, Gopal Bhai. »

Gopal lève les yeux, contemple médusé la bouche ouverte d'Ibrahim. « Ta dent, Ibrahim Mian! Ta dernière dent a disparu! »

Le rictus d'Ibrahim dévoile les profondeurs d'une caverne. « Elle est tombée la nuit dernière quand j'ai passé ma langue dessus. Je l'ai avalée. »

Gloussement compatissant de Gopal.

Ibrahim prend son verre dans la boîte de dérivation et s'accroupit à côté de Gopal. « C'est très bien comme ça. Maintenant plus besoin de me brosser le matin. Pourquoi gâcher de la pâte dentifrice?

— C'est la vieillesse ! Un de ces jours, pour boire ton thé il te faudra un tuyau dans la gorge !

— Cinquante-quatre ans, soupire philosophiquement Ibrahim – l'air d'en avoir quatre-vingts. Quand tu auras mon âge, tu verras la vie comme moi. »

Hochement de tête de Gopal, qui a deux ans de moins.

« C'est difficile de vivre si longtemps, prévient Ibrahim. Un homme de mon âge a besoin de confort. Il lui faut des petits-enfants, une pension de retraite...

— Si j'étais ton député, je te ferais avoir une pension, dit tristement Gopal.

— Bah ! c'est fini. Ces gens de la commission électorale ! Prétendre que tu as dépassé les dépenses autorisées, que les rickshawalas t'ont donné trop d'argent et qu'on ne sait pas où il est passé ! »

Gopal se tait.

« Au fait, chuchote Ibrahim, où est-il passé ? Est-ce que tu l'as planqué quelque part ? »

Gopal secoue la tête. Ibrahim louche de ravissement.

« Et la guirlande de billets de cent roupies, celle que tu as donnée à cette pute, Gita Didi. C'était de l'argent de la campagne électorale. Qui aurait cru que tu étais si futé ? »

Gopal approuve du chef, ne sachant pas très bien de quelle guirlande il s'agit, mais impressionné par sa propre perfidie. Ibrahim lui donne un coup dans les côtes, il semble de plus en plus ébahi. « Dire que vingt mille putains ont voté pour toi !

— Les dames m'ont offert leur complet soutien, déclame Gopal.

— Vingt mille ! Mais il n'y a que trois mille putes dans GB Road ! » Dix-sept mille putes fantômes ! « Tu es un type intelligent, Gopal Bhai ! Plus qu'un mac ou un pahalvan ! Où as-tu dégoté tant de putains ? Est-ce que tu as une machine à produire des putes quand on appuie sur un bouton ? Je te prenais pour un chaivala ! »

Gopal lui verse son thé. Ibrahim en avale une généreuse gorgée. Calmé, ses pensées prennent un tour plus sérieux.

« La madame anglaise a écrit un nouvel article sur toi. Elle dit que ton fils était avec les terroristes des hautes castes. Une lettre a paru dans le journal ourdou, comme quoi il a tué de nombreux sardars en quatre-vingt-quatre. Hier à la télévision Sardar Kartar

Singh a prétendu que tu avais essayé de l'étouffer dans ton stand, trois heures après la mort d'Indira. »

Gopal secoue la tête.

« Et le manchot ! continue Ibrahim. Un voleur, un pickpocket. Tu savais qu'il avait un gang ? Tu as nourri un serpent, Gopal Bhai. Un serpent !

— C'était un bon garçon. Son baba est mort quand il était tout jeune... »

Ibrahim l'interrompt. « Les musulmans sont furieux contre toi. Pourquoi as-tu fêté Holi après avoir affirmé que tu étais un candidat laïc ? »

Gopal ne peut qu'admettre son manque de jugement. « Je te remercie d'avoir parlé pour moi à la commission électorale.

— Je leur ai tout raconté. » Il lui passe un bras autour des épaules. « Je leur ai dit que je ne quitterais pas leur bureau sans qu'ils m'aient donné leur parole.

— Et tu as réussi à les convaincre !

— Je leur ai filé tous les papiers, se défend-il modestement. Ta déclaration sous serment. Ils n'avaient pas le choix. C'était à eux de décider, puisqu'ils sont les seuls à pouvoir invalider une élection.

— Et maintenant c'est fait...

— Tu es mon frère, Gopal Bhai. Si je ne t'aidais pas quand tu en as besoin, quelle sorte de frère je serais ? »

Gopal lui jette un regard ému à travers ses verres embrumés. Ils lui ont repris les lunettes neuves, comme ils ont repris le kurta de soie, le dhoti, la chaîne en or, la montre et les chappals de Kolhapuri. « La commission électorale les a confisqués, a expliqué Ramvilas Babu, parce que c'était acheté avec l'argent de la campagne. »

« D'après toi, demande Ibrahim, qui va gagner ton siège à l'élection partielle ? »

Gopal n'en sait évidemment rien.

« Un de ces voleurs ! répond Ibrahim à sa place. Suleman ou Harilal Gupta. Mais ça n'a pas d'importance. »

Il lampe le fond de son verre. « Quand tu auras mon âge, Gopal Bhai, tu comprendras que ça n'a pas d'importance. »

Gita Didi lève les yeux de son bureau, contemple le visage lisse et astiqué de Ramvilas. Toujours aussi mince, songe-t-elle, mais la minceur efféminée d'un type survolté et ampoulé, pas celle qui convient à un athlète. Peut-être qu'un esprit toujours en alerte est trop occupé pour accumuler de la graisse sur le corps qu'il contrôle. Donc il est resté mince, mais il perd ses cheveux, ce qui se remarque bien qu'il essaie de le cacher par sa façon de les coiffer. Sans compter que les cheveux d'un homme de quarante-quatre ans ne sont jamais si naturellement noirs. Il n'a jamais été beau. Un aspect convenable, mais pas frappant, des manières mielleuses plutôt que séduisantes, il a toujours eu l'air du type qui se pomponne en permanence. Mais c'est quoi ça, sur son kurta? Un bouton de col en diamant.

« Tu t'es récompensé toi-même! dit-elle.

— Deux carats. Exactement un lakh.

— Un lakh? »

Il semble apprécier la lueur de convoitise qui brille dans les yeux de Gita. « Une commission sur le recouvrement d'une vieille dette, dit-il. Le créditeur m'en a été très reconnaissant, parce que ça remontait à quatorze ans. »

La stupeur de Gita le ravit doublement. « Qu'est-ce que tu as fait de la guirlande, ma Gulmohar?

— Ne m'appelle pas comme ça!

— Bien, bien. Mais qu'est-ce que tu en as fait?

— Elle est en lieu sûr.

— Je l'espère, parce qu'elle valait plus de dix mille roupies. Tu pourrais t'acheter plein de saris avec ça. Des saris de soie! Va chez Sushma Chic dans Kucha Bansilal et dis à Ramesh Babu que c'est moi qui t'envoie. Il te montrera son stock de saris de Kanjeevaram. »

Gita secoue la tête, passe la main sur son sari de coton blanc. « Je ne porterai rien d'autre désormais.

— J'avais oublié que tu as une image à protéger. C'est pour ça que tu t'es pavanée dans Chandni Chowk avec ta guirlande?

— On fêtait la victoire de Gopal Das! »

Elle ne s'attendait pas à être interrogée par les journalistes, et n'avait pas préparé de réponse au sujet de la guirlande. C'était une faute. Un manque de jugement, une imprudence stupéfiante après tant d'années de vie publique. Elle a dit aux journalistes que la guirlande lui avait été donnée par un client, préférant s'avouer putain que compromettre Ramvilas. Et maintenant, il ose persifler ! Prétendre qu'il a toujours un droit sur cette guirlande.

« Elle est en lieu sûr », répète-t-elle.

Elle doit surmonter cette mauvaise passe. Les histoires de fraude électorale ont fait beaucoup de tort à FRETS. Elle sait que les ONG rivales sont derrière ces accusations. Elles ne lui ont jamais pardonné d'avoir monopolisé l'action contre le kotha 842, et pensent qu'elle s'est approprié aussi les autres causes. Mais elles doivent savoir qu'elles ont perdu la bataille, parce que chaque prostituée de GB Road est devenue sa cause : c'est à elle de les protéger, de les édifier et de les libérer. Pour qui se prennent toutes ces organisations qui veulent lui disputer sa circonscription ? Qui parlent si aisément de la prostitution, installées dans leurs riches maisons de Hauz Khas et Asiad Village ? Dans un an ou deux, elles se seront évanouies dans la nature, en manque de causes, et il ne restera qu'une seule ONG dans GB Road, avec Gita Didi au premier rang...

« Ne te fais pas de soucis à propos de FRETS, dit Ramvilas, déchiffrant ses pensées. Il y aura des échecs, mais aucun ne sera mortel. C'est quoi une petite fraude électorale ? Toutes les ONG en commettent, ou devraient en commettre.

— Est-ce que Harilalji continuera à nous accorder de l'argent ? C'est toi qui nous as recommandé de voter ouvertement pour Gopal Das. » L'accusation ne trouble pas Ramvilas.

« Qui sait si Harilal aura encore de l'argent à accorder ? Le gagnant de l'élection partielle peut être n'importe qui, même Suleman. »

Elle en tremble.

« Tu devrais faire agrandir ton bureau, dit-il. Il est assez grand pour des conseillers municipaux et des MLA, mais aucun MP ne mettra les pieds dans une pièce où des caméras de télévision n'ont pas assez de place pour opérer. Pense à l'avenir. Regarde Charulata ! Un jour, toi aussi tu pourrais devenir ministre des Chemins de fer. »

Gita rit, embarrassée par cet éloge excessif.

Il l'examine avec attention. Si elle accepte de se laisser manœuvrer, il gardera toutes les commandes. Elle sera de toute façon meilleure que le chaivala, plus capable de négocier les tournants qu'elle rencontrera sur sa route. Il était inutile de chercher à pousser le chaivala plus loin. Un bateau de papier ne flotte pas très longtemps. Dès que la coque se ramollit, il prend de la gîte et sombre... Ramvilas a compris pour la première fois que la coque se ramollissait quand Charulata a basculé dans le camp du Premier ministre. Elle avait joué avec une grande habileté. Le tenant en haleine jusqu'au dernier moment, obligeant le PM à se tourner vers des indépendants comme le chaivala. Et quand le PM est revenu vers elle, le prix qu'elle avait demandé au départ ne paraissait plus exorbitant. C'est ainsi qu'elle a obtenu les Chemins de fer. A la deuxième visite des gens de la commission électorale, Ramvilas a su que le bateau prenait de la gîte. A ce stade-là, celui qui ne saute pas à l'eau est condamné à sombrer avec le navire. Il a donc sauté.

La chance a voulu qu'il découvre ces quatre lakhs, sinon ni Kartar Singh ni Sohan Lal ne lui auraient pardonné l'élection du chaivala. Il se rappelle la jubilation sur le visage de Kartar Singh lorsqu'il lui a appris la découverte des ceintures de tissu dans Khari Baoli. C'est très intelligent de la part du sardar d'avoir caché tout cet argent dans l'alcôve du magasin avant de partir. Pas étonnant que les enquêteurs du fisc n'aient rien trouvé ! Espérons que le sardar a remarqué qu'il manquait deux liasses. Un petit vol est toujours plus efficace qu'un grand. Kartar Singh se dira peut-être qu'il avait mal compté l'argent avant de partir, mais quoi qu'il en soit il craindra que son secret n'ait été éventé. Et Ramvilas n'aura plus qu'à laisser entendre qu'effectivement il est au courant. Quand on pense à l'émotion manifestée par Kartar Singh en apprenant la réapparition de ses ceintures ! Une somme si ridicule comparée au monceau planqué dans l'alcôve ! Mais qui n'aime pas recouvrer une vieille dette ? Le sardar a caressé les ceintures, humé l'odeur, sorti les billets d'une main tremblante. Il avait même une larme dans le coin de l'œil quand il s'est tourné vers Ramvilas et lui a dit : « Tout est pardonné entre vous et moi... »

Ramvilas tripote son bouton de col en diamant, conscient du regard inquisiteur de Gita. Un bouton en diamant sied au secrétaire du comité PPI de Chandni Chowk, poste auquel il a été nommé hier à l'occasion d'une réception organisée en son honneur. Fonction obtenue sur la recommandation de Sohan Lalji en même temps que la réadmission au comité. La raison de ce renversement d'attitude, il ne la connaît pas exactement, mais il la devine.

« Pourquoi Harilalji continuerait-il à me soutenir? demande Gita. Et pourquoi il t'écouterait? »

Cette façon qu'elle a de l'aiguillonner! Ne lui a-t-il pas donné assez d'argent? « Où sont les trente-six mille roupies que j'ai rendues à FRETS? Est-ce que tu t'es acheté un collier avec? Ou des boucles d'oreilles?

— Ce ne serait pas convenable que je porte des bijoux tout en quêtant des fonds pour FRETS.

— Alors?

— Je ne peux pas porter de bijoux, mais elle si! »

Son secret lui a échappé. La semaine dernière, Ramvilas, estimant qu'il avait assez attendu, a fait une descente dans le kotha où se cachait Kiran, pour découvrir qu'elle avait de nouveau disparu. La bai restait bouche cousue, probablement parce que quelqu'un avait versé encore plus que ce que Ramvilas lui offrait.

« Ainsi c'était toi, dit-il doucement.

— Et tu ne sauras jamais où elle se trouve.

— Ah! Elle n'est sûrement pas à Katmandou, parce que tu n'enverrais jamais de l'argent là-bas. Ni ailleurs au Népal, dans votre village par exemple. Logée à Naari Niketan, où elle apprend à coudre et à tricoter?

— Tu crois qu'une femme peut gagner sa vie avec ça?

— Pas une seconde, je n'ai cru ça. Je passe simplement en revue toutes les possibilités, sachant que tu n'as pas d'autre endroit où la placer qu'un autre kotha. »

Gita se tait.

« Je ferai d'elle la putain la plus heureuse de GB Road, plaide-t-il.

— Je t'interdis de la traiter de putain!

— Tu préfères travailleuse sexuelle? Dis-moi dans quel kotha elle est! »

Elle ne bronche toujours pas.

« Tu n'as pas le droit de lui donner ces trente-six mille roupies, grogne-t-il.

— C'était une donation de FRETS pour la campagne de Gopal Das. Tu as signé toi-même le reçu.

— Je peux demander à Inderlal Jha de la trouver.

— Vas-y ! Le poste de police a déménagé, il est juste sous mes fenêtres, devant le kotha 842 ! »

Il sait, et elle sait, qu'Inderlal ne la trahira jamais au profit de Ramvilas. Elle représente pour le CP une source permanente de revenus. Ramvilas feint la résignation. Il faut agir en douceur.

« Je te l'ai déjà dit, reprend Gita. Elle est ta fille. »

Il se redresse brutalement, non à cause de l'affirmation – il n'y croit plus, étant donné le type très népalais du visage de Kiran –, mais parce que le mot lui rappelle sa propre fille, qu'il doit songer à marier maintenant qu'elle a dix-huit ans. Sohan Lal pourra peut-être l'aider à trouver un parti dans une famille de commerçants. Pas question d'avoir un employé pour gendre.

Inderlal Jha chantonne, marquant le rythme à petits coups de bâton sur sa table :

Faut-il que je répande des pétales de fleurs sur ton chemin ?
Faut-il que je passe la nuit devant ta maison ?
Faut-il que je chante une sérénade tous les matins ?
Que faut-il que je fasse qui soit à la hauteur de ma passion ?

Ah ! La voix de Pushpa Rani, c'est un baume pour une âme souffrante... Sauf qu'aujourd'hui son âme ne souffre pas. Cet été il va faire installer un climatiseur dans son chauki, ou du moins dans son bureau. Peut-être dès la semaine prochaine, juste avant le brûlant mois d'avril.

De toutes les élections qu'il a surveillées, c'est la toute dernière qu'il préfère. La médaille de la police pour faits de bravoure ne devrait pas lui échapper. La chose n'est pas encore officielle, mais le bruit en a couru. Elle devrait lui être remise par le président à l'occasion de la parade du Jour de la République. Il répond certainement aux critères requis – d'autant que tout policier peut la recevoir, quel que soit son rang. Et si lui n'a pas montré une bravoure exceptionnelle au moment de l'explosion du 4 mars, qui l'aura fait ? Les journaux l'ont affirmé : un mort et trois blessés, aucun sérieusement, grâce à la présence d'esprit du chef du poste de police de GB Road qui a fait évacuer la zone... Ce mort, il a du mal à le digérer. Question d'orgueil, pas de conscience. Avec zéro décès, il aurait peut-être obtenu une récompense supérieure. Pourquoi comptabiliser chaque corps – quand il s'agit d'un voleur bangladeshi, manchot de surcroît? Quoi qu'il en soit, la médaille lui garantira une pension à vie de cent roupies par mois, qui continuera d'être versée à sa veuve. Bien entendu, il n'a pas l'intention de mourir prochainement. Il veut savourer le voyage gratuit en deuxième classe avec air conditionné, qui va avec la médaille. Il a entendu dire que si vous êtes assis dans un compartiment à air conditionné aux vitres scellées, vous n'entendez rien : le train ondule en silence comme un serpent. Ou bien il pourrait échanger son billet pour un autre de première classe – non climatisé –, auquel cas il aura son serveur personnel. Qu'est-ce qui vaut mieux? Deuxième classe avec air conditionné, ou première classe normale avec serveur?

Il soupire, assommé par les bienfaits du sort. Que lui donneront-ils la prochaine fois? Une promotion anticipée? Pourrait-il devenir un jour préfet de police adjoint, même s'il n'est pas officier de la Police nationale? Si les bombes continuent d'exploser à chaque élection, et que les élections continuent d'avoir lieu aussi souvent, rien ne s'y opposera.

Cette Gita Didi, il ne faut pas la quitter de l'œil. Un jour elle se présentera aux élections à son propre compte. Elle sait être généreuse envers ceux qui la soutiennent, chose importante pour qui veut entrer en politique. Elle l'a somptueusement récompensé de lui avoir laissé installer un bureau électoral dans le kotha 842. Il ne le révélera jamais, il ne se rappelle même pas le nombre incroyable de putains en burqa qui en sont sorties ce jour-là.

Il a déménagé le chauki, qui se trouve maintenant juste en face du kotha 842, recueillera une grande partie de l'argent qui circule dans GB Road et sera l'objet de reportages des journalistes étrangers. Inderlal est devenu une sorte d'entrepreneur permanent de GB Road, le souteneur des souteneurs, le pahalvan des pahalvans, le babu de toutes les bais. Ces revenus, il doit les partager avec ses hommes, mais l'argent qu'il touche des journalistes étrangers, il le garde pour lui. « Combien de femmes avez-vous sauvées depuis trois ans? » demandent-ils. Il commence à les compter sur les doigts, ajoutant ou soustrayant en fonction du niveau de crédulité qu'il estime être le leur. « Où sont-elles maintenant ? » demandent-ils encore.

Il a une réponse standard : « A Naari Niketan, où elles apprennent à tricoter et à coudre. » Il sait que Naari Niketan est plein depuis longtemps, et soupçonne nombre de ces filles d'être revenues dans GB Road, mais il n'est quand même pas chargé d'assister toutes les putes de Delhi. Sans compter que si elles réintègrent les kothas, on peut les en faire sortir de nouveau, d'où du boulot pour lui. Il y a un nombre incroyable de putes mineures, mais elles grandissent si vite qu'il doit tirer parti au maximum de celles qui sont en fonction.

Des bruits de pas à l'extérieur du bureau interrompent sa rêverie. Il a ordonné à ses hommes de ne laisser entrer personne dans le chauki sans sa permission, mais l'envahisseur est déjà à sa porte. En découvrant qui est l'intrus, il gomme sa mine renfrognée et affiche un large sourire : il s'agit de la madame anglaise qui a raconté l'histoire du chaivala. Il se la rappelle très bien. Il l'a vue il y a des années au poste de police, défendant le chaivala. Il se lève, se met au garde-à-vous à côté de sa chaise et la salue. « Bonjour madame ! » Puis, se rendant compte qu'il s'est montré trop servile, il se reprend et s'avance vers elle, la main tendue à la manière des étrangers qui visitent son chauki.

« Namaste », dit-elle, refusant de saisir sa main et joignant les siennes.

Elle passe devant lui et s'assied sur la chaise face au bureau. Pourquoi ce policier se montre-t-il si familier ? Il se peut qu'elle l'ait déjà vu – elle en a tant vu au cours de sa carrière –, mais ils se ressemblent tous avec leur épaisse moustache.

Elle a envahi mon bureau, pense Inderlal de son côté, et elle me fait namaste comme si j'étais un plouc !

D'ailleurs elle ne lui plaît pas. Trop grande, trop large des épaules, et elle porte son sari à la manière des femmes modernes, pas comme les femmes respectables de chez lui. Certainement célibataire. Son mari ne lui permettrait jamais d'entrer dans un poste de police. Les femmes de ce genre ne se marient jamais. Elles vont d'homme en homme jusqu'à ce qu'elles soient vieilles. Encore que, à bien regarder celle-ci, on se demande quel homme la trouverait séduisante. Elle-même est presque un homme.

Il reste debout, les yeux fixant obstinément la table. Il sait pourquoi elle est là. N'appartenant pas à l'une des quatre catégories qui hantent GB Road – commerçants, politiciens, acheteurs de lavabos, clients des prostituées au visage triste –, elle doit être journaliste.

Chitra examine ce policier bedonnant. Un ogre, produit d'une société fruste, un singe humain qui a réduit à néant trois mille ans de civilisation... et pourtant, elle doit lui parler. Tenir la chronique d'une époque est une entreprise assommante, mais il lui faut persévérer. Elle avait espéré avoir le chaivala comme protagoniste, il l'a déçue. Il n'était pas à la hauteur de la tâche qu'on lui avait assignée. Elle s'en est désintéressée, enterrant le triomphe de la démocratie sous le poids de l'évidente inaptitude du candidat. Il faut peut-être plus d'une génération pour que ces gens s'extraient eux-mêmes de leur boue. D'ici là, l'histoire se répétera indéfiniment, tragédie et farce entremêlées. Elle, il lui reste à se concentrer sur son boulot. Pour l'heure, le boulot en question est un documentaire pour CNN, et elle s'attend à découvrir des abysses. Elle y rampera, en se bouchant le nez, et émergera avant la suffocation.

« Mr Inderlal Jha ?

— Madame ! » Il se remet au garde-à-vous.

« Savez-vous qu'aujourd'hui c'est la Journée du sida ?

— Oui, madame. » Il n'en avait pas la moindre idée.

« Tenez-vous des statistiques sur le nombre de préservatifs distribués dans GB Road ? »

Le mot « préservatif » dans la bouche d'une femme le gêne. « Ce n'est pas notre travail, madame. Mais nous aidons à...

— Où puis-je rencontrer Gita Didi, présidente de FRETS ?

— Ah, Gita Didi...

— On m'a dit que son bureau se trouve dans GB Road.

— GB Road », répète-t-il.

Chitra connaît l'art de faire céder un barrage. Elle sort un billet de cent roupies de son sac et le pose sur le bureau.

Il pointe le doigt vers l'autre côté de la rue. « Kotha 842, madame. »

Chitra se lève. « Chai, madame ? »

Elle ne prend pas la peine de répondre. Sur le seuil de la

porte, elle se retourne. « Il y a eu une descente de police dans ce kotha il y a deux ans. Etiez-vous l'officier responsable?

— Oui, madame ! » dit gaiement Inderlal.

Chitra rebrousse chemin, se rassoit face au bureau, pose son magnétophone dessus. « Très bien. Racontez-moi. »

Renversée dans sa chaise, l'expression neutre du professionnel, elle hoche poliment la tête tandis qu'Inderlal, les yeux brillants et la salive aux lèvres, se lance dans son récit.

Kartar Singh branche le climatiseur, le fixe sur force moyenne. On n'est qu'à la fin du mois de mars. Il devra bientôt le laisser fonctionner toute la journée s'il veut que les clients poussent la porte de son nouveau magasin. Jasjit General Store, débarrassé de la cloison qui le séparait de la pièce du fond, est devenu un grand hall d'exposition. Kartar Singh a fait repeindre les murs, poser des dalles de pierre sur le sol, aménager une devanture entièrement vitrée qui permet d'admirer les rangées de climatiseurs, téléviseurs, réfrigérateurs et lave-linge. Pour la grande inauguration de demain, juste à la veille du rush de l'été, il espère des centaines de clients. Merci aux firmes américaines grâce auxquelles le marché des appareils ménagers s'est développé, en qualité et à coût moindre, permettant à chaque maîtresse de maison de posséder une machine à laver. Il compte même offrir un téléviseur écran douze pouces pour l'achat d'une machine et d'un sèche-linge.

Son climatiseur, qui lui souffle un air si plaisant dans le dos, est de la marque de ceux qu'il a l'intention de vendre, on a du mal à croire qu'il marche tant il est silencieux. Si des clients lui posent la question du bruit, il les mettra au défi de localiser l'appareil.

A l'entrée, face à la ruelle, il a construit une petite cabine en bois où il abritera ses livres de comptes, sa caisse et des brochures. Tout cela pleinement légal, rien de caché. Ils n'ont d'ailleurs rien trouvé, pas l'ombre d'une preuve, ni papier ni même une roupie pouvant laisser supposer l'existence des transactions sur les matchs de cricket. Il a été sage de ne pas garder d'argent dans le coffre. C'est ça le problème avec les coffres Godrej – on les juge inviolables, si bien que, pour tout le monde il est évident qu'ils sont pleins de billets. Les inspecteurs du fisc n'ont jamais découvert les trois alcôves qu'il avait fait creuser dans les murs. Certes il manquait deux liasses dans l'une des alcôves, et une légère rayure en bordure pouvait indiquer qu'on avait ôté puis remis la feuille de carton qui la masquait. Mais si le chaivala avait découvert la cache, il aurait certainement pris tout le contenu. Alors comment expliquer la disparition des deux liasses ? Peut-être en a-t-il planqué moins qu'il ne le croyait. Oui, c'est probablement ce qui s'est passé.

Il a vécu six semaines atroces à Ootacamund, ne couchant jamais plus de deux nuits dans le même hôtel, guettant constamment des hommes en saharienne qui viendraient de Delhi pour l'arrêter. Des chiens et des sardars, on en trouve dans n'importe quel coin du monde, dit la blague. Cruelle plaisanterie, parce qu'un sardar au Tamil Nadu ne vaut pas mieux qu'un chien. Il n'en comprend ni la langue ni les gens. Sa place à lui, Kartar Singh, c'est Delhi.

A peine rentré, il a fait faire des travaux dans la pièce du fond. Le linoléum a été arraché et donné aux chiffonniers, les mendiants ont eu droit au matelas, et l'acier du vieux coffre est maintenant en train de couler dans la fournaise d'une fonderie. Il avait eu la prudence de déconnecter ses lignes téléphoniques avant de partir. La campagne électorale du chaivala lui a procuré quatre mois de répit. Les enquêteurs ont questionné le candidat, mais il ne savait rien.

Pourtant, ils reviendront, c'est certain. Jusqu'à présent, personne ne l'a accusé de quoi que ce soit, mais comme la police a arrêté bon nombre de boss de la mafia des paris, son nom a dû être cité au cours des interrogatoires. Il a entendu parler d'horribles chambres de torture dans les profondeurs du Fort Rouge. Va-t-on l'y conduire, enchaîné dans une jeep ? Mais non, ce ne sont que des racontars. Il n'a rien à craindre. En admettant que d'autres boss et bookmakers déposent contre lui, la police ne dispose d'aucun fait probant. Est-il impossible à un commerçant de Chandni Chowk de posséder une maison, un entrepôt à Mangolpuri et une voiture Honda ? Tout le monde sait que Chandni Chowk est le plus grand marché de Delhi, où même un paanvala gagne cinquante mille roupies par mois.

Désormais, il sera irréprochable, donnera un reçu pour chaque appareil vendu. « De quelle resserre parlez-vous, inspecteur sahib ? dira-t-il à celui qui se pointerait de nouveau. J'en avais une, où je gardais de vieux réfrigérateurs, mais elle a disparu parce que j'ai fait construire ce nouveau magasin. Aimeriez-vous une télévision couleur pour votre chambre à coucher ? »

La découverte des ceintures par Ramvilas l'a soulagé. Et Sohan Lal a été content de les revoir. Ça ne représente pas beaucoup d'argent pour quelqu'un d'aussi riche que lui, mais les seths marwaris aiment avoir des bilans équilibrés. Sohan Lal a sorti son vieux livre de quatre-vingt-quatre, l'a ouvert à la page où figurait dans la colonne crédits une somme de cinq lakhs due par Sardar Kartar Singh, et a inscrit « reçu ». Maintenant nos comptes sont en règle, sardarji, a-t-il dit.

Opération qui a non seulement apuré les comptes de Sohan Lal, mais lavé Kartar Singh des soupçons qui pesaient sur lui.

L'important toutefois, c'est qu'il a retrouvé sa place au sein du comité du PPI. La réception d'hier l'a beaucoup touché, même si elle concernait également Ramvilas. Que Ramvilas soit devenu secrétaire du comité, il s'en fiche. Son principal souci, maintenant, est d'être nommé candidat du parti aux prochaines élections à l'assemblée régionale. Devenir MLA de Ballimaran, siège que Suleman a abandonné pour se présenter aux législatives nationales... Maintenant qu'il a regagné l'amitié de Sohan Lal, lequel est président du comité, et que le PPI gouverne le pays. Le Premier ministre, grâce au soutien de Charulata, a remporté la confiance au Parlement par 275 voix contre 264 – Congrès, communistes, socialistes et indépendants réunis. Pour cause d'enquête de la commission électorale, le chaivala n'a pas pu prêter serment devant l'Assemblée et n'a donc pu participer au vote. Il risque une inculpation pour fraude massive, trucage et imposture. Des bruits courent selon lesquels il ne s'appellerait pas en réalité Gopal Das ! Il va y avoir une élection partielle pour le siège de Chandni Chowk. Pas sûr que le comité PPI choisisse de présenter à nouveau Harilalji. La direction générale du parti n'a pas apprécié la façon dont il a mené la campagne alors que la mort de Naresh Agrawal donnait au PPI sa meilleure chance en dix-huit ans de remporter Chandni Chowk. Il est possible, juste possible, que Sohan Lalji se propose lui-même à l'investiture... Et la chance veut que lui, Kartar Singh, ait regagné la confiance de Sohan Lal.

Il arpente les rangées de réfrigérateurs flambant neufs, étend la main et admire l'améthyste qui chevauche son auriculaire. Si seulement Sukhbir était là, attendant à la maison son retour du magasin. Et que ne peut-il annuler l'affreux moment où on lui a pris son fils ! Si sa mère l'avait envoyé faire quelques courses cet après-midi-là, Jasjit aurait échappé aux agresseurs, et il serait là, en cet instant, à vérifier avec lui que les réfrigérateurs ne portent aucune éraflure... Foin du passé. Cet été il va vendre la maison de Vasant Vihar et s'acheter un appartement dans Chandni Chowk, où il travaillera à faire élire Sohan Lal. Pourquoi un homme se fait-il construire une maison de trois étages et un vestibule en marbre d'Italie ? Pourquoi passe-t-il son temps à frayer avec des dibbas, des bookmakers et des passeurs clandestins ? Afin de vivre confortablement avec sa femme et de voir son fils, sa belle-fille et ses petits-enfants bavarder gaiement autour de la table. Jasjit n'a pas connu la maison et Sukhbir l'a laissé seul, à broyer du noir.

Il pense de nouveau au Canada. Un jour, peut-être. Qu'irait-il y faire maintenant ? Et il faudrait qu'il améliore son anglais. Prendre des leçons à son âge ?

Il s'installe à son bureau, dans la cabine, regarde vaguement Bijoo, le commis qu'il vient d'engager, épousseter les réfrigérateurs et les téléviseurs posés dessus. Bijoo appuie sur un bouton, et les écrans s'allument tous ensemble, branchés sur la même chaîne. Il s'agit d'une retransmission en direct, depuis Bangalore, du match de cricket entre l'Australie et l'Inde. Dernier jour et dernier match des séries. Tout le monde sait que l'Inde va perdre. Personne ne gagnerait d'argent à parier contre l'Australie... Brusquement, Kartar Singh sursaute, horrifié des pensées qui l'assaillent, et reporte sa colère contre Bijoo.

« Pourquoi faut-il que tu regardes toujours un match de cricket ? »

Interloqué, Bijoo interrompt son époussetage et fixe son maître.

« Eteins-moi ça ! »

Bijoo va pour obéir. Bah, ça ne peut nuire à personne que le garçon regarde un match, se dit Kartar Singh. Pourquoi lui faire de la peine ? Il est brave, bien élevé. « Non, laisse. Mais ne passe pas trop de temps planté devant. »

Sohan Lal se renverse dans son fauteuil en cuir, il sait qu'il ne risque pas de basculer. Le fauteuil repose sur un socle en fer forgé, en forme de feuille de trèfle – lourd et stable. Une fois qu'on est habitué à ce genre de siège, c'est plutôt bien. Le cuir est particulièrement moelleux. Le fauteuil pivote avec vous, s'incline vers l'arrière sous l'effet de votre masse, et vers l'avant quand vous devez vous pencher sur le comptoir. On s'y assoit jambes croisées, comme sur une gaddi. Et on peut soigneusement arranger les plis du dhoti autour des genoux, de façon qu'il ne soit pas froissé quand on se relève. Ramesh a installé trois sièges de ce type derrière le comptoir. Le plus grand – celui qu'occupe Sohan Lal – est si large et profond qu'un homme peut s'y noyer ! Et s'y endormir. L'idée vicieuse le traverse que les bourrelets du fauteuil sont aussi doux que le corps d'une femme. Voyons, de telles pensées à son âge ! Mais, ne s'agirait-il pas de cuir de vache ? Il a passé sa vie à combattre l'abattage des vaches, et s'il commence à se prélasser dans des sièges de ce genre, qu'est-ce qui le différenciera des pseudo-laïcs du Congrès ? Il réfléchit, réfléchit, le mot « synthétique » lui vient aux lèvres. Il se rappelle que Ramesh a dit quelque chose à propos du cuir synthétique, fabriqué à partir de substances chimiques... Il se tourne vers Ramesh, assis à sa gauche, qui semble absorbé par ses comptes. Il lui parlera de ce problème plus tard, bien que, à l'évidence, il ne puisse s'agir que de synthétique. Le véritable cuir coûte beaucoup trop cher maintenant, et Ramesh n'a-t-il pas dit qu'il avait payé ces chaises un prix raisonnable ?

L'attention de Sohan Lal se porte ensuite sur le nouveau ventilateur, installé derrière lui, qui ronronne sur moyenne vitesse, en cette fin d'après-midi chaud. La semaine prochaine, l'été arrive, et l'air frais sera d'autant plus appréciable que son crâne se dénude. Il fut un temps où il avait une masse de cheveux noirs, c'était l'époque où il développait Jamana Lal Kishori Mal et où Ramesh sautait sur les genoux de Rukmini. Pure vanité, bien entendu. Un crâne chauve signifie sagesse et expérience, inspire le respect aux jeunes gens. Il indique qu'un homme a atteint l'âge de céder son affaire à son fils et de se dévouer entièrement à la cause publique.

Il se tourne de nouveau vers Ramesh, à sa gauche, qui étudie des papiers crachés par l'imprimante de l'ordinateur. Un bon garçon, sur qui on peut compter, ni frimeur comme les deux fils de Jugal Kishor ni velléitaire comme les quatre héritiers de Surajmal – sachant diriger sa maison et son affaire, mûr à trente-six ans, un âge tenu pour jeune de nos jours. D'aucuns, paraît-il, continuent d'étudier la quarantaine passée ! A quoi cela leur sert-il ? Certes, il n'est sûrement pas mauvais de savoir que la terre est sphérique et que la chaleur fait fondre et craquer le béton, mais un homme ne devrait-il pas refermer ses livres à dix-huit ans – admettons, vingt-deux comme Ramesh – et se préparer à comprendre les véritables leçons de la vie ? On ne les acquiert pas en se plongeant dans de gros volumes mais en accomplissant régulièrement sa tâche, assis sur sa gaddi – d'accord, sur une chaise en cuir derrière un comptoir en formica. Regardez Ramesh ! Et son air bien conservé ! Celui que doit avoir un homme respectable de trente-six ans – un soupçon de bedaine, un menton légèrement pendant, une chemise à manches courtes et de longues pattes de cheveux. Tout en lui atteste le contentement et la prospérité – non la richesse démesurée d'un Birla ou d'un Tata, mais les ressources stables d'un homme de bonne famille –, une vie dominée par le sens des proportions, de la modération et de la constance, d'où ne saurait naître le risque de s'égarer trop loin, dans un monde qui change lentement voire pas du tout. L'air d'un père de trois enfants. Trois garçons.

Sushma occupe la troisième chaise, de l'autre côté de Ramesh, avec Vicky sur les genoux. Il faut savoir faire quelques concessions au temps présent. Une femme n'a-t-elle pas été Premier ministre ? Une femme dans la boutique, ça peut avoir du bon. Sushma se préoccupe de la santé de son beau-père. Toujours prête à lui apporter de l'eau, à orienter convenablement le ventilateur, à accourir chaque fois qu'il grogne. Certes, il est beaucoup plus facile de s'extraire de ces fauteuils que de se redresser d'une gaddi. La position jambes croisées a été conçue pour les jeunes, pas pour les vieux chevaux de son espèce. Pourtant, ses genoux protestent lorsqu'il veut se mettre debout, et l'aide de Sushma lui est précieuse. Que les négociants qui viennent discuter affaires la prennent pour une employée continue à l'embarrasser, mais il a constaté avec quelle adresse elle les désarme, avec quelle suavité elle convainc les clientes de s'acheter un sari.

L'après-midi se traîne. Ramesh propose à son père une autre tasse de thé. Sohan Lal regarde les mannequins blancs dans la vitrine – croupe osseuse étroitement serrée dans un sari – et, au-delà, le chavaila assis dans son stand où le vieux musulman, accroupi, lui chuchote à l'oreille. « Non, pas maintenant », dit-il à Ramesh, content que son fils lui ait fait cette offre.

Sa tête tombe sur sa poitrine – il va dormir un peu –, ses yeux s'abaissent. Les deux ceintures en tissu sont toujours sur ses genoux. Dire qu'on portait l'argent à la banque dans ces trucs-là ! Maintenant tout se règle par chèque et par traite. C'était son père qui lui avait mis cette idée stupide en tête que l'argent liquide est ce qu'il y a de plus sûr, parce que les chèques, les traites et les comptes en banque dénoncent leur détenteur. Le gouvernement veut sa part de tout, et des nuées d'inspecteurs grouillent comme des moustiques autour des magasins, prêts à leur prendre leurs derniers sous. La seule façon de préserver son argent gagné à la sueur de son front, c'est de le garder en liquide. Certes les clients de Ramesh préfèrent souvent payer cash, mais il fait porter l'argent à la banque cinq fois par jour. Les banques étrangères sont beaucoup plus serviables. Elles acceptent n'importe quelles coupures, ne chipotent pas sur les billets écornés ou trop vieux. Des jeunes femmes en sari, au doux parfum et au sourire éclatant, jettent les billets dans des machines qui comptent des liasses entières en quelques secondes. Finis les babus renfrognés qui examinaient chaque roupie et ronchonnaient pour la moindre éraflure.

Plus de raison d'expédier de l'argent à l'étranger. La roupie est stable face au dollar. L'argent qu'il a envoyé à son neveu Ranjan à New York, juste avant que Kartar Singh ait perdu les fameux cinq lakhs, ne s'est pas apprécié de façon significative, en tout cas pas assez pour justifier le souci que cela lui a causé et la commission versée à Kartar Singh. Il aurait mieux fait d'investir cette somme dans les affaires, et de ne jamais la confier à Kartar Singh, pour commencer. Et maintenant, les ceintures sont là, dégageant une forte odeur de curcuma et d'assa-fœtida, mais l'odeur de l'argent est toujours plaisante. Deux lakhs, ce n'est pas grand-chose. Probablement ce qu'ont coûté le revêtement en formica, les placards de bois ciré et les fauteuils en cuir. Il n'a même pas pris la peine de vérifier le contenu des ceintures quand

Kartar Singh les lui a rendues. Il avait mis une croix dessus depuis longtemps, même s'il n'avait rien oublié. « Ce n'est pas une question d'argent, avait-il dit à Kartar Singh. C'est une question de confiance, de solde de vieux comptes. » Raison pour laquelle il a inscrit soldé pour une rentrée de deux lakhs alors qu'il en était sorti cinq. L'essentiel est que Kartar Singh ait dit la vérité en affirmant que des vandales avaient saccagé sa boutique et volé l'argent et qu'il pouvait à nouveau lui faire confiance.

Ce qui le choque, en revanche, c'est que l'argent était caché chez le chaivala ! Qui aurait cru que le chaivala était un voleur ? Evidemment, ce n'était pas réellement lui. Même Kartar Singh ne dit pas que c'est le chaivala qui l'a attaqué dans sa boutique. Regardez le bonhomme, assis dans son stand de l'autre côté de la rue, en train de parler avec ce vieux musulman édenté ! Aurait-il pu jamais attaquer qui que ce soit ? Non, ce fut l'œuvre de son fils ! Un voyou, un homme de main. Un garçon rétif, livré à lui-même, sans perspectives de carrière. Kartar Singh se rappelle vaguement l'avoir vu parmi la foule qui cernait le magasin. Une fois le vol perpétré, il ne lui a pas été difficile de se glisser dans Katra Badami et de cacher l'argent pendant que son père dormait. Il ne fait aucun doute que ces liasses sont restées dans l'entrepôt de Sushil Jain pendant toutes ces années. Son odeur en trahit sa provenance. Mais Ramvilas, à en croire Kartar Singh, n'a trouvé que deux lakhs. Où le chaivala aurait-il pu dépenser les trois autres ? Peut-être est-ce ainsi qu'il a agrandi son stand, avec des bancs, des tabourets et un comptoir. Mais, trois lakhs ! C'était une grosse somme à l'époque ! Ah, on ne sait jamais ce que des êtres vils sont capables de faire avec de l'argent. Il leur coule dans les mains comme de l'eau et nul ne sait où il aboutit. Pourtant, encore une fois, regardez-le dans son stand, en train de verser innocemment du thé dans des verres. Non, c'est le fils qui a dépensé trois lakhs avant de cacher le reste.

Sohan Lal approuve l'initiative qu'a prise Ramvilas de chercher à dénicher l'argent, sans parler de son intégrité qui le lui a fait remettre à Kartar Singh, lequel s'est montré à la hauteur. Le sardar aurait pu garder les deux lakhs pour lui, et personne n'en aurait rien su. Peut-être qu'un passeur – même sorti du circuit du havala depuis des années – demeure un homme de parole. Dans ce genre de boulot, la confiance est son seul atout, qu'il préserve au prix de sa vie.

Quoi qu'il en soit, on en restera là. Et Sohan Lal remboursera les deux hommes de leur ténacité, parce que c'est une dette qu'il doit acquitter avant que ses comptes soient vraiment soldés. Pour le moment, il ne doit plus rien à Kartar Singh qu'il a fait admettre au comité, quant à Ramvilas, il est amplement dédommagé. Qui aurait imaginé qu'il deviendrait secrétaire du comité, lui un simple commis, si vite après avoir rompu avec le parti ? Réflexion faite, c'est aussi bien que Ramvilas soit secrétaire et Kartar Singh simple membre du comité. Le sardar est trop ambitieux. Personne n'a oublié la façon dont il a joué la carte sikhe après les émeutes de quatre-vingt-quatre. Ramvilas aussi est ambitieux, sauf qu'il demeure un commis malgré ses prétentions. Tout le monde sait qu'il ne possède aucun capital quel que soit l'accord passé avec Vimal. Le sardar et le commis se surveilleront l'un l'autre, l'un protégeant sa place de secrétaire, l'autre la convoitant.

Bien entendu, l'élection du chaivala sera cassée. Harilal Gupta a déjà perdu une fois. Pourquoi lui donnerait-on une deuxième chance ? Sohan Lal a téléphoné hier à la direction générale du PPI, soulignant le fait que Harilal avait gaspillé une occasion.

« Essayez de dénicher un bon candidat, parce qu'il y aura une élection partielle, lui ont-ils dit.

— Je vais m'y employer de toutes mes forces », a-t-il répondu. Il s'y est employé de toutes ses forces, et il a déniché le candidat dans son propre magasin, calé dans son propre fauteuil de cuir ! Il a également parlé à Harilal Gupta, qui veut se présenter à l'élection partielle. L'idée ne sourira pas au comité. Et Sohan Lal attend des deux nouveaux membres, Ramvilas et Kartar Singh, qu'ils expriment leur désapprobation concernant cette candidature. Ramesh, également membre du comité, soutiendra certainement son père. Le sentiment général au sein du comité, estime Sohan Lal, est que son tour est venu de se présenter. Ramesh doit le percevoir lui aussi, ce qui expliquerait son surcroît de déférence depuis quelques jours. Ramesh est peut-être le maître de Sushma Chic, mais son père sera membre du Parlement ! Qu'est-ce qu'un simple boutiquier comparé à un MP ?

Sushma se lève pour accueillir trois femmes qui viennent

d'entrer. Elles s'assoient – sur les tabourets devant le comptoir – et posent leurs avant-bras grassouillets sur le formica. Elles sont boudinées dans des saris de soie – du synthétique, remarque Sohan Lal, pas la véritable soie de Bénarès. Nul besoin de regarder dans leur bourse pour savoir qu'elle est plate. Bien sûr, elles achèteront quelque chose. Ces clientes de la petite bourgeoisie achètent toujours quelque chose : pour sauvegarder leur dignité, pour le principe, pour se rassurer elles-mêmes. De petits achats. Sohan Lal se renverse dans son fauteuil et ferme les yeux. Il sait que la séance sera longue – trois grosses femmes ensemble, ça marchande jusqu'à plus soif.

Sushma s'approche de son beau-père et pose Vicky sur ses genoux. Elle a besoin d'avoir les mains libres pour s'occuper des clientes. Vicky se réveille en sursaut et se met à brailler, une sucette le fait taire. Un jour, pense Sohan Lal, je bénirai l'épouse de Vicky, si je vis jusque-là. Que le temps passe lentement, pense-t-il en refermant les yeux et en dérivant dans le sommeil.

Un quart d'heure plus tard, il se réveille. Par habitude, il se tourne vers la gauche afin de saluer Lakshmi, revient à la triste réalité : en guise d'alcôve, une plaque de contreplaqué. « Des effigies de dieux dans un magasin, ça fait très vieux jeu, avait dit Ramesh.

— Soit », avait soupiré Sohan Lal. Il s'accommodera d'une boutique sans gaddi, sans caisse enregistreuse et sans dieux, mais avec un coffre-fort chic dissimulé par des panneaux de verre, une boutique garnie de formica, de contreplaqué verni et de moulures noires. Chaque mur est une armoire dont les portes glissent sans bruit au toucher d'un seul doigt. Des lampes fantaisie pendent du plafond. Les miroirs aux murs sont disposés de façon que la cliente puisse étudier sous toutes les faces l'allure que lui confère un sari d'organdi.

La puanteur de Kucha Bansilal irrite les narines. Il faut obliger la Municipalité à nettoyer les égouts plus souvent. Il saisit le tampon de coton imbibé d'attar champa coincé derrière l'oreille et le porte à son nez. L'odeur est faible. Ordinairement, il le recharge toutes les trois heures, à condition de pouvoir rentrer chez lui, car il n'y a pas de place pour un cabinet de parfums derrière les panneaux de verre. D'autant que Ramesh n'en veut pas, au prétexte que c'est peu approprié à un magasin vendant des robes. Sohan Lal continue de sélectionner ses parfums chaque matin – le cabinet est installé dans sa chambre – mais il est difficile d'en humer les fragrances au milieu du bruit que font les enfants et des odeurs de cardamome, de gingembre et de clous de girofle émanant du thé que préparent les domestiques.

Les trois femmes sont toujours là, trois bouddhas assis, inamovibles, énigmatiques, ancrées dans leur décision d'obtenir le meilleur prix possible. Sushma est en perdition. Elle a étalé des monceaux de saris, sans effet. Avec de telles clientes, il faut user d'un badinage de bon ton, mais ne pas montrer de respect excessif. D'une voix étudiée pour de telles circonstances, Sohan Lal leur propose une tasse de thé. Elles acceptent, comme il l'avait prévu. Il soupire et crie à travers la ruelle. « Nanak Chand, chai ! »

Gopal, accroupi, se tourne vers Ibrahim et sourit.

GLOSSAIRE

Aadaab ! – Salutations ! (pour un musulman).

Aanwla – Fruit. S'utilise pour les pickles.

Aarti – Cérémonie religieuse hindoue.

Abeer – Poudre rouge qu'on répand dans l'air durant les fêtes religieuses.

Achkan – Tunique d'homme ajustée, vêtement musulman.

Akaal Takht – « Trône éternel » : siège du pouvoir spirituel pour les sikhs.

Almirah – Placard, armoire.

Aloo – Pomme de terre.

Arjun – Roi et guerrier dans le *Mahabharata*. Au moment de livrer bataille, il perd courage à la vue de ses cousins ligués contre lui. Le seigneur Krishna l'exhorte à combattre. Il se bat et gagne. Le long sermon de Krishna constitue la *Bhagavad Gita*.

Asadullah Khan Ghalib – Poète ourdou du XIXe siècle.

Atta – Farine de blé complète.

Attardan – Coffret de parfums.

Aurangzeb – Empereur moghol, fin du XVIIe siècle. On le tient à présent pour un zélote, responsable du déclin de l'Empire moghol qui a commencé sous son règne.

Ayodhya – Ville du nord de l'Inde. Elle abritait la mosquée Babri, construite sur les ordres de l'empereur moghol Babur, prétendument sur les restes d'un temple hindou, entièrement rasée par les hindouistes en 1992. C'est aussi la ville de naissance et la capitale du seigneur Rama, selon le Ramayana.

Azan – Appel à la prière, chez les musulmans.

Babool – Arbuste dont les brindilles servent de brosse à dents.

Babu – Employé, ou comptable. Terme de respect ou de mépris, en fonction de celui qui l'emploie.

Babuji – Terme de respect pour un père ou un homme âgé.

Babur – Premier empereur moghol (1526-1530).

Bahadur Shah Zafar – Dernier empereur moghol (exilé par les Anglais en 1857).

Bai – (1) Terme de respect pour une femme âgée ou une sœur. (2) Madame = tenancière de bordel.

Bailee – Voiture à cheval (XIXe siècle).

Bazar – Marché.

Bania – Négociant, homme d'affaires. Dénote la caste et la profession, avec une connotation péjorative.

Baniyaan – Maillot de corps.

Baoli – Puits (XVIIe et XIXe siècles).

Barfi – Sucrerie au lait condensé.

Beant Singh – Assassin d'Indira Gandhi en 1984. (Lui-même tué sur-le-champ.) Son complice, Satwant Singh, fut arrêté, jugé et pendu.

Behanji – Terme de respect pour une sœur ou une femme âgée.

Bhai –Terme de respect pour un frère ou un autre homme.

Bhaiya – Terme de respect pour un frère ou un homme âgé.

Bhajan – Chant religieux (hindou).

Bhangi – Intouchable. Nettoyeur de latrines.

Bharat – Inde.

Bhavan – Edifice, immeuble.

Bhindranwale – Leader politique et religieux sikh, tué par l'armée indienne en 1984 durant l'opération « Bluestar ».

Bhishti – Porteur d'eau.

Bholanath – (1) Le Seigneur Shiva. (2) Argot pour marijuana.

Bhujia – Amuse-gueule épicé.

Bindi – « Tache » cosmétique que se posent les femmes entre les sourcils.

Birla – Grande famille marwari, synonyme de grande richesse.

Biryani – Plat constitué de viande et de riz.

Bluestar – Opération de l'armée indienne contre le Temple d'Or, lieu sacré des sikhs, pour en chasser les sécessionnistes sikhs. Quatre mois plus tard, Indira Gandhi était assassinée par deux de ses gardes sikhs.

Bournvita – Boisson tonique.

Chaat – « Snack » épicé.

Chai – Thé.

Chaivala – Vendeur de thé.

Chauki – Base militaire, en l'occurrence dans le texte poste de police.

Chitragupt – Comptable au service de Yamaraj, dieu hindou de la mort. Dans un grand registre il inscrit les bonnes actions et les méfaits de chacun, à partir desquels Yamaraj assignera tel ou tel nouveau corps à l'âme du défunt qui se présentera devant lui. (Explication très simplifiée !)

Chor – Voleur.

Chowk – Place ou rue. Chandni Chowk : rue du Clair de Lune.

Churidaar – Pyjama très serré porté en général par les femmes.

Crore – Dix millions.

Daal – Soupe de lentilles.

Dalda – Huile végétale très utilisée en cuisine.

Dalit – Littéralement : « opprimé », étiquette politique utilisée par les groupes opprimés qui revendiquent des droits, notamment par les intouchables.

Dara Shikoh – Lettré, fils aîné et héritier présumé de l'empereur moghol Shah Jahan, tué par son frère Aurangzeb, qui succédera ainsi à leur père.

Darvaza – Porte.

Dhatura – Plante vénéneuse.

Desi – Indien, indigène.

Dhania – Coriandre.

Dharam – Le Dharma, le Devoir, ensemble des règles naturelles régissant l'ordre des choses, des sociétés et des hommes.

Dharamshala – Auberge, institution charitable, pour les voyageurs, généralement gratuite.

Dharna – Manifestation politique, sit-in, piquet de grève.

Didi – Terme de respect pour une sœur aînée ou une femme.

Divan-i-Am – Salle du Peuple, pavillon à l'intérieur du Fort Rouge.

Divan-i-Khas – Salle des « Privilégiés », pavillon à l'intérieur du Fort Rouge.

Dugatta – Large écharpe qui couvre le haut du corps.

Dudhia Gali – « Allée du Lait ».

Durbaar – La cour de l'empereur.

Durga – L'« Inaccessible », nom de la déesse.

Eid – Fête religieuse musulmane.

Falooda – Vermicelles.

Firdaus – Poète persan du XIe siècle.

Gaddi – (1) Matelas. (2) Centre du pouvoir. (3) Trône.

Gangaajal – Eau du Gange (sacrée et curative).

Ghaghara – Jupe.

Ghazal – Forme poétique, généralement en ourdou.

Ghoda – Cheval.

Ghungroo – Clochettes attachées aux pieds des danseurs.

Gilli-danda – Jeu de rue, qui se joue avec des bouts de bois.

Ginnis – Pièces d'or.

Gobhi – Chou-fleur.

Godse – Assassin du Mahatma Gandhi en 1948.

Gulaab – Une rose.

Gulaal – Poudre rouge, répandue pendant les fêtes.

Gulabjamun – Mets sucré en forme de boulettes.

Gurudwara Sisganj – Le temple sikh de Chandni Chowk où fut décapité Tegh Bahadur en 1679.

Gutka – Prière tirée du Guru Granth Sahib, le texte sacré sikh.

Gyani – Un sage, prêtre dans un gurudwara.

Haati – Eléphant.

Halvai – Fabricant et vendeur de sucreries.

Halwa – Autre sorte de plat sucré.

Harijans – « Les enfants de Dieu », nom donné par Gandhi aux intouchables. Appelés maintenant « dalits ».

Havala – Système illégal de transfert d'argent.

Haveli – Demeure, en général ancienne, bâtie depuis plus de cinquante ans.

Hijra – Eunuque.

Hindutva – Doctrine politique des partis nationalistes hindous.

Holi – Fête de l'équinoxe de printemps.

Indira Gandhi amar rahe ! – Longue vie à Indira Gandhi !

Indira Gandhi randii hai ! – Indira Gandhi est une prostituée !

Jai Shri Rama ! – Victoire au Seigneur Rama !

Jai Sita Maiyaa ! – Victoire à Mère Sita !

Jalebi – Genre de sucrerie.

Jamun – Pommier rose, jambosier, jamerosier, jamrose.

Jat – Caste (hindoue) d'agriculteurs.

Jhola – Sac.

Joota – Chaussure.

Jumma – Vendredi, jour de prière chez les musulmans.

Kabaddi – Jeu du gendarme et des voleurs.

Kachchaa karaa aur kirpaan, bhej denge Pakistan ! – « Nous enverrons le caleçon, le bracelet (d'acier) et l'épée au Pakistan ! » Trois des cinq k, les marques du sikkhisme. Donc : Nous enverrons les sikhs au Pakistan !

Kafir – Non-musulman.

Kaka – Qualificatif familier, affectueux.

Kalash – Cruche utilisée dans les cérémonies hindoues.

Kameez – Chemise.

Kasam Rama kii khaate hai mandir vahii banaa denge ! – Nous jurons sur la tête de Rama de construire son temple ici même !

Katua – Individu circoncis (péjoratif).

Kayastha – Caste d'érudits ou de scribes du nord de l'Inde.

Keertan – (1) Assemblée religieuse. (2) Psalmodie de chants de dévotion (hindou).

Khadi – Tissu de fabrication domestique. Mouvement lancé par Gandhi pour contrer les manufactures anglaises.

Khalsa – Communauté sikhe.

Khand – Sucre non raffiné.

Khatri – Haute caste : guerriers et fonctionnaires.

Khichadi – Plat de riz, de daal et de légumes cuits ensemble.

Khoka – Cagibi.

Kholi – Pièce petite et malpropre.

Kirpaan – L'épée des sikhs.

Kotha – (1) Bâtiment. (2) Bordel.

Kucha – Rue, ruelle.

Kumbhakaran – Démon dans le *Ramayana*, d'un appétit féroce, qui ne s'éveille qu'un jour tous les six mois.

Kurta – Tunique longue et lâche.

Kusha – Herbe, utilisée dans les cérémonies religieuses hindoues.

Laddu – Sucrerie en forme de boulette.

Lakh – Cent mille.

Lakshman – Frère cadet de Rama.

Lakshmi – Epouse du Seigneur Vishnou, divinité de la Fortune.

Lathi – Long bâton, utilisé notamment comme arme de répression par les forces de l'ordre.

Lobia – Espèce de haricot.

Lok Sabha – Maison du Peuple. Chambre basse du Parlement.

Lotaa – Pot ou timbale en métal.

Maayi Baap ! – Mon père et ma mère !

Mahal – Palais.

Mahishaasur – Démon à face de buffle, tué par la déesse Durga.

Maiya – Mère.

Majnu et Laila – Amants (peut-être mythiques) qui se suicidèrent ensemble.

Mandal (commission) – Commission gouvernementale formée en 1978 recommandant de réserver des emplois administratifs aux « castes répertoriées et autres basses castes ». La mise en application de ces mesures en 1990 déclencha des émeutes dans tout le pays, ainsi que de nombreux suicides protestataires.

Manuvadis – Disciples de Manu (législateur hindou, vivait avant l'ère chrétienne). Terme péjoratif employé par les dalits détenteurs de pouvoir à l'égard des hindous de haute caste.

Marathas – Caste originaire du Maharashtra. Les Marathas ont régné sur une grande partie de l'Inde au XVIIIe siècle.

Marg – Rue.

Marwari – Homme d'affaires originaire de l'Etat du Rajasthan.

Masala – Epice.

Masjid – Mosquée.

Mattar – Petit pois.

Maulana – Prêtre musulman, mollah.

Maulvi – Mollah.

Mela – Fête ou foire.

Meraa Bharat Mahaan – Mon Inde est grande.

Mian – Terme honorifique pour un homme (musulman).

Mimbar – Chaire, dans une mosquée.

Minar – Tour, minaret.

Mirza – Terme honorifique pour un homme (musulman).

Mishri – Sucre cristallisé.

Mitti – Terre, boue.

Mizo – Tribu du nord-est de l'Inde.

Moksha – Délivrance finale de l'âme du cycle des réincarnations.

Morarji Desai – Premier ministre de l'Inde (1977-1979), moqué pour avoir prôné l'urinothérapie (absorption de sa propre urine).

Mumtaz Mahal – Epouse de Shah Jahan, l'empereur moghol qui fit construire le Taj Mahal et le Fort Rouge.

Munacca – Espèce de fruit sec.

Muni – Ascète, saint homme (hindou).

Munim – Comptable.

Murad – Fils de Shah Jahan, tué par son frère Aurangzeb, qui monta ainsi sur le trône.

Murdabad – « A mort ! » opposé à **zindabad**, « Longue vie ! », slogans braillés dans toutes les manifestations.

Naari Niketan – Littéralement : « Foyer de dames ».

Naga – Tribu du nord-est de l'Inde.

Nahari – Bouillon, ragoût de bœuf ou de porc.

Namaaz – Prière musulmane.

Namaskar namaste – Salutations !

Neelee peelee rahane nahii denaa, sat sri akaal kahane nahii denaa – « Débarrassons-nous du bleu et du jaune, empêchez-les de dire Sat Sri Akaal ! » Le bleu et le jaune sont les couleurs symboliques des sikhs, Sat Sri Akaal est une formule de politesse. Autrement dit : débarrassons-nous des sikhs.

OBC Other Backward Caste – Terme administratif qui s'applique à des groupes sociaux situés entre les « intouchables » et les castes supérieures. Bénéficiaires des prescriptions de la commission Mandal.

Omraha – Noble à la cour des Moghols.

Paan – Feuille de bétel fourrée d'une pâte faite de citron, noix d'arec, graines de fenouil, cardamome et autres épices.

Paanvala – Vendeur de paan.

Pagari – 1) Turban. 2) Pot-de-vin versé au propriétaire au moment de la signature d'un bail de location.

Pahalvan – « Videur », de bar ou de bordel.

Pakaro ! – Attrapez-le !

Paratha – Crêpe de farine de blé complet (farcie ou non).

Pathan – Originaire d'Afghanistan.

Pir – Sage et saint homme (musulman).

Pralay – Destruction du monde (selon les Ecritures hindoues).

Prasaad – « Restes de Dieu ». Nourriture bénie par Dieu, que mangent les dévots à la fin d'une cérémonie religieuse.

Puja – Cérémonie religieuse hindoue.

Pujari – 1) Prêtre qui dirige les cérémonies religieuses. 2) Gardien d'un temple.

Pukhraj – Espèce de pierre précieuse.

Pulao – Plat de riz et de légumes frits, accompagnés ou non de viande.

Puri – Pain frit.

Puutanaa – Démone qui tenta de tuer l'enfant Krishna en lui faisant téter son lait empoisonné. L'enfant la tua en lui mordant le sein. (Episode du *Mahabharata*.)

Qawwali – Genre musical mystique, d'origine musulmane.

Qazi – Juge, dans les tribunaux musulmans traditionnels.

Qibia – Direction de La Mecque.

Qutab Minar – Célèbre tour de grès construite à Delhi au début du XIIIe siècle sur les ordres du sultan Iltutmish.

Radha – La maîtresse préférée de Krishna.

Rajya Sabha – Chambre des Etats : chambre haute du Parlement indien.

Rashtrapati – Président.

Rashtriya – National.

Rasmalai – Plat sucré au lait.

Ravana – Le démon à dix têtes tué par Rama.

Rohilla – Tribu afghane très influente à Delhi à la fin du XIIIe siècle.

Roshanara – Fille de l'empereur Shah Jahan.

Roti – Pain.

Saalaa – 1) Juron plutôt aimable. 2) Beau-frère.

Sachche Padshah ! – Dieu du ciel ! (expression sikhe).

Salvaar – Pyjama porté par les femmes.

Samadhi – Mémorial, monument.

Samaj – Société.

Sangh – Groupement, alliance.

Sardar – 1) Sikh. 2) Terme de respect à l'adresse d'un sikh.

Sardarni – L'épouse d'un sikh.

Sat Sri Akaal ! – La vérité est éternelle, salutation sikhe.

Sena – Armée.

Seth – Négociant, homme d'affaires. Homme riche.

Shaabaash ! – Bravo !

Shahjahanabad – Delhi au XVIIe siècle.

Shervani – Tunique, vêtement masculin chez les musulmans.

Swargalok – Les Cieux (hindou).

Thakur – Propriétaire terrien, hindou de haute caste.

Thandayi – Boisson froide.

Thela – Charrette.

Thulla – Policier (terme péjoratif).

Tiffin – Boîte-repas.

Tihar Jail – Célèbre prison de Delhi.

Tilak – Pastille de santal, marque religieuse sur le front.

Topi – Calot.

Tulsidas – Poète religieux du XVe siècle (hindou).

Ustad – Terme de respect. Mentor, professeur.

Vaanar Sena – L'armée des singes commandée par le Seigneur Rama.

Vajoo – Ablutions rituelles avant la prière (musulmane).

Varq – Pellicule d'argent ou d'or utilisée comme garniture de sucreries.

Vasant – Le printemps.

Yadaa yadaa hi dharmasya... – « Lorsque décline le Dharma... », vers de la *Bhagavad Gita* annonçant la manifestation de Vishnou sur terre.

Yamaraj – Dieu de la mort.

Zafar (Bahadur Shah) – Le dernier des empereurs moghols, exilé par les Britanniques en 1857.

Zail Singh – Président de l'Inde en 1984.

Zakat – Contribution charitable chez les musulmans.

Zenana – Partie de l'habitation réservée exclusivement aux femmes, chez les musulmans.

Zindabad ! – Longue vie !

TABLE

Cet ouvrage a été achevé d'imprimer en juin 2009
dans les ateliers de Normandie Roto Impression s.a.s.
61250 Lonrai

N° d'impression : 091901
N°d'édition : 15815
Dépôt légal : août 2009

Imprimé en France